Rebecca Gablé

Jahrgang 1964,
studierte Literaturwissenschaft,
Sprachgeschichte und Mediävistik
in Düsseldorf, wo sie anschließend
als Dozentin für mittelalterliche
englische Literatur tätig war.
Heute arbeitet sie als freie Autorin
und Literaturübersetzerin.
Sie lebt mit ihrem Mann in einer
ländlichen Kleinstadt am
Niederrhein.

Homepage: www.gable.de

Von Rebecca Gablé sind als
Taschenbücher lieferbar:

14808 Das zweite Königreich
15218 Der König der
       purpurnen Stadt

Rebecca Gablé

Das Lächeln der Fortuna

HISTORISCHER ROMAN

BASTEI LÜBBE TASCHENBUCH
Band 13 917

1.-11. Auflage: 1997-2001
12. Auflage: Januar 2002
13. Auflage: Mai 2002
14. Auflage: September 2002
15. Auflage: August 2003
16. Auflage: Februar 2004
17. Auflage: Oktober 2004
18. Auflage: März 2005

Vollständige Taschenbuchausgabe

Bastei Lübbe Taschenbücher in
der Verlagsgruppe Lübbe

Originalausgabe
© 1997 by Verlagsgruppe Lübbe GmbH & Co. KG,
Bergisch Gladbach
All rights reserved
Lektorat: Karin Schmidt
Umschlaggestaltung: ART Studio, Armin Leckelt
Titelbild: The British Library
Satz: KCS GmbH, Buchholz / Hamburg
Druck und Verarbeitung:
GGP Media GmbH, Pößneck
Printed in Germany
ISBN 3-404-13917-8

Sie finden uns im Internet unter
www.luebbe.de

Der Preis dieses Bandes versteht sich einschließlich
der gesetzlichen Mehrwertsteuer.

Für
MJM

I am derely to yow biholde
Bicause of your sembelaunt
And euer in hot and colde
To be your trwe seruaunt.

Der jammervollen Welten Wandlungen
Zum Guten wie zum Üblen, bald Elend, bald Ehre
Ohne alle Ordnung oder weisen Ratschluß
Sind sie bestimmt von Fortunas Wankelmut.
Und dennoch, ihr Mangel an Gnade
Wird mich nicht hindern zu singen, müßt ich auch sterben
All meine Zeit und mein Schaffen sind verloren
Doch letztlich, Fortuna, werde ich Dir trotzen

Noch ist mir das Licht meines Geistes geblieben
Freund und Feind zu erkennen in Deinem Spiegel
Das hat Dein Drehen und Winden,
Dein Auf und Ab mich gelehrt.
Doch wahrlich, keine Macht hat Deine Arglist
Über den, der sich selbst beherrscht
Meine Duldsamkeit soll mein Trost sein
Denn letztlich, Fortuna, werde ich Dir trotzen

Geoffrey Chaucer

DRAMATIS PERSONAE

Es folgt eine Aufstellung der wichtigsten Figuren in möglichst sinnvoller Anordnung, wobei die historischen Personen mit einem * gekennzeichnet sind. Stammbäume der Häuser Plantagenet und Lancaster sowie eine Übersicht über die historischen Ereignisse finden sich im Anhang.

Waringham

Robert of Waringham, genannt Robin
Agnes, seine Schwester
Isaac, sein Freund, möglicherweise sein Bruder
Conrad, Stallmeister von Waringham
Maria, seine Frau
Elinor, ihre Tochter
Stephen, Conrads rechte Hand
Geoffrey Dermond, Earl of Waringham
Matilda, seine Frau
Mortimer, ihr Sohn
Blanche Greenley, Mortimers Frau
Mortimer, ihr Sohn
Alice Perrers*, Matildas Nichte
Leofric, der Findling

Plantagenet

Edward III.*, König von England
Edward of Woodstock, der Schwarze Prinz*, sein ältester Sohn
John of Gaunt*, Duke of Lancaster, sein mächtigster Sohn
Edmund of Langley*, später Duke of York, sein dümmster Sohn
Thomas of Woodstock*, später Duke of Gloucester, sein gefährlichster Sohn
Joan of Kent*, Gemahlin des Schwarzen Prinzen
Richard of Bordeaux*, ihr Sohn, später Richard II.
Blanche of Lancaster*, Lancasters erste Gemahlin

Henry Bolingbroke*, ihr Sohn
Constancia von Kastilien*, Lancasters zweite Gemahlin
Katherine Swynford*, Lancasters Geliebte und dritte
Gemahlin
John Beaufort*, ihr Sohn
Henry Beaufort*, später Bischof von Lincoln, ihr Sohn
Henry of Monmouth*, genannt ›Harry‹ of Lancaster,
Sohn Bolingbrokes und seiner Gemahlin Mary Bohun*

Fernbrook und Burton

Oswin, der Taugenichts
Gisbert Finley, Robins Cousin
Thomas, Joseph und Albert, seine Brüder
Giles, Earl of Burton
Giles, sein Sohn
Joanna, seine Tochter, Robins Gemahlin
Anne, Edward und Raymond, ihre Kinder
Christine und Isabella, Joannas Schwestern
Luke, der Schmied
Hal, der Stallknecht
Francis Aimhurst, Robins Knappe
Tristan Fitzalan, jüngster Sohn des Earls of Arundel*,
ebenfalls Robins Knappe

London, Ritterschaft und Adel

Henry Fitzroy, ein walisischer Ritter
Peter de Gray, ein verrückter Ritter
Geoffrey Chaucer*, Dichter, Diplomat und Hofbeamter
Roger Mortimer*, Earl of March
Peter de la Mare*, seine rechte Hand
Henry Percy*, Marschall von England und
Earl of Northumberland
Henry ›Hotspur‹ Percy*, sein Sohn
Thomas Beauchamp*, Earl of Warwick, Appellant
William Montagu*, Earl of Salisbury
Thomas Holland*, Earl of Kent, König Richards Halbbruder
John Holland*, sein Bruder

Robert de Vere*, Earl of Oxford, später Marquess of Dublin und Duke of Ireland
Sir William Walworth*, Bürgermeister von London
Sir Robert Knolles*, Glücksritter
Sir Patrick Austin, sein unehelicher Sohn, Befehlshaber der königlichen Leibwache
Wat Tyler*, Bauernführer
Richard Fitzalan*, Earl of Arundel, Appellant
Thomas Mowbray*, Earl of Northampton, später Duke of Norfolk, Appellant
Thomas Hoccleve*, Dichter, Hofbeamter und zumindest in jungen Jahren ein Taugenichts

Kirchenmänner

Jerome of Berkley, Abt von St. Thomas
Bruder Anthony, der Zorn Gottes
Vater Gernot, Dorfpfarrer von Waringham
Vater Horace, Dorfpfarrer von Fernbrook
William Wykeham*, Bischof von Winchester
Dr. John Wycliffe*, Kirchenreformer, Professor in Oxford, vielleicht ein Ketzer
Lionel, sein Schüler, Robins Schulfreund
Simon Sudbury*, Erzbischof von Canterbury und Kanzler von England
William Courtenay*, Bischof von London, später Erzbischof von Canterbury
William Appleton*, Franziskaner, Lancasters Leibarzt und Ratgeber
John Ball*, *vox populi*
Thomas Fitzalan*, Bischof von Ely, später Erzbischof von York

© MJM 1997

Edinborough

Alnwick

Durham

Lancaster

York

Chester

Leicester

Coventry

Northampton

Oxford

London

Plymouth   Exeter

Canterbury   Dover

1360–1361

»Wenn sie uns erwischen, wird es sein, als sei das Jüngste Gericht über uns hereingebrochen«, prophezeite Lionel düster. Sein rundes Jungengesicht wirkte besorgt, und er schien leicht zu frösteln. Eine schwache Brise bauschte seine Novizenkutte auf.

»Du kannst immer noch umkehren«, erwiderte Robin kühl. Er war beinah einen Kopf größer als sein gleichaltriger Schulkamerad, und er nutzte diesen Größenunterschied, um verächtlich auf ihn hinabzublicken.

Lionel war oft der verzagtere und immer der vernünftigere von beiden. Doch seine Furcht, vor seinem Freund an Gesicht zu verlieren, war größer als die vor den möglichen Folgen ihres Unterfangens. »Wofür hältst du mich?«

»Das kommt darauf an …«

Sie grinsten sich zu. Robin konnte das Gesicht seines Freundes schwach erkennen, und er sah seine Zähne aufblitzen. Die Nacht war nicht dunkel, denn in zwei Tagen war Vollmond. Zu ihrer Rechten erahnten sie die Umrisse des Kapitelsaals, wo die Mönche ihre täglichen Versammlungen abhielten. Er bildete die nördliche Begrenzungsmauer des Kreuzganges. Genau vor ihnen lag der schnurgerade Weg zum Haupttor. Die alten Linden, die ihn säumten, standen reglos in der Finsternis, wie eine Reihe Soldaten vor einem Nachtangriff. Robin und Lionel nahmen diesen Weg jedoch nicht. Lautlos überquerten sie den grasbewachsenen Innenhof, umrundeten den Fischteich und glitten schließlich in den schwarzen Schatten der Klostermauer, die sich zu beiden Seiten erstreckte und nach ein paar Ellen mit der Dunkelheit verschmolz.

Lionel ging drei Schritte nach rechts und blieb dann stehen. »Hier ist es am besten«, wisperte er. »Auf der anderen Seite steht ein Baum, an dem wir herunterklettern können.«

Robin sah an der Mauer hinauf und nickte. »Du zuerst.«

Er machte eine Räuberleiter, und Lionel legte eine Hand auf seine Schulter, stellte den rechten Fuß in Robins ineinander verschränkte Hände und stieg hoch. Er bekam die Mauerkante zu fassen und zog sich mit seinen kräftigen Armen hinauf. Dann brachte er sich in eine sitzende Haltung, ließ die Beine baumeln und spähte hinunter. »Und jetzt?«

»Leg dich auf den Bauch, laß die Beine zur anderen Seite herunterhängen und zieh mich hoch. Ganz einfach.«

»O ja. Wirklich ganz einfach. Warum lasse ich mich nur immer auf deine Torheiten ein, Waringham, kannst du mir das sagen?«

Robin streckte ihm die Hand entgegen. »Wer ist der größere Tor? Der Tor oder der Tor, der ihm folgt?«

Lionel wußte wie so oft keine Antwort. Er packte zu, und schließlich saßen sie beide keuchend oben auf der Mauer. Sie spürten nicht mehr, daß die Septembernacht kühl war, sie waren sogar ein bißchen ins Schwitzen gekommen. Also verschnauften sie einen Augenblick.

Der Baum war eine uralte Weide. Sie überragte die Klostermauer ein gutes Stück, und ihre zahlreichen knorrigen Äste reichten fast bis zum Boden. Man konnte daran hinabklettern wie an einer Leiter. Die Äste ächzten leise, und das Laub raschelte, als die beiden Ausreißer sich an den Abstieg begaben. Ein paar lange, schmale Blätter schwebten lautlos zu Boden.

»Ich hoffe nur, Oswin hat unsere Verabredung nicht verschlafen«, raunte Robin. »Dann war die ganze Mühe umsonst.«

»Wehe«, schnaubte Lionel. »Ich schlag' ihm seine Pferdezähne ein, wenn er uns versetzt!«

»Ho, Mönchlein, große Worte für eine halbe Portion wie dich«, ertönte plötzlich eine leise Stimme hinter ihnen. »Hier bin ich schon.« Aus dem Schatten löste sich eine dunkle Gestalt und kam auf sie zu.

»Ich wünschte, du würdest mich nicht immer so nennen.« Lionel seufzte unglücklich.

»Wie? Mönchlein? Aber das bist du doch, oder etwa nicht?« Er beachtete Lionel nicht weiter und schlug Robin freundschaftlich auf die Schulter. »Waringham, alter Galgenvogel. Laß uns zuerst das Geschäft erledigen, wenn's dir recht ist.«

Sein Ton hatte sich leicht verändert. Seit Oswin in den Stimmbruch gekommen war und seine Schultern so breit wie die seines Vaters geworden waren, war er für die Klosterschüler ein gottähnliches Idol, das sie mit unerschütterlicher Hingabe verehrten. Oswin behandelte sie dementsprechend mit gebotener Herablassung. Sein Vater war Stallknecht und kümmerte sich um die kleine Schar Pferde und Maultiere, die die Abtei von St. Thomas besaß. Seit er im Krieg gewesen war, trank er, und es war Oswin, der den Großteil der Arbeit erledigte. Er schuftete von früh bis spät, bereitete für sie beide die Mahlzeiten, wurde nicht selten am

Abend ins Wirtshaus gerufen, um seinen betrunkenen Vater abzuholen, und erntete gelegentlich zum Dank ein blaues Auge. Niemand dachte im Traum daran, ihn zur Schule zu schicken, ihn lesen zu lehren und all die anderen Dinge, die die Schüler des klösterlichen Internats lernten. Oswin würde immer bleiben, was er war. Und trotzdem beneideten sie ihn, die Söhne von Landadeligen und reichen Kaufleuten. Um seine Freiheit und seine prahlerische Männlichkeit.

Nur auf Robin hatte er weder mit Großspurigkeit noch mit seinen meist gutmütigen Einschüchterungen Eindruck machen können. Vielleicht war das der Grund, warum er den jungen Waringham von all diesen kleinen Bücherwürmern am liebsten mochte und ihm allein Zugang zum Pferdestall gestattete.

Robin legte einen Farthing in Oswins ausgestreckte Hand. Sein Gegenüber ließ die kleine Münze mit einem zufriedenen Grinsen verschwinden. »Ziemlich knauserig für einen reichen Mann.«

Robin schüttelte kurz den Kopf. »Bringst du uns dafür hin oder nicht?«

Oswin tat, als zögere er. Als er feststellte, daß Robin nicht noch einmal in die kleine Tasche am Ärmel seiner Kutte greifen würde, brummte er mit gespielter Verstimmtheit: »Meinetwegen. Dann kommt.«

Er wandte ihnen seinen breiten Rücken zu, und die beiden Jungen folgten ihm eilig. Sie liefen etwa eine Meile über die feuchten Wiesen, die das Kloster umgaben. Dann gelangten sie an ein kleines Flüßchen, das sie auf einem Holzsteg überquerten. Dahinter erhoben sich die ersten Häuser von Curn, einem kleinen Dorf, kaum mehr als ein Weiler, wo die Bauern lebten, die die klösterlichen Felder bewirtschafteten. Oswin führte sie auf einem staubigen Weg an der armseligen Holzkirche vorbei, am Haus des Dorfpfarrers und dem Wirtshaus. Damit ließen sie den Dorfplatz hinter sich, und die Häuser wurden wieder spärlicher.

Sie sprachen nicht, und es gab auch nichts zu bereden. Das Geschäft mit Oswin war über mehrere Wochen verhandelt worden und vor zwei Tagen zum Abschluß gekommen. Er hatte seinen Lohn, und er wußte, was sie dafür wollten. Weder Robin noch Lionel verspürten Neigung, dem anderen einzugestehen, daß sie weiche Knie hatten und kaum genug Spucke im Mund, um zu schlucken.

Plötzlich hielt Oswin an. »Hier ist es«, raunte er. »Wartet hier. Und seid um Himmels willen leise!«

Er hatte sie zu einem kleinen Holzhaus gebracht, das noch armseliger schien als die anderen. Das Dach neigte sich in einem verwegenen Winkel, als wolle es jeden Moment abstürzen. Es gab keinen Kamin. Nur ein einziges Fenster neben der Tür gähnte sie schief an wie das Maul eines Ungeheuers. Ein wenig Rauch und zuckendes Licht drangen heraus.

Oswin näherte sich weder Fenster noch Tür. Er trat statt dessen an die Rückwand des Häuschens, beugte sich ein wenig vor und stand dann still. So verharrte er so lange, bis die beiden Jungen ungeduldig wurden. Magisch angezogen traten sie näher.

»Was ist?« flüsterte Robin, heiser vor Aufregung.

Oswin wandte sich zu ihm um und legte einen Finger an die Lippen. »Jungs, ihr kriegt wirklich was geboten für euer Geld«, versprach er tonlos. Dann winkte er sie näher und wies mit den Zeigefingern auf zwei Astlöcher in der Wand, nahe nebeneinander, eins höher, das andere niedriger. Ermutigend klopfte er Robin die Schulter und schlenderte anschließend Richtung Wirtshaus davon, zweifellos, um festzustellen, wie betrunken sein Vater inzwischen war.

Robin überließ Lionel das niedrigere Loch, lehnte behutsam die Stirn an die rohe Holzwand und spähte durch die höhere Öffnung hinein. Zuerst konnte er nicht viel erkennen. Drinnen schien es dunkler zu sein als hier draußen. Er war enttäuscht und erleichtert zugleich. Gerade, als er sich abwenden und von Oswin sein Geld zurückfordern wollte, erhaschte er eine Bewegung. Und dann erkannte er mit einemmal Formen und hielt den Atem an.

Das Häuschen bestand nur aus einem einzigen Raum. Nahe der Tür befand sich eine kleine Kochstelle. Das Holz war fast heruntergebrannt, nur hier und da züngelten noch Flammen aus der Glut. An der Wand zur Linken war ein Bett, ein üppiges Strohlager mit einer Wolldecke darauf. Und auf dem Bett saß Emma, die Witwe des Kuhhirten, der diese jämmerliche Hütte gehörte. Es hieß, sie sei siebzehn gewesen, als ihr Mann vor zwei Jahren von einem wilden Stier aufgespießt worden war, und es hieß weiter, daß Emma sich ihre Witwenschaft nicht sonderlich zu Herzen nahm. Sie war eine lebenslustige junge Frau, und sie war wunderschön. Die Schüler von St. Thomas ließen sich keine Gelegenheit entgehen, einen Blick auf sie zu werfen, wenn sie gelegentlich sonntags das Hochamt in der Klosterkirche besuchte, und tagelang schwärmten sie heimlich oder offen von dem, was sie gesehen hatten.

»Was betet ihr sie aus der Ferne an?« hatte Oswin halb verächtlich, halb belustigt gefragt. »Für einen halben Penny könnt ihr sie haben.«

Sie hatten nicht so recht verstanden, was er meinte, und Bruder Anthony hatte ihre Unterhaltung unterbrochen und Oswin vom Schulgelände gejagt, ehe sie ihn um eine Erklärung bitten konnten. Doch Oswin hatte offenbar recht gehabt. Denn Emma war nicht allein. Und sie war nackt.

Fassungslos starrte Robin auf ihre großen Brüste, die ihm riesig vorkamen, wie Euter. Er dachte an den verstorbenen Kuhhirten und unterdrückte ein nervöses Kichern. Ihre Haut erschien im schwachen Feuerschein kupferfarben, die Höfe und Warzen ihrer großzügigen Brüste schwarz. Nicht zum erstenmal spürte Robin dieses unerklärliche, herrliche und gleichzeitig schreckliche Gefühl irgendwo tief unten in seinem Körper. Aber es war noch nie so heftig gewesen. Er glaubte, das Gefühl wolle ihn in die Knie zwingen, es war, als müsse er sich zusammenkrümmen.

Der Mann, der neben dem Bett stand, war Cuthbert der Schmied. In der schwachen Glut zeichneten sich die mächtigen Muskeln seiner Arme und Schultern deutlich ab, und Robin glaubte zu erkennen, daß Emmas Blick bewundernd darüberstreifte. Cuthbert sah auf sie hinunter, offenbar ebenso gebannt wie Robin. Dann erwachte er zum Leben. Er legte die Hände auf ihre Brüste, und Emma ließ sich zurückfallen, bis sie ausgestreckt auf dem Rücken lag, ihre kastanienfarbenen Locken umgaben ihr Gesicht wie ein dunkler Schleier. Sie schloß die Augen, und ihr wunderbarer, kirschroter Mund lächelte zufrieden, während die rauhen Hände des Schmieds sanft über ihre Haut glitten. Dann ließ er sie plötzlich los, legte die Hände auf ihre angewinkelten Knie und schob sie auseinander. Robin stockte beinah der Atem. Gleich darauf verdeckte der breite Körper des Mannes dem Jungen die Sicht. Der Schmied legte sich zwischen Emmas Beine, und sofort begannen die beiden Körper, sich in einem langsamen, wunderbar harmonischen Rhythmus zu bewegen. Robin wußte, was sie taten. Der Unterschied zu Kühen oder Schafen oder Pferden war nicht so groß, daß er es nicht verstanden hätte, trotzdem war es völlig anders. Ihm wurde ungeheuer heiß. Der Rhythmus der beiden Körper wurde schneller und schneller, bis sie zuckten und sich wanden und ein bißchen grotesk wirkten. Und dann hörte er einen seltsamen Laut. Er verstand nicht gleich, was es war. Aber dann erklang der Laut wieder, diesmal lauter. Sie stöhnte. Und dann stöhnte er auch. Aber es war nicht, als hätten sie Schmerzen. Es war, als ob … als ob … Er fand kein Wort dafür.

Seine Handflächen, die er links und rechts neben den Kopf an die Wand gelegt hatte, waren feucht. Seine Augen brannten. Er wußte nicht, wie lange er schon starrte, ohne zu blinzeln. Und dann lag plötzlich eine energische Hand auf seiner Schulter und riß ihn von dem Astloch weg.

Robin fuhr entsetzt zusammen und unterdrückte im letzten Moment einen Laut. Erwischt! dachte er wütend. Sie haben uns erwischt!

Aber es war nur Lionel. Er starrte ihn mit riesigen Augen an, und sein Gesicht schien im fahlen Mondlicht kalkweiß. Wortlos zerrte er Robin von der Hauswand weg, bis sie außer Hörweite waren.

»O mein Gott, ist mir schlecht«, keuchte Lionel gepreßt.

»Was? Warum?« fragte Robin verständnislos. Er war immer noch benommen, halb dankbar, daß er dem beunruhigenden Schauspiel nicht länger folgen mußte, halb enttäuscht.

Lionel schüttelte sich unwillkürlich. »In meinem ganzen Leben habe ich noch nichts so *Abscheuliches* gesehen!«

Robin schwieg betroffen. Er hatte es nicht abscheulich gefunden. Keineswegs.

»Jetzt verstehe ich, was die Brüder meinen, wenn sie von der Sünde des Fleisches reden. Wer das tut, muß einfach in die Hölle kommen!«

»Blödsinn. Was, glaubst du, haben deine Eltern gemacht, bevor du geboren wurdest?«

Lionel war schockiert. »Bestimmt nicht *das*!«

Robin grinste vor sich hin. »Also ehrlich, manchmal bist du wirklich zu dämlich.«

»Was soll das heißen? Was willst du über meine Eltern sagen?«

Robin hörte deutlich den drohenden Unterton. »Gar nichts.« Er hob begütigend die Hände. »Nur, daß es natürlich ist. Alles Leben entsteht so. Es ist nicht schmutzig. Das reden sie uns nur ein. Und der Teu... ich meine, ich wüßte zu gerne, warum.«

»Es ist *nicht* natürlich«, widersprach Lionel heftig. »Es ist falsch und sündig. Die Frauen sind daran schuld. Sie tragen immer noch die Sünde Evas mit sich. Das sagt Bruder Philippus. Und jetzt glaube ich das auch. Wie sie ihn angesehen hat! So voller ... Gier! Und wie kalt sie gelächelt hat. Was für eine Hexe sie doch ist. Ich weiß nicht, wie sie mir je gefallen konnte. Nein, ich glaube, jede Frau ist mit Satan im Bunde.«

Was Lionel sagte, hörte Robin nicht zum erstenmal. Bruder Philippus hatte ihnen aus vielen Büchern gelehrter Männer vorgelesen, die alle das gleiche sagten. Aber er konnte es einfach nicht glauben. Er dachte immer an seine Mutter, wenn er hörte, daß alle Frauen sündig seien, daß sie von Natur aus größere Sünder seien als Männer, daß sie überhaupt die Sünde in die Welt gebracht hatten und daß eigentlich nur Jungfrauen in den Himmel kommen konnten. Dazu zählte seine Mutter eindeutig nicht, denn sie war verheiratet gewesen und hatte fünf Kinder geboren. Aber sie war ihm trotzdem immer als das vollkommenste aller Wesen erschienen, klug und schön und liebevoll. So hatte er sie jedenfalls in Erinnerung. Und als Bruder Philippus ihnen zum erstenmal von der Sünde aller Frauen vorgelesen hatte, hatte er die ganze Nacht wachgelegen und gebetet, Gott möge bei seiner Mutter eine Ausnahme machen. Die Vorstellung, daß sie im ewigen Feuer der Hölle brennen könnte, jetzt und bis in alle Ewigkeit, hatte ihn ganz krank gemacht.

Das war schon über vier Jahre her. Damals war er noch ein kleiner, leichtgläubiger Bengel gewesen, und seine Mutter war erst kurz zuvor gestorben. Heute glaubte er längst nicht mehr alles, was die Brüder ihnen auftischten. Trotzdem verspürte er ein leichtes Unbehagen. Er hatte den Anblick von Emma und Cuthbert nicht als abstoßend empfunden, im Gegenteil. Er hatte sich ein bißchen geschämt, weil er spionierte, weil er etwas ansah, das ganz gewiß nicht für fremde Augen bestimmt war. Aber was sie taten, erschien ihm nicht sündig. Lag es am Ende daran, daß er selbst sündig war? Sollte Bruder Anthony etwa doch recht haben, der jeden Tag wenigstens einmal behauptete, daß ihm, Robin, ein warmer Platz in der Hölle sicher sei?

Er zog unbehaglich die Schultern hoch. »Und ich denke, Bruder Philippus und seine Gelehrten haben *nicht* recht. Es kann nicht Sünde sein. Warum sollte Gott es so eingerichtet haben, daß die Menschen in Sünde gezeugt werden? Heißt es nicht, er hat uns nach seinem Ebenbild geschaffen?«

Lionel schüttelte entschieden den Kopf. »Du solltest die Bibelauslegung lieber denen überlassen, die sie verstehen und die das Wort Gottes nicht für ihre Zwecke verdrehen.«

Sie waren wieder an der Mauer des Klosters angelangt. Robin kletterte auf den untersten Ast der Weide. »Schön, denk, was du willst. Aber wenn man dich hört, könnte man meinen, Oswin hat recht. Aus dir wird tatsächlich noch ein echter Klosterbruder.«

Lionel sah ihn ärgerlich an. »Man muß kein Mönch sein, um gottesfürchtig zu leben und sich von der Sünde fernzuhalten.«

Robin seufzte. »Vielleicht nicht. Aber wenn du glaubst, diese Geschichte hier beichten zu müssen, dann laß mich dabei aus dem Spiel, hörst du. Bring mich nicht in Schwierigkeiten mit deiner unbefleckten Heiligkeit.«

Lionel preßte die Lippen zusammen. »Manchmal fürchte ich um deine Seele, Robin.«

Robin schwang sich über die Mauer. »Dann bete für mich, Mönchlein.«

Als Bruder Bernhard am nächsten Morgen das Dormitorium betrat, seine mißtönende Handglocke schwang und mit seiner rauhen Baßstimme donnerte: »Gelobt sei Jesus Christus!«, sprangen dreißig Jungen im Alter zwischen sieben und vierzehn Jahren von ihren Lagern auf und erwiderten im Chor: »In Ewigkeit, Amen!«

Nur Robin rührte sich nicht. Bruder Bernhard sah stirnrunzelnd zu ihm hinüber, aber ehe er herbeihinken konnte, um ihn mit einem gezielten Tritt auf die Beine zu bringen, hatte Lionel ihn am Ellenbogen gepackt und halb hochgezerrt. »Aufstehen«, zischte er eindringlich.

Robin fuhr aus dem Schlaf auf, strampelte seine leichte Wolldecke zurück und kam stolpernd hoch. »In … Ewigkeit, Amen.«

Bruder Bernhard brummte übellaunig und ging ohne Eile davon.

Robin rieb sich die Augen und gähnte herzhaft. »Ich wünschte, ich könnte nur ein einziges Mal so lange schlafen, bis ich von selbst aufwache.«

»Müßiggang ...«, begann Lionel, und Robin winkte eilig ab.

»Ich weiß, ich weiß. Aber die Sache hat auch eine andere Seite. Wer schläft, sündigt nicht, oder?«

Lionel fiel keine überzeugende Erwiderung ein, und kurze Zeit später gingen sie nebeneinander in einem schweigenden, ordentlichen Zug mit den anderen Schülern zur Frühmesse.

Nach dem Frühstück, das wie jeden Morgen aus einem Stück hartem, dunklem Brot und einem Becher verdünntem Bier bestand, begaben sie sich zum Schulhaus. In der ersten Stunde hatten sie Rechenunterricht bei Bruder Bernhard. Robin vergaß für eine Weile, wie unausgeschlafen er war, obwohl er gerade diese Stunde auch im Halbschlaf mühelos hätte bewältigen können. Der Umgang mit dem Abakus barg für ihn schon lange keine Tücken mehr. Manchmal, wenn Bruder Bernhard guter Laune war, erzählte er Robin ein wenig über die Grundbegriffe der Geometrie, und dann hatte er einen ungewöhnlich aufmerksamen Zuhörer. An diesem Morgen allerdings ließ er sie nur Kopfrechnen üben. Robin war ein bißchen gelangweilt, aber es hielt ihn zumindest wach. In der anschließenden Lateinstunde dagegen kämpfte er fortwährend mit dem Schlaf. Auf der Suche nach Ablenkung sah er wieder und wieder aus dem Fenster in den Obstgarten. Der Spätsommermorgen war heiß und dunstig geworden. Der Tau auf dem Gras und den Blättern der Apfelbäume war längst getrocknet. Still standen sie im warmen, fast messingfarbenen Sonnenlicht, und ihre Äste bogen sich unter ihrer rotgoldenen Last. Der süße Duft der Früchte lockte Wespen in Scharen an. Schon ein bißchen träge tummelten sie sich um das Fallobst im hohen Gras.

Robin war dankbar für den wenig spektakulären Ausblick. Wenn der Herbstregen einsetzte, würden die Fenster mit Holzläden verschlossen, damit die Feuchtigkeit nicht ungehemmt in den Schulraum eindringen konnte, und sie würden wieder im trüben Halbdunkel bei eisiger Kälte sitzen. Aber noch war es nicht soweit, noch konnte er hinaussehen in den blauen Himmel und über die Felder hinter dem Obstgarten, die größtenteils schon abgeerntet waren. Erntezeit. Zu Hause brachten sie jetzt auch das Korn ein. Von früh bis spät würden die Bauern und ihre

Familien auf den Feldern sein. Dann kam die Dreschzeit, und wenn das Stroh gebündelt war, kamen die Erntefeste, mit großen Feuern und Tanz und Ausgelassenheit, und das frischgebraute Bier würde in den Krügen schäumen, und niemand schickte die Kinder ins Bett …

»Waringham, du gottloser Schwachkopf, was gibt es da draußen so Erbauliches zu sehen?«

Robin fuhr leicht zusammen. »Nichts, Bruder Anthony.«

»Nichts?« Der kleine Mönch durchschritt die Gasse zwischen den Schulbänken, und sein schwarzes Habit flatterte dabei um seinen hageren Körper. Robin saß ganz hinten, weil er zu den Größten gehörte. Ein bevorzugter Platz, aber Bruder Anthony hatte gerade die letzten Bänke immer besonders im Auge. Er warf einen kurzen Blick durch das Fenster. »Warum starrst du dann immerzu hinaus?«

»Es tut mir leid«, murmelte Robin ohne die geringsten Anzeichen echter Reue und unterdrückte ein Gähnen.

Bruder Anthonys Lippen waren schmal und weiß, ein sicheres Anzeichen seines Mißfallens. »Also, was haben wir denn da draußen? Ich sehe Apfel- und Birnbäume und vier Brüder bei der Obsternte. Ist es das, was dich so fasziniert?«

Die anderen Jungen lachten leise, ein bißchen nervös vielleicht. Robin sagte nichts.

Bruder Anthony schüttelte verächtlich den Kopf. »Ich versuche, dir ein paar elementare Regeln der Stillehre beizubringen, und du siehst aus dem Fenster. Du glaubst, ein Obstgarten sei interessanter als Vergilius. Du bist ein Taugenichts!«

Robin sah auf seine Hände. »Ja, Bruder Anthony.«

»Voll sündiger Gedanken!«

»Ja, Bruder Anthony.« Lionel ist da ganz deiner Meinung, dachte er halb grimmig, halb belustigt. Er bemühte sich um eine ausdruckslose Miene.

»… nach dem Unterricht hierbleiben und die nächsten dreißig Zeilen auswendig lernen. Ich werde dich heute abend abhören. Besser, du lernst sie gut, Waringham!«

Robin hatte nur mit halbem Ohr hingehört. Bruder Anthonys wüste Beschimpfungen hatten sich schon lange abgenutzt. Er hörte sie viel zu oft, um ihnen noch besondere Beachtung zu schenken. Doch als die letzten Worte zu ihm vordrangen, sah er entsetzt in das kantige Gesicht mit den scharfen, hellblauen Augen auf. »Aber …«

»Ja? Was wolltest du sagen, Schwachkopf?«

Er biß sich auf die Unterlippe. Heute nachmittag wäre er an der Reihe gewesen, mit Bruder Cornelius nach Posset zu fahren. Es war nur ein Marktflecken, etwa drei Meilen westlich des Klosters, aber im Vergleich zu Curn war Posset eine Stadt. Auf dem Markt wurde das wenige eingekauft, was die Brüder nicht selber herstellten, wie Wolle, zum Beispiel. Jede Woche durfte einer der älteren Schüler Bruder Cornelius begleiten. Es gehörte zu den wenigen Abwechslungen in ihrem tristen, streng geregelten Internatsleben, und sie fieberten dem Ausflug schon Wochen im voraus entgegen. Bruder Cornelius, der Cellarius, war ein gutmütiger, fettleibiger Mönch, dessen Tonsur mit den Jahren zu einer großen, glänzenden Glatze geworden war, umgeben von einem schmalen Kranz grauer Zotteln. Er war so ganz anders als Bruder Anthony und die übrigen Lehrer, denn er ließ die Jungen den Wagen lenken, ließ sie unbeaufsichtigt und länger als nötig in dem bunten Treiben auf dem Markt herumstreunen, schwatzte einem Bäcker ein paar Honigkuchen für seine ewig ausgehungerten Begleiter ab, und er erzählte ihnen Geschichten aus der Zeit vor dem Krieg. Als der König nicht viel älter gewesen war als die Schüler von St. Thomas jetzt, bevor der Schwarze Tod gekommen war, und man konnte glauben, England sei damals ein dichtbevölkertes Land voll unbeschwerter Fröhlichkeit gewesen. Sie liebten Bruder Cornelius. Die Ausflüge mit ihm waren wie ein Hauch von Freiheit.

Robin spürte seine Enttäuschung wie einen großen, grauen Ozean, der sich vor ihm auftun wollte. Es würden mehr als drei Monate vergehen, bevor er wieder an der Reihe war. Für einen Augenblick fürchtete er, er werde in Tränen ausbrechen. Statt dessen wurde er zornig. »Ihr seid ungerecht, Bruder Anthony.«

Betroffenes Schweigen legte sich über die Klasse.

»Was sagtest du?« erkundigte der Lehrer sich leise.

Robin rang um seinen Mut. »Ich … habe überhaupt nichts getan. Ich habe meine Aufgaben gelernt, alles, was Ihr uns aufgetragen habt. Aber Ihr fragt mich nicht einmal danach. Warum?« Er hätte wirklich gerne den Grund gekannt, warum Bruder Anthony ihn so verabscheute.

Der kleine Mönch betrachtete ihn ungläubig. »Du willst mit mir disputieren?«

Robin nickte kurz. »Warum nicht? Es kann so verwerflich nicht sein, denn das ist es doch, was wir in der Rhetorik lernen sollen, oder nicht? Bruder Jonathan sagt, sie sei der Schlüssel zu allen weiteren Freien Künsten. Und Latein«, fügte er in einer plötzlichen Anwandlung bitteren Hohns hinzu, »hat er nicht erwähnt.«

Noch während er sprach, dachte er: Meine Güte, habe ich das wirklich gesagt? Ich muß wahnsinnig sein.

Die anderen Schüler starrten ihn an wie einen grotesken Krüppel auf dem Jahrmarkt. Bruder Anthony war noch ein bißchen blasser geworden. Steif ging er zu seinem Pult zurück und nahm seinen Stock auf. »Komm her, Waringham.«

Robin erhob sich langsam; seine Knochen erschienen ihm bleischwer. Er ließ den dürren Mönch nicht aus den Augen. Als er vor ihm anhielt, standen sie Auge in Auge.

»Beug dich vor, du Höllenbrut. Hochmut und Ungehorsam sind eine Eingebung Satans. Wir wollen doch sehen, ob wir ihn dir nicht austreiben können.«

Robin glaubte nicht, daß der Teufel irgend etwas mit dieser Sache zu tun hatte, und er glaubte auch nicht, daß Bruder Anthony das glaubte. Er biß die Zähne zusammen.

Ein schüchternes Klopfen gewährte ihm Aufschub. Zögerlich öffnete sich die Tür, und ein Laienbruder steckte den Kopf in den Raum. »Entschuldigt, Bruder Anthony.«

»Was gibt es?« fragte der Lehrer barsch.

Der Bruder ließ seinen Blick über die Klasse schweifen. »Robert of Waringham?«

Robin wandte sich um. »Das bin ich.«

»Vater Jerome will dich sprechen. Jetzt gleich. Komm mit mir.«

Robin rührte sich nicht und starrte ihn verblüfft an. Was in aller Welt mochte das zu bedeuten haben? Dann ging ihm auf, daß vermutlich alles besser war, als jetzt hierzubleiben. Er sah fragend zu Bruder Anthony.

Der Mönch scheuchte ihn mit einer ungehaltenen Geste weg. »Geh schon. Ich werde es nicht vergessen.«

Robin lächelte dünn. »Nein. Da bin ich sicher, Bruder Anthony.«

Der Laienbruder führte ihn schweigend aus dem Schulhaus, durch den Kreuzgang, am Refektorium vorbei zu dem bescheidenen Häuschen, das der Abt von St. Thomas bewohnte. Mochte er auch der Vorstand eines der mächtigsten Klöster Südenglands sein, Jerome folgte dennoch der Benediktinerregel wortgetreu. In seinem Haus gab es nicht mehr Komfort als im Dormitorium seiner Mitbrüder. Er hielt jeglichen weltlichen Prunk für Teufelswerk. Er war ein Asket, und seine *Contemptus-Mundi*-Schriften hatten einige Beachtung gefunden. Von den Mönchen und den Schülern seines Klosters wurde er gleichermaßen gefürchtet und geachtet, und Robin überlegte unbehaglich, was diese unerwartete Audienz zu bedeuten hatte. Nervös überdachte er die Bilanz seiner Verfehlungen der letzten Wochen. Nichts davon war schlimm genug gewesen, um diese Unterredung zu erklären. Und wenn ihre Abwesenheit während der vergangenen Nacht entdeckt worden war, warum wurde er dann alleine zu Vater Jerome zitiert?

Der Laienbruder wies auf das kleine Holzhaus des Abtes und entfernte sich eilig. Schüchtern klopfte Robin an, und auf eine gemurmelte Aufforderung von drinnen trat er ein.

Jerome of Berkley saß auf einem Holzschemel an einem niedrigen Tisch. Eine Pergamentrolle lag ausgebreitet vor ihm. Der Raum war recht dunkel, aber der Kerzenstummel auf dem Tisch brannte nicht. Im Kamin lag kalte Asche. Robin schauderte in der plötzlichen Kühle. Die Sonne war nicht bis hierher gedrungen.

Der Abt ließ die Schriftrolle los; die Enden rollten sich langsam ein, und das Pergament raschelte leise. »Du bist Waringham?«

Robin hielt den Blick gesenkt und versteckte die Hände in den Ärmeln seiner Kutte. »Ja, Vater.«

»Robert, nicht wahr?«

»Ja, Vater.«

»Setz dich, mein Sohn.«

Robin sah sich verstohlen um und entdeckte einen weiteren Schemel unter dem Tisch. Er trat näher, zog ihn hervor und setzte sich auf die Kante.

»Wie alt bist du, Robert?«

»Zwölf, Vater.«

»Und wie lange bist du schon hier?«

»Fünf Jahre, Vater.«

»Und bist du glücklich in St. Thomas?«

»Natürlich, Vater.«

Der alte Mönch schüttelte fast unmerklich den Kopf. »Sei ehrlich, Junge. Es ist eine wichtige Frage.«

Robin sah verwundert auf und betrachtete den ungebeugten, weißhaarigen Mann zum erstenmal offen. Er kannte ihn kaum. Der Abt des Klosters hatte zu viele Pflichten, um sich regelmäßig um die Schüler und damit den Nachwuchs seines Hauses kümmern zu können. Diese Aufgabe mußte er anderen überlassen. Er wies lächelnd auf den Korb Äpfel vor sich. »Bist du hungrig?«

Robin nickte wahrheitsgemäß. Seit er nach St. Thomas gekommen war, war kein Tag vergangen, da er nicht hungrig aufgewacht und hungrig zu Bett gegangen war. Die Rationen im Kloster waren mager. Seine unablässige Gier nach Essen hatte ihn oft beschämt, denn keiner seiner Lehrer hatte ihm erklärt, daß ein Junge, der viel wächst, auch viel essen muß.

Jerome schob ihm den Korb hin. »Dann greif zu.«

Er wählte einen Apfel aus und biß hinein. Er war reif und süß; der Saft tropfte auf seine Hand.

Nach einem kurzen Schweigen nahm der Abt das Gespräch wieder auf. »Fünf Jahre sind eine lange Zeit, Waringham. Glaubst du, du würdest gerne für immer hierbleiben?«

Robin hörte auf zu kauen. Das blanke Entsetzen trieb ihm den Schweiß auf die Stirn, und er schwieg beharrlich. Ihm fiel keine höfliche Antwort ein.

Jerome lächelte milde. »Sei ganz offen, mein Sohn.«

»Nein, Vater.«

»Und was willst du tun, wenn du uns verläßt?«

»Ein Ritter des Königs werden. Wie mein Vater.«

Jerome hörte auf zu lächeln, und sein Gesicht wurde seltsam still. »Glaubst du, das ist die beste Weise, auf die du Gott dienen kannst?«

Robin biß noch einmal in seinen Apfel, um Zeit zu gewinnen, kaute langsam und schluckte. »Vor allem will ich meinem König dienen.«

»Wie kommt es, daß du den König mehr liebst als Gott?«

Der Junge überlegte seine Antwort genau. Er fürchtete eine Falle. »Das tue ich nicht. Nur in anderer Weise. Es ist so viel leichter, den König zu lieben. Er ist ein Mann, ein mächtiger Kriegsherr, er hat die Schotten aus dem Norden vertrieben, und er wird auch die Franzosen besiegen. Er ist …« *Leibhaftig*, hatte er sagen wollen und besann sich im letzten Moment.

Der Abt drängte ihn nicht. Er faltete die Hände vor der Pergamentrolle. »Wieso bist du so sicher, daß der König den Krieg gewinnt?«

»Weil er bisher jede Schlacht gewonnen hat. Weil er tapfer und klug ist und viele tapfere und kluge Männer an seiner Seite hat, wie den Schwarzen Prinzen und meinen Vater.«

Jerome nickte langsam, als habe er solch schlagkräftigen Argumenten nichts entgegenzusetzen.

Robin hielt seinen abgenagten Apfel am Stiel und ließ ihn kreisen. Er wußte nicht, wohin damit.

»Du bist also stolz auf deinen Vater?«

»O ja, Vater.«

Jerome beugte sich leicht vor. »Und was ist Stolz?«

Robin preßte die Lippen zusammen und ärgerte sich über sein unbedachtes Eingeständnis. »Sünde«, murmelte er und zweifelte insgeheim, daß es auch Sünde war, auf jemand anderen und nicht für sich selbst stolz zu sein.

»So ist es«, erwiderte der Abt leise, seine Stimme klang wie ein Seufzen. »Und du weißt, daß Gott uns Prüfungen schickt, um uns demütig zu machen, nicht wahr?«

Ein unheimliches Gefühl beschlich Robin. Er hatte den Verdacht, daß sie sich dem eigentlichen Gegenstand der Unterhaltung näherten und daß es sich um eine viel ernstere Sache als um Verstöße gegen die Klosterregel handelte. Er nickte argwöhnisch.

Der alte Mönch betrachtete den blonden Jungen ihm gegenüber, dessen dunkelblaue Augen ihn so durchdringend ansahen. Er war mager und groß, von Gestalt fast schon ein Mann, aber das Gesicht mit dem vollen Mund, der schmalen Nase und den Sommersprossen war das eines echten Lausebengels. Er empfand tiefes Mitleid für dieses verlorene Lamm und bat Gott, er möge ihm die richtigen Worte schicken, um dem Jungen die furchtbaren Nachrichten so schonend wie möglich beizubringen.

Der Abt stand auf und trat an das kleine Fenster neben der Tür, wandte Robin wieder das Gesicht zu und ließ sich von der Sonne seinen schmerzenden Rücken wärmen. »Du bist ein guter Schüler, Waringham. Ich weiß, daß du dich nur mühsam in unsere harte Disziplin einfügst, aber du hast einen wachen Verstand. In Latein hast du Bruder Anthony bald übertroffen – sehr zu dessen Verdruß –, und wie ich höre, machst du in allen Fächern des *Trivium* gute Fortschritte und schreibst sogar recht ordentlich. Unser Orden braucht Leute wie dich. Ich bin sicher, du könntest mit der Zeit dein Wesen zügeln, aus deinen Wildheiten wirst du herauswachsen. Du könntest lernen, daß ein Leben für Gott das einzige wahre Glück bedeutet.«

Robin hörte höflich, wenn auch ein bißchen ungeduldig zu. Er teilte Vater Jeromes Zuversicht hinsichtlich seiner Läuterung nicht.

Der Abt unterbrach sich, als er spürte, daß er die Aufmerksamkeit des Jungen verlor. »Mein Sohn, ich habe schlechte Neuigkeiten. Aber bevor ich dir sage, was geschehen ist, will ich, daß du weißt, daß du hierbleiben kannst. Ich würde dafür sorgen, daß du hier aufgenommen wirst. Ich meine kostenlos, Robert, verstehst du?«

Robin sah ihn mit bangen Augen an. »Danke, Vater. Aber selbst wenn ich wollte, mein Vater würde es niemals erlauben …«

Sein Mund wurde mit einemmal staubtrocken, als er den Abt ansah, und er wußte plötzlich genau, was kommen würde.

Jerome faltete die Hände und nickte betrübt. »Dein Vater ist tot, Robert.«

Er blinzelte und versuchte zu schlucken. Es ging nicht. Er schluckte nur Luft, und sein Adamsapfel klickte trocken. Er hielt den Kopf gesenkt und starrte blind auf seine Hände.

Es war eine lange Zeit still. Schließlich spürte er eine Hand auf seinem Kopf, und der Abt murmelte: »Es tut mir leid, mein Sohn.«

Robin rührte sich nicht. Du hast immer gewußt, daß es jederzeit passieren kann, dachte er dumpf. Jetzt ist es passiert. Dir selbst wird es eines Tages vielleicht genauso ergehen. So war das eben; er war ein Ritter seines Königs, und der König befand sich im Krieg. Der Krieg forderte Opfer, und er, Robin, hatte das immer verstanden. Und er hatte seinen Vater nie wirklich gekannt. Es war nicht so, als risse der Verlust eine Lücke in sein Leben. Als Robin geboren wurde, war der Krieg schon über zehn Jahre alt. Sein Vater war kaum je daheim gewesen; es war immer seine Mutter gewesen, die das Gut verwaltete und an Stelle ihres Mannes die Entscheidungen traf. Aber Robin trauerte trotzdem um die stattliche Erscheinung in der schweren, teuer erkauften Rüstung. Er erinnerte sich gut an die wenigen Mußestunden, die sie zusammen verbracht hatten. Er war es gewohnt, sich daran zu erinnern, denn diese Erinnerung war alles, was er von seinem Vater hatte. Er hatte die Erinnerungen gepflegt wie kostbare Kleinodien. An den Abend, zum Beispiel, als sein Vater ihm und seinen beiden Brüdern von der Belagerung von Calais erzählt hatte. Am nächsten Tag waren sie zusammen auf die Jagd geritten, und sein Vater und sein großer Bruder Guillaume hatten einen riesigen, wirklich furchteinflößenden Keiler erlegt im Wald von Waringham. Und seine Mutter hatte geschimpft, als sie abends heimkamen, weil sie eine Jagd für einen kleinen Jungen wie Robin zu gefährlich fand. Er und sein Vater und sein Bruder hatten mit betretenen Gesichtern ihren Vorhaltungen gelauscht und sich hinter ihrem Rücken verstohlen angegrinst …

Die Erinnerung erschien ihm auf einmal fahl und lückenhaft, und er hatte einen dicken Kloß in der Kehle. Er versuchte, an etwas anderes zu denken, und dann riß er plötzlich erstaunt die Augen auf. Gütiger Jesus … »Ich bin der Earl of Waringham!«

Vater Jerome runzelte die Stirn. »Nein, mein Sohn. Das bist du nicht.«

»Aber ich bin jetzt der Älteste. Und wenn mein Vater gefallen ist …«

»Das ist er nicht.«

Robin sah ihn verständnislos an.

Jerome hob hilflos die Schultern. »Ich weiß nicht genau, was passiert ist. Nur, daß es irgendwo in der Normandie ein unbedeutendes Scharmützel gegeben hat. Dein Vater wurde am Tag nach der Schlacht verhaftet und des Hochverrats beschuldigt. Ich weiß nicht, was genau man ihm vorwarf. Er sollte hier in England vor ein Gericht kommen, aber … er hat sich erhängt.« Er hielt kurz inne und sah in das Gesicht des Jungen, das schneeweiß geworden war.

»Aufgehängt«, hauchte Robin ausdruckslos.

Jerome nickte traurig. »Ja, mein Junge. Offenbar wertete der königliche Gerichtshof seinen Selbstmord als Schuldanerkenntnis. Sein Lehen und alle Ämter sind ihm aberkannt worden. Und damit auch dir. Du bist kein Lord mehr. Du bist ein Niemand.

Aber wenn du bei uns bleibst, kannst du immer noch alles erreichen.«

Robin hörte nicht zu. Ein dumpfes Dröhnen hatte in seinem Kopf eingesetzt, das viel lauter war als die brüchige Stimme des alten Mannes. Das *konnte* einfach nicht wahr sein. Völlig ausgeschlossen. Sein Vater war kein Verräter. Das Wort schien in seinen Ohren zu gellen. Es war ein entsetzliches Wort. Verräter. Und ein Selbstmörder obendrein, verdammt für immer und ewig …

Er erhob sich mühsam. »Darf ich gehen?«

Der Abt schüttelte den Kopf. »Einen Augenblick noch. Was hast du vor?«

»Ich will nach Hause.«

»Zu deiner Familie? Willst du uns deswegen verlassen?«

Warum kannst du mich nicht zufriedenlassen, dachte Robin. Er spürte einen kraftlosen Zorn auf den alten Mönch. Er kam ihm vor wie eine gierige Krähe, die ihn nicht aus ihren Krallen lassen wollte. »Ich …« Er schüttelte den Kopf, um das Dröhnen zu vertreiben. »Ich habe zu Hause keine Familie.«

»Deine Mutter …?«

»Sie ist an der Pest gestorben. Meine Schwester Isabella und meine beiden Brüder auch. Meine andere Schwester, Agnes, ist in einem Kloster in Chester. Mein Vater hat sie hingebracht, weil es da angeblich mit der Pest nicht so schlimm war …« *Mein Vater hat sie hingebracht. Mein Vater ist tot. Aufgehängt. Ein Verräter.*

Er schloß für einen Moment die Augen.

Jerome legte ihm die Hand auf die Schulter. »Dann wollen wir es dabei belassen. Deine Schwester wird sicherlich in ihrem Kloster bleiben können, wenn ich der Mutter Oberin einen Brief schreibe. Und du wirst vorerst bei uns bleiben.«

»Nein, Vater.«

Der Abt sah ihm ernst in die Augen. »Ich befehle es, Robert.«

Der Junge machte einen Schritt zurück und befreite sich von der großen, knöchrigen Hand. »Ich werde nicht Mönch werden. Ich werde niemals die Gelübde ablegen. Ihr könnt mich nicht zwingen!«

»Ich will dich zu nichts zwingen. Ich befehle dir nur, hierzubleiben und nicht nach Waringham zurückzukehren. Du hast dort keinen Menschen und kein Zuhause mehr. Und du bist noch zu jung, um auf dich gestellt zu sein.«

Lächerlich, dachte Robin wutentbrannt. Der König war kaum älter als ich, als er den Thron bestieg!

»Hast du mich verstanden, Junge?«

Robin hörte deutlich die leise Drohung aus dem trockenen Krächzen der alten Krähe. Er senkte den Blick, um seine Auflehnung zu verbergen, und täuschte Gehorsam vor. »Ja, Vater.«

Er folgte Jeromes Befehl und blieb in St. Thomas. Bis kurz nach Mitternacht. So lange hatte er gebraucht, um Abschied von Oswin und Lionel zu nehmen und seine Pläne zu machen, und er wollte den Schutz der Dunkelheit nutzen, ebenso wie den Vorsprung, den die Nacht ihm gewährleisten würde.

Im Dormitorium herrschte fast vollkommene Stille. Robin hörte nur die gleichmäßigen Atemzüge der anderen, und ab und zu raschelte es leise, wenn einer sich auf seinem Strohlager regte. Robin lag als einziger wach und lauschte. Irgendwann würde ein leises Füßescharren und Kuttenrascheln ihm anzeigen, daß die Brüder sich zur Mette begaben. Es würden nur leise Geräusche sein; er mußte aufpassen, damit er sie nicht versäumte. Mit brennenden Augen starrte er auf das Fenster in der gegenüberliegenden Wand, durch das der Mond ins Dormitorium schien. Robin mußte nicht befürchten, daß er einschlafen würde. Wenn er auch in der vergangenen Nacht wenig geschlafen hatte, war er doch so hellwach, daß er beinah zweifelte, ob er überhaupt je wieder würde schlafen können.

Mit einemmal war er ganz allein auf der Welt. Der Tod seiner Mutter und seiner Geschwister bei der zweiten, furchtbaren Pestwelle vor vier Jahren hatte ihn hart getroffen. Aber sie waren immer noch eine Familie gewesen. Sein Vater und seine Schwester waren noch dagewesen. Sie hatten einen schweren Verlust erlitten, wie fast jede Familie, die Robin kannte, aber sie waren immer noch das Geschlecht von Waringham, und er hatte nie daran gezweifelt, daß sein Vater eine neue Frau finden und daß er neue Geschwister bekommen würde. Jetzt hatte sich alles geändert. Sein Vater war dahin, ebenso wie der Name. Ein Niemand, hatte Vater Jerome gesagt. Und es stimmte. Robin von Nirgendwo. Die Welt war aus den Fugen. Er schien überhaupt nicht mehr zu wissen, wer sein Vater eigentlich gewesen war. Er lag auf dem

Rücken, starrte in die Dunkelheit, und seine Gedanken drehten sich immerzu im Kreis.

Dann hörte er endlich, worauf er gewartet hatte. Das leise Flüstern der Sandalen auf dem gepflasterten Weg zur Kirche. Schwere Schritte und leichte. Gleichmäßige und hinkende. Er richtete sich vorsichtig auf und wartete. Als er nichts mehr hörte, zählte er mit geschlossenen Augen langsam bis hundert. Dann schlug er die Decke zurück und stand auf. Er zog die verhaßte Kutte eilig über den Kopf, und zum Vorschein kamen ein fadenscheiniger, knielanger Kittel und ausgefranste, fleckige Hosen aus grauem Tuch, Oswins Sonntagsstaat, den Robin ihm für seine letzten paar Münzen abgekauft hatte. Lautlos schlich er zur Tür.

Die Nacht war wieder kühl. Er spürte Feuchtigkeit unter seinen nackten Füßen. Er zog die Tür behutsam zu und sah sich um. Kein Mensch weit und breit. Hastig überquerte er den Platz und glitt in den Schatten des Schulhauses. Er schlich an der Wand entlang auf die andere Seite in den Obstgarten. Der Mond gab ausreichend Licht, um die Reihen knorriger Apfelbäume auszumachen. Robin griff mit beiden Händen in die niedrigen Äste und erntete. Er würde wenigstens einen, vielleicht auch zwei Tage brauchen, bis er nach Waringham kam. Und er wollte nicht auf die Mildtätigkeit Fremder angewiesen sein. Die Zeiten waren schlecht, und nur die Klöster konnten es sich leisten, hungrige Wanderer zu beköstigen. Aber gerade um die Klöster gedachte er einen weiten Bogen zu machen.

Er zog seinen Gürtel fest und stopfte die Äpfel in den weiten Kittel, bis er glaubte, sein Vorrat sei groß genug. Als er an das kleinen Törchen des Obstgartens kam, trat plötzlich eine dunkle Gestalt aus dem Schatten.

»Was hast du hier verloren, Höllenbrut?« zischte eine gepreßte Stimme.

Robin blieb stehen. Für einen Augenblick war er erschrocken, aber dann grinste er verwegen. »Nicht in der Mette, Bruder Anthony?«

Der Mönch stellte sich ihm in den Weg. »Halt deinen vorlauten Mund, Waringham. Ach, so heißt du ja gar nicht mehr, nicht wahr? Wie soll ich dich wohl in Zukunft nennen, he?«

»Das könnt Ihr halten, wie Ihr wollt. Ich werde nicht hier sein, um es zu hören.«

»Bist du sicher? Denkst du, ich weiß nicht, was Vater Jerome entschieden hat?«

Robin betrachtete ihn kühl. Der gehässige, bittere kleine Lateinlehrer barg plötzlich keinen Schrecken mehr für ihn. Er schien schon der Vergangenheit anzugehören, ebenso wie sein Vater und sein Name. »Das kümmert mich nicht. Laßt mich vorbei.«

Der Mönch machte statt dessen einen Schritt auf ihn zu. »Was fällt dir ein, so mit mir zu reden!«

Robin ließ ihn nicht aus den Augen. Zum erstenmal ging ihm auf, daß er ebenso groß war wie Bruder Anthony. Wer weiß, dachte er erstaunt, vielleicht könnte ich ihn mit einem unerwarteten Stoß aus dem Weg schaffen. Aber man kam in die Hölle, wenn man Hand an einen Mönch legte ...

»Seid Ihr gekommen, um mich in lateinischen Versen abzufragen, Bruder Anthony? Versäumt Ihr dafür die Mette?«

»O nein. Ich bin gekommen, um zu verhindern, daß du gegen Vater Jeromes Anweisung verstößt und dich bei Nacht und Nebel davonschleichst. Was ja wohl deine Absicht war. Über die Verse, die du lernen solltest, werden wir morgen reden. Verlaß dich darauf. Und jetzt scher dich zurück ins Dormitorium. Na los!«

Robin riß die Augen auf und zeigte auf einen Punkt über der Schulter des Mönches. »Seht doch nur, Bruder Anthony ...«

Der Bruder wandte den Kopf, und ehe ihm aufging, daß er auf einen billigen Trick hereingefallen war, hatte Robin einen Apfel hervorgeholt und warf ihn dem Mönch zielsicher an die Schläfe. Bruder Anthony fiel benommen zu Boden.

Robin machte zwei Schritte auf ihn zu. Bevor Anthony noch wußte, wie ihm geschah, hatte er ihm die Kordel abgenommen, die dem Mönch als Gürtel diente, ihm die Hände zusammengebunden und das lose Ende an einem Baum festgemacht.

Als er fertig war, war Bruder Anthony wieder Herr seiner Sinne. »Robert! Mach mich wieder los, du Teufel! Auf der Stelle, oder ich werde dich ...«

Robin blieb nicht dort, um sich die schrecklichen Drohungen anzuhören, die Bruder Anthony immer speziell für ihn reservierte. Er setzte über den niedrigen Zaun des Obstgartens, lief zur Mauer und sprang daran hoch. Seine Eile und sein großes Verlangen nach Freiheit verliehen ihm Kraft. Es gelang ihm, mit einem gewaltigen Sprung die Mauerkante zu erfassen, und er merkte kaum, daß er sich die Knie dabei aufschlug. Ohne große Mühe hangelte er sich hoch. Er hielt sich nicht mit dem Weidenbaum auf, der kaum zehn Ellen entfernt rechts von ihm aufragte. Statt dessen sprang er von der Mauer. Er landete gut auf weichem Gras und lief etwa in östlicher Richtung über ein Stoppelfeld. Er hoffte inständig, daß niemand Bruder Anthony vor dem Laudes-Gebet vermissen würde. Und er hoffte, daß ein geworfener Apfel nicht das gleiche war wie ›Hand anlegen‹.

Als der Morgen graute, kam er an den Rand eines Waldes. Ein schmaler Weg führte hindurch. Robin folgte ihm, bis er an einen kleinen Bach gelangte. Er kniete sich am Ufer ins Gras, beugte sich vor, steckte den Kopf ins Wasser und trank. Der Junge war müde und schrecklich durstig; das Wasser tat ihm gut. Es war kalt und kribbelte in den Ohren. Er legte sich auf den Rücken, sah in den heller werdenden Himmel und hörte den Vögeln zu. Dann schlief er ein.

Ein Regenguß riß ihn unsanft aus dem Schlaf. Robin fuhr erschrocken auf und sah verwirrt um sich. Wo in aller Welt bin ich? dachte er verwundert, und dann fiel ihm alles wieder ein. Die Erinnerung kam wie ein Schock. Er blieb einfach sitzen, wo er war, mit dem Rücken zu dem kleinen Flüßchen, und sah auf den nassen Waldboden. Der Regen fiel in dicken, klatschenden Tropfen, und bald war Robin bis auf die Haut durchnäßt. Aber er spürte es kaum. Er versuchte, für die verdammte, verräterische, selbstmörderische Seele seines Vaters zu beten. Doch er fand sein eigenes Gebet wenig überzeugend. Nicht einmal sich selbst konnte er glaubhaft einreden, daß es sich bei der Sache um ein fatales Mißverständnis, eine Verknüpfung unseliger Umstände handeln mußte. Wie sollte er da Gott überzeugen? Sein Unvermögen, eine plausible Erklärung zu finden, und das beklemmende Bewußtsein seiner eigenen Verlorenheit trieben ihm heiße Tränen in die Augen.

Endlich stand er auf und sah sich suchend nach etwas um, das ihm den Weg weisen konnte. Der Himmel hing voll tiefer Wolken, und er konnte den Stand der Sonne nicht ausmachen. Er hatte jedes Zeitgefühl verloren und schätzte vage, daß es bald Mittag sein mußte. Er befand sich in einem Eichenwald. Die Bäume waren sehr alt und standen nicht besonders dicht. Die ersten Blätter färbten sich schon gelb, hingen naß und glänzend herunter und zitterten leicht, wenn ein Tropfen sie traf. Robin begutachtete die mächtigen Stämme und stellte fest, daß die ihm zugewandte Seite moosbewachsen war. Das brachte ihm seine Orientierung zurück. Er wußte, daß sein Weg nicht schwer zu finden war, er mußte nur ein paar Meilen in nördlicher Richtung gehen, dann würde er irgendwann auf die Straße nach Canterbury stoßen. Und diese Straße führte an Waringham vorbei.

Er drehte der unbemoosten Seite der Stämme den Rücken zu und ging los, bahnte sich einen möglichst geraden Weg durch dichten Farn und struppiges Gebüsch, bis er auf einen Pfad stieß. Er schien genau in die richtige Richtung zu führen.

Bald ließ der Regen nach. Eine Zeitlang fiel er noch in dünnen, lautlosen Fäden, dann kam die Sonne zwischen den Wolken hervor, und kurz darauf war der Himmel wieder blau.

Als die Sonne schräg stand, veränderte sich der Wald. Die alten, hohen Bäume wurden spärlicher. Statt dessen erhoben sich auf beiden Seiten des Pfades Birken. Sie standen so dicht zusammen, daß man kaum hindurchsehen konnte, und ihre Äste bildeten über dem schmalen Pfad ein schattenspendendes Dach. Dagegen hatte Robin keinerlei Einwände. Seine Kleidung war längst getrocknet, und ihm war heiß. Ohne zu zögern, betrat er den dunklen Hohlweg – und lief buchstäblich ins offene Messer.

Der Mann stand so plötzlich vor ihm, daß Robin glaubte, er habe eine Vision. Es war, als sei er einfach aus der klaren, blauen Abendluft entstanden. Ein Dämon. Aber das war natürlich nur eine Täuschung. Er mußte zwischen den Birken auf der Lauer gelegen haben, um sich auf den ersten Wanderer zu stürzen, der unvorsichtig genug war, allein und unbewaffnet in sein Revier einzudringen. Er war ein furchterregender Geselle: In der Hand hielt er einen langen Dolch, sein Haar und sein langer Bart waren wild und struppig wie die Birkenzweige um sie herum. Er war klein und untersetzt, und auf der linken Wange hatte er eine wulstige Narbe. Sie war alt und schien von einem breitgezackten Messer herzurühren, das ihm nicht nur das Gesicht aufgeschlitzt, sondern auch das linke Auge ausgestochen hatte.

Robin hatte genug gesehen. In einer einzigen Bewegung machte er eine Kehrtwendung und einen gewaltigen Satz in die Richtung, aus der er gekommen war. Und damit war seine Flucht beendet. Er war einem zweiten Banditen direkt in die Arme gelaufen. Sie hatten ihm eine Falle gestellt.

Der andere Wegelagerer war dünner und schmächtiger als sein Kumpan, daher brachte ihn der Zusammenstoß aus dem Gleichgewicht. Er fiel, zog Robin mit sich zu Boden und krallte beide Hände in seinen Ärmel. Der Stoff riß mit einem müden, brüchigen Laut. Robin trat und schlug, aber gerade als der Griff sich lockerte, war plötzlich der kräftigere der beiden Diebe über ihm, zog den Kopf des Jungen an den Haaren zurück und setzte ihm die Klinge an die Kehle.

Robin hielt still.

»Was haben wir denn hier, Bürschchen?« krächzte eine Stimme über ihm, die hervorragend zu der Erscheinung paßte.

Robin antwortete nicht. Der zweite Bandit, ein verwahrloster, blonder Junge und kaum älter als er selbst, kam ächzend auf die Füße und wischte sich ein bißchen Blut aus dem Gesicht. »Der kleine Dreckskerl hat mir die Nase eingeschlagen«, verkündete er zornig.

»Und wenn schon«, erwiderte der andere ohne jedes Mitgefühl. »Wenn du dich einfach so über den Haufen rennen läßt …«

Robin schluckte unwillkürlich, und als sein Adamsapfel sich bewegte, spürte er die entsetzliche Schärfe der Klinge. Er schloß für einen Moment die Augen.

Die Hand riß an seinen Haaren. »Also, was hast du für uns, he?«

Robin hielt den Kopf ganz still und versuchte, nur ja nicht wieder zu schlucken. »Nichts. Nur ein paar … Äpfel.«

Etwas wie ein Hammerschlag traf ihn an der Schläfe. Er fiel zur Seite. Das einzige, was er sicher wußte, war, daß das Messer verschwunden war.

»Nichts?« dröhnte die Stimme empört. »Das ist zu wenig!«

Robin richtete sich vorsichtig auf. »Was hast du gedacht? Wonach sehe ich aus? Als würde ich Gold mit mir herumtragen? Ein paar Äpfel, das ist alles. Ihr könnt sie gern haben. Sie sind gut, wirklich.«

Der untersetzte Kerl packte ihn von hinten, drückte ihm mit

dem Unterarm die Luft ab und preßte sein Gesicht ganz nah an Robins. Der Junge konnte jede einzelne Krümmung der schlecht verheilten Narbe genau erkennen, ebenso wie die widerliche, leere Augenhöhle. Die Nähe dieser Erscheinung zusammen mit dem Gestank, der von dem Mann ausging, raubte ihm fast die Sinne.

»Äpfel, he? Und das ist alles? Du bist ganz sicher?«

Robin nickte schwach. Schaudernd spürte er Hände, die über seine Brust tasteten und nach und nach seine ganze Wegzehrung ans Licht förderten. Schließlich lagen die rotgelben Früchte auf einem kleinen Hügel neben ihm im Gras.

Der Jüngere sah ernüchtert darauf hinab. »Das ist alles.«

Das runzlige, bärtige Gesicht, das Robins ganzes Blickfeld ausfüllte, verzerrte sich zu einer grotesken Fratze. Es lächelte. Robin sah aus nächster Nähe eine Reihe winziger schwarzer Zahnstümpfe.

»Hm. Vielleicht nicht ganz. Vielleicht kann uns dieser hübsche blonde Engel hier doch noch für unsere lange Wartezeit entschädigen.«

Der andere schien ihm kaum zuzuhören. Er wischte sich abwesend die blutige Nase, wählte einen der Äpfel und biß hinein.

»Hm. Wirklich nicht übel.« Dann warf er dem Alten einen verächtlichen Blick zu. »Also dann mach schon, wenn es das ist, was du willst, du widerlicher alter Hurensohn.«

Das gräßliche Narbengesicht entfernte sich ein wenig, und Robin konnte wieder atmen. Große, ungeheuer kräftige Hände zerrten ihn auf die Füße. Er spürte Schweiß am ganzen Körper, ohne zu wissen, was genau ihn mit so namenlosem Entsetzen erfüllte. Der Dolch konnte es kaum sein, er war vorerst in der Scheide verschwunden, die vom Gürtel des Einäugigen baumelte.

Als er wieder stand, trat er nach hinten aus, traf das Schienbein seines Peinigers und entlockte dem Mann einen entrüsteten Schrei. Der Griff des Wegelagerers lockerte sich ein wenig. Ein neuerlicher Faustschlag streifte Robins Kopf, aber er riß ihn schnell genug zurück, um der eigentlichen Wucht zu entgehen. Er spürte einen heißen Zorn, der ihm Schnelligkeit und Kraft verlieh. Blitzschnell fuhr er herum, kniff die Augen zu und zielte genau, ehe er wieder zutrat. Er traf gut. Das gesunde Auge des Banditen klappte zu, er sank wimmernd auf die Knie und verschränkte die

Hände vor dem Schritt. Keuchend wandte Robin sich zur Flucht. Er schaute gehetzt in Richtung des jüngeren Wegelagerers, aber der winkte lächelnd ab und warf ihm einen seiner Äpfel zu.

Robin fing ihn geschickt auf, ohne anzuhalten. »Klug von dir!« brüllte er über die Schulter zurück. »Denn ich bin der gefürchtete Robin von Nirgendwo!«

Mit größerer Vorsicht ging er in nördlicher Richtung weiter, bis er auf die Watling Street stieß, die Canterbury und London verband und die angeblich schon die Römer angelegt hatten. Er wandte sich nach Osten, und ein freundlicher Bauer nahm ihn ein Stück auf seinem Ochsenkarren mit und setzte ihn schließlich an der Abzweigung nach Waringham ab. Der Weg zum Dorf führte durch den Wald, und mit dem Schatten der Bäume betrat Robin das Land, das einmal seinem Vater gehört hatte.

Als er aus dem Wald kam, schien ihm die tiefstehende, rote Sonne direkt ins Gesicht. Langsam ging er den abschüssigen Pfad zwischen den Weiden entlang und sah auf den Ort im Tal hinunter. Was für ein schönes Dorf Waringham doch ist, dachte er voll unerwartetem Stolz, so ganz anders als Curn. In seiner Mitte befand sich die bescheidene, aber ordentlich gebaute Holzkirche, die, wie er anerkennend feststellte, seit seinem letzten Besuch nicht abgebrannt war. Neben der Kirche lag der baumbestandene Dorfplatz mit dem alten Pranger mitten darauf, glücklicherweise unbesetzt, und ringsherum erhoben sich die strohgedeckten Häuser der Bauern, mit ihren Schuppen und Ställen und Gemüsegärten, größere Häuser in großzügigen Gärten und kleine Häuser in winzigen Gärten, je nach Wohlstand der Bauernfamilien. Kinder spielten unter den Obstbäumen, Frauen hängten Wäsche auf. Am Dorfrand, ein bißchen außerhalb, standen noch zwei weitere Gebäude: die Schmiede und die Mühle. Beide lagen direkt am Tain, der jetzt still und gemächlich durch sein schmales Bett floß. Die Sonne spiegelte sich fast golden auf seiner Oberfläche. Rings um das Dorf erhoben sich Hügel, seicht und wellig, über die sich die Felder erstreckten. Mit Furchen waren sie in schmale Streifen unterteilt, von denen die meisten Bauern drei, manche auch mehr und wieder andere nur einen bewirtschafteten. Jetzt, nach der Ernte, hatten die Schäfer die Herden auf die Stoppelfelder getrieben, nicht so sehr, weil sie besonders gutes Futter boten, sondern damit die Felder gedüngt wurden. Etwas abgelegen auf der rechten Seite, auf der höchsten Anhöhe, stand Waringham Castle.

Robin ließ das Dorf linkerhand liegen und stieg den Hügel zur Burg hinauf. Er betrachtete sie aufmerksam, als sehe er sie zum erstenmal. Es war eine alte Burg aus kriegerischen Tagen, umgeben von einem tiefen Graben und einer schwarzen, moosbewachsenen Steinmauer. Höher und breiter als die Mauer des Klosters, gestand er sich ein, bedrohlicher. Mit ihrer hohen Brustwehr und dem breiten Turm über dem Tor, von dessen Luken aus man siedendes Öl oder Pech oder Pferdepisse auf die Angreifer heruntergießen konnte, wirkte sie abweisend und ehern. Aber so hatte er sie nie empfunden. Er hatte nie das Gefühl gehabt, daß sie ihn einsperrte, sondern sie beschützte ihn. Hinter dieser Mauer konnte man beruhigt schlafen. Während des Bürgerkrieges zwischen König Steven und seiner Rivalin Maude, vor vielen, vielen Jahren, Hunderten von Jahren, als Waringham Castle noch neu gewesen war, hatte es sich als uneinnehmbar erwiesen. Die Waringhams hatten auf der Seite König Stevens gestanden, zu ihrem Glück, wie sich herausstellte, denn Steven hatte diesen fast vergessenen Krieg gewonnen. Maudes Truppen hatten sich an der Mauer von Waringham Castle ihre Dickschädel eingerannt …

Seine Mutter hatte ihm die Geschichte erzählt, die in der Familienbibel aufgeschrieben war. Die Familienbibel, die jetzt jemand anderem gehören würde. Der Gedanke hatte etwas Erschütterndes, und Robin betrachtete ihn mit einiger Verstörtheit. Den Verlust des Titels, des Landes, der Privilegien, das hatte er sich ohne viel Mühe klarmachen können. Aber die *Bibel*? Er hatte sie genau vor Augen, ein dickes, in Leder eingebundenes Buch voll gelber Pergamentseiten, die eng in einer kleinen, säuberlichen Handschrift beschrieben waren, zwei Spalten auf jeder Seite. Hin und wieder war am Beginn eines Absatzes eine große, verzierte Initiale mit kleinen Bildern geschmückt. Es war ein kostbares Buch. Robin hatte oft daran gedacht in seinen Schreibstunden. Als er herausgefunden hatte, was für eine schwierige, kreuzbrechende Kunst das Schreiben war, war ihm die Familienbibel in neuem Licht erschienen. Er hatte sich vorgenommen, sie in Ruhe zu studieren, wenn er endlich wieder zu Hause war, und sich an den ordentlichen, akkuraten Buchstaben zu erfreuen. Aber das würde jetzt wohl nie geschehen, obwohl die Geschichte, die auf den letzten, freien Seiten in dem dicken Buch verzeichnet war, die seiner Familie war. Geburt, Hochzeit und Tod, jedes denkwürdige Ereignis war darin aufgeschrieben. Und jetzt würde es einen großen Absatz geben, und danach würde eine fremde Handschrift fremde Namen hineinschreiben. Das war schwer zu begreifen, aber Robin vermutete, daß das Buch deswegen nicht zu Staub zerfallen und die Mauern von Waringham Castle nicht einstürzen würden. Sie sahen so aus, als wollten sie ewig stehen. Auf den Zinnen rührte sich nichts.

Als er näher kam, stellte er fest, daß die Zugbrücke heruntergelassen und das eisenbeschlagene Tor unbewacht war. Er spürte für einen Augenblick Empörung über diese Nachlässigkeit, und dann besann er sich. Es geht mich nichts an, dachte er verwirrt. Es gehört mir nicht mehr. Der Gedanke schien eine zweite, unsichtbare Mauer diesseits des Grabens aufzutürmen. Robin stand wie angewurzelt, seine Fußspitzen einen Spann von der Zugbrücke entfernt, und spähte durch das breite Tor auf den wuchtigen Burgturm, in dem er zur Welt gekommen war. Es war ein häßlicher, grauschwarzer Kasten, befand er nicht zum erstenmal, ein dreistöckiges Ungetüm mit zu großen Ecktürmen und kleinen Fenstern, neben dem die umherstehenden Wirtschaftsgebäude und die Kapelle winzig wie Spielzeuge wirkten. Der große, quadratische Innenhof der Burg war jetzt, nach der langen Trockenheit, eine Wüstenei aus Staub. Hühner pickten zwischen den spärlichen Grasbüscheln nach Futter, vor der Tür zu der kleinen, steinernen Kapelle rauften zwei Jagdhunde. Kein Mensch war zu sehen. Robins Blick wanderte wieder zu dem schwarzen Wohnturm und hinauf zu einem der Fenster im oberen Geschoß. Es war das zweite von links. Dahinter lag der Raum, den er mit seinem kleinen Bruder Raymond bewohnt hatte, nachdem sie endlich den Klauen ihrer Amme entkommen waren. Raymond war nur ein Jahr jünger gewesen als er, und sie hatten sowohl die Kammer als auch das breite Bett darin bereitwillig geteilt. Sie waren unzertrennlich gewesen. Aber die kostbare gemeinsame Freiheit nach der lähmenden Fürsorge in der Kinderstube war nur von kurzer Dauer gewesen. Robin war trotz seines lautstarken Protestes ins Kloster gesteckt worden. Sein einziger Trost war gewesen, daß Raymond ihm ein Jahr später folgen sollte. Aber dazu war es nicht gekommen. Raymonds Einschulung hatte sich verzögert, und dann war der Schwarze Tod gekommen und hatte Raymond mitsamt ihrem älteren Bruder Guillaume, ihrer Mutter und der kleinen Isabella geholt.

Das Eingangstor des Burgturms flog plötzlich auf, und ein großer Mann in leichter Rüstung trat heraus. Seine Hände machten sich an seinem Schwertgürtel zu schaffen. Mit langsamen, unsicheren Schritten torkelte er die hölzernen Eingangsstufen hinab, vorbei am Backhaus und der Schmiede und quer über den Hof zum Pferdestall, der links vom Tor im Schatten der Mauer stand. Als er aufblickte, entdeckte er Robin. Er blinzelte, und dann rief er: »Was stehst du da und glotzt, Rotznase? Was hast du hier verloren? He, komm mal her, Bürschchen …!«

Robin ergriff die Flucht. Wer immer die Leute waren, die jetzt in Waringham Castle wohnten, er hatte keine Eile, ihre Bekanntschaft zu machen. Er wandte sich nach links und lief die Mauer entlang. Damit folgte er einer alten Gewohnheit.

Das Gestüt lag etwas abseits, ungefähr gleich weit vom Dorf und der Burg entfernt, am äußeren Rand der Weiden, da, wo schon fast der Wald anfing. Robins Vater war ein großartiger Reiter gewesen und hatte Pferde geliebt, genau wie Robin es tat. Schon in frühester Jugend, bevor er der Earl of Waringham geworden war, hatte er eine bescheidene Zucht begonnen und die Ställe ausgebaut. Mit den Jahren hatte die Zucht sich in dieser Gegend einen Namen gemacht, und der Verkauf von Vollblutpferden war eine willkommene Einnahmequelle für die kleine Baronie geworden.

Robin eilte in Richtung der Stallungen, als seien sie ein sicherer Hafen, und in gewisser Weise waren sie das auch. Sie waren ihm ebenso vertraut wie die Burg. Aber anders als die Burg waren sie kein verbotenes Territorium. Das hoffte er jedenfalls.

Er lief ein Stück hügelabwärts. Dann wandte er sich nach rechts und wanderte über einen weiteren Hügel, den die Leute den ›Mönchskopf‹ nannten, weil seine kugelrunde Kuppe aus kahlem Kalkstein war, auf dem nichts wachsen wollte. Hinter dem Mönchskopf kam er schon an den ersten Zaun. Er öffnete das Gatter, trat ohne zu zögern hindurch und stand auf einer der kleinen, eingezäunten Weiden, auf denen im späten Frühjahr und im Sommer die Stuten mit den Fohlen grasten. Links lag das Haus des Stallmeisters, ein schlichtes, aber solides Haus, mit frischen Schindeln gedeckt. Robin sah sich um. Es war seltsam still für diese Stunde. Dies war eigentlich die Zeit der Abendfütterung, und es hätte geschäftige Betriebsamkeit herrschen sollen. Aber er konnte niemanden entdecken. Ein gräßlicher Verdacht beschlich ihn. Die Zucht war aufgelöst. Der neue Lord Waringham hatte nichts für Pferde übrig. Sie waren alle verkauft.

Dann hörte er ein Wiehern. Mit einem erleichterten Stoßseufzer ging er auf die lange Reihe von Ställen zu. Die Stuten waren in zwei gegenüberliegenden niedrigen Gebäuden untergebracht, zwischen denen eine breite Gasse hindurchführte. Dahinter war wieder ein kleiner, grasbewachsener Hof, und erst dann kamen die Hengste. Das mußte so sein. Wenn sie zu nahe beieinander untergebracht waren, gab es nie Ruhe.

Die rohen Holzwände der Ställe waren grau von der Sonne und dem Regen vieler Jahre. Robin spähte durch die erste Stalltür zu seiner Rechten. Nur die untere Hälfte der zweigeteilten Tür war fest verschlossen, der Riegel sicher in den Boden gerammt. Drinnen war es dämmrig, und es dauerte einen Augenblick, bis er die zierliche Stute entdeckte. Sie war fast eins mit den Schatten, ihr Fell nahezu schwarz. Als sie Robin wahrnahm, kam sie näher, das dick aufgehäufte, frische Stroh raschelte unter ihren Hufen. Sie streckte neugierig den Kopf vor und sah ihn hoffnungsvoll an.

Er strich über ihre Nüstern und schüttelte bedauernd den Kopf. »Tut mir leid. Ich hab' nichts, was ich dir anbieten könnte.«

Sie blieb trotzdem und ließ sich gnädig von ihm streicheln. Sie hatte einen edlen Kopf, und ihre Schultern waren kompakt und muskulös. Robin betrachtete sie bewundernd. »Du hast die richtige Statur, was? Ich wette, all deine Söhne sind mächtige Schlachtrösser.«

Sie schnaubte und nickte. Robin lachte leise. Manchmal kam es ihm vor, als würden sie ihn tatsächlich verstehen. Der heilige Franziskus von Assisi fiel ihm ein. Hieß es nicht, daß er mit den Tieren hatte sprechen können? Dann dachte er schuldbewußt an seinen langen Sündenkatalog und kam seufzend zu dem Schluß, daß es nicht viel gab, das der heilige Franziskus und er gemeinsam hatten. *Außer der Sache mit den Tieren, natürlich*, flüsterte eine verwegene Stimme in seinem Kopf, und er grinste.

Dann endlich erwachten die Stallungen zu Leben. Aus einiger Entfernung hörte Robin Stimmen, wenigstens zwei Männerstimmen, die aufgeregt zu rufen schienen. Anfangs konnte er nichts verstehen, und dann hörte er noch ein zweites Geräusch, den rasenden Hufschlag eines durchgegangenen Pferdes: wild, ungleichmäßig und ganz und gar halsbrecherisch.

Die Stute witterte Unheil und zog sich an die entlegene Wand ihrer Box zurück. Robin sah in die Richtung, aus der die Geräusche kamen. Jetzt konnte er verstehen, was die Männer riefen. Er war nicht sonderlich überrascht.

»Bleib stehen, du hinterhältige Mißgeburt!«

»Du wirst dir die Knochen brechen, du nichtsnutziges Stück Schweinefutter!!«

Robin schüttelte mißbilligend den Kopf. Wenn sie so brüllten, würden sie ihren Flüchtling nur immer weiter treiben. Und wenn er an eines der Gatter kam und in Panik versuchte überzusetzen, würde er sich tatsächlich die Knochen brechen. Er konnte den Hufschlag jetzt besser hören. Er klang dumpf, unbeschlagen. Dann kam das Pferd in Sicht, ein dunkler Jährling, fast noch ein Fohlen. Seine Ohren waren flach an den Kopf angelegt, in seinen Augen war nur das Weiße zu sehen. Er trug ein Halfter, von dem ein kurzes Seil herabflatterte. Am entlegenen Ende der Boxenreihe machte er ein paar bockige Sprünge, wandte sich der Gasse zu und raste hindurch. Robin stieß sich langsam von der Stalltür ab und stellte sich ihm in den Weg.

Die Verfolger kamen an der Öffnung zur Gasse an und bogen ein. Sie brüllten immer noch. Als sie Robin entdeckten, hielten sie abrupt an. Robin warf ihnen nur einen einzigen Blick zu. Es waren drei Männer. Der älteste war dick und hatte einen gewaltigen Bart. Robin hielt sich nicht mit ihnen auf, sondern richtete seinen Blick wieder auf den Jährling, der den halben Weg zu ihm bereits zurückgelegt hatte. Sein Tempo hatte sich nicht verringert, schien im Gegenteil mit seinem Herannahen noch zuzunehmen.

»Geh aus dem Weg, Junge«, rief der mit dem Bart. »Sei nicht verrückt, er wird dich einfach umrennen!«

Nein, dachte Robin ruhig, das wirst du nicht. Du wirst stehenbleiben. Hier bei mir. Wenn ich es will. Er streckte die linke Hand aus.

»Junge, um Himmels willen, verschwinde da!« Die Stimme des Mannes klang hoch und alarmiert.

Robin hörte ihn nicht. Er konzentrierte sich nur auf das Pferd, das kaum mehr dreißig Ellen entfernt war und immer noch nicht langsamer wurde, lenkte all seine Gedanken darauf. *Es ist gut. Du brauchst keine Angst zu haben. Etwas hat dich erschreckt, aber alles ist wieder in Ordnung. Bleib stehen. Bleib stehen.*

»Junge!!!« jammerte die Stimme verzweifelt. »Spring zur Seite!«

Dazu war es jetzt zu spät. Das Pferd war bei ihm. Robin streckte ihm die Hand entgegen und blinzelte nicht. Der Jährling kam schlitternd zum Stehen, aber es reichte nicht. Die Wucht seiner Geschwindigkeit katapultierte seinen kräftigen Körper weiter vorwärts, und er stieg und wandte seine schlagenden Vorderhufe nach rechts, weg von Robins Kopf, als habe ihn jemand am Zügel herumgerissen. Dann stand er endlich still, am ganzen Leibe zitternd, und ließ erschöpft den Kopf hängen.

Robin nahm eilig das lose Seilende in die rechte Hand und streichelte mit der linken den schweißnassen, muskulösen Hals des Tieres. Sein Herz schlug heftig in seiner Kehle.

»Das war wirklich knapp«, flüsterte er ein bißchen atemlos. Bis zu diesem Moment hatte er nichts von seiner eigenen Angst gespürt, jetzt machte sie seine Knie weich. »Wirklich verdammt knapp.« Er strich weiter über den zitternden Hals. »Ganz ruhig. Keine Angst. Alles ist in Ordnung, ich hab's dir doch versprochen.«

Die drei Männer kamen näher und starrten ihn mit offenen Mündern an. Männer war nicht ganz richtig, mußte Robin feststellen, die beiden ohne Bart schienen kaum älter als er selbst. Sie blinzelten, als könnten sie kaum begreifen, warum er noch heil und lebendig vor ihnen stand.

Der Bärtige strich sich mit einer seiner mächtigen Pranken über die Stirn. »Bei den Zähnen Gottes, wenn mir einer erzählt hätte, was ich gerade gesehen hab', hätt' ich den Kerl einen verdammten Lügner genannt!«

Robin lächelte verlegen.

Einer der beiden Stallburschen kratzte sich verwundert die Nase. »Wie hast du das gemacht, he? Das war wie Zauberei.« Er schien Robin argwöhnisch zu beäugen.

Robin schüttelte inbrünstig den Kopf, auch wenn diese Erklärung so gut war wie jede andere. »Damit hat es nichts zu tun.«

»Womit dann?«

Eine Antwort blieb ihm erspart. Der Bärtige fragte: »Wer bist du, Junge? Hab' ich dich hier nicht schon mal gesehen?«

»Schon möglich. Ich heiße Robin. Bist du der Stallmeister?«

Der Mann lachte dröhnend. »Gott bewahre! Ich bin Matthew der Schmied. Diese bockige Mißgeburt hier sollte heute das erste Paar Schuhe kriegen, und das hat ihm nicht gefallen. Und diese beiden Helden hier haben ihn einfach laufenlassen.«

Die beiden sahen verlegen auf ihre Stiefelspitzen.

Matthew zwinkerte Robin zu. »Conrad ist der Stallmeister. Er ist oben auf der Burg und sieht sich die Gäule der neuen Lords an. Sag mal, Junge, du bist nicht von hier, oder?«

Robin antwortete nicht. »Ob ich hier Arbeit bekommen könnte?«

Matthew gab wieder sein volltönendes, dröhnendes Lachen von sich. Der Jährling zuckte erschrocken zusammen. »Das würde mich weiß Gott nicht wundern, Bürschchen. Ich weiß nicht, wie du es angestellt hast, diesen Satansbraten hier aufzuhalten, aber ich denke, Conrad wäre ein Narr, wenn er dich laufenließe. Mit ihm mußt du reden, wenn du hier arbeiten willst … Und was soll ich dir sagen, da kommt er!«

Die beiden Stallburschen scharrten unruhig mit den Füßen, und Robin wandte sich um.

Beim Anblick des Stallmeisters sank sein Herz. Conrad war ein verhältnismäßig kleiner, drahtiger Mann um die Dreißig mit schwarzen Haaren und heller Haut, ein sicheres Zeichen für keltische Ahnen. Seine Stirn war hoch und glatt, aber unterhalb der schmalen Brauen und der schwarzen Augen war das Gesicht narbig, als habe er die Pocken gehabt. Seine Nase war fast zierlich und seine Lippen dünn. Er sah nicht so aus, als lächele er oft. Jetzt jedenfalls war sein Ausdruck eher sturmumwölkt. Seine Kleidung war einfach, aber sauber, Hosen und Übergewand aus einem leichten, braunen Wollstoff, besser als das Tuch, das die Bauern trugen. Seine polierten Stiefel verursachten keinen Laut, als er zu ihnen trat.

Er nickte dem Schmied zu. »Matthew.« Seine Stimme war rauh und leise.

Matthew erwiderte das Nicken. »Gott zum Gruße, Meister Conrad.«

Conrad sah die beiden Stallburschen an. »Schon fertig mit dem Füttern?«

Die beiden glücklosen Burschen senkten die Köpfe und murmelten Unverständliches.

Conrads Stirn zog sich unwillig zusammen. »Also?«

Der Schmied schien der einzige zu sein, der nicht vor Ehrfurcht den Kopf verloren hatte. »Wir hatten ein kleines Mißgeschick, Conrad.« Er wies mit einer komischen Geste auf den Jährling.

Conrad warf einen kurzen Blick auf das verschwitzte Tier, sein Blick streifte Robin dabei für einen Moment, und der Junge wünschte, es gäbe irgendwo ein Loch, in das er sich verkriechen könnte.

Conrad bedurfte keiner weiteren Erklärung. »Großartig. John, Cedric, ich würde an eurer Stelle mit dem Füttern anfangen. Wir sprechen uns später.« Das Versprechen klang unheilschwanger. Einer der beiden Burschen nahm Robin das Seil aus der Hand, und sie schlurften mit dem Ausreißer davon.

Der Schmied sah ihnen grinsend nach. Dann deutete er auf Robin. »Dieser Junge hier hat das Verrückteste getan, was ich je gesehen habe. Er hat sich dem Gaul einfach in den Weg gestellt und ihn aufgehalten. Es war unglaublich.«

Conrad sah ohne großes Interesse zu Robin. Der Junge erwiderte seinen Blick, obwohl die Worte des Schmieds ihm die Schamesröte ins Gesicht getrieben hatten. Es war nicht seine Absicht gewesen aufzuschneiden. Er räusperte sich und sammelte seinen Mut. »Mein Name ist …«

»Ich weiß, wer du bist«, schnitt Conrad ihm barsch das Wort ab.

Robin schluckte mühsam. »Ich suche Arbeit.« Es klang tonlos, und er ärgerte sich darüber.

Der Stallmeister schüttelte den Kopf. »Ich brauche niemanden vor dem Frühjahr«, sagte er bestimmt.

Robin war bitterlich enttäuscht. Bis zu diesem Augenblick war ihm nicht bewußt gewesen, wie sehr er darauf gebaut hatte, hier unterzukommen. Daß es dieser Ort war, zu dem er hatte zurückkehren wollen, daß die Aussicht, hier bleiben zu können, den Schock über den Verlust seiner Identität gemildert hatte. Erst jetzt stürzte er wirklich in den bodenlosen Abgrund, der sich eigentlich schon vor zwei Tagen hätte auftun müssen. Er sah hoffnungslos von Conrad zu Matthew und wieder zurück. »Aber ich … weiß nicht, wohin ich sonst gehen soll.«

Er spürte, daß dieses beschämende Eingeständnis den Mann vor ihm nicht im geringsten rührte.

Matthew strich sich nachdenklich den Bart. »Wenn ich dir etwas erzähle, Conrad, mein Junge, wirst du mir zuhören?« erkundigte er sich schließlich.

Bei der respektlosen Anrede verfinsterte sich das narbige Gesicht noch weiter, aber Conrad nickte, ohne zu zögern. Das Wort des Schmieds hatte bei jedermann Gewicht. »Nur zu.«

»Dann komm mit hinüber zum Gatter.«

Die beiden Männer entfernten sich ungefähr zwanzig Schritte. Robin sah ihnen mit banger Hoffnung und unbehaglich zugleich nach.

Die Unterhaltung wurde hitzig. Die Stimme des Schmieds blieb ein eindringliches, tiefes Murmeln, Robin konnte keine Worte verstehen. Aber Conrads Stimme erhob sich zu einem leisen Donnergrollen, und einige Wortfetzen wie »Bücherwurm« und »verwöhntes Herrensöhnchen« wehten zu ihm herüber. Er wandte sich mutlos ab und schlenderte an den Ställen entlang, sah hier und da durch eine der Türen und bewunderte die Stuten. Am anderen Ende der Gasse tauchten John und Cedric und zwei weitere Burschen auf, beladen mit Heubüscheln und Eimern. Stalltüren klapperten, Hufe stampften. Verspätet kam das abendliche Ritual in Gang. Das Tageslicht schwand jetzt schnell, die Sonne war untergegangen. Sie mußten sich beeilen, wenn sie vor Einbruch der Dunkelheit fertig sein wollten. Robin sah ihnen neiderfüllt zu.

»Also sag mir, warum ich dich nehmen sollte, Robin«, verlangte die leise Stimme plötzlich hinter ihm.

Er zuckte zusammen und fuhr herum. Conrad stand vor ihm, die Hände auf die schmalen Hüften gestützt, den Kopf leicht zur Seite geneigt. Der Schmied war nirgends zu entdecken.

Robin räusperte sich und dachte, verdammt, räuspere dich nicht andauernd, Tölpel. »Ich … ich liebe Pferde.«

»Das reicht nicht.«

»Und manchmal, ich glaube, manchmal versteh' ich sie auch.«

»Pah.«

»Ich ...« Robin ballte die Fäuste, ohne es zu merken. »Ich weiß, daß ich hier von Nutzen sein könnte. Ich kann einen Stall ausmisten und ein Pferd versorgen ebensogut wie jeder von diesen Jungen hier. Niemand hat mich gefragt, ob ich ein Bücherwurm werden will, weißt du, und ob ich ein verwöhntes Herrensöhnchen bin oder nicht, kannst du überhaupt nicht wissen! Jetzt bin ich jedenfalls niemandes Sohn mehr, und ich brauche Arbeit. Und ... ich werde nicht darum betteln.« Jedenfalls nicht, wenn es sich vermeiden läßt, dachte er nervös.

Conrad sah ihn unverwandt an. Nichts regte sich in seinem blassen Gesicht, nur seine Augen schienen für einen Moment belustigt aufzuleuchten. Aber Robin war nicht sicher. Es war nur ganz kurz. Vielleicht hatte er sich auch geirrt.

»Ich denke, was du zuerst brauchst, sind ein Paar Stiefel. Und Kleidung. Ich erlaube nicht, daß meine Leute in Lumpen herumlaufen.«

Robin lächelte befreit, war aber gleich wieder von neuen Sorgen geplagt. »Stiefel, ja, ähm ... Ich bin abgebrannt.«

»Ich habe nichts anderes erwartet. Ich werd' es dir vom Lohn abziehen.«

»Gut.«

»Willst du nicht wissen, wieviel du verdienst?«

»Doch. Wieviel?«

»Zwölf Pence die Woche. Davon geht Essen- und Kleidergeld ab.«

»Oh.«

Conrad hob kurz die Schultern. »Die Löhne sind schlecht und festgeschrieben. König Edward will es so. Damit die Last für seine geplagten Earls nicht zu groß wird.«

Sein Sarkasmus bereitete Robin Unbehagen, und er räusperte sich schon wieder. »Dann glaube ich kaum, daß ich mir ein Paar Stiefel leisten kann.«

Conrad nickte. »Doch. Frederic der Sattler wird sie dir machen. Gut und vor allem preiswert. Die anderen Sachen bekommst du von meiner Frau. Du wirst sie sorgfältig behandeln, denn sie hat sie mit Sorgfalt gemacht, verstanden?«

»Ja.«

»Wie gut reitest du?«

»Ich weiß es nicht. Ich weiß nicht, was du gut oder schlecht nennst. Und in letzter Zeit hatte ich wenig Gelegenheit. Aber ich ...«

»Wir werden ja sehen«, unterbrach der Stallmeister ungeduldig. »Du wirst mit den anderen Jungen in dem Raum über der Sattelkammer schlafen. Ich denke, es wird sich ein Platz für dich finden. Vielleicht nicht das, was du gewöhnt bist.«

Robin ignorierte seinen Spott. Wie immer die Behausung über der Sattelkammer aussah, sie konnte nicht bescheidener sein als das Dormitorium in St. Thomas. »Ja.«

»Also schön. Das wäre vorerst alles. Geh ins Dorf, und hinter der Kirche rechts findest du Frederic. Richte ihm aus, daß du die Stiefel spätestens übermorgen haben mußt. Trödel nicht im Dorf herum, und komm anschließend zu meinem Haus.«

Robin nickte und wandte sich ab.

»Ach ja, und Robin ...«

Er drehte sich noch einmal um. »Ja?«

»Ich verlange ordentliche, gewissenhafte Arbeit, aber keine irrsinnigen Heldentaten. Ich will nicht, daß du je wieder tust, was du heute getan hast. Das nächste Mal wirst du nicht so viel Glück haben.«

Das hatte nichts mit Glück zu tun, dachte er ungehalten, aber er nickte nur.

Conrad betrachtete ihn kritisch. »Vergiß nicht, was ich sage, Junge. Ich warne dich.«

Robin schüttelte den Kopf. »Ich vergesse es nicht.«

Sattlerei und Schustern hatten in Robins Vorstellung wenig miteinander zu tun, denn Sättel waren aus Holz und Stiefel aus Leder. Doch Frederic, so fand er heraus, stellte neben den Sätteln auch die ledernen Zaumzeuge für das Gestüt und die Pferde auf der Burg und die wenigen im Dorf her, darum verfügte er über das Material ebenso wie über das nötige Werkzeug und hatte das Stiefelmachen erlernt, weil jeder Nebenerwerb ihm willkommen war. Er hatte nur ein einziges Feld, viel zu wenig, um eine Familie zu ernähren. Er war ein freundlicher alter Mann, der Robin ebenso auf den ersten Blick erkannte, wie Conrad es getan hatte.

Er betrachtete ihn mit nostalgischer Wehmut. »Ihr seid Eurer lieben Mutter wie aus dem Gesicht geschnitten, Sir Robin.«

Robin errötete heftig. »Das ... darfst du nicht zu mir sagen, Frederic. Das bin ich nicht mehr.«

Der alte Mann seufzte schwer. »Ja, es sind schlechte Zeiten. Schlechte Zeiten, mein Junge. Ein Krieg, den niemand gewinnt und der den letzten Tropfen Blut aus dem Land preßt, und ein guter Mann verliert sein Hab und Gut. Es ist schrecklich. Ihr solltet wissen, daß alle hier zu Eurem Vater standen, Sir Robin.«

Robin verdrehte verzweifelt die Augen. »Kannst du mir ein Paar Stiefel machen? Conrad sagt, wenn möglich, bis übermorgen.«

»Aber natürlich, mein Junge. Für Euch auch bis morgen.«

»O um Himmels willen, Mann! Du machst einen Bückling vor einem Stallburschen. Alles hat sich geändert, verstehst du nicht? Du machst es nur schwerer für mich. Du mußt einfach vergessen, wer ich war.«

»Wie kann ich das? Wenn ich Euch ... dich sehe, sehe ich deine Mutter vor mir.«

»Ja, aber sie ist tot.«

Der alte Mann betrachtete ihn nachdenklich. Dann maß er Robins Fuß und murmelte das Ergebnis unablässig vor sich hin, viele Male, damit er es nicht vergaß. »Morgen abend, Sir Robin.«

Robin machte sich schleunigst davon.

Auf dem Rückweg begegnete er mehreren Leuten aus dem Dorf, ein paar jungen Mädchen auf dem Weg zum Brunnen und ein paar Bauern, aber niemand erkannte ihn. Die Leute waren auch ihm zum Teil fremd, als seien sie erst in den letzten Jahren hierhergekommen. Und das war durchaus möglich. Seit der Pest hatte es viel Bewegung unter der Landbevölkerung gegeben, Familien verließen ihre angestammten Dörfer und begaben sich auf die Suche nach besserem Land zu günstigeren Pachtbedingungen. Jetzt gab es mehr Land als Leute, um es zu bebauen. Für eine Weile hatten die Bauern die Trumpfkarten in der Hand gehalten. Bis der König die neuen Gesetze erließ, die jeden Bauern, frei oder unfrei, an seinen Dienstherrn banden. Robin verstand, warum er es getan hatte, als er all die fremden Gesichter in Waringham sah. Aber er war froh über die fremden Gesichter. Je weniger Leuten wie Frederic er begegnete, um so leichter für ihn.

Natürlich sah er auch halb vertraute Gesichter, und ein paar Leute blieben stehen und erwiderten seinen Gruß mit Verwirrung. Er würde wohl noch herausfinden, ob sie sich erinnerten und ihn dann als das annehmen würden, was er jetzt war. Aber das war im Augenblick nicht seine größte Sorge.

Er ging über den Mönchskopf zurück zu den Ställen. Inzwischen war es ganz und gar dunkel geworden. Die kleine Weide und die Ställe der Stuten lagen im Schatten. Aber im Haus des Stallmeisters brannte Licht, es leuchtete einladend durch die beiden Fenster links und rechts der Tür. Robin ging darauf zu und klopfte zaghaft.

»Nur herein«, erhob sich eine energische Frauenstimme über das Plärren eines Kindes hinweg.

Robin trat ein. Unter der Tür blieb er stehen und sah sich verstohlen um. Er befand sich in der Küche, dem Hauptraum des Hauses. Die Balken der niedrigen Decke waren vom Ruß des Herdes fast schwarz. Die Rückwand des Raumes lag im Dunkeln, aber Robin erahnte rechts eine Tür, die vermutlich in eine Schlafkammer führte, links eine schmale Stiege zur Dachkammer. Der Dielenboden war mit Stroh ausgelegt. Der große Tisch zur Rechten, an dem Conrad saß und aß, war blankgescheuert. An der linken Wand war ein Herd unter einem tiefen Rauchabzug. Am Herd stand eine junge Frau über einen dampfenden Topf gebeugt, und überall um sie herum waren Kinder. Robin zählte verstohlen. Es waren nur vier, stellte er verwundert fest, auf den ersten Blick hätte er eher ein halbes Dutzend geschätzt. Drei vergnügten sich mit ein paar Holzspielzeugen am Boden. Das älteste war vielleicht sechs, ein rotgelocktes Mädchen, das neben seiner Mutter stand und auf ihr Zeichen einen dickflüssigen Sirup aus einem irdenen Krug in den Topf goß. Die Küche war warm und erfüllt von einem herrlichen Duft nach Kirschen und Zucker.

Als die Frau sich umwandte, sah Robin ohne große Überraschung, daß sie schwanger war. »Was stehst du da, Robin. Komm schon herein.«

Sie hatte ein feingeschnittenes Gesicht mit seltsamen, graugrünen Augen. Ihr Haar war in ein weißes Tuch eingeschlagen, das auch ihren Hals und den Ansatz des Kinns bedeckte, aber der Haaransatz über der Stirn war so rot wie die Locken des kleinen Mädchens. Die Schwangerschaft war noch nicht sehr weit fortgeschritten, doch ihr gewölbter Bauch zeichnete sich schon deutlich unter dem rotbraunen Wollkleid ab. Sie betrachtete ihn ebenso unverhohlen wie er sie.

Er trat näher und schloß die Tür.

Conrad wies auf einen freien Platz auf der Bank neben sich. »Setz dich. Maria ...«

»Ja, ja, ich komme.«

Sie nahm eine Schale von einem Bord an der Wand neben dem Herd, füllte sie aus einem zweiten Topf und brachte sie zum Tisch. »Na komm schon, Junge, du mußt hungrig sein. Die anderen hatten ihr Abendessen bereits. Das hier ist die letzte Gelegenheit.«

Robin rutschte eilig auf die Bank. Er war tatsächlich sehr hungrig. »Danke«, murmelte er und begann, gierig zu essen. Es war ein einfaches Gericht aus Hammelfleisch und Weizengrütze, aber schmackhaft gewürzt, und das dunkle Brot, das sie ihm dazu gab, war frisch. Er aß, ohne aufzusehen. Die Anwesenheit des Stallmeisters machte ihn befangen, und wäre er nicht so ausgehungert gewesen, hätte er wohl nichts heruntergebracht. So schaufelte er Löffel um Löffel in sich hinein und betrachtete dabei aus dem Augenwinkel Conrads Familie. Die Kinder, drei Jungs und das größere Mädchen, wirkten sauber und ordentlich wie das Haus. Die Kleinen spielten ungehemmt und ziemlich geräuschvoll am Boden, ihr Vater schien nicht die einschüchternde Wirkung auf sie zu haben, die er auf seine Stallburschen, alte wie neue, ausübte. Der Mittlere, vielleicht drei Jahre alt, krabbelte auf seinen Schoß und schmiegte sich vertrauensvoll an die Brust seines Vaters.

Conrad legte abwesend die Arme um ihn und wartete, bis Robin aufgegessen hatte. Schließlich fragte er: »Hast du keine Verwandten, die dich aufnehmen können?«

Robin rieb seine Schale und den Löffel sorgfältig mit seinem letzten Stück Brot sauber. »Nein. Mein Vater hatte keine Brüder, nur ein paar Vettern. Sie sind alle im Krieg. Arme Ritter ohne Land. Meine Mutter war nicht von hier. Sie stammte aus Yorkshire. Ich weiß nichts über ihre Leute.«

»Stimmt es, daß du im Kloster warst?«

»Ja.«

»Und sie wollten dich nicht behalten, nachdem ...« Er ließ den Satz unvollendet.

Robin aß den Rest des Brotes, während er seine Antwort überdachte. Dann entschloß er sich kurzerhand, bei der Wahrheit zu bleiben. »Ich wollte nicht bleiben.«

»Und sie haben dich einfach so gehen lassen?«

Robin sah auf seine Hände und merkte zu spät, daß er mit seinen nackten Füßen unruhig im Stroh raschelte.

»Du bist ausgerissen«, schloß Conrad mit einigem Erstaunen.

Robin nickte und sah dann alarmiert auf. »Du wirst mich nicht zurückschicken, oder? Oh, bitte, sag, daß du mich nicht zurückschickst!«

Conrad schüttelte kurz den Kopf. »Nein. Es ist nicht meine Sache, das zu entscheiden. Der neue Lord wird es vielleicht tun. Aber ich nicht.«

Maria kam herüber und setzte sich zu ihnen. »Warum sollte der neue Earl so etwas tun? Oder meinst du, daß das Lehen an eines der umliegenden Klöster geht?«

Conrad hob leicht die Schultern. »Wie soll ich das wissen?«

Maria verschränkte die Hände auf ihrem runden Bauch und nickte Robin aufmunternd zu. »Mach dir keine Gedanken, Junge. Es wird sich schon alles fügen.«

Conrad schien nicht so zuversichtlich. »Warum bist du ausgerechnet hierher gekommen?«

»Ich bin hier zu Hause. Wohin sonst sollte ich gehen?«

»Wann warst du zuletzt hier?«

»Zur Beerdigung meiner Mutter und meiner Geschwister. Im Winter vor vier Jahren.«

»Eine lange Zeit für einen Bengel in deinem Alter.«

Robin nickte wortlos.

»Glaubst du wirklich, dein Vater hätte gewollt, daß du dich hier als Pferdeknecht verdingst? Weißt du denn überhaupt, was du tust?«

Robin antwortete nicht sofort. Er erinnerte sich gut an das, was sein Vater zu ihm gesagt hatte damals, am Tag der Beerdigung. *Jetzt bist du der Älteste, Robin. Es besteht kein Grund mehr, daß du Mönch wirst. Das Land und der Titel werden irgendwann auf dich übergehen, Robin. Ich werde dich aus diesem Kloster holen, sobald ich zurück bin, ich verspreche es dir, Robin. Du mußt lernen, was es bedeutet, ein Ritter des Königs zu sein. Das ist es, was zählt, Robin. Tapferkeit, Ehre, Großmut, Loyalität. Diese Eigenschaften haben England groß gemacht,*

*und du mußt dir zum Ziel machen, sie zu erlangen. Und wenn du
zurück zur Schule gehst und lesen und schreiben und all die gelehrten
Dinge lernst, vergiß nie, worauf es wirklich ankommt …*

Das hatte er gesagt. Und jetzt thronte sein Kopf am Ende einer
langen Stange irgendwo über einer französischen Burgmauer, zur
Abschreckung für alle, die ihn sahen. Den Mann, der seinen König
verraten hatte.

»Die Dinge haben sich geändert, und mein Vater ist tot. Hätte
er gewünscht, daß ich seine Nachfolge antrete, hätte er seinen
Titel nicht verwirken sollen.«

Conrad legte leicht den Kopf zur Seite. »Denkst du nicht, du
gehst ein wenig hart mit ihm ins Gericht? Kannst du wissen, was
passiert ist da drüben in Frankreich?«

Robin senkte den Kopf. Alles, was er wußte, war, daß sein Vater
ein Verräter war. Ein Verräter, ein Selbstmörder, ein Feigling. Ganz
sicher nicht der Mann, für den Robin ihn sein Leben lang gehalten hatte.

»Nein. Ich weiß nicht, was in Frankreich passiert ist. Und ich
weiß auch nicht, welche Bedeutung das noch für mich haben sollte. Jetzt ist jetzt.«

»Zweifellos.« Conrad betrachtete ihn einen Moment, schien
noch etwas sagen zu wollen und tat es dann doch nicht.

Maria stand auf und nahm seinen Teller. »Dort am Herd liegen
ein paar Sachen für dich.«

Robin erhob sich und nahm seine neuen Kleider an sich. Ein
Paar Hosen – formlose Beinlinge, die in der Hüfte mehrmals um
einen Stoffgürtel gekrempelt wurden, damit sie hielten – und ein
Kittel, alles aus dem gleichen, grauverwaschenen Tuch. Bauernkleidung, dachte er ein wenig erschüttert. Nur gut, daß seine Mutter ihn darin nicht sehen würde. Sie hatte immer so großen Wert
auf vornehme Kleidung gelegt, sie hatte gesagt, daß man an der
Kleidung den Stand erkenne. Und wenn schon. Er fühlte das feste,
rauhe Gewebe unter seinen Fingern und war froh. Oswins Sonntagsstaat trug die Spuren seiner ereignisreichen Reise und war
fadenscheinig und verschlissen. Zu dünn für den herannahenden
Herbst. In der letzten Nacht hatte er immerzu gefroren. Es mochte nur Bauernkleidung sein, die er tragen würde, aber es waren
keine Lumpen.

Conrad verfrachtete seinen Sohn auf sein anderes Knie und sah

Robin ernst an. »Die Sattelkammer ist direkt an der Scheune im Hof hinter den Stuten. Weißt du, wo das ist?«

Robin erinnerte sich vage. »Ich denke schon.«

»Also dann. Leg dich schlafen. Unser Tag beginnt immer sehr früh. Morgen abend wirst du wünschen, du wärest in deinem Kloster geblieben.«

Robin lächelte. Das konnte er wirklich nicht glauben. »Gute Nacht. Danke für das Essen und die Sachen, Maria.«

Sie runzelte überrascht die Stirn, offenbar nicht daran gewöhnt, daß ihr jemand für ihre Mühen dankte. Sie lächelte ein bißchen verlegen. »Gute Nacht, Robin.«

Nach dem hellerleuchteten Haus kam ihm die Nacht schwarz und undurchdringlich vor. Vor der Tür blieb er einen Moment stehen, bis seine Augen sich an die Dunkelheit gewöhnt hatten. Als er die Formen um sich herum erkennen konnte, machte er sich auf den kurzen Weg. Er dachte über Conrad und seine Familie nach und fragte sich, wie es sein mochte, ein solches Leben zu führen, in einer strohgedeckten Bauernkate voller Kinder. Maria war eine hübsche junge Frau. Sie war freundlich und zeigte keine Furcht vor ihrem Mann, ebensowenig wie seine Kinder ihn fürchteten. Das machte Robin Hoffnung. Vielleicht war der Stallmeister doch nicht so furchterregend, wie es den Anschein hatte.

Er fand die Sattelkammer mühelos. Die Tür zu dem kleinen Raum voller Sättel und Zaumzeug stand offen. Drinnen roch es nach Stroh, feuchtem Leder und Pferden. Neben der eigentlichen Kammer führte eine steile Holzleiter nach oben. Robin klemmte seine neuen Sachen unter einen Arm und stieg hinauf.

Der Raum oben war ebenso klein wie die Sattelkammer und beherbergte außer Robin acht weitere Stallburschen. Für jeden gab es ein Strohlager mit einer Decke und eine kleine Holzkiste am Kopfende für persönliche Habseligkeiten. In der schrägen Wand war eine kleine Fensteröffnung, und im Dachstuhl entdeckte Robin zwei verlassene Schwalbennester. Der Holzboden war sauber gefegt.

An der Stirnwand des kleinen Raumes, gegenüber der Öffnung für die Leiter, stand ein Tisch mit einer Öllampe darauf, um den herum die anderen Stallburschen auf Strohballen saßen und würfelten. Als Robin eintrat, sahen sie auf, und es wurde still.

»Das ist der Kerl, von dem wir euch erzählt haben«, sagte schließlich einer der beiden, die bei seiner Ankunft mit dem Schmied zusammen dem Jährling nachgejagt waren. Cedric, erinnerte sich Robin.

Er spürte sein Herz schlagen, bemühte sich um ein unbeschwertes Lächeln und grüßte höflich.

Sie nickten und murmelten und starrten ihn unverwandt an.

Er deutete auf die Strohbetten. »Welches ist meins?«

Einer erhob sich, ein breitschultriger Junge in Robins Alter mit hellbraunen Haaren und einer häßlichen, rötlichen Narbe auf der Stirn. »Direkt neben dem Fenster. Da, wo's reinregnet und am schlimmsten zieht, Euer Lordschaft.«

Robins Mut sank. Sie wußten, wer er war. Wer er gewesen war. Wie hatte er nur glauben können, es würde nicht herauskommen? Er versuchte, keine Regung zu zeigen, und ging zu dem ihm zugewiesenen Bett. »Danke.«

»Oh, keine Ursache, Euer Lordschaft.« Der Junge grinste.

Robin legte seine neuen Sachen auf die Decke und setzte sich auf sein Lager. »Mein Name ist Robin.«

»Und mein Name ist Isaac, Mylord, Euer demütiger Diener.« Er verbeugte sich tief, und die anderen lachten.

Robin sagte nichts.

»Wie ich höre, hat Euer Vater mitten in der Schlacht die Seiten gewechselt und einen Bückling vor dem französischen König gemacht?«

»Dann weißt du mehr als ich«, stieß Robin zwischen zusammengebissenen Zähnen hervor.

Isaac verschränkte die Arme vor der Brust und sah ihn abschätzend an. »Warum sonst hat er sich wohl aufgehängt, wenn es nicht stimmt?«

»Isaac …«, begann einer der anderen unsicher.

Robin stand auf und machte einen wütenden Schritt auf ihn zu. »Na schön. Und wer ist dein Vater, Großmaul? Na komm schon, sag es mir, damit ich mich über *ihn* lustig machen kann.«

Isaac starrte ihn verdutzt an, öffnete den Mund und schloß ihn wieder.

»Keiner weiß, wer Isaacs Vater ist«, sagte Cedric in die plötzliche Stille. »Seine Mutter wußte es vielleicht, aber wetten würde ich darauf auch nicht.«

In das allgemeine Gelächter stimmte Isaac großmütig mit ein. »So ist es, Junge. Nach allem, was ich weiß, könnten wir Brüder sein.«

Durchaus möglich, dachte Robin. Es war allgemein bekannt, daß sein Vater nie die Hände von seinen Mägden hatte lassen können. Er nickte Isaac ernst zu. »Gegen einen Bruder hab' ich nichts einzuwenden.«

Isaac grinste breit. Er war eigentlich eher gutmütig als bösartig; seine grausamen Worte waren nichts als unbedachter Übermut gewesen. Er wies zu der Runde am Tisch hinüber. »Also kommt, Euer Lordschaft. Ich denke, wir haben noch einen Schluck Bier übrig. Wenn das fein genug für dich ist.«

Robin folgte ihm willig. Alles in allem waren sie nette Burschen. Einer nach dem anderen stellte sich vor, und Robin lernte schnell, welches Gesicht zu welchem Namen gehörte. Cedric und John, die er am Nachmittag schon gesehen hatte, waren zwei Brüder aus Camberfield, einem kleinen Dorf etwa fünf Meilen östlich von Waringham. Ihre ganze Familie war an der Pest gestorben, und sie waren hierhergekommen, um Arbeit zu finden. Die anderen waren aus Waringham, der Bastard Isaac ebenso wie Crispin und Alfred, Bertram, Dick und Pete. Sie waren jüngere Söhne aus großen Bauernfamilien, die keine Hoffnung hatten, den väterlichen Hof zu übernehmen, und die sich hier Arbeit gesucht hatten, damit zu Hause ein Maul weniger zu stopfen war.

Sie machten ihm Platz auf den Strohballen, und Alfred schenkte ihm einen Becher Bier aus einem tönernen Krug ein. »Da. Dünn und warm. Gewöhn dich dran.«

Robin trank ihm dankbar zu. Er würde keine Schwierigkeiten haben, sich daran zu gewöhnen. Wen in St. Thomas außerhalb der Mahlzeiten dürstete, der konnte aus dem Mühlbach, dem Fischteich oder, was wesentlich häufiger geschah, heimlich aus den Weihwasserbecken trinken. Er wischte sich mit dem Ärmel über den Mund. »Hm. Gar nicht so übel.«

Sie beäugten ihn neugierig und schienen nicht so recht zu wissen, was sie von der ganzen Sache halten sollten. Robin spürte ihre Befangenheit, und um es für sich selbst und für sie ein wenig einfacher zu machen, verwickelte er sie in ein Gespräch über die Zucht.

»Wie viele Pferde sind hier im Moment?«

»Vierundzwanzig Stuten, alle trächtig«, antwortete Crispin. »Drei Deckhengste. Zwölf Jährlinge und vierzehn Zweijährige. Die werden im Frühjahr verkauft, dann sind sie fertig ausgebildet.«

»Und die Jährlings-Stuten?«

»Verkauft. Letzten Monat schon. Die Stuten werden hier nicht zugeritten. Lohnt sich nicht, sagt Seine Lordschaft immer … ich meine, *sagte* er, dein alter Herr, und er hatte recht. Wir bilden nur noch Kriegspferde aus. Alles Hengste, versteht sich.«

»Wer macht das? Wer bildet sie aus?«

»Conrad reitet sie zu. Er und Stephen. Das ist seine rechte Hand, du wirst ihn morgen kennenlernen«, prophezeite Isaac.

»Und mich vor ihm hüten?« erkundigte sich Robin.

Isaac grinste düster. »Ja. Kann nicht schaden. Aber wird auch nicht viel nützen. Conrad ist schon schlimm. Aber Stephen ist … wie alle sieben Plagen Ägyptens auf einmal.«

»Zehn«, verbesserte Cedric.

»Von mir aus.«

»Und Conrad?«

Er bekam nicht gleich eine Antwort. Alle schienen zu zögern.

»Ist er schon lange hier?« fragte Robin. »Ich hab' ihn früher nie gesehen. Aber er kannte mich. Was ist aus Ethelwold geworden, dem alten Stallmeister?«

»Ethelwold ist verunglückt«, erzählte Dick, ein stiller Junge mit dunklen Haaren und fast schwarzen Augen. »Das muß, warte mal, ungefähr drei Jahre her sein. Es war eine Höllenbrut von einem Zweijährigen. Bösartig. Alle hatten eine Heidenangst vor ihm. Aber Ethelwold wollte ihn einfach nicht aufgeben, er hatte einen richtigen Narren an ihm gefressen. Er ist mit ihm in den Wald geritten, und nach einer Stunde kam der Gaul allein zurück. Wir wissen nicht genau, was passiert ist. Irgendwie hat er Ethelwold abgeworfen und, na ja, wie soll ich sagen … Junge, es war grauenhaft.«

Robin sah ihn gebannt an. »Was?«

»Tja, scheint, er hat ihn abgeworfen und ist dann auf ihm rumgetrampelt. Ich hab's nicht gesehen, aber es heißt, er war kaum noch zu erkennen. Conrad war damals der Vormann hier. Er und Stephen haben Ethelwold gefunden. Und als sie wiederkamen, haben sie dem Gaul die Kehle durchgeschnitten. Und Conrad hat den ganzen Tag mit niemandem ein Wort gesprochen. Er hatte viel übrig für den alten Ethelwold. Sie waren wie Vater und Sohn, heißt es.«

Robin unterdrückte ein Schaudern. Für gewöhnlich mochte er haarsträubende Geschichten, aber nicht, mußte er feststellen, wenn es um Leute ging, die er gekannt hatte. »Wo kommt er her? Conrad, meine ich. Und was ist mit seinem Gesicht?«

»Keiner weiß so genau, wo er her ist«, meinte John kopfschüttelnd. »Die einen sagen, aus dem Norden, manche behaupten sogar, aus Schottland. Wieder andere sagen, er sei aus Wales. Er spricht nicht wie die Leute hier. Und sein Gesicht …« Er hob ratlos die Schultern. »In dieser Gegend hat es seit Ewigkeiten keine Pocken gegeben.«

Alfred verteilte den Rest aus dem Krug auf die neun Becher. »Und wer wird unser neuer Lord, was meinst du, Robin? Du solltest es doch wissen.«

Robin schüttelte verwirrt den Kopf. »Nein. Als ich heute nachmittag ankam, dachte ich, die neuen Herren seien schon hier.«

Cedric schob die Unterlippe vor. »Nur ein paar Raufbolde. Ritter. Als die Neuigkeiten über … Seine Lordschaft hier ankamen, sind die meisten, die die Burg bewachten, einfach verschwunden, aber nicht alle. Gestern kamen die neuen, ein Dutzend vielleicht. Rauhe Gesellen. Wir glauben, daß sie Männer des Königs sind, die hierbleiben, bis feststeht, wer der neue Earl ist.«

Robin schüttelte wieder den Kopf. »Ich habe nicht die leiseste Ahnung, wer Earl werden wird.«

Isaac sah ihn ernst an und hob langsam die Schultern. »Tja, *du* jedenfalls nicht, Junge. Soviel steht wohl fest.«

Als Cedric ihn am nächsten Morgen weckte, war der Tag kaum angebrochen. Nur wenig Licht drang durch das Fenster über seinem Bett. Trotzdem sprangen die anderen sogleich auf, und er folgte ihrem Beispiel. In einer Ecke des Raumes standen zwei große Kannen mit Wasser am Boden und eine Waschschüssel auf einem wackeligen Tisch. Die Jungen machten nacheinander mehr oder weniger gründlichen Gebrauch von dieser Einrichtung. Das Wasser wanderte in einem schimmernden Bogen aus dem Fenster über Robins Bett.

Die Sattelkammer befand sich etwa in der Mitte des Gebäudekomplexes. Direkt gegenüber stand die Futterscheune, und dazwischen lag ein kleiner, grasbewachsener Platz. Ein Mann lehnte am Gatter und sah ihnen mit einem ungeduldigen Stirnrunzeln entgegen. Er war ein dürrer Kerl mit dem flachsblonden Haar und den meergrauen Augen eines wahren Angelsachsen. Seine Nase war schmal und ein wenig krumm, seine Stirn hoch und sein Kinn kantig und glattrasiert. Er mochte um die Vierzig sein. Spöttisch grinsend verschränkte er die langen Arme vor der Brust. »Wieder mal ein Gelage gehalten gestern abend, ja? Ihr seht aus wie ein Haufen Saufbolde direkt aus dem Wirtshaus. Also dann. Cedric, John, Crispin, Isaac, so wie gestern. Pete und Alfred, ihr bringt die Stuten raus. Bertram nimmt Brutus und Dick Philemon. Und du bist der Neue?«

Robin erwiderte seinen eisigen, graublauen Blick, und etwas gefiel ihm nicht an diesen Augen. Sie standen zu eng zusammen, und sie wirkten bedrohlich, beinahe feindselig. »Ja. Robin.«

Der Mann nickte kurz. »Stephen. Was kannst du reiten, he?«

Robin hob die Schultern. Alles, hätte er sagen können, es gab kein Pferd, das ihm angst machte. Aber er dachte, es sei klüger, vorsichtig zu sein. »Ich weiß es nicht. Ich muß es ausprobieren.«

Stephen zog ironisch die Brauen hoch. »Aber du *kannst* reiten, ja?«

»Ja.«

»Na schön. Wir werden es versuchen. Mit Argos. Mit dem dürfte jede Klosterfrau fertig werden.«

Robin wußte nicht, ob die Bemerkung willkürlich war oder eine Beleidigung sein sollte. Er nickte wortlos.

Stephen machte eine ungeduldige Geste. »Isaac, nimm ihn mit. Zeig ihm alles.«

Isaac seufzte ergeben. »Also schön. Komm schon, Robin, trödel nicht herum.«

Alle außer Pete und Alfred, die in Richtung der Stuten verschwanden, gingen zurück in die Sattelkammer. Auf Holzpflöcken entlang der Wand ruhten zahllose Sättel, und Zaumzeuge hingen dazwischen von hölzernen Haken herab. Isaac wies auf einen der Sättel. »Da, der ist genau richtig für Argos. Nimm ihn mit und komm. Los, beeil dich mal ein bißchen!«

Robin nahm wie jeder andere einen Sattel und eine Trense an sich und folgte ihnen zu den Ställen. Die jungen, zukünftigen Schlachtrösser waren in zwei Reihen gegenüberliegender Ställe untergebracht, genau wie die Stuten, aber ein gutes Stück von ihnen entfernt. Junge, neugierige Pferdeköpfe sahen ihnen über die unteren Türhälften hinweg entgegen. Isaac hievte seinen Sattel auf den linken Arm und wies mit der Rechten auf die äußere rechte Tür. »Da, das ist Argos. Sattel ihn und bring ihn raus.«

Robin entriegelte die Stalltür und trat ein. Argos war ein knochiger Apfelschimmel mit ausladenden, mächtigen Schultern und einem kleinen Kopf. Der Gegensatz wirkte komisch. Aber Robin wußte, daß Zweijährige noch wuchsen, es würde sich vermutlich noch ausgleichen. Die klaren, dunklen Augen des Tieres blickten ihn vertrauensvoll an, und er sattelte seinen Gefährten voller Zuversicht. Er hatte keinerlei Bedenken, daß sie gut miteinander zurechtkommen würden.

Gleichzeitig mit den anderen führte er sein Pferd aus dem Stall und saß auf. Stephen gesellte sich zu ihnen; er ritt einen mächtigen, schrecklich häßlichen Wallach mit langen Beinen. Auf Stephens Zeichen setzte die Abteilung sich in Bewegung und folgte ihm zu einem der Übungsplätze.

Die jungen Hengste gingen unruhig und schreckten vor ihren eigenen Schatten zurück. Robin merkte schnell, daß er nie in seiner Aufmerksamkeit nachlassen durfte, auch wenn Argos angeblich das Lamm unter ihnen war. Stephen teilte sie in Gruppen zu zweit auf, gab ihnen kurze, präzise Anweisungen und ließ sie verschiedene Manöver in unterschiedlichen Gangarten exerzieren. Er war mit keiner der Darbietungen zufrieden, und seine Kritik ertönte schneidend und gnadenlos. Die Reiter waren konzentriert und angespannt, jeder hörte Stephen aufmerksam zu und nahm seinen Tadel widerspruchslos hin. Die jungen Pferde hingegen schienen keinerlei Furcht vor ihm zu haben; wann immer er sich einem näherte, stießen sie ihn vertrauensvoll an die Schulter. Seltsame Kreaturen, dachte Robin wohl zum tausendstenmal. Was sie nur an ihm finden. Ihn erfüllte Stephens brüllende Kommandostimme jedenfalls mit Unbehagen und schließlich auch mit Ärger, denn er hatte das Gefühl, daß er in besonders großzügiger Weise mit Beschimpfungen bedacht wurde. Trotzdem ging die Stunde irgendwie vorbei, und nachdem sie ihre Pferde abgerieben, gefüttert und ihre Ställe ausgemistet hatten, gab es Frühstück.

Dankbar folgte Robin den anderen zum Küchenhaus, das wegen der Brandgefahr etwas abseits von allen Scheunen und Ställen unweit von Conrads Haus auf einer Wiese stand. Es war eine einstöckige, niedrige Baracke, offenbar mit mehr Eile als Sorgfalt zusammengezimmert. Drinnen gab es einen langen Tisch und Bänke, an der rechten Stirnwand einen großen Herd und ein paar Regale mit Schalen und Tellern. Maria stand am Herd und schöpfte Grütze aus einem großen Topf. Die kleine Elinor reichte ihr die Schalen an.

Als die Jungen eintraten, erwiderten Mutter und Tochter ihren Gruß. Neben der Tür stand ein Eimer Wasser auf einem Hocker, daneben lag ein graues Stück Seife. Unter Marias kritischen Blicken wuschen sie sich die Hände, und bald darauf kamen die anderen. Conrad folgte als letzter, strich Elinor freundlich über den Kopf und setzte sich an die Stirnseite des Tisches nahe am Herd; im Winter zweifellos der beste Platz, dachte Robin flüchtig.

Nach einem kurzen Tischgebet begannen alle, hungrig zu essen. Das Frühstück war gut und reichhaltig. Es gab eine große Schale Porridge für jeden, Käse, frisches, dunkles Brot, Äpfel und mit Honig gesüßtes Bier. Robin aß mit Hingabe, sah nicht nach links und rechts und sandte einen mitleidigen Gedanken an Lionel und die anderen, die vielleicht gerade jetzt über einem Stück hartem Brot und einem Becher dünnem Bier hockten, die erste Lateinstunde in Aussicht. Gott sei Dank, dachte er selig. Heute ohne mich. Heute und hoffentlich für immer und ewig ohne mich.

»Robin«, riß Conrads leise Stimme ihn aus seinen Gedanken. »Wie ist es gegangen?«

Er sah auf. »Ganz gut, denke ich.« Er sah zu Stephen hinüber, obwohl er eigentlich nicht wollte.

Stephen grinste hämisch und zeigte dabei große gelbe Zähne. »Sagen wir, er ist kein hoffnungsloser Fall.«

Conrad nickte. Beide Antworten schienen ihn zufriedenzustellen. »Nach dem Frühstück gehst du wieder mit Stephen und den anderen zu den Zweijährigen. In ein paar Tagen, wenn wir wissen, was du kannst, wirst du drei von ihnen fest übernehmen. Du wirst sie reiten und versorgen und ganz für sie verantwortlich sein. Wir behalten sie noch über den Winter. Im Frühjahr, wenn die neuen Fohlen kommen und die Zweijährigen Dreijährige sind, werden sie verkauft. Dann sind die nächsten soweit.«

Robin nickte eifrig.

»Bis dahin sind sie in deiner Obhut, und es wird von dir abhängen, wie gut sie sein werden und welche Preise sie erzielen. Also nimm deine Arbeit nicht auf die leichte Schulter.«

»Nein, Conrad.«

Nach dem Frühstück ging Robin mit Isaac, Dick und Bertram zu den Zweijährigen zurück. Cedric und John folgten Conrad in den Hof, wo die Jährlinge untergebracht waren. Pete, zum Reiten zu dick, aber unvergleichlich im Umgang mit den schwerfälligen, empfindsamen Stuten, wie Robin gehört hatte, ging mit Crispin in den ersten Hof.

Sie ritten wieder eine Stunde lang mit einer Abteilung Zweijähriger, versorgten sie, ritten wieder. Am späten Vormittag war Robin erschöpft. Er hätte nie geglaubt, daß eine Mistgabel so schwer werden konnte, wie die in seinen Händen sich anfühlte. Aber er arbeitete im selben Tempo weiter wie am frühen Morgen und ignorierte seine müden Knochen. Er wollte Conrad beweisen, daß er kein verwöhntes Herrensöhnchen war, daß er, wie er behauptet hatte, ebensogut arbeiten konnte wie jeder andere hier. Und hätte er doppelt soviel arbeiten müssen, er würde sich dennoch nicht wünschen, er wäre in St. Thomas geblieben. In diesem Punkte irrte sich Conrad. Waringham mochte ihm nicht mehr gehören, aber es blieb trotzdem sein Zuhause. Er hatte nie irgendwo anders sein wollen. Und selbst wenn der Gedanke an seinen Vater ihm die Luft abschnürte, daran hatte sich nichts geändert.

Als endlich alle Zweijährigen ihr Futter und frisches Stroh hatten, war der Vormittag schon weit fortgeschritten, doch das Training war noch nicht vorbei. Isaac führte Robin auf einen der Übungsplätze, wo zwei beachtliche Scheiterhaufen errichtet waren, und machte Feuer. Pferde, erklärte er Robin, fürchteten sich vor nichts so sehr wie vor Feuer und Lärm. Doch in einer Schlacht gab es oft Feuer und lauten Schlachtenlärm. Sie gewöhnten die jungen Hengste hier daran. Robin, Isaac, Bertram und Dick rüsteten sich jeder mit zwei Eisenstangen aus, nahmen hinter den Feuern Aufstellung und stimmten ein schauerliches Geschepper an, begleitet von beachtlichem Kriegsgebrüll. Stephen ritt die zukünftigen Schlachtrösser zwischen den Feuern hindurch und einmal um die Gruppe der lärmenden Jungen herum. Sie gingen nur unwillig, mit rollenden Augen und zurückgelegten Ohren. Stephen hielt die Zügel kurz und ließ ihnen keine Gelegenheit, Reißaus zu nehmen. Über den Winter würden sie ihre Angst nach und nach verlieren, erklärte Isaac, so daß sie ihre Reiter später einmal furchtlos in jede Schlacht tragen würden, statt sie abzuwerfen und zu fliehen. Robin war fasziniert.

Der frühe Nachmittag war die ruhigste Zeit des Tages. Wer nicht gerade von Stephen oder Conrad mit irgendeinem unbeliebten Sonderauftrag bedacht wurde, hatte Gelegenheit zum Ausruhen. Robin ging auf Cedrics Bitte mit einer der Kannen aus ihrer Schlafkammer zum Brunnen, um sie aufzufüllen. Neben dem Brunnen stand eine hohe Kastanie, in deren Schatten er ein Nickerchen hielt. Er schlief vielleicht eine Stunde, und als er aufwachte, war es schon Zeit für die Abendrunde. Wieder mußte er ausmisten, Mist wegtragen, ein bißchen frisches Stroh ausbreiten und füttern. Und das dreimal. Während Robin zum drittenmal zur Futterscheune ging, um die vorgeschriebene Menge Heu und Hafer für Argos in Empfang zu nehmen, überlegte er, daß er sehr dankbar wäre, wenn seine Stiefel tatsächlich heute schon fertig würden. Es war nicht die angenehmste Sache der Welt, mit nackten Füßen einen Pferdestall auszumisten. Es ließ sich einfach nicht vermeiden, daß man hin und wieder in ein paar Äpfel trat. Er hatte sich heute bereits fünfmal die Füße gewaschen, sehr zur Belustigung der anderen.

Als er seine Arbeit getan hatte, lief er ins Dorf, um zu sehen, wie es mit seinem Schuhwerk stand. Frederic hatte Wort gehalten.

»Hier, mein Junge. Sie sind fertig. Und sind sie nicht prächtig geworden!« Die Augen in dem faltigen Gesicht leuchteten vor Stolz über die gute Arbeit.

Robin betrachtete seine neuen Stiefel ebenfalls mit Stolz. »Das sind sie in der Tat.«

»Probier sie an!«

Robin nahm den linken in die Hände, befühlte das feine Leder und zog ihn an. Dann folgte der rechte. Er ging ein paar Schritte hin und her, der alte Sattler folgte ihm mit erwartungsvollen Blicken.

Robin wackelte mit den Zehen. »Sie sind perfekt, Frederic. Wie eine zweite Haut.«

Frederic lachte. »Danke, Sir Robin. Für Euch war auch nur das Beste gut genug.«

Robin bedankte und verabschiedete sich eilig. Auf dem ganzen Rückweg sah er immerzu nur auf seine Füße. Nach fünf Jahren in den gräßlichen Mönchssandalen war es ein erhebendes Gefühl, wieder vernünftiges Schuhwerk zu tragen. Immer noch hingerissen, kam er zurück in die Stallungen und ging pfeifend zu den Zweijährigen, um den Apfel, den Frederic ihm zum Abschied geschenkt hatte, an Argos zu verfüttern. Er lehnte sich an die Stalltür, und sofort wandte Argos ihm den Kopf zu und schnupperte erwartungsvoll an seinen Händen.

»Hier, alter Freund.«

»Und wo bist du gewesen, wenn man fragen darf?« ertönte Stephens unmelodische Stimme plötzlich neben ihm.

Er sah auf. »Bei Frederic dem Sattler. Meine Stiefel abholen.«

»Was fällt dir ein, einfach zu verschwinden!« Stephen fauchte fast.

»Aber ich war doch fertig.«

»So, meinst du?«

Robin hob kurz die Hände. »Es tut mir leid, wenn ich etwas falsch gemacht habe. Daß ich gegangen bin, ohne zu fragen. Ich hab' mir nichts dabei gedacht.«

Stephen war nicht besänftigt. Er machte einen Schritt auf ihn zu, und Robin mußte sich zusammenreißen, um vor seinem eisigen Blick nicht zurückzuweichen.

»Du wirst in Zukunft so lange in diesem Hof bleiben, bis ich meine Runde gemacht habe und dir sage, daß du fertig bist.«

»Ja, Stephen.«

»Du hast das neue Futter in die Krippen getan, ohne sie vorher sauberzumachen! Und die Ställe sehen aus wie verdammte Schweineställe!«

Das tun sie nicht, dachte Robin ärgerlich. Er sagte nichts.

»Du wirst sie jetzt noch in Ordnung bringen. Vor dem Essen.«

»Ja, Stephen.«

»Und hab' ich dir nicht gesagt, daß du den Pferden nichts zu fressen geben sollst, was ich dir nicht gegeben habe?«

»Nein.«

»Was?«

»Davon hast du mir nichts gesagt. Und es war nur ein Apfel.«

Ein Faustschlag traf ihn ins Gesicht, und er stürzte zu Boden.

»Werd bloß nicht unverschämt, du kleiner Hurenbengel.«

Robin stand auf und wischte sich mit dem Handrücken über den Mund. Ein bißchen Blut aus seinem Mundwinkel blieb daran zurück. »Ich habe nur die Wahrheit gesagt. Und *meine* Mutter war keine Hure.«

Stephen holte wieder aus und traf seine linke Gesichtshälfte. Ich halte mal wieder die andere Wange hin, dachte Robin benommen, während er am Boden lag, und warum ist er so wütend auf mich? Was hab' ich denn getan? Er wollte sich aufrichten, als Stephens Stiefel ihn genau in den Magen traf, und er fiel wieder um, krümmte sich zusammen und rang um Atem.

Er spürte einen weiteren Tritt und noch einen, auf die Brust und in die Seite. Sie waren hart und bösartig plaziert. O Gott, was passiert hier, dachte Robin angsterfüllt. Immer mehr Tritte prasselten auf ihn ein, überall. Einer traf ihn an der Schläfe, und er hob instinktiv die Arme über seinen Kopf, um sich zu schützen, und gab damit seine Brust und seinen Bauch preis. Er hatte die Zähne fest zusammengebissen und weinte stumm. Dicke Tränen quollen unter zugekniffenen Lidern hervor. Und als er dachte, daß er jetzt, im nächsten Moment, anfangen würde zu heulen und zu betteln, hörten die Tritte plötzlich auf.

Robin blieb reglos liegen, wagte nicht, sich zu rühren, und lauschte dem keuchenden Atem über ihm. Dann machte Stephen einen Schritt, und Robin wimmerte beinah vor Angst. Aber die Tritte fingen nicht wieder an.

»Tu, was ich dir gesagt habe, Junge.« Stephens Stimme klang seltsam gepreßt. »Und dann geh zum Essen. Beeil dich.«

Robin blieb reglos liegen.

»Junge?« Eine Hand legte sich plötzlich auf Robins Arm und wollte ihn wegziehen. Die Hand war fast sanft.

Robin riß seinen Arm mit einer heftigen Bewegung los. »Laß mich«, sagte er tonlos. »Ich komm' schon. Geh weg.«

Die Hand verschwand von seinem Ärmel, und Schritte entfernten sich.

Als er sicher sein konnte, daß er allein war, nahm Robin die Arme von seinem Gesicht und stand langsam auf. Er mußte sich an Argos' Stalltür hochziehen, und es dauerte eine Weile, bis er gerade stehen konnte. Eine graue Welle von Übelkeit überkam ihn. Er schaffte es bis zur Rückseite des Stalls, fiel auf die Knie und erbrach sich. Wieder geriet er in Atemnot. Als das Würgen endlich nachließ und er aufstand, waren seine Knie weich, und er tastete sich schrittweise die hölzerne Wand entlang.

Eine Weile stand er nur da und atmete. Schließlich wurde ihm besser. Er öffnete die Stalltür, trat ein und begann, die Futterkrippe zu säubern.

Weder beeilte er sich mit seiner Arbeit, noch ging er zum Abendessen. Er hatte keinen Hunger mehr, und er wollte jetzt niemanden sehen. Er war zu verstört, und immer, wenn er glaubte, er habe sich beruhigt, fing er wieder an zu weinen. Er konnte nichts dagegen machen. Sehr sorgfältig glättete er Argos' Strohbett und füllte das restliche Futter zurück in die jetzt saubere Krippe. Dann ging er hinaus, verriegelte die Tür und ging weiter zu Hectors Box. Seine Hände zitterten ein wenig, und sie bewegten sich langsam, wie im Traum. Er konzentrierte sich auf das, was sie taten. Er wollte nicht auf seine Füße sehen, auf die verdammten Stiefel, die ihn mit solchem Übermut erfüllt hatten. Plötzlich war aus diesem Tag, der so gut und so verheißungsvoll begonnen hatte, ein Desaster geworden. All seine Zuversicht war dahin. Er konnte nicht verstehen, was eigentlich geschehen war, was diesen Ausbruch roher Gewalt gegen ihn ausgelöst hatte. Ärgerlich wischte er sich mit dem Ärmel über die Augen. Das Heulen schmerzte im Bauch. Und es tat seinem Stolz weh.

Von Hector ging er zu Achylles. Wie friedfertig sie nebeneinanderstanden … Robin grinste geisterhaft, machte sich bedächtig an der Krippe zu schaffen, bis sie so blank war, daß er selber bedenkenlos daraus gegessen hätte. Als endlich alles getan war, ging er zu Argos zurück. Mit dem Fuß häufte er ein bißchen sauberes Stroh in der Ecke zwischen Tür- und Seitenwand zusammen und setzte sich. Er stöhnte leise und drückte eine Hand auf seinen Bauch. Argos warf ihm einen neugierigen Blick zu und fraß dann in Ruhe weiter. Er schien nichts gegen Gesellschaft zu haben.

Robin stützte das Kinn auf die Faust und sah zu, wie es draußen dunkel wurde.

Als das letzte Tageslicht fast geschwunden war, kam Conrad in den Hof. Er beugte sich über die geschlossene Türhälfte und erspähte Robin in seiner Ecke.

»Ah. Ich dachte mir, daß du hier steckst.« Er öffnete die Tür und trat ein. »Sag mal, findest du, meine Frau kocht nicht gut?«

Robin sah auf seine Hände. »Doch.«

»Es ist ziemlich unhöflich, wenn du nicht zum Essen kommst.«

»Tut mir leid.«

Conrad kam ein paar Schritte näher. »Rück mal ein Stück.«

Robin machte Platz, und Conrad setzte sich neben ihn. »Stephen hat mir gesagt, was passiert ist.«

Robin schüttelte müde den Kopf. »Wirf mich nicht raus, Conrad. Bitte. Ich hab' nicht gewußt, daß ich was falsch mache.«

»Deswegen bin ich nicht gekommen.«

Er atmete erleichtert auf. »Gut.«

Conrad nahm plötzlich sein Kinn zwischen Daumen und Zeigefinger und zwang ihn so, den Kopf zu heben. Er spähte in sein Gesicht. »Na ja. Das vergeht.«

Robin riß seinen Kopf wütend weg. »Das ist nichts.«

»Oh, natürlich. Robin, ich will dir etwas erklären.«

»Nicht nötig.«

»Verdammt, halt den Mund und hör mir zu.«

»Ich bin ganz Ohr.«

Conrad sah ihn scharf an und grinste flüchtig. »Du bringst gern die Leute in Rage, ja?«

Robin fuhr sich mit der Hand über die Stirn und nickte unglücklich. »Ja. Ich fürchte, so ist es.«

»Das kann ziemlich gefährlich werden, wenn man die Falschen erwischt.«

»Ich erwische immer die Falschen.«

Conrad nickte nachdenklich. »Vielleicht lernst du irgendwann etwas daraus.«

»Vielleicht.«

»Robin, hast du gesehen, wie er mit Pferden umgehen kann?«

Robin nickte stumm.

»Das ist Stephen. So ist er in Wirklichkeit. So wollte die Natur ihn haben. Aber es hat nicht ganz geklappt.«

»Warum nicht?«

»Hm, schwer zu sagen. Vielleicht ist er ein bißchen wie du. Er hat ein paarmal die falschen Leute in Rage gebracht. Deinen Vater, zum Beispiel.«

»Meinen Vater?«

»Ja. Lange her.«

»Was ist passiert?«

Conrad schüttelte den Kopf. »Das ist nicht wichtig. Wichtig ist, daß Stephen im Recht war und dein Vater im Unrecht, moralisch gesehen, wenn du so willst.«

Robin verzog den Mund. »Eine Frau.«

»Wie kommst du darauf?«

»Ich kannte meinen Vater kaum, aber sogar ich weiß, daß er in der Hinsicht keine Moral hatte.«

»Wie auch immer. Wenn ein Bauer sich mit einem Lord anlegt, wird er sich unweigerlich eine blutige Nase holen. Und je mehr das Recht auf seiner Seite ist, um so schlimmer ist es für ihn. Weil die Gesetze in diesem Land den Lords die Macht geben, wie ein Gott über die Geschicke der Leute zu entscheiden. Manchmal muß man es trotzdem versuchen – und scheitern. Stephen hat deinen Vater gehaßt. Wirklich gehaßt, Junge, es hat sein ganzes Leben bitter gemacht. Als die Nachricht hierherkam, daß dein Vater tot ist, waren viele Leute traurig. Aber ein paar haben auch ein Freudenfest gefeiert. Er war einer davon, denn er war glücklich, daß er mit deinem Vater und dessen Sippschaft nie wieder etwas zu schaffen haben würde.«

Robin ging ein Licht auf. »Und dann bin ich gekommen.«

Conrad nickte langsam. »Es war ein richtiger Schock für ihn. Aber er hatte gute Vorsätze. Das weiß ich genau. Er verstand, daß du nichts dafür konntest und daß es keine Sache zwischen ihm und dir war. Aber er hat es nicht ganz geschafft. Und ich denke … Na ja, egal, was ich denke. Wenn du dich ein bißchen vorsiehst, wird es nicht wieder passieren.«

»Du kannst wetten, daß ich mich vorsehe«, murmelte Robin bissig.

Conrad lächelte schwach. »Das ist gut, Robin. Stephen wird nicht der einzige sein, der einen Groll gegen dich hegt für Dinge, die nicht das geringste mit dir zu tun haben. Das ist der Preis, den du dafür zahlen mußt, daß du hierher zurückgekommen bist. Es wäre viel leichter für dich gewesen, irgendwohin zu gehen, wo du fremd bist.«

»So wie du es gemacht hast?« fragte Robin.

Conrad sah ihn überrascht an. »Wie kommst du darauf?«

»Ist es nicht so?«

»Ja, schon möglich. Manchmal ist es das beste, irgendwo neu anzufangen.«

»Aber nicht für mich. Ich will hier sein.«

»Ja, ich weiß. Aber du solltest nicht erwarten, daß es immer einfach sein wird.«

»Was ist schon einfach.«

»Du hast recht. Ich hoffe nur, daß es nicht schlimmer für dich wird, wenn der neue Earl hierherkommt.«

»Wirst du ihm sagen, wer ich bin?«

»Nein. Aber irgendwer wird es tun. Sei sicher.«

Robin seufzte. »Und wenn schon. Wenn er mich nur nicht zurück in das verdammte Kloster schickt.«

»Wenn das passiert und du um keinen Preis zurück willst, bringe ich dich weg von hier. Zu guten Leuten, wo du sicher bist. Nach Schottland.«

Robin sah ihn überrascht an. »Wirklich?«

»Ja.«

»Bist du von dort?«

Conrad nickte. »Meine Familie lebt dort.«

Robin staunte.

Schottland war in seiner Vorstellung ungefähr so weit weg wie Jerusalem. Was konnte einen Mann so weit von zu Hause forttreiben?

»Aber du bist Engländer.« Es war halb Frage, halb Feststellung.

»Als ich ein Junge war, gab es viele Engländer in Schottland. Aber König Edward gewinnt nicht alle Schlachten, auch wenn man uns das immer weismachen will.«

Robin regte sich unruhig. Auf Kritik an König Edward reagierte er immer ein bißchen nervös. »Danke, Conrad.«

»Keine Ursache. Aber ich hoffe, daß das nicht nötig werden wird.«

»Das hoffe ich auch.«

Conrad stand auf und ging zur Tür. »Robin ... Stephen wird dich nicht mehr lieben, wenn er das Gefühl hat, daß ich mit dir geredet habe oder daß ich für dich Partei ergreife. Ich werde mich nicht einmischen. Du mußt selbst mit ihm fertig werden. Sei höflich zu ihm und tu, was er sagt. Mach deine Arbeit gut. Dann wird es schon gehen.«

»Ja, Conrad.«

»Gute Nacht, mein Junge.«

»Gute Nacht.«

Mit knappen, unfreundlichen Worten teilte Stephen ihm am nächsten Morgen mit, daß er bis auf weiteres Argos, Palamon und Hector versorgen und reiten sollte.

Robin war selig. »Ja, Stephen.«

»Bild dir nur nichts ein. Es sind die drei Klepper in diesem Jahrgang. Daran kannst selbst du nichts verderben.«

Robin fiel keine höfliche Antwort ein, und er schwieg.

»Und grins mich nicht so dämlich an!«

Robin sah eilig zu Boden. »Nein, Stephen.«

»Oh, Junge, du machst einen ja krank. Los, scher dich weg, geh an die Arbeit.«

Robin stob davon.

Der Tag verlief wie der vorangegangene, und Robin fügte sich schnell in die Routine. Hingebungsvoll widmete er sich seinen drei Schützlingen. Er teilte Stephens Meinung bezüglich ihrer Qualitäten keineswegs. Sicher, Argos war lammfromm und keine Kämpfernatur, aber Robin lernte an diesem Tag, daß Argos bereitwilliger durch Feuer und Lärm ging als alle anderen, und er schlug Isaac auf Antor mühelos im Rennen. Nein, Argos würde ein wackeres Schlachtroß abgeben, Robin war sicher, und er verwandte viel Mühe darauf, seinen ungleichmäßigen Wuchs durch ein leuchtendes Fell und glänzende Hufe zu vertuschen. Palamon und Hector waren erst spät im vorletzten Frühjahr zur Welt gekommen und beide noch recht klein. Deshalb waren sie langsamer als ihre Altersgenossen. Aber niemand konnte wissen, wie sie sich über den Winter entwickeln würden. Robin war voller Hoffnungen und Pläne.

Die Spuren in seinem Gesicht waren an diesem Tag deutlicher zu sehen als am Abend zuvor. Robin war klug genug, sich so selten wie möglich direkt an Stephen zu wenden. Er machte einen

Bogen um ihn, wo es nur möglich war, und der Tag endete ohne Konfrontationen.

»Dank sei Gott im Himmel«, bemerkte Isaac abends, während er sich genüßlich reckte. »Morgen ist Sonntag.«

»Und?« fragte Robin. »Da steigen die himmlischen Heerscharen herab und füttern die Pferde?«

Isaac hob grinsend die Schultern. »Jetzt, wo wir einen echten Klosterbruder unter uns haben, halte ich das durchaus für möglich.«

Er wich ohne große Mühe Robins Faust aus. »Nein, nein, vermutlich nicht. Aber der Betrieb hier steht morgen still. Füttern, misten und sonst nichts. Außer Kirche, natürlich«, schloß er düster.

Am nächsten Morgen war der Andrang an der Waschschüssel größer als gewöhnlich. Cedric, Alfred und Dick rasierten sich und machten ein großspuriges Getue um diesen Umstand. Dann umringten sie wie am Morgen zuvor Robin und sahen fasziniert zu, während er sich die Zähne putzte. Es war nicht weiter schwierig gewesen, Maria das dafür nötige Salz abzuschwatzen.

Mit ernsten, konzentrierten Gesichtern verfolgten sie seine Bemühungen.

»Warum tust du das nur?« fragte Bertram stirnrunzelnd. »Es muß *eklig* schmecken.«

Robin spülte sich den Mund mit Wasser aus und spuckte es aus dem Fenster. »Stimmt. Aber es ist gut für deine Zähne.«

»Wer sagt das? So was kann einfach nicht gut sein. Es sieht schlimm aus, Mann.«

»Bruder Cornelius im Kloster sagt das. Der war in Spanien und hat es von den Heiden gelernt. Und er sagt, die Heiden hätten viel bessere Zähne als wir und seien gesünder, weil sie sich sauberhalten.«

Die anderen lachten über solche Albernheit. Sie fanden Robins übertriebenen Sinn für Reinlichkeit furchtbar komisch.

Unter allgemeiner Heiterkeit verließen sie die Dachkammer und gingen zum Frühstück. Conrads ganze Familie war da, die kleine Elinor und seine drei Söhne ebenso wie Marias Vater Henry, ein freundlicher, zahnloser Gevatter, der nach den Kindern sah, während Maria für die Stallburschen kochte.

Bevor sie ins Dorf zur Kirche gingen, begutachtete Maria argwöhnisch die ganze Gesellschaft. »Crispin, du hast Stroh im Haar.«

Crispin fuhr sich eilig mit den Fingern durch seine langen Locken und förderte ein paar Halme hervor, die er unauffällig zu Boden fallen ließ.

»Isaac, zeig deine Hände.«

Isaac streckte bereitwillig die Hände aus.

Maria lächelte ihn an. »Von oben, meine ich.«

Isaac drehte ergeben die Hände um.

Sie runzelte die Stirn. »Deine Nägel sind schwarz wie die Nacht. So kommst du nicht mit.«

»Dann muß ich hierbleiben, Maria«, erwiderte Isaac ernst. »Es ist Ruß. Ich hab's versucht, es geht nicht ab.«

»Hm. Vielleicht sollte ich es mal probieren. Kochende Seifenlauge wirkt Wunder, glaub mir.«

Isaac erblaßte. »Äh ... ich gehe und versuche mein Glück noch mal.«

Sie nickte. »Beeil dich.«

Er kam nach wenigen Minuten zurück. Seine Finger glänzten rosig, so sehr hatte er sie geschrubbt, und der Ruß unter seinen Nägeln war zumindest verblaßt.

»Na schön«, seufzte Maria. »Laßt uns gehen, wir können nicht jeden Sonntag zu spät kommen. Vater Gernot wird kaum auf uns warten.«

Aber die Messe hatte noch nicht begonnen, als sie die Dorfkirche betraten. Der kleine Raum war fast bis auf den letzten Platz gefüllt, und es herrschte reges Stimmengewirr. Kleine Kinder krähten, Nachbarn tauschten Neuigkeiten aus, junge Mädchen tuschelten und verdrehten die Hälse, als Conrad mit seiner Gefolgschaft eintrat. Sie stellten sich in eine der hinteren Reihen. Eine alte Frau in der Reihe vor ihnen wandte sich um und erkundigte sich nach dem Verlauf von Marias Schwangerschaft.

Maria lächelte geduldig. »Mühsam und viel zu lange, Cecily. Wie immer.«

»Hast du den Tee getrunken, den ich dir geschickt habe?«

Maria verzog das Gesicht bei der Erinnerung. »Natürlich.«

»Ja, ich weiß, er schmeckt bitter. Das liegt am Löwenzahn. Aber nichts ist besser gegen Morgenübelkeit.«

Maria nickte höflich. »Wenn man ihn bei sich behält«, raunte sie, und Conrad grinste verstohlen.

Vater Gernot kam aus der Sakristei, und das Stimmengewirr ließ etwas nach. Er trat vor den Altar, sein schlichtes Ornat wallte um seine stattliche Erscheinung, und er wartete geduldig, bis Ruhe eingekehrt war.

»Wie ich höre«, begann er mit volltönender Stimme, »hat Gott in seiner Gnade Waringham mit einer reichhaltigen Ernte gesegnet. Wir wollen ihm dafür danken, und wir wollen nicht vergessen, daß Gott für seine Güte ein Anteil dieser Ernte zusteht. Ich weiß, daß einige Brüder in dieser Gemeinde glauben, Gottes Anteil sei der Fünfzehnte oder gar der Zwanzigste. Um diese Brüder von ihrem Irrglauben zu erlösen, möchte ich noch einmal daran erinnern, daß Gottes Anteil in Wahrheit der *Zehnte* ist. Wenn ich also nach Michaelis komme, um ihn einzufordern, möchte ich nicht, daß meine Kornsäcke zur Hälfte mit Spreu gefüllt sind. Die betreffenden Brüder, die sich angesprochen fühlen, sollten zehn *Ave Maria* beten und ein großzügiges Almosen an Oswald den Bettler geben, auf daß ihre Sünden vergeben werden, und mich dieses Jahr nicht wieder betrügen, auf daß ich nicht im Zorn über sie kommen muß.«

Es gab einiges verlegenes Geraune und Füßescharren in der Kirche, offenbar hatte Vater Gernot an einen wunden Punkt gerührt.

»Außerdem habe ich gehört, daß unsere Gemeinde diese Woche ein neues Mitglied bekommen hat. Und auch wenn unser neuer Bruder es bisher versäumt hat, sich mir vorzustellen, und selbst wenn es stimmt, daß unser neuer Bruder sich unrechtmäßig aus einer heiligen Bruderschaft davongemacht hat, wollen wir ihn trotzdem herzlich willkommen heißen und ihm Gottes Segen wünschen. Unser neuer Bruder kann nach der Messe zu meinem Haus kommen, mein bescheidenes Sonntagsmahl mit mir teilen und sein Versäumnis so nachholen.«

Robin starrte mit brennenden Ohren auf seine gewienerten Stiefelspitzen, während alle die Hälse verrenkten, um einen Blick auf ihn zu werfen.

Vater Gernot wartete, bis wieder Ruhe einkehrte. »Und nun zur heutigen Heiligengeschichte …«

Wortreich und mit phantasievollen Ausschmückungen erzählte er ihnen die Geschichte der heiligen Eulalia, die eine heidnische Prinzessin in Antiochia gewesen war, aber von einem wandernden Priester zum wahren Glauben bekehrt wurde. Sie verließ ihre Familie und tat, als Mann verkleidet, unter den Armen der Stadt gute Werke und gewann viele Seelen für die Sache Gottes, obwohl der christliche Glaube in Antiochia verboten war. Als man ihr auf die Schliche kam, sollte sie einen heidnischen Prinzen heiraten. Sie aber wollte Jungfrau bleiben und nur Gott gehören, und darum folterte man sie. Vater Gernot schilderte diesen Teil mit grauenhafter Detailtreue und in einiger Länge, bis Robin ein wirklich flaues Gefühl im Magen verspürte. Er warf einen besorgten Blick auf Maria und Elinor. Aber seine Sorge war unbegründet. Elinor lauschte dem Pfarrer mit offenem Mund und einiger Faszination, und Maria hatte sich die Enden ihrer Haubenbänder in die Ohren gestopft. Als die bedauernswerte Eulalia endlich hingerichtet und heim zu ihrem Schöpfer gegangen war und an ihrem Grab eine Unzahl von Wundern geschehen war, drehte Vater Gernot ihnen den Rücken zu und begann mit der Messe.

Der Gottesdienst dauerte alles in allem über eine Stunde. Die anderen in der unordentlichen Reihe zeigten deutliche Ermüdungserscheinungen; es war eng und zu warm, und das lange Stillstehen fiel ihnen schwer. Robin nicht. Nach bewährter Methode, die er über die Jahre in St. Thomas entwickelt hatte, war es ihm gelungen, in einen halbschlafartigen Traumzustand zu sinken und dennoch ein andächtiges Gesicht zu machen. So stand er völlig reglos auf seinem Platz und rührte sich erst wieder, als die anderen Gemeindemitglieder um ihn herum am Ende der Messe zur Tür strömten. Eine allgemeine Kommunion gab es hier nur, wie in vielen Dorfgemeinden, an hohen Feiertagen. Für gewöhnlich waren die Gemeindemitglieder nur unbeteiligte Zuschauer des heiligen Mysteriums.

Fast unbemerkt ging der September über in den Oktober und der Oktober in den November. Robin kam es vor, als sei die Zeit von St. Thomas schon Jahre her. Den Jungen, der einmal der Earl of Waringham hatte werden sollen, gab es nicht mehr. Er war ganz und gar in seiner neuen Welt aufgegangen. Wie alle anderen plagte er sich mit Stephens üblen Launen herum, wie alle anderen fror er morgens bei der Arbeit und fluchte lästerlich, und die Stallburschen schienen vergessen zu haben, wer er einmal gewesen war. Sie nahmen es großmütig hin, daß er in mancher Hinsicht ein wenig anders war als sie, und sie hörten auf, ihn wegen seiner Bücherbildung zu hänseln, als er begann, ihnen die Geschichten zu erzählen, die zu den Namen der Pferde gehörten. Bislang waren es einfach nur Namen gewesen, einige lang und schwer auszusprechen. Robins Vater hatte die Tradition begonnen, und seit er nicht mehr da war, wurden dieselben Namen einfach immer wieder vergeben. Doch Robin gab den Namen Bedeutung und hauchte ihnen damit Leben ein. Abends vor dem Schlafengehen oder sonntags nach dem Essen saßen sie um ihn herum und lauschten ihm gebannt. Robin war ein guter Geschichtenerzähler, und nicht selten gesellte Conrad sich zu ihnen. Im Gegenzug brachten sie dem Jungen bei, was sie über Pferde wußten: daß es die Wikinger gewesen waren, die die guten, ausdauernden Pferde nach England gebracht hatten, die denen der Angelsachsen weit überlegen waren. Daß es auch die Wikinger gewesen waren, die das Pferderennen erfunden und in England populär gemacht hatten. Und daß die Pferde, die sie heute züchteten, immer noch Nachfahren jener mächtigen Wikingerrösser waren, vermischt mit dem feurigen Blut der kleineren Maurenpferde, die Kreuzfahrer und Kaufleute aus dem Morgenland und aus Spanien mit nach England gebracht hatten. Robin sog alles wissensdurstig in sich auf.

Palamon und Hector waren den ganzen Herbst über schnell gewachsen, und Stephen reagierte mit einigem Unverständnis, ja manchmal mit Ärger darauf, wie schnell sie geworden waren. Aber die größte Überraschung versprach Argos zu werden. Er hatte seine knochige Unbeweglichkeit verloren, sein Körper hatte sich gestreckt, und sein Kopf war mächtig gewachsen. Er war eine stattliche Erscheinung geworden, und er war Robins ganzer Stolz.

Conrad hatte ihn sich angesehen und Robin lächelnd den Rücken geklopft. »Scheint, unser häßliches Entlein will ein Schwan werden, Robin. Mach nur so weiter mit ihm.«

Es wurde kälter. Heftige Stürme rissen nachts die letzten Blätter von den Bäumen, und Robin erkannte endlich, warum sie ausgerechnet in dem engen Raum über der Sattelkammer hausten: Die Sattelkammer war neben der Küche der einzige geheizte Raum. Ein kleines Kohlebecken brannte tagsüber und auch die Nacht hindurch, damit das Leder nicht spröde und rissig wurde. Etwas von der Wärme drang nach oben, so daß es in ihrer Kammer nie wirklich eisig wurde. Robin hatte sein Bett vom offenen Fenster weg an die gegenüberliegende Wand verlegt.

Maria verteilte ein Sammelsurium warmer Mäntel an die Stallburschen. Sie waren alle alt und abgetragen. Die Wolle, die für die neuen Mäntel bestimmt gewesen war und die Maria in mühevoller Arbeit den ganzen Sommer über gesponnen hatte, hatten die Männer des Bailiffs mitgenommen. In den Wochen nach der Ernte waren diese Leute, wie jedes Jahr, durch Waringham und die anderen Ortschaften der Baronie gezogen und hatten von den Bauern die Pacht eingetrieben. Schließlich waren sie auch zum Gestüt gekommen.

»Und mit welchem Recht, wenn man fragen darf?« hatte Conrad sich wütend erkundigt. »Solltet Ihr es noch nicht wissen, ich arbeite für Lohn und schulde keine Pacht.«

Der Bailiff, der Eintreiber und Wachhund der Gutsverwaltung, blieb unbeeindruckt. »*Tallage*«, hatte er knapp erklärt.

Conrad hatte die Arme verschränkt und kalt gelächelt. »Mir ist ganz neu, daß ich Eigentum der Baronie bin.«

Nur unfreie Leute mußten außer der Pacht auch noch *Tallage* bezahlen, eine Sonderabgabe, deren Höhe jedes Jahr neu festgelegt werden konnte und die oft eine größere Bürde bedeutete als die eigentliche Pacht und der Zehnte für die Kirche.

»Außerdem«, war Conrad fortgefahren, »gehört diese Wolle nicht mir. Ich habe das Geld dafür meinen Leuten vom Lohn abgezogen.«

»Tja, und die Stallknechte sind Leibeigene, nicht wahr?« hatte der Bailiff triumphierend festgestellt. »Also: *Tallage*.«

Für einen Moment hatte es so ausgesehen, als würde Conrad die Beherrschung verlieren. Aber er hatte es nicht getan. Der Bailiff kam immer in bewaffneter Begleitung; er brauchte niemals ernsthaften Widerstand zu fürchten.

»Es ist nicht zulässig«, hatte er statt dessen gegrollt.

»Das zu entscheiden solltest du wohl lieber uns überlassen, Stallmeister. Diese Baronie hat hohe Steuern zu entrichten, ein jeder muß seinen Beitrag für die gerechte Sache, den Krieg gegen die Franzosen, leisten.«

Conrad hatte angewidert das Gesicht verzogen. »Schöne Worte. Und Ihr seid dennoch ein Dieb.«

Der Bailiff hatte einen drohenden Schritt auf ihn zugemacht. »Verklag mich doch.«

Conrad hatte grimmig gelächelt. Das konnte er sich ebensogut sparen. Die Wolle der Jungen würde niemals in den Büchern der Gutsverwaltung verzeichnet werden, weil sie dort nichts verloren hatte, das wußte auch der Bailiff. Er würde sie auf eigene Rechnung verkaufen und seine Begleiter am Erlös beteiligen, damit sie dichthielten. So prellten sie auf die eine oder andere Weise jeden, der sich wie Conrad weigerte, den Bailiff zu schmieren. Und es gab nichts, das Conrad dagegen tun konnte, denn er hatte keine Zeugen.

Für ein paar Tage war er reizbar und grimmig geblieben, dann war der Vorfall in Vergessenheit geraten. Und die Jungen trugen ihre schäbigen Mäntel klaglos.

Zu Allerheiligen hatte es ein Festessen gegeben. Maria, inzwischen rund und schwerfällig, hatte sich selbst übertroffen. Sie hatten geschmaust und gelacht, noch einmal nach den Pferden gesehen, und endlich hatten sich alle zur Ruhe begeben. Nur Robin fand keinen Schlaf.

Er wälzte sich unruhig hin und her, warf schließlich seine Decken zurück und stand auf. Es hatte keinen Sinn. Er würde nicht einschlafen, bevor er sich nicht noch einmal versichert hatte, daß es Argos auch wirklich gutging. Er hatte ihm den ganzen Tag nicht gefallen. Am Morgen war er schwerfällig und lustlos gegangen, und heute abend hatte er sein Futter kaum eines Blickes gewürdigt. Robin hatte es Stephen gesagt. Stephen hatte sich das Pferd sorgsam angesehen, sein Maul untersucht, die Beine nach verdächtiger Hitze abgetastet und die Hufe von unten angeschaut. Schließlich hatte er kopfschüttelnd gesagt: »Ich kann nichts finden. Da ist nichts. Er wächst. Zerbrich dir nicht den Kopf. Los, Junge, sieh zu, daß du fertig wirst.«

Zuerst war er beruhigt gewesen, aber jetzt war er wieder unsicher. Etwas war nicht in Ordnung, er hatte es den ganzen Tag gespürt.

Lautlos schlich er zur Luke und tastete nach der Leiter. Er stieg vorsichtig hinab, wartete unten, bis seine Augen sich an die Dunkelheit gewöhnt hatten, und wandte sich nach links. Es war noch nicht spät, höchstens neun. Aber die Stallungen lagen ruhig, im tiefen Nachtschlaf da, nichts rührte sich. Robins Atem bildete weiße Dampfwolken in der kalten Abendluft. Zu spät fiel ihm ein, daß er seinen Mantel vergessen hatte.

Er gelangte in den Hof und öffnete die obere Hälfte von Argos' Stalltür, die jetzt abends fest gegen die nächtliche Kälte verschlossen wurde.

Robin spähte hinein, aber er konnte nichts erkennen. Er erahnte nur eine Bewegung, öffnete auch die untere Tür und trat ein.

Als er sich dem Pferd näherte, merkte er sofort, daß etwas nicht stimmte. Es strahlte eine zu große Wärme aus, und es war rastlos. Robin tastete nach seinem Hals und war erschrocken, als er den Schweiß darauf fühlte. »Sch, was ist denn, mein Junge. Was hast du denn?«

Argos spitzte die Ohren, als er die vertraute Stimme vernahm, sein Kopf fuhr beunruhigt auf und ab. Robin wünschte, er hätte eine Lampe mitgebracht.

Er legte seinen Arm von unten um Argos' Hals und lehnte seinen Kopf an den des Tieres. »Was ist es, alter Junge, he? Was fehlt dir?«

Und irgendwie bekam er eine Antwort. Er hörte keine Worte, und er hatte keine Erleuchtung, er wußte nur plötzlich mit Gewißheit, daß das Tier neben ihm grauenhafte Schmerzen litt und daß es ernstlich, wirklich sehr schlimm krank war.

Robin war erschrocken. Er spürte sein Herz bis zum Hals schlagen, rührte sich nicht und strich weiter über die schmalen Nüstern, fest entschlossen, nichts von seiner Angst nach außen dringen zu lassen. Er wußte, wie empfänglich Pferde für menschliche Empfindungen waren, und er wollte Argos' Aufregung nicht vermehren.

Ich sollte Conrad holen, dachte er. Ich weiß nicht, was ihm fehlt. Ich weiß nicht, was ich tun muß. Und während er noch mit sich rang, machte Argos Anstalten, sich hinzulegen.

»O nein«, sagte Robin entschlossen. »Das wirst du nicht tun.«

Er wußte kaum, was ihn an der Vorstellung so erschreckte, aber es schien nicht richtig. Mit feuchten Händen griff er nach dem Halfter, das an einem Nagel an der Wand hing. Dafür brauchte er kein Licht. Er befingerte kurz die Leinen und Riemen, bis er wußte, welchen Teil er in der Hand hielt. Dann streifte er es mit einer geübten Bewegung über den Kopf des Tieres. »Ich denke, du und ich, wir werden jetzt ein Stück spazierengehen«, murmelte er.

Argos hatte kein Interesse. Als Robin sanft an der Leine zog, machte er einen langen Hals und rührte sich nicht. Seine Hinterbeine wollten wieder einknicken.

»Das kannst du dir aus dem Kopf schlagen«, knurrte Robin und zog entschlossener an der Leine. »Ich weiß, es ist kalt draußen, aber es hilft nichts.«

Er zog und zog, bis die Muskeln in seinen Armen, die über die letzten Monate das Doppelte ihres früheren Umfanges angenommen hatten, deutlich unter seinem dünnen Kittel hervortraten. »Komm schon, du Dickschädel!«

Argos stampfte mit den Vorderhufen und schnaubte leise. Er rührte sich immer noch nicht.

Robin fluchte, dann verlegte er sich aufs Betteln. »Komm schon, Argos. Komm mit nach draußen. Tu's für mich.«

Und er kam. Ganz plötzlich gab er seinen Widerstand auf und trottete mit hängendem Kopf neben Robin her.

Draußen war es nicht ganz so dunkel wie im Stall, aber es schien kein Mond. Der Himmel hing voll schwerer Wolken, und ein eisiger Wind pfiff zwischen den niedrigen Holzställen hindurch. Robin fröstelte. »Junge, ich hoffe, wir holen uns nicht beide den Tod hier draußen.«

Halb führte, halb zerrte er das unwillige Tier in den grasbewachsenen Hof vor den Ställen und begann, dort mit ihm im Kreis herumzugehen. Es war harte Arbeit. Alle paar Schritte blieb Argos stehen, stampfte ein paarmal kraftlos auf der Stelle und wollte nicht weiter.

Als sie fünf langsame Runden gedreht hatten, war Robin heiß. Und Argos schien ebenfalls zu schwitzen, aber gleichzeitig zitterte er vor Kälte.

»Eine Decke«, murmelte Robin. »Ich müßte dir eine Decke

besorgen. Aber wie soll ich das anstellen, ohne daß du dich niederlegst?«

Er beschloß, vorläufig auf die Decke zu verzichten. Es schien ihm wichtiger, das Tier in Bewegung zu halten. Und damit war er vollauf beschäftigt.

Als sie vielleicht zehn mühevolle Runden absolviert hatten, begann es zu regnen. Erst ganz leise und dünn, dann heulte der Wind auf, und der Regen wurde ein dichter, eisiger Vorhang. Er kam waagerecht mit den Böen und traf sie erbarmungslos ins Gesicht oder den Rücken, je nachdem, wo sie sich gerade auf ihrer Reise befanden. Robin zog grimmig die Schultern hoch.

Der Wind drohte ein wahrer Sturm zu werden. Argos zitterte. Er mochte keinen Regen, das hatte Robin schon früher festgestellt, und in seinem momentanen Zustand setzte ihm das Wetter wirklich zu. Er senkte den Kopf und wurde zunehmend störrischer. Aber Robin ließ nicht zu, daß er stehenblieb.

Für einen kurzen Augenblick kam der Mond zwischen den jagenden Wolken hervor und war sogleich wieder verschwunden. Aber Robin hatte genug gesehen. Das Pferd war krank, viel schlimmer als noch vor einer Stunde. Sein inzwischen so wohlgeformter Leib wirkte hager und gebeugt, und es keuchte regelrecht. Sein Fell war naß vom Regen, Robin konnte nicht sagen, ob er noch schwitzte, aber seine Augen waren trüb und milchig. Und dann blieb er endgültig stehen, ein Schaudern durchlief seinen Körper, und er legte sich hin.

»Nein.« Robin gefiel der Klang seiner Stimme nicht. Panik lauerte darin. »Steh auf, du Faulpelz. Los, steh wieder auf!«

Er nahm die Leine in beide Hände, stellte sich breitbeinig vor das Pferd und zog. Aber es nützte nichts. Es schien, Argos würde sich eher den Kopf abreißen lassen, als daß er wieder aufstand. »Steh doch auf, du verdammter Klepper! Los, beweg deinen Arsch!«

»Robin?«

Er fuhr herum. Es war Isaac. Ohne Mantel und barfuß, ganz und gar durchnäßt, genau wie er selbst. Er hielt eine schützende Hand über die kleine Flamme der Öllampe. Im schwachen Licht wirkte sein Gesicht bleich, und seine Augen waren riesig. »Was treibst du hier? Ich wurde wach und mußte pinkeln, und da hab' ich gesehen, daß du nicht da warst. Ich dachte …«

»Oh, Isaac, halt keine Reden, hol Conrad. Schnell! Ich glaube, der verdammte Gaul will verrecken.« Seine Stimme versagte.

Isaac drehte sich um und rannte.

Robin spürte eine Art Erleichterung, aber keinen Trost. Zu spät, raunte eine dünne, herzlose Stimme in seinem Kopf, jetzt ist es zu spät. Du hättest Conrad gleich holen sollen. Mutlos hockte er sich zu Argos herunter. Das Pferd lag mühsam atmend am Boden, seine mächtige Brust hob und senkte sich viel zu schnell. Robin ahnte mehr, als er sah, daß es sich auf die Seite legen wollte.

»Nein, nicht auch das noch. Kommt nicht in Frage.« Er begann, wieder an der Leine zu zerren. »Los, steh auf! Komm schon, steh wieder auf, du stures Mistvieh! Oh, lieber Gott im Himmel, mach, daß er wieder aufsteht. Bitte, mach, daß er wieder aufsteht ...«

Aber seine verzweifelten Gebete blieben unerhört.

Es kam ihm vor wie Stunden, aber in Wirklichkeit waren es nur wenige Minuten, bis Isaac mit Conrad zurückkam. Conrad sprang über das Gatter und hielt neben Robin an. »Was ist passiert?«

»Ich weiß nicht. Er ist krank. Er zitterte und hatte Fieber. Und er wollte sich hinlegen. Da hab' ich ...«

»Isaac, komm her mit dem Licht.«

Isaac trat zu ihnen. »Sind es Koliken?«

Was für ein schreckliches, unheilschwangeres Wort, dachte Robin. Er wußte nicht, was es bedeutete, aber es machte ihm angst.

Conrad nahm Isaac die Lampe ab, hockte sich neben Argos ins nasse Gras und betrachtete ihn im schwachen Lichtschein. Conrads schwarze Locken klebten an seinen Wangen, sein zernarbtes Gesicht wirkte fahl. Argos wieherte schwach, fast unhörbar. Sein Kopf bewegte sich langsam, als wolle er sich noch einmal aufrichten. Aber es sah nur so aus. Er ließ seinen Kopf kraftlos wieder zurücksinken und atmete flach. Schließlich stand Conrad auf und gab Isaac die Lampe zurück.

»Wir können nichts tun«, sagte er leise.

»Aber ... wieso nicht?« Robin hörte selbst, wie schrill seine Stimme klang. »Was ist denn mit ihm?«

»Es ist, wie Isaac sagt. Koliken.«

»Aber ...«

Conrad schnitt ihm mit einer Geste das Wort ab. »Du hast genau das Richtige getan, Robin. Aber jetzt, wo er liegt, wird nichts ihn dazu bewegen, wieder aufzustehen.«

Robin öffnete den Mund, um zu protestieren, und schloß ihn wieder. Seine Kehle war eng.

»Es ist nicht deine Schuld, Junge«, versicherte Conrad eindringlich. »Du hast getan, was du konntest. Und jetzt geh. Sieh zu, daß du ins Trockene kommst. Ich bleibe bei ihm.«

»Nein.«

»Tu, was ich dir sage. Isaac, nimm ihn mit.«

Isaac legte Robin wortlos die Hand auf den Arm.

Robin schüttelte ihn mit einer heftigen Bewegung ab. Er hörte ein seltsames Summen in seinem Kopf. Er machte zwei unsichere Schritte auf den großen, am Boden liegenden Körper zu, der außerhalb des Lichtkreises der Lampe im Dunkeln war. Der Regen hatte nachgelassen.

Conrad trat neben ihn. »Es ist mein Ernst, Robin. Du wirst jetzt gehen. Du kannst nichts tun, und ich erlaube nicht, daß du zusiehst.«

Robin hörte ihn kaum. Er antwortete nicht. Langsam kniete er sich wieder neben dem kranken Pferd auf die kalte Erde. Er konnte jetzt nicht so einfach weggehen, und er wollte auch nicht. Ihm war nicht mehr kalt. Die Nacht erschien ihm jetzt keineswegs unwirtlich und feindlich.

Conrad faßte ihn an der Schulter. »Robin, zum letzten Mal …«

Robin riß sich ohne große Mühe los. »Laß mich.« Er knurrte fast. Conrad zögerte.

Robin legte wieder den Arm um Argos' Hals, genau, wie er es vorhin im Stall getan hatte, und lehnte seine Stirn gegen den großen, warmen Pferdekopf. Er schloß die Augen und dachte gar nichts. Er schluckte nicht und atmete nicht, sein Körper stand still. Sein Herz schlug noch. Er glaubte nachher, er habe es in seinem Kopf pochen hören. Sein Herz oder irgend etwas anderes. Seine Hand griff wie von selbst nach der Leine des Halfters. Seine Finger schlossen sich darum. Dann bewegte er sich.

»O mein Gott, Conrad, sieh dir das an!« Isaacs Stimme war halb erstickt. »Er steht auf! Er steht wieder auf!«

Argos' Leib zitterte wieder. Sein Kopf hing erschöpft herab, und es war fast, als schwanke er. Aber er stand.

Conrad überwand sein Erstaunen und verlor keine Zeit. »Los, Robin. Bring ihn in Bewegung. Führ ihn im Kreis.«

Robin blinzelte verwirrt. Aber er faßte sich schnell, wechselte die Leine von der linken in die rechte Hand und zog. Argos kam schwerfällig in Gang, und langsam wie zuvor nahmen sie ihre Runden wieder auf. Conrad folgte einen Schritt hinter Robin und ließ das Pferd nicht aus den Augen.

»Isaac, geh, hol eine Decke. Und bring für Robin auch eine mit.«

Isaac gab Conrad die Lampe und eilte davon. Im Nu war er zurück, fiel neben ihnen in Schritt und breitete eine der großen, wollenen Decken über Argos' Rücken. Dann hängte er eine zweite Robin über die Schultern. »Hier. Aber ich weiß nicht, ob es viel nützen wird. Hier, Conrad, für dich hab' ich auch eine mitgebracht.«

»Danke. Leg dich wieder schlafen. Zieh die nassen Sachen aus.«

»In Ordnung.« Isaac grinste Robin ein bißchen unsicher zu und ging zum Gatter.

Conrad folgte ihm. »Isaac«, raunte er fast tonlos.

»Ja?«

Conrad warf einen kurzen Blick zum wolkigen Nachthimmel, dann sah er zu Robin und Argos, die am anderen Ende des Hofes den Zaun entlangtrotteten, das Pferd mit ungleichmäßigen, zaudernden Schritten, Robin entschlossen und wachsam.

Er wandte sich wieder an Isaac. »Wenn du ihm wohlgesonnen bist, dann wirst du niemandem erzählen, was du heute abend gesehen hast. Ist das klar?«

Isaac hob verwundert die Schultern. »Sicher, wenn du es so haben willst …«

»Ja. Und ich kenne dein loses Mundwerk. Also reiß dich dieses eine Mal zusammen.«

Isaac runzelte die Stirn. »Warum?«

»Wie erklärst du dir, was er getan hat?«

»Oh, ich hab' keine Ahnung. Eigentlich war es unmöglich, nicht wahr?«

»Ja.«

»Es war wie diese Sache mit dem Jährling damals, wovon John und Cedric erzählt haben. Das ist wie …« Er beendete den Satz nicht.

Conrad nickte. »Du weißt, was ich meine. Bring ihn nicht in Schwierigkeiten.«

Isaac schüttelte langsam den Kopf. »Nein. Sei unbesorgt.«

»Gut. Und jetzt lauf, Junge.«

»Ja. Soll ich Maria Bescheid geben, daß sie euch etwas Heißes macht?«

»Nein, nicht nötig. Das hier kann noch Stunden dauern.«

»Na schön.«

Conrad sah Isaac nach, als er im Regen verschwand, und ging zu Robin zurück.

Es dauerte bis zum frühen Morgen, ehe die Krise endgültig vorüber war. Als sie Argos zurück in seine Box brachten, wirkte er müde und niedergeschlagen, aber nicht mehr krank. Seine Augen waren wieder klar, sein Schritt wieder ruhig und gleichmäßig und seine Temperatur normal.

Robin nahm ihm das Halfter und die Decke ab, ergriff eine Handvoll sauberes Stroh und begann, ihn abzureiben. Jetzt war er es, der zitterte. In seinen Händen schien keine Kraft mehr zu sein, und seine Arme waren bleischwer. Aber das machte ihm nichts. Er war froh. Er hatte nicht geglaubt, daß Argos diesen Morgen noch erleben würde. Es war fast wie ein Wunder, daß er hier, wenn auch nicht gerade munter, so doch lebendig auf seinen Hufen stand.

Conrad hängte Robin die Decke wieder über die Schultern und nahm ihm das Stroh ab. »Na, laß mich das mal lieber machen.«

»Ich kann das sehr gut selbst!«

»Oh, da bin ich sicher. Trotzdem.«

Mit geübten, langen Strichen rieb er das Pferd ab, holte eine trockene Decke, hängte sie ihm um und band sie fest. »So, das sollte reichen fürs erste. Und jetzt komm, Robin.«

Robin warf Argos einen ängstlichen Blick zu. »Sollte ich nicht lieber hierbleiben?«

»Nein. Er ist wieder in Ordnung. Mach dir keine Sorgen.«

Conrad führte ihn über den Hof, an der Scheune und den Stuten vorbei zu seinem Haus. Es war noch stockfinster, aber Robin hatte das Gefühl, als sei schon Morgen. Sie traten leise ein. Robin wartete an der Tür, während Conrad den vertrauten, dunklen Raum durchschritt und die Lampe auf dem Tisch anzündete.

»Setz dich.«

»Soll ich vielleicht ...«

»Du sollst dich setzen.«

Robin folgte willig. Fast gaben seine Beine unter ihm nach, als er auf die Bank niedersank.

Im Herd war noch Glut. Conrad legte etwas Zunder nach, wartete einen Moment und legte dann Holz auf. »Kein Grund, Maria zu wecken«, murmelte er.

»Nein«, stimmte Robin zu. »Sie sieht blaß aus in letzter Zeit.«

Conrad antwortete nicht. Er blieb am Herd stehen, bis das Holz brannte. Dann füllte er Wein aus einem Krug am Boden in einen kleinen Topf, hängte ihn über das Feuer, stöberte in Marias Kräutervorräten herum und fand schließlich Zimt und Nelken. Er gab etwas davon in den Wein, holte zwei Becher von dem breiten Bord an der Wand und füllte das dampfende, wohlriechende Getränk hinein. Vorsichtig ergriff er die Becher am Rand und trug sie zum Tisch.

»Hier. Trink, solange es heiß ist.«

Robin legte behutsam seine eiskalten Hände um den Becher. »Danke.«

Conrad setzte sich zu ihm, und Robin mußte an den Tag denken, als er hier angekommen war. Zum Abendessen war er hier gewesen, und dieser Mann hatte ihn mit solcher Ehrfurcht erfüllt, daß es ihm die Kehle zugeschnürt hatte. So war es nicht mehr. Er hegte großen Respekt für Conrad, und es gab immer noch Momente, da er ihm Unbehagen bereitete, aber er hatte keine Angst mehr vor ihm. Sie waren keine Fremden mehr.

»Sie hat eine schwere Schwangerschaft«, sagte Conrad unerwartet. Er hatte ebenfalls die Hände um seinen Becher gelegt, die Ellenbogen auf den Tisch gestützt und sah auf das tiefrote, heiße Gebräu vor sich. »So war es bisher nie. Sie trägt schwer an diesem Kind.«

»Wie lange noch?« erkundigte Robin sich vorsichtig. »Es muß doch bald soweit sein?«

»Nein. Wir denken, noch zwei Monate.«

»Ein Christkind.«

»Junge, du bist doch wirklich ein gottloses Lästermaul.«

Robin sah erschrocken auf. »Entschuldige. So hab' ich's nicht gemeint ...«

Conrad lächelte träge. »Nein, ich weiß. Gut möglich, daß du recht hast. Daß es zu Weihnachten kommt. Wir werden sehen.«

Es war eine Weile still.

»Wie hast du es gemacht, Robin?« fragte Conrad schließlich. Seine Stimme klang ruhig und leise wie gewöhnlich, nichts lauerte darin.

»Ich weiß es nicht«, antwortete der Junge ehrlich.

»Hast du das gemeint, als du zu mir gesagt hast, du könntest sie manchmal verstehen?«

»Ja, vielleicht. Ich bin nicht sicher. Ich weiß nicht genau, was es ist.«

»Als du zu ihm gingst, wußtest du, daß er wieder aufstehen würde?«

»Nein.«

Conrad sah ihn nachdenklich an. Dann nickte er ihm zu. »Trink deinen Wein aus. Ich hoffe, du wirst nicht krank.«

»Nein, sicher nicht. Mir war nicht kalt. Und ich bin nie krank.« Er hob trotzdem seinen Becher und nahm einen großen Schluck. Ein Gefühl der Wärme durchrieselte ihn wohlig.

Es regnete wieder stärker. Conrad stand auf und schloß die Läden an den Fenstern. »Besser, du bleibst den Rest der Nacht hier. Wir werden Henry zu seinen Brüdern ins Bett legen.«

»Oh, das ist nicht nötig ...«

»Verdammt, willst du wohl einmal tun, was ich sage, ohne mir zu widersprechen.«

Robin seufzte. »Ja, Conrad. Stevie ist dein Ältester, nicht wahr?«

»So ist es. Sechs im nächsten Mai.«

»Und Stephen ist sein Pate?«

»Erraten.«

»Wirst du mir erzählen, was zwischen ihm und meinem Vater war?«

»Nein.«

»Warum nicht?«

»Weil es besser in Vergessenheit geraten sollte. Es nützt nichts, wenn du es weißt.«

»Aber ...«

»Spar dir die Mühe, Robin.«

Robin nickte. »Na schön.«

In einträchtigem Schweigen leerten sie ihre Becher. Dann führte Conrad ihn die Stiege zur oberen Kammer hinauf, in der drei Holzbetten standen. In einem schlief der alte Henry, das nächste teilten Stevie und William, im dritten lag Elinor mit ihrem jüngsten Bruder. Conrad beugte sich über sie und hob den kleinen Henry behutsam hoch. Keiner der Jungen wachte auf, als er ihn neben seinen Brüdern wieder hinlegte und sorgsam zudeckte.

Er wies auf den schmalen Platz neben Elinor. »Gute Nacht, Robin. Viel ist nicht davon übrig.«

»Egal«, wisperte Robin. »Gute Nacht.«

Im Dunkeln zog er seine nassen Sachen aus und breitete sie zum Trocknen am Fußende aus. Er hörte Conrads leise Schritte auf der Treppe. Dann legte er sich neben dem kleinen Mädchen in das warme Bett, vergewisserte sich, daß er ihr nicht zuviel von der Decke stahl, und schlief fast augenblicklich ein.

Am nächsten Tag kam der neue Earl nach Waringham.

Genauer gesagt, war er schon am Abend zuvor angekommen. Aber niemand im Dorf wußte davon. Nur Oswald der Bettler hatte ihn gesehen, und weil Oswald nicht selten betrunken war und schon öfter behauptet hatte, unerhörte Dinge gesehen zu haben, schenkte ihm niemand besondere Beachtung, als er morgens am Dorfbrunnen verkündete, was er beobachtet hatte. »Mindestens zwanzig, wenn nicht dreißig Ritter. Alle in goldenen Rüstungen. Und an ihrer Spitze ein gewaltiger Recke. Sein Schwert war so lang wie meine beiden Arme zusammen. Das Heft und die Scheide waren mit Edelsteinen besetzt, glaubt mir, sie funkelten so richtig im Regen ...«

»Ja, ja.« Winifred, die Frau von Matthew dem Schmied, brummte ungehalten. »Es war der Regen, den du hast funkeln sehen. Und die Ritter sind aus deinem Weinschlauch gekommen.«

»Nein, Winifred, glaub mir, sie sind tatsächlich gekommen. Unser neuer Lord mit einem ganzen Zug Ritter. Wenigstens dreißig, wenn nicht vierzig.«

Winifred nahm ihren Eimer auf und wandte sich ab. »Du schwätzt nur dummes Zeug.«

Oswald öffnete den Mund, um zu protestieren, aber als er sah, daß Winifred wirklich gehen würde, wechselte er eilig das Thema. »Winifred, gibst du mir einen Farthing?«

Sie griff bereitwillig in ihre Schürzentasche, holte eine kleine Münze hervor und warf sie ihm zu. »Da. Versauf es nicht gleich wieder.«

»Gott bewahre, Winifred ...«

»Ja, Gott bewahre mich vor deinem Geschwätz.« Sie ging davon.

Aber Oswald hatte nicht gelogen, höchstens ein wenig übertrieben. Geoffrey Dermond, ein verdienter Ritter des Schwarzen Prinzen, der bislang nur ein winziges Lehen in der Nähe von Guinsborough im Norden gehalten hatte, war am späten Abend mit siebzehn seiner besten Leute als der neue Earl of Waringham nach Waringham Castle gekommen, um endlich die Früchte seiner jahrelangen, treuen Dienste zu ernten. Er fand auf seiner Burg einen Haufen ungehobelter Gesellen, die auf Geheiß des Erzbischofs dort seine Ankunft abgewartet hatten. Geoffrey bezahlte sie aus und wies ihnen die Tür. Am Morgen schickte er zwei seiner Männer ins Dorf, um den Reeve und den Bailiff zu finden, die ihn mit den Gegebenheiten seines Lehens vertraut machen sollten. Sie kamen, sobald sie der Ruf des neuen Lords erreichte. Geoffrey Dermond war ein Mann des Schwertes, von Landwirtschaft wußte er nichts. Trotzdem dauerte es nicht lange, bis er verstand, was die Quelle seines neuen Reichtums war. Und noch vor Mittag begab er sich zu den Stallungen.

Wie jeder Ankömmling kam er zuerst zu den Stuten. Dort herrschte eine friedliche, fast schon winterliche Stille; die Stalltüren waren fest verschlossen, und er entdeckte keine Menschenseele. Langsam ging er weiter, seine langen Beine schritten weit aus, und sein schwerer Schritt hallte zwischen den Boxen. Es schien das einzige Geräusch weit und breit. Er kam an einer großen Scheune vorbei in einen zweiten Hof. Auch hier war es still, auch hier waren alle Stalltüren geschlossen. Bis auf eine. Er hörte Hufestampfen und eine leise, helle Stimme, die etwas murmelte.

Ohne Eile trat er an die offene Tür und spähte hinein. Drinnen entdeckte er einen gutgewachsenen, jungen Apfelschimmel und einen blonden Jungen, der ihn striegelte.

»Jesus, warum mußt du dich immer in deinem eigenen Dreck wälzen, Argos? Wie soll ich das je sauberkriegen, he?«

»Man sollte wirklich meinen, er müßte sehen, wo er sich niederläßt«, meinte Geoffrey.

Der Junge wandte sich zu ihm um, schien einen Moment erstaunt über seine Erscheinung und kam einen Schritt näher. »Sir?«

»Wegen des Namens. In der Geschichte heißt es, er hatte hundert Augen.«

Robin lächelte. Ja, stimmt, dachte er, doch sie haben ihm nichts genützt. Am Ende war er so blind wie dieser Tolpatsch hier. So paßt der Name dann doch. Aber das sagte er nicht. Er legte die Bürste beiseite. »Wollt Ihr zu Conrad, Sir?«

»Ist das der Stallmeister?«

»Ja.«

»In dem Fall, ja.«

Robin schob Argos beiseite, zwängte sich an ihm vorbei und trat nach draußen. »Ich werde ihn holen, wenn Ihr einen Moment warten wollt.« Er schloß und verriegelte die untere Türhälfte.

Geoffrey sah ihm über die Schulter. »Einen kräftigen Kerl hast du da, Junge.«

Robin grinste stolz. »Oh, er wächst noch, Sir.«

»Tatsächlich?«

»Ich denke schon.«

»Wieso glaubst du das?«

»Er ist noch jung. Bis zum Frühjahr kann er noch wachsen. Und seine Eltern sind groß.«

»Sind sie beide hier?«

»Ja. Eine unserer besten Zuchtstuten und ein neuer Deckhengst. Das hier ist sein erster Jahrgang.«

Geoffrey nickte beeindruckt und betrachtete das Pferd.

Robin vergewisserte sich, daß er die Tür fest verschlossen hatte. »Wenn Ihr wünscht, werde ich jetzt Conrad holen, Sir.«

»Ja, geh nur, Junge. Ich werde mich derweil ein wenig umsehen, wenn du nichts dagegen hast.«

»Kaum, Sir. Sie gehören ohnehin alle Euch, nicht wahr?«

Geoffrey verengte die Augen und sah ihn scharf an. »Wie kommst du darauf?«

»Es war nur …«, stammelte Robin. »Wie Ihr Argos angesehen

habt, Sir. So, als gefiele er Euch, aber nicht so, als wolltet Ihr ihn kaufen. Wenn ich unhöflich war …«

Geoffrey grinste. »Nein, nein. Du hast ja recht.«

Robin verneigte sich. »Mylord.«

Geoffrey betrachtete ihn wohlwollend. Was für ein höflicher Junge. Er hatte damit gerechnet, auf einen Haufen stotternder, segelohriger Bauerntölpel zu treffen. Kein Wunder, daß diese Zucht eine solche Goldgrube war, wenn die Leute hier so waren. »Wie ist dein Name, Junge?«

»Robin, Mylord.«

»Also dann, Robin. Lauf und bring mir den Stallmeister.«

Robin verbeugte sich wieder, wandte sich ab und rannte davon. Atemlos kam er zum Küchenhaus. Er riß die Tür auf und stürmte hinein. »Conrad …«

Die anderen saßen schon am Tisch.

»Du kommst schon wieder zu spät«, brummte Stephen fast triumphierend.

Robin sah ihn nicht an. »Ich weiß, aber …«

»Erspar uns deine Ausflüchte und wasch dir die Hände, Robin«, forderte Maria ihn auf.

»Laßt ihn doch erst einmal zu Wort kommen«, sagte Conrad leise. »Was ist es, Robin. Argos?«

Robin schüttelte wild den Kopf. »Nein. Aber wir haben Besuch. Der Earl of Waringham.«

Es wurde sehr still im Küchenhaus. Alle starrten ihn an.

Robin trat an den Eimer und steckte die Hände hinein. Über die Schulter sagte er: »Er ist bei den Zweijährigen. Er will dich sprechen.«

Conrad erhob sich ohne Eile.

Robin trocknete sich die Hände ab und wollte sich auf seinen Platz setzen. Aber Conrad klopfte ihm im Vorbeigehen auf die Schulter. »Du wirst mitkommen.«

Robin warf einen sehnsüchtigen Blick auf den dampfenden Topf. »Warum?«

»Weil du ihn aufgelesen hast. Das ist nur höflich. Komm schon.«

Robin brummte. »Wenn's sein muß.«

»Und du auch, Stephen.«

Stephen stand auf. Sein Gesicht sagte, daß er nicht mehr Lust hatte als Robin, aber er folgte Conrad wortlos hinaus.

»Und?« fragte Conrad. »Wie schlimm ist er, Robin, was meinst du?«

»Oh, ganz in Ordnung. Ein verdienter Ritter und ein gebildeter Mann. Und er mag Pferde.«

»Und woher willst du das alles wissen? Kennst du ihn?«

»Nein. Aber er trägt am Ärmel das Abzeichen eines Ritterordens, dem nur die tapfersten Männer des Schwarzen Prinzen angehören. Darum verdient. Und er kannte die Bedeutung von Argos' Namen. Darum gebildet. Und er ist hierher gekommen, bevor er ins Dorf gegangen ist, sonst hätten wir schon von seiner Ankunft gehört. Und er hat lauter Fragen über die Pferde gestellt. Also ...«

Stephen warf ihm einen erstaunten, halb entsetzten Seitenblick zu, den Robin nicht bemerkte. Der Stallmeister schnitt Stephen eine ironische Grimasse, die soviel bedeutete wie: »Ich hab' dir doch gesagt, er ist ein Schlaukopf.«

Stephen brummte gallig: »Zu schlaue Köpfe enden in der Schlinge.«

Robin sah entrüstet zu ihm auf, aber ehe er sich nach dem Sinn dieser Worte erkundigen konnte, waren sie schon bei den Ställen angelangt.

Geoffrey Dermond, oder jetzt eigentlich Geoffrey of Waringham, war dabei, einen süßen Winterapfel an Argos zu verfüttern.

Robin senkte den Kopf ganz tief, damit Stephen sein freches Grinsen nicht sehen konnte. *Los doch, Stephen, mach ihm Beine ...*

Stephen tat nichts dergleichen. Ebenso wie Conrad verneigte er sich leicht vor dem neuen Earl, es war kaum mehr als ein Nicken.

Geoffrey sah sie mit demselben eindringlichen Blick an, mit dem er Robin fast aus der Ruhe gebracht hatte. Dann wandte er sich an Stephen, den älteren der beiden Männer, den er daher für den Stallmeister hielt.

Doch bevor er ihn ansprechen konnte, sagte Conrad: »Ich bin Conrad, der Stallmeister. Dies ist Stephen, der Vormann.«

Kein ›zu Euren Diensten‹ oder wenigstens ›Mylord‹. Robin fand diese Vorstellung schrecklich unhöflich und wünschte sich meilenweit weg.

Geoffrey schien das Versäumnis kaum zu bemerken. »Also dann, Conrad. Ich würde gerne alles sehen. Die Pferde, die Ställe und deine Leute. Ich habe großes Interesse an dieser Zucht.«

Conrad deutete wieder ein Nicken an. »Wie Ihr wünscht.«

Es klang wie ›Fahr zur Hölle‹.

Geoffrey lächelte schwach. »Sei unbesorgt, Stallmeister. Ich werde dir nicht ins Handwerk pfuschen. Ich habe einen Blick in die Bücher geworfen und kann mir nicht vorstellen, daß es hier irgend etwas zu verbessern gibt. Und wenn, wüßte ich nicht, was. Ich verstehe nicht halb soviel von Pferdezucht wie dieser Junge hier.«

Conrad sah ihn direkt an und verbarg seine Überraschung ebenso wie seinen Argwohn. Sein Gesicht war eine ausdruckslose Maske, aber seine Haltung entspannte sich ein wenig.

»Wenn Ihr wünscht, zeige ich Euch zuerst die Stuten.«

»Einverstanden.«

Conrad nickte in die Richtung, aus der sie gekommen waren. »Hier entlang, Mylord. Robin, ich denke, du kannst zum Essen gehen.«

Die anderen hatten ihm anständigerweise etwas übriggelassen. Während er sich setzte und seinen Teller füllte, bestürmten sie ihn.

»Und? Wie ist er?«

»Wie sieht er aus?«

»Was hat er gesagt?«

»War er sehr hochnäsig?«

»Mach doch endlich das Maul auf, Mann«, drängte Isaac.

Robin lachte. »Ihr laßt mich ja nicht zu Wort kommen. Hm, tja ... Also, er ist ein Ritter des Schwarzen Prinzen. Vielleicht an die Vierzig. Groß, ein mächtiger Kerl. Dunkle Haare, normannische Vorfahren, würde ich sagen.«

»Trägt er eine Rüstung?« wollte Crispin wissen.

»Nein. Gute Stiefel und Reithosen. Ein Wams aus dunkelblauem Samt und darüber ein Surkot mit seinem Wappen – schwarzes Pferd und weißer Lorbeer auf rotem Grund. Einen kostbaren Mantel, und kein Schwert. Er scheint nicht gekommen zu sein, um dir den Kopf abzuschlagen.«

Sie lachten nicht.

»Und wie ist er ... sonst?« fragte Maria leise. Sie wußte, wie Conrad über den Adel im allgemeinen und über Lehnsherrn im besonderen dachte, wie wenig Mühe er sich gab, seinen Mangel an Respekt zu verbergen, und sie war nervös. Robin konnte sie gut verstehen. Er war auch nervös gewesen.

Er machte eine beruhigende Geste. »Umgänglich. Nicht versessen darauf, daß die Leute vor ihm kriechen. Ein Mann vom Lande, schätze ich. Kein hoher Lord aus London. Na ja, die würden sich so ein Lehen hier wohl auch kaum aufschwatzen lassen. Mitten im Nirgendwo.«

Der Earl of Waringham blieb fast den ganzen Nachmittag im Gestüt, und er ging schließlich nur, weil einer seiner Leute kam, um ihm zu sagen, daß seine Familie und sein Gefolge in weniger als einer Stunde eintreffen würden. Ein Bote war gerade gekommen, um ihre Ankunft anzukündigen.

Stephen und Conrad gingen erleichtert zurück an ihre Arbeit. Robin, inzwischen wie alle anderen mit der Abendfütterung beschäftigt, sah sie zusammen in den Hof kommen. An der Scheune blieben sie stehen, anscheinend in eine ernste Unterhaltung vertieft und nicht der gleichen Meinung. Endlich trennten sie sich. Robin war erleichtert zu sehen, daß Stephen in Richtung der Jährlinge davonging und Conrad die Inspektion der Zweijährigen übernahm. Sie sahen beide nicht glücklich aus, aber Stephens Gesicht hatte diesen abwesenden, leicht verstörten Ausdruck, das es immer dann zeigte, wenn man sich vor ihm in acht nehmen mußte.

Conrad ging langsam die beiden Reihen der Ställe entlang, ohne zu zeigen, was er dachte.

Isaac sammelte schließlich seinen Mut und stellte die Frage, die sie alle beschäftigte. »Was denkst du, was auf uns zukommt, Conrad? Gute oder schlechte Zeiten?«

»Wie soll ich das wissen«, knurrte er.

»Du hast ihn doch den ganzen Nachmittag erlebt. Und ... er hat die ganze Zeit geredet. Ich dachte, du ...«

Conrad machte eine wegwerfende Geste. »Ja, ein wahrer Schwätzer. Genau wie du.«

Isaac verdrehte die Augen und wiegte den Kopf hin und her. Wortlos wandte er sich seiner Arbeit zu.

»Vermutlich hätte es schlimmer kommen können«, räumte Conrad unwillig ein. »Er ist keiner von diesen eingebildeten, feinen Hohlköpfen. Und er will, daß hier alles so weitergeht wie bisher. Ich hoffe nur, er wird nicht jeden Tag seine Nase hier zeigen und uns auf die Finger gucken.«

Isaac nickte zufrieden. »Hm, ich schätze, er wird auch noch anderes zu tun haben, oder?«

»Und was sollte das sein? Diese Leute arbeiten nicht.«

»Nein. Aber sie ziehen in den Krieg.«

»Schon. Aber es geht das Gerücht, es gäbe gerade mal wieder einen Waffenstillstand.«

»Und wenn schon. Der hält höchstens bis zum Frühjahr.«

»Da wär' ich nicht so sicher. Es heißt, die Kriegskassen sind leer.«

Isaac schnitt eine komische Grimasse und nahm die Heugabel wieder auf. »Scheint, unsere Wolle hat keinen guten Preis gebracht.«

Conrad sah ihn verdutzt an und hatte Mühe, nicht in das allgemeine Gelächter einzustimmen. »Mach deinen vorlauten Mund zu und geh an die Arbeit.«

»Tu' ich, Conrad, tu' ich.«

Ein paar Tage nach St. Martinus kam Matthew der Schmied, um einige der Zweijährigen neu zu beschlagen. Hector war einer davon, und nach dem Mittagessen brachte Robin ihn hinaus in den etwas abgelegenen Hof, wo die Hufschmiede sich befand. In dem kleinen Schmiedeofen brannte schon ein heißes Feuer. Matthew hatte einen Fuß auf den Amboß gestützt und unterhielt sich mit Conrad.

»… eine wahre Schönheit, Lady Matilda. Eine wirklich feine Dame. Blond, ganz hell, mit herrlichen grauen Augen. Und ein Kleid, Junge, wie in einem Gedicht. Wirklich eine feine Dame.«

Conrad verschränkte die Arme. »Pah.«

»Ja, ich weiß, ich weiß. Für so etwas hast du keinen Sinn. Da fällt mir ein, wie geht es Maria?«

»Gut.«

»Winifred sagt, wenn sie Hilfe braucht, schickt sie euch unsere Martha. Ein tüchtiges Mädchen, Martha.«

»Danke, nicht nötig.«

Robin traute seinen Ohren kaum. Warum nicht, Conrad, dachte er ratlos. Natürlich braucht sie Hilfe. Kopfschüttelnd band er Hector am Zaun an.

»Ah, da ist ja Robin.« Der Schmied strahlte ihn fröhlich an. »Und wie geht es dir, mein Junge?«

Robin konnte nicht anders, als sein breites Grinsen zu erwidern. »Könnte kaum besser sein. Wo fangen wir an? Vorn oder hinten?«

»Immer hinten.« Matthew schob die Eisen mit seiner langen Zange tiefer ins Feuer. »Dauert noch einen Moment. Hast du die Lady Matilda schon gesehen, Robin?«

»Nein.«

»Oh, sie wird dir gefallen. Eine wundervolle Frau. Wundervoll. Ich war heute früh oben, weißt du, das Tor war nicht in Ordnung. Und Lady Matilda kam heraus und sagte guten Tag. Und einen großen Haushalt haben sie. An die zwanzig Ritter, einige mit ihren eigenen Familien, und eine ganze Reihe eigene Dienstboten haben sie mitgebracht. Und einen kleinen Priester, noch ein Grünschnabel, sehr ernster, eifriger junger Mann, möchte ich meinen.«

»Wie steht es, Matthew, wollen wir anfangen?« Conrad gelang es kaum, seine Ungeduld zu verbergen.

Matthew blieb ungerührt. »Gleich, Conrad, mein Junge, die Eisen sind ja noch nicht richtig heiß. Und einen Sohn haben sie auch. Der junge Sir Mortimer. Ungefähr so alt wie du, Robin.«

Robin war nur mäßig interessiert. »Tatsächlich.«

»Ja, ja. Aber nur das eine Kind. Zwei sind an der Pest gestorben, heißt es. Ich sag's ja immer, der Schwarze Tod holt sie alle, ob Bauer oder Edelmann ... Oh, entschuldige, mein Junge. Davon weißt du ja selber genug. Ich hab's vergessen.«

Robin nickte ergeben. »Schon gut.«

»Hm, ja, hübscher Junge, Sir Mortimer. Kommt auf seinen Vater, ein normannischer Kopf. Nur die Augen, also die Augen hat er von der Lady Matilda. Grau. Und ein junger Heißsporn ist er, möchte ich meinen. Aber das sind sie ja alle in dem Alter.«

Conrad hatte genug gehört. »Ich denke, ihr kommt allein zurecht.«

Matthew nickte überzeugt. »Ja, geh nur, Conrad. Und denk dran, was ich gesagt habe, wegen unserer Martha ...«

»Ja, danke. Robin, wo ist Isaac?«

»In der Sattelkammer, schätze ich.«

»Da hab' ich schon nachgesehen.«

Isaac, erinnerte sich Robin, hatte gesagt, er ginge Bier holen. Er hatte von ihm einen halben Penny kassiert – angeblich war er schon wieder an der Reihe – und war mit dem Krug ins Dorf gezogen. Und wenn Isaac Bier holte, konnte das schon mal etwas länger dauern.

»Dann weiß ich es auch nicht, Conrad.«

Conrad sah ihn scharf an. »Natürlich. Ich könnte ebensogut Hector fragen, nicht wahr?«

Robin machte große, unschuldige Augen. »Aber woher soll ich denn wissen …«

Conrad brachte ihn mit einer Geste zum Schweigen. »Erspar mir den Rest. Ich werd' ihn schon finden.« Er wandte sich ab. »Lumpenpack«, hörten sie ihn murmeln, während er sich eilig entfernte.

Robin nahm Hectors Hinterhuf in beide Hände und grinste verstohlen.

Der Schmied holte das Eisen aus dem Feuer, schlug eine Weile mit dem Hammer darauf, nahm Maß, bearbeitete es noch einmal, löschte es und brachte es dann herüber. »So, laß mal sehen … Ja, das müßte gehen. Es scheint, du hast dich gut eingelebt, mein Junge.«

Robin nickte. »Ja.«

»Halt seinen Huf ein bißchen höher, ja, so ist gut. Und du bereust nicht, daß du hierhergekommen bist?«

»O nein. Matthew, ich hatte noch keine Gelegenheit, dir zu danken.«

Matthew nahm einen Hufnagel aus seiner ledernen Schürze, setzte ihn ein und schwang den Hammer. »Wofür, in aller Welt?«

»Na ja, damals, als ich angekommen bin. Ich weiß nicht, was du zu ihm gesagt hast … Jedenfalls, vielen Dank für deine Hilfe.«

Der Schmied lachte leise und setzte den nächsten Nagel ein. »Ich mußte nicht viel sagen, Junge. Conrad ist ja kein Dummkopf.«

Er brachte das Eisen fertig an, ging zum Feuer zurück und holte das nächste.

Robin packte Hectors anderen Hinterhuf und hob ihn an. Hector hielt geduldig still.

»Und was meinst du, wie geht es Maria wirklich?«

Robin antwortete nicht sofort.

»Sag, was du denkst, Junge. Ich werde es nicht ausplaudern. Halt den Huf höher.«

Robin packte fest zu. »Nicht gut. Etwas stimmt nicht.«

»Warum sagt dieser Esel dann nichts?«

»Ich weiß es nicht.«

»Hm, aber ich weiß es. Er ist ein sturer Dickschädel. Zu stolz, um sich helfen zu lassen.«

Gut möglich, dachte Robin. »Und du meinst, dafür riskiert er, daß ihr etwas ... zustößt?«

»Ja, das meine ich. Und sie ist genauso. Seltsame Leute. Gute Leute, aber seltsam.«

»Ist sie mit ihm hierhergekommen?«

Matthew hämmerte und schüttelte den Kopf. »Nein, sie ist von hier. Sie ist Ethelwolds Nichte. Ihr Vater, der alte Henry, war hier früher Vormann. Lange her. Bevor die Zucht so groß wurde.«

Er richtete sich auf, und Robin setzte Hectors Fuß ab. Matthew holte ein drittes Eisen aus dem Feuer, nahm Maß, behämmerte es, nahm noch einmal Maß, hämmerte wieder und löschte es. Dann kam er zu Hector zurück. Robin hielt den linken Vorderhuf.

Matthew pfiff leise vor sich hin. »Ja, ein sturer Bastard, das ist Conrad«, sagte er plötzlich unvermittelt. »Gott allein versteht die Schotten, mein Junge.«

»Er ist kein Schotte«, widersprach Robin überrascht.

»Aber fast. Nein, du hast natürlich recht, kein Schotte. Aber seine Mutter war Schottin.«

»Wirklich?«

»Hm. Und sein Vater war ein englischer Bogenschütze. Er war bei den Truppen, die die Lowlands besetzt hielten, bevor sie von den Schotten vertrieben wurden.«

»Woher weißt du das?«

Das dritte Eisen saß fest. Matthew holte das letzte, paßte es an und tauchte es ins Wasser. Als er zurückkam, antwortete er: »Der alte Ethelwold hat es mir einmal erzählt. Die schottischen Horden kamen, sperrten sie in ihr Haus ein und zündeten es an. Alle außer Conrad verbrannten. Alle. Er hat noch ein paar Verwandte dort oben, von der Seite seiner Mutter, versteht sich, aber seine Eltern, seine Geschwister, alle verbrannt.«

»O Gott.« Robin war erschüttert. »Das ist schrecklich.«

»Ja, mein Junge, das ist schrecklich. Und ich frage mich, warum ich dir diese schreckliche Geschichte erzähle. Ich hab' es noch nie jemandem erzählt. Du bist schon ein seltsames Kerlchen.«

»Ich? Wieso?«

Matthew setzte einen Nagel ein. »Weiß nicht. Kann ich nicht sagen. Plapper die Geschichte nicht aus, Junge. Er würde das sicher nicht wollen.«

»Nein. Ehrenwort.«

»Conrad war natürlich noch ein Bengel, als es passierte. Ist ja an die zwanzig Jahre her. Er ist aus einem Fenster gesprungen. Das Fenster war mit Pergament bespannt. Das Pergament brannte. So ist die Sache mit seinem Gesicht passiert.«

»Oh.«

»Ja, ja. Sieht aus wie Pocken, nicht wahr?«

Robin nickte stumm.

»So, wir sind fertig. Dein Gaul hat tapfer stillgehalten. Er sieht prächtig aus.«

»Danke.«

Matthew klopfte Hector freundlich auf die stämmige Schulter. »Ab mit dir. Schick mir den nächsten.«

»Ja. Und Matthew …«

»Hm?«

»Rede noch mal mit Conrad. Wegen Maria. Er hört doch auf dich.«

Matthew seufzte und nickte dann. »Ist gut. Ich will's versuchen.«

Robin führte das Pferd zurück in den Stall und winkte Crispin zu, der wartend an Philemons Tür lehnte. Crispin winkte zurück, öffnete die Tür und führte kurz darauf das Pferd hinaus.

Es war noch früh am Nachmittag, noch wenigstens eine Stunde, bis sie mit dem Füttern beginnen würden. Robin beschloß seufzend, daß es keinen guten Grund gab, länger aufzuschieben, was Conrad ihm und Isaac schon vor zwei Tagen aufgetragen hatte. Ohne große Lust begab er sich in den kleinen Hof, wo die drei Zuchthengste untergebracht waren. Conrad hatte bemängelt, daß sich für diese drei offenbar keiner der Jungen verantwortlich fühlte, und hatte ihn und Isaac kurzerhand dazu verdonnert, sie bei nächster Gelegenheit für einen Nachmittag auf die Wiese zu bringen und eine Grundreinigung ihrer Ställe durchzuführen. Also warum nicht heute.

Als er in den grasbewachsenen, umzäunten Hof trat, stellte er fest, daß Isaac die gleiche Idee gehabt hatte. Eine der Stalltüren war offen, und auf der Wiese stand Narziss, der älteste und berühmteste Hengst der Zucht, dessen Name die Preise in die Höhe trieb. Nur gut, dachte Robin grinsend, daß die kauffreudigen Ritter ihn jetzt nicht sehen konnten: Er stand mit hängendem Kopf direkt am Gatter und fror. Der Hengst wirkte verloren und mager; es war ihm mühelos anzusehen, daß er zurück in seinen Stall wollte.

Isaac stand in der offenen Stalltür, die Mistgabel neben sich wie eine Lanze, und sprach mit einem fremden Jungen in einem pelzbesetzten Mantel, hellroten Seidenstrümpfen und einer weinroten Schecke – einem eng anliegenden Übergewand, das vornehmlich bei jungen Männern von Stand beliebt war, und das, so hatte Bruder Philippus einmal mißbilligend bemerkt, immer kürzer und kürzer wurde. Robin erkannte den Jungen nach der Beschreibung des Schmiedes.

»Es tut mir leid, aber Ihr könnt ihn nicht reiten, Lord«, sagte Isaac geduldig.

»Wie willst du das wissen?« verlangte er zu wissen. Seine Stimme klang scharf und ärgerlich.

Isaac wirkte nervös. »Er ist schon so lange keinen Sattel mehr gewöhnt, man kann ihn nicht mehr reiten …«

»Erspar mir deine Belehrungen! Wie ist dein Name?«

»Isaac, Lord.«

»Ah.« Es war ein langgezogener Laut. »Isaac, der Bastard. Ich habe schon von dir gehört.«

Isaac wußte keine Antwort und sah sich hilfesuchend um. Er schien unendlich erleichtert, als er Robin entdeckte. »Oh, Robin. Vielleicht kannst du erklären …«

Der Junge fuhr auf dem Absatz herum. »So, noch einer von der Sorte.«

Robin verneigte sich höflich und trat dann näher. »Sir Mortimer.«

»Ja, völlig richtig. Und wer bist du?«

»Robin, Sir.«

»Also, Robin. Geh und hol mir den Stallmeister. Sofort.«

Robin warf Isaac einen hilflosen Blick zu. »Ja, Sir. Aber ich bin nicht sicher, daß er jetzt hier ist …«

»Tu lieber, was ich sage«, drohte Mortimer leise.

Robin machte kehrt und begab sich auf die Suche. Er hatte Glück. Conrad kam ihm schon bei der Sattelkammer entgegen.

»Oh, gut, daß du da bist, Conrad. Kannst du mitkommen zu den Hengsten? Dieser Mortimer ist da und macht Isaac Schwierigkeiten.«

Conrad runzelte die Stirn. »Was für Schwierigkeiten?«

»Ich weiß auch nicht. Mortimer hat gesagt, ich soll dich holen. Er ist wütend.«

Conrad ging neben ihm her. »Warum?«

»Oh, was weiß ich! Scheint, er hat sich in den Kopf gesetzt, daß er Narziss reiten will …«

»Viel Glück.«

»… und Isaac hat versucht, ihm zu erklären, daß das unmöglich ist.«

»Nur die Ruhe, Robin.«

Sie kamen zurück in den kleinen Hof, und Isaac stand nach wie vor mit seiner Mistgabel in der Stalltür und machte einen verlorenen Eindruck. Mortimer hatte sich vor ihm aufgebaut und die Hände in die Seiten gestemmt. Sein Mantel stand offen, und Conrad verzog spöttisch den Mund, als er seine feinen Kleider sah.

»Ich bin Conrad der Stallmeister. Kann ich Euch helfen, Sir?«

»Ich will keine Hilfe von dir«, versetzte der Junge hochmütig. »Ich will mich beschweren.«

»Worüber?«

»Dieser Flegel hier war unverschämt zu mir!«

Conrad wechselte einen kurzen Blick mit Isaac. Dann sah er Mortimer wieder an. »Unverschämt?«

»In der Tat. Ich wollte dieses Pferd reiten, und er wollte es mir verbieten.«

»Ich bin überzeugt, er wollte Euch abraten. Dieser Hengst ist seit Jahren nicht geritten worden. Er ist verwildert. Er würde jeden Reiter abwerfen.«

»Ja, ja, schon möglich. Das hat der Bastard hier auch gesagt. Aber darum geht es nicht.«

Conrad betrachtete den Sohn des Earls mit mühsam verborgenem Widerwillen. »Was wünscht Ihr, Sir Mortimer?«

»Ich verlange, daß dieser ungehobelte Tölpel bestraft wird!«

Robin spürte einen eisigen Schauer auf dem Rücken. Dieser ausstaffierte, alberne Bengel, der ihm und Isaac kaum bis an die Schulter reichte, strahlte eine solch bösartige Entschlossenheit aus, daß es ihm fast den Atem verschlug. Soviel Willkür, soviel Mutwillen ging von ihm aus, daß Robin sich ganz und gar entkräftet fühlte. Mortimer kam ihm vor wie eine entfesselte Naturgewalt. Und seine Stimme. Seine keifende, fordernde Stimme hatte viel zuviel Ähnlichkeit mit der von Bruder Anthony …

Conrad schien ebenso sprachlos.

Mortimer streckte einen langen, gepflegten Zeigefinger aus. »Ich erlaube nicht, daß man so mit mir spricht! Und wenn du es nicht tust, werde ich einen Ritter meines Vaters anweisen …«

Conrad wandte sich wortlos an Isaac und machte eine langsame, auffordernde Geste.

Isaac war bleich geworden. Die Narbe auf seiner Stirn leuchtete feuerrot. Er stellte endlich die Heugabel beiseite und protestierte. »Conrad, ich hab' nur …«

»Isaac«, unterbrach Conrad tonlos.

Isaac verstand. Er schüttelte ungläubig den Kopf, schnürte ohne Hast seinen Kittel auf, zog ihn aus und hängte ihn sorgsam über die Stalltür.

Conrad nahm seinen Gürtel ab, und Isaac drehte ihm den Rücken zu. Conrad trat einen Schritt zurück, nahm Maß und schlug zu. Das Leder klatschte auf Isaacs Rücken nieder, aber der Junge hielt still. Conrad holte wieder aus und schlug zu.

»Du gibst dir keine Mühe, Mann«, knurrte Mortimer. Er stand mit verschränkten Armen ein paar Schritte abseits.

Conrad sah ihn schweigend an.

Mortimer runzelte böse die Stirn. »Na los! Leg dich mal ein bißchen ins Zeug!«

Conrad stieß einen lang angehaltenen Atem aus, wandte sich an Robin und nickte ihm zu.

Robin erwiderte seinen Blick verständnislos. Seine Arme fühlten sich bleischwer an. Er wollte nicht hier sein. Er wollte das nicht sehen.

Isaac winkte ihn zu sich herüber, und Robin trat vor ihn. Isaac legte die Hände auf seine Schultern und flüsterte: »Halt mich fest. Halt mich bloß fest, Mann.«

Robin packte seine Arme und hielt ihn fest.

Conrads Gürtel sauste wieder durch die Luft, und ein Schaudern durchlief Isaacs Körper, als er auftraf. Er stieß hörbar die Luft aus. Robin sah über seine Schulter auf seinen gebeugten Rücken, wo mit jedem Schlag ein roter Striemen zurückblieb. Er hatte einen bitteren Geschmack im Mund und umklammerte Isaacs Arme immer fester. Sein Gesicht war dem Isaacs ganz nah, und er sah, wie die Adern in Isaacs Schläfen hervortraten und der Junge sich die Lippen blutig biß. Bei jedem Schlag spürte er mehr Schweiß auf seiner Haut, so, als sei er selbst es, der seinen Rücken darbot. Er hielt den Atem an wie Isaac, er wappnete sich mit ihm gegen jeden neuen Schlag. Und er bekam als erster weiche Knie. Aber sie blieben beide stehen. Bis Conrad schließlich einfach aufhörte.

Er trat zurück und sah Mortimer schweigend an.

Der junge Lord nickte knapp. Robin warf ihm einen kurzen Blick zu. Mortimers Augen waren groß und strahlend, sein Mund lächelte schwach. Robin spürte eine lähmende, fahle Übelkeit tief unten in seinem Bauch und sah schnell wieder zu Isaac, dessen schweißnasses, verzerrtes Gesicht er sehr viel besser ertragen konnte.

Conrad legte seinen Gürtel wieder an. »Ist das alles, Sir?«

Mortimer preßte die Lippen zusammen. »Ich hoffe, wenn ich das nächste Mal komme, wird mir hier niemand Ärger machen.«

»Nein. Sicher nicht.«

Mortimer lächelte dünn. »Er kann immer noch froh sein, daß ich nicht einen unserer Leute geholt habe … Und jetzt zeig mir, wo die Jährlinge sind. Ich will sie mir ansehen.«

Conrad brachte kein Wort heraus. Er nickte nur, wies in die Richtung, in der der Jährlingshof lag, und ging voraus. Mortimer warf noch einen letzten, verzückten Blick auf Isaac, dann folgte er dem Stallmeister. »Warte gefälligst auf mich …«

Robin sah ihnen nach, bis sie hinter der kleinen Scheune verschwunden waren. »Er ist weg, Isaac.«

Isaac nahm langsam die Hände von seinen Schultern und wollte sich aufrichten. Statt dessen gaben seine Knie nach, und er fiel auf den eiskalten Boden. Er fuhr sich mit beiden Händen durch die Haare. »Jesus … Oh, verdammt.«

Robin verspürte einen wilden, rebellischen Stolz. Er hockte sich zu Isaac herunter. »Du hast es ihm gezeigt! Du hast nicht gejammert und gewinselt, wie er es wollte.«

Isaac hob den Kopf. Sein Gesicht war schneeweiß, und zwei Tränen liefen darüber. Er schüttelte langsam den Kopf. »Nein, Robin«, sagte er leise. »Er hat es mir gezeigt.«

Robin stand auf und holte Isaacs Sachen. »Hier, zieh dir was über. Es ist kalt.«

»Und wenn schon.« Isaac kämpfte sich mit steifen Bewegungen in seine Kleider. Er atmete ein paarmal tief durch und schlug dann mit der Faust auf den Boden. »Na ja, warum nicht. Es war ja nur Isaac der Bastard. Wen kümmert das schon.«

»Mich. Und Conrad. Du hättest ihn sehen sollen. Er hat es gehaßt.«

»Ja. Und was hätte er schon tun können.« Er richtete sich auf. Robin konnte sehen, daß es ihm weh tat.

»O Isaac. Was für ein Dreckskerl.« Er nahm seine ausgestreckte Hand und zog ihn hoch.

»Ja. Ein Dreckskerl.« Isaac klang erschöpft. »Und das war heute nicht das letztemal, daß er hergekommen ist, um irgendwem Scherereien zu machen. Dafür hat es ihm zuviel Spaß gemacht. Und es gibt nichts, was wir dagegen machen können.«

»Nein«, stimmte Robin düster zu.

Isaac betrachtete ihn. »Dein Bruder Guillaume war auch nicht viel besser.«

Robin riß entsetzt die Augen auf. »Was?«

Isaac nickte und seufzte leise. »Ja, ja. Davon weißt du nichts, he. So ist es immer. Bei ihren Leuten zu Hause sind sie honigsüß. Keiner ahnt, wie sie wirklich sind.«

Robin dachte eine Weile nach. In Wirklichkeit hatte er kaum Erinnerungen an Guillaume. Er war fünf Jahre älter als er gewesen und hatte wenig Interesse an seinen kleinen Brüdern gezeigt. Aber Robin glaubte sich zu entsinnen, daß er und Raymond meistens ganz froh gewesen waren, wenn sie Guillaumes Aufmerksamkeit entgingen. Er schüttelte langsam den Kopf. »Ich kann mich nicht mehr richtig erinnern.«

»Hm. Du warst ja noch ein kleiner Bengel, als sie dich von hier wegbrachten. Vielleicht ganz gut so. Du bist jedenfalls nicht so geworden wie er.«

Nein, dachte Robin erleichtert. Das bin ich nicht.

Isaac lächelte plötzlich. »Ich weiß noch genau, wie sie dich ins Kloster schickten. Du hast gebrüllt. Du wolltest nicht.«

»Und ich hatte ja so recht. Wieso weißt du das?«

»Ich war dabei. Ich war irgendwie bei allem dabei, was in deiner Familie passierte. Meine Mutter war Küchenmagd.«

Robin sah ihn erstaunt an. »Wieso erinnere ich mich nicht an dich?«

»Weil ich mich immer in irgendwelchen Ecken verkrochen hab' und versucht habe, unsichtbar zu sein. Aber dein Vater, weißt du … Er war immer gut zu mir.«

Sie sahen sich schweigend an.

Dann regte Robin sich und wies auf Narziss. »Ich denke, es wird Zeit. Ich hol' ihn rein.«

Er ging zur Wiese hinüber und brachte den Deckhengst zurück in den Stall. Wenigstens er schien zufrieden mit dem Ausgang des Nachmittags.

Isaac stand auf dem Hof und zitterte vor Kälte.

»Geh, Isaac«, sagte Robin. »Wir machen deine drei schon.«

»Kommt nicht in Frage.«

Sie begaben sich an ihre abendliche Arbeit. Robin sah zu, daß er schnell fertig wurde, und ging dann Isaac zur Hand, denn dieser hatte verständlicherweise Mühe, seine Arbeit zu erledigen. Stephen stellte sich blind. Offenbar hatte sich wieder einmal auf geheimnisvolle Weise herumgesprochen, daß irgend etwas vorgefallen war. Die Stimmung während des Abendessens war ein wenig gedrückt. Conrad fehlte, und niemand gab einen Kommentar ab.

Er wartete in der Sattelkammer auf sie. »Isaac, Robin. Die anderen können gehen. Gute Nacht, Jungs.«

Sie murmelten einen Gutenachtgruß und stiegen die Leiter hinauf. Als das letzte Knarren der Holzsprossen verstummt war, stand er von dem Hocker auf, auf dem er gesessen hatte. Er wirkte müde. Robin war erstaunt. Er hatte Conrad noch nie müde gesehen.

Er wandte sich an Isaac. »Es tut mir leid. Aber ich hatte keine Wahl. Wenn er dir seine Leute auf den Hals gehetzt hätte, wäre es viel schlimmer geworden.«

Isaac nickte verlegen. »Ich weiß.«

Conrad lächelte schwach. »Du hast dich gut gehalten. Ich bin sehr stolz auf dich.«

Isaac errötete und strahlte. Zur Abwechslung wußte er einmal nichts zu sagen.

Conrad fuhr ihm kurz mit der Hand über den Kopf. »Nehmt euch vor dem Bengel in acht. Er ist ein Ungeheuer.«

Sie nickten und wollten gehen. Aber Conrad hielt sie zurück. »Das ist noch nicht alles. Robin, du sollst morgen früh auf die Burg hinaufkommen. Nach dem Frühstück kannst du gehen.«

Robin spürte einen heißen Stich im Bauch. »Warum, um Himmels willen? Ich hab' doch kaum ein Wort an den kleinen Drecksack gerichtet.«

»Darum geht es nicht. Lord Waringham will dich sprechen.«

Robin raufte sich die Haare. »O nein. Warum?«

»Das hat der Kerl mir nicht gesagt, den er geschickt hat.«

»Glaubst du, er hat herausbekommen, wer ich bin?«

»Ja. Ich denke schon.«

Robin nickte unglücklich. »Das fehlte noch.«

»Mach dir keine allzu großen Sorgen. Ich kann mir nicht vorstellen, daß er viel mit Klöstern im Sinn hat. So, und jetzt ab mit euch. Legt euch schlafen.«

Sie stiegen die Leiter hinauf. Cedric nahm ihre Becher aus der Kiste am Boden, und Pete schenkte ihnen ein.

»Na endlich«, brummte Bertram. »Und können wir jetzt vielleicht mal erfahren, was eigentlich passiert ist?«

Isaac wechselte einen Blick mit Robin und grinste plötzlich breit. Er setzte sich auf seinen Platz, nahm einen tiefen Zug und erzählte mit der ihm eigenen Liebe zum Detail.

Niedergeschlagen und besorgt überquerte Robin am nächsten Morgen den Mönchskopf und stieg den steilen Burghügel hinauf. Waringham Castle erhob sich drohend, so schien es ihm, vor einem eisgrauen Winterhimmel. Die Luft roch nach Schnee. Robin zog seinen zu dünnen Mantel fester um sich und überquerte die Zugbrücke.

Ein bewaffneter Mann in Helm und Kettenhemd trat aus der kleinen Wachstube, die innerhalb des breiten Torbogens in der

Mauer lag. Er nahm Robin kurz in Augenschein. »Was willst du hier?«

»Mein Name ist Robin. Seine Lordschaft hat nach mir geschickt.«

Der Mann winkte ihn ungeduldig durch.

Robin ging an ihm vorbei und überquerte den weiten Innenhof. Mit sehr gemischten Empfindungen trat er über die Schwelle des großen Turms. Ein Gefühl von Heimkehr verspürte er nicht.

Das mächtige Eingangstor führte in eine kleine, leere Vorhalle. Der steinerne Boden wirkte solide, aber der Eindruck war trügerisch. In Wahrheit lag unter der Vorhalle eine tiefe Grube, voll mit fauligem Wasser, und vermittels einer Falltür konnte man unerwünschte Besucher hineinbefördern. Die Falltür war das letzte Bollwerk gegen eindringende Feinde. Robin hatte nie davon gehört, daß sie je benutzt worden war. Hinter der Vorhalle lagen Vorratsräume, die Waffenkammer und die Küche. Auf der rechten Seite führte eine breite Treppe nach oben in die große Halle. Sie nahm fast das gesamte zweite Stockwerk des Turmes ein, und ihre gewölbte Holzdecke war beinah doppelt so hoch wie die der anderen Geschosse. Ein langer Tisch stand an der Stirnseite gegenüber der Tür, zwei weitere entlang der Seitenwände. Überall saßen Menschen, vornehmlich Ritter, aber auch ein paar Frauen und Kinder in feinen Kleidern waren dazwischen. In den beiden mächtigen Kaminen brannten Feuer. Hunde tollten auf dem strohbedeckten Boden, Mägde trugen Krüge und Platten mit Speisen herum. Unweit der Tür stand ein großer Mann mit grauen Haaren, angetan mit feinen, blauen Strümpfen und einem samtenen Surkot, einem ärmellosen Übergewand, an den Füßen Schnabelschuhe aus weichem Leder und um die Schultern einen pelzbesetzten Umhang mit Kapuze. Er trug keine Waffen, aber der Ritter, zu dem er sprach, lauschte ihm mit Respekt und Ergebenheit. Der Steward, schloß Robin. Er ließ seinen Blick über den großen Saal schweifen, doch er konnte weder den Earl noch seine Familie entdecken. Damit hatte er gerechnet. Solange seine Mutter noch lebte, hatte die Familie die meisten Mahlzeiten auch in einem der Privatgemächer eingenommen. Nur zu Feiertagen und Festen hatten sie mit den Leuten und dem Gesinde in der Halle gegessen. Robin wandte sich ab, ehe er entdeckt wurde, verließ die Halle und stieg die Treppe hinauf ins oberste Stockwerk.

Oben lagen eine Reihe kleinerer Räume, Privatgemächer und Schlafkammern. Robin sah sich unschlüssig um, als eine der massiven Holztüren sich öffnete und ein junger Priester heraustrat.

Robin grüßte höflich. »Mein Name ist Robin, Vater. Könnt Ihr mir sagen, wo ich Lord Waringham finden kann?«

Der junge Mann sah ihn aus dunklen Augen argwöhnisch an. »Was hast du hier verloren?«

»Er hat nach mir geschickt.«

»Wie war doch gleich dein Name?«

»Robin, Vater.«

Das schmale Gesicht hellte sich auf. »Waringham?«

Robin nickte zögernd. »Das war einmal.«

»Komm mit mir. Hier entlang.«

Er führte ihn zu einem hellen Raum auf der Südseite des Turms, dessen Fenster auf einen kleinen Rosengarten zeigten. Es war der wohnlichste Raum der ganzen Burg, fand Robin, und offenbar war Lady Matilda seiner Ansicht. Sie hatte ihn zum privaten Wohngemach ihrer Familie erwählt.

Als Robin eintrat, saßen sie bei einem späten Frühstück. Im Kamin brannte ein lebhaftes Feuer.

Der Priester schob ihn weiter in den Raum und schloß die Tür. »Robin of Waringham, Mylord.«

Geoffrey sah auf und lächelte. »Ah, vielen Dank, Constantin. Komm näher, mein Junge. Bist du hungrig?«

»Nein danke, Mylord.«

»Hier, das ist meine Frau. Matilda.«

Robin wandte sich zu ihr um, und ihm ging auf, wie lange er keine elegante Dame mehr gesehen hatte. Er war den Anblick von lilienweißer Haut nicht mehr gewöhnt. Das ebenmäßige Gesicht schien kaum dunkler als die blütenweiße, mit Spitze abgesetzte Haube. Ihr Unterkleid – die Kotte – war aus grünlich schimmernder Seide, die eng anliegenden Ärmel mit kostbaren Messingknöpfen verziert. Das ärmellose Surkot darüber war aus einem fließenden, dunkelgrünen Samt und an den Seiten so eng geschnürt, daß es ihre perfekten Formen wunderbar hervorhob. Robin verneigte sich galant. Der Schmied hatte nicht übertrieben. Sie war eine wahre Schönheit. »Lady Matilda.«

»Sei willkommen, Robert.«

Und was mag das heißen, dachte er verwirrt. Ich bin doch schon viel länger hier als sie. Er sah ihr einen Moment in die Augen und verstand, daß er ihr keineswegs willkommen war. Ihr schmaler Mund war zusammengepreßt, ihre grauen Augen betrachteten ihn kühl. Sie fürchtet mich, stellte er verwundert fest. Und sie haßt mich. Warum?

»Mein Sohn, Mortimer«, fuhr Geoffrey mit seiner Vorstellung fort.

Robin wandte sich widerwillig dem neuen Erben von Waringham zu und nickte. Er brachte kein Wort heraus.

Mortimer grinste ihn hämisch an, lehnte sich in seinem Stuhl zurück und führte einen großen Silberbecher an die Lippen.

Geoffrey merkte nichts von Robins Unbehagen. »Setz dich, Robert. Und nun erzähl uns, wie in aller Welt du auf die Idee verfallen bist, dich als Stallknecht auszugeben.«

Robin setzte sich auf den einzigen freien Stuhl, der Mortimer direkt gegenüberstand. Er versuchte, ihn nicht anzusehen. Der kleine Priester war auf den Platz neben Mortimer gehuscht und frühstückte wie ein Vögelchen.

»Ich mußte Arbeit finden, Mylord. Und ich kann nichts außer reiten.«

»Arbeit finden!« Geoffrey schien amüsiert. »Warum bist du nicht zu deinem Onkel George nach Whitfield gegangen?«

»Mein Onkel George ist arm. Er hätte mich nicht aufnehmen können. Außerdem ist er im Krieg.«

»Nein, ist er nicht. Wir sind zusammen aus Calais zurückgekommen.«

Robin war froh. Er mochte seinen kauzigen Onkel gern. Aber an seiner Lage änderte die Rückkehr des Onkels nichts. George, seine Frau und seine sieben Kinder lebten kaum besser als der ärmste Pächter in Waringham. Das wenige Geld, das George als Sold von seinem Dienstherrn bekam, reichte kaum aus, sie alle zu ernähren und seine Rüstung instand zu halten.

»War mein Onkel bei guter Gesundheit?«

»O ja. Er ist ein prächtiger alter Haudegen. Prächtig. Nach Weihnachten geht er zurück in die Normandie, sagte er. Er wird des Krieges nie müde.«

Robin nickte überzeugt. Onkel Georges Soldatenleben war sicher fröhlicher als seine Armut zu Hause.

Er fragte sich, wie lange er wohl hierbleiben mußte. Er wünschte sich zurück zu seiner Arbeit. Er war hier nicht willkommen, und er wollte hier nicht sein. Lady Matilda saß stocksteif auf ihrem Platz, und sie warf ihm ab und zu von oben herab einen feindseligen Blick zu. Und dieser Rotzlümmel Mortimer ließ ihn nicht aus den Augen und grinste ohne Unterlaß.

Endlich wurde Geoffrey gewahr, daß Robin sich nicht wohl in seiner Haut fühlte. Er machte einen Vorschlag. »Was denkst du, wollen wir ausreiten?«

Robin dachte, daß er für solche Vergnügungen eigentlich keine Zeit hatte, aber er nickte dennoch erleichtert. »Sehr gern, Mylord.« Er stand von seinem Platz auf.

»Kann ich mitkommen, Vater?« fragte Mortimer.

Geoffrey schüttelte lächelnd den Kopf. »Das nächste Mal, Junge. Es gibt ein paar Dinge, die ich mit Robert besprechen muß.«

Er erhob sich, wandte sich zur Tür und ging hinaus. Robin verneigte sich vor Matilda und wollte ihm folgen, aber plötzlich stand Mortimer hinter ihm und versperrte ihm den Weg. »Jammer ihm lieber nichts vor«, warnte er leise. »Das würde dir schlecht bekommen.«

Robin erwiderte seinen Blick und gab sich keinerlei Mühe, seinen Abscheu zu verbergen. »Da bin ich sicher. Seid unbesorgt.«

Er ließ Mortimer ohne Gruß stehen und ging in den Burghof hinunter. Will, einer der Stallburschen auf der Burg, führte zwei gesattelte Pferde aus dem Stall. Robin kannte ihn flüchtig. Sie hatten nicht häufig mit den Pferden hier oben zu tun, aber hin und wieder kam einer der Burschen hinüber zum Gestüt und fragte Conrad oder Stephen um einen Rat. Sie nickten sich zu.

Geoffrey wartete schon auf ihn. »Was ist, Robert? Bist du soweit?«

Robin saß auf. »Ja, Mylord.«

Sie ritten durch das große Tor, über die Zugbrücke auf die Hügel hinaus. Geoffrey wies mit dem Arm auf die weiten Wälder im Osten. »Laß uns dorthin reiten. Weißt du, wie das Wild läuft?«

Robin schüttelte den Kopf. »Ich kann mich nicht erinnern. Ich war lange Zeit fort von hier.«

»In St. Thomas, ich weiß. Als ich hierher kam, fand ich einen sehr höflichen, aber entschiedenen Brief von einem gewissen Jerome of Berkley vor, Abt von St. Thomas. Er erhebt juristische Ansprüche auf deinen Kopf, Robert.«

Robin stockte der Atem. »Mylord, ich …«

Geoffrey lachte fröhlich. »Keine Sorge, Junge. Ich werde ihm nicht antworten. Ich denke, fünf Jahre war lange genug.«

Gott sei Dank, dachte er erleichtert. Seine schlimmste Sorge hatte sich als unbegründet erwiesen.

»Du kannst also lesen?«

»Ja, Sir.«

»Und schreiben?«

»Es geht so.«

»Und Latein?«

»Ja.«

»Hm. Vater Constantin liegt mir in den Ohren, daß er einen Gehilfen braucht, jetzt, wo wir feine Leute sind. Das sagt er nicht, aber das meint er. Er ist der einzige geistliche Beistand für meinen ganzen Haushalt, und er unterrichtet Mortimer. Gleichzeitig ist er aber auch ein emsiger Gelehrter, und die Schreibarbeiten, die er für mich erledigen muß, rauben ihm zuviel Zeit. Wie wär's?«

Robin war entsetzt. »Mylord, ich bin sehr zufrieden mit meiner jetzigen Arbeit.«

Geoffrey grunzte ungeduldig. »Das geht doch nicht, Junge. Du bist ein Edelmann, kein Knecht.«

»Wäre ich ein Edelmann, Mylord, wäret Ihr nicht hier.«

Geoffrey gluckste vergnügt. »Und du nimmst es mir nicht einmal übel. Sehr nobel von dir.«

»Es war ja nicht Eure Schuld.«

»Nein. Aber zurück zur Sache. Ich kann nicht zulassen, daß du hier ein armseliges Dasein fristest und verwahrlost. Wenn du nicht zu dem alten George gehen kannst, dann muß ich eben dafür sorgen, daß etwas aus dir wird. Das schulde ich deinem Vater.«

Robin lachte verächtlich. »Mein Vater.«

Geoffrey sah überrascht auf. »Du hältst keine großen Stücke auf ihn, nein?«

»Pah.« Robin war sich nicht bewußt, daß der Laut eine getreue Nachahmung Conrads war.

»Warum nicht, mein Junge?«

»Was soll ich von einem Mann halten, der meinen König verraten hat?« stieß er erbost hervor.

»So, deinen König liebst du also, ja?«

»Natürlich!«

Geoffrey hob langsam die Schultern. »Das tat dein Vater auch. Sei versichert.«

»Und deswegen hat er ihn verraten?«

»Nein. Das hat er nicht getan. Komm, laß uns absitzen und ein Stück gehen. Ich will dir erzählen, wie es war. Ich muß es schließlich wissen; ich war dabei.«

Robin war nicht sicher, ob er die Geschichte hören wollte. Aber er saß ab, nahm sein Pferd am Zügel und stapfte neben Geoffrey über raschelndes Laub. Es begann leicht zu schneien.

»Weißt du, daß König Edward einen Vertrag mit dem König von Frankreich geschlossen hat?«

»König Edward *ist* der König von Frankreich«, erwiderte Robin.

»Nein, mein Junge. Du bist nicht auf dem laufenden. Nicht einmal er selbst erhebt diesen Anspruch noch. Auch das war Gegenstand des Vertrages.«

Robin machte große Augen. »Was für ein verdammter Vertrag ist das?«

»Es gefällt dir nicht, daß der König den Anspruch auf die französische Krone aufgibt?«

»Nein. Warum sollte er? Er war der Neffe des alten Königs, und der hatte keine Söhne.«

»Schon. Aber die Franzosen wollen ihn nun mal nicht haben.«

»Die Flamen aber doch.«

»Ja, ja. Ich werde mich nicht mit dir über Politik streiten. Es ist, wie es ist. In Brétigny wurde ein Vertrag geschlossen. Dein Vater und viele andere unterstützten das Abkommen. Sie sind den Krieg satt, Junge. Viele sind das. Ich auch. Und der König hat kein Geld mehr, um ihn vernünftig weiterzuführen.

Die Burg, in der dein Vater und ich lagen, gehörte zu denen, die wir laut Vertrag den Franzosen zurückgeben sollten. Eine gute Burg bei Poissy, strategisch sehr wichtig. Aber einer unserer Feldherren, ein Earl, den wir nicht näher benennen wollen, hielt nichts von der Idee, die Burg aufzugeben. Und er wies die Ritter in dieser und vielen anderen Burgen an, sich mit dem

Abzug nicht zu beeilen und sich die Zeit mit Raubzügen zu vertreiben.«

Robin sah ungläubig zu ihm auf. »Aber das war gegen den Vertrag!«

»Hm, richtig. Aber, wie gesagt, die Kassen sind leer, und Raubzüge sind einträglich. Und die meisten der Ritter hatten keine Bedenken, den Wünschen ihres Feldherrn zu folgen. Viele von ihnen haben zu Hause kein eigenes Land; sie leben im Krieg besser als im Frieden. Doch dein Vater glaubte, an einen Vertrag müsse man sich halten. Er verbot seinen Leuten, an den Raubzügen teilzunehmen, und ersuchte um Erlaubnis, von der Burg abziehen zu dürfen. Die Erlaubnis wurde ihm verwehrt. Da schrieb dein Vater einen Brief an den König, mit der Absicht, heimlich einen Boten zu schicken. Er konnte nicht glauben, daß all diese Dinge mit dem Einverständnis und dem Wissen des Königs vor sich gingen. Er wollte ihn von dem Vertragsbruch unterrichten. Er vertraute den Brief einem seiner treuesten Männer an, Guy of Gimson. Kennst du ihn?«

Robin nickte und lächelte ein bißchen. »Guy hat mir das Reiten beigebracht.«

»Nun, Guy wird niemandem mehr Reitstunden geben, mein Junge. Am nächsten Tag gab es nahe der Burg ein Scharmützel, und Guy wollte die Gunst der Stunde nutzen und sich davonmachen. Aber ein Pfeil traf ihn in den Rücken. Es war ein englischer Pfeil.«

Robin sog scharf die Luft ein.

»Hm, ja. Sehr merkwürdig. Aber was dann geschah, war noch viel merkwürdiger. Am Abend kamen die Männer des Earls und verhafteten deinen Vater. Als er sich nach dem Grund erkundigte, beschuldigten sie ihn des Hochverrats.

Wie es weiterging, weiß ich nur aus Erzählungen, denn ich wurde in der Nacht in einer anderen Angelegenheit mit meinen Leuten nach Calais geschickt. Man warf deinem Vater vor, er habe eine Botschaft nach Paris senden wollen. Eine Warnung für den französischen König. Über geheime Verhandlungen zwischen unserem besagten Feldherrn und dem König von Navarra. Navarra, falls du es nicht weißt, ist ein kleines Königreich in Spanien, und der König dort steht sich nicht gut mit dem König von Frankreich. Die Botschaft, die dein Vater angeblich schicken wollte, hielten sie in Händen. Sie sagten, sie sei bei Guys Leiche gefunden worden. Der Brief trug auch wirklich die Unterschrift deines Vaters. Aber es war nicht seine Handschrift. Du weißt vermutlich, Robert, daß man Pergament abkratzen und neu beschreiben kann, nicht wahr?«

Robin brachte kein Wort heraus. Er nickte nur.

Geoffrey legte ihm freundlich eine Hand auf die Schulter. »Sie sperrten ihn ein, und am nächsten Tag fand man ihn tot, mit seinem eigenen Gürtel erhängt.«

Robin blinzelte verstört und schüttelte langsam den Kopf. »Warum hat er das getan? Warum hat er nicht seine Gerichtsverhandlung abgewartet? Hätte der König ihm nicht geglaubt?«

»Doch. Durchaus möglich. Und das Risiko wollten sie nicht eingehen. Er hat es nicht selbst getan, Robert, ich bin sicher. Ich kannte deinen Vater wie einen Bruder. Vermutlich besser, als du ihn kanntest. Seit dem Tod deiner Mutter und deiner Geschwister war er ein sehr frommer Mann geworden. Er hätte niemals sein Seelenheil riskiert. Und er war vor allem kein Feigling. Der Selbstmord war ebenso eine Fälschung wie der Brief. Nur nicht ganz so gründlich ausgeführt. Mein Informant sagt, an seinen Handgelenken seien deutliche Fesselspuren gewesen …«

Robin konnte eine Weile nichts sagen. Sein Mund erschien ihm ganz und gar ausgetrocknet, und sein Herz flatterte in seiner Brust. Aber er hatte ein paar brennende Fragen. Also schluckte er energisch und fuhr mit der Zunge seine Zähne entlang, bis wieder genug Speichel in seinem Mund war, um zu sprechen. »Aber … warum? Warum wurde er so hinterhältig hereingelegt?«

»Weil dieser Feldherr nicht sicher sein konnte, daß der König mit seinen Machenschaften einverstanden war. Ich denke, er hat sich unnötige Sorgen gemacht, der König hat ebensowenig Interesse an der Einhaltung des Vertrages wie er. Aber ganz sicher konnte er nicht sein. Andererseits konnte er deinen Vater auch nicht einfach ohne jede Erklärung aus dem Weg räumen lassen, das wäre zu auffällig gewesen. Also spann er eine Intrige.«

Robin nickte wie betäubt.

Geoffrey hielt sein Pferd an und saß wieder auf. »Ich werde ein Stück vorausreiten. Weißt du, wo der Weiße Felsen ist?«

»Ja.«

»Dort werde ich auf dich warten.« Er gab dem Pferd die Sporen und galoppierte davon.

Robin sah ihm nach, bis er hinter der nächsten Wegbiegung verschwunden war. Dann führte er sein Pferd weg vom Pfad zwischen den dichten Bäumen hindurch zu einem kleinen, mit einer hauchdünnen Eisschicht bedeckten Tümpel. Unter einer Weide hielt er an, lehnte sich an den breiten Stamm und weinte um seinen Vater, zornig und doch unendlich erleichtert, daß er endlich, endlich mit gutem Recht um ihn trauern durfte.

Als er zum Weißen Felsen kam, saß Geoffrey reglos auf seinem Pferd und betrachtete das weite, grüne Tal unter sich. Bruchsteinmauern durchzogen die Wiesen. Hier und da weideten Schafe. Es schneite jetzt etwas heftiger.

Robin hielt neben ihm an. »Wer ist er, dieser Earl?«

Geoffrey wiegte leicht den Kopf hin und her. »Wenn ich die Absicht gehabt hätte, dir seinen Namen zu nennen, ich hätte es schon getan.«

»Ich will es aber wissen. Ich habe ein *Recht*, es zu wissen.«

»Wozu? Es würde nichts nützen. Laß uns in ein paar Tagen noch einmal darüber reden. Du bist jetzt durcheinander, verstört, und das ist nur verständlich. Vielleicht ... wäre es leichter für dich zu glauben, dein Vater sei ein Verräter gewesen, als dich damit abzufinden, daß er selbst so schändlich verraten worden ist. Aber ich war der Ansicht, du solltest die Wahrheit wissen.«

Robin sah ihn direkt an. Seine Augen brannten, es kam ihm vor, als sei dieser Morgen schon tausend Stunden alt. Es stimmte, er war verstört, aber er war nicht durcheinander. Er hatte das Gefühl, außergewöhnlich klar denken zu können. »Ich bin froh, daß ich die Wahrheit kenne. Es ist besser so. Leichter. Aber er hat nicht nur meinen Vater verraten, Sir. Er hat mich ebenso betrogen. *Und ich will seinen Namen kennen.* Sagt ihn mir. Der Earl von wo?«

Geoffrey erwiderte seinen Blick eindringlich, es war, als wolle er den Jungen vor sich genauestens erforschen. Dann wandte er den Blick mit einemmal ab, sah wieder auf das Tal hinunter und sagte fast tonlos: »Der Earl of Chester.«

Robin machte eine wegfegende Geste. »Macht Euch nicht lustig über mich! Der Schwarze Prinz ist der Earl of Chester.«

Geoffrey nickte schweigend.

»Aber ... aber das kann doch nicht ...«

»Siehst du, Junge«, seufzte Geoffrey. »Jetzt ist es nur noch schlimmer für dich.«

»Aber mein Vater ... war ihm ganz und gar ergeben.«

»Ja. Bis zum Schluß. Als sie ihn verhafteten, war ich bei ihm. Er lächelte, fast nachsichtig, obwohl er ganz genau wußte, was geschehen würde. Und er sagte zu mir: ›Er ist immer noch derselbe hitzköpfige Junge wie damals in Crécy. Er denkt immer nur mit dem Schwert. Du wirst ein bißchen auf ihn achtgeben, nicht wahr.‹ Und als sie ihn rauszerren wollten, sagte er noch etwas Seltsames. Er wandte sich an die Wachen und sagte: ›Warum so eilig, Männer? Der Krieg wird euch schon nicht davonlaufen, seid unbesorgt. Dieser Krieg wird hundert Jahre dauern.‹ Und weißt du, damit könnte er durchaus recht haben. Niemand will diesen Krieg mehr führen, er ist ja schon fast ein Vierteljahrhundert alt. Aber es will ihn auch niemand wirklich beenden.«

Sie ritten schweigend zurück, eingehüllt in ihre Mäntel, und hingen ihren Gedanken nach. Als sie wieder im Wald waren, sagte Geoffrey schließlich: »Und wie sieht es jetzt aus, Robert? Willst du immer noch Stallknecht sein?«

»Daran hat sich nichts geändert, Mylord.«

Geoffrey schüttelte ungeduldig den Kopf. »Aber das kann ich nicht zulassen.«

Robin sah ihn an. »Wenn Ihr es mir verbietet, werde ich davonlaufen und woanders Stallknecht werden.«

»Dann werde ich dich finden und dir die Hammelbeine langziehen«, brummte Geoffrey.

»Dann werde ich wieder weglaufen«, gab Robin ernst zurück.

»Dann leg' ich dich in Ketten.«

Robin hob leicht die Schultern. »Wenn Ihr es jetzt gleich tut, erspart Ihr uns beiden viel Mühe.«

Geoffrey lachte gegen seinen Willen. »Junge, du mußt doch einsehen, daß es nicht möglich ist.«

»Es ist ganz und gar möglich. Der Schwarze Prinz hat es möglich gemacht.«

»Das solltest du nicht sagen. Man redet sich schnell um Kopf und Kragen.«

»Aber nur Ihr hört mich, Mylord.«

»Ja. Und ich bin Prinz Edwards Mann. Bis auf den letzten Blutstropfen. Vergiß das nicht.«

»Nein.«

»Das verstehst du nicht, oder? Du denkst, ich müßte ihn verabscheuen für das, was er deinem Vater angetan hat?«

»Das könnt nur Ihr entscheiden.«

»Hm. So ist es. Mit mir ist es wie mit deinem Vater. Ich gehöre ihm mit Haut und Haaren. Und das wäre nicht anders, wenn ich an der Stelle deines Vaters gewesen wäre. Der Schwarze Prinz ist ein gefährlicher Mann, weißt du. Er bringt Leute mühelos dazu, ihm zu verfallen, genau wie sein Vater. Das ist ihre große Gabe. Darum ist unser Heer so oft siegreich, auch wenn der Feind viel größer ist. Die Männer geben ihr Letztes für den König und Prinz Edward. Aber es macht sie auch gefährlich.«

Robin dachte darüber nach. »Das verstehe ich nicht.«

»Nein. Vielleicht irgendwann einmal.«

»Hoffentlich nicht. Ich will nicht mehr Ritter werden.«

»Ist das wirklich wahr?«

Robin dachte darüber nach. Solange er denken konnte, war es immer sein einziger Wunsch gewesen, ein Ritter seines Königs zu sein. Nicht einmal wirklich ein Wunsch, sondern eine Selbstverständlichkeit. Er sagte langsam: »Ich würde mein Leben für meinen König geben. Aber nicht meine Seele. Ich will kein Söldner sein. Ich denke, ich kann ihm besser dienen, wenn ich gute Pferde für seinen Krieg züchte.«

»Trotzdem wirst du in Zukunft jeden Tag für zwei Stunden auf die Burg kommen und an Mortimers Unterricht teilnehmen.«

Robin riß entsetzt die Augen auf. »Ich habe keine zwei Stunden freie Zeit am Tag! Und ich kann doch schon lesen.«

»Unsinn, kein Bücherkram. Aber du mußt lernen, wie man ein Schwert und eine Lanze führt. Dann kannst du später immer noch entscheiden, was aus dir werden soll. Wenn du alt genug bist.«

»O ja, ein Ritter ohne Land, großartig. Wie mein Onkel George. Und meine Kinder müssen hungern, damit ich mir ein neues Schlachtroß kaufen kann. Nein, vielen Dank.«

»Ich bin sicher, du wirst deine Meinung ändern. Land kann man sich verdienen, Robert.«

»So wie Ihr, Mylord?«

Geoffrey fuhr wütend auf, und einen Moment glaubte Robin,

er habe sich wieder einmal Ohrfeigen eingehandelt. Aber der Earl seufzte nur und betrachtete ihn kopfschüttelnd. »Hätte ich abgelehnt, hätte ich sein Vertrauen verloren. Das kann ich mir nicht leisten. Ich muß auch an Mortimer und Lady Matilda denken.«

Robin verzog sarkastisch den Mund. »Ja. Vielleicht hätte mein Vater auch an seine Familie denken sollen.«

»Er hat getan, was er tun mußte.«

»Ein armseliger Nachruf. Aber immerhin. Besser als ›Er hat seinen König verraten.‹«

»Ja. Sehr viel besser. Also, Junge. Wir sind fast da. Es bleibt dabei. Ab morgen kommst du jeden Tag und lernst mit Mortimer, wie man ein Ritter wird.«

Robin hatte gehofft, er habe es vergessen. Er dachte einen Moment nach und fragte dann: »Ihr laßt ihn hier ausbilden?«

»Ja.«

Sehr merkwürdig, fand Robin. Sein Bruder Guillaume hatte als Knappe an den Hof des Earls of March gehen sollen. Es war nur natürlich, daß ein junger Mann an einem fremden Hof zum Ritter ausgebildet wurde.

Geoffrey seufzte fast unvernehmlich. »Ich kann ihn nicht wegschicken. Er ist … ein schwieriger Junge. Und seine Mutter, weißt du, sie hat furchtbar gelitten, als die anderen beiden starben. Mortimer ist ihr ein und alles. Sie würde es nicht verkraften, wenn er jetzt schon fortginge.«

Ein schwieriger Junge, dachte Robin grimmig. Das kann man wohl sagen. Und ein Muttersöhnchen.

Geoffrey blickte ihn forschend an. »Er war im Gestüt, nicht wahr? Ich hab' gemerkt, daß ihr euch schon kanntet. Hat er sich schlecht benommen? Ärger gemacht?«

»Nein, Mylord. Keineswegs«, log Robin, ohne zu zögern. Er gedachte nicht, Mortimers Warnung in den Wind zu schlagen.

»Dann ist es ja gut. Ich dachte nur. Er ist manchmal ein bißchen hochfahrend. Na ja, er ist erst zwölf. Wie alt bist du?«

»Zwölf, Mylord. Dreizehn im Januar.«

Geoffrey schüttelte langsam den Kopf. »Er ist nicht wie du. Er ist noch ein Kind. Ich bin sicher, deine Gesellschaft wird ihm guttun. Also dann. Morgen nachmittag, Robert. Zwei Stunden.«

»Oh, das ist unmöglich, Mylord!«

»Es ist meine Bedingung.«

»Eine Stunde.«

»Schön, eine Stunde. Fürs erste. Und du willst wirklich bei diesem Gesindel bleiben?«

»Sie sind kein Gesindel. Ja, ich will dort bleiben.«

Geoffrey zog ratlos die Schultern hoch. »Also bitte. Wenn deine Seligkeit davon abhängt … Du könntest bei uns leben, weißt du.«

»Danke, das ist sehr großzügig. Aber damit stünde mein Weg fest. Dann müßte ich Soldat werden.«

Geoffrey nickte unwillig. »Und gibt es gar nichts, was ich für dich tun kann? Brauchst du warme Kleidung? Irgend etwas?«

Robin zögerte.

»Rede schon, Robert. Ich würde mich besser fühlen, wenn ich dir einen Wunsch erfüllen könnte. Was ist es? Ein vernünftiger Mantel?«

»O nein, der Mantel ist gut genug. Aber da ist etwas anderes. Nur … Ich weiß nicht, ob es nicht vermessen ist.«

»Laß es mich hören, ich sage dir dann Bescheid«, schlug Geoffrey lächelnd vor.

»Ich müßte einen Brief schreiben. Nach Chester.«

»Was hast du vor? Willst du Prinz Edward schreiben und dich beschweren? Das ist keine kluge Idee. Und er ist jetzt nicht in Chester.«

»Nein, das war nicht meine Absicht.«

»Also, wen hast du in Chester?«

»Eine Schwester. Sie ist im Kloster. Ich würde ihr gern schreiben und fragen, ob sie nach Hause kommen will. Würdet Ihr …«

»Einen Boten mit deinem Brief schicken, der sie gleich mitbringt, wenn sie will?«

Robin senkte den Kopf und nickte.

»Das ist wohl kaum zuviel verlangt. Sie ist schließlich alles, was du noch an Familie hast, nicht wahr? Komm mit zurück zur Burg. Constantin soll dir Pergament und Tinte geben. Du kannst deinen Brief gleich schreiben. Und der Bote wird sich heute noch auf den Weg machen.«

Doch er hörte viele Wochen nichts von Agnes. Der Aufbruch des Boten verzögerte sich, und es war eine weite Reise bis nach Chester an der walisischen Grenze. Anfang Dezember setzten heftige

Schneefälle ein, und Robin vermutete, daß die Straßen weiter nördlich nur schwer oder gar nicht passierbar waren. Es blieb ihm nichts übrig, als sich in Geduld zu fassen.

Unterdessen rückte Weihnachten näher. Das Gestüt mit all seinen Höfen, Wiesen, Scheunen und Ställen lag unter einer weißen Schneedecke. Trotzdem ging die Arbeit weiter wie gewöhnlich. Die Zweijährigen machten gute Fortschritte. Das mochte ein Grund sein oder das nahende Friedensfest, jedenfalls war Stephen besserer Stimmung als gewöhnlich und machte den Jungen das Leben nicht so schwer wie sonst.

Robin war froh. Er hatte auch so genug Ärger. Jeden Tag nach dem Mittagessen machte er sich unter den spöttischen Bemerkungen der anderen auf den Weg zur Burg, und jeden Tag ging er mit Bauchschmerzen dorthin. So auch am Tag vor dem Heiligen Abend.

Wütend über seine Feigheit stapfte er durch den tiefen Schnee, der die Weiden und Felder in ein welliges, weißes Meer verwandelt hatte.

Nicht, daß ihm die Übungen mit dem Schwert nicht gefielen, im Gegenteil. Sie machten ihm eigentlich sogar Freude. Nachdem er sich einmal an das mächtige Gewicht der Waffe gewöhnt hatte, lernte er schnell, damit umzugehen. Er war ja kein völliger Anfänger. Bis er ins Kloster gekommen war, hatte er jeden Tag den Männern seines Vaters bei ihren Waffenübungen zugesehen, und er und Raymond waren mit kleinen, stumpfen Schwertern aufeinander losgegangen und hatten sich heldenhafte Zweikämpfe geliefert. Das war nicht der Grund seiner Bauchschmerzen. Der Grund war Mortimer.

Robin war einen guten Kopf größer als er und wesentlich kräftiger. Seine schwere Arbeit hatte ihm eine nahezu unerschöpfliche Ausdauer beschert. Seine Hände waren groß und hart, er bekam keine Blasen von dem stählernen Schwertgriff. Mortimer dagegen war schmal gebaut und nicht sehr sportlich. Seine Schmächtigkeit und sein kleinerer Wuchs hätten ihm den Vorteil von Schnelligkeit und Wendigkeit geben sollen, aber so war es nicht. Mortimer entwickelte keinerlei Finesse im Zweikampf. Er ermüdete leicht und verlor schnell die Lust. Er war Robin hoffnungslos unterlegen, und er haßte ihn dafür.

Ihr Lehrer war ein alter Veteran, der bei der Schlacht von Poitiers den Schildarm verloren hatte. Sein Name war Philip. Er stand seit über zwanzig Jahren in Geoffreys Diensten und war seinem Hause ganz und gar ergeben. Er vergötterte Mortimer und teilte seine Aversion gegen Robin.

Er und Mortimer kamen zusammen in den großen Innenhof. Robin wartete schon auf sie, wie meistens. Er kam nie zu spät. Er vermied alles, was Philip Grund zu Klagen liefern konnte. Der alte Haudegen trug wie immer eine leichte Rüstung, der Stumpf seines linken Arms ragte grotesk aus seinem Kettenhemd hervor. Er winkte einem Pagen, der ihre Waffen herbeibrachte. Eigentlich die Arbeit eines Knappen, dachte Robin, aber hier gab es keine. Offenbar hatte niemand seinen Sohn hierhergeschickt, um ihn in Geoffreys Haushalt ausbilden zu lassen. Robin hatte so eine Ahnung, woran das lag.

Er nahm dem Diener Schwert und Schild ab und wandte sich wartend zu Mortimer um, der immer erst lange an seinen feinen Kleidern herumzupfte, bis er die Waffen aufnahm.

Robin überließ den ersten Angriff stets Mortimer. Er vermied es, unnötige Aggression zu zeigen. Mortimer holte weit aus und preschte vor. Robin hob seinen Schild an und fing den Hieb ohne jede Mühe ab. Mortimer schlug immer nur mit seinem Arm. Es gelang ihm nie, das Gewicht seines Körpers mit einzubringen. Deshalb waren seine Schwerthiebe in der Regel recht sanft. Robin wartete, bis er sicher war, daß Mortimer seinen Schild in Position hatte, dann erwiderte er den Schlag. Es war wie die Schaukämpfe, die die Ritter bei den Turnieren vor König Edwards Zeit veranstaltet hatten. Wie einstudiert. Robin konzentrierte sich mehr darauf, seine Überlegenheit zu verbergen, als auf den Kampf an sich.

Philip unterbrach sie ungeduldig. »Das ist ja nicht mit anzusehen, Robert! In einer Schlacht wärst du längst tot. Das ist kein Tanz, bei dem man sich langsam im Kreise dreht und sich gegenseitig mit der Schwertspitze auf den Schild klopft. Das ist Kriegshandwerk! Ernst, verstehst du!«

Robin seufzte. »Ja, Sir.«

»Das hoffe ich. Also, noch einmal.«

Robin zeigte mehr Elan. Er parierte Mortimers Schwerthiebe, und ihre Klingen kreuzten sich klirrend. Für einen Moment standen sie ganz nah, Auge in Auge, dann drängte Mortimer ihn mit einem heftigen Stoß zurück und griff an, ehe Robin das Gleichgewicht wiedererlangt hatte. Aber er war bereit. Er hob seinen Schild und holte gleichzeitig wieder aus. Mit einem spröden, klirrenden Laut barst die Klinge, und Robin hielt nur noch das Heft in der Hand.

Für einen Moment betrachtete er es verblüfft und wandte sich dann an Philip. »Das tut mir leid. Ich …«

Im Augenwinkel nahm er eine Bewegung wahr und riß instinktiv den Schild hoch. Mortimers Schwert krachte darauf nieder. Soviel unerwartete Kraft lag in dem Schlag, daß Robins Schildarm erzitterte und er einen Schritt rückwärts taumelte. Ungläubig sah er, daß Mortimer seine Waffe wieder hob. Robin machte einen weiteren Schritt nach hinten, und der Schlag ging ins Leere. Mortimer folgte ihm.

»Sir Mortimer …«, tadelte Philip nachsichtig. »Es ist genug. Er ist unbewaffnet, das ist gegen die Regeln.«

Gott sei Dank, dachte Robin. Ich hatte gedacht, der alte Griesgram würde nur zusehen. Erleichtert ließ er den Schild sinken.

Als er den Schlag kommen sah, war es zu spät, ihn wieder zu heben. Er machte einen Satz zur Seite, und so brachte Mortimer ihm nur eine klaffende Wunde bei, statt seinen Arm oberhalb des Ellenbogens abzutrennen. Dennoch verlor Robin von der Wucht das Gleichgewicht und fiel auf den Rücken. Staunend betrachtete er das Blut, das sich aus der Wunde über seinen Ärmel ergoß.

Und dann setzte Mortimer ihm die Schwertspitze an die Kehle.

Robin sah ungläubig zu ihm hoch. Er rührte sich nicht, denn der kalte Stahl drückte gegen seinen Hals. Mortimer wirkte erstaunlich groß aus dieser Perspektive.

Er lächelte strahlend auf ihn herab. »Was heißt, es ist gegen die Regel, Philip? Im Krieg gibt es keine Regeln, oder?«

Philip stand wie angewurzelt. Robin konnte im Augenwinkel seine Stiefel sehen. »Tretet zurück, Sir Mortimer«, bat er nervös. »Laßt ihn aufstehen. Er ist verwundet. Das muß verbunden werden …«

Mortimer schien ihn nicht zu hören. Er sah Robin unverwandt an. Seine grauen Augen leuchteten schwärmerisch. »Ich könnte dich töten.«

Er wird es nicht tun, dachte Robin atemlos. Das *kann* er einfach nicht tun. So verrückt ist er nun auch wieder nicht.

»Na los, bitte um dein Leben.«

Robin öffnete den Mund, aber kein Ton kam heraus.

Mortimer stellte einen Fuß auf seine Schulter, nahm das Schwert von seiner Kehle weg und ließ die Spitze einmal kurz kreisen. Über Robins Herz brachte er sie zum Stillstand und setzte sie behutsam auf. »Komm schon. Ich habe dich besiegt, und du mußt um Gnade bitten, wenn du dein Leben behalten willst.«

Robin schloß die Augen. Er betete. Laß es ihn nicht tun, Gott. Ich weiß, ich bin ein sündiger Taugenichts, Bruder Anthony hatte ja so recht, aber laß es ihn trotzdem nicht tun, Gott. Und mach, daß ich mir nicht in die Hosen pinkele …

Mortimer verstärkte den Druck der Schwertspitze leicht. Robin biß die Zähne zusammen und betete inbrünstiger.

Dann spürte er eine Bewegung neben sich, und der Druck verschwand von seiner Brust. Er schlug die Augen auf. Philip stand über ihm. Er hatte Mortimers Schwertarm am Ellenbogen zurückgezogen und hielt ihn fest. »Jetzt ist es aber genug, Sir Mortimer«, sagte er bestimmt. »Das ist unfein.«

Mortimer lächelte spitzbübisch, als sei alles nur ein ausgelassener Jungenstreich gewesen. Er trat einen Schritt beiseite und befreite seinen Arm. »Warum so ernst, Philip?«

Philip sah ihn unsicher an. »Nun ja, Ihr habt es sicher nicht böse gemeint. Aber damit macht man keine Späße.«

Mortimer lächelte immer noch. Seine hellgrauen Augen mit den langen Wimpern waren weit geöffnet. Er sah aus wie ein Engel. Entwaffnend.

Robin setzte sich auf und kam langsam auf die Füße. Sein Arm blutete immer noch, und er tat weh.

Philip nickte ihm zu. »Komm mit hinein. Ich werde nach jemandem schicken, der das versorgt.«

Robin atmete tief durch. Wie gut die Luft roch. Nach Winter, nach Schnee und nach brennendem Holz. Er schüttelte den Kopf, wandte sich ab und lief zum Tor. Mortimers schallendes Gelächter folgte ihm bis über die Zugbrücke.

In der Sattelkammer traf er auf Isaac und Bertram. Sie saßen auf Schemeln und putzten Zaumzeuge, die an einem breiten, dreizackigen Haken hingen, der mit einer Kette in der Decke befestigt war.

Isaac ließ seinen Putzlumpen sinken und betrachtete ihn eingehend. »Wer schlachtet noch so kurz vor dem Fest?«

»Mortimer. Mich.«

»Ah. Du mußt einen wirklich miserablen Tag haben, wenn du dich von diesem Würstchen so zurichten läßt.«

Robin nickte düster. »Ja.«

Isaac bemerkte plötzlich, wie blaß der andere war. Er stand eilig auf und wies auf seinen Platz. »Setz dich. Bevor du umkippst.«

Robin erhob keine Einwände.

Isaac trat neben ihn und schob behutsam den Riß in seinem Ärmel auseinander. »Oh, das sieht aber nicht gut aus.«

»Nein. Fühlt sich auch nicht gut an.«

»Isaac, hol Maria«, riet Bertram.

Robin winkte ab. »Bind irgendwas drum, Isaac.«

Isaac zögerte. »Es sieht wirklich böse aus. Vielleicht sollte ich doch Maria …«

»Nein.«

»Junge, sie kriegt es sowieso raus. Sieh dir an, wie deine Kleider aussehen.«

»Und wenn schon. Laß sie uns für heute damit verschonen.«

»Was du nur immer hast mit ihr. Es wird sie nicht umbringen, wenn sie nach dieser Wunde sieht. Wenn es ihr so schlechtginge, hätte sie Martha nicht nach zwei Tagen wieder heimgeschickt.«

»Ja«, stimmte Bertram zu. »Du willst dich ja nur vor einem ihrer brennenden Umschläge drücken.«

Robin sah ungläubig von einem zum anderen. Dann holte er tief Luft und stand auf. »Also bitte. Wenn euch soviel daran liegt …«

Er verließ die Sattelkammer und machte sich ohne große Lust auf den Weg zu Conrads Haus. Er kam sich albern vor. Er war sicher, ein simpler Verband hätte vollkommen ausgereicht. Aber wer ließ sich schon gern nachsagen, daß er sich vor einem brennenden Umschlag fürchtete, wenn er gerade dem Tod ins Auge geblickt hatte?

Er klopfte an. »Maria? Bist du da?«

Ohne eine Antwort abzuwarten, trat er ein. »Ich hatte ein kleines Mißgeschick …«

Maria lag vor dem Herd auf der Erde. Ihre drei kleinen Söhne standen um sie herum und bestaunten sie mit halb neugierigen, halb ängstlichen Gesichtern. Auf Marias sonst so makellosem Rock hatte sich ein Blutfleck gebildet.

Robin trat näher. »Wo ist Elinor? Ist euer Großvater nicht zu Hause?«

Der größte der Jungen, Stevie, sah ihn ernst an. »Elinor ist mit Vater im Dorf. Großvater liegt im Bett. Er ist krank.«

Robin hockte sich neben Maria auf den Boden. Sie atmete, aber nur flach, ihre Augen waren geschlossen. Sie war ohnmächtig.

Er richtete sich wieder auf. »Stevie, weißt du, wo Cecily die Hebamme wohnt?«

Stevie schüttelte den Kopf.

Robin biß sich auf die Lippen. Unschlüssig sah er wieder auf Maria hinunter. Ihre Lider flatterten, aber sie öffnete die Augen nicht, und mit einemmal verzerrte sich ihr Gesicht. Ihre Hände ballten sich zu Fäusten, und sie zog die Lippen zurück, bis all ihre Zähne zu sehen waren. Dann regte sie sich und schrie laut auf.

Die drei kleinen Jungen wichen ängstlich zurück.

Robin hatte auch Angst, doch er zauderte nicht länger. Er packte ihre Arme und hob ihren Oberkörper leicht an. Anschließend legte er den linken Arm um ihre Schultern. Die Wunde an seinem Oberarm blutete wieder stärker. Er zog die Fetzen des Ärmels darüber.

Dann legte er den rechten Arm unter ihre Knie und hob sie langsam hoch. Er schwankte ein bißchen, aber es ging. Sie war keine große, stattliche Frau, eher klein und trotz der Schwangerschaft zierlich.

»Stevie, mach mir die Tür auf. Los, beweg dich.«

Der kleine Kerl lief vor ihm her und hielt ihm die Tür zur Schlafkammer seiner Eltern auf. Robin warf einen Blick auf das Bett.

»Schlag die Decke zurück.«

Robin legte Maria auf das Bett und wandte sich wieder an den kleinen Jungen, der ihn mit riesigen Augen ängstlich anstarrte. »Wohin wollte dein Vater? Weißt du das?«

»Frederic.«

Es hatte wieder angefangen zu schneien, aber es war windstill. Dicke Flocken sanken lautlos auf seinen Kopf und die Schultern. Der Weg ins Dorf war nicht freigeschaufelt, und der knöcheltiefe Schnee machte das Fortkommen mühsam.

Aber es war nicht weit bis zum Haus des Sattlers. Robin riß die Tür auf. »Conrad?«

Der Stallmeister saß mit seiner Tochter auf dem Schoß zusammen mit dem alten Sattler an einem Tisch, auf dem verschiedene Holzleisten ausgebreitet lagen.

Er hob den Kopf, als Robin hereinstürmte. »Was ist passiert? Oh, Junge, dein Arm ...«

Robin schüttelte den Kopf und schnitt ihm mit einer wilden Geste das Wort ab. Er keuchte. »Komm schnell. Maria ...«

Conrad sprang so eilig auf, daß Elinor fast zu Boden fiel. Mit zwei Schritten war er an der Tür und hatte Robin an seinem unverletzten Arm gepackt. »Was?«

»Ich weiß nicht ... Sie war ohnmächtig.« Er sagte nichts von dem Blut.

Conrad wandte sich ab, faßte Elinor an der Hand und zog sie mit sich weg. Über die Schulter rief er: »Robin, hol Cecily.«

Die alte Hebamme wohnte in einem armseligen, kleinen Haus unweit der Kirche. Als Robin eintrat, stand sie über einen dampfenden Topf gebeugt am Herd, summte leise vor sich hin und murmelte. Es roch wie in einer Alchimistenküche.

»Cecily. Komm schnell, bitte.«

Die alte Frau richtete sich auf. »Was ist? Oh, du bist vom Gestüt, nicht wahr? Maria?«

Er nickte.

Cecily ließ sich von seiner Eile nicht anstecken. Sie nahm den Topf vom Feuer und rührte noch einmal darin herum. »Hat sie Wehen?«

»Sie hat Schmerzen. Und sie blutet.«

Sie ließ von ihrem Topf ab und schenkte ihm ihre ganze Aufmerksamkeit. »Viel Blut?«

»Ich weiß nicht.«

Sie wies auf seinen Ärmel. »So viel oder weniger?«

»Weniger.«

»Hm«, brummte sie. »Warte einen Moment, mein Junge. Laß uns die richtigen Kräuter mitnehmen.«

Robin stand mit fast unerträglicher Ungeduld an der offenen Tür und sah zu, wie sie in verschiedenen Tontöpfen und Stoffbeuteln herumkramte, die in einem unordentlichen Haufen neben dem Herd auf dem Boden aufgestapelt lagen.

»Oh, beeil dich doch, Cecily.«

Sie nickte abwesend und förderte einen leeren Beutel hervor, in den sie ein paar getrocknete Blätter und Wurzeln steckte. »Es ist nie so eilig, wie es den Anschein hat, mein Junge.«

»Aber sie braucht Hilfe. Etwas stimmt nicht.«

Cecily lachte leise. Es war ein unschöner, mißtönender Laut.

Robin betrachtete sie mit Argwohn. »Was ist so komisch?«

Sie schüttelte ihren alten, grauen Kopf. »Nichts. Es ist kein bißchen komisch, junger Robin. Nur deine Ungeduld ist komisch.«

Robin biß sich auf die Unterlippe. »Denkst du, sie wird sterben?«

Cecily antwortete nicht gleich. Sie hatte endlich alles, wonach sie gesucht hatte, warf sich ein wollenes Tuch über die Schultern und verließ hinter ihm ihr Haus. So schnell sie konnte, schlurfte sie neben ihm her. Schließlich sagte sie: »Ja. Das ist absolut möglich.«

Er wünschte, er hätte nicht gefragt. Jetzt fürchtete er sich wirklich.

Conrad hatte ihn angewiesen, die Kinder wegzubringen. Also führte er sie aus dem Haus und hinüber ins warme Küchenhaus. Der große Raum wirkte leer und verlassen ohne die gewohnte Schar hungriger Stallarbeiter. Aber das Feuer brannte noch niedrig. Elinor wusch seine Wunde aus und verband seinen Arm, und Robin erzählte ihnen Geschichten, um sie von ihrer Furcht abzulenken. Es waren andere Geschichten als die, die ihr Großvater ihnen erzählte. Sie handelten nicht von Waldgeistern und Kobolden, sondern von großen Abenteuern und berühmten Rittern, mit seltsamen, klangvollen Namen wie Tristan oder Gawain. Die letzte erzählte von einem gewaltigen Recken namens Perceval, der nach etwas suchte, von dem niemand wußte, was es eigentlich war.

Als Robin zum Ende kam, bettelten sie um eine weitere. Aber er wußte nicht so recht. Es war längst Zeit, zu den Pferden zu gehen. Die anderen hatten vermutlich schon mit der Arbeit angefangen, er konnte eigentlich nicht länger bleiben.

Er sah nachdenklich zu Elinor. »Kann ich dich eine Weile mit ihnen allein lassen? Ich muß an die Arbeit.«

Sie schüttelte ernst den Kopf und wies auf seinen Arm. »Du kannst nicht arbeiten. Es wird wieder bluten.«

Er lächelte über ihren bestimmten Ton. »Wenn ich nicht gehe, müssen die Pferde hungern. Und das willst du doch sicher auch nicht, oder?«

Sie sah ihn ratlos an.

Robin erhob sich ohne große Lust. Der Arm tat weh. Er hätte nichts dagegen gehabt, ihn ein paar Stunden nicht zu bewegen.

Er hatte die Tür fast erreicht, als sie sich öffnete und Stephen eintrat. »So. Ich dachte mir, daß ich dich hier finde. Immer da, wo es warm ist, und möglichst weit weg von der Arbeit, nicht wahr, Robin?«

Robin hob beschwichtigend die rechte Hand. »Ich komme schon. Tut mir leid, daß ich spät dran bin, aber ich sollte …«

»Ja, das glaube ich aufs Wort. Was ist mit deinem Arm passiert?«

Robin winkte ab. »Nichts.«

Stephen schlug ihn mit der flachen Hand irgendwo über dem linken Ohr. Nicht sehr hart, nur beiläufig. »Und was für eine Antwort soll das sein?«

Robin schnitt verstohlen eine Grimasse. »Mortimer hat mir den Arm aufgeschlitzt, und Elinor hat ihn verbunden. Es ist nichts weiter.«

Stephen betrachtete ihn mit offener Schadenfreude. »Was hast du dann hier verloren? Hattest du heute nachmittag nichts zu tun?«

Robin erkannte den gefährlichen, halb zornigen, halb ironischen Tonfall und sagte leise: »Wollen wir vielleicht lieber draußen darüber reden?«

Elinor stand plötzlich zwischen ihnen. Sie hatte die Hände in die Seiten gestemmt. »Vater hat ihm gesagt, er soll mit uns weggehen. Mutter liegt in den Wehen. Es geht ihr sehr schlecht.«

Stephen riß die Augen auf und wandte sich nach einem Augenblick wieder an Robin. »Warum sagst du das nicht gleich?«

»Ich hab's versucht.«

Stephen schlug ihn noch einmal auf dieselbe Stelle. »Wie redest du eigentlich mit mir, du verfluchter Bastard, du …«

Dieses eine Mal erhob Robin Einwände. »Herrgott noch mal, Stephen, nicht vor den Kindern.«

Stephen verschränkte die Arme vor der Brust und sah ihn unfreundlich an. »Was ist mit Maria?«

»Ich weiß es nicht. Aber es geht ihr wirklich schlecht. Cecily ist bei ihr.«

Stephen überlegte einen Moment. Dann sagte er zu Elinor: »Nimm deine Brüder und geht zu mir nach Hause. Sagt Helen, daß ihr heute nacht dortbleiben sollt. Und sie soll herkommen. Jemand muß sich um das Essen kümmern.«

Elinor schüttelte den Kopf. »Wir wollen bei Robin bleiben. Ich kann das Essen machen.«

Robin war ebenso erstaunt wie Stephen. Elinor war für gewöhnlich ein stilles, fast schüchternes Kind und tat meistens wortlos, was man ihr auftrug.

Stephen machte eine ungeduldige Geste. »Du wirst tun, was ich sage.«

»Ich will aber hierbleiben. Ich will wissen, was mit meiner Mutter ist.«

Robin legte leicht die Hand auf ihren Arm. »Stephen hat recht, Elinor. Ihr müßt doch irgendwo schlafen.«

Sie wischte seinen Einwand mit einer Geste fort. »Wir können hier schlafen.«

Er sah fragend zu Stephen, der nicht mehr so recht zu wissen schien, was er tun sollte. Dann bemerkte er das Blut, das durch Robins Verband drang, und gab unerwartet nach. »Also schön. Du wirst bei ihnen bleiben. Trag den Arm in einer Schlinge, sonst wird es ewig weiterbluten. Gib auf sie acht, verstanden?«

Robin nickte verwirrt. »Sei unbesorgt.«

Stephen wandte sich zur Tür, die in diesem Moment aufgestoßen wurde. Für einen Augenblick konnten sie den dämmrigen Nachmittag draußen sehen; ein schwacher Windstoß fegte eine dünne Wolke aus Schnee herein. Dann trat eine schmale, kleine Gestalt über die Schwelle, ganz und gar eingehüllt in einen dicken Wollmantel mit Kapuze. Nur ihre Augen waren zu sehen, große, blaue Augen, die sich suchend umsahen. Schließlich sagte eine undeutliche, halb von Wolle erstickte Stimme: »Meine Güte, Robin, ich suche seit Stunden nach dir. Das hier ist ja der reinste Irrgarten!«

Robin starrte sie entgeistert an. »Agnes?«

Sie nahm die Hand vom Kinn, und die Kapuze fiel von ihrem Gesicht zurück. »Was hast du gedacht? Ein Weihnachtsengel?«

Er trat auf sie zu. »Du ... bist so groß geworden.« Er lachte verlegen.

Sie lächelte und sah interessiert in die neugierigen Gesichter um sie herum.

Robin faßte sich. »Ähm, Stephen, das ist meine Schwester, Agnes. Conrad hat erlaubt, daß ich nach ihr schicke.« Das war zwar nicht ganz richtig, aber fast. Conrad war nicht übermäßig erbaut gewesen, als Robin ihm gestanden hatte, daß er seiner Schwester geschrieben hatte, doch schließlich hatte er versprochen, sich nach einer Unterkunft für sie umzuhören.

Stephen nickte und präsentierte ein ganz und gar unerwartetes Lächeln. »Ja, das hat er mir gesagt. Willkommen, Agnes.« Er nickte ihr freundlich zu und ging hinaus.

Agnes streifte ihren Mantel ab, fuhr sich mit der Hand über die blonden Locken und setzte sich auf die Bank. »Was für ein freundlicher Mann. Wer ist er?«

Robin war sprachlos. Nur zu gut erinnerte er sich an das Willkommen, das Stephen ihm bereitet hatte. Er unterdrückte ein Seufzen und war dankbar, daß Stephens lang gehegter Groll sich anscheinend nicht auf Agnes erstreckte.

Er setzte sich neben sie und drückte kurz ihre Hand. »Ich bin froh, daß du gekommen bist.«

Sie war ein hübsches Kind mit langen Locken und Augen von der gleichen Farbe wie seine. Ihre Nase war ein bißchen kurz, möglicherweise würde sich das später ausgleichen. Auf beiden Seiten dieser kurzen Nase fanden sich ein paar unverwüstliche Sommersprossen. Agnes hatte ein energisches Kinn mit einem Grübchen. Vermutlich sehen wir uns ähnlich, dachte er verwundert. Außerdem war sie keineswegs mehr das kleine Mädchen, das er in Erinnerung gehabt hatte.

Die anderen Kinder betrachteten sie neugierig. Sie nickte ihnen zu. »Ich bin Agnes.«

Robin gedachte mit einiger Verspätung der Anforderungen der

Höflichkeit. »Agnes, das sind Elinor, Stevie, William und Henry. Die Kinder des Stallmeisters, Conrad.«

»Von dem du mir geschrieben hast.«

»Ja.«

Elinor sah Agnes ernst an. »Mortimer hat Robin am Arm verletzt, und Mutter liegt in den Wehen. Und ich muß für alle das Essen machen.«

Agnes sah verständnislos zu Robin.

Er nickte. »Das war eine knappe, aber sehr treffende Zusammenfassung unserer Lage. Du hast dir keinen besonders glücklichen Tag ausgesucht, um nach Hause zu kommen.«

Sie hob langsam die Schultern. »Nichts ist mehr glücklich. Ich glaube, ich war nicht mehr fröhlich, seit die Mutter Oberin mir von Vater erzählt hat …«

»Nein. Ich weiß. Aber vielleicht ist es nicht so schlimm, wie du denkst. Ich werd' dir später erzählen, was ich erfahren habe. Aber jetzt sollte ich wohl lieber Elinor helfen.«

Er stand auf, ohne zu wissen, was zu tun war. Agnes erhob sich ebenfalls und trat neben Elinor an den großen Herd. »Was soll es geben?«

Elinor sah sich ratlos um. »Wir haben noch viel Brot. Und da ist ein Käse. Aber der war für Weihnachten gedacht.«

Agnes winkte kurz ab. »Essen wir eben Weihnachten das, was es heute geben sollte. Hauptsache ist, es steht etwas auf dem Tisch.«

Elinor wiegte den Kopf hin und her. »Du hast recht.«

Robin beobachtete sie fasziniert. Sie zählten ab, wie viele Mäuler sie sattkriegen mußten, dann standen sie sich gegenüber, eine mit verschränkten Armen, die andere mit einem Finger am Mund und konzentriert gerunzelter Stirn. Sie machten Vorschläge, verwarfen sie, machten neue. In Windeseile kamen sie zu einer Einigung, Agnes schürte das Feuer auf, und Elinor füllte Hirse in einen Topf.

Nach und nach kamen die hungrigen Stallburschen.

»… und ich habe nicht die geringste Lust, die halbe Nacht in der eiskalten Kirche zu stehen«, bemerkte Isaac zu Crispin, während sie eintraten. »Ich finde, das ist nicht gerecht. Weihnachten soll doch ein Freudenfest sein, keine Bußübung. Oh, da bist du, Robin, alter Kämpe. Wir dachten schon, du wärst verblutet.«

»Nein. Ich hab' nach den Kindern gesehen. Maria ...«

»Ist es soweit?« erkundigte sich Crispin.

Robin nickte.

»Wurde auch Zeit«, meinte John. »Sie kam mir mächtig dick vor.«

»Und was ist mit dem Essen?« fragte der dicke Pete ängstlich. Die anderen lachten.

Elinor nahm mit einem dicken Tuch den Topf vom Feuer und brachte ihn zum Tisch. »Wascht euch die Hände und setzt euch.« Sie war eine getreue Kopie ihrer Mutter.

Alle taten willig, was sie sagte. Als sie schließlich um den langen Tisch saßen, fiel ihnen auf, daß ein unbekanntes Gesicht in der Runde war. Es wurde still, und alle wechselten fragende Blicke.

»Das ist Agnes«, sagte Robin zwischen zwei Bissen. »Meine Schwester.« Dann wies er mit seinem Löffel der Reihe nach auf die Stallburschen und stellte sie vor. »Mit der Zeit wirst du sie schon auseinanderhalten.«

Agnes füllte eine Schale mit Grütze und reichte sie Isaac. »Ich erinnere mich an dich.«

Isaac errötete leicht. »Ja, kann sein«, murmelte er.

»Und was ist jetzt mit Maria?« wollte Cedric wissen. »Ist Cecily da?«

Robin nickte.

Elinor sagte leise: »Es ist nicht so, wie es war, als William und Henry kamen. Ich kann mich noch gut daran erinnern. Diesmal ist es anders. Ich hab' Angst.«

Die anderen sahen fragend zu Robin. Er schüttelte traurig den Kopf. »Sie hat recht. Irgendwas ist nicht in Ordnung.« Dann jedoch biß er sich auf die Zunge und behielt seine weiteren Befürchtungen für sich.

»Du hattest also recht«, sagte Bertram in die ängstliche Stille hinein. »Du hast es doch die ganze Zeit gewußt, oder?«

»Was redest du da ...«

»O ja, Robin. Mach mir nichts vor. Wir haben gedacht, du machst nur albernes ritterliches Getue um sie. Aber in Wirklichkeit wußtest du, daß irgendwas nicht stimmt. Ehrlich, manchmal bist du richtig unheimlich.«

Isaac runzelte ärgerlich die Stirn. »Red kein dummes Zeug, Bertram. Jeder konnte sehen, daß es ihr nicht gutging.«

Aber Bertram war nicht überzeugt. Er schüttelte düster den Kopf.

Robin hatte aufgegessen und stand auf. »Ich gehe rüber und frag', wie es steht. Ich muß ja auch Decken für die Kinder holen.«

Agnes folgte ihm zur Tür. »Ich komme mit.«

»Nein, Agnes. Besser nicht.«

Sie machte eine ungeduldige Geste. »Los, komm schon.«

Er folgte ihr zögernd hinaus, führte sie über die Wiese an den Stuten vorbei zum vordersten Hof. Vor der Tür von Conrads Haus sagte er: »Warte hier.«

Aber sie folgte ihm hinein. In der Mitte des kleinen Wohnraums blieben sie stehen. Es war kein Laut zu hören, und Robins Mut sank. Zögernd klopfte er an die Tür zur Schlafkammer. »Conrad?«

Nach einem Augenblick öffnete sich die Tür, und Cecily steckte den Kopf hindurch. »Was willst du? Stör uns nicht.«

»Die Kinder wollen wissen, wie es mit ihrer Mutter steht.«

»Das kann ich nicht sagen.«

»Oh, Cecily, bitte. Sie haben Angst. Was soll ich ihnen sagen?«

»Sag ihnen, ihre Mutter ist eine gesunde junge Frau. Sag ihnen nicht, daß sie wahrscheinlich verbluten wird.«

Robin senkte den Kopf.

Agnes trat aus dem Schatten. »Kann ich helfen?«

»Wer bist du?«

»Agnes. Robins Schwester.«

»Ich könnte weiß Gott ein Paar Hände gebrauchen. Conrad ist dieses Mal zu gar nichts nütze«, murmelte sie ungehalten. Dann betrachtete sie Agnes kritisch. »Und du wirst nicht gleich umfallen, wenn du Blut siehst?«

Agnes warf ihren Mantel ab und krempelte die Ärmel auf. »Nein. Ich hab' schon öfter bei Entbindungen geholfen.«

Robin starrte sie entgeistert an. »Was?«

»Ich erklär's dir später, Robin. Nimm die Sachen für die Kinder und geh. Ich werde euch wissen lassen, wie es steht.«

Die Mette erschien Robin endlos. Eingezwängt standen sie weit hinten auf ihren üblichen Plätzen in der vollgestopften Kirche. Nach einer Weile wurde es richtig warm von den vielen Körpern.

Vater Gernot las ihnen das Weihnachtsevangelium vor und hielt eine allgemeine Kommunion. Länger als gewöhnlich verharrte er mit dem Rücken zur Gemeinde, und jedesmal, wenn Robin glaubte, er werde jetzt langsam zum Ende kommen, stimmte der Geistliche ein neues Gebet an.

Bei keinem von ihnen wollte sich rechte Weihnachtsstimmung einstellen. Sie lauschten andächtig der vertrauten Geschichte von dem Stall in Bethlehem, der Krippe, den Hirten und den Engeln, aber ihre Gedanken kehrten allenthalben zu einer anderen Mutter und einem anderen, nicht göttlichen Kind zurück. Als Gernot sie endlich mit seinem Segen entließ, drängten sie sich mit einiger Erleichterung zur Tür und in die eisige, sternklare Nacht hinaus. Um sie herum standen Menschen in der Dunkelheit zusammen und wünschten sich ein gesegnetes Weihnachtsfest. Ein paar junge Burschen zogen über den Dorfplatz und sangen Weihnachtslieder, eher laut als schön. Vater Gernot ignorierte sie nachsichtig. Wenn er solcherlei Frivolitäten in seiner Kirche auch strikt verbot, hier draußen drückte er ein Auge zu, obschon der Erzbischof angeordnet hatte, das respektlose Absingen von Weihnachtsliedern unter keinen Umständen zu dulden.

Sie stapften schweigend durch den Schnee und verließen das Dorf. Robin stolperte hin und wieder. Als sie den Mönchskopf hinaufstiegen, kam ihnen Agnes aus der Dunkelheit entgegen. Sie lief und war ganz außer Atem.

O nein, dachte Robin verzweifelt. Bitte nicht.

Sie hielt keuchend vor ihnen an. »Robin, wo finde ich einen Priester?«

Er schluckte trocken. »Ist Maria …«

»Nein, das Kind. Das erste. Es kam tot zur Welt. Aber es kommt noch eines.«

Robin fuhr sich mit der Hand über die Stirn. »Geh zurück, Agnes. Ich hole Vater Gernot.«

»Ich komme mit dir«, bot Isaac an, und Robin war froh darüber. Zusammen gingen sie zurück ins Dorf.

Gernot stand noch vor der Kirche und sprach mit ein paar Bauern. Als Robin ihm leise erklärte, was geschehen war, verabschiedete er sich hastig und eilte zurück in die Kirche. »Wartet hier. Ich brauche Weihwasser. Wir wollen das arme Seelchen ordentlich taufen.«

Isaac und Robin standen in der Kälte und waren mit allerlei düsteren Gedanken beschäftigt. Gernot kam schnell zurück und ging voraus. »Seid nicht so niedergeschlagen. Jedes Kind, das in dieser Nacht geboren ist, ist gesegnet.«

Conrad saß am Tisch, als sie eintraten. Er hielt ein winziges, in Tücher gewickeltes Bündel im Schoß und starrte darauf hinunter.

Gernot räusperte sich. »Gott sei mit dir, Conrad.«

Er sah auf. »Nein, Vater.«

»Wie bitte?«

»Gott ist heute ganz sicher nicht mit mir.«

»Versündige dich nicht, Mann. Du hast vier gesunde Kinder, über die du glücklich sein solltest.«

»Ja, vier hat er uns gelassen. Und das hier ist das dritte, das er uns nimmt. Ausgerechnet in dieser Nacht …«

Robin und Isaac wechselten einen unbehaglichen Blick. Das war eine ungewöhnliche Rede für den wortkargen Stallmeister.

»Besser, du sagst nichts mehr«, riet Vater Gernot eisig. »Gib mir das Kind.«

Conrad stand langsam auf, trat zu ihm und sah auf das kleine Bündel in seinen Händen. Robin konnte das Baby nicht erkennen, es war gänzlich eingehüllt, aber es erschien ihm kleiner als normale Neugeborene. Vielleicht, weil es Zwillinge waren. Vielleicht, weil es irgendwann gestorben und nicht weiter gewachsen war. Er wollte es lieber nicht wissen. Und er wollte es nicht ansehen.

»Ein Mädchen«, sagte Conrad, als habe jemand gefragt.

»Was ist mit Maria?« erkundigte sich Gernot, der ebenfalls noch nicht den Mut zu haben schien, das tote Kind anzusehen.

Conrad schüttelte langsam den Kopf. »Ich wußte nicht, daß so viel Blut in einem Menschen sein kann. Es ist … hoffnungslos.«

Gernot betrachtete ihn mitfühlend. »Du darfst nicht verzweifeln. Frauen sterben im Kindbett, es passiert jeden Tag. Sie leiden, und sie sterben, es ist der Fluch Evas. Nur in Gott ist wahre Hoffnung, Conrad.«

Conrad legte seine tote Tochter behutsam in die Arme des Priesters. »Nicht für mich. Wenn sie stirbt, Gernot, dann verfluche ich deinen Gott und überlasse meine Seele der Gegenseite. Dann weiß ich wenigstens, worauf ich mich einlasse.«

Isaac bekreuzigte sich verstohlen.

Gernot preßte die Lippen zusammen. »Wenn sie stirbt, dann weil du sie Jahr um Jahr schwängerst! Du solltest Gott auf Knien um Verzeihung bitten und ein Keuschheitsgelübde für ein Jahr ablegen. Das ist mein Rat, Conrad. Dann läßt er sie dir vielleicht.«

Conrad gab einen seltsamen, halb erstickten Laut von sich und machte einen wankenden, fast gleitenden Schritt auf den Priester zu.

Robin packte seinen sehnigen Unterarm und hielt ihn zurück. »Nein, Conrad. Er könnte einfach gehen, ohne das Kind zu taufen.« Und wer weiß, für welche Sakramente wir ihn heute nacht sonst noch brauchen, dachte er schaudernd. »Ein Wort an den Bischof würde reichen, dich zu exkommunizieren.«

Conrad sah ihn verstört an, öffnete die Faust und fuhr sich mit der Hand über die Augen. »Ja. Entschuldige, Vater Gernot. Ich bin ... nicht ich selbst.«

»Nein, zweifellos«, erwiderte der Priester steif. Er war nicht versöhnt. »Robin, komm her und hilf mir.«

Robin trat zögernd zu ihm an den Herd. Gernot legte das Kind in seine Arme und zog das Tuch weit genug zurück, daß er ein wenig Weihwasser auf den winzigen Kopf träufeln konnte. Robin sah ein dichtes Büschel rötlicher Haare und spürte mit einemmal Tränen in seinen Augen. Gernot murmelte lateinische Worte vor sich hin. Robin kannte ein paar der Gebete und sprach leise mit. Sie tauften das tote Neugeborene, ohne ihm einen Namen zu geben.

Gernot hatte das Haus kaum verlassen, als Agnes aus der Schlafkammer kam. Sie wirkte blaß und müde, aber sie lächelte ein bißchen. »Komm, Conrad. Das zweite ist da. Und es lebt.«

Er folgte ihr wortlos, und Robin und Isaac blieben allein zurück.

»Was für eine gräßliche Nacht«, seufzte Isaac leise. »Komm, laß uns ein paar Stunden schlafen. Du siehst so aus, als hättest du es bitter nötig.«

»Meinetwegen. Hier können wir sowieso nichts mehr tun.«

Als sie die verschneite Wiese an der Futterscheune überquerten, sagte Isaac nachdenklich: »Wenn sie stirbt ... Also, ich weiß nicht, ob ich dann noch hierbleiben will. Er kam mir so vor ... als würde er den Verstand verlieren.«

Das zweite Kind starb, bevor es hell wurde.

Für alle, die auf dem Gestüt lebten und arbeiteten, war es ein freudloses Weihnachtsfest. Die Jungen verrichteten die notwendigen Arbeiten wie an anderen Feiertagen auch, aber es wurde kaum gelacht und wenig gesprochen. Sie verbrachten die meiste Zeit im Küchenhaus. Dort war es warm, aber weder festlich noch tröstlich. Zusammen mit Conrads Kindern hockten sie auf den Bänken und warteten auf Neuigkeiten. Sie aßen den köstlichen Weihnachtskäse und inzwischen hartes Brot. Niemand außer Pete hatte besonderen Appetit.

Am Nachmittag kam Agnes. Sie hatte ein paar Stunden auf Elinors und Henrys verwaistem Bett geschlafen und sich dann weiter um Maria bemüht. Cecily war erschöpft nach Hause gegangen und hatte Helen, Stephens Frau, heraufgeschickt, um Agnes abzulösen.

Diese sank dankbar neben ihrem Bruder auf die Bank und sah in die Gesichter rund um den Tisch, die ihr alle besorgt zugewandt waren. »Es ist noch zu früh, um sicher zu sein. Aber sie könnte durchkommen.«

Robin legte den Arm um ihre Schultern. »Du mußt schrecklich müde sein.«

Sie winkte ab.

»Was ist mit Vater und Großvater?« fragte Elinor leise. Ihre Augen waren gerötet, sie hatte ihre beiden kleinen toten Schwestern bitterlich beweint.

Agnes lächelte ihr aufmunternd zu. »Dein Vater sagt, ihr sollt nach Hause kommen. Ich glaube, er wird sehr froh sein, euch zu sehen. Dein Großvater hat einen schlimmen Husten, und die Aufregung hat ihm nicht gutgetan. Aber Cecily hat ihm einen Tee gemacht. Er wird schon wieder auf die Beine kommen.«

Elinor stand eilig auf und sammelte ihre Brüder um sich. »Kommt.«

Sie sahen ihnen nach, und als die Tür sich hinter ihnen geschlossen hatte, fragte Crispin: »Und wie sieht es nun wirklich aus?«

»Wie ich gesagt habe«, erwiderte Agnes. »Wozu sollte ich lügen? Sie wird sterben, oder sie wird nicht sterben. Ich habe nur gesagt, was ich glaube. Sie hat furchtbar viel Blut verloren. Es ist immer einfacher, wenn das Kind am Leben bleibt, es gibt der Mutter mehr Willen. Aber sie hat Willen genug. Sie hat wie eine Löwin gekämpft.«

Ein paar Köpfe senkten sich verlegen, und Agnes belächelte sie spöttisch.

»Und wie nimmt Conrad es auf?« fragte Isaac besorgt.

Sie runzelte die Stirn. »Grimmig und ohne ein Wort.«

»Jesus, wie soll es denn jetzt hier weitergehen?« murmelte Cedric ratlos.

Agnes hob leicht die Schultern. »Helen wird vorerst hier kochen. Ich werde mich um Maria kümmern. Es wird sich schon alles finden.«

Sie nickten und murmelten untereinander. Wie seltsam, dachte Robin. Sie ist die jüngste von uns und noch dazu ein Mädchen, aber sie hat uns alle beruhigt. Er fühlte sich getröstet, und er konnte sehen, daß es den anderen ebenso ging. Neugierig betrachtete er seine Schwester, die er seit der Beerdigung ihrer Mutter nicht mehr gesehen hatte und die er eigentlich kaum kannte. Plötzlich brannte er darauf, ihre Geschichte zu hören.

»Was denkst du, Agnes, soll ich dich ein bißchen herumführen? Möchtest du die Pferde sehen?«

Sie nickte ernst. »Ja. Das würde ich gern.«

Er zeigte ihr die Stuten, die inzwischen alle schwer an ihren Fohlen trugen und rund und träge wirkten, die Einjährigen, die jetzt schon fast zwei waren, seine drei Schützlinge und ihre Altersgenossen, die Hengste, die Futterscheune und die Sattelkammer. In dem kleinen Raum darüber machten sie schließlich halt. Robin setzte sich auf sein Bett und streckte die Beine vor sich aus.

Agnes sah sich mit einem eigentümlichen Lächeln um. »Eine sehr bescheidene Kammer für einen jungen Edelmann.«

»Aber angemessen für mich. Warm, meistens trocken und voll guter Gesellschaft.«

»Ja, ich habe gemerkt, daß du dich wohl fühlst. Wer hätte das gedacht, Robin. Wer hätte gedacht, daß die letzten derer of Waringham so tief sinken würden. Ein Stallknecht und ein Kräuterweib.«

Robin lachte über den Ausdruck. Unter einem Kräuterweib stellte er sich ein kleines, runzliges Mütterchen mit zahnlosem

Mund und einem Weidenkorb auf dem krummen Rücken vor. Etwa so wie Cecily. Aber kein junges, hübsches Mädchen mit offenen Locken wie Agnes.

»Was ist so komisch?« fragte sie ärgerlich. »Es muß entsetzlich für dich sein. Du hast dein Land und deinen Titel verloren!«

»Was heißt schon, ich habe meinen Titel verloren? Der Titel war nie meiner, und das Land war es auch nicht. Guillaume war der Erbe. Dann hat die Pest es so eingerichtet, daß ich ihn bekommen hätte, und schließlich hat Prinz Edward ihn mir wieder weggenommen. So ist das eben. Ich glaube manchmal, ich war nie besonders versessen auf den Titel.«

Sie betrachtete ihn kopfschüttelnd. »Ich verstehe dich nicht.«

»Und was ist mit dir?« konterte er. »Du hast deine Stellung verloren, genau wie ich. Aber du raufst dir auch nicht die Haare darüber, wie ich sehe.«

Dieses Mal lachte sie. »Meine *Stellung*? Was für ein Verlust! Ich habe das Privileg verloren, irgendwann an einen von Vaters Vasallen als Treuepfand überreicht zu werden.«

»Agnes!« Er war entrüstet.

»Oh, jetzt tu doch nicht so! Genauso ist es doch. Ich erinnere mich, die Rede war einmal von Gilbert of Canbury. Er ist ungefähr dreißig Jahre älter als ich, und es wäre fraglich gewesen, ob er den Tag noch erlebt hätte, da ich heiratsfähig werde, aber so war es geplant. Nein, Robin. Was ich verloren habe, kann ich gut entbehren. Ich bin furchtbar traurig über Vater, manchmal macht es mich ganz krank. Aber was immer er getan hat, für mich war es ein ungeheurer Glücksfall. Denn sie hätten niemals zugelassen, daß ich den Beruf ergreife, den ich so sehr will.«

Robin konnte kaum glauben, was er hörte. »Agnes, du willst *Hebamme* werden?«

»Und warum nicht? Mit welchem Recht willst du Stallknecht sein, wenn du mir verweigerst, meine Wahl zu treffen? Das eine ist so unadelig wie das andere.«

»Mir fällt im Traum nicht ein, dir irgend etwas zu verweigern.«

»Das ist dein Glück, lieber Bruder. Es ist ohnehin schon alles abgemacht. Ich bleibe hier, solange Maria Pflege braucht, dann gehe ich zu Cecily. Ich habe den Verdacht, es wird nicht viel geben, was sie mir über Kräuter noch beibringen kann. Aber sie hat mehr oder minder jeden auf die Welt geholt, der hier in den letzten vierzig Jahren geboren wurde. Dich und mich auch, übrigens. Sie muß ihr Wissen weitergeben, bevor sie zu alt wird und stirbt. Und sie will mich haben.«

Robin schüttelte ein bißchen fassungslos den Kopf. »Aber woher zum Teufel weißt du all diese Dinge über Kräuter und Medizin? Und vor allem über Geburtshilfe? Ich meine, im Kloster leugnen sie doch glatt, daß es so etwas Anstößiges wie Geburten überhaupt gibt.«

»Ja, in England, aber nicht in Wales.«

»Bitte?«

»Na ja, du weißt ja, dieses Kloster war direkt an der walisischen Grenze. Vor ein paar Jahren hat eine sehr fromme, sehr reiche Lady aus Wales dem Kloster ihren Landsitz vermacht. Der liegt nur eine Tagesreise vom Mutterhaus entfernt, aber auf der anderen Seite der Grenze. Auf diesem Landsitz hat die Mutter Oberin ein kleines Außenhaus, eine Zelle, eröffnet, damit auch die Mädchen in Wales im wahren Glauben erzogen werden können. Vorausgesetzt, es sind reiche Mädchen. Nachdem ich zwei Monate im Kloster war, wurde ich krank. Sehr krank. Ich glaube, ich wäre beinahe gestorben. Mir fehlte nichts, verstehst du. Das Kloster hat mich krank gemacht. Die Schwester, die sich um die Kranken kümmerte, schlug vor, mich nach Wales zu schicken. Niemand sah ein, warum, aber weil sie auch keine bessere Lösung wußten, brachten sie mich in das Außenhaus. Vermutlich wäre es der Mutter Oberin lieber gewesen, wenn ich dort gestorben wäre.

Robin, Wales ist so ganz anders als England. So sehr anders, daß ich keine Worte dafür habe. Die Menschen, das Land, die Sprache, die Bräuche, einfach alles. Auch das Klosterleben. Bei uns gab es eine alte walisische Frau, Gladys, die erst Nonne geworden war, als das Haus eröffnet wurde. Sie machte mich gesund. Und dann brachte sie mir bei, was sie wußte. Sie nahm mich mit, wenn sie Kranke besuchte, auch zu Entbindungen. Sie war sehr fromm, aber sie hielt nichts von Abgeschiedenheit. Sie sagte, Gott sei in den Menschen, nicht hinter gläsernen Kirchenfenstern und Klostermauern. Eine sehr weise, alte Frau …« Sie brach plötzlich ab.

»Ist sie gestorben?«

»Ja. Darum bin ich ins Mutterhaus zurückgekehrt. So kam es, daß dein Bote mich antraf, als er dorthin kam. Und wenn er nicht gekommen wäre, hätte ich mich alleine auf den Weg gemacht, weißt du.«

Er verschränkte die Hände im Nacken und lehnte sich an die Wand. »Es ist schon merkwürdig. Ich hoffte, du würdest kommen, aber ich hatte auch Angst, daß ich keinen Platz für dich finden würde. Und jetzt hast du alles selbst in die Hand genommen.«

Sie setzte sich neben ihn. »So wie du. Es ist eben sonst niemand mehr da, der die Dinge für uns in die Hand nimmt.«

»Hm.«

»Es ist gut, daß wir zusammen sind, Robin. Und wir sind zu Hause, in Waringham. Ich denke, alles ist in Ordnung.«

»Hm.«

»Abgesehen von Mortimer, versteht sich.«

»Du hast eine Menge gehört, seit du hier bist, scheint mir.«

»Es war ungefähr das erste, was ich gehört habe. Von Elinor. Und ich habe Cecily nach ihm befragt. Sie sah aus, als wolle sie Feuer spucken.«

Robin sah kurz auf seinen verbundenen Arm. »Es wäre besser, wenn Mortimer niemals erfährt, wer du bist.«

»Es wird sich kaum verheimlichen lassen. Wie ich höre, schnüffelt er ständig im Dorf herum und tyrannisiert die Leute. Er kennt jeden.«

»Wir sollten wenigstens versuchen, es ihm zu verschweigen.«

»Hast du Angst vor ihm?« fragte sie überrascht. »Robin, er ist nur ein verzogener Bengel.«

»Aber das wird er nicht immer bleiben.«

Neujahr konnte Maria zum erstenmal das Bett verlassen. Sie war immer noch sehr schwach, aber alle, die sie an diesem sonnigen Wintertag auf Conrads Arm gestützt vor dem Haus langsam auf und ab gehen sahen, verspürten Erleichterung. Sie sah nicht todgeweiht aus. Nicht mehr.

Agnes blieb trotzdem fast den ganzen Januar auf dem Gestüt. Jedesmal, wenn Maria ihr versicherte, sie sei längst wieder kräftig genug, sich ihren Aufgaben zu widmen, bat Conrad sie, sie möge noch ein paar Tage bleiben. Nur ein paar Tage. Die Sorge des Stallmeisters um seine Frau erregte hier und da Kopfschütteln und Schmunzeln, aber Agnes blieb, bis sie selbst mit Marias Zustand zufrieden war.

Robin bedauerte es, als sie schließlich ins Dorf zu Cecily zog. Er hatte es sehr genossen, seine Schwester täglich zu sehen und mit ihr zu reden. Aber genau wie alle anderen war er beglückt über Marias Rückkehr ins Küchenhaus. Jetzt verstanden sie auch, warum Stephen so oft mit ihnen aß, statt nach Hause zu gehen. Helen war eine hoffnungslose Köchin.

Agnes fügte sich ebenso mühelos in ihr neues Leben, wie Robin es getan hatte. Der Grund war der gleiche: Sie war so erleichtert, dem Kloster entkommen zu sein, daß sie mit offenen Armen aufnahm, was sich ihr statt dessen bot. Gerüchte besagten, sie habe das Haus der alten Hebamme so auf den Kopf gestellt, daß es kaum wiederzuerkennen sei. Viele Gerüchte rankten sich um Agnes. Die älteste Tochter von Frederic dem Sattler, Alina, selbst verheiratet und Mutter von sieben Kindern, wollte gar zu berichten wissen, daß Agnes Maria gesagt habe, eine erneute Schwangerschaft innerhalb der nächsten zwei Jahre werde sie umbringen, und was sie tun müsse, um das zu vermeiden. Ohne ihren Mann ins Wirtshaus oder in die Arme einer leichtfertigen Schäferstochter zu treiben.

Robin errötete heftig, als Isaac ihm von diesem Gerücht erzählte.

»Dummes Zeug«, brummte er ärgerlich. »Alina denkt sich immer solchen Schweinkram aus.«

»Warum so erbost, Junge? Wer weiß, was Agnes alles gelernt hat da drüben in Wales.«

Isaac entging völlig die Zweideutigkeit seiner eigenen Bemerkung, und er war gänzlich verblüfft, als Robin ihn plötzlich mit beiden Händen am Kittel packte. »Du verdammtes Schandmaul, sie ist erst elf ...«

»Robin!« Isaac befreite sich mit Mühe und betrachtete seinen Freund kopfschüttelnd. »So hab' ich's natürlich nicht gemeint. Meine Güte, was denkst du eigentlich von mir? Was ich meinte, war, daß die Leute sagen, sie kennt sich aus. Mit Kräutern und Wurzeln und Krankheiten und Wunden. Es heißt, sie weiß mehr als Cecily.«

»Ich werde nicht zulassen, daß es irgendwelches häßliches Gerede über sie gibt!«

»Nein. Ich glaube, darüber brauchst du dir keine Sorgen zu machen. Niemand spricht häßlich von ihr. Alle sind froh, daß sie gekommen ist.«

Robin brummte versöhnlich und nahm seine beiden Wassereimer wieder auf. »Entschuldige, Isaac.«

»Hm. Keine Ursache. Wenn sie meine Schwester wäre, wär' ich auch nervös.« Er schlenderte grinsend davon.

Robin schüttelte den Kopf, brachte Argos sein Futter und sah eine Weile zu, während der Junghengst fraß. Er war stattlich geworden, ein schönes Pferd, groß und kräftig, unerschrocken und perfekt geschult. In zwei Monaten würde er fortgehen, dann war der große Pferdemarkt in Waringham. Argos, Hector und Palamon würden verkauft und in den fernen Krieg ziehen oder auf die nicht ganz so fernen Turniere. Die neuen Fohlen würden kommen und die nächste Generation in den Hof der Zweijährigen einziehen. Robin wollte lieber nicht daran denken. Er konnte sich nicht vorstellen, wie es ohne Argos für ihn sein würde.

»Robert!«

Er wandte sich um. Vor ihm stand der Earl of Waringham, und er machte ein finsteres Gesicht.

Robin verneigte sich. »Mylord.«

Geoffrey stemmte die Hände in die Seiten. »Wie ich höre, bleibst du seit Wochen dem Unterricht fern.«

»Ich war verletzt.«

Waringham winkte ärgerlich ab. »Davon habe ich gehört. Mein Junge, ich kenne mich aus mit Schwertwunden, glaub mir. Entweder, der Arm wäre brandig geworden, dann wärst du jetzt tot oder einarmig wie Philip. Oder aber er ist verheilt. Wie ich sehe, lebst du noch und hältst in jeder Hand einen Eimer. Also wirst du heute nachmittag wiederkommen.«

Robin stellte die Eimer ab. »Nein, Mylord.«

»Was fällt dir ein?!«

»Ich hatte die Absicht, zu Euch zu kommen und Euch zu bitten, mich aus dieser Pflicht zu entlassen. Euer Sohn und ich sind ein schlechtes Paar, wir können nichts voneinander lernen. Es hat keinen Sinn, daß ich wiederkomme.«

»Das zu beurteilen wirst du gefälligst mir überlassen!«

»Das könnt Ihr nicht. Ihr habt nie zugesehen.«

»Du bist doch wirklich ein unverschämter, undankbarer Flegel.«

Robin senkte den Blick. »Es tut mir leid, wenn Ihr es so seht.«

»Ich werde dir sagen, wie ich es sehe: Du hast einen Kratzer abbekommen, und jetzt willst du kneifen. Du bist ein Feigling!«

Alles in Robin rebellierte gegen dieses Wort. Aber er sagte nichts. Vermutlich war es nicht so wichtig, was Geoffrey dachte. Er sah ein, daß die Vernunft es manchmal gebot, wie ein Feigling zu erscheinen. Das war bitter, aber er mußte sich eben damit begnügen, daß er selbst den wahren Grund kannte. Und der wahre Grund war nicht Furcht davor, verwundet zu werden. Mortimers Schwertkunst konnte niemandem Angst einjagen. Es waren andere Dinge, die er fürchtete.

»Du bist eine bittere Enttäuschung, Robert. Und ich dachte, wir verstehen uns.«

»Das dachte ich auch.«

»Junge, ich bin froh, daß dein Vater nicht davon erfahren muß. Aber um seinetwillen, für sein Andenken, befehle ich dir, daß du weiter an Mortimers Unterricht teilnimmst.«

Robin suchte nach Worten. Wie sollte er Geoffrey deutlich machen, daß sein Sohn ein unberechenbares Ungeheuer war? Daß er ihn um ein Haar umgebracht hätte? Daß er, Robin, nur dann hierbleiben konnte, wenn er ihm aus dem Wege ging?

Er holte tief Luft. »Nein, Mylord.«

»Robert, wenn du noch einmal ›nein‹ zu mir sagst, kannst du was erleben. Ich verbiete dir, mir zu widersprechen! Und wenn du nicht eine Stunde nach Mittag aufkreuzt, lasse ich dich holen.« Er wandte sich ab.

Robin nickte seinem Rücken nach. »Ich werde hier sein.«

Geoffrey fuhr auf dem Absatz herum. »Verdammt, was ist in dich gefahren? Es ist mein Ernst, du dummer Bengel. Ich schulde es deinem Vater, und du wirst mir gehorchen!«

Robin erwiderte seinen Blick stumm.

Das steigerte Geoffreys Zorn. »Du meinst, du kannst mir die Stirn bieten, du Grünschnabel? Na, warte nur. Wenn ich nach dir schicke, wirst du nicht mehr wissen, wo dir der Kopf steht!«

»Eure Raufbolde machen mir keine angst, Sir. Die Sorte kenne ich.«

Geoffrey schnaubte wütend. »Nimm den Mund lieber nicht so voll!«

Robin hob leicht die Schultern. »Mein Entschluß steht fest, Mylord. Der Eure auch. Es ist noch eine Stunde vor Mittag. Kann ich jetzt zurück an die Arbeit?«

Geoffrey starrte ihn grollend an, sein großer, zwischen die Schultern gezogener Normannenkopf verlieh ihm das Aussehen eines Bullen. »Also gut. Dann machen wir es anders. Hör gut zu: Entweder, du findest dich pünktlich zum Unterricht ein, oder ich schicke dich morgen zu den Benediktinern zurück. Such es dir aus.«

Robin war für einen Moment sprachlos. Das war ein unerwarteter Schlag. Diese Gefahr hatte er für endgültig gebannt gehalten. Zurück nach St. Thomas. Es kam ihm geradezu lächerlich vor. Die Vorstellung barg nicht mehr den gleichen Schrecken wie noch vor einem Vierteljahr, ging ihm auf. Er war einmal entkommen, es würde wieder gelingen. Trotzdem. Er würde nicht hierher zurückkehren können. Er würde wieder irgendwo neu anfangen müssen, irgendwo in der Fremde. Und das wollte er nicht. Er dachte eine Weile nach und setzte dann alles auf eine Karte.

»Ich werde kommen«, sagte er leise.

Geoffrey grinste breit. »Ich wußte, ich würde dich damit überzeugen.«

»Unter einer Bedingung.«

»Was fällt dir ein, du … Was für eine Bedingung?«

»Steigt hinauf auf die Mauer. Von der Brustwehr über dem Tor habt Ihr einen guten Blick über den Hof, ohne daß Ihr gesehen werdet. Seht zu und urteilt selbst. Nur dieses eine Mal.«

Geoffrey sah ihn verdutzt an. »Wozu? Warum soll ich meine Zeit damit vergeuden?«

»Damit Ihr versteht, was ich meine.«

»Nein. Ich lasse nicht mit mir handeln.«

Robin nickte grimmig. »Und ich lasse mich nicht erpressen.«

»Du bist ein dreister, unverfrorener, schamloser …«

»Es war nicht meine Absicht, Euch zu beleidigen, Mylord.«

»Was? Du kannst mich nicht beleidigen, du Bauernlümmel, du kannst höchstens …« Er brach ab.

Robin unterdrückte ein böses Lächeln.

Geoffrey fühlte sich nicht wohl in seiner Haut. Er konnte nicht begreifen, wie es dem Jungen geglückt war, ihn zu dieser unbedachten Wortwahl zu verleiten. Jetzt hatte er sich selbst ausmanövriert. Nach langem Zögern nickte er widerstrebend. »Also schön, du ausgekochter Bengel. Du wirst kommen, und ich werde auf der Brustwehr stehen.«

Robin verneigte sich tief, es war fast eine Parodie. »Wie Ihr wünscht, Mylord.«

Geoffrey stapfte kopfschüttelnd davon, und Robin blickte ihm besorgt nach. Er war keineswegs glücklich mit dem Ausgang des Gesprächs. Sein Plan war vage, zuviel hing vom Zufall ab. Aber jetzt gab es kein Zurück mehr.

Im Innenhof der Burg herrschte reger Betrieb, als er eintraf. Ein fahrender Händler war mit zwei Karren gekommen, um die sich die Küchenmägde neugierig drängten. Zwei von Geoffreys Rittern trugen eine handfeste Meinungsverschiedenheit aus, umringt von einer lebhaften Zuschauerschar. Es roch nach Schweiß und den fremden Gewürzen, die der Händler feilbot.

Robin drängte sich durch das allgemeine Gewühl und ging zu dem Sandplatz, wo sie gewöhnlich ihre Waffenübungen abhielten. Er lehnte sich an den Stamm einer einsamen Birke, wartete und untersagte sich, zur Brustwehr hinaufzusehen.

Philip und Mortimer kamen wie gewöhnlich ein paar Minuten zu spät. Beide grinsten ihm hämisch entgegen.

»Ich wußte, Vater würde dich zurückholen«, sagte Mortimer ergeben. »Von mir aus hättest du wegbleiben und dich ewig verkriechen können.«

Robin nahm seine Waffen auf und sparte sich eine Antwort.

Sie begannen mit ihrem gewöhnlichen, wenig beeindruckenden Spiel; Mortimer griff kraftlos an, Robin parierte lahm. Philip wies Robin ungehalten zurecht, und er gab vor, sich mehr anzustrengen. Mortimer befand sich gerade auf dem Vormarsch, als ein Page zu ihnen trat.

Philip warf ihm einen schnellen Blick zu, bevor er wieder zu seinen Schülern sah. »Was willst du?«

»Verzeiht, Sir, aber ein Bote ist am Tor. Mit einer Nachricht für Euch.«

Philip machte ein überraschtes Gesicht. »Was in aller Welt …

Ich komme. Sir Mortimer, ruht Euch einen Moment aus. Ich bin gleich zurück.«

Er folgte dem Pagen Richtung Tor.

Mortimer hatte Schwert und Schild sinken lassen; er war ein bißchen außer Atem. Robin war immer noch in Verteidigungsposition. Er hatte dazugelernt.

Mortimer sah Philip kurz nach und sagte: »Wozu warten. Machen wir weiter.«

Robin senkte den Schild keinen Zoll. »Wie Ihr wünscht.«

»Oder hast du Angst, wenn er weg ist?«

»Nein.«

»Nein? Vielleicht solltest du das.«

Robin ließ die Schultern einmal kurz kreisen. »Ich bin bereit.«

Mortimer griff ohne ein weiteres Wort an. Robin spürte sogleich den Unterschied. Solange Philip dabeigewesen war, war es eine Übung gewesen, jetzt war es ernst. Und Mortimer hatte Fortschritte gemacht. Wer immer in den Wochen seit Weihnachten sein Partner gewesen war, hatte ihm beigebracht, wie man einen kraftvollen Schlag führte.

Als er spürte, daß Mortimer sich sicher fühlte, schwächte Robin seine Gegenwehr ab. Er ließ sich rückwärts drängen, griff nicht mehr an und gestattete Mortimer, sich in eine siegesgewisse Euphorie zu steigern. Jedesmal, wenn er den Schild ein wenig senkte, betrachtete er Mortimers Gesicht. Der junge Lord lächelte. Zuerst nur schwach und angespannt, dann breiter. Je schneller er Robin zurückzwang, um so triumphaler wurde seine Miene.

Robin mußte sich vor seinen tückischen Hieben wirklich in acht nehmen; Mortimer hatte seine Strategie der Niedertracht verfeinert. Er tänzelte nicht mehr nervös, sondern schritt entschlossen vorwärts, die Hand fest um das Heft geschlossen, und täuschte meisterhaft.

Er hat ein neues Schwert, ging Robin auf. Natürlich, vermutlich hat er es zu Neujahr bekommen. Eine gute, elegante Waffe, leichter und nicht so roh wie Robins Übungsschwert. Was für einen Unterschied es machte. Und als Mortimer sicher war, er habe den Sieg schon so gut wie errungen, ging Robin in die Offensive.

Er horchte auf den Rhythmus von Mortimers Schlägen auf seinem Schild. Er stellte sich darauf ein. Dann sprang er mit einemmal einen Schritt nach hinten, stellte den rechten Fuß vor den linken und fing Mortimers Schwert mit seinem ab. Er lenkte die neue, blanke Klinge entlang der seinen nach unten und holte dann aus. Mortimer hatte nicht mehr mit ernsthaftem Widerstand gerechnet und hatte nun Mühe, seinen Schild rechtzeitig in Position zu bekommen. Robin nahm jedoch keine Rücksicht darauf. Er durchbrach Mortimers schwache Verteidigung, schlug schräg von unten gegen seinen Schild und hebelte ihn ihm aus der Hand.

Mortimers Schild wirbelte gen Himmel, überschlug sich einige Male und schlug dann mit einem dumpfen Laut auf dem Sand auf.

Mortimer starrte ihm fassungslos nach.

Robin warf seinen ebenfalls beiseite. »Was ist? Machen wir weiter, oder warten wir auf Philip?«

Statt zu antworten nahm Mortimer das Heft in beide Hände und führte einen fast unvorhersehbaren Schlag von unten.

Ebenfalls mit beiden Händen am Schwertgriff fing Robin den Hieb ab. Die Waffen kreuzten sich direkt über dem Heft, und die Jungen standen sich gegenüber, kaum eine Handbreit Platz zwischen ihnen. Beide stemmten dem anderen ihr gesamtes Gewicht entgegen. Als Mortimer spürte, daß er als erster würde weichen müssen, nahm er die linke Hand vom Schwert, ballte sie zur Faust und schlug Robin ins Gesicht. Der Aufprall schleuderte Robin zurück. Es fühlte sich an, als habe man ihm die Nase abgerissen, und er spürte Blut über Lippen und Kinn laufen. Aber er konnte noch ungehindert sehen. Wütend griff er wieder mit dem Schwert an.

Mortimers feiger Schlag besiegelte seine Niederlage. Robin hatte alle Strategie vergessen, er kochte vor Zorn. Und zum erstenmal erlebte Mortimer, wieviel kräftiger und vor allem schneller Robin in Wirklichkeit war. Unter den klirrenden Schwerthieben taumelte er rückwärts, kaum mehr in der Lage, seine eigene Waffe zur Verteidigung hochzuhalten. Robins Schwertspitze kam seinem Körper immer näher. Und als Mortimer merkte, daß seine Finger am Heft seines Schwertes nachgeben wollten, schrie er: »Schluß! Das ist genug! Hörst du nicht ... Wir werden auf Philip warten!«

Robin führte einen letzten, beidhändigen Schlag, der genau von der Seite auf Mortimers Klinge traf. Sie wurde ihm aus den

Händen gerissen und fiel weit außerhalb seiner Reichweite zu Boden. Die Wucht hatte Mortimer aus dem Gleichgewicht gebracht, und er landete ohne alle Grazie auf dem Hintern.

Robin stand keuchend über ihm, prägte sich mit sorgsam verborgener Wonne diesen Anblick ein und rammte sein Schwert in den Sand.

Mortimer stand langsam auf. Der Adamsapfel in seinem schmalen Hals arbeitete heftig. Seine grauen Augen waren halb geschlossen. Er sprach kein Wort.

Robin sah zum Tor. Von Philip keine Spur. »Wollt Ihr weitermachen, Sir?«

»Fahr zur Hölle«, knurrte Mortimer mit zusammengebissenen Zähnen. »Scher dich zurück an deine Arbeit.«

Robin fuhr sich kurz mit dem Ärmel über die Stirn und nickte. »Wie Ihr wünscht.«

Er wandte sich ab, immer noch ein bißchen außer Atem, und ging davon. Er war vielleicht zehn Schritte gegangen, als Mortimer sich von hinten auf ihn stürzte.

Robin hatte es natürlich nicht wissen können, aber er hatte gehofft, daß genau das passieren würde. Als er den Luftzug in seinem Nacken spürte, riß er den Kopf nach vorne, fuhr herum und packte mit beiden Händen Mortimers rechten Unterarm. In der Faust hielt Mortimer einen schmalen Dolch, eine edle Waffe, passend zu seinem neuen Schwert. Der Griff war mit den gleichen Edelsteinen besetzt.

Robin drückte Mortimers ausgestreckten Arm nach oben und tauchte blitzschnell darunter her. So endete Mortimer mit einem schmerzhaft verdrehten Arm auf dem Rücken. Robin stand hinter ihm und sah über seine Schulter Geoffrey auf sie zukommen. Er nahm Mortimer den Dolch aus kraftlos gewordenen Fingern, ließ seinen Arm los und stellte sich vor ihn. Dann überreichte er ihm die Waffe wortlos.

Mortimer starrte ihn haßerfüllt an, und seine Augen weiteten sich entsetzt, als er seinen Vater entdeckte.

Geoffrey blieb neben ihnen stehen. Er verschränkte die Hände auf dem Rücken und betrachtete seinen Sohn, als sei er ein Fremder. »Geh hinein, Mortimer.«

»Vater, ich … Er …«

»Geh hinein.« Seine Stimme klang wie noch fernes, aber doch

bedrohliches Donnergrollen. Mortimer wandte sich ab und schlich mit hängenden Schultern davon.

Robin sah zu Boden. Alles war so gekommen, wie er geplant und gehofft hatte, aber er fühlte sich scheußlich. Er hatte nicht damit gerechnet, wie erschüttert Geoffrey sein würde.

Waringham regte sich, löste die ineinander verschränkten Finger auf seinem Rücken und faßte mit der Linken kurz an die kostbare Goldspange, die seinen Mantel zusammenhielt. Es war eine nervöse Geste. Dann räusperte er sich. »Sieh mich an, Robert.«

Robin wischte sich mit dem Handgelenk etwas Blut aus dem Gesicht und hob den Kopf.

»Scheint, er hat dir die Nase gebrochen.«

Robin schnitt eine fast komische Grimasse. »Sie war schon vorher krumm.«

Geoffrey betrachtete ihn eingehend, nicht, so schien es, um den neuen Winkel seiner Nase mit dem ursprünglichen zu vergleichen, sondern um etwas zu ergründen.

Robin wurde sehr unbehaglich zumute. »Sir, ich …«

Geoffrey hob die Hand. »Es ist gut, Junge. Du kannst gehen. Und … du brauchst nicht wiederzukommen. Ich verstehe, was du meintest. Deine Vorführung war sehr anschaulich.«

Robin nickte unglücklich, verbeugte sich eilig und wandte sich ab.

»Robert!«

Er drehte sich noch einmal um. »Mylord?«

»Ist es wahr, was ich gesehen habe? Mein Sohn ist ein niederträchtiger Feigling? *Mein Sohn*?«

Robin wünschte sich meilenweit weg. Niederträchtig, ja, dachte er, aber kein Feigling. »Es … mangelt ihm sicher nicht an Mut, Sir«, antwortete er unsicher.

»Nein. Aber an Tapferkeit. Und an Ehre.«

Robin wußte nicht, was er antworten sollte. Er hatte keinen Trost für Geoffrey, und er wartete stumm, daß dieser ihm erlaubte zu gehen.

Geoffrey erkannte sein Unbehagen. Mit einer vagen Geste scheuchte er ihn weg. »Geh nur, Junge, es ist ja nicht deine Schuld.«

Agnes saß an einem kleinen Tisch nahe am Herd und füllte braune Tonkrüge mit einer dampfenden, zähen Flüssigkeit aus einem Topf. Sie benutzte einen hölzernen Trichter, und kein Tropfen ging daneben.

Robin sah sich staunend um. Der kleine Wohnraum war blitzblank und aufgeräumt, neben dem Herd lag ordentlich gestapeltes Holz, über dem Feuer hing ein Suppentopf, dem ein verlockender Duft entströmte. Die Tür zum Hinterzimmer stand offen, und er konnte zwei ordentliche Strohlager mit guten, sauberen Decken erkennen.

»Ich muß schon sagen, Agnes ...«

Sie sah auf, zog scharf die Luft ein und betrachtete ihn dann mit Mißfallen. »Wer war es? Mortimer oder Stephen?«

»Na, also hör mal, was denkst du von Stephen ...«

Sie stand auf und winkte ab. »Mortimer also. Setz dich dahin.«

Er setzte sich auf ihren Platz und schnüffelte neugierig an dem großen Topf mit der braunen, zähen Flüssigkeit. »Riecht ja köstlich. Was ist das?«

»Hustensirup. Wacholder, Minze, Fenchel und Honig. Und seit du den Kopf darüber hältst, echtes Waringham-Blut. Was ist passiert?«

Er zog grinsend den Kopf zurück und erzählte ihr nur das Nötigste. Sie lauschte mit gerunzelter Stirn, während sie Wasser und saubere Tücher holte und ihm behutsam das Blut aus dem Gesicht wusch.

Schließlich seufzte sie. »Vielleicht ist es eine gebrochene Nase wert, daß du nicht mehr hin mußt.«

»Das denke ich auch.«

»Beiß die Zähne zusammen, Robin.«

»Was?«

»Tu, was ich sage.«

Noch ehe er sich mißtrauisch nach ihren Absichten erkundigen konnte, hatte sie die Außenkanten beider Hände an seine Nase gelegt und sie gerade gerückt.

Robin spürte schmerzhaft, wie die kleinen Knochenenden sich gegeneinander verschoben, und brüllte laut auf.

»Schon vorbei. Tut mir leid. Aber jetzt ist sie fast wieder so wie vorher. Berühr sie ein paar Tage nicht, und schlaf auf dem Rücken, verstanden?«

»Ja«, murmelte er kleinlaut.

»Lehn den Kopf zurück.«

»Was heckst du jetzt wieder aus?«

»Keine Bange. Es wird helfen.«

Er legte den Kopf in den Nacken, und Agnes trat vor die Tür und füllte Schnee in eine kleine Schüssel. Damit kam sie zurück zum Tisch, preßte den Schnee zu einer festen Waffel zusammen, schlug ein dünnes Tuch darum und knickte es in der Mitte, so daß es wie ein kleines Zelt aussah. Dann drückte sie es ihrem Bruder vorsichtig auf die Nase. »So. Das dämmt die Schwellung ein und die Blutung. Beweg dich nicht.« Sie setzte sich auf den zweiten Hocker ihm gegenüber, fuhr mit ihrer Arbeit fort und erzählte ihm dabei einige Neuigkeiten aus dem Dorf.

Dann fiel ihm wieder ein, was sie gesagt hatte, als er kam. »Wie kommst du auf den Gedanken, Stephen würde mir die Nase einschlagen?«

Sie verschloß den letzten der kleinen Krüge mit Wachs, trug sie zu einem neuen Bord, das an der Wand angebracht worden war, und reihte sie auf. Über die Schulter fragte sie: »Ist es etwa nicht so, daß er dich verabscheut? Daß er seine düsteren Launen immer an dir ausläßt?«

»Agnes, kann ich jetzt vielleicht dieses Ding aus meinem Gesicht nehmen?«

»Nein. Warte noch ein bißchen. Also?«

Robin rutschte unbehaglich auf seinem Hocker hin und her. »Es stimmt, er kann mich nicht ausstehen.«

Sie kam zum Tisch zurück. »Weißt du, warum?«

»Wegen Vater und irgendeiner Frau. Es kann nicht um Helen gegangen sein, sie ist zu häßlich.«

»Nein, es war Stephens erste Frau.«

Er nahm die Kompresse doch vom Gesicht. »Was weißt du darüber?«

Sie seufzte und schüttelte den Kopf. »Was Cecily mir erzählt hat, klang ziemlich verworren. Sie bringt Sachen durcheinander. Aber es war wohl so, daß Stephen vor Jahren einen guten, großen Hof in Waringham hatte. Neunzig Acres und eine ansehnliche Schafherde. Sein Vater war einer der angesehensten Bauern im Dorf. Ein freier Mann. Stephen erbte den Hof und heiratete die Tochter eines anderen Bauern, während Vater im Krieg war. Als er

154

zurückkam, gab es Ärger. Und der Grund war, daß Vater schon vor dem Feldzug ein Auge auf das Mädchen geworfen hatte und nun wütend war, daß sie verheiratet war. Es heißt, sie sei eine Schönheit gewesen. Vater vertrat den Standpunkt, sie hätten nicht ohne seine Erlaubnis heiraten dürfen, und verdonnerte Stephen zu einer hohen Geldbuße. Stephen erhob Einspruch, er erklärte, er sei ein freier Mann und brauche niemandes Erlaubnis, um zu heiraten. Da hat Vater einfach bestritten, daß er ein freier Mann sei, obwohl jedermann es wußte. Sie zogen vor Gericht. Stephen brachte zwölf Zeugen, die beschworen, daß seine Familie seit jeher freie Leute waren. Aber Vater hatte ein Dokument, eine alte Jahresabrechnung der Gutsverwaltung, die besagte, daß Stephens Großvater in dem Jahr Reeve gewesen sei.«

Robin schüttelte verständnislos den Kopf. Der Reeve war für gewöhnlich irgendein alteingesessener, angesehener Bauer, der das Bindeglied zwischen Gutsverwaltung und Pächtern darstellte. Er überwachte die Weiderechte und die Einhaltung des Dreifelder-Turnus, er hatte dafür zu sorgen, daß die Bauern zum Frondienst auf dem Gutsbetrieb antraten, er wußte, wer wieviel Stück Vieh besaß und wem welches Feld gehörte und wieviel Pacht jeder Bauer schuldete. Auf kleineren Gütern war der Reeve oftmals der eigentliche Gutsverwalter. Mancherorts wurde er von den Bauern selbst gewählt, in anderen Fällen, so auch in Waringham, bestimmte der Gutsherr, wer Reeve wurde. Seine Machtbefugnisse und Pflichten waren von Ort zu Ort sehr unterschiedlich. Bloß eine Regel galt grundsätzlich überall: Nur Leibeigene konnten Reeve werden.

»Also hatte Stephen sich geirrt?« fragte Robin ungläubig.

Agnes schüttelte unglücklich den Kopf. »Nein, Robin. Das Dokument war eine Fälschung.«

Der Junge war erschüttert. »Wie … wie konnte er das nur tun?«

»Ich weiß es nicht. Jedenfalls sah es schlimm aus für Stephen. Mit einemmal war er unfrei geworden, und die Geldbuße ruinierte seinen Hof.«

»Bis er ihn verloren hat.«

»Ja, er konnte ihn nicht mehr halten.«

Robin schwieg. Er schämte sich. Er schämte sich wieder einmal für seinen Vater, und dieses Mal zu Recht.

Agnes sah ihn traurig an. »Das ist noch nicht alles.«

»O nein.«

»Sie verloren den Hof letztlich nicht wegen der Geldbuße. Die hat Vater ihnen nämlich schließlich größtenteils erlassen.«

»Stephens Frau ist zu Vater gegangen, nicht wahr? Und nachdem er bekommen hatte, was er wollte, hat er die Buße aufgehoben?«

»Ja.«

»Oh, Agnes. Er war ein Ungeheuer. Nicht besser als Mortimer.«

»Ich denke, ganz so schlimm war er wohl doch nicht. Viele Leute haben nur Gutes über ihn zu sagen. Und die meisten Leute in Waringham sind freundlich zu uns, oder?«

»Schon. Trotzdem.«

»Ja. Wenn es um Frauen ging, war er kein Edelmann.«

»Was geschah mit Stephens Hof?«

»Es gab eine Mißernte. Er mußte aufgeben. Nur seine Schafe hat er behalten. Und dann hat er auf dem Gestüt angefangen. Seine Frau bekam ein Kind. Cecily war dabei. Eine Geburt ohne Schwierigkeiten, sagt sie, leicht, und ein gesunder, strammer Junge. Er starb ein paar Stunden nach der Geburt. Unerklärlich, sagt Cecily, ohne Grund. Aber das kommt vor.«

Robin hatte einen scheußlichen, heißen Druck im Magen. »Du glaubst, er hat es umgebracht? Weil es nicht von ihm war?«

»Nein, ich denke, sie hat es getan. Und eine Woche später ist sie im Tain ertrunken.«

»Jesus Christus …« Robin fuhr sich mit beiden Händen durch die Haare und sagte eine Weile nichts. Schließlich murmelte er: »Ich wünschte, ich wäre der Sohn eines anderen.«

Sie legte ihm kurz die Hand auf die Schulter. »Ich habe befürchtet, daß du es schwernimmst. Aber ich dachte, besser, wenn du weißt, wieso er dich so sehr haßt.«

»Ja. Ich habe oft gerätselt, was dahintersteckte.« Und wenn er jetzt an Stephens Ausbruch am Tag nach seiner Ankunft dachte, fand er, er war noch einigermaßen billig davongekommen.

Langsam stand er auf. »Ich muß gehen, Agnes. Es wird spät.«

Agnes sah kurz aus dem Fenster. »Da kommt schon dein getreuer Schatten, um dich abzuholen.«

Die Tür flog auf, und Isaac trat ein. »Meine Güte, wer ist dieser Kerl mit dem riesigen Knollenriecher?«

Robin grinste schief. »Erspar mir den Rest, ja.«

»Es ist nicht so gegangen, wie du wolltest, richtig?«

»Falsch. Es ging mehr oder minder wie geplant. Vielen Dank für deine Hilfe. Als unsichtbarer Bote bist du unübertroffen.«

Isaac grinste verschwörerisch. »Gern geschehen. Erzähl schon.«

»Unterwegs. Laß uns gehen, sonst kommen wir wieder in Teufels Küche.«

»Ja doch.« Er strahlte Agnes an. »Bis demnächst.«

Sie nickte ihm zu und warf einen kritischen Blick auf Robins Gesicht. »Wenn es schlimmer wird, laß es mich wissen, hörst du.«

»Sicher. Danke, Agnes.«

Sie traten hinaus in den Schnee und zogen die Tür hinter sich zu. Während sie durch die dämmrigen Gassen und über den Kirchplatz mit seinen kahlen Bäumen stapften, berichtete Robin die Einzelheiten. Das schuldete er Isaac für seine Hilfe. Immerhin, wäre das kleine Ablenkungsmanöver entdeckt worden, hätte Isaac in bösen Schwierigkeiten gesteckt. »Aber ich wäre wirklich dankbar, Isaac, wenn du dieses eine Mal deine Zunge im Zaume hieltest. Es wäre mir verdammt unangenehm, wenn die anderen davon hören. Verstanden?«

Isaac nickte ernst. »Rechne auf mich. Also, ich möchte wirklich nicht mit Mortimer tauschen, wenn sein alter Herr ihn sich vornimmt.«

»Ich hoffe, das wird er nicht. Es wäre mir am liebsten, die ganze Sache würde einfach vergessen.«

»Hm. Das glaube ich kaum. Als ich eben von meinem Schläfchen auf dem Heuboden erwachte, standen Conrad und Seine Lordschaft zusammen in der Futterscheune und berieten die Einzelheiten der Auktion. Geoffrey war düsterer Stimmung. Im Hinausgehen erwähnte er, daß du in Zukunft deine Nachmittage nicht mehr auf der Burg verbringen müßtest. Conrad erkundigte sich sehr höflich nach dem Grund. Ich hatte den Eindruck, er war nicht glücklich, der Teufel mag wissen, wieso. Geoffrey dreht sich zu ihm um und lächelt ganz eigentümlich und sagt: ›Du brauchst dir um Robins Zukunft keine Sorgen zu machen. Wenn er sich eines Tages entschließt, seinen Lebensunterhalt mit einem Schwert zu verdienen, dann möchte ich kein Franzose sein. *Er* hat alles, was es dazu braucht. *Er* versteht, worauf es ankommt.‹ Er betonte das ganz seltsam, weißt du. Conrad hat darauf natürlich rein gar nichts gesagt, und Seine Lordschaft stiefelte mit wütenden Riesenschritten nach Hause.«

Die Fohlzeit übertraf Robins schlimmste Befürchtungen. Es verging kaum eine Nacht, in der nicht einer von ihnen bei einer der Stuten bleiben mußte, weil die Anzeichen darauf hindeuteten, daß es jetzt bald soweit war. Oft war es falscher Alarm. Wenn es Schwierigkeiten gab, waren sie manchmal die ganze Nacht auf den Beinen. Für Pete war es am schlimmsten. Den ganzen Winter über betreute er die trächtigen Stuten. Keiner kannte sie so gut wie er, und keiner hatte sein besonderes Gespür. Er konnte eher sagen, ob eine Stute in der kommenden Nacht fohlen würde, als jeder der anderen. Aber auch Robin wurde immer öfter angewiesen, einer der stillen, oft stundenlangen, blutreichen, aber auf so seltsame Weise undramatischen Geburten beizuwohnen. Denn er verstand es, eine Stute zu beruhigen, die in Schwierigkeiten geriet. Sie konnten manchmal unberechenbar werden, wenn sie Angst bekamen. Aber Robin hielt ihren Kopf, und sie waren sanft wie Lämmer, während er schlaftrunken vor ihnen im Stroh kniete, manchmal erst kurz vor Sonnenaufgang in sein Bett zurückkehrte, um bald darauf von Cedric gnadenlos aufgeweckt zu werden.

Und mitten in diesem Trubel fand der Pferdemarkt statt. Robin dachte, daß es der reine Wahnsinn sei, die Auktion in die Fohlzeit zu legen. Aber das war Tradition, seit jeher eine Woche nach Ostern.

Als es soweit war, fand er heraus, daß das große, lange erwartete Ereignis, zu dem Ritter buchstäblich aus dem ganzen Land anreisten, das Gestüt nur lächerlich wenig betraf. Ein Jahrmarkt fand im Dorf statt und ein großes Bankett auf der Burg. Aber für sie war es ein Tag wie jeder andere. Ein Samstag. Die Fastenzeit war vorbei, das Osterfest lag hinter ihnen, und es war Frühling. Der Tain war ein reißender Strom, denn der ganze Schnee auf den Hügeln war geschmolzen. Zum erstenmal hatte die Sonne wieder Kraft, und das erste Grün zeigte sich zaghaft an Bäumen und Sträuchern.

Morgens brachten sie die erste Gruppe der jungen Schlachtrösser zum Übungsplatz wie sonst. Die Pferde waren auf Hochglanz gestriegelt und trugen die bunten Bänder in ihren Mähnen mit stoischer Gelassenheit. Die Reiter hatten ihre Stiefel poliert. Um den Zaun herum standen Männer in Rüstungen und ein paar Frauen in wunderschönen, farbenprächtigen Kleidern mit unglaublichen Kopfbedeckungen und sahen ihnen interessiert zu, während sie nach Conrads Anweisungen ritten. Die Ritter hatten die Arme auf die Zäune gelehnt und debattierten wortreich. Genauso war es mit der zweiten und dritten Gruppe. Und statt sich nachmittags um all die Kleinigkeiten zu kümmern, die immer anstanden, brachten sie die Pferde nach und nach hinauf zur Burg, wo ein kleiner Verkaufsring im Hof errichtet worden war. Alles war voller Menschen. Ritter, Damen, Pagen und Knappen, fahrende Händler, Gaukler und Beutelschneider. Die wirklich Kaufinteressierten bildeten einen Kreis um den Auktionsplatz, und einer der Stallburschen hielt das Verkaufsobjekt am Halfter, während Gerard Fitzalan, der Steward, die Gebote entgegennahm. Conrad stand immer in der Nähe, um Auskünfte zu geben und Fragen zu beantworten. Alles dauerte nur ein paar Stunden.

Als Robin zum drittenmal in den Burghof trat, mit Argos am Zügel, und ihn mit unwilligen, fast schleppenden Schritten zum Verkaufsring führte, kam Conrad auf ihn zu.

»Du kannst ihn direkt hier in den Stall bringen. Er wird nicht verkauft.«

Robin hielt an. »Was?«

»Geoffrey will ihn behalten. Er hat es mir eben gesagt.«

Robin schüttelte verständnislos den Kopf. »Warum?«

»Er will ihn selbst reiten. Im Turnier. Und wenn er sich bewährt, soll er hier in die Zucht kommen.«

Robin betrachtete seinen alten Freund stolz. »Hast du das gehört, du Klepper? Er kann sich einfach nicht von dir trennen.«

»So ist es. Er sagt, es wäre eine Dummheit, das beste Pferd des Jahrgangs zu verkaufen, und er hat recht.«

Robin strahlte.

Conrad lächelte über seine Freude. »Du wirst nicht mehr viel von ihm sehen, weißt du.«

»Nein, aber ich bin trotzdem froh, daß er hierbleibt.«

»Ja, ich weiß. Du bist ein sentimentaler Schwachkopf.«

»Ja, Conrad.«

»Bring ihn in sein neues Quartier. Und dann scher dich weg auf den Jahrmarkt. Die anderen sind schon alle dort.«

»Ich geh' ja schon.«

Er führte Argos nach rechts zum Pferdestall, und kurz vor dem Tor fing Mortimer ihn ab.

Er streckte Robin die Hand entgegen. »Gib ihn mir.«

Robin zögerte.

»Hast du nicht gehört? Gib mir den Zügel. Mein Vater hat gesagt, ich kann ihn haben. Er gehört jetzt mir, verstanden. Also, her damit.«

Robin reichte ihm den Zügel. Er verspürte Ernüchterung, und er wünschte, Argos wäre doch verkauft worden.

Mortimer lächelte hämisch. »Das gefällt dir nicht, was?«

Robin antwortete nicht.

»Los, hilf mir aufsitzen.«

Robin verschränkte die Finger und beugte sich vor. Mortimer stellte einen Stiefel in seine Hände, und Robin beförderte ihn mit einem Ruck in den Sattel. Mortimer sammelte die Zügel auf und riß Argos roh herum. Er ging im Schritt bis zum Tor und über die Zugbrücke. Dann schlug er ihm die Sporen in die Seite, und Argos trug ihn im fliegenden Galopp davon.

Robin folgte ihm langsam aus dem Burghof, starrte einen Moment dem kleiner werdenden Punkt nach, der sich hügelabwärts auf den Wald zu bewegte, und machte sich seufzend auf den Weg ins Dorf.

Der Pferdemarkt von Waringham war das größte Ereignis des Jahres. Händler und Schausteller reisten von weit her an. Auf dem Dorfplatz, in jeder Gasse und auf den Wiesen am Tain hatten sie in mehr oder weniger ordentlichen Reihen ihre Stände aufgebaut und boten ihre Waren feil: Tuche und Werkzeuge, Töpfe, Pflüge und Saatgut, Hühner, Gänse, Rinder und Schweine, Gewürze und Wundermittel gegen Zahnweh, Gicht und Haarausfall, Wacholderschnaps und Branntwein, Gürtelschnallen und Messer, Eintopfgerichte mit Hammel- und Rindfleisch, Bier, Wein und Cider. Die Luft war erfüllt vom Lachen der Kinder, feilschenden Bäuerinnen, Händlern, die ihre Waren anpriesen, und den verschiedensten Gerüchen.

Robin tauchte in die Menge ein, erstand ein Stück Ingwerkuchen bei einer dicken Bäckersfrau und schlenderte damit die Stände entlang, auf der Suche nach einem vertrauten Gesicht. Am dichtesten war das Gedränge auf dem Dorfplatz. Auch hier war ein Verkaufsring abgesteckt, wo Pferde verkauft wurden. Es waren keine Schlachtrösser, sondern grobgliedrige, träge Kaltblüter, ein paar Maultiere oder einfache Reitpferde, wie reiche Bauern, ärmere Landadelige und Kaufleute sie benutzten. Hier wurden die meisten Geschäfte in Shillingen gemacht, ein besseres Reitpferd brachte vielleicht auch ein Pfund. Die Kriegspferde, die oben auf der Burg gehandelt wurden, kosteten hingegen bis zu hundert Pfund; das war mehr, als ein Zimmermann in zwanzig Jahren verdiente.

Die größte Attraktion war jedoch nicht der Pferdemarkt, sondern der Löwe. In einem dichten, unordentlichen Knäuel standen die Menschen darum zusammengedrängt, und Robin mußte sich fast gewaltsam einen Weg bahnen, um zu ergründen, was es dort zu sehen gab.

Der Löwe war ein riesenhaftes Ungetüm. Sein safrangelbes Fell schien mottenzerfressen, und sein grimmiger Kopf war von einer gewaltigen Mähne umgeben. Wenn er die Augen zukniff, nahm sein Gesicht einen verschlagenen, gefährlichen Ausdruck an. Robin bestaunte ihn fasziniert. Keines der Bilder, die er von Löwen gesehen hatte, wurde der Wirklichkeit gerecht, entschied er. Robin war froh über den stabilen Käfig, der das Tier umgab. Der Käfig stand auf einem niedrigen Holzkarren und schien um den Löwen herumgebaut worden zu sein. Er entsprach jedenfalls genau seiner Größe. Wenn das mächtige Tier sich rührte, stießen seine Flanken gegen die dicken Eisenstäbe.

Als Robin in die vorderen Reihen vordrang, traf er auf Isaac und Agnes. Isaac winkte ihn näher. »Na endlich!«

Robin biß in seinen Ingwerkuchen. »Ich mußte stundenlang warten, Argos war der letzte. Und dann wurde er doch nicht verkauft.«

»Wieso nicht?«

»Geoffrey will ihn behalten.«

Isaac grinste breit. »Ja, das hätte ich an seiner Stelle auch getan.«

Robin hielt ihm seinen Kuchen hin. »Hier. Willst du ein Stück?«

Isaac brach sich fast die Hälfte ab. Robin seufzte ergeben und gab den Rest Agnes.

»Sehr nobel, lieber Bruder.«

»Warum nicht, ich denke, er kann es sich leisten«, sagte Isaac kauend. »Geoffrey wird Conrad eine schöne Stange Geld geben für Argos, weil er auf seinen Anteil am Erlös verzichten muß, und Conrad wird Robin etwas abgeben.«

»Meinst du wirklich?« fragte Robin und strahlte.

»Sicher. Du bist ein gemachter Mann. Du könntest uns direkt ein Bier ausgeben, was meinst du?«

Der Löwenwärter, ein muskelbepackter, junger Kerl mit kleinen, gemeinen Augen und einer niedrigen Stirn, hob eine Eisenstange vom Boden auf, steckte sie durch die Gitterstäbe und stieß den Löwen damit in die Seite. Das mächtige Tier versuchte aufzuspringen, brachte dabei den Karren gefährlich ins Wanken, schüttelte seine Mähne und brüllte.

Die Menge raunte und wich ein klein wenig zurück.

Agnes verzog angewidert den Mund. »Das ist schrecklich. Isaac, ich will auf der Stelle fort von hier.«

Isaac seufzte. »Wie du willst, Schönste. Kommst du mit, Robin?«

Robin sah aufmerksam von seinem Freund zu seiner Schwester und wieder zurück. »Wenn ich nicht störe …«, sagte er grinsend.

Isaac errötete heftig und antwortete nicht. Agnes entging sein Unbehagen. »Stören? Was redest du da?«

Sie verließen den Ring von Menschen und gingen auf einen der Bierstände zu. Robin erstand drei Krüge mit würzigem, süßem Bier und verteilte sie.

Agnes trank durstig und sah sich mit leuchtenden Augen um. »Und wohin gehen wir jetzt?«

Isaac wies in Richtung Schmiede. »Dahinten gibt es Hahnenkämpfe.« Nach einem kurzen Blick in Agnes' Gesicht schüttelte er den Kopf. »Nein, das ist wohl nicht so gut. Schlagt ihr was vor.«

Agnes entdeckte einen Karren, wo Kräuter und Gewürze verkauft wurden. »Laßt uns einen Moment dorthin gehen. Cecily hat mir ein paar Kleinigkeiten aufgetragen.«

Die ›Kleinigkeiten‹ stellten sich als zahlreich heraus. Fast eine Stunde brachten sie damit zu, alle möglichen Kräuter und Pulver zu kaufen. Agnes schien sich mit den Preisen gut auszukennen.

Sie feilschte unerbittlich, zählte ihre Münzen einzeln und geizig aus dem kleinen Beutel, den sie am Gürtel trug, und belud ihre beiden Begleiter mit einer Vielzahl von Bündeln und irdenen Töpfchen. Sie folgten ihr willig, genossen das bunte Treiben und den warmen Tag und tranken ein bißchen zuviel billiges Bier.

Schließlich hatte Agnes alles erledigt. Sie hielten an einem Stand, wo eine kleine, dunkle Frau bunte Bänder und Tücher und allen möglichen Weiberkram feilbot. Agnes ließ ihren Blick mit einem wehmütigen Lächeln über den ganzen Tand wandern.

Isaac sah kurz über die Schulter, um sich zu vergewissern, daß ihn niemand beobachtete, dann trat er zu ihr. »Ähm ... möchtest du vielleicht irgendwas davon?«

Sie ließ eilig das Band los, das sie befingert hatte. »Unsinn.«

Isaac nahm das Band zwischen zwei seiner schwieligen, nur mäßig sauberen Finger. Es fühlte sich seidig an, und seine Farbe war blau, der gleiche Ton wie Agnes' Augen. »Ich würd's dir gern schenken.«

Agnes errötete leicht. »Nein, Isaac, das geht doch nicht.«

Er lächelte sie an. Er fand, sie sah hinreißend aus, wenn sie errötete.

»Warum nicht? Komm schon, sag ja.«

Agnes wußte nicht, wie sie sich verhalten sollte. Hilfesuchend wandte sie sich zu ihrem Bruder um und bekam einen gewaltigen Schreck.

»Um Himmels willen, Robin, was hast du?«

Isaac hörte die Angst in ihrer Stimme und fuhr herum.

Robin stand reglos ein paar Schritte von ihnen entfernt, seine Arme baumelten kraftlos an seinen Seiten herab; alles, was er für Agnes getragen hatte, lag auf dem Boden verstreut, einer der kleinen Krüge war zerbrochen. Sein Gesicht war weiß wie Schnee geworden, und seine weit aufgerissenen Augen starrten ins Leere. Die schlendernde Menge teilte sich vor ihm und schloß sich hinter ihm wieder, im Vorbeigehen warfen ein paar Leute neugierige, einige auch argwöhnische Blicke auf Robin.

Isaac entging das nicht. Er packte Robin am Arm und schüttelte ihn unsanft. »Komm schon, hör auf damit.«

Es war, als habe er zu einem Baum gesprochen. Robin schien ihn nicht zu hören.

Agnes spürte ihre Kehle eng werden. Robins ausdrucksloses,

bleiches Gesicht sah aus wie tot. Ihr graute davor. »Oh, Isaac, was ist mit ihm?«

»Ich weiß nicht genau. Wir müssen ihn irgendwie von hier fortschaffen.«

Er nahm wieder Robins Arm und zog. Ohne Erfolg. Robin stand wie eine Säule, und Isaacs fruchtlose Bemühungen erregten nur noch mehr Aufmerksamkeit.

Agnes nahm eine von Robins Händen in ihre. Sie war eiskalt. »Robin, hörst du mich?« flüsterte sie.

Robin hätte ihr gerne geantwortet, aber er konnte nicht. Er war nicht Herr seines Körpers, ebensowenig war er Herr seines Geistes. Etwas schien in ihn eingedrungen zu sein, kein fremder Willen, eine Art Befindlichkeit. Das inzwischen vertraute, penetrante Summen war in seinen Ohren, das Pochen zwischen seinen Schläfen, und er spürte ein hilfloses, klägliches Entsetzen, das ihn ganz und gar erfüllte, das ihn von der Welt um ihn herum abschnitt.

»Was ist denn mit deinem Freund los, Isaac?« fragte eine lachende Frau, Mildred, die Frau des Schäfers.

»Voll«, antwortete Isaac knapp.

Wie um diese Verleumdung zu bestätigen, schloß Robin die Augen und brach lautlos zusammen.

Und damit war der Spuk vorbei. Er schlug die Augen wieder auf, blinzelte verwirrt und setzte sich langsam auf. »Was, zum Henker …«« Seine Stimme klang erschöpft.

Agnes wollte sich zu ihm hocken, aber Isaac hielt sie zurück. Er beugte sich vor und streckte die Hand aus. »Steh auf, Robin, na los, komm schon.«

Robin ergriff die dargebotene Hand und kam auf die Füße. »Oh, Agnes, deine Einkäufe … Es tut mir leid.«

»Das ist jetzt egal«, unterbrach Isaac. »Los, verschwinden wir.«

Agnes sammelte eilig ihre Sachen vom Boden auf, dann nahmen sie Robin in die Mitte und führten ihn aus dem Gedränge heraus zum Ufer des Flusses. Dort setzten sie sich ins Gras.

Robin sah aufs Wasser, warf ein paar kleine Steine hinein und versuchte den Nachgeschmack des unwirklichen Gefühls abzuschütteln.

»Robin, was war das?« fragte Agnes schließlich.

Er hob kurz die Schultern und sah weiter auf den Fluß. »Ich weiß es nicht.«

»Bist du krank?«

»Nein.«

»Aber ...«

»Agnes, laß uns über etwas anderes reden, ja? Sei so gut.«

Sie sah ihn forschend von der Seite an. »Ich verstehe dich nicht.«

»Dann geht's dir wie mir.« Er warf seinen letzten Stein mit wütender Heftigkeit.

Isaac stand auf. »Was denkst du, Agnes, gehen wir noch ein Stück?«

Sie verstand den Sinn der Aufforderung sehr gut. Sie zögerte noch einen Moment, dann erhob sie sich ebenfalls. »Einverstanden. Bis später, Robin.«

Er nickte wortlos, seine rechte Hand tastete nach neuen Steinen.

Während Isaac und Agnes davonschlenderten, um, wie sich später herausstellte, nach langen Debatten doch noch das blaue Seidenband zu erstehen, blieb Robin, wo er war, das Kinn auf eine Hand gestützt, und wartete auf schlechte Nachrichten. Er war nicht überrascht, als er Conrad schließlich mit finsterer Miene über den Holzsteg kommen sah. Auf der leicht erhöhten Brücke blieb Conrad stehen, stützte die Hände auf die schmalen Hüften und ließ seinen Blick über die Menschenmenge schweifen. Dann entdeckte er Robin und eilte auf ihn zu.

Robin stand auf und sah ihm entgegen. »Ist es Argos?«

Conrads Gesicht zeigte kein Erstaunen. »Du weißt es schon, nicht wahr?«

Robin schüttelte hoffnungslos den Kopf. »Was ist passiert?«

»Das kann ich noch nicht sagen. Komm schon, gehen wir.«

Unterwegs berichtete Conrad, was er wußte. »Mortimer«, begann er und verstummte wieder, als sei damit alles gesagt.

Robin nickte unglücklich. »Er hat ihn mir abgenommen, bevor ich ihn in den Stall bringen konnte. Er sagte, sein Vater habe es erlaubt.«

»Wie es scheint, hat er das auch. Verdammt, wie blind ein Mann sein kann, wenn er sein Kind ansieht. Mortimer sagt, am Weißen Felsen seien sie gestürzt. Er ist unverletzt und kam zu Fuß zurück, aber Argos ... Er konnte nicht aufstehen. Ich werde jetzt hinreiten. Ich wäre schon unterwegs, aber Maria sagte, ich müsse dich mitnehmen.«

Robin war nicht sicher, ob er ihr dankbar war.

»Willst du mitkommen, Robin?«

»Ja.«

»Du weißt, was ich vermutlich tun muß?«

Robin nickte. Er traute seiner Stimme nicht, deshalb schwieg er.

Die Sonne stand schon tief, der warme Frühlingsnachmittag ging zu Ende. Der Wald war voller Schatten. Robin ritt mit gesenktem Kopf und achtete kaum auf den Weg. Er ließ sein Pferd einfach Conrads folgen. Alles erschien ihm unwirklich, die Bäume um ihn herum, das gedämpfte Geräusch der Hufe auf dem raschelnden Laub des Vorjahres, die Vögel über ihm.

Verwirrt sah er auf, als Conrad anhielt. Sie waren am Weißen Felsen angekommen. Mit einemmal blieben die Bäume zurück, und auf der Lichtung ragte der seltsame Monolith auf, wie der Finger eines Giganten. Dahinter öffnete sich der weite Blick ins Tal. Aber Robin achtete nicht darauf. Er sprang aus dem Sattel.

Argos lag am Rande der Lichtung unter einem alten Kastanienbaum. Er lag still auf der Seite, wie tot, doch seine mächtige Brust hob und senkte sich sichtbar.

Robin war bei ihm, bevor Conrad auch nur abgesessen war. Er kniete sich neben dem großen Pferd ins Gras und nahm seinen Kopf. »Was ist denn nur, mein Guter? Was hast du dir getan?«

Argos begann, seinen Kopf hin und her zu schwenken. Er wollte Schwung holen, um aufzustehen, richtete sich halb auf, aber als seine Hinterhand mit seinem Gewicht belastet wurde, knickte sie gleich wieder ein. Er schnaubte unruhig.

Robin fuhr ihm mit der rechten Hand über die Nüstern, mit der linken stützte er seinen Kopf. Stumm sah er zu Conrad, der hinter dem Pferd hockte und mit beiden Händen behutsam das linke Hinterbein abtastete. Schließlich ließ er die Hände sinken und nickte. »Es ist gebrochen, Robin.«

»Ja.« Er war sicher gewesen, als er Argos sah.

Conrad kam auf die Füße und trat neben ihn. »Knie dich hinter seinen Hals, streck seinen Kopf und leg ihn in deinen Schoß.«

Conrads Stimme klang leise und sachlich, wie immer, wenn er Anweisungen gab.

Robin spürte kalten Schweiß überall auf seinem Körper. Reiß dich zusammen, dachte er wütend, laß Argos nicht merken, was geschieht. Als er die Hände hob, war er nicht sicher, daß er es tun konnte. Aber seine Hände gehorchten. Behutsam nahm er Argos' Kopf in seinen Schoß. Conrad stellte sich neben ihn und holte endlich den langen, matten Dolch aus der Scheide, die er am Gürtel trug.

»Mach die Augen zu, Robin.« Er sprach eigentümlich sanft.

Robins Augen schlossen sich wie von selbst. So sah er nicht, wie Conrad sich von hinten über den ausgestreckten, langen Pferdehals beugte, ohne zu zögern den Dolch an die Schlagader setzte und sie durchtrennte. Dann riß der Stallmeister seinen Arm und seinen Oberkörper eilig zurück und entging so dem dicken Strahl hellroten Blutes, der aus der Wunde schoß.

Robin spürte, wie Argos sich aufbäumte. Sein Todeskampf dauerte Minuten, denn in einem Pferd ist viel Blut, doch er vollzog sich ohne einen Laut. Seine Schreie wurden von dem Blut ertränkt, das natürlich auch nach innen strömte. In seiner Todesangst versuchte er ein letztes Mal, aufzustehen und zu fliehen, dann lief ein Schaudern durch seinen Körper, und es war vorbei.

Robin öffnete die Augen und ließ seinen Kopf los.

Der Stamm der Kastanie und das Gras unter Argos waren rot. Überall war Blut. Überall. Der kraftvolle Körper lag wie im Starrkrampf, das Fell schon stumpf, das sichtbare Auge halb offen und trüb.

Robin stand langsam auf, sah auf seinen toten Gefährten hinunter und weinte stumm.

Das Tal hinter ihnen lag schon im Schatten, als Conrad ihm schließlich kurz die Hand auf die Schulter legte. »Komm, mein Junge.«

»Ja.« Aber er rührte sich nicht.

»Es wird dunkel, Robin.«

Robin nickte. Er wollte auch wirklich nicht länger bleiben. Er nahm sein Pferd am Zügel und sah ein letztes Mal zurück. »Wie es nur passiert ist? Ausgerechnet hier. Kein Hindernis, ein guter Weg.«

»Es passiert an den merkwürdigsten Stellen.«

»Trotzdem. Ich verstehe das nicht. Argos war immer leichtfüßig. Hector war derjenige, der ständig über die eigenen Füße gestolpert ist. Aber Argos?«

»Es hat wenig Sinn, sich darüber den Kopf zu zerbrechen.«

»Vielleicht nicht. Aber …« Robin brach versonnen ab.

»Jetzt sitz endlich auf«, drängte Conrad unwirsch.

Statt dessen nahm Robin den Fuß wieder aus dem Steigbügel und sah ihn argwöhnisch an. »Du verheimlichst mir irgend etwas.«

»Unsinn.«

»Warum bist du wütend?«

»Robin, ich würde jetzt wirklich gern nach Hause reiten. Mit dir oder ohne dich.«

»Sag mir die Wahrheit, Conrad.«

»Wie war das?«

»Bitte.«

Conrad seufzte. »Du bildest dir etwas ein, Junge. Du bist durcheinander. Ich bin es auch. Es ist immer scheußlich, wenn so etwas passiert, aber es passiert eben.«

»Ohne jeden ersichtlichen Grund?«

»Es gibt immer einen Grund. Du weißt doch, wie Mortimer mit den Pferden umgeht. Sie kommen immer mit blutigen Mäulern und Flanken zurück. Er treibt sie bis zur völligen Erschöpfung. Und müde Pferde stolpern.«

»Und du sagst mir trotzdem nicht die Wahrheit.«

»Robin, das war jetzt das zweite Mal. Sag es lieber nicht noch mal.«

»Du sagst mir nicht die Wahrheit.«

Conrad saß ab. Langsam, fast gemächlich kam er auf Robin zu und blieb vor ihm stehen. Mit der Linken packte er ihn am Kittel und zog ihn näher. »Du …«

Robin sah ihm in die Augen. »Nur zu.«

Nach einem Moment ließ Conrad ihn los, trat einen Schritt zurück und stemmte die Hände in die Seiten. »Du solltest ein bißchen mehr Respekt vor mir haben, weißt du. Besser für uns beide.«

»Ich habe den größten Respekt vor dir.«

»Und nennst mich einen Lügner?«

»Nein. Ich sagte, du habest mir nicht die Wahrheit gesagt. Das ist nicht dasselbe. Warum sagst du mir nicht, was du weißt? Ist das wirklich zuviel verlangt?«

»Und wenn ich etwas wüßte, wovon du so überzeugt bist, wo läge der Sinn, wenn ich es dir sagte? Argos ist tot, daran wird sich kaum mehr etwas ändern lassen.«

»Nein. Aber ich … würde mich besser fühlen, wenn du mir erklärst, wie es passiert ist.«

»Nein, Robin. Das würdest du nicht.«

Robin sah ihn verständnislos an. Das letzte Licht schwand jetzt schnell, aber sie standen sich immer noch direkt gegenüber. Robin konnte Conrads Gesicht mühelos erkennen, und für einen Moment dachte er, sein Herz würde stehenbleiben. »Du denkst, Mortimer …?«

»Bei allen Heiligen, Robin, was muß ich tun, damit du Ruhe gibst?«

»Schlag mir den Schädel ein«, erwiderte der Junge tonlos.

»Ich hätte wirklich nicht übel Lust dazu.«

Robin hörte ihn kaum. »Du meinst, er hat es mit *Absicht* getan?«

Conrad antwortete nicht.

»Aber wie … Ich meine, wie hat er das gemacht? Man kann einem Pferd nicht so einfach ein Bein brechen, oder?«

Conrad hob kurz die Schultern. »Nichts leichter als das. Jeder, der weiß, wie's geht, und der grausam genug ist, kann es tun.«

»Wie?«

»Indem er das Gelenk unter Spannung setzt und dann mit einem Knüppel draufschlägt.«

Robin glaubte für einen Moment, er müßte sich übergeben. Aber es verging. Mit weichen Knien wandte er sich um und sah zu der Stelle, wo Argos lag.

Conrad trat zu ihm und wies auf die Kastanie. »Er hat eine Schlinge um seinen Hinterhuf gelegt und das Seilende an dem Baum festgebunden. Dann hat er ihn vorwärtsgezerrt, bis das Bein nach hinten abgewinkelt war, und den Zügel vermutlich am Felsen festgemacht. Dann …«

»Nein«, sagte Robin schnell.

Conrad schwieg, und in seiner Miene war kein Spott. Seine Ausführungen bereiteten ihm selbst Übelkeit.

»Bist du sicher?« fragte Robin schließlich.

»Ja.«

»Gibt es Beweise?«

»Der Schlag hat die Haut über dem Kniegelenk verletzt. Die Wunde kann nicht anders entstanden sein. Es besteht kein Zweifel.«

Robin fühlte sich elend. Er verspürte ein eigenartiges Bedürfnis, sich auf die kalte Erde zu legen, mit dem Gesicht ins Gras, und nichts mehr zu hören und zu sehen. »Es ist meine Schuld«, sagte er verzweifelt. »Er hat es getan, um mich zu treffen. Weil er mich haßt.«

»Ja«, stimmte Conrad zu. »Deswegen hat er es vermutlich getan, aber deine Schuld ist es trotzdem nicht.«

»Das war der Grund, warum du es mir nicht sagen wolltest, oder?«

»Ich wollte vermeiden, daß du dir Vorwürfe machst, ja. Und ich wollte vermeiden, daß es noch schlimmer wird zwischen euch. Ich denke, es wäre besser, du wüßtest nichts davon.«

»Wirst du es Geoffrey sagen?« fragte Robin nach einer Weile.

»Wozu?«

»Damit es nicht wieder passiert.«

»Ob ich es Geoffrey sage oder nicht, wird keinen Unterschied machen, Robin. Er weiß genau, wie Mortimer ist, doch er läßt ihn trotzdem gewähren. Er ist … schwach, zumindest in dieser Hinsicht. Und ganz gleich, was er tut, nichts wird Mortimer jemals ändern.«

Robin sah ihn an und lächelte schwach. Seine leicht gekrümmte Nase verlieh ihm einen verwegenen, beinah gefährlichen Ausdruck, sein Gesicht hatte nichts mehr von einem Lausebengel.

»Nein. Vermutlich muß ich ihn eines Tages umbringen.«

1366–1370

»Also ehrlich, langsam habe ich genug von diesen Gerichtstagen«, brummte Isaac. »Was wollen sie nur immerzu von uns? Wenn man den alten Gerard hört, könnte man meinen, wir hätten den verdammten Heiligen Gral gestohlen. Dabei war es nur ein harmloser Streich …«

Robin winkte ab. »Komm schon, mit sechs Pence sind wir billig davongekommen. Es gehört sich eben nicht, dem Bailiff Pferdepisse ins Bierfaß zu kippen, ganz gleich, wie sehr er's verdient hat.«

Isaac grinste schadenfroh bei der Erinnerung. »Junge, das war wirklich die beste Idee, die du seit langem hattest. Ich hab' selten soviel Spaß gehabt. Wie grün sein sauertöpfisches Gesicht wurde! War es nicht herrlich …«

»Hm. Auf jeden Fall das Geld wert.«

Sie kamen von der Burg zurück über den Mönchskopf und gingen an den Stuten vorbei.

»Stimmt. Außerdem, Gerard erfindet so oder so jedesmal irgendwelche Anschuldigungen gegen uns, da können wir ebensogut wirklich was anstellen.«

Robin unterdrückte ein Seufzen. »Ja, er küßt Mortimer wahrscheinlich auch noch die Stiefel, wenn gerade keiner zusieht.«

Einmal im Monat fand auf der Burg der Gerichtstag unter dem Vorsitz des Stewards statt. Meist harmlose Angelegenheiten wurden dort verhandelt, Nachbarschaftsstreitigkeiten, Pachtrückstände, mangelnder Eifer oder Versäumnisse der Leibeigenen beim Frondienst. Eigentlich alles Dinge, die sie gar nicht betrafen. Aber regelmäßig stellte sich der Büttel auf dem Gestüt ein, um einen von ihnen oder öfter sie beide vorzuladen wegen irgendwelcher tatsächlicher oder erfundener Vergehen, und regelmäßig verurteilten der Steward und seine zahmen Geschworenen, zwölf Männer aus dem Dorf, sie zu mehr oder weniger drastischen Geldbußen. So auch dieses Mal. Es hatte nicht den geringsten Beweis gegeben, daß es Robin und Isaac gewesen waren, die den Anschlag auf das Bierfaß des Bailiffs verübt hatten, doch niemand außer ihnen war wegen der Sache vorgeladen worden. Jeder in Waringham wußte, wer hinter solchen Flegeleien steckte.

Robin schnürte seinen Kragen auf. »Verflucht heiß.«

»Hm. Wenn es den Sommer über so bleibt, gibt's wieder eine

Mißernte. Und dann werden wir wirklich nichts mehr zu fressen haben«, prophezeite Isaac.

Robin fand die Sorge reichlich verfrüht. Es war April. Ostern und der Pferdemarkt lagen gerade erst hinter ihnen. Über das Sommerwetter konnte man wirklich noch keine Schlüsse ziehen. »Warte nur, nächste Woche wird's Bindfäden regnen.«

»Hoffentlich. Ich hab' schon letzten Winter mehr Bucheckern und Nüsse gegessen, als gut sein kann für einen Kerl.«

»Wir sind trotzdem über den Winter gekommen, und wir kommen auch über den nächsten.«

»Ja, wenn der Schwarze Tod nicht zurückkommt.«

Robin schüttelte den Kopf. »Zu früh. Du weißt doch, Agnes sagt, alle sieben Jahre.«

Isaac nickte unbehaglich.

Im Winter vor zwei Jahren war die Pest wieder in Waringham gewesen und hatte grauenvoll gewütet. Von schmerzenden, übelriechenden Beulen befallen, hatten die Menschen in ihren Häusern gelegen und waren im Fieberwahn gestorben, verendet wie Vieh. Vor allem die Kinder, die kleinen, die zur Zeit der letzten Pestwelle noch nicht auf der Welt gewesen waren. Für sie war die Gefahr am größten. Doch auch viele alte Menschen waren dahingerafft worden, so wie Cecily, der alte Sattler Frederic und Marias Vater, Henry. Wahllos hatte die Seuche zugeschlagen, niemand war sicher gewesen. Die Brüder Cedric und John waren in derselben Nacht gestorben. In Canterbury, so hatte man geraunt, schaufelten sie wieder Massengräber. Kinder-Massengräber …

Die Gesunden hatten sich ebenso wie die Kranken verkrochen, aus Angst, sich in der von Fäulnis erfüllten Luft draußen anzustecken. Man glaubte, daß die Nachtluft besonders gefährlich war. Wer das Haus verließ, führte eine Fackel mit sich, um die giftigen Dämpfe zu verbrennen. Manche der Kranken starben allein, weil sich niemand in ihre Nähe wagte. Sie wanden sich tage- und nächtelang in ihren Exkrementen, wahnsinnig vor Durst, bis das Delirium sie erlöste.

Dreimal war die Seuche jetzt ausgebrochen, immer, wie nicht nur Agnes wußte, im Abstand von sieben Jahren. Viele hielten sie für das Werk Satans. Flagellanten zogen durchs Land, stets in

Gruppen zu dreißig, hagere Männer mit bleichen Gesichtern unter spitzen Kapuzen, die sich geißelten und das Ende der Welt prophezeiten. Wandernde Bettelmönche predigten, daß die Pest eine Strafe Gottes sei, die er ihnen so lange schicken werde, bis die Menschen sich bekehrten und Buße taten oder bis der König seinen gottlosen Krieg beendete.

Danach sah es freilich nicht aus. Der Krieg auf dem Kontinent schleppte sich unentschlossen dahin, man hörte wenig Nachrichten. König Jean von Frankreich war jahrelang als Gefangener in England gewesen, jedoch nicht in Ketten gelegt in einem finsteren Verlies im Tower von London, wie man vielleicht meinen sollte, sondern er reiste mit dem Hof durch das Land, immer an König Edwards Seite. Es hieß, König Jean gebe sich keine große Mühe, sein Lösegeld zusammenzukratzen. Es hieß auch, er wolle eigentlich gar nicht nach Hause. Ein Jahr nach der Pest war er gestorben. Der neue König von Frankreich, sein Sohn Charles, war ein kluger Feldherr und galt als weiser Mann. Die Entscheidung, die man sich zuerst von der Schlacht von Poitiers und später von dem Abkommen von Brétigny erhofft hatte, wollte einfach nicht eintreten.

Das einzige, was man in Waringham vom Krieg spürte, waren die immer erdrückenderen Abgaben. Und ab und zu kamen Männer des Königs, um junge Burschen mit Versprechungen oder auch wüsten Drohungen zu bewegen, sich den Truppen anzuschließen. Oft gingen sie freiwillig und kehrten der Armut den Rücken, um im Krieg ihr Glück zu machen. Von den meisten hörte man nie wieder.

Als Isaac und Robin über die Weiden in den Hof der Zweijährigen kamen, streckten die neuen Bewohner neugierig die Köpfe aus ihren Boxen.

Vor der Tür eines schmächtigen, kastanienbraunen Hengstes mit ebenmäßiger Blesse blieb Robin stehen. Er warf einen nachlässigen Blick über die Schulter, förderte einen Apfel zutage und hielt ihn dem Pferd hin. »Hier, du Zwerg. Damit du endlich mal anfängst zu wachsen.«

Isaac lehnte sich an die Holzwand und kreuzte die Füße. »Junge, Junge, laß das nicht Stephen sehen.«

»Pah. Stephen versteht ungefähr soviel davon, welches Futter ein junges Pferd braucht, wie Cupido hier von Astronomie. Er kümmert sich doch im Grunde nie darum. Er überläßt alles Bertram, und der denkt nur an die Futterrechnung.«

Isaac grinste. »Hast du Stephen das auch gesagt?«

»Nein. Weißt du, ich hänge ein bißchen an meinem jammervollen Dasein.«

Isaac holte ebenfalls einen Apfel aus der Tasche, aß ihn aber selbst. Es waren die letzten, schrumpeligen Überreste der vergangenen Ernte und darum kostbar und rar.

»Jammervoll kann man wohl kaum sagen«, wandte er kauend ein. »Sieh dich doch an. Auch wenn es keiner ausspricht, bist du Vormann hier, oder nicht?«

»Oh, natürlich. Und bettelarm dabei.«

»Tja, wer ist das nicht. Jedenfalls, wenn Stephen morgen ein Blitzschlag träfe, würde Conrad es vermutlich nicht einmal merken.«

Robin lachte leise.

Isaac übertrieb natürlich. Stephen war wie eh und je Conrads rechte Hand und genoß sein uneingeschränktes Vertrauen. Und es gab immer noch Dinge, die Robin von ihm lernen konnte. Aber manches hatte sich geändert. Robin versorgte schon lange keine Zweijährigen mehr. Seine Aufgaben erstreckten sich jetzt auf alle Bereiche der Zucht. Zum einen führte er die Bücher. Conrad hatte schon immer gewollt, daß die Zucht eine unabhängige Verwaltung bekam, aber es war bisher nicht möglich gewesen, weil es niemanden gegeben hatte, der lesen und schreiben konnte. Robin fand sich ohne viel Kopfzerbrechen in die Geheimnisse des Wirtschaftens ein. Aber die Buchführung nahm nur einen geringen Teil seiner langen Arbeitstage in Anspruch. Er kümmerte sich um die Stuten ebenso wie um die Deckhengste. Und die meiste Zeit verbrachte er damit, den Nachwuchs zuzureiten, was früher ausschließlich Conrad und Stephen vorbehalten gewesen war. Robins besondere Gabe war hier von größtem Wert. Mit den Jahren hatte er gelernt, sie besser zu beherrschen und gezielt zu nutzen, sie überfiel ihn kaum noch anfallartig aus dem Hinterhalt. Er fragte sich nicht mehr, warum er sie hatte oder woher sie kam. Immer sorgsam darauf bedacht, kein Aufsehen zu erregen, brachte er sie zum Einsatz und beherrschte so die schwierige Kunst, den jungen

Hengsten seinen Willen aufzuzwingen, ohne den ihren zu brechen. Fast mühelos, so schien es, zähmte er selbst die wildesten und bockigsten unter ihnen. Stephen betrachtete seine Erfolge mit Mißgunst, Conrad mit Wohlwollen und einem fast väterlichen Stolz.

Robin zog Cupido, seinen Liebling des Jahrgangs, sanft am Ohr. »Was machen wir nur mit dir? Wann willst du endlich groß genug werden für dein Drachentöterherz?«

»Oh, um Himmels willen, Robin, er wird schon wachsen. Früher oder später wachsen sie alle.«

Robin nickte ohne viel Überzeugung. »Wer hat ihn übernommen?«

»Ich.«

»Oh. Gut.«

Isaac reichte seinem neuen Zögling seinen abgenagten Apfel. »Hier, du kleiner Satansbraten. Also ehrlich, er ist knochig und läuft wie ein Karren auf kantigen Rädern. Stur wie ein Maulesel und gehässig. Ein Ende beißt, das andere tritt. Ich bin übersät mit blauen Flecken. Was zum Henker findest du nur an dieser Mißgeburt?«

»Er ist der Klügste von allen. Und er wird sehr schnell werden.«

»Tja, wenn du das glaubst, muß es so sein. Sag, wo ist Agnes? Ich habe sie seit Tagen nicht gesehen.«

»Bei Helen, schätze ich.«

»Gott, ja. Natürlich. Ich hab's vergessen.«

Stephens Frau erwartete ihr viertes Kind, und genau wie bei den vorangegangenen Malen war es eine schwere Geburt. Agnes war schon seit Tagesanbruch bei ihr, und sie hatte Robin gesagt, daß es möglicherweise auch noch bis in die Nacht dauern würde. Robin, der seit Cecilys Tod mit Agnes zusammen in dem kleinen Haus im Dorf wohnte, war es gewöhnt, daß seine Schwester erst im Morgengrauen nach Hause kam. Es war normal. Selten ging es so reibungslos wie bei Maria, die am Tag des Pferdemarktes ein gesundes Mädchen geboren hatte. Nach zwei Fehlgeburten in den Jahren zuvor gab es im Haus des Stallmeisters endlich wieder Nachwuchs. Conrad war all die Monate der Schwangerschaft hindurch nervös und reizbar gewesen. Als es soweit war, hatte Maria gewartet, bis er zur Auktion auf die Burg hinaufging, bevor sie nach Agnes geschickt hatte, und ihre Tochter war schon dagewesen, als er zurückkam. Conrad war selig gewesen. Er hatte Robin und Isaac auf dem Jahrmarkt einen Becher guten Wein ausgegeben, und sie hatten auf das Glück der kleinen Maude angestoßen.

Isaac seufzte. »Ich hoffe, es wird irgendeinen Abend in dieser Woche geben, wo niemand ein Kind kriegt.«

Robin sah ihn kopfschüttelnd an. »Ich verstehe dich nicht. Warum ausgerechnet Agnes?«

»Das ist wirklich eine dumme Frage.«

»Vielleicht. Aber sie ist nun einmal davon überzeugt, daß du ihr Bruder bist. Sie wird niemals ...«

»Ja, ja, ich weiß«, unterbrach Isaac wütend. »Nicht nötig, daß du mir das immer wieder vorbetest.«

»Entschuldige.«

»Es ist doch nur eine Ausrede. Vermutlich will sie mich einfach nicht.«

Robin hatte das alles schon hundertmal gehört. »Isaac ...«

»Glaubst du etwa, daß wir Brüder sind?«

»Ja.«

»Ach.« Isaac rieb nervös die Narbe auf seiner Stirn. »Du stärkst ihr nur den Rücken. Du meinst auch, ich bin nicht gut genug für sie.«

»Oh, bei allen Heiligen! Ich kann nichts dagegen tun, daß ich es glaube. Gut möglich, daß ich mich irre. Aber ebensogut möglich, daß ich recht habe. Und was dann, Isaac? Was wäre, wenn ihr tatsächlich Bruder und Schwester seid? Inzest ist ... wirklich die gräßlichste aller Sünden.«

»Hast du mir nicht diese Geschichte erzählt über die Welsungen? Wie hießen die beiden gleich, Siegmund und Sieglind?«

»Eine Geschichte, richtig. Das war nur eine Geschichte.«

Isaac nickte trübsinnig. »Verdammt, ich wünschte, ich wär' als Gaul zur Welt gekommen. Dann wär's egal.«

Robin mußte lachen.

»Ja, für dich ist alles wunderbar einfach«, sagte Isaac kläglich. »Du kannst sie alle haben, und sie sind dir völlig gleich.«

Robin hob abwehrend die Hände. Das Thema behagte ihm nicht. »Was hältst du davon, wenn wir uns an die Arbeit machen?«

»Schön, meinetwegen.«

Die anderen hatten schon angefangen. Isaac schloß sich ihnen an und mistete und fütterte wie eh und je unter Stephens kritischen Blicken. Robin ging wie jeden Abend zu den Jährlingen, überwachte die Arbeit und legte mit Hand an. Als sie fertig waren, wurde es dunkel. Robin und Isaac hatten sich vom Essen entschuldigt; an Gerichtstagen zogen sie es vor, Conrad aus dem Wege zu gehen. Sie gedachten, später im Wirtshaus etwas zu essen. Und zu trinken. In der Dämmerung gingen sie zurück zu den Zweijährigen.

»Hast du gehört, daß Geoffrey wieder nach Windsor geht?« fragte Isaac.

Robin schüttelte den Kopf. »Schon wieder? Was zum Teufel tut er nur immer da?«

»Das solltest du besser wissen als ich.«

»Nein. Mein alter Herr hielt nichts von Hofleben und Politik. Er hat immer einen Bogen darum gemacht, und er verabscheute Parlamente. Er war Soldat.«

»Offenbar ist Geoffrey anders. Immer öfter ist er jetzt weg.«

»Ja. Und überläßt unserem Freund Mortimer Land und Burg.«

»Land und Burg und Leute.«

»Hm.«

»O nein. Wenn man vom Teufel spricht. Dreh dich um, Robin. Da kommt der Mistkerl. In Damenbegleitung.«

Robin wandte sich stirnrunzelnd um.

Mortimer war ein stattlicher junger Mann geworden. Er war ebenso groß wie Robin und Isaac, und seine harten Waffenübungen hatten seine Schultern breit und kräftig gemacht. Er wirkte nicht mehr albern in seinem Kettenhemd, wie noch vor einem Jahr. Er war schlank und wirkte behende, sein feines Gesicht war schmaler geworden. Gutaussehend, dachte Robin flüchtig. Jedenfalls, wenn man es nicht zu genau betrachtete. Wenn man von den Augen absah.

In seiner Begleitung befand sich eine junge Frau, kaum mehr als ein Mädchen. Sie war in einen dunkelblauen Umhang gehüllt, aber ihre biegsamen Bewegungen verrieten ihren schlanken, wohlgeformten Körper. Ihr Kopf war unbedeckt, und eine Flut langer, dunkler Locken umgab ihr helles Gesicht.

»Seine Braut?« raunte Isaac neugierig.

»Weiß der Himmel.«

Mortimer führte sie galant herum und kam schließlich direkt auf Robin und Isaac zu. »Und hier, liebe Cousine, haben wir die Zweijährigen, junge Hengste, die im kommenden Jahr zu Schlachtrössern ausgebildet werden.«

Sie gingen langsam an den Ställen entlang. Die ›liebe Cousine‹ sah neugierig durch die Türen. An Cupidos Box hielten sie schließlich an.

»Oh, ist er nicht niedlich«, rief sie begeistert aus.

Robin und Isaac wechselten einen verstörten Blick.

Mortimer ruckte sein Kinn in ihre Richtung. »Was habt ihr hier verloren? Mangelt es euch an Arbeit?«

Isaac verschränkte die Arme und sagte nichts.

Robin lächelte dünn und sagte ebenfalls nichts.

»Worauf wartet ihr, los, schert euch weg«, grollte Mortimer leise.

Isaac wandte sich ab. Robin zögerte noch einen Augenblick. Er betrachtete das dunkelhaarige Mädchen. Sie hatte die Unterarme auf die Stalltür gestützt und spähte hinein. Plötzlich drehte sie den Kopf und sah Robin an. Mit dem Finger wies sie auf den kleinen Hengst. »Wie ist sein Name?«

»Cupido«, antwortete er, und mit einemmal schoß ihm das Blut in den Kopf. Er war dankbar für das dämmrige Zwielicht. Vielleicht bemerkte sie seinen roten Kopf nicht.

Sie richtete sich auf, wandte sich ihm zu und lächelte. Sie hatte ebenmäßige, herrlich weiße Zähne. »Was für ein hübscher Name. Und er sieht wahrhaftig aus wie ein kleiner Unheilstifter.«

Robin warf Cupido einen kurzen, argwöhnischen Blick zu. Er hatte das Gefühl, als stecke ein Pfeil in seiner Brust.

Sie war die Tochter von Lady Matildas Schwester, und ihr Name war Alice Perrers. Robin hörte in den folgenden Tagen allerlei Gerede über sie. Sie war ein paar Jahre in einem Kloster erzogen worden und jetzt hierhergekommen, um ihrer Tante eine Weile Gesellschaft zu leisten. Man munkelte, Lady Matilda litte an Schwermut. Man munkelte auch, Lady Matilda sei dem Weine zugetan, vor allem, seit die Pest zurückgekommen war. Niemand konnte es ihr verdenken. Sie hatte schon zwei Kinder an die Pest verloren. Der letzte Ansturm hatte ihre Familie übergangen, aber er hatte sie trotzdem erschüttert. Er hatte jedermann erschüttert. Aber manche wurden besser damit fertig als andere.

Alice, so sagte man, sei gekommen, um ihre düsteren Gedanken zu vertreiben, und wie die Mägde der Burg berichteten, war sie dazu denkbar gut geeignet. Sie steckte voller Frohsinn, voller Leichtigkeit. Immerzu höre man sie lachen.

Robin versuchte, sich ihr Lachen vorzustellen. Es fiel ihm nicht schwer. Er sah vor seinem geistigen Auge, wie ihre vollen Lippen sich teilten, sah die kleinen Grübchen in ihren Mundwinkeln und das Leuchten in ihren dunklen Augen. Und er hörte den hellen, melodischen Klang ihrer Stimme. Dieses Bild hatte eine eigentümliche Wirkung. Ihm wurde seltsam heiß davon, und er war rastlos.

Jede freie Minute verbrachte er auf der Burg, gab vor, dort in den Ställen behilflich zu sein, und hoffte, einen Blick auf sie zu erhaschen. Aber er hoffte vergeblich, Alice zeigte sich nie. Also mußte er sich damit begnügen, sie sich auszumalen. Und das tat er. Von früh bis spät.

»Robin, wie lange willst du noch dastehen und Löcher in die Luft starren?«

Robin blinzelte. »Was?«

Stephen stemmte die Hände in die Seiten. »Hab' ich nicht gesagt, du sollst die Stuten mit den Fohlen auf die Südwiese bringen?«

»O ja, richtig. Tut mir leid, ich hab's vergessen.«

Stephen lächelte ohne allen Humor. »Dafür, daß du angeblich ein so heller Kopf bist, vergißt du eine Menge Dinge. Manchmal bist du ein richtiger Trottel. Oder bist du einfach faul, he?«

»Ja, Stephen«, antwortete er abwesend. Er hörte nicht zu.

Stephen scheuchte ihn mit einer Geste weg. »Los, beweg dich endlich. Vor dem Essen will ich die Stuten draußen sehen.«

Robin schlenderte ohne Eile davon.

Die Stuten waren nervös und besorgt um ihre Fohlen. Manche verließen nur unwillig die sicheren, warmen Ställe, andere konnten es kaum erwarten, auf die Wiese zu kommen. Jeweils zu zweit, an jeder Hand eine, führte Robin sie auf die geschützte Südweide. Die Fohlen trotteten hinterher, manche noch unsicher auf ihren langen Beinen. Als er das letzte Paar herausbrachte, begegnete er Pete in Begleitung einer kräftigen Fuchsstute, Dido, die vor drei

Wochen gefohlt hatte. Sie war verschwitzt, und ihr Kopf nickte müde bei jedem Schritt.

Robin grinste ihnen zu. »Wie war das Rendezvous?« Dido war heute gedeckt worden.

»Sie hat sich angestellt wie eine errötende Jungfrau. Ihr Fohlen noch drinnen?«

»Hm, ohne sie wollte er nicht raus. Laß sie stehen, Pete, ich bring' sie zur Wiese rüber. Ich bin sicher, du willst zum Essen.«

Pete nickte eifrig, band die Stute vor ihrer Box an, öffnete die Tür und ließ das Fohlen heraus. Es schmiegte sich vertrauensvoll an seine Mutter. »Also dann, Robin. Beeil dich lieber, sonst bleibt nichts für dich übrig.«

»Was? Ach so. Nein, nein. Ich bin nicht hungrig.«

Pete ging kopfschüttelnd davon.

Der Tag war verhangen und windig, aber nicht kalt. Es sah nicht so aus, als wolle es regnen. Robin beschloß kurzerhand, sich bis zum Nachmittag aus dem Staub zu machen. Ungesehen stahl er sich am Küchenhaus vorbei, holte sich Cupido aus dem Stall und ritt in den Wald.

Ziellos streifte er stundenlang die vertrauten Pfade entlang, erfreute sich an den jungen Blättern und den ersten Blumen, die ihre Köpfe zwischen dem struppigen Gras des letzten Jahres zeigten, und hing seinen Tagträumen nach. Hinter der nächsten Biegung würde er Alice Perrers finden, so träumte er. Dort lag ein umgestürzter Baum auf dem Weg. Sie war auf ihrem Ausritt dort entlanggekommen, wollte übersetzen, war vom Pferd gestürzt und hatte sich den Knöchel umgeschlagen. Robin würde sie vor sich auf sein Pferd heben und zurückbringen. Sie würde sich dankbar an ihn lehnen, er würde einen Arm um sie legen, um ihr Halt zu geben, und ihren Körper spüren …

Hinter der Biegung war der umgestürzte Baum und sonst nichts. Na schön, dachte er. Dann würde es die nächste Biegung sein. Eine Wildsau oder gar ein Keiler hatte ihr Pferd aufgeschreckt, und es hatte sie abgeworfen. Sie stand mit dem Rücken an einen dicken Baumstamm gedrängt, ihre dunklen Augen weit aufgerissen vor Schreck, während der Keiler mit gesenktem Kopf kaum zwanzig Schritte entfernt stand, sie anstarrte und seine

Hauer in den Boden rammte. In dem Moment, als er angriff, erschien Robin auf der Lichtung, sprang vom Pferd, stürzte sich auf den Angreifer und erlegte ihn – mangels einer Waffe – mit bloßen Händen. Und Alice warf sich ihrem Retter dankbar an die Brust ...

Robin seufzte und lachte   über sich selbst. Niemand war auf der Lichtung, aber kurze Zeit später traf er in einem Birkenhain tatsächlich auf einen Keiler, Cupido geriet in helle Panik, und Robin hatte Mühe, nicht selbst so zu enden wie Alice in seiner Phantasie.

Da er von der Waldseite und nicht über den Mönchskopf zurück zum Gestüt kam, führte sein Weg nicht an der Südwiese vorbei. Hätte er den anderen Pfad genommen, hätte er gesehen, daß Dido und ihr Fohlen die einzigen waren, die noch dort standen. Ahnungslos führte Robin Cupido in den Stall zurück, rieb ihn ab und brachte Sattel und Zaumzeug zur Sattelkammer. Stephen und Conrad traten gerade heraus.

»Das ist doch nicht zu fassen«, rief Stephen erbost. »Da kommt er in aller Seelenruhe. Wo bist du gewesen?«

»Nur ein Stück geritten.«

»Du meinst wirklich, du kannst tun und lassen, was dir gefällt, he?«

Robin warf Conrad einen fragenden Blick zu. »Was ist passiert?«

»Du hast das Gatter an der Südweide offengelassen«, fauchte Stephen. »Das ist passiert, Schwachkopf. Und sie sind alle hinausspaziert.«

Robin starrte ihn ungläubig an.

Conrad schüttelte mißbilligend den Kopf. »Also wirklich, Robin«, sagte er leise.

Robin wandte sich kurz ab, hing Sattel und Trense an ihre Haken und trat wieder zu ihnen. »Das glaubst du nicht im Ernst, oder?« fragte er Conrad entrüstet. »Ich lasse keine Gatter auf.«

Conrad hob leicht die Schultern. »Es war offen. Soviel steht fest.«

Stephen machte eine auffordernde Geste. »Mach dich auf den Weg. Sammel sie ein. Und glaub ja nicht, daß jemand dir dabei helfen wird. Das wirst du schön alleine machen.«

Robin sah zur Sonne. Es wurde spät, und die Stuten konnten inzwischen überall sein. Es würde Stunden dauern, sie alle zu finden. Das hieß, daß er das Abendessen vermutlich ebenfalls versäumen würde. Und er war jetzt schon ausgehungert.

Er gab sich keine besondere Mühe, seinen Zorn zu verbergen. »Ja, natürlich, Stephen. Damit ich für die Zukunft lerne, daß man Gatter immer sorgsam verschließen muß, richtig? Buße tun und fasten, seit jeher dein bewährtes Rezept.«

»Nimm dich lieber in acht«, warnte Stephen leise.

Robin nickte grimmig. »Ich bin schon vorsichtig.«

Er streifte Conrad mit einem letzten, vorwurfsvollen Blick und ging ohne ein weiteres Wort davon.

»Robin!« Conrads Stimme klang scharf.

Robin seufzte und wandte sich um. »Ja?«

»Wenn du fertig bist, kommst du zu mir. Ich hab' mit dir zu reden.«

Robin nickte knapp. »In Ordnung.«

Die anderen waren mit der abendlichen Arbeit beschäftigt, und in jedem Hof, durch den Robin kam, war reger Betrieb. Alle hatten natürlich gehört, was passiert war. Pete und Bertram machten sich unverdrossen darüber lustig. Die jüngeren Stallburschen sahen in Robins Gesicht und hielten lieber den Mund. Auch hinter seinem Rücken lachten sie nicht. Sie hatten einigen Respekt vor Robin, manche begegneten ihm mit Ehrfurcht, und er war ihnen ein bißchen unheimlich. Es hieß, er verzaubere die Gäule. Und wer mochte wissen, welche magischen Kräfte er sonst noch besaß. Es lag wohl in der Familie. Seine Schwester war schließlich Hebamme, und jedermann wußte, was das bedeutete ...

Isaac fing ihn hinter der Futterscheune ab. »Ich komme mit dir. Ich bin hier fertig.«

»Nein, Isaac. Stephen hat es verboten.«

»Und wenn schon ...«

»Vielen Dank, Isaac. Aber ich gehe allein.«

»Du bist stur wie ein Esel, weißt du.«

»Ja, ja. Laß irgendwas für mich mitgehen. Ich sterbe vor Hunger.«

Isaac hob ergeben die Hände. »Bitte, wie du willst. Sag mal, Robin, also ehrlich, wie, bei allen Knochen Christi, ist dir das passiert?«

Robin runzelte ärgerlich die Stirn. »Denk mal scharf nach. Vielleicht kommst du drauf.«

Er ließ Isaac stehen und stapfte wütend davon.

Natürlich hatte er das verdammte Gatter nicht offengelassen. Die Vorstellung war einfach lächerlich. Das war ein Anfängerfehler, der ihm nie unterlaufen war. Jeder, der mit Pferden zu tun hatte, machte es sich zur Gewohnheit, Tore und Stalltüren fest zu verschließen und noch einmal zu kontrollieren. Es ging einem in Fleisch und Blut über. Und ganz gleich, wo er mit seinen Gedanken war, die Hände führten diese elementaren Tätigkeiten von ganz alleine aus. Es war einfach eines von den unerklärlichen Mißgeschicken, die Robin angeblich hin und wieder unterliefen. Nicht oft. Nicht so, daß es wirklich auffiel. Aber gelegentlich ereignete sich irgend etwas, das ein schlechtes Licht auf ihn oder seine Arbeit warf. Zerrissene Zaumzeuge, verlorene Werkzeuge, Kleinigkeiten. Selten so drastisch wie ein offenes Gatter. Robin fragte sich ratlos, wann Mortimer diesen Kindereien endlich entwachsen würde. Wie konnte er nur seine Zeit damit verschwenden? Wo es doch tausend einfachere Wege für ihn gab, um Robin Ärger zu machen. Aber Robin fand die Vorstellung unheimlich, daß Mortimer irgendwo in einem dunklen Winkel hockte und Ränke gegen ihn schmiedete. Er hatte immer gehofft, Mortimer würde ihn irgendwann einfach vergessen. Aber Mortimer hatte nichts vergessen. Ebensowenig wie Robin.

Entmutigt begab er sich auf die Suche. Die Stuten hatten fast vier Stunden Zeit gehabt, sich zu verteilen. In vier Stunden konnten sie weit gewandert sein. Doch die meisten waren in der Nähe geblieben. Sie waren nur aus dem Gatter spaziert, um sicherzugehen, daß das Gras auf der anderen Seite nicht besser schmeckte.

So konnte Robin fünfundzwanzig der dreißig Ausreißer mitsamt ihrem Nachwuchs innerhalb kürzester Zeit wieder einfangen. Willig ließen sie sich von ihm zurückführen, stupsten ihn vertraulich, fast spitzbübisch an die Schulter, und Robin brummte verstimmt.

Die anderen fünf hatten sich gründlicher aus dem Staub gemacht. Robin stieg den Hügel hinauf und sah ins Tal. Nichts. Er ging den Hügelkamm entlang in Richtung der Schafweiden. Vielleicht hatten sie nach anderer Gesellschaft gesucht ...

Auf der äußersten Schafweide, schon fast wieder am Waldrand, fand er zwei. Jemand hatte sie eingefangen und stand zwischen ihnen, hielt mit jeder Hand ein Halfter. Aus der Ferne dachte Robin, es sei Isaac. Doch als er näher kam, erkannte er, daß sein Helfer viel kleiner war als Isaac. Er war ein magerer, blasser Junge mit verfilzten, blonden Locken und graugrünen Augen. Robin hatte ihn noch nie gesehen.

Er nickte ihm zu. »Gib sie mir, ja? Sie gehören zum Gestüt.«

Der Junge trat einen Schritt auf ihn zu, und die Stuten kamen willig mit. Robin holte ein Stück Seil aus der Tasche, band es an eins der Halfter, zog es durch den Kinnriemen des zweiten und nahm das lose Ende fest in die Hand. »Vielen Dank. Sag mal, du hast nicht zufällig noch mehr von diesen gesehen? Stuten mit Fohlen?«

Der Junge nickte.

»Wirklich? Wo?«

Er antwortete nicht.

»Los, sag schon. Sie sind uns weggelaufen, verstehst du.«

Der Junge tat etwas höchst Seltsames: Er hob seine schmutzigen Hände, legte sie auf seine Ohren, dann übereinander auf seinen Mund und ließ sie wieder sinken.

Robin sah ihn verdutzt an. »Was soll das? Komm schon, sag, wo du die Pferde gesehen hast.«

Der Junge wiederholte seine Pantomime.

Robin ging ein Licht auf. »Was denn, du bist stumm?«

Nicken.

»Und taub?«

Nicken.

»Wie in aller Welt kannst du mich dann verstehen?«

Er hob einen Zeigefinger, wies damit auf Robins Mund, dann auf seine eigenen Augen.

»Du kannst von meinen Lippen lesen?«

Er nickte, und ein schwaches Lächeln huschte über sein Gesicht.

Robin war fasziniert. »So was hab' ich noch nie gesehen. Sag mal …« Der Sinn dieser Floskel wurde ihm bewußt, und er fing noch einmal neu an. »Ich meine, glaubst du, du kannst mir zeigen, wo die anderen Pferde sind?«

Wieder dieses heftige Nicken, die großen Augen blickten Robin ernst an.

186

Robin lächelte ihm zu. »Also los, gehen wir.«

Der Junge machte auf dem Absatz kehrt und lief ein paar Schritte. Dann sah er kurz über die Schulter, um sicherzugehen, daß Robin ihm folgte. Wie ein Hund, dachte Robin amüsiert und überlegte dann, daß es eigentlich keine besonders komische Sache war, wenn ein Junge taubstumm war. Wo er wohl herkam? Sicher nicht aus Waringham.

Sie fanden die letzten drei schnell. Der Junge wußte genau, wo sie waren. Vielleicht hatte er den ganzen Nachmittag hier verbracht, hatte sie kommen sehen und ihre langsame Wanderung beobachtet. Die letzte Stute hatte sich im Schatten eines gewaltigen Findlings versteckt und sich dort ins Gras gelegt. Ebenso wie das ihres Fohlens, welches an ihren Bauch gepreßt lag, war ihr Fell dunkelbraun, fast schwarz, und man entdeckte sie erst, wenn man vor ihr stand. Robin war sicher, er wäre an dem Findling vorbeigelaufen, ohne sie zu sehen. Erleichtert leinte er sie an.

»So, das sind alle. Zum Glück, es wird ja schon fast dunkel.« Er hob eine Hand zum Gruß. »Danke für deine Hilfe.«

Er war schon zwanzig Schritte gegangen, als er merkte, daß der Junge ihm folgte. Er wandte sich um und blieb stehen. »Denkst du nicht, du solltest lieber nach Hause gehen? Du bist nicht von hier, oder?«

Der Junge schüttelte den Kopf, aber welche Frage er damit beantwortete, war unklar. Robin ging auf, daß er hier ganz anders vorgehen mußte als bei einer normalen Unterhaltung. Er betrachtete den Jungen, nahm zum erstenmal seine Lumpen und seine dürren Arme wahr und zog ein paar Schlüsse.

»Du hast kein Zuhause, was?«

Kopfschütteln.

»Und du bist mächtig hungrig, ja?«

Nicken.

»Dann geht's dir so wie mir. Sind deine Leute an der Pest gestorben?«

Ein klägliches Kopfschütteln. Die Hände des Jungen schlossen sich zu Fäusten und öffneten sich wieder, mehrmals, es war eine halb zornige, halb hilflose Gebärde. Zwei Tränen malten helle Spuren in sein Gesicht.

Robin sah mitfühlend zu ihm hinab. »Na ja, ist ja eigentlich auch gleich.« Er dachte einen Moment nach. »Ich weiß nicht, ob ich dir helfen kann. Aber wenigstens ein Abendessen kann ich dir besorgen. Was hältst du davon?«

Der Junge starrte ihn ungläubig an, dann leuchteten seine Augen auf.

Robin lachte. »Also komm.«

Sie gingen über die Weiden zurück zum Gestüt und brachten die restlichen Ausreißer auf die Wiese zurück. Robin vergewisserte sich, daß das Gatter fest verschlossen war.

»So, das wäre getan. Gehen wir ... Wenn ich doch nur wüßte, wie du heißt«, sagte er kopfschüttelnd und sah den Jungen ratlos an.

Der bückte sich plötzlich, hob ein Stöckchen vom Boden auf und begann, mit dem einen Ende Linien in den Staub auf dem Pfad zu ziehen. Seine Arbeit fiel ihm nicht leicht, seine Zungenspitze kam zwischen den Lippen hervor und bewegte sich emsig.

Robin trat neugierig zu ihm. Aus den Linien waren sieben krumme, ungleichmäßig große Buchstaben geworden.

»Leofric?«

Er nickte stolz.

»Das ist gut, Leofric! Kannst du sonst noch was schreiben? Wo du her bist?«

Er schüttelte den Kopf.

»Na ja, macht ja nichts. Komm, laß uns gehen.«

Leofric zögerte und wies dann schüchtern mit dem Finger auf Robins Brust.

»Oh, natürlich. Entschuldige. Robin. Ich heiße Robin.«

Leofric reichte ihm die Hand. Robin schüttelte sie feierlich. Dann gingen sie nebeneinander zum Haus des Stallmeisters.

Robin klopfte, öffnete die Tür und schob den Jungen vor sich her. »Keine Angst. Na los, beweg dich, keiner hier wird dir den Kopf abreißen.«

Aber Leofric ging vor ihm und konnte daher seinen Mund nicht sehen.

Conrad saß mit seiner ganzen Familie am Tisch. Maria hielt Maude auf dem Schoß und wiegte sie. Conrad spielte mit Stevie Mühle. Stevies Kopf war hochrot, sein Mund verzerrt. Er hatte gegen seinen Vater keine Chance, verlor fortwährend und ärgerte sich. Conrad ließ ihn nie absichtlich gewinnen. Er half ihm nur, besser zu werden. Elinor sah ihnen zu und gab ihrem Bruder Ratschläge. Weil sie ein Mädchen war, weigerte Stevie sich, ihren Rat zu befolgen, und das machte seine Sache aussichtslos. Henry und William trugen einen Ringkampf aus.

Als Robin und Leofric eintraten, hielten alle in ihrer Beschäftigung inne und schauten auf. Leofric sah zu Boden.

»Meine Güte, Robin, was hast du denn da aufgelesen«, staunte Maria. »Ist es nur Lehm, oder steckt ein Kind darunter?«

Robin grinste. »Sein Name ist Leofric.«

»Willkommen, Leofric«, sagte sie freundlich.

Robin schüttelte den Kopf. »Er kann dich nicht hören. Er ist taubstumm. Aber er kann von deinen Lippen ablesen, was du sagst. Dafür muß er dich allerdings ansehen.« Er wies kurz auf den zerzausten, tiefgesenkten Kopf vor sich.

Alle starrten Leofric an. »Ist er ein Verrückter oder ein Idiot oder so was?« erkundigte sich Elinor interessiert.

Sie erntete einen strafenden Blick von ihrem Vater. »Wenn er gelernt hat, Leuten von den Lippen zu lesen, ist er vermutlich klüger als du, Hohlköpfchen.«

Elinor war einen Augenblick verdutzt und richtete sich dann selbstbewußt auf. »Wenn mein Kopf hohl ist, von wem hab' ich das dann? Alle Leute sagen, ich schlage dir nach.«

Conrad verbiß sich ein Lachen und zog sie sanft am Zopf. Er fand viel Freude an Elinor. Sie war zweifelsfrei das gescheiteste seiner Kinder. Wenn die Zeiten nicht so schlecht gewesen wären, hätte er sie zur Schule geschickt, damit sie lesen lernte. Aber das war undenkbar geworden. Sie war jetzt zwölf Jahre alt und ihrer Mutter eine große Hilfe. Er war stolz auf sie. Er betrachtete sie noch einen Augenblick und wandte sich dann an Robin. »Bring ihn näher. William, Henry, hört sofort mit der Rangelei auf, oder ich werde die Sache entscheiden. Macht Platz für Robin und Leofric, los, rückt zusammen.«

Sie ließen augenblicklich voneinander ab. Robin legte Leofric die Hand auf die Schulter und schob ihn näher. »Ich hab' ihn auf der Weide gefunden. Ich weiß nicht, woher er ist, er hat keine Familie mehr. Und er ist halb verhungert.«

Maria reichte Maude über den Tisch an Conrad und stand auf. »Laß mich sehen, was ich finde.«

Robin lächelte ihr dankbar zu. Es war nicht mehr ohne weiteres üblich, einen unangemeldeten Esser irgendwo mit hinzunehmen. Viele Leute lebten in Armut. Aber bei Maria waren Gäste immer willkommen.

»Mach für Robin auch etwas, Maria«, sagte Conrad. »Er hat seit dem Frühstück nichts gegessen.«

Robin fuhr sich mit der Hand über sein stoppeliges Kinn, um sein Unbehagen zu verbergen. Es schien einfach nichts zu geben, das Conrad je entging.

Maria brachte ihnen Brot, Käse, ein bißchen kalte Hafergrütze und Cider. Robin aß dankbar und mit großem Appetit, aber Leofric fiel über das Essen her. Mit dem linken Arm drückte er den Holzteller vor seinen Bauch, warf argwöhnische Blicke zu allen Seiten und schaufelte mit der Rechten Grütze in seinen Mund.

Maria legte ihm kurz die Hand auf die Schulter. Er zuckte zusammen und sah mit großen Augen auf. Sie lächelte ihm zu. »Iß ein bißchen langsamer. Sonst kommt alles wieder hoch.«

Er nickte ernst und bemühte sich ohne großen Erfolg, nicht so zu schlingen.

William stieß Stevie in die Seite und kicherte. »Er frißt wie ein Schwein.«

»Und du lebst heute gefährlich, Freundchen«, warnte seine Mutter. »Er hat Hunger, verstehst du? Solchen Hunger hast du noch nie gehabt. Bete zu Gott, daß es dabei bleibt.«

William sah beschämt auf seine Hände. »Ja, Mutter.«

Conrad machte eine auffordernde Geste. »Zeit zum Schlafengehen für euch. Wenn ihr euch schon so gräßlich benehmen müßt, tut es in eurer Kammer.«

Die Kinder murrten leise, standen aber folgsam auf und sagten gute Nacht. Mit einem letzten neugierigen Blick auf den fremden Jungen gingen sie hinaus.

Maria seufzte. »Laß sie uns verkaufen, Conrad. Nur Maude behalten wir.«

Er grinste träge. »Ja, furchtbare Bande.« Er wurde wieder ernst und wandte sich an Robin. »Hast du die Stuten alle gefunden?«

»Sicher.«

»Und draußen gelassen, nehme ich an.«

»Warm genug, oder?«

»Trotzdem ziemlich rebellisch, meinst du nicht? Wenn Stephen gewollt hätte, daß sie draußen stehen, hätte er es dich sicher wissen lassen.«

Robin spülte sein letztes Stück Brot mit einem Schluck Cider hinunter. »Ich dachte, wir hätten ausgemacht, über dieses Thema nicht mehr zu reden. Du hast gesagt, du würdest dich nicht einmischen.«

»Ich weiß, was ich gesagt habe. Aber ich sehe, daß es immer schlimmer wird. Du forderst ihn heraus, wo du nur kannst.«

»Ich ihn? Oh, Conrad, das ist wirklich nicht gerecht.«

»Du widersprichst ihm bei jeder Gelegenheit.«

»Weil seine Methoden überholt sind und er nie etwas Neues versuchen will!«

Conrad schüttelte den Kopf. »Du bist überheblich. Seine Methoden sind bewährt und gut. Deine müssen warten, bis du seinen oder meinen Platz eingenommen hast. Und bis zu dem Tag wirst du tun, was er sagt.«

Robin biß sich auf die Unterlippe und nickte unwillig.

»Und wenn du nachlässig wirst, begibst du dich auf gefährlichen Boden. Er ist der Meinung, daß ich dir zu früh zuviel Verantwortung übertragen habe. Ich hoffe, er hat nicht recht.«

Robin war erschrocken. »Conrad, ich habe das Gatter …«

»Ich rede nicht von dem Gatter. Ich rede von den vergangenen Tagen. Du bist nicht du selbst. Was ist mit dir?«

Robin schwieg verlegen.

Conrad betrachtete ihn stirnrunzelnd und lächelte plötzlich breit. »Wer ist die Glückliche, Robin?«

»Niemand«, brummte er, viel zu eilig, um überzeugend zu sein.

Conrad wechselte mit Maria einen amüsierten Blick. Dann stützte er das Kinn auf die Faust und sah Robin eindringlich an. »Solange du niemanden in Schwierigkeiten bringst, sind deine Weibergeschichten mir gleich. Aber ich verlange, daß du sie aus deiner Arbeit heraushältst. Ist das klar?«

Er seufzte. »Es tut mir leid.«

»Ja, das hoffe ich. Und jetzt laß uns überlegen, was wir mit deinem Freund hier anfangen.«

Leofric hatte aufgegessen. Er saß still auf seinem Platz, die Hände im Schoß gefaltet, und sah hin und wieder zu Robin auf. Seine Nervosität war verschwunden.

»Ich müßte eigentlich sowieso noch jemanden einstellen«, sagte Conrad versonnen.

»Das können wir uns nicht leisten«, wandte Robin ein. Er hatte die Zahlen im Kopf. Sie ließen keine Spielräume.

Conrad hob kurz eine Hand. »Das höre ich jeden Tag von dir. Du bist schlimmer als Gerard Fitzalan.«

Robin grinste in seinen Becher. »Ich schreibe die Verluste nur auf, ich mache sie nicht.«

»Wenn doch nur die Auktion besser verlaufen wäre.«

»Und wenn du ihn einstellst, ohne ihm etwas zu bezahlen? Nur für Essen und Schlafen, meine ich.«

Conrad war entrüstet. »Ich bin kein Ausbeuter, Robin.«

»Das wäre besser als das, was er jetzt hat. Nichts.«

»Nein, es geht nicht. Der Steward würde es nicht erlauben.«

»Er müßte es ja gar nicht wissen.«

»Ach, mach dir doch nichts vor. Mortimer wird es wieder in Windeseile herausbekommen. Er spioniert doch überall herum. Er kennt mehr Geheimnisse als Vater Gernot, darauf würde ich wetten.«

»Mortimer …«, grollte Robin leise.

Conrad legte Leofric leicht die Hand auf den Arm. Der Junge fuhr erschrocken auf und sah ihn an.

»Kannst du reiten, Leofric?«

Er hob die linke Hand und wiegte sie hin und her.

»Ein bißchen?« fragte Conrad.

Leofric nickte.

»Und magst du Pferde?«

Er nickte heftiger.

Conrad lächelte ein wenig traurig. »Ich würd' dir gern helfen, Junge.«

Robin sah nachdenklich auf den blonden Kopf neben sich. Hab' ich auch so ausgesehen, als ich hier ankam? fragte er sich. War ich auch so ein Hänfling? Nein. Natürlich nicht. Er war immer ein kräftiger Junge gewesen. Immer hungrig, aber nie halb verhungert.

»Du würdest ihn wirklich nehmen?« fragte er langsam. »Einen Taubstummen?«

»Ich sehe nicht, was dagegen spricht. Er versteht, was man ihm sagt, und sein Verstand scheint in Ordnung.«

Robin faßte einen Entschluß. »Ich weiß, wie wir's machen. Zahl mir wieder zwölf Pence, so wie früher. Gib ihm die anderen sechs.

Damit wird der Steward sicher einverstanden sein, er kann kaum verlangen, daß du einem Taubstummen vollen Lohn bezahlst. Und wenn es uns nächstes Jahr bessergeht ...«

»Ach, Robin, das geht doch nicht. Wenn Agnes schon von niemandem mehr Geld nimmt, weil sie es nicht übers Herz bringt, kannst du nicht auch noch damit anfangen. Ihr müßt doch von irgend etwas leben.«

»Wir werden schon zurechtkommen.«

»Du mußt auch an deine Schwester denken.«

»Das tu' ich. Ich weiß, daß sie einverstanden sein wird.«

Conrad sah ihn forschend an. »Warum willst du das tun? Du kennst den Bengel doch gar nicht.«

»Er könnte verhungern.«

Conrad schüttelte ungeduldig den Kopf. »Arme Leute verhungern, Robin, daran kannst du nichts ändern.«

»In diesem Fall schon.«

Es war einen Moment still.

»Du bist schon ein merkwürdiger Kerl«, murmelte Conrad.

»Bist du einverstanden?«

»Meinetwegen.«

»Gott sei Dank«, sagte Maria.

Robin lächelte sie an; er war dankbar, daß sie ihn nicht für verrückt hielt. Er selbst war nicht so sicher. Agnes würde ihm keine Vorwürfe machen, da war er unbesorgt. Ihre Großzügigkeit grenzte schon an Naivität. Aber er befürchtete, daß er selbst seinen Entschluß bereuen könnte, wenn der Bailiff im Herbst kam.

Er stand auf und klopfte Leofric auf die Schulter. »Komm, ich zeig' dir, wo du schlafen kannst.«

Leofric sah ihn entgeistert an, und Robin ging auf, daß er der Unterhaltung nicht gefolgt war. Er hatte die ganze Zeit auf seine Hände gesehen.

Robin versuchte, seine Ungeduld nicht zu zeigen. »Du kannst hierbleiben, verstehst du? Als Stallbursche. Du kannst hier arbeiten und kriegst ein bißchen Lohn. Willst du das?«

Leofric nickte eifrig.

»Dann komm.« Er nickte Maria und Conrad zu. »Danke fürs Essen. Gute Nacht.«

»Sorg dafür, daß er sich wäscht, Robin«, sagte Maria. »Und ich werde sehen, ob ich morgen ein paar Sachen für ihn finde.«

»Ist gut.«

Robin führte Leofric über den Hof, an der Futterscheune entlang zur Sattelkammer. Am Fuß der Leiter blieb er stehen und pfiff durch die Zähne.

Ein Kopf erschien an der Luke.

»Isaac da?«

Der Kopf nickte, und wenig später kam Isaac herunter.

»Ja, was haben wir denn da?« Er hielt die Lampe ein bißchen höher. »Junge, dich müssen wir aber erst mal in die Pferdetränke stecken, was?«

Leofric warf Robin einen entsetzten Blick zu.

Robin grinste. »Leofric, das ist Isaac.«

Leofric nickte Isaac zu.

Robin erklärte Isaac, wer Leofric war und was es mit ihm auf sich hatte.

Isaac nahm es gelassen. »Na ja. Nicht jeder kann ein Schwätzer sein wie ich, stimmt's, Leofric?«

Leofric grinste. Robin war erleichtert. Er hatte gehofft, daß Isaac keine Vorbehalte hatte, aber er war nicht ganz sicher gewesen. So viele Leute glaubten, Taubstumme hätten den bösen Blick oder seien schwachsinnig oder von Gott für eine schreckliche Sünde bestraft.

Er schob Leofric in Isaacs Richtung. »Hab ein Auge auf ihn, ja? Sie sollen ihn nicht so hart rannehmen.«

»Ich sorge dafür.«

Robin nickte dankbar und wandte sich zur Tür. Leofric folgte ihm wie ein getreuer Schatten.

»Nein, du bleibst hier. Isaac wird dir dein Bett zeigen. Na los, geh schon.«

Leofric starrte ihn unverwandt an, und dicke Tränen begannen über seine hageren Wangen zu laufen.

Robin seufzte. »Wie alt bist du, Leofric?«

Der Junge hob beide Hände mit ausgestreckten Fingern, dann noch einmal drei Finger der linken Hand.

»Denkst du nicht, das ist zu alt, um wegen jeder Kleinigkeit zu heulen?«

Leofric scharrte beschämt mit seinem linken Fuß im Stroh.

»Na siehst du. Und jetzt geh mit Isaac. Hab keine Angst, keiner wird dir was tun. Und morgen zum Frühstück sehen wir uns wieder. Abgemacht?«

Leofric nickte kläglich und wandte sich zur Leiter.

Robin sah Isaac an und verdrehte die Augen.

Isaac grinste. »Mach mir nichts vor. Du hast ein weiches Herz.«

»Unsinn. Aber wer kann schon wissen, was er erlebt hat, seit er allein ist. Er scheint vor allem Angst zu haben.«

»Nur vor dir nicht. Jetzt geh endlich, Robin, sonst wird er nie raufsteigen. Ich geb' schon auf ihn acht.«

Beruhigt ging Robin nach Hause.

Agnes zog sich ein paar Heuhalme aus den Haaren und griff nach ihrem Kleid.

»O nein, geh noch nicht«, bat er. Er legte leicht die Hand auf ihr Bein.

Sie schob die Hand weg. »Es wird Zeit. Mein Bruder wird bald nach Hause kommen und sich wundern, wo ich bleibe.«

»Und? Was kümmert mich dein Bruder.«

Sie seufzte. »Mehr, als gut für euch beide ist.«

Er zog sie zu sich herunter. »Nur noch ein paar Minuten. Bitte.«

Sie lächelte wider Willen. »Oh, Mortimer. Du bist doch wirklich unersättlich.«

Sie dachte manchmal, daß sie vermutlich der einzige Mensch in Waringham war, der Mortimer etwas abgewinnen konnte. Außer seiner Mutter, natürlich. Seine melancholische, halb verrückte Mutter, die ihn nicht aus ihren Klauen lassen wollte. Die vermutlich die größte Schuld an dem trug, was Mortimer geworden war. Und die ihm jeden Tag versicherte, daß sie ihn mehr liebe als alles andere auf der Welt. Agnes liebte ihn nicht mehr als alles andere auf der Welt, sie liebte ihn überhaupt nicht. Kein Mensch bei klarem Verstand konnte jemanden wie Mortimer lieben. Aber sie verabscheute ihn auch nicht, wie sein Vater es beispielsweise tat. Sie bedauerte ihn. Und sie hatte sich an ihn gewöhnt. Es machte ihr nichts mehr aus, mit Mortimer zu schlafen. Er war ein geradezu höflicher Liebhaber geworden.

Als er im Herbst zum erstenmal zu ihr gekommen war, war es genauso gewesen, wie sie es immer vorhergesehen hatte. Sie hatte gewußt, daß sie dem nicht entgehen konnte. Dafür haßte Mortimer Robin zu sehr. Sie hatte es als unausweichlich akzeptiert, als sie sich entschloß, in Waringham zu bleiben. Er hatte sie im Wald überfallen, unweit des Dorfes, wo sie Misteln erntete. Er war gemein und widerwärtig gewesen und hatte ihr weh getan.

Als er sich endlich von ihr heruntergewälzt hatte, hatte er verständnislos gefragt: »Warum weinst du nicht?«

»Um dir den Spaß zu verderben.«

»Oh, ich hab' meinen Spaß gehabt, glaub mir.« Er hatte nicht sehr überzeugend geklungen, dazu war er zu verwirrt gewesen.

»Tatsächlich? Dein Gesicht hat eher so ausgesehen, als seiest du schon in der Hölle.«

»Halt lieber den Mund, du Stück Dreck, ich könnte mich sonst entschließen, ein paar meiner Leute auch noch ranzulassen.«

Sie hatte müde den Kopf geschüttelt. »O nein, Mortimer, das würdest du nicht tun. Dann würde ja dein Vater davon erfahren. Und er wäre sicher nicht sehr erfreut.«

»Das ist mir doch gleich.«

»Nein. Du hast eine Heidenangst vor deinem Vater.«

Wütend hatte er nach ihr getreten. »Woher willst du das wissen?«

»Ich hab' euch zusammen beobachtet. Es war offensichtlich.«

Er hatte nichts erwidert. Ihre Ruhe, ihre überlegene Gelassenheit hatten ihm zu schaffen gemacht. Es war so ganz anders gewesen, als er es sich ausgemalt hatte.

»Ist es nicht so?« hatte sie sich erkundigt.

»Denk, was du willst. Das wird dich nicht retten. Ich werde wiederkommen, weißt du. So oft ich will. Du bist nicht schwer zu finden. Ich komme so oft, bis ich sicher bin, daß du schwanger bist. Und dein Bruder soll krepieren an deiner Schande.«

Sie hatte gelächelt. »Ich werde nicht schwanger werden, solange ich es nicht will. Es gibt Mittel und Wege, weißt du.«

Er hatte sie angestarrt. Mit einemmal war sie ihm unheimlich gewesen. Alle Geschichten, die seine Amme ihm über Hexen erzählt hatte, waren ihm eingefallen. Und Peter Auburn, ein Ritter seines Vaters, hatte mal von einem Kerl erzählt, der sich gewaltsam eine Hexe genommen hatte, und sein ... Ding war ihm ... *abgefault* ...

Agnes hatte erstaunt beobachtet, wie seine triumphale Siegermiene sich in blankes Entsetzen verwandelte. »Mortimer«, hatte sie beschwichtigend gemurmelt. »Wovor fürchtest du dich nur so sehr?«

Danach hatte er sie wochenlang gemieden, und als er sie das nächste Mal aufgesucht hatte, war er höflich, fast kleinlaut gewesen, hatte sie nicht angerührt und kaum ein Wort gesprochen. Agnes hatte sich verwirrt gefragt, warum er gekommen war. Erst nach und nach war ihr aufgegangen, daß Mortimer einsamer war als ein Prophet in der Wüste, daß es ihre Gesellschaft war, die er suchte, daß er sie dazu bringen wollte, ihn zu mögen. Wie verzweifelt er sein mußte, wenn er sich dafür ausgerechnet die Schwester eines Mannes aussuchte, den er so sehr haßte. War sie denn wirklich die einzige, die er finden konnte? Sie hätte wirklich gut auf diese Bürde verzichten können. Aber so, wie die Dinge standen, hatte sie es nicht fertiggebracht, ihn abzuweisen.

Sie richtete sich endgültig auf. »Wirklich, ich muß gehen.«

Er ließ die Hand sinken und seufzte. »Ach. Schade. Sehe ich dich morgen?«

»Nein, ausgeschlossen. Derzeit scheint jeder in Waringham krank zu sein, und wer nicht krank ist, kriegt ein Kind.«

»Wann also?«

»Ich dachte, du reitest mit deinem Vater nach Windsor. Oder war es Westminster?«

»Windsor. Aber er geht allein. Zuerst wollte ich mit, aber ich glaube, es ist ihm lieber, wenn ich hier nach dem Rechten sehe.«

Agnes nickte. Sie wußte, die Wahrheit sah ein bißchen anders aus. Der Grund, warum Geoffrey Waringham so oft verließ, war, daß er seiner schwermütigen Frau und seinem verrückten Sohn entfliehen wollte. Die langersehnte Baronie hatte ihm nicht viel Glück gebracht. Er reiste von Turnier zu Turnier, hielt sich viel bei Hofe auf und wartete ungeduldig auf den nächsten Feldzug. Das Leben auf der Burg war ihm zuwider. Er wollte es lieber vergessen, zurücklassen. Agnes konnte ihn gut verstehen. Nur daß er alle Leute von Waringham immer öfter Mortimers Willkür überließ, nahm sie ihm übel.

Sie unterdrückte ein Seufzen. »Wie ist deine Cousine?«

»Oh, ich weiß nicht recht. Hübsch, denke ich. Schön. Sie mag Poesie und lange Versdichtungen.«

Sie müßte Robin treffen, dachte Agnes flüchtig. Wenn er auch ein Geheimnis daraus machte, sie wußte doch, daß ihr Bruder sich gelegentlich bei Nacht und Nebel zu Vater Gernot schlich und in dessen Büchern las.

»Und magst du sie gern?«

»Bist du eifersüchtig?« fragte er hoffnungsvoll.

»Nein«, gestand sie aufrichtig. Sie machte ihm nie etwas vor. Das tat er schon selbst zur Genüge.

Er lächelte ein bißchen verloren. »Ja, ich denke, ich mag sie. Aber ich sehe sie kaum. Morgens ist sie bei Mutter, und nachmittags reitet sie oft stundenlang. Allein, es ist unerhört.«

»Hm, sie wird schon wissen, was sie tut.«

»Es ist nicht schicklich.«

Agnes biß sich auf die Lippen. Manchmal war er einfach zu komisch. Sie fuhr ihm mit der Hand über den Kopf. »Ja, du bist ein Stützpfeiler der *Courtoisie*, nicht wahr.«

Er zog seinen Kopf weg und lachte. Agnes fand ihn hübsch, wenn er lachte. Es stimmte sie immer ein bißchen traurig.

Sie küßte ihn auf die Stirn, verließ die abgelegene, unbenutzte Scheune, in der sie sich für gewöhnlich trafen, und eilte nach Hause.

Robin war schon da. Er saß auf der Bank am Herd, hatte die langen Beine ausgestreckt und sah versonnen ins Feuer. Als seine Schwester eintrat, lächelte er. »Du kommst spät. Wer war es heute?«

Sie warf ihren Mantel achtlos auf den Tisch. »Matthew der Schmied. Er hatte ein eitriges Geschwür am Bein. Seit Wochen, sagt Winifred. Aber er war zu feige, mich zu holen. Heute bekam er Fieber.«

Robin richtete sich alarmiert auf. »Ist es ernst?«

Sie setzte sich zu ihm. »Vermutlich nicht. Ich hab' es herausgeschnitten, und er hat gebrüllt wie ein Stier. Und als er sah, was aus seinem Bein floß, hat er sich aufs Hemd gekotzt ... Hast du gegessen?«

Robin schnitt eine Grimasse und grinste dann. »Ja. Du?«

»Hm, irgendwann heute mittag. Ich will jetzt nichts mehr. Ich werde früh schlafen gehen.«

Robin wies auf einen Krug in der Ecke gegenüber des Herdes. »Trink wenigstens etwas von der Milch. Du bist zu dünn. Du mußt ein bißchen acht auf dich geben.«

»Ja, vielleicht. Danke fürs Melken. Wir hatten ausgemacht, daß ich das erledige.«

Er winkte ab. »Es war wieder nur ein halber Eimer. Wir sollten sie verkaufen, weißt du.«

Agnes sah ihn vorwurfsvoll an. »Wie kannst du so etwas sagen? Sie vergöttert dich. Sie würde eingehen bei Fremden.«

»Agnes, du bist ein hoffnungsloser Fall.«

Sie lächelte verschwörerisch. »Fast so schlimm wie du. Und jetzt sag mir, was dir auf der Seele liegt.«

Er seufzte und sah zu Boden. Es war einen Augenblick still. Agnes wartete geduldig.

»Ich hab' eine ziemliche Dummheit gemacht, fürchte ich«, murmelte er. »Ich hätte dich zuerst fragen müssen.«

»Was?«

Er berichtete von Leofric und den sechs Pence.

Agnes lachte erleichtert. »Na, wenn's weiter nichts ist. Was bedeutet Geld schon? Du warst sehr nobel, Bruder. Ich bin stolz auf dich.«

»Ja. Und im Herbst nehmen sie uns die Kuh.«

Sie war unbesorgt. »Bis zum Herbst kann noch alles mögliche passieren. Erzähl mir ein bißchen mehr von diesem Jungen«, verlangte sie.

Robin erzählte, und als er geendet hatte, fügte er hinzu: »Ach ja, da fällt mir ein, Gruß von Isaac, natürlich.«

»Natürlich.«

Sie lachten, aber es war ein gutes, frohes Lachen, ohne Hohn. Isaac lag ihnen beiden am Herzen. Nur, was Agnes betraf, so ganz anders, als Isaac es sich wünschte.

»Was hörst du über dieses Mädchen auf der Burg?« fragte Robin beiläufig, ein bißchen zu beiläufig. »Wie heißt sie doch? Alicia oder so?«

»Alice Perrers.«

»Richtig.«

»Seit wann interessierst du dich für Gerede?«

»Nur so. Sie war vor ein paar Tagen bei uns drüben …« Er sah seine Schwester an und lachte verlegen. »Also schön. Ich kann sie mir nicht so recht aus dem Kopf schlagen.«

Agnes zog die Augenbrauen hoch. »Robin, sie ist Lady Matildas Nichte. Ich meine, sie ist …«

»Viel zu fein für mich, ich weiß, Agnes, und ich will sie ja auch nicht heiraten. Nur mal ansehen. Das ist keine Sünde, oder?«

»Nein.« Getreulich erzählte sie ihm, was sie über Alice wußte.

Er schüttelte erstaunt den Kopf. »Woher erfährst du solche Dinge nur immer?«

Sie machte eine vage Geste. »Nur, was die Leute so reden.«

Sie belog Robin ohne Gewissensbisse. Es war einfach unvermeidbar. So viel besser, als wenn er erführe, wer ihr all die Dinge über das Leben auf der Burg berichtete. Sie war sich völlig darüber im klaren, daß es an dem Tag, da Robin von ihr und Mortimer erfuhr, eine Katastrophe geben würde. Und sie hatte Mortimer unmißverständlich erklärt, daß sie ihn nie wieder auch nur ansehen würde, wenn er je ein Wort sagte.

Robin verschränkte die Hände im Nacken und lächelte. »Ich denke, ich werde in nächster Zeit noch ein paarmal ausreiten. Und wenn Stephen mir den Kopf abreißt.«

Agnes nickte unfroh. »Das wird er wohl.«

Aber es vergingen ein paar Tage, ehe Robin Gelegenheit fand, den Wald auf der Suche nach Alice zu durchkämmen, um ein zufällig erscheinendes Treffen zu arrangieren. Vorerst war er so damit beschäftigt, seine versäumte Arbeit nachzuholen, daß ihm kaum freie Zeit blieb. Conrads Vorwürfe hatten ihn härter getroffen, als Stephens wüste Beschimpfungen es je vermocht hätten. Er wandte all seine Energie wieder auf die Arbeit, mit der gleichen Hingabe wie gewöhnlich, und manchmal kam er spät abends nach Hause, mit müden Knochen und brennenden Augen, und stellte erstaunt fest, daß er den ganzen Tag nicht einmal an Alice gedacht hatte.

Er brachte die Bücher in Ordnung und forderte neue Vorräte an. Gemeinsam mit Conrad plante er die Rendezvous der rossigen Stuten mit den Deckhengsten; eine schwierige Aufgabe, denn alles hing davon ab, den richtigen Zeitpunkt zu erwischen. Ungefähr neun Tage nach der Niederkunft kamen die Stuten für sechs Tage in Hitze. Dann folgte eine Unterbrechung von gut zwei Wochen, dann wieder sechs Tage. So war die Regel, aber die Natur verstieß nur zu oft dagegen. Und wenn eine Stute zum falschen Zeitpunkt gedeckt wurde, konnte das bedeuten, daß sie kein Fohlen bekommen würde, ein schwer zu verkraftender Verlust für die Zucht. Die meisten Stuten wurden mehrmals gedeckt, um das Risiko klein zu halten. Die armen Stuten seien noch schlimmer dran als Maria, hatte Agnes bemerkt, *immerzu* trächtig.

Die wenige Zeit, die ihm blieb, verbrachte Robin mit Leofric, zeigte ihm die Pferde und die Übungsplätze und erklärte ihm seine Arbeit. Mit geduldigen, methodischen Fragen fand Robin heraus, daß Leofric aus der Nähe von Canterbury kam. Sein Vater war Tagelöhner auf einem Gut unweit der Stadtmauern gewesen. Die Familie war so bettelarm gewesen, daß der Mann sich irgendwann aufs Stehlen verlegte. Sie hatten ihn erwischt und für den frevlerischen Diebstahl von sechzehn Eiern für seine fünf vor Hunger weinenden Kinder aufgehängt. Der Gutsherr hatte die Familie davongejagt. Leofrics Geschwister waren verhungert, seine Mutter hatte versucht, sich in Canterbury als Straßenhure durchzuschlagen, bis sie an der Schwindsucht gestorben war. Das war im Winter gewesen. Was Leofric in der Zwischenzeit getrieben hatte, konnte Robin nicht so recht ergründen. Vermutlich hatte er gestohlen, um am Leben zu bleiben, und schämte sich dessen. Oder hatte einfach Angst, es könne ihm ergehen wie seinem Vater, wenn er es eingestand.

Der kleine Vagabund war kaum wiederzuerkennen. Sein Haar war sauber und im Nacken zu einem Zopf gebunden. Seine Lumpen waren verschwunden, er trug ordentliche Sachen wie alle anderen, und er hatte ein Paar Stiefel. Frederics Sohn Will, der jetzt der Sattler war, hatte sie gestiftet, als er gehört hatte, daß sie für einen besonderen Schützling von Robin bestimmt waren. Robin nahm sich vor, bei ihm vorbeizugehen und sich zu bedanken.

Beflügelt von Neugier und Ehrgeiz begann er, Leofric in die geheimnisvolle Welt der Buchstaben einzuführen. Abends nach getaner Arbeit konnte man sie zusammen in dem Raum über der Sattelkammer finden, ihre Köpfe über ein Stück Papier gebeugt, das Robin Vater Gernot abgeschwatzt hatte. Er hatte ein paar Zeilen aus Gernots englischer Heiligengeschichte darauf abgeschrieben, aus der Vita des Bischofs Leofric von Exeter. Er zeigte dem Jungen die Wörter und las sie ihm vor, wieder und immer wieder, malte mit einer Scherbe Buchstaben auf einen flachen Stein und versuchte, Leofric den Zusammenhang zwischen Laut und Zeichen zu verdeutlichen. Leofric stürzte sich mit Feuereifer darauf. Wie einen Lichtstreif erahnte er an seinem Horizont die Möglichkeit zu erlernen, sich auszudrücken und mitzuteilen. Nach kaum einer Woche überraschte er seinen Lehrmeister morgens mit dem unordentlichen, aber deutlich lesbaren Schriftzug seines Namens im Staub am Brunnen. *Roben* hatte er geschrieben, stand mit einem stolzen Lächeln neben seinem Werk und sah erwartungsvoll zu ihm auf.

Robin war hingerissen. »Das ist großartig, Junge. Einfach wunderbar.« Der Fehler war bedeutungslos. Es erschien ihm fast wie ein Wunder, daß der Junge, für den Laute ein völlig fremdes Element waren, das System durchschaut hatte.

Leofric war in jeder Hinsicht ein eifriger Schüler. Anfangs ritt er eher waghalsig als gut, aber er lernte schnell. Wißbegierig und gewissenhaft tat er alles, was man ihm auftrug. Conrad war zufrieden. Stephen war es nicht. Isaac beobachtete mit Besorgnis, daß Stephen den Jungen bei jeder Gelegenheit drangsalierte, genau wie früher Robin. Er versuchte, dem Jungen ein bißchen zu helfen, und zog sich selbst Stephens Unwillen zu. Aber Robin sagte er davon nichts. Wo lag schon der Sinn.

Entgegen Robins Prognose blieb das Wetter unverändert warm und trocken. Bei strahlendem Sonnenschein brach Lord Waringham mit einer kleinen Schar Ritter nach Windsor zum Turnier auf. Am Tag seiner Abreise schlenderten Robin und Isaac kurz nach dem Mittagessen über den Mönchskopf ins Dorf hinunter. Sie hatten keine große Eile. Robin sah zum Himmel hinauf und verfolgte die Kreise eines Bussards, bis der Vogel über einem Feld hinabstieß.

»Ich wollte immer einen Falken, als ich ein Junge war«, murmelte Robin.

»Warum hattest du keinen?« erkundigte sich Isaac.

»Weiß nicht mehr. Meine Mutter hat's verboten. Aber Guillaume hatte einen.«

»O ja. Ich weiß. Sein Name war Alexander. Wenn du mich fragst, ein alberner Name für einen Vogel.«

Robin sah seinen Freund von der Seite an. »Du erinnerst dich an mehr Dinge als ich.«

»Wenn du eine Narbe vom Schnabel dieser Höllenbrut auf der Stirn hättest, würdest du dich auch an seinen Namen erinnern.«

Robin riß die Augen auf. »Wie in aller Welt ist das passiert?«

»Guillaume hat ihm die Haube vom Kopf gezogen und ihn mir dann ins Gesicht geschleudert. Seine Krallen haben mir büschelweise Haare ausgerissen, und ich hab' geblutet wie eine abgestochene Sau. Es war eklig, aber ich hatte Glück. Hätte auch ins Auge gehen können. Wörtlich, mein' ich.«

Robin hatte es längst aufgegeben, über seinen älteren Bruder schockiert zu sein. Er hatte inzwischen zu viele von diesen Geschichten gehört. Trotzdem fragte er leicht verstimmt: »Und warum hat er das getan?«

»Ich hatte eine tote Ratte in sein Bett gelegt. Er hat gekreischt wie ein Mädchen, als er sich draufsetzte. Es war großartig.« Isaacs Augen leuchteten.

Robin grinste. »Das war also die Narbe wert, ja?«

Isaac hob kurz die Schultern. »Es war ein großer Spaß, ja. Raymond, die Knappen, alle haben Guillaume ausgelacht wegen der Sache. Es war ein voller Erfolg.«

Sie kamen über den Dorfplatz. Vater Gernot hackte zwischen seinen kümmerlichen Kohlpflänzchen, und sie grüßten ihn höflich. Er winkte ihnen zu. Aus dem Haus neben dem des Pfarrers kam ein junges Mädchen, einen Korb Wäsche in den Händen.

Es trat an den Zaun und lächelte ihnen kokett zu. »Schon so früh am Tage wieder auf dem Weg ins Wirtshaus? Robin, wie ich gehört hab', haben sie dich vom Jahrmarkt nach Hause tragen müssen, weil du nicht mehr stehen konntest. Was soll nur aus euch werden?«

»Wer hat dir denn so was erzählt?« brummte Robin.

»Ann Wheeler.«

»So? Tja, als ich nach Hause ging, auf meinen Füßen, wohlgemerkt, saß Ann Wheeler auf Isaacs Schoß hier und ließ jeden, der wollte, fühlen, wie prall ihre Titten sind. Also ehrlich, Martha, ganz nüchtern kam sie mir auch nicht mehr vor.«

Martha kicherte. »Ist das wahr?«

Robin hob die Hand. »Frag Isaac, wenn du mir nicht glaubst.«

Isaac nickte grinsend. »So war's. Wo warst du denn überhaupt? Robin hat dich den ganzen Abend vermißt.«

Robin trat ihm vor das Schienbein. Martha bemerkte es nicht.

Sie errötete leicht. »Die Kuh hat gekalbt. Deswegen konnt' ich nicht kommen.«

»Schade, schade«, seufzte Isaac kopfschüttelnd. »Na ja, nicht mehr lange bis zur Mainacht. Und wer weiß ...« Er sah von Robin zu Martha und ließ den Satz unvollendet.

Robin packte ihn entschlossen am Ärmel. »Komm schon, wir haben nicht den ganzen Tag Zeit.«

Isaac grinste breit und ließ sich willig von Robin davonzerren. Als sie in die Gasse zum Haus des Sattlers einbogen, sagte er: »Das mit dem Wirtshaus war keine üble Idee.«

»Denk nicht mal dran. Ich hatte gerade in letzter Zeit genug Scherereien.«

»Warum so gallig?«

»Ich wünschte, du würdest aufhören, diese Bauernschlampen auf mich zu hetzen.«

Isaac blieb stehen und sah ihn erstaunt an. Dann verschränkte er die Arme. »Guck an, Bauernschlampen. Da spricht der hochnäsige Landjunker.«

»Oh, vielen Dank, alter Freund ...«

»Robin, Martha schuftet Tag für Tag von früh bis spät, um diese Brut von kleinen Geschwistern großzuziehen, sie hat ein wenig Vergnügen hin und wieder bitter nötig. Aber deswegen ist sie noch lange keine Schlampe. Warum amüsierst du dich nicht einfach mal ein bißchen?«

»Ich komme schon auf meine Kosten, keine Bange.«

»Hm. In aller Stille, was?«

»Und warum nicht?«

Isaac hob begütigend die Hände. »Schön, wie du willst. Ich misch' mich nicht ein. Aber ich denke, du läßt dir viel entgehen, wenn du glaubst, du bist zu gut für die Mädchen hier.«

»Isaac, das ist nicht wahr, das tue ich nicht. Es ist nur ...«

»Was?«

Robin winkte hilflos ab. Selbst unausgesprochen klangen die Worte in seinem Kopf albern. Seine Vorstellungen dessen, was zwischen Männern und Frauen vorgehen sollte, waren von den Geschichten geprägt, die er als Junge gehört hatte. Ritterlichkeit, Frauendienst, perfekte, unerreichbare Weiblichkeit spielten darin eine Rolle. Und er war sich ganz und gar darüber im klaren, daß er deswegen Alice Perrers auf einen einzigen Blick hin verfallen war, nicht einmal ihr, sondern dem Ideal, das er sich von ihr erdacht hatte. Es schmerzte, aber es war unverfänglich. Es war richtig. Natürlich wußte er, daß die Wirklichkeit anders aussah. In der wirklichen Welt besuchte er gelegentlich eine der Wäscherinnen auf der Burg und führte sie zu einem stillen Winkel. Ein zierliches, ernstes Mädchen, das kaum je ein Wort mit ihm sprach, ihn mit wortloser Hingabe in sich aufnahm und ihn anschließend mit einem schüchternen Lächeln wieder ziehen ließ. Er wußte nicht, ob er der einzige war, und es war ihm auch gleich. Sie stillte seine Bedürfnisse so wie er ihre, und das war alles. Manchmal schämte er sich dessen. Aber das war besser, als mit all den anderen jungen Kerlen um die Gänse aus dem Dorf zu balzen, ein schrilles, derbes Ritual, das ihn abstieß. Er gedachte, sich von der Mainacht ebenso fernzuhalten wie von der Mittsommernacht, wenn sie große Feuer anzündeten, um die herum die verrücktesten Tänze vollführt wurden. Anschließend zogen die jungen Männer und Mädchen des Dorfes in der Dunkelheit zu einer Bachquelle im Wald und sangen sich dort gegenseitig meist recht anzügliche Lieder vor. Robin ging nie mit, es war ihm allzu fremd. Agnes hielt sich zu diesen Anlässen ebenfalls zurück, aber mit einem nachsichtigen, geheimnisvollen Lächeln, als riefen diese alten Bräuche eine Erinnerung wach. Robin nahm sich immer wieder vor, sie danach zu befragen, tat es aber dann doch nie. Vielleicht wollte er lieber nicht hören, was sie darüber wußte. Und wie in aller Welt sollte er Isaac dieses heftige Befremden erklären, das er empfand, wenn er es nicht einmal selbst richtig verstand?

»Es hat nichts mit Geringschätzung zu tun, aber sie interessieren mich nicht.«

Isaac seufzte. »Nein. Ich weiß. Was ist nun mit dem Bier?«

Robin überlegte kurz. »Meinetwegen. Dann trennen wir uns jetzt, du gehst zur Schmiede, und ich gehe zu Will. Anschließend treffen wir uns im Wirtshaus und trinken einen.«

Isaacs Gesicht hellte sich auf. »Abgemacht.«

Er wandte sich ab und lief den schmalen Pfad zwischen den ärmlichen Katen zum Tain hinunter. Robin ging zum Haus des Sattlers und trat ein. »Will?«

Der Hauptraum des Hauses war leer. Über dem Herd hing ein Topf. Der Inhalt war übergekocht und tropfte zischend ins Feuer.

Robin hörte Stimmen aus der Werkstatt. Er öffnete die Tür. »Will, ich wollte dir noch danken für die ...«

Er brach ab. Will Sattler hatte bereits Besuch. Zwei von Mortimers Raufbolden standen links und rechts neben ihm und hielten ihn an den Armen gepackt. Mortimer hatte sich vor ihm aufgebaut, hatte die Hände hinter dem Rücken verschränkt und sah lächelnd in Wills blutendes Gesicht. Heather, Wills Frau, stand reglos neben der Werkbank und weinte stumm.

Als er die Stimme von der Tür hörte, fuhr Mortimer herum. »Sieh an. Robert, der wackere Reitersmann. Wie geht das Decken vonstatten, he? Läßt du die Hengste noch ran, oder machst du es diese Saison lieber selbst?«

Seine Kumpane lachten dröhnend. Sie schüttelten sich regelrecht, und Will wurde einen Schritt zur Seite gezerrt. Er stolperte, kraftlos wie eine Stoffpuppe, und stöhnte leise. Blitzartig wandte Mortimer sich ihm wieder zu und rammte ein Knie in seinen Unterleib. »Du bist lieber still, Freundchen.«

Will kniff die schon fast zugeschwollenen Augen noch fester zusammen und sackte vornüber. Heather gab einen halb erstickten Laut von sich. Mortimer lächelte sie verführerisch an. »Nur keine Angst, Schönste. Wenn er heute abend nicht kann, brauchst du dich nur vertrauensvoll an mich zu wenden.«

Seine Getreuen lachten wieder.

Robin stand reglos unter der Tür und wünschte dumpf, er hätte sich einen anderen Tag ausgesucht, um herzukommen. Es war nie ratsam, in diese Sachen hineinzugeraten, für ihn schon gar nicht. Er bemühte sich um eine ausdruckslose Miene, als Mortimer ihn wieder ansah. »Was willst du hier?«

»Zwei Sättel bestellen, Sir.«

»Hm, ich fürchte, du mußt ein andermal wiederkommen.«

»Ja. Das fürchte ich auch.« Er warf Heather einen kurzen, mitfühlenden Blick zu und wollte sich abwenden.

»Halt, halt. Habe ich dir erlaubt zu gehen, du unverschämter Kerl?«

Robin nahm die Hand vom Türriegel. »Ich hatte Euch in der Tat so verstanden.«

Mortimer kam langsam auf ihn zu. »Entsinne ich mich recht, daß du auch zwei Kühe hast, Robert?«

»Nur noch eine, Sir.« Für zwei hätten sie das Winterfutter letztes Jahr nicht bezahlen können. Er hatte sie verkauft.

»Und hast du das Weiderecht bezahlt?«

Robin nickte. »Natürlich. *Hock-Day*.«

Die Pacht für die Schollen der Bauern und für die Nutzung der Dorfweiden wurde in Halbjahresraten eingefordert, einmal nach der Ernte zu Michaelis, einmal am zweiten Dienstag nach Ostern, dem *Hock-Day*. Und seit Agnes und Robin unter die Viehbesitzer gegangen waren, galten die Termine auch für sie. Aber es waren jeweils nur drei Pence. Anders als die Bauern brauchten sie vor diesen Tagen nicht zu zittern.

»Bist du sicher?« erkundigte sich Mortimer.

»Fragt den Bailiff. Er hat es aufgeschrieben.«

Mortimer zog die Augenbrauen hoch. »Wie seltsam. Ich habe es in den Büchern nicht gesehen.«

Gut möglich, dachte Robin grimmig. Der Bailiff hegte bekanntermaßen einen Groll gegen ihn. Und darum war er auch kein Risiko eingegangen. »Ich habe Zeugen, Sir.«

»Na schön, vielleicht hab' ich es übersehen. Aber Will hier, er hat die Pacht für sein Land nur zur Hälfte bezahlt. Er sagt, er habe kein Geld. Er bekomme nicht genügend Aufträge vom Gestüt. Wie ich sehe, bist du aber gerade deswegen gekommen, nicht wahr? Wann habt ihr zuletzt Sättel bestellt?«

»Ich weiß es nicht«, log Robin. »Ich müßte nachsehen.«

»Doch sicher schon in diesem Jahr?«

Robin nickte. »Aber weniger als früher. Im Gestüt hatten wir zwei schlechte Jahre seit der Pest, wie Ihr zweifellos wißt, und darunter leidet Will ebenso. Seine fünf Acres Land ernähren keine Familie. Es ist nicht einmal gutes Land und ...«

Mortimers große, knochige Faust landete in seinem Magen. »Jammer mir nichts vor, du Schwachkopf! Diese Baronie hat horrende Steuern zu zahlen. Und wie soll ich das tun, wenn meine Leute ihren Verpflichtungen nicht nachkommen? Der König wird nicht auf meine Ausflüchte hören wie mein Vater auf die euren!«

Robin lehnte an der Tür und widerstand mit Mühe dem Drang, die Hand auf seinen schmerzenden Magen zu drücken. Lügner, dachte er zornig, ihr könntet eure Steuern leicht bezahlen, wenn ihr nur aufhören wolltet, in Saus und Braus zu leben.

Mortimer ging seitwärts zu Will zurück. »Nun, wie steht es, William Sattler? Wirst du bezahlen?«

Will machte eine kraftlose Geste. »Kann nicht ...«, murmelte er undeutlich.

Mortimer packte ihn bei den Haaren und schleuderte den Kopf

seiner Faust entgegen. Mit einem hörbaren Knirschen zerschmetterte er Wills Kiefer.

Der Sattler schrie dumpf auf und verschluckte sich elend an seinem eigenen Blut. Heather bekreuzigte sich und wankte einen Schritt zurück.

Mortimer nickte seinen beiden Begleitern zu. »Laßt uns sehen, was er an Vieh hat. Wir verschwenden hier nur unsere Zeit.«

Die beiden Männer ließen Will los, und er schlug hart auf den Boden und blieb reglos liegen. Mortimer stieg achtlos über ihn hinweg und ging voraus zur Tür, aber Robin trat nicht sofort beiseite. Mortimer hielt vor ihm an. »Aus dem Weg.«

Geh, mach ihm Platz, warnte die schüchterne, leise Stimme der Vernunft in Robins Kopf.

»Ihr habt kein Recht, sein Vieh zu nehmen. Wenn er mit der Pacht im Rückstand ist, ist es Sache des Gerichtstages, darüber zu befinden, nicht Eure.«

Mortimer lachte leise. »Kein *Recht*? In meines Vaters Abwesenheit *bin* ich hier das Recht.«

»Wohl eher das Unrecht.«

Mortimer lachte nicht mehr. Er lief rot an vor Zorn, packte Robin mit einer Hand bei den Haaren, die andere krallte er in den Stoff seines Kittels und schleuderte ihn gegen die Wand. »Geh mir aus dem Weg, du Bauerntölpel. Irgendwann wird irgendwer dir deine unverschämte Zunge herausreißen. Und wenn es nicht bald jemand anders tut, werde ich mir selbst das Vergnügen nicht entgehen lassen.«

Auf einen Wink folgten seine Männer ihm hinaus.

Mit einem jammervollen Wimmern sank Heather neben ihrem Mann auf die Knie. Sie strich die Haare aus seinem blutüberströmten Gesicht und nahm seine Hand. »O Gott ... er ... er hat ihn umgebracht ...«

Robin schüttelte den Kopf und trat zu ihr. »Nein, nein. Er ist bewußtlos.«

Mortimer hatte letztes Jahr in der Tat einen jungen Burschen erschlagen, aber nicht mit Absicht. Auch ein Lord mußte dem Sheriff Fragen beantworten, wenn er einen Mann tötete. Unangenehme Fragen. Danach hatte er sich für eine Weile deutlich gemäßigt, doch die allgemeine Furcht vor ihm war seitdem größer denn je.

»Besser, du rührst ihn nicht an. Ich schicke euch Agnes. Sie wird ihn schon wieder auf die Beine bringen.« Er holte ihr einen Becher Wasser. »Hier, trink das.«

Sie nahm den Becher mit zitternden Händen. »Danke, Robin. O heilige Jungfrau, was soll werden, wenn sie die Kuh nehmen? Ich hab' nicht genug Milch für den Kleinen. Was soll ich denn nur tun …«

»Ihr solltet Jack Reeve bitten, daß er mit dem Steward spricht. Vielleicht gibt er euch die Kuh zurück. Es gibt nichts, was du sonst tun kannst.«

Sie trank einen Schluck und wischte sich mit dem Handrücken über die Augen. »Doch, ich kann etwas tun«, sagte sie heftig. »Ich kann diese beiden Sättel für euch machen. Dann kann ich wenigstens eine Anzahlung auf die rückständige Pacht leisten.«

Robin war nicht erstaunt. Viele Handwerkersfrauen verstanden sich auf die Kunst ihrer Männer, in der Stadt gab es gar Frauen, die selbst ein Handwerk gelernt hatten. »Einverstanden.«

Sie warf ihm einen kurzen, fast feindseligen Blick zu. »Wurde auch Zeit, daß ihr uns wieder Arbeit gebt. Das alles wäre nicht passiert, wenn ihr …« Sie brach ab.

Robin seufzte. »Wir bräuchten wenigstens zehn neue Sättel. Wir können sie uns nicht leisten.«

»Das Gestüt ist *reich*.«

»Das war einmal.«

Sie lachte.

Es klang halb hysterisch, halb gehässig, ein unschöner Laut. »Gib mir die Maße, Robin. Und trag deine Lügen woanders hin.«

Er unterdrückte eine hitzige Antwort. Mortimer ließ immer Bitterkeit zurück, wohin er auch ging. Bitterkeit, wäre sie sichtbar, müßte Mortimers Wappentier sein.

Isaac kam ihm entgegen. »Wie gut, daß man sich auf alte Freunde verlassen kann«, bemerkte er. »Ich dachte, wir waren verabredet?«

Robin erzählte ihm, was ihn aufgehalten hatte.

Isaac wurde bleich und biß sich auf die Unterlippe. »Verflucht …«

»Ja. Los, Isaac, geh zurück, es wird spät. Ich mach' mich auf die Suche nach Agnes.«

»Nein, laß es uns lieber umgekehrt machen. Ich muß wenigstens bei ihnen vorbeischauen, Robin. Heather ist meine Cousine.«

Robin hatte es vergessen. Isaacs und Heathers Mütter waren Schwestern gewesen. In Waringham waren alle Leute in der einen oder anderen Weise miteinander verwandt, er fand es allzu schwierig, all die Bande zu durchschauen. Er klopfte Isaac die Schulter. »Ja, du hast recht. Bleib nur bei ihnen, ich erkläre es Conrad.«

»Danke.«

Isaac wandte sich mit hängenden Schultern ab, und Robin beneidete ihn nicht. Seufzend machte er sich allein auf den Rückweg.

Als er an der Südwiese vorbeikam, ging sein Wunschtraum endlich in Erfüllung. Er traf Alice kurz vor dem Gatter. Er rannte sie fast um.

Sie wich zur Seite und lachte. »Warum so stürmisch?«

Er hob den Kopf und lächelte sie an. Er hätte nicht geglaubt, daß er lächeln konnte, aber es funktionierte. »Es tut mir leid. Verzeiht mir.«

»Du bist Robert, nicht wahr?«

»Ja, Madame.«

Sie fegte das mit einer entschiedenen Geste weg. »Oh, sei nicht so förmlich. Deine Abstammung ist weit edler als meine, weißt du.«

Er verneigte sich wortlos und fragte sich, wer ihr das erzählt hatte.

Sie strich sich eine dunkle Haarsträhne aus der Stirn und zeigte ihm, was sie in Händen hielt. »Sieh nur. Schlüsselblumen. Sind sie nicht herrlich?«

Er begutachtete sie. »Wunderschön.«

Alice legte ihre Blumen zurück in den Korb. »Ich bringe sie meiner Tante. Sie sollen sie aufheitern.«

»Das ist sehr großherzig von Euch.«

Sie schüttelte langsam den Kopf. »Aber es wird nicht viel nützen.« Sie seufzte. »Diese Burg ist wie ein Verlies. Alles ist trüb und schwer.«

Robin wußte nichts zu sagen, er mußte sie immerzu ansehen. Sie war so hinreißend. Jünger, als er ursprünglich angenommen hatte, höchstens fünfzehn. Sie trug ein safrangelbes Surkot, das direkt unter ihrer Brust geschnürt war und wenige Fragen offenließ. Die Ärmel der hellgelben Seidenkotte waren so weit, daß sie fast bis auf den Boden reichten, wenn sie die Arme herabhängen ließ. Solche Ärmel hatte Robin noch nie zuvor gesehen.

Sie ließ ihren Blick über die verwaiste Wiese schweifen. »Hier ist alles voller Leben, und die Fohlen sind so schön. Wie klug von dir, dich hier zu verbergen.«

Er wußte nicht genau, was sie meinte, aber er beschloß, es als gutes Omen zu werten, daß sie seine Vorliebe für die Stallungen und deren Bewohner teilte.

»Was ist dir? Du siehst so niedergeschlagen aus. Nicht verwegen, wie neulich.«

Er legte leicht den Kopf zur Seite. »Sagt Ihr immer so offen, was Ihr denkt?«

Sie überlegte kurz. »Nein«, räumte sie schließlich ein. »Nur zu Leuten, bei denen ich mich sicher fühle.«

»Sicher wovor?«

»Nein, nicht wovor. Bei denen ich gewiß bin, meine ich, daß sie mir wohlgesonnen sind.«

Er unterdrückte ein Lächeln. »Das bin ich, Madame.«

»Ja, ich weiß.« Sie warf ihre unbedeckten Locken mit einer geschickten Bewegung zurück über die Schultern. »Dann wirst du also morgen nachmittag mit mir ausreiten und mir die Gegend zeigen? Gestern habe ich mich hoffnungslos verirrt.«

Robin war überrumpelt. Er schwieg einen Augenblick verwirrt. Dann faßte er sich. »Es … wird mir eine Ehre sein.«

Sie nickte. Es war ein fast huldvolles Nicken, so, als habe sie nichts anderes erwartet. »Komm zur Burg, wenn du Zeit hast.«

»Abgemacht. So früh ich kann.«

Sie winkte ihm kurz zu und ging davon, der Korb voll Schlüsselblumen schwang an ihrer Seite hin und her. Robin sah ihr nach, bis sie hinter dem Hügel verschwunden war. Er stand wie verzaubert. War das tatsächlich passiert, oder war es nur wieder einer seiner Tagträume gewesen? Nein, entschied er, es war Wirklichkeit. So etwas wie die Schlüsselblumen hätte er sich niemals aus-gedacht. Sie wollte wahrhaftig, daß er sie begleitete. Nicht Morti-mer, nicht einer der jungen Ritter der Burg, sondern er. Es kam ihm vor, als berührten seine Füße den Boden kaum, als er langsam auf die Ställe der Stuten zuging.

Stephen begegnete ihm an der Futterscheune und machte sei-nen Träumereien ein Ende. »Du bist zu spät, und Isaac ist über-haupt noch nicht wieder aufgekreuzt.«

Robin kehrte mit einem Ruck in die Wirklichkeit zurück. »Ja, und wir haben einen verdammt guten Grund. Willst du ihn hören?«

Stephen verschränkte die Arme und grinste dünn. Das Grinsen sagte, daß er jede nur denkbare Ausrede wenigstens schon einmal gehört hatte. »Ich bin gespannt.«

Robin erzählte.

Stephens Miene verfinsterte sich, der sarkastische Ausdruck verschwand von seinem Gesicht, und er schickte Robin mit einer vagen Geste an die Arbeit.

Will Sattler, so stellte sich heraus, war nur der erste einer langen Liste gewesen. Bis zum Mittag des nächsten Tages hatte Mortimer vier weitere Männer übel zusammengeschlagen, und einer war einfach verschwunden. Vermutlich hatte Mortimer ihn einge-sperrt, irgendwo im Keller der Burg, um in aller Ruhe herauszu-finden, ob und wo er einen Beutel mit Pennys vergraben hatte. Auch dazu hatte er natürlich kein Recht, aber es gab nicht viel, was man dagegen hätte tun können. Der Sheriff war weit weg, in Canterbury oder sonst irgendwo, und im nachhinein ließ sich immer schwer beweisen, was passiert war. Selbst in dem unwahr-scheinlichen Fall, daß die Klage eines Bauern den Sheriff über-haupt ausreichend interessierte, um vorbeizuschauen. Mortimer mußte kaum mit Konsequenzen rechnen, wenn er die Leute heim-suchte, die mit der Pacht im Rückstand waren oder den Tallage nicht hatten zahlen können oder eine ihnen auferlegte Geldbuße. Und Mortimer scherte sich nicht darum, ob der Steward ihnen Aufschub gewehrt hatte oder nicht. Mortimer brauchte Geld, er hatte Schulden bei verschiedenen Geldverleihern in Canterbury und Winchester. Hohe Schulden. Sein Lebenswandel war kostspielig, und die Summe, die sein Vater ihm jährlich zugestand, war unter der Inflation zu einem Nichts zerronnen. Waffen, Pferde, der Unterhalt seiner Raufbolde, das alles wurde immer unerschwinglicher. Und das Drängen der Gläubiger auf Zinszahlungen wurde nachdrücklicher. Einer hatte gedroht, ihn anzuzeigen, wenn er nicht eine Bürgschaft des Earls beibrachte. Mortimer war einer Panik nahe. Er konnte seinen Vater unmöglich um Hilfe bitten. Also mußte er das Geld irgendwie beschaffen, wie, war ihm gleich. Nur beeilen mußte er sich. Er mußte seine Finanzkrise bereinigt haben, bevor Geoffrey zurückkehrte.

Niemand außer Agnes ahnte etwas von seinen erdrückenden Geldnöten, und die Leute waren vor Angst wie erstarrt. Mortimer war immer schon schlimm gewesen. Aber dieses Mal schien er vollkommen den Verstand verloren zu haben. Nachmittags kam er zum Gestüt und verlangte von Conrad und Stephen die Hälfte ihrer Kommissionen von der Auktion zurück. Sie weigerten sich, Conrad lachte ihn schlichtweg aus. Mortimer wagte nicht, Hand an diesen angesehenen Mann zu legen. Statt dessen prügelte er einen vollen Monatslohn aus Isaac heraus. Das war alles, was Isaac an weltlichen Gütern besaß. Und es war nicht einmal besonders schwierig, sie ihm zu entlocken. Obgleich Isaac der Baronie gegenüber keinerlei Verpflichtungen hatte, rückte er seine Ersparnisse heraus, ehe Mortimer begann, seine Knochen zu brechen. »Wozu auch«, sagte er mit einem müden Lächeln, als Conrad ihn schließlich hinter der Futterscheune fand. »Was bedeutet Geld schon.«

Robin wußte von alldem nichts. Er befand sich in einer völlig anderen Welt.

Kurz nach Mittag hatte er mit Conrads Erlaubnis das Gestüt verlassen und war zur Burg hinaufgegangen. Alice erwartete ihn schon. Sie trug ein solides Reitkleid aus dunkelgrünem Tuch, feste, bis über die Knöchel geschnürte Stiefel und wie gewöhnlich keine Kopfbedeckung. Ihre dunklen Locken hingen in langen Flechten ihren Rücken hinab bis auf die Hüften. Robins Herz flatterte in seiner Kehle, als er sie sah.

Als sie über die Zugbrücke ritten, fragte er: »Und wohin wollt Ihr?«

»Oh, ich weiß nicht. Die Kammerfrau erzählte von einem weißen Felsen. Sie sagte, von da aus habe man einen herrlichen Blick über das Tal. Wollen wir dorthin?«

»Wie Ihr wünscht, Lady Alice.«

Sie ließ die Hände sinken. »O nein, Robert. Jetzt schaust du wieder so finster drein und bist so förmlich.«

Er lächelte reumütig. »Wenn es Euer Wunsch ist, zeige ich Euch den Weißen Felsen gern. Aber ich denke, ich wüßte noch einen schöneren Ort.«

»Also dann. Nichts wie hin!«

Robin lachte und drängte sein Pferd in einen leichten Galopp, damit Alice ihm nicht davonzog. Sie war eine ausgezeichnete Reiterin. Sie ritt viel zur Jagd, erzählte sie ihm irgendwann, es war ihre Leidenschaft. Eine ihrer Leidenschaften.

Robin ritt mit ihr in den Wald, führte sie jedoch in einem weiten Bogen um den Weißen Felsen herum bis zum Tain, der auf viele Meilen durch den Wald floß. Alte Weiden standen an seinem Ufer, das Wasser war klar und murmelte geheimnisvoll in dem steinigen Flußbett. Schließlich kamen sie durch ein Dickicht auf eine kleine Lichtung, auf der hellgrünes, federndes Gras wuchs. Sie hielten an und saßen ab.

Alice sah sich mit leuchtenden Augen um. Haselnußsträucher und Birken umstanden die Lichtung. Es duftete nach Moos und Erde, die warme Luft war erfüllt vom Summen der ersten Bienen. Irgendwo klopfte ein Specht.

»Oh, Robert. Wie schön es hier ist.«

Er verbarg seine Zufriedenheit. »Ich bin froh, daß es Euch gefällt, Madame.«

Sie warf ihm ihre Zügel zu und ließ sich einfach ins Gras fallen. »Ist es ein verzauberter Ort? Was denkst du?«

»Ja. Ich bin sicher.«

Sie lachten. Ihr Lachen klang gut in der stillen Waldluft.

Robin band die Pferde an einen niedrigen Ast, kam dann zu ihr und setzte sich in gesittetem Abstand neben sie.

Sie lächelte ihn an, ihre Augen waren dabei halb geschlossen. »Bringst du viele Mädchen hierher, Robert?«

Er rupfte einen Grashalm aus und steckte ihn zwischen die Lippen. »Nein. Hierhin komme ich für gewöhnlich allein.«

»Ich sollte mich also geschmeichelt fühlen?«

Er grinste. »Das könnt Ihr halten, wie Ihr wollt, Madame.«

Sie setzte sich auf. »Oh, wann wirst du aufhören, mich so zu nennen?«

Er war erstaunt über ihre Heftigkeit. »Aber es ist nur korrekt.«

Sie verdrehte ungeduldig die Augen. »Unsinn. Ich will nicht, daß du mich so nennst! Also? Wirst du mich Alice nennen?«

Er hatte kein gutes Gefühl dabei. Aber er wußte nicht, wie er es ihr abschlagen sollte. »Na schön. Wenn du mich Robin nennst.«

»Sagen das die Leute? Robin?«

»Ja.«

»Abgemacht.«

Er lehnte sich zurück, verschränkte die Hände im Nacken und sah in den Himmel.

»Sieh mal«, sagte sie nach einer Weile.

Er wandte den Kopf und sah zu ihr auf. In der Rechten hielt sie ein Schmuckstück, das an einer Kette um ihren Hals hing und das offenbar unter ihrem Kleid verborgen gewesen war.

»Was ist es?« Er richtete sich auf und beugte sich näher zu ihr.

»Es hat meinem Vater gehört.« Sie legte es in seine Hand.

Es war ein Amulett aus schwerem Gold, das ein Wappen mit einem St.-Georgs-Kreuz zeigte. Es hing an einer festen, grobgliedrigen Goldkette, die in der Tat eher für einen Mann als für einen schmalen Mädchenhals gemacht schien.

Er ließ es los, und es fiel in die Mulde zwischen ihren Brüsten. »Es ist wirklich schön.«

»Ja, nicht wahr?«

»Hat er es dir geschenkt?«

Sie wandte sich plötzlich ab, erhob sich leichtfüßig und lehnte sich mit dem Rücken zu ihm an einen nahen Birkenstamm. »Nein, er hat es meiner Mutter gegeben. Ich habe es von ihr.«

Robin hatte das vage Gefühl, er habe etwas Falsches gesagt. »Alice …«

»Sag mal, könnten wir nicht morgen zur Jagd reiten?« fragte sie rastlos, als habe sie völlig vergessen, wovon sie gerade gesprochen hatten.

Robin lachte überrascht. »Zur Jagd? Was denkst du dir? Ich darf in diesem Wald nicht einmal Holz sammeln. Ich bin kein Edelmann, Alice. Was für deinesgleichen Jagd heißt, nennt man

Wilderei, wenn ich es tue. Mortimer würde dafür sorgen, daß sie mich aufhängen, wenn ich mir nur eine Taube holte.«

Sie wandte sich ihm wieder zu und sah ihn eindringlich an. »Natürlich. Ich hab's vergessen. Wie ... hältst du das nur aus?«

Er ließ sich wieder ins Gras fallen und lächelte träge. »Oh, gut. Ich fand die Jagd immer schrecklich.«

»Was? Wieso?«

»Die vielen Leute, die kläffende Meute, dieses ... Ritual des Abschlachtens und das viele Blut. Ich weiß auch nicht. Es erschien mir immer ein bißchen irrsinnig und irgendwie ekelhaft.«

Sie lachte verständnislos. »Meine Güte, du klingst wie ein richtiger Schwächling.«

Er seufzte schwer und lächelte immer noch dabei. »Das hat mein großer Bruder auch immer gesagt.«

Die Sonne schien ihm ins Gesicht, und er schloß die Augen. Er versuchte, sich diesen Moment in jeder Einzelheit einzuprägen. Er hatte etwas Vollkommenes, es war, als wäre eine Szene aus einer der alten Geschichten Wirklichkeit geworden. Und so konnte es nicht bleiben. Also wollte er sich wenigstens später daran erinnern. Er sog den Moment in sich auf.

»Robin«, sagte sie plötzlich scharf.

Bedauernd öffnete er die Augen, setzte sich auf und glaubte für einen Augenblick, der Schlag würde ihn treffen.

Sie war nackt. Ihr schlanker, makelloser Körper lag sonnenbeschienen im hellen Gras, ihre dunklen Flechten umgaben ihre Schultern und betonten das Lilienweiß ihrer Haut. Und sie streckte ihm die Arme entgegen.

»Komm zu mir.«

Er starrte sie verstört an. Hätte sie einen Dolch gezückt und in seine Brust gestoßen, hätte er kaum bestürzter sein können. »Alice ...«

»Komm schon«, forderte sie ungehalten.

Er rührte sich nicht. Er konnte nicht so ohne weiteres begreifen, was er sah. Sie war ihm so entrückt erschienen, ein Traumbild. In seinen wildesten Phantasien hatte er sich vorgestellt, daß er ihre kühlen Lippen mit seinen berührte. Und wenn er sich das vorstellte, war er vor Scham über seine Kühnheit errötet. Und jetzt lag sie da im Gras, viel schöner, aber nicht so anders als Kate die

Wäscherin. Er war ernüchtert, auf seltsame Weise enttäuscht und gleichzeitig erregt.

Mühsam wandte er den Blick ab. »Nein, Alice, bitte. Es geht nicht.« Seine Stimme klang brüchig, und er räusperte sich entschlossen. »Du solltest …«

Schnell wie eine Katze hatte sie sich aufgerichtet, sein Handgelenk gepackt und ihn näher gezogen. Als er sie zögernd wieder ansah, ließ sie sich langsam zurückgleiten und legte eine Hand auf eine ihrer runden Mädchenbrüste. Ihre Beine waren angewinkelt und leicht gespreizt. Ihre freie Hand wanderte ihren Bauch hinab. Dabei ließ sie ihn nicht aus den Augen. Ihr Gesicht war ernst.

Robin erkannte seinen großen Irrtum, als er sah, wie dieses Geschöpf, das er für so rein und unberührt gehalten hatte, eine so wollüstige Gebärde ausführte, und dann hörte er auf zu denken. Er stand langsam auf, zog sich mit fahrigen Bewegungen aus, fiel neben ihr auf die Knie und nahm ihre Hand von ihrer Brust. Er legte statt dessen seine eigene darauf, groß und schwielig, und sie schloß fest die Augen, lächelte und seufzte zufrieden. »Endlich. Und ich dachte schon, du wolltest mich nicht.«

Seine Kehle war wie zugeschnürt, als er ihre weiche, fast samtige Haut spürte. O ja, er wollte sie. Jetzt gleich. Behutsam faßte er zwischen ihre Beine. Sie war feucht und warm. Sie wand sich kurz und wölbte sich ihm entgegen.

Mit seinem Körper spreizte er ihre Beine weiter, in einer einzigen, langsamen Bewegung glitt er in sie hinein und spürte in einem Moment würgender Panik, wie er etwas unwiederbringlich verlor. Es war ein gewaltiger, einschneidender Verlust, wie der einer Jungfernschaft. Lächerlich, dachte er halb belustigt, halb bestürzt, aber das beklemmende Gefühl blieb. Es gab nichts, das er dagegen tun konnte. Also beachtete er es nicht, zog Alice näher an sich, legte einen Arm unter ihren Rücken und fuhr mit der anderen Hand durch ihre wilden, aufgelösten Locken. Sie seufzte wieder leise, ihre Lider flatterten, und sie sah ihn einen Moment an. Dann begann sie, seine behutsamen Bewegungen zu erwidern, heftig und gierig. Robin umklammerte sie fester, drängte sie zurück ins Gras, hielt sie nieder und drang entschlossener in sie ein. Sie lächelte sanft und nahm ihn immer tiefer in sich auf. »Ja, Robin. Ja.«

Ihre Stimme vernichtete seine letzten Reserven. Er beugte sich über sie, küßte ihren Mund, drang mit seiner Zunge vor wie mit seinem Glied, hart, schnell und voller Hingabe. Blind erkundeten seine Hände ihren schmalen, biegsamen Körper, umfaßten mühelos ihre Taille. Sie begann zu keuchen, und er lauschte ihr verzückt, mit geschlossenen Augen. Dann schrie sie auf, hemmungslos und triumphal, und Robin glaubte, er werde in Stücke gerissen.

Fast brach er auf ihr zusammen, blieb eine Weile reglos liegen, öffnete endlich die Augen wieder, fuhr mit dem Finger über die Spitzen ihrer Brüste und betrachtete sie versonnen.

Sie lächelte ihn warm an. »Robin.«

»Hm?«

Sanft fuhr sie mit der Hand durch seine Haare. »Robin. Warum hast du ein schlechtes Gewissen?«

»Das habe ich nicht.« Er wollte sich zurückziehen.

Sie umklammerte seine Arme. »Nein!«

Er machte sich los, setzte sich auf und sah auf sie hinunter. Lady Alice Perrers. Lady Matildas Nichte. Mortimers Cousine. Wenn es je herauskam, würde es ihn das Leben kosten. Das war nicht weiter schlimm. Er glaubte nicht, daß es herauskommen würde. Das war nicht der Grund seiner Unruhe.

»Bist du mir böse?« fragte sie stirnrunzelnd.

Er lächelte unwillkürlich. »Wie könnte ich das?«

»Was ist es dann?«

»Oh, Alice. Ich weiß nicht. Du bist so jung. Und ich kann dich niemals heiraten. Es ist unmöglich.«

Sie fegte das mit einer achtlosen Geste weg. »Na und?«

»Aber …«

Sie richtete sich auf und legte den Kopf auf sein Bein. »Warum verdirbst du alles mit deinen Gedanken?«

»Es tut mir leid. Das will ich nicht.«

»Komm, laß uns baden.«

»Ja. Gleich. Alice … Warum ausgerechnet ich?«

Er war nicht der erste gewesen, das war ihm klar. Aber sie war auch nicht leicht zu haben, das spürte er. Sie hatte ihm ein seltenes, kostbares Geschenk gemacht. Und er fragte sich, was er sich damit eingehandelt hatte.

»Du und ich, wir sind gleich«, sagte sie nach einer Weile unerwartet.

»Wie meinst du das?«

»Weißt du von meinem Vater?«

Er schüttelte verwirrt den Kopf.

Sie schmiegte sich wieder an sein ausgestrecktes Bein und sah in den Wald hinaus. »Mein Vater war Sir Richard Perrers. Vor langer Zeit. Ein Ritter des Königs, Sheriff von Herefordshire und Essex, ein einflußreicher, angesehener Mann. Wie dein Vater.«

»Und dann?«

»Er hatte einen wüsten Streit mit der Abtei von St. Albans. Es ging um Land, natürlich. Mein Vater war im Recht, aber der König stellte sich auf die Seite des Klosters. Sie … haben ihn eingesperrt. Jahrelang.«

Robin spürte sein Herz schwer werden. Er glaubte, den Rest zu kennen. »Und haben ihm seinen Titel und sein Land weggenommen?«

Sie nickte langsam. »Und dann, an meinem siebten Geburtstag, haben sie ihn für gesetzlos erklärt. Sie haben sich nicht einmal die Mühe gemacht, ihn aufzuhängen. Sie haben ihn einfach … zu Freiwild gemacht.«

Er strich über ihren Kopf. Er konnte nichts sagen. Dafür wußte er zu gut, wie es sich anfühlte, wenn die Welt plötzlich aus den Angeln geriet und man nicht mehr war, wofür man sich sein Leben lang gehalten hatte.

Alice setzte sich auf und lehnte den Rücken an seine Brust. Sie weinte nicht, aber ihr Gesicht war voller Trauer.

Robin legte die Arme um sie. »Ist er tot?«

»Ja. Mein Bruder Richard hat versucht, unseren Titel zurückzubekommen, aber sie hören nicht auf ihn.«

»Dein Bruder Richard ist ein tapferer Mann. Auf die Idee wäre ich nie gekommen.«

»Nein. Du bist vielleicht klüger gewesen als wir. Du weißt wenigstens, wohin du gehörst. Wir sind nichts. Wir sind Bettler. Abhängig von der Gnade der Königin.«

»Sie hilft euch?«

Alice seufzte. »Königin Philippa hat ein großes Herz. Ja, sie hilft mir. Ich bin eine ihrer Hofdamen.«

Auf einmal verstand Robin ein paar Dinge. Die mädchenhafte Koketterie und die frauliche Erfahrenheit. König Edwards Hof stand in hohem Ruf, aber nicht, was die Moral betraf. Ein wenig erleichtert umschloß er ihren Körper fester. »Und bist du glücklich dort?«

»Manchmal ja. Es gibt gute Tage und schlechte. Aber wenn ich könnte, würde ich es so machen wie du. Dem Hof und dem Adel den Rücken kehren. Jetzt bin ich … ausgeliefert.«

Das bin ich auch, dachte er erstaunt. »Wem?«

»Allen. Dem König, der Königin, allen bei Hofe. An mir erfüllen sie ihre Christenpflicht der Barmherzigkeit. Und sie lassen es mich jeden Tag wissen.«

»Und was hindert dich, es so zu machen wie ich?« fragte er plötzlich. »Kehr ihnen den Rücken. Bleib hier, heirate mich!«

Sie lehnte den Kopf an seine Schulter und sah in den Himmel. »Das kann ich nicht. Ich will zurückbekommen, was man uns weggenommen hat.«

Er biß die Zähne zusammen. Eine klarere Absage konnte es wohl kaum geben. »Ist das denn wirklich so wichtig?«

Sie regte sich unruhig in seinen Armen. »O ja. Nur wenn man Geld und Macht hat, kann man sich schützen, nur dann kann man sich sicher fühlen. Und ich werde sie kriegen. Geld und Macht. Und dann werde ich mich bei ein paar Leuten revanchieren, verlaß dich drauf.«

Die wilde Entschlossenheit dieser Worte machte ihn schaudern. Er ließ sie los. »Und was hättest du davon?«

»Genugtuung.«

Er verzog den Mund, als habe er einen bitteren Geschmack verspürt. »Was ist das schon.«

Sie legte den Arm um die Knie. »Ich glaube, das weiß ich erst, wenn ich sie habe.«

Er schüttelte verständnislos den Kopf. »Gott, ich dachte, du bist ein Kind.«

»Bist du enttäuscht?«

»Nein. Nur ein bißchen weiser.«

Sie lachte leise. »Wirst du mich lieben, solange es geht?«

Er sah auf ihren Rücken hinunter, strich die langen Flechten zur Seite und küßte ihren Nacken. »Solange es geht. Und noch ein bißchen länger.«

Rechtzeitig zur abendlichen Arbeit kam Robin zum Gestüt zurück. Er gedachte nicht, Conrads Großzügigkeit über Gebühr zu strapazieren, denn dann konnte es damit sehr plötzlich und nachhaltig vorbei sein. Gewissenhaft ging er bei den Jährlingen von Tür zu Tür, kontrollierte ihre Ställe und legte hier und da mit Hand an. Aufmerksam lauschte er den Jungen, die ihm berichteten, welcher seiner Schützlinge nicht ordentlich gefressen hatte, welcher sich merkwürdig benahm, welcher lahmte. Wie immer ging Robin jeder Unregelmäßigkeit auf den Grund. Man konnte nie wissen, was wichtig war und was nebensächlich. Pferde waren komplizierte, anfällige Kreaturen. Diese hier waren obendrein kostbar, und sie lagen ihm am Herzen.

Als er seine Runde beendet hatte, warf er noch einen schnellen Blick auf die Bücher, bevor es Zeit zum Essen wurde.

Maria und Elinor waren schon dabei aufzufüllen, als er eintrat. Über die Jahre waren es alle müde geworden, Robin für seine Verspätungen zu schelten. Er wusch sich die Hände und setzte sich auf seinen Platz; sehr viel näher am Herd als früher. Die Runde hatte sich mit der Zeit verändert und vergrößert: Conrads Söhne, die inzwischen ihre eigenen Aufgaben in den Stallungen zu versehen hatten, gehörten jetzt ebenso dazu wie die neun anderen jungen Burschen, die mit Isaac über der Sattelkammer hausten. Pete und Bertram waren verheiratet und lebten im Dorf. Dick und Crispin waren in den Krieg gezogen.

Robin ließ seinen Blick nachdenklich über die lange Tafel schweifen. So vertraut. Und heute plötzlich so fremd. Es kam ihm vor, als sei der Nachmittag auf der Lichtung am Fluß wirklicher als dieser Ort mit seinen bekannten Gesichtern. Er seufzte verstohlen und brach sein Brot in zwei Hälften. Vermutlich war er im Begriff, sich in die größten Schwierigkeiten aller Zeiten zu bringen …

»Robin, wenn du dein Brot zerkrümelst, wirst du kaum satt werden«, sagte Elinor mißbilligend von ihrem Platz gegenüber.

Er sah auf und grinste sie an. »Kümmere dich um deinen eigenen Teller, du kleine Hexe.«

»Ich will nur verhindern, daß du uns vom Fleisch fällst. Du bist blaß und mager, du wächst zu schnell«, belehrte sie ihn steif.

Er streckte einen seiner langen Arme über den Tisch und zog sie am Zopf. Er wußte, daß sie das haßte.

»Robin, hör auf!«

Prompt ließ er sie los und lachte über ihre Empörung. »Dann sei nicht so vorlaut. *Ich* bin schon ausgewachsen, weißt du.« Er schoß einen vielsagenden Blick auf ihre knospende Brust ab, die weibliche Formen gerade erahnen ließ.

Elinor lief rot an, senkte den Kopf, und er betrachtete lächelnd ihren Scheitel. Er hatte eine wirkliche Schwäche für sie. Elinor war ein aufgewecktes Kind und für gewöhnlich schlagfertig und humorvoll. Aber er konnte sie mühelos zur Weißglut und sogar zu Tränen reizen. Und das tat er oft. Es war normal. Er war wie ein älterer Bruder. Irgendwann würde sie lernen, daß ihre Wutausbrüche sein Vergnügen nur steigerten. Robin kam nicht im Traum darauf, daß sie so leicht in Zorn geriet, weil seine gutmütigen Späße ihr jeden Tag aufs neue bewiesen, daß er immer noch keine Frau in ihr sah. Daß er es vermutlich nie tun würde.

»Was denkst du, Elinor, soll ich dir mein Brot überlassen?« fuhr er unbarmherzig fort. »Oder mein Bier, was meinst du? Es heißt, sie wachsen schneller von Bier.«

Ihre Augen schleuderten Blitze. »Lieber würde ich verhungern und verdursten!«

»Ach, komm schon, hab dich nicht so. Ich will doch nur dein Bestes.« Er streckte ihr seinen Becher entgegen.

Wütend schlug sie nach seiner Hand, und Bier schwappte auf Marias Schoß.

»Oh, um Himmels willen, hört jetzt auf, ihr zwei«, befahl diese barsch. »Laß sie in Ruhe, Robin, du eingebildeter Gockel!«

Sie als einzige kannte Elinors Kummer, und sie bedauerte ihre Tochter. Sie wußte, es war nicht Robins Schuld, aber sie hatte trotzdem wenig Geduld mit ihm.

Er hob versöhnlich die Hand und verkniff sich ein Grinsen. »Entschuldige.« Dann wandte er sich zur anderen Seite und stutzte. »Wo ist denn Isaac überhaupt?«

Maria nahm seinen leeren Teller. »Na, wenn du es nicht weißt, wer dann?«

»Du bist heute nicht gerade gut auf mich zu sprechen, was?«

Sie lächelte wider Willen. »Nein. Ich finde dich gräßlich.«

Conrad stand auf. Er ging zur Tür, und über die Schulter sagte er zu Robin: »Ich denke, es ist besser, du siehst nach, wo Isaac steckt.«

Robin runzelte überrascht die Stirn. »Ja, sicher, wenn du willst.«

Robin fand Isaac unter der Kastanie am Brunnen. Er saß an den Stamm gelehnt. Im Zwielicht der untergehenden Sonne wirkte sein Gesicht strahlend und schneeweiß, er hatte aus dem linken Ohr geblutet, und sein Blick war trüb.

Robin war erschrocken. »Isaac …«

Isaac hörte besser, als er sah. »Robin?«

»Was zur Hölle …«

Isaac lächelte bitter. »Du darfst dreimal raten.«

Robin sah sich suchend um und entdeckte Leofric, der nicht weit entfernt am Gatter lehnte und zu ihnen herübersah. »Leofric, geh, hol meine Schwester.«

Isaac protestierte. »Das ist nicht nötig. Ich hab' nur eins auf den Schädel gekriegt, das ist alles. Und davon ist mir schlecht. Nein, das ist nicht ganz richtig. Mir ist … speiübel.« Hastig wandte er den Kopf ab und würgte. Er spuckte ein bißchen Galle ins Gras, und Robin war erleichtert, kein Blut darin zu entdecken. Er zog einen Eimer frisches Wasser herauf und brachte ihn Isaac.

Isaac nickte dankbar. »Schick nicht nach Agnes«, bat er, als er getrunken hatte. »Das ist mir … peinlich.«

Aber Leofric hatte ihnen längst den Rücken gekehrt und hörte Robins Rufe nicht.

Agnes war müde und hungrig. Sie wünschte nichts sehnlicher, als nach Hause zu kommen. Sie würde den Eintopf vom Vortag aufwärmen, einen Becher Bier trinken, das Abendrot genießen und nicht mehr an Mortimer denken. Das war das beste. Einfach nicht mehr an ihn denken. Denn in letzter Zeit machte er ihr besonders zu schaffen. Er erzählte ihr zu viele Dinge, die sie lieber nicht gewußt hätte.

Aber noch war sie nicht zu Hause. Noch lag sein Kopf in ihrem Schoß, und er schien keine Eile zu haben, zu seinen Saufkumpanen zurückzukehren.

»Agnes?«

»Hm?«

»Wie würde es dir gefallen, wenn ich ein berühmter Ritter würde? Wenn ich in den Hosenbandorden aufgenommen würde?«

»Nicht besonders. Ich habe nicht viel übrig für Helden.«

Er lachte unsicher. »Dummes Zeug. Alle Mädchen wollen einen Helden.«

»Ich nicht.«

»Warum nicht?«

»Man weiß nie, was wirklich unter einer Rüstung steckt. Rittertum ist bloß ein Wort. Nur ein Harnisch macht einen Mann nicht ehrenhaft.«

Er runzelte die Stirn. »Wieso nicht? Rittertum und Ehre, das ist doch das gleiche.«

O ja, du bist der lebende Beweis, dachte sie. »Und wie willst du das anstellen? Ruhm erringen?«

»Ich werde mit dem Schwarzen Prinzen auf seinen nächsten Feldzug gehen. Egal, wohin. Ich will endlich eine Chance, meine Fähigkeiten zu beweisen.«

Sie lächelte spöttisch auf ihn hinunter. »Für England und König Edward? Oder um deinen Gläubigern zu entkommen?«

Er runzelte nachdenklich die Stirn. »Beides, vermutlich.«

»Und was hält dein Vater davon, daß du in den Krieg ziehst? Und deine Mutter?«

Er setzte sich unwillig auf. »Ich werde sie nicht fragen. Ich bin schließlich alt genug.«

Sie nickte wortlos. Zieh in den Krieg, Mortimer, dachte sie kalt, und falle ehrenhaft. Aber falle. Komm nicht zurück. Erlöse uns von dem Joch deiner Gegenwart.

»Was denkst du?« fragte er neugierig.

»Ich denke, du solltest es tun. Es wird Zeit, daß du dich auf deine eigenen Füße stellst.«

Sie schwiegen einen Moment. Die Vögel in den umliegenden Bäumen sangen der Sonne ihr Abschiedslied, der Wald hallte von ihren Stimmen. Die Luft war immer noch mild, und dem Boden entströmte ein würziger, fast betäubender Duft.

Mortimer nahm eine der blonden Haarsträhnen und wickelte sie um seinen Finger. »Du könntest wenigstens so tun, als wärst du traurig, wenn ich gehe.«

Sie nahm seine Hand zwischen ihre. »Warum soll ich dich anlügen, Mortimer? Hast du nicht genug falsche Freunde?«

Er wich ihrem Blick aus. »Ich weiß nicht, was du meinst.«

»Du weißt verdammt gut, was ich meine.« Sie meinte die Parasiten, die ihn umgaben wie Fliegen einen fauligen Apfel, die Läuse in seinem Pelz, die auf seine Kosten soffen und hurten und todsicher immer über seine Scherze lachten. Armer Mortimer ...

Sie seufzte und stand auf. »Ich muß gehen.«

Er erhob sich ebenfalls und legte die Arme um sie. »Wirst du mir Glück wünschen, wenn ich gehe?«

Sie strich ihm die Haare aus der Stirn. »Soweit ist es ja noch nicht.«

Er schüttelte den Kopf und fuhr mit den Lippen ihre Wange entlang. »Nein. Noch nicht.«

Über ihre Schulter hinweg nahm er einen Schatten wahr. Er reagierte mit geübter Schnelligkeit; mit einer einzigen Bewegung hatte er sie zur Seite geschleudert, den Eindringling aus dem Gebüsch gezerrt und seinen Dolch gezückt.

Agnes blinzelte verwirrt. Sie spürte einen scheußlichen, heißen Stich im Magen. *Es ist endlich passiert. Jemand hat uns gefunden. Sie werden mich hassen. Sie werden mich davonjagen ...*

Mortimer hielt den ungebetenen Gast am Schopf und hatte ihm die Klinge an die Kehle gesetzt. »Und was haben wir hier ...?«

Agnes faßte sich. Ihre Erleichterung machte sie schwindelig. Sie lachte leise. »Laß ihn los, Mortimer. Tu ihm nichts. Er ist der einzige Mensch, auf dessen Stillschweigen wir uns felsenfest verlassen können.«

Mortimer ließ Leofrics blonden Schopf los, stieß ihn weg, und Leofric segelte ins junge Gras. »Wer ist der Hänfling?«

Agnes machte eine verstohlene, beruhigende Geste in Leofrics Richtung. »Er arbeitet auf dem Gestüt. Und er ist stumm.«

Mortimer betrachtete den Jungen neugierig. »Ein Irrer?«

Leofric wandte den Kopf ab, erfüllt von Angst und Scham.

Agnes ging zu ihm und half ihm auf die Füße. »Nein, das ist er keineswegs«, versicherte sie Mortimer hitzig.

Leofric zupfte an ihrem Ärmel.

Sie sah in seine weit aufgerissenen, verstörten Augen. »Was ist?«

Blödsinnige Frage, dachte sie, als sie sie stellte. Er kann nicht antworten.

Aber Leofric konnte. Er hielt ihren Blick mit seinen Augen fest, schien Mortimer völlig vergessen zu haben und gestikulierte. Er machte ein Zeichen auf seiner Stirn. Wie ein unregelmäßiges Muster.

»Isaac?« fragte sie unsicher.

Leofric nickte, ballte die Hände zu Fäusten, boxte wütend in die laue Abendluft, führte seine Faust gegen seinen Kopf, schloß die Augen und ließ den Kopf zur Seite fallen.

Agnes sah zu Mortimer. »Was hast du getan?«

Ihre Stimme war kalt.

Mortimer fühlte sich unbehaglich. Das Mienenspiel des Jungen hatte eine eigentümliche Intensität. Keine Worte hätten so anklagend sein können wie dieser stille Akt. Mit einer fahrigen Geste fegte er ihre Anschuldigung weg. »Nichts.«

Sie wußte, daß er log. Eilig überprüfte sie, was sie in dem Beutel an ihrem Gürtel trug. Dann winkte sie Leofric. »Komm.«

Leofric führte sie durch den Wald, an der Burg vorbei und über den Mönchskopf. Agnes' Gedanken rasten. Sie überlegte, was mit Isaac war, warum sie nach ihr schickten. Und sie überlegte, was genau dieser Junge gesehen hatte.

Vor der Futterscheune hielt sie kurz an und legte die Hand auf seine Schulter.

Unwillig sah er zu ihr auf.

Sie erwiderte seinen Blick ernst und schüttelte leicht den Kopf. »Leofric, was immer du denkst, was immer du meinst, gesehen zu haben, laß es dir nicht anmerken.«

Seine Augen waren feindselig, sein Gesicht wirkte verschlossen.

Sie verzog ungeduldig den Mund. »Dir steht kein Urteil zu, du ahnungsloser Bengel. Und wenn Robin dir am Herzen liegt, dann ...« hältst du den Mund, hatte sie sagen wollen, aber das würde er ohnehin tun.

Er wandte den Blick ab, schien einen Moment nachzudenken und nickte dann kurz. Ungeduldig zog er sie weiter, an den Stuten vorbei auf die kleine Wiese hinter dem Küchenhaus, aber am Brunnen war niemand mehr. Leofric hielt an und sah sich ratlos um.

Agnes eilte weiter zur Sattelkammer.

Robin hatte Isaac überredet, sich hinzulegen. Er saß neben seinem Bett auf dem Boden und betrachtete kritisch das blasse Gesicht. Isaac hatte die Augen geschlossen. Erschöpfung und

Schmerz machten sein Gesicht alt, und Robin glaubte, darin eine Ähnlichkeit mit seinem Vater zu entdecken. Aber er war sich nicht sicher. Er war nie sicher, ob er es wirklich sah oder es sich nur einbildete.

Agnes kam eilig die steile Leiter hinauf. Leofric folgte dicht hinter ihr. Beide sahen ängstlich auf Isaac hinunter.

Isaac öffnete die Augen und lächelte beglückt. »Agnes …«

Sie schob Robin zur Seite und nahm seinen Platz ein. »Was tut dir weh?«

Isaac schien kurz nachzudenken. »Nichts, im Augenblick. Hast du dir etwa Sorgen um mich gemacht?«

Agnes lächelte auf ihn hinunter. »Natürlich. Was wäre ich für eine Schwester, wenn ich es nicht täte?«

Isaac wandte den Kopf ab und stöhnte. »Fahr zur Hölle …«

Sie warf Robin einen halb amüsierten, halb traurigen Blick zu, dann nahm sie Isaacs Hand in ihre. »Ist dir schwindelig?«

»Wenn du in der Nähe bist, immer.«

»Verdammt, Isaac, kannst du nicht dieses eine Mal ernst sein?«

»Ich wünschte, du wüßtest, wie ernst es mir ist.«

Sie untersuchte mit sanften Fingern seinen Kopf. Isaac kniff die Augen zu, wenn sie an eine besonders empfindliche Stelle rührte. Sie stellte sachliche, betont brüske Fragen. Wie lange und wie schlimm er aus dem Ohr geblutet hatte, welche Symptome er zeigte und verschiedene andere Dinge, und schließlich nickte sie erleichtert. »Ich schätze, du wirst noch mal durchkommen.«

Isaac machte eine wedelnde Handbewegung. »Ich hab' gleich gesagt, es ist überflüssig, dich zu holen. Es ist nichts.«

»Das würde ich nicht sagen. Du kannst von Glück sagen, daß du so einen harten Schädel hast.«

Isaac sah ergeben zu ihr auf. »Wenn es dich jedesmal an mein Lager bringt, kann Mortimer von mir aus jeden Tag einmal versuchen, ihn mir einzuschlagen.«

Agnes lachte wider Willen. »Oh, Isaac. Du bist wirklich völlig verrückt.«

»Nein. *Er* ist es.«

Sie setzte sich neben Robin auf das leere Bett rechts von Isaac. »Wo sind die Jungen?« fragte sie ausweichend und sah sich um. Nur Leofric saß an der gegenüberliegenden Wand und zupfte versonnen ein paar Halme aus einem Strohballen.

»Ich hab' sie weggeschickt«, sagte Robin kurz.

Agnes betrachtete ihn neugierig. »Tun sie immer einfach, was du ihnen sagst?«

Er fand nichts Besonderes dabei. »Natürlich.«

Sie hob ihren Beutel auf den Schoß, öffnete ihn und beförderte eine Handvoll trockener, blaßgrüner Blätter zutage, die sie Leofric entgegenstreckte. »Hier, bring sie zu Maria. Sag ihr ...« Sie schüttelte den Kopf, ungeduldig mit sich selbst. »Kannst du ihr klarmachen, sie soll einen Sud davon kochen und Isaac davon Umschläge auf den Kopf legen?«

Leofric grübelte einen Moment. Dann nickte er.

Sie legte die Blätter in seine Hand. »Dann lauf.«

Er wandte sich ab, ohne ihr Lächeln zu erwidern. Agnes spürte einen bitteren Zorn. Der kleine Bengel hielt sie für Mortimers Hure. Er versagte ihr einfach seine Zuneigung. Was bildete er sich eigentlich ein? Was bildeten sich überhaupt die Leute ein, die über andere Leute urteilten? Konnte irgendwer ihre Beweggründe ermessen? Diese merkwürdige Mischung aus Vernunft und Mitleid, Opferbereitschaft und Lust? Nein. Natürlich nicht. Sie schauderte bei der Erkenntnis, wie ausgeliefert sie Leofrics Mitwisserschaft war.

Isaacs erschöpfte Stimme riß sie aus ihren Gedanken. »Es wird immer schlimmer mit ihm. Es wird nicht lange dauern, bis es wieder einen Toten gibt.«

Robin regte sich unruhig. »Hoffentlich bleibt Geoffrey dieses Mal nicht wieder wochenlang weg.«

Agnes sah bedrückt von einem zum anderen. Sie fürchtete um sie, und sie machte sich keine Illusionen, was ihren Einfluß auf Mortimer anging. Er war sehr begrenzt. Nach einer langen Stille sagte sie leise: »Es wäre besser für euch beide, ihr ginget von hier fort. Sicherer. Es wird niemals besser werden mit Mortimer. Immer nur schlimmer.«

Isaac richtete sich auf einen Ellenbogen auf. »Wozu sollten wir fortgehen? Denkst du, anderswo ist es so viel besser?«

»Ja.«

»Aber ich nicht«, erwiderte er heftig, kniff gequält die Augen zu und ließ sich wieder zurückfallen. Seine Hände strichen ruhelos über die rauhe Wolldecke, und seine Lippen schienen blutleer. »Nein, das glaube ich wirklich nicht. Überall werden die Leute ärmer, überall versuchen die Lords, den letzten Penny aus ihnen herauszupressen. Der Krieg, die Pest, die schlechten Ernten, daran tragen alle gleich. Und die kleinen Leute am schwersten ...«

Robin legte ihm die Hand auf die Schulter. »Wir werden es uns nicht gefallen lassen, Isaac, wir werden uns an den Sheriff wenden.«

»Ach, das nützt doch nichts.«

»Es ist das einzige, was wir tun können.«

»Ich sag' euch, es kann nicht ewig so weitergehen«, sagte Isaac leise. »Es kann nicht für immer so sein, daß die Ärmsten die größte Last zu tragen haben. Und es wird immer schlimmer und schlimmer. Irgendwann wird es vielleicht einmal zu schlimm. Es heißt, in Frankreich hat es schon einen Bauernaufstand gegeben ...«

Robin winkte skeptisch ab. »Dabei kann nichts Gutes herauskommen. Was sind Dreschflegel und Mistgabeln gegen bewaffnete Soldaten?«

»Machtlos, du hast recht. Aber wenn der Bauernstand sich erhebt, wird es nicht nur Bauernblut sein, das in Strömen fließt. Sie werden gnadenlos sein, glaub mir. Denn sie sind verzweifelt.«

Mortimers blinde Wut schien sich vorläufig ausgetobt zu haben. Die Normalität kehrte zurück, und es herrschte eine verhaltene Erleichterung, vermischt mit einer schwachen, unterschwelligen Angst.

Robin war nicht blind für die Stimmung der Leute und ihre Sorgen, aber er nahm sie nur beiläufig wahr. Seine Arbeit nahm ihn völlig in Anspruch, nachdem Stephen vom Pferd gestürzt war und für ein paar Tage ausfiel, um eine ausgerenkte Schulter zu kurieren. Robin mußte all seine Aufgaben übernehmen. Und dann war da noch Alice, die mit einemmal zum Mittelpunkt seines Daseins geworden war. Eifersüchtig bestand sie darauf, daß er sie täglich traf, und wenn es nur ein paar Minuten waren. Sie ritten nicht jedesmal bis zu der Lichtung am Fluß, sie trafen sich an abgelegenen Orten in der Nähe des Dorfes, wie die verlassene Scheune, die auch Agnes und Mortimer oft bei ihren heimlichen

Rendezvous Obdach bot. Es war nur ein glücklicher Zufall, daß die beiden Paare sich nie begegneten.

Oft mußte Robin die Zeit stehlen, die er mit Alice verbrachte. Dann waren es kurze, atemlose Minuten, ein paar eilige Worte, ein Verschwörerlachen, ein hastiger Liebesakt im Stroh, heftig und stumm, mit hochgeschobenen Röcken und um die Knöchel schlotternden Hosen, Lust und die Angst vor Entdeckung vermischt zu prickelnder Anspannung. Doch meistens trafen sie sich abends, wenn alles schon schlief, redeten stundenlang in der Dunkelheit, liebten sich langsam und gierig, redeten wieder, bis es fast schon Morgen war. An manchen Tagen war Robin beinah krank vor Müdigkeit. Aber es wäre ihm nie in den Sinn gekommen, ihr abzusagen. Nicht nur, weil sich das nicht gehörte. Alice hatte sich mit Widerhaken in seiner Seele festgesetzt. Ihre Geringschätzung für Konventionen erfüllte ihn mit Hochachtung. Ihr Mut, es allein mit der Welt von Adeligen und Höflingen aufzunehmen, um zu bekommen, was ihr zustand, imponierte ihm und beschämte ihn nicht wenig. Bald konnte er sich kaum noch vorstellen, wie sein Leben ohne sie gewesen war. Er dachte selten darüber nach, daß sie irgendwann einfach wieder fortgehen würde. Er wollte sich mit dieser Aussicht nicht befassen, so, wie ein lebensfroher Mann sich nicht mit der Gewißheit der eigenen Sterblichkeit befaßt.

An einem Sonntag Anfang Juni wartete er im Wald auf sie. Der Sommer schien nicht zu halten, was der Frühling versprochen hatte; es war kühl und regnerisch. Robins Pferd stand niedergeschlagen am Ufer des Tain, angebunden an eine der alten Weiden, und strafte Robin mit vorwurfsvollen Blicken, weil er es einfach so im Regen stehenließ.

Robin klopfte ihm grinsend die Schulter. »Ich weiß, ich weiß. Aber du hast ja keine Ahnung, wozu die Damen einen Mann bringen können, du bedauernswerter Kastrat.«

Sie hatte gesagt, sie würde kommen, also war er hier. Unter dem Dach der tiefhängenden Äste war er ein wenig geschützt, dennoch hingen seine Haare bald in feuchten Strähnen an seinen Wangen. Ungeduldig ging er auf und ab. Ihm war kalt, es war verdammt ungemütlich hier. Und Alice ließ sich Zeit …

Er wartete über zwei Stunden. Beunruhigt und leicht verärgert sattelte er schließlich sein Pferd, um zurückzureiten, als er den Hufschlag ihrer Stute vernahm. Er ließ die Hände sinken und bemühte sich um ein finsteres Gesicht. Sie sollte ruhig merken, daß er es nicht schätzte, so lange auf sie zu warten. Es gab letzten Endes doch einen gewaltigen Unterschied zwischen Dichtung und Wahrheit. Er hatte kalte Füße und war naß bis auf die Haut. Und sie war schließlich nicht Königin Guinever, er nicht ihr verdammter Karrenritter. Sie waren nur Alice und Robin …

Sie kam im Galopp durch das dichte Gestrüpp, fegte mit ärgerlichen Bewegungen Zweige zur Seite, zerrte direkt neben ihm die Stute zum Stillstand und sprang ab.

Robins sarkastisches Lächeln verschwand. »Was ist passiert?«

Sie stand atemlos neben ihm, ihre dunklen Augen waren groß und bekümmert. »Geoffrey …«

Robin stockte der Atem.

Sie legte die Arme um seinen Hals und drückte das Gesicht an seine Schulter. Ihre Stimme klang gedämpft, als sie sagte: »Der Bote kam heute mittag. Es war ein Turnierunfall. Ein Lanzenstoß hob ihn aus dem Sattel. Er kam unglücklich mit dem Kopf auf … Oh, Robin, es ist furchtbar.«

Sie weinte wie ein kleines Mädchen, ungehemmt und heftig.

Er strich ihr über den Rücken und fühlte sich dabei merkwürdig benommen. Geoffrey war für ihn das letzte Bindeglied zu seinem Vater und der Vergangenheit gewesen. Ein Edelmann vom alten Schlage.

Er sah auf Alice hinunter, küßte ihren Scheitel und nahm ihr Kinn zwischen Daumen und Zeigefinger. »Warum bist du so traurig? Du kanntest ihn doch kaum.«

Sie fuhr sich mit dem Ärmel über das Gesicht. »Nein. Aber er war ein großzügiger, ehrenhafter Mann.«

»Ja. Das war er.«

»Und meine Tante, sie … Oh, ich weiß nicht, wie ich das beschreiben soll. Man kann kaum sagen, sie ist untröstlich. Sie ist jenseits von Trost. Ich fürchte, es könnte sie endgültig über die Grenze treiben.«

Robin sah sie erstaunt an. »Ich habe nie gedacht, daß er ihr viel bedeutet.«

Sie nickte unglücklich. »Doch. In vieler Hinsicht. Vielleicht nicht so, wie zwischen Mann und Frau üblich, aber er war so etwas wie ein sicherer Fels in ihrem Leben. Sie … lebt in der Vergangenheit. Und sie glaubt, daß Gott ihr alles wegnimmt, was sie liebt. Geoffrey hat immer viel Rücksicht auf sie genommen, er hat sich rührend um sie bemüht. Jetzt hat sie nur noch Mortimer.«

Robin ließ sie los und wandte sich ab. »Mortimer. Es ist endlich passiert. Mortimer ist Lord Waringham. Gott steh uns bei …«

Sie umfaßte ihn von hinten und legte die Hände auf seine Brust. »Ja, ich weiß, das ist schrecklich für dich.«

»Nicht nur für mich. Für alle.«

Sie schwieg einen Moment und preßte sich noch ein bißchen fester an ihn. Sie schnürte ihm fast die Luft ab. »Aber ein Gutes hat diese Tragödie, Robin.«

»Und was zur Hölle soll das sein?«

Sie lächelte traurig. »Der Bote brachte auch einen Brief von Königin Philippa für mich. Sie schrieb, sie wollte mich eigentlich zurückrufen, aber jetzt, wo diese Sache passiert sei, solle ich vorläufig hierbleiben, um meiner Tante Beistand zu leisten. Wenigstens bis zum Ende des Sommers.«

Robin spürte einen schmerzhaften Stich. Nur noch so wenig Zeit …

Tränen brannten hinter seinen Lidern, Angst und Trauer um einen verlorenen Freund drohten ihn niederzudrücken. Aber er ließ es nicht zu. Nahe am Stamm der alten Weide, da, wo der Boden am trockensten war, zog er Alice ins Gras. »Zurückholen wollte sie dich, ja?« knurrte er leise.

»Ja.«

»Und wozu, wüßte ich gern. Die Königin kann dich nicht so sehr brauchen wie ich.«

Alice lächelte schwach. »Nein, du hast recht.«

Sie sagte ihm nicht, daß es in Wirklichkeit König Edward war, der ihre Rückkehr herbeisehnte. Daß der König von England jeden Tag ohne sie für vergeudet hielt, genau wie Robin.

Die nächsten Tage in Waringham glichen der zwielichtigen Stunde vor einem schweren Sturm. Die Luft schien voller Schwefel und seltsam aufgeladen. Die Menschen waren nervös und reizbar, gingen ihrem Tagesgeschäft mit eingezogenen Köpfen nach, redeten mit gedämpften Stimmen und warteten, daß etwas geschah.

Es war fast wie beim Ausbruch einer Seuche. Nur dieses Mal war nicht die Pest gekommen, dieses Mal hieß die Seuche Mortimer. Alle fürchteten, daß mit dem Tod seines Vaters das letzte Bollwerk gegen Mortimers Tyrannei gefallen war.

Aber er ließ sich tagelang nicht blicken. Er wird sich um seine Mutter kümmern, sagten die Leute. Matilda genoß wenig Sympathien in Waringham. Ihre Gleichgültigkeit für die kleinen Leute war allgemein bekannt und wurde nun mit Gleichgültigkeit erwidert. Niemand kannte sie gut genug, um Mitgefühl zu empfinden.

Geoffreys Leichnam wurde mit großem Ehrengeleit aus London nach Waringham gebracht. Und um ihn trauerten die Leute; nicht nur, weil sein Tod sie Mortimer endgültig auslieferte. In dichten Reihen standen sie entlang des staubigen Weges, der von der Straße herführte, und sahen schweigend dem Trauerzug und dem schwarzverhängten Karren nach. Auf dem kleinen Friedhof bei der Kapelle der Burg war ein neues Grab ausgehoben worden, ein gutes Stück entfernt von den früheren. Dort wurde Lord Waringham in aller Stille beigesetzt.

Wenige Tage später wurde Robin auf die Burg bestellt. Widerstrebend machte er sich nach dem Frühstück auf den vertrauten Weg über den Mönchskopf und überquerte die Zugbrücke. Der Burghof lag still und verlassen unter dem grau verhangenen Himmel. Der Regen der letzten Tage und Nächte hatte ihn in ein Schlammfeld verwandelt. Bis zu den Knöcheln versank Robin im Morast.

Auch in der großen Halle herrschte nicht viel Betrieb. Ebenso wie im Dorf schien Geoffreys Tod auch hier oben ein bedrücktes Schweigen ausgelöst zu haben. Eine Handvoll von Mortimers finsteren Gesellen saßen an einem der langen Tische, sie würfelten. Aber sie grölten nicht und schienen einigermaßen nüchtern.

Robin blieb an der Tür stehen und sah sich suchend um. Nicht weit entfernt entdeckte er Gerard Fitzalan, den Steward. Er trat zögernd näher und wartete höflich, daß er auf ihn aufmerksam wurde.

Schließlich wandte der elegante, grauhaarige Mann sich ihm zu. »Was willst du?« fragte er barsch.

»Man hat nach mir geschickt. Vater Constantin will mich sprechen.«

Der Steward beäugte ihn argwöhnisch. »Warte hier. Constantin ist bei Lady Matilda.«

»Ich hoffe, Lady Matilda findet Trost in seinem Beistand, Sir«, sagte Robin höflich. Er redete sich ein, er habe nicht mehr für sie übrig als die anderen Leute in Waringham, aber er bedauerte sie dennoch. Er konnte einfach nicht anders.

Gerard fand seine Anteilnahme anmaßend. Hochmütig sah er an seiner langen Nase entlang, um den Eindruck zu erwecken, er blicke auf Robin hinab, obschon er einen halben Kopf kleiner war. »Lady Matilda hat einen schweren Schock erlitten. Sie leidet an einem Fieber.« Er sagte es so, als sei es Robins Schuld.

Robin sah besorgt auf. »Es gibt im Dorf eine Frau, die sehr kundig in Heilkräutern ist, Sir. Vielleicht wollt Ihr …«

Der Steward lächelte höhnisch. »Wir brauchen eure Kräuterweiber nicht. Wir haben einen Arzt aus Canterbury geholt.«

Seine dumme Überheblichkeit ärgerte Robin. »Das ist großartig, Sir. Er wird sie zur Ader lassen, bis sie vor Entkräftung stirbt.« Mit müheloser Schnelligkeit wich er der Hand des Stewards aus, die sich gegen ihn erhob. »Schon gut, ich bin sicher, Ihr tut, was Ihr für das Beste haltet. Aber vielleicht überlegt Ihr es Euch doch noch, ehe es zu spät ist. Ihr Name ist Agnes.«

Gerard stemmte die Hände in die Seiten. »Ich glaube, es wird höchste Zeit, daß wir dich ein wenig Respekt lehren, du Flegel!«

Robin verschränkte die Arme und sah auf einen Punkt über der Schulter des Stewards. Er biß hart auf seine verräterische Zunge, die ihn wieder einmal auf dünnes Eis geführt hatte.

Constantin, der schmächtige, blasse Priester, erlöste ihn aus seiner mißlichen Lage. Lautlos wie ein Schatten kam er hinzu. Robin betrachtete ihn neugierig; er hatte ihn Jahre nicht gesehen. Constantin erschien ihm noch dürrer und krähengleicher als früher.

Seine bleichen Lippen lächelten dünn. »Robert. Komm mit mir, ich habe etwas mit dir zu besprechen.«

Robin neigte höflich den Kopf und folgte Constantin aus der weiträumigen Halle, die steinerne Treppe hinauf in die Schreibstube. Sie war immer noch so, wie Robin sie in Erinnerung hatte: klein, staubig, dämmrig und muffig.

Constantin trat an einen ausladenden Holztisch, der über und über mit Papieren und Pergamentrollen bedeckt war. Er suchte eine Weile darin herum.

Robin stand wartend am Fenster. Der Kaplan hatte ihm keinen Platz angeboten.

Dann verstummte das Rascheln, und Constantin hob ein Schriftstück auf. »Hier. Das ist sein Testament.«

Robin sah verblüfft auf. »Sein Testament?«

»Ja. Er hat es ohne meine Hilfe aufgesetzt.« Constantin klang gekränkt. »Kurz nachdem er das Lehen bekam. Und er hat dich bedacht.« Er sah kurz auf. »Warum, weiß Gott allein.«

Robin preßte die Lippen zusammen und wandte sich zur Tür. »Gebt es Oswald dem Bettler. Ich will es nicht.«

»Warte, Robert. Es ist kein Geld.« Die Stimme klang mit einemmal etwas freundlicher.

Robin zögerte.

Constantin nestelte unruhig an seiner langen, schwarzen Robe. »Willst du hören, was er geschrieben hat?«

Nein, dachte Robin impulsiv. Wozu soll das dienen? Er ist tot. Aber er nickte.

Constantins Augen wanderten über die lange Pergamentrolle, an deren Ende ein verschmiertes Siegel hing wie ein Geschwür. Die Lippen des Priesters bewegten sich lautlos. Dann räusperte er sich. »›Robert of Waringham vermache ich die Bibel seiner Familie‹, hat er geschrieben. ›Sie steht ihm zu, denn auch wenn er kein Edelmann sein will, trägt er mehr von einem Waringham in sich, als ich es je tat oder mein Sohn es je könnte. Sie soll ihn daran erinnern, wer er ist. Sie soll ihm keine Ruhe lassen.‹«

Constantin sah stirnrunzelnd auf.

Robin schluckte mühsam. »Hat Mortimer das gelesen?«

»Natürlich«, erwiderte der Priester verwirrt.

Robin schloß für einen Moment die Augen. Angst machte plötzlich seine Knie butterweich. »War das alles?« fragte er tonlos.

»Nein. Hör zu: ›Außerdem hinterlasse ich ihm das Schwert seines Vaters. Wenn er wirklich denkt, er habe seine Bestimmung gefunden, mag er es umschmieden in eine Mistgabel. Aber vielleicht findet er doch noch Verwendung dafür. Vielleicht bringt dieses wundervolle Schwert seiner Vorfahren ihn endlich zu Verstand. Ich konnte es nicht. Gott sei mit Dir, Robert of Waringham. Ich habe mir oft gewünscht, Du seiest mein Sohn. Deiner Schwester Agnes vermache ich die Juwelen Deiner Mutter.‹ Das ist alles, was dich betrifft.«

Das ist alles, dachte Robin dumpf. Nur ein paar Zeilen. Und sie besiegeln meinen Untergang. Warum, Geoffrey, überlegte er unglücklich. Warum hast du mir das angetan? Warum lieferst du mich aus? Warum konntest du mich nicht zufriedenlassen?

Constantin wies auf ein dickes Bündel, das auf einer der tiefen Fensterbänke lag. »Da. Ich habe alles für dich zusammenpacken lassen.«

Robin verschränkte instinktiv die Arme. »Ich kann es nicht annehmen.«

»Warum nicht, in aller Welt? Du solltest glücklich sein. Es macht dich wohlhabend.«

Nein, dachte er. Das stimmt nicht. Das Schwert war kostbar, Heft und Scheide besetzt mit seltenen Steinen und Juwelen, aber es war nicht verkäuflich. Das war undenkbar. Und die bescheidene Schmuckschatulle ihrer Mutter? Ja, vielleicht. Agnes konnte sie verkaufen, wenn sie wollte, und brauchte sich um die Zukunft nie mehr zu sorgen. Wenn Mortimer es ihr ließe. Und das würde er nicht. Er würde es ihnen wegnehmen, das Erbe und jeden Blutstropfen und jeden Fetzen Selbstachtung, die er kriegen konnte.

Robin bewegte sich seitwärts zur Tür. »Ich darf kein Schwert besitzen. Der König verbietet es.«

Constantin schüttelte verständnislos den Kopf. »Du darfst es nicht mit dir führen. Besitzen schon. Robert, sei nicht närrisch, diese Erbschaft gibt dir und deiner Schwester die Möglichkeit, sorgenfrei zu leben.«

Robin lachte wider Willen. Er fand den Klang seines Lachens erschreckend; wie zerbrochenes Glas. »O nein, Vater. Diese Erbschaft könnte uns ohne weiteres umbringen.«

Constantin starrte ihn pikiert an. »Er wird es euch nicht nehmen. Das wird er nicht wagen. Damit würde er offen gegen den Letzten Willen seines Vaters verstoßen ...«

»Na und? Glaubt Ihr wirklich, das wird ihn hindern?«

»Es ist eine Mißachtung des göttlichen Gebots. Er würde sein Seelenheil riskieren.«

Robin hob kurz die Schultern. »Was macht das für einen Unterschied? Mortimer wird sowieso in der Hölle brennen. Und das weiß er ganz genau. Was sollte ihn also schrecken?«

Constantin streckte ratlos beide Hände aus. »Aber es gehört

euch! Lord Waringham hat es euch vermacht. Willst du nicht einmal die Bibel?«

Doch, er wollte die Bibel. Mehr als das Schwert, mehr als den Schmuck für Agnes. Und er wußte, wenn er die Bibel nahm, konnte er auch alles andere nehmen. Wenn er die Bibel nahm, würde er eingestehen, daß er von der Existenz des vernichtenden Testaments wußte. Aber er wollte diese Bibel wirklich. Seit Jahren hegte er den Wunsch, sie in Händen zu halten. Nicht, weil sie das Wort Gottes war, gestand er sich ein, sondern weil auf den letzten, freien Seiten die Geschichte seiner Familie verzeichnet war. Die Bibel verkörperte, was sein aussterbendes Geschlecht in seiner Vorstellung bedeutete.

Er sah von dem Bündel am Fenster zu Constantin und wieder zurück. »Es wird mich Kopf und Kragen kosten.«

»Unsinn«, sagte Constantin ohne viel Überzeugung.

Es war einen Moment still. Robin überdachte Geoffreys Worte. Und schließlich lächelte er. »Also gut. Ich nehme es. Und möge seine Seele keine Ruhe finden, bevor es mir nicht eingebracht hat, was er mir damit geben wollte ...«

Agnes nahm es viel gelassener als er. Lächelnd strich sie mit dem Finger über das dicke Leder der Bibel, als er abends den Inhalt des schweren Bündels auf dem Tisch vor ihr ausbreitete.

»Ich habe mich oft gefragt, was aus der Bibel geworden ist«, murmelte sie.

Behutsam schlug sie sie auf, und gemeinsam beugten sie die Köpfe darüber. Ein eigentümlicher Geruch entströmte den Seiten, nur ganz schwach, staubig, erdig und ein bißchen modrig zugleich. Das Pergament war an den Rändern dunkel und brüchig geworden. Aber es war von guter Qualität, und die Tinte war kaum verblaßt. Sie betrachteten die säuberliche Handschrift, in der die Seiten beschrieben waren, ganz gleichmäßig, immer zwei Spalten auf jeder Seite. Hin und wieder verzierte eine kunstvolle Initiale den Beginn eines Absatzes. Die ehemals hellrote Tinte der großen Anfangsbuchstaben hatte jetzt die Farbe von getrocknetem Blut.

Andächtig blätterten sie bis zur letzten beschriebenen Seite. Sie begann mit dem Eintrag über die Belagerung und den Fall von

Calais. Dann folgte: *Im Jahre des Herrn 1348, am Tage des Dreikönigs-festes, schenkte der Herr uns unseren zweiten Sohn. Er wurde auf den Namen Robert getauft.*

Dann kamen kurze Absätze über Raymonds Geburt am Ende desselben Jahres, den Ausbruch der Pest im Frühjahr darauf, Agnes' Geburt im Oktober.

Agnes verglich kopfschüttelnd die Daten. »Arme Mutter. Wir drei kamen wirklich Schlag auf Schlag.«

Dann beschrieb ihr Vater ausführlicher und ein bißchen stolz die Seeschlacht von Winchelsea im August 1350. Zwei Jahre spä-ter war Isabella zur Welt gekommen. Und dann schließlich, in einer kleinen, zittrigen Handschrift: *Im Jahre des Herrn 1356 zu Be-ginn des Monats Februar hat es Gott gefallen, mir innerhalb von acht Tagen meine geliebte Frau Anne, meine Söhne Guillaume und Raymond und meine kleine Isabella zu nehmen. Der Schwarze Tod hält Waring-ham in seinem Würgegriff. Möge der Herr den Toten gnädig sein und uns Lebende nicht verlassen. Möge er seine schützende Hand halten über die Kinder, die mir geblieben sind, damit unser Geschlecht nicht aus-sterbe. Amen.*

Damit endeten die Eintragungen, so daß man glauben konnte, sein Gebet sei nicht erhört worden.

Agnes und Robin sahen sich an. Dann ging Agnes zu der klei-nen Holztruhe an der Tür, öffnete den Deckel und förderte eine gespitzte Gänsefeder und einen kleinen Krug mit selbstgemach-ter Weißdorntinte hervor.

Sie brachte sie Robin. »Hier. Tu du es.«

Er nahm die Feder in die Rechte, tauchte die Spitze behutsam in die Tinte und setzte sie an. Prompt fiel ein dicker Tropfen auf den freien Rand der Seite. »Fabelhaft«, murmelte er nervös. »Ich werde nur alles verderben. Du solltest es machen.«

Sie schüttelte den Kopf.

Robin sammelte seinen Mut, setzte die Feder wieder an, dach-te einen Moment nach und begann dann langsam zu schreiben: *Anno Domini 1360 im Monat September wurde Gervais of Waringham zum Dank für die Treue zu seinem König auf höchsten Befehl ermordet.*

Agnes zog scharf die Luft ein. »Wir sollten uns ein gutes Ver-steck überlegen, Robin.«

Er nickte ernst. »Aber das hier hat nur Sinn, wenn wir die Wahrheit schreiben, oder?«

»Richtig. Mach weiter.«

Robin tauchte die Feder wieder ein und ließ sie sorgsam abtropfen, bevor er fortfuhr. In kurzen Worten beschrieb er die Intrige, der sein Vater zum Opfer gefallen war, ohne allerdings Prinz Edward namentlich zu erwähnen. Es gab auf der Welt einfach kein Versteck, das sicher genug gewesen wäre, um das zu riskieren. Zum Schluß schrieb er: *Land, Burg und Titel gingen in fremde Hände über. Agnes und Robert kehrten dennoch nach Waringham zurück.*

Er lehnte sich zurück. »Ich denke, die anstößigen Einzelheiten unseres Daseins verschweigen wir.«

Sie klopfte ihm leicht auf die Schulter. »Einverstanden. Und jetzt? Wohin damit?«

Robin dachte nach. Sie hatten bereits ein raffiniertes Versteck. Als sie den Kuhstall angebaut hatten, hatte Robin in der Trennwand zwischen Wohnraum und Stall einen schmalen Hohlraum gelassen. Eine der Holzlatten war nur mit einem einzigen Nagel in der Mitte befestigt, alle weiteren waren Attrappen. Man konnte die Latte zur Seite schieben und so an den kleinen Verschlag gelangen. Für ihre kümmerlichen Ersparnisse war es sicher genug; niemand hatte sie bislang entdeckt. Aber es widerstrebte ihm, die Bibel dort zu deponieren. Dafür gingen Häuser zu oft in Flammen auf.

»Wir sollten sie nicht hier im Haus lassen.«

»Nein«, stimmte sie zu. »Ich weiß, wie wir's machen: Kennst du den Buchenhain, wo ich das Kreuzholz schneide?«

»Sicher.«

»Da gibt's einen hohlen Baum. Er ist ganz trocken, ich weiß es, ich benutze den Platz zum Trocknen der Blätter. Dort legen wir sie hin.«

Robin war skeptisch. »Und der erste, der sie findet, nimmt sie mit.«

Agnes winkte ab. »Niemand außer mir geht dorthin. Die Leute glauben, der Ort sei nicht so recht geheuer. Die Bäume sind uralt und dicht. Es ist ein bißchen finster. Vor zwanzig, dreißig Jahren sind zwei Kinder in dem Wald verschwunden. Und der Wind pfeift seltsam in dem hohlen Baum. Weil keiner von dem Baum weiß, denken sie, es sind die Seelen der Kinder, die schreien …«

»Also schön. Ich denke, da ist sie fürs erste sicher. Aber was machen wir mit dem Schmuck und dem Schwert?«

Sie setzte sich ihm gegenüber, warf noch einen liebevollen Blick auf die Bibel und klappte sie zu. »Das Schwert kann erst einmal in das Versteck zwischen den Wänden. Und den Schmuck werde ich verkaufen.«

Sie sah seine Ablehnung und sprach weiter, ehe er sie unterbrechen konnte. »Ich werde den Rubin behalten, den Urgroßvater aus dem Heiligen Land mitgebracht hat, davon kann ich mich unmöglich trennen. Und ich werde ihn tragen. Unter dem Kleid, niemand wird es wissen. Den Rest will ich nicht. Es wäre verrückt, das Zeug zu behalten und tatenlos zuzusehen, wie um uns herum die Armut herrscht.«

Robin seufzte. »Du willst alles verschenken, richtig?«

»Nicht alles. Wir werden genug haben, um den Zehnten und die Abgaben an die Baronie zu zahlen und besser als bisher zu leben, und können immer noch etwas abgeben.«

Er nickte. »Du hast recht, und es ist außerdem allein deine Sache, was du damit tust. Aber *wie* willst du sie verkaufen? Auf dem nächsten Jahrmarkt?«

Sie schnalzte ungeduldig mit der Zunge. »Unsinn. Ich werde sie Alice Perrers mitgeben, wenn sie zum Hof zurückkehrt, und sie wird sie dort für mich verkaufen.«

»Das wird noch ein paar Monate dauern«, sagte Robin eilig.

»Bis dahin verstauen wir sie hier. Es ist die beste Lösung. Alice kann ich trauen, einem Händler in Canterbury sicher nicht.«

»Wieso denkst du, du kannst ihr trauen?« fragte er neugierig. »Du kennst sie doch kaum.«

»Es reicht, daß du sie kennst.«

Sie ließen das Thema fallen. Robin hatte schon lange den Verdacht, daß Agnes die Wahrheit ahnte, aber es war ihm lieber, wenn sie nicht darüber sprachen. Und Agnes bestand nicht darauf. Ihr war es nur recht, wenn diese Angelegenheiten zwischen ihnen tabu blieben. Es machte die Dinge einfacher.

Sie stand auf, ging zu dem Bord neben dem Herd, stöberte eine Weile in ihren mageren Vorräten herum und kehrte mit einem Stück Ziegenkäse und einem Kanten Brot an den Tisch zurück. »Willst du auch was?«

»Nein. Ich fürchte, Geoffreys Hinterlassenschaft hat sich nachteilig auf meinen Appetit ausgewirkt.«

Agnes kaute mühselig auf dem harten Brot. Er stand auf und holte ihr einen Becher Cider. Nach kurzem Zögern nahm er sich selbst auch einen.

Sie trank und schluckte. »Ja, er muß verrückt gewesen sein, als er das geschrieben hat. Ich kann nicht verstehen, warum er dir das angetan hat.«

»Wirklich nicht? Dann sag' ich's dir: Er hat mir ein gutes Schwert vermacht und einen guten Grund, Waringham zu verlassen. Dir hat er den Schmuck gegeben, über den ich rechtlich gesehen verfügen könnte, der uns jedenfalls wohlhabend genug macht, um mir eine Rüstung und ein halbwegs brauchbares Pferd zu kaufen. Er wollte seit jeher einen Ritter aus mir machen. Solange er lebte, hat er mich nicht gezwungen. Aber vermutlich hat er befürchtet, daß, wenn er tot ist, sich niemand mehr um die Sache kümmert. Darum wollte er mich vor vollendete Tatsachen stellen.«

Agnes aß eine Weile schweigend. Schließlich sagte sie nachdenklich: »Die Idee ist nicht so schlecht. Vielleicht solltest du gehen, wenigstens für eine Weile. Wir hätten wirklich das Geld. Du könntest versuchen, die Gunst des Königs …«

»Nein, ich verzichte«, unterbrach er entschieden. »Mein Vater hat nichts getan, um die Gunst des Königs zu verwirken. Und ich werde nicht vor ihm kriechen, um sie zurückzubekommen.«

»Aber was willst du statt dessen tun?«

»Das gleiche wie bisher.«

Sie biß sich auf die Lippen. »Das ist gefährlich, Robin. Ich fürchte, er wird dich irgendwann einfach umbringen.«

»Dann wirst du dem Sheriff erzählen, warum.«

»Das wird dich nicht zurückbringen.«

»Aber ihn möglicherweise den Kopf kosten. Und das wäre doch wirklich etwas wert.«

»Nicht dein Leben.«

Er grinste unfroh. »Nein, du hast recht.«

»Also?«

»Oh, Agnes, ich will nicht weggehen. Ich will nicht zulassen, daß Geoffrey mit seinem Schachzug gewinnt. Irgendwer versucht immer, über mein Leben zu bestimmen. Ich hab' genug davon.«

»Wenn du fortgingst, hättest du die Chance, selbst über dein Leben zu bestimmen.«

Darüber dachte er einen Moment nach. »Ja, vielleicht. Das Dumme ist nur, ich wüßte nichts damit anzufangen.«

Eine Woche später holte man Agnes endlich an Lady Matildas Krankenbett. Robin glaubte, daß Alice dafür eingetreten war und sich schließlich durchgesetzt hatte, nachdem der Arzt aus Canterbury seine Hilflosigkeit hatte eingestehen müssen. In Wirklichkeit war es natürlich Mortimer, der es anordnete. So oder so, Agnes kam zu spät. Sie erkannte auf den ersten Blick, daß die Witwe des Earls sich vergiftet hatte, sie tippte auf Fingerhut. Und sie entdeckte schließlich sogar zwischen den Kissen ein kleines Seidentuch, in das mehrere verwelkte Blüten eingewickelt waren. Sie konnte sie nicht mehr retten, das Gift hatte schon zu lange gewirkt. Sie kochte ihr einen starken Tee aus Schafgarbe und Thymian, um die krampfartigen Schmerzen zu lindern, und flößte ihn ihr geduldig ein.

Für ein paar Minuten war sie allein mit der Kranken im Zimmer. Der Sommer war zurückgekehrt, draußen war es sonnig und heiß, hier drinnen stickig, und der Raum roch nach Krankheit.

Matilda lag jetzt ruhig mit geschlossenen Augen da, und Agnes wollte für einen Augenblick ans Fenster, um frische Luft zu atmen.

Plötzlich schloß sich Matildas Hand um ihre, und sie öffnete die Augen. »Sterbe ich?« fragte sie tonlos.

Agnes sah auf sie hinunter. Das vielgerühmte, ehemals so schöne Gesicht war eingefallen und grau, die hellen Augen trüb. Sie sahen sie flehentlich an. Die blutleeren Lippen waren fest zusammengepreßt.

Agnes setzte sich auf die Bettkante. »Ja, Mylady.«

Der Kopf mit den wirren, ungepflegten Flechten sank in die Kissen zurück. »Gott sei Dank.«

Agnes schwieg und wischte ihr mit einem frischen Tuch den Schweiß von der Stirn.

»Werde ich in die Hölle kommen?«

»Ich bin kein Priester, Mylady. Aber ich denke, nicht. Ich denke, Gott wird es verstehen.«

»Bestimmt. Ich kann nicht länger … jetzt nicht mehr. Mortimer braucht mich nicht. Er hat mich nie gewollt. Geoffrey, Thomas, Adeline, sie sind alle schon fort. Ich will so gerne …. zu ihnen.«

»Ja, natürlich. Es wird jetzt nicht mehr lange dauern.«

Matildas Mund lächelte, und plötzlich sah sie Agnes klar an. »Du wirst dich um ihn kümmern, nicht wahr?«

O nein, dachte Agnes. Bitte nicht. Gott, zwing mich nicht, es einer Sterbenden zu versprechen. Grauen erfüllte sie bei der Vorstellung, in welchen Zwiespalt ein so bindendes Gelübde sie bringen konnte.

»Agnes?« fragte Matilda ängstlich und zog schwach an ihrer Hand.

»Woher kennt Ihr meinen Namen?« fragte Agnes überrascht.

»Oh, ich weiß, wer du bist. Und wer dein Bruder ist. Und was wir euch angetan haben. Und ich weiß, daß Mortimer dich … sehr an dir hängt. Mehr als an mir. Das war deine Rache, nicht wahr?«

»Nein«, sagte Agnes leise. Mitleid für dieses verwirrte, schwache, schuldzerfressene Wesen schnürte ihr die Kehle zu. »Nein, Matilda. Weder ich noch mein Bruder haben je einen Groll gegen Euch gehegt. Mortimer ist erwachsen geworden, das ist alles. Es ist normal.«

»Aber für mich ist nichts geblieben.«

Agnes hielt ihre Hand und sagte nichts.

»Wirst du es tun?« drängte Matilda ängstlich. »Dich um ihn kümmern?«

Agnes schluckte. »Wenn ich kann. Ich verspreche Euch, ich werde tun, was ich kann. Aber nicht mehr.«

»Das ist genug.«

Ihre Hand glitt aus Agnes' Fingern, und sie drehte den Kopf zur Wand.

»Wollt Ihr einen Priester?« fragte Agnes.

»Ja. Hol Constantin. Aber zuerst … Mortimer.«

Kaum zehn Tage nach ihrem Mann wurde Matilda beerdigt. Mortimer trauerte um seine Mutter so wenig wie um seinen Vater. Er fühlte sich befreit. Er atmete auf und widerstand mit Mühe dem Impuls, ein ausgelassenes Fest zu feiern. Das ging natürlich nicht. Es waren noch zu viele Leute auf seiner Burg, die seinem Vater oder seiner Mutter nahegestanden hatten. Einflußreiche Leute. Er mußte den Schein wahren. Aber er beschloß, sich dieser Leute schnellstmöglich zu entledigen. Jetzt konnte er endlich tun und lassen, was *er* wollte. Sicher, der König hatte ihm offiziell einen Vormund vor die Nase gesetzt, weil er noch nicht einundzwanzig oder zum Ritter geschlagen war, aber die Wahl des Königs behagte Mortimer durchaus. Sein Vormund war John of Wakefield, ein alter Landjunker aus der Nachbarschaft und Kampfgefährte des Königs aus fast vergessenen Tagen. Er war betagt und krank. Mortimer hatte ihn besucht und ihm den wohlerzogenen, verantwortungsvollen jungen Edelmann vorgespielt. Erleichtert hatte Wakefield ihm freie Hand zugesichert.

Der Tod seiner Eltern erlöste ihn aus seiner finanziellen Not. Selbst nach Abzug der horrenden Erbschaftssteuer war er immer noch ein reicher Mann. Dank des Gestüts und dank der vorausschauenden Umsicht, mit der Geoffrey und sein Steward gewirtschaftet hatten, war Waringham nach wie vor ein einträgliches Lehen. Es bestand kein Grund mehr, die Pächter und Leibeigenen heimzusuchen. Und das tat er fürs erste auch nicht. Er war damit beschäftigt, seine Einführung bei Hofe vorzubereiten.

Der einzige Mann in Waringham, der ihn im Augenblick interessierte, war Robin. Diese Angelegenheit hätte er gerne geregelt, bevor er nach Westminster aufbrach, wo der König sich derzeit angeblich aufhielt. Aber die Sache mit Robin war schwieriger, als er angenommen hatte. Zum einen war er nie zu finden. Wann immer Mortimer zum Gestüt kam, war Robin zufällig gerade mit einer Abteilung Zweijähriger im Wald, in der Schmiede oder einfach nur verschwunden. Er mied das Wirtshaus und war dieses Mal überhaupt nicht zum Mittsommerfest gekommen. Natürlich hätte Mortimer ihn auf die Burg holen und ihn sich in aller Stille vornehmen können, ein Vorwand ließ sich immer finden. Aber da war auch noch Agnes. Es mußte so passieren, daß Agnes nichts davon wußte, denn er war überzeugt, er würde wie eine zertretene Pflanze eingehen, wenn sie ihm den Rücken kehrte. Es war eine vertrackte Situation. Nur einmal war es ihm bisher geglückt, Robin an einem abgelegenen Ort zu erwischen, in dem verwunschenen Buchenhain, wo Agnes sich so oft umtrieb. Er war auf der Suche nach ihr gewesen und hatte statt dessen ihren Bruder getroffen. Und als sie sich so Auge in Auge gegenübergestanden hatten, nur sie beide, genau wie damals, hatte er nicht gewußt, was er tun sollte. Wahllos, einer Panik nahe, hatte er das erste gesagt, das ihm einfiel, und Robin eine saftige Geldbuße in Aussicht gestellt, weil er am hellichten Tage fernab von seiner Arbeit war.

Robin hatte seinen Tadel mit einer knappen, irgendwie impertinenten Verbeugung zur Kenntnis genommen. Er hatte nicht gelächelt, sein Gesicht hatte nicht die leiseste Regung gezeigt, aber Mortimer hatte den Verdacht gehabt, daß Robin ganz genau wußte, was in ihm vorging.

»Wenn ich dich noch mal beim Müßiggang erwische, ziehe ich dir das Fell ab, du verfluchter Faulpelz!«

Robin hatte zu Boden gesehen. »Oh, natürlich. Ich weiß, wie sehr gerade Ihr Müßiggang verabscheut, Sir.«

Mortimer hatte nichts sehnlicher gewünscht, als die Fäuste zu ballen und in das verhaßte Gesicht zu schmettern, solange, bis es unkenntlich wurde. Aber er hatte es nicht gekonnt, seine Arme hatten sich gänzlich kraftlos angefühlt. Das Brausen in den Ohren, der elende Schmerz in seinen Eingeweiden, Mortimer erinnerte sich genau an sie. Er kannte sie allzugut aus den Zeiten, da er sich täglich mit Robin hatte messen müssen und immer unterlegen war. Er kannte sie von dem Tag, als Robin seinen Vater überredet hatte, ihnen heimlich zuzusehen, dem Tag, der ihm die grauenvollste Tracht Prügel seiner Kindheit eingetragen hatte. Das Brausen in den Ohren und dieses ganz spezielle Ziehen im Bauch waren untrennbar verbunden mit dem Mann vor ihm. Und er war vollkommen machtlos dagegen, selbst jetzt noch.

»Wenn Ihr erlaubt, gehe ich zurück an meine Arbeit, Mylord«, hatte Robin nach einem langen Schweigen gesagt.

Mortimer hatte Übelkeit verspürt. »Ja, geh. Und vergiß nicht, was ich gesagt habe. Jetzt, wo mein Vater tot ist, genießt du keine Sonderrechte mehr!«

Die unerwartete Begegnung mit Mortimer hatte Robin nicht wenig beunruhigt. Sie hatte ihm klargemacht, daß es in einem kleinen Ort wie Waringham einfach unmöglich war, irgendwem auf Dauer aus dem Weg zu gehen. Und sie hatte ihm klargemacht, daß er sich in Waringham bewegte wie ein Gesetzloser. Er war immer auf der Flucht. Er hatte bei der Arbeit keine Ruhe, weil er ständig damit rechnete, daß Mortimers Schläger plötzlich aufkreuzen könnten. Er hielt sich von Festen und Versammlungen fern; er versuchte, unsichtbar zu sein. Und die Gewißheit, daß sie jederzeit kommen konnten, um ihn zu holen, um ihn einzusperren und im feuchten Keller des Burgturms Gott weiß was mit ihm zu tun, erfüllte ihn nach und nach mit lähmendem Schrecken.

Er bemühte sich, seine Sorgen für sich zu behalten. Er hatte keinem Menschen etwas von Geoffreys Testament erzählt. Er wollte nicht, daß Conrad oder Isaac davon erfuhren. Der einzige Erfolg wäre gewesen, daß er sie ebenfalls in Angst und Sorge versetzt hätte. Also klammerte er sich an den Anschein von Normalität, und wenn Isaac ihn schalt, weil er sich von der Welt zurückzog, wich er aus.

Nur Alice hatte er die Wahrheit gesagt. Es hatte sich als unmöglich erwiesen, ihr eine Komödie vorzuspielen; sie hatte ihn sofort durchschaut.

»Du hast es fast geschafft«, versicherte sie ihm beruhigend an einem Morgen im Juli. »In wenigen Tagen wird er aufbrechen. Der König wundert sich schon, wo er bleibt. Er ist jetzt ein Earl; er muß ihm seine Aufwartung machen und seinen Lehnseid schwören. Er kann nicht länger warten.«

Robin lag im Gras, den Kopf in ihrem Schoß, und fegte nachlässig eine Fliege zur Seite, die unablässig um seine Nase herumschwirrte. »Woher weißt du das?« fragte er träge.

Sie antwortete nicht gleich. Für einen Augenblick hörte er nur das Murmeln des Flusses und das leise Rauschen der Brise in den Weiden am Rande der Lichtung.

»Die Königin hat mir geschrieben.«

Er setzte sich auf. »Und sie will, daß du Mortimer begleitest, wenn er nach Westminster reist?«

Sie sah ihm in die Augen. »Ja.«

»Wann?«

»Übermorgen.«

Es fühlte sich an, als habe sich eine eiskalte, steinerne Hand in seine Brust gebohrt, die ihm mit pfeilspitzen Nägeln das Herz herausreißen wollte. Er fand das Atmen mühsam, aber er ließ es sich nicht anmerken. Es gab keinen Grund, es für sie schwerzumachen, er hatte es schließlich von Anfang an gewußt.

»Was tust du eigentlich als Hofdame der Königin?« fragte er leichthin.

»Meistens gar nichts. Herumsitzen, plaudern, sticken.«

»Und Königin Philippa? Ist sie gut zu dir?«

»Sie ist die großzügigste, warmherzigste und klügste Frau, die ich in meinem Leben getroffen habe.«

»Warmherzig? Kümmert sie sich um dich?«

»Besser, als meine Mutter es je getan hat.«

Robin war eifersüchtig auf die Zuneigung, die Alice für die Königin hegte, und gleichzeitig getröstet, daß sie nicht völlig verloren und einsam sein würde, wenn sie zurückkehrte.

»Und der König?« fragte er weiter. Er wunderte sich, warum er all diese Fragen nie zuvor gestellt hatte. Und dann wußte er, warum. Solange Alice in Waringham war, solange sie zusammen waren, war all das belanglos gewesen. Jetzt, da nichts bleiben würde als Erinnerungen und sich vorzustellen, was sie tat und wo sie war, wollte er plötzlich alles über ihr anderes Leben wissen.

Alice regte sich unruhig. »Der König ist ein nobler, freundlicher Mensch. Er ist ein guter Feldherr und ein weiser Herrscher. Und ein erbärmlicher Ehemann.«

»Er betrügt sie?«

»Pausenlos.«

Robin war ernüchtert. »Warum?«

»Oh, ich weiß nicht. Er liebt sie, daran liegt es nicht. Aber sie ist nicht schön. Er liebt schöne Frauen.«

»Dich?« fragte er mit einem sorglosen Grinsen, das ihn alle Selbstbeherrschung kostete.

Alice lächelte schwach. »Denkst du wirklich, ich könnte wichtig genug sein, um ihm aufzufallen?«

»Weiß nicht. Schön genug auf jeden Fall.«

»Oh, Robin. Wir haben nur noch heute und morgen. Wollen wir die Zeit wirklich damit verschwenden, über die Frauengeschichten des Königs zu reden?«

Robin legte die Arme um ihre nackten Schultern und zog sie an sich. »Nein. Befassen wir uns lieber mit *meinen* Frauengeschichten.«

Er fühlte sich ekstatisch und unendlich niedergeschlagen zugleich, als sie sich trennten. Morgen noch. Morgen hing wie ein Versprechen und wie eine tödliche Drohung am Horizont. Und danach würde es vorbei sein. Danach würde er irgendwie ohne sie leben müssen.

Er betrachtete das Gefühl nüchtern. Es hieß, Liebe sei eine Krankheit, die durch das Auge in das Gehirn vordringt und die Wahrnehmung und die Vorstellungskraft befällt und nur noch für das eine empfänglich macht. Der Betroffene wird krank an Leib und Seele, leidet an Schlaflosigkeit, Melancholie, einem allgemeinen Mißverhältnis der Körpersäfte, Herzbeschwerden und simplem, physischem Schmerz. Bis er irgendwann einfach stirbt.

Robin glaubte nicht, daß er daran sterben werde. Aber er fühlte sich trotzdem elend. Als er zum Gestüt zurückkam, erschienen ihm seine Glieder steif und ungelenk, wie vergiftet von Wut und Jammer. Entschlossen attackierte er einen Stapel Holz hinter dem Küchenhaus mit der Axt. Die harte Arbeit tat ihm wohl. Es war, als habe er sich zu lange beherrscht, und jetzt konnte er seinen angestauten Gefühlen endlich freien Lauf lassen. Als er fertig war, steckte Maria den Kopf zur Tür heraus. »Robin? Alles in Ordnung?«

»Natürlich. Wieso?«

Sie betrachtete ihn argwöhnisch. »Ich habe noch nie erlebt, daß du freiwillig Brennholz hackst.«

Robin wischte sich mit dem Ärmel über die Stirn und grinste beschämt. »Hast du zu Hause zufällig auch noch welches?«

Sie schüttelte den Kopf. »Aber ich werde auf das Angebot zurückkommen, verlaß dich drauf.«

»Nur keine Hemmungen.«

»Ach, da fällt mir ein, der Hafer ist endlich gekommen. Du könntest die Säcke in die Scheune bringen, solange dein seltsamer Arbeitseifer anhält.«

Er schlug die Axt tief in den Hackklotz. »Meinetwegen.«

Als er kurze Zeit später mit einem Sack Hafer auf der Schulter in die Futterscheune kam, wurde er Zeuge, wie Stephen Leofric mit einer von diesen ganz speziellen Donnerohrfeigen zu Boden schickte.

»Was hab' ich dir gesagt, wo du die Decken zum Trocknen hinbringen sollst, he? Hierher? Damit das ganze Futter feucht wird? Sicher nicht. Ich sagte Sattelkammer, du Schwachkopf!«

Leofric war aufgestanden und stand mit dem Rücken zur Wand. Er ließ Stephen nicht aus den Augen.

»Und starr mich nicht so an, du ... Mißgeburt!«

Leofric stürzte wieder zu Boden.

Robin ließ den Sack von seiner Schulter gleiten, lehnte ihn gegen die Wand und trat zu ihnen. Er packte Leofric am Oberarm und zog ihn auf die Füße. Der Junge blinzelte verbissen gegen seine Tränen an. Robin schob ihn hinter sich. »Was hat er getan?«

Stephen stemmte die Hände in die Seiten. »Was geht das dich an?«

»Kriegst du nie genug?«

»Ich rate dir, misch dich hier nicht ein. Besser für dich.«

Robin dachte nicht daran. Wenn er jetzt ging, würde es Leofric wahrlich schlecht ergehen, und es wäre seine Schuld. »Du schikanierst ihn doch nur, weil ich ihn aufgelesen habe, nicht wahr?«

Stephen seufzte leise. »Du mußt verrückt sein.«

»Nein, Stephen. Sagen wir doch endlich einmal die Wahrheit.«

Stephens Gesichtsausdruck veränderte sich. Er wurde abwesend. »Zum letztenmal. Verschwinde. Geh an deine Arbeit und kümmere dich um deinen eigenen Dreck.«

Robin zog Leofric hinter seinem Rücken hervor und sah ihn an. »Leofric, hol die Hengste von der Weide, ja? Schaffst du das?«

Der Junge nickte und stob davon. Stephen sah ihm ungläubig nach, sein Gesicht war beinahe komisch. Dann wandte er sich wieder an Robin, und seine Augen verengten sich zu schmalen Schlitzen. »Das war ein Fehler.«

»Ah ja?«

»Wirklich ein großer Fehler.« Er sah sich kurz um, entdeckte die Eisenstange, mit der nachts das Tor verschlossen wurde, ging einen Schritt rückwärts und hob sie auf.

Robin rührte sich nicht.

»Du glaubst, du könntest meinen Platz einnehmen, nicht wahr? Darauf legst du es an. Aber noch bist du nichts weiter als ein Stallknecht, und du wirst irgendwie noch lernen, mir zu gehorchen. Und wenn ich dir dafür die Knochen brechen muß, ist mir das ganz gleich.«

»Wenn du mich anrührst, schlage ich zurück.«

Robin konnte kaum glauben, was er gesagt hatte. Dann ging ihm auf, daß es sein Ernst war. Das hier war einfach zuviel. Mortimer verfolgte ihn wie ein Dämon bis in den Schlaf, Alice würde ihn in zwei Tagen verlassen, und er würde sie vielleicht nie wiedersehen. Und jetzt auch noch Stephen. Aber wenigstens in dieser Sache war er nicht ganz und gar machtlos. Er konnte sich zumindest wehren. »Ich schwör's dir.«

Stephen zögerte. Der Ausgang einer solchen Begegnung wäre völlig ungewiß. Sicher, er hatte eine wirksame Waffe, aber Robin war ein Stück größer als er, und er hatte zu kämpfen gelernt. Sein gelassener Blick hatte etwas Entnervendes. Dann entschied er, daß Robin nicht den Mut haben würde, die Hand gegen ihn zu erheben, und holte aus.

Robin dachte, es ginge möglicherweise um sein Leben. Stephen war in dieser Stimmung vollkommen unberechenbar, nicht Herr seiner selbst. Er konzentrierte seinen Blick auf die Eisenstange, und als sie auf ihn zukam, machte er einen Satz nach hinten.

Der Schlag ging ins Leere, doch sofort griff Stephen wieder an. Robin hatte das Gewicht auf dem falschen Fuß, er konnte nicht ausweichen. Die Eisenstange traf seine linke Seite. Eine Rippe brach, Robin taumelte rückwärts und fiel über einen Strohballen. Er fühlte sich wie gelähmt, erstaunt über das Ausmaß des Schmerzes. Er dachte, er könne sich nicht rühren, doch als die Stange wieder durch die Luft pfiff, warf er sich zur Seite. Sie hinterließ eine tiefe Furche im Stroh, genau da, wo gerade noch sein Kopf gelegen hatte, und wirbelte eine Staubwolke auf.

Robin kam auf die Füße und duckte sich im rechten Moment. Er spürte einen Luftzug, als die Stange über seinen Scheitel hinwegsauste. Die Wucht des fehlgegangenen Schlages brachte Stephen aus dem Gleichgewicht. Sie schleuderte ihn herum, und in diesem Moment war er für einen Gegenangriff offen. Aber Robin schlug nicht zu. Er packte lediglich die Eisenstange, riß sie aus Stephens Händen und warf sie weit hinter sich ins Heu.

Stephen ballte die Fäuste. Er täuschte mit der linken und setzte dann die rechte auf Robins Rippen. Genau auf dieselbe Stelle.

Helle Punkte pochten vor Robins Augen. Er dachte, der Kampf sei verloren, und sah mit Verwunderung, wie er selbst die Faust hob und sein Versprechen endlich wahr machte. Er traf Stephen genau in die Magengrube. Es war ein unkontrollierter, harter Schlag, und Stephen krümmte sich.

Robin starrte auf den Nacken seines Gegners, und die Erkenntnis, in eine Katastrophe geschlittert zu sein, raubte ihm die Kraft. Er hatte es wirklich getan. Und die Folgen waren nicht abzusehen.

Stephen richtete sich mühsam wieder auf. Für einen Augenblick lehnte er sich an die rohe Scheunenwand. Er lächelte Robin zu, und in seinen Augen stand die pure Mordlust. Er zielte auf sein Kinn. Robin riß den Kopf zur Seite und konterte mit einem Schlag in dieselbe Richtung. Er traf. Stephen wurde gegen die Wand geschleudert, stieß sich ab und holte wieder aus.

»Stephen! Robin!«

Conrads schneidende Stimme von der Tür brachte sie zurück in die Wirklichkeit. Sie ließen die Fäuste sinken und sahen sich nicht mehr an.

Conrad kam langsam näher. »Ihr mußtet es unbedingt soweit treiben, nicht wahr?«

Er bekam keine Antwort.

In eine lange Stille hinein sagte er: »Ich will, daß das ein für allemal geregelt wird. Ich will diesen Unfrieden hier nicht länger haben. Robin, du wirst dich entschuldigen. Stephen wird dein Strafmaß bestimmen. Bist du einverstanden?«

Robin überdachte seine Antwort genau. Schließlich schüttelte er den Kopf. »Nein.«

»Ich fürchte, dann wirst du uns verlassen müssen«, sagte Conrad förmlich.

Robin senkte den Kopf und sagte nichts.

Stephen war sehr damit beschäftigt, sich das Blut aus dem Gesicht zu wischen. Er sah Conrad nicht an.

Plötzlich bewegte sich ein Schatten neben der Tür. Alle sahen auf.

Leofric kam aus dem Heu gekrochen. Offenbar war er Robins Bitte nicht gefolgt. Statt zu den Hengsten zu gehen, hatte er sich versteckt und zugesehen, was passierte.

Conrad machte eine ungeduldige Geste. »Geh an deine Arbeit, Junge. Du hast hier nichts verloren.«

Leofric wandte diplomatisch den Kopf ab, ehe er ausgesprochen hatte. Er stieg auf die untere Lage Strohballen, suchte eine Weile und fand endlich die rostige Eisenstange. Er versuchte, sie hochzuheben, aber sie war zu schwer für ihn. So schleifte er sie hinter sich her, brachte sie zu Conrad und ließ sie auf den Boden fallen. Sie klirrte ohrenbetäubend in der drückenden Stille. Leofric sah Conrad an, bis er sicher war, daß er seine volle Aufmerksamkeit hatte. Dann wies er bedächtig auf die Eisenstange, streckte einen anklagenden Finger in Stephens Richtung und vollführte eine seiner Pantomimen, eine getreue Nachahmung von Stephens blindwütigem Angriff. Schließlich ließ er die Hände sinken.

Conrad hatte ihn sehr gut verstanden. Ungläubig sah er zu Stephen. »Ist das wahr?«

Weder er noch Robin antworteten.

»Stephen?«

»Ja.« Es klang tonlos. Es war ein Eingeständnis. Er hörte es selbst und versuchte, es abzuschwächen. »Na und? Ich wollte ihm ein paar Manieren beibringen, weiter nichts.«

Conrad antwortete nicht. Nach einer Weile sagte er leise: »Robin, geh nach Hause und bleib dort, bis ich zu dir komme.«

Robin nickte unglücklich und ging langsam zum Tor. Im Vorbeigehen strich er Leofric über den Kopf. Dann ging er hinaus.

Agnes rieb den flammenden, schwarzgeränderten Bluterguß mit Johannisöl ein und bandagierte seine Rippen, ohne einen Kommentar abzugeben. Sie war dabei nicht allzu sanft. Robin schloß, daß sie ihm böse war, und sagte nichts. Er fand nicht, daß er ihr in dieser Sache Rechenschaft schuldete.

Als sie fertig war, trat sie an die Wand, fegte mit dem Fuß etwas Stroh zur Seite und schob das lose Brett nach oben. Aus dem Versteck brachte sie eine kleine Phiole ans Licht. »Ich bin sicher, du wirst trotzdem reiten wollen, nicht wahr? Hier. Wenn es zu schlimm wird, nimm drei Tropfen davon.«

»In Ordnung.«

»Nicht mehr, hörst du. Es ist sehr wirksam. Wenn du fünf oder sechs Tropfen nimmst, wirst du einen ganzen Tag lang schlafen wie tot, wenn du zehn Tropfen nimmst, *bist* du tot.«

»Was ist es?«

»Eine Art Mohn. Nicht von hier, eine Sorte, die im Morgenland wächst. Es heißt Opium.«

»Wie kommst du an das Zeug?« fragte er fasziniert.

»Man gewinnt das Öl aus den Samenkapseln. Ich habe einmal ein paar von einem Händler bekommen. Ich hab' sie eingepflanzt und eine kleine Mauer darum gebaut und im Winter glühende Kohlen auf die Erde gelegt. Es hat funktioniert.«

»Agnes, du bist … unglaublich.«

Sie wandte sich ärgerlich ab. »Nimm nicht zuviel davon, sonst wird es dich umbringen.«

»Ich pass' schon auf.«

Sie schob das Brett wieder ins Lot und schlug mit der Faust dagegen, damit es sich in seine Lücke einpaßte. Dann hob sie einen leeren Beutel vom Boden auf und wandte sich zur Tür. »Ich muß gehen, Robin. Ich weiß nicht, wann ich zurück bin.«

»Sei vorsichtig.«

Sie warf ihm über die Schulter einen seltsamen Blick zu. »*Ich* bin immer vorsichtig.«

Robin blieb niedergeschlagen zurück. Er saß auf der Bank am Tisch, starrte die Wände an, lauschte der Stille im Haus, und das entnervende Gefühl von Unwirklichkeit kam zurückgeschlichen. Das konnte einfach nicht er sein, der hier untätig herumsaß. Er konnte sich nicht entsinnen, das Haus je zu dieser Tageszeit gesehen zu haben. Das Licht, der Sonnenfleck, der vom Fenster aus mitten auf den Fußboden fiel, waren ihm völlig fremd. Fast wünschte er, Conrad käme bald. Die Stille zerrte an seinen Nerven. Ruhelos stand er auf und überlegte, ob er vielleicht endlich den Fensterladen ausbessern sollte. Eine der Querlatten war lose und klapperte, wenn es windig war. Agnes lag ihm seit Wochen damit in den Ohren.

Heute war doch genau die richtige Gelegenheit. Ein bißchen steif bückte er sich nach seiner Werkzeugkiste, als Conrad eintrat.

Robin sah aus dem Augenwinkel, wie die Tür sich öffnete. Er richtete sich auf, beförderte die Kiste mit einem beiläufigen Tritt zurück an ihren Platz und wandte sich um. Eine Weile sahen sie sich schweigend an. Dann schloß Conrad die Tür und trat näher. »Nun, Robin? Bist du zufrieden?«

Robin antwortete nicht. Er kopierte Conrads wirksame Zermürbungstaktik des schweigenden Mißfallens.

Und Conrad fiel darauf herein. Kopfschüttelnd ließ er sich auf der Bank nieder und fuhr sich mit der Hand über Kinn und Nacken. »Ich weiß nicht, was ich tun soll.«

»Nein? Und ich dachte, die Sache sei ganz eindeutig. Du wirfst mich raus, und damit ist es erledigt.«

»Oh, Robin. Was ist nur los mit dir.«

Robin kam einen Schritt näher. »Was sollte ich tun? Zusehen, wie er sich den Jungen vornimmt?«

»Vielleicht. Ich weiß es nicht.«

»Ich frage mich manchmal, ob du ihn wirklich kennst.«

»Ja, ich kenne ihn.«

»Aber weißt du auch, wie er ist, wenn er die Beherrschung verliert?«

Conrad hob abwehrend die Hand. »Ich bin nicht gekommen, um mir deine Anschuldigungen anzuhören.«

»Nein. Du willst es nicht wissen. Du verschließt lieber die Augen davor.«

Conrad sah ihn versonnen an. »Glaubst du das wirklich?«

Ja, Robin war sicher. Er war überzeugt, Conrad hatte keine Ahnung davon, wie Stephen war, sobald er, Conrad, den Rücken kehrte. Vielleicht hatte er den gefährlichen Ausdruck in Stephens Augen noch nie gesehen.

»Was spielt es schon für eine Rolle, was ich glaube.«

»Und wie soll es jetzt weitergehen?«

Robin hob ungeduldig die Schultern. Die Bewegung löste einen kleinen Tumult in seiner Seite aus, es fühlte sich an, als habe jemand eine Schwertspitze hineingestoßen. Er winkelte verstohlen den Arm an. »Das beste wird sein, ich gehe fort. Und den Jungen werde ich mitnehmen.«

Conrad lachte unfroh. »Du kannst nicht einfach so weggehen. Dagegen gibt es Gesetze, weißt du.«

»Und wenn schon. Ich bin ein freier Mann.«

»Nein, Robin. Das Gesetz verlangt, daß du ein Schriftstück deines Dienstherrn mit dir führst, in dem dir erlaubt wird zu gehen. Und wenn sie dich ohne dieses Schriftstück erwischen, sperren sie dich ein. Vierzig Tage lang. Dann bringen sie dich zurück. Das hat dein geliebter König Edward sich einfallen lassen, um die Leute an ihre jämmerlichen Schollen zu binden.«

»Bevor sie mich einsperren, müssen sie mich kriegen.«

»Das werden sie.«

Robin machte eine behutsame, hilflose Geste. »Ich kann mich nicht entschuldigen, Conrad. Aber du hattest recht, es kann auch nicht so weitergehen wie bisher. Du sagst, ich kann Waringham nicht verlassen, aber auf dem Gestüt kann ich nicht bleiben. Ich kann kein Land pachten, denn ich verstehe nichts vom Säen und Ernten. Mortimer würde mir auch keines geben. Und bevor ich mich hier als Schweinehirt oder Ochsentreiber verdinge, versuche ich mein Glück lieber auf der Straße.«

Conrads Zerrissenheit war offensichtlich. Er starrte auf einen Punkt irgendwo vor seinen Stiefeln und sagte nichts.

Robin stellte zwei Becher auf den Tisch und holte den Bierkrug. Es war gutes Bier, dunkel und würzig. Agnes hatte es gemacht. Und sie hütete das Rezept dafür wie ihren Augapfel. Robin schenkte ein und stellte einen Becher vor Conrad. Alles, was er tat, machte er mit der rechten Hand. Das entging Conrad nicht, aber er gab keinen Kommentar ab.

»Robin, du solltest nicht denken, daß ihn kaltläßt, was passiert ist. Er ist sehr bestürzt.«

»Das sagst du jedesmal.«

»Kannst du nicht für einen Augenblick versuchen, die Sache mit seinen Augen zu betrachten?«

Robin erwog die Bitte. »Und was würde ich sehen, wenn ich es täte? Nein, Conrad, tut mir leid. Ich kann verstehen, daß er für mich nichts übrig hat. Aber was kann der Junge dafür?«

»Verdammt, der Junge ist nicht aus Glas, er wird schon selber mit Stephen fertig werden.«

»Ich bin nicht so sicher.«

Sie nahmen beide einen tiefen Zug.

»Ich will nicht weggehen«, gestand Robin kläglich ein. »Waringham war immer der einzige Ort, wo ich sein wollte. Na ja, das weißt du ja. Aber ich sehe keinen anderen Ausweg.« Und die guten Gründe für seinen baldigen Aufbruch stellten sich derzeit gleich dutzendweise ein.

Conrad schüttelte entschieden den Kopf. »Das werde ich nicht zulassen. Mortimer wird dir die Hölle auf Erden bereiten, wenn sie dich erwischen.«

»Mortimer wird mir ebenso die Hölle auf Erden bereiten, wenn ich bleibe. Das macht keinen Unterschied. Also, sag du mir, was ich tun soll. Ich weiß es nicht.«

»Es wird dir nichts anderes übrigbleiben, als deine Entscheidung zu überdenken. Nur so kannst du bei uns bleiben. Du mußt

Stephen um Verzeihung bitten und sein Urteil hinnehmen. Ich werde dafür sorgen, daß es milde ausfällt.«

Robin lachte leise. »Glaubst du, ich fürchte mich vor einem Lederriemen?«

»O nein. Es ist deine kostbare Würde, um die du fürchtest. Du hältst dich immer noch für einen Edelmann, auch wenn du es selber nicht merkst.«

»Edelleute haben kein Monopol auf Stolz, du bist der lebende Beweis«, erwiderte er kühl. »Meine Antwort ist nein.«

»Verdammt, er wird dich anzeigen, wenn du es nicht tust! Hast du eine Ahnung, was dann passiert?«

»Sieh an. Das ist es, worauf Gerard Fitzalan seit Monaten wartet. Er wird sich die Hände reiben …«

»Du hast es wirklich nur dir allein zuzuschreiben, wenn der Steward schlecht auf dich zu sprechen ist! Du und Isaac, ihr habt ihm jeden Grund gegeben.«

»Oh, natürlich.« Robin schüttelte ungläubig den Kopf. Es war schon jetzt klar, zu wessen Gunsten das Urteil ausfallen würde, ganz gleich, wie die Umstände gewesen sein mochten. Er wußte, er saß in der Falle. Er hatte es schon gewußt, als es passiert war.

»Ich muß darüber nachdenken. Glaubst du, du kannst ihn bis morgen hinhalten, bevor er etwas unternimmt?«

»Ja, sicher.« Conrad bemühte sich, seinen eisigen Zorn auf Stephen nicht zu zeigen. Er würde ihn hinhalten, keine Frage. Aber er hatte ihn durch nichts dazu bewegen können, die Sache auf sich beruhen zu lassen. Stephen glaubte immer noch, Robin sei ihm etwas schuldig.

Er erhob sich und ging zur Tür. »Komm zu mir, wenn du dich entschieden hast. Dann werden wir überlegen, was zu tun ist.«

»Danke, Conrad.«

Aber er hatte nicht die Absicht, zu ihm zu gehen. Er würde sich von niemandem verabschieden. Das würde ihm zuviel kostbare Zeit stehlen, und außerdem konnte er dem auch nicht ins Auge sehen. Statt dessen würde er sich davonschleichen.

Wie ein Dieb in der Nacht.

Niemand versuchte, ihn an der Zugbrücke aufzuhalten, sein Gesicht war allen vage vertraut. Die Wachen wußten, daß er zum Gestüt gehörte. Am Hühnerhaus hielt er eine der Mägde an, gab ihr einen Farthing und trug ihr auf, der Lady Alice zu bestellen, sie möge für einen Augenblick in den Stall hinunterkommen, ihre Stute sei offenbar erkrankt, sie habe Schaum vor dem Maul und rolle die Augen. Er ließ das Mädchen die Nachricht wiederholen, bevor er es wegschickte, dann wandte er sich zum Pferdestall.

Auch hier oben war die Arbeit für den Tag erledigt. Die Pferde fraßen ungestört aus ihren frisch gefüllten Krippen, die Stallknechte waren gegangen.

Robin verbarg sich in der Box von Alices Stute, und es dauerte nicht lange, bis er ihren leichten Schritt hörte. Eilig kam sie näher.

»Hallo? Ist denn hier niemand?« Sie öffnete die Stalltür und trat ein.

»Doch«, sagte er leise aus dem Schatten.

Sie fuhr zusammen. »Robin!«

»Entschuldige, daß ich dich erschreckt habe. Ihr fehlt nichts«, er wies mit dem Daumen auf das Pferd. »Ich mußte dich sprechen. Ich … breche heute nacht auf, ich gehe fort aus Waringham.«

Ihre Augen leuchteten im Halbdunkel, als sie zu ihm aufsah. »Warum heute?«

»Ich kann nicht länger bleiben.« Er erzählte ihr kurz, was am Nachmittag geschehen war.

Sie schwieg einen Moment, dann legte sie die Arme um seinen Nacken. »Sei vorsichtig, Robin. Oh, bitte sei vorsichtig.«

Er war beglückt, daß sie sich um ihn sorgte. »Natürlich bin ich vorsichtig. Alice, ich muß dich um einen Gefallen bitten.«

»Was immer du möchtest.«

»Meine Schwester hat dir ein paar Edelsteine gegeben, nicht wahr?«

»Ja.«

»Hol mir einen davon. Einen, dessen Verkauf mir genug einbringt, daß ich mir eine einfache Rüstung kaufen kann.«

»Und ein Pferd?«

»Nein, erst einmal nicht. Ich will Agnes nicht mehr wegnehmen als unbedingt nötig. Ich werde mir ein Pferd stehlen, sobald ich weit genug von hier weg bin. Wirst du mir den Stein holen?«

Sie machte sich von ihm los. »Warte hier.«

Er mußte nicht lange warten. Nach wenigen Minuten war sie zurück, huschte zu ihm in den Stall, nahm seine Hand und legte eine Silberbrosche mit einem Saphir mittlerer Größe hinein. »Hier, die müßte richtig sein.«

Er schloß die Finger um den kühlen, geschliffenen Stein. »Danke, Alice. Und du wirst einen guten Preis für Agnes' Juwelen erzielen, nicht wahr?«

»Sei unbesorgt.«

Er nahm sie in die Arme und preßte seine Lippen auf ihren Mund. Sie küßten sich gierig, aber nur kurz. Dann ließ er sie los.

»Ich wünschte, wir müßten uns nicht ausgerechnet hier verabschieden«, murmelte er sehnsüchtig.

Sie nahm seine Hand. »Morgen wäre es auch nicht leichter geworden.«

»Nein.«

»Du gehst also nach Frankreich?«

»Ich glaube schon. Solange ich in England bleibe, bin ich auf der Flucht.«

»Also bekommt Geoffrey seinen Willen zuletzt doch noch.«

»Ja.«

Sie griff in den tiefen Ausschnitt ihres Kleides, zog die Kette mit dem St.-Georgs-Amulett über den Kopf und hielt es ihm hin. »Hier, ich will, daß du es trägst. Wenn er wirklich der Schutzheilige der Ritter ist, dann soll er jetzt dich beschützen.«

Wortlos beugte er den Kopf, und sie streifte ihm die Kette über. Er schloß die Hand um das Amulett. Es war warm von ihrem Körper, jenem Platz zwischen ihren Brüsten, wo er es so oft gesehen hatte.

»Ich bringe es dir zurück, wenn ich kann.«

Sie nickte, stellte sich auf die Zehenspitzen und küßte ihn leicht auf den Mund. »Leb wohl, Robin.«

»Leb wohl, Alice.«

Das Stroh raschelte unter ihren Füßen, und sie war verschwunden.

Es war eine schöne, laue Nacht, und der Mond schien, als Robin Leofric an der Südwiese traf, wo sie sich verabredet hatten. Der Junge trug ein bescheidenes Bündel unter dem Arm und lächelte ihm schüchtern entgegen.

Robin war nicht sicher, ob er das Richtige tat, indem er ihn mitnahm. Er hatte Leofric die Entscheidung überlassen, und der Junge hatte keinen Moment gezögert. »Wir werden vermutlich hungern«, hatte Robin warnend gesagt. Aber Leofric ließ sich nicht abschrecken. Er wollte da sein, wo Robin war, und er wollte hungern, wenn Robin hungerte.

Als sie aufbrachen, war Robin froh, daß er ihn bei sich hatte. Denn wäre er allein gegangen, hätte er wie ein kleiner Bengel geheult auf dem ganzen Weg zur Straße. Das wußte er genau. Er fühlte sich schon jetzt wie ein Vertriebener, heimatlos, aber vor allem die Trennung von den Menschen, die ihm nahestanden, schnürte ihm die Luft ab. Er vermißte sie alle schon jetzt, und er hatte ein schlechtes Gewissen, weil er seine Schwester allein und schutzlos zurückließ.

Er legte Leofric kurz die Hand auf die Schulter, und der Junge sah zu ihm auf. Sie konnten sich im Mondlicht gut erkennen.

»Wenn du müde wirst, laß es mich wissen. Dann werden wir anhalten.«

Leofric winkte großspurig ab.

Robin grinste. »Du willst sicher wissen, wohin wir gehen, was?«

Leofric hob gleichmütig die Schultern.

»Nun, ich sag's dir trotzdem. Erst einmal gehen wir nach Canterbury. Dort werden wir untertauchen und uns alles besorgen, was wir für unsere Reise brauchen. Und dann gehen wir nach Dover. Mal sehen, wie weit wir kommen. Wenn sie uns erwischen, der Sheriff oder irgendwelche Soldaten oder weiß der Teufel wer, und es gibt keine Möglichkeit, uns herauszureden, dann werde ich ihnen sagen, wer wir sind. Und ich werde ihnen sagen, ich hätte dich gegen deinen Willen mitgenommen. Tu dann so, als seiest du erleichtert.«

Leofric warf ihm einen verächtlichen Blick zu.

Robin strich ihm ein bißchen schroff über den Kopf. »Tu, was ich dir sage. Besser für dich.«

Leofric riß seinen Kopf zur Seite und schenkte ihm ein breites

Verschwörerlächeln. Robin blieb nichts übrig, als es zu erwidern. Vermutlich gab es sehr viel schlechtere Reisegesellschaft als Leofric, überlegte er. Er war von Natur aus heiter, und er war zäh, er würde nicht gleich zusammenbrechen, wenn sie am Morgen kein Frühstück fanden. Sein Weg nach Waringham war schließlich sehr viel länger und einsamer gewesen als Robins.

Im Wald war es fast still, hin und wieder raschelte es im Gestrüpp, wenn sie einen Vogel aufschreckten oder einen nächtlichen Jäger auf der Suche nach Beute störten. Ein Fuchs huschte quer über den Weg vor ihnen, und in einem ausladenden Wacholderstrauch rechts des Pfades sang eine Nachtigall. Robin war hingerissen von der Schönheit ihrer Stimme, und er wünschte plötzlich, Leofric könne ihren Gesang hören.

Kurz nach Mitternacht kamen sie auf die Straße, der sie folgten, bis Leofric zu stolpern begann. Robin führte ihn zu einer kleinen Baumgruppe einen Steinwurf links der Straße, wo sie sich in ihre Mäntel wickelten und schliefen. Kurz vor Tagesanbruch wachten sie auf und gingen weiter.

Robin zauberte ein Stück hartes Brot aus seinem Beutel, brach es in zwei Hälften und gab Leofric eine davon. »Wir werden auf der Straße bleiben, bis es hell wird. Dann schlagen wir uns in die Büsche.«

Leofric zog verständnislos die Stirn in Falten.

»Ja, ich weiß. Wenn wir tagsüber liefen, könnten wir heute abend da sein. Aber die Gefahr ist zu groß, daß wir auf der Straße angehalten werden.« Robin wies auf ihre derben, graublauen Kittel. »Jeder sieht auf einen Blick, was wir sind. Erschwerend kommt hinzu, daß ich einen Edelstein und ein recht wertvolles Schwert bei mir trage. Mir ist erst letzte Nacht klargeworden, was das bedeutet. Wenn sie uns erwischen, werden sie uns nicht nur einsperren, sie werden mich vermutlich aufhängen. Niemand wird glauben, daß die Sachen mir wirklich gehören.«

Leofric blieb stehen und starrte ihn an. In seinen Augen stand das blanke Entsetzen.

Robin seufzte. »Entschuldige. Ich hatte es vergessen. Haben sie dich zusehen lassen, als sie deinen Vater aufgeknüpft haben?«

Leofric nickte wie in Trance.

»Ja. Das sieht ihnen ähnlich. Nun beruhige dich, noch ist es ja nicht soweit. Und wenn möglich, soll es auch nicht soweit kommen. Wir werden nachts gehen und uns tagsüber verstecken. Morgen sind wir da. Genieße das Brot, es ist alles, was wir bis dahin kriegen.«

Leofric steckte seinen Kanten seitlich in den Mund, schloß die Augen und zerrte mit den hinteren Zähnen daran. Robin betrachtete ihn fasziniert. Der Junge hatte immer noch etwas von einem wilden Tier, und das war vielleicht nicht einmal so schlecht.

Sie kamen bis kurz vor Hetfield, ehe die Straße sich belebte. Kaufleute waren auf dem Weg von und nach Canterbury. Und Soldaten. Robin und Leofric warteten einen günstigen Moment ab, als niemand ihnen entgegenkam und niemand hinter ihnen war, und glitten hinter eine Hecke. Sie richteten sich auf einen langen, heißen, ereignisarmen Tag ein und beschlossen, die Zeit mit Schreibübungen zu verbringen. Robin war sehr angetan von Leofrics Fortschritten, und er wollte nicht, daß der Junge alles wieder verlernte, während sie auf Wanderschaft waren.

Es konnte noch nicht weit nach neun Uhr sein, als eine große Pilgergruppe die Straße entlangkam. Es waren wenigstens vierzig Personen, und sie schienen wahllos zusammengewürfelt. Robin spähte durch die Hecke und sah Bettelmönche und Ordensbrüder ebenso wie Kaufleute, ein paar Bauern, fünf Männer, die das Abzeichen einer Londoner Handwerksgilde auf den Mänteln trugen, eine Gruppe Frauen.

Robin packte Leofric an der Schulter. »Natürlich, das ist die Lösung. Mach ein frommes Gesicht, Junge. *Wir pilgern.*«

Robin war zum erstenmal in seinem Leben in einer Stadt, und kaum hatten sie das Tor durchschritten, fühlte er sich schon erschlagen. Er hatte nicht gewußt, daß so viele Menschen auf so wenig Raum leben konnten. Die Gassen waren eng und verdreckt, Pferde- und Ochsenkarren blieben zwischen den Fußgängern stecken. Die Häuser rangelten Schulter an Schulter miteinander, Wohnhäuser, Wirtshäuser, Kirchen und Bordelle, Werkstätten und Geschäfte, alles schien durcheinandergewürfelt. Und Menschen. Überall waren Menschen. In Scharen liefen sie über die Straßen und Plätze, alle in Eile und geschäftig. Keiner schien allein zu gehen. Und sie rochen schlecht. Über den windschiefen Holzhäusern erhob sich die mächtige Kathedrale. Sie schien sich bis in den Himmel zu recken, als habe der Baumeister die Absicht gehabt, Gott mit seinem Werk an den Füßen zu kitzeln.

Es wurde noch viel schwieriger, als Robin befürchtet hatte. Wohin sie auch kamen, erregte ihre Bauernkleidung Argwohn. Selbst wenn sie Geld gehabt hätten, hätte man sie in keinem Gasthaus beherbergt. Robin steckte in der Klemme, denn er konnte zu keinem Goldschmied gehen, um seinen Saphir zu verkaufen, ehe er sich andere Kleider beschafft hatte, doch er konnte keine Kleider kaufen, bevor nicht die Brosche verkauft war. Es war ein Teufelskreis. Und immerzu waren sie auf der Flucht vor den Männern des Sheriffs.

Schließlich trafen sie auf einen armseligen Tagelöhner, der ihnen weiterhalf. Er führte Robin zu einem wenig vertrauenerweckenden Kaufmann in einer finsteren, ärmlichen Gasse. Robin vermutete, er war ein Hehler. Er kaufte ihm seinen Edelstein ab, ohne Fragen zu stellen. Robin wußte, er wurde betrogen, aber ihm blieb nichts anderes übrig.

Das Geld reichte nur für neue Kleider und ein Maultier. Robin hoffte, das Maultier in Calais zu einem guten Preis zu verkaufen und vielleicht eine billige Rüstung zu erstehen. Viele englische Soldaten verkauften in Calais ihre Ausrüstung, um Geld für die Heimreise zu bekommen.

Sie verließen Canterbury nach gut einer Woche. Als sie aus dem Schatten des mächtigen Westtores traten, fühlte Robin sich befreit. Sie wandten sich nach Süden, nebeneinander gingen sie die Straße nach Dover entlang, jeder an einer Seite des Maultiers. Robin hatte sich einen Kaufmannsstab beschafft und schwang ihn bei jedem Schritt. Hier unter dem weiten Himmel gewann er bald neue Zuversicht. Er wußte, sie hatten den gefährlichsten Abschnitt ihrer Flucht hinter sich, und ein eigentümliches, prickelndes Gefühl beschlich ihn und nahm mit jedem Schritt zu. Er verspürte es zum erstenmal, aber er erkannte es trotzdem. Es war Abenteuerlust.

Er grinste Leofric nachsichtig an. »Ich kann verstehen, daß du dich in den feinen Kleidern nicht wohl fühlst.«

Ein bißchen ungläubig sah er an sich selbst hinab. Er trug dünne, dunkelblaue Tuchhosen, ein ärmelloses, für seinen Geschmack zu kurzes Surkot der gleichen Farbe und darunter ein ausgepolstertes, tiefgrünes Wams. Ein kurzer Umhang mit Kapuze vervollständigte seine Kaufmannskluft. Nur seine alten Stiefel hatte er behalten. »Ich komme mir auch ein bißchen albern vor. Aber sieh es von der praktischen Seite. Niemand wird uns aufhalten oder einsperren wollen.«

Er trug das Schwert seines Vaters offen an seiner Seite. Im Gegensatz zu einem Bauern war es einem Kaufmann selbstverständlich erlaubt, Waffen bei sich zu führen.

In Anbetracht ihrer schützenden Verkleidung sah Robin keinen Grund zur Eile. Er rechnete, daß sie bei gemächlicher Wanderung einen Tag bis Dover brauchen würden. Als der Morgen fortschritt, belebte sich die Straße. Gruppen von Bogenschützen, Ritter mit Knappen und kleinem Gefolge und viele Kaufleute begegneten ihnen. Die Kaufleute grüßten freundlich, und sie grüßten zurück.

Die Straße führte durch ländliche Gegenden; zwischen Canterbury und Dover gab es keine nennenswerte Stadt. Am späten Nachmittag kamen sie in einen Wald. Robin sah sich argwöhnisch um und lockerte das Schwert in der Scheide.

»Wenn du irgendwas siehst, das dir nicht gefällt, schlag Alarm«, wies er Leofric an.

Der Junge nickte. Er wußte ebenso wie jeder andere, daß die Zahl der Gesetzlosen sich über die letzten Jahre sprunghaft vermehrt hatte. Schließlich hatte er selbst für eine Weile dazu gezählt. Es gab immer mehr Menschen, die ihr Land und ihre Lebensgrundlage verloren, es blieb ihnen kaum etwas anderes übrig, als sich in die Wälder zu schlagen und ihr Dasein als Wegelagerer zu fristen. Und sie waren gefährlich, denn sie hatten nichts zu verlieren.

Doch sie kamen unbehelligt vorwärts. Als die Schatten länger wurden, hielt Robin an. »Wir sollten uns langsam nach einem Lagerplatz umsehen. Da, hörst du das? Nein, natürlich nicht. Entschuldige. Irgendwo in der Nähe ist ein Fluß. Komm, es kann nicht weit sein.«

Leofric schüttelte entschieden den Kopf und formte mit den Händen ein Dach.

Robin winkte ab. »Kommt nicht in Frage. Wozu brauchen wir ein Wirtshaus? Du willst dir nur den Bauch vollschlagen. Aber wir haben genug Vorräte, und auch wenn wir so aussehen, wir sind keine reichen Leute, verstehst du? Wir brauchen unser Geld für wichtigere Dinge als Bier und Lammkeulen.«

Er wandte sich nach links vom Weg ab, und Leofric folgte ihm leicht verärgert, nicht ohne argwöhnische Blicke zurück und nach allen Seiten zu werfen. Die Straßen zu verlassen war besonders gefährlich.

Sie kamen durch einen dichten Eichenhain auf eine Lichtung, an deren entlegenem Ende ein klarer Bach floß. Sie gingen durch hohes, feuchtes Gras und banden das Maultier, das sie Stephen genannt hatten, an einen Baum. Während Robin ihre Decken und den Proviantsack ablud, sammelte Leofric Holz.

Nur wenig später hatten sie am Fuß einer mächtigen Eiche ein lebhaftes Feuer in Gang gebracht. Behutsam röstete Robin Brot und Speck über den Flammen; sie hatten darauf verzichtet, richtiges Kochgeschirr mitzunehmen. Der Speck duftete köstlich, und Leofric beugte sich schnuppernd darüber.

Robin stieß ihn lachend weg. »Paß auf, du sengst dir das Haar an.«

Leofric gab eine seiner besten Darbietungen: der verhungernde Bauernjunge. Er krümmte sich zusammen, hielt sich den eingezogenen Bauch und schnitt Grimassen.

Robin lachte ausgelassen und klopfte ihm anerkennend die Schulter, als er ihm seinen Spieß reichte. »Du solltest Gaukler werden, Leofric. Was meinst du? Statt in den Krieg ziehen wir in Frankreich von Jahrmarkt zu Jahrmarkt.«

»Erlaubt Ihr, daß ich diesen Lagerplatz mit Euch teile, Sir?« fragte eine junge Stimme hinter ihm.

Robin sah sich um. Ein einzelner Ritter war unbemerkt auf die Lichtung geritten und kam im Schritt heran.

Robin machte eine einladende Geste. »Mit Vergnügen, Sir, hier ist Platz genug. Ihr …«

Die Worte blieben ihm einfach im Halse stecken, als er das Pferd erkannte. Und wie hätte er es auch nicht erkennen können, hatte er es doch mit seinen eigenen Händen auf die Welt geholt, war Zeuge seiner ersten, wackeligen Schritte gewesen und hatte ihm als erster einen Sattel aufgelegt. Seine reichverzierte Schabracke zeigte ein wohlvertrautes Wappen, ebenso wie der Schild des Ritters. Schwarzes Pferd und weißer Lorbeer auf rotem Grund.

Mortimer saß wie vom Donner gerührt. Sein Mund stand weit offen. Unter anderen Umständen wäre es komisch gewesen. Dann glitt er langsam aus dem Sattel. »Was zur Hölle habt ihr hier verloren?«

Robins Gedanken rasten, und er spürte einen ekligen Eisengeschmack auf der Zunge. Was für eine verfluchte, unselige Fügung. Die Straße war so lang, es gab so viele Lichtungen, so viele Wirtshäuser. Was hatte Gott sich nur dabei gedacht, sie ausgerechnet hier zusammenzuführen? Er warf einen gehetzten Blick über die Schulter und wägte seine Chancen ab. Der Bach schien nicht tief und war auch nicht besonders breit, mit zwei Sprüngen könnte er ihn überqueren. Auf der anderen Seite standen die Bäume dicht, das Unterholz war üppig. Wäre er allein gewesen, hätte er eine Flucht durch den Wald riskiert. Doch mit dem Jungen zusammen war es hoffnungslos. Also blieb ihm nichts anderes übrig, als zu bleiben und die Nerven zu behalten. »Ich gehe nach Dover.«

»Wer hat dir erlaubt, Waringham zu verlassen?«

Robin sah ihm in die Augen. »Ich brauche keines Mannes Erlaubnis, um zu gehen, wohin es mir gefällt. In diesem Punkt hast du dich immer geirrt, Mortimer.«

»Sag mal, du unverschämter Kerl, wie redest du eigentlich mit mir?!«

»Ich denke, es ist an der Zeit, mit den Possenspielen aufzuhören.«

»Du bist einfach fortgegangen, kaum daß ich den Rücken gekehrt hatte, wie?«

»Um genau zu sein, ich bin einen Tag vor dir aufgebrochen.«

Mortimer lief rot an. »Du hast gegen das Gesetz des Königs verstoßen! Und ich werde dafür sorgen, daß du dafür bezahlst.«

Robin lächelte höflich. »Und wie? Wo ist dein Gefolge? Oder gedenkst du, uns persönlich zurückzubringen?«

Mortimer war für einen Moment verwirrt. Er hätte nichts lieber als das getan, aber er konnte nicht. Er hatte keine Zeit.

Es war schon fast beleidigend, mit welcher Eile der König ihn vom Hof weggeschickt hatte. Kaum hatte er seine Cousine Alice sicher in Westminster abgeliefert und dem König seinen Lehnseid geleistet, da hatte er eine Nachricht von John of Gaunt erhalten, dem mittleren der fünf Söhne des Königs, der, obwohl in der Erbfolge weit aus dem Felde geschlagen, der Mächtigste von ihnen war. Durch seine Ehe mit Blanche of Lancaster war er der Duke of Lancaster geworden, und außer der Krone hielt niemand soviel Land wie er. Man hatte Mortimer in seine Londoner Residenz bestellt, den Savoy-Palast, und der Sekretär des Herzogs hatte ihn mit geheimen Depeschen für dessen Bruder, den Schwarzen Prinzen, betraut. Mortimer hatte sofort aufbrechen müssen. Eher hastig als feierlich hatte der König ihm den Ritterschlag erteilt, und Mortimer war, um der Schnelligkeit willen, mit nur zweien seiner Männer losgeritten. Der eine hatte in einer Wirtshausrauferei in Rochester ein Messer zwischen die Rippen bekommen, der andere war vorausgeeilt nach Dover, um für ihre schnelle Überfahrt alles Nötige zu veranlassen. Darum war Mortimer allein.

»Du wirst zurückgehen! Ich befehle es.«

Robin verzog keine Miene. »Das wird nichts nützen.«

»Du ...«

»Mortimer, sei doch vernünftig«, sagte er beschwichtigend. »Warum läßt du mich nicht einfach ziehen? Wirst du nicht glücklicher sein in Waringham, wenn ich nicht mehr da bin? War ich dir nicht all die Jahre ein Dorn im Auge? Also bitte. Wenn du willst, werden Leofric und ich weiterziehen und dir diesen Lagerplatz überlassen. Vergiß, daß du uns gesehen hast.«

Mortimer schwankte einen Moment. Ja, es stimmte, er hätte glücklicher in Waringham leben können, wenn Robin nicht dort war. Er hätte sich einfach entschließen können, nicht mehr an ihn zu denken. Und, wer weiß, vielleicht hätte er sogar Agnes heiraten können. Aber es war unmöglich. Robins ruhiger, überlegener Blick machte es unmöglich. Er konnte nicht zulassen, daß dieser hochmütige Bastard, der doch im Grunde nicht mehr als ein verlauster Stallknecht war, ihm wieder ein Schnippchen schlug. Er konnte den Gedanken nicht ertragen, daß er irgendwo in Freiheit, vielleicht sogar in Frieden leben würde.

»Das könnte dir so passen. Ich werde nichts dergleichen tun. Statt dessen werde ich euch in Dover dem Sheriff ausliefern. Er wird dafür sogen, daß man euch zurückbringt.«

Robin warf seinen Umhang über die linke Schulter zurück und entblößte das Heft seines Schwertes. »Ich glaube nicht, daß das so einfach sein wird, wie du denkst.«

Mortimer lachte verächtlich. »O ja, richtig, das alte Familienschwert. Ich bebe vor Angst. Sag mal, geht es überhaupt noch aus der Scheide, oder ist es festgerostet?«

Das war es keineswegs. Robin hatte es sorgsam eingeölt und geschliffen, bis es ein schwebendes Stück Stoff in der Luft zerschnitt. Er antwortete nicht.

Mortimer war wieder ernst. »Sei kein Narr. Wenn du die Hand an das Heft legst, bist du ein toter Mann. Was mir, wie du sicher weißt, ebenso recht wäre.«

Leofric hatte die ganze Zeit reglos am Feuer gestanden und angstvoll von einem zum anderen geblickt. Jetzt trat er zu Robin und zupfte ihn schüchtern am Ärmel. Robin sah zu ihm hinunter. Leofric schüttelte traurig den Kopf.

Ja, dachte Robin nervös, sie haben beide recht. Ich habe überhaupt keine Chance. Lieber, süßer Jesus, was soll ich tun?

»Gib mir dein Schwert«, befahl Mortimer.

Robin beobachtete ihn aus dem Augenwinkel und rührte sich nicht. Natürlich, er konnte es tun. Der Sheriff von Kent, zuständig für Dover, würde ihn und Leofric einsperren. Und wenn schon, vierzig Tage waren nicht so schrecklich. Dann würden sie ihn zurückbringen. Und Stephen würde nicht vergessen haben, daß sie noch eine Rechnung zu begleichen hatten. Na ja, auch dem konnte er notfalls ins Auge sehen, er würde jedenfalls am Leben bleiben. Nur, dachte er verzweifelt, wenn er jetzt nachgab, würde er für den Rest seiner Tage als Mortimers Knecht in Waringham bleiben. Es würde kein zweites Mal geben. Dies hier war die Bewährungsprobe. Und, das ging ihm jetzt auf, er konnte Knechtschaft nur so lange ertragen, wie er sie freiwillig auf sich nahm.

»Zum letztenmal, Mortimer. Laß uns gehen.«

Mortimers Gesicht war bleich und entschlossen. »Nein.« Er zog sein Schwert. »Ich werde dir den Kopf abschlagen. Und dich«, sagte er zu Leofric, »werde ich in seinem Blut ersäufen.«

Robin schauderte und zog seine Waffe langsam aus der Scheide.

Mortimers Rüstung glänzte in den letzten Sonnenstrahlen. Arme und Beine waren von polierten, ineinandergesetzten Stahlschienen ummantelt, er trug stählerne Schuhe und Handschuhe aus engmaschigen Stahlringen, ähnlich gearbeitet wie die Halsberge seines Helms und sein langes Kettenhemd, das unter Brust-

und Rückenpanzer hervorschaute. Mortimer war von Kopf bis Fuß gepanzert. Nur ein sehr harter, frontaler Schwert- oder Axthieb konnte den Stahl durchdringen. Außerdem trug er seinen gewaltigen Schild.

Robin hatte seine Kaufmannskluft und das Schwert seiner Vorfahren.

Wie früher überließ er Mortimer den ersten Schlag. Und als er ihn mit seinem Schwert parierte, erzitterte er bis in die Knie. Mortimer hatte es offenbar doch noch gelernt.

Er fing Robins Gegenschlag ohne große Mühe mit dem Schild ab und erwiderte ihn augenblicklich. Robin wich zur Seite, aber es war knapp. Er spürte den Luftzug.

Möglicherweise werde ich gleich sterben, ging ihm auf. Es ist sogar wahrscheinlich. Aber er wollte nicht darüber nachdenken. Es konnte nur schaden, darüber nachzudenken. Statt dessen sann er auf eine Strategie.

Leofric stand neben dem Maultier unter der Eiche und zitterte vor Angst. Jedesmal, wenn Mortimers schnelles, glänzendes Schwert vorschnellte, zog sein Magen sich schmerzhaft zusammen. Er wußte nicht, daß Robin einmal gelernt hatte, ein Schwert zu führen, und er hatte nicht einen Funken Hoffnung.

Der Kampf zog sich in die Länge. Robin war bis ans Ufer des Baches zurückgewichen, einige Male hatte er schon bis zu den Knöcheln im Wasser gestanden. Ein paar Forellen waren entrüstet davongestoben. Robin hielt sein Schwert in beiden Händen, und seine Attacken schienen vor allem Mortimers Schild zu gelten. Seine Hiebe kamen ebenso schnell und gewandt wie Mortimers, und mit fast tänzerischer Leichtigkeit wich er den tödlichen Vorstößen seines Gegners aus. Immer wütender ging Robin gegen den undurchdringlichen Schild vor, wagte sich immer weiter in die Reichweite von Mortimers Waffe. Das blieb nicht lange ungestraft. Sein Stiefel verfing sich im Uferschilf, als er vorwärtsdrängte, er landete einen ungezielten Schlag auf das Zentrum des Schildes, und Mortimers Schwertspitze bohrte sich im selben Moment in seine Schulter.

Robin merkte es kaum. Er hatte sein Ziel erreicht. Offenbar war der Haltegriff innen am Schild unter dem letzten Aufprall endlich gebrochen, der Schultergurt riß, und der Schild fiel ohne einen Laut ins hohe Gras.

Robin nutzte Mortimers momentane Überraschung für einen Angriff, aber Mortimer war schnell geworden. Noch bevor die Klingen sich kreuzten, hatte er beide Hände am Heft. Er lenkte Robins Schlag nach unten ab und holte weit aus. Die Schwerter trafen funkensprühend aufeinander, und sie standen Auge in Auge.

»Jetzt kommt der *Coup de Grâce*, alter Freund«, preßte Mortimer hinter zusammengebissenen Zähnen hervor.

Er stieß ihn weg, Robin stolperte rückwärts und fiel auf den Rücken. Mortimer preschte vor, aber sein Schwert bohrte sich nur in die lockere Walderde. Robin war schon zur Seite gerollt und aufgesprungen. Er ließ sich keine Zeit zum Ausholen, sondern führte einen beidhändigen Stoß auf Mortimers Seite. Das Schwert drang knirschend durch das Kettenhemd und in den Körper darunter. Tief.

Mortimer versuchte, zur Seite zu weichen, aber er war regelrecht aufgespießt. Er hielt verwundert mitten in der Bewegung inne, sah ungläubig auf das Schwert in seiner Körpermitte und ließ seine eigene Waffe sinken. Mit fast zugekniffenen Augen zog Robin das Schwert aus der Wunde und ließ Mortimers Hände nicht aus den Augen. Er hatte keine Ahnung, wie schwer er ihn verwundet hatte. Mortimer stand noch einen Augenblick schwankend am Ufer, dann fiel er zur Seite. Die schwere Rüstung ließ die Erde bei seinem Aufprall erzittern.

Robin stand einen Moment keuchend über ihm. Dann kniete er sich neben ihm ins Gras. Er nahm das Schwert aus Mortimers schlaff gewordenem Griff und legte es außerhalb seiner Reichweite neben sein eigenes.

Mortimer hatte die Augen geöffnet. Die Finger der rechten Hand strichen ruhelos über seine Seite. Der Handschuh war bald bis zum Gelenk blutbeschmiert. Ein schwacher, aber stetiger Strom ergoß sich aus dem unsichtbaren Loch in seinem Kettenhemd. Er hustete leise. »Gott, es tut weh.«

Robin sah auf ihn hinunter.

Mortimers Mund verzerrte sich, oder vielleicht lächelte er auch. »Jetzt bedauerst du mich, nicht wahr, du Schwächling.«

Robin wußte keine Antwort. Er hatte keine klare Vorstellung, was er empfand.

Mortimer hustete wieder, wollte sich krümmen in seinem Gewand aus Stahl und konnte nicht. »Bedaure mich nicht, Robert. Das ist widerlich. Ich will, daß du mich haßt.«

Robin nickte erschöpft. »Das tue ich.«

»Aber nicht genug. Ich will, daß du mich so sehr haßt wie ich dich …«

Robin nahm ihm Helm und Halsberge ab. Es machte nicht viel Sinn, aber er wollte, daß der andere leichter atmen konnte. »Was hättest du schon davon, Mortimer? Das ist doch jetzt ganz gleich.«

Mortimers Haut war grau, und er biß sichtbar die Zähne zusammen. »Worauf wartest du, du Feigling?«

Robin schluckte. Er wußte, er sollte sein Schwert wieder aufnehmen und ein Ende machen. Es war seine Pflicht. Eine Frage der Ehre. Aber er sah sich außerstande. Wenn Mortimer doch nur die Augen schließen und von allein sterben wollte, dachte er unbehaglich. Aber danach sah es nicht aus. Sein Atem ging immer noch kräftig, wenn auch stoßweise, und kein Blut floß aus seinem Mund.

Mortimer lachte kraftlos. »Oh, was für ein erbärmlicher Jammerlappen du doch bist.« Er kniff die Augen zu, und sein Gesicht verzerrte sich. Dann sah er ihn wieder an. »Also schön, dann werd' ich dir … helfen. Hör zu, Robert. Ich hab' mir deine Schwester geholt. Wohl tausendmal. Während du mit deiner hochmütigen Fratze durch Waringham stolziertest, als könne nichts dir etwas anhaben, habe ich es deiner Schwester besorgt …«

Robin starrte auf sein Gesicht hinunter, ohne ihn wirklich zu sehen. Er überlegte, wie es kam, daß er Mortimer glaubte und daß er so wenig überrascht war. Erschüttert, gedemütigt, zutiefst verletzt, das war er. Aber nicht überrascht. Er wandte den Blick ab und stand auf. »Ja, ich weiß.«

»Du hast es *gewußt*?« keuchte Mortimer ungläubig. »Und willst mich immer noch nicht töten?«

Doch, er wollte gern. Er wollte im Moment nichts mehr als das. »Warum hast du es so eilig, in die Hölle zu kommen, du Bastard?« fragte er zornig. »Du bist nicht schwer verletzt. Die Leute in Waringham sagen, ich sei ein Pechvogel und du habest das Glück des Teufels. Sie haben recht.«

Die Blutlache an Mortimers Seite hatte sich ausgebreitet. Im schwindenden Licht schimmerte sie bräunlich. Er lag jetzt reglos, mit geschlossenen Augen.

Robin kehrte ihm den Rücken. Er entdeckte Leofric nur wenige Schritte entfernt am Feuer. Er hatte ihn vorübergehend vergessen. Der Junge saß zusammengekrümmt im Gras, wiegte seinen Körper sanft vor und zurück und weinte.

Robin legte ihm im Vorbeigehen die Hand auf die Schulter. Leofric stand auf, trat zu ihm und beobachtete, wie Robin eine kleine Glasphiole aus seinem Bündel holte und vier oder fünf Tropfen ihres Inhaltes in einen Becher Wein gab. Dann zupfte er ihn am Ärmel, wies auf Mortimer, legte beide Hände an seine eigene Kehle und tat, als würge er sich.

Robin schüttelte den Kopf. »Ich kann es nicht tun. Jetzt nicht mehr. Er kann uns nicht mehr schaden, und ohne Not kann ich ihn nicht töten. Sein Vater …« Er brach ab.

Leofric schlang plötzlich die Arme um seinen Hals und preßte sich an ihn. Robin versteifte sich. »Laß mich, du verschüttest den Wein.«

Aber der Junge sah seine Lippen nicht. Er vergrub den Kopf an seiner Brust.

Robin hob sein Kinn mit der freien Hand. »Hab keine Angst. Ich weiß, was ich tue.«

Er machte sich los, ging zu Mortimer zurück und hockte sich neben ihn. »Hier, trink.«

Mortimer öffnete die Augen einen Spalt. »Was ist das?«

»Was schon? Wein, natürlich.« Nicht gerade sanft hob er seinen Kopf an und ertränkte Mortimers Protest mit dem Inhalt des Bechers. Mortimer blieb nichts übrig, als zu schlucken, wenn er nicht daran ersticken wollte.

Als er seinen Kopf ins Gras zurückfallen ließ, sah Mortimer ihn argwöhnisch an. »Was hast du vor?«

»Das wirst du früh genug feststellen.«

»War es Gift?«

Robin lächelte verächtlich. »Das wäre mehr deine Art. Schlaf. Und wenn du wach wirst, wird die Welt ganz anders aussehen. Ich schwör's dir.«

Sein Ton klang alles andere als beruhigend. Aber Agnes' wundersamer Mohnsaft wirkte mit Windeseile auf Mortimers geschwächten Körper. Eine Weile gab Mortimer noch verwirrte, zunehmend unverständliche Wortfetzen von sich, dann lag er still.

Robin blieb reglos neben ihm hocken. Er betrachtete das jetzt entspannte, hübsche Gesicht mit den langen Mädchenwimpern. Er spürte nicht, wie die Feuchtigkeit des Bodens durch seine Kleidung drang, er dachte an seine Schwester und wanderte im finstern Tale.

Leofrics eindringliches Rütteln brachte ihn zurück.

Robin sah unwillig auf. »Was?«

Leofric wies auf Mortimer und hob fragend die Schultern.

»Wir werden ihn ein bißchen verkleiden. Und mich ebenfalls. Ich werde einfach den Platz einnehmen, der mir einmal zugedacht war. Wenigstens für eine kleine Weile.« Er stand auf. »Sattel sein Pferd ab, und dann hilf mir, ihm die Rüstung abzunehmen.«

Leofric betrachtete Mortimer eingehend und schauderte plötzlich.

Robin fuhr ihm mit der Hand über den Kopf. »Du brauchst dich nicht mehr vor ihm zu fürchten. Er wird stundenlang schlafen und nicht merken, was mit ihm passiert. Und er wird mächtig staunen, wenn er aufwacht.«

Leofric lächelte unsicher zu ihm auf und wies mit dem Finger auf Robins Schulter.

Robin folgte seinem Blick. »Ja, laß es uns verbinden. Aber es ist nicht tief. Ich merke es kaum. Komm, machen wir uns an die Arbeit.«

Es war inzwischen dunkel geworden. Robin schürte das Feuer auf und legte neues Holz nach, bis es hell genug brannte, um ihnen ausreichend Licht zu spenden.

Leofric verband die Wunde in Robins Schulter, die sich in der Tat als flach und harmlos erwies. Dann entledigten sie Mortimer seiner Rüstung und versorgten auch seine Wunde. Sie war tief und häßlich. Es grenzte an ein Wunder, daß der Schwertstoß dennoch offenbar alle lebenswichtigen Organe verfehlt hatte. Das Glück des Teufels …

Im Schein des Feuers reinigte Leofric die Rüstung im Bachbett von Blut und Erde. Unterdessen vergrub Robin Mortimers Schwert. Tief genug, daß nicht der nächste Wanderer, der auf der Lichtung haltmachte, es finden würde. Dann ging er zu Mortimer zurück. Er lag völlig reglos, sein Schlaf glich einer tiefen Bewußtlosigkeit. Robin zog ihm den Siegelring vom Finger und steckte ihn in seinen Geldbeutel. Mit Leofrics Hilfe zog er ihm die Sachen aus dunkelroter Seide und feinem Tuch aus und streifte ihm statt dessen seine graublaue Bauernkleidung über. Er hatte sie eigentlich verbrennen wollen, aber er hatte es nicht übers Herz gebracht. Heimlich, verschämt hatte er sie in sein Bündel gepackt. Jetzt kam sie ihm gerade recht. Als Mortimer fertig angekleidet war, gab es nichts mehr, das verriet, daß er ein junger Landedelmann war. Zufrieden betrachteten sie ihr Werk, fesselten Mortimer sicherheitshalber an Händen und Füßen und rollten sich nahe des ersterbenden Feuers in ihre Decken.

Mortimers Stöhnen weckte sie bei Tagesanbruch. Robin zwang eine zweite, großzügige Dosis von Agnes' Gebräu seine Kehle hinab, bevor er wirklich zu sich kam. Dann rüsteten sie sich zum Aufbruch.

Während Leofric die Tiere versorgte und ihr Frühstück bereitete, ging Robin Mortimers bescheidenes Gepäck durch, um zu sehen, was sie gebrauchen konnten. In einem Lederbeutel waren fast zwei Pfund in Gold- und Silbermünzen und etwas Kleingeld. Und in einer Tasche des kostbaren, silberbeschlagenen Sattels fand er einige Schriftstücke. Er kam damit zum Feuer zurück, setzte sich auf seine Decke und sah sie durch. Er zog die erste Pergamentrolle auseinander, und als er das Siegel erkannte, wurde ihm mit einemmal sehr heiß.

»Verdammt. Es scheint, Mortimer war auf allerhöchsten Befehl unterwegs«, murmelte er. Er las, ließ die Schriftrolle endlich sinken und sah in Leofrics neugieriges Gesicht. »Offenbar findet der Krieg jetzt nicht mehr in Frankreich statt, sondern in Spanien. In Kastilien, um genau zu sein. Das soll verstehen, wer will.«

Er studierte das zweite Schriftstück und runzelte die Stirn. »Junge, wir sind in die hohe Politik geraten. Und ich denke, wir müssen uns beeilen. Das hier sind Nachrichten vom Duke of Lancaster für seinen Bruder, den Schwarzen Prinzen. Ich könnte mir vorstellen, daß er sehnsüchtig darauf wartet.« Er stand auf.

Leofric starrte ihn ungläubig an.

Robin hob hilflos die Hände. »Wie es scheint, gab es in Kastilien einen König Pedro. Aber jemand hat ihm seinen Thron streitig gemacht. Sein eigener Bruder, Enrique von Tra…« Er sah kurz auf das Dokument hinunter und suchte nach dem Namen. »Trastamara. Dieser Enrique hat mit der Hilfe des Königs von Frankreich die Macht an sich gerissen. Pedro ist nach Bordeaux zu Prinz Edward geflohen und ersucht höflich um Beistand. Und den wird er auch kriegen. Der Duke of Lancaster schreibt hier, man dürfe nicht zulassen, daß der König von Frankreich seine gierigen Finger nach Kastilien ausstreckt. Verstehst du das?«

Leofric dachte einen Moment nach und nickte dann.

»In diesem Brief schreibt er dem Schwarzen Prinzen, daß der König einverstanden ist, daß sie nach Kastilien marschieren und Pedro zu seinem Recht verhelfen. Vorausgesetzt, Pedro bezahlt die Rechnung. Na ja, ich könnte mir denken, daß er das freudestrahlend tun wird. Lancaster wird selber noch in diesem Monat nach Bordeaux reisen, um mit Pedro und dem Schwarzen Prinzen die nötigen Schritte zu planen. Mortimer sollte sozusagen seine Vorhut sein.« Er überlegte unbehaglich, wie kurz seine Darbietung als Lord Waringham sein würde, sollten der Duke of Lancaster und Mortimer sich je begegnet sein. Doch er behielt seine Befürchtungen für sich. »Also dann. Machen wir uns auf den Weg. Prinz Edward wird ungeduldig auf die Nachricht vom Einverständnis des Königs warten. Und es wäre peinlich, wenn Lancaster vor uns in Bordeaux eintrifft.«

Leofric starrte ihn mit offenem Mund an und schüttelte verständnislos den Kopf.

»Was ist daran so schwer zu verstehen? *Wir* bringen die Nachricht nach Bordeaux. Ich gebe mich als Lord Waringham aus, und du wirst mein Knappe. Du darfst dich geehrt fühlen.«

Leofric wies stirnrunzelnd auf Mortimer.

Robin lächelte grimmig. »Er wird uns nicht begleiten.«

Er zeigte Leofric, was er tun mußte, um ihm in die Rüstung zu helfen. Sie begannen mit den stählernen Schuhen, dann folgten die Beinschienen.

»Nein, du kleiner Dummkopf, das ist für die Wade, nicht für den Oberschenkel. Denkst du, ich hätte Storchenbeine? Jetzt halte das obere und untere Teil fest und häng die Kniekachel an den Scharnieren ein. Ja, so ist es richtig. Ich weiß, es sind sehr viele Schnallen und Verschlüsse, aber paß nur auf, wir machen einen Knappen aus dir, bevor wir nach Frankreich kommen.«

Es war das erste Mal in seinem Leben, daß er eine Rüstung trug, aber er fühlte sich nicht unwohl. Mortimers Rüstung war eine der besseren Sorte, nicht übermäßig schwer und einigermaßen beweglich. Glücklicherweise hatte Mortimer nahezu seine Statur, und die Rüstung paßte, nur der Brustpanzer beengte ihn ein wenig. Versuchsweise ging er ein paar Schritte auf und ab. Er hatte das Visier des Helmes hochgeklappt und konnte einwandfrei sehen. Dann knotete er den Ledergurt des Schildes notdürftig zusammen und hängte ihn sich auf den Rücken.

Er trat zu Mortimer und machte Leofric ein Zeichen. »Bring das Maultier.«

Mortimers Gesichtsfarbe wirkte im Morgensonnenschein schon wieder etwas lebendiger. Ein Hauch von Farbe war auf seinen fast bartlosen Wangen, und sein Mund schien ein wenig zu lächeln. Er wirkte sehr jung und unschuldig. Aber Robins Gewissen regte sich nicht bei dem Gedanken, was er mit ihm vorhatte. Er kannte dieses Gesicht schon zu lange, um sich noch davon täuschen zu lassen.

Mit vereinten Kräften packten sie seinen wie leblosen Körper auf den Rücken des Maultiers und banden ihn sorgsam fest. Robin klopfte ihm leicht auf den Rücken. »Ich hoffe, du liegst bequem, alter Freund. Denn du mußt es ein Weilchen so aushalten.«

Leofric grinste vor sich hin und nahm den Zügel.

Brutus, Mortimers Pferd, zeigte die Spuren seiner rüden Reitkunst; er war schreckhaft, biestig, und sein Maul war eingerissen. Robin legte ihm von unten den Arm um den Hals, lehnte die Stirn für einen Moment an seine und murmelte ein paar beruhigende Worte. Dann saß er auf, nahm die Zügel in die Rechte und ließ sie lang. Statt über die Trense lenkte er den jungen Hengst mit den Knien, und dessen Nervosität ließ augenblicklich nach. Robin ritt langsam zur Straße zurück, und mit stolzgeschwellter Brust folgte Leofric seinem vortrefflich gerüsteten Herrn auf dem Weg nach Dover.

Sie erreichten die Stadtmauer am Mittag, und Robin erkundigte sich beim Torhüter, wo er den Sheriff oder dessen Stellvertreter finden könne.

Der Mann machte eine linkische Verbeugung. »Wenn Ihr der

Straße folgt, Sir, immer Richtung Hafen, kommt Ihr an den Fischmarkt. Von dort führt ein Weg zur Burg hinauf. Da werdet Ihr Sergeant Branner finden, Sir.«

Robin nickte und warf ihm eine von Mortimers Münzen zu. Der Mann fing sie geschickt auf und winkte sie mit einer letzten Verbeugung durch das breite Stadttor.

Hochstapler, dachte Robin eisig. Ich bin ein Hochstapler. Den Torhüter konnte ich täuschen, aber der Sergeant des Sheriffs wird sofort merken, daß ich nur ein Betrüger bin …

Er folgte dennoch der Wegbeschreibung des Torwächters, und seine Nervosität ließ langsam nach, als er feststellte, daß die Fischer und Händler mit ihren Karren, selbst die gut gekleideten Bürger der Stadt ihm eilig Platz auf der Straße machten.

Mit hochmütig erhobenem Haupt ritt er in die Burg ein. Es gab jetzt kein Zurück mehr, also mußte er seine Rolle auch glaubwürdig spielen. Zwei Soldaten, die im Schatten einer Holzbaracke herumlungerten, sprangen herbei und hielten sein Pferd.

»Sergeant Branner«, verlangte Robin knapp.

»Ja, Sir.«

Einer der Männer eilte davon, um seinem Wunsch zu entsprechen.

Robin entspannte sich ein wenig. Auch nicht für den kleinsten Moment hatte er Zweifel in den Augen der beiden Soldaten flackern sehen. Vielleicht, dachte er, konnte er es sich sogar leisten, ein bißchen weniger hochnäsig zu sein.

Der Soldat kam im Eilschritt zurück, und der Sergeant folgte ihm; im Gehen rückte er seinen Helm gerade.

Robin nickte ihm zu. »Sergeant Branner?«

»Ja, Sir.«

»Waringham.«

Der Sergeant nahm seine kostbare Rüstung in Augenschein, ließ seinen Blick über das Wappen streifen und erkannte, wen er vor sich hatte. Seine Haltung wurde noch etwas straffer. »Ihr wünscht, Mylord?«

Robin war dankbar für das Visier seines Helmes. Er konnte breit grinsen, ohne daß es jemand sah. Er hielt das Grinsen jedoch aus seiner Stimme heraus: »Ich bin mit Depeschen unterwegs nach Bordeaux und sehr in Eile. Ich komme nur, um diesen Gesellen hier abzuliefern.«

Auf sein Zeichen band Leofric Mortimer los, der wie ein Sack Mehl vom Rücken des Maultiers glitt und auf den staubigen Boden fiel. Er regte sich und wimmerte leise, aber er wachte nicht auf.

Tue ich das wirklich, dachte Robin ungläubig. Ich bin ein Ungeheuer. Wie er. Wie mein Bruder Guillaume …

»Euer Mann, Mylord?« erkundigte sich der Sergeant.

»Dann hätte ich ihn kaum hierhergebracht, Mann«, versetzte Robin kühl. »Er ist mir im Wald direkt in die Arme gelaufen. Als ich ihn befragte, wollte er sich davonmachen. Er wollte nicht damit heraus, woher er ist. Ihr werdet euch um ihn kümmern?«

Der Sergeant nickte. »Soll ich ihn nach Waringham schicken, wenn sonst niemand Anspruch auf ihn erhebt?«

Das fehlte noch, dachte Robin. Er schüttelte knapp den Kopf. »Schickt ihn Oliver of Cranhurst in Cornwall. Er ist mein Vetter. Er kann immer einen kräftigen jungen Kerl gebrauchen.«

Er hatte keinen Vetter in Cornwall, und einen Oliver of Cranhurst gab es vermutlich nicht. Aber ein bißchen allgemeine Verwirrung konnte nicht schaden, und war Mortimer erst einmal in Cornwall, würde ihn irgendwer schon haben wollen. Cornwall war jedenfalls wunderbar weit weg von Waringham.

Der Sergeant nickte wiederum. »Oliver of Cranhurst. Ich werde dafür sorgen, Sir.« Er gab seinen Leuten einen Wink. »Sperrt den Burschen ein.«

Sie packten Mortimer jeder an einem Arm und schleiften ihn zum Turm hinüber. Robin sah ihnen nach, bis sie hinter einem schweren Eisentor verschwanden.

»Es wird eine Weile vergehen, bevor er die Sonne wiedersieht«, sagte er versonnen.

Der Sergeant erlaubte sich ein kleines Lächeln. »Nicht unbedingt, Mylord. Sobald er wieder stehen kann, stellen wir ihn jeden Tag unten in der Stadt eine Stunde an den Pranger, damit die Leute ihn sehen und sein Dienstherr ihn einfordern kann, wenn er zufällig vorbeikommen sollte.«

Hoffentlich kommt nicht gerade einer von Geoffreys Freunden zufällig vorbei, dachte Robin unbehaglich. »Verstehe. Sinnvolle Einrichtung, scheint mir.«

Der Sergeant nickte grimmig. »Dieses verfluchte Bauerngesindel kann man gar nicht hart genug anpacken. Sie glauben, sie sind das Salz der Erde, und das seit der Pest. Aber wir hier sorgen dafür, daß des Königs Gesetze eingehalten werden. Seid unbesorgt.«

Robin zog hinter dem sicheren Visier eine schmerzliche Grimasse. Er nickte Leofric zu und wendete sein Pferd. »Gott zum Gruße, Sergeant Branner. Meine Empfehlung an den Sheriff.«

Unter den ehrfurchtsvollen Segenswünschen des Sergeanten verließen sie die kleine, unscheinbare Burg. Leofric hatte sich auf den ungesattelten Rücken des Maultiers geschwungen, holte neben Robin auf und reichte ihm seine Schiefertafel. *Das kan nich gutgen.*

Robin las die wenig optimistische Botschaft, während sie langsam hügelabwärts ritten, korrigierte mit der Kante von Mortimers Siegelring versonnen die Fehler und gab Leofric das Täfelchen seufzend zurück. »Nein, vermutlich hast du recht. Aber er wird sehr, sehr lange brauchen, um zu beweisen, wer er ist. Er war immer nur in Waringham, weder der Sheriff noch irgendein anderer Regierungsbeamter kennt ihn.«

König Edward? schrieb Leofric.

Robin grinste. »Wird einen entlaufenen Leibeigenen kaum anhören. Nein, Leofric, so leicht wird es nicht sein für ihn. Und selbst wenn er jemanden findet, der ihn ernst nimmt, muß er immer noch beweisen, daß ich nicht derjenige bin, für den ich mich ausgebe. Bis dahin wird er jedenfalls ausreichend Gelegenheit haben, die Welt von ihrer anderen Seite kennenzulernen. Und das«, fügte er nach einem Augenblick hinzu, »kann ich jedem aufgeblasenen Edelmann nur empfehlen.«

Sie schifften sich auf einem Handelssegler ein, der mit der Abendflut auslief. Der Wind stand günstig, der Kapitän war zuversichtlich, daß sie vor Morgengrauen in Calais landen würden. Für Robin konnte es gar nicht schnell genug gehen. Sie hatten das Hafenbecken kaum verlassen, da wurde er seekrank. Er verbrachte den Großteil der langen Nachtstunden über die Reling gelehnt.

Calais war eine große, befestigte Stadt. Als Robin durch das Tor ritt, konnte er verstehen, daß es den König fast ein Jahr gekostet hatte, sie einzunehmen. Und selbst nach einem Jahr war diese Mauer nicht gefallen. König Edward und seine Armee hatten die Stadt ausgehungert, bis die letzten Vorräte, jedes Pferd, jeder Hund und jede Katze aufgegessen waren. Da waren die sechs führenden Bürger herausgekommen, barfuß, nur mit dünnen Hemden bekleidet und jeder einen Strick um den Hals, bis auf die Knochen gedemütigt. Sie hatten dem König die Schlüssel überbracht. Zornig war er, hatte Robins Vater berichtet, weil die widerspenstigen Bürger von Calais ihm so lange Widerstand geleistet hatten. Er befahl, die Abordnung auf der Stelle hinzurichten. Königin Philippa, hochschwanger, aber dennoch mit auf dem Feldzug, hatte um das Leben der Männer gebettelt. Auf Knien, hieß es. Und der König hatte nachgegeben ...

Das war alles lange her. Die dramatischen Ereignisse von damals waren jetzt nicht mehr spürbar. Calais war englische Garnison. Die Straßen wimmelten von Soldaten und Rittern, und man hörte mehr englische Stimmen als französische.

Robin und Leofric hielten sich nicht lange auf. Französische Städte, befand Robin, waren ebenso reizlos wie englische: laut und zu voll. Sie verkauften das Maultier und erwarben ein schnelles Pferd und eine angemessene Knappenausrüstung für Leofric, schmucklos, aber aus gutem, braunem Tuch, mit einem lammfellbesetzten Mantel und einer warmen Kapuze. Der Herbst stand bevor. Sie fanden einen Zimmermann, der den Schild reparierte. Nach nur einem Tag machten sie sich auf die Reise nach Bordeaux.

Ihr Weg war nicht ungefährlich, denn er führte bis zur Grenze des Anjou durch französisches Gebiet. Doch sie kamen unbehelligt voran; derzeit herrschte wieder einmal ein unruhiger Waffenstillstand. In der unmittelbaren Umgebung von Paris trafen sie auf französische Soldaten, sie wurden angepöbelt, aber nicht ernsthaft angegriffen. Nach drei Tagen erreichten sie Orleans, und von dort war es nicht mehr weit bis zum Machtbereich des Schwarzen Prinzen.

Robin drängte auf Eile. Sie brachen bei Tagesanbruch auf, ritten bis zum Mittag, rasteten kurz und ritten weiter bis eine Stunde vor Sonnenuntergang. Sie übernachteten unter freiem Himmel oder gelegentlich in Wirtshäusern, wo man ihnen reserviert, manchmal feindselig, aber niemals bedrohlich begegnete. Sprachprobleme gab es nicht. Als Sproß einer englischen Adelsfamilie war Robin mit der französischen Sprache aufgewachsen. Seine Mutter, die eine wirklich feine Dame von hoher Bildung gewesen war, hatte es ihm von klein auf beigebracht und immer versucht zu erreichen, daß die Familie wenigstens bei Tisch französisch sprach, die Sprache der Kultur und der Schönheit, wie sie sagte. Sie hatte sich nie so recht durchsetzen können, denn Robins Vater, ein Mann des Volkes, sprach lieber englisch. Manchmal mußte Robin jetzt in seinem Gedächtnis nach einer Formulierung suchen, weil er sein Französisch so lange nicht gebraucht hatte, aber er geriet nie in ernstliche Schwierigkeiten.

Die vielen Stunden, die sie unter dem weiten, wolkenlosen französischen Himmel verbrachten, nutzte Robin, um dem Jungen zu erklären, wieso er ein Schwert führen konnte und wußte, wie man eine Rüstung anlegt. Leofric schien zuerst erschüttert, dann befremdet, schließlich nahm er es einfach hin. Letzten Endes war ihm völlig gleich, wer Robins Vater gewesen war. Er hätte auch ein verdammter Ketzer oder ein Giftmörder sein können. Leofric hätte trotzdem sein Leben für Robin gegeben.

Robin ging erst im Verlauf ihrer Reise auf, mit welcher hingebungsvollen Verehrung der Junge an ihm hing, und diese Erkenntnis machte ihn ein wenig beklommen. Er hatte den Verdacht, daß er mit Leofric einen Ballast aus der Vergangenheit mitgenommen hatte, der ihn früher oder später in Bedrängnis bringen konnte, denn sein altes Leben und das, welches vor ihm lag, schienen unüberbrückbar weit voneinander entfernt. Dennoch war er froh über seinen treuen Gefährten; seine Anwesenheit milderte bei ihm das Gefühl von Verlorenheit.

Leofric schien das Vagabundenleben gut zu bekommen. Er lebte regelrecht auf, seine Augen verloren ihren gehetzten, wilden Ausdruck, und er nahm an Gewicht zu. Wiederum erwies er sich als aufgeweckter, wißbegieriger Schüler und meisterte seine neuen Aufgaben, Robins Rüstung und Waffen instand zu halten und zu pflegen, in kürzester Zeit. Mit einem verwegenen Grinsen handhabe er das mächtige alte Waringham-Schwert.

Genau wie die Kathedrale in Canterbury überragte auch die in Bordeaux die ganze Stadt wie ein gewaltiges Mahnmal. Lange bevor sie die Stadtmauer erreichten, konnten sie das mächtige Bauwerk bereits sehen. Am Tor zeigte Robin seine Depeschen vor, und man wies ihm hilfreich den Weg. Während ihres Rittes zur Burg warf er immer wieder ehrerbietige Blicke auf die mächtige Kirche.

Phillip de Sandiérs, ein agiler, kleiner Kerl mit einem spitzbübischen Grinsen, war der Kapitän der Wache. Er hieß ihn im Burghof willkommen und schloß ihn in die Arme wie einen lange verschollenen Bruder. »Ich hoffe, Ihr hattet eine angenehme Reise, *mon cher* Waringham«, erkundigte er sich.

Robin versuchte, sein Befremden über diese Vertraulichkeit nicht zu zeigen. Es war einfach so Sitte unter hochgestellten Rittern. Je eher er sich daran gewöhnte, um so besser. »Ja, vielen Dank. Ich reise im Auftrag des Duke of Lancaster.«

Sandiérs' buschige Augenbrauen schossen in die Höhe. »So? Dann solltet Ihr vielleicht lieber sofort hineingehen. Ich werde Eurem Knappen Euer Quartier weisen lassen.«

Robin nickte dankbar. »Er ist stumm, aber wenn Ihr ihn direkt anseht, kann er verstehen, was Ihr sagt. Ähm, das heißt, falls Ihr englisch sprecht …«

Sandiérs verzog schmerzlich das Gesicht. »Besteht Mangel an brauchbaren Knappen in England?«

»Nein. Er ist einer. Er wird auch verstehen, was Ihr mit Euren Händen sagt.«

Der Kapitän der Wache lächelte leicht verwirrt, winkte einen Pagen heran und gab ihm hastig Anweisungen. Der Junge bedeutete Leofric, ihm zu folgen. Nach einem Nicken von Robin führte Leofric die Pferde in die Richtung, in die der Page davoneilte.

Sandiérs geleitete ihn in das Hauptgebäude. Eine solch prunkvolle, riesenhafte Burg hatte Robin noch nie im Leben gesehen, und er verbarg sein ehrfurchtsvolles Erstaunen nur mühsam. Alles hing jetzt davon ab, daß er sich als Mann von Welt präsentierte.

Sie durchquerten die große Halle, in der Ritter, Damen, Jagdhunde und Pagen sich zu Hunderten zu tummeln schienen, verließen sie durch eine seitliche Tür, stiegen eine enge Treppe hinauf und gelangten in einen breiten, mit Fackeln erleuchteten Korridor. An einer Holztür hielt Sandiérs an, klopfte und trat auf ein Rufen von innen ein.

Robin folgte.

»Der Earl of Waringham, Euer Gnaden«, verkündete Sandiérs. Dann zog er sich mit einer Verbeugung zurück.

Vor einer der engen Fensternischen stand ein hochgewachsener Mann, der einen Sperber mit rohen Fleischbröckchen fütterte. Der Vogel hockte auf einer links des Fensters angebrachten Stange, ließ seinen edlen Kopf vorschnellen und riß das Futter gierig aus den von einem Handschuh geschützten Fingern. Als das letzte Fleischstück in seinem Schnabel verschwunden war, zog der Mann ihm eine Lederhaube über den Kopf. Der Vogel saß reglos, den Kopf leicht zur Seite geneigt.

Der Mann wandte sich Robin zu. Er trug eine Rüstung ohne Helm, und es war tatsächlich wahr, die Rüstung war pechschwarz. Sein Haar war ebenfalls dunkel und fiel gelockt bis auf die breiten Schultern. Sein Gesicht war ansprechend, ebenmäßig geschnitten, aber bleich, als schlafe er zu wenig oder als sei er krank. Sein Lächeln und seine dunklen Augen hingegen waren vital und fesselnd.

»Tretet näher.«

Robin schloß die Tür hinter sich, machte drei Schritte auf Füßen, die nicht zu ihm zu gehören schienen, und sank vor dem Thronfolger auf das linke Knie. Er brachte keinen Ton heraus und starrte auf die strohbedeckten Steinfliesen vor sich.

»Seid Ihr stumm, Waringham?«

»Nein. Mein Knappe ist es, ich nicht.«

Lieber Gott, habe ich das wirklich gesagt? Habe ich diese unverzeihlich törichte Bemerkung gemacht?

Prinz Edward lachte leise, und Robin hob endlich den Kopf und sah ihn an. Er versuchte, gleichzeitig gewinnend und selbstsicher zu lächeln. »Ich bringe Nachrichten des Duke of Lancaster, Euer Gnaden.«

Prinz Edward streckte ihm die Hand entgegen. »Erhebt Euch.«

Robin stand auf, zog die beiden Schriftrollen mit der Rechten aus dem linken Handschuh und legte sie in die dargebotene Hand.

Der Schwarze Prinz rollte die erste auseinander und begann,

leise murmelnd zu lesen. »*An Edward of Woodstock, Prince of Wales, Duke of Cornwall und Aquitanien, Earl of Chester et cetera, Grüße von John of Gaunt, Duke of Lancaster, Earl of Richmond et cetera, Eurem treu ergebenen Bruder. Unser liebender Vater Edward, König von England et cetera, ließ mich wissen, daß ...*«

Während der Prinz las, unterzog Robin den Raum einer verstohlenen Inspektion. Im Kamin brannte Feuer, obschon es draußen nicht kalt war. Der Boden war mit frischem Stroh ausgelegt, auf das man wohlriechende Kräuter gestreut hatte, an den Wänden hingen große, feingearbeitete Teppiche mit Jagd- und Kampfmotiven. Ein Tisch unter dem zweiten Fenster weiter rechts war mit ein paar unordentlichen Papieren bedeckt, ein kostbarer, goldener Trinkbecher und ein juwelenbesetzter Dolch beschwerten die Enden einer Schriftrolle. Neben dem Becher stand ein Teller mit Fleisch und Brot. Auf dem Schemel neben dem Tisch lag ein Seidenschal, der zweifellos einer Dame gehörte. Robin erinnerte sich an etwas, das sein Vater einmal gesagt hatte. ›Es gibt drei Dinge, die Prinz Edward mehr liebt als England: Frauen, Luxus und den Krieg.‹ Seine Stimme war voller Bewunderung gewesen ...

»Taxiert Ihr mich, Waringham?«

Robin sah erschrocken auf. Der Prinz lächelte, aber seine Stimme hatte scharf geklungen.

»Ich vergleiche die Legende mit der Wirklichkeit.«

»Und? Was seht Ihr?«

»Keinen nennenswerten Unterschied, Euer Gnaden«, erwiderte er, ohne zu lächeln. Seine Stimme klang neutral, denn er wußte selbst nicht, was er von dem hielt, was er sah.

»Seid Ihr ein Schmeichler oder ein Zyniker?«

»Ich denke, ich war nicht lange genug bei Hof, um das eine oder das andere zu werden.«

Der Prinz starrte ihn einen Augenblick an, dann warf er den Kopf zurück und lachte. Er lachte sehr laut. »Wohl gesprochen, mein junger Freund. Wohl gesprochen.« Er hörte abrupt auf zu lachen und wies auf die Schriftrollen vor sich. »Das sind gute Nachrichten. Es heißt, daß wir nicht länger müßig hier in Bordeaux bleiben müssen. Sobald Lancaster eintrifft, werden wir losziehen.«

Robin nickte.

»Was sind Eure Pläne? Wollt Ihr zurück nach England, oder wollt Ihr bleiben und mit nach Kastilien gehen?«

Robin hatte kein übermäßiges Interesse an Kastilien. Aber das letzte, was er wollte, war, nach England zurückzukehren. »Ich will das tun, womit ich Euch am besten dienen kann. Euch und England.«

Der Schwarze Prinz legte den Kopf leicht zur Seite, genau wie sein Sperber, und begutachtete Robin offen. »Dann bleibt. Wartet mit uns auf Lancaster, und haltet derweil Euer Schwert scharf.«

Robin verneigte sich kurz. »Wie Ihr wünscht, mein Prinz.«

Edward lächelte. »Also gut. Seid mir willkommen, Waringham. Kommt zur Jagd. Morgen. – Wache!«

Ein Soldat in Helm und Kettenhemd trat ein.

»Bringe den Earl of Waringham zu seinem Quartier. Man soll dafür sorgen, daß er alles hat, was er braucht.«

Der Soldat und Robin verneigten sich fast gleichzeitig und gingen gemeinsam hinaus. Erst jetzt spürte Robin den dünnen Schweißfilm auf seiner Stirn.

Schweigend gingen sie den hallenden Gang entlang, und an der Treppe ließ der Wachsoldat ihm mit einer höflichen Geste den Vortritt.

Robin lächelte kurz. »Wie ist dein Name?«

»Hugh Bingham, Mylord.«

»Du bist Engländer!« rief Robin aus.

Der junge Mann lächelte schüchtern. »In der Tat, Sir.«

Robin verspürte eine geradezu alberne Freude. »Also dann, Hugh Bingham. Erzähl mir, wie das Leben hier ist, alles über Prinz Edward und die Leute hier. Hab keine Scheu. Verglichen mit dir bin ich ein ahnungsloser Bauer.« Wie wahr, wie wahr. »Ich bin vom Lande, verstehst du. Und zum erstenmal an einem so fürstlichen Hof.«

Wie Robin beabsichtigt hatte, betrachtete Hugh ihn jetzt eher mit Herablassung als mit Ehrfurcht. Gönnerhaft begann er zu erklären: »Nun, hier in Bordeaux sind wir nur ein kleiner Hof, Sir, nicht wie in Chester. Nur etwa achtzig, Sir.« Er machte eine Pause, damit Robin seiner Bewunderung Luft machen konnte. Als dieser sich nicht äußerte, hakte Hugh nach: »Nur die Ritter und Damen, versteht sich. Mit Knappen und Pagen und Gesinde und Soldaten, tja, schwer zu sagen. Ich schätze, es leben so rund vierhundert Leute hier auf der Burg.«

Robin nickte versonnen. Das konnte durchaus stimmen. Ebensogut möglich, daß Hugh ein bißchen aufschnitt. Sie kamen in die große Halle zurück. Es war noch voller als zuvor.

Hugh wies verstohlen auf ein paar besonders gut gekleidete Ritter und Damen und nannte ihre Namen. Robin kannte nicht einen davon. »Langsam finden sich alle ein, damit sie noch gute Plätze bekommen. In ungefähr einer Stunde beginnt das Festmahl.«

»Heute gibt es ein Festmahl?«

Hugh betrachtete ihn mitleidig. »Jeden Abend, Sir.«

»Oh. Natürlich.« Grundgütiger, was kostet das, und wer bezahlt es? dachte er staunend.

Während Hugh zu Robins großem Mißvergnügen berichtete, daß fast jede Woche, wenn kein Turnier stattfand, eine große Jagd abgehalten wurde, an der jeder sich beteiligte, der auf die Gunst des Prinzen Wert legte, verließen sie die Halle und kamen hinaus in den Burghof. Die Flächen zwischen den Gebäuden waren grasbewachsen, die Sonne schien schräg in die meist quadratischen Höfe, die Schatten waren lang geworden. Der Prinz, berichtete Hugh, schlafe in voller Rüstung, damit sein Körper nicht verweichliche. Robin wußte nicht so recht, ob er das glauben sollte. Links liege die große Turnierwiese, erklärte Hugh unnötigerweise, sie war mit hüfthohen, bunt bemalten Holzwänden in lange Bahnen unterteilt und umrundet von Bänken für Zuschauer. Jedem Turniersieger, erzählte Hugh, schenkte der Prinz einen pelzbesetzten Mantel oder eine kostbare Waffe. Prinz Edward sei der großzügigste Mann der Welt. Robin dachte zähneknirschend an die Tausende von englischen und vermutlich auch aquitanischen Bauern, auf deren krummen Rücken Prinz Edwards Großzügigkeit lastete.

Jenseits der Turnierwiese lagen die Stallungen und die Schmiede, dorthin führte Hugh Robin jedoch nicht, sondern zu einem dicken Turm unweit der Außenmauer. Vor dem Tor blieb Hugh stehen. »Irgendwo dort drin ist Euer Quartier, Mylord. Es liegt ein bißchen weit ab von der Halle, aber sie sagen, die Betten sind gut.«

»Ich bin sicher, ich werde es gut antreffen.« Er reichte Hugh eine Münze und bedankte sich für die Führung. Der Soldat verneigte sich knapp und verschwand.

Robin blickte neugierig die Fassade mit den winzigen Fensteröffnungen hinauf. Hoffentlich lag sein Quartier nicht ganz oben. Treppensteigen in Rüstung war kein Vergnügen …

Er drückte die unverschlossene Tür auf und trat in eine kleine Halle. Vor einem Kamin saßen drei Ritter auf Holzschemeln um einen Tisch herum und würfelten. Robin grüßte höflich und stellte sich vor.

»Waringham?« fragte der, der rechts saß, der Sprache nach ein Gascogner. »Geoffrey Dermond?«

Robin schüttelte den Kopf. »Das war mein Vater.« Er brachte es nicht fertig, sich als Mortimer vorzustellen, nahm statt dessen den Helm ab, damit sie sein Alter einschätzen konnten, und fügte hinzu: »Er ist vor zwei Monaten gestorben.«

Der Ritter erhob sich, und Robin sah, daß er kaum älter als er selbst war. Er lächelte jungenhaft. »Mein Name ist Pierre de Marain. Mein Vater hat mit Eurem zusammen bei Poitiers gekämpft. Sie waren Freunde.«

Robin lächelte. »Ich entsinne mich, daß mein Vater davon sprach«, log er schamlos.

De Marain machte eine einladende Geste. »Setzt Euch zu uns. Dies sind Charles de Malson und Bertrand Guillard.«

Robin nickte ihnen höflich zu, nahm Platz, und ein Page brachte ihm einen Becher Wein. Guter Wein, ein Burgunder. Ohne große Lust beteiligte Robin sich an dem Würfelspiel und hörte zu, was die Ritter sprachen. Alle drei waren schon als Knappen am Hof des Schwarzen Prinzen gewesen, und ihre Gedanken kreisten hauptsächlich um Krieg und Waffenhandwerk, die Jagd und Frauen, und dann wieder der Krieg, immer wieder der Krieg. Sie schienen wie besessen davon.

»Es heißt, sobald Lancaster eintrifft, ziehen wir über die Pyrenäen.«

»Wird auch Zeit.«

»Schon viel zu lange Flaute …«

»Belanger sagt, die Frauen in Spanien seien feurig und leidenschaftlich …«

Sie schienen vornehmlich daran interessiert, sich ihrer Jagderfolge und echter oder erfundener Ruhmestaten zu brüsten. Robin langweilte sich bald.

»Was verschlägt Euch hierher?« wollte de Marain schließlich wissen.

»Depeschen von Lancaster.«

Es herrschte einen Augenblick ehrfurchtsvolles Schweigen. Dann bestürmten sie ihn plötzlich mit Fragen.

Robin hob lächelnd die Hände. »Ich weiß nur, daß der König dem Angriff auf Enrique von Trastamara grundsätzlich zugestimmt hat. Er ist der Ansicht, daß wir Spanien nicht unangefochten den Franzosen überlassen sollten.«

»Und recht hat er«, sagte de Malson und donnerte seine Faust auf den Tisch. »Schlimm genug, daß es überhaupt soweit kam, daß der alte Pedro vertrieben wurde.«

»Ja«, stimmte Guillard zu. »Es wird Zeit, daß jemand neues Leben in diesen Krieg bringt. Wenn wir in Spanien siegen, muß König Charles auch hier bald klein beigeben.«

Robin dachte bei sich, daß es wohl eher Zeit wurde, den Krieg zu beenden, da er zu teuer wurde, und daß es den König von Frankreich nicht vernichten würde, einen Verbündeten jenseits der Pyrenäen zu verlieren. Aber er behielt seine Meinung für sich; er glaubte kaum, daß sie besonders großen Anklang finden würde.

»Ihr redet nicht gerade viel«, meinte de Marain nach einem längeren Schweigen.

»Ich bin mit Zuhören auch besser beraten. Ihr seid alle so viel höfischer als ich. Ich höre zu und lerne.«

Sie lachten über soviel ritterliche Bescheidenheit.

»Ich habe Euer Pferd gesehen«, sagte Guillard unvermittelt. »Herrliches Tier.«

Robin lächelte höflich. »Das ist er.«

»Wo gibt es so etwas?«

»In Waringham. Wir ... Ich lasse sie züchten. Gutes Geschäft.«

Sie waren sehr interessiert, und erleichtert ließ Robin sich auf eine Unterhaltung über Pferdezucht ein. Die anderen mußten bald feststellen, daß sie ihm mit ihrem Wissen nicht das Wasser reichen konnten, und er stieg gewaltig in ihrer Achtung. Robin unterdrückte ein spöttisches Lächeln und wünschte sich, er würde irgendwann Gelegenheit haben, Conrad davon zu erzählen.

Gemeinsam mit de Marain, Guillard und de Malson ging er zur großen Festhalle zurück. Dort sah es jetzt völlig anders aus. An dem großen Tisch am Kopf der Halle saßen die hohen Adeligen und Offiziere versammelt, nur Prinz Edward und seine Familie fehlten noch. An den Tischen weiter unten saßen Damen und Ritter, Pagen trugen Weinkrüge herum, Musikanten spielten, und ein Gaukler führte Kunststücke vor. Robin sah sich staunend um. Überall waren Menschen, Ritter in glänzenden Rüstungen und in rostigen, ehrfurchterweckende Matronen mit gewaltigem Kopfputz und junge, hübsche Mädchen mit unbedeckten Haaren. Etwas benommen sank er neben de Marain auf eine Bank nieder und griff dankbar nach einem dargebotenen Messingbecher.

»So viele Menschen hier ...«

»Es ist wohl eher still in Waringham?« erkundigte sich de Marain halb mitleidig, halb belustigt.

Robin nickte. »Ländlich.«

De Marain klopfte ihm die Schulter. »Ihr gewöhnt Euch daran. Glaubt mir. Ich weiß, wie das ist, schließlich bin ich irgendwann aus der allertiefsten Gascogne hierhergekommen.«

Robin erwiderte sein unbeschwertes Grinsen und lauschte aufmerksam, während de Marain diskret die wichtigsten Leute in der unüberschaubaren Menge nannte. Robin hatte wenig Hoffnung, daß er sich die vielen Namen merken konnte.

Das Essen bestand aus drei Gängen zu je wenigstens fünf verschiedenen Speisen und wurde auf Tellern aus Brot serviert. Jeder Gang weichte den Teller ein wenig mehr durch, aber dieser hielt bis zum Schluß. Wenn die Ritter und Damen die Halle verließen, würden die mit Fett und Bratensaft durchtränkten Brotteller an die Bettler, was übrigblieb, an die Hunde verteilt. Vorerst labten sich die hohen und halbhohen Herrschaften an Rehrücken, am Spieß gebratenen Zicklein und Fasan, Forellen und Entenbrust, dazu Saucen mit Gewürzen aus aller Herren Länder und erlesenen Weinen. Robin hatte noch nie im Leben so viel gegessen.

Von seinem Platz aus konnte er Prinz Edward beobachten. An seiner Seite war seine Gemahlin Joan, die trotz ihrer fortgeschrittenen Schwangerschaft graziös und unbeschwert wirkte. Sie saßen auf schweren, thronartigen Sesseln auf einem leicht erhöhten Podest, und der Prinz beugte sich mal hierhin, mal dorthin, um mit seinen wichtigen und gewichtigen Tischnachbarn reden zu können. Ein höchst ehrwürdiger Bischof saß an Joans Seite, zur Linken des Prinzen war ein untersetzter, dunkelhaariger Mann mit tiefen Sorgenfalten auf der Stirn, der allenthalben gehetzte Blicke über seine Schulter warf. Robin war nicht erstaunt, als de Marain ihm zuflüsterte, der nervöse, kleine Mann sei Pedro von Kastilien. Erstaunt war er hingegen, als de Marain leise hinzufügte, man nenne ihn auch Pedro den Grausamen. Robin betrachtete den vertriebenen König neugierig. Er wirkte verloren und schutzlos wie ein verirrtes Kind, aber keineswegs furchteinflößend.

»Warum?« fragte er interessiert.

»Scheint, er war ein harter König. Selbst der Adel zitterte vor ihm. Ich schätze, es gab ein paar, die dem Thronräuber den Weg frohen Herzens geebnet haben.«

Robin nickte nachdenklich. Und sie wollten sich trotzdem einmischen und den grausamen König wieder auf seinen Thron setzen. Weil er ein Verbündeter Englands und ein Feind Frankreichs war. Er seufzte. Er sah ein, daß die hohe Politik viel zu kompliziert war, als daß er sie je durchschauen würde. Er bevorzugte klare Verhältnisse.

Der Schwarze Prinz lauschte seinem enttrohnten Gast höflich und offenbar geneigt, und er aß so gut wie nichts. Robin hingegen ließ es sich schmecken und hoffte mit schlechtem Gewissen, daß Leofric ähnlich ausreichend verköstigt würde. Er war nicht dazu gekommen, sich nach ihrer Ankunft darum zu kümmern. Er tat es mit einem Schulterzucken ab, zuversichtlich, daß für Leofric ebenso gut gesorgt würde wie für ihn, und ließ sich vom Wein, von der Musik und den vielen menschlichen Stimmen berauschen.

Irgendwann, als das Essen vorbei und die Musik der Spielleute lauter geworden war, stieß de Marain ihn in die Seite und ruckte sein Kinn zu einem Tisch weiter unten herüber. »Da, sieh doch. Die mit den braunen Locken. Sie sieht die ganze Zeit zu dir herüber.«

Robin folgte seinem Blick und entdeckte ein dunkelhaariges, üppiges Mädchen mit zu dunkler Haut und zu greller Schminke für eine feine Dame. Sie sah eindringlich zu Robin herüber, und als ihre Blicke sich trafen, lächelte sie.

Er nickte höflich. »Wer ist sie?«

De Marain breitete die Arme aus. Die Bewegung brachte ihn beinah aus dem Gleichgewicht; er war betrunken. »Oh … niemand. Aber für einen halben Shilling kannst du sie die ganze Nacht haben.«

Robin war ernüchtert. Über de Marains derbe Trunkenheit ebenso wie über die Käuflichkeit des Mädchens. Sie sah irgendwie nicht aus, als ob … Aber dann ging ihm auf, daß er außer jener Witwe des Kuhhirten in Curn damals und den billigen Huren, die zum Jahrmarkt nach Waringham kamen, noch nie eine käufliche Frau gesehen hatte. Sicher keine von der Sorte, wie man sie in einer fürstlichen Festhalle antreffen würde.

Er sah wieder weg und lauschte noch eine Weile de Marains zunehmend unverständlichen Enthüllungen über die Damen und Herren am Tisch des Schwarzen Prinzen. Lady Soundso hielt sich einen Lustknaben. Lord Wie-heißt-er-doch-gleich auch. Und der Bischof neben Prinzessin Joan hatte einen erwachsenen Sohn, den er unbedingt zu seinem Nachfolger machen wollte …

Robin wurde es bald zuviel. Soviel Musik, Licht, so viele Menschen, so abgründige Verderbtheit, alles auf einmal, daran mußte man sich erst gewöhnen. Er schob seine beschwerliche Reise als Entschuldigung vor und wollte sich verabschieden.

»Du kannst nicht gehen«, raunte de Marain ihm zu und lehnte sich dabei unnötig weit herüber. »Erst, wenn *er* geht.«

Robin warf Prinz Edward einen kurzen Blick zu. »Wieso nicht? Er wird es nicht merken. Er ist betrunken. So wie du und ich.«

»Du bist nicht betrunken«, beanstandete de Marain.

»Doch. Sei versichert.« Betrunken genug jedenfalls, daß er auf der Stelle verschwinden wollte. Die Luft in der Halle erschien ihm dick und schwer zu atmen, und das war kein Wunder, beide Kamine rauchten in den Raum hinein. Das Mädchen vom Tisch weiter unten warf ihm immer noch neugierige Blicke zu. Robin fühlte sich bedrängt und überfordert. O Gott, dachte er, das könnt ihr nicht von mir verlangen. Ich bin nur ein Junge vom Lande …

Um nicht gleich an seinem ersten Tag gegen die Regeln der Höflichkeit zu verstoßen, blieb er, bis der Schwarze Prinz und seine Gemahlin sich zurückzogen. Bald darauf begann die Gesellschaft sich aufzulösen. Robin ging mit den ersten.

Draußen vor der Halle verliefen die Menschen sich bald. Robin schlenderte in Richtung des Turmes, wo sein Quartier lag, atmete dankbar die frische, laue Nachtluft ein und sah zu den Sternen hinauf. Die Dunkelheit und die Stille taten ihm gut. Er hatte den Eindruck, daß er langsam wieder zu Verstand kam. Wie an jedem Abend, seit er England verlassen hatte, gestattete er sich ein paar Minuten Heimweh und stellte sich vertraute Situationen vor. Conrad mit seiner Familie in ihrem kleinen, anheimelnden Haus. Conrad hatte die Füße unter dem Tisch ausgestreckt und die Hände im Nacken verschränkt. Maria spann. Beide lauschten Elinor, die ihren Brüdern eine Geschichte erzählte. Die Jungen in der windschiefen Bude über der Sattelkammer, wo Isaac jetzt der unangefochtene Herrscher war. Robin sah vor sich, wie er mit einem breiten Grinsen den letzten Schluck Bier auf die Becher verteilte. Und natürlich Agnes. Selbst die Bitterkeit, die er bei dem Gedanken an Agnes und Mortimer verspürte, war Teil seiner Nostalgie.

Sein Quartier lag im ersten Stockwerk des dicken Turms und bestand aus zwei kleinen, nebeneinanderliegenden Räumen. In jedem gab es ein üppig bedecktes Bett, in der größeren der Kammern standen außerdem ein Tisch, zwei Schemel und ein Kohlebecken. Das war alles.

Leofric war noch auf, als Robin eintrat.

»Hat sich irgendwer um dich gekümmert? Hast du was zu essen gekriegt?«

Leofric nickte grinsend und deutete mit seinen Händen einen imaginären dicken Bauch an.

»Ja, so geht's mir auch. Hilf mir aus der Rüstung, sei so gut. Ich kann mich kaum noch rühren.«

Leofric war inzwischen Experte. Mit wenigen Handgriffen hatte er Robin aus seinem Stahlgewand befreit.

Erleichtert ließ Robin sich auf einen der Hocker fallen. »Danke.« Er wies auf den Platz ihm gegenüber. »Und? Wie ist es dir ergangen?«

Leofric setzte sich und reichte Robin die Schiefertafel. Er hatte seine Antwort bereits vorbereitet. *Die Knaben, die in der Hale keinen Platz gefunden haben, haben hier was zu essen gekriegt. Gut!! Die andern Jungen sind alle älter als ich und finden mich kohmisch. Die mei-*

sten sind von hier und können kein Englisch. Einer scheint ganz in Ordnung. James. Aus Jorksher.

Robin verbesserte wie gewöhnlich seine Fehler. »Hier, du kleiner Esel, es heißt Yorkshire, das hab' ich dir schon hundertmal gesagt.« Er lächelte über Leofrics freche Grimasse und überdachte seine Botschaft. »Denkst du, du wirst zurechtkommen? Oder bin ich ein Dreckskerl, daß ich dich hierher verschleppt habe?«

Leofric schüttelte ernst den Kopf. Er nahm Robin die Tafel ab und kritzelte: *Ich finde es hir herlich!!!*

Robin nickte erleichtert und betrachtete seinen Knappen seufzend. »Ich wünschte, ich wär' mir so sicher wie du. Ich fühl' mich völlig erschlagen. Und morgen muß ich zur Jagd.«

Leofric grinste schadenfroh.

Robin streckte den Arm aus und zog ihn am Ohr. »Freu dich nicht zu früh, du wirst mitkommen. Auch eine Sache, die du lernen mußt.«

Leofrics Augen leuchteten.

Es wurde nicht so furchtbar, wie Robin befürchtet hatte. Die Jagdgesellschaft war so groß, daß nur diejenigen tatsächlich jagen mußten, die wirklich wollten. Die weniger Enthusiastischen ritten einfach mit der Meute und bildeten einen farbenprächtigen Hintergrund für das große Spektakel. Es gab ein paar peinliche Augenblicke, als Prinz Edward Robin spöttisch fragte, ob er kein Blut sehen könne. Ratlos stimmte Robin in das allgemeine Gelächter mit ein, und wenige Tage später beim Turnier erhielt er Gelegenheit, seinen angeschlagenen Ruf wiederherzustellen.

Die Turniere waren viel mehr nach Robins Geschmack als die Jagd. Es dauerte nur wenige Wochen, bis die anderen Ritter eingestehen mußten, daß dieser junge Waringham in der Tat ein harter Brocken war, mit dem man rechnen mußte. Zum einen schien es geradezu unmöglich, ihn aus dem Sattel zu heben. Es war, als sei er mit seinem Gaul verwachsen, und es gab in ganz Bordeaux kein Pferd, das schneller, wendiger oder beherzter war als seines. Aber auch mit dem Schwert war er nicht zu unterschätzen. Er focht einen eigenwilligen Stil, immer darauf aus, seinem Gegner den Schild abzunehmen. Wenn es ihm gelang, warf er seinen eigenen beiseite wie ein hinderliches Gepäckstück und setzte seinem Widersacher mit schnellen, beidhändig geführten Schlägen zu.

Als der Schwarze Prinz ihm zum zweitenmal die Siegerprämie, dieses Mal einen silberbeschlagenen Sattel, überreichte, fragte er lächelnd: »Wo habt Ihr so zu kämpfen gelernt?«

»Daheim in Waringham. Aus verschiedenen Gründen kam ich nie weg von dort.«

Edward legte ihm die Hand auf die Schulter. »Es hat Euch nicht geschadet, Ihr kämpft immer so, als ginge es um Euer Leben. Genauso muß es sein.«

Robin war sprachlos. Er hatte nie darüber nachgedacht, aber der Prinz hatte völlig recht. Seiner harten Schule zu Hause in Waringham verdankte er seine gänzlich unerwarteten Erfolge. Er senkte den Blick. »Mein Vater starb im Turnier. Ich … kann es nicht auf die leichte Schulter nehmen.«

»Niemand sollte es auf die leichte Schulter nehmen. Schließlich ist das Turnier nur dazu da, uns für den wirklichen Kampf geschmeidig zu halten, nicht wahr?«

Robin nickte wortlos. Er dachte, es sei vermutlich keine besonders gute Idee, Prinz Edward zu sagen, daß die meisten seiner Ritter ihm feist und steif erschienen, vollgefressen und träge. Daß er sich schon so manches Mal verwundert gefragt hatte, wie diese Ritter einen Feldzug gewinnen wollten.

Der Prinz lehnte sich ein wenig zu ihm herüber. »Lancaster wird noch heute hier ankommen. Nur noch wenige Tage, Waringham, und wir ziehen endlich wieder in den Krieg.«

Robin registrierte, daß der Atem seines Herrn schlecht roch. Er fragte sich, ob der Prinz vielleicht wirklich krank war, und schob den Gedanken schnell wieder fort. Er war zu beunruhigend. Ein Thronfolger durfte nicht krank sein. Im Krieg schon gar nicht.

»Ich bin bereit, mein Prinz.«

Lancaster blieb nur wenige Tage. Robin sah ihn mehrmals von weitem, aber traf ihn nie persönlich. Und das war ihm durchaus recht. Er mußte nach wie vor damit rechnen, daß der Herzog Mortimer bereits begegnet war. Darum hielt er sich so weit wie möglich von ihm fern und vertrieb sich mit den anderen jungen Rittern die Zeit. Ein Parlament der aquitanischen Lords war einberufen worden, um die Lage in Kastilien und die Haltung des Königs zu erörtern, und die beiden Prinzen verbrachten den größten Teil des Tages in Beratungen mit Pedro und ihren Feldherren. Es fanden weder Jagden noch Turniere statt. Robin war dankbar. Er fand das endlose Festprogramm anstrengend und irgendwie widernatürlich. Es war, als versuche Prinz Edward, eine der Rittergeschichten nachzuspielen, die gerade so in Mode waren, mit ihm selbst als einem neuen König Artus. So als gäbe es die wirkliche Welt draußen vor den Burgmauern mit ihrer Armut, Not, Pest und dem ewig drohenden Krieg nicht. Jetzt waren die Tage ruhiger, und Robin widmete einen Teil seiner Zeit der Ausbildung der Knappen, eine Aufgabe, die zu seinen Pflichten gehörte, der er jedoch bisher kaum hatte nachkommen können. Es machte ihm Spaß, den Jungen bei ihren eher heftigen als stilvollen Kämpfen zuzusehen und sie zu unterrichten. Auf dem Übungsplatz herrschte ein rauher Umgangston, den er dem leeren, gekünstelten Geplauder in der Halle allemal vorzog. Und es dauerte nicht lange, bis die Jungen sich um seine Reitstunden rissen. Bald raunte man auch hier ehrfurchtsvoll über seine Reitkunst und seine glückliche Hand mit Pferden, und Robins Beliebtheit bei den Knappen ließ auch Leofric in ihrer Achtung steigen.

Am Abend vor Lancasters Rückkehr nach England betrat Robin früher als gewöhnlich die große Halle, wo die Vorbereitungen für das Festmahl in vollem Gange waren. Wenn er gewollt hätte, hätte er einen Platz in der Nähe der königlichen Familie haben können. Robin wollte nicht. Er schlenderte die Bänke entlang und steuerte auf die Plätze zu, wo er für gewöhnlich mit de Marain, Guillard und einem jungen walisischen Ritter namens Henry Fitzroy zusammenhockte. Sie waren alle schon da, saßen in einer großen Runde zusammen mit ein paar Rittern aus Lancasters Gefolge und tratschten. Robin nickte und setzte sich zu ihnen.

»… trifft sich mit seltsamem Volk, heißt es, oft nachts. Teufelsanbeter nach allem, was man hört. Sie bestellt einen Kerl in eine verlassene Kirche, einen Apotheker aus London, der sich schon zweimal vor dem Bischof verantworten mußte. Irgendwie ist er immer davongekommen, einflußreiche Freunde, na ja. Die Satanisten treffen sich also in dieser Kirche, und sie legt sich auf den

Altar und läßt es sich von diesem Apotheker besorgen. Und die anderen, die dabei sind, schlachten Hühner und besprenkeln sie mit dem Blut. Widerlich. Und praktisch jeder weiß davon, das heißt, jeder außer dem König.«

Robin hörte kaum hin. Hier wurden jeden Abend wilde Geschichten aufgetischt, und er glaubte schon lange nicht mehr alles, was er hörte. Er ließ den Blick gelangweilt über den Saal gleiten und erspähte an einem der unteren Tische Leofric mit seinem Freund James Dunbar, Fitzroys Knappen. Die beiden unterhielten sich angeregt. James redete, Leofric nickte und kritzelte auf eins seiner zahllosen Täfelchen, James las. Es schien reibungslos zu funktionieren. Robin lächelte froh, und aus dem Augenwinkel sah er das dunkelhaarige Mädchen eintreten. Seit jenem ersten Abend suchte sie immer den Saal mit den Augen ab, bis sie Robin entdeckt hatte, lächelte ihm zu und ging dann an ihren Platz. Er wußte immer noch nicht, wie sie hieß, und sie hatten noch nie ein Wort gewechselt.

»… davon wüßte«, hörte Robin den jungen Ritter fortfahren, »es würde vermutlich auch nicht viel ändern. Er ist völlig verrückt nach ihr. Er liest ihr jeden Wunsch von den Augen ab. Neulich, hat mir einer erzählt, da hat sie ihm ein paar Edelsteine verkauft, die sie geerbt hat oder so, und er hat ihr das Dreifache von dem bezahlt, was sie wert waren. Das Dreifache!«

Robin wandte den Blick von dem Treiben in der Halle ab und hörte stirnrunzelnd zu.

»Sie kann von ihm haben, was sie will. Und die Königin guckt zu. Tja, was bleibt ihr übrig. Vielleicht ist sie sogar erleichtert. Man munkelt, der König habe seltsame Vorlieben. Vielleicht hat Philippa die Nase voll davon. Vielleicht ist sie froh, daß die gute Alice ihr die Last abnimmt. Ich wette, dieses Flittchen hat auch noch an den merkwürdigsten Sachen Spaß …«

Robin richtete sich auf. »Alice *wer*?«

Der Ritter, ein kräftiger, dunkelhaariger Kerl in einer blanken Rüstung, nahm Robin zum erstenmal wahr. »Sir?« fragte er höflich.

»Ihr Name. Von wem sprecht Ihr?«

»Von wem schon? Alice Perrers. Des Königs Hure.«

»Und Euer Name, Sir?«

»Peter de Gray. Was zum Teufel …«

»Ich rate Euch zurückzunehmen, was Ihr über die Dame gesagt habt, de Gray.«

»Was? Warum soll ich nicht sagen, was jeder weiß?«

Robin erhob sich langsam. »Weil es gelogen ist.«

De Gray stand ebenfalls auf. »Ihr nennt mich einen Lügner? Wer seid Ihr überhaupt?«

»Waringham.«

»O nein«, murmelte einer der fremden Ritter. »Sie ist seine Cousine, Peter.« Er schien zu den Leuten zu gehören, die ein gutes Gedächtnis für Verwandtschaftsverhältnisse hatten. Für ein Leben bei Hofe konnte diese Gabe äußerst nützlich sein.

De Gray blieb ungerührt. »Dafür kann ich nichts. Aber laßt Euch sagen, Waringham, wenn Ihr für die Ehre dieser *Dame* einstehen wollt, werdet Ihr alle Hände voll zu tun haben. Vielleicht wißt Ihr ja wirklich nicht, was vorgeht, ich hab' Euch auch noch nie bei Hof gesehen. Aber seid versichert, ich sage die Wahrheit.«

Robin dachte, er würde möglicherweise an seinem Zorn ersticken. Es war, als könne er nicht mehr atmen. Er war nicht in der Lage, einen klaren Gedanken zu fassen, und ohne jeden bewußten Entschluß nahm er seinen Handschuh vom Tisch auf und warf ihn de Gray vor die Füße.

De Gray preßte die Lippen zusammen, bis sie fast weiß waren. Einen langen Moment sah er Robin in die Augen, dann bückte er sich schnell und hob den Handschuh auf.

Pierre de Marain regte sich unbehaglich. »Augenblick mal. Das ging ein bißchen zu schnell.«

»Misch dich nicht ein«, warnte Robin.

De Marain sah kopfschüttelnd zu ihm auf. »Und was ist, wenn er recht hat?«

Robin fuhr zu ihm herum. »Du kannst gerne nach ihm antreten …«

De Gray lachte leise. »Nehmt den Mund lieber nicht zu voll, Mann.«

Pierre pfiff vor sich hin. »Deine Cousine, he? Also, ich weiß nicht …«

Robin hörte nicht hin. Er sah wieder zu de Gray, der ihm knapp zunickte. Wortlos gingen sie hinaus, und die anderen folgten, zögernd und beklommen, aber gleichzeitig neugierig. Ein Turnier war eine Sache. Einen Kampf auf Leben und Tod bekam man hingegen nicht jeden Tag zu sehen.

Sie ließen die Halle rechter Hand liegen und begaben sich zu der verlassenen Wiese an der Nordseite. Es wurde kein Wort gesprochen. Von irgendwoher organisierte Henry Fitzroy zwei Schilde und gab jedem der Kontrahenten einen. Umgeben von einem kleinen Zuschauerring, der sich in sicherer Entfernung hielt, zogen sie die Schwerter.

Der Kampf währte nur wenige Minuten. De Gray hatte von vornherein keine wirkliche Chance. Er focht einen reinen, makellosen Stil, und er war sich durchaus darüber im klaren, daß er um sein Leben rang, aber er war Robin kräftemäßig unterlegen. Er hatte seinen Schild eingebüßt, ehe er wußte, wie ihm geschah. Anfangs trotzig und dann furchtsam wich er unter den wütenden Schwerthieben zurück, die mit teuflischer Schnelligkeit auf ihn niederprasselten. Als Robins Schwertspitze in seine Schulter eindrang, verlor er das Gleichgewicht, stolperte und fiel auf den Rücken.

Robin trat das Schwert aus seiner Hand, und es schlitterte ein Stück durchs Gras. Dann setzte er seine eigene Schwertspitze de Gray an die Kehle.

»Letzte Chance«, keuchte er. »Nehmt es zurück.«

Peter de Gray starrte zu ihm auf und ballte die Fäuste, ohne es zu merken. Er war hin und her gerissen zwischen den Anforderungen seiner Ritterehre und seiner allzu menschlichen Todesangst.

»Na los doch.« Robin verstärkte den Druck der Klinge.

»Tu es«, drängte einer von de Grays Freunden eindringlich.

De Gray schloß die Augen. »Und wenn Ihr jeden Ritter des Königs erschlagt, sie ist trotzdem seine Hure …«

Die Zuschauer zogen scharf die Luft ein.

Robin hob sein Schwert und visierte mit halb geschlossenen Augen de Grays Adamsapfel als Ziel an. Er zögerte nicht. Er legte die linke Hand über der rechten an das Heft, um besser zustoßen zu können, als jemand ihn am Ellenbogen packte und heftig zurückzerrte.

Robin knurrte, fuhr herum und hob blindwütig das Schwert gegen den Eindringling. Da stürzten sich plötzlich vier der umstehenden Ritter auf ihn, unter ihnen de Marain und Henry Fitzroy, entwaffneten ihn und hielten ihn gepackt. Sie hatten Mühe, ihn zu bändigen. Robin kämpfte wie ein wilder Bär, um sich zu befreien, sein Atem zischte durch seine zusammengebissenen, entblößten Zähne.

»Herrgott noch mal, komm zu dir, Waringham, es ist Lancaster«, raunte Fitzroy beinah verzweifelt.

Robin öffnete die Augen und hörte auf, sich zu wehren.

John of Gaunt, der Duke of Lancaster, stand mit verschränkten Armen vor ihm.

»Laßt ihn los«, befahl er leise.

Nur zögerlich und mißtrauisch ließen die anderen von Robin ab, blieben wachsam und in seiner Nähe, als fürchteten sie, die Raserei könne jeden Moment wieder von vorn losgehen.

Aber Robin rührte sich nicht. Er stand einfach da in der lauen Abendluft und starrte auf seine Hände. Sein Verstand war mit einemmal wieder glasklar, und er fühlte sich erbärmlich.

Lancaster betrachtete ihn einen Augenblick und sah dann in die Runde. »Was ist Euch, de Gray? Seid Ihr eingeschlafen?«

Mit der Hilfe von zweien seiner Freunde kam de Gray auf die Füße. Seine Knie zitterten in seiner Rüstung. Er konnte kaum glauben, daß er noch lebte. »Verzeiht mir, Mylord.«

»Seid Ihr schwer verletzt?«

»Nein.«

»Gut. Darf man erfahren, was hier vorgefallen ist?« Er wandte sich wieder an Robin. »Was fällt Euch ein, meine Ritter zu erschlagen? Wer seid Ihr überhaupt?«

»Waringham, Euer Gnaden.«

»So. Waringham. Mein Bote, nicht wahr?«

Robin nickte. Er traute seiner Stimme nicht.

»Also, Waringham. Was habt Ihr zu sagen?«

Robin schwieg beharrlich, und Lancaster stemmte ungeduldig die Hände in die Hüften und sah sich fragend um. »Nun, Sirs? Irgend jemand, der gewillt ist, mir zu antworten?«

Henry Fitzroy räusperte sich nervös. »Er ... De Gray hat seine Cousine beleidigt.«

»So, so. Und wer ist seine Cousine?«

»Alice Perrers, Euer Gnaden.«

Lancasters Miene blieb unbewegt. Er schwieg einen Moment, dann machte er eine auffordernde Geste. »Also schön. Waringham, seid so gut, begleitet mich ein Stück. Ihr anderen dürft Euch allesamt entfernen. Hier wird heute kein Blut mehr fließen.«

Sie verneigten sich erleichtert und gingen davon, de Grays Freunde bildeten einen engen Kreis um ihn. Fitzroy und de Marain warfen unbehagliche Blicke zurück.

Robin hob sein Schwert auf und steckte es in die Scheide. Seine Arme erschienen ihm bleischwer.

Lancaster wartete, bis er fertig war, dann schlenderte er in die Richtung, die weiter von der Halle wegführte. »Kommt.«

Robin ging schweigend neben ihm her und betrachtete ihn aus dem Augenwinkel. Lancaster mußte rund zehn Jahre jünger sein als der Thronfolger, überlegte er. Er war groß und dunkelhaarig wie sein Bruder, aber damit endete alle Ähnlichkeit. Lancasters Gesicht war schmaler und schärfer geschnitten als das des Schwarzen Prinzen. Sein energischer Mund und das ausgeprägte Kinn schienen zu erklären, wie er mit kaum mehr als fünfundzwanzig Jahren schon einer der mächtigsten Männer Englands sein konnte. Seine Augen wirkten nachdenklich, aber doch durchdringend, so als verfüge er über einen besonderen Scharfblick.

Die Wiese lag schon fast völlig im Schatten, und als sie an ihrem Rand wieder in die Sonne kamen, schauderte Robin in der plötzlichen Wärme.

Lancaster sah ihn von der Seite an. »Ihr habt Euch selbst einen Schrecken eingejagt, ja? Nun, ich denke, de Gray habt Ihr einen noch viel größeren Schrecken eingejagt.«

Robin schüttelte ratlos den Kopf. »Ich hätte ihn getötet. Wenn Ihr nicht gekommen wärt, hätte ich es getan ...« Seine Stimme klang heiser. War es wirklich möglich, daß er *vergessen* hatte, wie es war, am Boden zu liegen und eine Schwertspitze an der Kehle zu fühlen? Oder hatte er es vielleicht gar nicht vergessen?

Lancaster runzelte die Stirn. »Wißt Ihr, es ändert nichts an der Wahrheit, wenn man den Mann erschlägt, der sie ausspricht.«

Robins Kopf fuhr hoch. »Wie wollt Ihr wissen, ob es die Wahrheit war, wenn Ihr gar nicht gehört habt, was er gesagt hat?«

»Zugegeben. Kennt Ihr Eure Cousine gut, Waringham? Steht Ihr ihr nahe?«

Robin atmete tief durch und versuchte, seine Gedanken zusammenzuhalten. Er überlegte seine Antwort genau. »Sie hat

im Sommer ein paar Monate in Waringham verbracht. Ja, ich …
stehe ihr nah.«

»Hm. Dann geht es Euch wie mir. Ich bin nicht sehr oft an meines Vaters Hof, aber wann immer ich dort bin, ist es mir eine
besondere Freude, sie zu treffen. Eine außergewöhnliche Frau.«

Robin blieb stehen. »Aber?«

Lancaster lächelte schwach. »Ja, es gibt ein Aber. Ihr solltet
Euch lieber damit abfinden, daß wenigstens die Hälfte aller häßlichen Geschichten über Alice wahr sind. Sie ist die Geliebte des
Königs. Und es kümmert sie nicht, was die Höflinge darüber zu
sagen haben.«

Robin starrte ihn an. Er war fassungslos.

Lancaster hob leicht die Schultern. »Ihr solltet nicht schockiert
sein. Sie weiß genau, was sie will, und sie tut das, was ihren
Absichten dient. Wo liegt schon der große Unterschied zu einer
wohlüberlegten Ehe? Hier wie da sind die ausschlaggebenden
Gründe die gleichen. Geld und Macht.«

Das ist wahr, dachte Robin. Er war auch keineswegs schockiert.
Er war eifersüchtig. Und da war noch etwas.

»De Gray erzählte gräßliche Dinge von Teufelsanbetern …«

Lancaster lachte. »Ja, ja, da kommen wir an den Punkt, wo man
Dichtung und Wahrheit sorgsam unterscheiden muß. Eure Cousine steckt voller Ungereimtheiten und Geheimnisse. Sie hat eine
Vorliebe für das Obskure. Vielleicht trifft sie sich sogar gelegentlich mit irgendwelchen halbseidenen Gestalten, Kräuterweibern
von zweifelhaftem Ruf. Aber das ist auch alles.«

Robin verspürte eine Art dumpfer Erleichterung. Es war
furchtbar, aber nicht so furchtbar, wie es hätte sein können. Er riß
sich mühsam zusammen. »Ich … bin Euch sehr dankbar. Für die
Wahrheit und vor allem dafür, daß Ihr mich davor bewahrt habt,
nur aus Zorn einen Mann zu töten. Ich war im Unrecht. Es tut mir
leid.«

Lancaster betrachtete ihn eingehend. »Ein mutiges Eingeständnis. Einen Mann, der Stolz und Ehre zu unterscheiden weiß, trifft
man selten. Ja, Ihr wart im Unrecht. Aber jedes Ding hat zwei Seiten. De Gray ist manchmal gar zu sehr von sich selbst überzeugt.
Vielleicht hat er heute auch etwas gelernt. Also nehmt es nicht zu
schwer. Man kann leicht den Kopf verlieren, wenn es um eine
Dame geht, die einem am Herzen liegt.« Seine Stimme klang arg-

los, aber Robin fühlte sich ertappt. Er hatte den Verdacht, Lancaster wisse genau, wie er zu seiner ›Cousine‹ stand. Er legte ihm kurz die Hand auf die Schulter. »Kommt, laßt uns essen gehen. Meines Bruders Küche ist in Bordeaux so viel genußreicher als in Chester.«

»Wenn Ihr erlaubt, würde ich mich für heute gerne entschuldigen. Ich … bin nicht hungrig.«

»Wie Ihr wollt.«

Robin verneigte sich.

Lancaster sah ihn immer noch an. »Wißt Ihr, Ihr seht Eurem Vater kein bißchen ähnlich, aber Ihr habt viel von ihm.«

Robin lächelte angestrengt. Es beunruhigte ihn immer ein wenig, wenn irgendwer auf Geoffrey zu sprechen kam. Es erinnerte ihn jedesmal an Mortimer und daran, daß irgendwer seine Maskerade irgendwann durchschauen könnte.

»Meint Ihr?« fragte er, nur, um irgend etwas zu antworten.

Lancaster nickte nachdenklich. »Euer Vater und ich waren zusammen auf dem Schiff meines Bruders bei der Schlacht von Winchelsea. Ein riesiges, spanisches Kriegsschiff griff uns an. Auf unserem Achterdeck war ein Feuer ausgebrochen. Alle brüllten durcheinander, und überall war Qualm. Ich war zehn Jahre alt. Ich hatte Angst, am meisten davor, daß ich mich bepinkeln würde. Euer Vater tat so, als bemerke er meine Angst nicht, und erzählte mir von den Siegen, die mein Vater und mein Bruder errungen hatten. Fast beiläufig, so, als säßen wir bei einem Bankett. Und ich fürchtete mich nicht mehr. Ich war ihm sehr dankbar.«

Robin starrte ihn sprachlos an. Geoffrey Dermond war nicht bei Winchelsea gewesen, das wußte er. Aber *sein* Vater. Und er hatte in der Familienbibel aufgeschrieben, daß er auf dem Schiff des Schwarzen Prinzen gekämpft hatte. Es gab nur eine Erklärung. Lancaster wußte nichts davon, daß Waringham in andere Hände übergegangen war. Er wußte also auch nichts vom Schicksal seines Vaters. Und das war nicht einmal so seltsam, denn damals, als es passiert war, hatte Lancaster viel Zeit im Norden verbracht. Einen verrückten Augenblick lang war Robin versucht, sich ihm anzuvertrauen. Er verspürte einen starken Drang, jemandem die Wahrheit zu sagen. Kein Betrüger mehr zu sein.

Statt dessen fragte er: »Was wurde aus dem spanischen Schiff?«

Lancaster hob kurz die Schultern. »Mein verstorbener Schwiegervater, der damalige Duke of Lancaster, kam uns zu Hilfe und beschoß den Feind mit griechischem Feuer. Das Schiff sank, ebenso wie unseres, aber Lancaster nahm uns an Bord, und fast alle Männer wurden gerettet.«

Robin lächelte. »Ich bin froh, daß Ihr meinen Vater in guter Erinnerung habt.«

Lancaster sah ihn an. »Ja, aus mehr als einem Grund. Ein wahrer Edelmann.«

Robin dachte an Dinge, die er in den letzten Jahren über seinen Vater erfahren hatte, und stellte fest, daß er nicht reinen Herzens zustimmen konnte. Er senkte den Blick. »Was man von mir heute kaum behaupten kann. Ich danke Euch nochmals für Eure Großmut.«

Lancaster tat das mit einer Geste ab. »Oh, damit ist es gar nicht so weit her. Und jetzt bin ich wirklich sehr hungrig. Lebt wohl, Waringham, wenn Ihr wirklich nicht mit in die Halle kommen wollt. Vermutlich sehen wir uns im Krieg wieder.«

Der Schwarze Prinz kniete neben seinem Bannerträger im Staub und betete. Es herrschte eine so vollkommene Stille, daß man die Zaumzeuge knarren hörte, wenn eines der Pferde sich rührte. Ein säuselnder Wind strich über das weite Feld vor der kleinen Stadt Najera, wo die beiden feindlichen Heere sich gegenüberstanden.

Prinz Edward beendete sein stilles Gebet und bekreuzigte sich, stand aber noch nicht auf. Er hob den Kopf und rief: »Sieh hinab auf deinen demütigen Diener, o Herr, und schenk mir den Sieg, denn ich bin gekommen, um dein Gesetz zu verteidigen!«

Er ist sich seiner Sache wirklich sehr sicher, dachte Robin unbehaglich. Er selber war skeptischer. Mochte Enrique von Trastamara vielleicht auch gegen das weltliche Recht verstoßen haben, konnte er sich dennoch nicht vorstellen, daß Pedro *der Grausame* wirklich ein König von Gottes Gnaden war. Aber für solche Überlegungen war es jetzt natürlich viel zu spät. Es hatte weiß Gott lange gedauert, aber jetzt waren sie im Begriff, endlich das zu tun, wofür sie ausgezogen waren. Es war der Morgen des dritten April.

Aus verschiedenen Gründen hatte sich ihr Aufbruch bis ins neue Jahr verschoben. Zuerst verzögerte die Geburt von Prinz Edwards zweitem Sohn Richard ihren Abmarsch. Das freudige Ereignis hielt sie bis nach Weihnachten fest. Dann warteten alle ungeduldig auf Lancaster, der mit Geld und zusätzlichen Truppen aus England kommen sollte. In der Nähe von Dax hatten die Brüder dann Anfang Februar ihre Truppen vereinigt, verloren keine Zeit mehr und überquerten die Pyrenäen am Paß von Roncesvalles. Auf den zerklüfteten Höhen der Berge herrschte noch Winter, und es war ein harter Weg. Sie verloren viele Pferde und ein paar Männer.

Jenseits der Berge wurde ihr Marsch nicht leichter. Kaum daß sie kastilischen Boden betreten hatten, war eine Abteilung der Vorhut in einen Hinterhalt geraten und bis auf den letzten Mann vernichtet worden. Enrique von Trastamara war stärker, als sie angenommen hatten. Mit größter Vorsicht marschierten sie weiter. Naßkaltes Wetter behinderte sie, und der Proviant wurde knapp. Fast drei Wochen lang mußten die Männer sich mit halben Rationen begnügen, während Enrique Katz und Maus mit ihnen spielte und sich einfach nicht zeigte. Dann hatten sie den Ebro überquert. Der Feind war immer in der Nähe, aber immer knapp außerhalb ihrer Reichweite, bis sie am gestrigen Tag zu diesem gottverlassenen Nest gekommen waren. Hier hatte Enrique sich endlich gestellt.

Der Schwarze Prinz erhob sich, schien sich einen Augenblick zu sammeln und rief dann mit seiner kräftigen Stimme: »Vorwärts, Männer, im Namen Gottes und St. Georgs! Und möge Gott uns zu unserem Recht verhelfen!«

»Amen«, murmelte Lancaster und saß auf, um an die Spitze des Heeres zurückzureiten.

Atemlos beobachtete Robin von seinem Posten zur Linken des Schwarzen Prinzen, wie Lancaster mit dreitausend Mann dem Feind entgegenzog.

Henry Fitzroy klappte für einen Moment sein Visier hoch und fächelte sich Luft zu. »Wenn das mal gutgeht. Sieh dir das an, du Guesclin führt Enriques Vorhut an.«

»Wer ist das?« erkundigte sich Robin.

Fitzroy warf ihm einen ungläubigen Blick zu. »Du willst sagen, du hast noch nie von du Guesclin gehört? Er ist der brillanteste aller französischen Feldherrn. Also ehrlich, ich beneide Lancaster nicht. Sei lieber froh, daß du nicht in der Vorhut bist.«

Robin antwortete nicht. Schon auf dem Marsch über die Pyrenäen hatte er sich bemüht, in die Vorhut zu kommen, weil Lancaster sie anführte. Aber Prinz Edward hatte ihm einen Zug Lanzer und Bogenschützen seiner eigenen Truppen zugeteilt. Also stand er jetzt hier in den hinteren Reihen und mußte zusehen, wie du Guesclins Männer Lancaster in die Zange nahmen.

Es wurde eine gewaltige Schlacht, und sie währte fast den ganzen Tag. Nichts, was Robin bisher erlebt hatte, hatte ihn auf ein solches Erlebnis vorbereitet. Er war schon auf dem Marsch durch Kastilien in Scharmützel verwickelt gewesen, aber dies hier sollte die Entscheidung bringen. Beide Seiten hatten ihre gesamte Stärke aufgeboten. Robin schätzte, daß Prinz Edwards Armee über zehntausend Mann stark sein mußte, Engländer, Gascogner, Bretonen, sogar ein paar deutsche Söldner.

Die Franzosen und kastilischen Ritter auf Enriques Seite unter du Guesclin kämpften erbittert, und eine Weile sah es wirklich düster aus für Lancasters Männer, doch die beiden Flanken von Enriques Heer handelten zu zögerlich. Sie versäumten es, die Falle um Lancaster zu schließen, und dann gab Prinz Edward endlich den Angriffsbefehl für seine Hauptstreitmacht. Er verfuhr nach einem bewährten Rezept, mit dem er schon in Crécy und Poitiers siegreich gewesen war: Er ließ seine Ritter absitzen und die Pferde hinter der Frontlinie zurücklassen. Dann schickte er Bogenschützen vor, die die feindlichen Ritter in ihren altmodischen, schweren Rüstungen aus den Sätteln schossen. So konnten seine Ritter eingreifen, wenn unter den Feinden bereits Auflösung und Verwirrung herrschte.

Robin stürzte sich in das Getümmel. Der erste Mann, den er tötete, war ein kastilischer Graubart in rostiger Rüstung. Ein englischer Bogenschütze hatte sein Pferd getroffen. Das Tier wand sich in Panik und versuchte, wieder auf die Beine zu kommen. Nach einem kurzen Schwertkampf streckte Robin den Ritter nieder und erlöste dessen Pferd von seinen Qualen.

Als es Mittag wurde, hörte er auf, seine gefällten Gegner zu zählen. Es wurden zu viele. Seine Augen brannten vom aufgewirbelten Staub, und sein Schwert war glitschig von kastilischem und französischem Blut. Große, rote Pfützen bildeten sich auf der

Erde und verwandelten diese bald in zähen Morast. Die Luft war erfüllt von Waffenklirren, dem Singen der Bogensehnen und den Schreien der Verwundeten. Die Leiber der Toten und Sterbenden lagen überall, doch immer noch stürmten neue Feinde heran.

Robin hielt seine Männer dicht beieinander, und wie ein Keil drangen sie in die feindlichen Linien vor. Es waren kampferprobte, mutige Männer. Robin bemühte sich, einen Überblick über den Verlauf der Schlacht zu behalten, damit er sie nicht in eine tödliche Falle führte. Er verlor Prinz Edward nie aus den Augen und folgte jedem seiner Richtungswechsel.

Als die Sonne im Westen stand, war Robin immer noch unverletzt und die Armee des Thronräubers nahezu aufgerieben. Die Kampfhandlungen wurden sporadisch und versiegten schließlich ganz. Die kläglichen Überreste von Enriques Streitmacht ergaben sich und wurden gefangengenommen; unter ihnen auch der gefürchtete du Guesclin. Prinz Edward hatte wieder einmal einen großen Sieg errungen. Robin hatte keine Sekunde daran gezweifelt, aber er verspürte keinen Triumph.

Müde steckte er das Schwert in die Scheide und sah sich um. Das Schlachtfeld war übersät mit Leichen, Pferdekadavern, zerbrochenen Waffen und Schilden. Eine Wüstenei der Zerstörung.

Robin winkte einen seiner Männer zu sich. »Sergeant, wie sind unsere Verluste?«

»Zwölf gefallen, zwanzig Verletzte, Sir. Keiner davon schwer.«

Robin nickte. »Jemand soll sich auf die Suche nach meinem Pferd machen. Wenn es noch lebt, will ich es wiederhaben.«

»Ja, Sir.« Er nickte zwei Männern zu, die sich lustlos entfernten.

Die siegreiche Armee sammelte sich und formierte sich für den Marsch zum Lager, das unweit des Schlachtfeldes, außerhalb der kleinen Stadt, aufgeschlagen worden war. Auf dem Weg dorthin sangen sie das *Te Deum*.

Das Zelt, das Robin und Leofric für gewöhnlich mit Henry Fitzroy, Pierre de Marain und deren Knappen teilten, war schon aufgestellt. Leofric, der mit den anderen jüngeren Knappen im Lager zurückgeblieben war, sprang mit einem erleichterten Lächeln auf, als Robin eintrat, half ihm aus der Rüstung und zeigte ihm, welches der Zelte als Badehaus diente. Robin war den Geruch von

Blut gründlich satt, er schien an ihm zu kleben wie ein Pesthauch und bereitete ihm Übelkeit. Er war erleichtert, als er sich endlich davon befreien konnte.

Es war ein großes Lager mit vielen Menschen. Rittern, Knappen und Soldaten ebenso wie Pferdeknechten und Mägden. Eine etwas abseits errichtete Gruppe von bunt gestreiften Zelten beherbergte die Damen, die mit auf den Feldzug gekommen waren, und am anderen Ende des Lagers, in weit weniger prächtigen Unterkünften, wohnten die Huren.

Nach seinem Bad kehrte Robin zu seinem Zelt zurück, um frische Kleider anzulegen. Henry Fitzroy war ebenfalls dort. Er rasierte sich vor einem kleinen Spiegel, der an einer der Zeltstangen befestigt war. »Oh, Gott sei Dank, Waringham. Du bist unversehrt.«

»Und du auch, wie ich sehe.« Er tippte Leofric auf die Schulter, der begonnen hatte, Robins wild verstreute Rüstungsteile einzusammeln. »Wasch sie gründlich ab, ja.«

Leofric nickte und begab sich auf die Suche nach Eimer und Lappen.

»Meine Güte, Fitzroy, wie lange brauchst du noch vor dem Spiegel, du Gockel?«

»Bin gleich soweit.«

»Wo ist de Marain?«

Henry legte das Messer beiseite und wandte sich zu ihm um. »Er ist gefallen.«

Robin starrte ihn sprachlos an.

Henry erwiderte seinen Blick und seufzte. »Das passiert, weißt du. Unsere Verluste sind nicht hoch. Aber irgendwie ist immer einer dabei, um den es wirklich schade ist. Ja, den Gascogner hat's erwischt. Seinen Knappen auch.«

Robin setzte sich auf sein Bett. Mit einemmal traf ihn die Müdigkeit wie ein Hammerschlag.

Henry warf sich seinen Mantel über die Schultern. »Besser, du stehst wieder auf. Auch wenn dir der Sinn nicht danach steht, wir haben Order.«

Robin kam stöhnend wieder auf die Füße. »Ich hoffe nur, es handelt sich nicht um ein Festessen.«

»Nein, wie ich hörte, ißt Prinz Edward allein mit Lancaster, den anderen Feldherrn und Pedro. Es heißt, er versucht, Pedro zu überreden, nicht jeden abtrünnigen Adeligen seines Reiches hinzurichten.«

Robin runzelte die Stirn. »Da wird er wenig Glück haben, bedenkt man Pedros Ruf.«

»Gut möglich. Mit einem der Gefangenen hat er jedenfalls gleich kurzen Prozeß gemacht. Ich hab's selbst gesehen.«

Robin war nicht verwundert. »Gott helfe Kastilien.«

Sie brachen bald auf. Unterwegs holten sie sich in einer der Lagerküchen einen Krug Bier, kaltes Fleisch und weiches, weißes Brot. Sie aßen im Gehen, der Krug wanderte zwischen ihnen hin und her. Vor dem Zelt des Schwarzen Prinzen nannten sie der Wache ihre Namen und wurden ohne weiteres eingelassen.

Das Zelt war geräumig und in mehrere Kammern unterteilt. Als sie den Hauptraum betraten, fanden sie Prinz Edward, Lancaster, zehn ihnen unbekannte Ritter und einen abgerissenen Franzosen mit gebundenen Händen.

Der Schwarze Prinz hieß sie lächelnd willkommen. »Ah, Waringham. Fitzroy. Unverletzt, wie ich sehe. Gott hat seine schützende Hand über zwei meiner besten Ritter gehalten. Auch darin war er mir heute gnädig.«

Ein Diener brachte ihnen Wein, und sie tranken dankbar. Robin zog sich unauffällig in einen dunklen Winkel zurück und hoffte, daß er bald wieder gehen konnte. Er wollte keine Lorbeeren für das, was er heute getan hatte. Ihm wurde flau, wenn er daran dachte, und er sehnte sich nach ein bißchen Ruhe. Er mußte über viele Dinge nachdenken. Zum Beispiel über die Frage, warum das Kampffieber, das er in den Augen seiner Gefährten hatte leuchten sehen, ihn nicht erfaßt hatte. Wie er es anstellen sollte, seinem Soldatendasein zu entkommen. Und was aus Leofric und ihm werden sollte, wenn er aus Prinz Edwards Diensten ausschied. Sicher war nur, daß er eine Schlacht wie heute nicht noch einmal erleben wollte. Du hattest unrecht, Geoffrey, dachte er flüchtig, und ich hatte recht. Ich bin kein Ritter.

Mit sorgsam verhohlenem Mitgefühl betrachtete er den Gefangenen, der, gänzlich vergessen, so schien es, mit müde herabhängenden Schultern etwas abseits stand. Auf seiner Stirn war eine häßliche Platzwunde, aus der ein jetzt dünnes Rinnsal Blut direkt in sein linkes Auge lief. Dann und wann blinzelte er. Er schien leicht zu schwanken, und Robin vermutete, daß er alles daransetzte, sich auf den Beinen zu halten, um wenigstens einen Rest seiner Würde zu bewahren.

Fitzroy trat neben Robin. »Guter Wein.«

»Ja. Sag mal, wer sind all die anderen?«

Fitzroy sah sich kurz um. »Die zwei da drüben neben Lancaster sind Engländer. Der lange Kerl mit der roten Nase und seine Gefährten Bretonen, würd' ich sagen. Und die vier da drüben an der Tür Gascogner.«

»Hm. Vier Engländer, vier Gascogner, vier Bretonen und ein französischer Gefangener, der gleich aus der Rüstung kippt. Was soll das werden?«

»Das werden wir ja sehen.« Fitzroy winkte einem der Diener, der ihm neuen Wein brachte. »Jedenfalls lasse ich mich jetzt vollaufen, darauf kannst du wetten. Von mir aus auch in prinzlicher Gesellschaft. Komm schon, Mann, trink aus.«

»Immer mit der Ruhe.«

Der Schwarze Prinz erhob sich von seinem Stuhl und trat in die Mitte des abgeteilten Raumes. Die leisen Gespräche verstummten nach und nach. Alle warteten, keiner schien so recht zu wissen, worauf.

Ohne Eile wandte Edward sich an seinen Gefangenen. »Euer Name, Sir?«

»Guillaume de Beaufort, Euer Gnaden.«

»So. Guillaume de Beaufort. Derselbe Guillaume de Beaufort, den ich vor elf Jahren in Poitiers gefangennahm?«

»Derselbe, Euer Gnaden.«

»Derselbe, den ich gehen ließ, nachdem er mir bei seiner Ehre geschworen hatte, nie wieder Waffen gegen mich zu führen?«

»Das schwor ich, ja.«

»Und wurdet Ihr heute vom Duke of Lancaster gefangengenommen?«

»So ist es.«

»Gab es auch einmal eine Schlacht, bei der Ihr dem Feind nicht in die Hände gefallen seid?«

Die umstehenden Ritter lachten leise.

De Beaufort zuckte nicht mit der Wimper. »Gelegentlich, Euer Gnaden.«

Edwards Augen verengten sich zu schmalen Schlitzen, und seine Lippen waren nur mehr ein dünner Strich. Er war zornig. »Wem dient Ihr?«

»Dem König von Frankreich.«

»Und schwort mir Treue.«

»Ich schwor, Euch nicht zu bekämpfen.«

»Und habt es doch getan. Heute. Ihr seid ein Verräter. Ein Eidbrecher.«

Der Franzose straffte die Schultern. Er war nicht mehr jung, seine Schläfen waren grau, und noch vor einer Minute hätte Robin ihn einen älteren Mann genannt. Aber jetzt kam Leben in sein Gesicht. »Das bin ich nicht.«

»So? Habt Ihr heute nicht auf Enrique von Trastamaras Seite gekämpft?«

»Doch.«

»Gegen mich!«

»Gegen Pedro den Grausamen.«

Prinz Edward schwieg für einen Augenblick überrascht. Dann fegte er den Einwand mit einer ungeduldigen Geste beiseite. »Das ist dasselbe!«

»Keineswegs. Ich habe gegen einen despotischen König und für den rechtmäßigen Thronanwärter dieses Landes gekämpft.«

»*Rechtmäßig*? Enrique von Trastamara ist nur der Bastard seines Vaters. Kein Bastard kann einen Thronanspruch geltend machen, es ist gegen jedes Recht!«

»Und doch war auch Euer König William ein Bastard.«

Der Schwarze Prinz verlor für einen Augenblick die Beherrschung. Er hob die Hand und schlug de Beaufort links und rechts ins Gesicht. »Wie könnt Ihr es wagen …«

De Beaufort fuhr mit der Zunge über seine Zähne. Dann lächelte er. »Ich wage nur, die Wahrheit zu sagen.«

Robin betrachtete den nicht alten und nicht jungen Mann mit verstohlener Hochachtung. Er konnte nicht umhin, seinen Mut zu bewundern. Und es brauchte Mut, um dem offenkundigen Zorn des Schwarzen Prinzen etwas entgegenzusetzen. Aber der Franzose hatte zweifellos recht. William der Eroberer war ein Bastard gewesen. Niemand erwähnte es besonders gern, aber es war allgemein bekannt.

Prinz Edward verschränkte die Arme, wie um seine Hände

unter Kontrolle zu halten. »Wie auch immer. Ihr habt Euer Wort gebrochen. Ihr habt mich betrogen. Ihr seid gegen mich in den Krieg gezogen.«

»Ich bin gegen Pedro von Kastilien in den Krieg gezogen.«

»Den rechtmäßigen König!«

»Einen grausamen Despoten.«

»Ihr habt kein Recht, darüber zu urteilen. Pedro ist der von Gott gewollte Herrscher dieses Landes.«

»Ich kenne Gottes Willen nicht so gut wie Ihr, Euer Gnaden. Ich bin der Stimme meines Gewissens gefolgt.«

»Euer Gewissen gab Euch ein, Euren Eid zu brechen?«

»Ich habe nichts dergleichen getan. Ich bedaure, daß Ihr dieser Ansicht seid. Aber ich habe mir nichts vorzuwerfen.«

»Tatsächlich nicht? Nun, dann werdet Ihr dem Tod ja gelassen entgegensehen können.«

Der Gefangene nickte langsam. »Sollte das das Urteil sein, ja.«

Edward wandte sich an seine versammelten Ritter. »Sirs, ich habe Euch rufen lassen, weil de Beaufort sich bereit erklärt hat, sich einem Gericht von zwölf Rittern zu stellen. Nun denn. Ihr habt gehört, was ich ihm vorwerfe. Fällt Euer Urteil.«

Es herrschte einen Augenblick überraschtes Schweigen. Robin richtete sich auf und trat aus seiner dunklen Ecke zurück ins Licht. Er sah von Edward zu de Beaufort, der den Blick jetzt gesenkt hielt und ohne erkennbare Regung auf die Entscheidung der Ritter wartete. Die vier Gascogner, die nahe des Eingangs standen, steckten die Köpfe zusammen und beratschlagten kurz. Dann trat einer von ihnen vor. »Er ist schuldig, mein Lehnsherr. Wir sind uns einig. Er muß gewußt haben, daß er mit Pedro auch Euch gegenüberstand.«

Der Bretone mit der roten Nase stemmte die Hände in die Seiten. »Das ist auch meine Ansicht. Schuldig.«

»Schuldig«, echote ein schmächtiger Mann neben ihm.

Die anderen zögerten noch.

Sechs Schuldsprüche, dachte Robin beklommen. Sechs von zwölf. Noch eine Stimme, und sie würden ihn aufhängen. Und es waren schon so viele gestorben an diesem Tag. Viele gute Männer, er selbst hatte zahllose getötet. Und vermutlich hatten sie alle geglaubt, auf der richtigen Seite zu stehen.

Er stellte seinen Becher auf einem Tisch ab und ging langsam auf de Beaufort zu. »Warum ist Euch an Kastilien gelegen, Sir?«

Die Frage schien den Gefangenen zu verwundern. Einen Augenblick lang betrachtete er Robin argwöhnisch, dann antwortete er: »Vermutlich, weil meine Frau von hier stammt. Ihr Vater war einer der vielen kleinen Landadeligen, die Pedro zum Opfer fielen.«

»Und deswegen seid Ihr gegen ihn ins Feld gezogen?«

De Beaufort schüttelte den Kopf. »Nicht wirklich deswegen. Es war der Wunsch meines Königs, Enrique von Trastamara zu unterstützen und zu verhindern, daß Pedro die Macht wiedererlangt. Wir kämpften gegen ihn, nicht gegen seine ...« Er suchte nach einem höflichen Wort. »Seine Verbündeten.«

Robin wandte sich an den Schwarzen Prinzen. »Er hat seinen Eid nicht gebrochen. Er ist unschuldig.«

Prinz Edward sah ihn erstaunt an. »Aber er hat Waffen gegen mich geführt!«

Robin schüttelte den Kopf. »Ich denke nicht, daß er das getan hat. Wir sind in Kastilien, dies war ein kastilischer Krieg. Es hatte nichts mit England oder Aquitanien zu tun.«

»Oh, Waringham, mein lieber junger Freund, wie könnt ihr so einfältig sein? Natürlich hatte es das! Charles von Frankreich hat Enrique unterstützt, um Aquitanien zwischen Frankreich und Kastilien in die Zange zu nehmen!«

Lächerlich, dachte Robin ärgerlich. Zwischen Aquitanien und Kastilien liegen die Berge. Die Wahrheit war wohl eher, daß Edward Pedro so bereitwillig Hilfe zugesagt hatte, weil er in finanziellen Schwierigkeiten steckte und Pedro die Kassen aus lauter Dankbarkeit reichlich wieder auffüllen würde. Aber diese Meinung äußerte er nicht. Statt dessen sagte er: »Es widerstrebt mir, Euch zu widersprechen, mein Prinz. Das bin ich nicht gewöhnt, und es gefällt mir auch nicht. Aber wenn Ihr mich zum Richter über diesen Mann macht, muß ich meinem Gewissen folgen. Ich kann das, was er tat, nur daran messen, wie ich gehandelt hätte. Und ich weiß, ich hätte das gleiche getan.«

Edward schüttelte verwundert den Kopf. »Welch eine merkwürdige Haltung. Was ich heute von Euch gesehen habe, sah mir nicht gerade nach einem unruhigen Gewissen aus. Ihr habt ... sehr entschlossen gekämpft. Und besonnen.«

»Das war in der Schlacht. Sie ist gewonnen. Entschlossen bin ich auch jetzt, und ich hoffe, ebenso besonnen. Aber ich halte den Mann für unschuldig.«

Henry Fitzroy stand plötzlich neben ihm. »Ich auch, mein Prinz. Waringham hat recht.«

Robin war unendlich erleichtert über diese unerwartete Unterstützung. Er hatte keineswegs damit gerechnet, und er mußte gestehen, daß er Fitzroy unterschätzt hatte.

Der Schwarze Prinz lächelte ergeben. »Also schön. Es war Euer ehrliches Urteil, das ich wollte.« Er wandte sich um. »Vier stehen noch aus. Also?«

»Unschuldig«, sagte einer der Bretonen verlegen.

»Unschuldig«, schloß sein Gefährte sich eilig an, als wolle er nicht der letzte sein, der den entscheidenden Spruch fällen mußte.

Die beiden Engländer neben Lancaster rührten sich unbehaglich. Der Herzog bedachte sie unter fast geschlossenen Lidern her mit spöttischen Blicken.

»Unschuldig«, murmelte der eine schließlich fast unhörbar.

Das letzte Urteil kam nach einem langen Zögern. Dann trat der Ritter einen Schritt vor und hob den Kopf. »Ich wünschte, es wäre anders. Aber ich bin Waringhams Meinung. Unschuldig.«

Robin erkannte ihn erst jetzt. Es war Peter de Gray.

Der Schwarze Prinz trug seine Niederlage sportlich. Er schenkte seinem Gefangenen ein frostiges Lächeln. »Jetzt stehen wir wieder am Anfang. Ein Unentschieden. Und was schlagt Ihr jetzt vor, de Beaufort?«

Der Franzose hob leicht die Schultern. »Das liegt allein bei Euch, Euer Gnaden.«

Edward brummte. »Hm. Es ist zu dumm, aber bei sechs zu sechs Stimmen kann ich Euch kaum aufhängen. Dabei hätte ich es gerne getan. Meine Ansicht hat sich nicht geändert. Ich bin sehr erbost, de Beaufort.«

»Das war kaum zu übersehen.«

Edward trat einen Schritt zurück und nickte zwei der Wachen zu, die am Eingang standen. »Schafft ihn weg. Fünfzig Pfund Lösegeld, de Beaufort. Sonst könnt Ihr hier in irgendeinem finsteren Loch verfaulen.«

De Beauforts Miene zeigte nichts als stoische Gelassenheit.

»Laßt mich einen Boten senden, und Ihr bekommt Euer Löse-geld.«

Edward nickte knapp. »Und wenn ich Euch das nächste Mal in einer Schlacht begegne, schlage ich Euch den Kopf ab.«

De Beaufort neigte denselben. »Gott schütze Euch, Euer Gna-den.«

Edward entließ ihn mit einer ungeduldigen Geste. »Gott ver-damme Eure verräterische Seele.«

Robin lag auf einer schmutzigen Decke in einem Zelt mit wenig-stens zehn anderen Männern. Es herrschte eine reglose Hitze, stickig wie Ofenglut, die das Atmen schwermachte. Die heiße Luft war erfüllt vom Stöhnen der Kranken und einem widerwärtigen Gestank. Wie die meisten anderen hatte auch Robin keine Kraft mehr, um aufzustehen, wenn die Krämpfe einsetzten. Die Ruhr hatte sie alle erwischt. Von den beiden Prinzen bis zu den einfa-chen Bauernsöhnen litten alle an elenden Durchfällen und hefti-gem Fieber. Es gab nicht genug sauberes Wasser und nicht genug Gesunde, um die Kranken zu versorgen. Die Männer starben wie Fliegen; zwei volle Tage und Nächte lag Robin neben der aufge-dunsenen, fliegenumschwirrten Leiche von Bertrand Guillard. Aber er merkte es nicht.

In wirren Fieberträumen durchlebte er die vergangenen Wo-chen noch einmal. Nicht zusammenhängend und in der richtigen Reihenfolge, nur in einzelnen Bildern. Er erinnerte sich an die gewaltige Schlacht nahe der kleinen Stadt Najera. Wenige Tage nach ihrem Sieg waren sie von dort nach Burgos gezogen. Sie hat-ten außerhalb der Stadt bei irgendeinem Kloster gelagert. Der wieder eingesetzte König Pedro hatte in einer großen Kirche einen heiligen Eid geschworen, nun doch recht bald seine Schulden an Prinz Edward zu bezahlen. Ostern. Natürlich, das war an Ostern gewesen. Nur, in Burgos könne er das Geld nicht beschaffen, hatte Pedro erklärt. Er hatte Edward überredet, mit seiner Armee in Val-ladolid zu warten, während er nach Sevilla ging, um von dort das Geld zu schicken. Also hatten sie in Valladolid gewartet. Sie hat-ten gewartet und waren krank geworden. Es war heiß gewesen, unvorstellbar heiß. Es hatte nicht genug Proviant gegeben. Zu viele Menschen lebten zusammen auf zu wenig Raum. Die Latrinen waren übergequollen, das Wasser war faulig gewesen. Also waren sie krank geworden.

An einem Morgen Ende Juni wachte Robin aus einem tiefen, traumlosen Schlaf auf und fühlte sich höchst sonderbar. Er war durstig, aber das war nichts Ungewöhnliches. Seit er krank geworden war, war er immer durstig aufgewacht. Ein bißchen verwirrt sah er hinauf in das weiße Zeltdach. Und schließlich erkannte er, was mit ihm los war: Er hatte Hunger. Erleichtert setzte er sich auf. Ich werde wieder gesund, dachte er zuversichtlich. Es geht mir besser.

Er sah sich in dem großen Zelt um, so als erwartete er, daß es den anderen genauso gehen müsse. Aber das war nicht der Fall. Die Männer um ihn herum keuchten und fieberten wie zuvor, manche lagen reglos, wie tot. Vermutlich waren sie tot. Leofric, schoß es ihm durch den Kopf. Was ist mit dem Jungen?

Er stand auf, um sich auf die Suche zu begeben, und stellte entsetzt fest, daß seine Beine ihn kaum trugen; er war geradezu lächerlich schwach. Langsam sah er sich in dem vollbelegten Zelt um auf der Suche nach Wasser. Neben dem Eingang fand er einen halbvollen Eimer und sogar ein kleines Stück Seife. Er wusch sich mit schleppenden, müden Bewegungen. Seine Glieder waren noch schwer. Als er fertig war, fühlte er sich gänzlich erschöpft. Mit Mühe widerstand er dem Impuls, sich einfach wieder hinzulegen. Er suchte ein paar brauchbare Kleidungsstücke zusammen, zog sich an und schritt die beiden Reihen von Strohlagern entlang. Die meisten der hageren Gesichter waren ihm vertraut. Aber weder Fitzroy noch Leofric befanden sich darunter.

Blinzelnd trat er hinaus in das gleißende Sonnenlicht. Die Zelte standen in ordentlichen Reihen, die Lancasters und des Schwarzen Prinzen ein wenig abseits auf einem flachen Hügel. Weit und breit war niemand zu sehen. Mein Gott, dachte Robin, sind sie tatsächlich alle krank? *Alle?* Und unweigerlich kam sein nächster Gedanke: Wer kümmert sich um die Pferde?

Langsam begab er sich auf einen Erkundungsgang. In einem der Küchenzelte stieß er auf ein paar Menschen, eine Handvoll Bogenschützen, zwei aquitanische Ritter, die er nur flüchtig kannte, und, zu seiner größten Überraschung, das dunkelhaarige Mädchen aus Bordeaux.

Sie stand an einem der mäßig sauberen Tische und knetete einen Teig.

Robin trat verwundert näher. »Ich bin froh zu sehen, daß Ihr wohlauf seid, Madame.«

Sie brauchte einen Moment, bis sie ihn erkannte. »Oh, Ihr seid es? Mein Gott, Ihr seht sehr schlecht aus, Lord. Kann ich Euch etwas bringen?«

»Einen Schluck Bier vielleicht? Und ein Bissen Brot?«

Sie wischte sich die Hände an ihrem Kleid ab, ging in den hinteren Teil des Zeltes, wo ein paar Säcke und Fässer standen, und kehrte kurz darauf mit einem Becher und einem Stück trockenem Brot zurück. »Hier. Ich fürchte, die Qualität unserer Küche hat etwas nachgelassen.«

Robin trank dankbar. »Ihr seid nicht krank?«

»Nein. Vielleicht kommt es noch.«

»Ist es schlimm? Hat es viele erwischt?«

»Praktisch jeden.«

»Ich habe nicht gewußt, daß Ihr mit nach Spanien gekommen seid.«

Sie hob die Schultern. »Besser, als sich in Bordeaux zu Tode zu langweilen oder daheim in Limoges.«

»Ja. Vermutlich ist es das. Wie ist Euer Name? Das wollte ich schon lange wissen.«

»Constance Froissant.«

Robin angelte sich an der Tischkante hoch und verbeugte sich. »Waringham.«

»Ja, ich weiß.« Sie knetete wieder.

»Habt Ihr zufällig meinen Knappen gesehen? Blonder englischer Junge. Und taubstumm. Leofric.«

Sie schüttelte bedauernd den Kopf. »Ich kenne Euren Knappen, Sir. Aber seit wir hier sind, habe ich ihn noch nicht gesehen.«

Robin erhob sich seufzend. »Ich muß nach ihm suchen.«

»Ihr solltet lieber noch etwas ausruhen.«

»Ich werde schon wieder zu Kräften kommen. Wißt Ihr, wie es Prinz Edward geht? Und Lancaster?«

»Krank, alle beide. Lancaster erholt sich langsam, heißt es. Ich kann nicht sagen, wie es mit dem Schwarzen Prinzen steht. Euer

Freund Fitzroy wird es wissen. Er ist seit Tagen bei ihm. Er ist auch nicht krank geworden.«

Robin atmete tief durch. »Also dann. Ich muß mich auf die Suche machen. Werdet Ihr später noch hier sein?«

»Bestimmt. Wenn Ihr wiederkommt, wird es frisches Brot geben. Und ich werde sehen, was von dem Dörrfleisch noch übrig ist. Irgend etwas werde ich Euch vorsetzen können.«

Robin lächelte sie an. »Das klingt doch wunderbar.«

Er fand Leofric auf einer notdürftig eingezäunten, nahezu verdorrten Weide, wo an die fünfzig Pferde zusammengepfercht waren. Ein paar waren verendet, elend verdurstet. Leofric schleppte von einer nahe gelegenen Zisterne Wasser herbei, um sie zu tränken. Ohne erkennbare Mühe trug er in jeder Hand einen vollen Eimer. Er war eindeutig gesund, seine Haut tiefbraun. Ein seltsamer Anblick, fand Robin, nach all den bleichen, schattenhaften Gestalten im Lager.

Er beobachtete seinen Knappen eine Weile unbemerkt, dann ging er näher. Leofric sah auf, als er seinen Schatten auf sich spürte. Sein Gesicht hellte sich auf, und er machte einen Schritt auf Robin zu, als wolle er ihm um den Hals fallen. Dann besann er sich.

Robin grinste ihn an. »Wie ich sehe, bist du nicht krank geworden.«

Leofric schüttelte den Kopf.

»Und tust, was alle außer dir offenbar vergessen haben. Ich hab' geahnt, daß ich dich hier finde, wenn du noch lebst.«

Leofric zuckte kurz mit den Schultern und nickte. Brutus, Robins Pferd, drängte sich zwischen seinen Leidensgenossen hindurch auf ihn zu und stupste ihn an die Schulter. Robin legte von unten her den Arm um seinen Hals.

»Sieh dich an, du armer Klepper. Nur noch Haut und Knochen.« Er klopfte ihm beruhigend den Hals und sah sich um. »Sieht so aus, als hätten sie nicht viel Futter bekommen.«

Leofric zog seine Tafel hervor und kritzelte. *Vor allem kein Wasser. Ich habe mich darum gekümmert, wenn ich konnte.*

»Und jetzt werd' ich dir helfen. Es ist schließlich niemand da, um mich dabei zu erwischen und auf die Idee zu kommen, ich könnte ein entlaufener Stallknecht meiner eigenen Baronie sein.«

Leofric lächelte nicht.

Robin betrachtete ihn. »Du bist wütend, daß ich dich hierher verschleppt habe, nicht wahr? Es tut mir leid. Du bist viel zu jung für den Krieg.«

Leofric schüttelte den Kopf.

»Was ist es also?«

Ich dachte, du bist wütend. Weil ich mich nicht um dich gekümmert hab, als du krank warst.

»Ich bin sicher, du hattest einen Grund.«

Leofric schnitt eine scheußliche Grimasse. *Peter de Gray. Er war nicht sehr krank und nach ein paar Tagen wieder im Dienst. Er hat mich für die Wache eingeteilt und nicht erlaubt, daß ich bei dir bleibe. Ich habe so getan, als würd ich ihn nicht verstehen. Aber das nützte nichts. Er hat mir eins verpaßt und gesagt, er könnt mich auch einsperren, wenn mir das lieber wär.*

Robin seufzte. »Kaum verwunderlich. Er haßt mich, Leofric, und das habe ich mir nur selbst zuzuschreiben. Denk nicht mehr dran. Und jetzt laß uns die Gäule versorgen, ja?«

Viel konnten sie nicht tun. Die Weide war zu klein für so viele Pferde, das spärliche, verbrannte Gras fast abgefressen. Sie fanden Futter in einem Vorratszelt, aber nur so wenig, daß sie nicht wagten, alles auf einmal zu verfüttern. Doch wenigstens den quälenden Durst der vernachlässigten Tiere konnten sie stillen, und Robin behandelte ein paar kleine Verletzungen und Entzündungen, die die Hitze und die mangelnde Versorgung verursacht hatten. Zum Schluß suchten sie die beiden kräftigsten Pferde aus, knüpften ein notdürftiges Geschirr aus Seilen und schafften mit ihnen die Kadaver der verendeten Tiere von der Weide.

»Es ist wirklich eine Schande«, grollte Robin. Sie standen zusammen am Gatter und betrachteten ihre Schützlinge mitfühlend. »Und das alles für diesen verdammten Krieg. Ich hoffe nur, Pedro hat inzwischen die Rechnung bezahlt.«

Leofric schüttelte den Kopf.

Robin sah ihn an. »Was weißt du darüber?«

Leofric griff wieder zu seiner Tafel. *Es heißt, er hat uns betrogen. Er wird nicht zahlen. Er hat seinen Thron wieder und fühlt sich sicher. Vermutlich sind wir im Moment keine sehr furchteinflößende Armee.*

Robin starrte ihn entsetzt an.

Leofric schrieb weiter: *Und das ist noch nicht alles. Während wir hier festsitzen, marschiert Enrike von Trasta du weißt schon mit seinen enttäuschten Soldaten gegen Aquitanien.*

»O Jesus«, hauchte Robin. Er setzte sich müde auf die staubige Erde. »Und ich dachte, der Krieg sei vorbei und wir könnten uns bald davonmachen.«

Leofric runzelte verständnislos die Stirn.

»Na ja«, Robin machte eine vage Geste. »Weg von hier, weg von Krieg und Tod, von zu kleinen Portionen Dörrfleisch und der ganzen Ritterherrlichkeit. Oder hast du etwa nicht genug davon?«

Leofric sah versonnen zu den Pferden hinüber. *Aber wohin?*

Robin schüttelte ratlos den Kopf. »Ich habe keine Ahnung. Wir müssen uns was ausdenken.«

Leofric zog mit seiner Steinspitze Muster in den Staub. Dann rieb er mit dem Ärmel die Tafel ab und kritzelte wieder. Seine Handschrift war routiniert und schnell geworden, und er schrieb beinahe fehlerfrei. *Ich weiß nicht, ob ich weg will. Ich hab noch nie solche Freunde gehabt wie hier.*

Robin las und seufzte. »Ja, ich weiß. Aber sie ziehen in die Schlacht und werden erschlagen, oder?«

Zu Hause sterben die Leute an der Pest oder vor Hunger. Oder der Sheriff hängt sie auf. Hier ist ein Platz für uns. In England nicht.

»Ich habe ja auch gar nicht gesagt, daß wir nach England gehen sollen.«

Aber gedacht.

»Herrje, ich muß wahnsinnig gewesen sein, als ich dich das Schreiben lehrte. Früher hast du nie Widerworte gegeben.«

Leofric grinste.

Robin fuhr ihm kurz mit der Hand über den Kopf und stand auf. »Ich denke, ich sollte mich aufmachen und herausfinden, wie es unseren Prinzen geht.«

Leofric erhob sich ebenfalls und sah kurz zur Sonne. *Ich muß auf Wache. Bin vermutlich schon spät dran.*

»Dann lauf. Und, Leofric, wenn de Gray dich schikaniert, läßt du es mich wissen, oder?«

Leofric nickte ungeduldig.

»Also schön. Ich weiß nicht, wo ich die nächsten Stunden sein werde. Sagen wir, wir treffen uns morgen früh wieder hier, abgemacht?«

Leofric winkte sein Einverständnis und ging eilig davon.

Robin schlenderte ziellos durch das Lager. Jetzt war mehr Betrieb als noch vor einigen Stunden. Gesunde und Genesende saßen im Schatten vor den Zelten zusammen und vertrieben sich die Zeit mit Würfelspielen. Aus der Waffenschmiede klang der hohe, singende Takt eines Hammers. Der Sergeant seiner Bogenschützen flirtete mit einer Magd am Eingang eines Küchenzeltes.

Robin ging den sanften Hügel hinauf, wo Prinz Edward und Lancaster lagerten. Er hoffte, auf Fitzroy zu treffen und von ihm Genaueres über Pedro und Enrique von Trastamara zu erfahren. Doch die Wachen vor Edwards Zelt wiesen ihn ab. Dem Prinzen gehe es schlecht, sie hätten Order, nicht zu stören. Doch sie wollten Fitzroy gerne ausrichten, daß Lord Waringham wohlauf sei und ihn so bald wie möglich sprechen wolle.

Unverrichteter Dinge und ziemlich beunruhigt, ging er weiter zu der kleinen Zeltgruppe, die Lancaster und sein Gefolge beherbergte. Auch hier war es still. Vor Lancasters Zelt stand keine Wache. Der Herzog selbst saß im Schatten eines Baldachins in einem bequemen Sessel, allein vor einem Schachbrett.

Als Robin näher trat, hob er den Kopf. »Ah, Waringham. Ihr seht aus wie der Tod, Mann.«

Robin verneigte sich. »Mit Verlaub, Ihr auch, Mylord.«

Lancaster grinste geisterhaft. »Und fühle mich doch seit heute zum erstenmal wieder wirklich lebendig. Heute morgen kam ein Bote. Ich habe einen Sohn bekommen.«

Robin lächelte breit. »Was für eine gute Nachricht nach so viel Tod.«

»Nicht wahr, das finde ich auch. Und denkt nur, er wurde geboren am Tag der Schlacht von Najera. Am dritten April.«

»Dann hat der Bote sich viel Zeit gelassen.«

Lancaster hob kurz die Schultern. »Kriegswirren. Das spielt keine Rolle.«

»Und die Herzogin ist wohlauf?«

»Gott sei Dank, ja.«

»Meinen Glückwunsch, Mylord.«

Lancaster nickte zerstreut. Dann sah er auf. »Also, wo Ihr schon einmal hier seid, setzt Euch und spielt eine Partie mit mir.«

Robin setzte sich. »Ich würde Euch langweilen. Ich bin ein miserabler Spieler.«

»Tatsächlich? Das ist erstaunlich. Warum?«

»Ich hatte nie viel Gelegenheit, mich zu üben.«

Lancaster nahm einen weißen Springer in die Hand und lehnte sich zurück. »Wißt Ihr, warum man es das Spiel der Könige nennt?«

Weil man dem Gegner seine Bauern zum Fraß vorwirft, fuhr es Robin durch den Kopf. Statt dessen sagte er: »Weil es um Strategie geht, denke ich.«

Lancaster wiegte den Kopf hin und her. »Das drückt es höflich aus. Strategie bedeutet in diesem Falle Voraussicht und die Fähigkeit, die klügeren Fallen zu stellen. Auf verschlungenen Pfaden zu denken.«

»So kann man es wohl sagen.«

»Und das ist nicht Eure Sache, nein? Ihr seid geradlinig.«

»Nein, nicht unbedingt. Eher einfältig.«

Lancaster hüstelte. »Das Ausmaß Eurer Bescheidenheit ist höchst verdächtig, Sir.«

Robin mußte grinsen.

Lancaster betrachtete die elfenbeinerne Figur in seiner Hand. »Im Gegensatz zu Euch, Waringham, bin ich ein exzellenter Schachspieler. Und ich gewinne immer mit den Springern.«

»Weil sie am schwierigsten zu berechnen sind?«

»So ist es.«

»Seid Ihr ein Springer, Mylord?«

Lancaster sah ihn plötzlich scharf an. »Einfältig, he? Daß ich nicht lache. Aber das hat mein Bruder zu Euch gesagt, nicht wahr? Ich habe es nicht vergessen.«

»Das hat er.«

»Ja, vermutlich bin ich ein Springer, Waringham. Und Ihr?«

Ein Bauer natürlich, dachte Robin. Was denn sonst. »Ich glaube, ich möchte lieber keine Figur auf einem Schachbrett sein.«

»Oh, aber das sind wir alle. Schwarze und weiße Figuren in einer unendlichen Partie zwischen Gott und seinem gefallenen Lehnsmann. Aber, wenn ich so darüber nachdenke, mit Euch ist es wirklich schwierig. Ihr seid nicht so leicht einzuordnen. Warum habt Ihr diesem dummen alten Franzosen das Leben gerettet? Das wüßte ich gern. Ich habe es nicht durchschaut.«

»Ich habe nur gesagt, was ich dachte.«

»Auf eine Art und Weise, die es jedem Ehrenmann unmöglich machte, anderer Meinung zu sein. Sogar de Gray. Der Ärmste, er hätte beinahe seine Zunge verschluckt, so wütend war er. Aber natürlich nicht halb so wütend wie mein Bruder.«

Robin legte leicht den Kopf zur Seite. »War er das?«

»Verlaßt Euch darauf. Nichts ist ihm so verhaßt wie Loyalitätsbruch. Loyalität ist sein Credo. Und Ihr wart nicht loyal, sondern ehrlich. Sehr unklug.«

Robin setzte sich auf. »Verstehe ich Euch recht, Mylord? Ihr warnt mich vor Eurem Bruder, meinem Dienstherrn?«

»Wer weiß. Vielleicht tue ich das.«

»Warum?«

Lancaster antwortete nicht. Er stellte die Figur zurück auf das Brett, streifte mit dem Finger über die Reihe der weißen Bauern und nahm dann den schwarzen König auf. »Wie sehen Eure Pläne für die Zukunft aus? Was habt Ihr vor, wenn dieser spanische Alptraum vorbei ist?«

Robin seufzte. »Ich denke, das hängt davon ab, was als nächstes passiert. Wie ich höre, dringt Enrique nach Aquitanien vor. Es sieht nicht so aus, als sei dieser Krieg schon zu Ende.«

»Kaum. Es ist ein Fiasko. Pedro wird nicht zahlen, ich bin sicher. Unsere Rechnung ist nicht aufgegangen.«

»Warum holen wir uns nicht, was er zugesagt hat? Warum nehmen wir nicht einfach die Biskaya?«

»Und was hätten wir schon davon? Mein Bruder hatte die gleiche Idee, aber es ist undurchführbar. Wir haben kein Geld mehr, um eine Besatzungsarmee zu unterhalten. Edward wird genug damit zu tun haben, Aquitanien zu halten.«

»Also war alles umsonst.« Robin war ernüchtert.

»Das kann man noch nicht sagen. Wir werden sehen.« Er lehnte sich zurück, schloß die Augen und schüttelte den Kopf. »Diese verfluchte Ruhr. Ich bin noch nie im Leben so krank gewesen. Ich war sicher, ich würde sterben.«

»Ja. Ich auch.«

Lancaster öffnete die Augen wieder. »Aber wir haben uns

getäuscht, die Welt wird noch eine Weile mit uns rechnen müssen. Was ist nun? Spielt Ihr eine Partie mit mir?«

Es blieb ihm nicht viel anderes übrig. Lancaster schlug ihn mühelos, aber Robin lernte bei dieser Gelegenheit mehr über das Schachspiel als jemals zuvor.

Constance hatte Wort gehalten. Als er nach Einbruch der Dämmerung in das Küchenzelt zurückkehrte, empfing sie ihn mit einem warmen Lächeln und frischem Brot.

»Wollt Ihr Dörrfleisch dazu?«

»Nein. Ich glaube kaum, daß das heute schon das richtige wäre. Kommt lieber her und setzt Euch zu mir.«

Sie folgte seiner Bitte, nahm sich einen Becher Wein und ließ sich ihm gegenüber auf einer Bank nieder. »Habt Ihr Euren Knappen gefunden?«

»Ja, er ist wohlauf.«

»Oh, das freut mich.«

Robin aß mit Heißhunger. Das Brot war weich und innen noch warm. Der Wein war hingegen verwässert und sauer, er entlockte seinem angeschlagenen Magen ein drohendes Knurren, aber das störte Robin nicht. Überhaupt wieder zu essen und zu trinken erschien ihm wie ein kleines Wunder.

»Ihr seid aus Limoges?« erkundigte er sich, als er endlich satt war.

Sie nickte. »Mein Vater ist Offizier der Stadtwache. Früher hatten wir ein kleines Weingut, aber plündernde Franzosen haben es verwüstet. Wir mußten fortgehen.«

»Das ist schrecklich.«

Sie seufzte ergeben. »Der Landadel hat viel unter dem Krieg gelitten, das ist wohl überall so.«

»Und wie wurdet Ihr eine von Prinzessin Joans Damen? Das seid Ihr doch, nicht wahr?«

»Ja. Der Bischof von Limoges ist ein entfernter Cousin meiner Mutter. Er hat mich untergebracht. Ich habe noch sieben Schwestern. Mein armer Vater war ganz verzweifelt. Er konnte uns nicht alle ins Kloster schicken oder verheiraten, das war zu teuer.«

»Kein Bruder?«

Sie schüttelte lächelnd den Kopf.

Ihr Vater ist in der Tat zu bedauern, dachte Robin. Es brauchte mehr als ein kleines Gut, um acht Töchter vernünftig unter die Haube zu bringen. Er wechselte höflich das Thema. »Wie kommt es, daß Ihr hier seid, wo Joan mit den kleinen Prinzen in Bordeaux geblieben ist?«

»Jetzt, wo sie keinen großen Hof halten muß, kann sie mich gut entbehren. Und ich bin immer lieber dort, wo die Ritter sind.« Sie sah ihn mehr herausfordernd als einladend an.

Robin erinnerte sich an das, was de Marain an seinem ersten Abend in Bordeaux über sie gesagt hatte, und er fragte sich, ob es stimmte. Er fand sie anziehend in ihrem mehlbestäubten Kleid, über das sich ihre lange Lockenflut ergoß, die ihn so sehr an Alice erinnerte. Er betrachtete sie verstohlen, doch seinen einigermaßen lüsternen Gedanken folgte keine auch noch so leise körperliche Regung. Seufzend verschränkte er die Arme, bedachte sich selbst mit einem spöttischen Lächeln und befand, daß er noch ein paar Tage warten müsse, bevor er es herausfinden konnte.

Nach und nach kehrte wieder Ordnung in das Lager ein. Peter de Gray hatte einen Großteil der Organisation übernommen. Er hatte zweifellos ein Talent für solche Dinge, mußte Robin gestehen. Er dachte an alles und teilte jedem, der kräftig genug war, eine sinnvolle Aufgabe zu. Robin betraute er mit der Überwachung der Beerdigungskommandos. Robin fügte sich widerspruchslos, doch es war eine gräßliche Arbeit. Aufgrund der gnadenlosen Hitze mußten sie die Toten so schnell wie möglich begraben, da die Leichen schnell zu verwesen begannen. Aber nach ein paar Tagen ließ das große Sterben endlich nach. Viele waren noch krank, aber die Wut der Epidemie hatte sich ausgetobt. Robin schlug de Gray vor, sich statt dessen um die Versorgung der Pferde zu kümmern. »Schließlich wollen wir irgendwann einmal zurück über die Berge, und dann werden wir froh sein um jedes Tier, das wir noch haben.«

De Gray zögerte. »Das könnten ebensogut ein paar Soldaten übernehmen. Für Euch gibt es Wichtigeres zu tun.«

Robin fragte sich verdrießlich, welche Herkulesaufgabe de Gray dieses Mal für ihn ausgeheckt hatte. Er sagte beschwichtigend: »Fußsoldaten verstehen nichts von Pferden, de Gray. Aber ich lasse sie züchten, und ich weiß, was sie brauchen, oder wollt Ihr zu Fuß nach Bordeaux zurück?«

Diese Aussicht schien de Gray wahrlich zu erschrecken. Ohne weiteres willigte er ein.

Robin verbarg seine Zufriedenheit. »Ach, und noch etwas. Könntet Ihr meinen Knappen bei der Wache entbehren? Ich brauche seine Hilfe.«

De Grays Gesicht sagte, daß seine Großmut eigentlich erschöpft war, aber natürlich konnte er nicht ablehnen. Es gab keinen ersichtlichen Grund, und er hatte kein Recht, über Robins Knappen zu verfügen, jetzt, da Robin selbst wieder Verwendung für ihn hatte. »Also schön, meinetwegen. Sobald seine Wache um ist, wird man ihn zu Euch schicken.«

Robin verneigte sich knapp. »Ich bin Euch sehr dankbar, Sir.«

De Gray erwiderte die kühle Verbeugung und schritt davon.

Endlich war Robin wieder in seinem Element. Seine Aufgabe war gewaltig, und voller Tatendurst nahm er sie in Angriff. Grinsend erklärte er seinen entsetzten Bogenschützen, daß ihr Lotterleben jetzt ein Ende habe. Jeder diensttaugliche Mann wurde zur Arbeit eingeteilt. Von den über tausend Pferden, mit denen sie im Winter aufgebrochen waren, waren nur noch knapp siebenhundert übrig, aber auch das war für Robin eine gigantische Zahl. Während Leofric und die Männer um das Lager herum das noch brauchbare Weideland absteckten und notdürftig einzäunten, machte Robin eine Aufnahme des Futterbestandes. Es war nicht viel, aber immerhin mehr, als er gedacht hatte. Nach drei Tagen waren alle Tiere halbwegs vernünftig untergebracht. Robin schickte die meisten seiner Soldaten ins Lager zurück und behielt nur diejenigen, die eine gute Hand mit Pferden hatten. Mit ihnen und den Pferdeknechten, die die Ruhr übriggelassen hatte, bewältigte er die tägliche Routine. Als alles zu seiner Zufriedenheit eingerichtet war, nahm er den Reitunterricht der Knappen wieder auf, und trotz der Hitze strömten diese ihm in Scharen zu. Robins Verfassung besserte sich mit jedem Tag, und bald war er so braungebrannt wie Leofric.

»Ich glaube, du bist der glücklichste Liebhaber, den ich seit langer Zeit hatte«, sagte Constance nachdenklich.

Robin richtete sich auf einen Ellenbogen auf und sah sie an. Sie erwiderte seinen Blick und lächelte mit den Augen. Robin hob die Hand und fuhr mit der Fingerspitze ihre Brüste entlang, die sie ihm schamlos entgegenstreckte. Constance war schamlos in jeder Hinsicht. Sie sprach nicht oft über ihre Liebhaber, aber wenn sie es tat, dann ohne Scham. Und sie hatte ihm Dinge beigebracht, auf die er nicht im Traum gekommen wäre.

»Ich würde sagen, jeder deiner Liebhaber war ein glücklicher Mann.«

Sie zog ihn sanft am Ohr. »Das meine ich nicht, Dummkopf.«

Er legte sich auf den Rücken und stützte seinen Nacken mit einer Hand. »Nein, ich weiß, was du meinst. Und vielleicht hast du recht. Ich bin mit Pferden schon immer besser zurechtgekommen als mit Menschen.«

»Das ist nicht verwunderlich. Sie sind arglos. Wie du.«

Robin lächelte träge. »Einfältig …«

Es war ein Wort, über das er viel nachgedacht hatte. Und er fand, es war nicht die schlimmste Sache der Welt, einfältig zu sein. Er wußte, er war es oft.

»Kümmerst du dich viel um deine Pferde zu Hause in Waringham?«

»Ja.«

»Ist das nicht eigenartig für einen feinen Lord?«

»Das bin ich nicht. Waringham ist eine kleine, bedeutungslose Baronie. Ein bißchen hinterwäldlerisch, weißt du.«

»Aber du bist Kronvasall!«

»Und wenn schon. Nur Tradition. Und was bedeutet das überhaupt? Was habe ich davon, wenn der König mich persönlich zum Parlament einlädt? Ich wette, er vergißt Waringham sowieso meistens. Und das Lehen ist nicht groß genug, als daß ich viel von meinem Land an Vasallen vergeben könnte. Ich habe nur ein paar. Laß dich von meinem Titel nicht blenden, ich bin nur ein Landritter.«

»Aber kein *armer* Landritter«, beharrte sie.

»Nein, nicht sehr arm. Dank der Pferdezucht. Aber auch nicht reich. Die Zeiten sind schlecht in England.«

Sie seufzte leise. »Wie in Aquitanien.«

»Hm.«

»Du kannst gut Französisch für einen Engländer«, bemerkte sie nach einer Weile nachdenklich.

»Das hat meine Mutter mir beigebracht«, murmelte er. »Eine wirklich feine Dame.«

»He!« Sie legte leicht eine Hand auf seine Brust. »Du willst doch nicht etwa einschlafen?«

»Doch.«

»Kommt nicht in Frage.«

Er mußte lachen. »Oh, um Himmels willen, Constance, hast du denn gar kein Erbarmen? Ich kann nicht mehr.«

»Das bildest du dir nur ein. Laß mich nur machen. Du kannst noch.«

Sie hatte natürlich recht, sie hatte immer recht. Er konnte. Und als er mit geschlossenen Augen unter ihr lag, ganz reglos, und spürte, wie es sich in ihm zusammenbraute, hielt sie plötzlich inne.

»Sag mir deinen Namen.«

Robin riß die Augen auf. »Was?«

»Deinen Vornamen. Sag ihn mir.«

»Nein.«

»Ich will ihn aber wissen.«

»Himmel, muß das ausgerechnet jetzt sein?« Er legte flehentlich die Hände um ihre Hüften.

Sie drückte seine Hände energisch weg. »Jetzt.«

Er biß die Zähne zusammen. »Das kann ich nicht. Es ist … eine Art Schwur, verstehst du.«

Sie glitt graziös von ihm ab. »Das ist bedauerlich.«

Robin starrte sie entsetzt an. »Aber … warum tust du das?«

Sie saß mit angezogenen Knien neben ihm und schüttelte traurig den Kopf. »Du willst mich haben und ein Fremder bleiben. So geht es nicht. Entweder oder, du mußt dich entscheiden.«

Robins Körper vibrierte beinah vor Anspannung. Er atmete tief durch. Komm schon, sei kein solcher Schwächling, werd jetzt bloß nicht weich …

»Nein, du irrst dich. Wieso bin ich ein Fremder, nur weil du meinen Namen nicht kennst? Was bedeutet ein Name schon?«

»Ich will ihn wissen, damit ich dich in meinen Gedanken beim Vornamen nennen kann.«

»Warum?«

»Warum schon, Dummkopf! Ich bin verliebt in dich!« Sie wandte sich ärgerlich ab.

Robin legte behutsam eine Hand auf ihren Rücken. Für einen Moment mußte er die Augen zukneifen, denn die Berührung verschlimmerte seinen Zustand. »Das vergeht wieder«, sagte er leise.

Sie schüttelte langsam den Kopf. »Da wäre ich nicht so sicher.« Ihre Stimme klang erstickt. Unter dem dichten Lockenvorhang hervor fiel eine Träne auf ihr Knie.

Robin war sehr erschrocken über diese Träne. Bisher war alles so herrlich einfach gewesen mit Constance, ohne große Verwicklungen. Sie war die erfahrene Kurtisane und er ein glücklicher Auserwählter unter vielen. Die Träne kündigte das Ende dieser unbeschwerten Freuden an.

Er richtete sich auf und küßte ihren Nacken. »Was fürchtest du denn?«

»Daß du nach England zurückgehst oder fällst und ich nicht wissen werde, wie du geheißen hast.«

»Bevor ich nach England zurückgehe, werde ich ihn dir sagen.«

Sie wandte sich zu ihm um. Ihre großen Augen schienen einen Moment zu verschwimmen, dann quollen beide über. Es war ein merkwürdig ergreifender Anblick. Constance war ein hübsches Mädchen, aber die Tränen machten sie fast schön. Sie legte die Arme um seinen Hals und schmiegte sich an ihn. »Warum nicht jetzt? Bitte.«

Robin schloß die Augen. Er mußte seinen ganzen Willen aufbieten, um sich dagegen zu wappnen, daß sie ihn gleich wieder wegstoßen würde. »Es ist unmöglich.«

Sie glitt rittlings auf ihn. »Das werden wir ja sehen, Lord Waringham. Das werden wir sehen.«

Prinz Edward erholte sich endlich. Henry Fitzroy berichtete Robin, daß sie tagelang um sein Leben gebangt hatten, denn seine Gesundheit war schon angeschlagen gewesen, bevor er die Ruhr hatte. Es wurde geraunt, er litte an einer Vergiftung. »Aber er war ein geduldiger Kranker, weißt du. Ließ alles mit sich veranstalten, was sein Leibarzt so aussheckte. Und er hat viel gebetet. Irgendwas hat schließlich geholfen.«

»Gut.« Robin war dabei, sich Brutus' Hufe von unten zu besehen. »Dann werden wir also bald aufbrechen?«

»Ja, noch diese Woche wahrscheinlich. Die Nachrichten aus Aquitanien sind besorgniserregend. Wir müssen uns beeilen.«

»Nichts wäre mir lieber, als so bald wie möglich aus diesem Glutofen zu verschwinden.«

Fitzroy betrachtete ihn grinsend. »Dabei siehst du blendend aus. Ein bißchen abgerissen vielleicht, aber gesund.«

»Ja, ich bin das eine und das andere. Bei dieser Arbeit macht man sich einfach dreckig, es ist nicht zu vermeiden. Was hast du also die ganze Zeit gemacht bei ihm, wenn er krank war?«

Fitzroy hob kurz die Schultern. »Boten empfangen und abgewiesen, Nachrichten weitergeleitet oder zurückgehalten, all diese Sachen. Sag mal, was ist aus unserem Zelt geworden? Ich kann es nicht mehr finden.«

Robin schüttelte den Kopf. »Ich weiß auch nicht. Unsere Sachen sind im Zelt meines Sergeanten.«

»Und wo schläfst du?«

Robin lächelte geheimnisvoll. »Tja, das wüßtest du wohl gern, was?«

»Ah, verstehe. Und Leofric?«

»Mal hier, mal da, schätze ich. Ich weiß nicht. Er geht seiner Wege.«

»Hm, ich sag's ja immer, du läßt dem Jungen viel zuviel Freiheit.«

»Ja, ich weiß, wie du darüber denkst. Was ist, gehen wir was trinken? Ich bin hier fertig.«

Fitzroy schüttelte bedauernd den Kopf. »Keine Zeit. Ich hab' mir nur ein paar Minuten gestohlen, um mit dir zu reden, aber ich muß mit de Gray die Einzelheiten unseres Aufbruchs besprechen.«

Robin schnitt eine Grimasse. »Viel Vergnügen.«

Drei Tage später brachen sie das Lager in Valladolid ab. Keiner weinte ihm eine Träne nach. Ihr Rückweg über die Pyrenäen verlief wieder hindernisreich. Weil der König von Navarra keine enttäuschten, hungrigen, fremden Soldaten in seinem Reich wollte, jedenfalls nicht gleich viertausend auf einmal, mußten sie sich aufteilen. Der Prinz und Lancaster gingen zuerst und auf dem direkten Weg durch Navarra, nach und nach folgte die Armee auf dem Umweg über Aragon. So kamen sie also keineswegs glorreich, sondern tröpfchenweise im September zurück nach Bordeaux, wo die Nachricht sie erwartete, daß Enrique von Trastamara die Stadt Bagnères eingenommen hatte und das Umland verwüstete.

»Und was soll jetzt werden?« fragte Robin Henry Fitzroy, als sie abends gemeinsam zur Halle gingen. »Haben wir genug Geld, um uns gegen Enrique zu verteidigen?«

»Machst du Witze? Wir haben nicht mal Geld, den Spanienfeldzug zu bezahlen, nachdem Pedro uns geprellt hat. Unsere eigenen Soldaten ziehen durchs Land und verwüsten die Dörfer ebenso wie Enriques, sie halten sich an den Bauern schadlos, weil Edward sie nicht bezahlen konnte.«

»Großartig.« Robin verbarg sein Mitgefühl für die aquitanischen Bauern. Fitzroy hätte es befremdlich gefunden. »Und was nun?«

»Der Schwarze Prinz hat die Hauptleute unserer entlassenen Truppen überredet, aus Aquitanien zu verschwinden und statt dessen in Frankreich zu wüten. Das Problem sind wir also los, und der französische König wird mächtig ärgerlich sein. Was wir mit Enrique machen … weiß der Himmel.«

»Und was wird Lancaster tun?«

»Er geht zurück nach England. In den nächsten Tagen.«

Robin seufzte. »Er ist zu beneiden.«

Fitzroy sah ihn überrascht an. »Du willst zurück?«

Robin schüttelte den Kopf. »Ich weiß es nicht.«

»Nun, ich bin sicher, daß Lancaster dich in seinen Dienst nehmen würde.«

»Wie kommst du darauf?«

»Es ist kaum zu übersehen, daß er deine Gesellschaft schätzt, oder? Hat er nicht andauernd nach dir geschickt in Valladolid?«

»Ach, ihm war langweilig. Wir haben Schach gespielt.«

»Das hätte er auch mit hundert anderen tun können. Oder bist du so gut?«

»Nein, keineswegs.«

»Da siehst du's. Und hier ist im Augenblick sowieso nichts zu tun, die Kassen sind leer. Ich denke, daß Edward dich gehen lassen würde.«

»Ja, das glaub' ich auch. Ich hörte, er sei nicht gut auf mich zu sprechen.«

Fitzroy lächelte ein bißchen nervös. »Hm, na ja … vielleicht haben wir einen Fehler gemacht, damals, mit dem Franzosen. Wir haben uns die Sache zu schwergemacht, glaube ich. Das hat er nicht verstanden.«

Robin sah ihn an. »Ich hoffe, ich habe dich nicht in Schwierigkeiten gebracht?«

Fitzroy schüttelte den Kopf. »Was ich gesagt habe, war meine Entscheidung. Und ich schätze, ich habe Prinz Edward überzeugt, daß er auf mich rechnen kann.«

Mit einemmal verstand Robin, warum Fitzroy in Valladolid nicht von des Prinzen Seite gewichen war. Er lächelte. »Ja. Das hast du wahrscheinlich.«

Sie betraten die Halle. Es war noch früh, daher waren noch nicht viele Menschen dort. Constance saß auf einer Bank nahe des Feuers und unterhielt sich mit der Amme des kleinen Prinzen Richard. Als sie Robin entdeckte, lächelte sie. Genau wie früher. Niemand hätte diesem Lächeln anzusehen vermocht, daß sie sich inzwischen näher kannten als vor einem Jahr. Der kleine Prinz unternahm auf wackeligen, stämmigen Beinchen die ersten Gehversuche. Plötzlich fiel er um und plumpste auf sein prinzliches Hinterteil. Er brüllte, und Constance stand auf, um ihn zu trösten.

Fitzroy sah Robin grinsend von der Seite an. »Sie ist es also.«

»Und?«

Fitzroy hob begütigend die Hände. »Ich hab' nichts Schlechtes über sie zu sagen. Im Gegenteil, ich wünschte höchstens, an deiner Stelle zu sein. Laß mich raten. Du willst zurück nach Hause, aber du kannst dich nicht aus ihren Armen reißen, ja?«

Robin seufzte. »Ja, so ähnlich.«

Aber das war nicht die Wahrheit. Es würde ihn nicht sonderlich erschüttern, Constance zu verlassen. Oder Prinz Edward. Oder Bordeaux. Aber vermutlich war es eine ziemliche Dummheit, auch nur an England zu denken. Und er wollte lieber nicht wissen, was Leofric davon hielt.

Fitzroy schüttelte den Kopf. »Nimm's mir nicht übel, Waringham, aber von ihr würde ich mich nicht halten lassen. Sie bleibt dir sowieso nicht treu.«

Robin sah seinen Gefährten scharf an. »Sag mal, warum willst du mich überreden, nach England zurückzugehen? Bin ich dir lästig, oder gibt es irgend etwas, das ich wissen sollte?«

Fitzroy sah kurz über die Schulter. »Nicht so laut, Mann. Nein, es gibt nichts, das ich dir sagen könnte. Es ist nur ein Rat.«

»Und was veranlaßt dich zu diesem Rat?«

»Er … Nun ja, der Prinz war sehr krank, er ist es noch. Das macht ihn gereizt. Gerade jetzt kann er es sich nicht leisten, krank zu sein. Er ist eigenartiger Stimmung. Aufbrausend, manchmal zynisch. Zynisch jedenfalls immer dann, wenn dein Name fällt. Und … oh, ich weiß nicht, wie ich das sagen soll, aber er kann gefährlich sein, wenn er gegen einen Mann eingenommen ist.«

»O ja. Ich weiß.«

»Also? Wirst du mit Lancaster gehen?«

»Ich muß darüber nachdenken. Jedenfalls, vielen Dank, Fitzroy. Und … wenn du dich lieber zu jemand anderem setzen willst, dann verstehe ich das.«

Fitzroy schüttelte ernst den Kopf. »Nein, das werde ich nicht tun. Ich schäme mich schon genug dafür, daß ich nicht für dich einstehe.«

»Sei kein Dummkopf. Das würde gar nichts nützen. Und wer weiß, möglicherweise hat der Prinz ja recht. Ich liebe ihn nicht mehr als er mich. Vielleicht mißtraut er mir deswegen.«

»Du würdest ihm niemals schaden wollen. Ich kenne dich. Du bist grundehrlich.«

Robin verzichtete lieber auf eine Antwort. Nach einem nachdenklichen Schweigen sagte er langsam: »Ich denke, ich werde gehen und mit Lancaster reden.«

Der Himmel über Bordeaux war blau wie gewöhnlich, aber seit Valladolid fand Robin Bordeaux nicht mehr heiß.

Vor der Halle sprach er eine Wache an. »Weißt du, wo ich den Duke of Lancaster finde?«

Der Mann schüttelte den Kopf. »Nein, Sir. Er ist fortgeritten.«

»Allein?«

»Soweit ich weiß, ja.«

»In welche Richtung?«

Der Mann wies nach Osten. »Auf den Wald zu.«

Es hätte kaum besser kommen können. Wenn er Lancaster allein erwischte, ohne de Grays säuerliche Miene in der Nähe, würde er seine Gedanken leichter zusammenhalten können. Er ging zu den Stallungen und verlangte nach seinem Pferd. Der Bursche beeilte sich nicht gerade, und Robin fuhr ihn scharf an. Er war nervös.

Er fand Lancaster im Wald. Er war einen schmalen Bach entlanggeritten und abgesessen, wo ein umgestürzter Baum neben dem Pfad lag.

Er saß auf dem Stamm, das Kinn auf die Hand gestützt, und sah auf den kleinen Wasserlauf, dessen Oberfläche in der Nachmittagssonne funkelte.

Robin saß ab, ließ Brutus neben Lancasters Grauschimmel und trat näher. »Mylord …«

Lancaster rührte sich nicht, nur sein Blick wanderte in Robins Richtung, und er seufzte tief. »Ach, Waringham, Ihr unmöglicher Mensch. Ihr stört die einzige Mußestunde dieses Tages.«

Robins Mut sank. Das war ein schlechter Anfang. »Dann werde ich zurückreiten und Euch später noch einmal aufsuchen, Mylord.«

»Nein, das werdet Ihr nicht tun, Sir. Ihr werdet Euch vielmehr zu mir setzen und mir ein paar Verse aufsagen. In lateinischer, englischer oder französischer Sprache, Ihr habt die Wahl.«

Verwirrt setzte Robin sich neben den Herzog auf den Baumstamm und sann auf Verse. Kein einziger fiel ihm ein. »Ich fürchte, es ist zu lange her, daß ich zuletzt in ein Buch geschaut habe. Und ich habe zu viele vulgäre Soldatenlieder gehört. Und gesungen.«

»So billig kommt Ihr mir nicht davon. Strengt Euren Kopf an. Denkt nach.«

Robin dachte. Und schließlich fielen ihm ein paar englische Zeilen ein aus einem langen, eigenartigen Gedicht über einen Ritter namens ›Sir Orfeo‹, die er getreulich aufsagte.

Als er abbrach, richtete Lancaster sich auf. »Und? Wie geht es weiter?«

»Ich habe es vergessen.«

»Und was passiert mit der Königin, nachdem sie unter dem Baum eingeschlafen ist?«

»Was schon. Sie hat einen Traum. Der König des Feenreichs erscheint ihr im Traum und droht an, sie zu entführen. Oder so ähnlich. Ich weiß nicht mehr.«

Lancaster lächelte. »Es gefällt mir. Woher habt Ihr das?«

»Von meiner Cousine Alice.«

»Oh, natürlich. Gebildete Dame.«

»Das ist sie.«

»Wart Ihr auf der Schule, Waringham?«

»Ja, Mylord. Fünf Jahre im Kloster.«

»Und? Was habt Ihr gelernt?«

»Latein und mich allein durchzuschlagen.«

»Das war nicht wenig.«

Sie saßen eine Weile schweigend nebeneinander, Lancaster schien wieder tief in Gedanken versunken. Plötzlich fragte er ohne jede Vorrede: »Könntet Ihr Euch vorstellen, mit mir nach England zu kommen, Waringham? In meinem Dienst?«

Robin richtete sich auf und starrte ihn entgeistert an. »Mylord, ich ...«

Lancaster hob die Hand. »Nein, wartet, was ich Euch vorzuschlagen habe. Ich weiß, daß Ihr der Politik nichts abgewinnen könnt. Und ich bin ein Politiker, intrigant und machthungrig, wie alle Politiker es sind. Aber was ich tue, und oft tue ich höchst verwerfliche Dinge, tue ich für England. Manchmal auch für England und für John of Gaunt, Duke of Lancaster. Aber immer für England. Und ich habe Verwendung für Euch. Alles, was ich Euch bieten kann, ist ein winziges Lehen in Lancashire. Es ist nichts, ein Symbol und vielleicht ein willkommenes Zubrot zu Euren Einkünften aus Waringham. Ich weiß, wenn Ihr hier bleibt – vorausgesetzt, Ihr könnt den Unmut meines nachtragenden Bruders besänftigen – habt Ihr mehr zu gewinnen als das. Aber wenn Ihr hierbleibt, dient Ihr Edward. Wenn Ihr mit mir kommt, dient Ihr England.«

»England und John of Gaunt, Duke of Lancaster.«

Lancaster lächelte. »So ist es. Was sagt Ihr? Wollt Ihr Bedenkzeit?«

»Nein. Ich sage ja, Mylord.«

Eine der schwarzen Augenbrauen fuhr in die Höhe. »Ein Mann von schnellen Entschlüssen.«

Robin hob kurz die Schultern. »Das bin ich für gewöhnlich, ja. Aber nicht in diesem Fall. Ich war zu Euch gekommen, um Euch zu bitten, mich in Eure Dienste zu nehmen.«

Lancaster stemmte die Hände in die Seiten. »Was? Meine Güte, da rede ich und rede … Warum habt Ihr das nicht gleich gesagt?«

»Ich mußte Verse rezitieren, Mylord.«

Lancaster nickte. »Ja, richtig. Was denkt Ihr, Waringham, brauchen wir Zeugen?«

»Kaum.«

»Also kniet schon nieder.«

Robin kniete sich vor ihm ins Gras und legte die Hände zusammen. Lancaster nahm die Hände zwischen seine und sprach ernst und langsam die Worte der uralten Formel des Lehnseides. Robin sprach ihm nach und schwor Dienst und Treue.

Als er ausgesprochen hatte, legte Lancaster ihm die Hände auf die Schultern. »Erhebt Euch, Lehnsmann.«

Robin stand auf, und Lancaster schloß ihn kurz in die Arme. Dann trat er zurück, betrachtete Robin mit seinen dunklen Augen und nickte schließlich. »Kommt morgen früh zu meinem Schreiber, dann machen wir die Lehnsurkunde fertig.«

Robin nickte stumm. Er fühlte sich ein wenig benebelt von der Größe des Augenblicks und der Wortgewalt des alten Schwurs, mit dem er sich unverbrüchlich an das Haus Lancaster band.

»Wir werden in drei Tagen aufbrechen. Ich fürchte, wir werden eine Woche oder zwei in Calais bleiben müssen, ich habe dort allerhand zu erledigen. Aber dann segeln wir nach Hause.«

Robin kehrte in die banale Welt zurück und verzog das Gesicht. »Daran will ich lieber nicht denken. Ich werde seekrank.«

»Tatsächlich? Dann werdet Ihr Gelegenheit haben, Euch Seite an Seite mit de Gray zu erbrechen, wie es sich für gute Brüder gehört.«

Robin mußte lachen. »Eine wirklich erhebende Vorstellung.«

»Wir werden die erste Zeit in London bleiben. Kennt Ihr die Stadt gut?«

»Nein, Mylord.«

»Hm, dann habt Ihr nicht viel versäumt. Macht Euch auf das Schlimmste gefaßt, und Eure Vorstellung wird nur halb so schlimm sein wie die Wirklichkeit. Ein grauenvoller Ort mit grauenvollen Menschen. Ich hasse London, und London haßt mich.«

Robin holte die Pferde und führte sie zum Pfad zurück, wo Lancaster wartete. Er reichte ihm die Zügel und stutzte dann plötzlich. Kritisch betrachtete er den rechten Hinterhuf des

Schimmels, hob ihn an und fand seine Ahnung bestätigt. Er richtete sich wieder auf. »Mylord, wenn Ihr zurückreiten wollt, solltet Ihr mein Pferd nehmen.«

»Warum? Was ist mit ihm?«

»Er wird lahmen. Das Eisen ist neu, nicht wahr?«

Lancaster nickte verwirrt.

»Es ist zu klein und hat den Huf verletzt. Der Hufschmied sollte seinen Hammer an den Nagel hängen. Er versteht sein Handwerk nicht.«

Lancaster betrachtete ihn kopfschüttelnd. »Aber Ihr offenbar. Wie in aller Welt konntet Ihr das feststellen?«

»Oh …« Robin errötete plötzlich. »Er … tritt fast auf der Kante des Hufes auf. Ich hab' es zufällig gesehen.«

»Hm. Erstaunlich. Ach, natürlich, jetzt fällt es mir wieder ein. Ihr züchtet sie selbst in Waringham. Euer Vater erzählte mir einmal davon. Er war sehr stolz darauf. Und selbst ein großer Fachmann.«

Robin nickte und reichte Lancaster Brutus' Zügel. »Ja, das war er. Er hat die Zucht angefangen.«

Lancaster betrachtete Brutus mit Interesse. »Was geschah eigentlich mit Eurem Vater, Waringham? Er war noch jung. Ist er gefallen?«

»Nein, Mylord.«

Der Herzog sah ihn kurz an. »Oh. Es tut mir leid, wenn ich an etwas gerührt habe, das schmerzlich für Euch ist.«

Robin schüttelte den Kopf. »Das habt Ihr nicht. Ich … werde Euch von ihm erzählen, wenn Ihr es wünscht. Wenn wir in England sind.«

Lancaster saß auf. »Abgemacht. Nun denn, wo Ihr mir schon so großmütig Euer Pferd überlassen habt, werde ich es auch laufen lassen. Ich bin nämlich wieder einmal ausgehungert. Ich wünsche Euch viel Vergnügen auf Eurem Fußmarsch.«

»Oh, wärmsten Dank, Mylord.«

Lachend ritt Lancaster an. Nach wenigen Schritten stieß er Brutus leicht die Fersen in die Seiten, und der Hengst trug ihn eilig davon.

Als Robin zurückkam, war das Essen in der Halle schon in vollem Gange, und er beschloß kurzerhand, den Rest auch noch zu versäumen. Er brachte Lancasters Pferd in die Stallungen, vergewisserte sich, daß es gut versorgt war und gleich am nächsten Morgen nach dem Hufschmied geschickt würde, und kaufte einem der Knechte sein Abendbrot ab. Zu einem großzügigen Preis, denn Robin war euphorischer Stimmung. Er verspeiste die mit fettem Schweinefleisch und Kohl gefüllte Teigtasche auf dem Weg zu seinem Quartier im Turm. Er wollte sehen, wo Leofric steckte. Der Junge war auch nicht in die Halle gegangen. Er saß in ihrer Kammer auf einem niedrigen Hocker und schliff Robins Schwert.

Robin trat stirnrunzelnd ein. »Nanu? Soviel freiwilliger Arbeitseifer? Hast du was ausgefressen und machst Schönwetter?«

Leofric grinste kurz und schüttelte den Kopf.

»Wo ist James? Warum bist du nicht beim Essen?«

Leofric legte Schwert und Wetzstein beiseite und zog die Tafel, die er seit neuestem an einer Kordel um den Hals trug, hervor. *James zieht es vor, nicht mehr mit mir zu verkehren. Ich bin wütend und deswegen nicht hungrig.*

Robin schüttelte den Kopf. »Nimm's dem Jungen nicht übel, Leofric. Vielleicht lernt er noch, zu seinen Freunden zu stehen, wie sein Herr.«

Leofric zuckte die Schultern in vorgetäuschtem Gleichmut.

Robin holte tief Luft. »Also, ich weiß nicht, wie ich's dir schonend beibringen soll. Ich bin in Lancasters Dienst getreten. Wir gehen mit ihm zurück nach England.«

Leofric starrte ihn einen Moment reglos an. Dann stand er von seinem Hocker auf, sah sich suchend um, hob eine der Beinschienen von Robins Rüstung auf und warf sie nach ihm.

Robin ging im letzten Moment in Deckung, aber das zweite Teilstück seiner Rüstung traf ihn am Arm. Das dritte die Wand neben seinem Kopf.

»Leofric, hör auf damit!«

Er kämpfte sich durch den Geschoßhagel auf Leofric zu, seine Schwertscheide und einer seiner Kettenhandschuhe streiften ihn. Mit einiger Mühe bekam er den Jungen am Handgelenk zu fassen und packte ihn dann an beiden Unterarmen. »Meine Güte, Schluß jetzt, du kannst dir nicht vorstellen, was für einen Radau du machst. Außerdem brauchen wir die Rüstung noch. Wenn was verbogen ist, kannst du zusehen, wie du es wieder in Ordnung bringst!« Er rüttelte ihn ein bißchen. »Wirst du jetzt aufhören?«

Leofric hielt still und nickte. Als Robin ihn losließ, bewegte er sich schnell wie eine Katze und boxte ihm mit ungehemmter Kraft die Faust in den Magen.

Robin rang nach Luft, packte Leofric wieder am Arm und zog ihn mit einem Ruck näher. »Tu das nie wieder, mein Freund.« Er sah ihm in die Augen.

Schließlich senkte Leofric beschämt den Blick. Als Robin ihn losließ, schrieb er auf seine Tafel: *Bitte entschuldige.*

Robin nickte. »Na schön.«

Du hättest mich wenigstens nach meiner Meinung fragen können.

»Ich kannte deine Meinung.«

Um so schlimmer.

»Ach, Leofric, was sollte ich denn machen? Wenn wir hier bleiben, wird es früher oder später gefährlich werden. Denk dran, was meinem Vater passiert ist.«

Aber wenn wir zurückgehen? Denkst du, dann sind wir sicher?

»Ich weiß es nicht. Ich werde Lancaster die Wahrheit sagen, wenn wir in England sind. Dann werden wir ja sehen, was passiert. Es ist die einzige Lösung. Ich kann nicht ewig so weitermachen. Es ist unehrenhaft.«

Das fällt dir ja früh ein.

»Das wußte ich von Anfang an. Verflucht, wenn dir meine Pläne nicht passen, kannst du auch hierbleiben. Ich suche dir einen neuen Dienstherrn.«

Leofric sah ihn kalt an und schrieb dann: *Eine wunderbare Idee. Wie wär's mit Fitzroy. Du denkst vielleicht, eine Tracht Prügel ab und zu würde mir auch nicht schaden, schließlich ist James nie aufsässig. Denkst du das, Robin?*

»Wer hat hier eben gegen wen die Hand erhoben? Komm von deinem hohen Roß runter, Sir Knappe. Und triff deine Wahl. Komm mit mir, oder bleib hier.«

Leofric ging zur Tür, trat ein paar Rüstungsteile aus dem Weg und ging einfach hinaus. Robin blieb niedergeschlagen zurück. Er sammelte seine Rüstung ein, stellte fest, daß noch alles in Ordnung war, und legte sie an ihren Platz zurück. Dann saß er einfach nur da und wartete, daß es dunkel würde und er zu Constance gehen konnte. Leofric kam nicht zurück, bevor er aufbrach.

Der ganze Abend verlief anders, als er erwartet hatte. Hatte er damit gerechnet, daß Leofric es ihm leichter machen würde, so war er ebenso überzeugt gewesen, daß es mit Constance eine Szene geben könnte. Er hatte sich in beiden getäuscht.

Sie räkelte sich schon schläfrig an seiner Seite, als er endlich den Mut aufbrachte, es ihr zu sagen. »Hör zu, Constance ...«

»Hm?«

»Ich ... muß dir was sagen.«

»Quäl dich nicht, Liebster. Du willst Lebewohl sagen, ja?«

Er schwieg verblüfft.

»Ich habe es den ganzen Abend schon gemerkt. Na ja, wie soll ich sagen, es fühlte sich an wie das letzte Mal.«

Er fuhr mit den Lippen über ihren Hals. »Es tut mir leid.«

Sie legte einen Arm um ihn und ließ ihre Finger seine Wirbelsäule hinabwandern. »Ja, mir auch. Aber ich verstehe, daß du nicht bleiben kannst. Du gehst mit Lancaster?«

»Ja. In zwei Tagen.«

»Dann laß uns sagen, dies hier ist unsere letzte Nacht.«

»Aber ich könnte morgen ...«

»Nein. Besser nicht.« Ihre Stimme lächelte.

Robin war nicht wenig ernüchtert. Ihren Liebesschwüren in Valladolid hatte er nicht so recht getraut, aber ihre Gelassenheit pikierte ihn ein wenig. Und dann ging ihm ein Licht auf. »Du denkst, es könnte dir schaden, wenn ich bei dir gesehen werde? Himmel, es muß wirklich schlecht um mich stehen.«

»Nun ja, das mußt du verstehen, ich muß an meine Zukunft denken. In Spanien dachte ich, du könntest vielleicht meine Zukunft sein. Aber ich habe mich verrechnet. Sei mir nicht böse.«

»Nein. Das bin ich nicht. Im Gegenteil. Ich bin immer froh, wenn ich weiß, woran ich bin.« Und er war erleichtert, daß ihm ihre Tränen erspart blieben.

Sie richtete sich auf, griff nach einer kleinen Flasche, ließ ein paar Tropfen eines würzig duftenden Öls in ihre Hände träufeln und begann dann, es sanft in Robins Schultern, Brust, Bauch und Hüften zu massieren.

Robin erschauerte vor Wonne. »Oh, ich werde dich vermissen, Constance. Ich werde dich *schrecklich* vermissen.«

Sie schmunzelte. »Was ist mit der Dame, für die du das Amulett trägst? Wirst du nicht froh sein, wieder bei ihr zu sein?«

Er schüttelte den Kopf. »Das werde ich nicht. Bei ihr sein, meine ich.«

»Oh, tut mir leid. Ich hätte nicht danach fragen sollen.«

»Und warum nicht. Ob du danach fragst oder nicht, ändert nichts an den Dingen.«

Sie nahm sich neues Öl und rieb sich selbst ein. Er sah ihr gebannt zu. Als sie sich über ihn beugte, war sein Gesicht von ihrem Haar bedeckt. Es duftete schwach nach Holunder. Vermutlich färbt sie es damit, dachte er überrascht.

»Und jetzt halte dein Versprechen, Lord Waringham. Sag mir deinen Namen.«

Sie hatte es also nicht vergessen. Er hatte nicht gedacht, daß es noch wichtig für sie sei, aber es konnte schließlich auch nicht mehr schaden. Und er hatte es außerdem versprochen.

»Robert. Sie nennen mich Robin.«

»Also dann, Robin.« Sie zog ihn auf sich und rieb ihren eingeölten Körper an seinem. »Noch ein letztes Mal. Und dann *adieu*.«

»Ja. Ich fürchte, so muß es sein.«

Als er morgens zu seinem Quartier zurückkam, lag eine von Leofrics Schiefertafeln auf dem Tisch. *Lieber Robin. Wenn ich mit nach England gehe, werde ich zusehen müssen, wie sie dich aufhängen. Und ich werde wieder ein Knecht werden. Wenn ich hierbleibe, kann ich eines Tages ein Soldat sein. Wer weiß, vielleicht kann ich sogar ein Ritter werden. Der Krieg schafft die seltsamsten Ritter. Ich wäre verrückt, wenn ich mit dir ginge. Such nicht nach mir. Ich werde verschwunden bleiben, bis du weg bist, damit du mich nicht umstimmen kannst. Vielen Dank für alles, was du für mich getan hast. Leb wohl, und Gott schütze dich. Leofric.*

Robin las die Botschaft ungläubig. Dann schlug er mit der Faust auf den Tisch, nahm die Tafel in die Rechte und schleuderte sie mit Macht gegen die Wand. Sie zersprang in tausend Splitter. Als ihm aufging, daß er damit vermutlich die letzte Nachricht vernichtet hatte, die er von Leofric je sehen würde, wurde ihm hundeelend, und er hatte nicht übel Lust, den Kopf auf die Arme zu legen und zu heulen. Statt dessen ging er zur Tür, um sich auf die Suche zu begeben. Leofric konnte nicht weit sein. Es konnte nicht so schwer sein, ihn zu finden. Fitzroy würde ihm helfen.

Er öffnete die Tür und prallte fast mit Fitzroy zusammen. »Oh, du kommst wie aufs Stichwort. Du mußt mir helfen, Leofric zu suchen, er ist …«

Fitzroy packte seinen Arm. »Du hast ganz andere Probleme. De Gray behauptet, du seist ein Hochstapler. Nicht Waringham. Er ist völlig verrückt geworden. Besser, du machst dich sofort davon und wartest in Calais auf Lancaster.«

Robin starrte ihn stumm an. Die Vorahnung der hereinbrechenden Katastrophe verursachte ihm einen plötzlichen Magenkrampf.

Fitzroy rüttelte wieder seinen Arm. »Mann, steh hier nicht rum, jede Minute ist kostbar!«

Robin riß sich zusammen. »Ja, du hast recht. Vielen Dank, Fitzroy. Leb wohl. Verschwinde, laß dich nicht mit mir sehen.«

Fitzroy umarmte ihn kurz. »Leb wohl, Waringham.«

Der Name hallte seltsam nach in Robins Ohren.

Er ging für einen Moment zurück, hängte sich seinen Geldbeutel um den Hals und legte sein Schwert an. Dann hastete er schon den Gang entlang zur Treppe. Ohne Aufsehen zu erregen, gelangte er aus dem Turm, über die große Wiese vor der Halle und zum Pferdestall.

Der Bursche, der ihm sein Essen verkauft hatte, trottete hilfsbereit auf ihn zu. »Euer Pferd, Sir?«

»Erraten. Und ich hab's mächtig eilig.«

»Tja, Sir, aber der Lord of Lancaster ist mit Eurem Brutus unterwegs. Er sagte, das sei Euch recht. Na ja, einem Prinzen widerspricht man nicht, Sir.«

Robin schloß für einen Moment die Augen. Was für ein verfluchtes Pech. »Dann bring mir irgendein anderes. Nur schnell muß es sein.«

»In Ordnung, Sir.« Der Junge ging in die Sattelkammer. Es erschien Robin, als vergingen Stunden, bis er endlich mit einem gutgewachsenen Fuchs wiederkam. »Wie wär's hiermit, Sir?«

»Danke.« Er stellte einen Fuß in den Steigbügel und saß auf.

»Nanu, Waringham? Schon so früh am Tage ausreiten?«

Robin wendete das Pferd. Sein Ohr hatte ihn nicht getrogen, es war de Gray. Und er war in Begleitung zweier Wachen.

Robin nahm die Zügel kürzer. »Warum nicht? Besser jetzt als in der Tageshitze. Nicht gut für die Tiere.«

»Hm, ja, von Pferden versteht Ihr ja etwas, nicht wahr? Ihr züchtet sie, richtig?«

»So ist es.«

»Nun, ich fürchte, Euer Ausritt wird warten müssen, Sir. Prinz Edward möchte Euch sehen. Jetzt gleich.«

Robin antwortete nicht. Er versuchte, eine Verbindung herzustellen zu dem Pferd unter ihm. Er konzentrierte sich. Es mußte möglich sein, den Fuchs zu veranlassen, aus dem Stand anzugaloppieren und einen scharfen Haken um de Gray zu schlagen, ehe dieser wußte, was vorging. Aber Robin hatte Pech. Der Fuchs war kreuzlahm. Alles, was Robin ihm entlocken konnte, war der Ausdruck seines dringenden Wunsches, seinen Reiter schnellstmöglich loszuwerden. Wie zum Henker hatte ihm das entgehen können, als er der Auswahl des Stallburschen zustimmte? Er war mit seinen Gedanken bereits auf dem Weg nach Calais gewesen, das war der Grund! Und jetzt würde er niemals dorthin kommen.

Er saß langsam ab, ging auf de Gray zu und hoffte, seine Stimme würde nicht versagen. »Dann wollen wir ihn nicht warten lassen, Sir.«

De Gray lächelte kalt und lud Robin mit einer Geste ein vorauszugehen.

Prinz Edward erwartete ihn in demselben Gemach, wo sie sich zum erstenmal getroffen hatten. Der Sperber saß wieder auf seiner Stange. Als sie eintraten, erhob der Prinz sich langsam aus seinem Sessel am Feuer. Robin hatte ihn lange nicht aus der Nähe gesehen, und er schien ihm um Jahre gealtert. Er stand ein wenig gebeugt, sein Körper wirkte seltsam weich und aufgeschwemmt, und sein Gesicht hatte die Farbe von Pergament. Nicht das Bild eines Mannes, der in seiner Rüstung schläft.

»Nun, Waringham? Wie ich höre, wollt Ihr meinen Dienst quittieren?«

»Wenn Ihr erlaubt, mein Prinz, ja.«

»Und warum, wenn man fragen darf?«

»Ich … hatte nicht den Eindruck, daß Ihr noch besonders großen Wert darauf legt, Euer Gnaden.«

»Oh, aber sicher tun Wir das. Einen so ruhmreichen Mann wie den *Earl* of Waringham können Wir doch nicht einfach so gehen lassen. Und der seid Ihr doch, der Earl of Waringham, oder nicht?«

Robin wußte nicht aus noch ein. Er nickte. »Ja.«

Edward machte einen Schritt auf ihn zu. »Tatsächlich? Seid Ihr ganz sicher? Oder bist du vielleicht doch nur der Pferdeknecht von Waringham?!«

Ein harter Schlag traf Robin am Hinterkopf. Er fiel zu Boden. »Auf die Knie vor deinem Prinzen, du elender Betrüger«, knurrte de Gray.

Robin war benommen. Er wollte aufstehen, aber die Wachen waren schon über ihm, banden ihm die Hände auf den Rücken und hielten ihn auf den Knien nieder.

»Wenn du der Sohn von Geoffrey of Waringham bist, warum sind deine Haare dann nicht dunkel und deine Augen nicht grau?« fragte de Gray.

Robin antwortete nicht.

Der Prinz nickte einer der Wachen zu. »Bringt Lord Glenfield herein.«

Eine Tür wurde geöffnet, und ein weiterer Mann trat ein. Robin sah zuerst nur seine Beine bis zu den Knien, aber dann packte jemand seine Haare und riß seinen Kopf hoch. »Seht den Mann an, Mylord«, bat de Gray. »Ist das Waringham?«

Ein feister Ritter mittleren Alters sah zu ihm hinab. Robin erkannte ihn wieder. Er hatte Hector gekauft und war in den Jahren danach öfter einmal wiedergekommen.

Glenfield schüttelte den Kopf. Er sprach zu Edward. »Es ist vier Jahre her, daß ich zuletzt ein Pferd in Waringham kaufte, Euer Gnaden. Aber Geoffreys Junge war schmächtiger und dunkel.«

»Und erkennt Ihr diesen hier?«

Glenfield warf Robin noch einen unsicheren Blick zu. »Ich weiß nicht … Sie hatten dort einen Stallburschen, der ritt wie der Teufel. Es könnte dieser gewesen sein. Ich bin nicht sicher, aber an seinen Namen erinnere ich mich. Sie nannten ihn Robin.«

»Und der junge Waringham? Wie war sein Name?«

Glenfield runzelte die Stirn. »Matthew … nein, nein … irgendwas mit M. Augenblick. Mortimer! Das war's. Mortimer, wie der Earl of March.«

Edward lächelte strahlend. »Vielen Dank, Mylord of Glenfield. Ihr habt Uns sehr geholfen. Ihr dürft Euch entfernen.«

Der ältere Mann ging erleichtert hinaus.

De Gray ließ Robins Haare los und trat ihn in die Seite. »Was ist, Bursche? Bist du dieser Stallknecht?«

Robin sagte nichts.

Etwas Hartes, vermutlich ein Schwertgriff, traf ihn zwischen die Schulterblätter. »Na los, sag schon. Ist dein Name etwa nicht Robin?«

Constance. Wie hatte er nur so blind sein können. Sie hatte ihm ihre Gunst geschenkt, kurz nachdem er Prinz Edwards Mißfallen erregt hatte. Sie hatte ihm ihre Gunst geschenkt, weil der Prinz sie beauftragt hatte, ihn auszuspionieren, alles über ihn zu erfahren. Als er daran dachte, was er ihr alles erzählt hatte, taten sich Abgründe auf. Wie er über Edward dachte. Über den Spanienfeldzug. Über Edwards engsten Vertrauten Chandos. Und alles über Waringham. Und zuletzt seinen Namen. Warum hatten sie seinen wirklichen Namen wissen wollen? Wann hatten sie Verdacht geschöpft?

Er richtete sich wieder auf, hob den Kopf und sah dem Schwarzen Prinzen in die Augen. »Mein Name ist Robert of Waringham, Sohn von Gervais of Waringham. Und ich erhebe Anspruch auf den Titel meines Vaters.«

Edwards Augen weiteten sich, und einen Moment lang sah Robin, daß das Weiß darin eine kränklich gelbe Farbe hatte.

»Welchen Titel? Gervais of Waringham hat seinen Titel verwirkt. Er war ein Verräter!«

»Das war er nicht, Euer Gnaden. Der Verrat wurde nie bewiesen.«

»Ha, lächerlich! Seine Botschaft an den französischen König habe ich in meinen Händen gehalten.«

»Aber sie war nicht in seiner Handschrift geschrieben.«

Robin dachte nicht an die Folgen seiner Worte. Es war ohnehin alles verloren, und wenn er schon hängen sollte wie sein Vater, dann wollte er vorher die Wahrheit über seinen Vater aussprechen und dem Prinzen dabei ins Gesicht sehen.

Edward war rot angelaufen. »Und wieso, wenn er unschuldig war, hat er sich dann aufgehängt?« fragte er leise.

Robin schüttelte langsam den Kopf. »Kein Mann mit gebundenen Händen kann sich selbst aufhängen. Ihr habt ihn aufhängen lassen, weil er Euch unbequem war.«

343

Edward donnerte beide Fäuste auf den Tisch. »Schafft mir diesen ... Bauern aus den Augen, und schneidet ihm seine betrügerische, verlogene Zunge heraus! Und dann hängt ihn an irgendeinen Baum!«

Die Wachen zerrten ihn auf die Füße.

»Mein Prinz«, sagte de Gray höflich leise. »Aber wenn dieser hier mit Waringhams Wappen und Rüstung durch die Welt gaunert, was ist dann mit dem echten Waringham? Dieser ... Mortimer?«

Edward hatte den Kopf tief zwischen die Schultern gezogen. Er warf Robin einen letzten haßerfüllten Blick zu. »Das findet heraus, bevor ihr ihm die Zunge abschneidet.«

Es ging Treppen hinunter. Viele Treppen mit vielen Stufen. Im Keller der Burg gab es Verliese, genau wie in Waringham. Am Fuße der letzten Treppe war ein von Fackeln erhellter Raum. Dort hielten sie an. Hände legten sich auf Robins Schultern und drehten ihn um.

Er hatte nicht bemerkt, daß die Anzahl seiner Begleiter sich verdoppelt hatte. Außer den beiden Wachen und de Gray waren noch drei weitere Ritter da. Sie betrachteten ihn stumm, mit kalten Augen, ein wenig angewidert vielleicht, wie man eine tote Ratte betrachtet.

Robin schauderte innerlich. Er wußte, warum sie gekommen waren. Es war eine Sache der Standesehre. Er, ein Bauernknecht, hatte sich in ihren Stand eingeschlichen, hatte ihn lächerlich gemacht. Eine leere Maskerade. Sie fühlten sich besudelt. Und das würden sie ihn bezahlen lassen. Teuer.

De Gray nickte den Wachen zu. »Ihr wartet draußen.«

Die Soldaten gingen hinaus.

Sie zogen sich ihre Handschuhe an, wie um ihre Hände nicht zu beschmutzen. Aber selbst dann faßten sie ihn so wenig wie möglich an. Sie bildeten einen nicht zu engen Kreis um ihn und traten gegen seine Schienbeine und in die Kniekehlen, bis er hinfiel. Seine Hände waren ihm immer noch auf den Rücken gebunden, er konnte sich nicht schützen. Als er am Boden lag, so wie sie ihn wollten, traten sie erst richtig zu. Immer einer nach dem anderen. Robin wurde herumgeschleudert wie eine Stoffpuppe. Dann hörten sie plötzlich auf.

»Steh auf«, sagte de Gray leise über ihm.

Robin zog die Knie an und versuchte, auf die Beine zu kommen. Es war schwierig. Er brauchte seine Hände dazu. Er stellte sich vor, daß er aussehen mußte wie ein Wurm, der am Boden kriecht. Das gehörte alles dazu. Endlich kniete er, und von da an war es nicht mehr so schwer. Er stand einfach auf. Vielleicht zum letztenmal, fuhr es ihm durch den Kopf. Gott, was immer sie auch tun, laß es nicht so furchtbar lange dauern. Blut lief ihm aus Mund und Nase.

Peter de Gray zog seinen Dolch aus der Scheide und zeigte Robin die Klinge. »Sieh nur. Scharf, was? Aber du bist ein tapferes Bäuerlein, nicht wahr? Du schreist nicht, und du zitterst auch nicht. Ich hätte aber gern, daß du zitterst.«

Robin sah ihn kurz an und spuckte ihm ein bißchen Blut vor die Füße. »Dann mach mir angst, de Gray.«

De Gray ließ seine Hand mit dem Dolch vorschnellen und ritzte Robin die linke Wange auf, unten, nahe des Mundwinkels. Dann zog er die Klinge zurück. »Das kannst du haben. Was denkt ihr, Freunde? Was wollen wir ihm zuerst abschneiden? Ein Ohr vielleicht? Einen Finger? Oder fangen wir gleich mit seinen Eiern an?« Er lächelte und sah Robin in die Augen. »Ja, ich denke, das sollten wir tun. Los, zieht ihm sein feines Ritterkostüm aus.«

Robins knielanges Surkot war aus gutem, seidenbesticktem Leinen, fest und nicht so leicht zu zerreißen. Aber die Handschuhe zerrten wütend daran. Robin rührte sich nicht, er konnte nicht. Er war wie gelähmt vor Angst. Und er biß sich die Zunge blutig, um nicht zu betteln. Es war ein starker Impuls, der ihn drängte zu betteln, sie anzuflehen. Wie ein Instinkt. Aber sein Verstand sagte ihm, daß es nichts nützen würde. Die Nähte gaben nach, und der Stoff zerriß mit einem müden Laut. Robin schloß die Augen.

»Wer wagt es, Hand an meinen Lehnsmann zu legen?« erkundigte sich eine höfliche Stimme von der Tür.

Die Hände ließen ihn los, und Robin fiel hin. Er lag reglos am Boden und rang mit einem fast übermächtigen Drang, sich zu übergeben.

Lancaster kam langsam näher. Er wirkte ein bißchen gespenstisch mit seinem langen Mantel im Fackelschein. Robin starrte ihm entgegen, ohne zu blinzeln. Der Herzog streifte de Gray und seine Getreuen mit einem kurzen Blick, ganz ähnlich jenem leicht angewiderten Blick, mit dem die Ritter Robin angesehen hatten. Dann beugte er seinen langen Körper zu ihm herunter, zog seinen Dolch, schnitt die Schnur durch, die seine Hände band, und nahm seinen Arm. »Kommt, mein Freund. Steht auf.«

Mit Lancasters Hilfe kam Robin auf die Füße.

De Gray starrte fassungslos auf dieses Bild und protestierte dann. »Aber, Mylord …« Er wies langsam auf Robin. »Er ist doch … er ist doch nur …«

»Ich weiß ganz genau, wer er ist. Der Sohn eines Edelmannes. Von besserem Blut als jeder von Euch. Gebt mir Euren Mantel, de Gray.«

De Gray stand reglos wie eine Salzsäule. Er schüttelte heftig den Kopf. Er war verstört. Lancaster streckte ihm ungeduldig die Hand entgegen. »Gebt den Mantel, sage ich! Ich habe ihn bezahlt, also werdet Ihr ihn mir geben!«

Mit langsamen Bewegungen wie ein Schlafwandler nahm Peter de Gray seinen Mantel ab und reichte ihn dem Herzog, der ihn ihm aus den Fingern riß und Robin um die Schultern legte.

Dann wandte er sich ihnen wieder zu. »Das war eine mutige, ehrenhafte Tat, de Gray. Ich bin beeindruckt.«

De Gray hob ratlos die Hände. »Aber er ist ein Hochstapler!«

Lancaster bedachte ihn mit einem verächtlichen Lächeln. »Was wißt Ihr schon. Und was immer dieser Mann sein mag, Ihr hattet kein Recht zu tun, was Ihr vorhattet. Aber er war Euch ein Dorn im Auge, nicht wahr? Ihr seid ein wahrhaft schlechter Verlierer.«

»Mylord, bitte.« De Grays Stimme hatte einen jammervollen Unterton.

»Ihr seid aus meinem Dienst entlassen. Wickelt Eure Geschäfte ab, zum Jahresende ziehe ich Euer Lehen zurück. Und Ihr drei Strolche könnt Euch ebenfalls nach einem neuen Dienstherrn umsehen. Warum versucht Ihr es nicht gleich hier? Besser, ich muß Euch in England nicht wiedersehen. Schert Euch hinaus.«

De Grays Freunde schlichen langsam zur Tür und zogen de Gray mit sich, der immer noch den Kopf schüttelte.

Lancaster wartete, bis ihre Schritte auf der Treppe verhallt waren. Dann nahm er wieder Robins Arm und führte ihn zu dem einzigen Hocker im Raum.

Robin blieb davor stehen. »Ich kann nicht sitzen, wenn Ihr steht, Mylord.«

Lancaster klopfte ihm leicht die Schulter. »Ich denke, wir machen eine Ausnahme. Setzt Euch. Und beruhigt Euch. Es ist vorbei. Es ist vorbei.«

Robin nickte und schluckte trocken. »Ja, ich weiß. Danke. Ich danke Euch wirklich sehr, Mylord. Aber ich fürchte ... Ihr wißt nicht, für wen Ihr das getan habt.«

»Doch. Natürlich, Robin. Ich weiß, wer Ihr seid. Schon seit über einem Jahr.«

Robin saß am Boden, ein kräftiger Arm stützte seine Schultern, und jemand hielt einen Becher an seine Lippen. Er trank gierig. Er war schrecklich durstig. Dann sah er auf. »Was ist passiert?«

»Womit soll ich anfangen?« fragte Lancaster. »Das letzte, was geschah, war, daß Ihr in Ohnmacht fielt.«

Robin öffnete die Augen weit. »Oh ... wie albern von mir, Mylord.«

»Na ja. Bedenkt man die Umstände ... Kommt, wir versuchen es noch einmal.« Er zog Robin auf die Füße und verfrachtete ihn zurück auf den Schemel. »Ich sagte, ich wisse, wer Ihr seid.«

»Ja, ich erinnere mich. Aber woher?«

»Nun, ich kannte die kleine Kröte, die Geoffrey Dermond der Nachwelt als Earl of Waringham hinterlassen hat. Ich hatte das Vergnügen, mit ihm zu speisen, ehe er mit meinen Depeschen nach Aquitanien aufbrechen sollte.«

Robin traute seinen Ohren kaum. »Das war meine größte Befürchtung.«

»Hm. Was habt Ihr mit ihm gemacht? Ich hoffe, Ihr habt ihn nicht umgebracht?«

Robin schüttelte den Kopf und gestand, wie er mit Mortimer verfahren war.

Lancaster betrachtete ihn fasziniert. »Bei allen Heiligen ... Was für eine furchtbare Rache.«

Robin lächelte grimmig. »Und so süß.«

»Wenn es etwas Schändlicheres geben konnte, als ihn umzubringen, dann das. Ich denke, das wollen wir lieber für uns behalten.«

»Habt Ihr nicht nach ihm geforscht, als Ihr in England wart?«

»Doch. Spurlos verschwunden.«

Robin trank noch einen langen Schluck Wasser. Dann stellte er den Becher ab. »Armer Mortimer. Mehr als ein Jahr. Wie bitter.«

Lancasters Augen glommen kurz auf, doch er ging nicht weiter darauf ein. »Als ich Euch hier unter seinem Namen traf, war meine Verwunderung groß. Aber ich wußte sofort, wer Ihr seid, denn ich kannte nicht nur Euren Vater, sondern auch Eure Mutter. Eine bemerkenswerte Frau, und Ihr seid ihr Abbild.«

Robin nickte. Das hatte der alte Frederic auch gesagt.

»Also wartete ich ab und zog Erkundigungen über Euch ein. Und heute morgen brachte mir Constance endlich Euren Namen.«

Robin riß die Augen auf.

Lancaster fuhr mit dem Finger die Tischkante entlang. »Ihr seid erstaunt? Sie ist eine meiner wertvollsten Informationsquellen an diesem Hof. Eine geborene Spionin. Mit vielen Talenten.«

»Ich dachte, sie habe mich an Euren Bruder ausgeliefert.«

»Oh, um Himmels willen. Er weiß nicht einmal, daß es sie gibt.«

»Aber woher wußte er dann meinen Namen?«

»Von der Nachricht, die Euer glückloser Knappe Euch hinterließ. De Gray hat in Eurem Quartier herumgestöbert letzte Nacht und sie gefunden.«

»Oh, Leofric. Das hast du fein hingekriegt.«

»Ich habe ihn für Euch eingefangen, falls Ihr ihm die Hammelbeine langziehen wollt.«

Robin atmete erleichtert auf. »Niemand wird ihm etwas tun, oder?«

»Seid unbesorgt. Als ich erfuhr, daß de Gray Euch nachstellte, war ich beunruhigt. Ich ging zu meinem Bruder und fand ihn in galliger Stimmung. Schließlich sagte er mir, daß ich hier unten finden würde, was de Gray von Euch übriggelassen habe.«

Robin zog den feinen Wollmantel enger um die Schultern.

Lancaster begann, vor ihm auf und ab zu gehen. »Er war immer schon ein wenig verrückt, Peter de Gray. Seht Ihr … nun ja, ich denke, Ihr habt in gewisser Weise ein Recht, es zu wissen. Was er Euch zugedacht hatte, ist ihm selbst passiert. Kurz bevor er zu mir kam. Er verführte die Tochter eines kleinen Landritters, oben in

Yorkshire. Was er nicht bedachte, war, daß die Menschen im Norden in Fragen der Moral ein wenig rückständig sind und schnell erzürnt. Sie lockten ihn in einen Hinterhalt, fielen mit einer ganzen Horde über ihn her und ... gingen sicher, daß ihre Töchter in Zukunft vor ihm sicher sein würden. Dann hängten sie ihn mit den Füßen an den Giebel einer Scheune. Seitdem ist er ein wenig verrückt. Das wäre wohl jeder. Und manchmal empfinde ich Verrücktheit in dieser verrückten Welt wie einen Fingerzeig Gottes. Aber alles hat Grenzen.«

Robin antwortete nicht. Er bedauerte de Gray, er konnte nicht anders. Er war seinem Schicksal zu nahe gekommen, um ihn nicht zu bedauern.

Lancaster blieb vor ihm stehen. »Und nun müssen wir überlegen, wie wir Euch hier herausbekommen.«

Robin schüttelte den Kopf. »Das ist unmöglich. Ich habe Prinz Edward gesagt, daß ich weiß, daß er meinen Vater ermordet hat. Er wird mich niemals gehen lassen.«

»Erzählt mir, was mit Eurem Vater geschah.«

Robin sagte ihm, was er wußte.

Lancaster seufzte. »Ja, das stimmt einigermaßen mit der Version überein, die man mir berichtet hat. Und das habt Ihr Edward gesagt?«

»Ja.«

»Ihr müßt wahnsinnig gewesen sein.«

»Ich dachte, es käme nicht mehr darauf an.«

»Man sollte eine Partie nie verloren geben, bevor man wirklich matt ist.«

»Ihr wißt doch, Mylord. Ich bin ein erbärmlicher Schachspieler.«

»Stimmt. Was hat Edward gesagt?«

»Daß sie mich aufhängen sollen. Und ... meine Zunge abschneiden.«

Lancaster betrachtete ihn kopfschüttelnd. »Das wäre beinah Euer Glückstag geworden, Robin. Sie wollten Euch alles abschneiden, womit ein Mann sich in Schwierigkeiten bringen kann.« Er dachte einen Moment nach. »Also schön. Da werden wir Edward wohl ein bißchen einheizen müssen, damit er Euch gehen läßt.«

»Nein, das wird er niemals tun.«

»Ach, Ihr habt ja keine Ahnung. Man muß nur wissen, wo man

den Hebel ansetzt. Edward hat ganz andere Sorgen als seinen Zorn auf Euch. Und ob der König ihm nach dem Desaster in Spanien noch einmal unter die Arme greift, wird ganz davon abhängen, was ich ihm berichte. Wir haben gute Karten.«

Robin sah verständnislos zu ihm hoch. »Aber warum solltet Ihr das für mich tun?«

»Warum nicht. Es kostet mich ja nichts. Und Ihr habt nichts weiter getan, um des Schwarzen Prinzen Zorn zu erregen, als die Wahrheit zu sagen. Das ist kein Vergehen. Ich habe Verwendung für Männer, die unbequeme Wahrheiten aussprechen.«

Robin starrte düster auf seine Füße. »Ich bin nicht sicher, daß ich noch zu dieser Sorte zähle. Ich glaube, ich habe so langsam genug davon.«

Lancaster lachte leise. »Ihr werdet Euch von Eurem Schrecken erholen. Und Ihr könnt beruhigt sein. Vielleicht werdet Ihr irgendwann einmal wünschen, Ihr wäret nie in meinen Dienst getreten, das ist durchaus denkbar. Aber Eure Zunge wird vor mir sicher sein.«

Robin fuhr mit derselben seinen Gaumen entlang. Es war seltsam. Eine Zunge war ein Ding, das man immerzu im Mund hatte und doch eigentlich nie spürte. Mund und Zunge waren so sehr aneinander gewöhnt, daß sie sich gegenseitig nicht wahrnahmen. Bis jemand damit drohte, die Zunge abzuschneiden. Dann fühlte sie sich plötzlich an wie ein eigenständiges, sehr lebendiges Stück Fleisch. Er schauderte leicht.

»Wollt Ihr einen Arzt? Hat de Gray Euch die Knochen gebrochen?«

Robin schüttelte den Kopf.

»Hm, wie Ihr meint. Dann werde ich Euch jetzt einsperren. Es macht die Dinge einfacher, wenn man den Schein wahrt. Aber den Schlüssel werde ich an mich nehmen, Ihr braucht nicht zu befürchten, daß sie wiederkommen. Wache!«

Die beiden Wachen kamen eilig aus einer angrenzenden Kammer.

Lancaster nickte ihnen knapp zu. »Bringt diesen Mann irgendwo unter, wo nicht gleich die Ratten über ihn herfallen. Und bringt mir den Schlüssel.«

Robin erhob sich müde.

Lancaster lächelte ihm aufmunternd zu. »Ich werde mich

bemühen, die Dinge zu beschleunigen. Derweil schicke ich Euch Euren Knappen mit Essen und so weiter. Ich schätze, er hat es verdient, hier mit Euch zu schmoren.«

Robin verneigte sich tief. Er fand keine Worte.

Der Wachsoldat führte ihn einen kurzen, von Fackeln erhellten Gang entlang. Er rührte Robin nicht an, denn er hatte durchaus bemerkt, daß der Wind sich gedreht hatte. Hastig öffnete er eine der eisenbeschlagenen Türen und winkte Robin mit einer fast höflichen Geste hinein.

Robin mußte den Kopf einziehen, um durch die Tür zu passen. Drinnen war es fast finster. Nachdem die Tür sich hinter ihm geschlossen hatte, erhellte nur noch eine kleine Öllampe den hohen, fensterlosen Raum. Robins Augen stellten sich bald auf die Dunkelheit ein, und er erkannte die riesigen Steinquader der Wände und schmutziges Stroh auf dem Boden. Es roch nach Fäulnis und Feuchtigkeit.

»Ich habe befürchtet, daß wir uns hier früher oder später treffen würden«, sagte eine Stimme, die aus der Richtung der Öllampe kam.

Robin trat verwundert näher. Knapp außerhalb des Lichtkreises saß eine zusammengesunkene Gestalt, mit dem Rücken an die Mauer gelehnt.

»De Beaufort?« fragte er ungläubig. »Was in aller Welt tut Ihr hier? Hat Eure Familie das Lösegeld nicht bezahlt?«

»Doch. Aber inzwischen hat der Prinz die Summe verdreifacht. Kommt, setzt Euch zu mir.«

Robin kam der Einladung nach und betrachtete den französischen Ritter aus der Nähe. Er war bleich und mager, unter seinen Augen lagen tiefe Schatten. Robin rechnete aus, daß er schon fast ein halbes Jahr an Orten wie diesem hier verbracht hatte. Kein Wunder, daß er schlecht aussah. Eher ein Wunder, daß er noch lebte.

»Das tut mir leid, Sir. Wird Eure Familie das aufbringen können?«

De Beaufort nickte langsam. »Gewiß. Und dann wird Edward die Summe wieder verdreifachen. Bis ich sterbe oder meine Familie ruiniert ist. Er ist wirklich kein Mann, den man sich zum Feinde machen sollte. Wie Ihr inzwischen wohl selbst festgestellt habt.«

Robin war zornig. »Aber er muß Euch gehen lassen! Es gibt keinen Schuldspruch. Und er hat es gesagt.«

»Ach, mein junger Freund. Ihr habt wirklich noch Illusionen.«

»Also war alles umsonst?«

»Nein, das würde ich nicht sagen. Ob ich sterbe oder nicht, ist wirklich nicht so furchtbar wichtig. Ich hätte ebensogut in der Schlacht fallen können. Aber Ihr habt mir den Glauben zurückgegeben an etwas, das ich schon lange für tot hielt. Aufrichtigkeit, Anstand, Gerechtigkeit, nennt es, wie Ihr wollt. Alte Rittertugenden. Ich dachte, sie seien aus der Welt verschwunden.«

Robin machte eine ärgerliche, wegfegende Geste. »Ihr irrt Euch. Es hat überhaupt nichts mit Rittertum zu tun. Was Aufrichtigkeit, Anstand und Gerechtigkeit bedeuten, hat mir ein Mann beigebracht, der mit Frau und fünf Kindern in einer winzigen Kate lebt und sein Brot mit seiner Hände Arbeit verdient.«

De Beaufort hob langsam seine mageren Schultern. »Wie auch immer. Es hat Euch nicht viel Glück gebracht.«

Robin fuhr sich mit der Hand über das Kinn. Als er sie zurückzog, war sie blutverschmiert. Ihm wurde bewußt, daß er schrecklich aussehen mußte. »Na ja. Was ist schon eine blutige Nase.« Er dachte an de Gray. »Es kann viel schlimmer kommen.«

Es verging kaum eine Stunde, bis sie Leofric brachten. Der Junge stolperte durch die Tür, als habe er einen unsanften Stoß in den Rücken bekommen. Er hatte beide Arme voll und hielt sein Gleichgewicht nur mit Mühe. Die Tür schloß sich sogleich wieder. Wenn Lancaster den Schlüssel wirklich selbst verwahrte, so zeigte er sich jedenfalls nicht.

Leofric stand einen Moment reglos, bis er Robin an der hinteren Wand entdeckte. Dann stellte er eilig auf den Boden, was er trug, und stürzte auf ihn zu. Er ließ sich neben ihm auf die Knie fallen, starrte einen Augenblick in sein Gesicht und nahm dann seine Hand.

Robin rang sich ein Lächeln ab. »Es ist nicht so schlimm. Wirklich.«

Leofrics Gesicht arbeitete.

Robin richtete sich auf. »Es ist nicht deine Schuld. Komm schon, reiß dich zusammen.«

Leofric zog seine Tafel hervor. *Werden sie dich aufhängen?*

»Ich weiß es nicht. Aber ich denke, es besteht noch Hoffnung.«

Lancaster?

»So ist es.«

Und du hast ihm die Wahrheit gesagt?

»Er kannte sie schon. Leofric, deine Neugier in Ehren, aber könntest du mir zeigen, was du mitgebracht hast? Etwas zum Anziehen vielleicht?«

De Grays Mantel wärmte ihn zwar, aber darunter trug er nur noch sein gepolstertes Wams und die daran befestigten Beinkleider. Er kam sich halbnackt vor.

Leofric erhob sich und holte seine Schätze herbei. Kühle, feuchte Tücher, mit denen er Robin das Blut vom Gesicht wusch. Ein nagelneues Surkot aus Seide und warme Decken. Zwei gebratene Hühnchen, einen Laib weißes Brot, eine Blaubeerpastete und einen großen Krug tiefroten Wein. Im engen Hals des Kruges steckte ein Stück Pergament. Robin zog es heraus. In einer eigenwilligen, energischen Handschrift stand darauf: *Mein Vater sagt, ein Mann solle jedes Mahl so genießen, als sei es sein letztes. Aber laßt uns hoffen, daß dies nicht Eure Henkersmahlzeit wird. Noch ist unsere Partie nicht verloren. Trinkt auf mein Wohl, ich sinne auf das Eure. L.*

Robin faltete den Zettel zusammen und steckte ihn in den kleinen Beutel, den er immer noch um den Hals trug. Sollte ich noch eine Zukunft haben, dachte er, und sollte ich je eine Familie gründen, dann soll dieser Fetzen Pergament ein Erbstück werden.

»Kommt, de Beaufort. Teilt unser Essen.« Er hielt ihm den Teller mit den Hühnchen hin. De Beaufort bedankte sich höflich und aß gesittet, aber Robin entging sein Hunger nicht. Er gab vor, bald satt zu sein, mahnte Leofric mit einem Blick zur Zurückhaltung und überließ dem französischen Ritter den größten Teil der Köstlichkeiten.

Nach einer Ewigkeit ging die Tür auf, und zwei Wachen kamen herein. Einer blieb an der Tür stehen, der andere kam auf ihn zu. »Waringham?«

Robin stand vom Boden auf. »Ja?«

Der Soldat beäugte ihn wachsam. »Dreh dich um, Hände auf

den Rücken. Und du«, er nickte Leofric zu, »du kommst auch mit.«

Leofric warf Robin einen angstvollen Blick zu.

Robin brachte kein beruhigendes Lächeln zustande. Er wandte dem Soldaten den Rücken zu und sagte über die Schulter: »Wenn ihr mich aufhängen wollt, dann laßt den Jungen nicht zusehen.«

Der Mann fesselte ihm die Hände, legte eine Hand auf seine Schulter und stieß ihn vorwärts. »Aufhängen werden sie dich wohl, aber erst in England.«

Robin sah kurz zurück. »Lebt wohl, de Beaufort. Viel Glück.«

»Das wünsche ich Euch, Sir.«

Sie traten durch die Tür, durchschritten den Gang und den Wachraum und stiegen die Treppen hinauf.

Draußen war heller Tag. Robin und Leofric blinzelten gegen das plötzliche Sonnenlicht. Vor der großen Halle wartete ein Troß von kaum weniger als zweihundert Reitern. An seiner Spitze war Lancaster. Er saß auf seinem Grauschimmel und sah ihnen mit unbewegter Miene entgegen. Neben ihm wartete ein Stallknecht mit Brutus.

Lancaster nickte den Wachen knapp zu. »Setzt den Kerl auf sein Pferd.«

Einer der Soldaten ergriff Brutus' Zügel, der andere packte Robin bei den Oberarmen.

»Halt.« Robin befreite seine Arme mit einem Ruck. »Das ist nicht nötig.«

Er fand die Vorstellung entwürdigend, wie ein Sack Korn auf sein Pferd gehievt zu werden. Manche Beleidigungen waren einfach schwerer zu ertragen als andere. Er trat neben Brutus, schloß für einen Moment die Augen und murmelte etwas, das niemand verstehen konnte.

Ein leises Raunen erhob sich in dem Zug, als das mächtige Schlachtroß plötzlich in die Knie ging und sich niederlegte wie eines dieser Reitkamele, die die Heiden benutzten. Robin stieg mühelos in den Sattel. Er schnalzte kurz mit der Zunge, und Brutus erhob sich elegant. Robin sandte ihm ein stilles Dankeswort.

Grinsend schwang Leofric sich auf den Rücken der struppigen Mähre, die man für ihn bereithielt. Er zeigte als einziger keine Überraschung.

Lancaster räusperte sich. »Also dann. Brechen wir auf.«

Die Kolonne setzte sich langsam in Bewegung. Sie ritten aus der Burg hinaus und gemächlich durch die Stadt. Kinder winkten ihnen fröhlich zu, und Frauen hielten bei ihren Einkäufen inne, um den prächtigen Zug zu bewundern.

Als sie ein gutes Stück zurückgelegt hatten, förderte Lancaster seinen Dolch zutage, beugte sich zu Robin hinüber und durchschnitt dessen Fesseln. »Wie bei allen Teufeln habt Ihr das gemacht? Wie bringt man einem Gaul so etwas bei?«

Robin rieb seine Handgelenke und nahm dann die Zügel auf. »Mit Geduld.«

Lancaster nickte nachdenklich. »Und die habt Ihr, nicht wahr? Ja, ich bin sicher. Ihr seid einer der geduldigsten Männer, die ich kenne. Verzeiht den absurden Abgang, aber man weiß nie, wer auf den Zinnen steht und zusieht. Eure Rüstung und andere Habseligkeiten sind bei meinem Kämmerer. Er wird sie Euch später aushändigen.«

Robin nickte dankbar. »Ich denke, ich kann ausgesprochen zufrieden sein mit meinem Abgang aus Bordeaux, Mylord.«

Sie reisten fast auf dem gleichen Weg zurück, den Robin und Leofric gekommen waren, über Orleans und an Paris vorbei. Die Stimmung im Lande gegen die Engländer hatte sich verschärft. Sie waren gezwungen, nachts doppelte Wachen aufzustellen, und einmal hatten sie eine handfeste Auseinandersetzung mit einer heruntergekommenen Schar französischer Söldner. Doch sie gelangten unbeschadet nach Calais. Dort blieben sie fünf Tage. Während dieser Zeit beanspruchte Lancaster Robins Dienste nicht, und gemeinsam mit Leofric schlenderte er durch die Stadt und den großen Hafen. Von einem venezianischen Händler kaufte er ein großes Stück eines warmen, weichen rotbraunen Tuchs, buntgemustertes Seidenband und Mohnsamen, Geschenke für Maria, Elinor und Agnes. Natürlich wußte er nicht, ob er je wieder nach Hause kommen würde, aber falls doch, wollte er nicht mit leeren Händen dastehen.

Ein Schiff lag für sie bereit, das sie schließlich bei ruhigem Wetter über den Kanal brachte. Während der ganzen Überfahrt war Robin flau, aber die stille See ersparte ihm die schlimmsten Auswirkungen der Seekrankheit. Er blieb mittschiffs bei den Pferden und mied die Gesellschaft der anderen Ritter, die die Zeit der Überfahrt für ein fröhliches Gelage nutzten. Robin fand es weiser, nichts zu sich zu nehmen, bevor er wieder festen Boden unter den Füßen hatte. Englischen Boden.

Sie erreichten Dover am Vormittag, gingen an Land und brachen sofort Richtung London auf. Sie ritten zügig, aber ohne Hast. Nachmittags passierten sie Canterbury, betraten die Stadt jedoch nicht.

»Seltsam«, sagte Robin zu Leofric. »Ich hätte gedacht, Lancaster würde dem Erzbischof seine Aufwartung machen.«

Ein fremder Ritter an seiner Seite schüttelte den Kopf. »Das würde uns gar zu lang aufhalten. Und Lancaster und der Erzbischof sind nicht gerade die besten Freunde.«

Robin nickte. »Verstehe.«

Sein Nachbar verneigte sich leicht. Er war ein dunkelhaariger, gutaussehender Mann mit buschigen Brauen und sehr lebendigen, dunklen Augen, die niemals stillzustehen schienen. Ein kurzer, dunkler Bart zierte sein Kinn. Er war vielleicht fünf Jahre älter als Robin, und als er lächelte, bildete sich ein Kranz kleiner Falten um seine Augen. »Gisbert Finley.«

Robin geriet seit neuestem immer in Verlegenheit, wenn es daran ging, sich vorzustellen. Seine Familie war so alt und so lange am selben Ort gewesen, daß er im Gegensatz zu den meisten anderen keinen Nachnamen hatte als Waringham. Doch ein jeder verband den Namen mit dem Titel. Und hatte er auch vor dem Schwarzen Prinzen den Titel beansprucht, wollte er ihn trotzdem nicht führen. Denn das war, wie de Gray völlig richtig bemerkt hatte, Hochstapelei. Also hatte er sich eine vorläufige Lösung ausgedacht. Er war und blieb Robin, der Sohn von Gervais. Das, nach alter Sitte ins Französische übersetzt, ergab einen passablen Namen

»Robin Fitz-Gervais. Ich habe Verwandte, die Finley heißen. Oben in Whitfield.«

Gisbert machte große Augen. »Mein Vater war George Finley of Whitfield, Sir.«

Robin streckte lächelnd die Hand aus. »Dann sind wir Vettern. Mein Vater war Gervais of Waringham.«

Gisbert strahlte und schüttelte die dargebotene Hand inbrünstig. »Bei Gott! Onkel Gervais' verschollener Sohn. Wir dachten, du seiest tot, als wir nie von dir hörten, nachdem damals ...« Er brach unsicher ab.

»Ich bin nach Waringham zurückgegangen. Ich habe nicht geahnt, daß ihr an mich gedacht habt, sonst hätte ich geschrieben. Du sagst, dein Vater *war* George Finley. Ist er tot?«

Gisbert nickte. »Die letzte Pest hat ihn geholt. Ihn und meinen Bruder Richard und meine Schwester Anne.«

»Das tut mir sehr leid.«

Gisbert seufzte ergeben. »Da kann man nichts machen. Deine Familie hat es schlimmer erwischt. Ist außer dir überhaupt noch jemand übrig?«

»Agnes. Meine Schwester. Und wie geht es euch da oben in Whitfield?«

Gisbert lächelte ein bißchen. »Besser als früher. Wir leben nicht mehr in Whitfield. Meinem Vater haben seine langen Mühen nie ein Stück Land eingebracht, aber ich habe ein kleines Lehen in Lancashire. Gutes, fruchtbares Land. Mein Bruder Thomas verwaltet es, wenn ich weg bin. Wir sind zufrieden. Aber was ist mit dir? Ich habe in Bordeaux ein paar eigenartige Gerüchte gehört über Waringham.«

Robin war beschämt. »Vermutlich war das meiste davon wahr. Eine ... verrückte Geschichte.«

»Und wie mag sie ausgehen?«

»Das weiß Gott allein. Fürs erste bin ich wohl noch einmal davongekommen. Lancaster hält seine mächtige, schützende Hand über mich.«

Gisbert verzog sarkastisch den Mund. »Er sammelt des Schwarzen Prinzen Feinde um sich, wie andere Männer Waffen sammeln oder Bücher.«

»Du mißtraust ihm?« fragte Robin überrascht.

»Keineswegs. Dazu habe ich keinen Grund. Ich stelle eine Tatsache fest.«

»Und du? Bist du ein Feind des Schwarzen Prinzen?«

»Nein. Doch ich bin ebensowenig sein Freund, nicht nach dem, was er deinem Vater angetan hat. Es hat meinen Vater zutiefst verbittert. Er war ... nicht mehr derselbe Mann. Aber Prinz Edward ist der Thronfolger und wird der nächste König sein, das hat Gott so eingerichtet, und so soll es sein. Mehr gibt es für mich dazu nicht zu sagen.«

Eine ehrenhafte und höchst weise Haltung, fand Robin. Er nickte nachdenklich.

»Und wirst du Waringham zurückbekommen?« fragte Gisbert.

»Davon kann keine Rede sein. Ich bin auch nicht sicher, ob ich es verdient hätte. Man kann es drehen und wenden, wie man will, es bleibt eine Tatsache, daß ich mir zumindest den Titel widerrechtlich angeeignet habe. Aber Lancaster hat mir ein kleines Lehen gegeben. Hier.« Er zeigte Gisbert die Urkunde, die er erst in Calais von Lancasters Sekretär erhalten hatte.

Gisbert studierte sie ernst. »Fernbrook Manor. Keinen halben Tagesritt von uns entfernt. Schönes Fleckchen Erde.«

»Gut für Weideland?«

»Wüßte nicht, was dagegen spricht. Schafe?«

Robin schüttelte den Kopf. »Pferde.«

»Natürlich. Was läge näher. Darauf verstehst du dich wirklich. Ich habe kaum meinen Augen getraut, neulich morgens in Bordeaux. Und als wir aus Valladolid zurückkamen, war mein Gaul in einem besseren Zustand als je zuvor. Jemand erzählte mir, Waringham hätte sie versorgt. Aber ich habe dich nie ausfindig gemacht. Ich dachte natürlich, du seiest der andere.«

Robin lächelte. »Ich bin froh, daß wir uns gefunden haben, Gisbert. Ich hätte nicht gedacht, daß ich außer Agnes noch Familie habe.«

Gisbert warf ihm einen mißbilligenden Blick zu. »Du wußtest doch, wo wir waren. Vielleicht wäre es klüger gewesen, wenn du zu uns gekommen wärst.«

»Aber ihr wart arm. Ich wollte deinem Vater nicht auf der Tasche liegen.«

»Ach, dummes Zeug. Weißt du denn nicht, daß arme Leute besser teilen können als reiche?«

»Ja. Da hast du recht.«

Es war schon Nachmittag, als sie an der Abzweigung nach Waringham vorbeikamen. Leofric sah so lange zurück, bis er sich fast den Hals verdrehte. Robin starrte stur geradeaus und bemühte sich um eine stoische Miene. Er war erleichtert, daß Lancaster nicht auf die Idee verfallen war, die Nacht in Waringham zu verbringen. Robin hatte beinah damit gerechnet, denn er wußte inzwischen, daß der Herzog eine Schwäche für bizarre Ideen hatte. Doch sie ritten weiter bis Rochester und lagerten in der dortigen Burg. Der Earl of Rochester war vorgewarnt und empfing sie mit einem Festmahl. Es war voll und eng in der Halle, aber ein jeder wurde aufs beste versorgt. Gisbert Finley machte Robin mit den anderen Rittern aus Lancasters Gefolge bekannt.

Am Mittag des nächsten Tages kamen sie nach Southwark und ritten von dort über die breite London Bridge. Auf der Brücke gab es Häuser, Läden und Werkstätten; beinah wie eine kleine Stadt. Hinter der Brücke lag London. Robin und Leofric sahen sich neugierig um. Überall auf den Straßen drängten sich Menschen und Gefährte aller Art. Entlang der Bridge Street lagen große Lagerhäuser, in denen ein ungeheurer Betrieb herrschte. Woher wissen sie nur alle so genau, wo sie hin wollen, fragte Robin sich verwirrt. Sein Cousin Gisbert wies über seine linke Schulter zurück.

»Das da, auf der anderen Flußseite, ist The Stews. Wenn London dir zu zahm ist, geh dorthin. Aber hab deine Börse im Auge und dein Schwert griffbereit.«

»Was gibt es dort?«

»Halsabschneider und Raufbolde. Seeleute aus aller Herren Länder. Und jedes Haus ist ein Hurenhaus.«

Sie bogen bald nach links ab in die breite Thames Street, die ihnen jedoch nicht mehr Raum bot, da sich auf ihr einfach noch mehr Menschen bewegten. Wirtshäuser und schäbige, windschiefe Läden standen dicht an dicht. Die Straße war voller Unrat, und offenbar hatte es in London unlängst geregnet. Die Pferde versanken fast bis zu den Fesseln im zähen Morast, und sie kamen nur langsam vorwärts. Auf einem kleinen Platz boten Fischweiber ihre Ware feil. Nur wenige Schritte entfernt hielt ein Henkerskarren, zweifellos auf dem Weg nach Tyborn, wo die Galgenulmen standen. Eine junge blonde Frau stand barfuß und mit offenen Haaren darauf, bleich, sie schien leicht zu schwanken, aber ihr Gesicht war ohne Regung. Einer der Männer des Sheriffs verlas ihr Geständnis: Sie hatte ihren Mann im Schlaf erstochen, um sein gutgehendes Gasthaus in der Milk Street zu erben und mit ihrem jungen Geliebten zusammen zu führen. Daraus würde nun offenbar nichts werden. Hinter dem Karren stand ein betender Mönch.

Robin wandte sich schaudernd ab, doch die Londoner schenkten der Szene keinen zweiten Blick. Es mußte schon etwas Außergewöhnliches passieren, um sie bei der Verrichtung ihrer Tagesgeschäfte aufzuhalten. Auch dem prächtigen Zug von Adeligen und Rittern zollten sie kaum Beachtung. Sie sahen viele solcher prunkvollen Prozessionen. Sie waren nicht sonderlich leicht zu beeindrucken, und sie hielten keine großen Stücke auf den Duke of Lancaster. Er mißtraute London, und das wußten die Londoner ganz genau.

Schließlich erreichten sie das große Dominikanerkloster Black Friars, wo sie rechts abbogen. So kamen sie zu der Kathedrale von St. Paul. Robin starrte sie mit offenem Munde an. Er war sicher, es sei die größte Kirche, die er je im Leben gesehen hatte, altmodisch, mit zu kleinen Fenstern mit Rundbögen, aber endlos lang und mit einem gewaltigen Turm mit einer Spitze, die wie eine Nadel aussah.

Lancasters Londoner Residenz, der Savoy-Palast, war eine Insel der Ruhe und der Schönheit. Er lag außerhalb der Stadtmauern. Sie verließen die Innenstadt durch das Ludgate, überquerten den kleinen Fluß Fleet und ritten die Fleet Street in westlicher Richtung, vorbei am Karmeliterkloster White Friars und dem Temple, der Domäne der Rechtsgelehrten.

Als sie im Innenhof des Savoy-Palastes absaßen, bestaunte Robin die Fassade mit den herrlichen großen Glasfenstern. Er hatte nicht gewußt, daß es Fenster in solchen Farben gab.

Gisbert stand neben ihm und folgte seinem Blick. »Schön, nicht wahr?«

»Wunderschön.«

»Er ist geradezu süchtig nach Glas. Überall im Land hat er seine Häuser und Paläste so umbauen lassen, daß die Glasfenster hineinpassen. Man kann sie herausnehmen, weißt du, und immer, wenn er durchs Land reist, nimmt er sie mit.«

Robin war verblüfft. »Der erste Mann in dieser Familie mit einer sparsamen Idee.«

Gisbert schüttelte lachend den Kopf. »Das glaub lieber nicht. Er ist genau so ein hoffnungsloser Verschwender wie sein Vater, seine Mutter und seine Brüder. Atemberaubend, wie er das Geld verschleudert. Aber das muß man ihm lassen: Er hat, was er ausgibt. Er macht keine Schulden wie der König und Prinz Edward. Na ja, er ist ja auch viel reicher als sie.«

»Reicher als der König?«

»Natürlich.«

»Allmächtiger.«

»Lancaster ist so reich wie ein heidnischer Kalif, Robin. Und der König ist so abgebrannt, daß es heißt, er habe versucht, heimlich seine Krone auf dem Kontinent zu verpfänden.«

Robin ging kopfschüttelnd neben ihm her.

Lancaster und die Adeligen seines Gefolges waren bereits im Inneren des Palastes verschwunden. Stallburschen führten die Pferde weg; nach und nach leerte sich der Innenhof.

Gisbert führte Robin und Leofric zu einem Seitenflügel des Gebäudes, wo die Quartiere lagen. »Sucht euch irgendeins aus. Sie sind alle gut. Roger?« Er sah sich suchend nach seinem Knappen um. »Wo steckt der Lümmel? Roger!«

Leofric kritzelte und reichte ihm die Tafel. Langsam und leise murmelnd las Gisbert: »*Roger ist mit den Pferden gegangen. Er sagt, er wolle zusehen, daß sie anständig untergebracht sind, beim letzten Mal sei das Stroh faulig gewesen. Ha, er sorgt sich um die Gäule, und ich kann zusehen, wie ich aus meiner Rüstung komme.«

Robin nickte Leofric zu. »Geh mit Sir Gisbert. Ich komme schon zurecht.«

»Unsinn, Robin, das hab' ich nicht gemeint. Roger wird schon wieder auftauchen ...«

»Ich bin froh, wenn ich dir einen Gefallen tun kann. Nimm Leofric mit.«

Leofric folgte Gisbert willig durch eine der Türen, die sich einen langen Gang entlang hinzogen. Robin betrat den Nebenraum und fand, daß die Quartiere hier ähnlich waren wie in Bordeaux, ordentlich und ohne jede Bequemlichkeit. Er nahm seinen Helm ab und legte ihn auf den Tisch. Mit der Fußspitze erkundete er die Beschaffenheit der Betten.

Ein Diener in Lancasters Livree klopfte an die offene Tür und trat ein. »Verzeiht mir, Sir, seid Ihr Robin Fitz-Gervais?«

»Ja.«

»Dann seid so gut und folgt mir. Euer Quartier ist nicht hier.«

Robin ging neugierig mit ihm zurück in den Innenhof. Sie traten durch den Haupteingang, gingen an der großen Halle vorbei und zwei Treppen hinauf. Am Ende eines langen Korridors öffnete der Diener ihm eine Tür. Robin trat ein.

Der Raum hatte ein Bett mit Vorhängen und Baldachin sowie kostbare Wandbehänge. Auf einem Tisch aus poliertem Rosenholz standen Wein und eine Schale mit erlesenen Früchten. Im Kamin brannte ein Feuer.

»Wünscht Ihr sonst noch irgend etwas, Sir?« erkundigte sich der Diener höflich.

Robin beschloß, die Gunst der Stunde zu nutzen. »Ein Bad?«

»Ganz wie Ihr wünscht, Sir. Man wird es sofort herrichten.«

»Danke.«

Der Diener verneigte sich. »In der Truhe dort drüben ist Kleidung. Ich bin sicher, Ihr werdet etwas Passendes finden.«

Robin war überwältigt. Nach kürzester Zeit erschienen weitere Diener mit einem großen, hölzernen Bottich und eimerweise heißem Wasser. Nachdem das Bad bereitet war, schickte Robin sie hinaus und stieg in die Wanne.

Die Halle war die prunkvollste, die Robin je gesehen hatte. Das Licht zahlloser Kerzen brach sich in den hohen Glasfenstern, deren farbenprächtige Reflexion einen nahezu blendete. Kostbare Teppiche erstreckten sich über die gesamte Länge und Höhe der Wände; sie zeigten Motive aus den Geschichten von König Artus und den berühmten Rittern seiner Tafelrunde. Der Fußboden war aus weißem und schwarzem Marmor. Reich bestickte Decken wie Altartücher bedeckten die langen Tische. Das Essen war erlesen und reichhaltig, es gab Weine aus Burgund und vom Rhein, und während des Mahles spielten die besten Musiker, die Robin je in seinem Leben gehört hatte. Der Klang ihrer Flöten, Fideln und Trommeln verzauberte ihn so sehr, daß er beinah das Essen vergaß.

»Na los, Robin, iß«, ermunterte Gisbert ihn. »Wer weiß, wie lange wir das Vergnügen haben werden, hier zu sein.«

Robin tunkte ein Stück Kalbfleisch in eine Schale mit dicker Kräutersoße, schnitt ein Stück mit dem Messer ab und führte es zum Mund. Es zerging auf der Zunge. Er seufzte zufrieden. »Wieso meinst du das? Hat er irgendwelche Pläne mit uns?«

»Das kann man nie wissen.«

»Hm. Wer ist die Frau neben ihm? Sie ist eine Schönheit.«

Ehe Gisbert antworten konnte, sagte ein junger Mann ihm gegenüber:

»Blanche of Lancaster heißt diese Dame, und, so sagt es schon der Name, sie ist Lancasters Herzogin und seines Herzens Königin.«

Robin lächelte überrascht. »Wohl gesprochen, Sir.«

Der Mann verneigte sich leicht und aß dann konzentriert weiter. Es war nicht zu übersehen, daß er den kulinarischen Genüssen äußerst zugetan war; er war nicht dick, aber er sah aus, als wolle er es vielleicht irgendwann werden. Seine dunkelblonden, gewellten Haare fielen auf breite Schultern, sein Wams spannte sich ein wenig über der Brust.

Gisbert wies mit seiner Hähnchenkeule in seine Richtung und sagte zu Robin: »Das ist Chaucer. Er dichtet, sobald er das Maul aufmacht. Also, kommt schon, Geoffrey. Erzählt uns eine Geschichte.«

Der junge Dichter runzelte die Stirn. »Was für eine Geschichte?«

»Ganz gleich. Nur keine Heiligenlegende. Eine unanständige Geschichte wär' mir am liebsten.«

»O ja«, rief eine junge Dame begeistert aus, die Robin gegenübersaß. »Erzählt uns eine Geschichte, Geoffrey. Eins von diesen anstößigen ... wie heißen sie doch gleich? *Fabliaux*?«

Er ließ sich nicht lange bitten. Er nahm einen tiefen Zug aus seinem Becher, wischte sein Messer an dem kostbaren Tischtuch ab und steckte es ein. »Na schön. Laßt mich einen Moment nachdenken ...«

Die Gespräche am Tisch verstummten nach und nach, und alle sahen ihn erwartungsvoll an. Schließlich richtete er sich auf, sah mit einem spitzbübischen Lächeln in die Runde und begann zu erzählen.

Robin lauschte fasziniert. Es war eine höchst unanständige Geschichte von einem alternden Ritter, der sich eine blutjunge Frau nahm, die ihn bei erster Gelegenheit mit einem jungen Knappen betrog. Die Geschichte selbst kam Robin vage bekannt vor, doch es war die Art und Weise, wie der Dichter sie erzählte, die ihn bannte. Sie war von Anfang bis Ende in Versen, guten Versen, die sich wirklich reimten, und man mußte nicht einmal die Augen schließen, damit die Geschichte lebendig wurde und Gestalt annahm.

Als sie zu Ende war, applaudierte Robin begeistert mit den

anderen. »Das war herrlich, Sir!« rief er begeistert. »Habt Ihr nicht noch eine?«

Chaucer verschränkte die Arme und lächelte beinah schüchtern. »Doch. Viele. Aber für heute ist es genug.«

Robin drängte ihn nicht. »Ihr solltet sie aufschreiben, wißt Ihr.«

Der Dichter legte den Kopf zur Seite. »Hm. Vermutlich werde ich das irgendwann tun. Wenn ich endlich einmal Zeit dazu finde.«

Es wurde spät, bis Robin zu seinem Quartier zurückkam. Er fühlte sich beschwingt und angeregt von der Gesellschaft in der Halle, sein Kopf erschien ihm leicht und leer; die richtige Stimmung, um Torheiten zu begehen. Lächelnd stellte er die Kerze auf dem Tisch ab, wählte eine Feige aus der Obstschale, warf sie in die Luft und fing sie mit den Zähnen auf.

»Sehr akrobatisch«, lobte eine leise Stimme. »Du steckst voller Überraschungen.«

Robin fuhr zusammen. Er nahm die Feige aus dem Mund, legte sie auf den Tisch und ging langsam auf das Bett zu. Die Vorhänge waren zugezogen. Der Raum war fast dunkel, er konnte so gut wie nichts erkennen. Aber das war auch nicht nötig. Diese Stimme hätte er unter tausend anderen erkannt.

»Alice?«

Der Bettvorhang wurde zur Seite geschoben. »Ich dachte schon, du würdest überhaupt nicht mehr kommen.«

Sie streckte ihm die Hände entgegen. Er nahm sie in seine und setzte sich neben sie.

Sie sah ihm in die Augen. »Du hast ein paar häßliche Gerüchte über mich gehört, ja?«

»Ein paar Gerüchte, ein paar Wahrheiten.«

»Und bist mir böse?«

Er schüttelte den Kopf. »Wie kommst du darauf?«

»Du sagst nichts.«

»Was soll ich sagen?«

»Wie wär's mit: ›Schön, dich zu sehen.‹«

Er lächelte schwach. »Ich bin noch nicht sehr bewandert in höfischen Floskeln. Aber es *ist* schön, dich zu sehen.«

Sie beugte sich zu ihm hinüber und drückte ihre Lippen auf

seine. Ihre kleine, schnelle Zunge wagte sich vor, und ehe Robin wußte, was er tat, hatte er die Arme um sie gelegt und sie an sich gezogen.

Sie lehnte den Kopf an seine Schulter. »Du hast mir furchtbar gefehlt, weißt du.«

»Ich hätte nicht gedacht, daß du viel Zeit hattest, mich zu vermissen.«

Sie seufzte. »Oh, Robin. Du *bist* böse.«

»Nein. Nur ein bißchen beleidigt, schätze ich. Ich wünschte, du hättest mir die Wahrheit gesagt.«

Sie schüttelte den Kopf. »Du hättest es nicht verstanden.«

»Vielleicht nicht.«

»Du hättest dich niemals mit mir eingelassen, wenn du es gewußt hättest.«

»Richtig. Und dann wäre mir so manches erspart geblieben.«

»Zum Beispiel?«

De Gray, dachte er. Aber er hatte nicht die Absicht, ihr davon zu erzählen. »Sagen wir, Ungemach. Und Scherereien.«

Sie zog die Augenbrauen hoch. »Komm schon, du bist doch nicht glücklich, wenn du keine Scherereien hast.«

Er lachte leise, nahm ihre Hände wieder und führte sie nacheinander an die Lippen. »Ich fürchte, du hast recht.«

Sie wurde wieder ernst. »Es tut mir leid, daß ich nicht aufrichtig war. Ich war selbstsüchtig, ich wollte einfach so tun, als gäbe es mein anderes Leben nicht. Und du warst so glücklich. Und ich war auch glücklich. Ich dachte, wir hätten ein Recht darauf.«

Er zog sie an sich. »Ja. Natürlich hattest du ein Recht darauf. Gott, ich benehme mich wirklich wie ein Bauer. Entschuldige, Alice.«

Dieses Mal wurde ihr Kuß gierig, und Robin schnürte mit geschlossenen Augen ihr Kleid auf. Er hatte nicht vergessen, wie das ging. Er zog zuerst sie und dann sich selbst aus, ohne Hast. In aller Ruhe wollte er sie wiederentdecken, auch wenn er in Wirklichkeit nicht das kleinste Detail vergessen hatte. Alice zog ihn ungeduldig näher und nahm ihn zwischen ihren schlanken, muskulösen Beinen gefangen. Wie herrlich es doch ist, wieder in England zu sein, dachte er selig.

»Wie spät ist es?« fragte sie schläfrig.

Er warf einen kurzen Blick auf die Stundenkerze, die in einem kunstvoll geschnitzten Ständer in der gegenüberliegenden Ecke des Raumes stand. »Zwei Stunden nach Mitternacht.«

»Ich muß zurück sein, bevor es hell wird.«

Er richtete sich auf. »Wie kommst du überhaupt hierher?«

»Lancaster hat nach mir geschickt. Warte …« Sie tastete einen Moment zwischen den Falten ihres Kleides, das unordentlich am Boden lag. Schließlich förderte sie ein zusammengefaltetes Stück Papier hervor. »Hier.«

Robin stand auf und ging zum Tisch. Er füllte zwei Becher mit Wein und trug sie zusammen mit der Kerze zum Bett zurück.

Alice nahm den Becher, den er ihr hinhielt. »Danke.«

Robin setzte sich auf die Bettkante, faltete den Brief auseinander und erkannte die Handschrift auf den ersten Blick. *Liebste Alice. Ich habe eine Überraschung für Euch mitgebracht. Kommt her, wenn Ihr sie sehen wollt. So bald wie möglich. Am besten gleich heute abend. Mehr verrate ich nicht, sondern verbleibe Euer treuer Freund L.*

Er faltete den Bogen und gab ihn ihr lächelnd zurück. »Typisch.«

Sie nickte. »Natürlich war ich neugierig. Er weiß, daß es nicht so leicht für mich ist, einfach aus Westminster zu verschwinden, also war ich sicher, es mußte etwas Besonderes sein. Er empfing mich allein und hat nicht verraten, worum es ging. Statt dessen fragte er mich, wie ich zu meinem Cousin stünde. Na ja, ich habe ihm unverblümt gesagt, was ich über Mortimer denke. Und er lächelte sein geheimnisvolles kleines Lächeln und ließ mich hierherführen.«

Robin seufzte. »Und warum hat er das wohl getan? Ich wünschte, ich würde ihn ein bißchen besser verstehen, dann wär' mir wohler bei der Sache.«

Sie klopfte ihm leicht auf den Arm. »Niemand versteht ihn, da bist du nicht allein. Aber ich schätze, du hast nichts von ihm zu befürchten. Er hat mich hergeholt, um uns eine Freude zu machen. Und vermutlich will er, daß ich ein gutes Wort einlege.«

»Bei wem, in aller Welt?«

»Bei wem wohl?«

»Und Ihr wollt also behaupten, Euer Vater sei kein Verräter gewesen?«

»Das will ich, mein König.«

Robin bemühte sich, seiner Stimme einen festen Klang zu verleihen, aber das war nicht so einfach. Er war nervös, und seine Knie taten ihm weh. Es kam ihm vor, als kniete er hier seit Stunden auf dem harten Steinfußboden. Seine Knie waren so lange Bußübungen nicht mehr gewöhnt, die Zeit von St. Thomas lag schon zu lange zurück. Aber der König schien nicht die Absicht zu haben, ihm zu gestatten, sich zu erheben.

Alice hatte ihn vorgewarnt, als sie sich verabschiedet hatten. »Was du vor allem brauchst, sind Nerven«, hatte sie eindringlich betont. »Er wird es dir so schwer wie möglich machen. Sei nicht zu selbstsicher, aber auch nicht unterwürfig. Sei du selbst, alles andere wird er durchschauen …«

Er hatte ihr das St.-Georgs-Amulett zurückgegeben und sich kalt und ausgehöhlt und verlassen gefühlt, als sie ging.

Lancaster war am Morgen mit ihm zusammen nach Westminster geritten. Robin hatte den prachtvollen Palast nur vage wahrgenommen; er hatte keinen Sinn dafür. Beklommen war er dem Herzog durch die langen Hallen und Flure gefolgt, und er wartete in der kleinen, kostbar ausgestatteten Marienkapelle, während der Herzog allein mit seinem Vater sprach. Robin wartete über drei Stunden. Natürlich wußte er, daß sie über Wichtigeres als ihn zu sprechen hatten. Sicher sprachen sie über Kastilien und Pedro, über Enrique von Trastamara und die Bedrohung Aquitaniens. Und vermutlich über Geld. Vor allem über Geld. Nicht über ihn. Trotzdem wurde die Zeit ihm mächtig lang. Als er nicht mehr beten konnte, setzte er sich auf eine der gepolsterten Bänke und zählte die Edelsteine auf dem Altarkreuz.

Endlich erschien ein Wachsoldat, winkte ihn wortlos zu sich und führte ihn eine Treppe hinauf zu den königlichen Gemächern. Von Lancaster war weit und breit nichts zu sehen.

König Edward runzelte seine hohe Stirn. »Ihr meint demnach, Wir haben Euch unrecht getan, ja?«

»Nicht unbedingt.«

»Was heißt das?«

Robin hob den Kopf und sah den König an. Groß und erhaben wirkte er aus dieser Perspektive. Sein schulterlanges Haar und der gestutzte Bart waren dunkel und nur von ein paar grauen Fäden durchzogen, er wirkte vital und kraftvoll. Robin sah vor sich, wie der Schwarze Prinz als älterer Mann aussehen würde.

»Mein Vater hat nicht verdient, was ihm passiert ist. Es war unrecht. Aber ich bin sicher, Ihr wart von seiner Schuld überzeugt. Also war es nur folgerichtig, ihm das Lehen zu nehmen.«

»Papperlapapp. In Wahrheit denkt Ihr doch, daß Wir es uns in dieser Sache zu einfach gemacht haben. Und wer weiß, vielleicht habt Ihr sogar recht. Aber wieso bringt Ihr Eure Beschwerde erst jetzt vor? Das wüßten Wir gern.«

»Ich … hatte vorher keine rechte Gelegenheit.«

»Was habt Ihr in der Zwischenzeit getan?«

»Ich war in Waringham, Euer Gnaden.«

»Bei dem guten alten Geoffrey?«

Robin lächelte kurz. »So ist es.« Stimmte ja in gewisser Weise auch.

»Warum seid Ihr nicht zu Verwandten gegangen?«

»Ich hatte niemanden, der mir nahe genug stand.«

»Hm. Keinen Paten?«

»William Granston, Euer Gnaden. Er fiel bei Poitiers.«

»Ja, ich weiß. Also nahm Geoffrey Euch auf. Und als er starb?«

»Konnte ich nicht länger bleiben.«

»Warum nicht?«

»Der junge Lord Waringham und ich hatten … unüberbrückbare Differenzen.«

»So. Und jetzt kommen wir zum delikaten Teil.« Der König stemmte die Hände in die Seiten und trat vor ihn. »Was habt Ihr mit ihm gemacht?«

Robin senkte den Blick. Es war zu schwierig, den König länger anzusehen, er hätte den Kopf in den Nacken legen müssen. »Ich habe ihn im Schwertkampf verwundet und anschließend betäubt. Dann habe ich ihm einen Bauernkittel angezogen und ihn beim Sheriff als entflohenen Leibeigenen abgeliefert.«

Edward war nicht überrascht. Offenbar hatte Lancaster ihm bereits davon berichtet. Trotzdem verzog er angewidert das Gesicht. »Allein dafür gehört Ihr aufgehängt. Ganz abgesehen davon, daß Ihr Euch Titel und Wappen widerrechtlich angeeignet habt.«

Robin antwortete nicht.

»Warum? Wenn Ihr ein Ehrenmann seid, wie Lancaster so nachdrücklich behauptet, dann will ich wissen, warum!«

»Er … hat mir keine Wahl gelassen. Er wollte mir verbieten wegzugehen.«

»Es gibt Gerichte, an die Ihr Euch hättet wenden können.«

»Ja, vielleicht.« Die Idee war ihm nie gekommen. Wer vor einem Gericht eine Klage vorbringen wollte, brauchte einen Rechtsanwalt. Und Anwälte waren teuer.

»Also? Wieso dachtet Ihr, Ihr hättet das Recht, ihm etwas so Unaussprechliches anzutun?«

Robin gab seine Zurückhaltung auf. »Weil er ein Ungeheuer ist. Er hat es verdient.«

»Sieh an. Ihr glaubtet also, Ihr könntet Euch zu seinem Richter aufspielen. Wie vermessen.«

Robin schüttelte kurz den Kopf. »Nein, das glaubte ich nicht. Ich wollte ihn nicht richten. Die Wahrheit ist, mir war gleich, ob ich im Recht war oder nicht. Ich wollte Genugtuung.«

»Ah. Ich denke, wir kommen der Sache auf den Grund. Genugtuung wofür?«

»Für meine Schwester.«

Nimm's mir nicht übel, Agnes, dachte er schuldbewußt, daß ich dich vorschiebe. Denn das war nicht unbedingt die Wahrheit. Vermutlich hatte er es wegen Agnes getan, aber nicht zuletzt auch für sich selbst, für Isaac, für Will Sattler und all die anderen. Und er fand das, was er mit Mortimer gemacht hatte, gar nicht so unaussprechlich. Er konnte nichts so Schändliches darin sehen. Aber schließlich konnte der König ja nicht ahnen, daß ein Bauerndasein tatsächlich auch lebenswert sein mochte. Vermutlich hätte eine solche Behauptung ihn aufs höchste erstaunt. Und deshalb mußte Agnes herhalten. Der König schüttelte mißbilligend den Kopf. Dann trat er zurück an den breiten Tisch und ließ sich in einen dick gepolsterten Sessel fallen. Er ächzte ein bißchen. »Ich verstehe.« Es war einen Moment still. Ein Holzscheit zischte im Kamin, draußen heulte der erste Herbststurm.

»Ihr … dürft Euch erheben«, brummte König Edward schließlich unwillig.

Robin stand langsam und ohne viel Eleganz auf. Seine Beine kribbelten.

Edward seufzte leise. »Das Leben steckt voller Ironien, wißt Ihr. Ich erinnere mich an einen furchtbaren Streit zwischen Geoffrey Dermond und Eurem Vater. Es ging um Dermonds Schwester. Geoffrey behauptete steif und fest, Waringham habe sie verführt ...«

Robin war nicht überrascht. »Ich glaube kaum, daß man sagen kann, Mortimer habe meine Schwester verführt, Euer Gnaden.«

»Nein. Ich verstehe, was Ihr meint.«

»Ich habe immer geglaubt, mein Vater und Geoffrey Dermond seien Freunde gewesen.«

»Oh, das waren sie. Unzertrennlich. Trotz dieser Geschichte damals. Es spielte im Grunde keine Rolle.« Er lächelte nostalgisch. »Das könnt Ihr nicht verstehen, Junge. Es waren andere Zeiten. Damals waren wir alle noch jung und ... ungestüm, könnte man sagen. Wir dachten, die Welt gehöre uns. Wir dachten, wir könnten die Franzosen mit einer einzigen Schlacht besiegen. Wir waren Toren. Aber es waren gute Zeiten.«

Robin wußte keine Antwort. Er wünschte, der König würde das Thema wechseln.

Edward schlug die Beine übereinander und sah ihn wieder an. »Wie auch immer. Wir können Euch Waringham nicht zurückgeben. Wenn Euer Vater zu Unrecht beschuldigt wurde, hätte er seine Verhandlung abwarten sollen. Nun sind die Dinge einmal, wie sie sind, und Wir werden nicht ein Unrecht durch ein weiteres gutmachen. Aber Wir sind uns durchaus bewußt, daß Mortimer Dermond seinem Stande nicht gerade zur Ehre gereicht. Es sind Uns Dinge zu Ohren gekommen, die Unser Mißfallen erregt haben. Die Earls of Waringham hingegen waren immer treue Kronvasallen, und Wir sind inzwischen durchaus geneigt, den Fall Eures Vaters erneut zu überprüfen. Wir sind darüber hinaus geneigt, über Eure Verfehlungen hinwegzusehen und Euch straffrei aus dieser verrückten Sache zu entlassen. Unter gewissen Bedingungen.«

Robin stand völlig reglos und versuchte, jede Empfindung aus seinem Gesicht fernzuhalten.

Der König betrachtete ihn aufmerksam, als er fortfuhr. »Ihr werdet Euch auf die Suche nach diesem Mortimer begeben. Allein. Findet ihn, und bringt ihn her.«

»Ja, mein König.«

»Ihr werdet nicht nach Waringham zurückkehren, bevor Eure Suche beendet ist.«

Robin schluckte. »Wie Ihr wünscht.«

»Wenn Mortimer tot ist, werden Wir Euch zur Verantwortung ziehen.«

Das war Robins geringste Sorge. Niemand starb von harter Arbeit. Nein, tot war Mortimer vermutlich nicht. Ihn zu finden würde das Problem sein. England war groß. Leibeigene gab es zu Tausenden. Sie waren unbedeutend, niemand außer ihren jeweiligen Gutsverwaltern führte Buch über sie. Aber er würde einen Weg finden müssen.

Der König lächelte schelmisch. »Wenn Ihr ihn findet, werdet Ihr ihm zurückgeben, was Ihr ihm genommen habt. Rüstung, Wappen und Schwert. O nein, ich sehe, es ist Eures Vaters Schwert. Behaltet es, aber nehmt es nicht mit. Ihr werdet überhaupt keine Waffen tragen. Ihr werdet nämlich als Büßer auf Eure Suche gehen.«

Robin unterdrückte ein Seufzen. Die Rüstung würde er Mortimer gern zurückgeben, sie war ihm ohnehin zu klein geworden. Er war über das letzte Jahr tatsächlich noch gewachsen. Gott allein mochte wissen, wie ihm das bei der mageren Kost auf dem Feldzug gelungen war, aber es war so. Doch wie er verhindern sollte, daß Mortimer ihn umbrachte, wenn er ihm als unbewaffneter Büßer gegenübertrat, das wußte er beim besten Willen nicht.

»Ja, mein König.«

Der König nickte huldvoll. »Gebt mir Euer Schwert, und kniet nieder. Ich weiß, daß Ihr in der Schlacht von Najera herausragend gekämpft habt. Ich weiß, daß Ihr verdient, ein Ritter des Königs zu sein. So laßt Uns also aus Eurer Lüge Wahrheit machen.«

Robin verneigte sich tief und kniete sich wieder hin. Er reichte dem König das alte Waringham-Schwert mit dem Heft zuerst. Edward legte seine große Hand darum, hob es auf und berührte Robin mit der Schneide auf der Schulter.

»Erhebt Euch, Sir Robert Fitz-Gervais. Macht Euch auf den Weg, und St. Georg möge mit Euch sein.«

Er brach am nächsten Morgen auf. Nur Lancaster und Leofric berichtete er von den Einzelheiten des Gespräches. Lancaster lächelte verstohlen und wünschte ihm Glück. Leofric wollte um jeden Preis mitkommen, aber nachdem Robin ihm erklärt hatte, wie die Bedingungen des Königs lauteten, erklärte er sich zögerlich bereit, in Gisberts Obhut zurückzubleiben.

Robin machte sich auf nach Cornwall. Es war der einzige Anhaltspunkt, den er hatte. Drei Tage ritt er bei naßkaltem Wetter in südwestlicher Richtung. Die erste Nacht verbrachte er im Gästehaus der Abtei von Salisbury, die zweite in einem miserablen Wirtshaus in Exeter, wo er das Bett mit einem Maurergesellen teilen mußte, der seinen Unmut über seine erfolglose Arbeitsuche mit zuviel billigem Wein ertränkt hatte. Robin lag die meiste Zeit wach, lauschte ergeben dem jammervollen Würgen seines Zimmergenossen und dachte wehmütig an sein luxuriöses Quartier im Savoy-Palast.

Hinter Tavistock begann er seine Suche. Ziellos ritt er von Dorf zu Dorf, von Gut zu Gut und befragte Pfarrer, Gutsverwalter und Bauern. Er erkundigte sich nach einem dunkelhaarigen, hübschen jungen Kerl aus Kent mit einem auffahrenden Wesen und hochnäsigen Manieren. Doch niemand konnte ihm helfen. Niemand kannte einen fremden Burschen, auf den Mortimers Beschreibung paßte. Die Menschen in Cornwall waren ein ganz eigener Schlag, sie zogen es vor, unter sich zu bleiben. Zu Reisenden waren sie gastfreundlich, doch Zuwanderer waren nicht übermäßig gern gesehen. Darum gab es auch nicht sehr viele.

Wochenlang suchte Robin erfolglos in immer größeren Kreisen, und er verlor mehr und mehr den Mut. Bald war er überzeugt, daß Mortimer niemals nach Cornwall gekommen war. Daß er besser nach Dover zurückkehren und in Erfahrung bringen sollte, wohin er von dort aus geschickt worden war.

Als Weihnachten kam, waren Robins magere Reserven erschöpft. Er hatte sparsam gewirtschaftet, aber jetzt war sein Geldbeutel leer. Er verbrachte den Heiligen Abend hungrig und frierend in der Scheune eines reichen Bauern, der ihm diese unwillig und nur in Anbetracht des nahenden Festes zur Verfügung gestellt hatte. Er schlief auf einer dünnen Schicht Stroh, die er sich zwischen der Kuh des Bauern und seinem Pferd aufgehäuft hatte, um etwas von der Wärme der Tiere zu erhaschen.

Nach der Jahreswende setzten heftige Schneefälle ein, während Robin sich weiter auf die Küste zu bewegte. Je näher er dem Meer kam, um so erbarmungsloser heulte der Wind, und er mußte absitzen und sein Pferd am Zügel führen. Es war nicht der furchtlose Brutus, mit dem er unterwegs war, ihn hatte er in London zurückgelassen. Lancaster hatte ihm im Austausch freudestrahlend eine unscheinbare Schimmelstute überlassen, die ihn treu und klaglos bis hierher gebracht hatte. Aber der schneidende Wind zehrte an ihren Kräften. Sie scheute, wenn der aufgewirbelte Schnee ihr in die Augen getrieben wurde, und sie war beinah erschöpft.

Robin strich ihr mitfühlend die Nüstern. »Siehst du, da vorn ist ein Wald. Da werden wir uns verkriechen, bis dieser Sturm ein wenig nachläßt. Und wenn er nicht nachläßt und die ganze Nacht so weiterpfeift, dann weiß ich auch nicht, was wir machen sollen.«

Sie kamen in den Schatten der Bäume und fanden dort ein wenig Schutz vor dem dichten Schneetreiben. Doch gleichzeitig bereitete die Dunkelheit des Waldes Robin Unbehagen. Er hatte die Anweisungen des Königs wortgetreu befolgt; er trug weder Dolch noch Schwert, nicht einmal ein Rasiermesser hatte er mitgenommen. Und er hatte wenig Hoffnung, daß es mit den Wäldern in Cornwall besser stand als mit denen in Kent. Gesetzlose lauerten überall in den Dickichten.

Er zog seinen fadenscheinigen Mantel fester um sich und schritt entschlossen auf dem schmalen Weg vorwärts. Die kahlen Äste schlossen sich über seinem Kopf zu einem gewölbten Dach, und wie den Widerhall einer lang verblaßten Erinnerung hörte er plötzlich hinter sich eine Stimme: »Was haben wir denn hier?«

Robin ließ den Zügel los und fuhr auf dem Absatz herum. Seine Faust war geballt. Wenigstens war er inzwischen größer und schneller geworden …

Eine dunkle, mit einem langen Stock bewaffnete Gestalt trat aus dem Schatten auf ihn zu, und Robin öffnete die Faust wieder. Er lächelte erleichtert. »Gott zum Gruße, Bruder.«

Der vermeintliche Wegelagerer war ein Franziskaner. Er hatte die Kapuze seiner braunen Kutte tief ins Gesicht gezogen, doch er trug keinen Mantel. Die Kälte schien ihm nichts anhaben zu können. Sein rosiges Gesicht sah neugierig zu Robin auf, er wirkte keineswegs verfroren. »Und was mag es mit einem Büßer aus der

Fremde auf sich haben, der sich am Dreikönigsfest durch unsere unwirtlichen Wälder kämpft? Hier ist weit und breit kein nennenswerter Heiligenschrein, wißt Ihr.«

Robin hauchte seine gefühllosen Hände an. »Heute ist das Dreikönigsfest?«

»Natürlich.«

Meine Güte, ich habe Geburtstag. Herzlichen Glückwunsch, Robin, alter Junge. Er lächelte schwach. »Es scheint, ich bin zu lange unterwegs. Meine Zeitrechnung ist durcheinander.«

»Unterwegs wohin, wenn die Frage erlaubt ist?«

»Wenn ich es nur wüßte, Bruder. Ich bin auf der Suche.«

»Sind wir das nicht alle.« Er betrachtete Robin einen Moment und lächelte dann breit. »Was Ihr braucht, mein Freund, ist ein Dach und etwas Heißes.«

»Ja, das wäre ein Segen. Wir haben seit zwei Tagen nichts gegessen und im Freien geschlafen.«

»Wir?«

»Ähm, das Pferd und ich, meine ich.«

»Verstehe. Wie ist Euer Name?«

»Robin Fitz-Gervais.«

»Und ich bin Bruder Herbert. Also kommt. Es ist nicht weit.«

Er führte sie den Pfad entlang, tiefer in den Wald hinein. »Ihr könnt von Glück sagen, daß wir uns getroffen haben. Allein hättet Ihr unser Haus kaum gefunden, es liegt abseits des Weges. Ich muß allerdings zugeben, daß ich Euch beinah eins übergebraten hätte, bevor ich Euch ansprach. Bei dem Gesindel in diesen Wäldern ist es weiser, zuerst zuzuschlagen und anschließend zu fragen. Das ist ein beängstigender Bart, den Ihr Euch da leistet, wißt Ihr, man könnte Euch auf den ersten Blick ohne weiteres für einen Strauchdieb halten. Ist es Teil Eures Bußgelübdes, Euch nicht zu rasieren?«

Robin strich grinsend über die wuchernde, blonde Pracht. »So ungefähr. Und was tut Ihr an einem Feiertag hier draußen in der Kälte, Bruder Herbert?«

»Was schon. Betteln um Almosen für die Bedürftigen und das Wort Gottes verbreiten, wie der heilige Franziskus es uns gelehrt hat. Das Werk des Herrn sollte auch an Feiertagen nicht ruhen. Vor zwei Tagen ist ein Ablaßprediger in diese Gegend gekommen. Wir dachten uns, daß er am heutigen Tag nach Boscastle gehen würde, um die Leute nach der Messe zu schröpfen. Darum habe ich mich heute morgen dorthin aufgemacht, habe mich vor die Kirche gestellt und eine flammende Predigt gegen den verfluchten Ablaßschwindel gehalten.«

Robin lachte leise. »Und was sagte der Prediger dazu?«

»Er wurde ganz grün vor Wut und zeigte mir ein Schriftstück, das angeblich ein päpstliches Siegel trug. Aber er ist trotzdem leer ausgegangen. Die Leute hier haben Fremden gegenüber einen gesunden Argwohn. Oh … verzeiht mir, ich wollte Euch nicht beleidigen. Kommt Ihr von weit her?«

Robin nickte. »London.«

Der Bruder grunzte verächtlich. »Die Hure Babylon. Kein Wunder, daß Ihr auf Abwege gekommen seid.«

Sie bogen nach rechts auf einen kaum erkennbaren Pfad ein, und nach ungefähr einer halben Meile blieben die Bäume zurück, und sie kamen auf eine Lichtung. Drei kleine Holzgebäude standen darauf.

Herbert machte eine einladende Geste. »Seid willkommen in unserem bescheidenen Haus, Robin Fitz-Gervais. Links ist die Kapelle, rechts der Viehstall, in der Mitte wohnen wir. In wenig Komfort, aber in Einklang mit Gott und der Regel des heiligen Franziskus.«

Viele Leute sagten den Franziskanern nach, daß sie die beträchtlichen Einnahmen aus frommen Spenden lieber auf ihr persönliches Wohl verwandten, anstatt damit die Armen zu nähren und zu kleiden. Doch hier hatte die Ordensregel ganz offensichtlich Geltung.

Herbert führte sie zuerst zum Stall. Sie fanden einen Platz für die Stute und brachten ihr Futter und Wasser. Robin nahm dem Tier Sattel und Zaumzeug ab und rieb sein Fell mit Stroh trocken. Dann führte Herbert ihn ins Wohnhaus. Es bestand nur aus einem einzigen Raum; in der Mitte stand ein langer, mäßig sauberer Tisch mit Bänken, entlang der Wände waren Strohlager aufgehäuft. Sieben Mönche saßen am Tisch, einer stand am Herd und kochte. Es duftete verlockend nach geschmortem Fisch.

Herbert schloß die Tür. »Brüder, ich habe einen Gast mitgebracht. Einen sehr hungrigen Gast, denke ich.«

Sie rückten zusammen und luden ihn ein, Platz zu nehmen. Der Bruder, der das Essen vorbereitete, brachte ihm einen Becher

Bier und Brot und Ziegenkäse. »Der Kabeljau ist noch nicht soweit«, erklärte er ernst. »Doch nach der Vesper wird er fertig sein und so richtig auf der Zunge zergehen, versteht Ihr.«

Robin lief das Wasser im Munde zusammen. »Ich will gern solange warten, Bruder. Vielen Dank.«

Herbert machte Robin und die Brüder bekannt. Sie nickten ihm freundlich zu, bestürmten ihn hingegen nicht mit neugierigen Fragen über seine Reise. Robin war dankbar. Er konnte in Ruhe seinen Hunger stillen, während die Brüder Herbert nach seinem Tag in Boscastle befragten.

Er berichtete verschmitzt von seinem Triumph über den angeblichen päpstlichen Gesandten.

»Und was gab es sonst noch Neues?« erkundigte sich James, der jüngste der Runde.

»Nicht viel. Lady Alisoun hat mich gefragt, in welches Kloster sie ihre Tochter stecken könne, sie fürchtet, das Früchtchen wird vom rechten Pfad abkommen. Wenn ihr mich fragt, kommt die mütterliche Fürsorge gut ein Jahr zu spät. Na ja. Griselda und diese Cilia Monger hatten letzte Woche eine handfeste Schlägerei. Sie hatten gleichzeitig Brot im Dorfofen, und als es fertig war, behauptete jede, die andere hätte ihr einen Laib gestohlen. Es lag wohl daran, daß sie beide zu beschränkt sind, auch nur bis drei zu zählen. Muß hoch hergegangen sein. Randolph Fisher hat eine Pechsträhne, seit zwei Wochen nicht einen Fisch gefangen. Seine Frau ist verzweifelt. Sie denkt, es liegt daran, daß er diesen jungen Fremden nicht mehr mit rausnimmt. Solange er mitfuhr, war der Fang immer gut. Er hatte das Glück des Teufels, sagt sie.«

Sie gingen gemeinsam zur Vesper in die kleine Kapelle, wenig später aßen sie den köstlichen Kabeljau, und vor dem Schlafengehen begleitete Robin Bruder Herbert zum Stall, um ihm zur Hand zu gehen und um festzustellen, wie es seiner Stute erging. Sie brauchten nicht lange. Als sie zum Haus zurückgingen, schneite es wieder.

Herbert blieb stehen und schnupperte die Nachtluft. »Hm, irgendwo da draußen auf See tobt ein Sturm. Er bläst den Schnee hierher. Zwei, drei Tage lang wird es noch wehen und schneien. Ihr solltet solange lieber bei uns bleiben.«

Robin schüttelte den Kopf. »Das kann ich nicht. Ich muß gleich morgen früh aufbrechen.«

»Ist Eure Suche so eilig?«

»Ja.«

»Und wohin wollt Ihr?«

»Nach Boscastle.«

»Was in aller Welt hofft Ihr dort zu finden?«

»Den jungen Fremden, der das Glück des Teufels hat.«

Herbert war einen Augenblick sprachlos. Dann atmete er tief durch. »Sollte es möglich sein, daß der Herr Euch geschickt hat, um Boscastle von dieser Geißel zu erlösen?«

Robin lächelte. »Alles, was ich weiß, ist, daß der König mich geschickt hat.«

Herbert ergriff seinen Arm. »Kommt mit zurück zum Stall. Dort ist es ebenso warm und trocken wie hier bei den Brüdern, und wir können in Ruhe reden.«

Er führte Robin zurück über den kleinen Hof. Im Stall deutete er auf einen der Strohballen.

Während Robin sich darauf niederließ, holte Bruder Herbert zwischen zwei Hafersäcken einen großen Krug hervor. Der Duft von gegorenen Äpfeln stieg Robin in die Nase. Cider. Sehr stark.

Herbert reichte ihm den Krug. »Hier, auf Euer Wohl. Und nun erzählt. Was wißt Ihr über diesen Mann?«

Robin nahm einen tiefen Zug und gab den Krug zurück. »Ist er groß und dunkelhaarig, mit hellgrauen Augen?«

»Ja.«

»Und macht er immerzu Ärger und bespitzelt die Leute und spielt sie gegeneinander aus und vergreift sich an Schwächeren?«

»Ja doch, das ist der Kerl.«

Robin verspürte keine Aufregung und keine Erleichterung. Er hatte so lange gesucht, aber er war keineswegs sicher, ob es eine glückliche Fügung war, daß er endlich Erfolg hatte. »Sein Name ist Mortimer?«

»Sie nennen ihn Mort.«

»Wie kam er her?«

»Das weiß niemand. Er kreuzte einfach eines Tages auf, letztes Frühjahr. Abgerissen und halb verhungert. Alle dachten, daß er in irgendwelche bösen Schwierigkeiten geraten und entwischt war. Der Schluß lag nahe. Es liegt … irgendwie in seinem Wesen.«

»Ja.«

»Wer ist er?«

»Der Earl of Waringham.«

»Allmächtiger. Es ist also wahr.«

»Das hat er behauptet?«

»Er sei ein Edelmann, ja. Als er herkam, verlangte er nach dem Sheriff, er habe eine Beschwerde vorzubringen, ihm sei ein furchtbares Unrecht geschehen. Nun, in Boscastle gibt es keinen Sheriff, der nächste ist mächtig weit weg von hier. Sir Richard, ihm gehört hier das meiste Land, und er ist der mächtigste Mann in dieser Gegend, er ließ Mort eine Weile einsperren, damit er zu Verstand kam, und schickte ihn dann zu den Fischern. Aber niemand fuhr gern mit ihm hinaus. Sicher, es stimmt, die Boote, in denen er mitfuhr, hatten immer einen guten Fang, aber der Junge war schlechte Gesellschaft. Da draußen sind die Fischer allein mit Gott und der See, wißt Ihr, da ist es wichtig, daß man sich auf jeden im Boot verlassen kann.«

»Hm. Und was geschah weiter?«

Herbert nahm einen Schluck aus dem Krug. »Der Fremde wechselte von Boot zu Boot. Er machte allen Leuten das Leben schwer mit seinen Lügen und Gemeinheiten. Er lauerte der Tochter eines angesehenen Mannes auf und wollte sich an ihr vergehen. Sie entkam, und ihre drei Brüder haben ihn sich geholt. Es hat alles nicht viel genützt. Der Pfarrer von Boscastle hat ihm ins Gewissen geredet, aber auch das half nicht. Er ist ein hoffnungsloser Unruhestifter. Und jeder glaubte, er sei ein bißchen verrückt. Aber offenbar haben wir uns geirrt.«

»Nein, ihr habt euch nicht geirrt. Er hat nicht gelogen, er ist ein Edelmann, oder was man heute so Edelmann nennt. Aber verrückt ist er trotzdem.«

»Und dennoch wollt Ihr ihn zurückbringen?«

»Ich will nicht, ich muß. Ich muß es zumindest versuchen.«

»Warum?«

»Weil der König es so will.«

Herbert betrachtete ihn versonnen. »Ich sehe, mein Freund, daß dies eine komplizierte Sache für Euch ist. Vielleicht solltet Ihr mir alles der Reihe nach erzählen. Möglicherweise kann ich Euch helfen.«

Boscastle war ein kleines, zu jeder anderen Jahreszeit wohl freundliches Fischerdorf. Der Hafen lag in einer breiten Flußmündung, auf deren beiden Seiten sich die Häuser und Fischerhütten an die steilen Hänge schmiegten. Jetzt trugen die reetgedeckten Häuser alle eine dicke Mütze aus Schnee, Eisschollen trieben auf dem brackigen Flußwasser, dessen Stand wegen der Ebbe so niedrig war, daß die Boote sich im eisigen Schlamm wie betrunken zur Seite neigten.

Der scharfe, gnadenlose Wind zerrte an Robins geborgter Mönchskutte, während er hinter Bruder Herbert den Pfad oberhalb des Hafens entlangging. Er führte die Stute am Zügel, und er mußte vor ihr hergehen, weil der Weg so schmal war. Mühsam und vorsichtig kletterten sie zum Wasser hinunter.

Im Hafen war nicht viel Betrieb, nur an zwei Booten entdeckten sie dick vermummte Männer, die Holzkisten ausluden und Netze zusammenlegten.

Bei einer der verfrorenen Gruppen hielt Herbert an. »Einen guten Tag, Jack.«

Der Fischer stellte seine Holzkiste ab und richtete sich auf. »Den wünsche ich Euch, Bruder Herbert.«

»Hast du Mort heute schon irgendwo gesehen?«

Der dunkelhaarige, wettergegerbte Mann hörte auf zu lächeln und nickte auf eine der Hütten zu, die in unmittelbarer Nähe des Wassers standen. »Dort drin.«

»Danke.«

Sie gingen auf die Baracke zu, und Robin band das Pferd draußen an. Dann folgte er Herbert hinein.

Das Gebäude bestand nur aus einem Raum, und drinnen waren mehrere Frauen und ein paar Männer damit beschäftigt, Fische auszunehmen. Jeder stand vor einer vollen hölzernen Kiste, in der einen Hand ein Messer, in der anderen einen Fisch. Selbst in der kalten Winterluft war der Geruch überwältigend.

Robin erkannte Mortimer sofort. Er stand in einer dunklen Ecke des Raumes, die Beine leicht gespreizt. Seine entblößten Arme waren bis zu den Ellenbogen dreck- und blutverschmiert. Mit gerunzelter Stirn konzentrierte er sich auf die Arbeit. Seine Hände bewegten sich schnell; er hatte offenbar einiges Geschick entwickelt.

Entschlossen schritt Herbert auf ihn zu. »Mort, kann ich dich einen Moment sprechen?«

Mortimer sah auf. »Was wollt Ihr?«

»Komm mit zur Tür.«

Mortimer kam unwillig und folgte ihm bis zu der Stelle, wo Robin wartete. Helles Tageslicht fiel durch die offene Tür herein. Robin spürte seinen Mund trocken werden und widerstand mit Mühe der Versuchung, die Kapuze noch tiefer ins Gesicht zu ziehen. Er muß mich erkennen, dachte er kalt.

Aber Mortimer stieß keinen wütenden Triumphschrei aus. Ein bißchen verwirrt sah er die beiden Mönche an. »Was gibt es denn, Bruder?« erkundigte er sich.

Herbert wies kurz auf Robin. »Das ist Bruder Lionel. Er kommt aus London, Mort, und er hat seltsame Nachrichten gebracht. Unglücklicherweise verrichtet er gerade eine Buße und hat ein Schweigegelübde abgelegt, deshalb kann er dir seine Botschaft nicht direkt übermitteln. Aber er hat uns einen Brief gebracht. Darin steht, er soll dich nach London bringen.«

Mortimer riß die Augen auf. »Nach London? Wo ist dieser Brief?«

Herbert antwortete nicht, und Robin winkte Mortimer mit nach draußen. Hinkend ging er vor ihm her, er stützte sich schwer auf Bruder Herberts Wanderstab.

Mortimer folgte neugierig.

Robin lud das Gepäck ab und förderte nach und nach Mortimers Rüstung zutage. Mit tief gesenktem Kopf machte er eine einladende Geste.

Mortimer öffnete den Mund und schloß ihn wieder. Wie gebannt starrte er auf das schimmernde Metall.

»Was … was hat das zu bedeuten?«

Herbert schüttelte langsam den Kopf. »Wir wissen es nicht. Nur, daß Bruder Lionel den Auftrag hat, dir diese Dinge zu übergeben und dich nach London zu begleiten. Ich denke, wir haben uns wohl alle geirrt, Mort. Du mußt uns verzeihen, daß wir dir nicht geglaubt haben. Deine verrückte Geschichte.«

Mortimer war bleich geworden, und sein Gesicht arbeitete. Langsam trat er näher, hob seinen Schild auf und betrachtete das Wappen. Dann lief er rot an, blinzelte wütend zwei Tränen aus den Augenwinkeln und drehte den Männern ruckartig den Rücken zu.

Robin und Herbert warteten schweigend.

Als Mortimer sich ihnen wieder zuwandte, hatte er sich in der Gewalt. Ganz der alte, dachte Robin halb amüsiert, halb bitter. Der vertraute, verkniffene Zug war um Mortimers Mund, seine grauen Augen mit den langen Wimpern hatten sich verengt. Keine Spur von Freude oder Hoffnung lag auf seinem Gesicht.

Er machte einen langen Schritt auf Robin zu. »Was soll das bedeuten? Wer bist du? Warum schicken sie einen runtergekommenen Mönch statt einer königlichen Abordnung? *Und warum erst jetzt*?!«

Herbert seufzte vernehmlich. »Du kannst wirklich niemals zufrieden sein, nicht wahr? Laß ab von Bruder Lionel, sage ich dir! Er kann dir nicht antworten, und er weiß auch nicht mehr als ich. Na los, mach schon, leg deine feinen Sachen an, und dann laß uns aufbrechen.«

Robin war unendlich dankbar für Herberts Begleitung. Er hielt Mortimer mit Gesprächen und vielen interessierten Fragen über seine wirkliche Herkunft beschäftigt. Mortimer ließ sich nicht lange bitten, von seinem Lehen zu erzählen. Er schnitt furchtbar auf und log über seine angeblichen Tugenden als weiser Lehnsherr, bis Robin ganz schlecht davon wurde. Aber er war froh über alles, was Mortimer von seiner Anwesenheit ablenkte. Er beglückwünschte sich still, daß er auf das seltsame Angebot des Mönchs eingegangen war.

Nachdem Robin Herbert abends in der Scheune seine Geschichte erzählt hatte, hatte er ihm seine Hilfe in Form einer Franziskanerkutte, seiner Begleitung und ein paar glattzüngiger Lügen versprochen. Der Preis war ein Drittel von Robins persönlichen Einkünften aus den nächsten drei Jahren.

»Vermutlich nicht viel«, hatte Robin belustigt gewarnt.

»Wer weiß.« Herbert schien zuversichtlich.

Robin hatte ohne zu zögern eingewilligt, weil ihm keine andere Wahl blieb und weil er wußte, daß die Franziskaner von Boscastle sein Geld dahin geben würden, wo es am dringendsten gebraucht wurde. Er war zuversichtlich, daß das unheilige Abkommen seinem Seelenheil nicht schaden würde.

In Westminster lag der Schnee eine Elle hoch. Die Wachen am Tor waren in dicke Mäntel gehüllt. Ihr Atem bildete weiße Dampfwolken in der schneidend kalten Luft. Einer erkundigte sich nach ihren Wünschen.

»Waringham«, sagte Mortimer knapp und hochnäsig. »Der König erwartet mich.«

Der Wachsoldat warf einen kurzen, ehrfurchtsvollen Blick auf das Wappen, dann verneigte er sich und winkte Mortimer höflich durch das Tor.

Als Mortimer und die Wachen sich entfernt hatten, verabschiedete Robin sich von Herbert, der sich nicht länger als nötig aufhalten wollte. Mit einem gutmütigen Grinsen nahm er Robins Dank entgegen und erinnerte ihn an sein Versprechen.

»Ich werde es nicht vergessen.«

»Nein, ich weiß. Ich wünsche Euch Glück und Wohlstand, mein Freund.«

Robin lachte. »Darauf wette ich.«

Dann folgte er Mortimer. Als er der Wache erklärte, er sei in Begleitung des Earls of Waringham gekommen, wurde er sogleich vorgelassen.

Der König hatte Mortimer in demselben Raum empfangen wie damals Robin. Wieder brannte ein gewaltiges Feuer im Kamin, doch der Raum war trotzdem kalt. Nahe der kleinen Fenster bewegten die Wandteppiche sich in der eisigen Zugluft. Robin unterdrückte ein Schaudern. Kein Wunder, daß der König verfroren wirkte.

Er hatte einen Stiefel auf die Kaminbank gestellt, die Arme vor der Brust verschränkt und betrachtete Mortimer abschätzend.

Als Robin leise eintrat, sah er verwundert auf. »Nanu? Was wünscht Ihr, Bruder?«

Robin warf die Kapuze zurück und lehnte seinen Wanderstab an die Wand. Dann verneigte er sich. »Ich habe getan, was Ihr mir aufgetragen habt, mein König. Aber ich mußte mich wieder einmal verkleiden.«

Der König starrte ihn verdutzt an, doch sein Erstaunen war nichts im Vergleich zu Mortimers Reaktion. Als dieser Robin erkannte, gab er einen Laut von sich, der kaum mehr Ähnlichkeit mit einer menschlichen Stimme hatte. Er zückte seinen Dolch und sprang ihn knurrend an.

Robin war nicht übermäßig überrascht. Er wich mühelos zur Seite, und Mortimer folgte ihm.

Der König richtete sich auf. »Waringham, seid Ihr von Sinnen, Schluß damit …«

Mortimer hörte ihn nicht. Sein Blick war auf das so vertraute Gesicht fixiert, das er nun zum erstenmal seit jenem Abend in den Wäldern zwischen Canterbury und Dover wiedersah, das während der letzten Tage immer von der großen Kapuze und dem gewaltigen Bart verdeckt gewesen war. Der Bart war immer noch da, aber jetzt konnte Mortimer kaum begreifen, wie ihn das hatte blenden können. Jetzt dachte er, daß er diesen Mann in jeder Verkleidung hätte erkennen müssen. Denn es war doch kein Tag, keine Stunde vergangen, da er nicht an ihn gedacht hatte. Er packte Robin an der Kutte und führte einen mörderischen Dolchstoß auf seine Kehle. »Jetzt wirst du bezahlen, jetzt rechne ich endlich mit dir ab«, zischte er fast unverständlich.

Robin riß seinen Kopf nach hinten, stieß Mortimer weg und trat den Dolch aus seiner Hand. Dann schnappte er sich seinen Wanderstab, packte ihn mit beiden Händen und hob ihn Mortimer entgegen.

Mortimer hatte seinen Dolch aufgehoben und griff wieder an. Robin täuschte mit dem Knüppel einen geraden Stoß vor, riß ihn dann zur Seite und traf Mortimer am Oberarm. Der Stahl der Rüstung schepperte, und Mortimer taumelte einen Schritt zur Seite. »Das wird dich nicht retten …«

»Waringham, hört auf!« donnerte der König. »Wir befehlen es!«

Die gewaltige Stimme brachte Mortimer halbwegs zur Besinnung. Keuchend blieb er stehen, mit gesenktem Kopf, den Dolch immer noch in der Hand. Robin ließ seinen Stock nicht sinken. Die Augen fest auf Mortimer gerichtet, sagte er: »Leiht mir Euren Dolch, mein König, oder nehmt ihm seinen ab. Ich habe nicht monatelang nach ihm gesucht, um mich von ihm abschlachten zu lassen.«

Der König streckte die Hand aus. »Gebt Euren Dolch her. Und nehmt Euch zusammen, Lehnsmann. Wir dulden solches Benehmen nicht.«

Mortimer zögerte noch einen langen Moment, dann trat er vor den König und legte seinen kostbaren Dolch langsam auf den Tisch vor ihm. »Wenn Ihr wüßtet, Euer Gnaden …«

»Oh, Wir sind genau im Bilde, mein Junge.« Er wandte sich an Robin und betrachtete ihn kopfschüttelnd. »Wie Ihr nur ausseht. Wie ein wilder Eremit. Was in aller Welt soll dieser lästerliche Mummenschanz?«

Robin senkte schuldbewußt den Blick. »Ich habe getan, was Ihr befohlen habt. Unbewaffnet und als Büßer bin ich ihm entgegengetreten. Als büßender Franziskaner. Unter Schweigepflicht. Ich wußte mir keinen anderen Rat, denn wenn er mich erkannt hätte, dann ...«

»Verschlagen und verlogen, wie eh und je«, grollte Mortimer.

Robin warf ihm einen eisigen Blick zu. »Du hingegen bist ein Muster an Aufrichtigkeit, nicht wahr?«

Mortimer ließ sich diesbezüglich lieber auf keine Debatte ein. Er wandte sich an König Edward. »Ich habe eine Klage vorzubringen gegen diesen Mann. Er hat ...«

Der König hob die Hand. »Ich weiß, ich weiß. Und ich werde mir Eure Geschichte anhören, ebenso wie ich seine angehört habe. Aber ich schlage vor, Ihr zieht Euch beide erst einmal zurück, und wir reden später weiter. In der Zwischenzeit könnt Ihr Eure Gemüter beruhigen oder ein Bad nehmen, je nach Bedarf. Ihr dürft Euch entfernen. Und Fitz-Gervais, nehmt um Gottes willen dieses Gestrüpp ab.«

Robin verneigte sich grinsend. »Nichts lieber als das, mein König.«

König Edward hatte einige Erfahrung darin, zwischen zerstrittenen, gar verfeindeten Rittern zu vermitteln. Er glaubte daran, daß der Erfolg seiner Herrschaft und seiner Feldzüge nicht zuletzt vom Zusammenhalt seiner Vasallen abhing. Und über die Jahre war es ihm gelungen, die Adeligen seines Landes, die sich früher so oft untereinander in erbitterten Kriegen bekämpft hatten, zu einer verschworenen, auf dem Kontinent weit gefürchteten Gemeinschaft zu vereinen. Doch in diesem Fall blieb er erfolglos. Als er die beiden Ritter im Verlauf der zweiten Unterredung am Abend aufforderte, sich die Hand zu reichen und ihre Fehde zu beenden, verschränkten sie beide die Arme vor der Brust und lehnten entrüstet ab. So blieb ihm nur übrig, über ihre Forderungen zu entscheiden und dafür zu sorgen, daß sie in Zukunft möglichst selten am selben Ort sein würden.

Er gewährte Mortimer das Lehen von Waringham in vollem Umfange zurück, mit der Ausnahme von vier Zuchtstuten, die er Robin für den Beginn einer eigenen Zucht auf seinem kleinen Lehen in Lancashire zusprach. Robin fand, er konnte ausgesprochen zufrieden sein. Mit den vier Stuten und Brutus hatte er ein exzellentes Startkapital. Vor allem aber hatte der König Robins dringendster Bitte entsprochen: Jedem, der auf dem Gestüt in Waringham lebte und arbeitete, stand es frei, aus Waringham fortzugehen und Robin nach Fernbrook zu folgen. Und das galt selbstverständlich auch für Agnes. Mortimer war über das Urteil des Königs zutiefst verbittert, doch Edward machte unmißverständlich klar, daß seine Entscheidung feststand. Schließlich entließ er Robin, damit dieser zu Lancaster zurückkehren konnte, und nahm Mortimer in seinen eigenen Dienst.

Ohne Alice wiederzusehen, verließ Robin Westminster am nächsten Tag und ritt nach London zurück. Er verpaßte Lancaster knapp, der am frühen Morgen in nördlicher Richtung aufgebrochen war. Doch dieser hatte schon von Robins Rückkehr erfahren und ihm eine Nachricht hinterlassen: *Wenn Ihr Wert auf meinen Rat legt, bleibt nicht länger in Waringham als unbedingt nötig. Diesem Mortimer ist ganz sicher nicht zu trauen. Nehmt Eure bescheidenen Ländereien in Fernbrook in Besitz, und bleibt meinethalben vorerst dort. Ich weiß nicht genau, wo ich sein werde, Herefordshire oder Leicester vermutlich. Warum nur müssen meine Ländereien so weit verstreut liegen? Es wäre wirklich einfacher, wenn England mir ganz gehörte. Wie auch immer. Ich werde nach Euch schicken, wenn ich Euch brauche. Euren herrlichen Brutus und Euren wackeren Knappen lasse ich Euch zurück. L.*

Sowohl der eine als auch der andere waren selig über Robins unversehrte Rückkehr. Leofric ließ ihm keine Ruhe, bis er ihm genau erzählt hatte, wie er Mortimer gefunden hatte und wie es ihm mit dem König ergangen war.

Und wird Mortimer tun, was der König sagt? Uns in Ruhe lassen?

Robin nickte. »Keine Bange. Der König hat ziemlich deutlich gemacht, daß er ansonsten mächtig in Ungnade fallen könnte. Mortimer schien tatsächlich beeindruckt.«

Wann brechen wir auf?

»Na ja, es wird gleich dunkel. Ich fürchte, bis morgen werden wir uns wohl gedulden müssen.«

Bei strahlendem Sonnenschein und klirrender Kälte brachen sie auf. Robin war froh, wieder warme Sachen zu tragen, vor allem der neue, pelzgefütterte Mantel erwies ihm gute Dienste. Er war ein großzügiges Geschenk von Lancaster, aus dunkelgrüner Wolle, und er trug Robins neues Wappen, das er sich vor seiner Reise nach Cornwall ausgedacht und welches das Wappengericht inzwischen genehmigt hatte: Dem schwarzen Einhorn auf grünem Grund der Waringhams waren zwei rote Farnzweige hinzugefügt worden. Robin betrachtete es mit Stolz. Das Wappen verband das Alte mit dem Neuen, die ehrwürdigen Traditionen seiner Ahnen mit den seltsamen Umständen seiner Gegenwart. Er fand das Wappen passend.

Sie verließen London über die Brücke und machten sich von Southwark aus über die alte Römerstraße auf nach Osten. Trotz des Schnees kamen sie recht gut vorwärts, doch viel Betrieb war nicht auf der Straße. Jeder, der keinen dringenden Grund für eine Reise hatte, blieb bei dieser Kälte lieber daheim. Mittags rasteten sie nur kurz, mehr, um die Pferde zu schonen, als aus einem Bedürfnis nach Ruhe. Sie waren ungeduldig, nach Hause zu kommen. Unterwegs sprachen sie kaum über die vergangenen Monate. Leofric hatte in Robins Abwesenheit eine Art persönlicher Chronik geführt. Dieser Dichter Chaucer hatte ihm das Papier dafür geschenkt. Darin hatte er festgehalten, womit er seine Tage verbrachte und was sich am Hof des Herzogs zutrug. Robin hatte es mit Interesse gelesen und so manches über seinen Dienstherrn, seinen Vetter Gisbert und andere Ritter erfahren. Doch jetzt waren sie mit ihren Gedanken in Waringham. Robin konnte es kaum erwarten, seine Schwester und die Freunde wiederzusehen. Und er war glücklich, daß er vor Mortimer dort eintreffen würde.

Hast du eigentlich immer noch die Geschenke, die du in Calais gekauft hast? erkundigte sich Leofric irgendwann.

»Natürlich.« Robin klopfte auf seine Satteltaschen. »Hier drin, wenn die Motten nicht darüber hergefallen sind. Ich habe nicht nachgesehen.« Nach einem Moment fügte er kopfschüttelnd hinzu: »Meine Güte, ich hoffe nur, Elinor ist nicht inzwischen zu groß geworden für bunte Haarschleifen. Es kommt mir vor wie eine halbe Ewigkeit, seit ich sie zuletzt gesehen habe.«

Leofric nickte. Dann sah er zum Himmel auf. *Wird bald dunkel.*

»Hm. Wenn wir klug sind, machen wir am nächsten Wirtshaus halt.«

Ja, wird mächtig kalt werden heute nacht.

»Andererseits, wenn wir weiterreiten, könnten wir zu einem späten Abendessen da sein.«

Leofric verdrehte die Augen. *Wie du schon sagtest, wenn wir klug sind, halten wir. Aber wir sind ja nicht klug. Und wir werden auch nie klüger.*

Robin lachte und verstummte jäh, als ihn ein gewaltiger Stoß in den Rücken traf. Als habe jemand einen dicken Stein nach ihm geworfen. Er wurde nach vorne geschleudert, die Wucht brachte ihn beinah aus dem Gleichgewicht, und er griff mit einer Hand in Brutus' Mähne, um nicht zu stürzen. »Was, zur Hölle …«

Dann war Leofric plötzlich neben ihm, riß Brutus' Zügel aus Robins kraftlos gewordenen Fingern, schlug seinem eigenen Pferd die Hacken in die Seiten und galoppierte an. Etwas pfiff an Robins Kopf vorbei, und sofort verstand er, was ihn in den Rücken getroffen hatte und warum es so lächerlich weh tat. Er warf einen kurzen Blick über die Schulter und fand seine Befürchtung bestätigt. Etwa hundert Yards hinter ihnen galoppierte eine Gruppe von vier Reitern. Im Zwielicht waren sie nicht genau auszumachen, aber an ihrer Haltung erkannte Robin, daß zwei von ihnen lange Bögen auf sie gerichtet hatten. Die Bewegung der Pferde machte das Bogenschießen schwierig, noch während Robin zurücksah, gingen zwei Pfeile weit fehl. Doch im Augenwinkel konnte er den Schaft erhaschen, der aus seiner Schulter ragte. Einmal zumindest hatten sie getroffen. Und sie kamen näher.

Robin hatte genug gesehen. Er bedeutete Leofric, ihm seine Zügel zurückzugeben. »Verschwinden wir von der Straße, da nach rechts, dahinten sind Bäume.«

Leofric nickte knapp und trieb sein Pferd an. So schnell sie konnten, überquerten sie das verschneite Feld, das sie vom Wald trennte. Robin sah nur einmal kurz zurück. Die Reiter folgten ihnen. Er hatte nichts anderes erwartet. Glücklicherweise hielt der Schnee die Verfolger ebenso auf wie sie, und sie erreichten den

Waldrand, ohne weiteren Schaden zu nehmen. Im Wald war es schon fast dunkel, aber der Schnee machte die Nacht hell. Robin bahnte sich eilig einen Weg zwischen den jungen Bäumen hindurch. Leofric folgte dicht hinter ihm.

Robin spürte eine warme Nässe am Rücken. »Sieh nach, wie schlimm es blutet.«

Leofric hob behutsam Robins Mantel an.

Robin zog scharf die Luft ein. »Verdammt, ich hab' nicht gesagt, du sollst den Pfeil rausreißen. Laß ihn stecken. Und?«

Leofric schnitt eine scheußliche Grimasse und nickte düster.

Robin seufzte. »Ja, ich dachte es mir. Ich schätze …verflucht, sie kommen näher. Ich kann sie hören.«

Sie setzten sich in Bewegung, und Robin wandte sich kurz noch einmal zu Leofric um, ehe es so dunkel wurde, daß der Junge seine Lippenbewegungen nicht mehr erkennen konnte. »Ich weiß nicht, ob das Mortimer ist oder nicht. Wenn, ist er noch verrückter, als ich dachte. Wie auch immer, paß auf und tu, was ich sage: Wenn ich irgendwann vom Pferd falle, dann laß mich liegen und reite weiter …« Er packte Leofric hart am Arm, als er den Kopf wegdrehen wollte. »Es ist mein Ernst. Wenn ich nicht weiterreiten kann, kriegen sie mich. Sie werden mich töten, oder sie werden mich nicht töten, aber es hilft nichts, wenn du bei mir bleibst. Hast du verstanden?«

Leofric nickte unwillig und machte eine ungeduldige, auffordernde Geste.

»Ja. Wir suchen uns einen Weg und reiten, was das Zeug hält. Abhängen können wir sie nicht, es ist zu hell. Aber vielleicht finden wir irgendeinen Ort, wo wir uns verteidigen können.«

Fast zwei Stunden kämpften sie sich durch die Bäume. Je tiefer sie in den Wald vordrangen, um so dichter standen sie, und schließlich mußten sie absitzen und zu Fuß weiter. Die ganze Zeit hörte Robin die Verfolger, einmal näher, einmal weiter weg. Aber dank der Bäume und der Dunkelheit sahen sie sie nicht. Als sie endlich einen Weg fanden, konnte Robin nicht mehr allein aufsitzen. Er spürte, wie seine Kräfte mit jedem Blutstropfen schwanden, den er verlor.

Leofric saß noch einmal ab, stellte sich neben Brutus und verschränkte nahe über dem Boden die Hände ineinander. Robin stellte seinen Fuß darauf, und Leofric beförderte ihn mit einem

Schwung in den Sattel. Beinah wäre Robin an der anderen Seite wieder heruntergefallen. Hinter ihnen knackten Zweige. Robin hörte gedämpftes Hufgetrappel.

Leofric hörte es nicht, aber trotzdem schwang er sich eilig in den Sattel, und sie ritten weiter. Nicht zu früh. Ein hellgefiederter Pfeil blieb zitternd in einem dicken Stamm neben ihnen stecken.

Als sie den Rand des Waldes erreichten, war Leofrics Pferd erschöpft. Schaum stand vor seinem Maul, und es ließ müde den Kopf hängen. Robin hielt kurz an und spähte blinzelnd auf das armselige Dorf, das in einem seichten Tal vor ihnen lag. Sein Blick schien ihm leicht getrübt, sein Gehör dagegen schärfer als sonst. Er konnte den Hufschlag der vier Pferde hinter sich deutlich hören. Sie waren wieder näher herangekommen.

»Oh, das kann nicht wahr sein … Leofric, ich kenne diesen Ort! Komm, ich weiß, wo wir hinkönnen. Es ist nicht weit. Bring deinen Klepper in Gang.«

Leofric schüttelte mutlos den Kopf und wies vielsagend auf den gebeugten Hals seines Pferdes. Dann bedeutete er Robin weiterzureiten.

Robin ritt näher an Leofric heran, streckte die Hand aus und legte sie dem müden Braunen zwischen die Ohren. Dann schloß er für einen Moment die Augen. Er spürte, daß seine Hand auf dem Pferdekopf klamm und kraftlos war, er fürchtete, die Gabe würde versagen. Aber das leise Summen und die schwerelose Leere in seinem Kopf stellten sich fast sofort ein. Und nach wenigen Augenblicken schnaubte Leofrics Pferd leise, bäumte sich kurz auf und preschte davon, als sei es frisch und ausgeruht. Brutus, der keinerlei Anzeichen von Erschöpfung zeigte, folgte ihm. Hinter ihnen knackten Äste, und die vier Reiter brachen zwischen den Bäumen hervor. Sie waren ihnen jetzt dichter auf den Fersen als vor dem Wald, Robin und Leofric hatten nicht einmal die Hälfte des Feldes zwischen Dorf und Waldrand zurückgelegt.

Robin sah nicht zurück. Er lenkte Brutus auf das östliche Ende des Feldes zu, wo sich eine graue Mauer erhob.

»Gib auf, Fitz-Gervais!« rief eine donnernde Stimme hinter ihm. Nicht Mortimers Stimme. Aber wer immer es war, er kannte seinen Namen. Seinen neuen Namen. »Wenn du dich ergibst, lassen wir den Jungen laufen!«

Ja, vielleicht würdet ihr das, dachte Robin bitter. Aber ich will mich lieber nicht darauf verlassen. Und auch um seinetwillen war er wenig geneigt aufzugeben, solange noch Hoffnung bestand.

Leofrics Pferd keuchte und wurde langsamer. Bald war Brutus um eine Länge voraus, und Robin hielt ihn sanft zurück. Fast hatten sie das Feld überquert. Die Verfolger hatten sich aufgeteilt, zwei ritten diagonal auf sie zu und versuchten, ihnen den Weg abzuschneiden. Und es wäre ihnen auch gelungen, wäre nicht das vordere der beiden Pferde plötzlich auf einen stummen Blick von Robin wie angewurzelt stehengeblieben, so daß sein Reiter schreiend und in hohem Bogen aus dem Sattel schoß.

Sie hatten die Mauer erreicht und ritten im scharfen Winkel nach rechts, wo sie sich weiterzog. Unter einer alten Weide hielt Robin an und glitt aus dem Sattel. Leofric folgte seinem Beispiel.

»Los, nichts wie rauf auf den Baum und über die Mauer.«

Sie kletterten auf die niedrigen Äste. Zum Glück reichten sie weit hinunter und wuchsen dicht; eine junge Buche hätte Robin in seinem Zustand kaum erklimmen können. Sie hatten vielleicht die Hälfte der Mauerhöhe erreicht, als die drei Pferde der verbleibenden Verfolger unter dem Baum anhielten. Robin kümmerte sich nicht mehr um das, was er von unten hörte. Er konzentrierte sich nur darauf, von Ast zu Ast zu steigen. Leofric war schon auf der Mauer und streckte ihm hilfreich eine Hand entgegen, als jemand von unten Robins Fuß packte. Er trat zu, schüttelte seinen Fuß hin und her, und der Griff rutschte ab. Dann hatte Leofric ihn auf die Mauer gezerrt.

Robin schwitzte und fror gleichzeitig. Aber jetzt war keine Zeit zum Verschnaufen. »Wir müssen springen«, raunte er. »Spring gut, schlag dir nicht den Knöchel um. Sonst ist es aus.«

Leofric landete sicher im weichen Schnee. Robin hingegen verlor das Gleichgewicht, er taumelte einen Moment, dann fiel er auf den Rücken. Der Pfeil brach mit einem trockenen Knacken, und die Spitze bohrte sich tiefer in das Fleisch zwischen Schlüsselbein und Schulterblatt. Er stöhnte dumpf, drehte sich auf die Seite und blieb einen Augenblick reglos liegen. Oben auf der Mauer erschienen Schatten.

Leofric packte ihn grob am Arm und zerrte ihn auf die Füße. Robin folgte ihm stolpernd in die Dunkelheit, dann hielt er ihn zurück und zog ihn in die entgegengesetzte Richtung über den großen Innenhof. »Nein, da lang.«

Sie hasteten durch eine Insel aus Mondlicht, an einem kleinen Teich vorbei und glitten in den Schatten des Kreuzgangs. Robin stolperte wieder, aber er hielt nicht inne. Deutlich hörte er jetzt die Schritte der drei Männer hinter sich, die immer näher kamen. Er hörte auch das leise Klirren, als sie ihre Schwerter zogen. Ganz nah. Es kribbelte in seinem Nacken, und er war sicher, daß sich im nächsten Moment eine Hand auf seine Schulter legen würde.

Als er die kleine Seitenpforte der Kirche aufstieß, erklangen drinnen die getragenen Stimmen der Brüder, die das Komplet sangen. Vielstimmig hallte ihr Gesang zum Deckengewölbe hinauf. Robin und Leofric eilten durch das kurze Querschiff und dann den Gang zum Altar entlang. Das Hauptschiff erschien Robin endlos lang, viel länger, als er es in Erinnerung gehabt hatte. Hinter ihnen wurde wieder die Tür aufgerissen, wie zum hörbaren Beweis für das Sakrileg ihres Eindringens ließ einer der Verfolger sein Schwert über den Steinfußboden schleifen. Der Gesang der Mönche verstummte. Nur noch Schritte und ausgepumptes Keuchen waren zu hören. Robin hatte den Altar fast erreicht. Mit der linken Hand packte er Leofrics Handgelenk, die rechte streckte er vor sich aus. Die Schritte hinter ihm schwollen zu einem rasselnden Getöse an, das ihn gänzlich ausfüllte. Sie hatten ihn eingeholt. Endlich spürte er die Hand, sie krallte sich in seinen Mantel. Robin warf sich nach vorn, die Hand glitt von dem festen Stoff ab, er schlug der Länge nach auf die Stufen und klammerte die ausgestreckte Hand in das Altartuch.

»Ich erbitte Asyl«, brachte er atemlos hervor.

In der Kirche war es vollkommen still. Robin rührte sich nicht, nahm vor allem die Hand nicht vom Altar und wartete mit geschlossenen Augen.

Dann vernahm er das leise Rascheln einer Mönchskutte, und eine tiefe, ehrfurchtgebietende Stimme befahl: »Steckt Eure Waffen ein! Dies ist das Haus Gottes.«

Schwerter wurden in Scheiden gesteckt. Robin atmete tief durch, richtete sich auf und drehte sich um.

Jerome of Berkley betrachtete seine unfreiwilligen Gäste eindringlich. »Mir scheint fast, ich kenne Euch, Sir.«

Robin nickte. »Robert Fitz-Gervais, Vater. Früher einmal Robert of Waringham.«

Der Abt machte große Augen. Dann schüttelte er mißbilligend den Kopf. »Auf seltsamen Wegen hat der Herr Euch zu uns zurückgeführt.«

»Das kann man wohl sagen, Vater.«

Einer der dunkel gekleideten Männer trat aus dem Schatten. »Vater, dieser Mann ist ein Verbrecher. Ich fordere seine Auslieferung.«

Robin starrte ihn erstaunt an. »De Gray …«

Der junge Ritter bedachte ihn mit einem haßerfüllten Lächeln. »Dachtest du, ich habe dich vergessen?«

Robin stützte sich müde auf den Altar. »Nein. Ich dachte, du seiest in Bordeaux geblieben.«

»Dort konnten sie mich so wenig gebrauchen wie dich. Prinz Edward kann sich derzeit kein übermäßig großes Gefolge leisten.«

»Wie bedauerlich.«

»Also bin ich zurückgekommen. Und wie nicht anders zu erwarten: Kaum hab' ich dich ausfindig gemacht, verkriechst du dich feige in einer Kirche.«

»So, feige, meinst du? Und was nennst du einen Pfeil in den Rücken? Und vier gegen einen?«

Der Abt hob die Hand. »Das gehört nicht hierher. Verschont uns mit Euren weltlichen Querelen. Schlimm genug, daß Ihr den Frieden unseres Abendgebetes gestört habt.«

De Gray verneigte sich knapp. »Ich bitte Euch und die Brüder um Verzeihung, Vater. Wir hatten gehofft, ihn vor Euren Mauern zu erwischen. Doch er verhexte unsere Pferde und entkam. Wenn Ihr uns erlaubt, ihn mitzunehmen, werden wir Euch nicht länger als nötig stören.«

Der alte Mönch schüttelte den Kopf. »Ich bin sicher, das werdet Ihr nicht. Denn Ihr werdet jetzt gehen. Sofort. Was immer dieser Mann getan hat, er hat seine Hand auf diesen Altar gelegt und um Asyl gebeten. Also werden wir ihm Obdach und Schutz gewähren, wenn es sein muß, vierzig Tage lang. Wir werden Erkundigungen einziehen, und sollte sich herausstellen, daß er eines Vergehens beschuldigt wird, werden wir ihn nach Ablauf der Zeit ausliefern. An das weltliche Gesetz. Den Sheriff.«

De Gray warf sich entrüstet in die Brust. »Aber ich bin ein Ritter des Königs …«

»Das hat hier keine Bedeutung. Hier gilt nicht das Gesetz des Königs, sondern das Wort Gottes. Davon abgesehen bin ich nicht sicher, ob der König einverstanden wäre, wenn er wüßte, daß seine Ritter sich zum Richter und Henker über ihresgleichen aufspielen.«

De Gray machte ein finsteres Gesicht. »Das heißt, Ihr wollt ihm Schutz gewähren, obwohl er sich teuflischer Mächte bedient, um Pferde zu verhexen?«

Jerome tat den Einwand mit einer Geste ab. »Wenn das der Fall ist, ist es Sache der Kirche, sich darum zu kümmern. Und nun geht.«

De Gray trat vom Altar zurück. Seine Begleiter hatten sich schon abgewandt, aber er zögerte noch einen Moment und sah zu Robin. »Wann immer du aus deinem Mauseloch gekrochen kommst, ich werde hier sein.«

Robin winkte ab. »Komm nicht auf die Idee, mein Pferd zu stehlen, de Gray.«

De Gray blieb eine Antwort schuldig, vermutlich, weil genau das seine Absicht gewesen war. Gemeinsam mit den anderen beiden Rittern verließ er die Kirche, und Robin stieg langsam die Altarstufen hinab. Er stützte sich ein wenig auf Leofric, der nicht von seiner Seite wich.

»Ich danke Euch, Vater Jerome.«

Der Abt betrachtete ihn kühl. »Dazu besteht kein Grund. Ich habe nur meine Pflicht getan. Und nun, Robert Fitz-Gervais, betet mit uns, oder verlaßt die Kirche. Auf dem Gelände des Klosters könnt Ihr Euch gefahrlos bewegen. Unser Gästehaus ist auf der anderen Seite des Hofes.«

Robin wandte sich ab. »Ich habe es nicht vergessen, Vater.«

Noch ehe sie die Pforte erreicht hatten, nahmen die Brüder ihre Gesänge wieder auf.

Außer ihnen war niemand im Gästehaus. Robin ließ sich dankbar auf eines der Strohlager sinken. Leofric zündete einen Kerzenstumpf an, der auf einem groben Holztisch in der Nähe stand. Er hielt eine schützende Hand um die Flamme, als er sie herübertrug.

Robin stützte das Kinn auf die Faust. »Es ist unglaublich, jetzt sitzen wir hier fest. Ausgerechnet in St. Thomas.«

Woher kennst du diesen Ort?

»Ich bin hier zur Schule gegangen.«

Und was machen wir nun? Was soll aus diesem Pfeil in deinem Rücken werden? Jemand muß sich darum kümmern.

Robin dachte einen Moment nach. »Geh zum Pferdestall, Leofric. Der ist links neben dem Haupttor. Suche nach einem breitschultrigen, fröhlichen Kerl, dunkle Haare, ungefähr so alt wie ich. Sein Name ist Oswin. Hier, warte …« Er zog mit steifen Bewegungen seinen Geldbeutel hervor und fischte ein paar Pennys heraus. »Gib ihm das, und hol mit ihm zusammen die Pferde rein. Er soll sich um sie kümmern. Und dann bring ihn her. Wenn du den richtigen Mann findest, wird er mit dir gehen, wenn er das Geld sieht.«

Leofric schloß die Faust um die Münzen und ging. Nach ungefähr einer halben Stunde kehrte er in Oswins Begleitung zurück.

Neugierig betrat der Stallknecht das dunkle Gästehaus und ging auf die einzelne Kerze zu. Er beugte sich über die zusammengesunkene Gestalt am Boden. »Robin? Bei den Knochen Christi, das glaub' ich nicht. Waringham! Dich gibt's noch?«

Robin hob den Kopf und brachte ein Grinsen zustande. »Oswin. Gut, dich zu sehen. Ich habe immer befürchtet, du würdest eines Tages wie dein Vater in den Krieg ziehen.«

»Bin ich auch. Kastilien. Najera, Valladolid, das ganze Spektakel.«

Robin riß verblüfft die Augen auf. »Tatsächlich? Seltsam, daß wir uns nicht getroffen haben.«

»Du warst dort?«

»Ja, zusammen mit dem Jungen. Sein Name ist Leofric.«

Oswin lächelte Leofric flüchtig zu und wandte sich wieder an Robin. »Tja, wenn du's selbst gesehen hast, dann weißt du ja, warum ich jetzt wieder hier bin.«

»Ja. Ich hatte danach auch genug.«

Oswin betrachtete ihn kopfschüttelnd. »Du bist also doch ein Ritter geworden. Ich hab' keinen Moment daran gezweifelt. Junge, was für ein herrliches Pferd du hast.«

Robin lächelte. »Du wirst dich um ihn kümmern?«

»Sei unbesorgt.«

»Gut. Und da ist noch ein Problem.«

»Was?«

Robin wies mit dem Daumen über die Schulter.

Oswin trat hinter ihn. »Oh. Sieht übel aus.«

»Gibt's hier irgendwen, der ihn herausholen könnte?«

»Ja. Mich. Das hab' ich in Najera gelernt, weißt du. Die Feldscherer haben sich ja nur um euch Ritter gekümmert.«

Robin nickte. »Dann tu's. Jetzt gleich.«

Oswin hob kurz die Schultern. »Nichts leichter als das.« Er stellte sich hinter ihn. »Eine ganz schöne Menge Blut hast du verloren. Gräßliche Sauerei hier hinten. Du brauchst Wein.«

»Dann besorg mir welchen.«

»Wenn du zahlst.«

»Hab' ich das nicht immer getan?«

»Doch. Vorher oder nachher?«

»Nachher. Zieh endlich das Ding raus.«

»Schön. Dann halt dich irgendwo fest, und beiß die Zähne zusammen.«

Robin legte die Arme um einen nahen Stützbalken.

Oswin machte kein großes Getue. Er stemmte einen Stiefel gegen Robins Schulter, spuckte in die Hände, packte den abgebrochenen Pfeil und zog. Er zog mit Macht. Aus Erfahrung wußte er, daß Pfeile sich nur widerwillig aus menschlichem Fleisch lösten, sie saßen so fest wie Holzspieße in rohem Schweinefleisch. Meistens blieb nichts anderes übrig, als sie herauszudrehen. So auch in diesem Fall. Er drehte und kümmerte sich um Robins lästerliche Flüche so wenig wie um sein zunehmend jammervolles Stöhnen. Der Pfeil mußte schließlich heraus, so oder so, da war nichts zu machen.

Mit einem letzten Ruck zog er die Spitze aus der Schulter. Dann stellte er seinen Fuß wieder auf den Boden, hockte sich neben Robin und hielt den Pfeil vor die Kerze. »Hier, sieh dir das an. Kein Wunder, daß er so festsaß. Eine dreigezackte Spitze. Tückisch. Rein gehen sie wie ein Schwert durch weiche Butter. Aber raus …«

Robin lehnte die Stirn an den rohen Holzbalken und wandte den Blick von dem dunkelrot gefärbten Holzschaft und der dicken Spitze ab. Sie bereiteten ihm Übelkeit. »Was ist nun mit dem Wein?«

Oswin stand auf und verband Robins Schulter mit einem mäßig sauberen Tuch. »Sofort. Gib deine Börse, ich werd' dich nicht übers Ohr hauen.«

Das war Robins geringste Sorge. Er zog die Schnur des Beutels über den Kopf und hielt ihn Oswin hin. »Und ich hoffe, du erweist mir die Ehre und trinkst mit mir?«

Oswin strahlte. »Ich würde sagen, die Ehre ist auf meiner Seite.«

Er brachte das Beste, was der Wirt in Curn zu bieten hatte: einen tiefroten, fruchtigen Wein, der von Aquitanien aus in Mengen nach England verschifft wurde. Nicht die Sorte, die im Savoy-Palast serviert wurde, aber gut genug für Robins Ansprüche. Er trank weit mehr davon, als seiner Gewohnheit entsprach, um den Blutverlust auszugleichen und den teuflischen Wundschmerz zu betäuben.

Oswin erzählte vom Krieg. Robin war eigentlich kein Freund von Kriegsanekdoten, aber Oswins Erfahrungen unterschieden sich so grundlegend von seinen eigenen, daß er ihm mit Interesse lauschte.

Lange nachdem Leofric sich schlafen gelegt hatte, kamen sie auf die alten Zeiten zu sprechen.

»Was ist aus Bruder Cornelius geworden?« Der alte Mönch, der sie mit zum Wochenmarkt genommen hatte, war Robin in bester Erinnerung geblieben.

Oswin schüttelte den Kopf. »Er ist letzten Winter gestorben. Er war stockblind geworden. War besser so. Bruder Anthony ist jetzt der Cellarius.«

Robin trank und schnitt eine Grimasse. »Ja, er hatte immer große Pläne. Eines Tages wird er Abt sein.«

»Möglich.«

»Und Lionel?« fragte Robin schließlich.

Oswin lächelte wehmütig. »Das Mönchlein. Was für ein seltsamer Kerl er doch war. Nein, er ist nicht mehr hier. Weißt du, nachdem du weg warst, wurde er eine richtige Leuchte in der Schule. Er hat dich so vermißt, daß er sich wie besessen aufs Lernen gestürzt hat. Es war eigenartig, früher konnte ich ihn nie ausstehen, aber irgendwie … Na ja, wir waren fast Freunde. Er wollte nicht mehr Mönch werden, sondern Priester, er wollte auf die Universität. Und da haben sie ihn schließlich auch hingeschickt. Wie heißt das gleich wieder? Oxford?«

Robin nickte. »Ein guter Platz für Lionel, scheint mir.«

»Ja, könnte sein. Also, trink deinen Becher leer, Robin. Der Krug ist noch lange nicht am Ende.«

Am nächsten Morgen hatte Robin einen lausigen Kater, und die Wunde in seinem Rücken pochte und hämmerte. Er fühlte sich scheußlich.

Leofric wollte den Verband abnehmen und nachsehen, wie die Schulter verheilte, aber Robin mochte nichts davon wissen. »Nein, laß es in Ruhe, das braucht nur ein paar Tage Zeit.«

Und dann?

Robin strich sich über sein Kinn, das seit seiner Rückkehr aus Cornwall ein kurzer Bart zierte. »Ich schätze, das beste wird sein, wir bleiben hier, bis ich wieder vernünftig reiten kann. Und dann nichts wie nach Hause.«

Aber de Gray wird uns auflauern.

»Tja, nicht zu ändern.«

Du solltest Lancaster schreiben.

»Ach, Junge, wie stellst du dir das vor? Er kann überall sein. Woher kriegen wir einen Boten? Davon abgesehen, er ist mein Dienstherr, nicht meine Amme. Wir müssen schon selber mit de Gray fertig werden.«

Leofric schüttelte skeptisch den Kopf.

Ein Novize betrat das Gästehaus. Ungeschickt balancierte er ein Tablett vor sich und kam auf sie zu. »Hier, Euer Frühstück«, murmelte er schüchtern.

Robin erhob sich steif und trat an den Tisch. »Vielen Dank …« Auf dem Tablett standen zwei halbvolle Schalen mit grauer, wäßriger Suppe, daneben lagen zwei schmale Kanten steinhartes Brot. »Wie ich sehe, hat sich die Küche hier nicht sonderlich verändert mit den Jahren.«

Der Novize biß sich auf die Lippen und senkte schuldbewußt den Blick. »Der Bruder Cellarius hat genaue Anweisung gegeben, was ich Euch bringen soll.«

Robin wußte nicht, ob er belustigt oder verärgert sein sollte. Er klopfte dem Jungen beruhigend die Schulter. »Verstehe. Dann nimm dein Tablett, bring es Bruder Anthony zurück, und bestell ihm einen schönen Gruß. Sag ihm, das Ausmaß seiner Mildtätigkeit habe uns beschämt, und wir wollten uns das Essen lieber aus dem Wirtshaus kommen lassen und dafür bezahlen.«

Der Junge konnte sich ein Grinsen nicht verkneifen. »Das will ich ihm gern ausrichten. Aber wie wollt Ihr zum Wirtshaus kommen? Ihr könnt das Kloster nicht verlassen, oder?«

»Oswin wird uns versorgen, wenn du ihm Bescheid gibst.«

»Ich schicke ihn gleich zu Euch. Und … es tut mir leid, Sir. Wir, die anderen Jungs und ich, hätten uns gewünscht, daß man Euch hier herzlicher willkommen heißt.«

»Woher weißt du, wer ich bin?« fragte Robin neugierig.

»Bruder Cornelius hat uns von Euch erzählt. Oft. Was Ihr alles angestellt habt, wie Ihr entwischt seid, wie Ihr Bruder Anthony an den Apfelbaum gebunden habt, all diese Sachen.«

Robin lachte leise. »Es war nicht gerade sehr christlich von Bruder Cornelius, seinen Mitbruder so bloßzustellen.«

Der Junge schüttelte ernst den Kopf. »Das dachte ich auch. Aber Bruder Cornelius sagte, es könne nicht schaden. Bruder Anthony sei so sehr damit beschäftigt, andere Demut zu lehren, daß er seine eigene Demut manchmal vergesse.«

Robin rang um ein ernstes Gesicht. »Wer weiß. Möglicherweise hatte Bruder Cornelius recht.«

Oswin brachte ihnen zweimal täglich Essen aus dem Dorf. Er war freudestrahlend auf Robins Angebot eingegangen, nachdem Robin ihn eingeladen hatte, sich an ihren Mahlzeiten zu beteiligen. Oswin war an karge Kost gewöhnt, er konnte es sich nicht leisten, oft im Wirtshaus zu essen, und weil sein trunksüchtiger Vater noch immer im Pferdestall sein Unwesen trieb, fand Oswin in Curn kein Mädchen, das ihn heiraten wollte. Er trug es mit Fassung. »Wozu heiraten. Es gibt ja Emma.«

Robin schüttelte ungläubig den Kopf. »Die Witwe des Kuhhirten mit den dicken …«

»Richtig. Immer noch der Schwarm aller Klosterschüler und Gottes Gabe an Curns Junggesellen.«

Aus Höflichkeit den Brüdern gegenüber und sehr zu Leofrics Verdruß gingen sie morgens zur Messe und nachmittags zur Vesper. Von ihren Plätzen im Kirchenschiff aus konnten sie die Brüder im Chorgestühl sehen, und Robin entdeckte viele vertraute

Gesichter. Mönche, die schon hiergewesen waren, als er noch Internatsschüler war, und einige seiner einstigen Schulkameraden, die inzwischen selbst die Gelübde abgelegt hatten. Bruder Anthony versäumte nie einen Gottesdienst. Als ihre Blicke sich zum erstenmal trafen, erwiderte er Robins höfliches Nicken mit einem eisigen Blick, und danach tat Robin es ihm gleich.

Leofric war unzufrieden in St. Thomas. Er langweilte sich, die hohen Klostermauern bedrückten ihn, er vermißte seine Freunde und fürchtete sich vor ihrem Aufbruch. Robin konnte ihn gut verstehen, aber es gab nichts, was er tun konnte, um Leofrics Unrast zu lindern. Er machte den Bibliothekar ausfindig und fragte höflich an, ob er und Leofric einmal einen Blick auf seine Bücher werfen dürften. Doch der Bruder erteilte ihm eine kühle Abfuhr. Robin war nicht überrascht. Der Bibliothekar war seit jeher ein getreuer Anhänger Bruder Anthonys gewesen.

Die Wunde in seiner Schulter heilte schlecht. Wollte man Leofric glauben, waren die Ränder gerötet und geschwollen. Es wurde nicht wirklich schlimm, aber eine leichte Entzündung war aufgetreten, und am Abend des vierten Tages fühlte Robin sich ein bißchen fiebrig. Er konnte nur hoffen, daß es von selbst verging, denn hier gab es weit und breit niemanden, der wußte, wie man Wundbrand behandelte. Agnes wußte es. Und er war nur einen knappen Tagesritt von Waringham entfernt. Vielleicht sollten sie lieber sofort aufbrechen, ehe er krank wurde. Andererseits war kaum zu hoffen, daß de Gray nach so kurzer Zeit schon die Langeweile gepackt hatte und er nach Westminster zurückgekehrt war. Robin war unschlüssig, und seine Unschlüssigkeit machte ihn nervös.

Am nächsten Tag war das Fieber verschwunden, und Leofric berichtete, daß die Schwellung etwas zurückgegangen sei. Robin war erleichtert. Sie verbrachten den Tag im Gästehaus, denn draußen schneite es wieder heftig. Mit einem Stück Holzkohle malte Robin ein Schachbrett auf einen der Tische, fertigte aus kleinen Holzstücken grobe Schachfiguren und erklärte Leofric die Züge. Leofric war brennend interessiert und vergaß für ein paar Stunden seinen Unmut. Er lernte schnell, und Robin dachte amüsiert, daß er seine eigene Spieltechnik endlich einmal trainieren sollte, wenn er verhindern wollte, daß Leofric ihn eines Tages schlug.

Nach der Vesper warteten sie auf Oswin und das Abendessen.

Als die Tür sich öffnete, war es jedoch nicht Oswin, sondern wiederum ein Novize, der ihm einen Brief überbrachte.

»Von wem?« erkundigte Robin sich argwöhnisch.

»Das weiß ich nicht, Sir.« Der Junge ging mit gesenktem Kopf hinaus, die Hände in den Ärmeln seiner Kutte verborgen.

Robin brach das ungekennzeichnete Siegel. Leofric beobachtete besorgt, wie die Farbe aus Robins Gesicht wich, während er las. Als Robin den Bogen sinken ließ, nahm er ihn ihm aus der Hand und las selbst.

Ich habe mir Deinen Freund, den Stallknecht, geschnappt. Wenigstens hast Du Dir endlich einmal passende Gesellschaft gesucht. Wundere Dich nicht über die Farbe meiner Tinte, es ist sein Blut. Komm heraus. Und bring den Jungen mit. Du hast eine Stunde. In einer Stunde schicke ich Dir seinen Finger. Dann sein Ohr. Und dann … na ja, Du weißt ja, wie es weitergeht. Ich erwarte Dich voller Sehnsucht, Peter de Gray.

Leofric faltete die Botschaft mit ungeschickten Fingern und reichte sie Robin. Dann sahen sie sich schweigend an.

Schließlich regte Robin sich. »Ich …« Er räusperte sich, seine Stimme war belegt. »Ich muß gehen, Leofric. De Gray blufft nicht.«

Leofric schüttelte langsam den Kopf. Er wirkte wie betäubt.

»Und du bleibst hier.«

Leofric schüttelte den Kopf etwas schneller.

»Doch. Warte ein, zwei Tage ab, dann reite nach Waringham. Nein, halt, Mortimer könnte inzwischen dort sein. Geh nach London zurück. Zu Geoffrey Chaucer.«

Nein.

»Leofric, spiel hier nicht den Helden, verdammt. Tu, was ich sage. Du mußt dafür sorgen, daß sie ihn kriegen, verstehst du? Tust du das für mich?«

Aber das ist es doch. Darum schreibt er, du sollst mich mitbringen. Sie können sich keinen Zeugen leisten. Sie werden hinter mir her sein. Bitte, nimm mich mit. Laß mich nicht allein. Ich würde eingehen vor Angst. Mit dir ist es nicht so schlimm.

Doch, dachte Robin kalt, es wird schlimm werden. Er versuchte, ruhig zu bleiben und nachzudenken, nicht in Panik zu geraten. Aber Leofric hatte natürlich recht. De Gray konnte nicht riskieren, den Jungen entkommen zu lassen. Vielleicht war es wirklich besser, sie blieben zusammen.

Robin legte Leofric die Hand auf die Schulter. Dann zog er ihn plötzlich an sich und umarmte ihn kurz. Ohne ein weiteres Wort gingen sie zum Stall, sattelten die Pferde und führten sie hinaus. Im Hof saßen sie auf, ritten langsam zum Tor und verließen die sicheren Mauern der Abtei von St. Thomas.

Kurz hinter dem Saum des Waldes stießen sie auf de Gray. Er und seine Kumpane hatten nahe des Weges ein notdürftiges Lager aufgeschlagen. Sie hatten sie kommen sehen und erwarteten sie.

In einer unordentlichen Reihe standen sie im Schnee, zwei hielten Oswin, der halb besinnungslos schien. Sie hatten ihm die Hände gefesselt, sein Gesicht war blutverschmiert, und er wimmerte leise. Aber noch war er offenbar ... vollständig.

Robin saß ab und trat auf de Gray zu. »Du niederträchtiger, ehrloser ...«

De Gray hob die Hand. »Halt lieber den Mund. Wenn mir nicht gefällt, was du zu sagen hast, könnte ich auf die Idee verfallen, es an deinem idiotischen Knappen auszulassen. Mal sehen, wie stumm er wirklich ist. Und wenn du meinen Namen sagst, werde ich ihn umbringen.« Er wies kurz auf Oswin.

Robin nickte. »Das würdest du wirklich tun, nicht wahr?«

»Warum denn nicht? Es ist doch nur ein Bauer.«

Oswin regte sich und schien noch ein bißchen weiter in sich zusammenzuschrumpfen. »Tut mir nichts, Lord.« Es klang gepreßt, und er warf gehetzte Blicke von de Gray zu dessen Rittern. »Oh, bitte laßt mich leben, Sir. Und bitte, Lord ... bitte schlagt mich nicht mehr ...« Seine Stimme kippte. Oswin war am Ende.

Robin fand den Anblick schwer zu ertragen. Er wollte lieber nicht wissen, was sie mit Oswin getan hatten, um ein bettelndes, jammerndes Häuflein Elend aus ihm zu machen. Er nahm sein Schwert ab und warf es zusammen mit seinem Dolch de Gray vor die Füße. »Laß ihn gehen.«

De Gray nickte seinen Rittern zu. Sie schnitten den Strick durch, der Oswins Hände fesselte, und stießen den Mann durch die Bäume zum Weg zurück. Als Oswin versuchte, über die Schulter zurückzusehen, schlug der eine ihn in den Nacken. Oswin krümmte sich, stützte sich kurz an einem Baumstamm ab und ergriff dann die Flucht.

Robin sah ihm einen Moment nach. Dann verschränkte er die Arme und wandte sich de Gray wieder zu. »Und nun? Bist du zufrieden?«

»Ausgesprochen. Ich wußte, das würde dich herbringen.«

»Woher?«

»Ich habe mich im Kloster ein wenig umgehört. Und der Cellarius erwies sich als sehr hilfsbereit. Er erzählte mir, daß du und dieser Pferdeknecht alte Freunde seid.«

Robin kochte. »Bruder Anthony, sieh an. Ich hoffe, du hast nicht vergessen, ihm seine dreißig Silberlinge zu geben.«

De Gray lachte leise. »Das war gar nicht nötig. Er schien überzeugt, du seiest mit dem Teufel im Bunde. Er fürchtete, du würdest Unglück über die Abtei bringen.«

Robin schüttelte fassungslos den Kopf. »Und wie hast du mich auf der Straße gefunden? Woher wußtest du, daß ich dort unterwegs war? Das wüßte ich wirklich gern.«

»Das war nicht weiter schwierig. Mein neuer Dienstherr hat es mir gesagt.«

»Dein neuer ... *Mortimer*?«

»Der Earl of Waringham, um korrekt zu bleiben. Diesmal der echte. Ich war in Westminster, als er dorthin kam. Ich wußte nichts Rechtes mit mir anzufangen. Tja, ich war ein bißchen ratlos, nachdem ich mein Lehen verloren hatte, was ich, wie du dich vermutlich erinnerst, nur dir verdanke. Waringham und ich kamen zufällig ins Gespräch, wie das manchmal in der Halle so geht. Und wir fanden schnell heraus, daß wir viel gemeinsam haben.«

»Das habt ihr in der Tat. Ihr könntet Brüder sein. Und dann hat er dich losgeschickt, mir nachzustellen, weil er selbst es nicht tun konnte, schließlich hatte der König ihn unmißverständlich gewarnt.«

De Gray nickte. »Wir kamen überein, daß das die beste Lösung wäre, ja. Du wirst spurlos verschwinden, während er noch bei Hofe ist und der König sicher sein wird, daß er nichts damit zu tun haben kann.« Er gab seinen Leuten ein Zeichen. »Los, fesselt sie.«

Robin leistete keinen Widerstand, als sie seine Arme auf seinen Rücken zerrten. Zufall oder Absicht, einer drückte ihm die ganze Zeit seinen Daumen auf die Wunde über dem Schulterblatt. Robin wartete, bis sie ihn losließen. »Aber warum der Junge, de Gray?

Er hat weder dir noch Mortimer je etwas getan. Warum läßt du ihn nicht laufen?«

»O nein. Du hattest deine Chance, den Jungen rauszuhalten. Jetzt hat er mich gesehen, und jetzt ist er mit dran.«

Robin biß die Zähne zusammen. »Dann mach es kurz. Wenigstens für ihn.«

De Gray kam einen Schritt näher und lächelte ihn an. »Du glaubst, wir wollen euch töten? Du irrst dich. Ich will dich auch nicht in Stücke schneiden. Wir haben uns etwas viel Besseres ausgedacht. Waringham nannte es *quid pro quo*.«

Robin rührte sich nicht und ließ ihn nicht aus den Augen. Schließlich fuhr de Gray fort: »In North Yorkshire, wo ich herstamme, gibt es einen Ort namens Burrick. Dort bringen wir euch hin. Vorher werden wir euch ein bißchen verkleiden. Wir werden euch beim Sheriff abliefern, genau so, wie du's mit Waringham getan hast. Der Sheriff von Burrick wird euch einsperren. Und weil niemand Anspruch auf euch erheben wird, wenn ihr eure Zeit abgesessen habt, wird der Sheriff euch verscherbeln. In die Bleiminen.«

Robin sagte nichts. Er war beinah fasziniert von der Genialität dieses teuflischen Plans. Er hatte von den Bleiminen gehört. Sie waren berüchtigt. Dort arbeiteten fast ausschließlich Zwangsarbeiter, kein Mensch bei klarem Verstand ging freiwillig dorthin. Es bedeutete Arbeit in engen, feuchten Stollen, die gelegentlich einstürzten, wenigstens zwölf Stunden am Tag. Schlechte Quartiere und Verpflegung und auf ewig den eisigen Regen und den schneidenden Wind des Nordens. Niemand hielt das lange durch. Er war nicht ganz sicher, wovor ihm mehr graute, vor den Minen oder der langen Reise nach Norden als de Grays Gefangener. Die eine Aussicht schien so trübe wie die andere.

De Gray ließ das Lager bald abbrechen. Er wollte nicht länger als nötig an dem Ort bleiben, wo sie Oswin festgehalten hatten. Sie machten sich durch den Wald Richtung Watling Street auf den Weg, Robin und Leofric zu Fuß, die anderen zu Pferd. De Gray ritt Brutus, der nervös unter ihm tänzelte. Sie gingen nicht lange, denn es war schon ziemlich spät und die Nacht sehr kalt. Nach vielleicht zwei Stunden ließ de Gray wieder anhalten. Für sich und seine Männer ließ er ein kleines Zelt aufstellen, Robin und Leofric banden sie mit den Pferden zusammen an einen Baum.

»Du könntest uns wenigstens ein paar Decken geben«, schlug Robin vor. »Sonst ist morgen früh nichts von uns übrig. Und das möchtest du doch sicher nicht.«

»Das Risiko gehe ich ein.« De Gray nickte einem seiner Ritter zu. »Du übernimmst die erste Wache, Tom. In zwei Stunden weckst du einen der anderen. Schlaf ja nicht ein.«

Der Ritter schüttelte entrüstet den Kopf. »Woher denn ...«

De Gray verschwand im Zelt.

Die Nacht war wolkenlos und hell. Robin und Leofric hatten einige Bewegungsfreiheit; der Strick, der ihre Fesseln mit dem Baum verband, war ziemlich lang. Robin überlegte, ob es gelingen konnte, ihn an der Baumrinde durchzuscheuern, aber der Stamm war schlank und glatt.

»Na schön, dann eben nicht ...« Er sah sich nach Leofric um und winkte ihn näher. »Komm her, die Pferde werden uns warm halten.«

Leofric nickte und kam langsam ein paar Schritte näher. Erst als er vor ihm stand, konnte Robin sein Gesicht deutlich erkennen.

Es wirkte fahl im Mondlicht, fast grau, die Augen waren seltsam geweitet, und er weinte. Wütend biß er sich auf die Lippen und blinzelte ungeduldig, aber es kamen immer neue Tränen. Er wandte sich beschämt ab.

»He.« Robin stieß ihn ungeschickt an der Schulter an.

Leofric sah unwillig auf.

»Komm schon, wir können froh sein, daß wir noch leben. Darauf hatte ich kaum gehofft.«

Leofric schüttelte den Kopf und hob die Schultern. Er wünschte sich zwei freie Hände und eine Tafel.

»Du fürchtest dich, ja? Du hast von diesen Minen gehört?«

Leofric nickte.

»Hm. Mir geht's genauso. Aber wir werden da auch wieder rauskommen, weißt du. Bisher sind wir immer noch aus allem rausgekommen.«

Leofric sah ihn skeptisch an.

»Weißt du, was das Rad der Fortuna ist, Leofric?«

Der Junge dachte einen Moment nach. Dann schüttelte er den Kopf.

Robin lächelte schwach. »Fortuna ist die Göttin des Glücks oder des Schicksals, ganz wie du willst. Die alten Gelehrten schreiben, sie hat ein großes Rad, und immer, wenn sie Lust verspürt, dreht sie daran. Diejenigen, die gerade noch oben auf dem Rad waren und denen es prächtig ging, purzeln herunter, ehe sie wissen, wie ihnen geschieht. Und die, die ganz unten und verzweifelt waren, werden plötzlich emporgehoben. Manchmal glaube ich, es gibt sie wirklich, die Dame Fortuna und ihr Rad. Denn so geht es. Auf und ab. Immer auf und ab.«

Die Nacht wurde bitterlich kalt. Das hatte zur Folge, daß der wiedererwachte Schmerz in Robins Schulter fast gänzlich betäubt wurde, und darüber war er froh, aber davon abgesehen war ihre Lage äußerst mißlich. Aus Angst, im Schlaf zu erfrieren, wagten sie nicht, sich hinzulegen. So standen sie hungrig und frierend zwischen den Pferden, stapften gelegentlich ein paar Schritte durch den Schnee, um nicht ganz steif zu werden, während ihr Bewacher sich die Zeit damit vertrieb, heißen Würzwein über dem Feuer zuzubereiten, dessen Duft verführerisch zu ihnen herüberwehte, und ihn vor ihren neidischen Blicken genüßlich zu schlürfen. Nach ungefähr zwei Stunden ging er zum Zelt hinüber, und nach kurzer Zeit erschien seine Ablösung, gähnte, urinierte vor ihnen in den Schnee, wickelte sich in ein paar Decken und schlief prompt ein.

Robin betrachtete ihn kopfschüttelnd. »Er sollte sich lieber nicht von de Gray erwischen lassen.«

Leofric hatte vor einer Weile begonnen zu zittern. Inzwischen schlotterte er.

Robin betrachtete ihn besorgt. »Los, du mußt dich bewegen. Steh nicht einfach so herum.«

Leofric sah ihn vorwurfsvoll an und rührte sich nicht.

Robin seufzte. »Also bitte, dann schlotter.«

Der Junge wandte ihm abrupt den Rücken zu und trat näher an eines der Pferde heran. Robin schämte sich für seine Schroffheit und fluchte leise. Dann hörte er ein eigenartiges, fast gurgelndes Geräusch und sah sich um. Nichts zu entdecken. Der Ritter am

Feuer war im Schlaf in sich zusammengesunken. Das Feuer war beinah heruntergebrannt, Robin konnte ihn nicht mehr deutlich erkennen, aber er sah, daß er eine Hand bedenklich nahe über der Glut baumeln ließ. Vermutlich wird er sehr bald sehr unsanft aufgeweckt, dachte Robin schadenfroh. Er wollte sich zu Leofric umwenden, als er plötzlich von hinten gepackt wurde und eine große Hand sich auf seinen Mund legte. Robin war nur einen Moment erschrocken. Dann biß er in die Hand. Kräftig.

Direkt an seinem Ohr erklang ein wütendes Zischen. »Bist du verrückt, ich bin's«, wisperte eine heisere Stimme. Die Hand verschwand von seinem Mund.

Robin traute seinen Ohren kaum. »Oswin?«

»Wer sonst?«

Robin versuchte, nicht erleichtert zu sein. Das konnte er sich jetzt nicht leisten. Er schloß kurz die Augen und stand völlig reglos, während die Fesseln von seinen Handgelenken verschwanden.

»Sieh dich vor, Oswin, weck die Wache nicht auf«, flüsterte er.

Oswin trat aus dem Schatten des Baumstamms vor ihn. »Den weckt nichts mehr. Ich hab' ihm die Kehle durchgeschnitten.«

Robin sah sprachlos zu der zusammengesunkenen Gestalt hinüber. Die Hand war inzwischen fast in die glühenden Zweige gerutscht. Ein seltsames Bild.

Oswin legte ihm leicht die Hand auf die Schulter. »Worauf warten wir, nichts wie weg hier.«

Robin zog seinen Mantel fester um sich und rieb sich die Handgelenke. »Ja. Schneid den Jungen los, sei so gut.«

Oswin trat leise auf Leofric zu, der erschrocken aufsah. Mit einem einzigen Blick erfaßte er die Lage, lächelte schwach und drehte Oswin den Rücken zu.

Robin hatte schon begonnen, Brutus zu satteln. Oswin und Leofric suchten sich die beiden besten Pferde aus und folgten seinem Beispiel. Als sie fertig waren, trat Robin zu dem toten Ritter, schob seine Hand zurück, damit er nicht Feuer fing, und borgte sich seinen Dolch. Jetzt, da er unmittelbar vor dem Mann stand, konnte er sehen, daß dessen Brust und die Decken naß waren von Blut. Robin sah nicht genauer hin. Lautlos schlich er zu den anderen zurück.

»Reite mit Leofric zur Straße, Oswin. Wartet dort auf mich.«

»Was hast du vor?«

»De Gray hat mein Schwert. Ich will es zurück.«

»Bist du närrisch, sei froh, daß du mit dem Leben davon-kommst. Du wirst ein neues Schwert kriegen.«

»Es ist das Schwert meines Vaters. Ohne das gehe ich nicht.«

Oswin schüttelte ärgerlich den Kopf. »Er wird dich töten. Ich hätte mir die ganze Mühe sparen können.«

Robin betrachtete ihn neugierig. »Warum bist du uns gefolgt? Damit hätte ich nie gerechnet.«

Oswin grinste. »War ich so überzeugend als verängstigter Jammerlappen?«

»Das warst du.«

»Hm. Ich dachte, wenn ich ihm was vorheule, wird er glauben, es sei die Mühe nicht wert, mich umzubringen.«

Robin klopfte ihm kurz die Schulter. »Gut gemacht. Jetzt nimm den Jungen und reite vor.«

Oswin schüttelte den Kopf und sah fragend zu Leofric. Der nickte ihm zu, zog seine Tafel hervor und kritzelte. *Entweder wir gehen zusammen oder gar nicht.*

Robin seufzte. »Also schön, wie ihr wollt. Dann wartet hier.«

Er ließ sie stehen und ging auf das kleine Zelt zu. Er nahm den Dolch in die Linke, schlug die Klappe des Zeltes zurück und trat ein. Drinnen war es nur etwas dunkler als draußen. Er konnte recht gut sehen. Drei unförmige Gestalten lagen reglos am Boden. Die mittlere lag unter einer Felldecke. Das mußte de Gray sein.

Robin kniete sich hinter ihn und betrachtete einen Augenblick sein schlafendes Gesicht. Es wirkte entspannt, friedvoll und sehr jung. Robin verschloß sich gegen die plötzliche Anwandlung von Mitgefühl, packte de Grays dunklen Schopf und setzte ihm den Dolch an die Kehle.

De Gray wurde schlagartig wach. Er riß die Augen auf, sah Robin an und rührte sich nicht. »Wie ... Wie hast du es dieses Mal angestellt?« fragte er beinah ergeben.

Robin versuchte, de Grays Hände und sein Gesicht gleichzeitig im Blick zu haben. »Rühr dich ja nicht. Mein alter Freund, der Pferdeknecht, ist uns gefolgt.«

De Gray machte große Augen. »Aber er hat sich fast bepißt vor Angst ...«

»Nein, das war nur Theater. Er war in Lancasters Vorhut, de

Gray. Seit du Guesclin macht ihm nichts mehr angst, verstehst du.«

De Gray preßte wütend die Lippen zusammen. »Verfluchte Bauernbrut …« Er sah Robin in die Augen. »Na los, worauf wartest du? Immer zögerst du im letzten Moment. Das ist widerlich.«

»Nein, ich werde dich nicht einfach so abschlachten. Ich will meine Waffen. Und dann werden wir warten, bis es hell ist, und es ein für allemal austragen.«

De Gray schwieg und schien nachzudenken. Er hatte sich auf einen Ellenbogen aufgerichtet und den Kopf leicht zur Seite gedreht, um möglichst weit von der Spitze des Dolches entfernt zu sein. Schließlich regte er sich und sah Robin wieder an. »Du kannst es ebensogut jetzt gleich zu Ende bringen. Ich mach' mir nichts vor, weißt du. Ich habe keine Chance gegen dich.«

Robin zog spöttisch die Brauen hoch. »Wie zahm du sein kannst.«

»Also?«

»Nein. Kämpfe mit mir, oder leiste mir Sicherheit.«

Er starrte ihn ungläubig an. »Damit wärest du zufrieden?«

Robin betrachtete ihn eingehend. Er erwog alles, was er über Peter de Gray wußte. Verrückt, hatte Lancaster gesagt, de Gray ist verrückt. Das war zweifellos richtig. Er war verrückt, gewalttätig und arrogant, genau wie Mortimer. Doch anders als Mortimer gab es ein paar Dinge, die de Gray heilig waren.

»Ja, ich glaube, das wäre ich.«

»Dann … laß mich aufstehen.«

Robin warf einen argwöhnischen Blick auf die beiden schlafenden Ritter. Sie rührten sich nicht. Aber er wollte nicht riskieren, daß de Gray ein wildes Geschrei anhob, sobald er ihn losließ. »Zuerst mein Schwert.«

De Gray wies auf eine Stelle hinter seinem Kopf. »Da irgendwo.«

Robin ließ seine Haare los, hielt aber den Dolch gezückt, während er mit der freien Hand tastete. Als er sein Schwert fand, nahm er es in die Rechte, stand auf und steckte den Dolch weg. »Na los, komm auf die Füße.«

De Gray kämpfte sich aus seinen Decken und erhob sich steif. Mit gesenktem Kopf blieb er vor Robin stehen. »Und? Was willst du hören?« knurrte er ungehalten.

»Du wirst schwören. Bei deiner kostbaren Ritterehre. Weder mir noch den Meinen je wieder Schaden zuzufügen. Waffen gegen mich zu führen, mich zu bestehlen, Lügen über mich zu verbreiten, Ränke gegen mich zu schmieden und so weiter. Du wirst mich einfach zufriedenlassen, verstehst du.«

De Gray sah ihm in die Augen. »Ich schwöre bei meiner Ehre.«

Robin steckte sein Schwert ein. »Vergiß es nicht.«

De Gray schüttelte langsam den Kopf. »Du willst nicht, daß ich Waringhams Dienst verlasse?«

»Das ist mir völlig gleich.« Er schwieg einen Moment und betrachtete de Gray abschätzend. »Ich weiß nicht … irgendwie ist es schade um dich. Überleg dir lieber genau, ob du dich wirklich mit Mortimer einlassen willst. Er ist Gift.«

De Gray verdrehte die Augen. »Ist es Gegenstand meines Sicherheitsschwurs, daß ich mir deine Ratschläge anhören muß?«

Robin seufzte. »Nein. Von mir aus kannst du als Mortimers Gefolgsmann verrotten. Wer weiß, wenn du Glück hast, gibt er dir eines Tages sogar ein Stück von meinem Land.« Er wandte sich ab. Am Eingang blieb er noch einmal kurz stehen. »Ach ja, de Gray, solltest du je auf die Idee kommen, deinen Schwur zu brechen …«

»Wirst du mich töten, ich weiß, ich weiß.«

»Nein, nicht unbedingt. Aber ich werde jedem Menschen, den ich kenne, erzählen, was ich weiß. Über die Folgen deines kleinen Abenteuers da oben im rückständigen Yorkshire.«

De Gray stand reglos und starrte ihn mit offenem Mund an.

Robin lächelte schwach und ging hinaus.

Oswin und Leofric warteten ungeduldig.

»Hast du das Schwein umgebracht?« fragte Oswin hoffnungsvoll.

»Nein.«

»Nein?!«

»Er hat mir Sicherheit geleistet und wird uns in Zukunft keinen Ärger mehr machen. Kommt, verschwinden wir von hier.« Er saß auf. »Was ist, Oswin? Willst du mit uns kommen, oder willst du nach St. Thomas zurück?«

Oswin schwang sich auf sein Pferd. »Ja also, wenn du Verwendung für mich hast … Um die Wahrheit zu sagen, als die Strolche mich laufenließen, war ich keineswegs sicher, ob ich es riskieren wollte, euch zu folgen. Ich hänge schon ein bißchen am Leben, weißt du. Aber als ich zum Kloster zurückkam, war Bruder Anthony bei meinem Vater. Ich hörte sie von draußen. Sie fragten ihn, wo ich bin. Sie sagten, du seiest ein Teufelsanbeter, und was ich mit dir zu schaffen hätte. Sie sagten, sobald ich zurückkäme, sollte ich mich bei dem alten Jerome melden, und vermutlich müßten sie dem Bischof von mir berichten. Da hab' ich gemacht, daß ich wegkam.«

Robin schüttelte ärgerlich den Kopf. »Es tut mir leid, Oswin.«

Oswin hob gleichmütig die Schultern. »Weißt du, Curn wurde mir sowieso langweilig. Nur weiß ich nicht, wo ich jetzt hin soll ...«

»Dann komm mit uns. Ich denke, ich kann jeden gebrauchen, der sich auf Pferde versteht.«

Die Bäume waren kahl, und auf dem Tain trieben Eisschollen. Das Dorf lag still unter seiner Schneelast, nirgends war ein Mensch zu sehen. Robin sah sich argwöhnisch um. Die Stille gefiel ihm nicht.

»Was ist hier los?« fragte Oswin mißtrauisch.

»Das wüßte ich auch gern.«

Robin blickte zu Leofric, um festzustellen, was er von der Sache hielt, aber Leofric bemerkte die Stille natürlich nicht. Mit leuchtenden Augen betrachtete er das Dorf, in dem er nur ein halbes Jahr gelebt hatte und das trotzdem in seiner Vorstellung sein Zuhause war.

Er wollte zur Holzbrücke abbiegen, aber Robin hielt ihn zurück. »Nein, laß uns über den Dorfplatz reiten. Mal sehen, ob da jemand ist.«

Nebeneinander ritten sie auf die Kirche zu, und als sie durch den Ring kahler Bäume kamen, sahen sie die versammelte Dorfgemeinde vor der Kirche. In einer unordentlichen, schweigenden Menge standen sie dort zusammen, eingehüllt in Tücher und Mäntel, ihr Atem erfüllte die Luft mit weißen Dampfwolken.

Als sie näher kamen, erkannte Robin den Grund für die eigentümliche Versammlung: Vor der hölzernen Kirchentür stand ein Brautpaar. Vater Gernot stand mit dem Rücken zum Portal vor ihnen und hatte segnend die Arme ausgebreitet. »... erkläre ich euch hiermit vor Gott zu Mann und Frau. Amen.« Er führte die

Hände der beiden zusammen und schlug das Kreuz über ihnen. »Na los doch, worauf wartest du, du darfst die Braut küssen.«

Als die Brautleute sich einander zuwandten, erkannte Robin sie. »O mein Gott ...«

Leofric sah ihn verstört an.

»Was ist?« fragte Oswin verständnislos. »Wer sind sie? Junge, du bist kreidebleich ... Hat sie gesagt, sie würde auf dich warten?«

Robin schüttelte wie benommen den Kopf. »Nein. Sie ist ... meine Schwester.«

»Und ist der Kerl ein Strolch?«

Robin antwortete nicht. Er glitt aus dem Sattel, ging auf die Kirche zu und bahnte sich einen Weg durch die Menge. Als sie ihn erkannten, raunten sie und machten ihm Platz.

Schließlich wurde das Raunen laut genug, daß das Brautpaar sich verwundert umwandte. Robin stand jetzt direkt vor ihnen. Einen Moment standen sie alle drei wie erstarrt.

Agnes faßte sich als erste. Lächelnd streckte sie ihrem Bruder die Hände entgegen. »Robin. Endlich bist du wieder da. Ausgerechnet heute. Das ... sieht dir ähnlich.«

Er nahm ihre Hände. Sie waren warm und trocken, Agnes' Hände, so, wie er sie in Erinnerung hatte. Er zog sie an sich und schloß sie in die Arme. Dann wandte er sich ihrem Bräutigam zu.

»Gott segne euch beide, Conrad.« Er streckte die Hand aus.

»Danke, Robin. Willkommen zu Hause.«

Sie sahen sich einen Moment in die Augen, um zu ergründen, was der andere dachte. Dann lächelten sie, beide ein bißchen unsicher, und umarmten sich kurz.

Die Leute aus Waringham erwachten aus ihrer Schreckensstarre. Sie lachten und klatschten, und in Windeseile fand Robin sich von vertrauten, frohen Gesichtern umringt, große, schwielige Hände klopften ihm die Schulter, vornehmlich die linke, schien ihm, während die Menschen näher drängten, um Agnes und Conrad zu gratulieren.

Robin trat ein paar Schritte zurück und machte ihnen Platz. Ihre Stimmen und ihre Nähe machten ihn beinah schwindelig. Rückwärts tastete er sich die hölzerne Wand entlang, und als er an die niedrige Mauer des Friedhofs kam, stieg er darüber hinweg. Er dachte, es könne nicht schaden, ein paar Minuten allein zu sein, um sich zu sammeln. Aber auch hier war er nicht allein, mußte er feststellen. Ein großer, in Mantel und Kapuze gehüllter Mann lehnte an der Kirchenwand.

Als Robin näher kam, richtete dieser sich auf. »Oh, das glaube ich einfach nicht, sie haben einen verfluchten Ritter aus dir gemacht.«

»Isaac!«

Isaac löste sich von der Wand und trat auf ihn zu. »Ausgerechnet heute. Das bringst auch nur du fertig.«

»Das hat Agnes auch gesagt.«

Sie umarmten sich nicht, sie fielen sich regelrecht um den Hals.

»Um Himmels willen, hör auf zu heulen, Isaac. Sie hätte dich nie geheiratet. Und du weißt genau, warum.«

Isaac wischte sich mit dem Ärmel über das Gesicht. »Na und? Warum soll ich nicht heulen? Schadet doch keinem.«

»Was …« Robin schluckte. Er brachte es nicht ohne weiteres heraus. »Was ist mit Maria passiert?«

»Irgendeine seltsame Bauchkrankheit, hat Agnes gesagt. Gräßliche Schmerzen, sie konnte es nicht ertragen, wenn Agnes ihren Bauch anrührte. Geschwollen und hart wie Stein. Dann Fieber. Und dann war es auch schon ziemlich bald zu Ende. Agnes sagt, sie hat das früher schon mal in Wales erlebt. Irgendwas entzündet sich im Bauch und heilt nicht wieder. Nichts zu machen.«

Robin senkte den Kopf. Er war erschüttert.

»Und wer heult jetzt, he?«

»Entschuldige.«

»Na ja, heul nur. Das haben wir alle getan.«

»Und Conrad …«

»Ist beinah krepiert vor Kummer, aber, wie du siehst, inzwischen darüber hinweg. Ich denke, für ihn wär's schlimmer gewesen, wenn es bei einer Geburt passiert wäre.«

Robin nickte. »O Gott, ich werde sie schrecklich vermissen.«

»Ja.«

»Wann …«

»Kurz, nachdem du weggegangen bist. Vergangenen Winter.«

Robin riß sich zusammen. »Mir scheint, ich war lange weg.«

Isaac hob leicht die Schultern. »Du hast nicht viel Gutes versäumt.«

»Sag mal, wieso bist du wütend auf mich?«

»Das fragst du? Das fragst du mich heute? Verflucht, sie heiratet einen anderen Kerl, und es reißt mir das Herz raus! Warum hast du mich nicht mitgenommen, du verfluchter Dreckskerl!«

Robin war erstaunt. »Mitgenommen? Als ich ging, wußte ich nicht mal, woher ich das nächste Frühstück nehmen sollte.«

»Aber Leofric hast du mitgenommen.«

»Ja. Er hatte niemanden außer mir, und Stephen hatte es wirklich auf ihn abgesehen.«

Isaac antwortete nicht. Er nickte widerstrebend, warf die Kapuze zurück und ließ seinen Blick über Robins stattliche Erscheinung gleiten. »Wie ist es dir ergangen?«

»Mal gut, mal schlecht.«

»Warst du in Frankreich im Krieg?«

»Nein, in Spanien.«

»Spanien? Bei den Mauren?«

Robin schüttelte den Kopf. »In Kastilien. Das ist nicht maurisch. Sag mal, ist Mortimer hier?«

»Nein. Er ist verschwunden, seit du gegangen bist.«

»Er wird bald herkommen.«

»Großartig.«

»Na ja. Das braucht uns nicht zu kümmern.«

»Wie meinst du das?«

Robin klopfte ihm leicht die Schulter. »Ich erklär's dir später. Komm, laß uns zurückgehen. Ob's uns paßt oder nicht, aber meine Schwester hat gerade geheiratet. Ich denke, ich sollte mich sehen lassen.«

Isaac seufzte tief und folgte ihm zum Dorfplatz zurück. »Robin …«

»Hm?«

»Ich sag's nicht gern, aber ich habe gebetet, daß du heil zurückkommst. Heute war ein schwarzer Tag für mich, bis du aufgekreuzt bist.«

Robin lächelte. »Danke, Isaac.«

Die Hochzeitsfeier fand im Küchenhaus auf dem Gestüt statt. Bevor Robin sich den Gästen anschloß, machte er mit Isaac, Leofric und Oswin eine Runde durch die Ställe, begrüßte alte Freunde auf zwei und vier Beinen und bewunderte die neuen Jährlinge.

Oswin und Isaac verstanden sich vom ersten Augenblick an. Robin war froh. An diesem Tag konnte Oswins Unbekümmertheit nur ein Segen für Isaac sein.

Das halbe Dorf schien zur Feier geladen zu sein. Nur Stephen entdeckte er nirgends. Lange Zeit kam er nicht dazu, sich nach ihm zu erkundigen, weil zu viele Leute ihn mit neugierigen Fragen bedrängten. Er antwortete höflich und geduldig. Er hatte keine besondere Eile, Antworten auf seine Fragen zu finden. Alles erschien ihm ein bißchen unwirklich. Er war wieder in Waringham, aber er war kein Stallknecht mehr. Er war im Küchenhaus, aber Maria war nicht mehr da. Er war zu Gast auf der Hochzeit seiner Schwester, die den Mann geheiratet hatte, der wohl mehr als jeder andere ein Vater für ihn gewesen war.

Die Stimmung kam mächtig in Schwung. Ein fahrender Spielmann war engagiert worden, ein junger Kerl mit langen schwarzen Locken, der seiner verkratzten Fidel die wundersamsten Töne entlockte. Er spielte sehr gut und hatte eine volltönende, herrliche Stimme. Robin lauschte ihm begeistert.

»Einen Becher Wein, Robin?«

Er sah auf. »Elinor!«

Sie war mächtig gewachsen und trug ein neues Kleid aus dunkelblauem Tuch. Ihre roten Locken wallten üppig auf ihre straffe Mädchenbrust unter dem festen Stoff. »Mein Gott, wie schön du geworden bist …«

Sie errötete nicht und lächelte nicht.

»Elinor, ich bin zu Hause.«

»Ja.«

»Und nichts ist so, wie ich gedacht habe.«

Sie sah ihn an und stellte ihren Krug auf einen nahen Tisch. »Nein. Ich weiß, was du meinst.«

»Wo ist Stephen?«

Sie setzte sich zu ihm. »Er ist fortgegangen. Nach Canterbury, glauben wir. Er und Vater haben sich nicht mehr verstanden.«

Robin schwieg überrascht.

»Es hat Vater hart getroffen, als du einfach so verschwunden bist. Er hat sich Vorwürfe gemacht, und er gab Stephen wohl die Schuld, denke ich, auch wenn er uns nie gesagt hat, was passiert ist. Jetzt ist er jedenfalls fort. Und eigentlich vermissen ihn nur die Pferde.«

414

»Ja, ich glaub's.« Er ließ seinen Blick über die Gesellschaft schweifen. Das Festessen war vorbei, auf den Schüsseln und Platten lagen nur noch Krümel. Ann Wheeler saß auf Isaacs Schoß. Oswin flirtete mit der Schwester von Heather, der Frau des Sattlers, als gehöre er schon hierher. Alle schienen einigermaßen betrunken. Conrad und Agnes wechselten einen Blick und erhoben sich. Ohne weiter aufzufallen, stahlen sie sich in die Nacht hinaus.

Elinor war Robins Blick gefolgt, aber sie erwiderte sein ergebenes Lächeln nicht. »Tja. Sie können es nicht erwarten. Als würden sie es nicht schon seit Monaten treiben.«

Robin nahm ihren Arm. »Du darfst nicht bitter sein, Elinor. Ganz gleich, was du und ich dabei empfinden, deine Mutter ist tot, und dein Vater braucht eine neue Frau. Das ist die ganze Geschichte.«

Sie schüttelte wütend den Kopf. »Meine Mutter war kaum unter der Erde, da hat es angefangen.«

»Ach, komm schon. Du weißt ganz genau, wie sehr er sie geliebt hat.«

»Ja, ich weiß.« Sie seufzte. »Und Agnes und sie waren wie Schwestern. Aber irgendwie finde ich ... Sie hätten länger warten müssen. Es war so, als würden sie sie gar nicht vermissen.«

»Vermutlich haben sie sich gegenseitig zu trösten versucht ...«

»Ja, das ist ihnen wirklich gelungen. Agnes war viel bei uns, nachdem du gegangen warst, weißt du. Sie hat von ihrem Geld zwei Stuten gekauft. Gute Stuten, sie sind hier in der Zucht. Vater hat ihr geholfen, sie auszusuchen. Ich weiß nicht, sie war irgendwie immer hier. Und sie hat natürlich Mutter gepflegt, als sie krank wurde. Und nachdem sie starb, kam Agnes eben weiterhin. Es war normal, sie gehörte einfach zu uns, und sie hatte ja auch sonst niemanden, nachdem du verschwunden warst. Wir haben uns nichts dabei gedacht. Bis ich vor ein paar Wochen gehört habe, wie Vater Gernot zu ihnen sagte, jetzt sei Schluß, entweder sie würden heiraten, oder er würde sie wegen Unzucht anzeigen. Da wußte ich dann endlich Bescheid. Wahrscheinlich ... war ich ziemlich blind.«

Robin schüttelte mißbilligend den Kopf. »Ja. Ich kann mir vorstellen, daß das scheußlich für dich war.«

Sie antwortete nicht, sah zu den wenigen Hartnäckigen hinüber, die immer noch feierten, und erhob sich. »Ich denke, ich bring' ihnen noch was zu trinken. Je eher ich sie abgefüllt habe, um so besser. Irgendwer muß hier schließlich noch aufräumen.«

»Rechne auf mich.«

Sie betrachtete ihn mit einem seltsamen Lächeln. »Das wäre wohl kaum passend, *Sir* Robin.«

»Der Mann unter dem feinen Samt ist immer noch derselbe.«

»Nein, das glaube ich nicht.«

Er stand auf und nahm ihr den schweren Krug ab. »Denk, was du willst. Ich übernehme das Abfüllen.«

Sie gab nach. »Also gut. Danke. Und willkommen zu Hause, Robin. Ich bin so froh, daß du zurück bist.«

Er schüttelte langsam den Kopf. »Aber ich werde nicht lange bleiben, weißt du.«

»Nein. Das dachte ich mir. Du bist zu beneiden, ich wünschte, ich könnte auch von hier fort.«

Er sah überrascht auf. »Ist das dein Ernst?«

»Ja.«

»Dann komm mit mir«, schlug er spontan vor. »Ich kann jedes Paar Hände gebrauchen.«

Ihre Augen leuchteten auf, aber sie schüttelte den Kopf. »Wer soll denn hier für die Jungs sorgen? Und sich um meine Brüder und Maude kümmern?«

»Agnes, natürlich.«

»Das glaubst du doch wohl selber nicht. Sie kümmert sich nach wie vor um Kranke und holt Kinder auf die Welt. Und sie wird nicht damit aufhören, um hier die hungrigen Mäuler zu stopfen.«

Er hob kurz die Schultern. »Wie auch immer. Das sollte nicht deine Sorge sein. Du kannst es dir überlegen, das Angebot gilt.«

»Wohin?«

»Lancashire.«

Sie machte große Augen. »Das ist … herrlich weit weg.«

Er lächelte.

Sie schüttelte wieder den Kopf und begann, leere Teller einzusammeln. »Vater würde es niemals erlauben.«

Robin dachte kurz nach. »Doch, ich bin sicher, das würde er.«

»Meinst du wirklich? Dann rede du mit ihm.«

»Abgemacht.«

Robin, Oswin und Leofric schliefen in Conrads Haus auf dem Fußboden nahe am Herd. Es war ein neues Haus, größer und komfortabler als das alte, das im vorletzten Herbst abgebrannt war. Niemand trauerte der alten Unterkunft nach. Die neue Küche war beinah doppelt so groß wie früher, endlich war für alle genug Platz am Tisch, und Elinor hatte eine eigene Kammer.

Sie standen vor Morgengrauen auf und gingen mit an die Arbeit. Oswin und Leofric gingen mit Isaac, der jetzt das Training der Zweijährigen leitete, Robin folgte Conrad zu den Jährlingen.

Langsam gingen sie die Ställe entlang. Conrad brach schließlich das Schweigen. »Ich hoffe, du willst mir keine Vorhaltungen machen, wie Elinor.«

»Wie kommst du darauf?«

»Du bist verdächtig still.«

Robin grinste. »Und das macht dich neuerdings nervös?«

»Sag mir, was du denkst, Robin.«

»Na schön. Ich denke, ich bin ein wenig enttäuscht, daß Agnes nun nicht mit mir kommen wird, wie ich gehofft hatte. Ich denke auf der anderen Seite, daß es für sie kaum besser hätte kommen können, und das ist wichtig. Wichtiger als meine Wünsche.«

»Du meinst nicht, wir hätten dich fragen müssen?«

»Ich war nicht hier, oder? Außerdem hat Agnes sich nie sonderlich um meine Meinung geschert.«

»Warum habe ich dann das Gefühl, daß dir die Sache nicht gefällt?«

Robin antwortete nicht gleich.

»Komm schon, Junge …«

»Herrgott noch mal, sag nicht Junge zu mir, *Schwager*.«

»Also?«

»Es ist … Mortimer.«

Conrad blieb stehen und sah ihn an. »Du weißt also von Agnes und ihm.«

Robin nickte. »Er hat es mir gesagt.«

»Sie hat geglaubt, du würdest ihn umbringen, wenn du davon erfährst.«

»Das glaubte er auch.«

»Hm. Sie kennen dich anscheinend beide schlecht. Wo steckt der Bengel?«

»In Westminster, soweit ich weiß. Aber er kann jederzeit hier eintreffen. Er ist immer noch der Earl of Waringham.«

»Ja, ich hatte nichts anderes erwartet. Aber er kann uns keine Schwierigkeiten machen, Robin. Ich … habe lange gezögert, deine Schwester zu heiraten, weil sie Geld hat und ich nicht. Und es ist viel Geld. Ich weiß nicht, ob du davon gehört hast, zu welch irrsinnigen Preisen Alice den Schmuck eurer Mutter verkauft hat?«

»Jemand … erwähnte es mal, ja.«

»Wie auch immer, ich wollte es nicht. Aber dann hat Gernot uns regelrecht erpreßt, und jetzt ist es eben so, daß ihr Geld auch meines ist. Und wenn Mortimer uns irgendwelchen Ärger macht, werden wir einfach fortgehen. Ich werde ein Stück Land pachten und auf eigene Rechnung züchten. Dann kann er sehen, wo er mit seinen Gäulen bleibt.«

»Warum tust du das nicht ohnehin? Eine eigene Zucht anfangen?«

»Tu' ich ja. Hier. Zwei der Stuten gehören inzwischen uns. Im Frühjahr kaufe ich noch eine. Agnes möchte gern bleiben. Sie hängt an Waringham. So wie du früher.«

»Das tue ich noch.«

»Aber du willst trotzdem fortgehen.«

»Wo Mortimer und ich zusammen sind, wird es nie einen Tag Frieden geben.«

»Nein, vermutlich nicht. Wohin willst du?«

»Lancashire. Ich hab' dort ein kleines Lehen.«

Conrad lächelte stolz. »Gut gemacht. Und dort willst du Pferde züchten?«

»Erraten.«

»Hm. Dacht' ich's mir. Nur gut, daß Lancashire so weit weg ist. Auf deine Konkurrenz lege ich wirklich keinen Wert.«

Robin lachte, und sie machten sich an die Arbeit.

Nachmittags machten Robin und Isaac sich auf in den winterlich stillen Wald von Waringham. Sie ritten ein hartes Rennen, das Isaac knapp gewann, und als ihnen richtig warm geworden war, saßen sie ab, gingen ein Stück zu Fuß, und Robin weihte Isaac in seine Pläne ein. Isaac war Feuer und Flamme, lieber heute als morgen wollte er mit Robin nach Norden aufbrechen.

Robin war selig. »Also ist es abgemacht. Ich denke, wir sollten übermorgen gehen. Es besteht kein Grund, hier herumzutrödeln, bis Mortimer aufkreuzt.«

»Nein, das muß wirklich nicht sein.«

Den Abend verbrachten er und Leofric im Haus des Stallmeisters.

Oswin hatte es vorgezogen, mit Isaac zusammen einen Zug durchs Dorf zu machen, der natürlich auf dem kürzesten Wege ins Wirtshaus führen würde.

Agnes saß am Tisch und hielt Maude auf dem Schoß. Das kleine Mädchen schmiegte sich vertrauensvoll an sie. Conrad saß an ihrer Seite, seine Hand ruhte auf ihrem Knie.

Elinor saß ein Stück abseits auf einem Schemel und spann, genau wie ihre Mutter es stets getan hatte. Ihre Brüder polterten oben durchs Haus.

»Jetzt erzähl endlich, was du all die Zeit getan hast, Robin«, verlangte Agnes.

Robin betrachtete sie versonnen. Den ganzen Tag war sie ihm ausgewichen. Er war sicher, daß sie sich über seine Rückkehr aufrichtig freute, aber aus irgendeinem Grunde war sie ihm fremder geworden als alle anderen. Irgend etwas stand zwischen ihnen, und er wollte einfach nicht glauben, daß es Mortimer war.

»Ich hab' mich rumgetrieben.«

»Conrad sagt, du hast ein Lehen bekommen?«

»Ja. Nur ein kleines, aber immerhin.«

»Und wer ist dein Dienstherr?«

»Der Duke of Lancaster.«

Sie verzog das Gesicht. »Es heißt, er sei eine Schlange.«

Robin zog die Brauen hoch. »Das sieht dir nicht ähnlich, so etwas von jemandem zu sagen, den du nicht kennst.«

»Nein, da hast du eigentlich recht. Ich glaube, die Leute in Chester sagten es.«

»Ja, durchaus möglich. Chester gehört Prinz Edward mit Mann und Maus, und der Prinz und Lancaster haben gelegentlich politische Differenzen. Aber Lancaster ist besser als sein Ruf, glaub mir, und ich verdanke ihm ein paar Kleinigkeiten.«

»Zum Beispiel?«

»Mein Leben, zum Beispiel.«

»Oh.« Agnes sah betroffen aus. »Und ihr wart wirklich in Kastilien im Krieg, Leofric und du?«

»Hm.«

»Ein Händler hat mir erzählt, die halbe Armee sei am Gelbfieber gestorben.«

Robin schnitt eine Grimasse. »Na ja. Es waren ein paar mehr als die Hälfte. Wir schätzen, ungefähr zwei Drittel. Und es war die Ruhr, kein Gelbfieber.«

»Wart ihr auch krank?«

»Leofric nicht, ich schon. Oh, Agnes, da fällt mir ein, ich habe einen unserer Vettern getroffen.« Er erzählte ihr von Gisbert, um ihre Gedanken vom Krieg und der Ruhr abzulenken.

Sie lächelte. »Also wirst du wenigstens nicht ganz allein sein, da oben in der Fremde.«

»Das werde ich so oder so nicht.« Er sah von ihr zu Conrad. »Ich denke, es wird Zeit, daß wir darüber reden. Leofric wird natürlich mit mir gehen. Und Isaac will auch mitkommen.«

Conrad richtete sich auf. »Was fällt ihm ein? Was soll ich hier ohne ihn anfangen? Davon abgesehen darf er das gar nicht.«

»Doch, er darf. Der König hat mir zugebilligt, daß ich jeden mitnehmen kann, der will.«

»Der … König?«

Robin nickte.

Agnes sah ihn staunend an. »Du hast ihn gesprochen?«

»Ja.«

»Was sagt er über Vater?«

»Daß es wohl ein bedauerliches Mißverständnis gewesen sei.«

Sie schnaubte. »Aber Waringham hat er dir nicht zurückgegeben.«

»Ich war nicht in der geeigneten Situation, um Forderungen zu stellen, weißt du.«

»Wieso nicht?«

»Äh, na ja. Lange Geschichte.«

Conrad war daran nur mäßig interessiert. »Wen außer Isaac?«

»Dido, Penelope, Criseyde und Lucrecia.«

»Sieh an. Unsere vier besten Stuten. Sie wollen alle mitkommen, das haben sie gesagt, ja?«

Robin grinste. »Der König hat bestimmt, daß ich vier mitnehmen kann, als Startkapital.«

»So. Und war die Rede davon, daß es die vier Besten sein sollen? Daß du uns die Butter vom Brot nimmst?«

»Komm schon. Wenigstens zehn der anderen sind ebensogut. Und ihr habt eure beiden eigenen.«

Conrad brummte. »Dann nimm doch vier von den zehn anderen mit.«

Robin runzelte die Stirn. »Wirst du sie mir geben, Conrad? Ich brauche gutes Material, sonst kann ich die Idee gleich aufgeben.«

»Und welchen Hengst?«

»Brutus.«

»*Brutus*? Das war Mortimers Pferd, oder irre ich mich?«

»Er hat ihn … mir überlassen.«

Conrad betrachtete ihn verwundert. Er hätte gerne gewußt, was zwischen Robin und Mortimer vorgefallen war, aber er fragte nicht. »Also meinetwegen, nimm die Stuten. Sag mal, weiß Mortimer schon von der großzügigen Entscheidung des Königs?«

»O ja. Er war nicht sehr beglückt.«

»Nein. Das glaub' ich. Also, wo wir einmal beim Feilschen sind, was oder wen sonst noch?«

»Elinor«, sagte Robin leichthin, wie nebenbei.

Elinor schrak zusammen und stach sich an der Spindel. Sie verzog das Gesicht, steckte den blutenden Finger in den Mund und bedachte Robin mit einem vorwurfsvollen Kopfschütteln.

»Was redest du da?«

»Sie möchte gerne mitkommen.«

Conrad wandte sich kurz zu seiner Tochter um. »Elinor, komm her.«

Sie legte die Spindel beiseite, stand auf und trat langsam vor ihn.

»Ist das wahr?«

»Ja, Vater.«

»Aber …« Er brach ab, schüttelte den Kopf und stand unvermittelt auf. »Robin, komm mit nach nebenan.«

Du könntest bitte sagen, fuhr es Robin durch den Kopf, aber er stand ohne zu zögern auf, folgte Conrad in die angrenzende Schlafkammer und schloß die Tür.

Conrad hatte die Arme verschränkt. »Was fällt dir ein, ihr solche Flausen in den Kopf zu setzen?«

»Das habe ich nicht. Sie sagte mir gestern abend, daß sie fortgehen würde, wenn sie könnte.«

Conrad winkte ungeduldig ab. »Was bedeutet das schon. Sie ist noch ein Kind, Robin. Es paßt ihr nicht, daß ich Agnes geheiratet habe, aber sie wird sich damit abfinden müssen.«

»Sie ist vierzehn und kein Kind mehr. Und du solltest sie gehen lassen.«

»Das ist ganz und gar ausgeschlossen. Oder hast du vielleicht die Absicht, sie zu heiraten?«

Robin trat ärgerlich einen Schritt näher. »Zweifelst du an meinen Absichten, ja? Ausgerechnet du?«

Conrad seufzte. »Nein, natürlich nicht. Aber du mußt doch einsehen, daß es unmöglich ist.«

»Das ist es keineswegs. Ich werde sie wie meinen Augapfel hüten, ich schwör's dir. Und wenn wir da oben in Fernbrook ankommen, werde ich sie als meine Schwester ausgeben.«

»Aber ... warum? Warum sollte ich sie gehen lassen? Sie ist meine Tochter, und sie wird hier gebraucht.«

»Und daß Mortimer auf die Idee kommen könnte, sich an ihr schadlos zu halten, wenn er feststellen muß, daß er Agnes nicht mehr haben kann, darauf kommst du nicht, was?«

Conrad starrte ihn sprachlos an.

Robin nickte grimmig. »Hast du nicht daran gedacht, daß er auf Rache aus sein wird? Was läge also näher?«

»Nein. Daran ... habe ich tatsächlich nicht gedacht.«

»Weil du nicht weißt, wie er ist, wenn er jemanden wirklich haßt. Aber ich. Laß Elinor mit mir gehen, Conrad. Hast du nicht gehofft, daß sie und Isaac eines Tages heiraten? Nun, vielleicht werden sie das.«

Conrad schüttelte langsam den Kopf. »Früher habe ich einmal gehofft, du würdest sie heiraten.«

»Vermutlich hätte ich es getan. Wenn Alice nicht gewesen wäre. Jetzt bin ich keineswegs sicher, daß ich je heiraten werde.«

Conrad sah ihn ernst an und legte ihm kurz die Hand auf die Schulter. »Du wirst drüber wegkommen, glaub mir, ich weiß, wovon ich rede.«

»Wer weiß. Vielleicht werde ich das. Also? Was ist nun mit Elinor?« Conrad antwortete nicht gleich. »Ich muß darüber nachdenken. Wann willst du gehen?«

»Übermorgen.«

»Ich lasse es dich morgen wissen.«

»Einverstanden.«

Sie gingen zu den anderen zurück. Alle drei sahen ihnen fragend entgegen, Leofric und Elinor ein wenig ängstlich. Im Vorbeigehen strich Conrad seiner Tochter über den Kopf. »Ich muß eine Nacht darüber schlafen, Elinor. Wir reden morgen.«

»Ist gut«, sagte sie leise.

Agnes reichte ihm Maude, die inzwischen mit dem Daumen im Mund eingeschlafen war, und stand auf. »Ihr seht aus, als bräuchtet ihr was zu trinken.«

Sie nahm den leeren Krug und ging damit zum Bierfaß.

Robin wollte sich wieder auf die Bank setzen, als plötzlich die Tür aufgerissen wurde. Isaac stürmte mitsamt einer ordentlichen Portion Pulverschnee über die Schwelle. »Conrad, sieh dich vor, Mortimer ist zurück und …« Er zuckte zusammen, verstummte und schlug der Länge nach hin.

Mortimer stieg achtlos über ihn hinweg. »Ganz recht. Ich bin zurück. Und das erste, was ich erfahre, ist, daß du dir die falsche Frau genommen hast, Stallmeister …«

Er hörte Robins Schwert aus der Scheide fahren, bevor er ihn sah. Als er aus dem Schatten auf ihn zusprang, hatte er selbst die Hand am Heft, aber er schaffte es nicht mehr. Robin hatte ihm die Schwertspitze an die Kehle gesetzt, ehe er seine Waffe nur zur Hälfte herausgebracht hatte.

Einen Moment sahen sie sich schweigend in die Augen. Dann blinzelte Mortimer verstört. »Das … kann einfach nicht sein.«

Robin verstärkte den Druck seiner Klinge leicht. »Los, beweg dich, schön langsam, bis zur Wand. Und denk nicht mal an den Dolch, Mortimer. Glaub mir, der kleinste Grund reicht mir heute.«

Er sah blitzschnell über die Schulter und nickte Leofric zu.

Der Junge stand ohne besondere Eile auf, schlenderte fast auf Mortimer zu und nahm ihm Dolch und Schwert ab. Dabei lächelte er ihn an. Dann legte er die Waffen neben der Tür auf den Boden und beugte sich über Isaac. Er untersuchte kurz seinen Kopf, sah zu Robin und führte seine Faust in den Nacken. Dann verdrehte er die Augen.

Robin funkelte Mortimer böse an. »Ich hoffe für dich, es ist nichts Ernstes. Agnes, sieh nach Isaac, ja?«

Mortimer stand mit dem Rücken zur Wand und sah ihn verständnislos an. »Aber wieso bist du hier und nicht ...«

»Nicht wo?«

Mortimer sammelte seinen Verstand und hielt den Mund.

»Nicht in einer verdammten Bleimine in Burrick, meinst du, ja?«

»Und ich war sicher, de Gray würde dich kriegen. Er war so wild entschlossen.«

»Ja. Er hat mich auch gekriegt. Und dann hat er mich wieder verloren, könnte man sagen.«

»Hast du ihn getötet?«

»Das war gar nicht nötig. Er hat mir Sicherheit geleistet.«

»*Sicherheit*?« Mortimer lachte höhnisch.

»Ganz recht. Und ich muß feststellen, daß das eine wirklich glückliche Fügung war. Denn jetzt sitzt du so richtig in der Falle, Mortimer.«

Mortimer beäugte ihn mißtrauisch. »Was meinst du?«

»Nun ja, in gewisser Weise wirst auch du mir Sicherheit leisten.«

»Eher friert die Hölle ein.«

»Sag das nicht.«

»Also?«

»Du wirst endlich aufhören, mir nachzustellen. Du wirst Agnes und Conrad in Zukunft zufriedenlassen. Wenn ich Klagen höre, Junge, du kannst dir nicht vorstellen, wie schnell ich in Westminster wäre, um dem König von eurem kleinen Komplott zu erzählen. Mit dem du gegen sein ausdrückliches Verbot verstoßen hast. Und das beste ist, de Gray würde es bezeugen. Du hättest einen Haufen Schwierigkeiten.«

Mortimer verzog sarkastisch den Mund. »Du glaubst nicht im Ernst, daß er für dich aussagen würde, oder?«

»Davon verstehst du nichts. Frag ihn.«

Mortimer schnaubte verächtlich. »Und? War das alles?«

Robin dachte kurz nach. »Nein, noch nicht ganz. Du wirst mir zum Beweis deiner aufrichtigen Friedensabsicht ein kleines Geschenk machen.«

»Ich glaub', mir wird schlecht.«

»Komm schon, reiß dich zusammen, ja.«

»Was willst du?«

»Vier Zweijährige und vier Jährlinge. Zusätzlich zu den vier Stuten und Brutus, die der König mir zugesprochen hat. Du wirst mir eine Schenkungsurkunde ausstellen. Und zwar jetzt gleich.«

Mortimer war wirklich grau im Gesicht. Aber er nickte nur. Er verstand durchaus, daß Robin ihn in böse Schwierigkeiten bringen konnte. Es blieb ihm nichts übrig, als dessen Forderungen zu erfüllen und auf die nächste Gelegenheit zu hoffen.

Robin trat einen Schritt zurück und steckte das Schwert in die Scheide.

Im gleichen Moment half Agnes Isaac auf die Füße. Er schwankte ein wenig, blinzelte und befühlte seinen Nacken.

Agnes stellte sich neben ihren Bruder und sah Mortimer an. Sie wußte nichts zu sagen.

Mortimer erwiderte ihren Blick. Er fühlte sich noch elender dadurch, aber er konnte die Augen nicht abwenden. Er öffnete den Mund, um wenigstens ihren Namen zu sagen, und schloß ihn dann wieder. Er traute seiner Stimme nicht.

Schließlich wandte sie sich ab. »Ich hole Papier.«

Sie brachte einen unbeschriebenen Bogen, Tintenfaß und Feder zum Tisch. Mortimer trat widerwillig näher, Robin folgte direkt hinter ihm. Nach Robins Diktat schrieb er die Urkunde, ließ die Feder achtlos auf den Tisch fallen und verschränkte die Arme. »Ich hoffe, sie verrecken dir.«

Robin winkte ab. »Spar dir deine frommen Wünsche. Ach übrigens, dein alter Freund Bruder Herbert wird vom Verkaufserlös einen Anteil bekommen. Letzten Endes ist es eine Spende für die Armen. Das tröstet dich doch sicher, wo du doch so mildtätig bist.«

Mortimer fehlten die Worte. Er starrte ihn noch einen Augenblick an, dann wandte er sich an Leofric. »Hol mir meine Waffen, Mißgeburt.«

Leofric wollte aufstehen, aber Robin hielt ihn mit einer Geste zurück. »Sie liegen direkt an der Tür. Nimm sie mit, wenn du hinausgehst.«

Mortimer machte auf dem Absatz kehrt, vermied es, Agnes anzusehen, und ging mit kerzengeradem Rücken und hocherhobenem Kopf zur Tür. Mit einem Griff hob er Schwert und Dolch vom Boden auf und ging hinaus.

Einen Moment horchten sie, bis sie den Hufschlag seines Pferdes hörten. Dann entspannte Robin sich sichtlich und glitt neben Isaac auf die Bank. »Geht's?«

Isaac schnitt eine Grimasse. »Ich weiß nicht. Von Mortimers Gesellschaft krieg' ich einfach immer Kopfschmerzen.«

Conrad stand auf, um einen zusätzlichen Becher zu holen, und legte Robin im Vorbeigehen die Hand auf den Arm. »Wenn ich noch Junge zu dir sagen dürfte, würde ich sagen, ich bin mächtig stolz auf dich, mein Junge.«

Robin grinste. »Also schön. Mach eine Ausnahme.«

»Weißt du, es ist eine Schande, daß du wieder fortgehst.«

Robin wurde wieder ernst und nickte. »Ich wünschte, ihr würdet mitkommen.«

Conrad und Agnes wechselten einen Blick. »Nein«, sagte Agnes langsam in die plötzliche Stille. »Wir werden hierbleiben und einfach warten, bis du Waringham endlich zurückbekommst.«

Basil Huntingdon of Fernbrook war hochbetagt, verwitwet und kinderlos gestorben. Seit der Zeit König Henrys II. war das Landgut immer im Besitz seiner Familie gewesen, die sich über die Generationen als außerordentlich fruchtbar erwiesen hatte. Basil selbst hatte aus zwei Ehen fünf kräftige Söhne gehabt, aber alle waren an der Pest gestorben, alle bis auf Philip, der auf der Jagd einem wilden Keiler zum Opfer gefallen war. Verbittert über das Aussterben seiner Linie hatte Basil lange beklagt, daß Gott ihn offenbar hier unten vergessen habe, bis er ihn dann endlich doch geholt hatte. Das war vor über einem Jahr gewesen. In den Monaten seit seinem Ableben waren die Dinge in Fernbrook genauso weitergegangen wie vorher, denn sie waren seit Menschengedenken nie anders gewesen. Die Bauern lebten in dem kleinen Weiler rund um die winzige St.-Nicholas-Kirche, bestellten ihre Felder und die des verstorbenen Gutsherrn, machten ihr Heu und das des verstorbenen Gutsherrn, brachten ihre Ernte ein und die des verstorbenen Gutsherrn, zahlten ihre Pacht an den Verwalter des verstorbenen Gutsherrn, brachten ihr Korn in die Mühle des verstorbenen Gutsherrn, buken ihr Brot im Ofen des verstorbenen Gutsherrn und fanden, daß eigentlich alles in Ordnung war. Das letzte, was ihnen fehlte, war ein fremder Lümmel aus dem Süden,

den man kaum verstehen konnte, wenn er den Mund auftat, und der sie mit verrückten, neumodischen Ideen durcheinanderbrachte.

Argwöhnisch hatten sie den Einzug der eigenartigen Gesellschaft beobachtet: ein junger Ritter ohne Rüstung mit einem kostbaren Schwert, zwei junge, ganz sicher rauhe Burschen, ein schlaksiger Jüngling und ein sehr rothaariges Mädchen und – Pferde. Wenigstens zwanzig. Und der Ritter ohne Rüstung behauptete, der neue Gutsherr zu sein. Es war zum Lachen.

Sie lachten nicht mehr, als Robin gleich am zweiten Tag den Verwalter davonjagte. Sie waren entrüstet. Sie stellten eine Abordnung zusammen, um zu protestieren. Der Schmied, der Müller und einer der reicheren Bauern machten sich auf zum Gutshaus.

Robin empfing sie in der ›Halle‹ neben der Küche. Es war ein großer, nahezu leerer Raum mit zwei großen Fenstern, zu denen es unablässig hereinschneite oder -regnete. Der Dielenboden war statt mit Stroh mit einer dicken, grauen Staubschicht bedeckt, in den Deckenbalken hingen verwaiste Schwalbennester. Es war kalt und zugig, das Feuer im Kamin gab mehr Qualm als Wärme ab.

Robin saß trotzdem so nah wie möglich am Kamin an einem Ende des langen Tisches über die Bücher gebeugt, als Elinor eintrat und die Abordnung aus dem Dorf ankündigte.

Robin runzelte die Stirn. »Eine Abordnung? Schick sie rein.«

»Gut. Oh, und Robin, der Rauchabzug über dem Herd in der Küche ist hoffnungslos verstopft. Und die Küche ist ein Schweinestall. In den Töpfen hausen Spinnen, und das Steingut ist zerbrochen.«

Er seufzte. »Sag Leofric, er soll sich um den Abzug kümmern. Er ist der schmalste von uns, er kann am ehesten hinaufkriechen.«

»Schön. Und Isaac sagt, Dido wird heute nacht fohlen.«

»Ja, das fürchte ich auch. Der weite Weg war viel zu anstrengend für sie, und jetzt kommt das Fohlen zu früh. Ich werde gleich nach ihr sehen.«

»Hoffentlich wird es ein Hengst.«

Er nickte. »Obwohl wir natürlich auch noch mehr Stuten brauchen. Hauptsache, es bleibt am Leben.«

»Ja. Also, ich schicke jetzt erst mal die Männer her.«

»Einverstanden.«

Robin erhob sich und wärmte seine Hände über dem Feuer. Als er verlegenes Füßescharren hörte, wandte er sich um.

Die drei Männer standen ein bißchen verloren an der Tür. Nur der Müller sah ihn direkt an.

Robin winkte sie näher. »Tretet ein.«

Sie kamen zögernd.

Robin hatte so eine Ahnung, was sie herbrachte. Sie waren ganz sicher nicht gekommen, um ihn willkommen zu heißen und ihm Glück zu wünschen, was der Sitte entsprochen hätte. Also sah er auch keinen Grund, es ihnen besonders leicht zu machen. Er schwieg beharrlich.

»Ähm, es heißt im Dorf, daß Ihr John Reeve fortgeschickt habt, Sir«, hob der Müller schließlich an.

»So könnte man sagen, ja.«

Der Müller rieb sich nervös seine gerötete Nase. »Also, na ja, wir haben uns gefragt, warum Ihr das wohl getan habt, Sir.«

»So, das habt ihr euch gefragt, ja?«

»Ja, Sir.«

»Du bist der Müller, nicht wahr?«

»Ja, Sir.«

»Und hast du auch einen Namen? Ich meine, wollen wir uns nicht vielleicht vorstellen, bevor wir streiten?«

Der Müller schmunzelte überrascht. »Ich bin Jack, Sir. Das hier sind Luke der Schmied und Bill Longleg.«

»Also, Jack, Luke, Bill. Mein Name ist Robin Fitz-Gervais, wie ihr vielleicht schon wißt. Und der Duke of Lancaster hat mir diesen herrlichen, fruchtbaren Flecken von Gottes schöner Erde überlassen, damit ich etwas daraus mache. Damit ich es so bewirtschafte, daß er noch ein bißchen reicher wird und weder ihr noch ich Hunger leiden müßt. Und das ist unmöglich mit einem Verwalter, der alles stiehlt, was nicht niet- und nagelfest ist.«

Sie fielen aus allen Wolken. »Was … was meint Ihr damit, Sir? Ihr glaubt, John Reeve sei ein Dieb?« fragte der Schmied bestürzt.

Robin seufzte. »Ja, ich fürchte, so ist es. Er hat wenigstens die Hälfte der Einkünfte aus dem Gut in die eigene Tasche gesteckt. Ich meine, seht euch doch hier um. Dieses Haus ist ein heruntergekommenes Dreckloch, aber er hat letztes Jahr angeblich vier Pfund für die Instandhaltung aufgewendet. Vier Pfund! Und angeblich ist seit zwei Jahren kein Holz im Wald geschlagen worden. Aber ich habe gestern einen Kahlschlag entdeckt, groß wie eine Turnierwiese. Was ist aus dem Holz geworden, das wüßte ich gern. Dann das Winterfutter. Nach seiner Aufstellung wurde auf dem Gut im letzten Winter Futter für wenigstens fünfzig Rinder verbraucht, ich zähle hier aber nur zwölf Kühe und ein Ochsengespann. In Wahrheit hat er das Futter verhökert … Na ja, ich will euch nicht langweilen. Sag mal, Bill Longleg, wie kommt es, daß deine Söhne und du immer nur an zwei oder drei Tagen bei der Ernte auf den Feldern des Gutes mitgearbeitet habt und dann entschuldigt wurdet?«

Bill fuhr leicht zusammen. »Ähm, wie soll ich sagen, Sir, wir hatten immer das Glück … ich meine …«

»Das Glück, meinst du, daß John Reeve bereit war, mit sich reden zu lassen, wenn der Preis stimmte, ja? Du kannst es ruhig zugeben, ich weiß, wie die Zeit während der Ernte drängt, daß jeder Mann von früh bis spät genug damit zu tun hätte, sein eigenes Korn einzubringen. Ich hätte an deiner Stelle das gleiche getan, du konntest es dir eben leisten. Aber es ist den kleinen Bauern gegenüber nicht gerecht.«

Bill war rot geworden und blieb eine Antwort schuldig.

»Aber … woher wißt Ihr das alles, Sir?« fragte Jack fassungslos.

»Ich weiß, wie man Bücher führt. Ich hab's selbst mal gemacht. Es ist nicht so kompliziert, wenn man einmal weiß, wie's geht.«

»Aber Sir Basil hat niemals …«

»Nein. Deshalb starb er als bettelarmer Mann, und deshalb lebte John Reeve in Saus und Braus, mit französischem Wein und Spanferkeln jeden Sonntag, viel herrschaftlicher als Basil Huntingdon. Er hat ihn ausgenommen wie eine fette Gans. Ihn und diejenigen im Dorf, die kein Geld hatten, ihn zu schmieren. Ihr solltet ihm nicht nachtrauern. Ihr werdet einen besseren Verwalter kriegen, glaubt mir.«

Sie wechselten nervöse Blicke.

»Aber, Sir«, begann der Schmied tapfer. »In Fernbrook wählen die Bauern ihren Reeve selbst.«

Die beiden anderen nickten stumm.

»Ja, ich weiß, daß es hier so Sitte ist. Ihr könnt einen neuen wählen auf dem Gerichtstag am nächsten Sonnabend.«

»Ein Gerichtstag?« fragte Jack besorgt.

Robin hob leicht die Schultern. »Es hat ein Jahr lang keiner stattgefunden, nicht wahr? Ich schätze, wir sollten es nicht auf die lange Bank schieben. Und sagt den Leuten, daß niemand entschuldigt ist, der nicht krank ist. Wir müssen uns schließlich kennenlernen. Aber sagt ihnen auch, daß ich nicht die Absicht habe, ihren Verfehlungen des letzten Jahres nachzugehen, dazu habe ich gar keine Zeit. Ihr werdet hauptsächlich bestimmen, was verhandelt wird. Ich werde mir jede Klage anhören und versuchen, so vernünftig wie möglich zu entscheiden. Und ich rechne auf die Unterstützung der Jury. Also, wählt euren Reeve am Gerichtstag, und er soll Mund, Auge und Ohr für euch sein, soweit das nötig ist, aber nicht länger der Gutsverwalter. Das werde ich in Zukunft selbst machen oder ein Steward meiner Wahl.«

Sie starrten ihn ungläubig an.

Robin verkniff sich ein Grinsen. »Ziemlich trockene Luft hier, was meint ihr?«

Bill Longleg lächelte unsicher. »Jetzt, da Ihr es sagt, Sir …«

Robin trat zur Tür und stieß fast mit Isaac zusammen. »Ah, das trifft sich gut. Isaac, das sind Luke Smith, Jack Miller und Bill Longleg. Luke, Jack, Bill, das ist Isaac, der zukünftige Verwalter. Und wie ihr seht, kreuzt er immer dann auf, wenn's was zu trinken gibt.«

Isaac sah ihn einen Moment verblüfft an und trat dann näher. Nacheinander schüttelte er den Männern die Hand. Robin rief nach Elinor, die auch bald darauf erschien und ihnen einen Krug Bier brachte.

Die drei Männer aus dem Dorf tranken dankbar.

Luke wischte sich genüßlich den Schaum aus dem Bart. »Hm, das ist gutes Bier.«

Isaac nahm einen tiefen Zug. »Ja, das ist es. Wir haben ein Faß mitgebracht. Lange wird es wohl nicht reichen. Bald werden wir versuchen müssen, was ihr hier so braut.«

»Es wird euch schon schmecken«, versicherte Jack zuversichtlich. Er und seine Gefährten schienen sich sehr viel wohler in ihrer Haut zu fühlen, seit Isaac und das Bier mit ins Spiel gekommen waren. Sie überwanden ihre Scheu. »Ich bin sicher, ihr werdet euch daran gewöhnen.«

Isaac nickte. »Es wird uns nichts anderes übrigbleiben. Ich

schätze, wir alle werden uns an ein paar Veränderungen gewöhnen müssen.«

Luke runzelte beunruhigt die Stirn. »Meint Ihr wirklich, Sir?«

»Sei versichert. Und sag nicht Sir zu mir. Isaac reicht völlig.«

»Also, Isaac. Warum sollte sich hier was ändern? Wir hier finden Fernbrook ganz in Ordnung so, wie es ist.«

Robin fegte das mit einer ungeduldigen Geste beiseite. »Fernbrook ist das schlimmste Drecksnest, das ich je gesehen habe. Schuld daran sind Mißwirtschaft und gleichgültige Trägheit. Das wird sich in Zukunft ändern, so ziemlich alles wird sich hier in Zukunft ändern. Der größere Teil des Gutsbetriebs wird in Weideland umgewandelt, und ich werde eine Pferdezucht anfangen, die in spätestens drei Jahren profitabel sein wird. Es gibt viel Arbeit. Es muß Holz geschlagen werden, um Ställe und wenigstens zwei zusätzliche Scheunen zu bauen, Weiden müssen abgesteckt werden, ein paar Meilen Zaun sind zu errichten und so weiter. Wenn ich richtig informiert bin, schuldet mir jeder Bauer drei halbe Arbeitstage in der Woche, nicht wahr?«

Jack nickte zögernd. »Aber außer in der Erntezeit hat Sir Basil nie so viele Arbeitskräfte gebraucht.«

»Nun, ich fürchte, ich werde sie vorerst in vollem Umfang in Anspruch nehmen müssen. Und das wird kaum reichen. Ich habe nicht viel Geld, um Löhne zu zahlen, aber jeder, der mir einen Sohn schickt, kann dessen Lohn von der Pacht abziehen. Ich werde aus dieser Kloake das blühendste Gut im ganzen Westen machen, und jeder, der will, kann daran mitverdienen.«

Sie schwiegen betroffen.

Isaac betrachtete sie amüsiert. »Jetzt versteht ihr vielleicht, was ich meinte.«

Luke Smith hatte nachdenklich die Stirn gerunzelt. Schließlich sagte er langsam: »Ihr werdet jede Menge Werkzeug brauchen, Sir.«

Robin atmete erleichtert auf und lächelte dem Schmied dankbar zu. »Fang damit an, sobald es geht.«

»Morgen früh.«

»Großartig. Isaac wird später zur Schmiede kommen und mit dir besprechen, was am dringendsten benötigt wird. Und, Luke, je fairer deine Preise sind, um so pünktlicher werde ich zahlen.«

Luke rieb sich grinsend die Hände. »Ich bin sicher, wir werden uns einig.«

Robin nickte und wandte sich an die anderen. »Ich brauche noch mehr: Schindeln für ein neues Dach. Pergament und neue Läden für alle Fenster. Wenn ihr mir halbwegs schnell beschaffen könnt, was nötig ist, würde ich das alles sehr viel lieber in Fernbrook in Auftrag geben als anderswo.«

Inzwischen hatten sich Bills und Jacks Gesichter ebenfalls erheblich aufgehellt. Jack nickte eifrig. »Ich werd's die Leute wissen lassen, Sir.«

Sie tranken aus und verabschiedeten sich bald. Plötzlich waren sie in Eile. Robin dachte zufrieden, daß sie sehr viel fröhlicher aussahen als bei ihrer Ankunft. Er brachte sie zur Tür.

Bevor sie in den prasselnden Regen hinaustraten, drehte Luke sich noch einmal kurz um. »Wißt Ihr, was Ihr vor allem braucht, ist eine Armee entschlossener Frauen, die den alten Kasten hier mal gründlich saubermachen.«

Robin folgte seinem Blick und nickte düster. »Abreißen und neubauen wäre vielleicht eher das richtige.«

Luke zwinkerte vergnügt. »Sagt das nicht. Ich denke, es wär' einen Versuch wert. Meine Berit könnte sich darum kümmern.«

»Das wäre großartig, Luke.«

»Also ist es abgemacht. Wir können schließlich nicht zulassen, daß so viele neue Ideen zwischen so viel Staub und Spinnweben hausen.« Er sah Robin einen Moment an, und die Falten um seine Augen vertieften sich ein wenig. »Willkommen in Fernbrook, Sir Robin.«

Isaac hatte sich einen zweiten Becher eingeschenkt und stand mit dem Rücken zum Feuer. »Sag mal, bist du vom Pferd gefallen oder so?«

»Was?«

»Man könnte meinen, du bist nicht ganz richtig im Kopf.«

»Also? Was gefällt dir nicht?«

Isaac holte tief Luft. »Erstens: Wie, glaubst du, sollen wir all diese Sachen bezahlen? Pergament und Werkzeug und so weiter? Unsere gesamte Barschaft beträgt derzeit ein Pfund, vierzehn Shilling und elfeinhalb Pence. Zweitens: Wenn du schon anfängst,

Sachen zu bestellen, die wir nicht bezahlen können, dann wären ein paar Vorräte und ein Federbett wenigstens für Elinor doch wohl dringender gewesen. Drittens ...«

»Drittens?«

»Was ist so verflucht komisch?«

»Gar nichts. Aber wir brauchen keine Vorräte zu kaufen, Isaac. Wir haben sie. Alles, was das Herz begehrt, und nur vom Feinsten. Wir haben auch Federkissen. Einen brauchbaren Wallach. Und Geld. Beinah dreißig Pfund.«

Isaac betrachtete ihn kopfschüttelnd. »Du hast diesen armen Teufel weggejagt und ihm alles abgeknöpft, was er besaß? Das ... hätte ich nicht gedacht.«

»Ich habe nichts dergleichen getan. Ich bin gestern abend zu ihm gegangen und hab' ihm gesagt, ich sei ihm auf die Schliche gekommen. Dann hab' ich ihm gesagt, daß er sein Amt lange genug innehatte und jetzt ein anderer an der Reihe sei. Ich sah keinen Grund, ihm sein Land zu lassen, er ist schließlich ein treuloser Schurke und hat Huntingdon schamlos beraubt, aber ich habe ihm angeboten, als Knecht auf dem Gut zu arbeiten. Doch offenbar hat er zu lange wie ein feiner Lord gelebt und konnte einem solchen Dasein nicht ins Auge sehen. Er ist anscheinend in Panik geflohen. Seine Geldschatulle hab' ich natürlich gleich mitgenommen, aber er hat auch sonst alles zurückgelassen, bis auf ein Pferd, soweit ich feststellen konnte. Ich schlage vor, wir gehen gleich alle zusammen zu seinem Haus und sichern unsere Beute.«

Isaac betrachtete ihn neugierig. »Wirst du ihn suchen lassen?«

»Natürlich nicht. Diese Lösung ist die einfachste, oder?«

»Aber wie um Himmels willen kommst du darauf, den Leuten zu sagen, ich sei der neue Verwalter?«

»Weil ich finde, daß das eine ganz hervorragende Idee ist. Solange unsere Zucht noch so bescheiden ist, kannst du dich gut um beides kümmern. Und wenn du die Leute gut genug kennst, kannst du einen zum Bailiff bestimmen, der dir die eigentliche Arbeit abnimmt.«

»Ja, Robin, du hast nur eine Kleinigkeit vergessen. Ich kann nicht lesen.«

»Das stimmt nicht. Ich weiß, daß Agnes dir Unterricht gegeben hat.«

Isaac winkte ungeduldig ab. »Sie hat mich nach ungefähr einem Monat als hoffnungslosen Fall aufgegeben.«

»Weil du kein Interesse hattest, du Dickschädel. Du wirst es einfach noch mal versuchen. Und besser, du lernst schnell. Es wird nicht ewig dauern, bis Lancaster nach mir schickt, und bis dahin brauche ich einen Steward.«

Isaac dachte darüber nach. Er schien unentschlossen. »Was ist, wenn ich nicht will?«

»Dann bin ich ratlos. Ich wüßte keinen außer dir. Nur so könnte ich sicher sein, daß hier alles mit rechten Dingen zugeht, wenn ich weg bin. Und für die Leute wär es auch gut, dir könnten sie trauen, und das würden sie auch. Und vor allem für dich wäre es gut.«

»Wieso glaubst du das? Ich bin nicht ehrgeizig, Robin, ich erwarte keine großen Dinge von meinem Leben, wie du es tust. Ich lege keinen Wert darauf, Steward zu sein, das ist die Gegenseite, hast du das vergessen? Ich bin viel lieber einer von ihnen, und ich wäre durchaus damit zufrieden, für den Rest meiner Tage deine Zweijährigen zu trainieren. Oder meinetwegen auch ihre Ställe auszumisten. Ich hasse es, mir den Kopf zerbrechen zu müssen.«

So war ich früher auch, dachte Robin überrascht. Er wußte nicht, ob es richtig war, Isaac zuzusetzen. Das Dumme war nur, er hatte wirklich keine Ahnung, wem er sein Gut sonst anvertrauen sollte.

»Was ist mit Oswin?« schlug Isaac hoffnungsvoll vor.

Robin schüttelte seufzend den Kopf. »Nein. Versteh mich nicht falsch, Oswin ist ein guter Kerl, aber er wäre mit dieser Aufgabe hoffnungslos überfordert. Außerdem hängt Oswin zu sehr am Geld. Du bist ideal, gerade weil dir nichts daran liegt.«

»Wieso denkst du, ich sei damit nicht überfordert?«

»Hm. Ich glaube, das sage ich lieber nicht. Es könnte dir zu Kopf steigen ...« Er lachte über Isaacs Grimasse, dann wurde er wieder ernst. »Versuch es, Isaac. Bitte.«

Isaac hob abwehrend die Hände. »Komm mir nicht so. Sag ja nicht: ›Tu's für mich, Isaac.‹«

»Dann tu's für dich, du sturer ...«

»Bastard? Nur raus damit, das bin ich wirklich gewöhnt.«

»Versuch wenigstens, vernünftig lesen zu lernen. Na ja, und

schreiben natürlich. Wenn es dir wirklich überhaupt nicht gefällt, blasen wir die Sache ab, einverstanden?«

Isaac fand, darauf konnte er sich getrost einlassen. Er würde es anstandshalber ein, zwei Wochen versuchen, um wenigstens so zu tun, als sei er guten Willens. Und danach würde er seine Ruhe haben. »Abgemacht.«

Oswin, Isaac, Leofric und Elinor machten sich bald darauf auf den Weg zum Haus des verschwundenen Reeve. Sie nahmen einen wackeligen Karren mit, der von einem der beiden Ochsen des Gutes gezogen wurde, ein alter Veteran mit einem gutmütigen, aber so unendlich dummen Gesicht, daß Elinor verkündete, der Ochse müsse Frederic heißen.

Robin hatte ihnen aufgetragen, ihm alles an Schriftstücken mitzubringen, was ihnen in die Hände fiel, und alles, was sie für sinnvoll und notwendig hielten. Er selbst wollte lieber bei Dido bleiben. Die Anzeichen für das Bevorstehen ihrer Niederkunft waren jetzt eindeutig, und es sah nicht so aus, als wolle es einfach werden. Sie hatten die trächtigen Stuten in einem kleinen Stall untergebracht, der direkt an das Wohnhaus grenzte. Brutus, die Zweijährigen, die Jährlinge und die restlichen Pferde, die sie mitgebracht hatten, standen in einer baufälligen, windschiefen Scheune auf der anderen Hofseite. Sie zu erneuern würde die erste Baumaßnahme sein, hatte Robin beschlossen, denn die Scheune war zugig und undicht. Die Tiere fühlten sich sichtlich unwohl.

Er hatte Didos Strohlager dick aufgeschüttet und wartete bei ihr. Sie gehörte zu denen, die Gesellschaft beruhigte. Andere waren beim Fohlen lieber allein, aber Dido nicht. Sie brauchte Trost und Zuspruch.

Als sie sich niederlegte, kniete Robin sich neben ihrem gewölbten Bauch ins Stroh und tastete sie ab. Schließlich ließ er die Hände sinken. »Tja, Schönste, der kleine Teufel liegt falsch rum.« Seufzend krempelte er die Ärmel auf. Er hatte sein feines Surkot vorsorglich gegen einen Bauernkittel vertauscht.

Dido schnaubte beunruhigt.

Robin klopfte ihr leicht die Schulter. »Keine Angst. Das bringen wir in Ordnung.«

So kam es, daß der Dorfpfarrer von Fernbrook Robin verschwitzt und über und über mit Blut und Dreck besudelt antraf. Nachdem er im Haus niemanden gefunden hatte, kam er zögerlich in den Stall, weil er von dort eine murmelnde Stimme gehört hatte. Leicht angewidert sah er auf das Bild, das sich ihm bot.

Robins Arm steckte bis über den Ellenbogen im Geburtskanal. Als er ein Rascheln an der Tür hörte, sah er hoffnungsvoll auf. Dann runzelte er die Stirn. »Gott zum Gruße, Bruder, aber Ihr kommt ungelegen.«

Der Mönch hob entrüstet das Kinn. »Könntest du mir sagen, wo ich deinen Herrn finde, Bursche?«

Robin beachtete ihn kaum, er fühlte mit geschlossenen Augen. »Wer soll das sein?« fragte er zerstreut.

»Robert Fitz-Gervais, natürlich.«

Robin öffnete die Augen und zog seinen Arm heraus. »Ich bin Fitz-Gervais.«

Der Geistliche war sprachlos.

Robin wischte sich die Hände am Stroh ab und rutschte an Didos anderes Ende, um ihre Schlagader zu fühlen. Der Puls flatterte. Robin biß sich auf die Lippen und strich ihr feuchtes Fell. »Mach mir keinen Kummer, Dido. Laß mich nicht im Stich, komm schon, immer mit der Ruhe …«

»Stimmt etwas nicht mit ihr?« erkundigte sich der Besucher.

Robin nahm ihn zum erstenmal wirklich zur Kenntnis. Er sah vor sich einen wohlgenährten Benediktiner in einer makellosen schwarzen Kutte, die Hände entschlossen in die Seiten gestemmt. Ein Kranz grauer Locken umringte seine Tonsur, und er sah Robin aus klugen blauen Augen fragend an.

»Nein, Bruder, es sieht nicht gut aus. Das geht schon an die vier Stunden so. Und es will einfach nicht herauskommen. Ich fürchte, es könnte zuviel werden für ihr Herz.«

»Hm. Kann ich helfen?«

Robin sah überrascht auf. Dann schüttelte er lächelnd den Kopf. »Es gibt nichts, das wir jetzt noch für sie tun können.«

»Außer beten, natürlich.«

»Für eine gebärende Stute?«

»Ist sie vielleicht kein Geschöpf Gottes? Steht sie nicht Angst und Not aus?«

»Doch, Ihr habt recht.«

»Also bitte.« Er trat ein paar Schritte näher, streckte segnend die Hände über der Stute aus und betete murmelnd.

Robin wußte nicht, ob er lachen oder gerührt sein sollte. Es blieb ihm auch nicht viel Zeit, sich mit der Frage zu befassen, denn plötzlich kam endlich Bewegung in die Sache. Dido bäumte sich wieder auf, und ein winziger, von einer milchigen Membran umgebener Huf kam zum Vorschein.

Als das Fohlen heraus war, verstummte der Geistliche. Neugierig trat er näher und bestaunte das kleine, nasse, atmende Wesen im Stroh. »Ich wußte nicht, daß sie so winzig sind.«

Robin lächelte. »Habt Ihr noch nie zugesehen?«

»Nein, nur bei Schafen. Und ich dachte irgendwie, weil Pferde doch soviel größer sind … Nun ja, von diesen Dingen verstehe ich wirklich rein gar nichts. Kann ich jetzt irgend etwas tun?«

»Ja. Ihr könntet mir einen Eimer Wasser holen. Dieser hier ist leer.«

Ohne ein weiteres Wort ging der Mönch mit dem Eimer hinaus, kam kurz darauf zurück und gab Dido nach Robins Anweisungen zu trinken, während Robin dem Fohlen auf die Füße half.

»Ist es gesund?« erkundigte sich der Bruder.

»Ja.«

»Ist es ein Junge oder ein Mädchen?«

Robin verbiß sich das Lachen. »Ein Hengst.« Behutsam rieb er das Fohlen mit einem feuchten Tuch ab. »Ein prächtiger kleiner Hengst.«

»Und wie soll er heißen?«

»Argos.«

Er strich dem kleinen Kerl liebevoll über die struppige Mähne. Wackelig stand der neugeborene Hengst auf seinen Hufen, die Augen noch geschlossen. Das Fell trocknete langsam. Aber es blieb schwarz. Argos war das Ebenbild seines Bruders Brutus.

Robin stand auf und sah nach Dido. Sie war gänzlich erschöpft, schien aber in Ordnung. Das Fleisch um ihre Zähne war von normaler, rötlicher Farbe, nicht weißlich, was auf innere Blutungen hingedeutet hätte. Robin strich ihr den Kopf, legte den Arm um ihren Hals und seine Stirn an ihre. Mit geschlossenen Augen ergründete er ihre Verfassung. Didos Botschaft war unmißverständlich. Sie platzte vor Stolz. Lächelnd rieb er ihre Nüstern. »Ja, das hast du gut gemacht, Prinzessin. Du bist ein tapferes Mädchen. Und jetzt steh auf.«

Die kräftige, langbeinige Stute erhob sich langsam. Sie schien nicht viel sicherer auf den Beinen als ihr Fohlen, das sofort zu ihr hinstakste, seinen kleinen Kopf vorstreckte, eine Weile vergebens suchte und schließlich anfing zu saugen.

Robin sah noch einen Moment zu, dann kam er auf die Füße. »So, das war's. Jetzt können wir Mutter und Sohn sich selbst überlassen. Ich danke Euch für Euren Beistand, Bruder …«

»Horace. Ich komme aus St. Gregorius, und ich bin der Gemeindepfarrer von Fernbrook.«

Robin war nicht verwundert. Es gab viele Mönche, die die Priesterweihe empfangen hatten, und eine winzige Gemeinde wie Fernbrook reichte als Pfründe nicht aus, um einen Pfarrer zu ernähren. Darum war es häufig so, daß ein Mönch aus einer nahe gelegenen Abtei die kleinen, entlegenen Weiler seelsorgerisch betreute. Robin vermutete, er hätte es schlechter antreffen können. Er hob lächelnd die Schultern. »Ich hoffe, Ihr verzeiht den Empfang, Vater Horace.«

»Da ist gar nichts zu verzeihen. Ein Mann in meiner Position hat selten Gelegenheit, die Wunder der göttlichen Schöpfung so … unmittelbar zu erleben. Es war ein großes Ereignis für mich.«

Robin nickte. »Das ist es. Und das bleibt es auch noch, wenn man es zum hundertsten Mal sieht. Wollt Ihr mit hineinkommen, Vater? Wenn wir Glück haben, kriegen wir sogar einen Becher vernünftigen Wein.«

»Schon überzeugt.«

Sie traten zusammen hinaus in den Hof. Inzwischen war es längst dunkel, und es hatte endlich einmal aufgehört zu regnen. Am Brunnen hielt Robin an und sah mißvergnügt an sich hinab.

»Geht nur vor. Ich denke, es wäre das einfachste, ich würde hineinspringen.«

Horace ging lachend zur Tür.

Als Robin das Haus betrat, stellte er fest, daß die anderen inzwischen von ihrem Streifzug zurückgekehrt waren. Elinor hatte Horace einen bequemen Sessel ans Feuer gerückt und ihm einen Becher heißen Würzwein gebracht.

»Willst du auch?« fragte sie Robin.

»Sei so gut. Aber du kannst ruhig erst gehen und ihn ansehen.«

»Wen?«

»Hat Vater Horace nichts gesagt? Didos Fohlen.«

Sie stürzte zur Tür. »Isaac! Isaac, das Fohlen!« hörten sie sie rufen, dann schlug die Tür.

»Gutes Mädchen«, bemerkte Horace.

Robin zog sich einen Stuhl heran. »Das ist sie.«

»Eure Schwester?«

»Wir sind zusammen aufgewachsen. Ihr Vater war mein Ziehvater.«

Aus Gründen, die sie nicht preisgeben wollte, hatte Elinor es strikt abgelehnt, daß Robin sie als seine Schwester ausgab. Also hatten sie sich auf diese der Wahrheit immerhin nähere Version geeinigt.

Bruder Horace betrachtete ihn neugierig. »Einen merkwürdigen Haushalt habt Ihr mitgebracht. Eine sehr junge Ziehschwester, einen stummen, höchst abenteuerlustigen Knappen, einen Taugenichts, der aussieht, als gehöre er zu des Königs Bogenschützen, und einen klugen, beinah weisen jungen Mann, der an gebrochenem Herzen leidet.«

»Das habt Ihr alles in so kurzer Zeit herausgefunden?«

»Keiner von ihnen hat es bislang gelernt, sich zu verstellen.«

»Nein.«

»Soviel Verantwortung muß eine Bürde sein für einen jungen Mann wie Euch.«

»Was meint Ihr?«

»Nun, all dies hier. Die Menschen, die mit Euch hergekommen sind, weil sie sich irgend etwas davon erhoffen. Dann dieses undankbare Lehen und all die großen Pläne, die Ihr habt. Und keinen Verwalter mehr.«

»Mir scheint, Ihr habt schon allerhand gehört.«

»Hm. Wenn ich nach Fernbrook komme, gehe ich immer zuerst zur Schmiede. Danach bin ich über alles im Bilde.«

Robin grinste flüchtig. »Ja, Luke ist ein pfiffiger Bursche.«

Die anderen kamen aus dem Stall zurück. Ihre Augen leuchteten.

»Ein bißchen klein«, bemerkte Isaac. »Aber das waren Brutus und Cupido auch. Es liegt sozusagen in der Familie.«

Elinor winkte ab. »Das sagst du bei jedem Fohlen, Isaac. Natürlich sind sie klein. Aber sie wachsen, weißt du. Bleibt Ihr zum Essen, Vater? Ich fürchte, wirklich kochen können wir erst ab morgen, aber kalten Braten, Käse, fast frisches Brot und Honigkuchen könnte ich Euch anbieten.«

Horace verbarg seine unasketische Wertschätzung nicht. »Das klingt ganz wunderbar, mein Kind. Geburtshilfe macht wirklich hungrig.«

Am nächsten Morgen fielen die Frauen von Fernbrook ein und stellten das Haus auf den Kopf. Robin entfloh dem Durcheinander. Kurz nach Tagesanbruch sattelte er Brutus und brach auf, um Antrittsbesuche bei seinen unmittelbaren Nachbarn zu machen. Er nahm Leofric mit und kündigte an, daß er vier, fünf Tage unterwegs sein könnte.

Tatsächlich wurden es fast zwei Wochen. Lancashire war dünn besiedelt, und die Entfernungen waren größer, als er angenommen hatte. Sein Cousin Gisbert wollte ihn nicht so ohne weiteres wieder gehen lassen, als er einmal da war, und er blieb allein sechs Tage bei ihm in Rickdale. Er lernte eine Menge Gutsbesitzer, Ritter und ein paar Adelige kennen, und bei jedem, den er traf, ließ er irgendwann in die Unterhaltung einfließen, daß er begonnen habe, Schlachtrösser zu züchten, und daß die ersten im nächsten Frühjahr zum Verkauf stehen würden. Er stieß auf so viel Interesse, daß er beschloß, nach Möglichkeit noch vor dem Winter wenigstens eine zusätzliche Stute zu kaufen.

Auf dem Heimweg machten sie halt in St. Gregorius, und Robin machte dem Abt seine Aufwartung. Nach einem förmlichen Mittagessen mit eher steifer Konversation machte er Bruder Horace ausfindig, der im eiskalten, dämmrigen Scriptorium die Arbeit der jüngeren Mönche überwachte.

»Nanu, Fitz-Gervais! Was für eine angenehme Überraschung. Wie geht es Argos?«

»Kräftig und gesund, als ich ihn zuletzt sah.«

»Fabelhaft. Und was kann ich für Euch tun?«

»Ich brauche einen Rat, Vater.«

»Also? Ich höre.«

Robin lehnte sich neben einer Fensteröffnung an die Mauer

und betrachtete den Mönch einen Moment. »Na ja, es geht um folgendes: Ich möchte jemanden vom Joch der Unwissenheit erlösen.«

»Das ist gut.«

»Das Problem ist, er hat nicht das geringste Interesse am Lichte der Wissenschaft.«

»Das ist schlecht.«

Robin fuhr sich kurz mit der Hand über die Stirn und erklärte sein Anliegen.

Horace bedachte ihn mit einem vorwurfsvollen Kopfschütteln. »Das, wonach Ihr sucht, gibt es nur in lateinischer Sprache.«

»Hier?«

»Schon möglich.«

»Kann ich es borgen? Ich … könnte es selbst übersetzen. Tut mir gut, mein Latein ist mächtig eingerostet.«

Bruder Horace räusperte sich. »Die ganze Idee ist verkommen.«

»Aber es dient einem guten Zweck.«

»Hah.«

»Werdet Ihr es mir geben?«

Horace betrachtete ihn nachdenklich. Schließlich seufzte er. »Ich hoffe, Ihr seid Euch darüber im klaren, daß Ihr mich in meiner Eigenschaft als Euer Beichtvater in einen äußerst üblen Konflikt bringt.«

Robin nickte unbekümmert. »Ich bin sicher, Ihr werdet das für uns beide schon irgendwie ausbügeln.«

Das Haus war kaum wiederzuerkennen. In den zwei Wochen seiner Abwesenheit hatte es sich vollkommen verändert. Die Böden waren blitzblank gescheuert und mit frischem Stroh und duftenden Kräutern ausgelegt, die Wände gekälkt, die Schwalbennester aus den Deckenbalken verschwunden. Die Küche blinkte von polierten Kupfertöpfen, der Rauchabzug funktionierte einwandfrei, in der angrenzenden Vorratskammer waren die Regale vom Staub befreit und mit Säcken, irdenen Töpfen und Fässern voll verlockend duftender Köstlichkeiten gefüllt worden. Im Kräutermantel geräucherte Schinken hingen an dicken Haken von der Decke. In der Halle standen außer den Bänken jetzt die guten Polsterstühle des räuberischen Verwalters um den gescheuerten Eichentisch, die großen Fenster waren mit hauchdünnem, lichtdurchlässigem Pergament bespannt. Alle Kammern im Obergeschoß waren gelüftet und gesäubert, die Vorhänge an Robins Bett waren erneuert worden. Es war nach wie vor ein schlichtes Haus, und es würde weiterhin hereinregnen, bis das Dach neu gedeckt war, aber der generationenalte Staub war einer frischen, sauberen Lebendigkeit gewichen. Robin war verblüfft über das starke Gefühl von Heimkehr, das ihn beschlich, als er an Elinors Seite einen Rundgang machte.

In der Halle kamen sie schließlich wieder aus.

»Es ist unglaublich, Elinor. Du hast Wunder bewirkt.«

»Das war ich nicht. Die Frauen aus dem Dorf haben das meiste getan.«

»Es ist großartig.«

»Gefällt es dir wirklich?«

»Ja. Und dir?«

»O ja. Ich lebe zum erstenmal in einem so herrschaftlichen, großen Haus, vergiß das nicht. Egal, wenn's hier und da noch reinregnet, ich komme mir vor wie eine Königin. Ich meine, ich habe ein Bett mit *Baldachin* und einen geblümten *Wandteppich*. Ist das nicht herrlich?«

Er betrachtete sie mit einem warmen Lächeln. »Sag mal, hast du kein Heimweh?«

Sie wurde wieder ernst. »Meinst du nicht, wir haben alle ein bißchen Heimweh? Ich vermisse meine Geschwister und meinen Vater. Aber ist das so schlimm? Nein. Wie soll ich sagen, ich vermisse meinen Vater wirklich, aber wir haben uns nicht immer besonders gut verstanden in letzter Zeit. Väter haben es nicht gern, wenn ihre Töchter erwachsen werden, verstehst du. Manchmal war er unerträglich. Nein, mach dir um mich keine Sorgen, Robin. Ich glaube, ich bin hier sehr gut aufgehoben.«

Robin war erleichtert. »Gut. Ich bin froh, daß du mit hergekommen bist, Elinor. Habe ich dir das schon gesagt?«

Sie senkte den Blick und schüttelte den Kopf. »Nein, Robin.«

»Aber es ist so. Du verhinderst, daß dieses Haus eine wilde Junggesellenbude wird. Und du bist eine wundervolle Gastgeberin. Das fand Vater Horace übrigens auch. Ich bin dir wirklich dankbar, weißt du.«

Sie hob lachend die Hände. »Hör auf, du machst mich verlegen.«

Als er sie ansah, bemerkte er, daß sie tatsächlich errötet war. Es war ein bezaubernder Anblick. Ein bißchen verwirrt wandte er sich ab. »Weißt du, wo Isaac ist?«

»Reiten.«

»Gut. Wenn er zurückkommt, würde ich ihn gern sprechen.«

»Ich sag's ihm.«

»... in ... der ... Kem- ... Kem-e-na-te. Was bedeutet das, Kemenate?«

»Schlafkammer.«

»Oh. Also: *empfing die Dame ihn in der Kemenate. Ihre lili... lilienweiße Haut schim-mer-te im Lich-te ei-ner Ker-ze, ih-re ro-sen-ro-ten Lip-pen waren wie ... wie ei-ne tau-feuch-te Knospe. Oh-ne ein Wo- ... Wort an den Rit-ter zu rich-ten, nahm sie sei-ne Hand und ... und ... führ-te sie in ihr ge ...ge – oh, verdammt, was heißt das? – ge-öff-ne-tes ... in ihr geöffnetes Mie-der. Sanft kne-te-te er ihre pral-le Brust, während sei-ne an-de-re Hand lang-sam den kost-ba-ren Sei-den-stoff ü-ber der Wöl-bung ih-res ...«*

»In Ordnung, Isaac. Ich denke, das reicht für heute.«

Isaac sah entrüstet auf. Sein Kopf war hochrot, sein brauner Schopf vom Raufen zerzaust. »Das ist nicht dein Ernst, oder?«

»Doch. Ich bin hundemüde. Es ist spät.«

»Aber wie geht es weiter?«

»Das wirst du morgen sehen.«

»Oh, komm schon, Robin, nur noch ein paar Zeilen ...«

Robin lachte in sich hinein. »Nein. Morgen.«

Isaac legte einen Arm besitzergreifend auf die losen Blätter. »Heute. Geh meinethalben schlafen. Aber laß mir die Kerze hier.«

Robin tat, als zögere er. »Ich weiß nicht. Du könntest dir irgendwas falsch einprägen ...«

»Ach was«, erwiderte Isaac kurz angebunden, den Kopf schon wieder über seine Lektüre gebeugt. Er sah nicht auf, als Robin aufstand und mit einem zufriedenen Lächeln hinausging.

Isaac lernte mit schwindelerregender Eile. Robin hätte dergleichen nie für möglich gehalten. Er hätte geglaubt, daß Isaac zumindest so lange brauchen würde wie Leofric. Aber Isaac stellte mit

443

seiner Begeisterung alles in den Schatten, was Robin je an Lerneifer erlebt hatte. Eigentlich sollte ich mich nicht so sehr wundern, dachte er, während er die hölzerne Treppe hinaufstieg. Schließlich war genau das seine Absicht gewesen. Und er selbst hatte niemals so große Freude an der lateinischen Sprache gehabt wie bei der Übersetzung des Buches, das Bruder Horace für ihn ausgewählt hatte. Die Geschichten darin hatten ihn ebenso fasziniert wie Isaac. Es waren keine obszönen Geschichten, nichts Vulgäres oder Schäbiges war daran. Es waren allesamt Liebesgeschichten, von Damen und Rittern, von Knechten und Mägden, von Damen und Knechten und von Rittern und Mägden. Sie erzählten von den Qualen und den Wonnen der Liebe und waren einfach überwältigend erotisch. Nächtelang hatte Robin darüber gebrütet, oft war er in den detailfreudigen Szenen auf unbekannte Vokabeln gestoßen. Manchmal hatte er wild geraten. Aber das war schließlich egal. Er hatte versucht, die Stimmung der Geschichten zu erhalten, und auch wenn sie durch die Übersetzung viel von ihrer sprachlichen Eleganz eingebüßt hatten, erfüllten sie ihren Zweck. Isaac war ihnen rettungslos verfallen.

Nach wenigen Wochen kam der Schreibunterricht hinzu. Robin hatte Papier und Tinte gekauft und erklärte Isaac, er solle erst einzelne Buchstaben, dann Sätze aus den Geschichten abschreiben. Es wurde eine herbe Enttäuschung für sie beide. So verblüffend leicht er das Lesen meisterte, so unmöglich schien es Isaac, lesbare Buchstaben zu schreiben. Er brachte nur unförmige, krakelige Linien zustande. Leofric, der lebhaften Anteil an Isaacs Fortschritten nahm, fand die Lösung. Irgendwann, als sie abends zusammen beim Essen an dem langen Tisch in der Halle saßen, fiel ihm auf, daß alle den Löffel in der rechten Hand hielten, alle außer Isaac. Leofric beobachtete ihn eine Weile versonnen, dann stand er auf, ging zur Truhe neben dem Fenster und brachte Papier und Feder herüber.

Er ignorierte Isaacs Protest, schob seinen Teller beiseite, breitete den Bogen vor ihm aus und hielt ihm die Feder hin.

Isaac nahm sie zögernd in die Rechte. »Und? Du weißt doch, daß es nicht funktioniert.«

Leofric nahm ihm die Feder ab, ergriff Isaacs linke Hand und schloß die Finger um das angespitzte Ende.

Isaac sah ihn verwundert an, dann verstand er. Vorsichtig, fast ängstlich führte er die Feder zum Papier und zog ein paar Striche. Dann sah er auf, lächelte Leofric zu und begann zu schreiben. Die anderen hatten längst aufgegessen, als er fertig war. Robin zog den Bogen herüber und betrachtete das Ergebnis. *Leofric ist ein wahrer Freund,* stand deutlich lesbar darauf. Er lachte selig, klopfte Isaac die Schulter, und sie stachen ein Weinfaß an.

Ostern kam und ging, und der Frühling hielt selbst im eisigen Nordwesten endlich Einzug. Der Wind, der unablässig über die Hügel pfiff, verlor an Schärfe, es fiel kein Schnee mehr, und der häufige Regen wurde sanfter. Die Wiesen waren wogende, gelbe Meere aus Narzissen.

In Scharen waren junge Burschen aus dem Dorf angerückt, um die vielen Arbeiten in Angriff zu nehmen. Die Leute aus Fernbrook hatten ihre anfängliche Skepsis bald aufgegeben. Das Dach des Wohnhauses wurde neu gedeckt, die morschen Läden durch neue ersetzt. Jeden Tag wurde Holz geliefert, und die Bauarbeiten begannen im Frühsommer. Robin ließ die baufälligen Scheunen und Ställe nach und nach einreißen und plante seine Stallungen nach dem Vorbild von Waringham, Hof sollte sich an Hof reihen, immer von einem kleinen Stück Wiese getrennt, die große Futterscheune in der Mitte, die kleine Scheune, wo die Paarungen stattfinden sollten, diskret am Rande. Robin plante optimistisch. Er ließ erst einmal Ställe für zehn Stuten, fünf Zweijährige und fünf Jährlinge bauen, aber er ließ reichlich Platz für Erweiterungen.

Die Tage waren viel zu kurz; sie schufteten von früh bis spät. Jeder von ihnen hatte vier Pferde zu versorgen, Robin die Jährlinge, Isaac die Zweijährigen, Leofric die Stuten und Oswin die einfachen Reitpferde. Hinzu kamen Organisation und Überwachung der Bauarbeiten, die Robin und Isaac mehr Zeit stahlen, als ihnen lieb war. Bald sah Robin sich gezwungen, zwei der jungen Männer aus dem Dorf als Stallburschen einzustellen. Doch es brachte nur wenig Entlastung, denn viel mehr als misten und füttern konnten die ungeschulten Hilfskräfte nicht tun. Schließlich überzeugte Elinor Robin davon, daß ihre Arbeit im Haus sie keineswegs ausfüllte, seit Robin ihr die Hilfe zweier Mägde aufgezwungen hatte, so daß ihr jetzt genug Zeit blieb, um die Stuten zu versorgen. So konnte Leofric Robin und Isaac zu Hilfe kommen.

In der Zwischenzeit hatten alle vier Stuten gefohlt. Nach Argos waren noch zwei Hengste und eine Stute gekommen. Robin war äußerst zufrieden. Es bedeutete, daß er im nächsten Jahr drei Jährlinge haben würde, und die Stute würde er für die Zucht behalten.

»Es funktioniert wirklich«, sagte Isaac an einem warmen Sommernachmittag nachdenklich, als sie nebeneinander an Didos Stalltür lehnten. Das frische Holz duftete beinah betäubend. Sie spähten über die untere Türhälfte hinein. Der kleine Argos lag im Stroh und döste.

»Na ja, das bleibt noch abzuwarten«, meinte Robin vorsichtig.

»Komm schon. Du hast allen Grund, stolz zu sein. Es ist unglaublich, was du hier in ein paar Monaten auf die Beine gestellt hast.«

»*Ich*? Das waren wir alle, meinst du nicht?«

»Nicht so wie du. Du hast ein Talent, Dinge in Bewegung zu bringen. Du kannst sie planen.«

»Hör schon auf. Keiner arbeitet so hart wie du. Und wenn du so weitermachst, wirst du krank, Isaac.«

»Hör sich das einer an …«

»Ernsthaft. Du mußt irgendwann auch mal schlafen.«

»Junge, das hab' ich nicht gehört, seit meine Mutter gestorben ist. Sag mal, was ist mit dem Buch, das du mir versprochen hast?«

»Vater Horace hat's gestern mitgebracht. Es liegt in der Halle.«

»Was ist es?«

»Artusgeschichten.«

Isaacs Augen leuchteten. »Gut …«

»Wenn wir irgendwann mal mehr Zeit und Geld haben, werden wir selbst Bücher kaufen.«

»Wirklich?«

»Warum nicht?«

Isaac lachte leise, lehnte sich mit dem Rücken an die Stallwand und sah in den blauen Himmel. »Ja, warum nicht. Warum nicht.« Er schwieg einen Moment, dann fragte er: »Ob es ihnen gutgeht? Ob sie glücklich sind?«

»Conrad und Agnes?«

»Hm.«

Robin seufzte. »Ich denke, sie sind glücklich. Ich meine, sie sind ja förmlich verrückt nacheinander. Aber ob es ihnen gutgeht ...« Er hob kurz die Schultern. »Ich hoffe, Mortimer heckt keine Teufeleien aus.«

»Ja. Gott, es ist alles so weit weg.«

»Ist das gut oder schlecht?«

Isaac atmete tief durch. »Gut. Es ist unglaublich gut. Ich habe nie gewußt, was für eine Bürde es war, Isaac der Bastard zu sein.«

»Ich hatte nie das Gefühl, daß es dir viel ausmacht.«

»Die Sache mit meiner Mutter und deinem Vater? Oder all den anderen Kandidaten? Nein, du hast recht. Mir ist gleich, wer mein Vater ist. Das meinte ich nicht. Ich meine ... na ja, es ist nicht so einfach zu erklären. Hier bin ich ein anderer Mann. Die Leute sehen mich mit anderen Augen, darum sehe ich mich selbst auch mit anderen Augen.«

»O ja. Ich weiß, wie das wirkt, glaub mir. Und zu dir werden sie nicht eines Tages kommen, mit dem Finger auf dich zeigen und sagen: ›Er ist ein Hochstapler, hängt ihn auf.‹ Das ist ein echter Bonus.«

Isaac betrachtete ihn neugierig. Es kam selten vor, daß Robin davon sprach, und Isaac hatte den Verdacht, daß er bisher höchstens die halbe Geschichte kannte. »Sag mal, hast du Alpträume davon?«

Robin errötete leicht. »Wie kommst du auf so was?«

»Neulich habe ich dich gehört, als ich spät abends an deiner Tür vorbeikam. Du hast gestöhnt. Schauerlich.«

»Gott, wie peinlich.« Er sah Isaacs besorgten Blick und grinste breit. »Es wird schon wieder vergehen. Und, Isaac, hüte deine Zunge, ja.«

»Sei unbesorgt. Aber vielleicht solltest du ...«

Er brach ab, weil drei fremde Ritter in den Hof kamen. Der vorderste war ein junger, dunkelhaariger Mann mit fast schwarzen Augen und einem etwas eckigen Kinn. Er lächelte, als habe er einen boshaften Streich im Sinn. Sein Sattel war großzügig mit Silber beschlagen, das Zaumzeug seines prachtvollen Grauschimmels funkelte von Edelsteinen. Seine beiden älteren Begleiter wirkten neben ihm farblos und unscheinbar. Er hielt unmittelbar vor ihnen an und saß ab.

Robin trat einen Schritt vor und vollführte eine von seinen eleganten Verbeugungen. »Mylord. Was für eine … unerwartete Freude.«

Lancaster lachte leise. »Seid nicht schockiert, Fitz-Gervais. Ich kam zufällig vorbei.«

»Nichts, was Ihr tut, ist jemals zufällig, Mylord. Aber seid trotzdem herzlich willkommen. Und Ihr ebenfalls, Sirs.«

Lancasters Begleiter nickten höflich und saßen ab. Lancaster stellte sie als Mansfield und Albreigh vor. Robin kannte sie flüchtig, unbedeutende Figuren aus dem Gefolge des Herzogs, die ihn dennoch auf Schritt und Tritt begleiteten. Vermutlich sind sie dazu da, sein Leben zu beschützen, ging Robin auf.

Isaac nahm die drei Pferde am Zügel und war dankbar für den plausiblen Grund, sich davonzumachen. Unbeachtet führte er sie weg.

»Also schön, wenn Ihr die Wahrheit wissen wollt, ich war neugierig«, räumte Lancaster ein. »Und weil ich gerade in der Gegend war, dachte ich, ich sehe selbst, was Ihr an diesem gottverlassenen Ort treibt. Aber ich erwarte weder Hofzeremoniell noch schmetternde Trompeten oder französische Menüs.«

»Das trifft sich gut. Ich hätte Euch ungern enttäuscht.«

Lancaster ließ seinen Blick kurz über den Hof schweifen und sah ihn dann wieder an. »Ihr habt ja keine Ahnung, wie bescheiden ich sein kann.«

Ein geflecktes Schwein trottete von irgendwoher auf sie zu und wollte sich genau zwischen ihnen postieren. Robin bedachte es mit einem unwilligen Stirnrunzeln. »Verschwinde, Anthony. Los, du hast hier nichts verloren.« Das Schwein zögerte, und Robin trat es mit der Stiefelspitze sanft in sein rundes Hinterteil. »Schieb ab, oder du landest heute abend auf den Tellern unserer Gäste …«

Anthony fegte quiekend davon.

Lancaster biß sich auf die Unterlippe. »Und ich dachte, Ihr könnt nur mit Pferden reden.«

Robin lächelte und sah den Herzog dann neugierig an. »Was kann ich für Euch tun, Mylord?«

Lancaster machte eine vage Geste. »Giles of Burton gibt Ende nächsten Monats eine Jagd und ein großes Turnier, irgendwann um Augustinus herum. Er will Euch einladen, um Euch zu begutachten. Ich war bei ihm zu Gast und kam auf die Idee, Euch seine

Einladung zu überbringen und bei der Gelegenheit heimzusuchen.«

»Der Earl of Burton? Wie schmeichelhaft.«

»Hm. Er schien ein bißchen beleidigt, daß Ihr ihn noch nicht besucht habt. Er ist der einflußreichste Mann unter Euren Nachbarn.«

»Ich wollte nicht aufdringlich sein.«

Lancaster seufzte ironisch. »Ich sag's ja, Eure Bescheidenheit wird Euch eines Tages noch in ernsthafte Schwierigkeiten bringen. Nun denn, wenn es Euch recht ist, würde ich gern Eure Pferde sehen.«

So, dachte Robin, das ist es also. Er machte eine einladende Geste. »Gern. Wenn Ihr wirklich meint, daß es Euch nicht langweilt ...«

Es war fast so wie früher, wenn er Neuankömmlinge zum erstenmal durch das Gestüt von Waringham geführt hatte. Er lotste Lancaster und seine beiden Schatten zuerst hinüber zu den Jährlingen, dann zu den Zweijährigen und beantwortete seine Fragen. Und Lancaster hatte viele Fragen, er schien brennend interessiert. Schließlich kamen sie zum Haus zurück, und Robin zeigte ihnen die Stuten.

Lancaster war beeindruckt. »Es ist nicht zu fassen, Fitz-Gervais. Dieser Ort ist nicht wiederzuerkennen. Alles ist so neu, so voller Leben und so genial durchdacht. Und ich glaubte, dieses Lehen sei eine Zumutung.«

Robin lächelte still. »Nein, durchaus nicht. Es ist ... eine echte Herausforderung. Bleibt Ihr über Nacht?«

»Wenn Ihr mich einladet.«

»Von Herzen.«

»Dann gern.«

Robin winkte Leofric zu sich, der mit einem Arm voll Heu aus der Futterscheune kam. Leofric trat erstaunt näher, verneigte sich tief vor Lancaster, verlor den Großteil seiner Ladung und sah Robin fragend an.

»Lauf ins Haus, Leofric, und sag Elinor ... Isaac soll ihr sagen, wir haben drei Gäste zum Essen und über Nacht.«

Leofric riß die Augen noch weiter auf, brachte Penelope eilig ihr Heu und stob davon.

Robin brachte Lancaster zu Didos Stalltür. Neugierig spähte

der Herzog hinein und entdeckte das dunkle Fohlen. Er betrachtete es bewundernd. »Bei Gott, was für ein Prachtkerl. Und er sieht aufs Haar aus wie Euer Brutus.«

»Er ist sein Bruder.«

»Wie ist sein Name?«

»Argos.«

»Hm. Er wird Euch Ehre machen.«

»Er gehört Euch, Mylord.«

»Was? Nein, ausgeschlossen. Ihr braucht mir keine irrsinnigen Geschenke zu machen, nur weil ich Euch einen Besuch abstatte.«

Robin schüttelte den Kopf. »Ich habe es beschlossen in der Nacht, als er zur Welt kam. Wenn Ihr ihn wollt, ist er Eurer. Laßt ihn mir noch drei Jahre, und Ihr werdet eins der besten Schlachtrösser Englands besitzen.«

Lancaster war sprachlos. Er sah von Robin zu dem Fohlen und wieder zurück, hob unbehaglich die Schultern und strich sich über seinen kurzen Bart. »Robin …«

»Mylord?«

»Ich … danke Euch.« Er strahlte wie ein beschenktes Kind, und Robin erlebte ihn zum erstenmal ein wenig verlegen. Seine große Freude beglückte Robin auf eigentümliche Weise.

Elinor übertraf sich selbst. Als Robin seine Gäste einige Zeit später ins Haus brachte, war alles bereit. Es gab eine Kammer für hohen Besuch, die auch Vater Horace beherbergte, wenn er über Nacht blieb. Sie hatte ein breites, beinah prunkvolles Bett mit dunkelblauen Vorhängen, einen Kamin, der jetzt natürlich kalt war, zwei Wandteppiche, gute Polstersessel. Als Robin Lancaster hineinführte, stellte er zufrieden fest, daß auf dem Tisch ein Silberkrug mit gutem Wein und ein passender Trinkbecher standen, Waschschüssel und eine Kanne mit frischem Wasser waren bereitgestellt, reines Leinen lag daneben. Nein, er brauchte sich wirklich nicht zu schämen.

Lancaster bedankte sich, offenbar erleichtert über soviel unerwarteten Komfort, und Robin ließ ihn allein und führte Mansfield und Albreigh zu ihren bescheideneren, aber ebenso gastlich hergerichteten Quartieren.

Die kleine Halle erstrahlte vom Licht zahlloser Kerzen in Haltern aus Silber und poliertem Messing. Sie standen auf dem Tisch, in den Fensternischen und auf dem Kaminsims. Ein makellos weißes Laken bedeckte den Tisch, der für vier gedeckt war. Ein prachtvoller Rosenstrauß in der Mitte lenkte die Blicke von den bescheidenen Zinntellern ab.

Robin und seine Gäste nahmen Platz, und wie aufs Stichwort erschien Leofric mit einem großen Weinkrug, füllte Lancasters Becher als ersten, dann die der anderen.

Lancaster zwinkerte ihm zu. »Knappe, Stallbursche, Mundschenk. Du bist wirklich ein begabter Knabe, nicht wahr. Was kannst du sonst noch?«

Als Leofric feststellen mußte, daß Lancaster offenbar eine Antwort wollte, stellte er den Krug ab, zog sein Täfelchen hervor, schrieb und reichte es dem Herzog mit einer höflichen Verbeugung. Lancaster las, stutzte und lachte. »*Lesen, schreiben und den Mund halten.* Drei unschätzbare Tugenden, vor allem die letzte.«

Leofric nahm seine Tafel mit einem breiten Grinsen zurück und ging hinaus, um Elinor Bescheid zu geben, daß sie auftragen konnte.

Der erste Gang bestand aus Bergen von leichten, handtellergroßen Pasteten, die mit Pilzen, Kräutern und zartem Kalbfleisch gefüllt waren. Der letzte Rest von Robins Nervosität wich ebenso wie die etwas steife Zurückhaltung von Lancasters Leibwächtern. Sie schlemmten, tranken, lachten und unterhielten sich vortrefflich. Als nächstes trug Elinor mit Apfelscheiben und Zwiebeln gebratene Geflügelleber auf. Dann gebratene Hühnchen in einer Sauce aus Weißwein, Petersilie und Knoblauch. Dann einen saftigen Schweinebraten mit zartem Gemüse. Lancaster fragte matt, ob es sich bei dem fraglichen Schwein um Anthony handele, und drohte an, beim nächsten Gang feige um Gnade zu flehen. Nur noch ein wenig Nachspeise, tröstete Elinor. Pfannkuchen mit Walderdbeeren und dicker Sahne.

Als auch die verspeist waren, war es fast Nacht, und Lancaster lehnte sich mit einem zufriedenen Seufzen in seinem Sessel zurück. »Gütiger Jesus, vergib uns, das war eindeutig ein Fall von Völlerei. Wer ist die Perle in Eurer Küche, Fitz-Gervais? Ist sie bestechlich? Was denkt Ihr, kann ich sie mit einem Gehalt abwerben, das Ihr Euch nicht leisten könntet?«

Robin nickte zu Elinor, die die leergekratzten Teller einsammelte. »Fragt sie.«

Lancaster setze sich auf. »So, eine Fee des alten Volkes also. Und? Wie stehst du zu meinem Angebot?«

Elinor schüttelte mit einem kleinen Lächeln den Kopf. »Ich fürchte, das ist aussichtslos, Mylord.« Sie war nicht befangen. Ähnlich wie ihr Vater vertrat sie die unorthodoxe Ansicht, daß Adelige auch nur Menschen waren, egal von welch hoher Geburt.

Lancaster betrachtete sie wohlwollend. »Das ist jammerschade. Wie ist dein Name?«

»Elinor, Mylord.«

»Hm. Wie meine vielgerühmte Urgroßmutter. Sie war auch eine Schönheit, sagt man. Als sie starb, war der König so untröstlich, daß er im ganzen Land große weiße Kreuze in ihrem Andenken errichten ließ.«

Elinor nickte ernst. »Ich habe davon gehört. Und es macht mich immer traurig.«

Er lächelte ohne Spott. »Soviel Sanftmut und soviel Anmut«, murmelte er. Dann sah er kurz an sich hinab und riß die größte Perle aus der Mitte der kostbaren Stickerei auf seiner Brust ab. Er hielt sie ihr hin und sah ihr in die Augen. »Eine Perle für eine Perle. Es scheint mir angemessen.«

Elinor wechselte einen kurzen Blick mit Robin, und als er nickte, nahm sie die Perle zögernd. »Ich danke Euch, Mylord. Sie ist wunderschön.« Sie steckte sie in den kleinen Beutel an ihrem Gürtel, nahm die Teller wieder auf und ging.

Lancaster seufzte kopfschüttelnd. »Was für ein Glückspilz Ihr seid, Robin.«

Robin tat, als mißverstehe er die Andeutung. »Ja, sie ist eine wunderbare Köchin und ein gutes Mädchen. Mein Mündel.«

Lancaster hatte keine Mühe, die Botschaft zu entschlüsseln. Bedauernd ließ er seine Pläne für die Nacht fallen und brummte ungehalten: »In dem Fall gehört sie in ein Kloster.«

Robin war amüsiert. Aber er schüttelte ernst den Kopf. »Das würde sie wohl kaum wollen, und ich kann auch gar nicht auf sie verzichten. Wäre sie nicht hier, hätte Leofric für uns kochen müssen. Ihr könnt Euch nicht vorstellen, welch grausamem Schicksal Ihr entgangen seid, Mylord.«

Lancaster nahm einen tiefen Zug aus seinem Becher. »Nun ja,

zugegeben. Ich habe keine Bedenken, daß Ihr auch allein auf Euer Mündel achtgeben könnt. Und ich denke, bevor mein voller Bauch mich schläfrig macht, sollten wir zum Geschäft kommen.«

Robin trank ebenfalls. »Wenn Ihr an Festpreise denkt, das könnt Ihr Euch aus dem Kopf schlagen.«

»Ihr wußtet also die ganze Zeit, daß ich es auf Eure Pferde abgesehen habe, ja?«

Robin antwortete nicht. »Und nie mehr als die Hälfte eines Jahrganges.«

»Ihr meint, es sei klüger, Euch nicht von mir abhängig zu machen?« Lancaster war nicht beleidigt.

Robin wiegte lächelnd den Kopf hin und her. »Ich schätze, das bin ich ohnehin, nicht wahr. Aber ich meine, es ist klüger, mehrere Eisen im Feuer zu haben.«

»Also schön, dann nehme ich die Hälfte.«

»Ihr bekommt eine Option. Ein Vorkaufsrecht auf die Hälfte meiner Dreijährigen. Welche Hälfte, könnt Ihr selbst entscheiden.«

»Und wenn meine Angebote Euch nicht passen, verkauft Ihr sie an jemand anderes? Nein, nein, Fitz-Gervais, das gefällt mir nicht.«

Sie feilschten noch eine Weile, und schließlich machte Lancaster Robin ein Angebot, das dieser einfach nicht ausschlagen konnte: Er gewährte ihm ein Darlehen zum Kauf von zehn Zuchtstuten. Der Kauf sollte möglichst bald getätigt werden. Die Rückzahlung des Darlehens sollte in drei Jahren im Frühjahr erfolgen. In Naturalien, in Form von fünf ausgebildeten Schlachtrössern. Darüber hinaus erwarb Lancaster sich ein Vorkaufsrecht auf die Hälfte jedes Jahrganges zum Preis von einem Zehntel unter dem durchschnittlichen Höchstgebot. Sie besiegelten ihr Abkommen mit einem letzten Becher Wein, und Robin geleitete seine Gäste mit einer Kerze zu ihren Schlafzimmern.

Er selbst war noch nicht müde. Er fühlte sich ein bißchen benommen, sein unerwartetes Glück hatte eine ähnliche Wirkung wie ein Huftritt vor die Stirn. Langsam ging er in den Hof hinaus, vorbei an den Stuten über die Wiese in den nächsten Hof, wo jetzt Brutus und die Zweijährigen standen. Er lehnte sich an die Tür seines Zuchthengstes und spähte hinein. Brutus sah ihm aus der Dunkelheit vertrauensvoll entgegen, das Weiße seiner Augen leuchtete. Vorausgesetzt, daß keine Katastrophe eintrat, wie etwa ein Jahrgang mit nur weiblichen Fohlen oder ein Feuer oder die Pferdegrippe, würde er nicht in drei Jahren anfangen, Gewinne zu erzielen, sondern schon im kommenden Frühjahr. In drei Jahren konnte er schon wohlhabend sein, in zehn Jahren reich. Er seufzte glücklich und verschränkte die Arme auf der unteren Türhälfte. »Brutus, mein Junge ... Du wirst mächtig was zu tun kriegen.«

Mitte Juli machten Robin und Isaac sich auf die Reise nach Flandern. Isaac war aufgeregt und gleichzeitig skeptisch. Er bekundete sein Mißtrauen gegenüber allem, was jenseits des Kanals lag.

»Aber in Flandern gibt es die besten Pferde zu kaufen«, erwiderte Robin. »Es sei denn, man ist bereit, bis nach Südspanien oder Sizilien zu reisen ...«

Mit einemmal erschien Flandern Isaac gar nicht mehr so weit weg. Er genoß die Reise, und Robin wurde seekrank. Sie nahmen sich Zeit und trafen ihre Wahl mit viel Sorgfalt, denn ein Großteil des Erfolges ihrer Zucht hing davon ab. Es gab viele Pferde in Flandern, auch ein paar ernsthafte Zuchtbetriebe, doch nicht selten trugen die von den Verkäufern als reinrassige Vollblüter gepriesenen Stuten verdächtige Züge von Ackergäulen. Robin und Isaac waren auf der Hut und zogen grundsätzlich alles in Zweifel, was sie hörten. Auf diese Weise kamen sie schließlich einen Monat später mit zehn erstklassigen vierbeinigen Edelfräulein nach Fernbrook zurück. Isaac stellte zwei Jungen aus dem Dorf als zusätzliche Stallburschen ein und plante die Erweiterung des Stutenhofs.

Unterdessen rüstete Robin sich für den Aufbruch zum Turnier. Er hatte sich bisher noch nicht um eine neue Rüstung gekümmert, und er hatte keineswegs die Absicht, jetzt eine anzuschaffen. Es hätte bedeutet, einen der Zweijährigen verkaufen zu müssen, und das kam nicht in Frage. Er stöberte statt dessen Basil Huntingdons alte Rüstung in einer der unbewohnten Kammern im Obergeschoß seines Hauses auf. Sie war staubig, matt und hier und da ein bißchen angerostet, aber sie paßte ihm beinah. Er brachte sie Luke dem Schmied, damit dieser sie aufpolierte und ein paar kleine Änderungen vornahm. Er sei kein Waffenschmied, protestierte Luke. Seit heute schon, erwiderte Robin.

Der Earl of Burton war ein kleiner, untersetzter Mann mit schütterem, haselnußbraunem Haar, kühlen, grauen Augen und einem häßlichen Geschwür am Hals. Er besaß eine ansehnliche, wenn auch leicht heruntergekommene Burg, einträgliche Ländereien und Wälder, eine Schar Töchter, einen hochnäsigen, halbwüchsigen Sohn, keine Frau mehr und, wie Robin fand, keinen Funken Humor. Er begrüßte Robin ohne alle Herzlichkeit und nahm es ausgesprochen übel, daß ein unbedeutender Niemand wie er es wagte, das Turnier zu gewinnen.

Robin nahm es gelassen. Es spielte keine Rolle. Nur noch die lästige Jagd, dann konnte er wieder verschwinden, und es bestand kein Grund, daß er in Zukunft noch mehr als sporadischen Kontakt mit seinem Nachbarn pflegte. War dieser auch der Earl of Burton und der mächtigste Mann in der Gegend, war er dennoch nicht Robins Dienstherr. Auch das nahm Sir Giles übel.

Leofric war im Gegensatz zu Robin glücklich, wieder unter Rittern zu sein und einen guten Schwertkampf sehen zu können. Er platzte vor Stolz über Robins Sieg, trank sich beim abendlichen Festmahl seinen ersten Rausch an und konnte es kaum erwarten, bis am nächsten Morgen die Jagd begann.

Der Tag brach nebelig trüb an. Nach der Frühmesse und einem leichten Frühstück aus Brühe und in gewürzten Wein getunktem Brot versammelten sich die Jäger im Burghof. Der erste würzige Herbstduft lag in der Luft. Es war erst Anfang September, aber hier kam der Herbst eben ein bißchen eher. Dafür kommt der Frühling später, dachte Robin seufzend. Er nahm Brutus' Zügel aus der Hand eines fröhlichen, flachsblonden Stallburschen entgegen, sah sich nach Leofric um und ritt mit diesem zusammen zu Lancaster.

»Guten Morgen, Mylord.«

»Ah, Fitz-Gervais. Guten Morgen. Ein herrlicher Tag für eine Jagd, denkt Ihr nicht auch?«

»Durchaus, Mylord.«

Lancaster zog eine Braue hoch. »Ach ja, ich entsinne mich. Nicht Euer Sport, die Jagd, nicht wahr?«

Robin brummte. »Was ist so sportlich an fünfzig Männern gegen einen Keiler oder Hirsch?«

Lancaster lachte. »Ich hoffe doch, wir erbeuten mehr als nur das.«

»Wenn es Euch erfreut, Mylord, will ich zufrieden sein.«

»Wie aufopfernd loyal Ihr doch sein könnt. Das muß ich unbedingt meinem Bruder erzählen.«

Robin sah ihn pikiert an und stimmte dann in sein Gelächter ein.

Einer von Sir Giles' Männern blies das Horn, und die Jagdgesellschaft brach auf. Weil es keine Falkenjagd war, ritten keine Damen mit, und es herrschte eine gespannte Entschlossenheit unter den Jägern, eine erwartungsvolle Gier nach Blut, die sie immer sorgsam verbargen, wenn Damen mit von der Partie waren. Nicht lange, und sie kamen einem gewaltigen Hirsch auf die Spur. Die Hunde wurden losgelassen, und die Reiter folgten ihnen und der Beute im fliegenden Galopp. Der Waldboden war uneben und von vielen Wasserläufen durchzogen. Fontänen spritzten auf und vermischten sich mit dem Nebel, wenn sie darüber hinwegritten. Eng zusammengedrängt und beharrlich wie die Meute folgten sie dem Hirsch, die grasbewachsene Erde bebte unter dem Donnern der Hufe.

Neben Lancaster setzte Robin über einen umgestürzten Baumstamm – und dann wurde er plötzlich durch die Luft geschleudert, pfeilschnell, so kam es ihm vor. Noch bevor er auf den Boden aufschlug, hatte Robin sich zu einem möglichst kleinen Ball zusammengerollt. Er dachte nicht darüber nach, sein Körper tat es von selbst. Es gab nicht gerade viele Dinge, in denen er so viel Erfahrung hatte wie darin, im rasenden Galopp vom Pferd zu stürzen. Er kam mit der Schulter auf, landete auf weicher Erde, überschlug sich ein paarmal und spürte drei oder vier kräftige Huftritte. Doch den meisten der nachfolgenden Pferde gelang es, über ihn hinwegzuspringen wie über jedes andere Hindernis auch. Er kam am Fuße einer mächtigen Eiche auf und stand unbeschadet auf.

Ein wenig benommen schüttelte er den Kopf und sah sich um. Brutus stand ungefähr fünfzig Schritte von ihm entfernt und schaute schuldbewußt drein. Lancaster und Leofric hatten sich von der Jagdgesellschaft gelöst und kamen eilig auf ihn zu.

Robin hob beruhigend die Hand. »Alles in Ordnung.«

»Was ist geschehen?« fragte Lancaster. Er war leicht außer Atem.

»Ich weiß es nicht genau. Der Sattelgurt muß gerissen sein.

Laßt Euch nicht abhängen, Mylord. Mir ist wirklich nichts passiert. Reitet zu.«

Lancaster nickte, winkte kurz und folgte den Reitern, die schon fast zwischen den Bäumen verschwunden waren. Robin sah ihm nach. Er braucht sich nicht so zu beeilen, dachte er gehässig, sie würden nicht wagen, den Hirsch zu erlegen, ehe er sie wieder eingeholt hatte.

Leofric machte ein düsteres Gesicht.

Robin hatte ein Einsehen. »Na los. Reite ihm nach. Ich brauche dich nicht, ehrlich.«

Aber Leofric schüttelte entrüstet den Kopf. Das verstieß gegen jede Knappenehre.

»Schön, wie du willst. Dann mach dich nützlich und such meinen Sattel.«

Leofric brauchte nicht lange. Bald kam er mit dem Sattel über dem einen Arm und Brutus an der anderen Hand zurück. Robins Verdacht bestätigte sich. Der lederne Sattelriemen war entzweigerissen. Er legte Brutus den Sattel lose auf den Rücken, nahm seinen Zügel und machte sich leicht humpelnd auf den Weg zur Burg.

Die Jagdgesellschaft kehrte am Nachmittag mit reicher Beute und in bester Stimmung zurück. Zwei Rehe, zwei Wildsäue und ein Keiler wurden in der Küche abgeliefert, und die Köchinnen mußten sich sputen, um die Tiere noch rechtzeitig für das Festessen am Abend zuzubereiten. Ausgeblutet und ausgenommen waren sie bereits, das gehörte zum Jagdritual. Die Eingeweide waren der Lohn für die Meute.

Robin hatte ein heißes Bad erbeten und unter allgemeiner Verwunderung und einigem Kopfschütteln auch bekommen. Es war nicht so, daß er ein so großes Bedürfnis nach Säuberung verspürte, aber er wußte, daß ein heißes Bad Wunder gegen blaue Flecken und steife Knochen wirkte. Es war Marias bewährtes Rezept für schwere Fälle gewesen, und es verfehlte auch dieses Mal seine Wirkung nicht. Als er wieder angezogen war, fühlte Robin sich so gut wie neu, und er machte sich auf zum Stall, um festzustellen, ob Brutus die Blamage gut überstanden hatte.

Die Stallungen von Sir Giles lagen innerhalb der Burgmauern

und waren trotzdem recht großzügig. Sie verteilten sich auf drei niedrige Holzgebäude, die um die kleine Futterscheune herumstanden. Als Robin leise summend den Stall betrat, in dem Brutus untergebracht war, hörte er einen pfeifenden Schlag und einen halb erstickten Schrei. Und eine leise, gänzlich mutlose Mädchenstimme: »Oh, Vater, hört doch auf, bitte, hört doch auf.«

Trotz der herzerweichenden Bitte fiel ein weiterer Schlag, gefolgt von einem lauteren Schrei, der aber nicht von dem Mädchen kam.

Robin hatte einen bösen Verdacht und trat hinter die Reihe aus Strohballen, die ihn von der Szene trennte. Seine Ahnung hatte ihn nicht getrogen. Mit hochrotem Kopf und Schweiß auf der Stirn stand dort Giles of Burton, die Beine leicht gespreizt, in der Hand eine kurze Lederpeitsche, wie sie zahllose Kretins zum Reiten benutzten. Vor ihm auf der Erde lag zusammengekrümmt und blutend der fröhliche Stallbursche, der Brutus versorgt hatte. Er hatte die Hände schützend um seinen Kopf gelegt. Einen Schritt zur Rechten stand ein junges Mädchen in einem schlichten grünen Kleid mit auf dem Rücken verschränkten Händen und der schönsten Haarpracht, die Robin je im Leben gesehen hatte. Die Haare hatten eine Farbe wie Honig und fielen in Kringeln offen bis auf ihre schmalen Hüften. Robin bestaunte sie einen kurzen Moment, dann sah er dem Mädchen in die Augen. Sie waren braun, umgeben von langen, dunklen Wimpern und ängstlich aufgerissen.

Er wandte den Blick zögernd ab. Giles visierte sein Opfer an und nahm wieder Maß. Ein stilles, kleines Lächeln lag auf seinen Lippen. Robin spürte einen Druck auf dem Magen. Er überlegte kurz, dann machte er ein finsteres Gesicht und stellte sich zwischen Giles und den Stallburschen. »Ist das der Lump, dem ich meine verunglückte Jagd verdanke, Sir Giles?«

Giles nickte grimmig. »So ist es.«

Robin runzelte die Stirn. »Ein außerordentlich unerfreulicher Vorfall.«

»Deswegen bin ich hier.«

Robin lächelte kühl und streckte die Hand aus. »Wenn Ihr erlaubt, Sir …«

Giles sah ihn verdutzt an, dann verstand er. Er zögerte einen Moment, er schien wenig Lust zu haben, Robin seine Peitsche zu überlassen. Aber er fand auf die schnelle keinen Grund, um ihm den Gefallen zu verweigern. Er überreichte ihm die Peitsche mit einem Schulterzucken und machte Platz. Dann wartete er auf den Beginn der Vorstellung.

Robin stemmte die Hände in die Seiten und sah ihn unverwandt an.

Der Earl of Burton preßte leicht verstimmt die Lippen zusammen, nickte knapp und stapfte zum Tor.

Die kurze Stille, die folgte, steigerte die Angst des Stallburschen. Für einen Moment nahm er einen der schützenden Arme vom Gesicht, sah Robins finstere Miene, schloß die Augen und verlegte sich leise murmelnd aufs Beten.

Das Mädchen löste sich von der Wand und trat auf Robin zu. »Wenn Ihr auch nur einen Funken Mitgefühl habt, Sir, dann …«

Robin schüttelte den Kopf und legte einen Finger an die Lippen.

Sie verstummte unsicher. Ihr Gesicht war oval und wegen des spitzen Haaransatzes fast herzförmig, ihre Nase gerade und schmal, und sie hatte hohe Wangenknochen. Jetzt, da ihre Lippen nicht mehr zusammengepreßt waren, konnte Robin sehen, daß sie rot und beinah üppig waren, ein verführerischer Mund.

»Wird er draußen stehenbleiben und lauschen?« flüsterte Robin.

Sie nickte unglücklich.

Er hockte sich neben dem reglosen Burschen auf den Boden und berührte ihn behutsam an der Schulter. Der Junge zuckte zusammen.

»Hab keine Angst«, murmelte Robin. »Ich will dir nichts tun. Wie heißt du?«

»Hal.«

»Also, Hal: Ich dresche ins Stroh, und du brüllst, verstanden?«

Der Junge sah ihn mit fast glasigen Augen an, aber er nickte.

Robin stand auf, holte aus und hieb auf einen der Strohballen. Es klang grauenhaft. Der Bursche schrie, hemmungsloser als zuvor. Robin lächelte kalt und schlug wieder zu. Hal schrie. Was für eine kranke Komödie, dachte Robin angewidert. Aber er machte unermüdlich weiter, bis er schätzte, daß selbst Giles genug haben mußte. Dann stand er reglos, ein bißchen außer Atem, und lauschte. Nichts. Er schleuderte die Reitpeitsche mit Macht von sich, irgendwo mitten ins Stroh, beugte sich über Hal und nahm vorsichtig dessen Arm. »Besser, du kommst auf die Füße.«

Der Junge schüttelte seine Hand ab. »Ja. Moment noch.«

Das Mädchen trat zu ihnen und sah mitfühlend auf Hal hinab. Robin beobachtete sie verstohlen. Nein, dachte er erleichtert, sie liebt ihn nicht. Sie hat nur ein Herz, das ist alles.

Sie wandte sich ihm zu und lächelte traurig. »Ich weiß nicht, wer Ihr seid, Sir, aber ich danke Euch.«

Robin legte die Hand auf die Brust und verneigte sich. »Robin Fitz-Gervais. Und Euren Dank habe ich nicht verdient. Es war meine Schuld. Das Leder war alt und brüchig. Ich hätte den Gurt längst ersetzen müssen. Ich wußte, er würde nicht mehr lange halten. Es war nicht Hals Nachlässigkeit, sondern meine.«

Hal regte sich, richtete sich auf und nahm Robins hilfreich ausgestreckte Hand. »Sir Giles ist jeder verdammte Grund willkommen, Sir, es war nicht Eure Schuld. Und … danke, Sir. Ich dachte, dieses Mal würde er einfach nicht mehr aufhören.«

Es glomm in seinen Augen, nur ganz kurz, es war so schnell vorbei, daß man zweifeln konnte, ob es überhaupt dagewesen war. Aber Robin zweifelte nicht, er hatte es schon so oft gesehen. Isaac hatte recht, dachte er, eines Tages werden sie sich erheben und uns vom Angesicht der Erde fegen …

Hal hob die Hand zu einem freudlosen Gruß, das unbekümmerte Grinsen war einem bitteren Zug um den Mund gewichen. Robin nickte, fischte einen Penny aus seinem Beutel und hielt ihn ihm hin. »Versteh es nicht falsch. Kauf dir Wein davon, ja. Das hilft.«

Hal nahm die Münze nach kurzem Zögern und ging.

Das Mädchen hatte sich auf einen Strohballen gesetzt und saugte an einem Halm. »Robin Fitz-Gervais. Ich habe noch nie von Euch gehört. Aus dieser Gegend?«

»Seit kurzem, ja.«

»Dann seid willkommen.«

»Ich danke Euch, Lady …«

»Joanna.«

Robin verneigte sich noch einmal. »*Enchanté.*«

Sie betrachtete ihn neugierig. »Man sollte nicht glauben, daß Ihr erst heute morgen einen Jagdunfall hattet.«

»Das Herunterpurzeln war Teil meines Reitunterrichts.«

»Wie weise. Tut Ihr es oft?«

»Andauernd.«

»Warum?«

»Ich reite junge Pferde zu. Sie lieben es, ihre Reiter abzuwerfen.«

Sie richtete sich auf. Ihre Augen leuchteten. »Ist das wahr? Ihr bildet sie aus?«

»Und züchte sie, ja.«

»Oh, das ist herrlich!«

Er lächelte verblüfft. »Findet Ihr?«

»O ja. Sind sie nicht die freundlichsten, treuesten, faszinierendsten Kreaturen auf Gottes Erde?«

»Ja. Ihr habt völlig recht.«

Sie nickte zufrieden, stand auf und strich ihren Rock glatt. »Zeit zu gehen. Bald beginnt das Essen. Und vorher muß ich sehen, wie es Hal geht.«

Er erhob sich ebenfalls.

Sie lächelte ihn warm an. »Es war so gut von Euch, daß Ihr ihm geholfen habt.«

Er schüttelte ärgerlich den Kopf. »Kein Mann hat das Recht, einen anderen wie ein Stück Vieh zu behandeln.«

»Nein.«

»Ihr … seid nicht wie Euer Vater, Lady Joanna.«

Ein Schatten huschte über ihr Gesicht. »Ich habe oft gebetet, die Pest möge ihn holen. Aber sie holt immer die Falschen. Wie meine Mutter, zum Beispiel.«

Robin nickte ernst. »Ja. Meine auch. Wie alt wart Ihr?«

»Fünf.«

Dann muß sie achtzehn sein, rechnete Robin aus. »Was wurde aus Euch?«

Sie lächelte. »Sie schickten mich ins Kloster. Und sobald ich kann, gehe ich dorthin zurück.«

»Kommt und tanzt, Fitz-Gervais«, drängte Lancaster.

Robin wehrte ab. »Ich weiß nicht, wie, Mylord. Ich hab's nicht gelernt.«

»Oh, seid kein solcher Bauer! Es ist ganz einfach.« Er packte ihn kurzerhand am Ärmel und zog ihn mit.

461

Die Musik der Fideln und Trommeln und Flöten hatte tatsächlich etwas Beschwingtes, sie schien direkt in die Füße zu gehen. Ein bißchen verwirrt sah Robin hierhin und dorthin, versuchte, die Schritte der Tänzer zu durchschauen. Plötzlich fand er sich links und rechts von zwei fremden Matronen eingehakt, die ihn einfach mitschleiften. Er brauchte gar nicht viel zu tun, sie führten ihn durch den Reigen wie ein Feldherr seine Armee über einen Gebirgspaß. Robin überließ sich ihnen und der Musik. Bald fand er Freude am Tanz. Er gewann an Selbstvertrauen, bedankte sich artig bei den Matronen, schlängelte sich durch die Gesellschaft auf Joanna zu und richtete es so ein, daß er fortan an ihrer Seite tanzte. Lerneifrig beobachtete er auch weiterhin die anderen Tänzer. Die meisten schienen einige Übung zu haben, doch der eleganteste von allen war Lancaster, stellte er ohne große Überraschung fest. Die Schritte schienen ihm einfach im Blut zu liegen. Robin beneidete ihn um seine höfische Finesse.

Als die Musiker eine Pause einlegten, brachte er seinem Dienstherrn einen Becher Wein. »Hier, Mylord. Überanstrengt Euch nur nicht.«

Lancaster trank dankbar und bedachte Robin mit einem eulenhaften Blick. »Mir scheint, Ihr habt Euch Eure Cousine endlich aus dem Kopf geschlagen.«

Robin versteifte sich. »Sie ist nicht meine Cousine, sondern Waringhams. Und das wißt Ihr verdammt gut.«

Lancaster schnalzte mißbilligend mit der Zunge. »So empfindlich ... Nun, ich erwähne es nur. Aber solltet Ihr Interesse an Giles' Tochter haben, wird er sie Euch mit Freuden geben. Er hat noch drei davon. Und kein Geld für großzügige Mitgiften.«

Robin wurde unbehaglich. »Ich danke Euch für Eure Anteilnahme, Mylord, aber ...«

»Ich soll mich aus Euren Privatangelegenheiten heraushalten? Ihr habt recht. Ich denke nur, es wird Zeit, daß Ihr heiratet.«

»Ich bin erst zwanzig«, protestierte Robin entrüstet.

Lancaster fegte das beiseite. »Alt genug.«

Robin lachte verlegen. »Ich werde kein Mädchen heiraten, das den Schleier gewählt hat.«

Lancaster blieb ungerührt. »Noch trägt sie ihn nicht. Und auch das scheitert an der Mitgift.«

»… lieben und ehren, ihm gehorchen und angehören, in Gesundheit und Krankheit, in guten und in schlechten Tagen, bis daß der Tod euch scheidet?«

Es folgte ein kurzes Schweigen. Joanna hielt ihr Kinn hoch und reglos, als hindere sie ihren Kopf mit einem enormen Willensakt daran, sich verneinend zu schütteln. Ihr Zögern brachte ihr ein drohendes Stirnrunzeln von ihrem Vater ein. Sie senkte den Blick. »Ich will.«

Vater Horace sah mitleidig auf ihren Scheitel. »Ich habe deine Worte nicht gehört, Tochter.«

Joanna räusperte sich. »Ich will.«

»Dann erkläre ich euch hiermit im Angesicht Gottes zu Mann und Frau.« Es war beinah ein Seufzen. Er nickte Robin zu, ohne zu lächeln. »Ihr dürft Eure Braut küssen.«

Robin wandte sich ihr zu. Sie sah ihn nicht an. Mit Händen, die nicht seine zu sein schienen, hob er ihren Schleier an und hauchte einen schüchternen Kuß auf ihre Wange. Joanna kniff die Augen zu, biß sich auf die Zunge und raunte ihm zu: »Wie konntest du mir das antun? Ausgerechnet du? Und ich dachte, wir sind Freunde …«

Robin kam nicht umhin, seine eigene Hochzeitsfeier mit der von Agnes und Conrad zu vergleichen. Auf den ersten Blick waren sie recht ähnlich. Bei ihm ging es etwas feiner zu; Giles of Burton und eine ausgesuchte Anzahl seiner Ritter zählten zu den Gästen, doch das Stimmengewirr und das allgemeine Durcheinander war das gleiche, ebenso wie Elinors wächsernes Gesicht. Sie führte die Oberaufsicht über eine Schar von Hilfskräften in der Küche und verbarg sich dort, wann immer sie konnte, doch wenn sie in der Halle war, war ihre Miene die gleiche wie auf der zweiten Hochzeit ihres Vaters: verletzt und vorwurfsvoll. Einen ähnlichen Ausdruck zeigte auf dieser Hochzeit jedoch auch das Gesicht der Braut. Als es auf Mitternacht zuging und die Gäste das Brautpaar mit zunehmend unverblümten Bemerkungen drängten, doch endlich das Brautgemach aufzusuchen, wirkte Joanna erschöpft, beinah krank. Schließlich erhob Robin sich und nahm ihre Hand. »Kommt, Madame.«

Unter allgemeinem Gejohle und unflätigem Gelächter traten

sie den Weg zur Treppe an. Joannas Nacken schmerzte inzwischen von der Anstrengung, ihren Kopf hochzuhalten.

Robin öffnete die Tür zu seiner Kammer und ließ sie eintreten. Er schob den Riegel vor, setzte sich auf die Bettkante und schüttelte ratlos den Kopf. »Ich habe es nicht gewußt. Ich wußte nicht, daß sie dich gezwungen haben.«

Joanna riß sich den Brautschleier vom Kopf und warf ihn auf den Boden. »Ach nein?«

»Ich schwöre es bei der Seele meiner Mutter.«

Sie schwieg betroffen, offenbar nicht sicher, was sie davon halten sollte. Es war durchaus möglich, daß er die Wahrheit sagte, ging ihr auf. Während der Jagd ihres Vaters im September hatten sie viel Zeit miteinander verbracht, waren ausgeritten und zur Falkenjagd, niemals allein, aber doch mit zunehmender Vertrautheit. Sie war unbefangen gewesen, denn sie hatte nicht geahnt, daß Gefahr lauerte. Sie hatte Robin gemocht, sein freundliches Wesen und seine Natürlichkeit, sie hatten viel zusammen gelacht. Sie waren unbeschwert gewesen, und sie hatte gedacht, sie würde sich gern an ihn erinnern, wenn sie wieder in der manchmal etwas eintönigen Abgeschiedenheit ihres Klosters war. Statt dessen war er ein paar Wochen später plötzlich wiedergekommen und hatte um sie angehalten. Und danach hatten sie sich nicht mehr gesehen.

»Aber du wußtest doch, daß ich ins Kloster wollte«, brachte sie gepreßt hervor.

Robin breitete hilflos die Arme aus. »Lancaster sagte, dein Vater könne es sich nicht leisten.«

»Das hat mein Vater auch behauptet.«

»Und als ich dich gefragt habe, hast du ja gesagt.«

Sie lächelte kalt. »Willst du hören, was mein Vater mir versprochen hat für den Fall, daß ich ablehne?«

Robin fühlte sich elend. Er hätte heulen können. »Es tut mir so leid, Joanna. Es … tut mir leid.«

»Ja. Mir auch, glaub mir.«

Er stützte müde den Kopf auf die Faust. »Ich bedaure, daß wir uns so gänzlich mißverstanden haben. Ich hatte wirklich nicht die geringste Ahnung, daß du mich so sehr verabscheust.«

Sie sah auf seinen gesenkten Kopf und sagte leise: »Nein, Robin, du irrst dich. Das tu' ich nicht. Hätte ich je einen Mann heiraten wollen, dann dich.«

Er sah verwundert auf.

Sie sprach weiter, ehe er sie unterbrechen konnte. »Aber ich wollte niemanden heiraten, verstehst du. Ich wollte zurück hinter meine sicheren Mauern.«

»Warum?« fragte er verständnislos. »Was findest du dort? Was haben sie dir versprochen?«

»Sicherheit.«

»Wovor?«

»Vor … Männern!«

Robin war sprachlos.

Joanna trat ruhelos ans Fenster, warf einen Blick in den wolkenlosen Winterhimmel hinauf, zog fröstelnd den Laden zu und wandte sich wieder zu ihm um. »Darauf wärst du nie gekommen, nicht wahr? Daß es Frauen widerwärtig und abstoßend erscheinen könnte, was Männer mit ihnen tun?«

Er schüttelte langsam den Kopf. Das konnte einfach nicht sein. Seine eigenen Erfahrungen sprachen dagegen. Kate die Wäscherin, Alice, Constance und ebenso die üppige Witwe Ernestine aus Fernbrook, keine hatte ihm je das Gefühl vermittelt, als fände sie es widerwärtig oder abstoßend. Im Gegenteil. Das eine oder andere Mal hatten sie ihn überfordert, allen voran Constance, sie hatte ihn regelrecht ausgesaugt …

»Es ist nicht wahr, was sie dir erzählt haben, Joanna.«

»Ach, und du willst das wissen, ja?«

»Warum sollte ich dich anlügen?«

Sie sah ihn ratlos an. »Ich weiß nicht«, sagte sie tonlos. »Eigentlich traue ich dir, aber mein Vater und meine Mutter … Ich meine, ich weiß, was er mit ihr getan hat. Ich habe es gehört, ich schlief gleich nebenan.«

Robin seufzte. »Ich bin nicht wie dein Vater, weißt du.«

»Doch. Was das angeht, sind alle Männer gleich!«

Mit einemmal ging Robin die bizarre Komik dieser Hochzeitsnacht auf. Nur mit Mühe unterdrückte er ein Lachen. Er war so erleichtert, daß sie ihn nicht haßte. Alles andere fand er im Moment gar nicht so wichtig. Er klopfte auf den Platz neben sich. »Komm her, Joanna. Setz dich.«

Sie wich einen Schritt zurück und starrte ihn wieder mißtrauisch an, kreidebleich vor Schrecken.

Seufzend stand er auf, nahm sich einen Becher Wein und stellte sich damit an die Wand gegenüber dem Bett. »Wie ist es jetzt? Wirst du dich setzen?«

Sie entspannte sich ein bißchen, trat ans Bett und setzte sich auf die Kante.

Am lang ausgestreckten Arm reichte er ihr den Becher. »Wirst du mir verraten, woher du soviel über die Männer weißt?«

Ihre Augen funkelten böse. »Mach dich nicht über mich lustig! Aus Büchern. Ich habe Bücher gelesen darüber.«

»Die Nonnen haben sie dir gegeben?«

»Natürlich.«

Er nickte, lehnte sich an die Wand und kreuzte die Füße. »Ich kenne diese Art Bücher. Es gibt sie auch für angehende Mönche.« Er mußte wieder ein Grinsen unterdrücken, als er sich erinnerte. Die Bücher hatten ihre Wirkung auf ihn und seine Schulkameraden leicht verfehlt. Sie hatten sie gierig verschlungen und sich hinter Bruder Anthonys Rücken und unter Anfällen von hysterischem Gekicher darüber lustig gemacht. Alle außer Lionel, natürlich. »Vermutlich stehen nicht genau die gleichen Sachen darin, aber die Idee ist dieselbe. Sie beschreiben, wie widerlich die Frauen sind.« Er ersparte ihr Einzelheiten. »Sie erzählen von fetten, bösartigen, riesigen Frauen, die kleine, fromme, wohlmeinende Ehemänner verprügeln. Von lasterhaften, betrügerischen Frauen, Schlampen. Diese Bücher sind dazu da, jungen Männern und Frauen angst vor der Ehe zu machen, damit sie im Kloster bleiben.«

Sie sah ihn unsicher an. »Ich glaube, bei mir hatten sie damit Erfolg.«

»Ja, das scheint mir auch so.« Er seufzte.

Sie schluckte und sprach, ohne den Blick zu senken. »Vielleicht … vielleicht sollten wir es hinter uns bringen, Robin. Ich glaube, wenn du noch lange wartest, sterbe ich vor Angst.«

Gott, was haben sie mit ihr gemacht, dachte er zornig. Was haben sie ihr angetan. Er betrachtete seine wunderschöne Braut. Ohne den sittsamen Schleier fielen ihre Locken wieder offen in ihren Schoß, von einem schmalen Goldreif um die Stirn kaum gebändigt. Ihr Brautkleid war aus kastanienfarbener Seide, mit modisch weiten Ärmeln, das Surkot einen Ton dunkler als die Kotte und mit Goldstickereien verziert. Ein Geschenk Lancasters, ebenso wie die kostbare Brosche, die sie dazu trug. Das Kleid war freizügig geschnitten und gab den Blick frei auf ihren Schwanenhals und den Ansatz ihrer runden, hohen Brüste. Ihre Haut erschien ihm tatsächlich lilienweiß, wie die Beschreibungen der Damen in den Romanzen es immer sagten, lilienweiß und ohne einen Makel. Er riß seinen Blick mit Mühe davon los.

»Nein, Joanna. Wir werden nichts dergleichen tun.«

Sie starrte ihn ungläubig an. »Aber wir ... ich meine, es ist unsere Hochzeitsnacht, und du willst doch bestimmt ...«

»Vielleicht weißt du nicht ganz soviel darüber, was Männer wollen und was nicht, wie du denkst«, unterbrach er ein wenig heftig.

»Du ... willst nicht?« erkundigte sie sich vorsichtig. Ein kleiner Hoffnungsschimmer hellte ihr Gesicht auf.

Robin biß hart die Zähne zusammen. »Nicht so. Nicht, bevor du nicht willst. Aber ich denke, wir sollten den Schein wahren. Ich hoffe, du bist einverstanden.«

»Was heißt das?« fragte sie mit wiedererwachendem Argwohn.

Er dachte einen Moment nach. »Es heißt vermutlich, daß ich auf dem Fußboden schlafe. Vielleicht überläßt du mir eine Decke. Ich werde dir den Rücken zudrehen, du kannst dich ausziehen, ins Bett legen und die Kerze löschen. Und dann kannst du mir erzählen, was in diesen Büchern steht.«

Sie errötete. »O Gott, ich würde eingehen vor Scham.«

Er schüttelte kurz den Kopf. »Es wird gehen, wenn es dunkel ist. Ich will wissen, was sie dir eingetrichtert haben.« Damit ich auf eine Strategie sinnen kann, fügte er in Gedanken hinzu.

Sie seufzte. »Meinetwegen. Ich werde es versuchen.«

»Gut.«

»Also dann, Robin. Dreh dich um.«

Im Lauf des nächsten Tages reisten die Hochzeitsgäste ab, und es kehrte wieder Ruhe ein. Während sie noch damit beschäftigt waren, das Haus in Ordnung zu bringen, zog sich der Himmel zu, und sie bekamen den ersten Schnee des neuen Jahres.

Weißgepudert kamen Robin, Isaac, Oswin und Leofric von der Abendfütterung zurück in die Halle.

»... Robin danach fragen«, hörten sie Elinor sagen, die mit Joanna am Tisch saß. Keine von beiden sah besonders glücklich aus.

»Wonach willst du mich fragen?« erkundigte er sich, während er sich die Schultern abklopfte.

»Meine Güte, kannst du das nicht draußen tun«, schalt Elinor. Er sah sie stirnrunzelnd an. »Was ist mit dir?«

Nach einem kurzen Schweigen sagte Joanna verlegen: »Es ist wirklich zu albern, um dich damit zu behelligen.«

»Laß es mich trotzdem hören, ja?«

Joanna zuckte die Schultern. »Sie will mir die Schlüssel nicht geben.«

Robin sah verwundert von ihr zu Elinor. »Was soll das?«

Elinor hob den Kopf und funkelte ihn zornig an. »Bis gestern hast du dich nie darüber beklagt, wie die Dinge hier liefen.«

Robin ging ein Licht auf. Er seufzte ungeduldig. »Warum sollte ich? Dazu bestand nie ein Grund. Aber Joanna ist die Dame des Hauses, und ihr stehen die Schlüssel zu. Also sei keine Gans und rück sie schon raus.«

Elinor stand auf, griff an ihren Gürtel, löste den großen Ring, an dem die Schlüssel zur Vorratskammer, Wäschekammer und allen verschließbaren Räumen des Hauses baumelten, und warf ihn auf den Tisch. Er schlitterte über die Platte und fiel klirrend auf den Boden. Mit einem bitterbösen Blick in Robins Richtung stolzierte sie zur Tür.

»Elinor, komm zurück«, befahl er leise.

Als habe sie ihn nicht gehört, ging sie ohne zu zögern hinaus.

In der Halle blieb ein unangenehmes Schweigen zurück. Dann machte Isaac einen Schritt auf den Tisch zu, angelte den Schlüsselbund vom Boden und reichte ihn Joanna mit einem Lächeln. »Sei ihr nicht böse. Sie ist ein bißchen gekränkt, das ist alles. Sie wird sich schon beruhigen.«

Joanna erwiderte sein Lächeln dankbar. Die unschöne Szene war ihr peinlich. »Danke, Isaac.«

Robin erkannte ihr Unbehagen und ärgerte sich. »Das sollte Elinor lieber bald tun. Wenn sie sich weiterhin so aufführt, könnte sie unangenehm überrascht werden«, brummte er verstimmt.

Isaac betrachtete ihn kopfschüttelnd. »Junge, manchmal bist du wirklich dämlicher als Frederic der Sattler und Frederic der Ochse zusammen.«

»Und warum, wenn man fragen darf?« erkundigte Robin sich höflich.

»Ich frag' mich, was ihr eigentlich in ihr seht, Conrad und du, daß ihr meint, sie sei jemand, auf den man gar keine Rücksicht nehmen muß. Warum machst du dir nicht mal die Mühe, dich einen Moment in ihre Lage zu versetzen, he? Du hast doch sonst so ein großes Herz.«

Robin machte ein betretenes Gesicht. »Hör mal, Isaac …«

Isaac schnitt ihm mit einer Geste das Wort ab, plötzlich auch ärgerlich. »Ich gehe und hole sie zurück. Aber erwarte keine tränenreiche Entschuldigung.« Er machte auf dem Absatz kehrt und stapfte hinaus.

Robin sank müde auf die Bank. »Was für ein Theater …«

Joanna stand auf und holte für ihn, Oswin und Leofric einen Becher Bier. Robin sah ihr verwirrt zu. Meine Güte, es geht doch nicht, daß sie meinen Knappen und meinen Stallburschen bedient, dachte er. Mit einem Schlag wurde ihm klar, daß sein häusliches Leben, das bislang so herrlich reibungslos abgelaufen war, sehr viel komplizierter werden würde. Isaac hat recht, ging ihm auf, ich bin ein Ochse. Wir werden ein paar Dinge neu regeln müssen. Bald.

Er trank Joanna mit einem Lächeln zu und wandte sich dann an Oswin. »Sag, was hältst du von einem halben Pfund?«

Oswin richtete sich interessiert auf. »Ungefähr halb soviel wie von einem ganzen Pfund. Was muß ich für soviel Geld tun, he? Werden sie mich dafür schleifen und vierteilen oder nur aufhängen?«

Sie lachten, und das Lachen hatte eine ungeheuer befreiende Wirkung. Dann schüttelte Robin den Kopf. »Es ist Botenlohn.«

»Ah. Das muß eine verflucht schlechte Nachricht sein.«

»Nein, nein. Aber du wirst lange unterwegs sein.«

»Wohin?«

»Also: Du reitest Richtung Süden und machst Lancaster ausfindig. Ich muß ihm für die Geschenke danken.«

»Tja, das solltest du wohl. Das Kleid und der Schmuck waren schon wunderschön, aber diese Rüstung …« Er fand keine Worte. Robin war es zuerst ebenso gegangen. Sie war nicht protzig, eher schlicht, aber ein Beispiel handwerklicher Meisterschaft, aus poliertem, glänzendem Stahl, leicht, ungeheuer beweglich, und sie saß wie angegossen. Sie hatte nur einen einzigen Edelstein auf dem Brustpanzer, einen Smaragd, in Schliff und Größe exakt wie der auf der Scheide des Waringham-Schwertes. Und der dazugehörige Schild zeigte sein neues Wappen. Es war ein wahrhaft fürstliches Geschenk.

»Dann reitest du weiter nach Waringham. Erzähl Conrad und Agnes von unserer Hochzeit, und sieh nach, wie es ihnen geht. Ich werd' dir auch einen Brief für sie mitgeben. Sag Conrad, daß ich fünf von seinen Jährlingsstuten kaufen will, wenn er mir gute Preise macht.«

Leofric riß die Augen auf. *Das bringt uns auf zwanzig Stuten, wenn die fünf und unsere vom letzten Jahr gebärfähig werden.*

Robin nickte. »Ich ahnte, daß du auch in Arithmetik ein Genie bist. Stimmt genau, zwanzig. Und das reicht fürs erste. Wir wollen uns ja nicht übernehmen.«

Nein. Und wir wollen auch nicht dem Größenwahn verfallen.

Joanna las über seine Schulter und kicherte. Leofric lächelte ihr schelmisch zu. Er hat mich gern, dachte sie erleichtert, und Isaac hat mich auch gern. Sie stellen sich nicht gegen mich.

Robin zog Leofric am Ohr und wandte sich wieder an Oswin. »Von Waringham reitest du nach Westminster.«

Oswins Augen leuchteten auf. »Westminster! Zu wem?«

»König Edward.«

Oswin verschluckte sich fürchterlich. Als er endlich aufhörte zu husten, sagte er schwach: »Du wirst mir ein paar von deinen feinen Kleidern leihen müssen. Was wollen wir von König Edward?«

»Ein Marktrecht für Fernbrook. Für einen Jahrmarkt und einen Pferdemarkt. Ab übernächstem Frühjahr, einmal im Jahr, am zweiten Samstag nach Ostern. Es sollte keine Probleme geben, es gibt hier weit und breit keinen vergleichbaren Markt. Aber wir brauchen die Erlaubnis des Königs.«

»Gut. Wann reite ich los?«

»So bald wie möglich. Warte ein, zwei Tage, wie schlimm es mit dem Schnee wird.«

Oswin sah so aus, als würde er am liebsten auf der Stelle aufbrechen. Er schüttelte mit einem seligen Lächeln den Kopf. »Robin, ich weiß ehrlich nicht, ob ich dafür Geld annehmen kann.«

Robin klopfte ihm die Schulter. »Geh in dich. Ich bin sicher, du wirst eine Ausrede finden.«

Mitte Februar ließen die Schneefälle endlich nach, und die Wege wurden wieder passierbar. Oswin brach auf. Leofric ritt am nächsten Tag zu einem Knappenwettstreit nach Durndale. Robin hatte ihn ermuntert, der Einladung auf das prächtige Rittergut zu folgen, denn er fand es wichtig, daß Leofric Gelegenheit bekam, sich mit anderen Knappen zu messen. Er wußte, daß Leofric viel zu selten Kontakt mit seinesgleichen hatte und wie sehr er darunter litt. Er verabschiedete ihn im Hof, vergewisserte sich, daß er genug Reiseproviant hatte, und wünschte ihm grinsend Glück und Ruhm.

Ihrer beiden sachkundigen Gehilfen beraubt, kamen Robin und Isaac beinah um vor Arbeit. Lange vor Sonnenaufgang standen sie auf, waren den lieben langen Tag draußen und kamen abends spät und hungrig wie Wölfe zurück. Joanna und Elinor waren meistens allein im Haus und zwangsläufig zusammen, bis auf die wenigen Stunden, wenn Elinor nach den Stuten sah. Sie fanden beide wenig Freude an der Gesellschaft der anderen und führten eine meist wortlose Fehde. Das entging den Mägden natürlich nicht, und bald gab es Gerede im Dorf, daß Elinor und die Lady Joanna sich spinnefeind seien.

Robin war ärgerlich, als er davon erfuhr. »Verdammt, das muß aufhören.«

»Ich sehe nicht, was du dagegen tun könntest«, erwiderte Isaac. »Laß die Leute doch reden. Sie sind glücklicher, wenn sie was zu reden haben, glaub mir.«

Robin winkte ungehalten ab. »Es ist nicht wegen der Leute, aber ich bin die langen Gesichter um mich herum satt.«

Isaac betrachtete ihn nachdenklich. »Robin, kann ich dich etwas fragen?«

»Was?«

»Bist du glücklich mit deiner Frau?«

Die Frage traf Robin unvorbereitet. Er antwortete nicht gleich, denn er fand es schwer, Isaac anzulügen. Schließlich seufzte er. »Es ... wird schon werden.«

Isaac brummte. »Seltsam. Ich hätte nie gedacht, daß du mal aus politischen oder wirtschaftlichen Erwägungen heiratest. Aber das machen alle feinen Leute so, nicht wahr?«

Robin schüttelte langsam den Kopf. »Ich glaube nicht, daß ich das getan habe. Ich habe kein Interesse an einer Verbindung mit Burton, und viel eingebracht hat sie mir auch nicht.«

»Dann hast du's also getan, weil Lancaster es wünschte?«

»Nein. Er hat mich nicht gedrängt. Ich weiß nicht. Ich glaube, ich wollte sie einfach.«

»Hoffentlich ist es so. Ich hoffe das für euch beide. Du bist ungewöhnlich gereizt in letzter Zeit, weißt du.«

Robin wußte, Isaac hatte recht. Er war gereizt, und er hatte auch einen verdammt guten Grund. Jede Nacht schlief er neben der schönsten Frau Englands und konnte nicht ihre Hand küssen, ohne daß sie in Panik geriet. Und er konnte nicht einmal mehr zu der Witwe Ernestine gehen, das hätte sich in Windeseile herumgesprochen. Manchmal kam es ihm vor, als würde er jeden Moment in tausend Stücke zerspringen. Keine Frau zu haben war eine Sache, aber das hier war schlimmer als die Strafe des Tantalus.

Er sah Isaac an und fragte sich einen Moment, ob dieser wohl ein Mädchen im Dorf hatte. Isaac war jedenfalls immer ausgeglichen …

»Was ist es, Robin? Immer noch Alice Perrers?«

Robin schüttelte erstaunt den Kopf. Es schien ihm, als habe er Monate nicht an Alice gedacht. »Ich … Nein. Wie gesagt, es wird schon wieder.«

»Also bitte, wie du willst. Aber die Jungen fangen an, sich vor dir zu fürchten. Das ist nicht gut für die Arbeit.«

Robin war entrüstet. »Niemand hat Grund, mich zu fürchten.«

Isaac lächelte. »Nein. Aber woher sollen sie das wissen, wenn du immer so finster dreinblickst?«

»Sie sollen pünktlich zur Arbeit erscheinen und sich nicht auf die faule Haut legen, dann gucke ich auch nicht finster. Also ehrlich, Isaac, zufrieden bin ich mit dem Haufen nicht. Sie geben sich keine Mühe beim Reiten, und man könnte meinen, sie wollen es auch nicht lernen. Der einzige, der etwas taugt, ist Hal.« Hal war Bestandteil von Joannas bescheidener Mitgift gewesen.

Isaac war durchaus seiner Meinung. »Ja, sie sind nicht so wie wir damals. Die Pferde bedeuten ihnen nicht mehr als irgendwelches Vieh. Sie sind schon willig, aber nicht mit dem Herzen dabei.«

Dieser Satz ging Robin den ganzen Tag nicht aus dem Kopf.

Abends saßen sie zusammen in der Halle, Robin und Isaac brachten die Bücher in Ordnung, Joanna stickte an einem Altartuch, Elinor spann. Die Mägde waren in der Küche verschwunden. Die dicken Scheite knackten und zischten im Kamin, Robin und Isaac murmelten leise miteinander, ansonsten war es still.

Schließlich legte Elinor die Spindel beiseite und stand auf. »Ich gehe schlafen. Gute Nacht.«

Robin sah auf. »Nein, warte noch. Ich ... wir müssen etwas besprechen. Los, kommt schon, alle drei. Wir müssen irgendwann einmal darüber reden.«

Isaac runzelte erstaunt die Stirn und klappte die Bücher zu. Joanna ließ ihren Stickrahmen sinken. Elinor trat zögerlich an den Tisch und setzte sich auf die Kante eines Stuhls. »Laß mich raten, Robin. Etwas verspätet, aber immerhin bist du auf die Idee verfallen, mich auf die Schule zu schicken. Und jetzt soll ich ins Kloster. Richtig?«

Er war schlagartig wütend, aber er beherrschte sich. »Nein. Es sei denn, das ist dein Wunsch.«

»Pah.«

»Also, dann hört zu. Ich habe heute mit Isaac über die Stallburschen gesprochen. Wir sind beide nicht recht zufrieden. Sie nehmen die Sache nicht ernst genug. Und ich glaube, ich weiß, woran das liegt.« Er sprach jetzt hauptsächlich zu Isaac. »Wir sind früher nicht morgens aus dem Dorf gekommen, nachdem wir eben noch schnell zu Hause die Schweine gefüttert oder die Kuh gemolken haben. Wir mußten auch nicht abends nach getaner Arbeit noch schnell für eine Stunde mit aufs Feld. Wir haben auf dem Gestüt gewohnt, wir waren ein Teil davon, es war das erste, was wir morgens, und das letzte, was wir abends gesehen haben. Wir haben zusammen gehaust und zusammen gegessen und gedacht, wir sind wer weiß was für tolle Kerle. Weißt du, was ich meine?«

Isaacs Augen leuchteten. »Es heißt, wir bauen ein Küchenhaus und ein zweites Geschoß auf die Sattelkammer, und wer bei uns bleiben will, muß bei uns hausen.«

Robin lächelte flüchtig. »Ja und nein. Wer bei uns bleiben will, wird auf dem Gestüt leben müssen, das ist richtig. Aber wir bauen zu dem Zweck ein vernünftiges Haus. Ein Steinhaus, denke ich, damit es nicht andauernd abbrennt.«

»Ein *Steinhaus*? Das wird teuer ...«

»Ich werde mit Vater Horace reden. St. Gregorius besitzt einen Steinbruch. Vielleicht kriegen wir die Steine günstig. Wir werden sehen. Also, wir bauen ein Haus mit einer großen Küche, einer warmen, trockenen Schlafkammer für die Jungs und, wenn du willst, Elinor, wenn du ja sagst, ein zweites Geschoß obendrauf, wo du wohnst, und, weil wir dich ja mit all den Lümmeln unmöglich allein lassen können, eine Kammer für deine Magd. Du wirst für die Jungs kochen und ihre Sachen in Ordnung halten und ihre Platzwunden verbinden und ihnen ein bißchen Zusammenhalt geben und dich um sie kümmern, wie deine Mutter sich früher um uns gekümmert hat. Ich werde dir anständigen Lohn zahlen. Wirklich anständig.«

Er sah sie an, aber Elinors Gesicht gab nichts preis. Sie erwiderte seinen Blick abwartend. Robin hatte das Gefühl, auf verlorenem Posten zu kämpfen, aber so schnell gab er nicht auf. »Ich weiß, es ist nicht das, was du dir vorgestellt hast, aber du wärst … Herrscherin deines Reiches, wenn du verstehst, was ich meine und … Ich weiß, daß es eine gute Idee ist, daß es funktionieren könnte, daß es die Jungs ganz anders an ihre Aufgaben binden würde, und du … bist die einzige, die es machen kann. Bitte, Elinor, versuch es. Herrgott noch mal, dir liegt unsere Zucht doch schließlich auch am Herzen.«

Sie nickte. »Ja, Robin.«

»Was heißt ›ja, Robin‹?«

»Es heißt ja. Sie liegt mir am Herzen, und ich werde es gern tun.«

Er lächelte befreit. Er hatte kaum damit gerechnet. Er hatte geglaubt, sie würde ablehnen, nur um ihm eins auszuwischen. Er hatte sie unterschätzt, stellte er schuldbewußt fest. »Danke. Das ist … wunderbar.«

»Robin, es ist unmöglich, du kannst sie nicht allein mit so vielen jungen Burschen in einem Haus wohnen lassen«, wandte Joanna ein.

»Davon ist ja keine Rede. Sie kriegt eine Magd, um ihr die Arbeit zu erleichtern und den guten Ruf zu wahren. Oder von mir aus auch zwei.«

Joanna schüttelte mißbilligend den Kopf. »Aber sie ist zu jung, um eine … Ersatzmutter für diese Jungen zu sein.«

Robin wollte es ihr erklären, aber Elinor kam ihm zuvor. »Was weißt du schon. Ich habe in den letzten zwei Jahren nichts anderes getan, verstehst du? Ob du es glaubst oder nicht, bei uns zu Hause sitzen die Mädchen nicht herum und sticken Goldfäden in Tischtücher, sondern sie *arbeiten*, wenn du dir das vorstellen kannst.«

»Das reicht, Elinor«, unterbrach Robin ruhig.

Aber eins mußte Elinor noch loswerden: »Du gönnst es mir nur nicht. Du bist ja schon eifersüchtig darauf, daß ich die Stuten versorge …«

»Ich sagte, es reicht.«

Auf Elinors Wangen brannten kleine rote Punkte. Doch sie fühlte sich befreit. »Ja, mehr habe ich auch nicht zu sagen. Es tut mir leid, wenn ich dir Ärger mache, Robin. Vermutlich tut es mir sogar leid, wenn ich deiner Frau das Leben schwermache. Aber ich werde trotzdem sagen, was mir paßt.«

Er seufzte. »Ja, daran zweifle ich nicht.«

Elinor lächelte schwach, wünschte allen eine gute Nacht und ging hinaus.

Isaac sah ihr bewundernd nach. Er war froh für sie. Robins Einfall war eine geniale Lösung, damit würde Elinor zurechtkommen, er war sicher.

Er warf Robin und Joanna einen Blick zu, die sich am Tisch gegenübersaßen, ohne sich anzusehen. Isaac nahm eine Kerze und stand auf. »Ich mache noch eine letzte Runde bei den Pferden, dann gehe ich auch schlafen. Gute Nacht.«

Sie murmelten Unverständliches, und Isaac ging seufzend hinaus.

Als sie allein waren, sagte Joanna bitter: »Es ist verrückt, sie könnte ins Kloster und will nicht, ich will ins Kloster und kann nicht.«

Robin fuhr sich mit der Hand über Nacken und Kinn und setzte sich auf. »Wir … werden sehen.«

Sie sah ihn erstaunt an. »Was heißt das?«

»Wenn es wirklich das ist, was du willst, dann kannst du gehen. Im Frühling, wenn die Pferde verkauft sind, werde ich genug Geld haben, um zu bezahlen, was sie verlangen.«

Joanna konnte kaum glauben, was sie hörte. »Robin … das würdest du für mich tun?«

Er sah auf seine Hände. »Es wäre vermutlich das beste. Wir

werden unsere Ehe annullieren lassen, das ginge, weil sie … nicht vollzogen wurde.«

Joanna war gerührt, aber sie schüttelte lächelnd den Kopf. »Das ist wirklich großzügig von dir, aber ich kann es nicht annehmen. Du brauchst das Geld so dringend für all deine Pläne und …«

»Dann sag du mir, wie es weitergehen soll.«

Sie hob leicht die Schultern. »Warum nicht so wie bisher?«

Er starrte sie einen Moment an, dann mußte er lachen. Es war kein frohes Lachen. »Nein, Joanna. Wirklich nicht. Wenn Aussicht bestünde, daß sich deine Gefühle ändern, dann wäre es etwas anderes, aber wir haben darüber geredet, Nacht um Nacht, und es hilft nichts. Es sitzt zu tief in dir drin. Ich weiß nicht, was ich noch tun könnte. Und ich bin es satt, auf dem Fußboden zu schlafen, verstehst du. Heute nacht ziehe ich in eins der Gästezimmer.«

»Aber …« Sie wußte nicht, was sie sagen sollte, und als es ihr einfiel, war es zu spät. Isaac stand mit einer Laterne in der Tür.

»Robin, komm schnell. Es ist Dido. Und es sieht übel aus.«

Robin sprang so eilig auf, daß sein Stuhl hintenüber kippte. Ohne seine Frau noch einmal anzusehen, folgte er Isaac hinaus in den Hof.

Weil Dido im vergangenen Frühjahr als erste gefohlt hatte, war sie auch als erste gedeckt worden und demzufolge jetzt wieder als erste an der Reihe. Aber es war noch zu früh, genau wie im letzten Jahr. Als Robin sich zu ihr hockte und die Hand zwischen ihre Ohren legte, wußte er, daß es aussichtslos war. Es wurde eine lange, eisige, traurige Nacht. Unter Strömen von Blut brachte Dido ihr Fohlen zur Welt und starb wenige Minuten später.

Isaac wischte sich mit dem Ärmel den Schweiß von der Stirn und die Tränen aus den Augen. »Es ist ein Hengst. Ein Fuchs, wie sie.«

Robin betrachtete den kleinen Neuankömmling im Stroh. Dann beugte er sich über ihn und half ihm auf. »Würdest du ins Dorf gehen, Isaac? Wirf irgendwen aus dem Bett und laß ihn eine unserer Kühe melken.«

»Ja, sicher. Wie soll er heißen, Robin?«

Robin überlegte kurz. »Wie wäre es mit Romulus?«

Isaac lächelte traurig. »Wie sinnig.«

Es galt als absolut unmöglich, ein Fohlen mit Kuhmilch aufzuziehen. Niemand versuchte es auch nur. Es war vergebliche Müh. Wenn die Stute beim Fohlen starb, fand man entweder eine Stute, der das Fohlen gestorben war, oder man schnitt dem Fohlen die Kehle durch. Robin wußte, es war zu früh im Jahr, um eine andere Stute zu finden. Also mußte er es versuchen, egal, was andere darüber dachten. Es war ihm schon früher gelungen. Man mußte die Milch nur verdünnen, dem Fohlen mit einem langen, hölzernen Trichter mühselig einträpfeln und ihm klarmachen, daß das Zeug zwar nicht schmeckte, aber trotzdem seinen Zweck erfüllte. Es war dieser letzte Punkt, an dem alle scheiterten. Alle außer Robin.

Didos Verlust stellte einen Rückschlag dar, und sie hinterließ eine schmerzliche Lücke, doch es war für alle ein Trost, Romulus gedeihen zu sehen. Er machte es sich zur Gewohnheit, Robin auf Schritt und Tritt zu folgen, wie eben ein Fohlen seiner Mutter folgt, er trottete hinter Robin ins Haus, bettete seinen Kopf in Robins Schoß, während dieser am Tisch saß und aß, machte an seiner Seite jeden Tag mehrmals die Runde durch die Stallungen und wieherte jammervoll, wenn Robin ihn allein ließ. Ergeben hatte Robin sein Nachtlager in Didos Stall aufgeschlagen, immerhin eine willkommene Möglichkeit, das klägliche Scheitern seiner Ehe noch ein paar Wochen länger geheimzuhalten.

Kurz nach Ostern kehrte Oswin zurück. Er brachte gute und schlechte Neuigkeiten. Conrad und Agnes könne es kaum bessergehen, berichtete er, kurz vor seiner Ankunft hatte Agnes einen gesunden Jungen zur Welt gebracht. Sie hatten ihn Robin getauft. Mortimer war kaum je in Waringham, der König hielt ihn viel bei Hofe fest. Und Conrad war gewillt, Robin die Jährlingsstuten zu verkaufen.

»Dann bin ich weitergeritten nach Westminster. Der König hat mich tatsächlich empfangen, und … hier ist die Urkunde über dein Marktrecht, Robin.«

»Oswin, du bist ein Glückskind.« Robin nahm die Pergamentrolle und wog sie in der Hand. »Das bringt uns einen guten Schritt weiter. Was war mit Lancaster?«

Oswin runzelte die Stirn. »Ich hab' ihn erst in London ausfindig gemacht. Er war dabei, eine Truppe zusammenzustellen.«

Robin sah ihn besorgt an. »Geht er nach Frankreich?«

Oswin nickte. »Wie es scheint, hat der König von Frankreich den Waffenstillstand aufgekündigt und wieder den Krieg erklärt. Er ist in Aquitanien eingefallen. Und alles spricht dafür, daß er eine Invasion Englands plant.«

Robin starrte ihn ungläubig an. »Eine ... *Invasion*?«

»So heißt es.«

Robin fluchte leise. »Und die Order?«

»Du sollst vorerst in Fernbrook bleiben, dich bewaffnen und bereithalten. Falls es zum Schlimmsten kommt, unterstehst du dem Befehl des Earl of Burton, der die Verteidigungstruppen nach Süden führen wird.«

Robin seufzte. »Was für herrliche Aussichten. Und Lancaster?«

»Schifft sich nach Calais ein. Er nimmt nur sechshundert Mann und etwa fünfzehnhundert Bogenschützen mit. Und er sagt, wenn du nicht darauf bestehst, mitzukommen, sollst du lieber in England bleiben und Pferde züchten. Möglichst viele. Er sagt, ich soll dich an die berühmten letzten Worte deines Vaters erinnern.«

Gott segne Lancaster, dachte Robin erleichtert.

»Was waren die letzten Worte deines Vater, Robin?« fragte Joanna.

Er sah sie nicht an, als er antwortete. »Sie waren: ›Dieser Krieg wird hundert Jahre dauern‹. Und wenn ihr mich fragt, inzwischen denke ich, das ist knapp kalkuliert. Lancaster hat recht. Jeder, der will, und auch jeder, der nicht will, wird noch Gelegenheit haben, in diesem Krieg zu kämpfen. Und was England sicherlich braucht, sind gute, ausdauernde Pferde.«

Isaac nickte düster. »Dann sollten wir hier nicht länger herumsitzen. Gott, ich bin froh, daß du wieder da bist, Oswin. Und ich bin erst recht froh, daß Lancaster Robin nicht mitnimmt. Ich glaube nicht, daß wir hier ohne ihn zurechtkämen.«

Sie hörten nur selten Nachrichten. Und wenn die Nachrichten den weiten Weg bis nach Fernbrook zurückgelegt hatten, waren sie unter Umständen nicht mehr verläßlich. Robin hielt sich an die alte Regel, daß keine Nachrichten gute Nachrichten waren, und hoffte das Beste. Trotzdem traf er ein paar Vorbereitungen. Er setzte ein Testament auf. Nachdem er sich mit Bruder Horace darüber beraten hatte, was gerecht war und was nicht, hinterließ er seine

Ländereien gemäß den gesetzlichen Bestimmungen seiner Frau beziehungsweise seinem ältesten männlichen Nachkommen. Sämtliche Pferde vermachte er Isaac, den er in dem Testament seinen Halbbruder nannte, seine restliche bewegliche Habe und sein Barvermögen zu gleichen Teilen Leofric, Oswin und Elinor, abzüglich einer Summe von zehn Pfund für die Franziskanergemeinde von Boscastle, zur Verteilung an die Armen, und weiterer zehn Pfund für die Abtei von St. Gregorius, um Messen für seine Seele lesen zu lassen. Horace meinte, Joanna käme zu schlecht weg. Robin lehnte es ab, darüber zu verhandeln.

Als nächstes ernannte Robin Isaac offiziell zu seinem Steward und übertrug ihm die alleinige Verantwortung über die Verwaltung von Gut und Zucht.

Isaac wehrte entsetzt ab. »Das kann ich nicht.«

»Doch, ich bin sicher. Versuch es, und dann sehen wir ja, wie es geht. Es ist ja nur für den Fall, daß ich plötzlich einrücken muß. Und wir müssen endlich einmal über deinen Lohn reden, Isaac. Was willst du? Einen festen Betrag oder eine Beteiligung an der Zucht?«

Isaac grinste. »Soll das ein Witz sein? Eine Beteiligung natürlich, wenn du sie mir anbietest.«

»Gut. Sind vier Zehntel fair?«

»Oh, Robin ... ich dachte an eins.«

»Mit welchem Recht sollte ich soviel mehr verdienen als du? Du arbeitest ebenso hart.«

»Ja, aber all das hier gehört dir. Und du trägst das Risiko.«

»Darum will ich sechs Zehntel.«

Isaac schüttelte ungläubig den Kopf. »Du machst mich reich. Ich weiß nicht, ob das das richtige für mich ist. Vermutlich wird es meinen Charakter verderben.«

Robin lachte. »Dafür werden wir auf viele Jahre noch nicht genug verdienen, sei unbesorgt.«

»Es ist gut, dich lachen zu hören, Robin. Du tust es selten in letzter Zeit.«

Robin war auf die Attacke nicht vorbereitet. »Ich ... hab' vielleicht zuviel gearbeitet.«

»Hm. Ich glaube nicht, daß das der Grund ist.«

Robin seufzte. »Ich bin sicher, du wirst mir den wahren Grund jetzt verraten, nicht wahr?«

Isaac verschränkte die Arme. »Junge, ich bin nicht blind. Du siehst deine Frau kaum noch an. Du schläfst nachts bei dem Fohlen statt bei ihr. Und du gehst wieder zu Ernestine.«

»Und woher zum Henker weißt du das?«

»Von ihrer drallen kleinen Cousine Martha.«

»Du kommst im Dorf herum, ja?«

»Warum soll ich mustergültiger sein als du? Ich bin unverheiratet, weißt du, und kein Mönch.«

Nein, aber meine Frau ist eine Nonne, hätte Robin beinah gesagt. Er biß sich auf die Zunge. »Worauf willst du hinaus, Isaac? Ich habe schon einen Beichtvater, der mir mit der Sache in den Ohren liegt.«

Isaac seufzte. »Ich mache mir Sorgen, das ist alles.«

»Vielen Dank, nicht nötig. Ich … mache mir selbst genug Sorgen. Genug für uns beide. Ich zerbreche mir den Kopf, aber es kommt nichts dabei heraus.«

Robin sandte wiederum Oswin aus, dieses Mal nicht so weit weg, sondern nur zu seinen Nachbarn, und ließ ihnen verkünden, er habe drei vortreffliche Schlachtrösser anzubieten. Nach und nach trafen Interessenten ein, und bis zum Sommer hatte Robin alle drei zu hervorragenden Preisen verkauft.

Es war ein ungewöhnlich warmer Sommer. Die Hitzeperiode, die kurz nach Pfingsten eingesetzt hatte, wollte einfach nicht weichen, und die Bauern von Fernbrook beteten um Regen und fürchteten um ihre Ernten. Das Steinhaus, das die Stallburschen beherbergen sollte, war beinah fertig, obwohl Robin entsetzt festgestellt hatte, daß die Maurer jeden Feiertag zum Anlaß nahmen, die Arbeit ruhen zu lassen. Und das bedeutete wenigstens zwei Tage in der Woche. Die Maurerloge schreibe es so vor, erklärte der Meister ungerührt. Robin handelte mit ihm aus, daß es nur einen bezahlten Feiertag pro Woche gab. Wer mehr freie Tage wollte, mußte auf den Lohn verzichten. Er führte an, daß anderenfalls die Bauern ebenfalls auf die Idee kommen könnten, jeden Feiertag einzuhalten, den die Kirche beging, und dann würde die Ernte auf den Feldern verdorren. Der Meister war ein vernünftiger Mann. Er besprach sich mit seinen Leuten und willigte schließlich ein.

Im Juli gab es ein rauschendes Richtfest, zu dem das ganze Dorf erschien. Robin und Isaac wählten unter zahlreichen Kandidaten sieben junge Burschen zwischen dreizehn und sechzehn aus, die in Zukunft auf dem Gestüt leben und arbeiten sollten. Elinor verbrachte ihre Tage auf der Baustelle, machte den Maurern das Leben schwer und ließ keine Ruhe, bis alles nach ihren Vorstellungen eingerichtet war.

Am Abend vor Fronleichnam stattete Robin seiner Frau einen Besuch im ehelichen Schlafgemach ab. »Guten Abend, Joanna«, grüßte er höflich.

»Robin!«

»Oh, keine Angst. Ich bin nur gekommen, um dir zu sagen, daß ich jetzt das nötige Geld habe, um dich bei deinen Betschwestern einzuführen. Also, wenn du willst, werde ich mit Vater Horace reden und in Erfahrung bringen, was wegen der Annullierung zu tun ist … Herrgott noch mal, Joanna, könntest du mir verraten, warum du heulst?«

»Entschuldige.«

Sie schluchzte erstickt, wandte den Kopf ab und machte eine abwehrende Geste mit der Linken, als wolle sie ihn wegscheuchen. Robin bemerkte zum erstenmal, wie dürr diese Hand, wie schmal und blaß seine Frau geworden war. Er schämte sich.

»Es tut mir leid, Joanna. Es war nie meine Absicht, dich unglücklich zu machen, glaub mir.«

Sie schüttelte den Kopf. »Nein, ich weiß. Es ist alles meine Schuld. Und … du kannst nicht ermessen, wie sehr ich das bedauere.«

Er räusperte sich. »Ich schätze, es hat wirklich keinen Sinn, daß wir uns länger gegenseitig quälen. Je eher du gehst, um so besser. Was meinst du?«

Sie stand vom Bett auf und trat ans Fenster. Ihre Lockenflut fiel über den Rücken ihres Nachthemdes. Robin riß seinen Blick wütend davon los.

»Es ist wegen *ihr*, daß du es nicht mehr mit mir versuchen willst, oder?«

Er war verwirrt. »Von wem redest du, bitte?«

»Alice Perrers!«

Robin war einen Augenblick zu verblüfft, um zu antworten.

Dann schüttelte er den Kopf. »Wer hat dir denn von dieser alten Geschichte erzählt?«

»Elinor. Schon vor Monaten. Sie sagte, du liebtest sie.«

Sieh an, dachte Robin beinah amüsiert, sie sind nicht zimperlich in der Wahl ihrer Waffen gewesen ... Er trat einen Schritt näher, wollte sie am Arm fassen und ihr erklären, daß es nicht das geringste mit Alice zu tun hatte. Doch als er ihren Ellenbogen berührte, schreckte sie furchtsam zusammen.

Ein gallebitterer Zorn packte Robin. Er ließ die Hand sinken. »Ja«, sagte er kalt. »Es ist so. Ich kann sie einfach nicht vergessen. Sie mochte Männer, weißt du.«

Er wandte sich ab, angewidert von sich selbst und Joannas Prüderie, und verließ eilig das Haus.

Isaac saß in der Halle und las. Er liebte die stillen Nachtstunden, wenn nichts im Haus sich rührte und er endlich Muße fand, sich in die Bücher zu vertiefen, die Robin ihm aus St. Gregorius mitbrachte. Isaac las alles, einfach alles, was er kriegen konnte. Notfalls sogar Sündenhandbücher. An diesem Abend war es nichts so Trockenes, es war eine seltsame, teilweise hochphilosophische, meist aber sehr komische Sammlung von Streitgedichten. Die Seele stritt mit dem Körper, der Mann mit der Frau, der Hund mit der Katze, das Bier mit dem Wein, das Alter mit der Jugend, jedes nur denkbare Paar von Gegensätzen lieferte sich eine wortgewaltige Schlacht. Isaac war hingerissen von der Ideenvielfalt. Er hatte die Kerze dicht herangezogen, den Kopf tief über das Buch gebeugt und schrie beinah auf vor Schreck, als eine leise Stimme ihn ansprach.

Sein Kopf fuhr hoch. Im ersten Moment glaubte er, er sehe einen Geist in einem wallenden, weißen Leichenhemd. Dann erkannte er sie. »Gott, Joanna ...«

»Hab' ich dich erschreckt?«

Er lachte leise. »Halb zu Tode. Du ... Meine Güte, was hast du? Du siehst nicht gut aus, weißt du.«

»Isaac, ich ... brauche einen Freund.«

Er stand auf, schob seinen Stuhl zurück und trat vor sie. »Ich denke, ich *bin* dein Freund, Joanna.«

»Dann hilf mir.«

Er nahm ihren Arm und führte sie zu seinem Sessel. »Komm her, setz dich. Warte einen Moment.«

Er verschwand kurz in der Küche und kam sogleich mit einem Becher starken Weines zurück. »Hier. Du mußt einen Schluck trinken, damit du mir nicht umfällst.«

Sie trank widerspruchslos. Erst einen winzigen Schluck, dann legte sie selbst die Hand um den Becher und nahm einen kräftigen Zug.

Isaac lehnte sich an die Tischkante. »Ich schätze, Robin weiß nichts davon, daß du und ich uns unterhalten?«

Sie schüttelte den Kopf.

Gott, diese Haarpracht, dachte Isaac hingerissen. Er hatte sie seit ihrer Ankunft vor der Hochzeit nicht mehr offen gesehen, sie war für gewöhnlich zusammengesteckt und unter einem Tuch oder einer engen Haube verborgen, wie es einer verheirateten Frau zukam. Isaac ging auf, wie groß Joannas Not sein mußte, daß sie in so unpassender Aufmachung vor ihm erschien. Er nahm ihre eiskalten Hände in seine. »Erzähl mir einfach, was dich bekümmert. Hab keine Scheu. Ich … habe so eine Ahnung, wo das Problem liegt, und du kannst sicher sein, ich werde weder schockiert sein noch lachen. Ehrlich, ich weiß, wie todernst diese Dinge sind. Also: Was läuft schief zwischen den ehelichen Laken?«

Sie sah kurz auf und senkte den Blick sogleich wieder. »Hat er dir nichts davon erzählt?« fragte sie tonlos.

»Das glaubst du doch wohl selbst nicht. Kein Wort. Aber er zeigt deutliche Anzeichen von …« Er suchte nach einem Wort, das sie nicht beleidigen würde. »Ehelicher Enttäuschung.«

»Was für Anzeichen?«

»Er ißt nicht, schläft kaum, trinkt zuviel, was nun wirklich überhaupt nicht seine Art ist, er ist schlechter Laune und verfolgt Elinor mit seltsamen Blicken, ohne es zu merken.«

Joanna schloß müde die Augen. »Sie … hatte es die ganze Zeit auf ihn abgesehen, und jetzt wird sie ihn auch kriegen. Wenn die Ehe erst einmal annulliert ist …«

»*Annulliert?*« Isaac war erschüttert. Er wußte durchaus, unter welchen Umständen man eine Ehe für nichtig erklären lassen konnte. Oh, Robin, dachte er, was bist du nur für ein erstaunlicher Kerl. Ich hätte längst den Verstand verloren. Oder die Nerven. Das hätte wohl jeder mit einer Frau wie ihr.

Er ließ sich sein Befremden nicht anmerken, das hatte er schließlich versprochen. »Warum, Joanna? Warum ... ging es nicht?«

Sie erklärte es ihm. Sie erzählte ihm vom Kloster. Von den Büchern. Von ihrem Vater und ihrer Mutter.

Isaac hörte aufmerksam zu. Es war eine völlig fremde Welt, die sie ihm eröffnete, voller Scham, Dogmen, Sünden und Strafen. Es widerte ihn an. Aber er verstand durchaus, wie sie dem zum Opfer gefallen war, er hatte inzwischen selbst so viele eigentümliche Bücher gelesen.

»Und all das kannst du dir nicht aus dem Kopf schlagen, nein?«

»Nein.«

»Wovor fürchtest du dich am meisten? Vor der Sünde? Vor dem Kinderkriegen? Davor, daß es dich anekeln könnte? Oder davor, daß er dir weh tut?«

Sie wurde rot und senkte den Blick. »Es ist ... von allem ein bißchen.«

»Tja. Ich fürchte, ich kann dir nicht helfen.«

»Oh, Isaac ...«

»Nein, wirklich, es ist zu albern. Du willst ihn haben, du bist eifersüchtig, du meinst vielleicht sogar, du liebst ihn, aber du denkst die ganze Zeit nur an dich. Du machst ein Riesengetue um die natürlichste Sache der Welt. Und was immer sie dir erzählt haben, Gott hat es so eingerichtet. Er wird sich etwas dabei gedacht haben. Und ich werde dir etwas verraten, was vermutlich nicht in deinen Büchern gestanden hat: Gott hat es so gefügt, daß die Menschen und die Tiere Spaß daran haben. Sie tun es gern. Männer und Frauen genauso. Manche sind wie besessen davon«, schloß er mit einem unfreiwilligen Grinsen.

Sie sah kopfschüttelnd zu ihm auf. »Wie ist das möglich?«

»Ganz einfach. Es soll so sein. Damit die Menschen und die Tiere nicht aussterben.«

Sie dachte darüber nach und versuchte offenbar, ihre Vorurteile zu überwinden. »Sag mir, was ich tun muß, damit er mich nicht ins Kloster schickt.«

»Aber dahin wolltest du doch so gern.«

»Isaac!«

Er wurde wieder ernst und schüttelte langsam den Kopf. »Mein Rat würde dir nicht gefallen.«

»Gib ihn mir trotzdem.«

»Na schön. Mein Rat ist, denk mal darüber nach, was er wohl empfindet. Du weißt doch, was er von sich selbst erwartet, wie gnadenlos seine Ansprüche sind. Aber was dich angeht, hat er kläglich versagt, nicht wahr? Er ist gänzlich gescheitert. Und das wird er so schnell wie möglich vergessen wollen. Kein Wunder, daß er dich loswerden will, oder?« Er sah ihr in die Augen. »Du willst wissen, was du tun sollst? Also schön. Leg dein zimperliches Gehabe ab und sperr die Ohren auf ...«

Robin war zum Hochamt in St. Gregorius gewesen. Nicht, daß er übermäßig viel für Fronleichnamshochämter übrig hatte, aber er war dankbar für den langen Ritt, die Einladung zum Essen bei Abt Randolphus, die fremde Umgebung. Bruder Horace war nicht da, er war für die heilige Messe nach Fernbrook geritten. Darauf hatte Robin gehofft. Er hatte kein Bedürfnis nach Vertraulichkeiten. Er wollte Abstand.

Auf dem Rückweg ließ er sich viel Zeit, ritt durch seinen Wald, scheuchte ein paar Rehe auf und sah zu, wie sie zwischen den Bäumen davonsprangen. Hätte er einen Bogen gehabt, hätte er geschossen. Wie bitter ich bin, dachte er. Vermutlich wäre es besser gewesen, er hätte eine ganze Woche in St. Gregorius verbracht, eine Woche des Betens, Schweigens und Fastens, damit er zu Verstand kam und sich des Lebens wieder freuen konnte. Aber er hatte die Einladung des Abtes ausgeschlagen. Er war zu ruhelos für diese Art von Reinigung. Außerdem würde Romulus verhungern, wenn er eine Woche fortbliebe. An einem kleinen Wasserlauf saß er ab, setzte sich ins Gras und blieb dort, bis es dunkel wurde. Dann machte er sich auf den Heimweg.

Romulus war ausgehungert. Mit vorwurfsvollen Blicken stakste er Robin entgegen und saugte gierig an der Tülle des Trichters. Robin verbrauchte fast einen ganzen Eimer verdünnter Milch. »Ja, so ist gut, mein Junge. Trink nur, damit du wächst. Damit du ein Held wirst, he ...«

Er fütterte Romulus, bis dieser satt und zufrieden war, strich ihm sanft über die kleinen Ohren, zupfte ihr gemeinsames Strohbett zurecht und legte mit einem Seufzer sein Schwert ab. Der Abend war heiß. Er trat an die Tür und spürte dankbar einen kühlen Hauch. Dann ging er zurück in den Schatten, legte sich auf seine Decke im duftenden Stroh und schloß die Augen.

Die Nacht war still und mondlos. Leises Hufescharren ertönte dann und wann, eine Maus raschelte im Stroh. Und sonst war nichts. Robin wünschte, er könne schlafen. Er wünschte, Lancaster hätte ihm befohlen, mit nach Frankreich zu gehen. Er wünschte, er sei weit weg von Fernbrook …

Kein Geräusch, sondern der Duft weckte ihn. Ein schwerer, beinah betäubender Duft, der ihn vage an Bordeaux erinnerte. Mit geschlossenen Augen sann er darüber nach, woher der Duft wohl kommen mochte, als eine kleine, kühle Hand über seine Brust strich.

Er schrak zusammen. »Wer …« Er sprach die Frage nicht aus, weil ein Finger sich auf seine Lippen legte.

Er erahnte einen Schatten, der sich über ihm bewegte, hörte einen Korken, der aus einer Flasche gezogen wurde, und Hände, die eine Flüssigkeit rieben. Jetzt wußte er, woher der Duft ihm vertraut war. »Wer … bist du?«

Er bekam keine Antwort.

Er tastete behutsam ihre Formen ab, um zu ergründen, wer ihn hier zu dieser Zeit besuchte, ausgerüstet mit dem gleichen Öl, mit dem Constance ihn immer schwach gemacht hatte. Seine Hand kam an eine nackte, runde Brust.

Nicht Elinor, dachte er erleichtert. Größere Brüste als Elinors. Alles andere schien mehr oder minder egal. Er schloß die Augen und überließ sich seiner unbekannten Besucherin.

Sie zupfte an seinem Ärmel und bedeutete ihm, sich zu entkleiden. Dann knetete sie das Öl in seine Schultern und seine Brust ein. Robin nahm vage zur Kenntnis, daß sie rittlings über ihm war. Er spürte ihre Schenkel an seinen Seiten. Nackte Schenkel. Er streckte die Hände danach aus. Sie waren weich, warm und mit einer hauchdünnen Schicht dieses Öls überzogen. Während ihre Hände seinen Bauch hinabwanderten, ließ er seine Daumen an der Innenseite dieser göttlichen Schenkel entlangwandern, bis er an ihr feines Haar stieß. Mit der rechten Hand forschte er weiter. Noch mehr Öl. In der Finsternis gönnte er sich ein wollüstiges Grinsen.

Eine ihrer Hände ertastete sein Glied und befühlte es neugierig, fast schüchtern. Robin ließ sich das ein paar Augenblicke gefallen, aber diese Hand war zu geschickt, es wurde zu riskant, sie länger gewähren zu lassen. Er umschloß ihr Handgelenk, befreite sich von ihrem Griff und richtete sich auf. Mit beiden Händen fuhr er über ihre glatte Haut und tastete nach ihren Haaren. Doch die Haare waren in dicken Flechten und in ihrem Nacken zu einem Knoten gebunden. Also packte er den Knoten, drückte seine Lippen auf ihren langen Hals und schob die freie Hand wieder zwischen ihre Beine.

Ölig, aber nicht feucht. Robin nahm sich Zeit, beugte sich über sie, saugte sanft an ihren Brüsten, küßte ihre Lippen und schob seine Zunge dazwischen. Sie erwiderte seinen Kuß gierig, und er erkundete mit seiner schwieligen Hand ihr Geschlecht, bis er eine warme Feuchtigkeit spürte und den Duft einer erregten Frau wahrnahm, der jedes Parfumöl in den Schatten stellte. Er drückte ihre Knie ins Stroh und drang voller Ungeduld in sie ein.

Kaum hatte er die Sperre bemerkt, war sie schon durchbrochen. Durch zusammengebissene Zähne zog sie scharf die Luft ein. Robin erstarrte, zutiefst schockiert. Dann fuhren seine Hände ihren Körper hinauf zu ihren Haaren, wühlten den üppigen Knoten auseinander und lösten die Flechten. Er drückte mit beiden Händen ihre Locken in sein Gesicht und schloß die Augen.

»Joanna …«

»Ja.«

Er nahm sie bei den Schultern, zog sie an sich und fuhr über ihren schmalen Rücken. »Joanna.«

Er faßte sich. Es war Joanna. Es war seine Frau. Er hatte keine Ahnung, was dieses Wunder herbeigeführt hatte, aber das war seine Frau. Er hatte ihr zweifellos weh getan. Doch sie wollte ihn trotzdem in sich haben. Er spürte, wie willkommen er ihr war. Er breitete ihre Haarpracht um sie aus, beugte sich vorsichtig über sie und begann, sich fast unmerklich, in kleinen, rhythmischen Bewegungen, in ihr zu rühren. Es war vollkommen dunkel. Er konnte ihr Gesicht nicht erkennen. Er konnte nichts von ihr erkennen. Aber er konnte sie hören. Ihr Atem wurde schneller und rauher. Er zog sie wieder zu sich hoch, legte seine Hände auf ihr Gesäß, führte sie wie beim Tanz und drängte sich ihr entgegen. »Joanna«, wiederholte er einfallslos. »Joanna.«

Er beherrschte sich eisern und zog es in die Länge, was nicht leicht war. Es war, im Gegenteil, beinah unmöglich. Er hatte so furchtbar lange auf sie gewartet. Aber er hatte noch genug Verstand, um es taktisch anzugehen. Wenn er es zuwege brachte, daß es ihr gefiel, würde der Himmel ihm offenstehen. Wenn er es schaffte, daß sie ihre Hemmungen überwand und zuließ, daß es ihr gefiel. Er kreiste in ihr, ganz leicht, ließ sich nicht beirren, als sie ungeduldig wurde. Sie keuchte leise, ihre Hände fuhren über seine Arme und seinen Rücken, und schließlich stieß sie beinah wütend hervor: »Oh, komm schon, Robin.«

Er lachte leise, beugte sich über sie, zog sich fast ganz zurück und glitt wieder in sie hinein, erst langsam, dann immer ein bißchen schneller. Erst lag sie reglos, ein wenig erstaunt vielleicht, doch schließlich begann sie, seine Bewegungen zu erwidern. Gierig drängte sie sich ihm entgegen, und dann stöhnte sie. Robin lauschte verzückt ihrer Stimme, legte einen Arm unter ihren Rücken, preßte sie an sich und spürte mit geschlossenen Augen, wie sein Samen sich in sie ergoß.

»Und wirst du mir verraten, was diesen … radikalen Sinneswandel ausgelöst hat?« Er richtete sich auf einen Ellenbogen auf, und es raschelte.

»Isaac.«

Robin schwieg betroffen. Dann fragte er ungläubig: »Du hast ihm erzählt …«

»Ja. Sei nicht wütend, Robin. Ich war so ratlos, und du warst so abweisend, und ich wußte nicht mehr ein noch aus.«

Robin biß sich auf die Lippen.

»Bist du wütend?«

»Nein.« Er lachte leise. »Ich glaube, ich komme mir ein bißchen idiotisch vor. Und? Was hat der weise Isaac gesagt?«

»Oh, viele schreckliche Dinge. Ein paar häßliche Wahrheiten über mich. Und schließlich hat er mir eine Geschichte zu lesen gegeben. Als Gegengift, wie er sich ausdrückte.«

»Was für eine Geschichte?«

»Von einer Dame, die Angst vor der Liebe hat und deswegen in der Nacht zu ihrem Ritter geht, damit sie es nicht sehen muß.«

Die Geschichten von den Wonnen und den Qualen der Liebe. Robin hatte sie völlig vergessen. Aber Isaac offenbar nicht. »Und? Hat sie dir gefallen?« fragte er und versuchte, das Grinsen aus seiner Stimme herauszuhalten. Es war eine äußerst burleske Geschichte, denn nicht nur der Ritter hatte die Gunst der Stunde und die verhüllende Dunkelheit genutzt, sondern sein Knappe und sein Knecht ebenso.

Joanna seufzte. »Ich weiß nicht. Aber sie war sehr lehrreich.«

»Und dann hast du also beschlossen, in der Nacht zu mir zu kommen, damit du es nicht sehen mußt?«

»Nein, damit du nicht weißt, wer ich bin, und nicht aus lauter Angst, es könnte mich abstoßen oder du könntest mir weh tun, völlig kalt bleibst.«

Er räusperte sich. »Ich hoffe doch, daß nicht Isaac hinter dieser Idee steckt?«

»Wo denkst du hin. Isaac war äußerst diskret. Aber als ich die Geschichte gelesen hatte, habe ich ihn gefragt, ob er noch mehr davon hat. Er hat mir die anderen auch gegeben. Gestern habe ich den ganzen Tag gelesen. Und gelernt.«

Jetzt wurde Robin einiges klar. Daher also auch die Idee mit dem Öl. Er schüttelte ungläubig den Kopf, legte sich wieder auf den Rücken und streckte die Hand nach ihr aus. Als er sie ertastete, zog er sie näher, bis sie fast auf ihm lag. Ihre Locken bedeckten sein Gesicht. Er strich sie zur Seite und stellte fest, daß er sie schwach erkennen konnte. »Es wird bald hell. Ich hoffe, du hast etwas zum Anziehen in der Nähe?«

»Natürlich«, murmelte sie schläfrig. Sie räkelte sich wie eine Katze im Sonnenschein, und Robin hätte nicht übel Lust gehabt, noch einmal von vorne anzufangen. Aber nicht hier. Wie zur Warnung knarrte irgendwo eine Tür, und kurz darauf schepperte ein Eimer.

Robin erhob sich aus dem Stroh, zog sich an und sah sich suchend um. Direkt neben der Tür entdeckte er ein ordentlich gefaltetes Kleid. Er brachte es ihr und rüttelte sie sanft. »Werd wach, Joanna. Zeit zum Aufstehen.«

Sie setzte sich seufzend auf, streifte das Kleid über den Kopf, stand auf und schnürte es zu. »Ich werde gehen und mich ums Frühstück kümmern.«

»Warte.« Er stellte sich hinter sie und begann, Stroh aus ihren Haaren zu ziehen. Er brauchte ewig dafür. Als er endlich fertig war, nahm er sie bei den Schultern und drehte sie zu sich um. Einen Moment sahen sie sich schweigend an, dann beugte er sich leicht vor und küßte sie. Fast wie von selbst legten sich ihre Arme um seinen Hals. Er drückte sie kurz an sich und löste sich dann von ihr. »Sagtest du Frühstück?«

»Das sagte ich.«

»Klingt gut. Ich sterbe vor Hunger.«

Alle merkten, daß sowohl Robin als auch Joanna wie ausgewechselt waren. Niemand außer Isaac ahnte den Grund, aber alle waren erleichtert. Wie früher hörte man Robin bei der Arbeit wieder vor sich hin pfeifen, und beim Training der Zweijährigen, das derzeit immer noch in erster Linie Reitunterricht war, war er geduldig statt schroff. Joanna, die sich mit einemmal nicht mehr wie ein schlecht gelittener Gast in ihrem eigenen Haus fühlte, schwang dort emsig das Szepter. Seit Elinor vor zwei Wochen in ihr neues Heim umgesiedelt war, hatten die Mägde im Gutshaus die Dinge ruhig angehen lassen. Joanna brachte sie auf Trab.

Nachdem Robin und Isaac gemeinsam die abendliche Runde gemacht und die Jungen dann zum Essen geschickt hatten, schlenderten sie langsam zum Haus zurück, Romulus im Schlepptau. Die schräge Sonne tauchte den Hof in fast goldenes Licht, Staubkörner tanzten. Es war immer noch heiß und trocken.

»Was machen wir, wenn der Hafer nicht bis zur Ernte reicht, Robin? Es wird knapp, wir haben nicht richtig kalkuliert.«

Robin dachte kurz nach. »Wir fragen meinen Cousin Gisbert. Vielleicht kann er uns welchen borgen bis nach der Ernte.«

»Hm. Mann, hoffentlich gibt's bald Regen.«

»Du bist wie ein Bauer, weißt du. Kein Wetter ist dir je recht.«

»Ja, lach nur, aber wenn wir eine schlechte Ernte kriegen, sieht es mit unseren Pachteinnahmen auch nicht rosig aus, und jetzt, wo du noch die Jährlingsstuten kaufen willst, brauchen wir Bargeld.«

»Wir haben genug Geld, die Dreijährigen haben so gute Preise gebracht, das hat uns ein fettes Polster beschert. Aber du hast natürlich trotzdem recht.«

Sie waren an der Tür angelangt. Durch das offene Küchenfenster erscholl ein lautes Geschepper, als würde etwas zerbrechen, und dann hörten sie Joannas warmes, tiefes Lachen: »Oh, Bertha, du Schaf. Tja, ich denke, heute abend gibt es Rührei ...«

Robin und Isaac sahen sich grinsend an. Dann blickte Robin kurz zu Boden, rang einen Moment mit seiner Verlegenheit und sah wieder auf. »Danke, Isaac.«

Er stieß die Tür auf und trat ein, ehe Isaac antworten konnte.

Romulus machte frühzeitig die Erfahrung, wie grenzenlos ungerecht das Leben sein konnte. Plötzlich war er nachts allein. Robin stahl sich jeden Abend unter schlechtem Gewissen und von jammervollem Gewieher gefolgt davon, nachdem er seine gewohnte, letzte Runde vor dem Schlafengehen gemacht hatte. Er ging zurück ins Haus, vergewisserte sich, daß in der Küche nichts schwelte, und stieg, meistens zwei Stufen auf einmal nehmend, die Treppe hinauf. Denn oben erwartete ihn seine Frau. Und sie war nicht sehr geduldig.

Zu Anfang war sie immer noch ein bißchen scheu, bestand darauf, daß Robin die Kerze löschte und sie erst im Dunkeln auszog, aber nach und nach gab sie ihre Zurückhaltung auf und wurde verwegener. Nicht mehr den Einflüssen des Klosters ausgesetzt zu sein bedeutete auch, nicht mehr immerzu nur an Sünde und Scham zu denken. Statt dessen war sie von einer Welt umgeben, in der sich den ganzen Tag alles um Befruchtung und Empfängnis, heranwachsendes Leben und Niederkunft drehte, und das wie selbstverständlich. Es war, wie Isaac völlig richtig behauptet hatte, die natürlichste Sache der Welt. Mehr und mehr gestattete sie ihrer eigenen Natur, sie zu leiten, sie gab ihre Passivität auf und wurde, wie Robin grinsend feststellte, hemmungslos.

»Robin.«

»Hm.«

»Werd noch mal wach, Liebster.«

»Wozu?«

»Ich muß dich was fragen.«

Er drehte sich auf den Rücken und rieb sich die Augen. »Also?«

»Sind wir … sehr arm?«

Er war verwundert. »Nein. Ich würde sagen, wir können nicht klagen. Verrätst du mir, worauf du hinauswillst?«

»Es ist, na ja …«

»Joanna …«

»Also gut: Wir leben wie Bauern.«

»Ja. Ich weiß. Ich muß gestehen, daß es mich nicht stört, aber wenn du für ein bißchen Kultur sorgen willst, nur zu. Ich bin vermutlich zu bequem. Mach mir Beine.«

Sie kicherte und zog ihn an den Haaren. Dann wurde sie wieder ernst. »Da ist die Sache mit den beiden Mägden. Das reicht einfach nicht, um das Haus zu führen, schon gar nicht, wenn die eine schon morgens ans Bierfaß geht und mittags betrunken ist.«

Robin setzte sich auf. »Ist das wahr? Welche?«

»Grace.«

»Ja, meine Güte, warum wirfst du sie nicht raus?«

»Ich wollte dich zuerst fragen.«

»Warum solltest du mich fragen müssen? Setz sie vor die Tür. Nimm so viele neue, wie du für nötig hältst. Was sonst?«

»Eine Köchin. Mir ist völlig klar, daß ich Elinor in der Beziehung nicht das Wasser reichen kann. Und das will ich auch nicht, wenn ich ehrlich sein soll. Denk nicht, ich bin hochnäsig, aber ich habe nie zuvor in einer Küche gestanden. Ich bin so einfach nicht erzogen. Also suche ich uns eine gute Köchin, damit hier wieder vernünftig gegessen wird. Und wo wir bei der Eßkultur sind: Ich möchte, daß wir den großen Raum auf der Südseite über der Halle als ein privates Wohngemach einrichten. Es muß reichen, wenn wir an Feiertagen mit dem Gesinde in der Halle essen. Und wenn Oswin auch in Zukunft an einem Tisch mit uns sitzen will, muß er aufhören zu fluchen und sich bessere Manieren zulegen.«

Robin pfiff leise vor sich hin. »Ich sehe, es brechen neue Zeiten an.«

»Ehrlich, Robin, er frißt wie ein Schwein.«

»Ja, ja, ich weiß. Aber ich denke, das Problem wird sich von selbst erledigen, wenn wir dazu übergehen, alleine zu essen. Das wird er nicht wollen. Er wird bei Elinor und den Jungs essen. Und was noch?«

»Ich … brauche eine Zofe. Schon wegen der Haare, ich werde allein kaum damit fertig.«

»Such dir eine.«

»Ich könnte ein Mädchen aus dem Dorf nehmen und ihr selbst beibringen, was sie können muß.«

»Um so besser.«

Sie schmiegte sich an ihn und küßte seinen Hals. »Danke, Robin.«

»Das war alles?«

»Ja.«

»Herrje, und dafür weckst du mich …«

Erst jetzt lernte Robin nach und nach die Frau kennen, die er geheiratet hatte. Fast unmerklich führte sie ihre Reformen durch, dekorierte die Halle um, richtete den sonnigen, großen Raum im Obergeschoß ein und besorgte an Hilfskräften, was sie für nötig hielt, ohne Robin auf Kosten zu treiben. Innerhalb weniger Wochen wurde aus dem bäuerlichen Gutshaus ein beinah vornehmes Rittergut. Das abendliche Essen im privaten Kreis, zu dem nun hin und wieder auch Nachbarn geladen wurden, entwickelte sich unversehens zu einer genuß- und meistens recht geistreichen Institution. Für gewöhnlich waren Robin, Joanna, Isaac und Leofric unter sich. Oswin war, wie Robin prophezeit hatte, zu den Stallburschen übergesiedelt, meist schlief er auch dort. Robin bedauerte ein wenig, daß Oswin sich vertrieben fühlte, aber dennoch genoß er die Abende im Kreise derer, die er als seine Familie ansah. Darüber hinaus zeigte Joanna lebhaftes Interesse an der Zucht. Wann immer sie Zeit hatte, begleitete sie Robin auf seinen Runden, sie sah ihm zu, wenn er die Jährlinge zuritt, lachte ihn aus, wenn sie ihn abwarfen, war zutiefst berührt, als sie das Geheimnis seiner Gabe entdeckte, und lernte von Isaac, wie man die Bücher führte.

Im August kam endlich der Regen. Kein kurzer Schauer, sondern es regnete einen ganzen Tag und die Nacht hindurch. Alle waren erleichtert. Robin kam tropfnaß vom ersten Training zurück, und als er den Hof vor seinem Haus überquerte, ritt gerade eine kleine Gruppe von Reitern ein. Ein bewaffneter Soldat und zwei Frauen, von denen eine ein Kind im Arm hielt.

Robin blieb verwundert stehen. »Agnes?«

Sie hielt bei ihm an, und er half ihr aus dem Sattel.

»Agnes … Ist etwas passiert?«

»Nein.« Sie küßte ihn auf die Wange. »Nur ein Besuch. Hier. Robin, das ist dein Onkel Robin. Robin, das ist dein Neffe Robin.«

Robin betrachtete das runde, schlafende Gesicht, das von

schwarzen Locken eingerahmt war. Er lächelte. »Seines Vaters Sohn.«

»Hast du etwas anderes erwartet? Wo ist deine Frau?«

»Oh, irgendwo im Haus. Komm herein.« Er nickte ihrer Magd und dem Soldaten zu. »Ihr auch. Wir werden schon Platz für euch finden. Oh, da ist Isaac ...«

Isaac kam aus Richtung der Zweijährigen in den Hof. Er trat neugierig näher, und als er Agnes erkannte, blieb er wie angenagelt stehen. Dann lächelte er schwach. »Schön, dich zu sehen. Geht's dir gut?«

»Ja. Dir?«

Er nickte, sah auf den kleinen Robin in ihren Armen und rieb sich kurz über die Narbe auf der Stirn. »Prächtiger Kerl.«

»Danke.«

»Ich ... hab' zu tun. Wir sehen uns noch.«

»Ja, bestimmt.«

Während Isaac die Flucht ergriff, kam Joanna aus dem Haus. Auf der Schwelle blieb sie einen Augenblick stehen, dann trat sie ihrer Schwägerin lächelnd entgegen. »Sei willkommen, Agnes.«

Agnes legte Robin der Magd in die Arme und umarmte ihre Schwägerin kurz. »Danke. Ich freue mich, dich kennenzulernen.«

Joanna führte sie alle in die Halle. »Bertha, Rosalind, kommt her, wir haben Gäste!«

Die zwei Mägde eilten herbei, und Joanna wies sie an, für Agnes die Kammer für hohe Gäste, die alle das LancasterZimmer nannten, herzurichten. »Und Rosalind, bring uns Wein, ja?«

Robin und Agnes bestürmten sich gegenseitig mit tausend Fragen. Sie tranken einen Becher Wein auf ihre Ankunft und das Glück des kleinen Robin, und schließlich verabschiedete sich der große Robin, weil seine Arbeit keinen Aufschub duldete.

Erst beim Abendessen fanden sie Ruhe, um Neuigkeiten auszutauschen. Joanna hatte Agnes inzwischen das Haus und die Stallungen gezeigt, und Agnes war gebührend beeindruckt. »Conrad hatte recht, es ist gut, daß du so weit weg von uns züchtest. Du hast bald so viele Pferde wie wir.«

Er winkte ab, kaute und schluckte. »Schade nur, daß erst zehn meiner Stuten gebärfähig sind. Was ist mit den Jährlingsstuten?«

»Das ist einer der Gründe für meinen Besuch. Ich habe dir eine Liste mitgebracht. Wir haben elf Jährlingsstuten, ich hab' dir Stammbaum und Geburtsdatum von jeder aufgeschrieben. Wenn du meinst, daß du sie kaufen kannst, ohne sie vorher anzusehen, können wir etwas aushandeln, du gibst mir das Geld mit und schickst jemanden mit mir zurück, der sie herbringt.«

»Warum nicht. Wenn ich dir nicht trauen kann, wem dann?«

»Gut. Dann braucht Mortimer nichts davon zu erfahren, und wir ersparen uns alle ein paar häßliche Szenen.«

»Was treibt unser alter Freund?« fragte Isaac.

Agnes seufzte. »Man könnte meinen, es wird Jahr um Jahr schlimmer mit ihm. Er hat sich jede Mühe gegeben, Streit mit Conrad anzufangen. Aber da hat er natürlich auf Granit gebissen. Conrad hat ihm irgendwann gesagt, entweder er läßt uns freie Hand bei der Zucht und hält sich vom Gestüt fern, oder wir gehen weg. Na ja, auf die Geldquelle kann Mortimer nicht verzichten. Er behelligt uns nicht mehr. Dafür so ziemlich jeden anderen in Waringham. Es ist schrecklich. Es ist nur zu ertragen, weil er so oft weg ist. Wenn er fort muß, überläßt er Waringham diesem Peter de Gray. Du kennst ihn, nicht wahr?«

Robin und Leofric wechselten einen kurzen Blick. »Ja.«

»Gut?«

»In gewisser Weise. Und? Wie ist de Gray?«

»Unangenehm und hart. Aber ein Mann von Ehre.«

»Wie kommst du darauf?«

»Er meint, Bauern sind Dreck. Wenn er einen Grund finden kann, macht er ihnen die Hölle heiß. Aber nicht nur zum Spaß, wie Mortimer es tut. Und er läßt die Mädchen in Ruhe.«

Robin und Leofric wechselten noch einen Blick. Robin nickte mit einem verstohlenen Grinsen. »Ja, das ist wirklich anständig von ihm.«

»So habe ich das nicht gemeint. Aber immerhin, du weißt ja, wie Mortimer ist, und …« Sie brach ab und sah ihrem Bruder kurz in die Augen. »Robin, davon verstehst du nichts.«

Agnes blieb ein paar Wochen, und alle außer Isaac genossen ihren Besuch. Als sie auf einem ihrer ersten Rundgänge durch das Gestüt zum Haus der Stallburschen kam, traf sie auf Elinor.

Elinor stellte ihren Topf neben dem Herd ab und wandte sich

ihr zu. »Willkommen in Fernbrook, geliebte Stiefmutter.« Aber sie lachte.

Sie verbarrikadierten sich ein paar Stunden in Elinors Küche und redeten und redeten.

Es regnete so lange, bis die Bauern wieder unzufrieden waren, doch die Ernte strafte all ihr Brummeln und Kopfschütteln Lügen; es wurde die beste seit Jahren.

An Michaelis war die gefürchtete Nachricht einer französischen Invasion immer noch nicht eingetroffen. Robin erfuhr von Bruder Horace, daß Lancaster England erst im August verlassen und seitdem nicht sonderlich viel ausgerichtet hatte. Er lieferte sich lustlose Scharmützel mit dem Herzog von Burgund, verwüstete hier und da das Land und kehrte zwischendurch mehrmals nach Calais zurück, um seine Truppen auszuruhen. Wie es in Aquitanien stand, erfuhren sie nicht. Es gab von dort keine Nachrichten bis auf eine: Prinz Edward war krank, und sein Zustand verschlechterte sich.

»Wird der Prinz sterben?« fragte Joanna in die besorgte Stille hinein, als Robin nach seiner Rückkehr aus dem Kloster abends erzählte, was er gehört hatte.

Er hob die Schultern. »Wer kann das wissen.«

»Und was passiert, wenn er stirbt?« erkundigte sich Agnes. Sie schien nicht sehr ängstlich. Es war alles so weit weg.

»Dann wird sein Sohn Thronfolger. Der kleine Prinz Edward.«

»Gott bewahre uns vor einem Kind auf dem Thron«, murmelte Isaac.

Leofric schrieb. Isaac las vor. »Er meint: Noch ist weder der König noch der Schwarze Prinz tot. Und er meint, wir sollten lieber anfangen zu essen.«

Sie lachten, und Joanna gab Rosalind ein Zeichen, daß sie auftragen könne. Es war Agnes' letzter Abend auf Fernbrook, und es gab ein besonderes Festessen: knusprige, am Spieß gebratene Zicklein in einer cremigen Weinsauce. Die Köchin, die Joanna aufgetan hatte, war eine Meisterin ihres Fachs, Robin hätte nicht ernsthaft behaupten können, daß Elinors Zicklein besser waren.

Nach dem Essen saß er allein mit seiner Frau und seiner Schwester zusammen. Leofric war früh schlafen gegangen, weil er am nächsten Morgen mit Agnes aufbrechen wollte. Er sollte die Stuten in Waringham abholen. Isaac fand immer einen Grund, sich frühzeitig zurückzuziehen.

Joanna arbeitete an ihrem unvermeidlichen Stickzeug, Agnes hielt ihren Sohn auf den Knien. Sie sah ihren Bruder mit einem wehmütigen Lächeln an. »Es ist immer noch komisch ohne dich in Waringham, weißt du.«

Er seufzte. »Und ich habe immer noch Heimweh. Aber so ist es nun mal. Es gehört Mortimer.«

»Es ist nicht gerecht. Es steht dir zu.«

»Nein. Nicht mehr. Der König hatte recht. Es war falsch, es Vater wegzunehmen, aber das war weder Geoffreys noch Mortimers Schuld.«

»Ich würde mich vermutlich auch nicht so beklagen, wenn es Geoffrey wäre. Aber Mortimer …«

»Ja, ich weiß. Und es tut mir leid für die Leute, aber es ist, wie es ist. Ich kann es nicht ändern.«

»Viele hoffen immer noch darauf, daß du es irgendwann zurückbekommst.«

Robin schüttelte langsam den Kopf. »Nicht, solange Edward König ist. Und wenn der Schwarze Prinz König wird, erst recht nicht.«

»Und wenn er stirbt, bevor er König wird?«

»Er hat zwei gesunde Söhne.«

»Ja, aber Lancaster ist sein Bruder und der mächtigste Mann im Land. Er könnte sich die Krone einfach nehmen. Niemand würde ihn hindern.«

»Wer das sagt, kennt ihn nicht.«

»Komm schon. Er ist ein machtgieriger Ränkeschmied …«

Robin fuhr ärgerlich auf. »Wie willst du das wissen? Was weißt du schon von ihm?«

Agnes hob versöhnlich die Hände. »Ich weiß, was Gernot uns erzählt, wenn er aus Canterbury zurückkommt. Aber ich will dich nicht kränken. Wenn es so kommt, werden wir ja sehen, wer von uns recht hat. Ich wäre nicht unglücklich, wenn er die Krone an sich reißt, weißt du. Es würde bedeuten, daß du Earl of Waringham wirst.«

Robin winkte ungeduldig ab. »Es würde bedeuten, daß die Anarchie zurückkehrt.«

Joanna legte den Stickrahmen beiseite. »Ich glaube auch nicht, daß Lancaster das riskieren würde. Er ist ein äußerst besonnener Staatsmann. Ich hätte bestimmt nichts dagegen, wenn Robin Waringham zurückbekäme, ich weiß, daß er sich danach sehnt, aber wir sind auch hier ganz zufrieden.«

Agnes lächelte ihr zu. Sie hatte ihre schöne Schwägerin sehr ins Herz geschlossen. »Ja. Das sehe ich. Und ich bin froh für euch. Laßt uns nur hoffen, daß Robin nicht in den Krieg muß.«

»Wieso meinst du das?« fragte Joanna.

»Es kann jederzeit passieren, oder nicht? Und das wäre sicher scheußlich für dich. Gerade jetzt.«

Joanna zog die Brauen hoch. »Was meinst du mit gerade jetzt?«

Agnes sah sie verwundert an, blickte von ihr zu Robin und wieder zurück. »Joanna ... ist es möglich, daß du nicht weißt, daß du schwanger bist?«

Anfang Dezember war Joannas Zustand für jedermann offensichtlich. Sie machte auch keinen Hehl daraus. Stolz trug sie ihren schwellenden Bauch vor sich her. Es ging ihr prächtig, sie litt nicht an Morgenübelkeit oder Erschöpfung, sie ging unverändert ihren Aufgaben nach und ritt trotz Robins besorgter Proteste jeden Morgen aus. Er war glücklich, daß die Schwangerschaft ihr so gut bekam, daß sie keinen Rückfall der von den gräßlichen Büchern geschürten Ängste hervorgerufen hatte. Joanna blühte regelrecht auf, es kam ihm vor, als werde sie mit jedem Tag schöner. Doch ihr Übermut erfüllte ihn mit Unruhe. Manchmal erschien sie ihm seltsam rastlos, und als er der Sache auf den Grund ging, stellte er fest, daß sie Agnes' Gesellschaft vermißte. Er schlug vor, daß sie eine ihrer Schwestern einladen solle, ein paar Monate bei ihnen zu verbringen. Joanna war von der Idee begeistert. Sie ritt selbst zur Burg ihres Vaters, um die Einladung zu überbringen, und versprach, rechtzeitig zu Weihnachten zurück zu sein.

Kurz vor dem ersten Schnee kam Leofric mit den fünf Stuten. Eines Abends stand er plötzlich auf der Schwelle, müde und blaß, aber wohlbehalten.

Robin und Isaac saßen beim Essen. Trotz Joannas Abwesenheit aßen sie für sich, sie hatten sich daran gewöhnt, allein und ungestört zu sein. Als Robin Leofric entdeckte, sprang er auf. »Leofric … wir hatten dich schon fast aufgegeben. Ich war drauf und dran, mich nach einem neuen Knappen umzusehen.«

Leofric reichte ihm lächelnd eine vorbereitete Tafel, setzte sich an den Tisch und nahm von Rosalind einen gefüllten Teller entgegen.

Mortimer war in Waringham, als wir dort ankamen. Wir haben beschlossen, daß es einfacher ist, wenn er mich nicht sieht. Also habe ich mich auf dem Gestüt verborgen, bis sowohl Mortimer als auch de Gray Waringham verließen. Dann bin ich sofort aufgebrochen.

Robin nickte. »Vermutlich war es keine sehr geistreiche Idee, ausgerechnet dich zu schicken. Du warst der einzige, der nicht nur Mortimer, sondern auch de Gray aus dem Weg gehen mußte.«

Und wenn schon. Es hat mir Spaß gemacht. Die Stuten sind prächtig.

Robin und Isaac standen auf, um hinauszugehen und die Tiere zu begutachten. Leofric erhob sich ebenfalls, aber Robin winkte ab. »Wir finden sie schon allein. Du siehst völlig erledigt aus. Iß erst mal.«

Leofric warf einen gleichgültigen Blick auf seinen Teller. *Nicht sehr hungrig. Froh, daß ich wieder zu Haus bin.*

»Ja. Ich auch, Junge.«

Robin und Isaac waren ausgesprochen zufrieden mit den Neuerwerbungen. Fünf feurige, langbeinige Schönheiten mit edlen Köpfen und gesund glänzendem Fell. Ebenso müde von der langen Reise wie Leofric, fraßen sie zufrieden und schienen sich in der fremden Umgebung schon heimisch zu fühlen.

Seit Joanna weg war, fand Robin abends nicht ins Bett. Er vermißte sie, und er schlief schlecht in dem großen, leeren Bett. Mit dem Buch, das er für sich und Isaac von Vater Horace geborgt hatte, saß er in einem bequemen Sessel am Kamin, bis das Feuer so weit heruntergebrannt war, daß ihm kalt wurde. Dann klappte er es zu, stand lustlos auf und begab sich auf seinen gewohnten Rundgang vor dem Schlafengehen.

Wenig später stieg er wieder die Treppe hinauf. Er war im Begriff, die Tür zu seiner Kammer zu öffnen, als er von schräg gegenüber ein polterndes Geräusch hörte. Er zögerte. Es war wieder still. Schulterzuckend setzte er seinen Weg fort. Er trat ein, setzte sich aufs Bett und begann, an seinem linken Stiefel zu zerren. Plötzlich wurde auf dem Gang draußen eine Tür geöffnet, und leise Schritte huschten über die Dielen.

Robin war seltsam beunruhigt. Er stand wieder auf, öffnete seine Tür und fand sich Aug in Aug mit Leofric, der komplett angezogen auf dem Weg zur Treppe war.

»Was ist los?« fragte Robin verwirrt, und als er sein Gesicht sah, fügte er alarmiert hinzu: »Leofric, was hast du?«

Leofric hob abwehrend die Hände und wich vor ihm zurück.

Robin trat auf ihn zu, aber Leofric vergrößerte den Abstand zwischen ihnen. Sein Gesicht war bleich und von einem dünnen Schweißfilm bedeckt. Nachdrücklich scheuchten seine Hände Robin weg.

Robin schüttelte ungeduldig den Kopf. »Was soll das? Was ist mit dir?«

Leofric riß angstvoll die Augen auf, als Robin sich ihm näherte. Mit fahrigen Bewegungen zog er die Tafel hervor, tastete nach seinem Griffel und versuchte zu schreiben. Aber es wollte nicht gelingen. Er blinzelte, schwankte und stolperte einen Schritt zur Seite.

Robins Kehle wurde eng. »Leofric …«

Leofric taumelte rückwärts von ihm weg. Robin folgte ihm bis zum Treppenabsatz. Dort beobachtete er, wie Leofric sich am Geländer festklammerte und die steile Treppe mit halb zugekniffenen Augen anvisierte. Er versuchte die erste Stufe, dann gaben seine Knie nach, und Robin war zur Stelle, um ihn aufzufangen. Er hockte oben an der Treppe und hielt seinen besinnungslosen Knappen in den Armen. Jetzt, wo er ihm so nahe war, spürte er die Hitze, die Leofric ausstrahlte. Er glühte wie ein Ofen, brannte vor Fieber.

Robin trug ihn zurück in seine Kammer. Dort legte er ihn aufs Bett und zog ihn aus. Als er seine Ahnung bestätigt fand, deckte er ihn sorgsam zu, setzte sich auf den Boden, lehnte sich mit dem Rücken gegen die Wand und haderte mit Gott.

Ein Klopfen riß ihn aus einem leichten Schlaf. Sofort nach dem Klopfen wurde die Tür aufgestoßen, niemand erwartete, daß Leofric ein Klopfen hörte.

Robin war schon auf den Füßen und warf sich gegen die Tür. »Isaac?«

»Robin? Was tust du da drin?«

»Komm nicht rein. Schick mir Wasser herauf. Ein Kohlebecken, reine Tücher und einen Eimer. Laß einen Boten nach Burton reiten; Joanna soll auf keinen Fall zurückkommen.«

»Robin …«

»Häng ein schwarzes Tuch ans Tor. Isaac … wir haben die Pest im Haus.«

Im Laufe des Vormittags schien Leofrics Fieber noch zu steigen. Der Junge wälzte sich in unruhigem Schlaf. Hin und wieder fuhr er plötzlich auf, von Würgen geschüttelt. Er spuckte Galle und war bald völlig entkräftet. Robin hielt ihm den Kopf und sprach beruhigend auf ihn ein. Es machte nichts, daß Leofric ihn nicht hören konnte. Seine Gegenwart war ihm Trost genug, und seine eigene Stimme beruhigte Robin ein bißchen. Mehrmals wusch er Leofric mit kühlen Tüchern. An Hals, Achselhöhlen und den Leisten waren Schwellungen, die sich im Laufe des Tages schwärzlich verfärbten. Pestbeulen. Manche sagten, man solle sie aufstechen. Andere sagten, man dürfe sie nicht anrühren. Im Grunde war es gleich, was man damit tat. Das eine half so wenig wie das andere.

Nachmittags bekam Leofric Schüttelfrost. Er zitterte und fror, und er hörte nicht auf zu frieren, ganz gleich, wie viele Decken Robin auf ihn legte. Dann kam von einem Augenblick auf den nächsten das Fieber zurück.

Gegen Abend klopfte Isaac an die Tür. »Ich löse dich ab.«

Robin hatte die Tür verriegelt. »Nein, nicht nötig. Du wirst nicht reinkommen, und ich werde nicht rauskommen. Vielleicht können wir ein Ausbreiten verhindern.«

Isaac schloß kurz die Augen. Er haßte seine Botschaft. »Robin … Leofric hat sie nicht eingeschleppt. Sie war schon hier. Im Dorf sind zwei Kinder krank.«

Es war grauenhaft. Es gibt einfach nichts, das so grauenhaft ist wie die Pest, dachte Robin dumpf. Nichts war damit zu vergleichen. Und sie kam wieder und wieder, regelmäßig und wie selbstverständlich, als sei sie eine Jahreszeit.

»Hast du gehört, Robin?«

»Ja.«

»Wie denkst du jetzt über Ablösung?«

»Vielleicht … morgen früh.«

»Wie du willst. Ich hab' dir was zu essen gebracht.«

Robin stand auf und öffnete die Tür. »Danke.«

Sie sahen sich an. Dann sah Isaac über Robins Schulter zu Leofric. »Schläft er?«

»Ja.«

Isaac nickte unglücklich und holte tief Luft. »Warum? Ich meine, warum ausgerechnet Leofric? Man sollte doch meinen, taub und stumm zu sein sei Strafe genug für alle Sünden, die man in einem ganzen Leben begehen kann.«

Am Morgen des zweiten Tages ging es Leofric erheblich besser. Das Fieber war zurückgegangen, er war bei klarem Verstand und klagte über Hunger.

Robin saß auf seiner Bettkante. »Und? Was möchtest du?«

Leofric lehnte den Kopf zurück gegen die Kissen und dachte nach. Dann sah er sich suchend nach seiner Tafel um. Robin reichte sie ihm.

Weißt du noch, was Lancaster über die Eßgewohnheit des Königs geschrieben hat?

Robin nickte. »Ein Mann soll jedes Mahl so genießen, als sei es das letzte.«

Leofric grinste geisterhaft. *Guck mich nicht so an. Das gibt mir den Rest.*

»Entschuldige.«

Sie machten sich nichts vor. Den meisten ging es am zweiten Tag besser. Am zweiten Tag machte die Pest eine Pause. Sie verbarg sich in einem dunklen, modrigen Schlupfwinkel und wartete mit einem bösen Lächeln ihre Zeit ab. Und wenn der Kranke langsam anfing, Hoffnung zu schöpfen, kam sie wieder hervorgekrochen, packte ihn mit ihren Krallen und umschlang ihn für ihren bitteren Todeskuß.

Egal, irgendwas Einfaches. Schinken. Brot. Ein Schluck Bier. Das wäre herrlich.

Robin ging an die Tür, rief eine der Mägde, gab die Bestellung weiter und brachte schließlich ein Tablett ans Bett. Sie teilten das Mahl wie so viele andere zuvor.

Als er aufgegessen hatte, fühlte Leofric sich schläfrig. Aber er wußte, daß dies vermutlich die letzte Gelegenheit war. Er schrieb langsam. *Ich glaube, ich möchte lieber nicht rührselig werden. Aber danke für die drei besten Jahre meines Lebens.*

Robin drückte kurz seine Hand.

Ich hoffe, Gott sieht mir nach, daß ich nicht beichte, aber ich kann so viel nicht aufschreiben.

»Ich kann mir kaum vorstellen, daß die Liste so lang wäre. Aber mach dir keine Sorgen. Er hat dich stumm in die Welt geschickt, er wird dich auch stumm zurücknehmen.« Robin hatte trotzdem nach Vater Horace geschickt. Aber das sagte er nicht.

Weck mich zum Abendessen.

»Verlaß dich drauf.«

Die folgenden drei Tage wurden ein Alptraum. Robin hatte schon viele Pestkranke gesehen, aber nie einen gepflegt. Er hatte nicht gewußt, wie schlimm es wirklich war. Leofric phantasierte, manchmal tobte er, und seine Lippen bewegten sich. Er sprach. Tonlos und unverständlich natürlich, aber zum erstenmal in seinem Leben formte sein Mund Wörter. Fieberbläschen hatten seine Lippen entstellt, Robin hatte keine Chance zu erahnen, was Leofric redete. Dabei hätte er es so gerne gewußt. Gräßliche Krämpfe schüttelten seinen Knappen, nicht nur die Pestbeulen, sondern sein ganzer Körper schwoll an, und seine Haut war von einem häßlichen Ausschlag überzogen.

Vater Horace kam am vierten Tag, müde und übernächtigt. Die Pest wütete im Dorf ebenso wie in der Nachbarschaft und im Kloster, und er war Tag und Nacht im Einsatz. Er hielt sich nicht lange auf, erteilte Leofric die Letzte Ölung, sprach ein beinah hastiges Gebet für Robin und eilte weiter. Auf Robins drängende Fragen, wie es in Burton stünde, antwortete er ausweichend.

Leofric verging derweil vor Robins Augen. Die Pest nistete sich in seinen Lungen ein, und sein Atem wurde mühsam und brodelnd. Ein kraftloser Husten wechselte mit würgenden Erstickungsanfällen, seine Lippen nahmen eine bläuliche Farbe an. Ein stechender Geruch von Fäulnis hing über dem Krankenzimmer, und Leofrics Körper wurde dürr und ausgezehrt. Er konnte keine Flüssigkeit bei sich behalten, der Durst und die quälenden Fieberkrämpfe machten aus ihm einen alten Mann. Robin tat alles, um ihm Erleichterung zu verschaffen, und wartete die ganze Zeit auf erste Anzeichen, daß er sich angesteckt hatte. Er ließ niemanden außer Vater Horace herein, wurde selbst dürr und bleich aus Mangel an Schlaf, aber nicht krank. Und am Morgen des sechsten Tages lebte Leofric immer noch, und das Fieber ließ nach.

Robin fuhr aus einem unruhigen Halbschlaf auf. Er wußte nicht, was ihn geweckt hatte, aber irgend etwas war anders. Leofric atmete ruhiger. Das Brodeln und Zischen in seinen Lungen hatte nachgelassen. Er schlief fast friedvoll.

Robin nahm das Tuch aus der Wasserschüssel, wrang es aus und tupfte die Stirn des Kranken ab. »Jetzt hast du's bald überstanden, mein Junge. Alles ist gut.«

Leofric schlug langsam die Augen auf. Er blinzelte kurz, aber sein Blick war nahezu klar, der glasige Fieberglanz beinah verschwunden. Er erkannte Robin, lächelte erschöpft und fuhr sich mit der Zunge über die trockenen Lippen. »Durstig«, hauchte er tonlos.

Mittags schöpften sie Hoffnung, abends waren sie sicher: Leofric kam durch. Dankbar, aber beinah stumpfsinnig vor Müdigkeit überließ Robin es Isaac, dafür zu sorgen, daß Leofric in eine andere Kammer gebracht und das Krankenzimmer ausgeräuchert wurde. Er selbst nahm ein Bad, legte sich ins Bett und schlief bis zum nächsten Abend durch. Dann machte er sich auf ins Dorf, um zu sehen, wie schlimm es war.

Von den knapp hundert Einwohnern Fernbrooks waren neun an der Pest erkrankt, acht davon starben, ausnahmslos Kinder. Als Joanna zwei Tage vor dem Heiligen Abend erschöpft, aber gesund mit ihrer Schwester Christine zurückkam, erfuhr Robin, daß Joannas Gebet aus Kindertagen endlich erhört worden war: Die Pest hatte auch Giles of Burton geholt. Doch in den meisten Fällen hatte sie sich wieder die Falschen ausgesucht. Joanna und Christine hatten in St. Gregorius haltgemacht. Von dort brachten sie die Nachricht mit, daß Blanche, die junge Herzogin von Lancaster, ihr auch zum Opfer gefallen war.

Robin war erschüttert. »Gott, das wird ihn furchtbar treffen.«

Joanna nickte traurig. »Es muß schrecklich für ihn gewesen sein. Er wußte nichts davon, bis er Ende November aus Frankreich zurückkam. Der Bote hatte ihn nicht mehr erreicht. Er hat es erst erfahren, als er in London eintraf.«

Rosalind kam mit dem Weinkrug, aber Robin schüttelte den Kopf. Er starrte einen Moment ins Feuer, dann richtete er sich auf und rang sich ein Lächeln ab. »Verzeiht mir, Lady Christine, ich habe Euch kaum begrüßt. Seid herzlich willkommen. Wir sind normalerweise ein fröhliches Haus, aber es waren ein paar schwere Tage.«

Christine nickte ernst. »Ihr braucht Euch nicht zu entschuldigen, Schwager. Mir steht der Sinn kaum nach Fröhlichkeit.«

Nein, dachte Robin, das sehe ich. Sie war ein hübsches Mädchen, vielleicht ein, zwei Jahre jünger als Joanna, mit Augen von der gleichen Farbe, aber dunklerem, glattem Haar. Und sie wirkte verstört.

»Christine war nicht so lange wie ich im Kloster«, erklärte Joanna. »Sie war eine von Lady Blanches Damen. Bis Vater sie zurückholte, weil er fand, Lancasters Hof sei zu unmoralisch.«

Robin schüttelte den Kopf. »Ich bedaure Euren Verlust. Es muß sehr schmerzlich für Euch sein.«

Isaac kam in die Halle, und Robin machte ihn mit Christine bekannt. Isaac verneigte sich und lächelte höflich. Dann nahm er Joannas Hand und führte sie kurz an die Lippen. »Du bist ein erquickender Anblick nach so viel Jammer. Was macht der Stammhalter?«

»Er tritt«, erwiderte Joanna lachend.

Robin beobachtete die Szene mit einem stillen Lächeln. Was war nur aus dem linkischen Pferdeknecht geworden, den die Leute Isaac den Bastard nannten?

Joanna stellte ihren Becher ab. »Ich werde nach Leofric sehen, und dann können wir essen. Komm, Christine, ich zeige dir dein Zimmer.«

Sie führte ihre Schwester hinaus zur Treppe, wo ihre beiden Zofen mit dem Gepäck warteten.

Sie verbrachten ein stilles, beschauliches Weihnachtsfest. Robin ging mit seinem gesamten Haushalt zur Mette in die kleine St.-Nicholas-Kirche, anschließend besuchte er kurz die Familien, die Pestopfer zu beklagen hatten. Vater Horace war über Weihnachten ebenso ihr Gast wie eine Woche später zur Neujahrsfeier, an der auch Elinor und Oswin teilnahmen, denn Robin hatte den Jungs erlaubt, für den Feiertag nach Hause zu gehen. Zum Essen brachten er und Isaac Leofric in die Halle herunter. Er war noch so schwach, daß er nicht ohne Hilfe gehen konnte, und er hatte noch keinen rechten Appetit, aber war doch schon so weit auf dem Wege der Besserung, daß er anfing, sich in seinem Bett zu langweilen. Blaß und dünn saß er da, doch seine Augen verfolgten die Unterhaltung mit reger Anteilnahme.

Nach dem Essen verteilte Robin Geschenke. Es waren nur Kleinigkeiten. Ein Krug roter Burgunder für Vater Horace, fester, guter Wollstoff für die Mägde, neue Stiefel für Oswin, eine Silberkette für Elinor, um die Perle von Lancaster daran zu tragen, einen silbernen Stirnreif für Christine, ein Schachspiel mit hölzernen Figuren für Leofric. Für die letzten beiden Geschenke hatte er ein bißchen tiefer in seine Börse gegriffen. Isaac gab er ein Buch mit *Lais*, alten, aus dem Bretonischen übersetzten Geschichten von Abenteuern, Liebe, Magie und Fabelwesen. Es war die Kopie eines Buches, das die Abtei von St. Gregorius besaß und die Robin dort schon vor Monaten in Auftrag gegeben hatte. Isaac fand keine Worte, und es schimmerte verdächtig in seinen Augen. Für seine Frau hatte Robin bei einem Goldschmied in Lancaster einen Ring mit einem Rubin anfertigen lassen. Die Idee war ihm gekommen, als ein Freund seines Cousins Gisbert ihm den Stein zu einem günstigen Preis angeboten hatte, er hatte Geld gebraucht für eine neue Rüstung. Robin nahm Joannas linke Hand und steckte den Ring an ihren Mittelfinger. Er saß perfekt.

Joanna starrte ihr Geschenk ungläubig an. »Oh, Robin. Wie wunderschön.«

»Er gefällt dir?« erkundigte er sich mit mühsam verborgenem Stolz.

Sie nickte mit leuchtenden Augen. »Er ist herrlich. Ich danke dir.«

Robin lächelte zufrieden. Verstohlen betrachtete er all die vertrauten Gesichter am Tisch, die angesichts der unerwarteten Bescherung um die Wette strahlten, und dachte, Gott, ich bin dir wirklich dankbar für das Glück dieses Tages. Ich weiß, daß es nicht so bleiben kann, aber wenn du mir noch eine Gnade erweisen willst, Gott, dann mach, daß ich das hier nicht vergesse.

Anfang März lag immer noch Schnee. Es war ein harter, bitterkalter Winter, und es schien nicht so, als wolle er sich schon so bald verabschieden. Es hieß, auch auf dem Kontinent sei der Winter schneereicher und kälter als gewöhnlich, und der Krieg hatte wieder einmal innegehalten.

»Bertha, leg noch Holz nach, sei so gut«, sagte Christine fröstelnd, als die Magd nach dem Essen die Teller abräumte.

»Ja, Madame.«

Bertha entschwand und kam wenig später mit einem Korb voll Holz zurück. Sie schichtete es auf die heruntergebrannten Scheite im Kamin, und bald prasselte das Feuer wieder lebhaft.

Christine spürte Isaacs Blick und lächelte ihn verlegen an. »Ich weiß auch nicht, es wird nicht wirklich wärmer, aber man bildet es sich wenigstens ein.«

Isaac nickte. »Ja. Meine Güte, bei uns zu Hause blühen vermutlich schon die Narzissen.«

»Das glaube ich kaum«, widersprach Joanna. »Dieses Jahr sicher nicht.« Sie nahm ihre Heimat immer tapfer in Schutz, wenn Isaac oder Robin sich über das rauhe Klima beschwerten.

Leofric, der mit Isaac eine Partie Schach spielte, trat seinem Gegner unter dem Tisch leicht vors Schienbein.

Isaac wandte sich ihm zu. »Ja doch, ich weiß, daß ich am Zug bin. Aber ich weiß nicht, was ich tun soll. Ich hab' so ein Gefühl, daß du mich mal wieder ausmanövriert hast und ich matt bin, ehe ich weiß, was eigentlich passiert ist.«

Leofric lächelte ein stilles, gefährliches Lächeln.

Isaac setzte zögernd seinen Springer. »Also schön … Ich bin sicher, ich stecke meinen Kopf in die Schlinge, aber trotzdem.«

Leofric zog eine Braue hoch, wie Lancaster es nicht besser gekonnt hätte, schob seinen Läufer über das Feld und holte sich Isaacs Dame.

Isaac stöhnte.

Robin lachte ihn aus und wandte sich wieder an seine Frau und ihre Schwester, die gemeinsam einen Brief studierten.

»Und? Was schreibt euer Bruder?«

Joanna ließ den Bogen sinken. »Es sieht düster aus.«

Sie schüttelte den Kopf und drückte kurz die rechte Hand ins Kreuz.

»War die Erbschaftssteuer so hoch?« erkundigte er sich.

»Ja«, sagte Christine, »aber das ist nicht das eigentliche Problem. Vater hat Schulden gemacht. So, wie es jetzt aussieht, hat er schon seit Jahren jedes Jahr neues Geld aufnehmen müssen, um die Zinsen zu bezahlen.«

»Herrje.« Robin schüttelte mißbilligend den Kopf. »Aber warum nur? Burton ist ein einträgliches Lehen.«

Christine lächelte dünn. »Durchaus. Es sollte ausreichen, einen Mann und seine Familie mit allem zu versorgen, was nötig ist, einschließlich Mitgiften. Es sei denn, man gibt zweimal im Jahr eine kostspielige Jagd, nicht, um seine Freunde zu erfreuen, sondern um seinen Lehnsherrn zu beeindrucken und seine Nachbarn neidisch zu machen. Es sei denn, man verbringt jedes Jahr wenigstens vier Monate in London und säuft und spielt und, entschuldige meine Wortwahl, *hurt*.«

Robin runzelte die Stirn. »Aber dich hat er von Lancasters Hof zurückgeholt, weil er es dort unmoralisch fand, ja?«

»Nein. Er hat mich zurückgeholt, weil es ihm nicht gefiel, daß ich mehr von der großen Welt sah als er. Das konnte er nicht ertragen.«

Joanna seufzte. »Und jetzt sitzt der arme Giles da mit einem Berg Schulden, und unverschämte Gläubiger klopfen an seine Tür. Vierunddreißig Prozent Zinsen! Das muß man sich ...« Sie unterbrach sich für einen Moment und kniff kurz die Augen zu. »Vorstellen.«

Robin sah sie scharf an. »Ist was?«

»Nein. Und der König hat ihm einen völlig unfähigen Vormund ausgesucht. George de Vere ist ein netter alter Knabe, aber er ist dumm wie Stroh und ... *o mein Gott* ...«

Robin sprang auf. »Joanna!«

Sie winkte ab und richtete sich wieder auf. »Entschuldige. Aber das geht seit heute mittag so, und es kommt immer öfter. Ich schätze ...« Sie biß sich auf die Lippen, und er sah winzige

Schweißperlen auf ihrer Stirn. »Ich schätze, es ist wohl bald soweit.«

Christine stand ruhig auf. »Komm. Ich bringe dich in eure Kammer.«

Isaac war ebenfalls aufgesprungen. »Ich hole die Hebamme.« Er eilte zur Tür.

Robin war wie vor den Kopf geschlagen. »Seit heute mittag? Aber warum hast du nichts gesagt?«

»Wozu?« fragte Joanna mit einem atemlosen Lachen.

Er nahm ihren linken Arm, Christine ihren rechten. »Jemand sollte der Köchin Bescheid geben. Wir werden heißes Wasser brauchen.«

Robin sah sich suchend um. Nur Leofric saß noch an seinem Platz. Er winkte ihn näher. »Hier, hilf ihnen hinüber. Ich gehe...«

Joanna krümmte sich plötzlich zusammen und zog scharf die Luft ein.

Robin riß erschrocken die Augen auf. »Oh, Joanna ...«

»Es ist nichts. Schon gut. Sei unbesorgt, ich ... mache das schon.« Sie rang sich ein wenig überzeugendes Lächeln ab.

»Ja. Natürlich.« Er sah noch einen Moment zu, während Leofric und Christine sie behutsam auf den Korridor hinausgeleiteten, dann wandte er sich eilig ab und lief die Treppe hinunter zur Küche.

Alison, die Köchin, war äußerst beschäftigt. Mit hochgerafften Röcken saß sie zurückgelehnt auf dem Küchentisch. Oswin stand mit heruntergelassenen Hosen zwischen ihren einladend geöffneten Schenkeln, das Gesicht zwischen ihren üppigen Brüsten vergraben. Sie waren so in Fahrt, daß sie Robins Schritte nicht gehört hatten. Alison zog die Knie an, stellte die Fersen auf die Tischkante, und Oswin wurde ein bißchen schneller.

»Ich störe wirklich ungern ...«

Beide sahen erschrocken auf und starrten ihn mit großen Augen an, Alison wirklich entsetzt, Oswin preßte die Lippen zusammen und kämpfte gegen unangebrachte Heiterkeit.

Robin strafte ihn mit einem vorwurfsvollen Blick. »Mach Feuer, Alison. Wir brauchen heißes Wasser. Noch heute, wenn's geht.«

Er wandte sich ab und ging hinaus. Alison wollte Oswin wegschieben, aber dieser legte die Hände auf ihre Hüften und zog sie an sich. »Ach, komm schon, so brandeilig wird's nicht sein ...«

Robin stand unschlüssig vor der geschlossenen Tür zu ihrer Kammer. Als er Joanna schreien hörte, bewegten seine Füße sich wie von selbst. Er stieß die Tür auf und stürzte hinein.

»Verschwinde, Robin, du hast hier nichts verloren«, fuhr Christine ihn barsch an.

»Aber …« Er trat an das Bett, sah auf seine Frau hinunter und betrachtete ihren gewölbten Leib. Sein Kind. Das war sein Kind, das herauswollte, und der Weg war so eng, ihr Becken so schmal. Robin verstand genug davon, im Grunde waren Menschen und Pferde nicht so unterschiedlich. Er wußte, daß seine Frau eine schwere Geburt haben würde, er sah es mit dem Blick eines geschulten Fachmannes.

Er beugte sich über sie und nahm ihre Hand. Sie war feucht und eiskalt. »Ich bleibe bei dir. Ich werde dir helfen …«

»Nein.« Sie öffnete die Augen und schüttelte entschieden den Kopf. »Das will ich nicht. Geh weg …«

»Aber ich könnte …«

Sie riß ihre Hand los, kniff die Augen zu und biß sich auf die Lippen. Dann entspannte sie sich ein wenig. Die Haare in ihrer Stirn waren feucht. »Sei so gut, Robin. Ich will nicht, daß du dabei bist. Geh, geh am besten aus dem Haus. Stör mich nicht …«

Er ging. Zögerlich und verletzt über ihre Zurückweisung. Christine brachte ihn entschlossen zur Tür, scheuchte ihn hinaus und schob den Riegel vor.

»Komm schon, trink was«, Isaac drückte Robin einen Becher in die Hand.

»Nein.«

Sie schrie wieder, und der Becher rutschte Robin aus den Fingern. Der Wein ergoß sich ins Stroh. »O Gott, hilf ihr …«

Isaac seufzte. »Robin, um Himmels willen, reiß dich zusammen. So ist es nun mal. Es wird schon alles gutgehen. Ich bin überzeugt, Joyce ist eine gute Hebamme, ich hab' mich mit ihr unterhalten auf dem Weg hierher. Sie ist noch jung und hält nichts auf obskure Zaubersprüche, wie die alte Cecily es tat. Sie versteht ihr Geschäft wie Agnes, glaub mir.«

»Ja.«

»Robin, komm mit nach draußen. Laß uns nach den Pferden sehen.«

»Nein.«

Sie hörten sie wieder schreien. Ein langgezogener, schmerzvoller Laut, ein verzweifelter Protest. Robins Gesicht wurde fahl.

Isaac betrachtete ihn mitfühlend. Er sagte nichts mehr.

Das Feuer brannte herunter, die Nacht wurde alt. Es dauerte schon Stunden. Es war still geworden, und die Stille war beinah schlimmer als die Schreie. Robin fand sie fast unerträglich.

Als das erste Tageslicht sich durch die Läden stahl, erschien Christine an der Tür. Sie kam so lautlos, daß sie sie nicht hörten. Bleich und erschöpft stand sie plötzlich auf der Schwelle und sah die Männer mit riesigen Augen an. Zwei Tränen liefen über ihr Gesicht.

Robin erhob sich, langsam wie in einem Alptraum. Er stützte sich mit einer Hand auf die Sessellehne. »Joanna ist tot?«

Christine kam einen Schritt näher. »Nein. Aber es ist nur ein Mädchen ...«

Robin wollte auf sie zugehen, aber irgendwie stolperte er über die eigenen Füße. Er schlug der Länge nach hin, sprang wieder auf und stürmte an ihr vorbei auf den Gang hinaus. Die Hebamme hatte den Riegel vorgeschoben. Robin brach die Tür mit einem einzigen, fast beiläufigen Tritt auf. »Joanna? Joanna!«

Sie lag unter der Decke und sah ihn ernst an. »Entschuldige, Liebster ...«

»Was redest du da? Oh, Joanna ... Bist du in Ordnung? Geht es dir gut?«

»Ja.«

Er wandte sich zu der Hebamme um, die still neben der Tür stand. »Wo ist mein Kind?«

»Hier, Sir.«

Sie nahm das gesäuberte Neugeborene von der Kommode an der Wand und brachte es ihm. Es war nackt und winzig, die blonden Haare klebten an seinem hochroten Kopf, und es brüllte. Es war schrumpelig und erschreckend häßlich.

Robin nahm es der Hebamme aus den Armen und hielt es behutsam in seinen Händen. »O du ... winziges Gottesgeschenk.« Er küßte es behutsam auf die Stirn. Das Baby regte sich, streckte ihm die Fäuste entgegen und krähte übellaunig.

Robin lächelte die Hebamme stolz an. »Geh in die Küche hinunter und laß dir ein ordentliches Frühstück geben, Joyce. Und dann sag Isaac, was du zu bekommen hast. Sei nicht zu bescheiden.«

»Nein, Sir. Danke, Sir.« Sie knickste, lächelte Joanna zu und ging zur Tür. Sie war erleichtert, daß Robin ihr den Lohn nicht vorenthielt. Viele Männer gaben der Hebamme eine Mitschuld, wenn das Kind ein Mädchen wurde, und ließen ihre Bitterkeit an ihr aus.

Robin brachte das Baby zum Bett hinüber.

Joanna streckte ihm die Arme entgegen. »Gib sie mir, Robin.«

Es war ihr Recht, das sah er neidlos ein. Er legte das Kind in ihre Arme, Joanna schloß die Augen, schob das Laken zurück und legte ihre Tochter an die Brust.

Robin betrachtete sie andächtig und blinzelte ein wenig dümmlich. »Joanna …«

Joanna runzelte besorgt die Stirn. »Es tut mir so leid, wirklich.«

»Oh, sei kein Schaf. Sie ist wunderbar. Sie wird … eine phantastische Reiterin werden, das sieht man doch.«

»Und wie soll sie heißen, was denkst du?«

»Was hältst du von Anne?«

Sie sah überrascht auf. »So hieß meine Mutter.«

»Meine auch.«

Sie lächelten sich an, Robin setzte sich auf die Bettkante, nahm ihre Hand und betrachtete seine Frau und seine Tochter. »Ich bin nicht enttäuscht, Joanna, glaub mir.«

Er war wirklich nicht enttäuscht, er war nur unendlich erleichtert. Daß es vorbei war, daß alles gutgegangen war. Jetzt verstand er, was früher in Conrad vorgegangen war, und er hatte vollstes Verständnis.

»Wir versuchen es bei Gelegenheit noch einmal«, murmelte Joanna schläfrig.

Am Tage der Tauffeier war es zum erstenmal milder. Morgens schien die Sonne, und die Schneereste auf den Nordhängen der Hügel zerschmolzen bis zum Mittag. Dann zog sich der Himmel zu, und ein stiller, sanfter Regen fiel, der aber der freudigen Stimmung keinen Abbruch tat. Gisbert Finley hatte freudestrahlend die Patenschaft für die kleine Anne übernommen und war mit seiner ganzen Familie gekommen. Stolz trug er sein winziges, brüllendes Patenkind vor sich her durch die kleine Kirche. Während der anschließenden Feier ritt ein Bote in den Hof, der Lancasters Emblem am Mantel trug. Er überreichte Robin einen Brief und ein in Seidentuch eingeschlagenes Geschenk. Dann folgte er willig Robins Einladung, setzte sich mit an den Tisch und aß und trank.

Joanna beugte sich zu Robin herüber. »Wie aufmerksam von ihm. Was ist es?«

Er gab ihr das Päckchen. »Öffne du es.«

Joanna schlug das Tuch zurück und enthüllte ein winziges, mit kleinen Edelsteinen besetztes Goldarmband. »Oh, wie wunderschön. Sieh nur.«

Robin blickte von dem Brief auf, den er auf den Knien hielt. »Ja, wirklich schön.«

»Was hast du? Was schreibt er?«

»Nichts Besonderes. Du kannst es später lesen. Komm, laß uns sehen, was Anne davon hält.«

Er rollte den Brief zusammen und schlenderte neben seiner Frau zu Gisbert, der bei der Amme am Fenster stand und sein Patenkind am Kinn kitzelte. Anne ließ es sich huldvoll gefallen und sah ihn aus großen, blauen Augen ernst an.

Nach dem Essen führten Isaac und Christine Gisbert und seine Brüder im Gestüt herum und zeigten ihnen die Pferde. Vater Horace hielt in seinem Sessel ein Nickerchen. Gwen, die Amme, war mit Anne hinaufgegangen, um die Windel zu kontrollieren und sicherzugehen, daß es mit dem guten Taufkleid kein Unglück gab. Es war still geworden in der Halle. Draußen brach ein Sonnenstrahl durch die Wolken und erhellte plötzlich den Raum.

Robin stand von seinem Platz auf, trat an den hohen Schrank an der Wand und holte seine Familienbibel heraus. Er trug das Buch zum Tisch zurück, fegte sorgsam Krümel beiseite, bevor er es ablegte, und schlug es weit hinten auf. Joanna brachte ihm mit einem erwartungsvollen Lächeln Feder und Tintenhorn. Unter die beiden letzten Einträge von Agnes' und dann ihrer Hochzeit schrieb Robin: *Am St.-Gregorius-Tag im Jahre des Herrn 1370 schenkte der Herr uns eine gesunde Tochter. Sie wurde auf den Namen Anne getauft.*

Er blies leicht über die Seite, bis die Tinte getrocknet war, klappte das Buch wieder zu und fuhr mit dem Finger über den Ledereinband.

»Und wie wird wohl der nächste Eintrag lauten?« fragte Joanna.

Robin schauderte unwillkürlich. »Wer kann das wissen.«

»Robin, was hast du denn? Was bedrückt dich?«

Er schüttelte den Kopf. »Nichts. Ich muß für eine Weile fort, das ist alles. Ich hätte es dir lieber erst morgen gesagt, aber es ist ja schließlich nicht das Ende der Welt.«

»Fort?« wiederholte sie verständnislos. »Wohin?«

Er gab ihr Lancasters Schreiben. Es lautete: *Habt Dank für Euren teilnahmsvollen Brief. Abt Randolphus berichtete mir von Eurem freudigen Ereignis. Ich beglückwünsche Euch und Lady Joanna und bete um Gottes Segen für Eure Tochter. Mein geliebter Cousin Charles, der König von Frankreich, hat leider wenig Taktgefühl, Robin, daher der unpassende Themenwechsel: Alles spricht dafür, daß er dieses Mal ernsthaft versuchen wird, Aquitanien zu nehmen. Und mein Bruder ist ein kranker Mann. Bewaffnet Euch, und brecht so bald wie möglich auf. Ich erwarte Euch bis spätestens Anfang Mai im Savoy. L.*

Joanna ließ den Brief langsam sinken. »Das heißt, du ziehst in den Krieg?«

»Sieht so aus, ja.«

Sie war sehr blaß geworden. Es dauerte einen Augenblick, bis sie ihrer Stimme wieder trauen konnte. Dann hob sie den Kopf, sah ihn an und lächelte. »Bleib nicht so furchtbar lange, hörst du.«

Robin saß wieder einmal im Schatten vor dem Zelt des Duke of Lancaster und verlor im Schachspiel. Es war wieder mörderisch heiß, und wieder einmal gab es nichts zu tun, als zu warten.

Mit konzentrierter, fast grimmiger Miene versetzte Lancaster Robin den Todesstoß. Früher hat er immer gelacht in diesem Moment, dachte Robin flüchtig. Aber Lancaster lachte nicht mehr so oft wie früher. Robin fand ihn oft nachdenklich, beinah melancholisch. Der Tod seiner Frau lag erst ein dreiviertel Jahr zurück. Und das war nicht die einzige Tragödie gewesen, die ihn getroffen hatte. Innerhalb eines Jahres waren seine Mutter, Königin Philippa, und sein älterer Bruder, Lionel of Clarence, gestorben. Lancaster hatte ihren Verlust noch nicht überwunden. Das war nur zu verständlich, und dieser Feldzug war nicht dazu geeignet, einen Mann aufzuheitern …

Robin schnipste seinen König seufzend mit dem Finger an, und er fiel auf die Seite. »Ihr habt wieder einen Narren aus mir gemacht, Mylord.«

»Aber Ihr seid besser geworden.«

»Leofric zwingt mich. Er spielt jeden Abend mit mir. Er schlägt mich inzwischen auch, aber ich lerne. Ich bemühe mich wenigstens, ich kann mich ja nicht ständig vor meinem Knappen blamieren.«

»Er ist gut, ja?«

»Ich denke schon.«

»Kann ich ihn borgen?«

»Es wird ihm zwar unendlich unangenehm sein, aber natürlich, warum nicht.«

»Ich habe ihn in den letzten Wochen ein paarmal beobachtet. Einen wirklich vortrefflichen Knappen habt Ihr aus ihm gemacht. Sorgfältig und ernst bei seiner Arbeit, höfliche Manieren, und mit dem Schwert wird er eines Tages so gefährlich sein wie Ihr. Eine Schande mit seinem Gebrechen.«

Robin hob leicht die Schultern. »Er nennt es Gottes ganz besondere Gnade.«

Lancaster zog die Brauen hoch. »Ein Zyniker, ja?«

»Nein. Er glaubt, wenn er hören und sprechen könnte, wäre er heute noch da, wo er herkommt.«

»Und das ist wo?«

»Ein ärmliches Gut in Kent.« Leofrics bäuerliche Herkunft gab er nicht preis. Es hätte den Herzog befremdet und Leofric geschadet.

Lancaster nickte nachdenklich. »Also. Bringt ihn morgen mit.«

»Wie Ihr wünscht, Mylord.« Er trank einen Schluck. »Wie lange wird es noch dauern, bis die Mauer fällt, was glaubt Ihr?«

Lancaster machte eine ungeduldige Geste. »So, wie es derzeit um Edwards Kriegsglück steht, kann es noch Monate dauern.«

Ja, dachte Robin finster, das könnte es wohl. Seit dem Kastilienfeldzug schien das Glück dem Schwarzen Prinzen tatsächlich nicht mehr hold zu sein. So mühelos ihm in seiner Jugend jeder Sieg in den Schoß gefallen und jeder gewagte Winkelzug geglückt war, so unerbittlich hatten sich die Schicksalsmächte jetzt gegen ihn verschworen.

Nachdem Pedro von Kastilien es versäumt hatte, seine Schulden zu begleichen, war aus Edwards finanziellen Engpässen eine handfeste Krise geworden. Der teure Feldzug und seine Verschwendungssucht hatten ihn nahezu völlig ruiniert. Er sah sich gezwungen, in Aquitanien hohe Sondersteuern zu erheben. Doch hatte er damit nicht nur den Unmut der kleinen Leute erregt, sondern auch den seiner aquitanischen Lords, die ebenso bluten sollten wie die Bauern. Sein Freund und engster Berater Chandos riet ihm dringend von der Einführung der Steuern ab. Edward, gereizt und stur durch seine ausweglose Lage und vor allem seine fortschreitende Krankheit, provozierte einen wüsten Streit, und Chandos zog sich, zu Tode beleidigt, auf seine Güter in der Normandie zurück. Der weise König Charles sah nicht untätig zu. Während Edward seine Adeligen auspreßte, versprach er ihnen großzügige Jahrespensionen, Ländereien, kurz, das Blaue vom Himmel. Erst vereinzelt und verschämt, gingen sie zu ihm über, schließlich in Scharen, und erklärten den König von Frankreich zu ihrem rechtmäßigen Herrscher. Und dann hatte Charles zwei große Armeen aufgestellt, eine unter dem Herzog von Anjou, eine unter dem Herzog von Berry, die Aquitanien von zwei Seiten überrannten, um den Prinzen, der in Angoulème das Krankenlager hütete, in die Zange zu nehmen. Aber Edward wartete nicht, um sich einkesseln zu lassen. Krank, wie er war, stellte er hastig eine Truppe auf und marschierte Anjou entgegen. Doch konnte er den Marsch der französischen Truppen nicht aufhalten, sie vereinigten sich bei Limoges und belagerten die Stadt. Auf Betreiben des Bischofs Jehan de Cros, den Edward bis zu diesem Tage für einen seiner treuesten Verbündeten gehalten hatte, öffnete die Stadt dem französischen Heer ihre Tore.

Etwa zu dieser Zeit war Lancaster mit seinen vierhundert Rittern und viertausend Bogenschützen eingetroffen. Wegen der unsicheren Lage in Frankreich hatten sie die ganze Reise nach Aquitanien auf See unternommen. Robin war so krank, daß er wünschte, er wäre in Najera gefallen. Aber es verging. Sie landeten Anfang August und trafen bei Cognac auf den Schwarzen Prinzen, seinen und Lancasters jüngeren Bruder Edmund, der der Earl of Cambridge war, und ihre Truppen. Hier hatte Robin

Prinz Edward zum erstenmal wiedergesehen, und sein Anblick hatte ihn erschüttert. Sein Haar war fast grau geworden, seine Haut hatte die Farbe von Brotteig, und sein ganzer Körper war aufgeschwemmt, so daß er Robin vage an eine fette Kröte erinnerte. Er war nicht in der Lage, ein Pferd zu besteigen, aber er schwor bei der Seele seines Vaters, daß er Limoges zurückerobern und den verräterischen Bischof bezahlen lassen würde. Also marschierten sie nach Limoges. Der Prinz wurde in einer Sänfte vor seinen Truppen einhergetragen. Robin wußte nicht, was er davon halten sollte. Er bewunderte Edwards Mut, seine eiserne Entschlossenheit, sich von dieser gräßlichen Krankheit nicht besiegen zu lassen, aber er fand den Feldherrn in der Sänfte ein wenig peinlich.

Seit sechs Tagen belagerten sie nun die Stadt, und es sah nicht danach aus, als sei die Belagerung besonders erfolgreich. Die Mauern waren hoch, dick und solide gebaut. Ihre Belagerungsmaschinen hatten bislang nichts ausrichten können.

Lancaster schüttelte seufzend den Kopf. »Die Vorräte innerhalb der Stadt sind reichhaltig, um die Bevölkerung und die Garnison zu versorgen. Sie auszuhungern wird ewig dauern.«

Robin war überrascht. »Woher wißt Ihr, welche Vorräte sie haben?«

»Woher schon, Robin.«

»Ihr habt einen Spion …«

»Natürlich. Spione sind äußerst nützliche Leute, wißt Ihr. Ein bißchen teuer manchmal, aber ich leiste sie mir zahlreich. Am Hof meines Vaters und meines Bruders, an dem des Königs von Frankreich, des Herzogs von Burgund und so weiter. Oh, und bei den hohen Herren der heiligen Mutter Kirche natürlich, man darf nie den Fehler machen, sie außer acht zu lassen.«

»Und beim Papst in Avignon natürlich auch«, bemerkte Robin trocken.

Lancaster nickte. »Selbstverständlich.«

Robin war fassungslos. Es gelingt ihm immer wieder, dachte er, immer wieder überrascht er mich.

Der Herzog regte sich ungeduldig. »Und dabei könnten wir jetzt etwas ausrichten gegen Anjou und Berry, wenn wir gleich losmarschierten. Sie haben du Guesclin nach Norden geschickt, um den guten alten Sir Robert Knolles daran zu hindern, das Land gänzlich zu verwüsten. Ohne du Guesclin könnten wir sie vielleicht kriegen.«

Robin schüttelte verständnislos den Kopf. »Wie kann es überhaupt sein, daß du Guesclin wieder auf freiem Fuß ist, um Unheil zu stiften? Ihr habt ihn in Najera doch gefangengenommen.«

»Schon. Aber der König hat ein unwiderstehliches Lösegeld geboten. Und Edward ist, wie Ihr wißt, abgebrannt.«

»Trotzdem, es war ...« Robin biß sich auf die Zunge.

»Kurzsichtig, ihn laufenzulassen?«

Robin nickte.

Lancaster lächelte zum erstenmal. »Ihr habt völlig recht. Aber auf Euch und auf mich hört ja mal wieder keiner.« Er sah zum wolkenlosen, gnadenlos blauen Himmel auf. »Bald Mittag. Ich werde zu dieser vollkommen sinnlosen Lagebesprechung gehen müssen. Als ob wir nicht alle wüßten, wie die Lage sich darstellt. Nun ja. Ich werde einen Becher mit meinem kleinen Bruder Edmund trinken, er ist immer gute Gesellschaft. Habt Ihr den Earl of Cambridge schon kennengelernt, Robin?«

»Nein, Mylord, nur gesehen.«

»Hm. Ich könnte mir vorstellen, daß er Euch gefällt. Er ist kein sehr kluger Mann, aber ein großer Pferdenarr. Und niemand kann so gut Franzosenwitze erzählen wie er ...«

Robin grinste und setzte sich auf. »Wenn Ihr zur Besprechung wollt, werde ich jetzt gehen. Ich sollte ohnehin nachsehen, wie es meinen Männern ergeht.«

Lancaster entließ ihn mit einer eleganten Geste.

Die Schar Bogenschützen, die Robin befehligte, war wie alle anderen Soldaten dazu eingeteilt worden, die Mauern der Stadt zu unterminieren, was keine angenehme Aufgabe war. Es war heiß und im Windschatten der Mauer unvorstellbar stickig. Für jeden Eimer Erde, den die Männer unter den Grundmauern hervorholten, schütteten die Verteidiger von innen einen Eimer zurück. Von oben wurden sie mit Pfeilhagel, flüssigem Pech und Wurfgeschossen bedacht. Und das ging jetzt schon sechs Tage so. Die Männer waren erschöpft und gereizt.

Als Robin zu dem Mauerabschnitt eine Viertelmeile südlich des großen Westtores kam, erlebte er einen Zornausburch seines

Sergeanten. Dieser hatte sich vor einem glücklosen Soldaten drohend aufgebaut, brüllte ihn an und ohrfeigte ihn.

»Junge, wenn du nicht sofort zurück an die Arbeit gehst, dann kannst du was erleben, du verfluchter Drückeberger!«

»Aber ich … kann nicht mehr …«

Der Sergeant ohrfeigte ihn wieder. Hart. Der Kopf des Mannes ruckte zur Seite.

»Das ist mir gleich, du Jämmerling, du wirst …«

»Was gibt es denn?« Robin trat näher.

Der Sergeant stemmte die Hände in die Seiten. »Er hat ein paar Tropfen Pech abgekriegt, und jetzt hat er die Hosen voll, Sir.«

Robin betrachtete den Arbeitsunwilligen. Er war noch sehr jung, fast noch ein Junge. Seine Augen waren weit aufgerissen, seine dunklen Haare umstanden den Kopf in einer unordentlichen, verschwitzten Mähne, und seine Wangen brannten von den Ohrfeigen. Er hielt Robins Blick nur für einen Moment stand, dann schlug er die Augen nieder.

Robin nahm seinen kraftlos herunterbaumelnden Arm, schob den Ärmel hoch und entblößte eine handtellergroße, häßliche rote Verbrennung an seinem Unterarm, die nicht aussah, als sei sie so besonders schlimm.

»Geh zurück an die Arbeit, Junge«, sagte Robin freundlich.

Der Soldat schüttelte wild den Kopf.

Der Sergeant kam empört einen Schritt näher, aber Robin hielt ihn mit einer Geste zurück. »Warum nicht?«

»Ich hab' … Angst. Bei jedem Pfeil, der über die Mauer kommt, denk' ich, ich verlier' die Nerven.«

Du hast die Nerven schon verloren, dachte Robin ohne großes Mitgefühl. Er streckte die Hand aus. »Gib mir deine Schaufel.«

Der Junge überreichte ihm die Schaufel zögerlich.

»Geh und mach eine Pause. Ich werde so lange für dich graben.«

Die Männer raunten verwundert.

Robin tat, als hörte er es nicht. Er scheuchte den Jungen mit einer ungeduldigen Geste weg. »Da drüben steht ein Baum. Setz dich in den Schatten, ruh dich einen Moment aus, und … besinne dich darauf, daß du ein Soldat des Königs bist.«

Er ließ ihn stehen, trat an den Rand der Ausschachtung, sprang in die Grube hinunter und begann zu graben. Dann sah er kurz über die Schulter zu den anderen. »Na, was ist? Allein schaffe ich das nicht.«

Sie lachten unsicher, spuckten in die Hände und gruben mit frischem Eifer.

Nach kaum einer Viertelstunde kam der Junge zurück und erbat verschämt seine Schaufel. Robin überreichte sie ihm, ging aber nicht. Er trat ein paar Schritte zurück, sah den Männern bei der Arbeit zu und dachte an das Haus, das sie im letzten Frühjahr für die Stallburschen in Fernbrook gebaut hatten, das einzige Steinhaus, dessen Errichtung Robin jemals miterlebt hatte. Der Vorgang hatte ihn sehr interessiert, und er hatte nichts von dem vergessen, was die Maurer ihm erklärt hatten. Er sah die gewaltige Stadtmauer hinauf, duckte sich wie seine Männer vor den Pfeilen, die plötzlich mit einem unheilschwangeren, tiefen Surren herüberschossen, und sann über die Beschaffenheit dicker Mauern nach.

Schließlich trat er zu seinem Sergeanten. »Warum graben wir ausgerechnet hier?«

Der Mann war einen Moment verdutzt. »Keine Ahnung, Captain. Wir wurden einfach hierher geschickt.«

»Hm. Verstehe. Ich denke nur, hier ist der Boden weich und sandig, also werden sie die Fundamente besonders tief gegraben haben, oder?«

»Schon. Aber da, wo es felsiger ist, können wir nicht graben.«

»Nein. Du hast recht. Ich frage mich, ob es überhaupt nötig ist, unter den Fundamenten herzugraben.«

»Was meint Ihr, Sir?«

»Na ja. Die Mauern und die Fundamente sind nicht massiv, weißt du. Sie werden in zwei gegenüberliegenden Bahnen hochgezogen, und der Zwischenraum wird mit Bruchsteinen und Mörtel ausgeschüttet.«

»Tatsächlich?« Der Soldat war verwundert. Das hatte er nicht gewußt. Plötzlich schien er die Mauer als weniger unüberwindlich anzusehen.

Robin nickte eifrig. »Und wenn es uns nun gelänge, in die diesseitige Mauer des Fundamentes ein Loch zu machen, kämen wir vielleicht an die Füllmasse. Wenn wir dann ein Faß Schießpulver davorstellten und es hochgehen ließen, könnten wir das Fundament vielleicht aushöhlen, und die Mauer würde uns praktisch auf die Köpfe purzeln.«

Sie grinsten sich verschwörerisch an und machten sich an die Arbeit. Es war nicht einmal so schwierig, wie Robin gedacht hatte. Sie legten das Fundament auf einer Breite von vielleicht zehn Yards frei, nicht einmal bis ganz unten, und begannen mit Spitzhacken, Steine herauszuhauen. Derweil ritt Robin zum Hauptquartier zurück und schwatzte dem Earl of Pembroke, der die Waffenbestände verwaltete, ein kleines Faß des kostbaren schwarzen Pulvers ab. Sehr behutsam balancierte er es vor sich auf dem Sattel. Er hatte keinerlei Erfahrung mit diesem Teufelszeug, und es war ihm nicht geheuer. In der Zwischenzeit waren seine Männer bis zur Füllmasse des Fundamentes vorgedrungen. Sie war nicht so feucht, wie Robin gehofft hatte, aber sie war auch nicht völlig ausgehärtet. Mit den Spitzhacken holten sie ein paar Brocken heraus, und Robin plazierte das Faß in dem so entstandenen Loch. Dann borgte er sich von einem der Männer Pfeil und Bogen. Er rupfte eine Handvoll trockenes Gras aus, steckte es auf die Pfeilspitze und nickte seinen Männern zu. »Besser, ihr tretet ein Stück zurück.«

Sie sahen ihm gebannt zu und folgten seiner Anweisung nur zögerlich. Robin holte seinen Feuerstein aus der Tasche, schlug einen Funken, und eine kleine Flamme züngelte an der Pfeilspitze. Ohne zu zögern, ohne sich Zeit zum Nachdenken zu lassen, legte er den Pfeil ein und zielte auf das Faß.

Es gab eine gewaltige Explosion.

Robin fiel auf den Rücken und glaubte, seine Ohren würden ihm vom Kopf gerissen. Ein bißchen atemlos rappelte er sich auf. Zuerst konnte er nichts sehen, eine Wolke aus Mörtelstaub und Qualm war aufgewirbelt. Als sie sich auflöste, wurde eine Bresche im Fundament sichtbar, und in der Mauer hatte sich ein breiter Riß aufgetan.

Robin war fasziniert. »Los, nehmt die Spitzhacken! Jetzt ist es ein Kinderspiel …«

Er lief zu Brutus, den er an einem nahen Baum angebunden hatte, schwang sich in den Sattel und ritt zu Lancasters Zelt zurück.

Der Herzog saß wieder draußen an dem wackeligen Tisch vor seinem Zelt, auf Robins Platz saß ein etwas jüngerer Mann, der Lancaster auf unbestimmte Weise ähnlich war.

Robin sprang aus dem Sattel und verneigte sich eilig.

»Oh, das trifft sich gut. Edmund, das ist Fitz-Gervais. Robin, das ist der Earl of Cambridge. Was war das für eine Explosion eben?«

Robin verneigte sich nochmals. »Es ist mir eine Ehre, Mylord of Cambridge.« Er wandte sich wieder an Lancaster. »Das waren wir. Meine Männer sind fast durch die Mauer.«

Die beiden Prinzen starrten ihn ungläubig an.

»Sicher?« erkundigte sich Lancaster vorsichtig.

Robin erklärte ihm, was sie getan hatten.

Lancaster sprang auf. »Edmund, reite zu Edward.«

Der junge Earl erhob sich eilig und verlangte sein Pferd. Ein Wachsoldat führte es augenblicklich herbei. Lancaster gab seinen Männern ein paar schnelle Befehle, dann folgte er Robin zum Schauplatz des Geschehens.

In der kurzen Zeit, die Robin weg gewesen war, hatte sich die Situation dramatisch verändert. Das ausgehöhlte Fundament war an den Seiten eingesunken, die Mauer zeigte jetzt drei dicke Risse.

Lancaster betrachtete sie mit leuchtenden Augen. »Das ist ... unglaublich. Weiter so, Männer. Es ist großartig.«

Befehle wurden mit routinierter Geschwindigkeit weitergegeben, bald versammelte sich die Hauptstreitmacht auf der Ebene südlich des Westtors. Von überall strömten immer mehr Männer herbei. Bald waren es wenigstens hundert, die mit Hacken und Schaufeln an den Fundamenten nagten, und in ihrem Rücken nahm die Armee des Schwarzen Prinzen Aufstellung zum Sturm der Stadt. Die Fundamente der Mauer knarrten und ächzten, es klang beinah, als stöhnten sie über die unerhörte Schmach, die ihnen angetan wurde.

Schließlich wurde die schwarzverhängte Sänfte herbeigetragen. Der junge Earl of Cambridge ritt darauf zu und nahm von der wächsernen Hand, die zwischen den Vorhängen hervorkam, den Angriffsbefehl entgegen.

Edmund studierte das Schriftstück einen Moment, starrte mit großen Augen darauf, warf einen kurzen, unbehaglichen Blick auf die Sänfte, richtete sich schließlich im Sattel auf und räusperte sich. »Nehmt die Stadt«, las er vor.

Und das war alles.

Robin sah ihn abwartend an, und als er feststellte, daß keine weitere Order kommen würde, spürte er eine entsetzliche Kälte auf Armen und Rücken. Mein Gott, dachte er entsetzt, was habe ich getan?

Leofric stand plötzlich neben ihm. Er blickte Robin beklommen an, lockerte das Schwert in der Scheide und sah dann wie alle anderen zur Mauer hinauf.

Gleich darauf zückte er kurz die Tafel. *Hab ich irgendwas verpaßt, oder hat er wirklich kein Plünderungsverbot ausgegeben?*

Robin schüttelte benommen den Kopf. »Nehmt die Stadt. Das war alles. *Nehmt die Stadt.*«

Mit erschütternder Plötzlichkeit klafften die großen Risse auseinander, und Steine begannen herabzuregnen.

»Weg!« brüllte ein Soldat. »Sie fällt! Zurück von der Mauer!«

Sie fiel mit einem Getöse, als habe der Schlund der Hölle sich aufgetan. Steine und Mörtel prasselten herab und erfüllten die Luft mit undurchdringlichem Staub. Die Lawine ergoß sich in den unbewässerten Graben und bildete beinah eine Brücke für die Angreifer. Als das Donnern sich ein wenig legte und der Staub langsam niedersank, sahen und hörten sie auf der anderen Seite die Verteidiger, die wild durcheinanderbrüllten und orientierungslos umherliefen. Dann stürmten die Angreifer vor.

Wie auf einer mächtigen Flutwelle wurden Leofric und Robin durch die Bresche gespült. Sofort waren sie in Gefechte mit den Verteidigern der französischen Garnison verwickelt. Eine Gruppe von Soldaten kämpfte sich vor bis zum Westtor und öffnete es. Unaufhaltsam fielen die Horden des Schwarzen Prinzen ein.

Bis zum späten Nachmittag kämpfte Robin gegen die Verteidiger, die sich mit verzweifelter Entschlossenheit zur Wehr setzten. Er wich nicht von Lancasters Seite und Leofric nicht von seiner. Sie entfernten sich nie weit von der Mauer, denn an der Bresche und dem geöffneten Tor hatten sich die französischen Kräfte konzentriert. Ihre drei Anführer behielten einen kühlen Kopf und lieferten eine erbitterte Schlacht. Robin sah aus unmittelbarer Nähe, wie Lancaster einen von ihnen in einen grimmigen Schwertkampf verwickelte und ihm schließlich erst den Schild und dann das Schwert abnahm. Keuchend ließ der Herzog die eigene Waffe sinken, verneigte sich kurz vor seinem besiegten Gegner und nahm ihn gefangen. Damit war der Widerstand an der Mauer endgültig gebrochen, und die Soldaten schwärmten in der Stadt aus wie Heuschrecken und suchten sie heim.

Robin wurde wiederum mitgerissen. Er hatte Lancaster aus den Augen verloren, während er sich bemühte, sich aus der Masse der vorwärtsdrängenden Soldaten zu befreien. Es war zwecklos. Er wurde einfach weitergezerrt, weg von der Mauer, ins Innere der Stadt. Leofric war noch bei ihm, und zusammen erlebten sie die Plünderung von Limoges.

Die siegreichen englischen und aquitanischen Soldaten torkelten in einem Rausch von Zerstörung und Gewalt durch die Straßen. Häuser gingen in Flammen auf, Menschen schrien in Angst und Entsetzen, Geldbeutel, Wertgegenstände und Weinfässer wurden gierig zusammengerafft und davongetragen. Junge Männer wie Greise wurden gleichermaßen abgeschlachtet, Frauen und Mädchen jeden Alters wurden auf die Straße geschleift und waren sogleich von einem gierigen Haufen umringt. Robin wurde Zeuge unbeschreiblicher Greuel. In einer Gasse mit ärmlichen Werkstätten und Läden stieß er auf zwei seiner eigenen Bogenschützen, die einem Mädchen die Kleider herunterrissen, das kaum älter als sechs Jahre sein konnte. Langsam hob Robin sein Schwert, das er immer noch in der Hand hielt, und tötete sie beide. Sofort wurde er von einem Haufen johlender Plünderer angegriffen, fünf oder sechs, und nur mit größter Mühe konnten Leofric und er sie abwehren, Rücken an Rücken kämpfend schlugen sie sie zurück.

Sie drangen weiter in den Stadtkern vor, bis sie schließlich zum Bischofspalast und der großen Kirche kamen. An den Portalen standen Menschen zusammengedrängt, die alle versuchten, im Innern der Kirche Schutz zu finden. Auf dem Vorplatz spielten sich unglaubliche Szenen ab, nicht nur die Soldaten waren im Blutrausch; in blinder Panik fielen die Flüchtlinge sich gegenseitig an, um zur Kirche zu gelangen, Ältere, Krüppel und Kranke, die dem Strom nicht standhalten konnten, wurden achtlos niedergetrampelt.

Robin zog Leofric in den Eingang des Bischofspalastes. Atemlos lehnten sie an der Wand und starrten sich fassungslos an. Dann winkte Robin ihn hinein.

Auch hier waren sie schon gewesen. Gemälde und Teppiche waren von der Wand gerissen und besudelt, überall lagen Trümmer und Scherben, all die kostbaren Glasfenster waren zerbrochen. Im Vorraum der Empfangshalle fanden sie wieder eins dieser typischen Soldatenknäuel, und Robin hörte die Stimme seines Sergeanten, heiser und entstellt, aber unverkennbar: »Weg, los, zurück mit euch, ich zuerst. Ihr könnt sie danach haben! Kommt schon, haltet sie für mich fest …«

Als Robin hinzutrat, hatte der Sergeant sein Kettenhemd angehoben und fingerte mit fahrigen Bewegungen an seinem Gürtel herum.

Robin packte ihn hart am Arm. »Sergeant!«

Der Mann fuhr mit erhobenem Schwert zu ihm herum und führte einen tückischen Stoß auf seine Brust. Robin war darauf nicht vorbereitet, er hatte mit bedingungslosem Gehorsam gerechnet. Die Klinge kam so direkt auf ihn zu, daß er wußte, sie würde seinen Brustpanzer durchstoßen. Ich werde sterben, dachte er ungläubig, aber Leofric hatte seine Waffe schon gehoben und hieb dem Sergeanten ohne zu zögern den Schwertarm ab.

Einen kurzen Moment herrschte eine bizarre Stille, dann fing der Mann an zu kreischen, und die anderen, die allesamt zu Robins Zug gehörten, starrten ihn angstvoll an, nahmen ihn in ihre Mitte und ergriffen die Flucht. Der abgetrennte Arm, dessen Hand immer noch das Schwert hielt, blieb zurück und verbreitete eine Blutlache auf dem Steinboden.

Robin beugte sich über die Frau am Boden. Ihre Kleider waren zerrissen, das Haar zerwühlt.

Robin nahm behutsam ihren Arm. »Steht auf, Madame. Ihr seid in Sicherheit«, sagte er auf französisch.

Sie setzte sich mit seiner Hilfe auf, strich die Haare aus ihrem Gesicht und sah ihn an. »Robin. Oh, Gott sei Dank …«

»Constance!«

Sie nahm seine Hände und ließ sich aufhelfen. Ihre Augen waren weit aufgerissen, sie blutete an der Lippe. Aber sie war ruhig und beinah gefaßt. »Robin, er will ihn umbringen. Tu irgendwas.«

»Wer will wen umbringen?«

»Der Schwarze Prinz meinen Onkel, den Bischof. Ich hab's gehört. Sie brachten ihn hierher in seiner verfluchten schwarzen Sänfte, und sie hatten den Bischof gefesselt und führten ihn zu ihm, und die Stimme hinter den Vorhängen sagte: ›Hängt den Verräter auf. Bevor meine wackeren Brüder die Ordnung wiederherstellen, hängt ihn auf.‹ Es war seine Stimme, ich bin sicher.«

Robin hob die Hand und wischte ein bißchen Blut aus ihrem Mundwinkel. Er konnte einen Augenblick nicht an das Schicksal des Bischofs denken. Er war nur erleichtert, daß er rechtzeitig gekommen war, um sie zu bewahren. Er konnte nicht anders, als sich zu erinnern, all die verzauberten Stunden, die sie ihm geschenkt hatte mit ihrer natürlichen Liebe zur Liebe, und er war froh, daß er wenigstens ein Kleinod aus dieser Hölle hatte retten können.

Sie nahm seine Hand von ihrer Wange und lächelte ihn schwach an. »Ich weiß. Es ist gut. Geh, laß nicht zu, daß sie so etwas Unaussprechliches tun.«

»Wo haben sie ihn hingebracht?«

Sie schüttelte den Kopf. »Das weiß ich nicht.«

Robin küßte ihre Hand und ließ sie los. Er wandte sich an Leofric. »Würdest du bei ihr bleiben?«

Leofric nickte knapp.

Robin wandte sich ab und lief eilig zum Ausgang zurück.

Das Chaos wütete mit unverminderter Gewalt in der Stadt, und er versuchte, nicht wahrzunehmen, was links und rechts um ihn geschah. Er suchte Lancaster, und er fand ihn auch. Immer noch nahe der Mauer stand er zusammen mit seinem Bruder Edmund und dem Earl of Pembroke, der ebenfalls eines der Kommandos geführt hatte. Sie unterhielten sich beinah freundschaftlich mit ihren drei Gefangenen, den Anführern der französischen Garnison.

Als Robin auf ihn zukam, winkte Lancaster ihn näher. »Da seid Ihr ja. Kehrt der Stadt den Rücken, Robin, das ist weiser. Man kann so leicht den Glauben an die Menschheit verlieren ...«

Robin hörte die Bitterkeit in seiner Stimme. Er blieb stehen und schöpfte Atem. »Mylord ... Prinz Edward will den Bischof töten. Constance hat es gehört.«

»Constance! Was tut sie hier?«

»Sie ist in Sicherheit.«

Lancaster zog ihn von den anderen weg. »Was hat sie gesagt?«

Robin berichtete.

Lancasters Miene wurde unbewegt. »Kommt. Vielleicht ist es noch nicht zu spät.«

Sie verließen die Stadt durch das offene Tor, fanden ihre Pferde und ritten zum Lager des Schwarzen Prinzen. Wie Lancaster vermutet hatte, war Edward nach dem Fall der Stadt dorthin zurückgekehrt, um sich auszuruhen. Die Wachen ließen Lancaster ohne weiteres vor, und Robin folgte unbemerkt.

Der Prinz lag auf einem breiten, mit weichen Decken gepolsterten Lager. Seine Augen waren geschlossen. Henry Fitzroy, ein Benediktiner und ein Robin unbekannter Adeliger waren an seiner Seite.

»Edward ... Verzeiht die Störung«, sagte Lancaster leise. »Ich wünsche Euch einen guten Abend. Und Euch auch, Sirs.«

Die einstmals so glatte, hohe Stirn wölbte sich in unwilligen Falten, und der Thronfolger schlug die Augen auf. »Also, Bruder? Was wünscht Ihr?«

»Ist ... ist der Verräter schon tot?«

»Nein, ich denke nicht. Er erbat Zeit zum Beten. Da er viele Sünden zu bereuen hat, gab ich ihm Zeit bis Mitternacht.«

Lancaster und Robin wechselten einen erleichterten Blick. Dann trat der Herzog einen Schritt näher an das breite Bett. »Edward, tut es nicht. Ich bitte Euch.«

Der Prinz betrachtete seinen Bruder mit einem undurchschaubaren Blick aus trüben Augen. »Ihr bittet mich? Ein denkwürdiges Ereignis. Warum sollte ich ihn nicht aufhängen? Hat er mich nicht schändlich verraten?«

»Doch. Er hat Euren Zorn verdient, und er hat auch verdient zu hängen. Aber wir können es trotzdem nicht tun.«

»*Wir*? Auf einmal heißt es wieder wir!« Der Prinz hustete kraftlos und legte den Kopf in die Kissen zurück. »Ich fürchte, ich muß Euch die Bitte abschlagen.«

»Aber es wäre so unklug.«

»Was kümmert es mich, was klug ist und was unklug? Er hat diese Stadt an die Franzosen ausgeliefert, also soll er hängen. Er kann froh sein, daß ich ihn nicht schleifen lasse, wie es einem Verräter zukommt.«

»Aber er ist ein Bischof der heiligen Kirche, Edward. Es ist ja richtig, Ihr habt ja recht, er ist ein elender Verräter, aber der Papst ist jetzt noch unentschlossen, auf wessen Seite er steht. Was, denkt Ihr, wird passieren, wenn wir einen seiner Bischöfe aufhängen? Die ganze Welt wird in Empörung aufschreien, und der Papst wird sich Frankreich zuwenden. Das … können wir uns derzeit wirklich nicht erlauben.«

Der Schwarze Prinz lachte leise. »Mein gescheiter, weitsichtiger Bruder. Immer schon in Gedanken bei der nächsten Verhandlungsrunde. Es würde Euch wirklich Steine in den Weg legen, wenn ich es täte, nicht wahr. Wo Ihr doch alles so vortrefflich vorbereitet habt, um mich hier abzulösen und meinen Platz einzunehmen …«

»Edward!« Lancaster war ehrlich entsetzt.

»Nein, John, heuchle mir nichts vor. Erspar mir diese letzte Beleidigung … Du bist mit königlichen Vollmachten aus England gekommen, die mich gänzlich überflüssig machen, oder etwa nicht? Seit ich krank bin und mich nicht mehr zur Wehr setzen kann, hast du unablässig Gift in des Königs Ohr geträufelt. Und du beherrschst seine heißgeliebte Alice, auf die er hört, als verkünde sie das Wort Gottes. Und noch ein paar andere. Und jetzt ist dein Ziel in erreichbare Nähe gerückt …« Er hustete wieder, aber er ließ sich nicht unterbrechen. »Der König hat dich bevollmächtigt, im Falle meiner Abwesenheit oder meines … Unvermögens eigenmächtig zu handeln. Ich bin krank. Meine Abwesenheit, mein Unvermögen sind nicht mehr fern. Und dich gelüstet nach der Krone … *meiner* Krone! Das letzte, was dir dienlich wäre, ist ein aufgebrachter Papst. Nun, zu dumm, denn damit wirst du dich abfinden müssen …«

Lancaster war bleich geworden. Zorn und Entrüstung über diese monströsen Vorwürfe machten ihn für einen Augenblick sprachlos. Dann trat er noch einen Schritt vor. »Edward …«

Der Schwarze Prinz hob müde den Kopf. »Was denn noch?«

Lancaster zog sein Schwert, sank vor dem Krankenbett seines Bruders auf das linke Knie und legte die Klinge auf Edwards Lager. »Du bist bitter geworden durch deine Krankheit, Bruder. Es gab Zeiten, da wir einander blind vertrauten. Nichts hat sich seitdem wirklich geändert, nur deine Sicht der Dinge. Ich bin hier, um Aquitanien für dich und deinen Sohn zu retten. Und sollte Gott es wirklich so fügen, daß du deinen dir rechtmäßig zustehenden Thron nicht mehr besteigst, werde ich deinem Sohn, meinem König, zur Seite stehen, wie ich immer versucht habe, dir zur Seite zu stehen. Ich wollte nie, was dir gehört. Sieh mich an, Edward, ich lüge nicht. Ich erbitte von dir das Leben dieses widerlichen, feisten, gottlosen, verräterischen Bischofs, damit unsere Sache nicht aussichtslos wird. Für den König, für dich und deinen Sohn ... flehe ich dich an.«

Edward richtete sich auf einen Ellenbogen auf und blinzelte verwirrt. Sichtlich wehrte er sich dagegen, der drängenden Ehrlichkeit in Lancasters Blick nachzugeben. Es war lange still.

»Fitzroy, gib mir zu trinken.«

Fitzroy nahm einen Becher von einem nahen Tisch, legte eine stützende Hand unter den Nacken des Prinzen und setzte den Becher an seine Lippen. Edward trank durstig, legte den Kopf für einen Augenblick in den Nacken und sah Lancaster dann wieder an. Lange betrachtete er ihn, dann seufzte er tief. »Steh auf, John. Steh schon auf. Du ... bringst meinen eisernen Entschluß wieder einmal ins Wanken. Ich wünschte bei Gott, ich hätte auf de Cros' Gejammer nicht gehört und ihn sofort aufgeknüpft. Ich fürchte, jetzt kann ich es nicht mehr tun. Nimm ihn und handle nach deinem Gutdünken.«

Lancaster stand langsam auf und steckte sein Schwert in die Scheide. Er nahm die aufgedunsene Hand seines Bruders einen Moment in seine und drückte sie kurz. »Ich danke dir.«

Edward zog seine Hand ungeduldig weg. »Ich traue deinem Dank nicht mehr als deinen Beteuerungen.«

Lancaster senkte den Kopf, und der Blick des Schwarzen Prinzen fiel zum erstenmal auf Robin, der einen Schritt hinter dem Herzog im Halbdunkel stand. Edward blinzelte wieder und erkannte ihn dann. »Ihr! Und was mögt Ihr wohl wieder mit dieser verdammten Sache zu tun haben?«

Robin schauderte beinah unter dem eisigen Blick dieser kranken, milchigen Augen. »Mein Prinz, ich ...«

Edward wedelte abwehrend mit der Hand. »Nein, ich will nichts hören. Ich könnte es ja doch nicht glauben. Ihr habt also in Lancasters Schatten einen sicheren Platz gefunden, ja?« Er lachte kalt. »Nun, genießt ihn, solange Ihr könnt. Vielleicht wäre es weise, wenn Ihr Euch auf dem Heimweg in Frankreich schon einmal genau umseht und feststellt, wo es Euch gefällt. Denn sollte der Tag kommen, da ich König von England werde, geht Ihr ins Exil. Männer, die einen solchen Hang zu Verrätern haben wie Ihr, halte ich lieber von mir fern ...«

Robin war zutiefst getroffen. Er machte einen Schritt auf den

Prinzen zu, ohne zu wissen, was er sagen wollte. Lancaster legte eine Hand auf seine Schulter, um ihn zurückzuhalten und jedem, der es sah, zu zeigen, daß dieser Mann seine Gunst genoß.

Robin blieb stehen. Er konnte die Hand durch die Rüstung hindurch nicht spüren, aber er konnte sie aus dem Augenwinkel sehen. Getröstet und beruhigt, verneigte er sich vor dem Krankenlager. »Ich bedaure zutiefst, Euer Mißfallen erregt zu haben, mein Prinz. Das war niemals meine Absicht.«

Der Prinz entließ sie beide mit einem schroffen Wink.

Vor dem Zelt war es finster. Sie mußten nach den Zügeln ihrer Pferde tasten. Unter ihnen lag die Stadt im orangenen Feuerschein. Limoges brannte, und es war unheimlich still geworden.

»Wie viele haben sie wohl abgeschlachtet«, murmelte Robin hoffnungslos.

Lancaster saß auf. »Nach meinen letzten Informationen wenigstens dreitausend.«

Robin war schlecht. »Warum ... habt Ihr nichts unternommen?«

»Was hätte ich tun können? Ich bin nicht Moses, ich kann nicht mit meinen Händen die Flut aufhalten, die der Schwarze Prinz entfesselt hat. Jeden, den ich in die Stadt geschickt hätte, hätten sie getötet. So, wie sie versucht haben, Euch zu töten, nicht wahr, Robin. Als ich Euch zuletzt sah, wart Ihr unversehrt, jetzt seid Ihr verwundet. Ihr habt es doch mit eigenen Augen gesehen. Und wenn ich selbst gegangen wäre, hätten sie mich ebenfalls getötet. Es ist vollkommen sinnlos. In ein, zwei Stunden, wenn sie betrunken genug sind und sich ausgetobt haben, werden wir den Rückzugsbefehl geben.«

»Es sind Bestien.«

»Nein. Eigentlich nicht. Unter anderen Umständen sind sie liebende Familienväter und Söhne. Bis man sie zusammenrottet und ihnen sagt: ›Nehmt die Stadt.‹ Es ist eine Einladung an den Satan in jedem von uns.«

»Wieso hat er das getan? Wie konnte er das tun?«

»Es gibt keinen Grund«, sagte Lancaster müde. »Zorn, Enttäuschung, kein Blick mehr für das rechte Maß der Dinge.«

Sie ritten eine Weile schweigend durch die Dunkelheit. »Er ist von so weit oben gestürzt, wißt Ihr«, fuhr Lancaster schließlich fort. »Ihr habt es nicht erlebt, aus irgendwelchen Gründen hat er sich gerade Euch immer nur von seiner schlechten Seite gezeigt, aber er war einmal … ein großer Mann. Glaubt mir. Ein vollendeter Ritter und Edelmann. Es ist eine wahre Tragödie.«

Robin konnte sein Gesicht nur schemenhaft erkennen, aber er hörte an seiner Stimme, wie verstört Lancaster war. »Ihr solltet Euch nicht allzusehr zu Herzen nehmen, was er gesagt hat, Mylord. Kranke Leute werden mißtrauisch und argwöhnisch, ganz gleich, wie groß sie einmal waren.«

»Ja, das ist wahr. Und deshalb solltet auch Ihr Euch nicht zu Herzen nehmen, was er gesagt hat.«

»Nein. Ich will es versuchen.«

»Niemand wird Euch ins Exil schicken, solange ich Macht habe, es zu verhindern, Robin.«

»Ich danke Euch, Mylord.«

Lancaster lachte leise. »Nicht nötig. Meine Motive sind ebenso eigennützig wie großmütig. Und jetzt sagt mir, mein Freund, was machen wir mit diesem schrecklichen Bischof?«

1376 –1381

»Es sieht nicht gut aus«, verkündete Lancaster grimmig. »Dieses Parlament ist ganz und gar gegen mich verschworen. Sie wollen Latimer absetzen, einen der wenigen Männer, denen ich traue. Dieser unmögliche Sprecher der Commons, de la Mare, hat das heute gefordert. Die Commons wagen es, dem Lord Chamberlain ihr Mißtrauen auszusprechen, es ist unfaßbar. Der hochehrwürdige Bischof Wykeham von Winchester hat sie aufgewiegelt. Er hat mir nicht verziehen, daß ich durchgesetzt habe, daß die kirchlichen Herren ihren Beitrag zu den Kriegskosten leisten müssen. Jetzt will er mir das Kreuz brechen …«

Leofric brachte ihm einen Becher Wein.

»Danke. Und sie verlangen weiter, daß Alice vom Hof verbannt wird. Sie sagen, nur sie sei schuld an der Handlungsunfähigkeit des Königs. Sie sagen, sie verführe ihn dazu, nur in meinem Sinne zu entscheiden. Alice wird ein … Bauernopfer dieses Parlamentes werden, fürchte ich.«

Das wird sie sich kaum gefallen lassen, dachte Robin flüchtig. Nachdenklich betrachtete er Lancaster, der mit seinem Sohn zusammen am Tisch saß. Der Herzog wirkte müde und sorgenvoll, aber noch lange nicht so verzweifelt, wie seine Feinde es wohl gehofft hatten. Der neunjährige Henry ignorierte ihre Unterhaltung, setzte einen weißen Bauern zwei Felder nach vorn und eröffnete das Spiel. Lancaster warf einen kurzen Blick auf das Schachbrett und setzte seinen zweiten Bauern von links eins nach vorn.

»Wer steckt dahinter?« fragte Robin ärgerlich.

»Sag' ich doch. Wykeham.«

»Aber wer steckt hinter Wykeham?«

»Wer schon, Robin.«

Ja, dachte er zornig, wer schon. Jeden Tag hieß es, der Schwarze Prinz liege im Sterben. Schon vor fünf Jahren, unmittelbar nach dem tragischen Tod seines älteren Sohnes Edward, war er endgültig aus Frankreich zurückgekehrt, weil er angeblich gebrochen war und im Sterben lag. Robin hatte ihn seit Limoges nicht mehr von Angesicht gesehen, doch es hieß, seine Wassersucht habe ihn so sehr aufgeschwemmt, daß er keinen Schritt mehr laufen konnte. Aber er starb einfach nicht …

»Ihr seid am Zug, Vater«, drängte Henry.

Lancaster lächelte ihn liebevoll an. »Ja, mein Junge. Entschuldige.«

Er streckte die Hand aus, um eine der Figuren zu ergreifen, als plötzlich die Tür aufflog und eine junge, weiß gekleidete Frau hereinstürzte. Zielstrebig steuerte sie auf Lancaster zu.

Er erhob sich eilig. »Welch eine Freude, Euch zu sehen, Constancia …«

Sie verpaßte ihm eine schallende Ohrfeige. »*Follador! Cabrón! Tu eres un cerdo … grosero!*«

Robin verstand kein Wort, aber Lancaster errötete ob ihrer Wortwahl. »Madame, ich bitte Euch, mäßigt Euch …«

Sie hob die Hand wieder, aber dieses Mal war er schneller, er umfaßte ihr Handgelenk und bog ihren Arm nach unten. »Genug jetzt. Constancia, bitte …«

Robin legte Henry die Hand auf die Schulter. »Wir wollten ein Stück reiten, richtig?«

Henry sah ihn mit angstvoll aufgerissenen Augen an, nickte, erhob sich und folgte Robin hinaus. Leofric bildete die Nachhut und schloß hinter ihnen die Tür.

Zusammen durchschritten sie die langen Flure des Savoy-Palastes auf dem Weg zum Hof. An einer Fensternische hielt der Junge an, fuhr mit dem Finger die Linie der Bleiverglasungen nach und sah hinaus. »Robin?«

»Hm?«

»Warum ist meine Stiefmutter immer so böse auf Vater?«

»Ich weiß auch nicht …«

Henry ließ die Hand sinken und wandte sich zu ihm um. »Oh, komm schon, sag es mir. Alle behandeln mich wie ein rohes Ei, und keiner sagt mir, was passiert. Das macht mir angst, verstehst du. Ich dachte, du bist mein Freund?«

»Das bin ich«, sagte Robin fest. Und das war er. Er hatte selten ein Kind so sehr gemocht wie diesen ernsten, versonnenen Jungen.

»Also?«

Robin faßte einen spontanen Entschluß. »Na schön. Ich will versuchen, es dir zu erklären. Weißt du, woher deine Stiefmutter kommt, Henry?«

»Aus Spanien.«

»Ja, aus Kastilien, um genau zu sein. Dort gab es einmal einen König, Pedro. Der war ihr Vater. Pedro wurde von seinem Thron vertrieben, und dein Vater und der Schwarze Prinz haben den

Thron für ihn zurückerobert. Doch nicht lange danach wurde Pedro wieder gestürzt, und diesmal brachte der Thronräuber, sein eigener Bruder, ihn um. Deine Stiefmutter floh mit ihrer jüngeren Schwester nach Aquitanien. Dort nahm dein Vater sie auf, und nicht lange danach heiratete er sie.«

Henry dachte nach. »Weil sie die Erbin des Thrones ist? Er hat sie geheiratet, weil er die kastilische Krone wollte?«

Robin verkniff sich ein Grinsen. Was bist du doch für ein kluger Kopf, dachte er. »In gewisser Weise hast du recht. Natürlich hat er sie vor allem geheiratet, weil sie eine vornehme, schöne Dame ist, aber ihre Ehe war auch eine politische Entscheidung. Du verstehst doch, daß ein Mann in der Position deines Vaters politisch klug heiraten muß, nicht wahr?«

Henry nickte langsam.

»Und es ist nicht so, als versuche er nicht, ihr ein guter Ehemann zu sein, nur …«

»Nur was?«

»Na ja. Ich nehme an, du kennst Lady Katherine Swynford?«

»Natürlich kenne ich Lady Katherine. Sie ist die Gouvernante meiner Schwestern und eine ganz wundervolle Dame. So schön. Und so fröhlich. Sie bringt mich zum Lachen.«

»Ja, sie ist großartig, das finde ich auch. Und dein Vater … findet das auch. Verstehst du, was ich meine?«

»Wie soll ich verstehen, was du meinst, wenn du in Rätseln sprichst?«

Robin seufzte leise. »Weißt du, wo Lady Katherine jetzt ist?«

»Sie ist nicht hier. Irgendwo in Hertfordshire, hab' ich gehört. Ich schätze, es ist wegen des Babys. Sie bekam doch eins, nicht wahr? Das konnte man schließlich sehen.«

»Ja, ganz recht. Und weißt du, wer der Vater ihres Babys ist?«

»Nun, Lord Swynford, nehme ich an.«

»Es gibt keinen Lord Swynford mehr, Henry.«

»Oh …« Henry sah ihn besorgt an. Er setzte sich auf die Bank in der Fensternische und ließ die Füße baumeln. Schließlich hob er den Kopf wieder. »Dann ist es wohl von meinem Vater, nicht wahr?«

»Ich schätze schon, ja.«

»Oh, Robin, das ist furchtbar.«

»Warum?«

»Es ist Unzucht. Mein Lehrer hat es gesagt. Nur verheiratete Leute dürfen Kinder haben, sonst ist es Unzucht, und sie kommen in die Hölle.«

Robin setzte sich neben den Jungen. »Ich glaube, hier liegt der Fall ein bißchen anders. Lady Katherine und dein Vater ... wie soll ich sagen, sie ist die Dame seines Herzens. So wie deine Mutter vor ihr, deren Hofdame sie übrigens war. Hätte er frei wählen können, hätte er sicher sie geheiratet. Es ist nicht Unzucht, sondern Liebe. Ich verstehe nicht viel von Bibelauslegung, aber ich weiß, daß Gott die Liebenden segnet. Darüber solltest du dir keine Sorgen machen.«

Henry ließ sich die Sache lange durch den Kopf gehen. Sein Gesicht war wie so oft nachdenklich und ernst. »Und meine Stiefmutter ist böse wegen dieses Babys?«

»So ist es.« Böse vor allem, dachte Robin, weil er die Vaterschaft wieder so freudestrahlend anerkannt hat. Es war ja nicht so, als sei es Katherines erster herzöglicher Bastard. Und jedesmal überhäufte er sie mit Geschenken, als habe sie ihm seinen Erben geboren, während Constancia seit der Geburt ihrer Tochter pünktlich neun Monate nach der Hochzeit einfach nicht mehr schwanger wurde. Was die Frauen anging, fand Robin, zeigte der Herzog wenig von seinem sprichwörtlichen diplomatischen Geschick und seiner Klugheit. Constancia war jung, schön, und sie hatte ein heißblütiges Temperament. Sie war schuldlos aus ihrer Heimat vertrieben und lebte unter Fremden. Kein Wunder, daß sie die Contenance verlor ...

»Du billigst es ja selber nicht, Robin« sagte Henry vorwurfsvoll. »Ich seh' es an deinem Gesicht.«

»Aber ich mißbillige es auch nicht. Im Gegenteil. Ich bedauere nur deine Stiefmutter, ich schätze, sie ist manchmal einsam.«

»Hm, ja, bestimmt ist sie das. Sie spricht ja nicht einmal unsere Sprache gut genug, um sich bei Tisch richtig zu unterhalten.«

»Nun, sie kann Französisch ...«

»Ja. Aber längst nicht jeder an unserem Hof beherrscht es noch wirklich, nicht wahr?«

»Nein, du hast recht. Henry, was ich über deinen Vater und die beiden Damen gesagt habe, ist eine delikate Angelegenheit. Ich vertraue auf deine Diskretion.«

»Ja, verlaß dich auf mich. Ich bin so dankbar, daß du mir davon erzählt hast, jetzt kann ich es besser verstehen. Aber sag mir, Robin, wenn mein Vater nun der König von Kastilien ist, warum sind wir dann hier und nicht dort?«

»Weil der Thron noch immer von einem anderen besetzt wird. Und dein Vater war über die letzten Jahre so mit dem Krieg gegen Frankreich beschäftigt, daß er keine Gelegenheit hatte, sich wirklich um Kastilien zu kümmern.«

Henry regte sich unruhig und stand auf. »Dieser verfluchte Krieg. Wann werden wir ihn endlich gewinnen?«

Robin schüttelte den Kopf. »Das weiß ich wirklich nicht. Ich fürchte, es könnte noch eine Weile dauern.« Und von Gewinnen konnte derzeit wirklich keine Rede sein.

Henry wandte sich an Leofric. »Was denkst du?«

Leofric lehnte sich an die Wand und zückte seine Tafel. *Ich denke, der Krieg wird noch so lange dauern, bis du darin kämpfen kannst. Vielleicht gelingt es dir ja, ihn zu gewinnen. Und ich denke, wenn wir noch ausreiten wollen, bevor du zu deinem Unterricht mußt, sollten wir jetzt bald gehen.*

Henry las, gab ihm die Tafel zurück und seufzte tief. »Wenn es nach mir ginge, würden wir bis nach der Vesper reiten und Vater Graham sagen, wir hätten einfach die Zeit vergessen. Und dann würdest du die Schläge kriegen, Leofric, nicht ich«, schloß er mit einem breiten Grinsen.

Ich glaube, das würde Vater Graham sich doch zweimal überlegen.

Ja, dachte Robin mit einem stillen Lächeln, das würde er wohl. Während sie zu den Stallungen gingen, betrachtete er Leofric mit unverhohlenem Stolz. Er war groß und stattlich geworden, und seine gute, schlichte Rüstung wirkte an ihm wie eine zweite Haut. Er bewegte sich beinah geschmeidig darin. Leofric war ein Ritter bis ins Mark.

Als es nichts mehr gab, das Robin ihm noch beibringen konnte, und Leofric zu alt wurde, um Knappe zu sein, hatte Robin vorgehabt, ihm den Ritterstatus zu erkaufen. Diese früher undenkbare Möglichkeit war über die Jahre eine allseits akzeptierte Gepflogenheit geworden: Wer genug Geld besaß, konnte ein Ritter werden, der König nahm es dabei nicht so genau, er brauchte das Geld für den Krieg. Robin verabscheute diesen Ausverkauf seines Standes, aber in Leofrics Fall fand er, es war ein Segen, daß es diesen Weg gab. Denn Leofric hatte alles, was es dazu brauchte, alles bis auf die Abstammung. Doch der Krieg kam ihm zuvor. In dem grauenvollen Feldzug vor zwei Jahren, als sie nicht nur ihre halbe Armee und beinah jedes Pferd, sondern auch mehr oder minder ganz Aquitanien verloren hatten, hatte Leofric sich mit solcher Tapferkeit hervorgetan, daß der König ihn nach ihrer Rückkehr auf Lancasters Empfehlung hin zum Ritter geschlagen hatte. Nach der Zeremonie, die in Windsor stattfand, hatte Leofric sich für zwei Stunden in einem kleinen Kloster nahe des Palastes verkrochen. Als er wieder hervorkam, blaß und ernst und immer noch überwältigt von der Verwandlung, die er spürte, war er vor Robin niedergekniet und hatte ihm ein Stück Pergament mit einem Treueid überreicht. Robin hatte ihn feierlich in seinen Dienst genommen, ihn aufgehoben in die Arme geschlossen. Am Abend hatte er ihm die Rüstung und neue Waffen geschenkt …

Sie lieferten Henry trotz seiner halbernsten Proteste rechtzeitig bei seinem Lehrer ab und gingen zu Lancaster zurück, um festzustellen, ob dieser sie brauchte. Es kam ihnen nicht in den Sinn, darüber nachzudenken, es war eine Selbstverständlichkeit. Albreigh und Mansfield waren beide auf dem katastrophalen Rückzug nach Bordeaux vor zwei Jahren in der Auvergne gefallen. Und wann immer Robin und Leofric an Lancasters Hof weilten, nahmen sie ihre Plätze als seine unauffälligen Begleiter ein. Es war niemals eine Absprache darüber getroffen worden, es hatte sich einfach so ergeben.

Der Herzog saß am offenen Fenster und starrte blicklos in den Mainachmittag hinaus. Eine laue Brise strömte herein, sie duftete nach jungem Gras und Frühlingsblüte; der Gestank der Stadt drang nicht bis hierher.

Als sie eintraten, wandte er sich um. »Ah. Wie war der Ausritt?«

Robin grinste. »Schnell.«

Lancasters Gesicht hellte sich ein wenig auf. »Gut. Bevor Ihr ihn unter Eure Fittiche genommen habt, hatte ich manchmal die Befürchtung, Henry habe Angst vor Pferden.«

Robin schüttelte den Kopf. »Keineswegs. Er ist besonnen, nicht ängstlich.«

Lancaster nickte, erhob sich, lehnte sich mit dem Rücken an

den kostbaren Wandteppich und seufzte. »Entschuldigt die Szene … Sie echauffiert sich so leicht, manchmal ist es wirklich zu peinlich.« Er wollte finster dreinblicken, aber es gelang ihm nicht ganz, ein mokantes Lächeln zu unterdrücken. Als er Robins Blick sah, hob er abwehrend die Hände. »Langweilt mich nicht mit moralischen Predigten.«

»Wie käme ich dazu, Mylord.«

»Ihr denkt, ich sei ein lausiger Ehemann, nicht wahr?«

»Ich denke, es könnte nicht schaden, wenn Ihr etwas mehr Rücksicht auf ihre Gefühle nähmet und auf Euren Ruf. Diese Sache schadet Eurem Ansehen.«

»Das ist ohnehin ruiniert. Herrgott noch mal, ich bin der Sohn des Königs und der Duke of Lancaster, ach ja, und König von Kastilien bin ich doch eigentlich auch noch, was soll es mich kümmern, was der Hof denkt oder diese fürchterliche Stadt?«

»Aber was die Commons denken, sollte Euch kümmern.«

»Warum? Wer sind sie schon? Fette, reiche Krämer und dumme, kleine Landritter.«

Robin lächelte bissig. »So wie ich einer bin.«

Lancaster unterbrach seinen ruhelosen Marsch durch den Raum und sah ihn an. »Wie nachdrücklich Ihr das immer wieder betont. Warum liegt Euch daran zu verleugnen, wer Ihr in Wirklichkeit seid?«

»Weil das keine Rolle mehr spielt. Es gehört der Vergangenheit an. Und Ihr, Mylord, legt zuviel Wert darauf, welcher Geburt ein Mann ist.«

»Und das macht mich überheblich, meint Ihr? Wer weiß, vielleicht ist es so. Aber so bin ich nun einmal erzogen. Die Macht darf nicht in die Hände der Kirche oder irgendwelcher reicher Bürgersleute geraten. Sie liegt von Rechts wegen beim König und seinen Vasallen. Und alles andere bedeutet Untergang und Chaos.«

»Die Macht liegt beim König und dem Parlament. Und die Commons gehören zum Parlament.«

Lancaster seufzte tief. »Also?« fragte er ergeben. »Was soll ich Eurer Meinung nach tun?«

»Nehmt sie ernst. Hört Euch ihre Beschwerden an. Vielleicht haben sie nicht so unrecht …«

»Robin! Wißt Ihr, was Ihr da redet? Wer behauptet, Latimer habe Staatsgelder veruntreut, könnte ebenso behaupten, ich hätte es getan. Bischof Wykeham und die Commons wollen ihn stürzen, weil er ein Adeliger aus dem Norden ist, *mein* Vasall, ein Mann *meines* Vertrauens. Das ist der einzige Grund. Ich habe ihn in sein Amt eingesetzt, damit ich die Regierung in sicheren, vertrauenswürdigen Händen weiß, wenn ich mich selbst nicht darum kümmern kann.« Er setzte sich wieder in seinen Sessel und fuhr sich kurz mit der Hand über die Stirn. »Ich … kann doch nicht überall gleichzeitig sein. Meinen Vater und meinen Bruder ersetzen. Was erwarten sie denn eigentlich von mir?«

Robin antwortete nicht gleich.

»Oh, kommt schon, Robin. Laßt Euch nicht wieder jeden Tropfen Eurer Weisheit aus dem Munde zerren. Was sagt die Volksseele, he?«

Robin verschränkte die Arme und nickte. »Sie ist gehässig und niederträchtig. Und daher kann sie auch an nichts anderes glauben als an Niedertracht. Die Volksseele, oder sagen wir, die gute alte Seele von London, glaubt nicht, Ihr versucht, Euren Bruder und Euren Vater zu ersetzen, um Britannien vor dem Untergang zu retten.«

»Nein«, brummte Lancaster. »Sie denkt, ich lechze nach der Krone. Natürlich. Und wie könnte sie anders denken, wo es doch der Schwarze Prinz selbst ist, der ihren Argwohn nährt.«

»Ja, so ist es.«

Lancaster lehnte sich zurück und schüttelte mit geschlossenen Augen den Kopf. »Mein Gott, wie er mir fehlt, mein Bruder. Der Bruder, den ich einmal hatte. Der die Schlachten gewann und die Voraussetzungen schuf für die Verhandlungen, auf die allein ich mich konzentrieren konnte. Jetzt muß ich die Schlachten selber schlagen. Und verliere sie. Und meine Verhandlungen sind erbärmliche Rituale geworden. Sie treten auf der Stelle. Und zu Hause fallen die Kirche und die Commons über mich her. Ach, es ist gräßlich …«

»Vielleicht solltet Ihr alldem den Rücken kehren. Geht nach Kastilien, überlaßt England sich selbst. Dann werden sie ja sehen, was sie davon haben.«

Lancaster setzte sich wieder auf. »Eine herrliche Vorstellung, nicht wahr, daß sie angekrochen kämen und mich anflehten zurückzukommen? Aber das wirklich Schlimme ist, Robin, das würden sie niemals tun. Wenn Edward stirbt, werden sie seinen

Sohn zum Prince of Wales machen. Dann werden sie abwarten, bis der willenlose Greis, der mein Vater ihrer Meinung nach geworden ist, endlich in den Armen seiner Hure entschläft, und dann werden sie dieses Kind auf den Thron setzen und in seinem Namen um die Macht raufen wie Straßenköter. Ich muß wenigstens versuchen, das zu verhindern.«

»Ja, Mylord, vermutlich müßt Ihr das. Und zu dem Zweck solltet Ihr die Commons endlich zur Kenntnis nehmen.«

Lancaster betrachtete ihn mißvergnügt, als reiche Robin ihm eine wirksame, aber bittere Medizin. »Meinetwegen. Ich will versuchen, etwas mehr Geduld mit ihnen zu haben. Wie spät ist es? Nicht bald Zeit zum Essen? Parlamente machen mich immer fürchterlich hungrig.«

Robin und Leofric wechselten ein Grinsen. »Es ist noch Nachmittag, Mylord. Ich lasse Euch etwas kommen. Was wünscht Ihr?«

»Peter de la Mares Kopf, am Spieß gebraten. In Ermangelung dessen irgend etwas anderes. Ein paar Wachteln oder kalten Fasan oder Wykehams rechtes Auge in Aspik, ganz gleich.«

Robin ging hinaus, winkte einen Diener herbei und schickte ihn in die Küche. In Windeseile wurde ein Tablett heraufgebracht; jeder Mann und jede Frau im Savoy-Palast wußte, daß man den Herzog besser sofort fütterte, wenn er hungrig war. Denn wenn er hungrig war, war er schnell erzürnt.

Er forderte sie mit einer Geste auf, an seiner Zwischenmahlzeit aus Hummer, Entenbrust und Wildschweinnieren teilzunehmen. Robin und Leofric aßen eher sporadisch, mehr aus Höflichkeit. Mit dem Appetit des Herzogs konnten sie nicht mithalten.

»Es ist ein Wunder, daß Ihr nicht fett werdet, Mylord.«

Lancaster nickte und schluckte. »Kein Plantagenet war jemals fett. Es liegt nicht in der Familie, so wenig wie eheliche Treue, übrigens. Kommt schon, nehmt von dem Hummer, er ist vorzüglich.«

Robin nahm ein Stück, tunkte es in die Sauce und aß. Lancaster hatte recht, es war köstlich. »Warum haßt Ihr de la Mare und Bischof Wykeham so sehr, Mylord? Warum nehmt Ihr ihnen so übel, daß sie anderer Ansicht sind als Ihr?«

»Ich will Euch sagen, warum: Wykeham, weil er nicht aus politischen Beweggründen handelt, sondern um mir persönlich zu schaden. *Er* hat mit dem Spiel angefangen, und er wird einen robusten Magen brauchen, um zu verdauen, was es ihm einbringt. De la Mare, weil er ein Geschöpf Mortimers ist, sein Steward und sein Vertrauter, und das bedeutet, er ist Gift.«

Robin war bei dem Namen unmerklich zusammengezuckt, aber er wußte natürlich, daß der Herzog nicht von Mortimer Dermond of Waringham sprach, sondern von Roger Mortimer, dem Earl of March.

»Ihr traut dem Earl nicht?« erkundigte sich Robin.

»Wer ihm traut, wird sich schnell mit einem Dolch im Rücken wiederfinden. Nein, Robin, ich traue ihm nicht. Schon sein Großvater hat nach der Krone gegriffen. Und auch wenn mein Vater in seiner grenzenlosen Großmut die Familie wieder in Gnaden aufgenommen hat, müßte der Earl of March noch viel tun, ehe ich ihm traue. Der König hätte niemals zulassen dürfen, daß er Clarences Tochter heiratet. Niemand kommt darauf, alle sind so damit beschäftigt, mir unlautere Absichten zu unterstellen, daß sie gar nicht merken, was er treibt. Dabei ist er es, den nach der Krone gelüstet.«

Robin mußte einen Moment überlegen. In Stammbäumen und Erbfolgen kam er immer leicht durcheinander. Aber dann kam er dahinter, was der Herzog meinte. Der Duke of Clarence war der zweitälteste Sohn des Königs gewesen. Seine Tochter war die Frau des Earls of March. Wenn nun der König starb und der Schwarze Prinz ebenfalls, kam March dem Thron tatsächlich gefährlich nahe …

»Und wenn Ihr nun einen Antrag im Parlament einbringt, das französische Erbrecht offiziell einzuführen? Dann wäre ein Thronanspruch über einen weiblichen Erben ausgeschlossen …«

Lancaster zog eine Braue hoch. »O ja, Robin, sehr schlau. Natürlich könnte ich das tun. Aber was, denkt Ihr, würden die Commons über meine Motive sagen? Daß ich nur meinen eigenen Anspruch sichern wolle. Abgesehen davon würde das unseren Anspruch auf die französische Krone für alle Zeiten nichtig machen. Und wer weiß, wann wir das Argument noch einmal brauchen …« Er seufzte. »Ich muß darüber nachdenken, ich weiß nicht, ob es weise wäre, das zu tun. Die Lords würden meinem Antrag vielleicht zustimmen, aber die Commons würden Zeter und Mordio schreien.«

Robin schüttelte den Kopf. »Politik …«

Lancaster lächelte. »Ja. Ich weiß. Sagt, Robin, was machen unsere Pferde, und wie geht es Eurer wundervollen Frau?«

Robin unterdrückte ein Seufzen. *Unseren* Pferden ginge es besser, wenn ich dieses Frühjahr zu Hause wäre, dachte er verdrießlich. »Die neuen Stuten sind so gut, wie wir gehofft hatten. Soweit ich weiß, haben inzwischen alle gefohlt.«

»Wie viele sind es jetzt?«

»Achtunddreißig. Eure Darlehensraten sind wohlauf und haben den Kopf voller Unsinn, wie alle Jährlinge. Wir haben einen Zweijährigen verloren, der sich beim Training das Bein gebrochen hat, und die Auktion hat die Erwartungen wieder einmal übertroffen. Die Ritter im Norden lassen sich ihre Pferde etwas kosten. Alles in allem denke ich, wir können uns nicht beklagen. Meine wundervolle Frau erwartet in diesen Tagen unser zweites Kind.«

Lancaster betrachtete ihn aufmerksam. »Ihr nehmt mir übel, daß ich Euch so viel beanspruche, ja?«

»Nein, Mylord. Das tue ich keineswegs. Ich bin nervös wegen ihrer Fehlgeburt damals, das ist alles.«

»Dann reitet nach Hause, Robin. Es tut mir leid, ich habe nicht daran gedacht.«

Robin schüttelte nach einem kurzen Zögern den Kopf. Es stimmte, er ängstigte sich um Joanna, und er sehnte sich nach Hause, aber er wußte, Joanna zog es vor, wenn er nicht da war, bis das Kind kam. Und er konnte Lancaster jetzt nicht verlassen. Auch wenn das Schiff noch nicht sank, wäre er sich wie eine Ratte vorgekommen. »Wenn Ihr erlaubt, Mylord, würde ich lieber bleiben, bis das Parlament beendet wird.«

Lancaster ließ das letzte Stück Ente in seinem Mund verschwinden, kaute lächelnd und lehnte sich zufrieden zurück. »Bitte, wenn Ihr darauf besteht …«

Nicht nur Robin, auch einige seiner offiziellen Berater hatten Lancaster nahegelegt, mit den Commons zu kooperieren, und er hatte zögernd eingewilligt. Doch sein Entgegenkommen brachte nicht die erhoffte Entspannung. Bischof Wykeham ließ durchsickern, er halte das Einlenken des Herzogs für Heuchelei, und de la Mare warf ihm vor, die Ermittlungen gegen Latimer und seinen Schwiegersohn Neville zu behindern. Beide wurden schließlich

Anfang Juni von ihren hohen Ämtern enthoben. Aber das Parlament, das jetzt schon länger tagte, als je eines gedauert hatte, war noch nicht fertig mit Lancaster und seinen Anhängern. Kleinere Hofbeamte, die man für seine Günstlinge hielt, wurden der Untreue oder anderer fadenscheiniger Vergehen bezichtigt und wanderten in den Tower. Alice Perrers wurde vom Hof verbannt, und bei Todesstrafe wurde ihr verboten, sich dem König auf weniger als zwanzig Meilen zu nähern. Der König, so hieß es, war untröstlich. Er weinte, als sie ihm die Nachricht brachten. Der Duke of Lancaster weinte nicht. Er lächelte bitter und wurde wortkarg und grimmig.

Robin beobachtete die Ereignisse mit Besorgnis und großem Ärger. »Wie können die Commons so kurzsichtig sein?« schimpfte er erbost. »Sie hatten die einmalige Chance, ihn wirklich zu erreichen, vielleicht sogar für sich zu gewinnen und etwas zu bewegen für die Anliegen der Bürger und kleinen Leute. Und was tun sie? Sie lassen sich mißbrauchen von einem sauertöpfischen Bischof und diesem zwielichtigen de la Mare und machen sich Lancaster zum Feind.«

Ja, sie sind wirklich zu dämlich. Und ich schätze, sie werden ein paar böse Überraschungen erleben, schrieb Leofric.

»Was meinst du?«

Ich meine, daß Lancaster vermutlich ein ebenso gefährlicher Feind sein kann wie der Schwarze Prinz. Wir haben es nur noch nicht erlebt. Aber Bischof Wykeham und de la Mare werden noch wünschen, sie wären klüger gewesen.

Robin sah ihn versonnen an. »Ja, da könntest du recht haben.«

Ein königlicher Bote kam in den Hof geprescht und sprang aus dem Sattel. »Wo finde ich den Duke of Lancaster?«

Robin schüttelte bedauernd den Kopf. »Er wünscht, nicht gestört zu werden.« Katherine Swynford war von ihrem Wochenbett zurückgekehrt, um mehr oder weniger umgehend in das herzögliche zu sinken. »Was gibt es denn?«

Der Bote war außer Atem. »Ich fürchte, wir werden ihn stören müssen, Sir. Ich komme aus Kennington. Wenn er den Schwarzen Prinzen noch einmal lebend sehen will, sagt der Leibarzt, dann soll er sofort kommen. Der König ist bereits dort.«

Robin stand langsam auf. So lange erwartet, war die Nachricht doch ein Schock. Für einen Moment spürte er würgende Panik. Er

stirbt, der Thronfolger stirbt, was soll aus England werden ...
Aber das war nur für einen Augenblick. Was immer kommen
mochte, ob es Lancaster gelang, das Land unter Kontrolle zu halten oder nicht, Robin wußte genau, Prinz Edwards Regentschaft
hätte England wenig Glück gebracht. Und ihm selbst ganz sicher
keins. Und noch war der König schließlich am Leben.

Er nickte dem Boten zu. »Ich gehe und sage es ihm.«

Er betrat den Palast durch einen Seiteneingang und stieg die
Treppe zu Lancasters Privatgemächern hinauf. Die Wachen im
Vorraum ließen ihn ohne weiteres durch. Robin durchquerte das
verlassene Arbeitszimmer und klopfte an die Tür der Schlafkam-
mer. Er hörte ein ersticktes Kichern und Lancasters unwirsche
Stimme: »Was kann so wichtig sein?«

»Es tut mir leid, Mylord. Ein Bote aus Kennington. Der Leibarzt
sagt, Ihr müßt Euch beeilen.«

Hinter der Tür war es still geworden. Dann sagte Lancaster heiser: »Ich ... ich komme sofort.«

Leofric hatte ihre Pferde schon herbeigeholt, Romulus für Robin,
Theseus für sich und Argos für den Herzog; Lancaster ritt kaum
je ein anderes. Sie saßen auf und ritten ohne ein Wort aus dem Hof
hinaus und zum Fluß hinunter, wo eine große Barke des Herzogs
immer abfahrbereit lag. Sie setzten zum Südufer der Themse über
und galoppierten nach Kennington.

In der Halle der Residenz des Schwarzen Prinzen, wo dieser
die letzten Monate seines Siechtums verbracht hatte, standen Ritter und Adelige in stillen Gruppen mit gesenkten Köpfen zusammen. Lancaster ließ Robin und Leofric dort zurück und eilte die
Treppen hinauf.

Sie warteten zwei oder drei Stunden. Diener mit ängstlichen,
traurigen Gesichtern erschienen und reichten Wein und Erfri-
schungen. Kaum jemand wollte etwas. Schließlich gab es am Eingang der Halle einen gedämpften Aufruhr, und Robin ahnte es
schon, als die gemurmelte Botschaft bei ihm ankam. Der Prinz ist
tot. Prinz Edward ist tot. Lang lebe Richard, der Prince of Wales ...

Viele weinten. Robin hatte noch nie so viele weinende Ritter
gesehen, nicht einmal auf dem blutigen Feld einer verlorenen
Schlacht. Er hatte den Eindruck, daß er ein paar argwöhnische

Blicke erntete, weil er die Nachricht trockenen Auges aufnahm. Aber er fand, das war ein bißchen zuviel verlangt, er hatte wirklich keinen Grund, Prinz Edward eine Träne nachzuweinen.

Es wurde Abend, bis die königliche Familie sich zeigte. Der König stützte sich schwer auf Lancaster und auf Prinz Edmund an seiner anderen Seite. Robin betrachtete seinen König voller Mitgefühl. Für ihn tat es ihm wirklich von Herzen leid. Schlimm genug, daß er vor seiner Zeit alt und gebrechlich geworden war, aber den Tod des Sohnes erleben zu müssen, der ihm am ähnlichsten gewesen war, auf den er sicher all seine Hoffnungen für Englands Zukunft gegründet hatte, das war ein schwerer Schlag.

Er wirkte gramgebeugt, und seine Augen waren gerötet. Hinter ihnen gingen der jüngste Prinz, Thomas of Woodstock, und der Earl of March mit seiner jungen Frau Philippa. Edwards Witwe Joan und der kleine Prinz Richard waren nirgends zu sehen.

Lancaster geleitete seinen Vater in den Hof hinaus zu seinem Pferd. Robin und Leofric folgten in gebührlichem Abstand, um zu sehen, ob er aufbrechen oder bleiben wollte. Der Herzog wartete, bis seine Familie mit ihrem Gefolge aus dem Hof geritten war, nur Edmund stand noch neben ihm. Dann bedeutete er einem Wachsoldat, die Pferde zu bringen. Robin und Leofric traten zu ihnen, und ebenso schweigend, wie sie hergekommen waren, legten sie den Rückweg zurück. Die beiden Prinzen hatten die Kapuzen ihrer Mäntel tief ins Gesicht gezogen.

Inzwischen war es dunkel geworden. Ohne Licht überquerten sie den Innenhof des Savoy, und plötzlich stürzte aus dem Schatten eine dunkle Gestalt auf sie zu. Robin und Leofric zogen ihre Schwerter im selben Moment.

»Robin, warte, tu's nicht!« hörte er eine vertraute Stimme lachen. »Du wirst nicht den Mann töten, der die Nachricht von der Geburt deines Sohnes bringt, oder?«

Robin stand blinzelnd vor ihm. Kraftlos ließ er die Hand mit dem Schwert sinken. »Oswin …«

Lancaster und sein Bruder hatten die Pforte fast erreicht. Er hielt an und drehte sich kurz um. »Nennt ihn Edward, Robin«, sagte er leise. »Und laßt mich sein Pate sein.«

Einige Wochen später konnte Robin sich endlich auf den Heimweg machen. Er kam am frühen Abend an. Die letzten zwei Meilen war er geritten, als sei der Teufel hinter ihm her. Vom Gestüt schollen klappernde Eimer und Hufestampfen zum Hof herüber. Es wurde dämmrig, und es roch nach Pferden, nach Heu und vor allem nach Rosen. Die Front des Hauses war inzwischen fast bis zum Dach mit roten und weißen Kletterrosen überwuchert, die jetzt in voller Blüte standen.

Robin sprang aus dem Sattel, warf seinem Knappen die Zügel zu und stürzte hinein. »Joanna? Joanna, ich bin zurück!«

Bertha erschien in der Halle und schlug die Hände zusammen. »Sir Robin, so eine Freude …«

»Bertha. Geht es dir gut?«

»Ja, Sir. Die Lady Joanna ist mit Isaac im Gestüt. Die Amme ist mit ihnen gegangen.«

Robin drückte ihr Mantel und Schwert in die Hände und verließ sein Haus.

Er fand sie allesamt bei den Zweijährigen. Joanna und Isaac standen über eine Stalltür gebeugt, sahen hinein und diskutierten angeregt. »Nein, ich denke nicht, daß es an den Eisen liegt«, sagte Isaac. »Etwas stimmt nicht mit seinen Sehnen …«

Ein Stück abseits stand ein junges Mädchen mit einem Baby auf dem Arm. Robin betrachtete das Kind sehnsüchtig, ging aber als erstes zu seiner Frau und legte von hinten die Arme um ihre Hüften. »Was tut eine Lady hier draußen, he?«

»Robin!« Sie fuhr zu ihm herum und schlang die Arme um seinen Hals. »Oh, du bist zu Hause. Du bist zu Hause!« Sie trippelte vor Freude von einem Fuß auf den anderen und preßte sich äußerst undamenhaft an ihn.

Er schloß die Augen und sog ihren Duft ein. »Gott, du hast mir gefehlt, weißt du …« Er küßte ihren Hals.

Sie lachte leise. »Das will ich doch hoffen.«

Er ließ sie los und umarmte Isaac.

»Willkommen zu Hause, Robin.«

»Danke. Alles in Ordnung?«

Isaac hob lächelnd die Schultern. »Von den kleinen, alltäglichen Katastrophen abgesehen, ja.«

Robin nickte und trat zu seinem Sohn, der in den Armen der Amme schlief. Er streckte die Arme aus. »Gib ihn mir.«

Die Amme legte das kleine Paket in seine Arme.

Robin betrachtete das winzige Gesicht ernst, beugte den Kopf darüber und küßte behutsam die Nasenspitze. Das schlafende Baby regte sich. »Meine Güte, einen ganzen Monat bist du schon alt, Edward of Fernbrook. Schon fast ein großer Junge. Und wie ich sehe, kommst du auf deine Mutter. Dein Glück, mein Sohn.«

Edward schlug die Augen auf, betrachtete ihn einen Augenblick betroffen und fing an zu brüllen. Lachend gab Robin ihn der Amme zurück. »Hier. Ich fürchte, ich habe ihm einen Schreck eingejagt. Wie ist dein Name?«

»Elaine, Sir.« Sie knickste anmutig.

Er lächelte ihr zu, wandte sich wieder an Joanna und Isaac und legte seiner Frau einen Arm um die Taille. Immer noch eine Mädchentaille, dachte er flüchtig. Nach drei Schwangerschaften … »Wo ist Anne?«

»Vermutlich bei Elinor«, antwortete Joanna seufzend. »Sie treibt sich immerzu dort herum, guckt ihr in die Töpfe und ist ihr im Wege. Aber wenn ich Elinor frage, ob es sie nicht stört, sagt sie immer nein.«

»Hm.« Er hörte nur mit einem Ohr zu. Seine Hand auf ihrer Hüfte schien wie festgeklebt. Der Stoff ihres Kleides war fest, aber er bildete sich ein, er könne ihre Haut darunter spüren.

Sie gingen langsam zum Haus zurück, und Robin sah sich nach seinem Knappen um. »Francis? Wo steckst du, du Lump!«

Der Sohn des Barons of Aimhurst, eines vertrauten Vasallen Lancasters, erschien grinsend an der Küchentür. »Hier, Sir. Komme schon.«

»Wenn du deinen Hunger gestillt hast, denkst du, du könntest mir dann gelegentlich dieses Geschirr abnehmen?«

Auf dem Weg ins Haus entledigte Francis ihn seiner Rüstung. Robin nickte ihm zu. »Der Brustpanzer hat eine Delle. Bring ihn zu Luke dem Schmied, er soll sich darum kümmern.«

»Delle ist gut. Ich war sicher, Exeter hätte Euch sämtliche Rippen gebrochen mit diesem Lanzenstoß …«

Robin fing Joannas besorgten Blick auf und seufzte ungeduldig. »Wenn man in ein Turnier reitet, muß man auch mal verlieren können, Francis, das mußt du noch lernen. Ich hatte dir gesagt, du solltest dein Geld sparen und nicht auf mich wetten, ich war nicht in Form. Jetzt hör endlich auf davon und tu, was ich sage.«

»Ja, Sir.«

»Und ab morgen früh kannst du mit den Zweijährigen reiten, und Isaac wird dir ein paar Dinge über Pferde beibringen, die du noch nicht weißt.«

»Ja, Sir!« Die Augen des Jungen leuchteten auf.

»Die Magd wird dir deine Kammer zeigen. Jetzt verschwinde schon, ich brauch' dich heute nicht mehr.«

Francis verneigte sich artig und trug Robins Rüstung davon.

Sie betraten das Haus. »Ich denke, das Essen wird bald soweit sein«, sagte Joanna.

Robin sah ihr in die Augen und lächelte. »Das hat … keine besondere Eile.«

Er nahm ihre Hand und führte sie zur Treppe.

»Wo ist Leofric?« erkundigte sich Isaac, als sie sich zu Tisch setzten.

»Er mußte in London bleiben«, erklärte Francis, ehe Robin antworten konnte. »Seine Lordschaft ist so geschwächt nach den Anfechtungen dieses Parlaments, daß er wenigstens einen seiner Schatten braucht, um sich darin zu verkriechen …«

Robin hob drohend die Hand. »Nimm dich bloß in acht, Freundchen.«

Francis zog den Kopf ein, aber er grinste immer noch. Er hatte das belustigte Flackern in Robins Augen nicht übersehen, und er wußte ganz genau, was er sich leisten konnte und was nicht. Er hatte schnell gelernt, daß er es außergewöhnlich gut angetroffen hatte mit seinem Herrn, aber es gab eine klare Grenze, und Francis war klug genug, diese nie zu überschreiten.

»Tut mir leid, Sir«, murmelte er mit geheuchelter Zerknirschtheit.

Robin brummte, und das Essen wurde aufgetragen. Alison hatte keine Möglichkeit gehabt, in der Kürze der Zeit, die ihr zwischen Robins Ankunft und dem Essen blieb, ein festliches Menü zusammenzuzaubern, und Robin war dankbar. Heißhungrig fiel er über den dicken Eintopf aus Kohl und Hammelfleisch her. Wie immer, wenn er von Lancasters Hof zurückkam, erfreute er sich an einfacher Kost, denn französische Küche ödete ihn auf Dauer ebenso an wie Politik.

»Und?« fragte er zwischen zwei Löffeln. »Was gibt es Neues?«

Isaac berichtete. »Palamon lahmt. Wir haben ihn uns eben angesehen, als du kamst, aber wir kommen nicht dahinter, woran es liegt.«

»Ich gehe gleich zu ihm.«

»Ich bin in Rickdale gewesen und habe deinem Vetter zwei junge Burschen abgeschwatzt. Hier gab es einfach niemanden mehr, den ich noch hätte einstellen können. Es sind gute Jungs, und es ist ein kleines Wunder, wie schnell Hal sie das Reiten lehrt. Ein wirklich guter Mann, unser Hal. Wir sollten ihm mehr Geld bezahlen.«

»Das zu entscheiden liegt allein bei dir, Isaac.«

»Ja. Vielleicht gewöhne ich mich noch dran. Mit den Jährlingen bin ich im Rückstand, sie müßten schon viel weiter sein, aber es sind zu viele für einen allein. Wenn du weiterhin so viel weg bist, müssen wir uns etwas einfallen lassen. Vielleicht sollten wir es mit Oswin versuchen. Was noch? Ach ja. Wir hatten allen möglichen Ärger im Dorf. John Butcher und Piers Johnson haben am Sonntag vor drei Wochen nach der Kirche einen ehrenhaften Ringkampf ausgetragen. Es war ein lang angekündigtes Ereignis, hohe Wetten liefen, ich sag's dir. Und mitten im Kampf rutschte John das Messer aus dem Kittel und blieb einfach in Piers' Brust stecken.«

»Tot?«

Isaac nickte seufzend. »Aber eindeutig ein Unfall. Ich hab' zu John gesagt, er soll ruhig nach Hause gehen und warten, bis ich nach dem Sheriff geschickt habe. Aber der Narr hat sich davongemacht. In der Nähe von Burton haben sie ihn eingeholt.«

Robin winkte ab. »Gisbert wird ihn freisprechen.«

»Hm. Ein Glück, daß wir einen Friedensrichter wie deinen Vetter haben. Aber er wird ihm eine Geldstrafe aufbrummen, weil er geflohen ist, und die wird er nicht zahlen können.«

Robin runzelte die Stirn. »Also, ich denke, es geht ein bißchen zu weit, wenn ich sie zahle, oder?«

»Tja. Das mußt du wissen. Die Witwe von Piers Johnson fürchtet, daß du von deinem Recht Gebrauch machst und ihr die beste Kuh nimmst.«

»Sag ihr, ich habe kein Interesse an Kühen.«

Isaac lächelte schwach. »Hab' ich schon. Sie sagt, sie wird jeden Abend für dich beten. Dann gab's Scherereien in der Mühle. Seit Jack Miller gestorben ist, betreibt sein Sohn die Mühle, und er betrügt die Bauern. Er zweigt von jedem Sack Korn etwas ab, mahlt es heimlich nachts und verkauft es auf eigene Rechnung. Ich habe ihn zweimal zu Geldstrafen verurteilt, aber er war nicht sehr beeindruckt. Da habe ich ihm gesagt, du würdest in solchen Sachen keinen Spaß verstehen und irgendwann würdest du heimkommen und selbst wieder die Gerichtstage abhalten und er sollte nicht darauf hoffen, daß er noch mal mit einer Geldbuße davonkäme. Dann hab' ich ihm ausgemalt, was du vermutlich statt dessen mit ihm tun würdest, wenn er am Pranger steht und alle Welt zusieht. Entschuldige, ich habe dich hingestellt wie ein Schreckgespenst, Mortimer ist der reinste Chorknabe gegen dich, Junge, und der Müller zitterte vor Angst. Seitdem ist Ruhe.«

Robin grinste. »Schäm dich.«

Isaac schämte sich nicht. Er aß einen Löffel voll und fuhr fort. »Einer von diesen gräßlichen Ablaßpredigern war hier und hat den Leuten angst gemacht vor der Pest. Er hat gesagt, sie würde im Winter wiederkommen, und sie sollten sich lieber jetzt schon von ihren Sünden loskaufen, schließlich könne es jeden erwischen.«

Robin runzelte ärgerlich die Stirn.

»Wir wußten nicht so recht, was wir tun sollten, und Vater Horace war nicht hier. Na ja, da haben Hal und Oswin und ich ihm einen Besuch abgestattet und ihn davongejagt ... Denkst du, wir kriegen Ärger deswegen?«

»Wie lange ist es her?«

»Sechs Wochen vielleicht.«

»Vermutlich nicht. Sonst hätten wir wohl schon vom Bischof gehört.«

Isaac sah ihn scharf an. »Du denkst, es war falsch, was wir getan haben?«

»Im Gegenteil. Es ist nur, Lancaster hat Ärger mit der Kirche, darum kann es für ihn und jeden seiner Leute brenzlig werden, sich auf eine Konfrontation einzulassen. Gerade jetzt werden sie sehr empfindlich sein. Aber das konntest du nicht wissen, und eigentlich sollte es dich auch nicht kümmern.«

Isaac nickte. Er fragte nicht, was es mit Lancasters Ärger mit der Kirche auf sich hatte. Am ersten Abend, wenn er zurück war, stellten sie Robin nie Fragen über den Krieg oder die Politik. Nicht einmal jetzt, obwohl sie natürlich gehört hatten, daß der Schwarze Prinz gestorben war. Es war ein ungeschriebenes Gesetz, das Isaac und Joanna eingeführt hatten, Robin am Tag seiner Ankunft nicht zu behelligen. Wenn er nach Hause kam, immer müde und ausgelaugt, wollte er nicht daran denken, sondern wollte lieber hören, wie es ihnen ergangen war. Darum verschonten sie ihn und warteten einfach, bis er von selbst damit anfing. Früher oder später würde er ihre Neugier schon befriedigen.

»Giles hat geschrieben und fragt, ob du ihm Geld leihen kannst«, sagte Joanna nach einem kurzen Schweigen.

Robin verdrehte die Augen. »Wie oft muß er es noch hören, bis er es versteht? Die Antwort ist nein. Giles ist ein Faß ohne Boden. Und ich sehe keinen Grund, uns mit in seinen Ruin zu stürzen.«

Joanna war nicht böse. »In diesem Sinne habe ich ihm geantwortet.«

»Daraufhin hat Giles eine Pilgerfahrt ins Heilige Land angetreten«, berichtete Isabella trocken. Sie war Joannas jüngste Schwester und ihr am ähnlichsten. Seit Christine, von Robin mit einer ansehnlichen Mitgift ausgestattet, Sir Walter Turnbridge geheiratet hatte, lebte Isabella bei ihnen.

»Eine Pilgerfahrt?« wunderte er sich. »Welch fromme Anwandlung.«

Isabella verzog spöttisch den Mund. »Nicht wahr? Drängende Gläubiger schaffen die seltsamsten Pilger.«

Robin tunkte die restliche Eintopfbrühe mit einem Stück Brot auf und verspeiste es. Nach kurzem Zögern winkte er Rosalind, seinen Teller noch einmal zu füllen. »Wenn Giles klug ist, kommt er gar nicht mehr zurück. Sie werden Burton pfänden, wenn er nicht mehr dort ist.«

»Ja«, stimmte Isabella zu. »Und dann wird er an deine Tür klopfen und Obdach erbitten.«

Gut möglich, dachte Robin düster. Und um Joannas willen konnte er ihn nicht abweisen. »Nun, hier ist jeder Arbeitswillige willkommen.«

Isabella lachte spöttisch. »Du glaubst nicht im Ernst, der hohe Herr würde sich die Hände beschmutzen, oder?«

»Das werden wir ja sehen. Wenn ihm das nicht paßt, muß er auf einen Feldzug hoffen und Offizier werden. Dabei arbeitet sich niemand tot.«

»Oh, Robin, du bist hartherzig«, schalt Joanna. »Er ist mein Bruder.«

»Ja, aber du kannst ihn selbst nicht leiden.«

»Nein. Stimmt.«

Die Amme kam herein mit Edward auf dem Arm und Anne im Schlepptau. Bis zur Türschwelle gelang es Robins Tochter, Haltung zu wahren, dann raffte sie die Röcke und stürmte auf ihren Vater zu.

Sie schlang ihre Arme um seinen Hals, preßte ihr Gesicht an seine Schulter und sagte nichts.

Robin hob sie hoch, setzte sie auf sein Knie und küßte sie auf die Stirn. »Und wie geht es der Lady Anne, he?«

Sie hielt den Kopf gesenkt. »Gut.«

»Oh, Anne«, sagte Joanna ungeduldig. »Wie oft muß ich es noch wiederholen? Du darfst nicht weinen, wenn dein Vater fortgeht, und auch nicht, wenn er wiederkommt. Das ist jämmerlich und einer Dame nicht würdig.«

Robin legte die Arme um seine Tochter und schüttelte den Kopf. »Laß sie, sie ist doch noch so klein.«

»Trotzdem …«

»Sie schimpft immer nur mit mir«, vertraute Anne ihm leise an. »Andauernd.«

»Wirklich? Nun, sie wird ihre Gründe haben, oder?«

Anne nickte und sah ihn endlich an. »Ich bin keine feine Dame.«

Robin fand ihre tränenfeuchten, blauen Augen unwiderstehlich. Seine Brust zog sich ein wenig zusammen. Er fuhr mit der Hand durch ihren seidenweichen Blondschopf. »Tja. Du kommst auf deine Tante Agnes, die hatte damit auch nie viel im Sinn.«

»Ja, stärk ihr nur den Rücken …«, murmelte Joanna gallig.

Robin tat, als habe er sie nicht gehört. »Aber jetzt bin ich wieder da, und wir können uns dem Problem zusammen zuwenden. So schwer kann es schließlich nicht sein, eine Dame zu werden.«

»Doch!« Anne nickte heftig. »Glaub mir, das ist es. Man muß im Damensitz reiten und sticken lernen und, das ist das allerschlimmste, lesen. Man darf nicht mit den Ferkeln spielen oder im

Heu herumtoben, und eigentlich darf man sich auch nicht bei Elinor aufhalten. Man darf praktisch nichts, was Spaß macht. Nur lauter ödes Zeug, ehrlich.«

Robin rang um ein ernstes Gesicht. »Hm, ja, ich sehe ein, es *ist* schwierig. Aber deswegen solltest du nicht gleich aufgeben, weißt du. Hör zu, ich mache dir einen Vorschlag: Morgen früh darfst du mit zu den Jährlingen und anschließend mit mir zusammen in den Wald reiten. Im Herrensitz ...«

»Robin!« Joanna war empört.

»Und dafür wirst du den Rest des Tages versuchen, nichts zu tun, was deine Mutter verstimmt, und eine Dame zu sein. Wie klingt das?«

Anne bedachte den Vorschlag. Dann grinste sie ihn verschwörerisch an. »Abgemacht.« Sie küßte seine Wange.

Er stellte sie auf die Füße. »Dann lauf jetzt. Gute Nacht, Anne.«

Anne sagte höflich gute Nacht, und nachdem Robin seinen Sohn noch einmal genauestens begutachtet hatte, brachte Elaine die Kinder hinaus.

Joanna hielt das Kinn hoch und hatte die Brauen fast unmerklich zusammengezogen. Robin unterdrückte ein Seufzen. Schien, als hätte er sich Ärger eingehandelt. Doch sie ließ sich nichts anmerken, plauderte angeregt, erzählte abwechselnd mit Isabella und Isaac, was sich in Fernbrook und in der Nachbarschaft zugetragen hatte, bis sie schließlich wieder allein in ihrer Kammer waren.

Als Robin den Riegel vorschob, sagte sie unvermittelt: »Sie gehört in ein Kloster.«

»Nein.«

»Robin, hier wächst sie auf wie eine Bauernmagd. Sie ist eigenwillig und fügt sich nicht. Ich werde nicht allein mit ihr fertig.«

»Kein Kloster, kommt nicht in Frage.«

»Aber es gehört sich so, und dort würden sie ihr schon Manieren beibringen ...«

»Joanna, ich werde mein Kind nicht einsperren. Ich werde nicht zulassen, daß man ihr antut, was man mir und Agnes angetan hat ...«

»Ich fand es nicht so schrecklich.«

Er verzichtete darauf, sie daran zu erinnern, was das Kloster aus ihr gemacht hatte. Er schüttelte lediglich den Kopf und sagte: »Sie ist nicht wie du. Sie wäre todunglücklich. Sie würden sie auch nicht so ohne weiteres kleinkriegen, denke ich, und dann würden sie versuchen, sie zu brechen. Ich weiß doch, wie sie sind.«

Sie funkelte ihn böse an. »Deine Skepsis der heiligen Kirche gegenüber wird langsam blasphemisch. Das ist nur *sein* Einfluß ...«

»Zum Teufel, Joanna, noch kann ich ganz gut allein denken, weißt du.«

»Da siehst du's, du fluchst ...«

Robin mäßigte sich. Er wußte, daß sie es verabscheute, wenn er fluchte, und er tat es eigentlich nie in ihrer Gegenwart. Er setzte sich auf die Bettkante und zog sich die Stiefel aus. »Tut mir leid. Meine Skepsis der heiligen Kirche gegenüber richtet sich gegen den Klerus und die Klöster, nicht gegen Gott, und hat daher rein gar nichts mit Blasphemie zu tun. Sie ist nicht die Folge irgendwelcher Einflüsse, sondern meiner persönlichen Erfahrung. Und ich will nicht, daß mein Kind diese Erfahrungen auch machen muß. Sie soll glücklich aufwachsen.«

»Aber Robin, sie verwildert.«

»Sie ist erst sechs Jahre alt. Vielleicht erwartest du zuviel von ihr. Hab ein bißchen mehr Geduld, ich bitte dich, Joanna.«

Joanna schüttelte ärgerlich den Kopf, blies die Kerze aus und drehte ihm den Rücken zu.

O nein, dachte Robin betroffen. Bitte nicht. Er legte zaghaft die Hand auf ihre Schulter. »Joanna?«

»Laß mich in Ruhe.«

Er stöhnte. »Das ... kann nicht dein Ernst sein.«

»Es ist mir bitterernst. Ich bin so wütend, ich könnte dir die Augen auskratzen. Also komm mir lieber nicht zu nah.«

Er ließ die Hand sinken, legte sich auf den Rücken und steckte einen Arm unter den Nacken. »Warum bist du so wütend?«

»Das weißt du sehr gut. Du hast meine Autorität untergraben, und jetzt wird alles noch schwieriger mit ihr. Es ist so ungerecht ... Sie vergöttert dich und gibt mir immer das Gefühl, daß ich ihr unrecht tue. Und jetzt machst du das gleiche. Ich ... will doch nur das Beste für sie.«

Er streckte wieder den Arm nach ihr aus. »Komm her.«

Sie schüttelte ihn ab.

»Meine Güte, Joanna, würdest du jetzt bitte hier herüberrutschen und deinen Kopf an meine Schulter legen?«

»Meinetwegen.«

Sie kam. »Sie kann mich nicht ausstehen, das ist es«, murmelte sie. »Sie tut alles, um mir das Leben schwerzumachen.«

Robin legte die Arme um sie. »Was redest du denn da.«

Joanna schüttelte langsam den Kopf. »Ich weiß, wovon ich rede. Sie rebelliert gegen mich, um mich zu treffen.«

Das konnte Robin einfach nicht glauben. »Denkst du nicht, daß du die Sache zu schwer nimmst? Sie wird aus dem Alter herauswachsen.«

»Nein, das denke ich ehrlich nicht. Sie ist ein schwieriges Kind. Das war sie immer schon, und das wird sie auch bleiben. Ich bete zu Gott, daß Edward anders wird.«

Er spürte, daß sie so nicht weiterkamen. Er hatte auch keine Lust mehr, länger darüber zu reden. Seine Augen brannten, sein Körper war müde von dem langen Ritt. Aber er war beinah drei Monate weg gewesen. Er ließ eine seiner Hände über ihre Schulter gleiten und streifte ihre Brust.

Joanna hätte ihn lieber abgewiesen, sie war verletzt und ärgerlich. Aber die drei Monate waren ihr ebenso lang erschienen. Sie konnte sich der Wirkung seiner Hände nicht verschließen, eine seltsame Hitze breitete sich auf ihrer Haut auf. »Manchmal bist du ein Scheusal.«

»Ich weiß«, murmelte er zerknirscht. »Sündig und voll lüsterner Gedanken.« Er schob die Hand zwischen ihre Beine. »Es tut mir leid, daß du einen so gräßlichen Mann hast, Lady Joanna.«

»Ja. Und mir erst.« Sie packte ihn bei den Haaren, nicht gerade sanft, und zog ihn auf sich.

Das Haus war noch still, als Robin aufstand, aber Anne wartete schon vor der geschlossenen Tür des Kinderzimmers. Mit erwartungsvoll leuchtenden Augen sah sie zu ihm auf, nahm die Hand, die er ihr entgegenstreckte, und folgte ihm hinaus ins Gestüt. Sie gingen zu den Jährlingen, und Isaac folgte kurz darauf. Zu dritt schritten sie die Ställe entlang. Hinter ihnen ging zwischen den Hügeln die Sonne auf.

An der letzten Tür hielt Isaac an. »Da. Priamos. Eine bockige

Mißgeburt nach deinem Geschmack. Er hat mich wohl schon hundertmal abgeworfen. Er will es einfach nicht lernen. Viel Vergnügen.«

Robin grinste. »Wärmsten Dank.«

Er ließ Anne an der Tür zurück und trat ein, während Isaac weiterging. Robin stellte sich vor den schmächtigen jungen Hengst und studierte sein Gesicht. »Hm. Ich fürchte, bockige Mißgeburt könnte stimmen …«

Er legte ihm den Sattel auf, den er über dem Arm trug, und Priamos legte die Ohren an, schnaubte und stieg. Robin sprang nicht zur Seite. Er wollte nicht den Eindruck erwecken, als sei er beeindruckt. Er packte mit der Rechten in die dunkle Mähne, zog den kleinen, eckigen Kopf sanft zu sich und legte den linken Arm von unten um seinen Hals. Dann lehnte er die Stirn an die des Hengstes. Priamos stand still, hörte auf zu tänzeln und ließ sich widerspruchslos die Trense zwischen die Zähne schieben und das Zaumzeug überstreifen.

»Wie machst du das?« erkundigte sich Anne.

»Ich zähme sie mit meinen Gedanken.«

Sie nickte. »Man kann beinah hören, was sie denken, wenn man ihnen nah genug ist, nicht wahr? Na ja, nicht wirklich, was sie denken, keine Wörter, man weiß einfach, was mit ihnen los ist.«

Robin drehte sich langsam zu ihr um. »Was hast du gesagt?«

»Man kann sie verstehen. Der Kopf wird leer und summt, und man weiß, was sie denken.«

»Anne …«

Er öffnete die Stalltür, führte den Jährling heraus und starrte seine Tochter an.

Sie wich einen Schritt zurück. »Was hast du? Bist du böse? Hab' ich was Falsches gesagt?«

Er schüttelte langsam den Kopf. »Dein Kopf wird leer und summt, sagst du?«

»Ja. Ist das unrecht? Stimmt was nicht mit mir, Vater?«

Er verbarg seine Erregung und fuhr ihr lächelnd über die blonden Locken. »Woher denn, du hast völlig recht. Es ist ganz genau so, wie du sagst. Man kann beinahe hören, was sie empfinden, wenn man ihnen nah genug ist. Und wenn man es geschafft hat, sich einen von ihnen wirklich zum Freund zu machen, weiß man es manchmal sogar, ohne ihnen so nah zu sein.«

Sie schien erleichtert, daß er wußte, was sie meinte. »Es ist in Ordnung?«

»Ja. Aber es ist ein Geheimnis, Anne. Du darfst keinem davon erzählen.«

Sie machte große Augen. »Wirklich überhaupt keinem? Nicht mal Isaac?«

»Ja, ihm schon. Aber niemandem sonst.«

»Kann nicht jeder hören, was sie denken?«

»Nein.«

»Nur du und ich?«

»Nur du und ich.«

Sie strahlte.

»Du kannst doch ein Geheimnis hüten, oder?«

Sie nickte, spuckte in die Hand und streckte sie ihm entgegen. Herrje, laß das nicht ihre Mutter sehen, dachte Robin, spuckte in seine Hand und schlug ein.

Er verbrachte die Tage mit harter Arbeit, trainierte die Jährlinge, schulte die Zweijährigen, versorgte die Stuten mit ihren Fohlen, ging ins Dorf hinunter und hörte sich die Sorgen und Klagen seiner Bauern an, hielt einen Gerichtstag ab und hockte abends mit Isaac über den Büchern. Den Großteil seiner Zeit widmete er der Zucht. Von früh bis spät konnte man ihn irgendwo bei den Pferden finden, er stürzte sich regelrecht darauf, fiel abends wie tot in sein Bett und vergaß London und das Parlament.

Isaac schalt ihn. »Du bist blaß und dünn zurückgekommen und gibst dir keine Chance, dich zu erholen.«

»Doch, das tue ich. Die Arbeit hier bringt mich in Ordnung. Sie bringt mich wieder zu Verstand.«

Isaac wischte sich eine verirrte braune Locke aus der Stirn und verschränkte die Arme. »Was tust du nur immer, wenn du so lange fort bist?«

Robin setzte sich auf einen Strohballen. »Ich versuche, die Dinge für Lancaster ein bißchen leichter zu machen. Er traut nicht vielen. Und damit hat er durchaus recht. Er … Ich meine, er ist auch nur ein Mann, und für all seine Mühen erntet er immer nur Mißgunst. Er kann jeden Freund brauchen, verstehst du.«

Isaac setzte sich neben ihn. »Ja. Ich schätze, das verstehe ich. Wird er herkommen zur Tauffeier?«

»Das hat er gesagt.«

»Wann?«

»Ich habe keine Ahnung.«

»Und er wird ein Riesengefolge mitbringen?«

Robin grinste. »Du denkst an die Kosten? Nein, ich hoffe, er wird sich zurückhalten. Immerhin, jeder Penny, der hier verdient wird, fließt fast zu einem Sechstel in seine Schatulle.«

»Hm. Er hat uns wirklich vortrefflich auf die Beine geholfen. Aber manchmal denke ich, jetzt, wo wir's geschafft haben, wären wir ohne seine Darlehen besser dran.«

»Vielleicht. Aber ich bin ihm verpflichtet. Und für uns bleibt ja immer noch genug übrig.«

»Das ist wohl wahr.«

»Isaac, hat Anne mit dir gesprochen?«

Isaac nickte. »Sie hat mich beiseite genommen, könnte man sagen. Aber ich wußte es vorher schon. Sie ist wie du.«

»Ja.«

»Junge, sei nicht schockiert. Sie ist deine Tochter, was erwartest du?«

Robin machte eine hilflose Geste. »Sie ist noch so klein … zu jung für so eine Bürde.«

»*Bürde?*«

»Anders zu sein. Es ist nicht immer einfach, weißt du. Denk an Bertram, einmal war er drauf und dran, mir den Diakon des Bischofs auf den Hals zu hetzen. Es macht einen so verwundbar …«

»Ich werde schon auf sie aufpassen, wenn du weg bist.«

Robin sah ihn hoffnungsvoll an. »Würdest du das tun?«

»Natürlich.«

»Ihre Mutter, na ja …«

»Du brauchst mir nichts zu erklären.«

»Nein. Vermutlich nicht. Danke, Isaac.«

Isaac lächelte. »Ich hab' sie wirklich gern, weißt du. Seltsames Kind.«

Robin nickte. Welch eine Verschwendung es sein würde, wenn Isaac nie eine Familie hätte, dachte er. Aber er hatte gelernt, das Thema zu meiden. »Ich … mache mich an die Arbeit.«

Isaac zog einen Halm aus dem Ballen und streckte die langen Beine aus. »Dann werde ich es heute ruhig angehen lassen.«

Robin grinste. »Den Tag möchte ich erleben.«

Er arbeitete nahezu den ganzen Nachmittag mit den Jährlingen. Es war heiß, und als er fertig war, holte er sich einen Eimer kühles Wasser aus dem Brunnen herauf, beugte sich vor und schüttete sich den Inhalt über den Kopf. Es war kalt. Robin lachte atemlos und prustete.

Neben ihm räusperte sich jemand.

Er öffnete blinzelnd die Augen. »Hal! Willst du zu mir?«

»Ja, Sir. Kann ich Euch einen Moment sprechen?«

Robin wischte sich mit dem Hemd über das Gesicht. »Natürlich. Was gibt's denn?«

Seine Frage schien Hal vorübergehend sprachlos zu machen. Er starrte auf einen Punkt im Gras vor ihnen und rang ganz offensichtlich um Mut.

Robin betrachtete ihn freundlich. Hal war ein schwer arbeitender, für gewöhnlich aber fröhlicher Kerl, und er gehörte zu denen, die den märchenhaften Erfolg von Robins Pferdezucht mittrugen. Robin wären nicht viele Dinge eingefallen, die er Hal abgeschlagen hätte. Er verdankte ihm viel und mochte ihn gern. »Na los doch. Was ist es? Ich dachte, Isaac hätte die Sache mit deiner Lohnerhöhung mit dir besprochen?«

Hal hob den Kopf und nickte. »Ja, Sir. Das ist nicht der Grund, warum ich Euch sprechen wollte.«

»Also?«

Hal überwand seine Nervosität und sah ihm in die Augen. »Ich wollte Euch bitten … um Elinors Hand.«

Robin war verblüfft. Das war das letzte, woran er gedacht hätte. Aber natürlich, ging ihm auf, was lag näher. Nachdem nun wohl eindeutig feststand, daß Isaac nicht in Frage kam. Er zuckte lächelnd mit den Schultern. »Was sagt Elinor dazu?«

»Sie sagt nein, Sir.«

Robin hörte auf zu lächeln. »Oh.« Er setzte sich auf den Brunnenrand und schüttelte langsam den Kopf. »Ich fürchte, in dem Fall kann ich nichts für dich tun.«

Hal atmete tief durch. »Aber sie erwartet ein Kind.«

Robin fuhr erschrocken auf. »Deins?«

Hal schien erstaunt. »Natürlich meins. Was glaubt Ihr denn von ihr ...«

Robin machte zwei Schritte auf ihn zu. »Du hast es gewagt, sie anzurühren, du Dreckskerl? Das ... das kann nicht wahr sein. Ihr Vater hat sie mir anvertraut!«

»Und wann habt Ihr Euch je um sie gekümmert«, entgegnete Hal leise.

Robin packte ihn mit der Linken. »Du ...«

Hal ließ seine Arme herabsinken, gab seinen ganzen Körper Robins erhobener Faust preis und sah ihm in die Augen. »Ich liebe sie. Von Herzen, Sir. Ich hatte nie die Absicht, sie in Schwierigkeiten zu bringen.« Er unterbrach sich kurz, schluckte und biß die Zähne zusammen. »Na los doch. Worauf wartet Ihr, ich werde ganz sicher nicht zurückschlagen ...«

Robin ließ ihn los, stieß ihn beinah weg und öffnete seine Faust. Jesus, was tu' ich, dachte er verwirrt. »Du ... du liebst sie?«

»Ja. Und sie mich. Ich weiß es.«

»Warum sagt sie dann nein?«

»Sie sagt, sie will nicht heiraten. Sie sagt, sie will zu Joyce gehen und sie überreden, das Kind wegzumachen.«

»Großer Gott ... Warum?«

Hal hob ratlos die Schultern. »Ich habe keine Ahnung. Sie weigert sich, darüber zu reden. Ich ... hab' alles versucht, sie ist stur wie ein Maultier. Ich weiß nicht mehr, was ich tun soll.«

Robin betrachtete ihn ernst. So auf Anhieb wußte er auch nicht, was er tun sollte.

Hal zupfte nervös an seinem Kittel. »Hättet ... hättet Ihr sie mir gegeben?«

»Ja.«

»Dann ... helft mir, Sir. Ich weiß, daß Ihr wütend seid, Ihr habt ja auch recht, aber jagt mich nicht fort, bitte.«

»Da wäre ich schön dämlich. Wenn ich so darüber nachdenke, bin ich gar nicht besonders wütend. Und ich schätze, es tut mir leid, daß ich dir beinah eine gelangt hätte.«

Hal lachte überrascht. »Ihr solltet Euch nicht entschuldigen, Sir, das wäre wohl sehr unpassend.«

Nein, dachte Robin, das wäre es wohl kaum. Nichts war erbärmlicher, als einen Mann zu schlagen, der sich nicht wehren konnte. »Tja, verdammt, Hal, was machen wir denn jetzt nur?«

»Ich hatte gehofft, Ihr würdet mit ihr reden. Sie zur Vernunft bringen. Weil sie mich doch eigentlich haben will.«

Robin seufzte. »Ich will's versuchen. Ich lasse mir etwas einfallen und rede mit ihr.«

Hal lächelte befreit. »Danke. Und es tut mir wirklich leid, Sir, daß sie schwanger ist.«

Robin biß sich auf die Lippen. »Ja, ja. Das kommt eben davon ...«

Er wartete bis zum Abend und lauerte ihr am Brunnen vor ihrem Haus auf. Er lugte hinter der Futterscheune hervor und betrachtete sie. Die Abendsonne ließ ihre langen Locken wie Kupfer leuchten, und ihre Bewegungen waren anmutig und sparsam. Als sie die Winde betätigte, spannten sich ihre Arm- und Brustmuskeln unter dem Kleid. Ihr Gesicht war leicht von der Sonne gebräunt.

Elinor hielt nichts von weißer Damenhaut, sie schämte sich ihrer Bräune keineswegs. Es sollte ruhig jeder sehen, daß sie für ihr Brot arbeitete. Sie schüttete das Wasser aus dem Brunneneimer um in den, den sie mitgebracht hatte, und hob ihn mühelos an.

Unbemerkt folgte er ihr zum Haus und trat hinter ihr in die Küche.

Sie sah auf. »Robin«, grüßte sie knapp und schüttete Wasser in einen leeren, verkrusteten Topf.

Wann habt Ihr Euch je um sie gekümmert, hatte Hal gesagt, und vielleicht war sein Vorwurf berechtigt. Seit Robin Joanna geheiratet hatte, war sein Verhältnis zu Elinor kühl und distanziert geworden. Sie hatten es beide einfach so geschehen lassen, weil es die Dinge leichter machte. Er hatte sie einmal gefragt, ob sie nach Waringham zurückkehren wolle, und sie hatte ihn ausgelacht. Sie sei hier durchaus zufrieden, versicherte sie. Er konnte sehen, daß es so war, und er hatte es dabei belassen. Sie sahen sich selten, und wenn sie etwas zu besprechen hatten, waren sie höflich und sachlich. Robin dachte mutlos, daß sie keine Grundlage für das vertrauliche Gespräch hatten, das er trotzdem irgendwie führen mußte.

»Komm mit nach draußen, Elinor. Laß uns ein Stück gehen.«

Sie bedachte ihn mit einem Stirnrunzeln. »Ich hab' zu tun.«

»Das kann die Magd ebensogut.«

»Na schön.« Auf dem Weg zur Tür rief sie die Treppe hinauf: »Martha, komm runter und bring die Küche in Ordnung!«

Sie verließen das Haus, überquerten die Wiese schweigend und den letzten Hof, wo die Zuchthengste standen, kletterten über den Zaun und gingen langsam über die Weiden.

Robin wußte, daß sie nichts davon halten würde, wenn er um den heißen Brei herumredete. »Sag mir, wie denkst du über Hal?«

Sie antwortete nicht gleich. Sie bückte sich kurz, pflückte ein Kleeblatt und hielt es ihm hin. »Hier. Vier Blätter.«

Er lächelte schwach. »Danke.«

Sie schlenderte weiter. »Ich hab' ihn sehr gern«, räumte sie schließlich ein.

»Das trifft sich gut.«

»Ah ja?«

Er nickte, legte den Kopf in den Nacken und sah zu den weißen Wolkenfetzen hinauf. »Ja. Weil du ihn nämlich heiraten wirst.«

»Wenn du dich da nur nicht irrst ...«

»Nein, ich glaube nicht.«

Sie blieb stehen und stemmte die Hände in die Seiten, ganz genau, wie ihr Vater es tat. »Ich sehe wirklich nicht, wie du mich dazu zwingen willst. Wenn ihr mich zum Kirchentor schleift, werde ich einfach nein sagen. Und Vater Horace ist ein anständiger Kerl. Er wird uns nicht trauen, wenn ich nein sage.«

Über dieses Problem hatte Robin eine Weile nachgegrübelt. Und er hatte eine wirklich schäbige Lösung gefunden. Aber noch hielt er seinen Trumpf zurück.

»Wirst du mir sagen, warum du nicht heiraten willst?«

»Ich will keine Kinder.«

»Na ja, das ist nun mal passiert.«

Sie schüttelte kurz den Kopf. »Ich werd' es nicht bekommen. Ich finde schon einen Weg.«

»Aber *warum*, Elinor? Warum willst du diese grauenvolle Sünde auf dich laden und höchstwahrscheinlich dabei sterben?«

Sie lehnte sich an den Zaun und verschränkte die Finger ineinander. »Ich weiß, daß es Sünde ist. Aber ... ich kann nicht, Robin.

Ich will nicht, daß es mir ergeht wie meiner Mutter. Es ist so grauenvoll. Immerzu nur schwanger. Jahr um Jahr einen kleinen Parasiten austragen, der einen von innen her aufzehrt. Gott, du weißt doch, wie es war, als sie die Zwillinge bekam …«

»Aber sie ist nicht im Kindbett gestorben.«

»Das wäre sie, wenn Agnes nicht gekommen wäre. Darum geht es auch nicht. Ich habe eigentlich keine Angst davor, im Kindbett zu sterben.«

»Sondern wovor?«

»Ausgesaugt zu werden. Mutter zu sein. So wie meine Mutter zu enden, mit einem Stall voller Kinder und die Jungs noch dazu und immer nur schwanger.«

»Was willst du statt dessen?«

Sie hob leicht die Schultern. »Gar nichts. Alles soll so bleiben, wie es ist. Ich bin unabhängig, ungebunden und sehr zufrieden.«

»Und schwanger.«

Sie verzog kurz den Mund. »Tja, so ein verdammtes Pech.«

Er lehnte sich neben ihr an den Zaun. »Ich denke, du kannst Hal heiraten und dieses Kind bekommen, ohne zwangsläufig so zu leben wie deine Mutter.«

»Wie?«

»Schreib Agnes und frag, was du tun mußt, damit du nicht gleich wieder schwanger wirst. Du weißt doch, daß es funktioniert, deine Mutter war der beste Beweis.« Und Agnes war von Mortimer schließlich auch nicht schwanger geworden.

Elinor lächelte schwach. »Oh, Robin, dieses Gespräch droht wirklich peinlich zu werden. Ganz davon abgesehen, daß ich weder schreiben noch lesen kann.«

Das hatte er vergessen, aber er winkte nur ab. »Ich könnte es für dich tun. Ich kann nichts Peinliches daran finden.« Er schwieg einen Moment. Dann versuchte er es noch einmal. »Du solltest es probieren, weißt du. Statt dich ins Unglück zu stürzen und Hal dazu.«

»Nein, gib dir keine Mühe. Ich werde ihn nicht heiraten.«

»Doch, Elinor.«

Sie seufzte ungeduldig. »Ich glaube, so weit waren wir schon mal.«

Er nickte beklommen. Dann hob er den Kopf und sah ihr in die Augen. »Warum forderst du mich heraus? Du weißt doch ganz genau, daß ich dich zwingen muß. Wie könnte ich zulassen, daß du in Schande gerätst oder dein Kind tötest und dein Seelenheil verwirkst und deinen Frieden? Vermutlich dein Leben verlierst? Was sollte ich deinem Vater sagen? Wie könnte ich ihm je wieder unter die Augen treten?«

»Zur Hölle damit. Es ist mein Leben und mein Kind und meine Schande und meine Seele.«

»Es ist auch Hals Kind. Wieso willst du ihm das antun, er liebt dich doch so sehr ...«

»Hör auf!« fauchte sie plötzlich. »Hör auf damit. Glaubst du vielleicht, es würde mich nicht in Stücke reißen?«

»Ja. Ich bin überzeugt, das tut es. Aber das braucht es nicht länger. Ich nehme dir die Entscheidung aus der Hand.« Er hielt kurz inne, gab sich einen Ruck und sprach leise weiter: »Hör zu. Du wirst Hal am nächsten Sonnabend heiraten und sein Kind bekommen. Du wirst es mir schwören, bei der Seele deiner Mutter, und zwar so, daß ich es glauben kann. Wenn du es nicht tust, Elinor, dann stecke ich dich ins Kloster. Ehrenwort, ich tu's wirklich. Ich werde ihnen Geld geben, damit sie dich aufnehmen, aber ... sie sind nicht besonders nett zu ledigen Müttern, weißt du. Sie behandeln sie wie Abschaum. Natürlich könnten sie dich nicht zwingen, die Gelübde abzulegen, aber sie würden dich einsperren, solange ich sie bezahle. Und dein Kind würde zwangsläufig Nonne oder Mönch werden. Das geht wie von selbst. Also? Du hast die Wahl, es liegt ganz bei dir.«

Er erkannte die warnenden Anzeichen in ihren Augen. Ohne das geringste Zögern hob sie die Hand und schlug ihn ins Gesicht, so hart sie konnte. »Du elender Bastard!«

»Ich will deine Antwort jetzt gleich. Ich kann nicht riskieren, daß du mir heute nacht davonläufst.«

Sie stand reglos vor ihm, ihr Atem hatte sich wie in Panik beschleunigt, aber ihr Gesicht wurde gänzlich ausdruckslos. Und das hat sie auch von ihrem Vater, dachte er flüchtig und merkte dann, daß seine Miene vermutlich ebenso versteinert war.

Sie straffte ihre Haltung und atmete tief durch. »Na schön. Das ist einfach zu furchtbar. Dem kann ich nicht ins Auge sehen.«

»Ich hatte gehofft, daß du so denkst. Also dann. Schwöre, und laß mich deine Hände dabei sehen.«

Sie sah ihm in die Augen, leistete den Eid, den er gefordert hatte, und verfluchte ihn im selben Atemzug.

Robin zuckte unwillkürlich zusammen. Er konnte es wirklich nicht ausstehen, wenn ihn jemand verfluchte. Es war schrecklich. Aber er sagte nichts, sah ihr nach, als sie hochaufgerichtet über die Wiese zurückging, und folgte ihr niedergeschlagen.

Er fühlte eine solche Last auf sich, daß er erwog, am nächsten Morgen nach St. Gregorius zu reiten und Vater Horace aufzusuchen. Doch er konnte sich nicht dazu entschließen. Vater Horace war ein Mann mit viel Verständnis für die Schwächen der Menschen, aber in Fragen der Keuschheit und der Moral konnte er unerbittlich sein. Möglicherweise lag es daran, daß es Vater Horace offenbar nie so schwergefallen war, sein Keuschheitsgelübde zu halten wie die Fastenregeln. Robin hatte die Befürchtung, daß Vater Horace sein Verhalten gutheißen könnte und daß er sich von seiner Absolution besudelt fühlen würde.

Statt dessen erzählte er Isaac davon, nachdem alle anderen zu Bett gegangen waren. Isaac hörte aufmerksam zu, während Robin mit gesenktem Kopf und leiser Stimme beichtete, was er getan hatte.

Er war nicht schockiert. »Na ja. Scheußliche Sache, aber irgendwie hat sie dir keine Wahl gelassen, oder?«

»Trotzdem, ich fühle mich elend.«

»Weil du dir die Sache zu schwermachst. Was glaubst du, was Conrad ihr erzählt hätte …«

»Ich bin sicher, er hätte einen besseren Weg gefunden.«

Isaac schüttelte den Kopf. »Nein, Robin. Du konntest nichts anderes tun. Es tut mir ja auch leid, daß es so schwierig für sie ist, aber da ist nichts zu machen, sie ist schwanger, und sie soll froh sein, daß sie einen Vater für ihr Balg hat.«

»Isaac …«

»Verdammt, wenn du ein Bastard wärest, wüßtest du, was es wert ist.«

»Wußtest du von den beiden?« fragte Robin nach einem kurzen Schweigen.

»Auch erst seit heute. Hal kam zu mir, nachdem er mit dir gesprochen hatte, und er sagte … Ja, meine Güte, Anne, was tust du denn hier?«

Sie stand im Nachthemd und auf nackten Füßen an der Tür zu

dem kleinen, behaglichen Wohnraum. Ihre Augen waren unruhig und sehr groß.

Robin sprang auf. »Anne! Bist du krank?«

Sie schüttelte den Kopf.

»Ist was mit Edward?«

»Nein.«

»Also?«

Sie regte sich unruhig. Sie wußte, es war ein schweres Vergehen, nachts aufzustehen und das Kinderzimmer zu verlassen, aber sie fürchtete sich so sehr. »Entschuldige bitte, Vater …«

Er nahm sie auf den Arm und hob sie hoch. »Was ist denn, mein Engel? Gott, wie du zitterst. Was hast du denn? Schlecht geträumt?«

Sie nickte. »Geh zu Elinor, Vater. Schnell. Sie hat ein Messer in der Hand und blutet …«

Isaac war schon an der Tür. Robin versuchte, den eisigen Schauer auf seinem Rücken zu ignorieren. »Wo ist sie? Hast du's gesehen?«

»Im Steinhaus.«

Er stellte sie auf die Füße und fuhr ihr über den Kopf. »Wir gehen nachsehen. Hab keine Angst mehr, geh zurück ins Bett.«

Sie nickte. Robin folgte Isaac die Treppe hinab und aus dem Haus. An der Futterscheune holte er ihn ein.

Die Tür zum Steinhaus war nie verschlossen. Isaac stieß sie auf und wollte über die Schwelle treten, aber Robin packte ihn am Ärmel und hielt ihn zurück. Er hob seinen Arm, der ihm schwer wie Blei erschien, und wies auf den Brunnen.

Isaac stöhnte. »Oh … gütige Jungfrau, hilf uns.«

Sie hing am oberen Quergestänge der Winde. Als sie ankamen, hörten sie das gräßliche Gurgeln der Strangulation, und ihre Füße über dem Brunnen traten wie im Starrkrampf ins Leere. Robin beugte sich über den Schacht, umfaßte ihre Körpermitte und hob sie an. »Ein Messer, Isaac.«

»Wo ist dein Dolch?«

»Hier, an der linken Seite …«

Isaac ertastete den Griff. Er zog die Waffe heraus, stieg auf den gemauerten Brunnenrand und schnitt den Strick durch. Elinors Körper sackte leblos zusammen.

Sie legten sie neben dem Brunnen ins Gras. Der Mond schien

und gab ihnen Licht, er ließ ihr Gesicht fahl und todesbleich erscheinen.

Isaac lockerte den Knoten an ihrem Hals und durchschnitt den Strick.

Robin fühlte ihr Herz. »Sie lebt.«

Isaac hatte sich über ihren Kopf gebeugt. »Und atmet.« Er hob sie auf. »Wohin?«

»Rüber ins Haus. Besser, hier sieht sie keiner. Wenn sie durchkommt, braucht ja niemand davon zu erfahren.«

Isaac setzte sich in Bewegung. Robin ging neben ihm her und hielt Isaac die Tür auf, holte eine Kerze aus der Halle und leuchtete auf dem Weg die Treppe hinauf.

Anne war nicht schlafen gegangen. Sie saß auf der obersten Stufe, und als sie sie kommen sah, stand sie langsam auf. »Ist sie tot?«

Robin schüttelte den Kopf. »Nein. Hab keine Angst, sie wird wieder in Ordnung kommen, glaube ich.«

»Kann ich etwas tun?«

Er hielt Isaac die Tür zu Leofrics Kammer auf. Es war die nächste zur Treppe. Anne war ihnen gefolgt und sah mit weit aufgerissenen Augen auf Elinors nackte, baumelnde Füße.

»Beten«, antwortete sie sich selbst leise. »Das kann nie schaden.«

Robin hockte sich zu ihr hinunter, während Isaac Elinor auf das Bett legte. »Nein, du hast recht, das schadet nie. Willst du nicht lieber ins Bett gehen, Anne? Du wirst ja ganz kalt.«

»Warum weint Isaac, Vater?«

»Er hat einen Riesenschreck bekommen.«

»Bist du sicher, daß Elinor wieder in Ordnung kommt?«

»Nein, nicht sicher, Engel. Ich hoffe es. Und jetzt geh und laß mich Isaac helfen, ja?«

Sie nickte ernst, hielt ihm das Gesicht hin, damit er sie küssen konnte, und mißachtete wiederum seine Anweisung. Sie blieb im Rahmen der offenen Tür stehen und sah zu, während Robin und Isaac Elinor zudeckten, ihren Herzschlag fühlten und ihre Hände rieben.

»Sie ist so kalt«, sagte Isaac erstickt. »Wir müssen sie warm halten.«

Robin nickte. »Ich hole Wein.« Er entdeckte seine Tochter. »Komm her, Anne. Fürchtest du dich?«

Anne trippelte näher und schüttelte den Kopf.

»Dann leg dich zu ihr. Wärm sie ein bißchen.«

Anne kroch unter die Decke, legte einen ihrer kleinen Arme um Elinor und rückte ganz nah an sie heran. Robin eilte hinunter in die Küche und holte einen Becher starken Wein. Als er ihn Elinor an die Lippen hielt und behutsam schüttete, zeigte sie einen Schluckreflex, wimmerte leise und hustete kraftlos.

Isaac nahm Robin den Becher aus der Hand, legte einen Arm unter Elinors Nacken, richtete sie ein wenig auf und setzte den Becher wieder an. »Ja, jetzt hast du Halsschmerzen, was? Zu dumm, aber du wirst trotzdem trinken …«

Vor Morgengrauen trug Robin Anne zurück ins Kinderzimmer. Vermutlich besser, wenn die Amme und damit Joanna nicht erfuhr, daß das Kind alles miterlebt hatte, was in der Nacht passiert war.

Als die Sonne aufging, lebte Elinor immer noch. Ihr Herzschlag war kräftig und ihr Atmen ein mühevolles, aber regelmäßiges Keuchen. Sie war noch nicht zu sich gekommen. Robin ließ Isaac bei ihr, ging zu Joanna, weckte sie auf und erzählte ihr, was passiert war.

Joanna lauschte mit schreckgeweiteten Augen, sprang aus dem Bett, warf sich ein Tuch um die Schultern und überquerte den Flur. Sie legte Isaac kurz die Hand auf die Schulter und beugte sich besorgt über Elinor. »O mein Gott, ihr Hals …«

Das zunehmende Tageslicht enthüllte einen gräßlichen rötlich-blauen Ring um Elinors Hals, ein Würgemal. Joanna setzte sich auf die Bettkante und nahm ihre Hand. »Oh, Elinor … Warum bist du nicht zu mir gekommen?«

Elinor regte sich und schlug die Augen auf. Zuerst war ihr Blick trüb, aber nach und nach erkannte sie die drei Gesichter, die sie umgaben. Sie kniff die Augen wieder zu, gab einen schwachen, jammervollen Laut von sich und drehte den Kopf weg.

Joanna strich ihr sanft die Haare aus dem Gesicht. Dann sah sie auf. »Robin, schick Oswin nach Waringham. Er soll Agnes herbringen. Schnell.«

»Warum?« fragte Isaac verständnislos. »Sie kommt auch so durch, das sieht man doch.«

Joanna winkte wütend ab. »Was weißt du schon? Vermutlich kommt sie durch, aber was nützt das, wenn sie nicht leben will? Wenn sie lieber sterben will als das Leben, das ihr euch für sie ausgedacht habt? Tu, was ich sage, Robin Fitz-Gervais, schick nach deiner Schwester. Sie wird hier gebraucht, glaub mir. Und jetzt raus mit euch. Los, verschwindet!«

Robin und Isaac schlichen betreten hinaus, und Robin tat schuldbewußt, was Joanna gesagt hatte. Er schickte Oswin nach Waringham und bot ihm eine fette Prämie, wenn er Agnes innerhalb einer Woche herbrachte. Er gab ihm einen hastig gekritzelten Brief mit. *Bitte komm sofort her. Und wenn Du es über Dich bringen kannst, um Deines Bruders willen Deinem Mann die Unwahrheit zu sagen, dann erzähl Conrad, Anne oder Joanna seien krank. In Wirklichkeit ist es Elinor. Sie ist nicht in unmittelbarer Lebensgefahr, aber sie braucht Dich. Agnes, bitte komm und hilf uns. In größter Not, Dein Bruder Robert.*

Oswin brauchte sechs Tage. Er sagte nachher, er hätte nicht geglaubt, daß er es schaffen würde, aber Agnes ritt, als seien die Reiter der Apokalypse hinter ihr her. Er wußte auf ihre drängenden Fragen keine Antworten, Robin hatte ihm nicht gesagt, was passiert war, und Agnes wurde gehetzt von der Angst, zu spät zu kommen. Sie rasteten nie länger als zwei Stunden, auch nachts nicht. Als sie ankamen, fiel Oswin in sein Bett und schlief einen ganzen Tag lang. Agnes ging unmittelbar zu Elinor. Sie fand Joanna an deren Bett.

Sie schloß leise die Tür hinter sich. »Wie geht es ihr?«

»Oh, Agnes … Gott sei Dank.« Sie umarmten sich kurz.

Agnes beugte sich über Elinor, sah das Mal an ihrem Hals und brauchte keine weiteren Erklärungen. »Ist sie ohnmächtig, oder schläft sie?«

»Sie schläft, denke ich. Aber sie wird schwächer. Sie wacht auf und ist bei vollem Bewußtsein, aber sie ißt nichts und spricht kein Wort.«

»Was ist passiert?«

Joanna erzählte.

Agnes hörte aufmerksam zu, strich Elinor mitfühlend über den Arm und dachte eine Weile nach. »Und der Vater?«

»Vergeht vor Kummer.«

»Und hat sie was für ihn übrig?«

»Ja.«

»Hat sie geblutet?«

»Nein.«

Agnes fuhr sich nachdenklich mit dem Finger über die Lippen. »Hm. Na schön. Wo ist Robin?«

»Ich bin nicht sicher. Als feststand, daß sie außer Gefahr war, ist er verschwunden. Vielleicht ist er ein paar Tage in St. Gregorius.«

Agnes verzog spöttisch den Mund. »Natürlich. Das ist herrlich einfach, nicht wahr. Da sind die Kerle unter sich.«

Joanna schüttelte langsam den Kopf. »Er war wirklich verzweifelt.«

»Ja. Das ist mein Bruder. Er richtet ein Unheil an, und dann ist er verzweifelt.«

»Ach, Agnes …«

»Schon gut. Geh und ruh dich ein bißchen aus, Joanna. Ich kümmere mich um sie.«

Joanna sah sie zweifelnd an. »Du mußt erschöpft sein von der Reise.«

Agnes winkte ab. »Nein. Geh nur. Schick mir Wein und Brot herauf.«

Agnes versetzte den Wein mit einem Pulver, das sie von einem ihrer geheimnisvollen fahrenden Händler erworben hatte. Genau wie der Mohnsaft kam das Pulver aus dem Morgenland, und es funktionierte ebensogut, nur war seine Wirkung eine völlig andere: Es weckte die Lebensgeister und beschleunigte den Puls. Als Elinor aufwachte, gab Agnes ihr davon zu trinken und konnte sie kurz darauf überreden, etwas Brot zu essen. Voller Mitleid sah sie, wie schmerzhaft das Schlucken vonstatten ging.

»Habe ich das Kind verloren?« krächzte Elinor schließlich fast unverständlich.

»Nein.«

Sie schüttelte langsam den Kopf. »Man verliert nie, was man nicht haben will, nicht wahr. Nur, was einem kostbar ist.«

»Ich fürchte, so ist es meistens, ja.«

»Hal? Ist er fortgegangen?«

»Nein.«

»Ich wollte es mit einem Messer tun, es mir in die Brust stoßen, um ihm zu ersparen, mich da hängen zu sehen. Aber ich konnte nicht. Ich ... hab's einfach nicht fertiggebracht.«

»Welch ein Glück. Elinor, ich bin froh, daß du wieder sprichst, aber übertreib es nicht gleich. Komm, trink noch einen Schluck.«

Elinor trank. »Haben sie dich wegen mir geholt?«

»Natürlich.«

Plötzlich riß Elinor erschrocken die Augen auf. »Vater ...«

»Nein. Er weiß nichts.«

»Oh, Gott sei Dank. Danke, daß du gekommen bist, Agnes. So weit ...«

»Zu dir wäre ich auch gekommen, wenn du in Jerusalem wohntest, weißt du.«

Elinor sah sie hoffnungslos an. »Aber selbst du kannst mir nicht helfen. Dein weiter Weg war umsonst. Ich sitze in der Falle, und Robin ... er hat kein Erbarmen.«

Agnes nahm ihre Hand. »Doch, Elinor. Ich kann dir helfen. Wenn es wirklich das ist, was du willst, werd' ich dir das Kind wegmachen. Ohne an dir herumzuschneiden und dich umzubringen. Ich werde dir einen Trank geben, und dein Körper stößt das Kind ab. Du wirst zwei Tage krank sein, und das ist alles. Hal und allen anderen können wir erzählen, du hättest es verloren, jeder würde es glauben.«

Der gehetzte Ausdruck verschwand aus Elinors Augen. Sie schloß die Lider. »Agnes ...«

»Denk in Ruhe darüber nach.«

»Ja.«

»Und wenn es dir bessergeht, werde ich dir erklären, wie du ausrechnen kannst, an welchen Tagen des Monats du empfängnisbereit bist und an welchen nicht. Es ist nicht sehr kompliziert und ziemlich sicher.«

»Woher ... weißt du all diese Dinge?«

»Von einer alten Frau aus Wales. Das Wissen der Priesterinnen ist fast aus der Welt verschwunden, aber in Wales haben sie sich ein wenig davon bewahrt. Sie hat an mich weitergegeben, was sie wußte.«

»Priester*innen*?«

»Ja. Wenn du willst, erzähle ich dir irgendwann einmal davon. Aber nicht jetzt. Trink den Becher leer. Du wirst keine Sekunde schlafen können heute nacht, aber du wirst denken können. Es ist eine schwere Entscheidung, und du mußt sie bald treffen.«

»Ja, ich weiß. Ich lasse es dich morgen wissen.«

Agnes erhob sich. »Dann lasse ich dich jetzt allein.«

»Agnes ... sei vorsichtig, hörst du. Wenn du je der Kirche in die Hände fielest ...«

Agnes lachte leise. »Ja, ja. Aber ich passe schon auf. Dein Vater sorgt dafür, er hat genug Besonnenheit für uns beide.«

»Geht es ihm gut?«

»Ja.«

»Und Maude und meine Brüder?«

»Maude hatte die Masern, aber alles ist gutgegangen. Und Stevie wird nächsten Monat heiraten. Ein wirklich schönes Mädchen aus Hetfield.«

Elinor schüttelte mit einem ungläubigen Lächeln den Kopf. »Mein kleiner Bruder. Richte ihm aus, ich wünsche ihnen Glück.«

»Das werde ich. Und ich denke, jetzt mache ich Hal ausfindig und sage ihm, daß du auf dem Weg der Besserung bist.«

»Armer Hal ... es tut mir so leid für ihn.«

Mit der Abenddämmerung des nächsten Tages kam Robin zurück. Er ging nicht gleich ins Haus, sondern verkroch sich in der Sattelkammer, um abzuwarten, bis die Fütterung vorbei war.

Agnes fand ihn dort.

Er sah sie an, ohne zu lächeln. »Danke.«

»Keine Ursache.«

Sie setzte sich neben ihn, und sie sprachen eine Weile nicht. Dann stützte Agnes die Hände auf die Oberschenkel und streckte müde das Kreuz. »Du hast einen wundervollen Sohn.«

»Hm.«

»Warum heißt er Edward? Ein bißchen unpassend, oder?«

»Es war der Wunsch seines Paten. Und es ist der Name des Königs.« Robin sprach langsam und leise.

Sie sah ihn mitfühlend an. »Oh, Robin, ich weiß ganz genau, wie du dich fühlst.«

Er regte sich unruhig. »Wenn ich nur wüßte, was ich hätte bes-

575

ser machen können. Aber sie hat mir doch keine andere Wahl gelassen.«

»Nein, vermutlich nicht. Es ist nicht so, als würde ich nicht verstehen, warum du so gehandelt hast. Aus deiner Sicht war es das einzig richtige. Wo bist du gewesen? Im Kloster? Du siehst aus, als hättest du seit Tagen nichts gegessen.«

»Im Wald.«

»Ah. Hör zu. Sie will das Kind behalten. Und Hal heiraten. Sie hat es mir eben gesagt.«

Er sah sie sprachlos an.

Agnes lächelte ein bißchen. »Sie ist so sehr wie ihr Vater, weißt du. Das Geheimnis, wie man sie dazu kriegt, zu tun, was man will, ist, sie nicht zu zwingen. Ihnen den anderen Weg offenzuhalten.«

»Sie will … ihn heiraten?«

»Hm.«

»Oh, Agnes.« Er schloß einen Moment müde die Augen. Dann atmete er tief durch. »Du machst die Leute wirklich gesund.«

Sie nickte zufrieden. »Und jetzt laß uns hineingehen und etwas zu essen für dich besorgen. Du siehst richtig abgemagert aus.«

Er stand auf. »Einverstanden.« Er war in der Tat hungrig, und er fühlte sich, als habe jemand eine bleierne Last von seinen Schultern genommen. Impulsiv schloß er seine Schwester in die Arme und küßte sie auf die Wange.

Sie strich ihm liebevoll über die Schulter. »Kein besonders erfreulicher Anlaß, aber es ist gut, dich zu sehen.«

Sie schlenderten gemeinsam die Ställe entlang, und Robin gab hier und da ein paar Anweisungen. »Was gibt es Neues zu Hause?« erkundigte er sich.

»Mortimer hat geheiratet.«

Robin seufzte. »Gott steh seiner Frau bei.«

»Es ist Juliana. Die Tochter von William Granston.«

Robin runzelte die Stirn. »Meine Braut. Wir wurden einander versprochen unmittelbar vor Vaters Tod.«

»Ja. Aber ihr Vormund vertrat die Ansicht, daß sie nicht mit dir, sondern mit dem Erben von Waringham verlobt war. Und Mortimer fand das auch.«

»Darauf wette ich. Sie ist die alleinige Erbin ihres Vaters.«

»Hm. Und Mortimer wußte, daß du verheiratet bist.«

»Woher?«

»Von mir.«

»Ihr plaudert, ja?«

»Er … kommt hin und wieder, wenn ich irgendwo Kräuter sammle oder ähnliches, und fragt mich um einen Rat oder redet einfach. Na und? Conrad ist es egal, und selbst Mortimer braucht einen Freund, Robin. Außerdem habe ich es seiner Mutter versprochen.«

»Welchen Grund könntest ausgerechnet du haben, sein Freund zu sein?« fragte er mißbilligend.

»Nicht einen einzigen. Aber es ist, wie es ist. Und manchmal, nicht oft, aber manchmal hört er auf mich.«

»Großartig.«

Sie seufzte. »Niemand verlangt, daß du es gutheißt. Jedenfalls wußte er, daß dein Verlöbnis mit Juliana hinfällig war. Also hat er um sie geworben, und der Vormund und der König haben zugestimmt.«

Robin hatte seine Braut aus Kindertagen nie im Leben gesehen, aber er bedauerte sie dennoch. »Und? Wie ist sie?«

»Ernst, gebildet, fromm und ein bißchen häßlich. Die Leute in Waringham nennen sie Lady Eulengesicht. Inzwischen ist sie schwanger und bat mich deswegen zu sich. Wir haben eine Weile geredet. Sie ist nicht einmal übel. Sehr gescheit. Und scharfzüngig. Ich glaube nicht, daß Mortimer es ohne weiteres wagt, mit ihr umzuspringen wie mit anderen. Ich habe behutsam danach gefragt, und sie sagte, er sei ein durchaus höflicher Gatte.«

Robin schüttelte ungläubig den Kopf. Dann sagte er nachdenklich: »Ich wünsche ihnen eine große, lebhafte Schar Töchter.«

Agnes sah ihn von der Seite an. »Du hast also doch noch nicht alle Hoffnung aufgegeben?«

»Wenn ich bei klarem Verstand bin, schon. Es gibt keine Hoffnung. Höchstens törichte Träumereien. Aber deswegen kann ich es ihm trotzdem nicht gönnen und seiner Brut ebensowenig.«

»Das ist gut«, murmelte sie.

Sie kamen in den Hof vor dem Haus, der inzwischen eher einem Garten glich. Je größer die Zucht geworden war, um so mehr hatte Robin seinen eigenen Landwirtschaftsbetrieb vernachlässigt. Er ließ immer noch ein paar Felder bewirtschaften und Schafe züchten, denn der Wollpreis war unverändert gut.

Rinder und Schweine hielt er jedoch nur noch so viele, wie notwendig waren, um den Bedarf seines Haushaltes und der Stallburschen zu decken, und ihre Ställe lagen am entlegenen Ende des Gutes. Agnes sah sich anerkennend um und sog den betäubenden Rosenduft tief ein. »Es ist wirklich wunderschön hier bei euch.«

Robin folgte ihrem Blick. »Ja. Und ich werde mich nicht beklagen, wenn ich den Rest meiner Tage hier verbringen sollte.«

»Wie ich höre, verbringst du aber den Großteil deiner Tage an der Seite deines Dienstherrn.«

»Ja, ich war in letzter Zeit mehr weg, als mir lieb ist. Hat Joanna sich beklagt?«

Agnes schüttelte den Kopf. »Würde sie das je tun?«

»Vermutlich nicht.«

»Nein. Aber sie ist trotzdem nicht glücklich darüber.«

»Das wäre ja wohl auch noch schöner …«

»Anne! Anne, wo steckst du? Du kleines Luder, komm zurück!« Die Stimme erscholl aus dem jetzt einzigen Stall im Hof, wo Romulus und ein paar andere Reitpferde standen. »Anne!« hörten sie sie rufen. »Verdammt, ich dreh' dir den Hals um …!«

Robin und Agnes wechselten einen verwunderten Blick und traten neugierig durch das Tor. Robin hatte die Stimme ohne Mühe als die seines Knappen erkannt, aber als er ihn entdeckte, brach er in ein befreiendes, schallendes Gelächter aus. »Francis! Bist du unter die Räuber gekommen?«

Francis lag vor ihm im Stroh auf dem Bauch, barfuß und an Händen und Füßen gefesselt. Sein Kopf war feuerrot vor Scham und von seinen fruchtlosen Bemühungen, sich zu befreien. Seine Lage war höchst unangenehm: Der Strick, der seine Handgelenke auf dem Rücken zusammenhielt, war zu seinen Füßen weitergeführt und band auch seine Knöchel, und er war so straff, daß seine Fingerspitzen beinah seine Fersen berührten.

»Lacht, soviel Ihr wollt, Sir, aber seid so gut, macht mich los. Mein Kreuz bricht gleich durch, ich schwör's.«

Robin zog seinen Dolch, beugte sich über ihn und schnitt die Fesseln durch. Francis blieb einen Moment ausgestreckt mit dem Gesicht im Stroh liegen und rührte sich nicht.

Robin sah grinsend auf ihn hinab. »Und? Wie viele waren es, he?«

Der Junge rappelte sich auf, bis er im Stroh kniete, dann zog er sich an einem Stützbalken hoch. Er hielt sich daran fest, vermutlich hatte er nicht besonders viel Gefühl in den Füßen. Sein roter Kopf war tief gesenkt.

»Also?« drängte Robin mitleidlos.

Agnes erkannte Francis' Nöte und entfernte sich diskret.

Francis atmete erleichtert auf, hob endlich den Kopf und sah Robin tapfer an. »Sir, sie ist Eure Tochter, aber ich muß Euch ganz ehrlich sagen, sie ist ein Teufel.«

Robin lehnte sich an den Torpfosten und verschränkte die Arme. »Man sollte zumindest meinen, daß sie mit teuflischen Mächten im Bunde sein muß, um einen sonst recht wackeren Burschen, der darüber hinaus beinah zehn Jahre älter ist als sie, in so eine mißliche Lage zu bringen.«

Francis mußte selber lachen. Ein nicht geringer Teil seines Lachens war Erleichterung. »Schön, ich geb's zu, sie hat mich reingelegt, und wahrscheinlich geschieht es mir ganz recht. Gott, mir ist noch nie im Leben etwas so peinlich gewesen, ehrlich, Sir, ich könnte krepieren, so schäme ich mich.«

Robin klopfte ihm kurz die Schulter. »Es gibt weitaus ernstere Gründe für Schande, als von einer Dame übertölpelt worden zu sein, so klein sie auch sein mag.«

»Wenn die anderen Jungs davon erfahren, bin ich erledigt.« Er sah Robin flehentlich an.

»Sei unbesorgt. Ich werde verschwiegen sein wie ein Grab. Komm, du brauchst etwas zu trinken. Und ich auch.«

Er führte seinen Knappen zur Küche, wo Alison und eine Küchenmagd mit den Vorbereitungen des Abendessens beschäftigt waren. Robin stibitzte ungestraft einen heißen Haferfladen, füllte zwei Becher mit starkem Bier, während er ihn verspeiste, und trug sie hinaus. Gemeinsam setzten sie sich auf die Holzbank vor der Küchentür. Robin gab Francis einen der überschäumenden Becher und stieß mit seinem dagegen. »Auf die Damen. Und jetzt erzähl.«

»Oje, muß das sein?«

»Ich bestehe darauf.«

Francis brütete einen Moment über seinem Bier, rieb sich verlegen die Nase und seufzte dann tief. »Ich … hab' sie geärgert. Vielleicht getriezt. Ich weiß auch nicht, sie erinnert mich an meine eigene Schwester zu Haus, und sie hat mich letzte Woche im Rennen geschlagen. Wirklich, Sir, sie reitet wie ein verrückter Maure, dabei ist sie noch so klein.«

»Hm.«

»Das hat mich natürlich gewurmt. Na ja, und vorgestern nach dem Training hab' ich sie kurzerhand in die Pferdetränke gesteckt. Sie war so frech, und ich wußte schließlich nichts mehr zu sagen, und es war ja auch so warm, da hab' ich sie einfach gepackt und mittenrein gesetzt. Ich meine, ich konnte ja nicht wissen, daß Elaine sie deswegen verprügeln würde. Weil's ein neues Kleid war oder weiß der Henker. Also, ich hatte die Geschichte schon längst wieder vergessen, und heute nachmittag sitz' ich da so in der Sonne und polier' Eure Rüstung, da kommt sie plötzlich von hinten, drückt mir ein Spielzeugschwert in den Rücken und sagt: ›Ich bin ein Ritter, du bist ein verdammter, feiger Franzose und mein Gefangener.‹ Ich hab' mitgespielt und mich ergeben. Aber das hätte ich besser nicht getan. Sie fesselte mir die Hände, brachte mich in den Stall, nahm meine Stiefel als Vorschuß auf mein Lösegeld und befahl mir, mich ins Stroh zu legen. Eh ich wußte, was eigentlich los war, hatte sie mich so verschnürt, wie Ihr mich fandet. Dann hat sie sich vor mich hingestellt und mich angeguckt und wirklich ganz furchtbar gräßlich gelächelt und ist einfach verschwunden.« Er machte eine Pause und schüttelte fassungslos den Kopf. »Und das war kurz nach Mittag. Ich fühle mich lausig.«

»O ja. Das glaube ich.«

Francis holte tief Luft. »Es tut mir leid. Ich habe einen Narren aus mir gemacht und ein kleines Mädchen in Schwierigkeiten mit ihrer Amme gebracht. Keine Heldentaten.«

»Nein.«

»Also?« Francis wartete ergeben auf Robins Urteilsspruch. Meistens handelte es sich dabei um irgendwelche lehrreichen, aber verhaßten Verrichtungen wie Schreibübungen, lateinische Verse auswendig lernen, Fasten oder Nachtwachen.

Aber Robin war ausgesprochen milde gestimmt. »Nein, ich schätze, du hast genug gebüßt. Wir lassen es dabei.«

»Danke, Sir.«

»Wahrscheinlich brauche ich dir nicht zu raten, in Zukunft mehr Respekt vor meiner Tochter zu haben, oder?«

Francis schnaubte. »Ich werde einen Bogen um sie machen. Ich bin ihr ganz sicher nicht gewachsen.«

Robin lächelte ein bißchen. »Da siehst du's. Immerhin hast du etwas aus der Sache gelernt. Und für viele ist der Weg zu dieser Erkenntnis weitaus schmerzvoller. Denk an all die alten Geschichten …«

Die Hochzeit von Elinor und Hal fand eine Woche später statt und wurde ein rauschendes Fest. Agnes war noch so lange geblieben, um das denkwürdige Ereignis mitzuerleben und dem Vater der Braut einen ausführlichen Bericht erstatten zu können. Elinor war eine stille, aber lächelnde Braut, die ihren vor Glück und Stolz strahlenden Bräutigam mit liebevollen, fast beschützenden Blicken bedachte. Das ganze Dorf erschien zur Feier, anläßlich derer nach dem Essen auf dem Rasen hinter dem Steinhaus ein ausgelassenes Fußballspiel ausgetragen wurde, das in einer ebenso ausgelassenen Massenschlägerei endete. Robin zog sich mitsamt seinem Haushalt unbemerkt zurück; an diesem Tag verspürte er keine Befugnis und vor allem kein Bedürfnis, für Ordnung zu sorgen.

Er nahm mit seiner Familie ein ruhiges, alltägliches Abendessen ein, während auf dem Gestüt lebhaft gefeiert wurde. Als die Teller abgeräumt waren, holten Joanna und Isabella ihren Stickrahmen hervor. Sie arbeiteten schon seit dem Winter an einem großen Wandteppich, auf den sie mit bunten Seidenfäden Figuren aus dem Rosenroman stickten. Kaum die Hälfte war fertig, aber man konnte schon jetzt sehen, wie kunstvoll und prächtig er einmal werden würde. Robin sah seiner Frau einen Moment über die Schulter. »Dieses bescheidene, kleine Wohngemach wird vornehm genug, um den König darin zu empfangen, wenn euer Teppich hier hängt.«

»Ich hoffe nur, wir erleben den Tag noch. Es ist mehr Arbeit, als wir dachten. Agnes, du könntest eigentlich kommen und uns helfen …«

Agnes saß untätig, aber durchaus zufrieden in ihrem Sessel am Fenster. Sie schüttelte inbrünstig den Kopf. »Das würdest du nicht sagen, wenn du wüßtest, wie ungeschickt ich in solchen Dingen bin. Ich würde nur alles verderben. Sag, Isaac, was liest du da nur immerzu?«

Isaac sah nicht auf. »Die Geschichte von Guy of Warwick.«

»Ein Ritter?«

»Ja. Und ein Heiliger, jedenfalls beinah.«

»Lies ein Stück vor.«

»Meine Güte, muß das sein?«

Elaine kam herein mit Edward auf dem Arm, und Agnes verlor glücklicherweise das Interesse an Isaacs Buch. Sie stand auf und nahm der Amme ihren kleinen Neffen aus den Armen. »Sag mal, du bist ja noch wach.« Sie küßte seinen dunkelblonden Flaum. »Und was für wunderschöne Augen du hast. Ach, ich will so was wie dich auch noch mal.«

Agnes hatte nach Robin noch einen weiteren Sohn bekommen, der aber im ersten Winter an einem Fieber gestorben war, gegen das selbst sie nichts auszurichten vermochte. Danach war sie einfach nicht mehr schwanger geworden. Conrad war nicht sonderlich betrübt, er sagte, er habe Kinder genug, und Agnes' Schwangerschaften bereiteten ihm ebensoviel Ungemach wie Marias. Für Agnes hingegen war ihre plötzliche Unfruchtbarkeit eine große Enttäuschung, mit der sie sich nur schwer abfand.

Sie brachte Edward zu Robin, der ihn behutsam nahm und fachmännisch an seine Schulter legte. Agnes betrachtete Vater und Sohn mit einem frohen Lächeln. »Du wirst beinah selbst wieder ein Junge, wenn du ihn auf dem Arm hältst. Du wirst ... unbekümmert.«

Er sah sie verwundert an. »Schaue ich sonst so finster?«

»Nicht finster. Aber auch selten unbeschwert.«

»Wer ist das schon. Das wäre zuviel verlangt.« Er strich seinem Sohn über den Kopf. »Nicht wahr, Edward. Das weißt sogar du vermutlich schon.«

Edward krähte vergnügt, und als Robin ihm den kleinen Finger hinhielt, schloß er seine winzige Faust darum. Er hatte sich an das Gesicht seines Vaters gewöhnt, es erschreckte ihn nicht mehr. Robin brachte ihn zu Joanna, die ihn bald darauf wieder Elaine gab. Wie seltsam ihr feinen Leute doch seid, dachte Agnes verständnislos. Ihr vertraut eure Kinder Fremden an und werdet ihnen selbst fremd. Aber das sagte sie nicht. Sie hatte mit Joanna darüber gesprochen und war auf nichts als Verwunderung gestoßen. Joanna gehörte zu der Welt, der Agnes nach dem Tod ihres Vaters so voller Erleichterung den Rücken gekehrt hatte, in die Robin hingegen langsam, aber unaufhaltsam zurückgekehrt war.

»Wo ist denn Anne überhaupt?« fragte sie Elaine.

»In der Kinderstube, Madame.« Ärger und Entschlossenheit schwangen in ihrer Stimme mit.

»Herrje, was hat sie jetzt wieder angestellt?« erkundigte sich Agnes und versuchte, ihre unpassende Belustigung zu verbergen.

»Oh, nichts weiter. Sie hat mich eine ewig meckernde Ziege genannt, und wenn ich anfange, mir so etwas gefallen zu lassen, kann ich mich auch gleich von ihr an die Kette legen lassen.« Elaine sprach ruhig und ohne Scheu. Sie hatte schon ein halbes Dutzend kleiner Geschwister mit großgezogen, sie verstand ihr Geschäft. Darüber hinaus hatte sie für ihre strikte Linie Joannas volle Unterstützung.

»Und warum hat sie dich so genannt?«

Elaine hob leicht die Schultern. »Ich habe ihr ihr geliebtes Holzschwert abgenommen. Sie will nicht einsehen, daß das kein Spielzeug für ein Mädchen ist.«

»Wie kommt sie überhaupt an so etwas?« fragte Joanna stirnrunzelnd.

Robin und Isaac wechselten ein schuldbewußtes Verschwörerlächeln. Isaac hatte es geschnitzt, Robin hatte es bemalt. Einen ganzen Sonntagnachmittag hatten sie damit zugebracht, und sie hatten lange nicht soviel Spaß gehabt. Aber sie gestanden nicht. Mit einem Blick verständigten sie sich darauf, bei nächster Gelegenheit ein neues, womöglich besseres zu machen und Anne zu raten, es besser zu verstecken …

Joanna bedachte Robin mit einem Ich-hab's-dir-doch-gesagt-Blick. »Sie ist nicht in der Lage, ein einziges lesbares Wort zu schreiben. Sie gibt sich nicht die geringste Mühe. Aber ein Holzschwert, das muß natürlich sein.«

»Laß es sie mit links versuchen«, murmelte Isaac.

»Wie bitte?«

Isaac klappte sein Buch zu. »Das Schreiben. Wenn es mit rechts nicht klappt, liegt es vielleicht daran, daß sie Linkshänder ist. So war's bei mir auch. Oder es liegt einfach daran, daß du es nicht verstehst, ihr Interesse am Lesen und Schreiben zu wecken.«

»Ach ja?«

Isaac sah sie unverwandt an, und sein Blick war nicht sehr freundlich. »Immerzu hackst du nur auf ihr herum. Sie kann dir nichts recht machen …«

»Isaac«, unterbrach Robin. »Es ist gut, Elaine. Du kannst Edward hinausbringen. Und dich brauchen wir im Moment auch nicht, Rosalind.«

Die Amme und die Magd verließen den Raum.

Isaac bedachte Robin mit einem spöttischen Lächeln. »Ich vergaß. Keine Streitereien vor dem Gesinde, nicht wahr, Robin?«

»Es muß ja nicht sein, oder? Es gehört sich nicht.«

Joanna sah Isaac wütend an. »Also? Ich brenne darauf, auch noch deine Meinung zu diesem leidigen Thema zu hören.«

Isaac schüttelte den Kopf und schlug sein Buch wieder auf. »Nichts kümmert dich weniger als meine Meinung zu diesem Thema. Du weißt doch so genau, was richtig für sie ist.«

»Ich hingegen würde deine Meinung wirklich gern hören«, sagte Robin nachdrücklich.

Isaac machte eine ungeduldige Geste, besann sich dann und seufzte. »Kennst du doch. Sie paßt nicht in die Form, in die sie gepreßt werden soll.«

Joanna hatte ihre Nadel wieder aufgenommen und sich ihrer Arbeit zugewandt. Ohne aufzusehen, sagte sie: »Wenn du meinst, daß du mehr Erfolg darin haben wirst, ihr Lesen und Schreiben beizubringen, dann tu's, Isaac.«

Er sah sie verblüfft an. »Ist das dein Ernst?«

Sie nickte. »Ich weiß mir keinen Rat mehr, und … ich habe überhaupt keine Lust mehr.«

Isaac nickte langsam. »Dann werd' ich mein Glück versuchen.«

Isabella grinste ihn herausfordernd an. »Und ich wette, dieses Mal wird es keine Woche dauern, bis auch du die Geduld verlierst.«

Isaac verschränkte die Arme und legte den Kopf zur Seite. »Und ich dachte, eine Lady wettet nicht. Aber die Wette gilt, meine Liebe. Das goldene Ringlein an deinem Finger krieg' ich, wenn ich in einer Woche noch im Geschäft bin. Wenn nicht, kriegst du eines von mir. Und wenn Anne in einem Monat schreiben kann: ›Isabella ist eine Gans‹, krieg' ich dein Strumpfband.« Er grinste frech.

Isabella errötete leicht und senkte den Blick. Dann sah sie plötzlich wieder auf, verschränkte die Arme ebenso wie er und nickte. »Abgemacht.«

»Isabella!« rief Joanna empört aus, und alle lachten.

Robin stand auf, nahm den Weinkrug vom Fensterbrett und ging umher, um die Becher aufzufüllen.

»Sir Robin, Sir Robin!« Plötzlich erschien Bertha atemlos in der Tür. »Unser Leofric ist zurück. Und er kommt mit hohen Gästen …«

Sie hatte kaum ausgesprochen, da stand der ›hohe Gast‹ schon in der Tür.

Isaac und Robin verneigten sich, Isabella und Joanna versanken in einer graziösen Reverence. Agnes staunte.

Lancaster trat näher und begrüßte die Damen zuerst. »Lady Joanna. Lady Isabella. Verzeiht, daß ich wieder einmal so plötzlich einfalle. Oh, bitte erhebt Euch, Mesdames, nur keine Umstände.«

»Seid willkommen, Mylord«, sagte Joanna mit einem warmen Lächeln. So wütend sie auch oft auf ihn war, weil er Robin von zu Hause fernhielt, erlag sie doch immer sogleich seinem Charme, wenn sie ihn sah, und verzieh ihm.

Er nickte Robin und Isaac zu. »Robin, man könnte glauben, Euch fehlt das bekömmliche Londoner Klima. Ihr seht abgemagert aus.«

»Ich habe nur meinen Londoner Speck abgelegt, Mylord. Ich muß mich vorsehen, die Männer in *meiner* Familie neigen zu Fettleibigkeit.«

Lancaster ließ sich in einen Sessel fallen. »Dann ist es nur gut, daß Isaac Euch zur Arbeit anhält. Nichts ist alberner als ein fetter Ritter.« Zu Agnes sagte er: »Könnte ich wohl einen Schluck Wein bekommen? Ich bin sehr durstig.«

»Selbstverständlich, Mylord.« Sie trat an die Fensterbank, füllte einen großen, silberbeschlagenen Becher und trug ihn zu ihm hinüber.

Robin biß sich auf die Unterlippe und grinste. »Ich glaube, Ihr kennt meine Schwester Agnes noch nicht, Mylord …«

Lancaster sprang auf. »Oh, wie unverzeihlich von mir. Ich bitte um Vergebung, Lady Agnes.« Er legte die Hand auf die Brust und verneigte sich.

Agnes reichte ihm den Becher und betrachtete ihn kühl. »Wofür?«

»Für meine … Fehleinschätzung.«

»Es beleidigt mich nicht, einem durstigen Mann zu trinken zu geben. Ob Bauer oder Edelmann.«

Lancaster zog eine Braue hoch. »Doch die ersten sind Euch lieber als die letzteren?«

»Das habe ich nicht gesagt.«

»Nicht mit Eurem Mund jedenfalls.« Er lächelte sie an. »Aber Euer Blick … Euer mißfälliger Blick erinnert mich in der Tat an den Eures Bruders, wenn er einmal wieder nicht gutheißt, was ich tue. Ihr seht ihm überhaupt sehr ähnlich, stelle ich jetzt fest. Und Robin schaut genauso streng, wenn er mir Vorhaltungen macht.«

Agnes schien einen Moment verwirrt. »Ich … bin erstaunt, daß er das tut.«

»Nicht, daß es je etwas nützt«, murmelte Robin, und Lancaster bedachte ihn mit einem höhnischen Seitenblick.

»Erstaunt, Lady Agnes? Aber wieso? Man sollte meinen, Ihr kennt die ehernen Grundsätze Eures Bruders.«

»Ich hätte gedacht, daß er in Eurer Gegenwart seine lose Zunge im Zaum hält.«

»Ah. Weil sie ihn sonst in Schwierigkeiten bringen könnte? Das ist gelegentlich schon vorgekommen, nicht wahr?«

»Mylord, ich wünschte, Ihr würdet das Thema wechseln«, wandte Robin unbehaglich ein, aber weder Lancaster noch Agnes beachteten ihn.

Sie stemmte die Hände in die Seiten. »Ja, genauso ist es. Und er wird einfach nicht klüger. Anscheinend hat er nichts gelernt aus dem, was seinem Vater passiert ist.«

»Agnes!« Robin fuhr erschrocken auf. »Ich glaube, das ist wirklich genug.«

Lancaster winkte kurz ab. »Schon gut, Robin. Ihr denkt also, Adelige sind willkürliche Tyrannen, Madame?«

Agnes ließ sich in keine Falle locken. »Vermutlich nicht alle. Aber uneingeschränkte Macht schafft Willkür.«

»Doch die Macht des Adels ist keineswegs uneingeschränkt. Auch die des Königs nicht. Es gibt Parlamente, und es gibt Gerichte.«

»Weder die einen noch die anderen schützen die kleinen Leute vor den Launen und der grenzenlosen Habgier des Adels.«

Lancaster hob seufzend die Hände. »Ich sehe, wir haben es uns gründlich mit Euch verdorben. Zu schade. Man hört jetzt gelegentlich von einem eifrigen Priester, der in seinen Predigten die gleiche Ansicht vertritt wie Ihr. Der ehrwürdige Erzbischof von

Canterbury läßt ihn fortwährend einsperren wegen seiner unorthodoxen Reden, aber wenn er zufällig gerade einmal frei herumläuft, solltet Ihr Euch mit ihm zusammentun.«

Agnes nickte knapp. »Wenn Ihr von John Ball redet, ich kenne ihn gut.«

»Ich bin nicht verwundert. Ich trinke auf Euer Wohl, Lady Agnes, wenn schon nicht auf seines.« Er hob ihr den Becher entgegen und nahm einen tiefen Zug. »Ihr denkt also, sie sind gleich, Bauer und Edelmann?«

»Allerdings.«

»Hm. Versteckt Euer Bruder Euch deswegen vor der Gesellschaft?«

»Das tut er keineswegs. Ich tue es selbst.«

»Nun, mir würden auf Anhieb zehn gute Gründe einfallen, es so zu machen wie Ihr. Trotzdem …« Er warf Robin einen strafenden Blick zu. »Ihr habt sie mir böswillig vorenthalten, Eure Schwester.«

Robin schüttelte den Kopf. »Damit hatte ich rein gar nichts zu tun. Wo ist Leofric?«

Lancaster machte eine vage Geste. »Er wollte warten, bis jemand kommt, der sich um die Pferde kümmert, aber es war weit und breit niemand zu entdecken, der sich für uns interessierte. Robin, seid Ihr darüber im Bilde, daß jeder Mann auf Eurem Gestüt sturzbetrunken ist?«

»Ja. Sie feiern Elinors Hochzeit.«

»Elinor … Die Perle?«

»Ganz recht, Mylord.«

Lancaster lehnte sich in seinem Sessel zurück und schlug die Beine übereinander. »Dann gibt es heute wenigstens einen wirklich glücklichen Mann in England.«

Robin unterdrückte ein Seufzen. »Ja, das will ich doch hoffen.«

»Bertha!« rief Joanna zur Tür, und als die Magd erschien, sagte sie: »Kümmere dich um die Gästezimmer. Geh vorher in die Küche und sag Alison, sie wird noch einmal anfangen müssen zu kochen. Sie soll sich etwas Besonderes einfallen lassen. Bring einstweilen, was noch übrig ist vom Lamm, und weißes Brot und Käse.«

»Ja, Madame.«

»Bring reichlich. Auch neuen Wein.«

»Ja, Madame.« Sie knickste eilig und huschte hinaus.

Lancaster strich sich seinen flachen Bauch. »Wie aufmerksam von Euch, Lady Joanna. Reiten gehört zu den Dingen, die mich wirklich hungrig machen.«

»Kommt Ihr von weit her?« erkundigte sich Isabella mitfühlend.

»Aus Rickdale.«

Robin grinste. »Wenn Ihr ohne Halt geritten seid, muß die letzte Mahlzeit an die fünf Stunden zurückliegen. Das wäre fast ein Rekord.«

»Das glaubt Ihr nicht im Ernst, oder? Zur Vesper waren wir in St. Gregorius.«

Leofric trat ein, und in seiner Begleitung war Henry.

Robin trat mit einem warmen Lächeln auf sie zu, umarmte Leofric und verneigte sich vor dem Sohn des Herzogs. »Noch eine Überraschung. Sei willkommen in meinem Haus, Henry.«

Henry strahlte ihn an. »Jetzt kann ich endlich einmal die Pferde sehen, von denen du mir so viel erzählt hast. Ich bin ja so froh, daß Vater mich mitgenommen hat.«

Während Henry und Leofric die Damen und Isaac begrüßten, trat Lancaster zu Robin ans Fenster und sagte leise: »Er war krank. Irgendein Fieber. Ich war in Sorge und dachte, besser, er ist eine Weile nicht in der Stadt.«

Robin betrachtete den Jungen. »Er ist sehr blaß.«

»Ja, er erholt sich nur langsam. Seltsam, er war nie kränklich.«

»Laßt ihn ein paar Wochen bei mir«, schlug Robin spontan vor. »Reiten, viel frische Luft, kein höfischer Pomp, keine nächtlichen Bankette, keine staubigen Bücherstuben und keine Lehrer, das wird Wunder wirken.«

Lancaster sah ihn versonnen an. Dann begann er langsam zu lächeln. »Das ... scheint mir eine wunderbare Idee. Seid Ihr sicher, daß er Euch nicht zur Last fiele?«

»Im Gegenteil. Es wäre mir wirklich eine Freude.«

»Es schmeichelt mir, daß Ihr ihn so gern habt.«

Robin hob kurz die Schultern. »Er ist ein großartiger Junge.«

»Und ich gäbe viel darum, wenn er das bleiben könnte. Aber ich habe so wenig Zeit, mich ihm zu widmen, und es ist mir keineswegs wohl bei der Vorstellung, welchen Einflüssen er ausgesetzt ist.«

Robin sah ihn aufmerksam an und wartete, daß er fortfuhr.

Lancaster schüttelte seufzend den Kopf. »Natürlich fehlt ihm seine Mutter. Und Constancia … Na ja, Ihr wißt, wie die Dinge sind.«

»Hm.«

»Sein Cousin Richard nimmt ihn häufig in Anspruch in letzter Zeit. Das ist nur richtig so, der Prinz und Henry sind im gleichen Alter und sollten sich nahestehen. Aber sie sind ebenso verschieden, wie Edward und ich es waren. Das macht es nicht leichter. Ich glaube, es wäre ein Segen für Henry, alldem für eine Weile zu entkommen.«

»Dann erweist mir die Ehre und vertraut ihn mir an.«

»Ich danke Euch, Robin. Das will ich mit Freuden tun. Da, nun seht Euch das an. Mein Sohn und Eure rebellische Schwester sind in ein ernstes, ganz sicher konspiratives Gespräch vertieft.«

Robin warf einen Blick über die Schulter. Henry saß neben Agnes auf der gepolsterten Kaminbank. Agnes hatte sich leicht zu ihm hinabgebeugt, und er sprach mit ernster Miene.

Robin räusperte sich. »Ich schätze, ich muß mich für Agnes entschuldigen, Mylord. Sie war schon immer so. Sie hält nichts von damenhafter Zurückhaltung und sagt, was sie denkt. Ganz gleich, zu wem. Aber sie kann sehr großherzig und mitfühlend sein, und sie verfügt über ein großes Wissen und außergewöhnliche Heilkräfte. Ich hoffe, sie hat Euch nicht beleidigt.«

Lancaster lächelte schwach. »Keineswegs. Vermutlich hat sie mir sogar imponiert. Und Ihr wißt doch, daß ich bizarre Ansichten anregend finde.«

Meine Güte, gut, daß sie das nicht hört, dachte Robin.

»Außerdem bin ich es ja durchaus gewöhnt«, fuhr Lancaster mit einem spöttischen Augenzwinkern fort. »Ihr seid vielleicht nicht so radikal, aber im Grunde denkt Ihr doch genau wie sie.«

Robin antwortete lieber nicht. »Ich kann nur hoffen, daß sie sich nicht irgendwann um Kopf und Kragen redet.«

Der Herzog schüttelte den Kopf. »Woher denn. Eine Frau in ihrer Position sicher nicht.«

»Nein, Mylord, Ihr irrt Euch. Sie hat keinerlei Position. Sie hat den Stallmeister von Waringham geheiratet.«

Lancaster starrte ihn betroffen an. »Gütiger Jesus. Schämt Euch, Robin, wie konntet Ihr das zulassen.«

Robin hob ratlos die Hände. »Es passierte, während ich fort war. Aber wenn Ihr die Wahrheit wissen wollt, hätte er sich die Mühe gemacht, um sie anzuhalten, hätte ich sie ihm gegeben. Er ist ein bemerkenswerter Mann. Alles, was ich über Pferde weiß, hat er mir beigebracht. Und ein paar andere, elementare Dinge ebenso. Er steht mir sehr nah.«

Lancaster brummte. »Trotzdem. Selbst Ihr müßt einsehen, daß es skandalös ist.«

Robin lächelte still. Er hatte nicht damit gerechnet, daß Lancaster es verstehen würde.

Der Herzog betrachtete Agnes mit Unverständnis. »Sie hat also wirklich gemeint, was sie sagte.«

»Jedes Wort.«

»Dann sollte sie sehr vorsichtig sein. Dieser John Ball wird eine Menge Unheil stiften und am Galgen enden, ich bin sicher. Er ist kein Umgang für sie. Ihr solltet auf sie einwirken, Robin, das ist ein guter Rat.«

Robin nickte besorgt. »Ja, ich bin sicher, das ist es. Aber ebensogut könnte ich versuchen, auf das Wetter einzuwirken ...«

Am nächsten Tag, einem Sonntag, holten sie in der kleinen Kapelle, die Robin auf Joannas Wunsch hatte anbauen lassen, Edwards Tauffeier nach. Die Taufe selbst war natürlich gleich nach der Geburt erfolgt. Man konnte nicht riskieren, ein Neugeborenes ungetauft zu lassen, denn wenn es starb, ohne von der Erbsünde reingewaschen zu sein, war seine Seele eine leichte Beute für den Teufel.

Anschließend machten Robin und Isaac mit ihren Gästen den üblichen Rundgang durch das Gestüt.

Henry war hingerissen. »Oh, Robin, was für wundervolle Tiere. So schön und so edel. Würdest ... würdest du mir wohl gestatten, einen der Zweijährigen zu reiten?«

Robin zögerte. »Hm, ich weiß nicht so recht. Sie sind noch nicht fertig ausgebildet, verstehst du, ein bißchen wild und manchmal unberechenbar ...«

»Oh, komm schon, Robin«, bettelte der Junge.

Robin sah Lancaster unsicher an.

Der Herzog breitete lachend die Arme aus. »Die Entscheidung

liegt bei Euch. Sie sind kostbar und schnell verdorben. Aber Henry ist nicht aus Glas, er wird es verkraften, wenn er herunterfällt.«

Robin nickte. »Ich werd's mir überlegen.«

Henry lächelte still. Er wußte, daß er so gut wie gewonnen hatte. Er lief ein Stück voraus in den Jährlingshof, und sie hörten seine entzückten Ausrufe, während sie ihm folgten.

Als sie zum Haus zurückkamen, setzten Lancaster und Robin sich auf eine von Rosen überschattete Bank im Garten. Henry war im Begriff, sich davonzustehlen.

Lancaster winkte mit einem Finger. »Komm her, mein Sohn.«

Henry kam folgsam zurück. »Ja, Vater?«

»Robin hat dich eingeladen, ein paar Wochen bei ihm zu bleiben. Was hältst du davon?«

Henrys Augen leuchteten auf, aber er sagte lediglich höflich: »Wie ausgesprochen großzügig von dir, Robin. Danke.«

»Und? Hast du Lust?« fragte Robin lächelnd.

Henry nickte mit gesenktem Kopf.

Lancaster nahm sein Kinn zwischen Daumen und Zeigefinger. »Sieh nicht immerzu auf deine Füße. Dazu hast du keinen Grund, Herrgott, du bist Henry of Lancaster.«

»Ja, ja. Ich weiß. Natürlich würde ich gerne eine Weile bleiben. Aber mit wem werdet Ihr Schach spielen?«

»Nun, mit Leofric.«

»Er wird mit Euch zurückgehen?«

»Ja. Und im Herbst, wenn Robin seine versäumte Arbeit hier nachgeholt hat, bringt er dich zurück. Sagen wir, zu Michaelis.«

»Das klingt wunderbar.«

Lancaster zog seinen Sohn an sich und küßte ihn auf die Stirn. »Also dann. Leb wohl, Henry. Gott schütze dich.«

Henry riß die Augen auf. »Ihr wollt schon aufbrechen?«

»Bald, ja. Vor Einbruch der Dunkelheit will ich wieder in Rickdale sein. Und morgen reiten wir nach Süden. Sei ein höflicher Gast und tu, was Robin dir sagt. Mach deinem Haus Ehre.«

Henry wurde unbehaglich, als er erkannte, daß er schon so bald allein hier zurückbleiben würde. Aber es gelang ihm beinah sofort, seine Unruhe zu verbergen, und er lächelte. »Seid unbesorgt. Gott und St. Georg mögen auch Euch schützen, Vater.

Meine ergebene Empfehlung an meine Stiefmutter. Und an Lady Katherine.«

Wehmütig und ein bißchen neidisch ließ Robin Leofric wieder ziehen. Nachts hatten sie noch lange zusammengesessen, als alle anderen schon schliefen, und Leofric hatte ihm berichtet, wie es in London stand. Er hatte mit seiner eleganten, blitzschnellen Handschrift erzählt, wie Lancaster die Beschlüsse des Parlamentes nach und nach außer Kraft gesetzt hatte, kaum daß die Lords und die Commons den Rücken gekehrt hatten. Die Männer, die im Tower eingesperrt worden waren, befanden sich wieder auf freiem Fuß, wenn sie auch noch nicht rehabilitiert waren. Alice war erst in aller Heimlichkeit, dann offen zum Hof zurückgekehrt. Man hätte meinen können, das Parlament, das die Londoner das Gute Parlament nannten, hätte gar nicht stattgefunden. Bischof Wykeham und der Sprecher der Commons, Peter de la Mare, schäumten vor Wut, wurde berichtet, aber im Augenblick gab es nichts, das sie tun konnten. Lancaster hatte den Kronrat nach wie vor auf seiner Seite.

Dann hatte Leofric Robin von einer anderen Sache berichtet. Mit gesenktem Blick hatte er ihm die Tafel zugeschoben, auf der er Robin eröffnete, daß er sich hoffnungslos verliebt hatte. Der Name seiner Angebeteten war Cecilia, und sie war die jüngere Schwester des Barons of Aimhurst und somit, hatte Robin geschlossen, eine Tante seines Knappen Francis.

Tante ist gut, hatte Leofric grinsend geschrieben. *Sie ist selber erst siebzehn.*

»Und? Was sagt die blutjunge Lady Cecilia zu deinem Ansinnen?«

Leofric hatte eine Grimasse geschnitten. *Vermutlich weiß sie nicht einmal, daß ich existiere. Sie ist offiziell eine von Constancias Hofdamen.*

»Mit ›offiziell‹ meinst du, daß sie in Wirklichkeit zur höchst inoffiziellen Anhängerschaft von Katherine Swynford gehört?«

So ist es. Sie steckt oft mit ihr zusammen. Sie ist noch nicht lange am Hof, aber sie hat schon Dutzende von nicht taubstummen Verehrern abgewiesen.

»Vielleicht, weil sie auf dich wartet.«

Oh, natürlich.

»Es wird dir nichts anderes übrigbleiben, als dich ihr zu erklären. Schreib ihr einen feurigen Brief – und warte ab, was passiert.«

Leofric hatte hoffnungslos den Kopf geschüttelt. *Ein Heer von Franzosen unter du Guesclin könnte mir nicht halb soviel Angst machen wie die Vorstellung, daß sie mich abweist.*

Henry fügte sich mühelos in den Alltag auf Fernbrook Manor ein. Wenn Francis beim ersten Tageslicht an seine Tür klopfte, war er stets wach und angezogen, und gemeinsam gingen sie zu den Zweijährigen und ritten beim Training mit. Sowohl Hal als auch die Stallburschen waren anfangs befangen und skeptisch. Doch nach wenigen Tagen mußte Hal gestehen, daß der junge Lord ebensogut ritt wie jeder seiner Jungs. Er war groß für sein Alter, hatte empfindsame Hände und verlor niemals die Ruhe; die übermütigen Zweijährigen lernten ihn ebenfalls schnell zu schätzen.

Als Henry verkündete, er wolle die Pferde auch versorgen, die er ritt, hatte Robin allerdings Zweifel. »Ich weiß nicht, Henry. Das wäre wohl kaum angebracht.«

»Oh, komm schon. Es macht nur halb soviel Spaß, wenn man sie fertig gesattelt überreicht bekommt und anschließend einfach wieder abliefert. Man lernt sie gar nicht richtig kennen!«

»Dein Vater wäre entsetzt.«

»Er hat gesagt, ich soll ein höflicher Gast sein. Es ist nur höflich, wenn ich hier bei der Arbeit helfe. Du schuftest schließlich selbst von früh bis spät.«

»Weil es meine Zucht ist, ich verdiene mein Geld damit. Das ist etwas anderes. Außerdem bin ich nicht Henry of Lancaster.«

»Was wär' denn schon dabei? Weder der Hof noch der König sieht zu.«

Robin sah die Enttäuschung in seinen Augen und erinnerte sich mit einemmal an den unbändigen Stolz, den er empfunden hatte, als Conrad ihm zum erstenmal drei Zweijährige anvertraut hatte. Er gab nach. »Also schön. Morgens kannst du meinetwegen mit in den Ställen arbeiten, die Jungs werden dankbar sein. Aber danach hast du frei. Wenn du Lust hast, kannst du nachmittags an Francis' Waffenübungen teilnehmen.«

»Das würde ich sehr gern.«

Robin verschränkte die Arme und sah ihn scharf an. »Nur wenn du wirklich willst. Du bist bei uns, um dich zu erholen, um zu tun, was dir Spaß macht.«

»Ja, Robin.«

Robin unterdrückte ein Seufzen, schwang sich neben Henry auf den Zaun und ließ wie er die Füße baumeln. »Sag, Henry, hast du Heimweh?«

Henry sah verwundert auf. »Um Heimweh zu haben, braucht man ein Heim, oder? Ich hab' keins. Sicher, im letzten Jahr waren wir viel im Savoy, aber meistens ziehen wir doch durchs Land wie die Spielleute und Gaukler. Von Burg zu Burg, von Palast zu Palast. Vater hat keine Ruhe, wenn er nicht überall selbst nach dem Rechten sieht.«

»Du hast recht. Vermißt du ihn?«

»Es hat keinen Zweck, ihn zu vermissen. Mein Vater ist der Duke of Lancaster. Er hat andere Pflichten, als sich um mich zu kümmern.«

Robin hob leicht die Schultern. »Das gehört zu den Dingen, die wenig mit Zweck zu tun haben.«

»Ja. Vielleicht. Worauf willst du hinaus, Robin?«

»Hm, ich weiß nicht. Auf gar nichts. Ich will nur, daß du die Zeit hier genießt, daß du dir gestattest, ein bißchen Freude zu haben.«

Henry richtete sich auf und lächelte ihn an. »Habe ich.«

»Also schön.«

»Kann ich jetzt zurück zu den Fohlen?«

Robin legte ihm die Hand auf die Schulter. »Laß dich nicht aufhalten …«

Während das Korn auf den Feldern reifte, verschwand die kränkliche Blässe von Henrys Gesicht. Er verbrachte seine Tage draußen bei den Pferden, sah Robin und Isaac bei der Arbeit mit den Jährlingen zu, ritt mit Anne und Francis um die Wette und war wie trunken vor Glück, als Robin ihm, genau wie seinem Vater vor so vielen Jahren, das beste Fohlen des neuen Jahrganges schenkte.

Bald war er von der Sonne gebräunt, und man konnte beinah

zusehen, wie er an Gewicht zunahm und seine Schultern und Arme kräftiger wurden. Francis mußte feststellen, daß er bei ihren gemeinsamen Übungskämpfen nicht so leichtes Spiel hatte, wie er anfangs geglaubt hatte, und sein höflicher Respekt verwandelte sich in echte Anerkennung. Gemeinsam ritten sie in den Wald und zum Fischen, und als Robin ihnen von einem kurzen Besuch in Rickdale einen Falken mitbrachte, war ihre Unternehmungslust kaum mehr zu zügeln. Nicht selten wurde Oswin bei Sonnenuntergang in den Wald geschickt, um die beiden Herumtreiber heimzuholen, und wenn sie dann atemlos, mit leuchtenden Augen und grundsätzlich immer zu spät zum Essen erschienen, entschuldigte Henry sich so formvollendet und wahrhaft zerknirscht bei Joanna und Robin, daß sie es selten fertigbrachten, ihm Vorhaltungen zu machen.

Als sie am zwanzigsten September nach London aufbrachen, kamen Joanna und Isabella mit. Robin hatte erklärt, es werde langsam Zeit, sich nach einem Mann für Isabella umzusehen, und nach langen Mühen war es ihm gelungen, Joanna zu überreden, ihn mit Isabella zusammen an den Hof des Herzogs zu begleiten.

Es war diesig, als die Sonne aufging, und die Frische zeigte an, daß der Herbst bevorstand. Aber der Himmel war wolkenlos, und der Tag versprach warm und trocken zu werden.

Die fünfköpfige Reisegesellschaft versammelte sich bei den Pferden, die Oswin aus dem Stall geführt hatte.

Robin klopfte ihm die Schulter. »Leb wohl, alter Junge. Halt die Stellung, ja.«

Oswin grinste. »Verlaß dich auf uns.«

Robin trat zu Isaac und Anne, die zusammen vor der Tür standen. Elaine stand wie immer ein paar Schritte abseits. Joanna hielt Edward auf dem Arm und nahm schweren Herzens Abschied.

Robin hockte sich zu seiner Tochter herunter. »Versuch, halbwegs folgsam zu sein, ja?«

Sie lächelte schwach und nickte.

Robin strich ihr über den Kopf. »Was soll ich dir mitbringen, wenn ich heimkomme? Wünsch dir was.«

Ihre Augen leuchteten auf. »Einen Falken!«

»Ich werde sehen, was sich machen läßt. Leb wohl, Anne.«

Sie blinzelte, aber sie weinte nicht. »Leb wohl, Vater.«

Robin richtete sich auf und schloß Isaac kurz in die Arme. »Joanna fürchtet, du wirst dir verlassen vorkommen.«

Isaac schüttelte lächelnd den Kopf. »Ich werde die himmlische Ruhe genießen. Außerdem werd' ich ja nicht allein sein. Oswin, Elinor und Hal, die Jungs, die Gäule, lauter gute Gesellschaft. Und Anne. Nein, ich werde gut zurechtkommen.«

»Dann bin ich beruhigt. Isaac, wenn du die ersten Gerüchte hörst, daß die Pest wieder ausgebrochen ist ...«

»Werde ich das Haus soweit wie möglich isolieren und keinen rein- oder rauslassen. Sei unbesorgt.«

»Gut.«

»Jetzt macht euch endlich auf den Weg, sonst wird es dunkel, ehe ihr in Wilmeslow seid.«

Da zwei Damen und der Erbe des Hauses Lancaster sich in Robins Reisegesellschaft befanden, hatte dieser seine Route entgegen seiner Gewohnheit genau geplant und so festgelegt, daß sie immer nur auf Hauptstraßen und bei Tageslicht unterwegs sein würden, jeden Mittag ausgiebig rasten konnten und jeden Abend einen von Lancasters Vasallen mit einem unerwarteten Besuch beglücken würden. Auf diese Weise war es nicht nötig, Wachen anzuheuern, und sie konnten unter sich bleiben.

Sie kamen gut voran, und das Wetter blieb ihnen hold. Von gelegentlichen Schauern abgesehen, blieb es angenehm warm und trocken, und ihre guten Reisemäntel schützten sie vor der Morgenkühle und dem Wind.

Am Vormittag des dritten Tages kamen sie nach Gloucestershire, einer waldreichen, dünnbesiedelten Gegend. Unter einem schattenspendenden Laubdach ritten sie die königliche Hauptstraße entlang, die hier kaum mehr war als ein breiter Pfad. Die Sonne schien durch die Blätter und zeichnete ein Muster aus Licht und Schatten auf den Weg.

»Ist nicht bald Zeit für die Rast?« erkundigte sich Henry.

»Bist du müde?«

»Nein, hungrig.«

»Natürlich. Wie der Vater, so der Sohn. Nach dem Frühstück,

das du heute morgen bei Lady Greenfield verdrückt hast, hätte ich nicht gedacht, daß du so bald wieder Appetit hast.«

Henry hob grinsend die Schultern. »Ich weiß auch nicht. Seit ich in Fernbrook war, habe ich einfach immer Hunger.«

»Hm. Das ist gut. Du wächst. Ich wette, wenn du zurückkommst, wirst du feststellen, daß du deinen Cousin Richard um einen halben Kopf überragst.«

Henry hörte auf zu lächeln. »Oh, lieber nicht. Das würde ihm sicher nicht gefallen.«

Robin schwieg. Er hatte festgestellt, daß Henry nicht gerne über seinen prinzlichen Vetter sprach und der Gedanke an diesen ihm Unbehagen bereitete. Er konnte sich nicht vorstellen, warum, und hatte beschlossen, Lancaster bei Gelegenheit von seiner Beobachtung zu berichten.

»Also gut«, sagte er nach einer Weile. Er wandte sich um. Joanna und Isabella ritten hinter ihm, Francis bildete die Nachhut. »Henry und ich würden gerne bald anhalten und etwas essen.«

Sie winkten ihr Einverständnis, und Joanna zeigte mit dem Finger den Weg entlang. »Da vorn scheint ein Bach zu sein.«

Robin nickte. »Ja, wir brauchen Wasser für die Pferde. Aber ein Rasthaus wäre mir lieber.«

Joanna lachte. »Bis wir hier eins finden, sind wir verhungert. Und Lady Greenfield hat uns lauter Köstlichkeiten einpacken lassen.«

»Also schön. Bleiben wir hier.«

Sie hielten an dem niedrigen Bachbett, banden die Pferde an eine junge Eiche und breiteten ihre Mäntel auf dem federnden Gras am Ufer aus.

Während Francis Wasser für die Pferde holte, packten Isabella und Joanna den Proviant aus.

Joanna reichte Henry eine Hähnchenkeule. »Hier, Euer Lordschaft, damit Ihr uns nicht vom Fleisch fallt …«

Henry nahm sie mit einer kleinen Verbeugung. »Danke, Madame.«

Joanna streckte Robin die zweite Keule entgegen, und als er danach griff, nahm er aus dem Augenwinkel eine Bewegung wahr. Er war auf den Beinen und hatte sein Schwert gezogen, bevor die anderen auch nur aufgeschaut hatten.

Wie aus dem Nichts waren drei bärtige Männer in Lumpen aus

dem Dickicht getreten. Zwei schwangen gewaltige Keulen, der dritte hatte ein rostiges, schartiges Schwert. Ehe Robin ihn erreichen konnte, packte er Henry bei den Haaren, setzte die Klinge an seine Kehle und sagte: »Gebt, was ihr habt. Geld und Schmuck. Oder ich stech' den Lümmel ab.« Er starrte Robin aus gierigen, beinah irren Augen unverwandt an. »Rühr dich ja nicht …«

Einer seiner Gefährten stieß einen warnenden Ruf aus, aber der Bandit reagierte zu langsam. Francis hatte sich von hinten an ihn herangeschlichen, packte sein Handgelenk und riß seinen Arm zurück. Henry befreite seinen Kopf mit einem Ruck, sprang auf und zog sein Schwert. Robin kämpfte gegen die beiden Männer mit den furchteinflößenden Knüppeln.

Die Wegelagerer hatten keine Chance. In Windeseile hatte Robin seine beiden Gegner entwaffnet, während Francis dem dritten eine klaffende Wunde am Arm beigebracht hatte. Die drei wollten sich in die Flucht schlagen, aber dazu war es zu spät. Mit blanken Klingen hatten Robin, Francis und Henry sie eingekesselt.

Die drei Männer senkten die Köpfe, der Verwundete hielt stöhnend seinen blutenden Arm.

»Es war der Enkel des Königs, den du abstechen wolltest, du Jammergestalt«, fauchte Francis zornig.

Robin brachte ihn mit einem Blick zum Schweigen.

Der Bandit fiel auf die Knie, als sei plötzlich die Kraft aus seinen Beinen gewichen, und seine Kumpane folgten seinem Beispiel. Keiner brachte ein Wort heraus.

Henry war bleich. Er steckte sein Schwert ein, verschränkte die Arme und nickte Robin zu. »Worauf wartest du.«

»Ihr wünscht, daß ich diese Männer töte, Mylord?«

Mit leisem Unbehagen registrierte Henry die förmliche Anrede. Er sah Robin unsicher an. »Wozu sollen wir sie dem Sheriff ausliefern? Das ist … doch nicht nötig, oder?«

Der verwundete Anführer sammelte seinen Mut und hob den Kopf. Unter dem zotteligen Bart traten sichtbar die Sehnen an seinem dürren Hals hervor. »Habt Erbarmen, Sir, und tut, was er sagt. Tut es hier und jetzt. Liefert uns nicht aus.«

Entsetzen stand in seinen Augen. Und durchaus zu Recht. Ein Angriff auf das Leben eines Mitglieds der königlichen Familie war ein Akt des Hochverrats. Und Verräter wurden nicht einfach nur aufgehängt. Das war zu leicht. Zum Ort ihrer Hinrichtung wurden sie in der Regel geschleift. Dann wurden sie der guten Ordnung halber gehängt, aber nur ganz kurz, nur so lange, daß es gerade eng um ihre Kehle wurde. Anschließend wurden den meisten die Eingeweide herausgeschnitten. Manche wurden auch geviertelt. Nicht alle Verräter starben auf die gleiche Weise, das Strafmaß richtete sich nach der Schwere des Verrats, aber alle Verräter starben langsam.

Robin ignorierte die Angst des Mannes ebenso wie sein Flehen. »Warum sollten wir gnädig sein? Sie wollten uns berauben und notfalls sogar töten. Euch, Henry of Lancaster, töten. Ich meine, sie haben die volle Härte des Gesetzes durchaus verdient.«

»Mein Gott, Robin Fitz-Gervais, was ist mit dir?« murmelte Joanna fassungslos.

Robin fuhr sie barsch an: »Sei still. Also, Mylord?«

Henry zog die Schultern hoch. Er wirkte unentschlossen. »Ich weiß nicht ... Sie sind doch eigentlich keine Verräter. Nicht wirklich bedrohlich.«

»Nun, sie haben uns angegriffen, oder nicht?«

Henry schüttelte langsam den Kopf. »Beinah unbewaffnet und gänzlich ungeschult. Sie müssen sehr verzweifelt sein.«

Der Anführer der Wegelagerer hob verwundert den Kopf und starrte Henry einen Augenblick an.

»Sag mir, warum ihr uns berauben wolltet.«

Der Mann sah wieder zu Boden. »Weil ... Wir ... Unsere Kinder hungern, Euer Lordschaft.«

»Pah«, Robin lachte verächtlich. »Hättet ihr es mit ehrlicher Arbeit versucht, bräuchten sie nicht zu hungern.«

»Wir ... wir konnten die Pacht nicht bezahlen«, brachte er beinah tonlos hervor.

»Gott, es sind Bauern«, rief Henry verblüfft aus.

Der Mann senkte den Kopf noch weiter.

Henry sah Robin herausfordernd an. »Also, du meinst, sie sind gefährlich?«

»Unter den entsprechenden Umständen, ja.«

Henry machte eine ungeduldige Geste. »Würdest du mir Geld leihen, Robin?«

»Bitte?«

»Mein Vater wird es dir zurückzahlen.«

Dein Vater wird mir den Schädel mit seiner blanken Faust einrammen, dachte Robin und rang um ein finsteres Gesicht. Wortlos löste er den Beutel von seinem Gürtel und gab ihn dem Jungen.

Henry öffnete den Knoten, schüttete ein paar Münzen in seine Hand und wählte drei glänzende Goldbesants aus. Dann trat er auf die Männer zu. »Steht auf. Los, steht schon auf. Francis, um der Liebe Christi willen, steck dein Schwert ein.«

Die drei abgerissenen Banditen erhoben sich langsam. Sie tauschten unsichere Blicke, konnten nicht glauben, daß sie davonkommen sollten.

Henry reichte jedem eine Münze. »Hier.«

Der Anführer starrte das glänzende Goldstück ungläubig an. »Aber Lord, das ist ein Besant.«

Henry hob gleichmütig die Schultern. Für den Bauern mochte es ein Vermögen sein, vermutlich hatte er nie zuvor eine der berühmten Münzen mit dem Schiff des Königs und dem St.-Georgs-Banner gesehen. Für Henry war es Kleingeld. »Nehmt eure Familien und geht nach Norden. In Lancashire gibt es ein Gut, Fernbrook Manor. Der Steward ist ein Mann namens Isaac. Wendet euch an ihn. Sagt, Henry of Lancaster schickt euch. Er wird euch Arbeit geben, er ist froh über jeden Mann, den er kriegen kann.«

Der Anführer sank noch einmal vor ihm auf die Knie, nahm behutsam den Saum seines Mantels und führte ihn an die Lippen. »Gott segne Euch und das Haus von Lancaster, Mylord.«

Er erhob sich, winkte seinen beiden Kumpanen, und so schnell, wie sie gekommen waren, waren sie wieder zwischen den Bäumen verschwunden.

Henry wappnete sich, wandte sich Robin zu und überreichte ihm seine Börse. »Ich weiß, daß du wütend bist. Und du wirst meinem Vater davon erzählen, und er wird noch viel wütender sein. Aber, Robin, sie …«

Robin schüttelte den Kopf. »Du irrst dich, Henry. Ich bin nicht wütend, im Gegenteil. Ich bin vermutlich noch nie so stolz auf dich gewesen.«

»Du … du bist *was*?«

Robin lächelte befreit. »Du warst sehr nobel. Und sehr klug. Du hast dir im Handumdrehen drei treue Anhänger geschaffen. Sie und ihre Nachkommen und ihre Freunde und Brüder und Schwäger werden dem Haus Lancaster auf ewig ergeben sein.«

»Und ich sage, es war unklug«, brummte Francis. »Sie werden denken, daß sie immer damit durchkommen, und nur noch frecher werden.«

Robin schüttelte den Kopf. »Du irrst dich. Sie werden tun, was Henry gesagt hast, du wirst es ja sehen, wenn wir nach Hause kommen.«

Henry stemmte die Hände in die Seiten und trat einen Schritt auf Robin zu. »Du hast mich auf die Probe gestellt! Das ist unerhört!«

»Nein, Henry. Ich habe nichts dergleichen getan.«

»Du hast so getan, als wolltest du sie ausliefern! Du hast mich getäuscht.«

»Es wäre kaum angemessen gewesen, wenn ich dich um Gnade für sie gebeten hätte, oder? Du mußtest allein entscheiden, unbeeinflußt. Ich habe nur versucht, dir Gelegenheit zu geben herauszufinden, wer diese Männer sind.«

Henry dachte einen Moment nach. Die steile, ärgerliche Falte zwischen seinen Brauen verschwand. »Ja«, räumte er langsam ein. »Das hast du getan. Entschuldige. Ich bin wohl ein bißchen durcheinander.«

»Das ist kein Wunder. Und jetzt laßt uns endlich essen.« Er ging zu den Damen zurück und lächelte Joanna reumütig an. »Es tut mir leid.«

»Schon gut. Wirklich, Robin, wie kannst du jetzt essen? Meine Kehle ist wie zugeschnürt.«

Er sah sie verwundert an. »Warum? Nichts passiert, oder?«

»Nein. Aber … es war so schrecklich.«

Ja, ging ihm auf, natürlich war es das für sie. Was schrecklich war und was nicht, das war schließlich auch immer eine Frage der persönlichen Erfahrungen. Najera war für ihn schrecklich gewesen. Der verlustreiche Rückzug nach Bordeaux vor zwei Jahren, der in Wirklichkeit eine Flucht war. Und schrecklicher als alles andere war Limoges gewesen, der Alptraum, das Inferno, dem er die Stadt preisgegeben hatte, als er die Mauer zum Einsturz brachte.

Er lächelte unbeschwerter, als ihm zumute war. »Denk nicht mehr daran. Francis, was ist, ißt du nicht mehr mit mir zusammen?«

Francis trat grinsend näher und ließ sich auf seinem Mantel nieder. »Doch, natürlich, Sir.«

»Du warst schnell, besonnen und lautlos. Wirklich gut. Ich bin sehr zufrieden.«

Francis strahlte. »Danke, Sir.«

Während der ganzen Rast war Henry still und nachdenklich. Er aß abwesend und langsam. Nachdem sie wieder aufgebrochen waren, ritten sie lange schweigend nebeneinander her. Endlich hob Henry den Kopf. »Robin?«

»Hm?«

»Warum können die Bauern ihre Pacht nicht bezahlen?«

»Es gibt viele verschiedene Gründe. Oft haben sie nur wenig Land, und die Summe der Abgaben ist zu hoch, mehr, als sie erwirtschaften können. Der Zehnte für die Kirche kommt noch hinzu. In den Gegenden, wo es üblich ist, das Land unter allen Söhnen aufzuteilen, werden die Schollen zu klein, um auch nur die Familie zu ernähren. Vielerorts ist der Boden erschöpft und gibt nicht mehr viel her. Und manche haben einfach Pech, das Vieh geht ihnen ein, oder die Ernte verdirbt. Es gibt auch andere Beispiele, Bauern, die sich nach der Pest besseres Land zu günstigeren Bedingungen gesucht haben und wohlhabend geworden sind.«

Henry nickte ernst. »Was kann man tun?«

Robin sah ihn an. »Den Krieg beenden, die Steuern senken und die Leibeigenschaft abschaffen.«

Henry schnaubte ungeduldig. »Ich dachte, wir führen ein ernstes Gespräch.«

Robin hatte keine andere Reaktion erwartet. Bei aller Milde, die Henry den drei Männern gegenüber hatte walten lassen und die so sehr für ihn sprach, würde das Erlebnis doch nichts an dem grundlegenden Verständnis der Welt ändern, mit dem er aufgewachsen war.

»Mir ist durchaus ernst, was ich sage.«

»Aber es ist unmöglich.«

»Hm.«

»Was denkst du, Robin, müssen wir Vater sagen, was passiert ist?«

»Ja.«

»Warum?«

»Weil ich durch meine Nachlässigkeit dein Leben in Gefahr gebracht und dann zugelassen habe, daß du die Strolche laufenläßt. Er wird es nicht gutheißen, darum muß ich es ihm sagen.«

»Gott, welch eine Last die Ehre sein kann.«

Robin grinste amüsiert. »Wie recht du hast. Aber stell dir vor, er würde auf Umwegen davon erfahren. Francis, zum Beispiel, wird ganz sicher seinem Vater davon erzählen. Und wenn der dann zu deinem Vater ginge, stünden wir nicht gut da, oder?«

»Nein«, stimmte Henry düster zu.

Robin nickte ihm aufmunternd zu. »Mach dir keine Sorgen. Er wird nachdrücklich bellen und nicht beißen.«

»Vielleicht nicht. Aber irgendwie wird Richard davon erfahren. Und ich werde mir bis zum Tage des Jüngsten Gerichtes anhören müssen, was er davon hält.«

»Bereust du, was du getan hast?«

»Nein.«

»Das ist das einzige, das wirklich wichtig ist. Großmut ist eine höfische Tugend und keine Schwäche, Henry, ganz gleich, was der Prinz davon hält.«

»Oh, Richard hält viel von Großmut. Für eine ständig wechselnde, ausgesuchte Anzahl von Auserwählten. Immer die, die sagen, was er hören will.«

Robin war erstaunt, daß Henry plötzlich so offen sprach, aber ihm gefiel nicht, was er hörte. »Du mußt dir mehr Mühe geben, deinen Cousin zu lieben.«

»Ich weiß. Er wird eines Tages König von England werden, Gott will es so, er wird mein Lehnsherr sein, er ist mein Cousin, und ich schulde ihm Ergebenheit und Respekt«, leierte er herunter.

»Ganz genau so ist es.«

»Die wird er vermutlich auch kriegen. Ergebenheit, Respekt, sogar Gehorsam. Aber ich kann ihn nicht lieben. Das ist wirklich zuviel verlangt.«

Lancaster empfing sie freudestrahlend. Wie Robin vorausgesagt hatte, war er hocherfreut, daß sein Lehnsmann Joanna und Isabella mitgebracht hatte. Er begrüßte sie mit echter Wärme und gab Anweisung, Joanna zu Robins Quartier zu geleiten, für Isabella geeignete Räume in der Nähe zu finden und dafür zu sorgen, daß die Damen alles zu ihrer Bequemlichkeit hatten.

Mehr noch als durch die Anwesenheit der Damen war der Herzog jedoch beglückt über das Aussehen seines Sohnes. Er legte ihm die Hände auf die Schultern und betrachtete ihn mit einem stolzen Lächeln. »Du kommst mir doppelt so groß vor.«

Henry grinste. »Das ist vielleicht ein wenig übertrieben.«

»Hast du die Zeit genossen?«

»Es war herrlich. Und denkt nur, Vater, Robin hat mir ein Fohlen geschenkt. Arcitas. Einen Rappen, wie Argos.«

»Was für ein Geschenk! Und mir scheint, du bist ganz wiederhergestellt.«

»Natürlich.«

»Robin, Ihr habt Wunder gewirkt.«

Robin hob abwehrend die Hände. »Ich habe überhaupt nichts getan. Euer Sohn war eine große Bereicherung für mein Haus, und alle, die zurückgeblieben sind, werden ihn sehr vermissen.«

Henry schmuggelte ein dankbares Lächeln in seine Richtung.

Lancaster nickte zufrieden und ließ Henry los. »Gut. Henry, du darfst gehen und deiner Stiefmutter und deinen Schwestern guten Tag sagen.«

Henry verneigte sich leicht. »Das will ich tun. Aber wenn Ihr erlaubt, würde ich gerne noch einen Moment bleiben.«

Lancaster runzelte die Stirn. »Was gibt es?«

Robin betrachtete Henry vorwurfsvoll. »Über Diplomatie mußt du noch viel lernen.«

»Also?« Der Herzog sah mit einem halb neugierigen, halb wohlwollenden Lächeln von einem zum anderen.

»Auf unserer Reise gab es einen Zwischenfall«, begann Robin und berichtete ohne erkennbare Nervosität.

Lancaster hörte sehr bald auf zu lächeln und lauschte mit gesenktem Kopf. Als Robin geendet hatte, schwieg er zunächst und regte sich lange Zeit nicht. Dann sagte er leise: »Geh, Henry.«

»Vater ... Ihr hättet sie sehen sollen.«

»Das hätte mich wohl kaum daran gehindert, das Gesetz zu befolgen. Besser, wir reden darüber, wenn ich nicht mehr so ärgerlich bin. Und jetzt möchte ich mit Robin unter vier Augen sprechen.«

Henry schluckte sichtbar. »Wie Ihr wünscht, Vater.«

Mit einem kummervollen Kopfschütteln ging er zur Tür.

Lancaster starrte ihm einen Moment nach, dann bewegte er sich ohne Eile auf Robin zu, der unbewegt in der Raummitte stand. Meine Güte, dachte Robin ungläubig, er wird mir eins verpassen. Warum habe ich nicht die verdammte Rüstung angelassen? Er biß vorsorglich die Zähne zusammen.

Lancaster blieb vor ihm stehen, seine Arme hingen trügerisch harmlos hinab, die Hände schlossen sich zu mächtigen Fäusten und öffneten sich wieder. »Wüßte ich es nicht besser, müßte ich glauben, Ihr habet mein Vertrauen mißbraucht, Sir.«

»Welch ein Glück, daß Ihr es besser wißt, Mylord. Die Anschuldigung wäre in der Tat ein harter Schlag.«

»Wie könnt Ihr es wagen, ihn zu solchen Torheiten zu verleiten?«

»Ich hatte bislang nie den Eindruck, daß Ihr Großzügigkeit für so besonders töricht haltet.«

»Das hatte nichts mit Großzügigkeit zu tun. Es war ein sträflicher Verstoß gegen geltendes Recht. Sie haben das Leben *meines Sohnes* bedroht, und Ihr habt ihn dazu verführt, sie laufenzulassen. Wie hungrig sie auch immer gewesen sein mögen, es ist unentschuldbar.«

»Aber woher hätten sie wissen sollen, wer er ist?«

»Verdammt, das spielt keine Rolle!«

»Wenn Ihr denkt, daß es so falsch war, dann laßt sie herbringen und holt nach, was ich versäumt habe. Ihr braucht sie ja nur in Fernbrook aufzulesen.«

»Das kann ich wohl kaum tun, nachdem Henry ihnen Pardon gewährt hat. Obwohl ich es wirklich gern täte.«

»Mylord, es waren Menschen in Not, keine kaltblütigen, mordgierigen Verbrecher. Sie hinzurichten hätte keine abschreckende Wirkung gehabt, sondern nur dazu geführt, daß ihre Kinder verhungern und der Haß der Bauern auf den Adel weiter geschürt wird.«

»Und Ihr meint, Henrys Milde wird ihn auf ewig ihrer Treue versichern?«

»Möglicherweise. Ich denke, ja. Aber selbst wenn nicht …«

»Robin, was soll aus England werden, wenn wir uns davon leiten lassen, was die Bauern von uns halten?«

»Staatstheorie spielte in dem konkreten Fall keine große Rolle, Mylord.«

»Das war der Fehler. Henry muß ein Staatsmann werden.«

»Und wieviel leichter wird seine Aufgabe sein, wenn das Volk ihn liebt.«

»Nein, seine Aufgabe wird aussichtslos sein, wenn er sich von Sentimentalitäten beeinflussen läßt.«

Robin hob ratlos die Hände. »Alles, was ich wollte, war, daß er sich des Schicksals dieser Menschen bewußt wird. Und ich glaube immer noch, daß er aus der Sache vielleicht etwas gelernt hat, das ihm einmal nützen wird.«

Lancaster schwieg einen Moment. Er senkte kurz den Blick, fuhr sich mit einer unruhigen Geste über Hals und Kinn und fragte unvermittelt: »Was wißt Ihr über meinen Großvater?«

Robin sah verwirrt auf. »Er ... er war wohl der tragischste König, den England je hatte.«

Lancaster schnaubte verächtlich. »Er war der jämmerlichste König, den England je hatte. Ein kläglicher Versager. Schwach, dumm, weichlich und ... mit einer Vorliebe für Männer. Ein wahres Wunder, daß er es fertiggebracht hat, meinen Vater zu zeugen. Hat man Euch erzählt, wie er endete?«

»Eure Großmutter spann eine Intrige mit ihrem Geliebten, dem damaligen Earl of March, um ihn abzusetzen. Er wurde entmachtet und ermordet.«

»Ermordet, ja. Auf die unaussprechlichste, würdeloseste Weise, auf die wohl jemals ein König ermordet wurde. Sie hatten keinen Respekt vor ihm, Robin. Denn er war ein wahrer Bauernfreund.«

Robin schüttelte ungläubig den Kopf. »Sie hatten keinen Respekt vor ihm, weil er jede Schlacht verlor, sich mit Männern einließ und von seinen Günstlingen beherrscht wurde. Nicht, weil er ein Bauernfreund war.«

»Es ist alles untrennbar miteinander verknüpft.«

»Unsinn.«

»*Was?*«

Robin biß sich hart auf die Zunge.

Lancaster machte eine auffordernde Geste. »Nur raus damit, jetzt will ich es auch hören.«

Nein, dachte Robin, das willst du ganz sicher *nicht* hören. Es ist eine Sache, wenn der König und du und jeder deiner Brüder in jeder Schlacht sein Leben aufs Spiel setzen und in jedes Bett steigen müßt, um den Makel auszumerzen, den dein Großvater eurer Ansicht nach über euer Haus gebracht hat. Aber es geht zu weit, wenn Henry deswegen nicht seinem Gewissen folgen darf. – Doch das gehörte zu den Dingen, die besser ungesagt blieben. Wenn es möglich war, wollte er verhindern, daß sich durch diese Sache zwischen Lancaster und ihm irgend etwas änderte.

»Mylord. Henry ist weder schwach noch dumm und wird es niemals sein. Er ist auch nicht das, was Ihr einen Bauernfreund nennt, er wird sich in seinen politischen Entscheidungen nicht mehr vom Geschick der kleinen Leute leiten lassen, als Ihr es tut. Trotzdem ist es wichtig, daß er wenigstens darum weiß. Ich habe nicht versucht, ihn im Widerspruch zu Euren Wünschen zu beeinflussen. Ich …«

»Ja?«

Robin seufzte. »Vermutlich habe ich alles gesagt. In diesem Punkt werden wir uns niemals einig werden, die Standpunkte sind zu verschieden. Aber Ihr wart nicht dort, und so mußten Henry und ich eben entscheiden.«

»Tja. Und Ihr seid ein hoffnungsloser Fall, das weiß ich schon lange. Doch Henry muß lernen, daß er einen Fehler gemacht hat. Also stelle ich ihn unter Hausarrest und werde ihm vorläufig untersagen, Umgang mit Euch oder Eurer Familie zu pflegen. Das gilt auch für Leofric.«

Robin schüttelte traurig den Kopf. »In dem Fall ist es wohl besser, wir reisen ab.«

»Nein, das werdet Ihr nicht tun, Lehnsmann. Bildet Euch bloß nicht ein, Ihr wäret in Ungnade. So leicht kommt Ihr mir nicht davon.«

»Aber …«

Die Tür wurde schwungvoll geöffnet. »Hast du ihm den Kopf abgerissen, oder kann ich ihn vorher noch begrüßen?«

Robin verneigte sich tief. »Lady Katherine.«

»Robin. Wie schön, Euch wiederzusehen.«

Lancaster räusperte sich. »Wir waren noch nicht ganz fertig. Würdet Ihr uns noch einen Moment entschuldigen, Madame?«

Sie klopfte ihm freundlich den Arm. »Ich fürchte, den Gefallen kann ich dir nicht tun. Ich komme ja eigens als furchtloser Held, um mich schützend vor den Mann zu stellen, der deinen Sohn an Körper und Seele wieder gesund gemacht hat, und um zu verhindern, daß ihr euch Dinge sagt, die ihr später bereut.«

»Wie kommt es, daß du schon wieder davon gehört hast? Wie machst du das nur immer?« fragte er halb ärgerlich, halb bewundernd.

»Ich traf Henry. Und er war sehr unglücklich. Er fürchtete, du würdest dich mit Robin ernsthaft überwerfen wegen dieser Lappalie.«

»Du hältst es also für eine Lappalie, daß Banditen das Leben meines Sohnes bedroht haben?«

»Hör schon auf. Drei hungrige Bauern mit Holzknüppeln gegen Robin. Von hier nach St. Paul zu reiten ist gefährlicher.«

Lancaster schüttelte den Kopf. »Hier geht es um ein Prinzip.«

»Falsch. Hier geht es darum, daß dein Sohn eine Entscheidung getroffen hat, die du nicht billigst, und das paßt dir nicht.«

»Also wirklich, Katherine ...«

Sie schnitt ihm mit einer fast sanften Geste das Wort ab. »Der Vorfall war nicht von so großer Bedeutung. Viel wichtiger ist, wie gut der Junge sich erholt hat, wieviel kräftiger und ... heiterer er geworden ist. Hast du eigentlich eine Ahnung, wie dieses alberne kleine Scheusal ihm zusetzt? Wie er ihn auslaugt?«

»Würdest du mir verraten, von wem du sprichst?«

»Von wem wohl? Richard, dieses gräßliche Kind!«

»Du nennst den Prince of Wales ein albernes kleines Scheusal?«

»Genau das ist er, John. Und er hat Henry das Leben zur Hölle gemacht. Darum war er krank. Und Robin hat es fertiggebracht, daß er wieder Vertrauen zu sich hat und Freude am Leben. Wie wär's, wenn du danke sagst?«

Lancaster sah sie verständnislos an. »Er versteht sich nicht mit Richard?«

»Nein, so kann man es nicht sagen. Henry gibt sich große Mühe, er ist voller Nachsicht. Und wenn der Prinz ihn demütigt, lächelt er.«

Lancaster runzelte die Stirn. »Ich kann kaum glauben, was du sagst. Ich habe den Prinzen nie anders als höflich und freundlich erlebt. Er ist ein wahrer junger Edelmann mit formvollendeten Manieren.«

»O ja, sobald du in der Nähe bist. Er hat eine Heidenangst vor dir. Und Henry läßt er es ausbaden.«

»Wieso ... weiß ich davon nichts?«

»Weil Henry dir keinen Kummer machen will. Er ist wie du, er läßt sich allerhand gefallen, um seinem Vater Kummer zu ersparen ...«

»Ich muß doch sehr bitten, Madame!«

»Pah.«

»Ich denke, es ist besser, ich komme später wieder.« Robin wandte sich mit einem verstohlenen Grinsen zur Tür.

»Nein, bleibt noch, Robin, seid so gut«, bat der Herzog beinah kleinlaut. »Was hat Henry zu Euch über seinen Cousin gesagt?«

»So gut wie nichts. Aber ich hatte den gleichen Eindruck wie Lady Katherine.«

»Und Ihr sagt mir kein Wort davon?«

»Ich wollte es tun, wenn Ihr ... mit mir fertig seid, Mylord.«

Lancaster sah ihn versonnen an. Einer seiner langen, schmalen Finger lag an seinem Mundwinkel. »Habe ich Euch beleidigt, Robin?«

»Nein.«

»Es sind schon ... zehn Jahre, nicht wahr?«

»Ungefähr, ja.«

»In zehn Jahren und drei Feldzügen lernt man einen Mann kennen. Ihr seid beleidigt.«

»Nein. Ich wünschte, Ihr würdet Henry nicht bestrafen für seinen vielleicht naiven, aber doch so ritterlichen Edelmut, keinen Keil treiben zwischen ihn und mich. Aber es braucht mehr, um mich zu beleidigen. In zehn Jahren entwickelt man ein dickes Fell, Mylord.«

Katherine lachte leise. »Eure Spitzen kommen immer, wenn man nicht mehr damit rechnet.«

Lancaster schnitt eine Grimasse. »Robin, sollte ich es möglicherweise versäumt haben, Euch etwas zu trinken anzubieten?«

»Möglicherweise, ja.«

Mit einem Lächeln trat der Herzog an den Tisch unter dem Fenster, nahm den Krug, schenkte einen Becher voll und brachte ihn ihm.

Robin wußte den Symbolcharakter dieser Handlung sehr wohl zu schätzen. »Danke, Mylord.« Er trank durstig.

Lancaster nahm Katherines Hand in seine beiden, führte sie an die Lippen und verneigte sich leicht vor ihr.

Sie lächelte ihn warm an. »Ich denke, ich werde gehen und ihm sagen, daß du dich nicht mit Robin zerstritten hast.«

»Sei so gut. Und schick ihn her.«

»Ja.« Auf dem Weg zur Tür zwinkerte sie Robin verschwörerisch zu.

Lancaster setzte sich in seinen Sessel. »Robin?«

»Mylord?«

»Was sollen wir tun, wenn der nächste König ein albernes kleines Scheusal ist?«

»Er ist noch ein Junge. Er kann sich ändern.«

»Hoffentlich. Hoffentlich bald. Mein Vater ... ich fürchte, der König wird nicht mehr sehr lange leben. Er ist krank und mutlos und gänzlich ausgebrannt. Seit Edward tot ist, hat er jeglichen Willen verloren. Das einzige, das ihn noch wirklich kümmert, ist Alice.«

»Er hat viel geleistet und viel erreicht, und jetzt ist er alt. Er hat Ruhe verdient.«

»Nein«, erwiderte Lancaster unwillig. »Ein ruhiger Lebensabend steht einem König nicht zu. Er hat viel erreicht, sagt Ihr, aber er hat auch viel wieder verloren. Ihr kennt die Gründe. Er ist verbittert über den Verlauf des Krieges und will nichts mehr davon hören. Auch nicht davon, daß die Schotten und die Franzosen wieder einmal gemeinsame Sache machen, um uns in die Zange zu nehmen. Wenn Ihr die Wahrheit wissen wollt, er hat das Regieren einfach eingestellt. Er hat sich von der Welt zurückgezogen und tut, was Alice ihm sagt. Und sie wird mit jedem Tag dreister.«

»Höre ich Kritik an Eurer einstigen Verbündeten?«

»Robin, sie ist maßlos und habgierig geworden. Es ist so, wie die Commons gesagt haben, sie benutzt den König für ihre Zwecke. Und sie hört nicht mehr auf mich. Ich hatte gehofft ...«

»O nein.«

»Kommt schon, Ihr sollt nur mit ihr reden.«

»Es würde nichts nützen.«

»Das könnt Ihr nicht wissen, ehe Ihr es versucht habt.«

»Ich weiß es.«

»Ihr Mann ist unser Statthalter in Irland, und er verschleudert dort Staatsgelder. Unterschlägt sie.«

»Ihr *Mann*?«

»De Windsor, ja. Meine Güte, Ihr seid wirklich das komplette Gegenteil von Katherine. Man muß sich fragen, wie Ihr es fertigbringt, so viel hier zu sein und so wenig Hofklatsch zu hören.«

»Davon höre ich mehr als genug.«

»Hm. Dieser de Windsor ist jedenfalls ein windiger Geselle. Und in Irland faktisch unserer Kontrolle entzogen. Doch der Kronrat fordert eine Untersuchung. Der König läßt es nicht zu, weil sie es nicht will. Ich kann sie nicht länger decken, sie muß Vernunft annehmen.«

»Wie kommt Ihr auf die Idee, sie würde auf mich hören?«

Lancaster lächelte süffisant. »Es wäre einen Versuch wert.«

»Es wäre sinnlos.«

»Man könnte beinah glauben, Ihr traut Euch selbst nicht.«

Robin schüttelte langsam den Kopf. »Ich liebe meine Frau.«

»Ihr wäret ein Narr, wenn Ihr es nicht tätet. Ich verlange ja auch nicht, daß Ihr ihr untreu werdet. Ich bitte Euch um Hilfe in einer politisch angespannten Situation.«

»Ich verstehe nichts von Politik.«

»Ha. Wem wollt Ihr das weismachen? War Euer skandalöses Einwirken auf meinen Sohn in dieser verfluchten Geschichte etwa kein politischer Akt?«

»Nein, das versuchte ich Euch ja zu erklären.«

»Herrgott, Robin, was muß ich tun, damit Ihr mit ihr redet?«

Robin wollte abwinken, dann zögerte er. »Ihr könntet den Baron of Aimhurst überzeugen, daß es eine gute Idee wäre, wenn seine Schwester Leofric heiratet.«

»Wie bitte?«

»Cecilia. Ihr kennt sie doch sicher.«

Lancaster schüttelte verwirrt den Kopf. »Augenblick mal. Bevor wir Leofric mit einer Dame ihres Standes verheiraten können, braucht er ein Lehen. Derzeit habe ich nichts Brauchbares zu vergeben.«

»Aber ich. Mein Schwager Giles steckt in der Klemme, wie Ihr vermutlich wißt. Vor einem Monat wurde eines der Güter, die zu Burton gehörten, versteigert. Ich habe es gekauft. Es ist Ashwood Manor. Nicht groß, aber gute Schafherden und so weiter. Leofric könnte etwas daraus machen, und das wird er auch. Aber reich macht es ihn nicht gerade, und taubstumm ist er immer noch, und Aimhurst könnte abgeneigt sein.«

»Aber Euch liegt daran, daß Leofric eine gute Partie macht, nicht wahr?«

»Und daran, daß er die Frau bekommt, an der sein Herz hängt, ja.«

»Also gut. Das ist ein akzeptabler Handel. Ich rede mit Aimhurst, Ihr redet mit Alice.«

Robin war keineswegs enthusiastisch. Er nickte mit einem tiefen Seufzen. »Einverstanden.«

Während Robin seinen unliebsamen Botengang vor sich herschob, erfüllte Lancaster seinen Teil des Abkommens ohne Verzögerung. Im Rahmen einiger unauffälliger personeller Veränderungen im Kronrat verschaffte er dem Baron of Aimhurst einen lukrativen Richterposten am königlichen Gerichtshof und erhielt im Gegenzug Aimhursts Einverständnis zu Leofrics Verbindung mit seiner Schwester. Es waren nicht ausschließlich uneigennützige Motive, die den Herzog zu diesem Schritt bewogen: Als er den hohen Rat nach seinen Wünschen zusammengesetzt wußte, holte er zu einem knappen, fast beiläufigen Gegenschlag aus, der seine Gegner ohne jede Vorwarnung traf. Wykeham, der Bischof von Winchester, wurde das erste Opfer. Er wurde vom Kronrat beschuldigt, Staatsgelder veruntreut zu haben. Vor mehr als fünf Jahren hatte er dasselbe Amt innegehabt, dessen Lancasters Gefolgsmann Latimer während des Parlamentes unter so schmählichen Anschuldigungen enthoben worden war, und nun fand sich der Bischof in genau derselben Falle gefangen. Es gelang Lancaster nicht, durchzusetzen, daß Wykeham eingesperrt werden sollte, die kirchlichen Herren im Rat wollten so weit nicht gehen. Aber zu seiner grenzenlosen Schande wurden Wykeham seine Ämter und seine Pfründen aberkannt, und er verlor seine gesamte weltliche Habe. Tatsächlich eingekerkert wurde hingegen Peter de la Mare. Der ehemalige Sprecher der Commons wurde unversehens einer Vielzahl diffuser Verbrechen beschuldigt, und die Türen seines dunklen Verlieses fielen schon zu, ehe er begriffen hatte, was eigentlich geschah. Der mächtige Schatten hinter de la Mare, der Earl of March, wurde aufgefordert, in seiner Eigenschaft als Marschall des Reiches nach Calais zu reisen und dort die Truppen zu inspizieren. Da March nicht das leiseste Interesse hatte, England zu verlassen, blieb ihm nichts übrig, als seinen Marschallstab niederzulegen. So wurde er auf einen Schlag seines Sprachrohrs und eines Großteils seiner politischen Macht beraubt. Lancaster rieb sich mit diebischer Freude die Hände. Robin hielt ihm vor, daß es Willkür sei, de la Mare einzusperren. Und Willkür sei es auch gewesen, die Latimer seiner Ämter enthoben habe, erwiderte Lancaster unbeeindruckt.

Robin sorgte sich um die politische Entwicklung, und derweil genoß Joanna das Leben an Lancasters Hof. Anfangs hatten die vielen Menschen sie ein wenig erschreckt, und der verschwenderische Pomp hatte ihr Mißfallen erregt, aber sie hatte es verstanden, beide Empfindungen zu verbergen. Und sie fand, daß sie mit großer Freundlichkeit von dieser illustren, bunten Gesellschaft aufgenommen wurde; ihre Schönheit und ihre geschliffenen Umgangsformen wurden offen als Bereicherung gepriesen. Sehr bald erlag sie dem höfischen Charme. Sie nahm begeistert am kulturellen Leben teil, lernte die vielen Poeten und Musiker kennen, die im Savoy-Palast ein und aus gingen, und nach kurzer Zeit verband sie eine enge Freundschaft zu Philippa Chaucer, der Frau jenes Dichters, der inzwischen verschiedene Hofämter bekleidete und sich immer unentbehrlicher zu machen verstand. Philippa war schon eine von Blanches Hofdamen gewesen und gehörte nun zum engsten Vertrautenkreis der unglücklichen Constancia.

»Und das ist wirklich seltsam, wie so vieles hier«, fand Joanna.

»Wieso?« erkundigte sich Robin.

Sie schlenderten nebeneinander durch die herbstlichen Parkanlagen des Palastes. Wenn ihre ausgefüllten Tage und das Wetter es zuließen, taten sie das jeden Nachmittag. Sie genossen es, eine Weile für sich zu sein, und wenn es nur ein paar Minuten waren. Es war ein schlechter Ersatz für ihre kameradschaftlichen Streifzüge durch ihr Gestüt, aber das gestanden sie sich nicht ein.

»Was ist seltsam daran, daß sie versucht, Constancia das Exil ein wenig erträglicher zu machen?«

»Aber Robin, sie ist Katherine Swynfords Schwester.«

»Wer? Philippa Chaucer?«

»Natürlich. Von ihr reden wir, oder nicht? Erstaunlich, daß du das nicht weißt. Und es ist nicht einmal so, als verstünden die Schwestern sich nicht. Im Gegenteil.«

»Nun, es spricht auf alle Fälle für Lady Philippa, daß gerade sie sich nicht der großen Spöttergemeinde anschließt, die sich gegen Constancia verschworen hat.«

»Ja. Gott, sie ist wirklich zu bedauern.«

»Wie ist sie?«

»Na ja, du kennst sie doch.«

»Eigentlich nicht. Ein bißchen oberflächliches Geplauder ab und zu, das war alles. Sie war mir gegenüber immer sehr kühl.«

»Weil du zu *seinen* Vertrauten und für sie damit zum anderen Lager gehörst. Sie versucht nur, sich zu schützen. So viele sind gegen sie. Sie ist nicht kühl, im Gegenteil.«

»Du magst sie gern?«

Joanna nickte zögernd. »Ja, ich denke, ich mag sie sehr gern. Sie ist anders als englische Frauen, man muß es erst durchschauen. Sie ist weniger … beherrscht, als eine Dame von Stand bei uns es sein sollte. Aber auf ihre Art trägt sie all ihren Kummer sehr geduldig. Sie ist melancholisch, in ihrer Gesellschaft wird selten gelacht. Dafür viel gebetet.«

»Das klingt mächtig trübselig.«

»Nein, du verstehst nicht, was ich meine. Sie ist sehr fromm, und sie denkt viel nach über Gottes Ratschlüsse und die Geschicke der Welt. Schön, vielleicht ist es manchmal trübsinnig, aber ich ziehe ihre Gesellschaft auf jeden Fall der all der albernen, hohlköpfigen Modedamen vor.«

Er nickte nachdenklich. Letztere waren einigermaßen zahlreich vertreten, und er hatte nie geglaubt, daß Joanna ihnen etwas abgewinnen könnte. Auch wenn sie, wie Lord Greenley ihm noch am gestrigen Abend versichert hatte, eine der elegantesten Damen des Hofes war, verschwendete sie nie viele Gedanken oder große Mühen auf ihre äußere Erscheinung.

»Isabella hingegen scheint die Gesellschaft besagter Hohlköpfe zu genießen.«

Joanna hob die Schultern. »Gönn ihr ein bißchen unbeschwerte Freude. Sie ist noch so jung.«

»Ja, mehr als fünf Jahre jünger als du, weise Gevatterin.« Er küßte grinsend ihren Hals. »Willst du morgen mit zur Falkenjagd?«

»Natürlich. Oh, Robin, sag nicht, du willst dich schon wieder drücken!«

»Nein, ich drücke mich ausnahmsweise nicht. Ich habe einen echten Grund. Ich muß nach Windsor.«

»Zum König?« fragte sie verblüfft.

Er antwortete nicht direkt. »Leofric hat sich erboten, dich auf die Jagd zu begleiten. Und wenn du ihm einen Gefallen tun willst, halte dich in der Nähe von Cecilia Aimhurst auf.«

Sie seufzte. »Also schön. Wenn du fort mußt, mußt du fort. Nicht zu ändern.«

»Sei nicht böse. Morgen abend bin ich zurück.«

»Ich bin nicht böse. Nur ein wenig überrascht. Ich habe nicht damit gerechnet, wie anders du hier sein würdest als zu Hause.«

»Du bist auch nicht dieselbe. Vermutlich ist das niemand.«

»Nein, vielleicht nicht. Aber ich habe nie gewußt, wie nahe du ihm wirklich stehst, wie sehr er dich beansprucht.«

»Fühlst du dich vernachlässigt?«

»Sei nicht albern. Ich habe ja kaum mehr Zeit als du. Ich hätte mir nie träumen lassen, daß es so etwas wie diesen Ort hier gibt, voller Menschen, Musik, Esprit und auch eitler Prunk und Intrigen. Nein, sei unbesorgt, ich bin gut beschäftigt. Und ich denke, ich bin stolz darauf, daß du ihm so unentbehrlich bist.«

»Ach, glaub das lieber nicht. Ein jeder ist ersetzbar.«

»Warum sagst du das?«

»Weil es nicht schaden kann, diese einfache Tatsache anzuerkennen. Damit Fortunas Launen einen nicht gar so hart treffen.«

Henry begleitete Robin, denn es war höchste Zeit, hatte Lancaster angemerkt, daß er seinen Großvater wieder einmal besuchte. An einem naßkalten Tag kamen sie nach einem freudlosen Ritt am späten Vormittag in Windsor an. Der große, prächtige Palast wirkte still und leer.

»Der König unterhält keinen sehr großen Hof in letzter Zeit«, bemerkte Henry etwas beklommen, als sie dem Kapitän der Wache durch die langen, hallenden Korridore folgten.

»Nein«, stimmte Robin zu. »Vielleicht hat er lieber seine Ruhe.«

In der Empfangshalle brannte ein lebhaftes Feuer im Kamin, aber niemand war dort. Der Offizier trat an die gegenüberliegende Tür und klopfte kurz. Eine Frauenstimme rief ihn herein. Er stieß die Tür auf und meldete: »Henry of Lancaster, Euer Gnaden.«

Eine tiefe, leise Stimme brummte, und sie wurden hereingewunken.

Der Raum war dämmrig und zu warm, die kleinen Glasfenster ließen nichts von der schneidenden, frischen Herbstluft herein. Die Wände waren mit dunklen Teppichen behängt, deren Motive vom Rauch und Ruß vieler Jahre beinah unkenntlich geworden waren. Auf dem großen Tisch standen nur ein Krug und zwei Becher, auf einem gelblich weißen, abgeschabten Hirschfell vor dem Kamin döste ein alter Jagdhund. Robin und Henry sanken nebeneinander auf ein Knie nieder.

Der König saß zusammengesunken unter vielen Decken in einem tiefen Sessel. Er lächelte. »Henry, mein Junge. Welch eine Freude. Komm her.« Und zu Robin sagte er: »Erhebt Euch, Sir.«

Henry stand auf, trat auf seinen Großvater zu und verneigte sich artig. »Geht es Euch wieder besser, Großvater?«

Der König zog eine seiner großen, jetzt von braunen Flecken übersäten Hände unter der Decke hervor und legte sie seinem Enkel auf die Schulter. »Gut genug, mein Junge, gut genug. Und du siehst prächtig aus. Kaum mehr ein Knabe. Ich schätze, ich sollte dich zum Ritter schlagen, bevor ... vor dem nächsten Feldzug, he?« Er lachte leise.

Henry lächelte ihn warm an. »Wann immer es Euch gut dünkt, Großvater. Ich bin bereit.«

»Ja, daran zweifle ich nicht.« Er sah kurz zu Robin hinüber. »Verzeiht mir, mein Freund, ich scheine mehr und mehr Dinge zu vergessen. Ich bin nicht sicher, wer Ihr seid. Ein Verwandter von Anne of Waringham, so scheint mir?«

Robin verneigte sich und nickte. »Fitz-Gervais, mein König.«

Edwards Gesicht verfinsterte sich. »Natürlich. Ich weiß wieder. Was für ein Unrecht ...«

»Und doch schon lange vergessen.«

Edward seufzte tief. »Das Gesicht habt Ihr von Eurer Mutter und die gewinnende Großmut Eures Vaters. Ihr seid ... meines Enkels Tutor?«

»Er ist Vaters Leibwächter und Vertrauter, Großvater«, klärte Henry den König ernst auf. »Und mein Freund.«

Der König nickte. Dann sah er sich suchend um. »Alice? Wo steckst du?«

Sie kam hinter einem Wandschirm hervor, der einen Teil des Raumes vor den Blicken der Besucher verbarg, und hinter dem, so vermutete Robin, des Königs Krankenbett stand.

Alice hielt den Kopf leicht gesenkt. Was er sah, erschien ihm wenig verändert, ihre Figur ein wenig fraulicher vielleicht, und eine kleine, kecke Haube saß auf ihrem Kopf, unter der die dunklen Locken ungehindert hervorfluteten. Sie trug ein kostbar besticktes Surkot aus dunkelgrüner Seide mit weiten Ärmeln und passenden Seidenschuhen. »Was wünscht mein König?«

»Sei so gut, begleite Waringham in die Halle, und vertreibe ihm die Zeit, während ich mich mit meinem Enkel unterhalte.«

»Wie Ihr wünscht.« Sie nickte Robin knapp zu und ging vor ihm her zur Tür.

In der kleinen Empfangshalle war außer ihnen niemand. Alice führte ihn zu einer gepolsterten Bank am Kamin und machte eine einladende Geste.

Robin blieb vor ihr stehen. »Es tut gut, dich zu sehen, weißt du. Ich hatte beinah vergessen …«

»Spar dir deine Schmeicheleien. Ich weiß, daß *er* dich schickt, und die Antwort ist nein.« Ihre Stimme war schneidend.

Robin unterdrückte ein Seufzen. Das war ein schlechter Anfang. Er schob seinen Auftrag beiseite und nahm ihre Hände. »Alice, sieh mich an. Ich wüßte gerne, ob es dir gutgeht. Komm schon, sprich mit mir. Ich bin es, Robin.«

Sie hob den Kopf und sah ihm in die Augen. »Auf einmal willst du wissen, wie es mir geht? Nachdem du dich fast zehn Jahre von mir ferngehalten hast? Ich fürchte, du bist so scheinheilig wie jeder andere hier geworden.«

»Wo hätte der Sinn gelegen, uns zu sehen? Ich glaubte, so sei es für uns beide leichter.«

»Wer weiß. Vermutlich hast du recht. Es klingt sehr vernünftig. Ich habe trotzdem jeden Tag gehofft, du würdest schwach und mir eine Nachricht schicken. Ein Treffen arrangieren. Oder herkommen, irgendwas. Jeden Tag, Robin. Und immer vergeblich.«

Warum hast du mich nicht geheiratet, als ich dich gefragt habe, dachte er flüchtig, aber er hütete sich, das zu sagen. Er sagte gar nichts, und sie fuhr spitz fort: »Wahrscheinlich sollte ich nicht so reden. Du bist ein verheirateter Mann.«

»Und du eine verheiratete Frau.«

Sie lächelte freudlos. »Eine Alibiehe, die nicht einmal ihren Zweck erfüllt hat. Niemand hat auch nur für einen Tag geglaubt, es werde zwischen dem König und mir irgend etwas ändern. Na ja, wenigstens de Windsor ist es gleichgültig, er hat keine Gefühle, wie man sie Menschen in der Regel zuschreibt. Er hat nur Ehrgeiz.«

»Wie ich höre, habt ihr zwei Töchter?«

»Wir wollen doch hoffen, daß es seine sind, nicht wahr? Er glaubt allerdings nicht daran, er hat sie in seinem Testament nicht bedacht. Aber das spielt keine Rolle. Ich bin viel reicher als er, und wenn ich sterbe, wird es meinen beiden Engeln an nichts mangeln.« Zum erstenmal kam ein Glanz echter Wärme in ihre Augen, und Robin war erleichtert, daß er endlich etwas entdeckte, das er wiedererkennen konnte.

Er zog sie mit sich auf die Bank nieder. »Es tut mir sehr leid, daß die Dinge nicht so gegangen sind, wie du dir gewünscht hast.«

»Doch, das sind sie. Meine Wünsche waren es, die falsch waren. Du hattest von Anfang an recht. Macht bedeutet nichts, nicht einmal Genugtuung ist ihren Preis wert. Nur über das viele Geld bin ich froh, wegen der Kinder. Allerdings, wären es deine ...«

»Nein, Alice. Hör auf. Das kann zu nichts führen.«

»Ich weiß. Ich weiß.« Ihre Stimme klang heiser, doch sie brauchte nur einen Augenblick, um sich zu beherrschen. »Und was ist mit dir? Wenn ich dich so ansehe und wenn auch nur die Hälfte dessen wahr ist, was man mir über die Garderobe und den Schmuck deiner Frau erzählt hat, muß man glauben, du preßt den letzten Blutstropfen aus deinen Bauern da oben auf deinem kleinen Lehen.«

»Ich züchte Pferde.«

»Natürlich. Ich hätte darauf kommen können.« Sie dachte an den Sommer in Waringham und lächelte nostalgisch. »Wie geht es Agnes?«

»Gut, soweit ich weiß. Sie hat Conrad geheiratet. Seine Frau starb, während ich in Kastilien war.«

»Ein harter Schlag für Mortimer, als er von seiner … Abwesenheit zurückkehrte.«

»Ich sehe, du bist über alles im Bilde.«

»Mortimer war viel hier bei Hofe. Jetzt ist er oft bei Joan und Richard, wie ich höre.«

Robin lächelte sarkastisch. »Er sichert seine Position.«

»Hat er Anlaß dazu?«

»Ich fürchte, derzeit nicht.«

Es war einen Moment still. Dann nahm sie seine Hand in ihre Hände. »Laß uns die wenige Zeit nicht mit Geplauder vergeuden.«

Das ist aber so viel sicherer, dachte er mit leisem Unbehagen. In der vergangenen Nacht hatte er seine Frau mit einer solchen Gier geliebt, als stünde sein Aufbruch in einen ungewissen Feldzug bevor. Und er war erleichtert mit der Erkenntnis eingeschlafen, daß ihm von diesem lang umgangenen Wiedersehen keine Gefahr drohte. Aber er hatte sich in gewisser Weise doch getäuscht. Kein Zweifel, er liebte seine Frau, sie war ihm vertraut wie kein anderer Mensch auf der Welt, mit einem Blick konnte er ihre Gedanken lesen, sie war seine Geliebte und seine Weggefährtin. Aber er hatte den unvergänglichen Zauber der ersten Liebe unterschätzt.

Alice sah in seine Augen und lächelte triumphierend. »Komm. Ich weiß einen Ort …«

Er ließ sich widerstandslos von ihr fortführen, einen schmalen Korridor entlang und eine Treppe hinab zu einer Seitenpforte. Sie überquerten einen Innenhof und kamen zu einem achteckigen Bau, der aussah wie ein großer Pavillon. Darin war eine prächtige, mit vielen Wappen geschmückte Halle mit einem runden Tisch. Tafelrunde, dachte er verblüfft. Sechsundzwanzig Stühle. Die Halle der Ritter des Hosenbandordens. Der Tempel der höchsten ritterlichen Weihe. Unter jedem der Wappen hing ein blaues Banner, auf das in Goldfäden das französische Motto des Ordens eingestickt war: *Honi soit qui mal y pense* – Wehe dem, der Übles dabei denkt.

Am anderen Ende der Halle kamen sie in einen kleinen, fensterlosen Nebenraum. Alice schloß die Tür und lehnte sich mit dem Rücken dagegen.

»Komm schon her, Robin. *Honi soit qui mal y pense.*«

Er stand reglos und ein bißchen verloren vor ihr.

Sie schnürte ihr Kleid auf. Robin sah das goldene Amulett an seinem vertrauten Platz, und ohne jeden bewußten Entschluß hob er die Hand und schloß sie um ihre warme, feste Brust. Die andere Hand legte er in ihren Nacken, beugte sich leicht vor, und Alice hob ihm das Gesicht entgegen. Ihre Lippen trafen sich, als sei alles vorherbestimmt. Ausgehungert saugte sie sich an den seinen fest, und er küßte sie hart, fast roh und preßte sie mit dem freien Arm an sich. Eine eigentümliche Mischung aus Lust und Zorn trieb ihn an. Er zwang ihren Oberkörper nach hinten, und sie biß sich auf die Lippen und stöhnte leise, weil seine Hand ihre Brust wie eine Schraubzwinge umschloß.

Honi soit qui mal y pense.

Er öffnete die Augen, als sei er aus dem Schlaf aufgeschreckt, und richtete sich auf. Gott, was tue ich … Er ließ sie los, nahm ihre Hand und küßte sie sanft. »Es tut mir leid, Alice. Entschuldige.«

Sie lächelte schwach. »Du brauchst dich nicht zu entschuldigen. Ich bin nicht so leicht zu erschüttern.«

»Ich hätte nicht mit herkommen sollen.«

»Oh, verflucht, Robin. Was ist mit dir?«

Er schüttelte den Kopf. Er dachte, es sei vermutlich nicht sehr ratsam, jetzt von seinen allseits belächelten Grundsätzen über eheliche Treue anzufangen.

Sie tat es für ihn. »Verstehe. Dir liegt also wirklich an dieser goldgelockten Unschuld.«

Er nickte wortlos. Er fand, sie hatte durchaus das Recht, wütend zu sein. Er hätte sich ohrfeigen können, daß er so leicht schwach geworden war.

Alice legte die Hände links und rechts neben sich an die Mauer. Sie schien kein Bedürfnis zu verspüren, ihr Kleid wieder zu schließen, und Robin mußte sich zwingen, nicht auf ihre milchweiße Haut zu starren.

»Ich bin erstaunt, daß eine Bibelschwester wie sie …«

»Oh, Alice, laß uns nicht geschmacklos werden, ja«, bat er leise. Und er fragte sich unbehaglich, woher sie soviel über Joanna wußte. Er nahm sich zusammen, trat wieder auf sie zu, schloß die kleinen Häkchen und Schnüre an ihrem Unter- und Überkleid. Dann küßte er sie auf die Wange. »Es tut mir wirklich leid.«

»Was?«

»Daß ich mich so scheußlich benommen habe. Ich wollte dich ganz sicher nicht kränken.«

»Nein, ich weiß. Gott, wie bieder du geworden bist.«

»Ja, vielleicht bin ich das. Vielleicht bin ich ein biederer Landritter geworden.«

Sie verzog spöttisch den Mund. »Wenigstens das kann man de Windsor nicht nachsagen. Wenn er auch sonst in jeder Beziehung ein Schurke ist.«

»Wenn du so denkst, warum deckst du ihn dann?«

»So, wir kommen also endlich zum Geschäft, ja?«

»Ich wüßte es wirklich gern.«

»Dann sage ich's dir: Er hat es geschafft, in nur zwei Monaten ein heilloses Durcheinander anzurichten in Irland. Er verschleudert Geld und wirtschaftet in die eigene Tasche. Es ist eine wahre Schande. Aber meine Töchter tragen seinen Namen, und darum muß ich verhindern, daß es herauskommt.«

Robin hob ratlos die Hände. »Aber das wird es so oder so. Wenn der König stirbt …«

»Wird Lancaster mich schützen.«

Robin schüttelte langsam den Kopf. »Nein, Alice.«

Sie schien unbesorgt. »Das hat er bislang immer getan.«

»Aber für das Wohl Englands wird er dich fallenlassen. Glaub mir.«

»Dann wirst du ihn daran hindern.«

»Das kann ich nicht.«

»Du wirst einen Weg finden.«

Er hatte keine Mühe, ihren Unterton zu deuten. »Andernfalls?« erkundigte er sich.

»Andernfalls wird man deiner Frau aus sicherer Quelle zutragen, daß du hier und mit mir im Bett warst. Glaubhaft, verstehst du.«

Gut gemacht, Robin, dachte er wütend, dahin hast du sie gebracht. Er sah sie forschend an. »Sind wir wirklich so weit gekommen?«

»Ja, das haben wir im Handumdrehen geschafft.«

»Dann mußt du tun, was du für richtig hältst.«

»Das heißt, du willst mir nicht helfen?«

»Ich würde gern, aber ich kann nicht. Was immer ich sagen würde, er würde es sofort durchschauen. Er weiß so gut wie du, was de Windsor dort drüben in Irland treibt. Und der Kronrat weiß es auch. Lancaster will, daß diese Untersuchung stattfindet.«

»Und du willst, was er will, Robin? Ist es möglich, daß du ihm mit Haut und Haar angehörst?«

»Mit Haut und Haar in jedem Fall. Mit Geist und Seele nur manchmal.«

»Und du bist sehr zufrieden mit dir.«

»Gerade jetzt nicht unbedingt, nein.«

»Sag ihm, ich verzichte auf seinen Schutz.«

»Bitte, wenn du denkst, daß das weise ist …«

»Wer weiß, was er überhaupt noch wert sein wird, wenn der König stirbt. Es würde mich gar nicht wundern, wenn Lancasters Stern dann ebenso fiele wie meiner.«

»Wie kommst du darauf?« fragte er verblüfft.

»Weil längst nicht so viel an ihm dran ist, wie es deinem untertänig verklärten Blick erscheint. Er hat die Kirche gegen sich aufgebracht, das Bürgertum und einen Großteil der Ritterschaft. Und im Krieg hat er kläglich versagt. Nein, ich denke, sehr erfreulich wird es für ihn auch nicht aussehen.«

Wie bitter und zynisch sie geworden ist, dachte Robin bekümmert. Er fühlte sich befremdet. »Du irrst dich, Alice, du schätzt ihn falsch ein. Es stimmt, er scheut sich nicht, sich auf Konfrontationen einzulassen, aber er weiß genau, was er tut. Und was Frankreich angeht … Es ist der Krieg selbst, der sich geändert hat. Der Schwarze Prinz hätte nicht mehr Erfolg gehabt als Lancaster. Für Edwards Ansehen war es höchst förderlich, daß er krank wurde, denn so glaubt jeder, der Grund für unsere Mißerfolge läge bei Lancaster.«

»Und wer das glaubt, hat recht. Edward war ein Soldat. Lancaster ist ein … Pfau.«

Robin erinnerte sich an die Nacht in der Auvergne, als ihre geschrumpfte, von Erschöpfung und Krankheit geschwächte Truppe angegriffen worden war und sie Hals über Kopf hatten fliehen müssen. Sie hatten ihre gesamte Ausrüstung verloren, und Lancaster und alle Offiziere hatten ebenso wie jeder gewöhnliche Soldat gehungert und gefroren und im unablässigen Regen unter freiem Himmel geschlafen. Keiner hatte geglaubt, daß sie Bordeaux je wiedersehen würden. Und man hätte meinen können, Lancaster habe nie anders genächigt als im kalten Schlamm, nie andere Kost als steinhartes Brot und nasses, fauliges Dörrfleisch gekannt. Bis Robin ihm auf die Schliche gekommen war, hatte er die Hälfte seiner Rationen seinem Cousin, dem jungen Earl of Carlisle, zugesteckt, der sich nur langsam von einer schweren Verwundung erholte. Er war gelassen und besonnen geblieben, und dank seiner Umsicht hatten sie die sicheren Mauern von Bordeaux schließlich erreicht. Eine der größten, wenn auch ungefeierten Heldentaten dieses Krieges, fand Robin.

»Lancaster ist ein Plantagenet, Alice.«

»Das ist nur ein Name.«

»Und es ist kein Zufall, daß Englands Könige seit zweihundert Jahren diesen Namen tragen.«

»So, das ist es also. Du denkst auch, er wird sich die Krone nehmen.«

»Was? Unsinn, das wird er nicht tun.«

»Wir werden ja sehen. Ich wäre jedenfalls nicht verwundert.«

»Alice, laß uns nicht streiten. Ich bin hier, um dich zu bitten, deinen Widerstand gegen diese Untersuchung der Angelegenheit in Irland aufzugeben. Und das tue ich. Ich bitte dich darum.«

Sie lächelte voller Hohn. »Um der guten alten Zeiten willen?«

»Um deinetwillen. Damit er weiterhin zu dir stehen kann. Sieh den Dingen ins Auge. Wenn der König nicht mehr ist, werden sie sich auf dich stürzen wie Wölfe. Du wirst Freunde brauchen.«

»Sieh an. Drohungen, ja?«

»Herrgott noch mal …« Er packte sie bei den Armen und rüttelte sie leicht. »Ich will doch nur, daß du dir Kummer ersparst! Du mußt zustimmen, dem König sagen, er soll die Untersuchung anordnen und eine Kommission zusammenstellen. Zu deinem eigenen Schutz.«

Sie hob langsam die Hand und fuhr mit dem Zeigefinger die kleine Narbe an seinem Kinn entlang. »Die hattest du früher nicht.«

Er schüttelte kurz den Kopf. »Deine sind alle innen, scheint mir.« Er ließ die Hände sinken.

Ihr Finger strich über seine Wange. »Was ist dir meine Zustimmung wert, Robin?«

Robin biß die Zähne zusammen. Tu das nicht, Alice, dachte er traurig, bitte nicht. Er nahm ihre Hand von seinem Gesicht und trat einen Schritt zurück. »Ich werde nicht mit dir feilschen. Tu's für dich selbst, oder tu's nicht.«

»Ich tu's. Ich werde den König bitten, sein Veto zurückzunehmen. Wenn du heute nacht hierbleibst und mich besuchst.«

Er schüttelte verständnislos den Kopf. »Warum? Wieso willst du einen Preis von mir fordern? Das wäre es doch, nicht wahr? Aber eben hast du selbst noch gesagt, Macht habe keine Bedeutung. Also warum?«

»Ich wüßte zu gern, wie weit du gehst, um zu kriegen, was er von mir will.«

Robin wandte sich mit einer knappen Verbeugung ab. »Leb wohl, Alice.«

Bevor die Schneefälle einsetzten, schickte Robin einen Boten nach Fernbrook und ließ Isaac wissen, daß sie über Weihnachten am Hof bleiben würden und daß an seinem Geburtstag, dem sechsten Januar, Leofric seine angebetete Cecilia heiraten würde. Isaac gab dem Boten einen Brief mit zurück, in dem er Robin bat, Leofric und seiner Braut seine Segenswünsche zu übermitteln. Die Kinder seien wohlauf, die Pest, die dieses Mal mit weniger Durchschlagskraft ausgebrochen war, war bislang nicht nach Fernbrook gekommen, *und von mir aus bleib dort und leg dich auf die faule Haut, bis Du fett und feist geworden bist. Aber wenn Du zur Fohlzeit nicht kommst, kündige ich und geh' als Stallknecht zu Conrad zurück, ich schwör's. Ich habe Vater Horace gefragt, ob er niemanden wisse, der Anne in Latein und Französisch unterrichten könne. Wie ich gehofft hatte, bot er sich selbst an. Und wenn meine Zeit es erlaubt, nehme ich an seinem Unterricht teil. Auf diese Weise entwickelt Anne mehr Ehrgeiz, sie kann es nicht ausstehen, wenn ich besser bin als sie. Aber Joanna sollte sich lieber damit abfinden, daß kein Bücherwurm und Stubenhocker aus ihr wird. In Wahrheit interessiert sie nichts als nur Pferde. Sie ist genau wie Du. Grüße Joanna und Isabella. Sag ihnen, ihr Bruder ist zurück. Offenbar ist er doch nur bis nach Rom gepilgert und jetzt schon heimgekehrt. Oswin brachte die Nachricht von einem seiner Streifzüge mit. Übrigens, Oswin und Alison werden heiraten. Sehr kurzfristig. Zuerst wollte er sich verdrücken, aber es war nicht schwierig, es ihm auszureden. Im Grunde ist er ja doch ein anständiger Kerl. Jetzt trägt er es mit Fassung und will im Dorf ein Haus bauen. Und wenn Du wissen willst, wie es allen anderen geht, komm her und sieh selbst. Ich muß zurück an die Arbeit. Mögen Gott und alle Heiligen Euch behüten. Isaac*

Anfangs war Cecilia Aimhurst nicht sehr angetan von der Vorstellung, Lancasters mittellosen, taubstummen Leibwächter zu heiraten. Sie war zu gut erzogen, um ihrem Bruder zu widersprechen, als er sie von ihrer Verlobung in Kenntnis setzte, aber sie hatte sich bei Isabella die Augen ausgeweint. Leofrics Gebrechen war ihr unheimlich, sie fürchtete, daß allerhand merkwürdige Wesenszüge damit einhergehen könnten. Außerdem war es eine Verbindung unter ihrem Stand. Isabella hatte viele ihrer Befürchtungen ausgeräumt. Sie kannte Leofric gut genug, um ihrer Freundin seine Vorzüge glaubhaft machen zu können. Und Leofric selbst war nicht untätig. Täglich schrieb er Cecilia einen Brief, den er ihr über Isabella zukommen ließ und bei dessen Abfassung er dankbar Geoffrey Chaucers angebotene Hilfe in Anspruch nahm. Robin gestand er, daß er sich dessen ein wenig schämte, denn vor allem diese Briefe waren es, die Cecilias Herz nach und nach eroberten. *Ich bin nicht sicher, ob sie sich in mich oder nicht in Wahrheit mehr in Chaucer verliebt. Ohne es zu wissen.*

Robin dachte kurz darüber nach und schüttelte dann den Kopf. »Ich denke, es ist nur legitim, daß du dir jedes Hilfsmittel zu eigen machst, das sich bietet. Könntest du sprechen, hättest du sie mühelos erobert. So, wie es ist, darfst du ruhig ein bißchen mogeln.«

Beim letzten Turnier des Jahres, das zu Ehren des Prince of Wales in Kennington abgehalten wurde, ritt Leofric an die Zuschauerlogen, bevor er in die Bahn ging, und senkte vor Cecilia die Lanze. Errötend knotete sie ihren Seidenschal daran fest. Und wie so oft, wenn einem wirklich daran lag, im Turnier eine gute Figur zu machen, mißlang es. Leofric wurde schon im zweiten Durchgang aus dem Sattel gehoben. Ausgerechnet von einem seiner besten Freunde, James Dunbar, dem einstigen Knappen Henry Fitzroys. Als Robin, Francis und Leofrics eigener Knappe William bei ihm ankamen, lag er immer noch reglos im Schlamm, mit gequetschten Rippen und kaum in der Lage, Atem zu holen.

Robin nahm ihm den Helm ab. »Alles in Ordnung?«

Leofric nickte, verdrehte wütend die Augen und schlug sich mit der Faust aufs Knie. Rüstung und Kettenhandschuh schepperten leise.

Robin sah verstohlen zu Cecilia hinüber. Sie war aufgesprungen und hatte die Hände vor ihr kreidebleiches Gesicht geschlagen. Robin streckte Leofric grinsend die Hand entgegen. »Komm schon. Sieh nicht hin, aber ich sag' dir, so sieht keine Frau aus, die ihrem Ritter nur mäßig geneigt ist. Vielleicht merkt sie's selber erst jetzt, aber sie hat dich wohl wirklich ins Herz geschlossen.«

Sie verbrachten ein wunderschönes, wenn auch zu prunkvolles Weihnachtsfest, das sich über Neujahr bis zum Dreikönigstag erstreckte. Leofrics und Cecilias Hochzeit wurde ein ausgelassenes Fest. Robin war nicht der einzige, von dem Leofric anläßlich seiner Vermählung belehnt wurde. Ohne Robin etwas davon zu sagen, hatte auch Lancaster ein Stück von Giles of Burtons Ländereien gekauft. Harley war ein kleines Gut, das unmittelbar an Ashwood grenzte. Die Bauern beider Güter bewohnten dasselbe Dorf. Es schien nur sinnvoll, die Besitze zu vereinen. Zusammen machten sie ein Lehen aus, mit dem ein Ritter sich sehen lassen konnte.

Leofric versteckte sich im Beichtstuhl der Kapelle des Palastes, damit er seine Freudentränen ungesehen vergießen konnte. Und sie waren hartnäckig, sie wollten um jeden Preis heraus. Dieser Tag war genau wie der seines Ritterschlages. Ein bißchen zuviel für ihn. Vermutlich lag es daran, daß er ja nur der Sohn eines Diebes und einer Straßenhure war, jedenfalls fand er es schwierig, die Meilensteine seines Aufstiegs zu verkraften. Er blieb länger als beabsichtigt in dem engen Beichtstuhl knien, betete für den Dieb, die Straßenhure und seine verhungerten Geschwister und flehte Gott an, ihn für all sein unverdientes Glück doch bitte nicht mit taubstummen Kindern zu schlagen. Alles andere, Gott, aber das nicht.

Mit dem Ende der Festtage kamen die Schatten zurück. Lancasters verläßlicher Geheimdienst enthüllte eine neue Allianz zwischen Frankreich und Schottland. Ein neuerlicher Feldzug schien unausweichlich. Der König war wiederum erkrankt. Und der Bischof von London, Courtenay, machte Front gegen Lancaster.

»Und Lancaster bietet ihm allen Grund dazu, wenn er sich mit Ketzern einläßt«, bemerkte Joanna spitz, während sie sich für den Abend in der Halle ankleidete.

Robin saß in einem Sessel am Feuer und sah ihr unauffällig zu. »Was für Ketzer?«

»Wycliffe«, erwiderte sie knapp.

Robin schüttelte den Kopf. »Wie kannst du so was sagen? Dr. Wycliffe ist ein angesehener Theologe und Philosoph, ein Lehrer an der Universität in Oxford und schon seit langem im Dienst des Königs.«

»Und dennoch ein Ketzer. Er behauptet, Brot und Wein verwandeln sich nicht in das Fleisch und Blut Christi. Das ist Häresie.«

»Lady Joanna, du machst den gleichen Fehler wie die meisten Leute: Du hast seine Schriften nicht gelesen, aber du verurteilst sie trotzdem.«

»Woher willst du wissen, daß ich sie nicht gelesen habe?« Sie stemmte herausfordernd die Hände in die Seiten.

»Weil es so nicht drinsteht.«

»Hast *du* sie etwa gelesen?«

»Jetzt staunst du, was? Nur ein Stück, zugegeben. Er schreibt in Latein, endlos lange Sätze. Es ist mühsam.«

»Und? Was schreibt er?«

»Er sagt, die Wandlung vollziehe sich nicht körperlich, sondern nur spirituell …«

»Ketzerisch genug, für meinen Geschmack.«

»Und er sagt, die Kirche müsse ihrer weltlichen Güter entsagen und zur Armut zurückkehren, damit sie geläutert werde. Und *das* ist es, was die Herren Bischöfe ihm wirklich übelnehmen.«

Joanna steckte eine Smaragdbrosche an ihr Dekolleté. »Robin, ich will nicht, daß du Umgang mit ihm hast.«

»Sei nicht albern.«

»Ich bin nicht albern, ich habe Angst. Wenn du einmal das Mißfallen der Kirche erregt hast, wird es nicht lange dauern, bis sie dich anklagen.«

»Um Himmels willen, Joanna, ich bin kein Hexenmeister.«

»Nein. Aber du hast eine Gabe, die nach der Lehre der Kirche kein Mensch haben darf. Es ist verdächtig. Und verdächtig reicht vollkommen.«

Er trat auf sie zu und legte die Arme um sie. »Mach dir keine Sorgen. Ich werde ihr Mißfallen schon nicht erregen. Außerdem, es weiß doch niemand davon.«

»Ach nein? Auch Mortimer nicht?«

Er seufzte und ließ sie los. »Doch. Vermutlich schon.«

»Es überläuft mich eiskalt, wenn ich sehe, wie er dich anstarrt.«

»Ja, ein Jammer, daß wir so häufig in Kennington sein mußten. Mir ist auch wohler, wenn ich ihn nicht sehe.«

»Robin, laß uns nach Hause reiten.«

»Wie stellst du dir das vor? In zwei Wochen beginnt das Parlament, ich kann jetzt nicht nach Hause.«

»Warum nicht? Schließlich hat Lancaster dir wieder keinen Sitz angeboten …«

»Doch, Joanna, das hat er.«

»Was?«

»Ich habe abgelehnt.«

»Aber … wieso?«

Weil ich nicht in den Zwiespalt geraten wollte, zwischen meinem Gewissen und meiner Loyalität wählen zu müssen, dachte er, aber sagte es nicht. Er wußte längst, daß die Politik wie Treibsand war; wenn man nur einen Fuß hineinsteckte, hatte sie einen bald verschlungen. Aber er würde nicht freiwillig kopfüber hineintauchen. Lancaster hatte seine Gründe schon gekannt, ehe er sie nannte, und hatte Robins Ablehnung der hohen Ehre ohne Ärger hingenommen.

»Ich bin mit meinem Schattendasein durchaus zufrieden.«

»Du kneifst«, stellte sie fest.

»Stimmt genau.«

Sie seufzte und legte ihre Hand kurz auf seine. »Wahrscheinlich ist es weise. Also, wann gehen wir nach Hause?«

»Erst einmal ist Leofric an der Reihe. Er ist seit über einem Jahr hier. Und er muß seine Güter in Besitz nehmen.«

»Ja, kann er denn nicht mal auf euch beide verzichten?«

Robin grinste. »Wenn, wären Leofric und ich die letzten, die das wahrhaben wollten.«

Joanna fand das nicht komisch. »Robin, ich will nach Hause!

Zu meinen Kindern. Bald. Und das Frühjahr kommt, und Isaac braucht dich.«

Er nickte widerstrebend. »Laß uns abwarten, wie es nach dem Parlament aussieht. Komm, es wird Zeit.«

Sie stand auf, und er legte ihr galant den Seidenschal um die Schultern und öffnete die Tür. »Du siehst überwältigend aus, Lady Joanna.«

Sie trat vor ihm hinaus. »Schmeichle mir nicht, das nützt nichts.«

»Herrje, du bist nicht gut auf mich zu sprechen.«

»Nein.«

»Da fällt mir ein ... Bischof Courtenay, der ja, wie wir alle wissen, auf diesen ganzen Hof nicht gut zu sprechen ist, hat uns einen äußerst scharfen Brief geschickt. Er beschwert sich, daß die jungen Damen während des Hochamtes in St. Paul Tennis spielen, statt zu beten.«

Joanna hob das Kinn. »Kein Wunder, bei den Einflüssen.«

»Äh ... Ich dachte, könntest du mit Isabella und den anderen Mädchen reden?«

»Warum ich?«

»Wenn ich es tue, wird es gleich wie ein Tadel aussehen.«

»Also, den haben sie wohl verdient, oder?«

»Dann sprich du ihn aus. Deine Autorität bei ihnen ist ohnehin viel größer als meine ...«

Sie biß sich auf die Lippen und gluckste. »Erinnere mich, daß ich mir zu dem Anlaß eine Matronenhaube aufsetze ...«

Eine eigentümliche Betriebsamkeit versetzte das Hofleben, das zeremonielle wie das wirkliche, in ungewöhnliche Unruhe. Lancaster bereitete das Parlament minuziös vor; er wollte ein Fiasko wie im vergangenen Sommer nicht noch einmal erleben. Robin war viel in London und der Umgebung unterwegs, mit Botschaften, die keinem Brief anvertraut werden durften. Joanna fand sich im gleichen Maße von Constancia beansprucht, die an einem ungewöhnlich heftigen Anfall von Schwermut litt und das Bett kaum noch verließ. Katherine Swynford, erfuhr Robin hinter vorgehaltener Hand, war schon wieder guter Hoffnung. Einzig Leofric und Cecilia blieben von der allgemeinen Nervosität unberührt;

sie glänzten meist durch Abwesenheit und verließen das Bett so wenig wie die arme Constancia. Lancaster erhob keine Einwände, er wußte, er hatte Leofric über Gebühr beansprucht. Er bemerkte lediglich mit einem süffisanten Lächeln, irgendwer solle Leofric von Erec und Enide erzählen, ehe auch er und Cecilia sich verlägen …

An einem klirrend kalten Januartag kehrte Robin von einem seiner delikaten Botengänge zurück und ging unmittelbar zu Lancasters Privatgemächern, um zu berichten, was er in Erfahrung gebracht hatte. Er klopfte mit der Linken an die Tür, mit der Rechten Schnee von seinen Schultern und trat unaufgefordert ein. Einigermaßen betroffen starrte er auf die Szene im Raum.

Henry stand mit dem Rücken zu seinem Vater, den Kopf leicht zwischen die Schultern gezogen. Lancaster schlug ihn mit einem biegsamen Stock, den er todsicher von Henrys Lehrer geborgt hatte, der Robin jedenfalls nur allzu lebhaft an Bruder Anthony erinnerte. Lancaster schlug nicht mit ungehemmter Kraft zu, aber doch voller Zorn, mit grimmiger Miene. Henrys Gesicht war schneeweiß, er hatte die Lippen fest zusammengepreßt und biß vermutlich darauf. Sein Kinn bebte, aber er gab keinen Laut von sich, und seine Augen waren trocken.

Robin versetzte der Tür einen kräftigen Stoß, und sie fiel krachend zu.

Lancaster hielt inne und sah auf. »Natürlich, wer sonst. Was führt Euch in diesem unpassenden Moment her, Sir?«

»Eure Anweisung, Mylord, Euch Sir John Ypres' Antwort umgehend mitzuteilen.«

Lancaster fuhr sich mit der freien Hand kurz über das kantige Kinn. »Ach, richtig«, murmelte er zerstreut. Und zu seinem Sohn sagte er leise: »Du kannst gehen, Henry.«

Henry wandte sich langsam zu ihm um und nickte wortlos.

»Und du wirst niemals wieder, ganz gleich, unter welchen Umständen, deinen Cousin ohne seine ausdrückliche Erlaubnis verlassen.«

Henry antwortete nicht.

»Es war ganz und gar unentschuldbar. Undiszipliniert und ungehörig. Deiner nicht würdig.«

Henry lächelte, und sein Vater schlug ihn mit dem Handrücken ins Gesicht. Henry rang blinzelnd um Gleichgewicht. Seine Nase blutete ein wenig.

Lancaster betrachtete ihn kühl. »Du wirst bis auf weiteres deine Gemächer nur verlassen, um zur Messe zu gehen.«

Der Junge riß entsetzt die Augen auf. »Die Jagd morgen …«

»Ohne dich, mein Sohn. Du wirst auf keine Jagd reiten, bis du die Schwere deines Vergehens eingesehen hast.«

Henrys Mund zuckte kurz. »Ich werde ein alter Mann sein, ehe ich wieder zur Jagd reite.«

»Das wäre höchst bedauerlich.«

Henry verneigte sich knapp und ging zur Tür, ohne Robin anzusehen.

Offenbar überrascht, stellte Lancaster fest, daß er den Stock immer noch in der Hand hielt. Er legte ihn auf das Kaminsims und wischte sich unbewußt die Hände an der Kleidung ab. Dann verschränkte er die Arme und starrte ins Feuer.

»Richard hat ihn von seiner Tafel ausgeschlossen. Vor all seinen Rittern hat er gesagt, er könne nicht mit ihm an einem Tisch essen, denn Henry sei der Enkel eines flämischen Metzgers.«

Robin war sicher gewesen, daß es darum ging. Er sagte nichts und wartete, daß sein plötzlicher Zorn auf den Prinzen verrauchen würde, damit wenigstens einer von ihnen einen kühlen Kopf hatte.

Lancaster stellte einen Stiefel auf die Kaminbank. Wie der König, fuhr es Robin durch den Kopf. In dieser Haltung war der Herzog sein Abbild, und auch sonst war die Ähnlichkeit nicht zu leugnen. Sicher, der Schwarze Prinz hatte seinem Vater ähnlicher gesehen, aber Lancasters Augen waren in Form und Farbe denen des Königs nahezu gleich, und wenn sein Lächeln ausnahmsweise einmal arglos war, war es des Königs Lächeln. Trotzdem hatte das häßliche Gerücht sich wie ein Lauffeuer verbreitet. Es war in aller Munde, wurde in der schäbigsten Hafenkneipe ebenso lebhaft diskutiert wie in den fürstlichen Palästen. Es besagte, Königin Philippa habe damals in Gent keineswegs einen Knaben, sondern eine Tochter zur Welt gebracht, die aber unmittelbar nach der Geburt gestorben war. Aus Furcht vor dem Zorn des Königs habe sie das tote Kind durch ein männliches Neugeborenes ersetzt, das sie einer Fleischersfrau abgekauft habe. Auf dem Sterbebett habe die Königin dies Bischof Wykeham gebeichtet und ihm, unmittelbar bevor sie endgültig die Augen schloß, das Versprechen abgenommen, die »Wahrheit« publik zu machen, sollte je die Gefahr bestehen, daß Lancaster den Thron besteigen könnte. Ganz gleich, daß der Bischof nicht einmal in der Nähe gewesen war, als die Königin starb, ganz gleich, daß es ehemalige Hofdamen gab, die Philippa während ihrer einsamen Niederkunft in Gent beigestanden und der Geburt ihres gesunden Sohnes beigewohnt hatten; die Londoner *liebten* die Geschichte. Und zum erstenmal, seit Robin ihn kannte, mangelte es dem Herzog an Gelassenheit.

»Henry mußte also die Prügel einstecken, die Wykeham zustanden?« fragte Robin schließlich leise.

Lancaster schüttelte langsam den Kopf. »Und wenn der Prinz gesagt hätte, ich sei der Sohn eines Giftmörders und einer Hexe, Henry hätte nicht gehen dürfen. Unter keinen Umständen. Er muß lernen, sich zu beherrschen. Richard ist, wie er ist, wir werden alle noch reichlich Gelegenheit bekommen, unsere Selbstbeherrschung zu erproben. Henry war im Recht, bis er sich unerlaubt entfernt hat.«

»Und der Prinz hat Euch seine bittere Beschwerde umgehend übermittelt?«

Lancaster zog die Brauen hoch. »Ihr kennt ihn gut, nicht wahr?«

Ich kenne Mortimer, dachte Robin und schauderte. Bis jetzt hatte er sich diesen Gedanken nie gestattet. Aber er ließ sich nicht länger wegschieben. Gott stehe England bei, dachte er furchtsam, wenn Richard, das »alberne kleine Scheusal«, König wird.

Lancaster verschränkte ruhelos die langen Finger ineinander. »Er muß lernen, sich dem Prinzen zu fügen. Sie werden nicht ewig Kinder sein. Er *muß* lernen, seine Gefühle dem Wohl Englands unterzuordnen …«

»Aber sicher nicht so.«

»Wie dann? Herrgott noch mal, Robin, ich habe meinen Jungen nie zuvor angerührt, ich habe mich immer darauf verlassen, daß andere mir diese gräßliche Pflicht abnehmen. Aber er war störrisch und gänzlich uneinsichtig.«

»Mylord, Ihr könnt Euch nicht vorstellen, was es für einen Jungen bedeutet, wenn plötzlich alle mit dem Finger auf ihn zeigen, höhnisch lächeln und schlecht von seinem Vater reden. Ihr könnt vielleicht versuchen, es Euch vorzustellen, aber Ihr könnt es nicht nachempfinden.«

Lancaster hob den Kopf und betrachtete ihn aufmerksam. »Robin ...«

Jemand klopfte an die Tür. Der Herzog stöhnte. »Was nun schon wieder?«

Der Tür wurde zaghaft geöffnet, und ein nahezu kahler Kopf erschien. »Ich bitte um Verzeihung, Mylord ...«

Lancaster lächelte so strahlend, als habe er sehnsüchtig auf ausgerechnet diesen Besucher gewartet. »Lord Epping! Tretet näher.«

Der alte Ritter kam zögernd herein. Er trug eine stumpfe, verbeulte Rüstung, und seine Beine waren so krumm, als habe er zuviel Zeit auf dem Rücken eines Pferdes verbracht. Und vielleicht war es so, dachte Robin flüchtig. Lord Epping war ein schillernder Name aus den frühen, ruhmreichen Tagen des Krieges und wie er selbst ein eingeschworener Anhänger des Hauses Lancaster. »Mylord, ich weiß, daß Ihr gerade jetzt viel Kummer und wenig Zeit habt, aber da ich nur wenige Tage in London bin ...«

»Ihr könntet nie ungelegen kommen, Sir. Nehmt doch Platz. Dort am Feuer, der Sessel ist bequem.«

Robin brachte Epping einen Becher Wein. Die unruhigen, aber noch scharfen Augen betrachteten ihn kurz, erkannten ihn auf einen Blick als Gleichgesinnten und lächelten. Dann nahm der Lord einen kräftigen Zug, setzte den Becher auf der verbeulten Kniekachel ab und räusperte sich. »Mylord, ich ersuche Euren Beistand in einer unschönen Angelegenheit. Man hat mich bestohlen.«

Lancaster sah ihn verwirrt an. »Wer könnte wagen, Euch zu bestehlen?«

»Lady Alice Perrers. Oder Lady de Windsor, sollte ich wohl sagen.«

O nein, dachte Robin.

Lancaster zeigte keine Regung.

»Es ist schon ein Weilchen her, Mylord. Vor drei Jahren, als wir alle im Feld waren ... Meine Frau Emma war bei Hofe geblieben. Sie starb, während ich fort war. Und Lady Alice nahm ihren Schmuck.« Er hielt den Blick gesenkt, die Sache war ihm unendlich peinlich.

Lancaster ermunterte ihn. »Nur weiter, Sir, habt keine Scheu.«

»Es war wertvoller Schmuck. Seht Ihr, wir haben es immer so gehalten wie der König und der Schwarze Prinz, wir haben unser bißchen Geld in Edelsteinen angelegt. Und als Emma starb, nahm Lady Alice den Schmuck … in Verwahrung. Jetzt werde ich auch bald sterben, und mir wäre wohler, wenn mein Sohn diese Juwelen hätte, denn es ist beinah alles, was wir besitzen. Aber sie sagt, sie wisse nichts von dem Schmuck. Nun ja, und ich dachte, weil sie doch auf Euch hört, Mylord …«

Lancaster atmete tief durch. »Was würdet Ihr schätzen? Was war der Schmuck wert?«

Epping hob kurz seine runden Schultern. »Vielleicht … dreihundert Pfund. Oder ein bißchen mehr.«

Lancaster zuckte nicht mit der Wimper. »Robin, seid so gut, schreibt eine Anweisung an meinen Schatzmeister, Sir Walter Epping einen Betrag von vierhundert Pfund auszuzahlen.«

Epping hob abwehrend beide Hände. »Gott bewahre, Mylord, das ist ausgeschlossen …«

»Wieso? Das ist es keineswegs. Es ist nur billig. Ihr habt mir und meinem Schwiegervater Lancaster und meinem Vater ein Leben lang gedient. Nun seid ihr betrogen worden, und aufgrund der … Gemütsverfassung meines Vater kann ich Euch derzeit nicht zu Eurem Recht verhelfen. Die Zeiten, da ich Einfluß auf Lady Alice de Windsor nehmen konnte, sind vorbei. Aber es ist damit zu rechnen, daß der Tag kommt, da die Hand des Königs diese Dame nicht länger schützt. Und solltet Ihr dann den Wunsch haben, werdet Ihr Eure Klage vor einem königlichen Gericht wiederholen können. Bis dahin nehmt meine Entschuldigung an, und erlaubt mir, Euren Verlust zu ersetzen. Und ich will keinen Dank dafür. Ich werde vielmehr Euch und Eurem Sohn zu Dank verpflichtet sein, wenn Ihr das Ansehen meines Vaters«, er unterbrach sich kurz und wechselte einen Blick mit Robin, »das Ansehen meines Vaters schützt, wollte ich sagen, und diese scheußliche Geschichte für Euch behaltet.«

Epping war überwältigt. Er erhob sich langsam aus seinem Sessel und machte Anstalten, auf ein Knie niederzusinken.

Lancaster nahm ihn bei den Schultern. »Nein, bitte, beschämt mich nicht weiter.«

Epping sah ihm in die Augen. »Ihr habt keinen Grund, beschämt zu sein, John. Ihr könnt nicht ermessen, wie erleichtert und dankbar ich bin. Und sorgt Euch nicht. *Ich* weiß, wie es ist, alt zu werden. Aber für das Ansehen meines Königs würde ich wohl immer noch mit dem Schwert einstehen.«

Lancaster lächelte, verneigte sich leicht und ließ ihn los. »Danke, Sir Walter.«

Robin legte ihm die Notiz an den Schatzmeister vor, Lancaster setzte seine schwungvolle Unterschrift darunter und überreichte Epping den Bogen. »Die Wache wird Euch hinführen.«

Epping preßte das Schriftstück an seine Brust und verneigte sich. »Gott schütze Euch und König Edward, Mylord.« Immer noch leicht verwirrt, verließ er den Raum.

Lancaster lächelte ihm nach. »Er war einmal der Schrecken aller französischen Ritter.«

»Ich glaub's.«

Lancaster vertrieb die Nostalgie mit einem Kopfschütteln. »Was hat John Ypres gesagt?«

»Daß Ihr auf ihn rechnen könnt, ganz gleich, was Ihr mit den Commons anstellt.«

»Ha. Guter Mann.«

»Ein Pfeffersack …«

»Nein, Robin. Ein wohlhabender, einflußreicher Londoner Kaufmann. Ich beherzige nur Euren Rat, indem ich mich mit Männern wie ihm einlasse.«

»Ich meinte zwar nicht gerade die Sorte, deren Gewissen käuflich ist, aber ich schätze, es ist ein Fortschritt.«

Lancaster wurde wieder ernst. »Würdet Ihr … mit Henry reden?«

»Ja.«

»Ihm klarmachen, welche Verantwortung er trägt? Daß er nicht so handeln darf wie der Sohn eines gewöhnlichen Mannes?«

»Ja, Mylord.«

»Dann geht. Ich bitte Euch.«

»Aber ich dachte, Ihr wollt heute abend noch zu Lord Percy?«

»Hm. Wir werden Leofric bemühen müssen.«

»Schön. Und vielleicht solltet Ihr mit der Mutter des Prinzen reden. Sie ist doch eine kluge Frau. Vielleicht wird sie ihrem Sohn ihrerseits ein paar Dinge klarmachen.«

»Ja, ich werde auf jeden Fall mit Joan reden. Ich fürchte nur, es wird nicht viel nützen.«

Auf dem Schreibpult brannte eine einzelne Kerze, ansonsten war es finster. Die Januarnacht war längst hereingebrochen, die bunten Glasfenster zeigten nichts als Schwärze.

»Henry?« fragte Robin leise.

»Geh weg«, antwortete eine abweisende Stimme, die hinter dem zugezogenen Bettvorhang hervorkam.

»Wenn du gestattest, werde ich bleiben und eine Weile in deinen Büchern lesen. Und wenn du bereit bist, kannst du herauskommen und mit mir reden.«

»Ich will aber nicht.«

Nein, dachte Robin traurig, ich wollte auch nicht.

»Ich werde trotzdem ein Weilchen bleiben.«

Er bekam keine Antwort. Ohne besondere Lust trat er an das Pult und warf einen Blick auf das Buch, das aufgeschlagen darauf lag. Latein. Vergil. Alles so wie damals. Henry, dachte er, du bist nicht der erste, der durch diese Hölle geht. Gelähmt von einem Schulalltag, eingesperrt in einem zu kleinen Knabenkörper und niedergedrückt von einem Kummer, der den tapfersten Recken in die Knie zwingen würde ...

Er kam schließlich. Nach einer langen Zeit.

Robin betrachtete ihn ernst. »Weißt du, das wichtigste ist, daß es nicht wahr ist. Das mußt du dir vor Augen führen. Ganz gleich, was Richard sagt, was London sagt, was die ganze verdammte Welt sagt, es ist gelogen. Und weil es gelogen ist, werden sie auch bald wieder aufhören, es zu sagen.«

Henry schien kaum zuzuhören. »Ich denke, es wird das beste sein, ich gehe in ein Kloster.«

»Das ist keine Lösung.«

»Warum nicht?«

»Weil du unglücklicherweise Henry of Lancaster bist. Selbst hinter Klostermauern würde dein Name noch spürbare Schatten werfen.«

»Das ist mir gleichgültig. Jeder Mann hat das Recht, ins Kloster zu gehen. Sogar Henry of Lancaster.«

»Sag mal, bist du nicht hungrig?«

»Nein.«

»Aber ich. Wenn es dich nicht stört, lasse ich etwas kommen. Ich war den ganzen Tag unterwegs.«

»Nur zu.«

Robin schickte nach einem Diener und bestellte ein wenig von allem, was in der Halle serviert wurde. Als die dampfenden Köstlichkeiten vor ihnen standen, konnte Henry seinen Hungerstreik nicht länger durchführen. Mit einem kurzen Achselzucken langte er zu.

Robin hütete sich zu lächeln, aber er war erleichtert. Er steckte sich eine dünne Bratenscheibe in den Mund, kaute genüßlich und schluckte. »Also, das wirst du im Kloster nicht kriegen. Da wird ständig gefastet.«

»Das würde ich vermutlich lernen.«

»Unterschätz es nicht.«

»Warst du mal im Kloster, Robin?«

»Hm. An die fünf Jahre. Bis sie meinen Vater aufhängten.«

Henry starrte ihn wortlos an.

Robin erwiderte seinen Blick, aß weiter und spülte mit einem Schluck Wein nach. »Damals dachte ich, ich würde sterben vor Scham. Hätte ich ein Schwert gehabt, hätte ich jeden der anderen Jungen umgebracht, die sich die Mäuler über meinen Vater zerrissen. Es hätte mir Spaß gemacht, Blut aus ihren lächelnden Mündern fließen zu sehen.«

»O Gott …«

»Aber im Grunde waren sie nett, weißt du. Ich bin alles in allem froh, daß ich keine Gelegenheit bekam, es zu tun.«

»Was hast du statt dessen getan?«

»Das gleiche, was du erwägst. Ich habe mich davongemacht. Aber es hat nicht viel genützt. Anderswo hatten sie von meinem Vater auch schon gehört.«

»Wer … war dein Vater, Robin?«

»Ein Adeliger aus Kent. Ist nicht so wichtig. Reden wir lieber von deinem Vater.«

»Nein. Heute besser nicht.«

»Bist du wütend auf ihn?«

Henry nickte.

»Henry … Er sorgt sich darum, was sein wird, wenn Richard König ist und du der Duke of Lancaster.«

»Darum sorge ich mich auch. Es ist mir ernst mit dem Kloster, Robin. Ich weiß keinen anderen Weg.«

»Und was soll aus Lancaster werden?«

»Meine Schwester Elizabeth wird den Earl of Pembroke heiraten. Ich sehe keinen Grund, warum er nicht Duke of Lancaster werden könnte.«

»Ich sehe, du hast an alles gedacht. Ich fürchte nur, dein Vater wird von der Idee nichts halten.«

»Er kann mich nicht hindern.«

»Mach dir nichts vor. Er wird einen Weg finden. Er findet immer einen.«

Henry schlug hart mit der Faust gegen die Wand, eine zornige und gleichzeitig hilflose Geste. »Aber es wäre zum Wohle Englands! Und das geht ihm doch über alles!«

»Und was bedeutet dir England?«

Henry saugte nachdenklich an seinen blutenden Knöcheln. »Ich schätze, es bedeutet mir viel«, sagte er langsam. »Darum will ich mich lieber verkriechen. Damit ich nicht zusehen muß, wie Richard England ins Verderben reißt.«

»Das darfst du nicht. Du hast eine Verantwortung. Sollte es wirklich so kommen, wie du befürchtest, mußt du versuchen, so viel Schaden abzuwenden, wie du nur kannst.«

»Was könnte ich schon gegen ihn ausrichten, wenn er König ist?«

»Allerhand. Du wirst einmal der mächtigste Adelige in seinen Parlamenten sein. Und der reichste Mann Englands, das bedeutet mehr Macht, als du offenbar glaubst.«

»Aber Robin ... er haßt mich! Er wird mich ein Leben lang immer nur erniedrigen. Ihr wißt ja gar nicht, was ihr von mir verlangt ...« Er rang erbittert um Haltung, aber er schaffte es nicht ganz. Zwei Tränen liefen über sein Gesicht, und er wandte sich beschämt ab.

Gott, er ist ein Kind, dachte Robin wütend. Ein Kind! Und Robin wußte genau, was er von Henry verlangte. Es war, als hätte man von ihm verlangt, zum Wohle Englands für den Rest seiner Tage Mortimers Knecht zu bleiben, sein Fußabtreter und sein Prügelknabe. Es war ein monströses Ansinnen.

»Henry, ich weiß, was es bedeutet. Glaub mir.«

»Dann hilf mir. O Gott, hilf mir doch, Robin. Mach, daß mein Vater mich nicht zwingt ...« Es war aus mit seiner Beherrschung, seine Angst hatte ihn gänzlich übermannt, er verbarg das Gesicht in den Händen und weinte stumm.

Robin wußte, er hätte ihn zurechtweisen, ihn mit eherner Stimme auffordern müssen, sich zusammenzunehmen. Aber er konnte nicht. Mitgefühl und ein schlechtes Gewissen machten seine eigene Kehle eng.

Henry wischte sich ärgerlich mit dem Ärmel über die Augen. »Verdammt ... Tut mir leid, Robin.«

»Schon gut. Es ist schließlich bitter genug, um darüber zu heulen.«

»Es nützt nur nichts«, murmelte er.

»Eins solltest du nicht vergessen. Es wird leichter werden, wenn ihr älter seid. Du wirst meist selbst entscheiden können, ob du dich bei Hofe aufhalten willst oder nicht. Du wirst freier sein.«

»Ja, sicher.« Es klang resigniert. Die Spanne bis zu diesem Tag erstreckte sich vor ihm wie ein weites, ödes Land.

»Oh, Henry, ich weiß, daß es hart ist. Und mir wäre wohler, wenn ich dir ... zur Flucht verhelfen könnte. Aber es ist unmöglich. Alles, was ich dir bieten kann, ist mein Beistand.«

Henry sah auf.

»Meine Dienste. Als Freund, als Ratgeber und, wenn nötig, auch als Soldat. Wann immer Ihr sie braucht, Mylord, solange ich lebe.« Er stand von seinem Sessel auf, kniete vor Henry nieder und legte die Hände zusammen.

Henry erhob sich langsam, seine Miene ernst und ein bißchen ungläubig, und legte seine Hände um Robins.

»Er ...« Er räusperte sich, und beim zweiten Versuch klang seine Stimme fest. »Erhebt Euch, Lehnsmann.«

Robin ließ die Hände sinken, stand auf und beugte sich leicht vor, damit Henry ihn umarmen konnte. Er drückte den Jungen kurz an sich.

Henry lächelte schwach. »Ich danke dir, Robin.«

Robin erwiderte sein Lächeln und nickte. Er konnte sehen, daß Henry sich besser fühlte, und er war froh, daß er der spontanen Eingebung gefolgt war, selbst wenn es ein bißchen unkonventionell war.

»Du kannst meinem Vater sagen, daß ich den Prinzen um Verzeihung bitten werde«, seufzte Henry mit einer Grimasse.

Robin lachte leise. »Das rettet die Jagd.«

Henrys Gesicht hellte sich auf. »Stimmt! Daran hab' ich noch gar nicht gedacht.«

»Wollt Ihr in die Halle hinunter, Mylord?«

»Nein. Er hat es verboten, und ich denke, ich wäre heute abend lieber allein.«

»Wie Ihr wünscht. Ihr erlaubt, daß ich gehe?«

»Oh, Robin, müssen wir nun wirklich so förmlich sein?«

»Das liegt ganz bei Euch.«

»Dann … wollen wir alles so lassen, wie es war, ja? Immer, wenn du ›Mylord‹ zu mir sagst, hab' ich das Gefühl, du bist wütend auf mich.«

Robin verneigte sich lächelnd. »Wie du willst, Henry. Gute Nacht.«

»Gute Nacht.« Er lächelte erschöpft, und Robin dachte besorgt, daß es für Henry selbst, für Lancaster und für England segensreich wäre, wenn der Junge ein bißchen robuster würde.

Wenige Tage vor Beginn des Parlamentes stattete der umstrittene Gelehrte Wycliffe Lancaster einen Besuch ab. Trotz seiner vielen Arbeit nahm der Herzog sich die Zeit für lange Unterredungen mit ihm, denn er schätzte ihn sehr und hielt ihn für eine wirksame Waffe in seinen zunehmend scharfen Auseinandersetzungen mit der Kirche. Joannas Drängen auf eine baldige Heimkehr wurde nachdrücklicher. Nicht nur wegen Wycliffes Anwesenheit, sagte sie. Sie sehne sich nach ihren Kindern und nach Fernbrook, sie wolle den Frühling nicht in der Stadt verbringen, kurz, sie habe Heimweh. Robin bekundete sein Mitgefühl und wiederholte, daß er derzeit unmöglich von hier fortkönne. Er schlug vor, sie möge Leofric und Cecilia begleiten, die Anfang Februar nach Hause reisen wollten. Doch das gefiel ihr auch nicht. Sie wurde bissig und übellaunig und fing an, ihm auf die Nerven zu gehen. Er ertappte sich dabei, daß er wünschte, er hätte sie nicht mit hergebracht. Und ich gehe ihr aus dem Wege, dachte er schuldbewußt. Das ist nicht gut.

»… mir gerade noch gefehlt. Verdammt, Robin, hört Ihr mir eigentlich zu?«

»Verzeiht mir, Mylord.«

Lancaster runzelte unwillig die Stirn. »Ich fürchte, ich habe keine Zeit, alles zweimal zu sagen.«

»Ich sagte, es tut mir leid.«

»Ja. Schon gut. Also noch einmal: Wycliffe hat einen jungen

Priester mitgebracht und möchte, daß ich ihn in meinen Dienst nehme. Ich würde ihm den Gefallen gern tun, aber ich kann mich im Moment wirklich nicht darum kümmern. Seid so gut, macht ihn ausfindig, fühlt ihm auf den Zahn, und laßt mich wissen, ob und wozu er taugt.«

Robin verneigte sich knapp. »Natürlich.«

»Und wo zur Hölle ist Leofric?«

»Mit Rutland in der Kanzlei.«

»Immer noch? Oder vielleicht doch in den Armen seiner Gattin?«

Robin sagte nichts.

Lancaster seufzte. »Wenn Ihr ihn seht, habt die Güte und sagt ihm, daß ich in einer halben Stunde in die Stadt reiten will und für seine Begleitung ausgesprochen dankbar wäre.«

»Ja, Mylord.«

Robin verließ ihn erleichtert. Er war nicht ärgerlich, er wußte nur zu gut, warum Lancaster derzeit so reizbar war, und er wünschte, das Parlament wäre schon glücklich überstanden. Der Herzog nahm sich kaum Zeit zum Schlafen, und Robin dachte, England müsse ihm doch manchmal vorkommen wie ein Mühlstein um seinen Hals.

Er traf Leofric auf der Treppe. »Er will dich, und er ist gräßlicher Laune.«

Leofric hob grinsend die Schultern. *Ich werd einfach nicht hinsehen.*

»Ja, manchmal bist du zu beneiden.«

Kommst du nicht mit?

Robin schüttelte den Kopf und berichtete Leofric von Wycliffes Protegé.

Vermutlich findest du ihn in der Kapelle. Ein eifriger Beter. Blaß und dürr, ein Asket. Und Cecilia sagt, er hat eine Stimme wie Samt.

»Du weißt mal wieder mehr als ich.«

Leofric klopfte ihm lächelnd die Schulter. *Nimm's nicht so tragisch.*

»Nein. Geh lieber, sonst wird er dir den Kopf abreißen.«

Leofric entschwand mit einer seiner besten Grimassen.

Der junge Priester war tatsächlich in der dämmrigen, von wenigen Kerzen erhellten Kapelle. Er kniete auf dem harten Marmorfußboden, die schmalen Schultern in seinem schwarzen Gewand leicht vorgebeugt. Sein dunkler, glatter Schopf war im Nacken mit einem kleinen Lederband zusammengehalten.

Robin trat zögernd näher. »Verzeiht mir, Vater …«

Der Priester bekreuzigte sich und sah auf. »Ja?«

»O gütiger Jesus … Lionel!«

Er starrte Robin verblüfft an, erhob sich und schüttelte mißbilligend den Kopf. »Es ist doch wirklich ein Jammer mit dir. Du führst den Namen des Herrn immer noch eitel …«

Robin lachte atemlos und spürte einen dicken Kloß im Hals. Dann packte er seinen alten Schulfreund, und Lionels schmächtige Gestalt verschwand fast in seiner Umarmung.

»Bist du hier fertig?« fragte Robin und wies kurz auf den Altar.

»Damit ist man nie fertig, weißt du. Aber ich kann später weitermachen. Gott ist ja zum Glück geduldig.«

Robin führte ihn hinaus, einen Gang entlang und eine Treppe hinauf in eine kleine Halle. Einem Pagen, den sie unterwegs trafen, rief er zu: »Bring uns einen Krug vom besten Wein, Junge.«

»Ja, Sir Robin.« Der Page machte folgsam kehrt.

»Du scheinst hier gut bekannt zu sein«, bemerkte Lionel, während er sich auf die Kante des Sessels hockte, den Robin ihm anwies.

»Manchmal kommt es mir so vor, als sei hier mein Zuhause. Sehr zum Verdruß meiner Frau. Aber es hat sich einfach so ergeben.«

»Oh, erzähl mir von dir, Robin. Oswin und ich haben uns solchen Kummer um dich gemacht damals. Ich will alles wissen.«

»Oswin ist jetzt in meinem Dienst.«

»Wirklich?«

Robin nickte und erzählte Lionel eine entstellend verharmloste Version seiner Geschichte.

»Und jetzt bist du dran«, sagte er, als er geendet hatte. »Und laß uns noch einen Becher trinken.«

Den ersten hatten sie bereits geleert.

Lionel winkte ab. »Lieber nicht, ich kann nichts vertragen.«

Robin lächelte selig. »Oh, Junge, du bist immer noch derselbe.«

»Nicht ganz. Meine Geschichte ist genauso langweilig wie ich selbst, Robin. Drei Jahre, nachdem du uns verlassen hattest, hat Vater Jerome mir gestattet, nach Oxford zu gehen. Er hat sogar einen Teil meines Studiengeldes übernommen, bis er herausfand, daß ich zu Master Wycliffe gegangen war. Da schrieb er mir einen bösen Brief, prophezeite mir ein schlimmes Ende und ewiges Höllenfeuer und ... Geldnöte. Ich hatte Glück, Wycliffe nahm mich unter seine Fittiche.«

Robin schüttelte verwundert den Kopf. »Erstaunlich, daß gerade du dich mit ihm eingelassen hast. Meine Frau hält ihn für einen Ketzer.«

»Und sie ist nicht die einzige«, seufzte Lionel. »Tatsächlich ist er gottesfürchtiger als die meisten derer, die ihn einen Ketzer nennen. Und er hat recht mit dem, was er über die Kirche schreibt. Nur ...«

»Was?«

»Hm, na ja, man kann vielleicht sagen, es mangelt ihm an Demut, daß er nicht einmal davor zurückschreckt, den Papst und den Erzbischof von Canterbury zu kritisieren. Aber, Robin, es ist ja so: Dem Papst und dem Erzbischof von Canterbury mangelt es auch an Demut.«

»Da hast du sicher recht. Und was hast du jetzt für Pläne?«

»Ich muß versuchen, irgendwo einen Posten zu kriegen. Ich kann Wycliffe nicht ewig auf der Tasche liegen, aber kein Bischof wird einem seiner Anhänger eine Pfarre anvertrauen. Und um ehrlich zu sein, ich lege auch keinen großen Wert darauf.«

»Warum bist du nicht in Oxford geblieben und selber Lehrer an der Universität geworden?«

»War ich. Aber sie haben mich hinausgeworfen.«

»Oh ... Warum?«

»Wegen Wycliffe. Sie distanzieren sich von ihm. Sudbury, der Erzbischof von Canterbury, setzt sie unter Druck. An Wycliffe selber haben sie sich bislang noch nicht herangewagt, wegen seiner Verbindung zur königlichen Familie. Aber einen armen Tropf wie mich ...« Er hob grinsend die Schultern.

»Du bist nicht bitter deswegen, scheint mir.«

»Warum sollte ich? Es war Gottes Wille. Er wird mich irgendwo anders hinführen. Vielleicht will er gar nicht, daß ich Lehrer bleibe. Lehrern lauert auf ewig die Gefahr des Hochmuts. Möglicherweise will er, daß ich mich einem Bettelorden anschließe. Wir werden sehen.«

Robin betrachtete ihn versonnen. »Lionel, ich glaube, ich habe eine wunderbare Idee.«

»O nein. Ich erinnere mich an deine wunderbaren Ideen. Verschone mich damit.«

Robin lachte. »Keine Bange. Ich möchte dich nur mit jemandem bekanntmachen ...«

Lancaster war Robins Vorschlag durchaus geneigt. Nach einem kurzen Gespräch mit Lionel stimmte er zu, und Lionel wurde Henrys Lehrer. Vater Graham wurde für seine Mühen gedankt, und er kehrte zu seiner eigenen wie zu Henrys Erleichterung in sein Kloster zurück.

Henry war zutiefst beeindruckt von dem großen, breitgefächerten Wissen seines neuen Lehrers. Vater Lionel schien einfach auf jede Frage eine Antwort zu haben. Und er wurde seiner Fragen auch nicht müde, er gab geduldig Auskunft, man hätte beinah meinen können, es mache ihm Freude. Und wenn es nicht gerade schneite und stürmte, führte Lionel Henry in die stillen, winterlichen Gartenanlagen, denn, so sagte er, man könne Gottes Schöpfung am besten begreifen, wenn man mitten darin sei. In dicke Mäntel gehüllt und dicke weiße Dampfwolken ausstoßend, gingen sie stundenlang nebeneinander durch den Schnee und sprachen über Gott, das Wesen der Dinge, lateinische Verbklassen, Quadratzahlen oder den Untergang Trojas. Ganz gleich, was es war, Henrys Unterricht war auf einmal ein spannendes Abenteuer geworden.

Das Parlament ließ sich gut an. Lancaster führte gemeinsam mit Prinz Richard den Vorsitz, stellvertretend für den schwerkranken König, und wer Onkel und Neffe einträchtig nebeneinander auf dem erhöhten Sitz in der großen Halle von Westminster sah, konnte kaum mehr die Behauptung aufrechterhalten, Lancaster wolle den Prinzen verdrängen. Hartnäckige Kritiker behaupteten zwar, er habe die Reihen der Commons ausschließlich mit seinen Gefolgsmännern bestückt, aber so war es nicht. Ihr Sprecher war dieses Mal allerdings ein standhafter Lancastrianer, und die Sitzungen verliefen ruhig, sachlich und in fast freundlicher Atmosphäre.

»Es könnte ein richtig langweiliges Parlament werden, wenn die Bischöfe nicht wären«, bemerkte Robin zu Leofric am Tag vor dessen Abreise. »Vermutlich wirst du nicht viel versäumen.«

Leofric nickte versonnen. Es war ein wolkenloser, kalter Tag, die Sonne stand groß und rot am westlichen Horizont. *Ein seltsames Gefühl, jetzt wegzugehen.*

»Ja. Das ist es immer.«

Ich kann mir nicht vorstellen, was für einen Gutsherrn ich abgebe. Es ist so vermessen …

»Du wirst es schon richtig machen. Auf jeden Fall besser als Giles«, schloß Robin grinsend.

Die Verwalter beider Güter haben mir lange Berichte geschickt. Es ist verrückt, die Leute wohnen im selben Dorf, aber diejenigen, die zu Ashwood gehören, schulden mir drei halbe Tage Arbeit die Woche, für jedes Huhn ein Ei pro Woche und einen halben Penny mehr Pacht pro Acre als die Bauern von Harley, die nur zweimal in der Woche für mich arbeiten und mir nur einmal im Monat ein Ei überlassen müssen. Merkwürdig, oder?

»Hm. Unterschiedliche Traditionen. Wenn du's dir leisten kannst, gleiche Ashwood an Harley an, und sie werden dich lieben.«

Auf keinen Fall brauch ich so viele Eier!

»Du hast keinen Grund, nervös zu sein. So schwer ist es nicht. Und solltest du wirklich mal nicht weiterwissen, wende dich an Gisbert oder an Isaac. Sie sind beide nur einen halben Tagesritt entfernt.«

Gott sei Dank. Wenn die Dinge mir über den Kopf wachsen, kann ich immer mal eben nach Hause reiten.

Robin klopfte ihm die Schulter. »Komm oft. Auch wenn dir nichts über den Kopf wächst.«

Werd ich.

»Gut. Sag mal, du weißt nicht zufällig, wo meine Frau steckt?«

Leofric schüttelte den Kopf.

»Na ja. Ich werde sie schon finden. Dieser Palast kann nicht mehr als hundert Räume haben …«

Tatsächlich fand er sie in ihrem Zimmer. Auf dem Fußboden stand eine aufgeklappte Reisetruhe. Achtlos warf Joanna verschiedene Kleidungsstücke hinein, ihre Bewegungen waren fahrig.

Robin blieb betroffen unter der Tür stehen, trat dann ein und schloß sie leise. »Joanna, was tust du?«

»Rate.«

»Warum weinst du?«

Sie antwortete nicht und sah ihn nicht an, sondern fuhr damit fort, Unterröcke in die Truhe zu stopfen.

Er kam langsam näher. »Du willst also doch mit Leofric und Cecilia gehen?«

»Ja.«

Er biß sich schuldbewußt auf die Unterlippe. Er wußte, er hatte sie vernachlässigt. Und sie hatten viel gestritten. Er hatte zu wenig Zeit und noch weniger Geduld gehabt. Aber er wünschte, sie würde bleiben, er fühlte sich schon jetzt verlassen.

»Joanna … Geh nicht. Ich verspreche dir, wir reisen nach Hause, sobald es geht. Gleich nach dem Parlament.«

Sie schüttelte nachdrücklich den Kopf. »Bleib meinethalben hier, bis du alt und grau bist, mir ist es gleich. Aber ich gehe morgen nach Hause.«

»Und wenn ich es verbiete?« Er schämte sich schon, während er das sagte, aber ihre Gleichgültigkeit über seinen Verbleib kränkte ihn.

Sie ließ die Hände sinken und sah ihn endlich an. Und erst jetzt erkannte Robin, wie schlimm es war.

»Wenn du mich hindern willst, wirst du mich einsperren müssen. Hier gibt es doch bestimmt irgendwo ein Verlies, oder?«

»Joanna, was ist passiert?«

»Oh, sei doch nicht so scheinheilig!«

»Das bin ich heute ausnahmsweise nicht. Entschuldige bitte, ich weiß, ich kann ein Klotz und ein Tolpatsch sein, aber ich weiß wirklich nicht, womit ich dich so verletzt habe.«

Sie starrte ihn einen Moment sprachlos an, dann nahm sie etwas vom Tisch auf und schleuderte es ihm vor die Füße. Eine dunkelbraune, gelockte Haarsträhne, mit einem grünen Seidenband zusammengehalten, an dem ein goldenes St.-Georgs-Amulett hing. Robin sah ungläubig darauf hinab. Warum jetzt schon,

Alice, dachte er dumpf, der König ist noch nicht tot. Ich glaubte, so lange sei ich vor dir sicher …

»Ich nehme an, du erkennst es?« fragte sie höhnisch.

»Natürlich. Und wirst du mir verraten, wie du daran kommst?«

»Das heißt: ›Was fällt dir ein, an meinen Geldbeutel zu gehen, Joanna?‹ Ich wollte ein bißchen Kleingeld herausnehmen für die Bettler von St. Paul. Verzeih meine Ungehörigkeit.«

»Mein … Geldbeutel?«

»Oh, Robin. Hör auf damit. Bitte.«

»Moment mal. Woher weißt du, wem dieses Amulett gehört?«

Sie schloß kurz die Augen und atmete tief durch, hielt den Kopf hoch und den Rücken kerzengerade, wie immer. »Die Spatzen pfeifen es von den Dächern. Die Mägde reden darüber. Du warst bei ihr, zum erstenmal vor Weihnachten, und seitdem wie oft weiß Gott allein, und sie hat dir das Amulett ihres Vaters geschenkt. Das sie dir schon einmal geliehen hat. Ihr Amulett und ihre Gunst, damit du sie schützt, wenn der Tag kommt …«

»Es ist nicht wahr.« Robin machte einen großen Schritt auf sie zu und nahm ihre Hände. Sie waren eiskalt. »Es ist nicht wahr, Joanna. Ich schwöre …«

»Nein! Nein, Robin, schwöre nicht. Lade dir keine solche Sünde auf.«

Er rüttelte sie leicht. »Joanna, sie hat es inszeniert. Es ist gelogen.«

»Willst du leugnen, daß du dort warst?«

»Nein. Einmal, in Lancasters Auftrag …«

»Hah!«

»Oh, bei allen Heiligen, Joanna, hör mir zu, ich bitte dich.«

Sie befreite sich von seinem Griff und rieb sich die Handgelenke. »Ich höre.«

Er berichtete ihr von seinem Auftrag und seinem Treffen mit Alice. Er ließ nichts aus und schonte sich nicht. Er gestand ein, daß nicht viel gefehlt hätte. Er hätte ihr die Details lieber erspart, aber er dachte, wenn er die Wahrheit sagte, die ganze Wahrheit, dann mußte sie ihm einfach glauben. Aber er täuschte sich.

»Und was ist damit?« fragte sie und wies auf das Amulett am Boden. »Wieso trägst du es bei dir?«

»Das tue ich nicht. Irgendwer hat es in meinen Beutel

gesteckt ... Oh, ich weiß, wie sich das anhört, aber Gott ist mein Zeuge, es ist die Wahrheit. Sie ... sie muß Wind davon bekommen haben, daß Lord Epping sich mit seiner Beschwerde an Lancaster gewandt hat ...«

Plötzlich war alles ganz einleuchtend. Epping hatte Lancaster versprochen, die Geschichte nicht auszuplaudern, und vermutlich hatte er das auch gar nicht getan. Es reichte, wenn er nur hier und da erwähnt hatte, daß Lancaster so gut wie angekündigt hatte, daß Alice ein Prozeß drohte, wenn der König starb. Und sobald sie davon gehört hatte, hatte sie gewußt, daß sie Lancasters Gunst tatsächlich verloren hatte – und daß er, Robin, nichts getan hatte, um das zu verhindern. Also hatte sie ihr grimmiges Versprechen eingelöst.

Joanna nahm ihre Tätigkeit wieder auf, jetzt ruhiger und mit mehr Bedacht. »Es hat keinen Sinn. Ich kann dir nicht glauben.«

»Aber ... warum nicht?«

»Es ist zu verrückt. Wer sollte Gelegenheit haben, etwas in deinen Geldbeutel zu schmuggeln, den du praktisch immer bei dir trägst?«

Er fegte das mit einer ungeduldigen Geste beiseite. »Er liegt oft genug hier herum.«

»Aber warum sollte jemand so etwas tun?«

»Weil sie ihn oder sie dafür bezahlt hat.«

Sie hob abwehrend die Hände. »Das ist ... lächerlich. Ich wünschte, du würdest mich nicht anlügen, es ist so erbärmlich.«

»Verdammt, Joanna ...«

»Ehebruch, Lügen, Flüche, ketzerische Freunde. Ich kenne dich nicht mehr, Robin Fitz-Gervais. Und du willst wohl auch mich nicht mehr kennen. Seit Wochen bist du kühl und kurz angebunden zu mir. Jetzt weiß ich wenigstens, warum. Weil du in Gedanken bei ihr warst.«

Er schüttelte den Kopf. Er wußte nichts mehr zu sagen.

Sie atmete tief durch. »Aber ich bin deine Frau, und es gibt nichts, was daran etwas ändern könnte. Ich werde damit leben müssen. Und das kann ich, wenn du mir gestattest, nach Hause zu reisen. Ich appelliere an den Rest Anstand, der vielleicht noch in dir steckt.«

Er fühlte sich hölzern. Alles schien fremd und unecht, und er brachte keine Antwort heraus.

»Also?« hakte sie mit eisiger Geduld nach.

Er nickte. »Natürlich kannst du gehen, wenn es dein Wunsch ist.«

Sie neigte leicht den Kopf. »Ich danke dir für deine Großmut.«

Er wandte sich ab und ergriff die Flucht.

Es war genau, wie Robin vorhergesagt hatte. Das Parlament verlief nach Lancasters Wünschen. Seine ärgsten Widersacher unter den Commons waren die Londoner, aber sie waren in der Minderheit. Nur die Bischöfe machten ernstliche Schwierigkeiten. Lancaster brachte einen Antrag auf Einführung einer Kopfsteuer ein, von der der nächste Feldzug finanziert werden und von deren Entrichtung auch die Kirche nicht verschont bleiben sollte. Die kirchlichen Herren waren empört. Damit hatte der Herzog gerechnet, und er warf seinen ganzen Einfluß in die Waagschale, nutzte die günstigen Mehrheitsverhältnisse und übte beträchtlichen Druck aus. Sudbury und Courtenay mußten schließlich weichen, weigerten sich jedoch, dem Antrag zuzustimmen, wenn nicht Bischof Wykeham gestattet würde, in die Synode zurückzukehren. Lancaster kochte vor Zorn, und im Nu hatten sich die Fronten schlimmer als je zuvor verhärtet. Man einigte sich in höchst gespannter Atmosphäre auf einen Kompromiß, der vorsah, daß Wykeham an den Sitzungen teilnahm, jedoch ohne Stimmrecht. So kehrte also Lancasters erbittertster Feind ins Parlament zurück.

»Was blieb mir schon übrig«, bemerkte er grollend. »Sie werden ja sehen, was sie davon haben. Hauptsache, sie bewilligen die verdammte Steuer.«

Robin schüttelte verwirrt den Kopf. »Was bedeutet ›Kopfsteuer‹, Mylord?«

»Kopfsteuer bedeutet, jeder Mann in England.«

»*Jeder* Mann? Auch die Bauern?«

»Richtig.«

»Das werden sie nicht bezahlen können.«

»Ihr habt selbst noch vor einigen Wochen gesagt, es ginge den Bauern besser als noch vor zehn Jahren, besser als je zuvor seit der Pest, richtig, Robin?«

Er entsann sich, daß er sich zu dieser unbedachten Äußerung

hatte hinreißen lassen. »Besser heißt nur, daß es keine katastrophalen Mißernten gegeben hat und hier und da die Pachtbedingungen leichter geworden sind. Besser heißt noch lange nicht gut. Ganz sicher nicht gut genug, um Steuern zu zahlen. Meine Bauern werden es jedenfalls nicht können, und sie sind keineswegs die ärmsten in England.«

Lancaster hob kurz die Hände. »Dann werdet Ihr die Steuern für Eure Bauern entrichten. Und jeder englische Lord für die seinen. Ich kann den Krieg nicht allein bezahlen.«

»Nein, ich weiß. Aber viele Adelige sind selbst schon ruiniert. Sie werden das nicht aufbringen wollen. Und wenn Ihr die Bauern steuerpflichtig macht, Mylord, wird der Adel auch versuchen, es aus den Bauern herauszupressen.«

Lancaster zog eine Braue hoch. »Ich muß sagen, Robin, Euer Widerspruch erfreut mich außerordentlich. Ich hatte kaum damit gerechnet. Seit einigen Wochen hatte ich das Gefühl, einen höflichen Leichnam an meiner Seite zu haben.«

Das traf Robin unvorbereitet. Er stand ruhelos auf und schenkte Wein nach, nur, um irgend etwas zu tun.

»Robin, ich will mich nicht in Eure Angelegenheiten einmischen …«

»Das weiß ich zu schätzen, Mylord.«

Lancaster seufzte leise. »Sie wird sich schon beruhigen.«

»Ja, sicher.«

»Herrgott, Robin …«

»Mylord, ich würde es vorziehen, über die Kopfsteuer zu reden.«

»Ja, da bin ich sicher. Aber noch wird hier über die Themen geredet, die ich auswähle.«

»Dann ersuche ich um die Erlaubnis, mich zurückziehen zu dürfen.«

Lancaster sagte weder ja noch nein. »Hätte ich geahnt, wie dramatisch die Folgen sind, hätte ich Euch nie hingeschickt. Es tut mir leid.«

»Ich weiß von keinen dramatischen Folgen.«

»O nein. Natürlich nicht. Eure Frau hat den Hof Hals über Kopf verlassen, ohne sich von der Herzogin zu verabschieden. Ihr seid plötzlich zu Stein geworden und verkehrt mit niemandem mehr als nur mit den Pferden in meinen Stallungen. Und Ihr habt Alice einen Brief geschickt, der nur aus einem einzigen Wort bestand und dem ein goldenes St.Georgs-Amulett und eine weiße Feder beilagen ...«

»Wer, zur Hölle ...«

»Katherine, natürlich.«

Robin atmete tief durch. »Welch eine Verschwendung, daß sie nur die Gesellschafterin Eurer Töchter ist. Sie hätte eine exzellente Spionin abgegeben.«

»Das ist sie doch. Kein Spion ist bedeutsamer als der am eigenen Hof.«

»Ja. War das alles für heute?«

Lancaster nickte zerstreut. »Schon wieder fast Morgen.«

»Hm. Gute Nacht.«

»Gute Nacht. Ach, Robin ...«

»Mylord?«

»Ich nehme an, Ihr habt gehört, daß Erzbischof Sudbury Dr. Wycliffe zu einer Anhörung über seine Glaubenssätze geladen hat?«

»Ja.«

»Sie ist morgen in St. Paul. Ich werde Wycliffe begleiten.«

Robin sah überrascht auf. »Das wird den Bischof sehr verstimmen.«

»Das will ich doch hoffen. Ich schulde es Wycliffe. Der Angriff gilt mehr mir als ihm. Und das kann ich mir nicht bieten lassen.«

»Wünscht Ihr, daß ich mitkomme, Mylord?«

Lancaster nickte.

Robin verneigte sich und verließ den Herzog. Er mied sein eigenes verwaistes Quartier, ging hinunter in die dunkle, verlassene Halle, setzte sich an einen der langen Tische und bettete seinen schweren Kopf auf seine verschränkten Arme.

Nur eine kleine Gruppe von Reitern hielt vor dem Seitenportal der Kathedrale von St. Paul. Außer Lancaster war je ein Vertreter der vier Bettelorden erschienen, um seine Unterstützung für Wycliffe kundzutun, und der Herzog hatte neben Robin als Eskorte nur einen weiteren Begleiter mitgenommen, Lord Percy, der noch im letzten Sommer im Parlament gegen Lancaster gestimmt hatte, inzwischen aber zu einem seiner glühendsten Anhänger geworden war. Lord Percy war ein großer, sehr beleibter Mann und hielt den Stab seines noch frischen Marschallamtes in der Hand. Er gab ein beeindruckendes Bild ab, mußte Robin gestehen.

Die Kirche war voller Schaulustiger, und im nördlichen Querschiff war eine lange Reihe rot gepolsterter Sessel aufgestellt worden, wo die gesamte Synode der englischen Bischöfe, die wegen des Parlamentes ohnehin alle in London waren, aufgereiht saßen wie traurige Nebelkrähen auf einem Dachfirst, dachte Robin respektlos.

Lancaster und Percy nahmen Wycliffe in die Mitte. Der Gelehrte war blaß und stützte sich schwerer als sonst auf seinen Stock auf, und sicher war er für die moralische Unterstützung seiner Begleiter dankbar. Die vier Bettelmönche folgten wie eine kleine Ehrengarde, der Franziskaner neben dem Dominikaner, dann der Karmeliter und der Augustiner. Robin hielt sich diskret im Hintergrund.

Die Bischöfe blickten den Ankömmlingen mit einem durchgängigen Stirnrunzeln entgegen und warteten vergeblich darauf, daß man ihnen einen höflichen Gruß entbot. Courtenay, der Bischof von London, blickte Lancaster lange an, und als Robin sah, wie das grimmige Gesicht des Herzogs sich zu einem kalten, unendlich verächtlichen Lächeln verzog, sank sein Herz. Die Anhörung wird nicht stattfinden, ging ihm auf.

»Mylord of Lancaster«, begann Sudbury, der als Erzbischof von Canterbury den Vorsitz führte, schließlich. »Es ist immerhin erfreulich, daß Ihr trotz allem noch den Weg in ein Gotteshaus findet, doch war zu dieser Befragung nur Dr. Wycliffe geladen.«

»Dann laßt die Kirche räumen«, forderte Percy ihn auf.

Courtenay umfaßte die Lehnen seines Sessels und beugte sich leicht vor. »Was ist das für ein Ton? Selbst ein Marschall des Reiches schuldet einem Bischof der heiligen Kirche Respekt, Lord Percy!«

Percy verschränkte die Arme und lächelte amüsiert.

Der Augustiner, der jüngste der Bettelmönche, trat aus dem Glied, sah sich einen Moment suchend um und entdeckte in einer Nische neben einer Madonnenfigur einen Schemel. Er brachte ihn Wycliffe, der dankbar nickte und sich erleichtert darauf niederließ.

Courtenay war empört. »Wycliffe, es wäre wohl passender, Ihr bliebet stehen.«

Dem Gelehrten schoß das Blut in den Kopf, und er machte Anstalten, sich wieder zu erheben. Lancaster legte die Hand auf seine Schulter und fragte Courtenay: »Was genau soll diese Anhörung sein? Ein Tribunal? Ein Prozeß?«

»Mylord, ich muß Euch in aller Form ersuchen, Eure Einmischung zu unterlassen. Dies ist eine Sache der Kirche.«

Lancaster trat einen Schritt auf ihn zu. »Mylord, ich werde nichts dergleichen tun. Eine Sache der Kirche, sagt Ihr, ja? Ich bin nicht so sicher. Und ich muß ernsthaft anzweifeln, daß Ihr das Recht hattet, Dr. Wycliffe hierher zu laden.«

»Was soll das heißen?« fragte Courtenay fast tonlos. Sein fleischiges Gesicht verfärbte sich bedenklich, und seine wäßrigen Augen hatten sich verengt.

»Es soll heißen, daß ich nicht glaube, daß diese Synode über diesen Mann richten darf, der ehrenwerter und ein besserer Christ ist als jeder von Euch.«

Robin stockte der Atem. In der Kirche war es still geworden.

Lancaster nutzte Courtenays Sprachlosigkeit für einen weiteren Vorstoß. Er nickte Percy zu. »Lord Marshall, vielleicht hättet Ihr lieber ein paar Soldaten mitbringen sollen, um diese Männer wegen Amtsanmaßung festzunehmen.«

»Ihr könnt hier niemanden festnehmen«, brüllte Courtenay. »Dies ist eine Angelegenheit kirchlicher Jurisdiktion!«

»Deren Legitimation ich nicht anerkenne.« Lancasters Stimme klang melodisch und samtweich im Vergleich zu Courtenays zornigem Gebrüll. Sudbury wollte der Szene ein Ende machen, aber Courtenay ignorierte seine beschwichtigende Geste.

»Auch dem Duke of Lancaster droht für die Mißachtung kirchlicher Autorität Exkommunizierung!« fauchte er.

Lancaster fuhr fast unmerklich zusammen und machte einen Schritt auf Courtenay zu. »Auch dem Bischof von London kann es passieren, bei den Haaren gepackt und vom erhöhten Stuhl seiner zweifelhaften Ehre heruntergezerrt zu werden, wenn er sich nicht vorsieht!«

Courtenay verkroch sich furchtsam in seinem Sessel und blickte hilfesuchend zu Sudbury. Der Erzbischof beschränkte sich jedoch darauf, wie die meisten der anderen Bischöfe Lancaster mit offenem Munde anzustarren.

Der Herzog nickte Percy knapp zu, machte auf dem Absatz kehrt und nahm Wycliffes Arm. »Kommt, Sir. Niemand hier wird heute über Euch zu Gericht sitzen.«

Er war bleich, und in seiner Schläfe pochte ein Äderchen. Kein gutes Zeichen, wußte Robin. Er folgte Lancaster hinaus ins Freie, und in ihrem Rücken erhob sich ein drohendes Zischen unter den Zuschauern. Diejenigen, die in vorderster Reihe gestanden hatten, berichteten denen weiter hinten, der Duke habe gedroht, Hand an ihren Bischof zu legen. Als die Nachricht das Hauptschiff erreichte, hieß es bereits, Lancaster habe Courtenay mit dem Schwert bedroht. Und am Westportal erhob sich schließlich ein zorniges Geschrei, als die Leute hörten, Courtenay sei tot, Lancaster habe ihn erschlagen. Sie schrien nach Gerechtigkeit. St. Paul begann zu brodeln, und bald schrien sie nach Blut.

Während Lancaster zum Savoy zurückkehrte, rottete sich vor der Kathedrale ein Mob zusammen und nahm die Verfolgung auf. Lancaster hat Bischof Courtenay erschlagen, brüllten sie den Leuten auf der Straße zu, und er hat gegen das Recht der Kirche und die Rechte der Stadt verstoßen!

Höchst verwundert sahen die Passanten den angeblich ermordeten Bischof wenig später höchst lebendig an sich vorbeireiten. Er holte die aufgebrachte Menge auf der Fleet Street ein, und als sie feststellten, daß er unversehrt war, geriet ihre Entschlossenheit ins Wanken, und sie zerstreuten sich verwirrt.

Lancaster erfuhr erst abends davon, daß ihm ein mordgieriger Haufen auf den Fersen gewesen war. Er rief seine engsten Berater zu einer Krisensitzung zusammen, und am nächsten Morgen brachte er einen Antrag im Parlament ein, mit dem er schon lange geliebäugelt hatte: Die Stadtbevölkerung rebelliere gegen die Regierung, erklärte er, daher sei es wohl ratsam, die weitgehend eigenständige Stadtverwaltung durch eine straffe Militäradministration zu ersetzen.

»Mylord, das hat nicht einmal König William getan, als er England eroberte«, warnte Robin unbehaglich.

»Ihn wollten sie auch nicht umbringen. Diese aufsässige Stadt ist ein unkalkulierbares Risiko geworden, und das kann ich mir nicht leisten. Wenn sie zur Vernunft kommen, bekommen sie ihr

Selbstverwaltungsrecht zurück. Bis dahin soll Percy für Ruhe sorgen.«

Robin sagte nichts mehr, aber er fühlte sich äußerst unwohl.

Lancaster warf sich den Mantel über die Schultern. »Was ist nun, Robin? John Ypres erwartet uns zum Abendessen, und ich bin hungrig. Können wir gehen?«

»Es ist nicht sicher«, wandte Robin ein.

Lancaster lachte. »Dann wollen wir Sir Johns Austern genießen, als seien es unsere letzten.«

Robin zog acht Männer von der Palastwache ab und wies sie an, ihn und Lancaster in die Stadt zu begleiten. Lancaster zog ironisch eine Braue hoch, erhob aber keine Einwände. Meist unerkannt ritten sie durch die Straßen, die Robin belebter und unruhiger erschienen als für die späte Stunde üblich. Einmal wurde ein Stein nach ihnen geworfen, den einer der Wachsoldaten geschickt mit dem Schild abfing. Ungehindert kamen sie zum Haus des Kaufmanns, das nicht weit vom Fluß entfernt lag.

Es war nur eine kleine Gesellschaft, außer Lancaster waren Lord Percy und zwei weitere Adelige geladen, und die Halle in Sir Johns prächtiger Kaufmannsvilla erstrahlte in festlichem Glanz. Es gab tatsächlich Austern. Robin hatte nicht viel dafür übrig. Er entschuldigte sich leise und verließ die Halle unbemerkt.

Er fand die acht Männer der Wache in der großen Küche, wo sie um einen Tisch herum saßen, aßen, tranken und mit den Mägden schäkerten. Robin schlug einen angebotenen Becher Bier aus. »Tut mir leid, aber der gemütliche Teil des Abends ist hiermit beendet. Ihr zwei geht an den Hintereingang, der Rest postiert sich am Haupttor und draußen auf der Straße. Ich reite ein Stück Richtung Cheapside. Voraussichtlich bin ich schnell zurück. Sollte ich aber nicht zurückkommen, will ich, daß ihr den Herzog beim ersten Anzeichen von Unruhe hier herausbringt.«

»Was ist denn los, Captain?« erkundigte sich einer der Männer, während sie alle vom Tisch aufstanden.

Robin seufzte. »Ich wünschte, ich wüßte es, aber ich habe ein schlechtes Gefühl. Haltet die Augen auf. Und gebraucht eure eigenen Köpfe. Wenn euch etwas merkwürdig vorkommt, zögert nicht.«

Eilig verließ Robin das Haus, während die Männer ihre Posten bezogen. Er holte Romulus aus Sir Johns Stall, zog seinen dunklen Mantel fest um sich und ritt die Straße hinunter. Schließlich kam er an einen kleinen Marktplatz, der von weniger gediegenen Häusern umstanden war. Vor der Schenke »Zum schönen Absalom«, aus der lautes Stimmengewirr drang, saß Robin ab.

Der Raum war heiß und voller Menschen. Eine dicke, grimmige Wirtin beherrschte das Szenario, trug Platten mit dampfenden Speisen herum und verteilte unfreundliche Kopfnüsse an die Bierjungen, wenn sie sie zu langsam fand.

Robin setzte sich auf eine Bank in einer dunklen Ecke und schlug die Kapuze zurück.

»Und wer bist du, mein junger Freund?« fragte ein bärtiger Mann mit freundlichen Augen und Armen wie Hammelkeulen.

»Ein Soldat des Königs«, erwiderte Robin und kopierte den breiten, gemütlichen Akzent seiner Bauern in Fernbrook, der jedem Londoner signalisierte, daß er es mit einem harmlosen Tölpel aus der Provinz zu tun hatte.

»Ha. Hoffentlich kein Lancastrianer, oder? Da hol mich doch der Teufel, du trägst ja sogar sein verdammtes Emblem am Mantel!«

»Und?«

»Du … bist wohl noch nicht lange hier, nein?«

»Heute angekommen«, bestätigte Robin.

Der Mann winkte einem der Jungs. »Bring uns noch zwei, Edwy!«

»Sofort, Master Ron.«

»Mein Name ist Ron Butcher.«

»Robin Fitz-Gervais.«

»So, so. Und du bist ein feiner Pinkel aus dem Westen, ja?«

Der Junge brachte zwei schäumende Krüge, und Robin bezahlte. »Aus dem Westen, ja. Feiner Pinkel, nein. Auf dein Wohl, Ron Butcher.«

»Und auf deins. Vergelt's Gott.«

Sie tranken, und der Metzger wischte sich genüßlich den Schaum aus dem Bart und sah ihn dann eindringlich an. »Besser, du machst den Fetzen ab von deinem Mantel, ehe du Schaden nimmst.«

Robin machte große Augen. »Aber wieso …«

»Das will ich dir sagen. Gestern hätte dein Dienstherr beinah unseren Bischof umgebracht. Unser Bischof ist zwar eine Pißnelke, aber wir haben's trotzdem nicht gern, wenn einer sich an ihm vergreift, so was gehört sich nicht. Heute hat dein Herzog unserem Bürgermeister und unseren Stadtvätern einen verdammten Marschall vor die Nase gesetzt. Lord Percy. Lord Pissy, so nenne ich ihn. Und der Kerl hat einen freien Londoner Bürger eingesperrt, nur weil der offen seine Meinung über den feinen Duke und seinen Marschall gesagt hat. Aber, Junge, das solltest du lieber gleich begreifen: In London kann jeder freie Mann sagen, was ihm paßt, solange es nicht gegen Gott oder den König geht. Und das Recht macht uns keiner streitig. Ich schwör's bei Gott.« Er nahm einen tiefen Zug.

Robin schüttelte ungläubig den Kopf. »Und dieser Lord Percy hat den Mann einfach eingesperrt?«

»Und übel zugerichtet, heißt es.«

»Das ist unerhört.« Robins Empörung war echt.

Ron nickte ernst. »Das ist es. Ich merke, du bist kein übler Bursche. Also, mach lieber das Ding von deinem Mantel ab.«

Robin sah kurz auf das kleine Emblem mit der roten Rose von Lancaster. »Na ja, mag ja alles sein, wie es will, aber er ist mein Dienstherr.«

Ron grinste breit. »Nicht mehr lange.«

»Nein? Warum nicht?«

»Weil es in dieser Stadt viele standhafte Bürger gibt. Gerade jetzt sind sie unterwegs, um den armen Teufel aus Percys Haus rauszuholen. Und danach werden sie nicht nach Hause gehen.«

Robin umklammerte die Tischkante. »Du glaubst ... sie werden den Palast überfallen?«

»Nicht nötig. Der Herzog ist heute abend in der Stadt. Bei einem der wenigen Freunde, die er hier noch hat. Und da werden sie ihn sich holen.«

Robin lehnte sich zurück und schüttelte den Kopf. »Tse. Ich hätte genausogut zu Haus' bleiben können.«

»Stimmt. Komm, trinken wir noch einen, diesmal auf mich.«

Er winkte dem Jungen, und als die Becher wieder gefüllt waren, hob er seinen Robin entgegen. »Auf London und auf König Edward.«

Robin fand den Trinkspruch völlig in Ordnung.

Er verabschiedete sich bald, aber doch nicht zu eilig, um keinen Verdacht zu erregen. Nach der hellen Schenke erschien ihm der

Marktplatz düster und gespenstisch. Er sah kurz über die Schulter, schwang sich in Romulus' Sattel und ritt zurück Richtung Fluß. Und als er an einer dunklen Straßeneinmündung vorbeiritt, hörte er sie plötzlich. Wie das Summen eines wütenden Wespenschwarms. Noch weit weg. Und sie kamen von Norden, von St. Paul oder Cheapside.

Robin drückte Romulus leicht die Fersen in die Seiten und galoppierte zu John Ypres' Haus zurück. Vor dem Portal sprang er aus dem Sattel. Zu den Wachen sagte er leise: »Zwei von euch runter zum Fluß. Besorgt eine Barke. Macht schnell.«

Sie eilten davon, schon nach wenigen Schritten waren sie mit der Schwärze verschmolzen.

Robin betrat das Haus und ging umgehend in die Halle. Hinter Lancasters Stuhl blieb er stehen, wartete keine Pause in der angeregten Unterhaltung ab, sondern wisperte eindringlich: »Mylord, Ihr müßt dieses Haus auf der Stelle verlassen.«

Lancaster drehte sich zu ihm um. »Wie bitte?«

»Eine aufgebrachte Menge ist auf dem Weg hierher. Viele. Ich habe sie nicht gesehen, aber aus der Ferne gehört. Wenigstens hundert.« Eher zweihundert, dachte er nervös.

Er hatte leise gesprochen, aber die Gespräche waren versiegt. Alle starrten ihn an.

Lancaster trank einen Schluck Wein. »Und was beabsichtigen diese Leute, Robin?«

»Sie wollen Euch töten.«

»Tatsächlich? Ich bin erschüttert.«

Robin rang um Ruhe. »Ihr müßt gehen. Es sind zu viele. Ich bitte Euch, Mylord.«

»Wir sollen vor einem Pöbelhaufen davonlaufen? Macht Euch nicht lächerlich, Fitz-Gervais«, versetzte Percy schneidend.

Robin gestand sich endlich ein, was er insgeheim schon lange ahnte: Er konnte Percy ums Verrecken nicht ausstehen. Und in seiner verzweifelten Hast hatte er Mühe, höflich zu bleiben. »Der Pöbelhaufen, Mylord, kommt unmittelbar von Eurem Haus. Sie sind dort eingedrungen, haben den Mann befreit, den Ihr wider geltendes Recht dort eingesperrt habt, und jetzt sind sie auf Rache aus.«

Percy erhob sich langsam. »Was heißt ›wider geltendes Recht‹?«

Robin holte tief Luft, aber Lancaster kam ihm zuvor. »Laßt uns das Tor schließen und die Lichter löschen.«

Robin schüttelte den Kopf. »Dies hier ist keine Festung. Wir werden das Tor nicht halten können. Ich bitte Euch noch einmal, verlaßt dieses Haus. Sofort.«

»Robin, ich kann mich doch nicht verkriechen …«

»Nein. Ich weiß. Unten am Fluß liegt eine Barke bereit. Laßt Euch übersetzen. Henry ist in Kennington, nicht wahr? Reitet dorthin. Und wenn sie hier ankommen, werde ich ihnen sagen, daß Ihr Eure Pläne geändert habt und den Abend mit Eurem Sohn in Gesellschaft des Prinzen verbringt. Die Wachen werden Euch begleiten. Bleibt die Nacht über in Kennington, laßt die Tore schließen, und stellt doppelte Wachen auf.«

Lancaster dachte kurz nach, dann nickte er unwillig. »Also schön.«

Robin atmete erleichtert auf. Zu Percy sagte er: »Vermutlich wäre es ratsam, wenn Ihr mitgeht, Sir.«

Der dicke Marschall war merklich blasser geworden. Vielleicht überlegte er, was von seinem luxuriösen Stadthaus noch übrig war. Er starrte Robin einen Moment unfreundlich an, als sei eigentlich alles seine Schuld, dann erhob er sich langsam. »Bitte, wenn es Euch zu riskant ist, an seiner Seite zu bleiben, sollte ich es wohl tun …« Er folgte Lancaster hinaus in den dunklen Hof.

Robin rief die Wachen zusammen und gab leise ein paar Anweisungen. Eilig wurden die Pferde herbeigeholt, und nach wenigen Augenblicken preschte die kleine Gruppe in die Nacht hinaus. Der Hufschlag ihrer Pferde war kaum verhallt, als sie das drohende Grummeln der nahenden Menge vernahmen.

John Ypres stöhnte. »Sie werden hier keinen Stein auf dem anderen lassen …«

Ja, durchaus möglich, dachte Robin ohne viel Mitgefühl. »Besser, Ihr geht hinein, Sir John. Laßt die Lichter löschen. Jeder im Haus soll sich möglichst ruhig verhalten.«

Am Ende der Straße erschienen Lichter. Fackeln. Und sie kamen schnell näher.

Robin zog die Brauen hoch. »Wollt Ihr mir noch länger Gesellschaft leisten, Sir John?«

Ypres bewegte sich rückwärts. »Kommt mit hinein. Seid nicht verrückt. Lancaster ist doch in Sicherheit …«

»Nein, noch kann er den Fluß nicht erreicht haben.« Und Robin konnte nur beten, daß seine Männer auf Anhieb eine Barke gefunden hatten.

Der Kaufmann widersprach nicht. Er legte die Hand an den offenen Torflügel. »Seid Ihr wirklich sicher?«

Robin nickte. »Gute Nacht, Sir John.«

Ypres schüttelte verständnislos den Kopf, schloß das Tor eilig, und nur wenig später erloschen die Lichter hinter den Fenstern. Auf der Straße wurde es finster. Robin nahm Romulus am Zügel und führte ihn dem unruhigen Fackelschein entgegen.

Es waren nicht einmal so viele, wie er geglaubt hatte. Keine hundert. Vielleicht sechzig. Vermutlich waren es mehr, als ich sie zuerst hörte, fuhr es ihm durch den Kopf, und die meisten haben sich verdrückt. Ganz gleich, wie zornig sie auf Lancaster waren, es brauchte Nerven, um zu tun, wozu sie ausgezogen waren. Sie marschierten nicht in ordentlichen Reihen, sondern bewegten sich in einem zusammengedrängten Haufen, dicht, erstaunlich schnell, hier und da hielt einer eine Fackel. Als sie zehn Schritte entfernt waren, blieb Robin stehen. Wie auf ein verabredetes Zeichen hielt auch der geisterhafte Zug an. Ein Klecks der nächtlichen Straße wurde von ihren Fackeln in zuckendes Licht getaucht.

Romulus schnaubte unruhig, und Robin legte ihm beschwichtigend die Hand auf die Nüstern.

»Macht Platz, Sir«, verlangte ein junger Kerl, der ganz an der Spitze der Menge stand.

»Wohin so eilig?« erkundigte sich Robin.

»Wir haben hier was zu erledigen. Besser, Ihr geht uns aus dem Weg.«

Robin strich Romulus langsam über die Stirn. »Geht lieber nach Hause, Leute. Ihr solltet eine Nacht über die Sache schlafen.«

Sie rückten näher wie eine Mauer. »Was tragt Ihr da an Eurem Mantel, Sir?« fragte ein kleiner, alter Mann argwöhnisch, der etwas in der Hand hielt, das wie ein Zimmermannshammer aussah.

Robin lächelte ihn freundlich an. »Ein Stück Stoff mit einer roten Rose darauf macht einen Mann nicht zum Verbrecher.«

Im Nu stand er ihnen nicht mehr gegenüber, sondern war der Mittelpunkt eines Kreises geworden, der sich um ihn schloß. Romulus tänzelte. Robin brachte ihn mit einem Blick zur Ruhe.

»Das kommt darauf an, wofür das Stück Stoff steht, Sir. Und so, wie wir es sehen, steht die rote Rose für einen verfluchten *Verräter*.«

Robin hob leicht die Schultern. »Ihr habt eure Meinung und ich meine. Und in einer freien Stadt wie dieser kann jeder sich eine eigene Meinung leisten, nicht wahr?«

Der alte Zimmermann schien einen Augenblick verwirrt. Dann schüttelte er den Kopf. »Ihr scheint mir ein seltsamer Vogel zu sein. Aber es ist nicht Euer Kopf, den wir wollen, und wenn Ihr klug seid, haltet Ihr uns nicht länger auf und laßt uns tun, wozu wir hergekommen sind.«

»Und wozu seid ihr hergekommen?« fragte Robin interessiert.

»Um die Rechte der Stadt zu verteidigen.«

»Das glaubt ihr vielleicht«, räumte er ein. »Aber was es tatsächlich bedeutet, ist doch, einen Mann zu erschlagen, nicht wahr? Ohne Prozeß, ohne Gerichtsurteil. Und selbst wenn er nicht des Königs Sohn wäre …«

»Ist er nicht!« unterbrach der Jüngere heftig.

»Ihr habt trotzdem kein Recht dazu.«

»Er hat das Recht als erster gebrochen«, rief eine Stimme von weiter hinten. »Und das lassen wir uns nicht gefallen. Wir holen ihn uns …«

»Tja. Hier ist er nicht.«

Es herrschte einen Augenblick betroffenes Schweigen, dann erhob sich ein ärgerliches Raunen.

»Das glauben wir aber wohl«, erklärte der alte Zimmermann grimmig. »Dort drüben, bei Ypres.«

»Nein, er war nur kurz hier. Geht und seht nach, wenn ihr mir nicht glaubt, aber ihr werdet ihn hier nicht finden.«

»Wo dann?« fragte der Zimmermann.

»Das kann ich nicht sagen.«

»Was heißt das? Du weißt es nicht? Oder du willst es nicht sagen?«

Robin antwortete nicht, und der junge Anführer trat einen Schritt auf ihn zu. Er betrachtete Robin feindselig, dann wandte er sich zu seinen Männern um. »Zehn gehen zu diesem Pfeffersack und sehen nach.«

Eine kleine Gruppe entfernte sich. Die anderen warteten schweigend. Es dauerte nicht lange, bis die Abordnung schulterzuckend, fast kleinlaut, zurückkam. »Alles dunkel«, berichtete einer. »Wir haben geklopft, und ein verschlafener Diener machte auf. Er sagte, alle Besucher seien schon seit Stunden fort.«

Das allgemeine Raunen wurde leiser und gefährlicher. Der junge Wortführer trat auf Robin zu. »Wo ist er?«

»Nicht in der Stadt«, antwortete Robin wahrheitsgemäß.

Fünf oder sechs traten auf ihn zu und packten ihn.

»Besser, du sagst uns, wo er steckt«, riet der Zimmermann.

Romulus wieherte und stieg. Ein paar wichen furchtsam vor seinen schlagenden Hufen zurück, dann packte einer ihn am Zügel und führte ihn aus dem Lichtkreis der Fackeln.

»Ich bin nicht sicher«, sagte Robin. »Möglicherweise ist er bei Prinz Richard in Kennington. Aber er sagt mir nicht immer, wohin er geht, wißt ihr.«

Der Zimmermann sah ihm in die Augen. »Mir scheint, du lügst uns an, Freund. Warum hast du keine Angst, he?«

Na ja, das ist nicht ganz richtig, dachte Robin. Er hatte Angst. Sein Leben verlief derzeit vielleicht nicht nach Wunsch, aber er hing trotzdem daran.

»Wovor in aller Welt sollte ich mich fürchten? Ich bin in London, oder nicht?«

»Ganz genau. Und London hat für verdammte Lancastrianer nicht viel übrig. Also?«

»Ich hab' euch gesagt, was ich weiß.«

»Pah! Ich denke eher, der einzige Ort, wo wir nicht nach ihm suchen müssen, ist Kennington!«

Robin lächelte erleichtert. Und dann landete eine Faust mitten in seinem Gesicht. Seine Augen klappten zu, und er wurde gewahr, daß sie ihm die Rüstung abnahmen, Stück für Stück. Alles in allem habe ich noch Glück, dachte er anfangs. Sie waren eine aufgebrachte, entschlossene Menge, aber keine Bestien. Kein Zimmermannshammer krachte auf ihn nieder, nur Fäuste. Viele Fäuste und dann Tritte, von harten Holzschuhen, weichen Filzpantoffeln und festen Lederstiefeln. Sein Arm brach mit einem trockenen Laut, und er konnte ihn nicht länger schützend vor seinen Kopf halten. Plötzlich fürchtete er sich wirklich sehr. Er schlug die Augen auf, aber er konnte nichts sehen, einfach gar nichts, als sei er blind. Blut floß aus seinem Mund. Er konnte nicht sprechen. Gott schütze dich, Joanna, dachte er versöhnlich. Du hast dir nichts vorzuwerfen. Trauer um mich, und dann heirate Isaac. Und begrabt mich in Waringham ...

Um Mitternacht hatte sich sein Herzschlag bedenklich verlangsamt, und sein Körper war fast vollständig ausgekühlt. Dann war es Romulus endlich gelungen, sich von dem Torpfosten loszureißen, an dem sie ihn angebunden hatten, und er legte sich neben Robin in den hartgefrorenen Straßendreck und hielt ihn warm. Ohne ihn wäre Robin sicherlich erfroren, denn John Ypres wagte erst bei Morgengrauen, einen seiner Männer auf die Straße hinauszuschicken, um Erkundigungen einzuziehen. Ungläubig starrte der Diener auf das mächtige Schlachtroß, das mitten auf der Straße lag, als sei es an einem warmen Sommertag auf einer grünen Wiese. Erst auf den zweiten Blick entdeckte er das leblose Bündel an der Seite des Pferdes. Er holte Hilfe, und sie trugen Robin ins Haus.

Wäre Robin erfroren, hätte er nichts davon gespürt. Er verbrachte die Stunden bis zum Morgen irgendwo zwischen den Welten. Und so war er vielleicht der einzige Mann in London, der diese Nacht verschlief, ohne zur Kenntnis zu nehmen, was sich auf den Straßen ereignete.

Nach dem Zwischenfall vor John Ypres' Haus waren die Londoner ins Innere der Stadt zurückgekehrt, wenn möglich noch zorniger als zuvor. Unterwegs wuchs ihre Zahl sprunghaft an. Mordgierig durchkämmten sie die Stadt auf der Suche nach Lancaster und Percy. Eine kleine Gruppe versuchte gar, in den Savoy-Palast einzudringen, allerdings ohne Erfolg. Nur zwei der kostbaren Glasfenster wurden von Steinwürfen zerstört. Als der Mob einsehen mußte, daß sie Lancaster nicht finden würden, beschloß man, wenn schon nicht den Herzog selbst, dann doch wenigstens seinen Ruf zu morden. Zum Zeichen seines Verrats hängten sie sein Wappen verkehrt herum an den Toren von Westminster Hall und der Kathedrale von St. Paul auf und brachten daneben einen Anschlag an, der die demütigenden Lügen über Lancasters angeblich niedere Herkunft wiederholte. Und damit schien sich ihre Wut ausgebrannt zu haben. Die wilden Horden lösten sich auf, zerfielen in Gruppen wackerer Handwerksleute und angesehener, harmloser Bürger. Am Morgen war die Stadt ruhig. Man hätte meinen können, es habe sich nur um einen verrückten Mummenschanz gehandelt. Wäre da nicht für jedermann sichtbar das verkehrte Wappen gewesen. In Westminster war es noch in der Nacht von den Männern der Wache entfernt worden, doch Bischof Courtenay ließ sich viel Zeit, ehe er Anweisung gab, es von seinem Kirchenportal abzunehmen. Es hieß gar, er habe eine Weile davorgestanden und es angelächelt …

Als Lancaster erfuhr, was sie getan hatten, kannte sein Zorn keine Grenzen. Diejenigen, die Zeuge seines Ausbruchs wurden, fühlten sich unbehaglich an die weniger ruhmreichen Tage des Schwarzen Prinzen erinnert. Dessen Witwe Joan, die Mutter des Prinzen, versuchte vergeblich, ihn zu beschwichtigen und für eine Versöhnung mit der Stadt zu gewinnen. Lancaster begab sich statt dessen umgehend zum König, der sich unweit der Stadt in Sheen aufhielt. Vielleicht brauchte er Balsam für seine verletzte Ehre, und keiner würde seine Erbitterung so rückhaltlos teilen wie sein Vater. Der König war in der Tat kaum weniger empört als sein Sohn. Er befahl dem Bürgermeister und den Ratsmitgliedern der Stadt, auf der Stelle vor ihm zu erscheinen. Nur eine Handvoll Männer wagten, der Aufforderung zu folgen.

Mit donnernder Stimme erklärte der Herzog, was geschehen sei, sei eine Beleidigung des Königs und seines Hauses, und es sei nur vernünftig, die Übeltäter so hart zu bestrafen, daß es als abschreckendes Beispiel für jeden Mann in England wirke, der glaube, sich gegen Krone und Adel auflehnen zu können. Der Lord Mayor und seine Ratsmitglieder waren nicht länger in kämpferischer Stimmung. Einer nach dem anderen fielen sie auf die Knie und baten um Gnade für ihre Stadt.

Der König und der Herzog diktierten die Bedingungen für ein Pardon mit eisiger Miene. Der gesamte Stadtrat habe eine Büßerprozession von Cheapside nach St. Paul vorzunehmen. Lord Mayor, Sheriff und Stadtrat müßten ausgetauscht werden. Und die Männer, die das Wappen des Hauses Lancaster entehrt hatten, seien dingfest zu machen und zum Tode zu verurteilen. Etwaige Gnadengesuche, bemerkte Lancaster mit wieder erwachender Ironie, werde er möglicherweise wohlwollend erwägen, wenn er den Eindruck gewönne, daß die Reue der Londoner von Herzen komme.

Kleinlaut stimmten die Stadtväter allen Forderungen zu, doch tatsächlich kam es nicht zu einer einzigen Verhaftung. Es war einfach unmöglich, die Schuldigen ausfindig zu machen. Keiner wollte etwas gesehen haben, Nachbarn verbürgten sich füreinander, selbst die Männer des Sheriffs blieben erfolglos, weil sie immer nur dann an die Türen der mutmaßlichen Rädelsführer klopften, wenn sie sicher sein konnten, niemanden anzutreffen ...

Lancaster kehrte von Sheen aus zum Savoy zurück, starrte eine Weile zu den zersplitterten Fenstern hinauf, ging schließlich hinein und verlangte nach Fitz-Gervais, diesem treulosen Lumpen, der nie da sei, wenn man ihn wirklich brauche.

»Aber Mylord«, wandte der wachhabende Offizier tapfer ein. »Er ist immer noch ohne Bewußtsein.«

»Er ist *was*?«

Dem Captain ging auf, daß der Herzog vermutlich noch gar nicht wußte, was passiert war. Er wünschte einen schwachen Moment, er wäre bei der Stadtwache von Calais geblieben. »Sie haben ihn heute mittag hergebracht, Mylord. Auf einer Bahre. Dr. Appleton sagt ...«

»Ja?«

»Er sagt, es sei ein Wunder, daß er noch lebt. Aber es sieht schlecht aus.«

Lancaster ließ ihn stehen und wandte sich zur Treppe. Er nahm zwei Stufen auf einmal und hastete den Gang entlang.

Robin lag in seiner zerfetzten, blut- und dreckverschmierten Kleidung mitsamt Stiefeln auf seinem Bett. Seine Augen waren geschlossen, und sein Gesicht erschien wächsern. Jemand hatte ihm den linken Ärmel abgetrennt und seinen Arm fachmännisch geschient.

Francis saß auf einem Schemel an seiner Seite und fuhr schreckhaft zusammen, als Lancaster eintrat. Dann sprang er auf und machte ihm Platz.

Der Herzog trat auf das Bett zu und sah auf Robin hinab. »Weißt du, was passiert ist?« fragte er Francis, ohne aufzusehen.

Robins Knappe schluckte mühsam. »John Ypres' Leute fanden ihn heute morgen, nicht weit vom Haus entfernt. Sir John schickte einen Boten. Dr. Appleton und ich sind sofort mit ein paar Männern in die Stadt geritten. Sir John konnte nicht sagen, wer es war oder wann es passiert ist. Der Doktor sagte, der Arm und das

Schlüsselbein und ein paar Rippen seien gebrochen, aber es sei sein Kopf, der ihn … umbringt, und es mache keinen Unterschied, ob wir ihn herbringen oder nicht. Also haben wir ihn hergebracht. Und zweimal ist er aufgewacht, jedenfalls hat er die Augen geöffnet. Aber … er erkennt mich nicht.«

»Komm schon, Aimhurst, reiß dich zusammen.«

Francis wischte sich mit dem Ärmel über die Augen. »Ich bitte um Verzeihung, Mylord«, sagte er heiser.

»Ich bin überzeugt, du willst nicht von seiner Seite weichen. Das ist nur richtig. Sei trotzdem so gut und hole Vater Lionel her.«

Francis verneigte sich wortlos und ging zur Tür.

Als er mit Robin allein war, setzte Lancaster sich auf die Bettkante und betrachtete seinen Lehnsmann eingehend, als sei dessen Gesicht ihm nicht seit Jahren vertraut. Dann nahm er vorsichtig Robins unversehrte Hand zwischen seine.

»Mir ist keineswegs neu, daß du mir zürnst, Gott«, murmelte er. »Aber das hier … ist kein fairer Zug. Wenn du dich entschließen könntest, ihn leben zu lassen, dann gelobe ich, daß ich versuchen werde, demütiger zu sein. Und wenn du mir noch ein Dutzend aufgeblasener Einfaltspinsel wie Courtenay schickst, ich werde mich ehrlich bemühen …«

Plötzlich regte Robin sich und schlug die Augen auf. Lancaster schien es, als würde er ihn direkt ansehen, aber er erkannte auch ihn offenbar nicht.

»Robin.«

Er bewegte die Lippen. Seine Rechte schloß sich um Lancasters Finger. »Isaac?«

»Nein, ich bin es, Robin.«

»John.«

»Ja.«

»Ich kann nicht sehen. O Gott, ich … kann nicht sehen …«

»Sei nur ganz ruhig. Es wird schon wieder. Ganz ruhig. Schlaf. Aber stirb nicht.«

»Ist Lancaster in Sicherheit?«

»Ja. Sei unbesorgt.«

»In Kennington werden sie nicht nach ihm suchen …«

»Nein, bestimmt nicht. Es ist alles in Ordnung, glaub mir.«

»Sie wollen ihn wirklich umbringen.«

»Aber sie werden ihn nicht kriegen. Ich sorge dafür.«

»Mir ist kalt.«

»Du bist verwundet, darum frierst du. Es vergeht.«

»Sind wir in Frankreich?«

»Nein. Daheim in England.«

Robin versuchte erfolglos, den Kopf zu bewegen, und das Zittern verschlimmerte sich. »Gott sei Dank. Ich schätze ...« Er unterbrach sich kurz und umklammerte Lancasters Hand noch ein wenig fester. Sein Gesicht verzerrte sich für einen Augenblick, und er spürte vage, daß er von Kopf bis Fuß in kalten Schweiß gebadet war. »Leb wohl, John.«

»Verflucht, Robin! Untersteh dich ...«

Robin lächelte schwach. »Jetzt hörst du dich an wie er.«

Manchmal kam es ihm vor, als löse er sich auf. Als habe er keine feste Form mehr. Er fühlte Dinge. Hände, die ihn berührten, Schmerz, Kälte, Wärme, er schluckte sogar, wenn sie ihm Flüssigkeit einflößten, aber er war sich nicht bewußt, daß es sich dabei um seinen Körper handelte. Denn sein Körper war verschwunden, eingesponnen vielleicht, wie eine Raupe sich einspinnt in eine schützende Hülle, sich von der Welt ausschließt und einfach wartet.

Dr. Appleton war von Hause aus Franziskaner. Er war Lancasters Leibarzt, was in sich schon verdächtig war, denn der Herzog war niemals krank. In Wahrheit war Appleton einer seiner scharfsinnigsten Ratgeber mit einem unfehlbaren Gespür für die kollektive Gemütsverfassung der Bischofssynode. Mehr nebenbei behandelte er die verschiedenen Gebrechen, die an einem großen Hof immer anfielen, von den Masern der herzöglichen Kinder bis zu den geschwollenen Gelenken der graubärtigen Ritter. Sein Ruf als Arzt war ebensogut wie der als Ratgeber. Doch in diesem Fall war er bald ratlos. Zäh, bekundete er nach drei Tagen, außerordentlich zäh, nach einer Woche. Aber es gab keinen erkennbaren Fortschritt. Er zog zwei hoch angesehene, jüdische Kollegen hinzu, denn wenn es auch eigentlich keine Juden in England mehr geben durfte, wußte doch jedermann, daß sie die besten Ärzte waren, und das Gesetz wurde öfter umgangen als eingehalten. Aber auch sie schüttelten nur die Köpfe.

»Er sollte nicht allein bleiben«, riet einer schließlich. »Vor allem nachts nicht. Wer weiß, vielleicht spürt er ja, wenn jemand in seiner Nähe ist, und bleibt der Welt so verbunden.«

Robin spürte in der Tat, wenn jemand bei ihm war. Er spürte, und er hörte. Oft vertraute Stimmen. Henry, Francis und Lionel, Lancaster, der leise murmelte: »Ich sagte leben, Gott. Nicht vegetieren. Feilsche nicht mit mir …«

Und dann kam schließlich jemand, der nie ein Wort zu ihm sprach, aber das war auch nicht nötig. Robin hätte nicht sagen können, woran er ihn erkannte. Aber er wußte, es war Leofric. Er wunderte sich auch nicht weiter darüber, daß er es wußte. Er wunderte sich über gar nichts. Er existierte nur.

Irgendwann war er in der Lage, den Sinn der Worte zu erfassen, die er hörte. Und bald wurden Lionels Besuche ihm zur Prüfung. Anfangs trösteten seine Gebete ihn, aber schließlich hatte er das beklemmende Gefühl, in den zweifelhaften Genuß einer endlosen Letzten Ölung zu kommen. Henrys Anwesenheit erfreute ihn hingegen, denn Henry erzählte Dinge, die Robin interessierten. Von seinem Unterricht, von den Pferden, manchmal ein bißchen harmlosen Hofklatsch. Oft glitt Robin zwischendurch in ein Nichts ab und wachte mitten in der nächsten Geschichte wieder auf, doch das machte nichts. Nichts war von großer Bedeutung.

»Robin, du kannst dir nicht vorstellen, was geschehen ist!« platzte der Junge eines Morgens in seine Gedanken.

Robin wäre lieber ungestört geblieben, denn Gedanken waren eine brandneue Errungenschaft. Er hätte nicht zu sagen vermocht, wann sein Denken wieder angefangen hatte. Es hatte sich ganz unauffällig angeschlichen. Und als es ihm bewußt wurde, war er mit einemmal furchtbar aufgeregt und dachte und dachte. Form, Körper, Name, alles kam zurück. Es war überwältigend.

»Der König hat mich zum Ritter geschlagen, stell dir das vor!« fuhr Henry gnadenlos fort. »Aber das ist noch nicht alles. Er hat uns in den Hosenbandorden aufgenommen. Richard, unseren Onkel Thomas und mich.« Er verstummte abrupt, und plötzlich schlossen sich seine warmen Hände um Robins Linke. »Oh, Robin, ich wünschte, du würdest zurückkehren. Ich wünschte so sehr, du könntest mich hören …«

»Ich höre dich ausgezeichnet, Henry.«

Henry gab einen kleinen, erschreckten Schrei von sich. »Robin! Hast du … hast du wirklich mit mir gesprochen?«

»Hm.«

»Es ist wahr. Es ist wahr! Du bist endlich aufgewacht! Oh, Gott im Himmel sei gepriesen! Ich muß es Vater sagen. Und Leofric.« Er ließ Robin los.

»Warte. Bitte … warte einen Augenblick.«

»Aber …«

»Würdest du mir wieder deine Hand geben?« Er streckte den linken Arm in die Richtung, aus der Henrys Stimme kam.

»Natürlich.« Der Junge schloß seine schlanken Finger darum. »Wie fühlst du dich?«

»Ganz gut, schätze ich.«

»Dann … mach doch bitte die Augen auf.«

Robin schluckte. Er hatte eine Todesangst davor. Er erinnerte sich genau an die Blindheit. Er atmete tief durch. Also schön. Irgendwann muß ich es ja herausfinden. Warum nicht jetzt. Es war nicht leicht, die Lider zu zwingen, sich zu öffnen, ähnlich, wie wenn man aus dem Schlaf geweckt wird, aber noch viel zu müde ist, um aufwachen zu wollen. Und dann klappten sie mit einemmal wie von selbst auf. Und da stand Henry direkt vor ihm in einem gleißenden Flecken aus Sonnenlicht, das zum Fenster hereinströmte. Robin blinzelte idiotisch und dankte Gott.

Henry lächelte glücklich. »Du kannst mich sehen, nicht wahr?«

»Ja.«

»Gut!«

»Du kannst dir nicht vorstellen, wie gut. Und jetzt noch mal ganz langsam. Der König hat dich zum Ritter geschlagen?«

Henry nickte mit leuchtenden Augen.

»Das ist wunderbar. Und er hat dich in den Orden eingeführt?«

»Ja.«

»Aber das tut er für gewöhnlich an St. Georg.«

»Richtig. Das war gestern.«

»Der … dreiundzwanzigste April?«

Henry runzelte besorgt die Stirn. »Bist du sicher, daß es dir gut-geht?«

»Oh, bei allen Erzengeln und Heiligen … Willst du sagen, ich liege hier seit *zwei Monaten*?«

»Ganz ruhig, Robin. Was macht das schon. Hauptsache, du bist endlich aufgewacht.«

Stimmt, dachte Robin, das ist zweifellos die Hauptsache. Aber er war trotzdem erschüttert. Er schloß die Augen.

»Robin?!«

»Keine Angst. Ich werde nicht wieder … einschlafen.«

»Sicher?«

»Ziemlich.«

»Dann kann ich jetzt gehen und es ihnen sagen?«

Robin nickte. »Ist dein Vater nicht im Parlament?«

»Ach, das ist schon lange zu Ende.«

»Oh, natürlich.«

»Ich glaube, es ging doch noch alles nach Vaters Wünschen. Natürlich war er schrecklich wütend auf die Londoner, aber im Parlament hatten wir dann eben doch die Mehrheit.«

»Und die Bischöfe?«

»Hm, tja, du wirst es nicht glauben, Robin, aber es war Bischof Courtenay, der letztlich die Einigung zwischen meinem Vater und der Kirche herbeigeführt hat.«

»Du hast recht, das kann ich kaum glauben.«

»Besserer Mann, als Vater dachte. Bischöfe überhaupt.«

Ich höre Lionel sprechen, dachte Robin amüsiert.

Sie kamen nach und nach, um zu sehen, ob es wirklich stimmte. Nicht alle auf einmal, und keiner blieb lange. Aber alle hatten das Bedürfnis, es mit eigenen Augen zu sehen.

Robin war verblüfft und beschämt und dankbar, als er herausfand, wie viele sich bereit gefunden hatten, sich an den langen, eintönigen Wachen an seinem Krankenbett zu beteiligen. Verblüfft und beschämt und in grimmiger Weise belustigt war er auch, als er feststellte, daß er Windeln trug. Keineswegs belustigt war er darüber, daß er offenbar nahezu die Hälfte seines Gewichtes verloren hatte und zu schwach war, um sich aufzusetzen.

Als alle gekommen und wieder gegangen waren, kehrte schließlich Leofric zurück und blieb. Robin war froh. Ihm brauchte er nichts vorzumachen, und vor ihm schämte er sich seiner Schwäche nicht. Er war vollauf zufrieden, ihn einfach anzusehen. Es tat so gut, gerade ihn anzusehen. Denn hätte er sein Augenlicht verloren, hätte er sich nie mehr ohne die Einmischung eines Dritten mit Leofric unterhalten können. So, wie es war, wechselten sie Blicke und grinsten sich an und verstanden.

Robin dachte insgeheim, daß der Prinz und Henry noch viel zu jung waren für ihre Ritterschaft und die hohe Ehre des Ordens, doch sollten die beiden jungen Ritter gemeinsam eine der Truppen des geplanten Feldzuges befehligen, und deshalb hatte der König sich wohl zu diesem Schritt entschlossen. Immerhin, der Schwarze Prinz war auch erst fünfzehn gewesen, als er bei Crécy die Elite des französischen Adels gefangengenommen und die Schlacht gegen eine beinah fünffach überlegene feindliche Übermacht gewonnen hatte. Plantagenets mußten früh erwachsen werden.

Die Vorbereitungen für den Feldzug versetzten den Hof im Savoy wieder in Unruhe, nahmen jedermann völlig in Anspruch und überdeckten die inneren politischen Machtkämpfe.

An Leofrics Arm lernte Robin wieder laufen. Er beeilte sich, er wußte, er mußte sich schnell erholen, wenn er verhindern wollte, daß sie ihn zurückließen. Er aß von früh bis spät. Und sobald er wieder halbwegs sicher auf den Beinen war und den Weg in den Innenhof zurücklegen konnte, begann er auch wieder zu reiten.

Ende Mai nahm er seinen Dienst auf.

Lancaster lächelte dankbar, als er ihn morgens in seinem Arbeitszimmer antraf. »Ah. Hier, seid so gut, seht diese Liste durch. Es sind die Namen der Ritter, die sich bis Mitte Juli hier einfinden sollen. Spätestens dann müssen wir aufbrechen, wenn wir vor dem Winter noch etwas ausrichten wollen. Sagt mir, ob ich jemanden vergessen habe.«

Robin studierte die Liste, während Lancaster mit ein paar Lords die Anzahl der benötigten Schiffe diskutierte. Robin hörte mit einem Ohr zu und stellte verwundert fest, daß sie nicht von Dover oder Southampton, sondern hier von London aus segeln würden.

Als die Lords sich verabschiedet hatten, trat der Herzog zu ihm ans Fenster. »Und?«

»Es stehen alle drauf. Alle außer mir.«

»Hm.«

»Mylord …«

»Robin, das ist ausgeschlossen. Ihr seid noch nicht wiederhergestellt.«

»Unsinn.«

»Ich sehe, was ich sehe.«

»Es ist noch über einen Monat Zeit.«

»Ja. Trotzdem. Es wird vermutlich ohnehin ein Seekrieg, und dafür taugt Ihr nichts.«

»Ich bin nicht der einzige, der seekrank wird.«

»Aber keiner wird *so* seekrank wie Ihr. Bleibt in England, und seht hier für mich nach dem Rechten.«

»Ich habe kein Amt, das mich dazu ermächtigt.«

»Weil Ihr nie eines wollt. Dann geht eben nach Hause.«

»Nein.«

Der Herzog sah ihn einen Moment scharf an und gab dann nach. »Also bitte.«

Robin lächelte erleichtert.

»Man hat Euer Schwert gefunden, Robin. Zuerst war es weg, aber dann hat der reumütige Dieb es eines Nachts vor John Ypres' Tor gelegt. Eure Rüstung war hingegen nicht mehr zu retten. Nicht so unverwüstlich wie Ihr, scheint es. Ich habe Euch eine neue anfertigen lassen. Ihr werdet allerdings noch zunehmen müssen, damit sie nicht bei jedem Schritt lose scheppert.«

»Das war ausgesprochen großzügig von Euch, Mylord.«

»So, so, wir werden förmlich. Das Thema behagt Euch nicht.«

»Welches Thema?«

Lancaster legte ihm für einen kurzen Moment die Hand auf die Schulter und lächelte. »Ihr solltet bei Master Griffin vorbeischauen und sie Euch ansehen, wißt Ihr. Er brennt schon darauf, sie Euch zu zeigen. Und er ist zu Recht stolz auf seine Arbeit.«

»Da bin ich sicher. Aber ... das war nicht nötig.«

»Nein. Ich weiß, daß es das nicht war. Nehmt sie trotzdem. Ihr werdet sie brauchen.«

Sie ließen die Gelegenheit verstreichen, über das zu sprechen, was geschehen war. Robin war es lieber so. Schließlich hatte er nur getan, was er einmal geschworen hatte zu tun, und sie waren beide altmodisch genug, diese Dinge ernst zu nehmen. Es gab einfach nichts, was er dazu sagen geschweige denn hören wollte.

»Übrigens, Robin, habt Ihr gehört, daß Mortimer Dermonds Frau im Kindbett gestorben ist?«

»Nein.«

»Hm. Schon ein paar Wochen her. Das Kind starb mit ihr.«

»War's ein Sohn?«

Lancaster nickte.

Warum sagst du mir das, dachte Robin beklommen, es ist so gräßlich, daß ich kein Mitgefühl empfinden kann.

Lancaster hatte die Hände auf die Tischkante gestützt und beugte sich stirnrunzelnd über die zahllosen Schriftstücke vor ihm. Fast zerstreut fuhr er fort: »Der Prinz und ich haben Waringham unser Beileid bekundet und ihm ein Kommando angeboten.«

»Wenn Ihr ihn mir vor die Nase setzt, werde ich desertieren.«

»Das war nicht meine Absicht. Ich dachte nur gerade daran, daß er fallen könnte.«

Robin schüttelte seufzend den Kopf. »Wird er nicht. Mortimer hat das Glück des Teufels.«

»Tatsächlich?« Er sah von seinem Schreibtisch auf und tat erstaunt.

Robin nickte grimmig. »Es ist so.«

»Tja. Dann müssen wir uns etwas anderes einfallen lassen, nicht wahr? Sollte er wirklich unversehrt heimkehren, werden wir einfach verhindern müssen, daß er wieder heiratet.«

»Aber wie wollt Ihr das tun?«

»Oh, das dürfte nicht weiter schwierig sein. Er wird wiederum auf eine reiche Erbin aus sein. Reiche Frauen haben in der Regel einflußreiche Väter oder Vormunde. Und einflußreiche Männer sind leicht zu manipulieren.«

»Warum sollte er so versessen auf eine reiche Frau sein?«

»Meine Güte, Robin, sollte es möglich sein, daß Ihr so wenig über Euren ärgsten Feind wißt und Euch entgangen ist, daß er völlig ruiniert ist?«

»Mortimer? Aber wieso … Was ist mit der Zucht?«

»Er hat nach und nach alles verkauft, um seinen grenzenlosen Geldbedarf zu decken. Stuten, Jährlinge, nahezu alle Tiere. Sowie das Weideland und den Boden, auf dem die Stallungen stehen.«

Robin war bleich geworden. »Er verkauft *mein* Land? Verflucht … An wen?«

Lancaster hob leicht die Schultern. »Niemand von Rang. Soweit meine Informationen richtig sind, hat er die meisten Tiere an verschiedene Ritter verkauft und das Land an einen gewissen Conrad Scott.«

Robin hatte weiche Knie. Er lehnte sich unauffällig an die Wand. »Das … ist mein Schwager.«

»Was denn, der Mann Eurer rebellischen Schwester?«

Er nickte schwach.

Lancaster grinste ironisch. »Also bitte. Es bleibt in der Familie.«

Robin schüttelte fassungslos den Kopf. Welch ein Glück, daß Agnes Conrad geheiratet hat, dachte er, so wird mein Land irgendwann meinem Neffen gehören. Immerhin. Trotzdem hatten Lancasters so beiläufig verkündete Nachrichten ihn in Aufruhr versetzt. Mortimer, dachte er zornig, ich hätte dich töten sollen, als ich die Gelegenheit hatte.

Lancaster schob ein paar Schriftstücke und Pergamentrollen beiseite und hob eine auf, die weit unten gelegen hatte. »Meine Güte, es ist erschreckend, was dieser Feldzug kosten wird. Bald werde auch ich meine Pferde verkaufen müssen. Robin … Da seht Ihr's, Ihr seid noch angeschlagen. Verschwindet, Ihr gehört ins Bett.«

»Nein. Zwei Monate reichen. Was ist zu tun?«

»Ihr werdet einfach umfallen. Und wenn Ihr in diesem Zustand mit nach Frankreich geht, werdet Ihr es sein, der fällt, nicht Mortimer.«

Robin winkte ungeduldig ab. »Dann soll mein Sohn sich eben Waringham zurückholen.«

Weder Robin fiel noch Mortimer, denn der Feldzug fand niemals statt. Am einundzwanzigsten Juni, fast genau ein Jahr nach seinem Sohn und Erben, starb König Edward. Das änderte die Lage vollkommen. Niemand dachte auch nur noch an Frankreich. England trauerte um einen großen König. Die Adeligen und Ritter, die unter seiner Herrschaft zu einem neuen, einigermaßen schmeichelhaften Selbstverständnis gefunden hatten, ebenso wie die Bauern und Bürger, auf deren Rücken seine ewigen Geldnöte ausgetragen worden waren, alle waren sich einig: Es war ein schmerzlicher Verlust, das Ende einer glanzvollen Ära, die nicht zurückkehren würde.

Wenn er auch schon seit langem krank und gebrechlich gewesen war, war sein plötzlicher Tod dennoch eine heimtückische Überraschung, denn es hatte während der letzten Wochen immer geheißen, es ginge ihm besser. So war keiner seiner Söhne bei ihm, als er starb. Niemand war bei ihm, niemand außer Alice Perrers, die, wie einer der Hofgeistlichen erbittert berichtete, dem König die Ringe vom Finger gezogen hatte, noch ehe er den letzten Atem aushauchte, und dann einfach verschwunden war.

»Also, das kann ich nun doch nicht glauben«, murmelte Robin kopfschüttelnd. »Vielleicht hat der gute Pater die Ringe selbst genommen.«

»Robin!« Katherine Swynford tat entsetzt. »Sprecht lieber schnell ein Gebet.«

Er streckte die langen Beine aus und blinzelte zur Sonne hinauf. Sie saßen zusammen auf einer Bank an einem der Springbrunnen und warteten auf Lancasters Rückkehr, der schon seit gestern mit seinen Brüdern, dem Prinzen und dessen Mutter in Sheen war. Robin hatte ihn dorthin begleitet, war aber abends mit Henry zurückgekehrt.

»Die gute Alice«, seufzte Katherine. »Doch, ich glaube schon, daß man ihr das zutrauen könnte. So, wie sie jetzt ist. Bitter. Sie hat sich sehr verändert …«

»Ja, ich weiß.«

»Hm. Ich weiß, daß Ihr es wißt. Wir waren einmal gute Freundinnen.«

»Tatsächlich?«

»Tja. Wir haben schließlich allerhand gemeinsam, nicht wahr.« Sie lächelte ironisch und faltete die Hände auf ihrem kaum gewölbten Bauch. »Aber das ist lange her. Gott, Robin, ich glaube, wir werden alt.«

»Nein, das kommt Euch nur so vor, weil Ihr traurig seid.«

»Ja, das bin ich. Er war ein wunderbarer Mann. Und für John ist es … so ein großer Kummer. Es lag ihm viel daran, diesen Feldzug siegreich durchzuführen und England Ruhm und Ansehen zurückzubringen, damit sein Vater stolz auf ihn ist und zufrieden sterben kann.« Sie schüttelte ärgerlich den Kopf. »Aber es sollte nicht sein.«

Robin nickte schweigend. Er wußte, es war ein harter Schlag für Lancaster. Aber ein Gutes hatte die Sache doch. Die Londoner, ebenfalls erschüttert von Edwards Tod, hatten eine erstmals wirklich reumütige Abordnung nach Sheen geschickt, um das Beileid der Stadt zu übermitteln und endlich Frieden zu schließen. Seine Trauer stimmte den Herzog milde; großmütig verzieh er der Stadt und nahm sie in Gnaden wieder auf. Robin hatte nicht gewußt, daß eine ganze Stadt sich im Zustand der Gnade oder Ungnade befinden konnte. Er fand die Vorstellung merkwürdig, und er hatte Bedenken, ob diese Versöhnung von Bestand sein würde, die eher aus Sentimentalität denn aus gegenseitigem Verständnis zustande gekommen war. Aber sie war auf jeden Fall besser als der schwelende Groll.

»Und jetzt wird er sich keinen Moment Ruhe gönnen, um zur Besinnung zu kommen«, fuhr Katherine fort. »Statt dessen wird er das kleine Ungeheuer auf den Thron setzen und sich für es in Stücke reißen.«

»Ja. Das glaube ich auch. Was sonst bleibt uns zu tun?«

»Nichts. Nichts, was man an einem warmen Sommertag in einem friedvollen Garten voller wunderbarer Blumen ernsthaft erwägen könnte.«

Mit einer Zeremonie, die alles in den Schatten stellte, was Robin je an Prunk erlebt hatte, wurde der Prince of Wales in Westminster zum König gekrönt, gesalbt vom Erzbischof von Canterbury. Lancaster zog in seiner Eigenschaft als Steward des Reiches sämtliche Fäden. Seine Arrangements hatten all seine argwöhnischen Kritiker Lügen gestraft. Genialer hätte er die Initiation seines Neffen kaum inszenieren können. Selbst diejenigen, die insgeheim die Ansicht vertreten hatten, es wäre segensreicher für England, wenn Lancaster sich die Krone nähme, waren von der Gewalt dieses Zeremoniells eingeschüchtert. Nach der Krönung zweifelte niemand mehr daran, daß Richard der von Gott erwählte König war. Am wenigsten der König selbst. Mit leuchtenden Kinderaugen erlebte er, wie mächtige Fürsten der Welt und der Kirche das Knie vor ihm beugten, als seien sie alle derselben Vision teilhaftig geworden, in der Gott mit dem Finger auf ihn zeigte.

Nach Beendigung der Feierlichkeiten blieb der Herzog nur so lange, bis der Rat, der für den elfjährigen König regieren sollte, nach seinen Wünschen zusammengesetzt war. Dann erbat er des

Königs Erlaubnis, den Hof für eine Weile verlassen zu dürfen, und zog sich mit seiner Frau, seiner Geliebten, seinen Kindern und seinem Gefolge auf seine Güter im Norden zurück. Er war beinah krank vor Erschöpfung und, gestand er Robin offen, des Regierens von Herzen überdrüssig.

»Wir alle haben wohl eine Atempause verdient. Ich möchte einmal wieder einen ganzen Tag zur Jagd reiten und mich von früh bis spät über nichts und niemanden ärgern. Ich kann mich nicht mehr daran erinnern, wie das ist. Der König ist in guten Händen. So gut, wie man erwarten kann. Und wenn ich bliebe, würden doch nur alle sagen, ich sei die treibende Kraft hinter seinem Thron. Aber ich verzichte. Na ja, sagen wir, bis zum Herbst«, schränkte er grinsend ein.

Robin, Leofric, Gisbert und viele andere seiner nördlichen Vasallen brachen mit ihnen auf. Es war ein beeindruckender Zug, der die Stadt verließ. Lauter Lancastrianer, brummten die Unverbesserlichen. Wenn es nach uns ginge, bräuchten sie nie zurückzukehren.

Je weiter sie nach Norden kamen, um so lichter wurden die Reihen. Einer nach dem anderen bröckelte von der großen Reisegesellschaft ab. Robin und Leofric nahmen an der Abzweigung nach Harley Abschied von ihrem Dienstherrn und ihren Freunden. Fast eine Woche blieb Robin bei Leofric und Cecilia, ehe er den Mut fand, nach Hause zu reiten. Er brach an einem warmen Vormittag im August auf, der Weg war nicht weit. Ohne Hast ritt er durch langgestreckte Täler und dichte Wälder nach Fernbrook.

Im Garten vor dem Haus war es schläfrig still. Niemand erschien, als er absaß. Verwundert und leicht verstimmt brachte er Romulus selbst in den Stall, sattelte ihn ab und brachte ihm Futter und Wasser. Dann ging er zum Haus hinüber. Hinter einem Haselnußstrauch kam plötzlich ein kleiner Junge hervorgetorkelt und geriet unmittelbar vor ihm ins Wanken.

Robin bückte sich eilig und rettete ihn vor dem Sturz. »Edward!« Er hob ihn hoch und drückte ihn vorsichtig an sich. »Oh, mein Junge … du kannst laufen.« Er wußte ganz genau, wie lange er fort gewesen war. Aber das war dennoch ein Schock.

Sein Sohn sah ihn neugierig an. Dann erstrahlte ein vertrauensvolles Lächeln auf seinem Gesicht, er krallte eine seiner kleinen Fäuste in Robins Haare und krähte triumphal.

Robin schwang ihn lachend durch die Luft. »Edward. Kennst du mich noch?«

Edward jauchzte vergnügt, und das brachte Elaine auf den Plan. Als sie Robin entdeckte, blieb sie verblüfft stehen und knickste. »Sir Robin …«

Er lächelte ihr zu, und Edward legte die Arme um seinen Hals. Robin trug ihn zu ihr herüber, machte aber keine Anstalten, ihn gleich wieder herzugeben. »Elaine. Was für ein Prachtkerl er geworden ist.«

»Nicht wahr?« Sie lächelte stolz.

Robin strich seinem Sohn über die dunkelblonden Locken. »Geht es allen gut?«

»Ich denke schon, Sir.«

»Wo stecken sie denn?«

»Oh, ich schätze, Lady Joanna ist in der Kapelle. Und Seine Lordschaft ist ausgeritten.«

»Wer?« fragte er verständnislos.

»Sir Giles.«

O nein, dachte Robin unwillig, was hat der Bastard hier verloren? Aber er ließ sich seine Verärgerung nicht anmerken, sondern reichte seinen Sohn der Amme hinüber. »Gut. Danke.«

Edward strampelte ungeduldig in ihren Armen, und sie stellte ihn auf die Füße. Augenblicklich stapfte er zu seinem Vater zurück. Robin lächelte beglückt. »Also schön. Ich werde dich mitnehmen. Es ist gut, Elaine. Ich bringe ihn dir später zurück.«

»Wie Ihr wünscht, Sir.«

Robin hob Edward wieder auf, setzte ihn auf seinen linken Arm und trug ihn zur Kapelle hinüber. Er warf einen neugierigen Blick auf die vordersten Ställe, aber auch dort war es still, die Stuten mit den Fohlen vermutlich auf der Weide. Lauter Fohlen, deren Namen er nicht kannte, ging ihm auf. Wie seltsam. Wie schrecklich.

Er wappnete sich mit einem bewußten Atemzug, stieß die hölzerne Tür auf und trat aus dem hellen Nachmittagslicht in die dämmrige Kapelle. Er mußte einen Moment blinzeln, bis seine Augen sich auf das Halbdunkel eingestellt hatten. Dann entdeckte er eine schmale, kniende Gestalt vor dem Altar.

Edward verriet ihn. Er gluckste vernehmlich. Joanna sah auf und wandte sich halb um. Langsam, als seien ihre Knie steif, kam sie auf die Füße.

»Robin …? O mein Gott, ist das wahr?«

Er durchschritt den kleinen Raum langsam und blieb vor ihr stehen. Er verneigte sich leicht. »Lady Joanna.«

»Robin.« Sie biß sich kurz auf die Lippen und legte eine Hand an die Kehle. »Es … es hat schrecklich lange gedauert, aber anscheinend hat Gott mein Gebet erhört.«

Er antwortete nicht. Er sah ihr in die Augen und fühlte Edwards Hand an seiner Wange. Eine winzige, weiche Hand.

Joanna trat auf ihn zu und nahm seine freie Hand in ihre. »Ich dachte, du würdest nie mehr kommen.«

»Aber hier bin ich.«

»Und immer noch wütend, wie ich sehe. Meine Briefe haben dich wohl nicht sonderlich bewegt, nein?«

»Welche Briefe?«

Ihr Kopf fuhr hoch. »Ich habe dir zweimal geschrieben. Einmal im Frühjahr, einmal vor ein paar Wochen.«

Er schüttelte den Kopf. »Wer war dein Bote? Du solltest dich nach einem neuen umsehen.«

»Das verstehe ich nicht … Ich habe sie beide Male einem von Giles' Rittern mitgegeben, die für ihn nach London mußten.«

»Ich habe sie nicht bekommen. Aber was immer darin stand, kannst du mir ja jetzt selber sagen.«

»Das ist nicht so einfach. Komm, laß uns hinausgehen.«

Sie gingen nebeneinander zwischen den Rosenbüschen zum Haus zurück und sprachen kein Wort. Edward wurde unruhig auf Robins Arm. Sein Gesicht wurde mürrisch, er trat seinem Vater kräftig in die Rippen und verlangte nach Unterhaltung.

»Hör auf zu strampeln, Bengel«, schalt Robin liebevoll.

Edward dachte nicht daran. Ohne jede Vorwarnung fing er an zu brüllen. Joanna streckte die Arme nach ihm aus, aber im selben Moment kam Elaine herbeigelaufen. Robin überreichte ihr seinen Sohn.

»Es wird die Windel sein, Sir«, erklärte sie entschuldigend. »Wenn Ihr wünscht, bring' ich ihn Euch gleich wieder herunter.«

»Nein, laß nur. Ich will erst einmal rüber ins Gestüt.«

Elaine warf Joanna einen kurzen, flackernden Blick zu und trug ihren Schützling fort.

Schweigend gingen sie auf die Ställe zu. Robin sah über eine der geschlossenen Türhälften hinweg, öffnete sie dann und trat in den verwaisten Stall. »Alle draußen, ja?«

»Ich denke schon.«

»Und? Wie sind die Fohlen?«

»Wundervoll. So wie immer.«

Er bohrte einen Stiefel ins Stroh.

»Es waren lange Briefe, Robin«, sagte Joanna leise. »Ich hatte dir viel zu sagen …«

»Nicht nötig.«

»Oh, hör mir zu, bitte. Es tut mir leid. Ich war eifersüchtig, ich bin es immer noch. Ich könnte ihr die Augen auskratzen. Aber ich hatte wohl keinen Grund, dir nicht zu glauben. Du hast mich nie angelogen …«

Robin hob den Kopf und sah sie wortlos an.

Joanna trat auf ihn zu. »Warum hast du mir nicht gesagt, daß sie dich erpreßt hat?«

»Ich glaubte nicht, daß es etwas nützen würde. Woher weißt du davon?«

»Ich habe es mir zusammengereimt und Leofric nach seiner Meinung gefragt. Er war sehr kühl und zurückhaltend, aber zwischen den Zeilen stand deutlich, daß ich recht hatte.«

Robin spielte nervös mit dem Halfter, das von einem Nagel an der Wand hing. »Wie klug Ihr seid, Lady Joanna. Wo ist Isaac?«

Sie antwortete nicht. »Das ist eine neue Rüstung, nicht wahr? Was ist mit der alten?«

»Ich hab' sie verloren.«

»Es gab Unruhen in der Stadt, habe ich gehört.«

»Hm.«

»War es ernst? Leofric ist so überstürzt aufgebrochen, schon Anfang März. Ich hatte Angst …«

»Es war ernst, ja. Aber jetzt hat sich alles in Wohlgefallen aufgelöst. Neuer König, neues Spiel.«

»Du bist … sehr zynisch. Ich sagte, es tut mir leid, Robin. Ich habe einen Fehler gemacht, aber du hast auch einen Fehler gemacht. Du hast mir nicht vertraut, mir nicht gesagt, was vorging.«

Er nickte, ohne sie anzusehen. »Ja. Man kann wohl sagen, wir sind quitt.« Und er hätte sie gerne in den Arm genommen und ihr versichert, alles sei wieder gut. Aber so war es nicht. Er hatte geglaubt, er sei nur gekränkt, weil sie ihn zu Unrecht verdächtigt und ihn einfach verlassen hatte. Aber jetzt stellte er fest, daß seine Erbitterung doch tiefer saß.

»Komm, laß uns gehen. Ich möchte mir die Zweijährigen ansehen.«

Mit geübten Handgriffen nahm er das Schwert und die Rüstung ab und ließ die Teile achtlos ins Stroh fallen. Joanna löste die Schnallen des Brustpanzers in seinem Rücken, wartete vergeblich auf ein Wort des Dankes und folgte ihm hinaus in die Nachmittagssonne. Bei den Zweijährigen würde jetzt jede Menge Betrieb sein, es war Fütterungszeit. Oswin und Hal und die Jungs würden da sein. Und bevor Robin mit ihnen allen sprach, mußte sie ihm reinen Wein einschenken. Sie sammelte ihren Mut.

»Robin, warte. Bleib einen Moment stehen, sei so gut.«

Er hielt an. »Also?«

»Isaac ist weggegangen. Vor einer Woche hat er uns verlassen. Ohne ein Wort, einfach so.«

Robin starrte sie an. Er öffnete den Mund, aber er brachte keinen Ton heraus.

»Es war wegen Giles«, fuhr Joanna fort. »Sie haben sich immer nur gestritten. Immer wegen Geld. Giles' Lage ist so verzweifelt wie eh und je, und Isaac hat sich natürlich geweigert …«

»Er ist … *weggegangen*?«

Sie nickte traurig.

»Das kann ich nicht glauben.«

»Aber es ist so.«

»Warum hast du deinen Bruder nicht vor die Tür gesetzt?«

»Ich habe es versucht. Er ist einfach geblieben. Und tut so, als sei er der Herr des Hauses. Er ist schon seit Mai hier, ich komme nicht gegen ihn an. Auch deswegen habe ich dir geschrieben.«

»Und den Brief seinem Ritter mitgegeben? Großartig, Joanna.«

»Ich dachte nicht, daß er …«

»Gott … Warum hat Isaac mir keinen Boten geschickt?«

»Ich weiß es nicht. Vielleicht dachte er wie ich, daß du kommst, sobald du kannst. Oder vielleicht ist er selbst gegangen, um dich zu holen. Er hat allerdings kein Pferd mitgenommen. Nur ein paar Kleidungsstücke, sonst gar nichts.«

Robin spürte, wie sein ganzer Körper sich anspannte. Mit einem bewußten Willensakt öffnete er die Fäuste wieder und atmete tief durch.

»Das ist noch nicht alles, Robin. Giles hat ...«

Er hörte nicht zu. »Und das hast du geglaubt, ja?« erkundigte er sich leise. »Damit hast du dich abspeisen lassen. Isaac ist fort. Weggegangen, ohne ein Wort.«

»Robin ...«

»Solltest du ihn wirklich so wenig kennen nach all den Jahren und nicht wissen, daß er das niemals tun würde?«

Sie schüttelte langsam den Kopf. »Du kannst dir nicht vorstellen, wie es war. Wie Giles sich aufgeführt hat. Oswin wird als nächster gehen. Er hat es mir gestern gesagt ...«

Robin schlug donnernd mit der Faust gegen das Gatter, wandte sich ab und ließ sie stehen. Mit langen Schritten eilte er in den Hof der Zweijährigen. Dort herrschte das vertraute Bild von offenen Stalltüren und eimerschleppenden Stallburschen. Ihre lautstarke Begrüßung lockte sehr bald Hal und Oswin herbei. Aus entgegengesetzten Richtungen kamen sie jeder von einem Ende der Ställe auf ihn zu, fast zögerlich, schien es Robin, und ohne zu lächeln.

Robin sah sie nacheinander an. »Hal. Oswin. Junge, ein farbenprächtiges Veilchen trägst du da.«

Oswin zeigte den Geist seines unbeschwerten Grinsens. »Da ist nicht schwer dranzukommen. Du mußt nur deinen beschissenen Schwager fragen, warum Isaac wohl abgehauen ist, ohne ein einziges seiner geliebten Bücher mitzunehmen.« Er wandte kurz den Kopf ab und spuckte ins Gras.

»Habt ihr ihn gesucht?«

Hal nickte. »Wir haben das ganze Gut auf den Kopf gestellt, den Wald durchkämmt, alles. Wir suchen immer noch. In immer größeren Kreisen. Aber nach einer Woche ...«

Robin biß hart die Zähne zusammen. Laß es nicht wahr sein, Gott. Nicht Isaac. Bitte nicht.

»Warum in aller Welt habt ihr mir keinen Boten geschickt?« fragte er verstört.

»Haben wir, Robin«, erwiderte Oswin leise. »Es war nicht so einfach. Burton hatte verboten, daß irgendwer das Gut verläßt, er berief sich auf die Gesetze des Königs. Aber Jocelyn hat es trotzdem versucht. Du weißt schon, der Kerl, den du uns mit seinen Brüdern geschickt hast, letzten Sommer, die Jungs aus Gloucestershire.«

»Oh … natürlich.«

»Tja …« Oswin schüttelte den Kopf. »Giles' Männer haben ihn erwischt. Üble Burschen, vier Mann, er hat sie mit hergebracht, und sie lungern in deiner Halle rum, stellen den Mädchen im Haus nach und jagen allen Angst ein. Als sie mit Jocelyn fertig waren, hatten wir Mühe, einen zweiten Freiwilligen zu finden. Hal wollte gehen, aber Elinor hat ihm die Hölle heiß gemacht. Und mir hat Alison die Hölle heiß gemacht. Es kann jetzt jeden Tag soweit sein mit dem Baby, sie wollte nichts davon hören, daß ich nach London gehe. Aber wenn du nicht gekommen wärest, hätte einer von uns es wohl doch versucht. Wir … wußten uns keinen Rat mehr. Dein Vetter Gisbert war ja auch die ganze Zeit weg. Und der andere Richter, John Fillingham, ist ein alter Freund von Burton.«

Robin fuhr sich mit der Hand über die Stirn. »Es tut mir leid. Ich hätte nie so lange wegbleiben dürfen. Ich habe immer geglaubt, solange Isaac da ist, kann hier nichts schiefgehen.«

»Das haben wir wohl alle gedacht«, sagte Hal. »Aber Sir Giles ist … wie sein Vater. Weder Lady Joanna noch Isaac konnten wirklich etwas gegen ihn ausrichten. Schon gar nicht, nachdem sie sich verkracht hatten.«

»Verkracht? Joanna und Isaac? Aber wieso?«

Hal und Oswin wechselten einen Blick.

»Raus damit.«

»Wegen Anne, Robin«, erklärte Oswin seufzend. »Sie hat Anne ins Kloster gesteckt.«

Robins Gesicht wurde ausdruckslos.

»Sie hatte nicht einmal so unrecht«, fuhr Oswin beschwichtigend fort. »Giles' Ritter sind kein Umgang für ein kleines Mädchen. War vielleicht wirklich besser so. Aber Isaac war anderer Ansicht. Sie haben sich übel gestritten. Und darum hat Joanna auch geglaubt, Isaac sei wirklich weggegangen. Um ihr eins auszuwischen.«

Robin nickte langsam. »Habt ihr … nach frischen Aufschüttungen gesucht? Könnte sein, daß sie ihn irgendwo verscharrt haben, oder?« Es kann nicht sein, daß ich das sage, dachte er verwirrt. Ausgeschlossen.

»Wir haben nichts dergleichen gefunden, und wir glauben auch nicht, daß er Isaac einfach gleich umgebracht hat.«

»Bitte?«

»Tja …« Oswin verzog das Gesicht. »Giles wollte doch die ganze Zeit immer nur rauskriegen, wo Isaac dein Geld versteckt hat. Nur deswegen ist er doch gekommen.«

Auf einen Schlag war Robin speiübel. Unauffällig lehnte er sich an das hüfthohe Gatter.

»Als Isaac nicht damit rausrückte, hat Sir Giles zwei Eurer Stuten verkauft, Sir.« Hal dachte vermutlich, daß es nicht mehr darauf ankam, jetzt konnte er den Rest ebensogut erzählen.

Hätte er sie doch alle genommen und wäre dann verschwunden, dachte Robin dumpf.

»Isaac hat ihn auf der Stelle verklagt, und obwohl der Richter Sir Giles geneigt ist, hat Isaac recht bekommen. Er hatte einen guten Anwalt. Der Richter hat sich vermutlich überlegt, daß Ihr eines Tages nach Hause kommt und daß Ihr Lancasters Ohr habt, Burton nicht. Da war ihm die eigene Haut dann wohl kostbarer als alte Freundschaft. Und danach hat Sir Giles unsere Pferde in Ruhe gelassen.«

»Und sich statt dessen einfach Isaac geholt«, schloß Robin heiser.

»Sieht so aus, ja«, stimmte Oswin bedrückt zu.

»Und wenn Giles noch hier ist, könnte es immerhin sein, daß Isaac noch lebt.«

»Unwahrscheinlich, aber möglich.«

Robin richtete sich auf. »Zieht die Jungs von der Arbeit ab. Jeder verfügbare Mann macht sich auf die Suche. Nach Sonnenuntergang mit Fackeln. Und wir suchen, bis wir ihn gefunden haben, mir ist gleich, wie lange es dauert. Wer Isaac findet, bekommt von mir zehn Pfund in Goldmünzen. Ist es ein Bauer, der ihn findet, werde ich ihm und seinen Nachkommen für alle Zeit die Pacht erlassen. Nur findet ihn.«

Die Jungs waren einer nach dem anderen hinzugetreten, um zu hören, was er sagte. Als er sie mit einer auffordernden Geste entließ, schwärmten sie in alle Richtungen aus, riefen Neuankömmlingen zu, was Sir Robin angeordnet hatte, und in Windeseile war eine Suchmannschaft unterwegs, die wie ein rollender Schneeball immer größer und größer wurde.

Robin machte sich allein auf. Er verspürte kein Bedürfnis nach Begleitung. Er ging Richtung Dorf, holte unterwegs sein Schwert aus dem Stall, wo er es gelassen hatte, und begann seine Suche systematisch und gründlich. Er wußte nicht, wo die anderen vor ihm schon gesucht hatten, und das spielte auch keine Rolle, denn wenn Isaac wirklich hier irgendwo war, hatte Giles ihn sicher nicht sieben Tage lang am selben Ort gelassen. Robin versuchte, sich zu konzentrieren und logisch zu denken. Das war besser, als an Joanna zu denken oder an Anne oder Giles oder daran, wie sie Isaac möglicherweise finden würden. Alles zu seiner Zeit. Jetzt galt es erst einmal, ihn überhaupt zu finden.

Er suchte in abgelegenen Scheunen und jetzt leerstehenden Schafställen. Er hatte nie gewußt, wie zahlreich diese waren. Als die Dunkelheit hereinbrach, klopfte er an der Schmiede, um sich eine Fackel zu borgen. Der alte Schmied war inzwischen sichtlich von der Gicht gebeugt, doch er begrüßte Robin erfreut. Sie verständigten sich kurz über die Lage, und der junge Luke, der jetzt der Schmied war, erbot sich, Robin mitsamt Fackel zu begleiten. Robin konnte nicht gut ablehnen und willigte ein. In der Dunkelheit sahen vier Augen vielleicht mehr als zwei.

Sie kamen schließlich zu dem verlassenen Verwalterhaus, das nun schon an die zehn Jahre unbewohnt war und langsam verfiel. Es wäre der geniale Ort für Giles' Zwecke, dachte Robin, abgelegen von allen anderen Häusern und doch nahe am Gutshaus. Er hätte nur abwarten müssen, bis Hal und Oswin das Haus gründlich durchsucht hatten, dann hätte er Isaac herschaffen lassen und in aller Ruhe mit ihm tun können, was ihm in den Sinn kam.

Das Haus war gespenstisch, beinah völlig von Spinnen erobert, Mäuse und Ratten raschelten und fiepten in den dunklen Winkeln.

»Da kriegt man ja das Schaudern«, murmelte Luke unbehaglich.

»Hm. Besser, wir bleiben zusammen, ohne Licht kann man sich hier den Hals brechen. Komm, dort ist die Treppe. Gib acht, die Stufen sind morsch.«

Vorsichtig stiegen sie hinauf, immer bedacht, nicht gleichzeitig auf derselben Stufe zu stehen. Oben angekommen, schwenkte Luke die Fackel hin und her, ein paar Fledermäuse stoben in Panik davon.

»Da, seht doch, Sir Robin!« Der Schmied hielt die Fackel niedrig, und als die Flamme zur Ruhe kam, war auf dem staubigen Dielenboden deutlich ein frischer Stiefelabdruck zu erkennen.

Robins Magen zog sich schmerzhaft zusammen. »Komm!«

Isaac war hinter der zweiten Tür, ein großer Raum, der vielleicht die Schlafkammer des diebischen Reeve gewesen war.

Mit zwei Schritten waren sie bei ihm, und als der Lichtschein auf ihn fiel, verzerrte der Schmied angewidert das Gesicht. »Oh, bei allen Knochen Christi …«

Robin war neben Isaac auf die Knie gefallen und fühlte seinen Herzschlag. Langsam und schwach. Er machte eine kurze Bestandsaufnahme von Isaacs geschundenem, entblößtem Körper. Er hatte jeweils zehn Finger und Zehen, vollständige Genitalien, zwei Ohren, eine geschwollene, aber nicht gebrochene Nase, zwei Augen, die sich zögerlich öffneten, und pergamenttrockene Lippen. Blutergüsse, Wunden, Striemen und todsicher ein paar gebrochene Rippen, die alle wieder heilen würden. Er sah in der Tat übel zugerichtet aus, aber doch so viel besser, als Robin befürchtet hatte. Nichts, was nicht wieder in Ordnung kommen würde, falls sie nicht zu spät waren.

»Luke, hol Wasser. Schnell.«

»Ich werd' die Fackel brauchen.«

»Nimm sie mit. Aber beeil dich.«

Luke verlor keine Zeit. Er wandte sich ab und ließ sie in völliger Dunkelheit zurück.

Robin legte Isaac behutsam eine Hand auf den Kopf. »Es ist vorbei, Isaac, ich bin hier. Es ist alles in Ordnung. Hab keine Angst mehr.« Er sprach weiter, belangloses Zeug, viel ruhiger, als ihm zumute war. Er hörte nicht auf, bis Luke zurückkam. Er wußte, daß der Klang einer menschlichen Stimme das Zünglein an der Waage sein konnte.

Luke brauchte nicht lange. Er brachte einen Eimer, ein reines Tuch und eine Decke.

Robin nickte ihm dankbar zu, tauchte das Tuch ein und betupfte Isaacs Lippen damit. Isaac blinzelte und gab einen schwachen Laut von sich. Er versuchte, die Hand zu heben, um das nasse Tuch zu fühlen, aber er schaffte es nicht.

»Langsam, Isaac. Ich werd's nicht wegnehmen, ich schwör's dir. Immer mit der Ruhe. Versuch, deine Zunge naß zu machen. Du brauchst nicht zu schlucken. Das kommt später.«

Er tauchte die Hand in den Eimer und befeuchtete Isaacs Schläfen, Wangen, Hals und Hände, damit dieser das Wasser spürte.

»Was ist denn nur mit ihm?« fragte Luke.

»Er ist beinah verdurstet.«

Der Schmied betrachtete ihn staunend. »Ihr kennt Euch aus, nicht wahr, Sir?«

»Hm, der Krieg ist sehr abwechslungsreich in seinen Schrecken ...«

»Wird er's schaffen?«

»Ja.« Robin war noch nicht sicher, er sagte es mehr, um Isaac Mut zu machen. »Und ich denke, wir sollten ihn ins Haus bringen.«

»Schmiede wär' näher«, wandte Luke ein.

»Aber ich will ihn zu Hause haben.« Er legte einen Arm um Isaacs Schultern und hob sie leicht an, während Luke die Decke um ihn schlug.

»Soll ich vielleicht?« bot der Schmied sich an.

Robin schüttelte kurz den Kopf. »Ich weiß, gegen dich bin ich ein Hänfling, aber das schaffe ich wohl so grade noch. Geh mit der Fackel vor.« Er bettete Isaacs Kopf an seine Schulter und schob den linken Arm unter seine Knie. Als er aufstand, stöhnte Isaac erstickt. »Tut mir leid«, murmelte Robin. »Ich werd' dich nicht mehr rütteln als nötig, Isaac, ich versprech's.«

Die Treppe war der schwierigste Teil des Weges. Dann traten sie in die Nacht hinaus, und sie hatten nur ein paar Schritte zurückgelegt, als ihnen Oswin, Hal und Elinor entgegenkamen. Die drei blieben stehen und sahen Robin angstvoll an.

»Er lebt, und er wird wieder.«

Hal bekreuzigte sich.

Elinor lief neben Robin her und betrachtete Isaac besorgt. »Gott sei Dank, daß du endlich zurück bist, Robin.« In ihrer Stimme war kein Vorwurf.

Robin lächelte sie an. »Mit dem Baby alles gutgegangen?«

»Ein Kinderspiel. Conrad. Schon ein halbes Jahr alt. Isaac ist sein Pate.« Sie biß sich kurz auf die Lippen und blinzelte ärgerlich.

»Hab keine Angst. In ein paar Tagen ist er so gut wie neu.«

»Ja. Verflucht, dieser elende Dreckskerl ... laß ihn nicht davonkommen, Robin.«

Robin antwortete nicht, er lächelte nur.

»Wenn er hört, daß wir Isaac gefunden haben, wird er sich wegschleichen«, murmelte Oswin.

»Dann sollten wir durch die Küche ins Haus gehen, nicht wahr«, sagte Robin leise. »Denn das wollen wir ja nun wirklich nicht, daß er sich wegschleicht ...«

Die anderen wechselten Blicke und tauschten wortlose Botschaften. Hal bog mit einer der Fackeln zum Gestüt ab, Oswin ins Dorf. In Windeseile hatte sich überall herumgesprochen, daß Isaac gefunden war und lebte. Die Suchtrupps kehrten zurück und versammelten sich nach und nach im Gestüt, verhielten sich still und stellten Posten auf.

Unterdessen brachten Robin, Elinor und Luke Isaac ins Haus. Als Alison sie durch die Küchentür kommen sah, schlug sie die Hände zusammen und machte Anstalten, einen gewaltigen Schreckensschrei zu tun.

Elinor war mit einem Schritt bei ihr und hielt ihr den Mund zu. »Ganz ruhig. Kein Grund, das Haus zusammenzubrüllen.«

»Ist der Earl of Burton zurück?« fragte Robin.

»Ja, Sir. Sie essen.«

»Dann laß sie essen. Und mach Wasser heiß. Bertha soll Verbandszeug raufbringen. Und kein Aufsehen, Alison.«

»Nein, Sir«, flüsterte sie beeindruckt. »Zählt auf uns.«

Elinor trat mit einer Kerze hinaus in die Vorhalle, sah sich um und winkte ihnen dann, die Luft sei rein.

Eilig folgten Robin und Luke ihr die Treppe hinauf, den Gang entlang und zu Isaacs Tür. Robin legte Isaac auf sein Bett. »Sieh nicht hin, Elinor.«

»Oh, sei nicht albern, ein nackter Kerl haut mich nicht um.«

Luke starrte sie mit offenem Munde an.

Elinor trat resolut an das Bett, schlug die verhüllende Decke zurück und sah auf Isaac hinunter. Sie wurde vielleicht eine Spur blasser, aber sie schreckte nicht zurück. »Sieht aus wie gleich ein dutzendmal mitten in einer galoppierenden Horde vom Pferd gefallen, was?«

»Ja. Vor allem braucht er Flüssigkeit. Das Tuch an seinen Lippen muß immer gut feucht bleiben. Feucht genug, daß er daran saugen kann, wenn er soweit ist.«

»Ich werd' drauf achten. Du kannst gehen, Robin. Ich seh' hier nichts, womit ich nicht fertig werden könnte.«

Er legte ihr kurz die Hände auf die Schultern und küßte ihre Stirn. »Danke. Und … sprich mit ihm, ja? Auch wenn du meinst, er hört dich nicht.«

»Schön.«

Robin zog seinen Dolch hervor und reichte ihn Luke mit dem Heft zuerst. »Bleib bei ihnen, sei so gut. Wenn irgendwer versucht, hier reinzukommen, der dir nicht gefällt, hindere ihn. Solltest du jemanden töten müssen, werde ich sagen, ich hätte es getan. Es ist meine Waffe, jeder wird es glauben. Du kannst dich auf mich verlassen.«

Luke nahm den Dolch und nickte ernst. »Und Ihr Euch auf mich, Sir Robin, so wahr mir Gott helfe.«

Robin klopfte ihm die massige Schulter. Dann trat er noch einmal kurz an das Bett und sah Isaac an. Dieser hatte die Augen jetzt geschlossen, sein Gesicht war sehr bleich, und er atmete mühsam. »Was bist du nur für ein Dickschädel«, murmelte Robin.

Isaacs Hand bewegte sich. Robin nahm sie. »Elinor ist bei dir, du bist in Sicherheit. Ich … muß dich für eine kleine Weile verlassen, Isaac, aber ich komme wieder. So schnell ich kann.«

Isaac ließ ihn los, und Robin wandte sich eilig zur Tür.

Er hatte keinen Plan. Er wußte nicht, was er tun würde. Er dachte keine klaren, zusammenhängenden Gedanken. Alles, was er denken konnte, war, daß er Giles of Burton in die Finger kriegen wollte, seine Hände an ihn legen.

Mit blankem Schwert betrat er seine Halle. Giles, Joanna und vier fremde Ritter saßen an dem langen Tisch, Bertha ging herum und schenkte Wein nach. Als sie Robin entdeckte, hielt sie mitten in der Bewegung inne und sah ihn mit leuchtenden Augen an.

Robin machte fünf langsame Schritte in den Raum hinein. »Steh auf, Giles.«

Giles blieb jedoch sitzen und staunte ihn an, sein Mund war scheinbar voll, und er hatte das Kauen vergessen.

»Steh auf, oder bei Gott, ich schlag' dir den Kopf ab, ehe du schlucken kannst«, sagte Robin langsam.

»Robin …«, hauchte Joanna entsetzt.

Er beachtete sie nicht.

Die vier Ritter saßen reglos wie Götzenbilder.

Giles erholte sich. Er spülte mit einem Schluck Wein hinunter, was immer er im Mund hatte, und fragte lächelnd: »Warum so erbost, teurer Schwager?«

Robin war mit einem Satz bei ihm, packte ihn mit beiden Händen, zerrte ihn auf die Füße und schleuderte ihn gegen die Wand. »Du bist ein Narr, wenn du dich nicht verteidigst, Giles, denn ich will dich töten, verstehst du?«

Der junge Earl of Burton sah ihm zum erstenmal in die Augen und begriff den Ernst der Lage. Er stieß sich von der Wand ab. »Sollte es möglich sein, daß du die vertrockneten Überreste deines treuen Stewards gefunden hast? Nimm dich lieber zusammen, Mann. Der Kerl war ein Niemand. Ich bin der Earl of Burton. Du willst dich doch nicht in Schwierigkeiten bringen, oder?«

»Doch, das tue ich immer wieder gern.«

»Also schön. Hier, vor den Augen deiner Frau, oder draußen?«

Robin nickte auf die Tür zu.

Joanna erhob sich langsam. »Robin … das kannst du nicht tun, du bist ja nicht du selbst.«

»Sei lieber still«, riet er tonlos.

Sie starrte ihn betroffen an.

Robin folgte Giles durch die Tür in die Vorhalle und hinaus in den Hof. Dort erlebten sie eine Überraschung. Entlang der Haus- und der Stallwand und der Rosenbüsche standen Menschen mit Fackeln. Viele. Fast alle derer, die sich an der Suche nach Isaac beteiligt hatten, jeder Mann vom Gestüt und viele aus dem Dorf. Ihre Fackeln machten den Platz vor dem Haus nahezu taghell.

»Schick das Gesindel weg«, verlangte Giles. »Das geht wohl nur dich und mich an.«

»Nein, das geht sie alle an. Willst du beten, oder bist du soweit?«

Giles lachte leise und zog sein Schwert.

Gerade als Robin angriff, traten die vier Ritter aus dem Haus. Direkt an der Tür, in einiger Entfernung zu den Männern von Fernbrook, blieben sie stehen, verschränkten die Arme und guckten zu.

Giles war kleiner als Robin und ziemlich dick. Aber er hatte einen blitzschnellen, pfiffigen Stil. Sie trugen beide weder Rüstung noch Schild, und es war vom ersten Moment an todernst. Giles' Klinge tanzte, als habe sie kein Gewicht. Robin fiel auf eine Finte herein und bezahlte seine Unachtsamkeit mit einer klaffenden Wunde am Oberschenkel. Die Zuschauer raunten beunruhigt. Robin sah das Blut auf seinem Bein, spürte den scharfen Schmerz und kam zur Besinnung. Konzentrier dich auf das, was du tust, sonst bist du tot! Wohl tausendmal hatte er das Leofric und Francis und den ungezählten anderen Knappen gesagt, die er unterrichtet hatte. Jetzt beherzigte er seinen eigenen Rat. Giles hatte zu einem beidhändigen Stoß angehoben, und Robin parierte im letztmöglichen Moment, wehrte den Schlag nach unten ab und griff wieder an. Sein Blick war ruhig geworden, wechselte unmerklich zwischen Giles' Schwert und seinen fast geschlossenen Augen. Der Kampf nahm an Geschwindigkeit und Härte zu, immer schneller trafen die Klingen klirrend aufeinander, und Funken stoben auf. Robins Bein wurde taub. Ich schätze, ich sollte mich besser beeilen ...

Aber Giles of Burton war ein ebenbürtiger Gegner, er hatte auf jede Überraschung eine Antwort. Wäre Robin nicht verwundet gewesen, hätte letztlich derjenige gesiegt, der die größere Ausdauer hatte. Aber darauf konnte er nicht warten, er wußte, er blutete zu stark. Statt dessen wich er auf einen Trick aus, den er einmal von einem reiselustigen Sarazenen gelernt hatte, der am Hof in Bordeaux zu Besuch war. Als ihre Klingen sich das nächste Mal weit genug oben kreuzten, tauchte Robin blitzschnell unter seinem eigenen Schwertarm hindurch, drehte sich in derselben Bewegung einmal um die eigene Achse und drückte dabei den Arm nach oben. Giles fand seine Arme beinah verknotet, und das Schwert wurde ihm aus den Händen geschleudert. Er geriet aus dem Gleichgewicht, wankte rückwärts und fiel hart auf den Rücken. Ehe er sich aufrichten konnte, war Robins Klinge an seiner Kehle.

Im Hof war es totenstill geworden. Giles' Ritter regten sich unbehaglich, doch augenblicklich erhob sich ein wütendes Zischen um sie herum, und sie zogen die Köpfe ein und rührten sich nicht mehr.

»Nun, Giles?« erkundigte sich Robin leise.

Der Earl of Burton starrte zu ihm hinauf. »Du ... kannst mich nicht töten.«

»Ich kann durchaus. Ich bräuchte nur loszulassen, und die Klinge ginge durch deinen Hals wie ein Tranchiermesser durch ein fettes kleines Spanferkel. Gutes Schwert, weißt du.«

Giles verlor die Nerven. »Tu's nicht, Fitz-Gervais, um der Liebe Christi willen ... Tu's nicht.«

»Warum nicht?«

»Weil ich dich darum bitte. Ich bitte dich ... um mein Leben.« Er war in Atemnot.

Robin trat zurück und steckte sein Schwert ein. »Das ist wirklich schade.«

Achselzuckend wandte er sich ab, und als er ihm den Rücken zukehrte, verschränkte Giles die Beine um Robins Knöchel und brachte diesen zu Fall. Die Männer von Fernbrook schrien wütend auf, aber keiner wagte einzugreifen. Giles und Robin rangen miteinander und wälzten sich im Staub. Erst hatte Robin die Oberhand, doch dann bohrte Giles ihm die Knöchel in die Wunde am Bein, und das schnürte Robin die Luft ab. Sein Griff wurde kraftlos. Giles riß seinen rechten Arm los und zückte den Dolch. Robin sah die Klinge aufblitzen, als eine der Fackeln sich darin spiegelte, warf seinen Körper zurück, und der Dolchstoß ging ins Leere.

»Dreckig kannst du es auch kriegen«, brachte Robin hinter zusammengebissenen Zähnen hervor. Er ballte die Fäuste und verabschiedete sich von den Regeln des ritterlichen Zweikampfes. Giles verfügte nicht über seinen reichhaltigen Erfahrungsschatz aus Jahrmarkts- und Wirtshausschlägereien. Im Nu fand er sich entwaffnet und halb besinnungslos mit der Nase im Dreck.

Robin sprang auf die Füße, beugte sich über ihn und drehte ihn um. Einen Moment starrte er keuchend auf ihn hinab, dann stemmte er die Hände in die Seiten und nickte. »Und jetzt runter mit den Kleidern, Giles.«

Burton hustete. »Was ...?«

»Du hast mich sehr gut verstanden. Runter damit. Du hattest deine Chance.«

»Robin …«

Robin stellte einen Fuß auf seine Schulter, zog das Schwert und setzte es Giles wieder an die Kehle. »Schön stillhalten.«

Mit einem langen, behutsamen Streich schlitzte er Giles' Surkot und Wams vom Kragen bis zum Saum auf, ohne seine Haut darunter auch nur anzuritzen. Der Stoff fiel zur Seite und entblößte Giles' behaarten, fischweißen Bauch. Dann trat Robin ein paar Schritte zurück und zog ihm die Stiefel aus. Sie saßen nicht sehr eng, es ging leicht.

»Wie steht es, Giles, willst du das mit den Strümpfen nicht lieber selbst erledigen? Ich meine, ich hab' in der Regel eine sichere Hand, aber …«

Hier und da lachte jemand.

»Na los. Mach schon.«

Giles kam langsam auf die Füße. Er hielt den Kopf tief gesenkt, doch was von seinem Gesicht zu sehen war, leuchtete feuerrot. Er stand reglos und atmete schwer.

Robin wartete einen Moment ab, dann hob er drohend die Klinge.

Der Earl of Burton wich angstvoll einen Schritt nach hinten und fingerte mit fahrigen Bewegungen an den Bändern, mit denen seine Seidenstrümpfe an das zerfetzte Wams genestelt waren. Schließlich rutschten sie zu seinen Knöcheln hinab. Die Fackeln beleuchteten seinen unansehnlichen, fetten Leib in seiner Nacktheit gnadenlos. Giles hielt schützend die Hände vor das Geschlecht. Seine Schultern zuckten. Er weinte.

Robin betrachtete ihn zufrieden. Läge Isaac nicht da oben, müßte man glauben, ich sei ein Monstrum, dachte er. Aber er brachte es doch noch zu Ende. Von Herzen spuckte er Giles vor die Füße. »Du darfst davonkriechen, Schwager. Solltest du je wieder mein Land betreten, werde ich dich töten. Sollte Gott uns je in einem Turnier aufeinandertreffen lassen, ist es ein Krieg. Vergiß es nicht. Und jetzt scher dich fort.«

Nur noch einen Moment blieb Giles zitternd vor ihm stehen, dann wandte er sich ab, wankte blind auf den Zuschauerring zu, und sie machten ihm bereitwillig Platz. Bald war er in der Dunkelheit verschwunden. Seine Ritter folgten ihm, ehe der Ring sich wieder schloß und die schwelende Rachgier sich gegen sie wenden konnte.

Für ein paar Atemzüge hörte man nur das Zischen der Fackeln, und dann brach der Jubel los. Sie klatschten, sie lachten und brüllten, bejubelten Robins Triumph und ihren eigenen, die Schmach des Unterdrückers.

Robin steckte sein Schwert ein und hob eine Hand. Fast sofort wurde es still. »Mir wäre wirklich lieber, das alles wäre niemals passiert. Ihr habt wahrscheinlich inzwischen gehört, wie es um Isaac steht. Ich bin ziemlich sicher, daß er wieder auf die Beine kommt ...« Er mußte eine neue Welle von Jubel abwarten. Dann fuhr er fort: »Wenn einem von euch ein Unrecht geschehen ist, kommt morgen und erzählt mir davon. Wenn ich kann, werde ich es in Ordnung bringen. Und jetzt laßt uns schlafen gehen. Gute Nacht, Gott schütze euch alle.«

Sie murmelten und raunten, wünschten eine gute Nacht und zerstreuten sich willig.

Er ging umgehend zu Isaac zurück. Dieser schlief erschöpft, als Robin eintrat, doch sein Herzschlag wurde kräftiger, wußte Elinor zu berichten.

»Es war herrlich, Robin. Ich hab' vom Fenster aus zugesehen. Man konnte direkt Angst vor dir kriegen. Laß mich dein Bein verbinden. Tut's weh?«

»Ja.«

»Gut! Dann sind die Nerven unversehrt.«

»Großartig ...«

Sie machte sich ans Werk. Es dauerte nicht lange. Robin nickte dankbar. »Geh schlafen, Elinor. Ich bleibe bei ihm.«

»Aber du ...«

»Ich hab' ihm versprochen, daß ich wiederkomme.«

»Ja. Stimmt.« Sie lächelte ihm zu und ging hinaus.

Am Morgen hatte sich Isaacs Zustand stabilisiert. Er hatte ein paar kleine, mühevolle Schlucke getrunken, die Augen geöffnet und Robin erkannt. Robin erzählte ihm, daß Giles und seine finsteren Gesellen fort seien. Isaac schlief mit einem Lächeln wieder ein.

Kurz vor Morgengrauen kam Hal, um Robin abzulösen, und dieser ging unwillig zu seiner Kammer.

Joanna war vollständig bekleidet auf dem Bett eingeschlafen. Als er eintrat, schreckte sie auf. »Robin …«

Er durchschritt den Raum, stieß die Läden auf und ließ das erste Licht des Tages herein.

»Was ist mit Isaac?« fragte sie leise.

»Er lebt.«

»Ich … habe es nicht gewußt, Robin.«

»Nein. Natürlich nicht.«

Sie zog die Knie an und sah zu ihm auf. »Ich habe gesehen, was du mit Giles getan hast.«

»So?«

»Vom Fenster aus, ja.«

»Natürlich. Wie es einer Dame geziemt.«

Sie funkelte ihn wütend an. »Es war widerlich. Du warst wie ein …«

»Bauer, ja. Geh, Joanna, sieh, was er mit Isaac getan hat.«

Sie hob abwehrend die Hände. »Ich weiß. Ich weiß. Er ist furchtbar. Genau wie mein Vater. Und er flößt mir die gleiche Angst ein, deswegen konnte ich ihm nicht die Stirn bieten. Aber er ist der Earl of Burton, Robin.«

»Das mache ich ihm nicht streitig.«

»Aber … du hast ihn so entsetzlich gedemütigt. Vor den Augen der Leute. Du warst einer von ihnen.«

Er nickte. Er dachte oft, daß er nicht wußte, auf welche Seite er denn nun eigentlich gehörte. Aber letzte Nacht hatte er es ganz sicher gewußt.

Joanna schüttelte langsam den Kopf. »Du wirst nicht erleben, daß ich Giles in Schutz nehme. Aber du bist zu weit gegangen. Es ist gefährlich, wenn die Bauern den Respekt vor dem Adel verlieren.«

»Tja, Lancaster ist da völlig deiner Meinung. Ich denke, Respekt steht nur dem zu, der ihn sich verdient. Giles hat hingegen verdient, was er bekommen hat.«

»Du hattest kein Recht, das zu entscheiden. Das hat nur Gott.«

»Ach, aber Giles hatte das Recht, Isaac zu demütigen und zu schlagen und verdursten zu lassen, ja?«

»Nein, natürlich nicht, aber …«

»Wo wir gerade von Recht sprechen, Lady Joanna: Mit welchem Recht hast du gegen meinen ausdrücklichen Wunsch meine

Tochter in ein verdammtes Kloster geschickt?« Er fluchte absichtlich. Er wollte sehen, wie sie zusammenfuhr.

Aber das tat sie nicht. Sie schlang lediglich die Arme um die Knie. »Du warst nicht hier, um mit zu entscheiden.«

»Ich hatte bereits entschieden. Und ich hatte mich klar geäußert.«

Joanna hob abwehrend die Rechte. »Du kannst dir nicht vorstellen, wie sie war. Nicht mehr zu bändigen. Ich war kaum zu Hause, da wurde sie trotzig und widerspenstig. Ein Biest. Sie begann, nachts das Bett zu verlassen und durchs Haus zu geistern. Wenn ich sie zur Rede stellte, behauptete sie, sie wisse nicht, wie sie in die Halle hinunter gekommen sei ...«

»Das nennt man Schlafwandeln.«

»Sie behauptete beharrlich, du seiest ihr in ihren Träumen erschienen. Und du seist nicht mehr in dieser Welt. Beinah zwei Monate lang. Sie hat mich fast um den Verstand gebracht ...«

»Wie rücksichtslos von ihr.«

»O ja, natürlich ergreifst du wieder ihre Partei.«

Er machte einen Schritt auf sie zu. »Wo hast du sie hingeschickt?«

»Robin ...«

»Sag es mir. Sofort.«

»Zu den Schwestern vom Heiligen Blut nach Durham.«

»Etwas Grausameres als ein Schweigeorden ist dir nicht eingefallen, nein?«

»Oh, das ist nicht fair. Du läßt nur deine Sicht der Dinge gelten. Ich wollte sie nicht für immer dort lassen, aber ich dachte, daß die Stille ihr guttut. Damit sie zur Ruhe kommt.«

»Wie überheblich du bist, Joanna. So ... vermessen. Wie kannst du glauben zu wissen, was ihr guttut, wo du sie doch so gar nicht verstehst?«

»Ich verstehe sehr wohl ...«

»Du verstehst gar nichts. Sie war in Not, sie hatte Angst, weil sie dachte, ich sei tot.« Er unterbrach sich kurz und sah sie forschend an. »Sie war dir unheimlich, nicht wahr. Lieber begräbst du sie bei lebendigem Leibe, als dir einzugestehen, daß sie hellsichtig ist ...«

»Robin, o Gott, sag das nicht!«

»Wußt' ich's doch. Das ist es also. Es flößt dir eine Höllenangst ein, daß sie Fähigkeiten hat, die ihren alten Vater bei weitem in den Schatten stellen.«

»Ja, ich bin sicher, das würde dir gefallen. Aber es ist alles nur Unsinn! Du stehst hier ziemlich lebendig vor mir, nicht wahr?«

»Aber um ganz sicherzugehen, hast du sie zu den nach dem heiligen Blut dürstenden Schwestern geschickt, damit sie ihre Dämonen austreiben, richtig, Joanna? Die verstehen sich darauf schließlich beinah so gut wie die Heilige Inquisition selbst. Aber du hast offenbar keinen Moment daran gedacht, wie bitter ernst, wie gefährlich es für Anne werden könnte, wenn du sie der Kirche auslieferst.«

»*Ausliefern*? Das Wort kann auch nur dir einfallen!«

Besser, du gehst, Robin, raunte eine warnende Stimme in seinem Kopf. Er war müde, traurig und zornig. Das Mäntelchen seiner Beherrschung nur papierdünn. Er sah verständnislos auf sie hinab. Wie waren sie so schnell so weit gekommen, daß er einen solchen Drang verspürte, Hand an sie zu legen?

»Ich hole sie zurück. Ich weiß zwar nicht so recht, wie ich jetzt von hier wegkommen soll, aber ich werde wahrscheinlich noch heute aufbrechen. Und wenn sie hier ist, wirst du sie zufriedenlassen. Ich allein werde mich in Zukunft um Anne kümmern.«

»Robin, ich werde nicht …«

»O ja, du wirst. Wenn du Wert darauf legst, deinen Sohn auch noch in Zukunft zu sehen, wirst du genau das tun, was ich sage.«

Sie sah ihn ungläubig an und legte langsam eine Hand über ihren Mund. »Du *Ungeheuer* …«

Er hob kurz die Schultern. »Einer von uns ist eins, das steht wohl fest.«

Er brach nachmittags auf, nachdem er ein paar Stunden im Gestüt und im Dorf verbracht hatte. Zwischendurch sah er immer wieder nach Isaac, der sich in einem schlafähnlichen Dämmerzustand befand, aber beinah munter trank, wenn man einen Becher an seine Lippen setzte. Robin erklärte ihm, er müsse gehen und Anne holen. Es war nicht festzustellen, ob Isaac ihn verstand. Robin vereinbarte mit Elinor, daß sie sich bis zu seiner Rückkehr um Isaac kümmern würde. Von Joanna verabschiedete er sich nicht.

Er machte einen Umweg über Rickdale und bat Gisbert, ihm

ein paar Männer zu borgen, die nach Fernbrook reiten und sicherstellen sollten, daß Giles nicht zurückkommen würde, während er fort war. Bekümmert lauschte Gisbert seinem Bericht.

»Willst du Klage erheben?«

»Nein. Nur, wenn er es tut.«

»Denkst du, das wird er?«

Robin grinste wider Willen. »Eher nicht. Ziemlich peinlich, oder?«

Gisbert bemühte sich vergeblich um eine finstere Richtermiene. Schließlich lachte er und klopfte Robin die Schulter. »Ich schicke umgehend eine Wache nach Fernbrook.«

Das Kloster der Schwestern vom Heiligen Blut lag außerhalb der Stadtmauern, erklärte der Torhüter. Es befände sich auf einem abgelegenen Gut eine Meile flußabwärts.

Robin folgte seiner Wegbeschreibung und gelangte schließlich an einen hohen Palisadenzaun mit einem verschlossenen Tor. Er saß ab, band Romulus an und klopfte gebieterisch. Als er bereits erwog, auf Romulus' Rücken zu steigen und den Zaun zu erklimmen, öffnete sich das Tor einen Spalt.

»Ja?« fragte eine wenig einladende, vom langen Schweigen heisere Stimme.

Als Antwort warf Robin sich mit der Schulter gegen den Torflügel, der sich ihm daraufhin weit genug öffnete, um einzutreten.

Eine junge Nonne im schwarzen Habit rieb sich das Handgelenk und sah ihn angstvoll an. Viel war nicht von ihrem Gesicht zu erkennen; eine enge Kopfhaube unter dem Schleier bedeckte das Kinn und umschloß ihre Wangen.

»Fitz-Gervais«, erklärte Robin sparsam. »Ich bin gekommen, um meine Tochter zu holen.«

Das junge Gesicht wurde abweisend. Ihre schönen dunklen Augen schlossen sich halb. Sie wollte Robin mit einer Geste zur Tür hinausscheuchen.

Robin verschränkte die Arme. »Damit wir uns nicht mißverstehen, Schwester: Mein Kind wurde gegen meinen Willen hergebracht. Ich danke Euch und der Mutter Oberin für Eure Gastfreundschaft und Güte, aber ich wünsche, meine Tochter wieder nach Hause zu holen. Und wenn Ihr sie nicht herausrückt, werde ich Euer heiliges Haus auf den Kopf stellen, bis ich sie gefunden habe. Und mir ist ganz gleich, ob Männer bei Euch erwünscht sind oder nicht.«

Sie wurde nervös. Hilfesuchend sah sie über die Schulter, aber außer ein paar vom Wind bewegten Wäschestücken auf einer Leine rührte sich nichts im Hof. Sie wies ihn mit einer Geste an zu warten und wandte sich ab.

Robin gedachte nicht, sich abhängen zu lassen. Hartnäckig folgte er ihr zur Haustür, einen dämmrigen Gang entlang, dessen Wände keine Erinnerung mehr an frischen Kalk hatten. Es roch nach Kohl und Kerzenwachs.

Durch eine Holztür ging es zwei Stufen hinab in eine finstere Kapelle. Dort befanden sich vielleicht zwanzig weitere Nonnen und sechs oder sieben Mädchen unterschiedlichsten Alters, ebenfalls im dunklen Habit, aber das Haar nur mit weißen Tüchern bedeckt. Schwestern wie Novizinnen waren im ernsten Gebet vertieft. Natürlich, ging Robin auf, Vesper. Anne war nicht unter den Betenden.

Die junge Nonne trat zu einer gebeugten, schmächtigen Figur, die gänzlich versunken vor dem hölzernen Altar kniete, und berührte sie zaudernd an der Schulter. Die Figur hob den Kopf, und Robin erkannte ein verhärmtes, altes Frauengesicht. Kalte Eulenaugen sahen die junge Schwester strafend an, die beschämt den Blick senkte, ein paar fahrige Gesten machte und schließlich anklagend auf Robin wies.

Die Mutter Oberin erhob sich langsam, aber ohne erkennbare Mühe und schritt erhaben auf Robin zu, der an der Tür wartete.

Er verneigte sich höflich. »Fitz-Gervais, Madame. Ich möchte meine Tochter abholen.«

Die alte Frau winkte ihm unwirsch, ihr zu folgen.

Robin verneigte sich nochmals und wollte ihr den Vortritt durch die Tür lassen, aber sie wandte ihm unerwartet den Rücken zu und ging auf den dunkelsten Winkel der Kapelle zu. Robin heftete sich an ihre Fersen und fand eine Treppe an der Nordwand, die in eine unvermutete Krypta hinabführte. Nur eine einzige Fackel drängte die feuchte Schwärze dort unten zurück. Es war ein niedriges, modriges Gewölbe, Robin mußte nicht nur den Kopf einziehen, sondern sich regelrecht vornüberbeugen, um nicht anzustoßen. Auf dem festgestampften Boden stand ein steinerner Sarg. Kein Zweifel, irgendein lokaler Heiliger. Oder eine Heilige. Robin nahm den kunstvoll gemeißelten Deckel nicht zur Kenntnis, denn er entdeckte in der Düsternis eine winzige Gestalt auf einem niedrigen Schemel. Zornig, von düsteren Ahnungen erfüllt, trat er darauf zu. Er hockte sich auf den Boden. »Anne?«

Die schattenhafte Gestalt regte sich. Robins Augen hatten sich auf die Dunkelheit eingestellt. Mit einemmal erkannte er sie deutlich. Sie hatte die Augen verbunden und war mit einer dünnen Kordel an den hölzernen Hocker gefesselt.

Robin spürte seine Kehle eng werden. »Lieber Gott … Oh, mein armes Kind …«

Er streifte ihr die Augenbinde ab, zückte seinen Dolch und schnitt sie los. Anne rührte sich nicht. Sie hielt den Kopf tief gesenkt.

Robin wandte sich kurz an die Äbtissin. »Seid Ihr wirklich sicher, daß Ihr ein menschliches Wesen seid?«

Sie zuckte nicht mit der Wimper. Statt dessen brach sie ihr Gelübde und öffnete den Mund. »Eure Tochter, Sir, ist besessen.«

Robin hob sein Kind auf und legte eine Hand auf Annes Kopf. Wie leblos lag sie in seinen Armen. »Nein, Madame. Ihr seid es. Wenn Ihr wirklich glaubt, dies könnte ein Ort sein, der Gott gefällig ist, dann müßt Ihr wahrlich besessen sein.«

Er wandte sich ab, drückte Anne behutsam an sich und trug sie die Treppe hinauf, aus dem muffigen, düsteren Gebäude hinaus in das goldene Abendlicht und zum Tor. Er nahm nicht wahr, wie dieses sich fast augenblicklich hinter ihm schloß.

Er kniete sich neben Romulus ins Gras am Wegesrand und hielt Anne auf seinem Schoß. Sprachlos wiegte er sie in seinen Armen und vergoß verstohlen ein paar bittere Tränen.

Schließlich rührte sie sich und sah ihn an. »Ich hab' die tote heilige Dame gesehen …«

»Jeder würde an so einem Ort Gespenster sehen.«

»Ich werde in die Hölle kommen, wenn ich sterbe, Vater.«

»Nein, Anne, das wirst du nicht.«

»Aber die Schwester hat es gesagt. Satan ist in mir drin, hat sie gesagt.«

»Du solltest ihr nicht glauben.«

»Es muß stimmen. Warum sonst hat Mutter mich hergeschickt?«

»Weil sie nicht versteht …«

»Ich hatte solche Angst, du würdest sterben. Ich hab's Isaac erzählt. Und er bekam auch Angst. Und das hat mir noch mehr angst gemacht. Ich wollte nicht mehr schlafen. Und nicht mehr träumen.«

»Nein. Ich weiß.«

»Ich … fürchte mich so sehr vor der Hölle.« Sie verstummte. Ihr Entsetzen war jenseits ihres Wortschatzes.

Robin drückte seine Lippen auf ihre blonden Locken. »Hab keine Angst mehr, du mußt ganz sicher nicht in die Hölle. Du bist so ein gutes Mädchen.«

»Nein. Das bin ich nicht.«

»Doch, Anne. Glaub mir.«

»Aber ich träume Sachen … Es ist verboten«, erklärte sie erstickt.

»Wenn du solche Sachen träumst, dann, weil Gott sie dir zeigt. Du bist nicht besessen, Engel. Du bist gesegnet.«

Eine bange Hoffnung schlich sich in ihren Blick. »Du denkst wirklich, ich komme nicht in die Hölle?«

»Ich bin sicher. Vergiß das dumme Zeug, das sie dir erzählt haben. Vergiß, was sie mit dir gemacht haben. Wenn du ein bißchen größer bist, wirst du all das durchschauen.«

»Vater …« Sie legte ihre Arme um seinen Hals. »Ich will nicht nach Hause.«

Er war verblüfft. »Nicht nach Hause? Nicht zu Isaac und Edward und den Pferden? Warum nicht?«

Sie machte eine fahrige Bewegung und antwortete nicht. »Ist der König wirklich gestorben?«

»Ja.«

»Und es gibt einen neuen König? Einen Jungen?«

»Stimmt, ja.«

»Die Schwestern haben für ihn gebetet.«

»Das kann sicher nicht schaden.«

Sie nickte ernst.

»Anne, warum willst du nicht nach Hause? Wenn es wegen Giles ist, er ist weg.«

»Oh. Gut. Er war so böse zu Isaac.«

»Ja, das war er.«

»Hast du ihn weggejagt?«

»Hm.«

Ihre Augen leuchteten kurz auf, und für einen Augenblick sah sie so aus wie früher. Dann verfinsterte ihr Blick sich wieder. »Wenn du nach London reitest, wirst du mich mitnehmen?«

Er lächelte. »Weißt du …«

»Bitte! Bitte, nimm mich mit. Laß mich nicht zurück bei Mutter. Sie hat auch gesagt, ich bin besessen.«

»Sie hat *was* …?« Oh, Joanna, dachte er kalt. Das nehme ich dir wirklich, wirklich übel …

Anne schauderte und schmiegte sich an ihn. »Ich mach' dir nur Kummer. Dabei bin ich nur ein Mädchen. Entschuldige. Ich will dir ja gar keinen Kummer machen. Und ihr auch nicht. Aber es scheint, ich kann tun, was ich will, ich mache immer nur allen Kummer.«

»Das stimmt nicht. Ich wollte dich nicht anders, als du bist. Du machst mir keinen Kummer, Anne.«

Ganz plötzlich fing sie an zu weinen, vergrub das Gesicht an seiner Brust und klammerte sich an ihm fest. »Ich verspreche dir, ich werde dich nicht stören und immer tun, was du sagst. Aber laß mich bei dir sein. Alles ist gut, wenn du da bist. Und alles ist … so schrecklich, wenn du fort bist.«

Er strich ihr über den Rücken. »Wir lassen uns etwas einfallen. Ich versprech's dir. Komm schon, wein nicht mehr.« Er hob sie vor sich in den Sattel. »Jetzt reiten wir erst einmal heim, du und ich. Und so bald muß ich wohl auch nicht wieder weg.«

Sie wischte sich über die Augen und schniefte. »Werden wir die ganze Nacht reiten?«

»Nein, wir bleiben heute nacht in der Stadt, im Gästehaus des Klosters.«

Anne sah ihn über die Schulter angstvoll an.

Er lachte leise. »Sei unbesorgt. Es ist ein ehrbares Benediktinerkloster mit einem, wie ich gehört habe, sehr komfortablen Gästehaus und einer passablen Küche.« Wenn es vermeidbar war, wollte er mit Anne lieber nicht in einem Gasthaus absteigen. Da ging es manchmal doch allzu rauh zu.

Robin zeigte Anne Yorkshire, und nachdem sie gehört hatte, daß ihre Großmutter aus dieser Gegend stammte, wollte sie alles ganz genau ansehen. Die vielen Täler mit ihren eiligen Flüßchen und schäumenden Wasserfällen, die welligen Hügel und die einsamen Hochmoore, all das entlockte ihr eine Begeisterung, die sie in der Stadt nicht gezeigt hatte. Leben kehrte in ihre Augen zurück, und sie schüttelte die düsteren Erinnerungen an die Schwestern vom Heiligen Blut mit kindlicher Leichtigkeit ab. Robin war erleichtert. Sie verbrachten die nächste Nacht auf dem Gut von James Dunbar, der sie herzlich willkommen hieß und nur ungern am Morgen gehen ließ. Aber Robin wollte nach Hause. Es gab tausend Dinge, um die er sich kümmern mußte, und ohne Isaac ging in Fernbrook sicher alles drunter und drüber.

Als sie am Nachmittag ankamen, fanden sie ihn jedoch in der Halle über die unvermeidlichen Bücher gebeugt.

»Isaac, um Himmels willen«, schalt Robin. »Warum liegst du nicht im Bett?«

Isaac winkte ab und sah Anne lächelnd an. »Es war so richtig langweilig ohne dich, weißt du.«

Sie trat auf ihn zu, stellte sich auf die Zehenspitzen und küßte seine Wange. »Was hast du gelesen?«

»Ovid.«

»Viel?«

»Nein. Ich bin nicht so richtig dazu gekommen. Und allein hatte ich keine Lust.«

»Was ist mit Helenas Huf?«

»Tadellos geheilt. Nichts mehr zu sehen.«

»Und sie lahmt nicht mehr?«

»Nein. Wenn du verrückt genug bist, kannst du sie reiten.«

Robin betrachtete die beiden schmunzelnd. Ein undramatisches Wiedersehen vertrauter Freunde. Ihm wurde so richtig warm ums Herz.

»Bist du krank, Isaac?« erkundigte sie sich mehr verwundert als beunruhigt. Isaac und krank paßte in ihrer Vorstellung überhaupt nicht zusammen.

Er schüttelte den Kopf.

»Ah. Vom Pferd gefallen, was?«

»So ähnlich.«

Robin setzte sich auf einen Sessel Isaac gegenüber. »Anne, ich muß ein paar Sachen mit Isaac bereden. Wenn du willst, kannst du ins Gestüt rüber. Solltest du Hal oder Oswin treffen, schick sie her. Und einer der Jungs soll ins Dorf runterlaufen und mir den Reeve holen.«

Sie nickte und lief hinaus.

Robin blieb allein mit Isaac zurück und studierte dessen Gesicht. Annes Verdacht war durchaus begründet, fand er, Isaac wirkte krank und hohlwangig. »Isaac, ich wünschte bei Gott, du hättest ihm das verdammte Geld gegeben. Wir hätten doch neues verdienen können.«

Isaac schüttelte langsam den Kopf. »Es ging nicht ums Geld, Robin. Bilde dir nur nicht ein, ich hätte mich für dich aufgeopfert ...«

»Also worum ging es dann?«

»Weißt du das wirklich nicht? Es ging darum, wer er ist und wer ich bin. Und wer ich früher einmal war. Es wäre wirklich ein harter Brocken für mich gewesen, wenn er gewonnen hätte.«

»Lieber wärst du verdurstet?«

Isaac schnitt eine Grimasse. »Ich weiß nicht genau. Ich glaube, irgendwann war ich soweit, daß ich für einen Tropfen Wasser meine unsterbliche Seele hergegeben hätte, aber das war schon, nachdem er mich zum Sterben hatte liegenlassen. Sie kamen einfach nicht mehr. So blieb mir nichts übrig, als an meinen ehernen Grundsätzen festzuhalten.«

Robin schauderte.

»Ich hab' gehört, was du mit ihm gemacht hast. Elinor hat's mir erzählt, und es hat mich viele unschöne Stunden lang unendlich erfreut.«

»Gut.«

»Robin, ich weiß, ich bin eigentlich zu alt, aber wenn ich wieder richtig auf der Höhe bin, wirst du mir beibringen, wie man ein Schwert führt?«

»Ja.«

»Oh. Danke.«

»Und wir sollten ein bißchen mehr tun als das. Wie sind die Leute, die Gisbert hergeschickt hat?«

»Die besten, die mir von der Sorte bislang untergekommen sind. Nicht streitsüchtig und ungehobelt und aufgeblasen wie die Kerle, die Giles mitgebracht hat oder wie Mortimer sie sich früher hielt. Sie sind zu jedermann freundlich und bleiben unter sich. Wer nachts nicht auf Wache ist, schläft hier unten in der Halle, sie bedanken sich fürs Essen und nehmen ihren Dienst ernst. Ja, solche könnten wir hier auf Dauer ganz gut gebrauchen.«

»Ich bin nicht verwundert. Gisbert würde wohl kaum gestatten, daß seine Leute sich Frechheiten herausnehmen.«

»Tja, ein großartiger Mann, dein Cousin. Er hat es verdient, daß er so eine wichtige Persönlichkeit geworden ist. Warum wirst du eigentlich nicht Richter oder Sheriff, Robin?«

»Nein, vielen Dank. Ich bin kein so weiser Mann wie Gisbert. Ich möchte lieber nicht entscheiden, ob jemand aufgehängt oder eingesperrt werden soll, das würde mir den Schlaf rauben.«

»Vermutlich, weil du so genau weißt, wie es von der anderen Seite aussieht. Wie es ist, wenn man arm ist. Wie leicht der Hunger einen Mann zum Dieb macht.«

»Das weiß Gisbert ebenfalls. Seine Leute waren früher furchtbar arm.«

»Da siehst du's. Und ich bin sicher, du wärest ein ebenso weiser Richter wie er.«

»Gib's auf, Isaac. Du bist nicht der erste, der mir das einreden will, aber ich will nicht.«

»Schön.«

»Wie war die Auktion?« Robin war froh, das Thema wechseln zu können.

»Gut. Junge, es ist schon unmoralisch, wie reich wir geworden sind. Wäre Giles nicht so ein Dreckskerl, hätten wir ihm gut etwas abgeben können.«

»Laß uns lieber die Steuern für unsere Bauern bezahlen.«

»Ja. Und wenn es dich wirklich treibt, könntest du wenigstens für die Ärmsten die Pacht senken. Und ich hab' den Jungs im Gestüt und auf dem Gut ein bißchen mehr Lohn gezahlt. Sie arbeiten alle so hart.«

»Isaac, zum tausendsten Mal, du brauchst dich nicht zu rechtfertigen.«

»Ach ja, richtig, ich bin der Steward.«

»Ja, das bist du. Und deswegen muß es endlich mal ein Ende haben, daß du im Gestüt so viel Arbeit hast. Es ist alles zu groß geworden, und ich bin zu oft weg. Wir müssen ein paar Sachen neu regeln.«

»Komm nicht auf die Idee, Oswin oder Hal das Gestüt zu übertragen und mich nur noch zu den Büchern zu verbannen. Ich würd' eingehen.«

»Ich weiß. Ich denke eher, du brauchst für die Verwaltung eine Hilfe. Wenn Francis aus Rickdale zurückkommt, wirst du ihm zeigen, wie man Bücher führt. Er wird nicht begeistert sein, aber er wird es ordentlich machen. Und Oswin ... Ah, ihr kommt wie aufs Stichwort. Oswin, Hal, setzt euch. Und irgendwer soll uns einen Krug Bier bringen ...«

Sie beratschlagten lange und einigten sich schließlich auf eine Reihe von Veränderungen. Hal sollte in Zukunft mit Isaac zusammen die Jährlinge ausbilden. Rupert, ein Sohn von Bill Longleg und einer ihrer ältesten Stallburschen, sollte nach und nach das Training der Zweijährigen und die Verwaltung der Futterbestände übernehmen. Es war lange fällig, daß sie ihm mehr Verantwortung übertrugen, räumte Hal ein. Oswin sollte weiterhin im Gestüt arbeiten, soweit seine Zeit es erlaubte. Seine eigentliche Aufgabe sollte jedoch vorerst darin bestehen, in Fernbrook und Umgebung ein paar junge Burschen anzuwerben, Söhne freier Bauern oder Handwerker, und sie das Waffenhandwerk zu lehren. Sie sollten in Zukunft für die Sicherheit von Gut und Leuten zuständig sein, wenn Gisberts Männer nach Rickdale zurückkehrten. Sie einigten sich auf zehn. Zu viele, fand Oswin, aber Robin ließ sich nicht herunterhandeln. Er wollte um jeden Preis verhindern, daß sich je wiederholen könnte, was passiert war. Zum Schluß verkündete er, daß er auf dem Gut das Amt eines Bailiffs einführen wolle. Nicht in Gestalt eines Angst und Schrecken verbreitenden Ungeheuers wie des Bailiffs von Waringham, versicherte er eilig, als Isaac protestieren wollte, sondern irgendeinen wohlmeinenden, ehrlichen Kerl, der lesen und schreiben konnte und Isaac bei der Gutsverwaltung entlastete.

»Und?« erkundigte sich Oswin. »Willst du ihn selber backen?«

»Wir fragen Vater Horace. Er wird jemanden wissen. Vielleicht einen Kaufmannssohn aus Lancaster. Wir finden schon jemanden.«

Patrick, der Reeve, kam erst, als sie schon bei der Abendrunde waren. Isaac berichtete ihm von den anstehenden Neuerungen, soweit sie die Bauern betrafen. Bei dem Wort Bailiff verfinsterte sich Patricks Gesicht erwartungsgemäß, aber Isaac gelang es, ihn zu beschwichtigen. Am nächsten Samstag stand der nächste Gerichtstag an, und Isaac stellte in Aussicht, daß bei der Gelegenheit jeder seine Bedenken würde äußern können.

Robin und Anne aßen bei Elinor und blieben bis zum Einbruch der Dunkelheit im Gestüt. Ausgiebig begrüßte Robin die ihm fast noch unbekannten Fohlen und die Jährlinge, die noch Fohlen gewesen waren, als er sie zuletzt gesehen hatte. Er haßte es, wie fremd seine Pferde ihm geworden waren, und hätte Anne nicht irgendwann begonnen, unablässig zu gähnen, hätte er vielleicht die ganze Nacht bei ihnen verbracht.

»Oh, du mußt todmüde sein, nicht wahr?«

Sie schüttelte entschieden den Kopf. Und gähnte.

Er lächelte auf sie hinunter. »Komm. Du gehörst ins Bett.«

»Kann ich nicht bei Elinor schlafen, Vater?«

»Warum?«

Sie blieb eine Antwort schuldig.

»Sag mal, hast du deine Mutter überhaupt schon begrüßt?«

»Nein. Du ja auch nicht.«

Robin biß sich schuldbewußt auf die Lippe. Es gab nicht viel, das Kindern entging.

»Dann sollten wir das wohl beide schleunigst nachholen.«

»Ich will aber nicht.«

Ich auch nicht, dachte er seufzend. »Anne …«

»Bitte, laß mich doch zu Elinor gehen.« Sie flehte beinah.

Das hast du wirklich wunderbar hingekriegt, Joanna, dachte er bitter. »Also meinetwegen. Dann lauf. Aber sie schlafen vielleicht schon. Stör niemanden.«

»Nein, nein. Nacht, Vater.« Nach wenigen Schritten war sie mit den Schatten verschmolzen, und er wartete, bis er das vertraute Quietschen der Tür des Steinhauses vernahm. Er ertappte sich bei dem Wunsch, ihr zu folgen. Aber es ist mein Haus, dachte er grimmig, ich lasse mich nicht verscheuchen. Und die Tage oder vielmehr Nächte, da ich voll zartfühlender Rücksichtnahme auf dem Fußboden schlief, sind auch vorbei.

Leises Schnarchen drang aus der dunklen Halle. Ohne Licht stieg Robin die Treppe hinauf und öffnete die Tür zur ehelichen Schlafkammer. Joanna war nicht dort. Enttäuscht und erleichtert zugleich setzte er sich aufs Bett, zog sich die Stiefel aus und schlief in seinen Kleidern.

Sie kam, als er an der Waschschüssel stand und sich den Bart stutzte.

»Oh. Ich dachte, du seiest schon weg.«

»Spät dran«, bestätigte er und wandte ihr weiter den Rücken zu.

»Ist Anne hier?«

»Im Steinhaus.«

»Hast du sie ermuntert, sich von mir fernzuhalten, Robin?« erkundigte sie sich kühl.

Er legte das Messer beiseite und wandte sich zu ihr um. »Das war nicht nötig. Man könnte wohl sagen, du selbst hast sie ermuntert. Ihr Glaube an deine mütterliche Zuneigung ist ein wenig erschüttert, scheint mir.«

»Das ist sehr bedauerlich. Trotzdem bin ich überzeugt, daß ich das Richtige für sie getan habe.«

»Ja. Das ist das wirklich Schlimme mit dir. Sei so gut, laß mich vorbei, ich muß an die Arbeit.«

»Warum? Das Gestüt hat so lange ohne dich funktioniert, es wird auch heute gehen. Du kannst mir nicht immer ausweichen, Robin.«

»Ach nein? Möchtest du dich beklagen?«

»Du meinst, ich sollte lieber dankbar sein, daß du mich nicht grün und blau schlägst, nachdem ich deinen ausdrücklichen Wünschen zuwider gehandelt habe? Du hast sicher recht. Jeder andere Mann hätte es längst getan. Vielleicht sollte ich darauf bestehen. Damit ich mir wieder sicher sein kann, daß ich deine Frau bin. Kein unsichtbarer Geist.«

»Ja, ich bin überzeugt, das würde dir gefallen. Geh weg von der Tür.«

Sie machte ihm Platz. »Ich werde ins Lancasterzimmer ziehen, wenn dir das lieber ist.«

»Nein, kommt nicht in Frage. Das Lancasterzimmer ist, wie an dem Namen unschwer erkennbar, hohen Gästen vorbehalten. Du bist kein hoher Gast, du bist die Dame des Hauses. Und du wirst hier an meiner Seite schlafen oder gehen. Überleg es dir.«

Sie lachte höhnisch. »Gehen? Wohin?«

»Was sollte mich das kümmern? Wie wär's mit den Schwestern vom Heiligen Blut.«

»Ja«, sagte sie nachdenklich. »Möglicherweise wäre das das beste.«

»In dem Falle würde ich mich allerdings von dir scheiden lassen.«

»Was?«

»Ich habe nicht die Absicht, den Rest meines Lebens allein zu verbringen. Also werde ich beim Papst eine Scheidung erwirken. In Adelskreisen gehört es ja schon fast zum guten Ton. Und dazu zählst du dich doch so gerne.«

Sie hob das Kinn und sah ihn an. »Ist es das, was du willst, Robin?«

Ja, dachte er wütend, das ist es, was ich will. Heute. Und in ein paar Monaten würde ich es bitterlich bereuen. Unglücklicherweise liebe ich dich nämlich, du Miststück. Im Moment spür' ich nichts davon, aber ich kenne mich. Ich werde niemals klüger …

Er öffnete die Tür. »Mir ist es völlig gleich.«

Er ging ohne Frühstück ins Gestüt und machte auch mittags keine Pause, er ritt einfach nur. Vornehmlich Jährlinge und ein paar schwierige Zweijährige. Aufmerksam beobachtete er Rupert bei der Arbeit und kam zu dem Schluß, daß Hal und Isaac recht hatten, der Junge war soweit. Längst. Und er konnte sich nur zu gut daran erinnern, wie es war, zu können und nicht zu dürfen, keine Gelegenheit zu bekommen, seine tausend brandneuen Ideen auszuprobieren und sich zu bewähren. Während der Abendrunde rief er Rupert zu sich und ging mit ihm die Reihen der Zweijährigen entlang. Aufmerksam hörte Robin, was Rupert über jeden der jungen Hengste zu sagen wußte. Er kannte sie gut, die Stärken und Eigenheiten eines jeden einzelnen waren ihm vertraut. Er kannte ihre Stammbäume bis zu drei Generationen zurück auswendig, und wenn er einen von ihnen gedankenverloren am Ohr zupfte oder ihm über die Mähne fuhr, stupsten sie ihn freundschaftlich an.

Als sie ihren Rundgang beendet hatten, nickte Robin knapp. »Komm in die Futterscheune, wenn du hier fertig bist.«

»Ja, Sir.«

»Futterbestände zu verwalten ist keine besondere Kunst, aber für jedes Pferd das Richtige zusammenzustellen, das ist das

Schwierige an der Sache. Sei nicht zu stolz, Isaac oder Hal zu fragen, wenn du dir nicht sicher bist.«

»Nein, Sir.«

Robin lächelte plötzlich breit. Er erkannte sich selbst in dem eifrigen Gesicht mit den leuchtenden Augen. Er dachte, daß er haargenau wußte, wie es sich in diesem Moment anfühlen mußte, in Ruperts Haut zu stecken.

»Also dann, Rupert. Ab morgen übernimmst du das erste und das dritte Training. Hal soll vorläufig noch das zweite machen, bis du alles sicher beherrschst. Du wirst feststellen, daß der Tag so schon nicht genug Stunden hat.«

Rupert strahlte. »Danke, Sir. Ich werd' Euch sicher nicht enttäuschen.«

»Nein, bestimmt nicht. Und je prächtiger du sie hinbekommst, um so besser für dich selbst. Du wirst wie jeder Vormann am Verkaufserlös beteiligt.«

Rupert schien sprachlos. Dann runzelte er die Stirn und fragte: »Etwa schon ab nächstem Frühjahr?«

»Natürlich. Willst du etwa heiraten, Rupert?« Tu's nicht, hätte er um ein Haar hinzugefügt.

Rupert lachte verlegen. »Nein, so bald noch nicht. Es ist nur wegen Joe, Sir.«

»Dein Bruder? Was ist mit ihm?«

»Na ja, er hat sein Herz daran gehängt, Maurer zu werden, Sir. Aber nur freie Leute können Maurer werden. Vielleicht kann ich ihn im Frühjahr freikaufen.«

Robin wurde unbehaglich. Das war nicht sein Lieblingsthema. Er hatte die Leibeigenschaft seiner Leute als unausweichliche Tatsache akzeptiert, aber er dachte so selten wie möglich darüber nach. Und daß ihm jemand Geld bezahlen sollte, damit er einen vernünftigen Beruf erlernen konnte, war ihm zuwider. »Wie alt ist Joe?«

»Vierzehn.«

»Dann wird es Zeit, daß er in die Lehre kommt, nicht wahr?«

»Ja, so langsam.«

»Verdammt, Rupert, warum hat dein Vater nicht mit mir oder mit Isaac gesprochen?«

»Vater hatte zwei schlechte Jahre, Sir. Und er wollte Euch nicht bitten, Joe gehen zu lassen, weil er so ein schlechter Reeve war. Er kommt nicht drüber weg, daß die Abrechnung nicht stimmte in seinem Reeve-Jahr.«

Eure Sorgen hätt' ich gern, dachte Robin ungeduldig. Aber das war natürlich ungerecht. Vielleicht hätte Bill Longleg über seine Sorgen auch gelacht.

»Schick deinen Bruder morgen zu mir. Er kriegt seine Urkunde und ein Empfehlungsschreiben. Und über die geldliche Seite einigen wir uns später.« Er wehrte Ruperts Dankesbezeugung mit einer Geste ab. »Hängt es nicht an die große Glocke, sonst gibt es böses Blut.«

»Nein, Sir. Und vielen Dank. Gott schütze Euch und Lady Joanna und schenke Euch Glück und ein langes Leben.«

Rupert verbeugte sich und wandte sich eilig ab. Robin blieb niedergeschlagen zurück.

Joanna lag schon im Bett, als er kam. Im Zimmer war es sehr dunkel, nur ein Sichelmond erhellte die Spätsommernacht, und der Himmel war fast dunkelblau. Es war heiß im Haus. Ohne Mühe fand Robin den Wasserkrug auf der Kommode neben der Tür, setzte ihn an die Lippen und trank. Das Wasser war ebenfalls warm, aber es tat ihm dennoch gut.

»Schläfst du?« fragte er fast gegen seinen Willen.

Sie antwortete nicht.

Müde sank er auf die Bettkante, streckte sein lahmes Kreuz und machte sich daran, aus den Stiefeln zu kommen. Als das bewerkstelligt war, zog er sich aus.

Das Laken war fast kühl. Dankbar streckte er sich auf dem Bauch aus, die Hände links und rechts neben dem Kopf, und seine Linke legte sich nicht auf das Kissen, sondern fand eine dicke, weiche, geringelte Haarsträhne. Er rührte sich nicht, konzentrierte sich nur auf seine Hand und auf das, was sie fühlte. Er hob die Strähne behutsam auf und drückte sie an sein Gesicht. Mit geschlossenen Augen sog er den vertrauten Duft tief ein. Dann richtete er sich auf einen Ellenbogen auf, ertastete seine Frau, rutschte näher und schob ihr Hemd hoch. Gleichzeitig glitt er auf sie und drängte ihre leicht geöffneten Beine mit den Knien weiter auseinander.

Sie schlief nicht. Er hatte gewußt, daß sie nicht schlief. Und er wußte auch, daß sie nicht wollte. Aber solange sie nicht protestierte, würde er weitermachen. Denn er wollte sie auf einmal so unbedingt. Es tat beinah weh. Mühevoll drang er in sie ein, sie war unmißverständlich trocken. Macht nichts, dachte er vage, macht nichts, das kommt schon noch. Wenn sie nur aufhört zu denken. Behutsam und vorsichtig wie beim ersten Mal bewegte er sich in ihr. Geduldig und langsam, mit geschlossenen Augen. Sie lag völlig reglos und stumm unter ihm.

Er fuhr mit der Hand über ihre warme Schulter und legte sie auf ihre Brust. So samtig und so nachgiebig. Er umschloß sie sanft.

»Oh, Joanna … komm schon.«

Sie gab keine Antwort, und sie rührte sich nicht. Verdammt, dachte er verständnislos, das kann sie nicht kaltlassen. Er wühlte in ihren Haaren und schob eine Hand unter ihre Hüften, normalerweise eine todsichere Methode, sie in Wallung zu bringen. Nicht so heute. Es zeigte nicht die leiseste Wirkung auf sie. Auf ihn um so mehr. Er wurde schneller und drang tiefer ein. Obwohl es ihm weh tat. Er beugte den Kopf über ihr Gesicht und suchte ihre Lippen. Zum erstenmal bewegte sie sich. Sie drehte den Kopf weg.

Robin betrachtete ihr feingeschwungenes Profil, kaum dunkler in der Farbe als das schneeweiße Kissen, und küßte statt dessen ihren Hals. »Ist das wirklich dein Ernst?« murmelte er.

Ihr Blick war Antwort genug. Es war ihr Ernst. Ein fürchterlicher Blick. Nicht angewidert, nicht angstvoll. Nur verächtlich. Und in dem Moment, da er drohte, in ihr zusammenzuschrumpfen, schoß sein Samen heraus, im wahrsten Sinne des Wortes lustlos, wie ein Versehen. Eilig zog er sich aus ihr zurück, beschämt und todunglücklich.

Er legte sich auf den Rücken und starrte in den durchhängenden Baldachin hinauf, der in dunklen Nächten wie dieser stumpf und farblos schien.

Er räusperte sich. »Es tut mir leid. Ich dachte irgendwie, es würde helfen.«

»Wenn es dich nur erleichtert, mein Gemahl …« Ihre leise Stimme war ätzend wie scharfer Essig.

Robin drehte ihr den Rücken zu und zog die Decke über die Schulter. Sie lagen beide wach bis zum Morgengrauen und sprachen kein Wort.

Als das erste graue Tageslicht durchs Fenster kroch, setzte er sich auf, angelte seine Sachen vom Boden auf und zog das Wams über den Kopf. »Ich bleibe nur noch so lange, bis hier alles geregelt ist. Dann gehe ich fort. Ich werde Anne mitnehmen.«

Sie antwortete nicht.

Robin sah beklommen auf ihren schmalen, geraden Rücken. »Du … brauchst nicht ins Kloster zu gehen, Joanna. Bleib hier, kümmere dich um Edward. Ich werde selten hier sein. Nur gerade so oft, daß mein Sohn und meine Pferde mich noch erkennen, wenn sie mich sehen. Und ich werde diesen Raum nicht mehr betreten.«

Er machte eine Pause und wartete auf eine Reaktion.

»Einverstanden«, sagte sie schließlich.

Die Felder waren voller Menschen. Männer und Frauen gingen mit Sicheln durch die Reihen und schnitten das Korn, Kinder trotteten hinterher und rafften es zusammen, um es zu bündeln. Alle Rücken waren so krumm, daß man zweifeln konnte, ob sie sich je wieder gerade aufrichten würden. Auf dem Gestüt herrschte eine vergleichsweise behäbige Stimmung. Hier war das Frühjahr die betriebsamste Jahreszeit, nicht der Spätsommer.

Robin saß ab und band Romulus am Gatter fest. Dann wandte er sich um, um Anne aus dem Sattel zu helfen, aber sie war schon abgesprungen und kam federnd neben ihrer Grauschimmelstute zum Stehen. Sie sah sich neugierig um. »Wo sind wir?«

»Zu Hause.«

»Sieht wirklich fast so aus. Die Ställe sind genau wie unsere. Was ist das für ein komischer Hügel da drüben, Vater? So kahl obendrauf. Wie der Kopf von einem Mönch.«

Robin lächelte schwach, dabei war ihm zum Heulen. »Komm, laß uns zu den Zweijährigen gehen. Hier im Haus ist jetzt sicher keiner.«

Es war schon wieder ein neues. Ein stattliches Bauwerk, beinah wie ein Gutshaus. Die Tür öffnete sich plötzlich. Robin hatte sich geirrt. Conrad trat heraus, blieb einen Augenblick verdutzt stehen und eilte dann auf sie zu.

»Robin.«

»Conrad.«

Ihre herzliche Umarmung strafte die kühle Begrüßung Lügen. Robin entdeckte ein paar graue Fäden in Conrads Haaren. Es erschütterte ihn ein wenig.

Aber Conrads Augen und sein schmales, narbiges Gesicht waren unverändert. »Elinor?«

»Prächtig.«

»Mein Enkel?«

»Schon ein richtiger Brocken. Isaac ist sein Pate.«

»Tja, immerhin. Wenn schon nicht sein Vater.«

»Hal würde dir gefallen, glaub mir. Du solltest einfach einmal kommen und ihn kennenlernen.«

»Ja. Ich glaube, das werde ich bald tun. Ich will auch gelegentlich nach Schottland, wenn irgendwann gerade mal kein Krieg ist.«

»Wo ist Agnes?«

»Oh, irgendwo im Dorf. Sie ist schwanger.«

Robin lächelte breit.

Conrad hob leicht die Schultern. »Wurde Zeit. Sie hat es sich so sehr gewünscht.« Er wandte sich an Anne. »Sei willkommen, Anne. Ich bin Conrad.«

Sie betrachtete ihn aufmerksam. »Du hast Elinors Augen.«

Er lächelte. »Eher umgekehrt. Ich bin Elinors Vater.«

»Oh. Und ich dachte, du bist mein Onkel.«

»Ja, auch. Kommt rein.«

Anne zögerte. »Darf ich … die Pferde ansehen?«

Er machte eine einladende Geste. »Nur zu.«

Sie sah ihren Vater fragend an, und er nickte ermunternd. »Du hast es gehört. Laß keine Gatter auf.«

»Also hör mal …« Sie war entrüstet.

Robin und Conrad tauschten einen amüsierten Blick.

»Du weißt, wo du mich findest.« Robin wies auf das Haus.

»Natürlich.« Sie hüpfte unternehmungslustig davon.

Conrad sah ihr wohlwollend nach. »Wie eine Miniatur von Agnes.«

»Nicht wahr.«

Conrad trat zu Romulus und fühlte fast beiläufig seine Sehnen. »Perfekt. Wie alt? Sechs, sieben?«

»Kommt hin.«

»Didos, was?«

»Du hast sie nicht vergessen. Ja, Didos. Ihr letztes. Ich hab' ihn mit Kuhmilch großgezogen.«

»Das bringst wirklich nur du fertig. Kastrier ihn nicht, Robin. Nimm ihn in die Zucht.«

»Herrje … Kaum bin ich hier, schon muß ich mir Ratschläge anhören.«

»Entschuldige. Komm rein. Es tut unendlich gut, dich zu sehen. Obwohl ich sagen muß, du siehst ein bißchen mitgenommen aus, *mein Junge*.«

»Und wenn schon. Ein Bier wäre ein Segen.«

Conrad ging voraus.

Das Haus hatte eine kleine Vorhalle mit einer Treppe und eine Halle, wie sein eigenes.

Dorthin führte Conrad ihn und wies ihm einen Platz an einem langen Tisch. »Die Jungs kommen jetzt zum Essen hierher. Viel einfacher.«

»Hm. Schönes Haus.«

»Das letzte ist zum Glück wieder abgebrannt. Ich habe Agnes in Verdacht …«

»Geht es euch gut?«

Conrad sah über die Schulter zurück. »Rose! Wenn du hier irgendwo bist, laß dich blicken und bring uns Bier.«

Die Magd erschien schleunigst und knickste an der Tür. »Sofort, Sir.«

Robin schüttelte staunend den Kopf. »So anders …«

»Nicht wirklich. Ja, es geht uns gut. Die Zucht gehört uns, Mortimer hat sie uns regelrecht in die Hände gespielt. Mir nichts, dir nichts sind wir beinah feine Leute geworden. Das hat deine Schwester so hingebogen. Ich hätte nie gewußt, wie man es anstellt.«

»Hör schon auf. Von Pferdezucht versteht Agnes rein gar nichts.«

»Nein. Du weißt, was ich meine. Das Haus, Mägde, Schule für Maude und Robin. Gott, wenn ich daran denke, wie Maria sich abrackern mußte …«

»Ja. Verrückt.«

»Und vergangen. Jetzt ist jetzt.«

»Ich bin der letzte, der nicht verstehen würde, daß du an sie denkst.«

»Sicher tue ich das. Und ohne Gram.«

»So soll es sein.«

»Und du? Was ist mit dir? Und mit Isaac?«

»Tja, Isaac ...« Robin unterbrach sich, weil die Magd das Bier brachte. Er nahm dankend einen großen, schäumenden Becher entgegen und trank Conrad zu. Als sie wieder allein waren, sagte er: »Isaac ist der wahre Herr von Fernbrook. Die Zucht, das Gut, alles sein Verdienst. Und er ist dabei, ein echter Gelehrter zu werden. Er hat mehr Freude an Büchern, als ich je aufbringen konnte. Und er lernt Latein.«

Conrad schüttelte verwundert den Kopf. »Kaum der Isaac, den ich kenne.«

»Nein. Du würdest staunen.«

»Hm.« Conrad sah Robin wortlos an, sein Schweigen wie eh und je drängender und beredter als alle Worte.

Robin focht gegen sein Unbehagen. Er gedachte nicht, in die alte Rolle als Beinah-Sohn zurückzugleiten. »Conrad ... du hast mir einmal deine Tochter anvertraut. Jetzt bringe ich dir meine.«

»Sie ist mir willkommen.«

Robin drehte den Becher zwischen den Händen. »Ihre Mutter und sie ...«

»Hm.«

»Sie ist vielleicht wirklich manchmal schwierig, kann schon sein, ich weiß es nicht, aber sie ist ein gutes Kind. Und sie braucht jemanden, der sie lehrt ... na ja, ich weiß nicht, wie ich das erklären soll. Sie braucht ... Agnes.«

»Ja.«

»Du weißt, wovon ich rede?«

»Es ist seltsam. Ich hab's auf den ersten Blick gesehen. Sie ist so sehr wie sie, aber auch so sehr wie du. Sei unbesorgt, Robin. Ich weiß die Ehre zu schätzen, die du uns erweist. Und wir werden sie gut behüten.«

»Danke.«

»Und willst du gleich weiter, oder bleibst du ein paar Tage?«

»Ich würde gern ein wenig bleiben, bis sie hier nicht mehr so fremd ist. Das heißt, falls du ein Paar Hände gebrauchen kannst.«

»Immer.«

Robin lächelte dankbar. »Gut. Ist Mortimer da?«

»Nein, er ist vor ein paar Tagen nach London zurückgekehrt.

Wenn es stimmt, was er Agnes erzählt, hat der kleine König einen richtigen Narren an ihm gefressen.«

Robin seufzte. »Das würde mich nicht wundern. Und de Gray?«

Conrads Gesicht verfinsterte sich. »O ja, er ist hier. Zur Ernte ist er immer hier. Er läßt es sich nicht nehmen, mit eigenen Augen zu überwachen, daß die Leute Mortimers Korn zügig einbringen und nichts mitgehen lassen. Und wer sich einen halben Tag stiehlt, um sich um seine eigene Ernte zu kümmern, muß eine saftige Geldbuße zahlen. Wer nichts zahlen kann, dem nimmt er das Vieh oder stellt ihn an den Pranger, je nach Laune. Und jetzt heißt es, daß die Bauern eine Steuer bezahlen sollen.«

Robin nickte. »Es stimmt.«

»Das können sie nicht.«

»Nein, ich weiß.«

Conrad schüttelte langsam den Kopf. »Es ist furchtbar, Robin. Die Leute sind verzweifelt. Mortimer und de Gray haben schon jeden Penny aus ihnen herausgepreßt. Sie leben nur noch in Angst und Not. Und die jungen Burschen hocken im Wirtshaus zusammen und reden gefährliches Zeug. Ein paar von meinen Jungs sind auch manchmal dabei, ich weiß es. Und das ist kein Wunder, sie tragen alles nach Hause, was sie bei mir verdienen, und trotzdem leben ihre Leute im Elend. Ich mache mir Sorgen, was passiert, wenn sie zu weit getrieben werden.«

»Ja. Ich auch.«

Conrad trank aus und stand auf. »Das ist auch das einzige, das wir tun können, uns sorgen.«

Robin grinste plötzlich. »Sag's nicht, ich weiß, was kommt: *Und sorgen können wir uns ebensogut bei der Arbeit.*«

Conrad lachte leise. »Komm, ich zeige dir den neuen Vormann.«

»Keiner von uns?«

»Nein. Sie sind alle weg. Bertram ist Franziskaner geworden, stell dir das vor.«

»Und Pete?«

»Er hat Mortimers Köchin geheiratet. Seine erste Frau starb an der Pest. Jetzt arbeitet er in den Ställen auf der Burg.«

Sie verließen das Haus und überquerten die Wiese zum Stutenhof. »Aber du kennst meinen Vormann trotzdem.«

»Wer ist es?« fragte Robin neugierig.

»Stephen.«

Robin blieb stehen. »O nein.«

Conrad sah ihn verdutzt an, dann verstand er. »Unsinn, er doch nicht. Mein Sohn, Dummkopf.«

Es bereitete Robin keinerlei Mühe, sich in Waringham wieder einzuleben. Von Einleben konnte eigentlich gar keine Rede sein, es war ja sein Zuhause. Conrads Sohn, der inzwischen nicht mehr Stevie hieß, sondern es immerhin zu Steve gebracht hatte, schien ehrlich erfreut, ihn wiederzusehen. Er war ein wortkarger Mann wie sein Vater geworden, wenn er auch äußerlich mehr auf seine Mutter kam. Er regierte im Gestüt mit müheloser Autorität, die Jungen lauschten respektvoll, wenn er Anweisungen gab, aber sie hatten keine Furcht vor ihm. Robin fühlte sich vom ersten Moment an wohl in seiner Gesellschaft. Eher dankbar als eifersüchtig trat Steve ihm einen Teil seiner ungezählten Aufgaben ab, und sie arbeiteten Seite an Seite in meist wortloser Eintracht. Steves jüngere Brüder Henry und William waren beide fortgegangen aus Waringham. Conrad hatte sie nicht gehalten, er wußte, daß für so viele Söhne nicht genug Platz auf dem Gestüt war. Er hatte sie beide in Canterbury in die Lehre geschickt, den wilden Henry bei einem Hufschmied, den stillen, verträumten William bei einem Steinmetz. Henry beschlug nun im Auftrage seines Meisters die Rösser des Erzbischofs und des Domkapitels, wurde regelmäßig vor das Zunftgericht zitiert und ob seiner lockeren Sitten gerügt, verspielte seinen Lohn und verdrehte den Töchtern seiner Zunftbrüder die Köpfe. Ab und zu kam er für einen Sonntag nach Waringham und pumpte seinen Bruder oder seinen Vater an. Er ging nie leer aus. William war vor ein paar Wochen als Geselle in die Maurerloge von York aufgenommen worden. Er war zu einem Schreiber in der Stadt gegangen und hatte für teures Geld einen Brief an seinen Vater schreiben lassen, um die große Neuigkeit nach Waringham zu schicken. Jetzt meißelte er Heiligenfiguren für die große Kathedrale der nördlichen Erzdiözese und sah sich nach einer Frau um. Conrad hatte Mühe, seinen Stolz auf William zu verbergen, aber, hatte er Agnes eingestanden, er hätte nicht ehrlich behaupten können, daß er irgendeinem seiner Kinder den

Vorzug gab. Er fand, sie waren alle recht gut gelungen, und das sei ein wahrer Grund, Gott zu danken.

Robin traf Agnes erst kurz vor dem Abendessen. Sie legte die Arme um seinen Hals und küßte seine Wange. »Was für eine wundervolle Idee. Anne sagt, ihr bleibt ein Weilchen?«

»Wahrscheinlich, ja.« Er betrachtete fachmännisch ihren gewölbten Bauch. »Nicht mehr lange, was?«

»Na ja, vier, fünf Wochen.«

»Und? Alles in Ordnung?«

»Ja.« Sie gingen zusammen in die Halle. Anne hatte ihre Hand in Robins Rechte geschmuggelt und sah sich ohne Scheu in dem fremden Haus um.

»Und was soll es werden?« fragte Robin.

Agnes winkte ab. »Egal. Ich wollte unbedingt eine Tochter, aber jetzt, wo du mir Anne großzügigerweise leihst, ist es ganz gleich.«

»Es wird ein Mädchen«, sagte Anne beiläufig und fuhr fort, die Teller auf dem Tisch zu zählen.

Agnes sah sie verblüfft an und wandte sich dann an Robin.

Er zuckte ergeben die Schultern. »Glaub's.«

Agnes betrachtete den schmalen, kleinen Rücken ihrer Nichte und ihren blondgelockten Hinterkopf. »Armes Lämmchen«, murmelte sie. »Noch so klein. Und so eine große Last.«

Warum kann ihre Mutter nicht so fühlen, dachte Robin unglücklich. Für jede Kreatur in Not kann sie Mitgefühl aufbringen, nur nicht für ihr Kind. Er nahm Agnes' Hand. »Hilf ihr«, flüsterte er eindringlich, »bitte.«

Agnes drückte seine Hand kurz und ließ sie dann los. »Du kannst nicht ermessen, welches Geschenk du mir machst. Verlaß dich nur auf mich.«

Eine große Gesellschaft versammelte sich in der Halle zum Essen, und als aufgetragen war, setzten die Mägde sich mit an den Tisch.

»Wo ist Francis?« erkundigte Agnes sich. »Ich dachte, er weicht nie von deiner Seite.«

»Ich hab' ihn nach Harley geschickt«, antwortete Robin mit vollem Mund.

»Wohin?«

Er schluckte. »Zu Leofric. Damit wenigstens er weiß, wo ich bin, sollte Lancaster nach uns schicken. Außerdem wollte ich dem

Jungen ersparen, seinen Ritter hier ohne Schwert und Wappen und samtene Kleider bei der Arbeit zu erleben. Der Ärmste hätte einen Schock erlitten.«

Agnes lächelte wissend. »Das heißt, du willst dich einmal wieder einfach nur wie ein Stallarbeiter benehmen können, ohne unliebsame Zeugen.«

Er nahm einen tiefen Zug aus seinem Becher und wischte sich mit dem Ärmel über den Mund. »Genau.«

»Ich dachte, das tust du für gewöhnlich in Fernbrook.«

Er nickte und wich ihrem Blick aus. »Das war einmal.«

Tatsächlich ließ er sein Schwert am nächsten Morgen in der kleinen Gästekammer zurück, die man für ihn hergerichtet hatte. Es war bei der Arbeit nur hinderlich, und er würde es ja auch nicht brauchen. Mortimer war schließlich bei Hofe. Er trug jedoch seinen Dolch unter dem rauhen Kittel, den er von Steve geborgt hatte, band sich die Haare mit einer Lederschnur im Nacken zusammen und hatte das Gefühl, die Zeit sei zurückgedreht.

Er verbrachte den Vormittag mit Conrad bei den Jährlingen, und nach dem Essen ging er ins Dorf. Ohne Eile schlenderte er über den Mönchskopf. Er wußte, daß er um diese Tageszeit nicht viele Leute antreffen würde, alle waren auf den Feldern. Eigentlich wollte er zu Vater Gernot. Er kam schließlich auf den Dorfplatz, der still und verlassen in der Mittagssonne lag. Nicht gänzlich verlassen, mußte Robin sich korrigieren, als er durch die Bäume trat. Scheinbar von der Welt vergessen, stand ein unglückseliger Übeltäter an dem alten, von Sonne und Regen gebleichten Pranger. Der Körper wirkte eigentümlich verbogen und verdreht, offenbar hing das ganze Gewicht an den Handgelenken und dem wundgescheuerten Hals in den engen, eisenbeschlagenen Zwingen.

Robin änderte die Richtung, ging an den Brunnen und zog einen Eimer Wasser herauf. Weil er kein Gefäß bei sich hatte, löste er den Knoten am Brunneneimer und trug ihn zu dem armen Teufel herüber. Als er um den Pranger herum auf seine Vorderseite kam, erkannte er ihn. Es war einer von Marthas zahllosen jüngeren Brüdern. Robin sann auf seinen Namen. »Jamie?«

Er riß schreckhaft die Augen auf. »Robin …«

»Ja. Komm, Junge, trink einen Schluck.« Er hob den Eimer an seine Lippen. »Langsam. Immer mit der Ruhe.«

Sein Rat verhallte wirkungslos. Jamie trank große, gierige Schlucke gegen seinen quälenden Durst, und erwartungsgemäß kam alles nach wenigen Augenblicken wieder hoch. Er würgte erstickt und hustete und schluchzte trocken. »Oh, Mist …«

»Schsch. Schön durchatmen. Verschluck dich nicht auch noch.«

Jamie ließ den Kopf sinken und verschloß die Augen ob dieser neuen Entwürdigung.

Robin schöpfte mit der hohlen Hand Wasser und wusch ihm das Kinn ab. »Komm, versuch's noch mal. Nimm dir Zeit, wir haben keine Eile.«

Jamie spülte sich mit Robins Hilfe den Mund aus, spuckte aus und trank ein paar kleine Schlucke des frischen, kühlen Wassers. Dieses Mal blieb es drin.

»Danke.«

»Keine Ursache.«

»Ich … würd' mich lieber bei einem Bier mit dir unterhalten.«

Robin nickte. »Das holen wir nach.« Er schöpfte wieder Wasser aus dem Eimer und befeuchtete Jamie Stirn und Hals. Der Eimer war beinah leer. »Warte, ich hol' neues.«

»Nein, laß nur.«

»Aber …«

»Mir … ist so schlecht, ich kann nicht mehr trinken.«

»Das ist die Hitze. Du hast Fieber.«

»Sie lassen uns leben wie Vieh, und sie lassen uns verrecken wie Vieh.«

»Nein, Jamie, so darfst du nicht denken. Laß dich nicht kleinkriegen.«

»Aber das bin ich. Winzig. Nicht mehr als eine Wanze unter de Grays Stiefelabsatz.«

»Du bist ein Mensch mit einer unsterblichen Seele, ebensogut, viel besser als er.« Robin suchte nach Worten. »Vielleicht … spürst du im Moment nicht besonders viel von deiner Menschenwürde, aber sie ist trotzdem da, Jamie. Ich kann sie sehen.«

»Du konntest immer schon mehr sehen als andere Leute.«

»Ich wünschte, du würdest noch einen Schluck trinken.«

Jamie ließ erschöpft den Kopf sinken. »Gott … wie lange noch?«

»Ich habe keine Ahnung. Was haben sie gesagt, wie lange?«

»Nichts. Tun sie nie. Meine Hände … völlig taub.«

»Das wird schon wieder«, sagte Robin zuversichtlich.

»Vielleicht. Vielleicht werden sie auch schwarz und faulen ab.«

»Komm schon, so lange werden sie dich hier nicht hängen lassen. Was hast du angestellt?«

»Handmühle«, murmelte Jamie fast unverständlich.

Verdammte Sache, dachte Robin, das war wirklich übel. Es war ein schweres Vergehen, das selbst sein sonst eher großzügiger Vater unnachgiebig geahndet hatte. Jeder Bauer war verpflichtet, sein Korn in der Mühle seines Dienstherrn mahlen zu lassen. Zu einem gesalzenen Preis. Wer statt dessen sein Korn heimlich zu Hause in mühevoller Kleinarbeit mit einer verbotenen Handmühle mahlte, brachte den Müller und den Gutsherrn um ihre Einnahmen. Und das nahmen sie übel.

»So wenig Korn«, versuchte Jamie zu erklären. »So viele Mäuler. Wenn ich den Müller bezahlt hätte, wär' für die Pacht … kaum genug …«

»Ich weiß. Junge, ich weiß doch genau, wie es manchmal gehen kann.«

»Aber de Gray …«

»Hey, du! Was zum Teufel tust du da?!«

Robin wandte sich stirnrunzelnd um. Zwei bewaffnete Männer in kurzen Kettenhemden waren unbemerkt zwischen den Bäumen hindurchgekommen und traten entschlossen näher. Vor dem Pranger hielten sie an, und ihre Aufmerksamkeit galt nicht Jamie, sondern konzentrierte sich auf den Missetäter mit dem verräterischen Eimer in der Hand.

»Was stellst du dir vor?« knurrte der eine.

»Ich stelle mir vor, daß jeder Mensch ein Anrecht auf einen Schluck Wasser an einem heißen Tag hat.«

Der Soldat packte ihn hart am Arm. »Es würde mich wirklich nicht wundern, wenn du der nächste wärst, der hier steht.«

»Vielleicht solltet ihr einen zweiten Pranger aufstellen. Damit es keine Engpässe gibt.«

Das brachte ihm eine schallende Ohrfeige ein, und Robin war ein bißchen verblüfft. Das hatte lange, wirklich sehr lange niemand zu tun gewagt, und er dachte, erst heute morgen habe ich mein Schwert abgelegt und diesen Kittel angezogen. Er war fast amüsiert. Er hätte doch inzwischen wirklich wissen sollen, daß Kleider Leute machten.

»Wer bist du überhaupt?« fragte der zweite. »Du gehörst gar nicht hierher, oder?«

»Doch, durchaus. Mein Name ist Robin …« Er schluckte den Rest im letzten Moment hinunter. Lieber wollte er sehen, wohin diese Farce führte. Dafür steckte er sogar willig die zweite Ohrfeige ein.

»Du solltest dir ein paar Manieren zulegen, Freundchen. Wo immer du auch herkommst, hier sagen Bauerntölpel wie du ›Sir‹!«

»Zu wilden Rabauken wie euch? Eher gibt es in der Hölle eine Schneeballschlacht …«

Ohne Mühe wich er der wütenden Faust aus, befreite seinen Arm mit einem Ruck, machte einen Ausfallschritt nach rechts und stahl dem völlig überrumpelten Ordnungshüter das Schwert aus der Scheide.

Er setzte ihm die Spitze der Klinge an die Kehle und sagte zu dem zweiten, der ungläubig zugesehen hatte: »Wenn du die Hand an das Heft legst, werd' ich ihm den Kopf abschlagen. Und wenn ich mir dieses rostige Heldenschwert so ansehe, würd' ich sagen, es braucht drei, vier Streiche, bis er fällt.«

»Wer … wer bist du?« fragte sein entwaffneter Angreifer verständnislos. Er blinzelte verstört, sein ganzes Weltbild war aus dem Lot.

»Ich habe dir gesagt, wie ich heiße. Und jetzt werden wir drei zu de Gray gehen.«

Die beiden wechselten unbehagliche Blicke. Vermutlich malten sie sich aus, was der Steward dazu sagen würde, daß sie sich von einem Bauernlümmel hatten überrumpeln lassen.

»Bist du sicher, daß du das willst?« erkundigte sich der Schwertlose. »Er … ich mein', er wird dir jeden Knochen einzeln brechen.«

Robin schnalzte mißbilligend. »Aber, aber. Willst du etwa sagen, de Gray sei kein weiser, gerechter und gütiger Steward?«

»Äh, doch, schon …«

»Na siehst du. So schlimm wird's schon nicht um mich stehen. Also …« Er winkte einladend mit dem Schwert. »Nach euch.«

Nicht viele kamen in den Genuß, mit eigenen Augen zu sehen, wie Robin zwei von de Grays gefürchteten Bluthunden mit vorgehaltener Waffe abführte. Die wenigen, die es sahen, lugten hinter Fensterläden und Stalltoren hervor, und wer ihnen auf dem Weg durchs Dorf begegnete, setzte ein ausdrucksloses Gesicht auf, blickte zu Boden und hielt das breite Grinsen zurück, bis sie an ihm vorbei waren. Doch bis zum Abend hatte es sich überall herumgesprochen, und jeder Mann, jede Frau und jedes Kind in Waringham wußten: Der junge Sir Robin ist wieder da und sorgt für ein bißchen Recht.

Die Burg war in tadellosem Zustand. Die Mauer war unlängst ausgebessert worden, die Brücke war bemannt, die Wirtschaftsgebäude waren teilweise erneuert und sinnvoller als früher angeordnet, der Burgturm hatte ein neues Tor. Kein Zweifel, Peter de Grays Organisationstalent und seine Vorliebe für straffe Ordnung taten der Burg gut.

»Und wo mag er sein?« erkundigte sich Robin bei seinen unfreiwilligen Gefährten, die unter den ungläubigen Blicken der Torwachen dunkelrot angelaufen waren.

»Drinnen«, brummte der eine. »Er hat vorhin nach dem Bailiff geschickt.«

Wie Robin vermutet hatte, hatte de Gray jene Kammer auf der Südseite im Geschoß über der Halle zu seinem Hauptquartier gemacht, der jeder Bewohner der Burg den Vorzug gab. Als Robin und seine beiden Gefangenen den Raum betraten, stand er mit einem Bogen Papier in der Hand am Fenster. Vor ihm stand ein großer, bärtiger Mann, der ihn fast um Haupteslänge überragte, aber dennoch unterwürfig zu ihm hinabsah. Der Bailiff, schloß Robin.

De Gray sah unwillig auf, um festzustellen, wer die Unterredung störte. »Was gibt es?« fragte er unwirsch, und als er Robin hinter seinen Männern entdeckte, öffnete er den Mund, schloß ihn wieder, wurde blaß und murmelte: »O heiliger Georg … Das fehlte noch.«

Robin trat einen Schritt vor. »Sei gegrüßt, alter Freund. Deine beiden Helden hier wollen eine Beschwerde gegen mich vorbringen. Und ich bin ganz freiwillig mit hergekommen.« Grinsend gab er das geborgte Schwert seinem Besitzer zurück, der ihn fassungslos anstarrte.

»Wer … wer ist dieser Kerl, Sir?«

De Gray machte eine ungeduldige Geste. »Frag bei den Stallburschen, sie werden sich am besten an ihn erinnern. Verschwindet, allesamt. Du auch«, fauchte er den völlig unschuldigen Bailiff an.

Die drei Männer gingen schleunigst hinaus.

Sie beäugten sich mißtrauisch und neugierig zugleich.

»Man sagt, Lancaster tut keinen Schritt ohne deine Begleitung«, bemerkte de Gray schließlich höhnisch.

»Man übertreibt.«

»Was willst du hier?«

»Ich kam in einer persönlichen Angelegenheit. Aber wo wir uns schon treffen, kann ich dich ebensogut um einen Gefallen bitten, nicht wahr? Ich bin zuversichtlich, daß du mir die Bitte nicht abschlägst, es ist nur eine Kleinigkeit.«

»Also?« fragte de Gray mit mühsam erzwungener Geduld.

»Der Mann am Pranger. Laß ihn gehen.«

De Gray verschränkte die Arme und nickte. »Sicher. Heute abend.«

»Jetzt, er ist krank.«

»Also ehrlich, du hast Sorgen. Wenn Waringham erfährt, daß du hier bist, dann ...«

»Schreib ihm ruhig. Ich halte mich nur auf dem Gestüt auf, und das gehört ihm nicht mehr. Er kann nichts dagegen tun.«

»Darum wird er sich einen verdammten Dreck scheren ...«

»Im Gegensatz zu dir habe ich schon lange aufgehört, mich vor Mortimer zu fürchten. Und jetzt bitte ich dich noch einmal. Laß den Mann gehen. Solltest du es nicht tun, werde ich mir eine Axt und ein Brecheisen besorgen und es selbst tun.«

»Du kannst nicht einfach ...«

»Doch, ich kann, weil du mich nicht hindern kannst.«

De Gray stöhnte leise. »Schon gut. Du brauchst nicht deutlicher zu werden. Von mir aus, wenn dir soviel daran liegt.«

Robin verneigte sich knapp und ging hinaus.

De Gray hielt wie immer Wort. Binnen einer Stunde wurde Jamie vom Pranger erlöst. Er fiel in den Staub und blieb reglos liegen, Arme, Rücken- und Halsmuskeln waren steinhart und verkrampft, und das zurückkehrende Blut verursachte ihm gräßliche Schmerzen. Seine Brüder kamen schließlich, nachdem de Grays Männer verschwunden waren, trugen Jamie die wenigen Schritte zu der schäbigen Kate hinüber und legten ihn auf sein Strohlager.

Er fieberte, und abends waren seine Hände immer noch taub. Gegen Mitternacht fiel er in einen Fieberkrampf. Als sie Agnes endlich holten, war es zu spät. Er starb vor Tagesanbruch.

Agnes kam bleich und zornig nach Hause, als Conrad, Steve und Robin zum Frühstück hereinkamen. Conrad erkannte auf einen Blick, was passiert war. Er legte einen Arm um ihre Schulter, die andere Hand leicht auf ihren gewölbten Bauch und führte sie zu einer Bank am Tisch. »Agnes, du mußt endlich aufhören zu denken, es sei deine Schuld, wenn so etwas passiert.«

Sie setzte sich müde. »Ich weiß, es ist nicht meine Schuld. Aber es ist so eine … verfluchte Verschwendung.«

Robin schüttelte fassungslos den Kopf. »Aber wie kann er tot sein? Der Pranger bringt niemanden um.«

»Es hat ihm nur den Rest gegeben. Er war schon vorher krank. Völlig entkräftet.« Sie sah in sein verständnisloses Gesicht, und mit einemmal wurde sie wütend. »Sie hungern, *Sir* Robin!«

Er zuckte leicht zusammen. Er wußte, warum sie sich verantwortlich fühlte. Ihm ging es nicht anders. Und er verzichtete darauf, Agnes daran zu erinnern, daß es der Schwarze Prinz gewesen war, der Waringham Mortimer ausgeliefert hatte, nicht er. Er sagte gar nichts. Statt dessen wandte er sich ab, ging ins Dorf hinunter zu Martha und ihren Brüdern, gab ihnen Geld und versuchte, ihnen ein bißchen Trost zu spenden. Danach ging er endlich zu Vater Gernot und beriet sich mit ihm.

Er blieb den ganzen Tag im Dorf, und als er zurückkehrte, war sein Geldbeutel leer. Er hatte vom Elend der Bauern gehört. Es war etwas anderes, es mit eigenen Augen zu sehen. Er war verstört und ratlos.

Das Essen in der Halle war vorbei, die Jungs waren in ihr Quartier über der neuen, großen Sattelkammer gegangen, Anne war zu Bett geschickt worden. Einzig Conrad, Agnes, Steve und seine Frau Liz waren noch auf, und sie hatten einen Besucher.

»Robin!« Agnes schien erleichtert, daß er zurück war. »Dies ist Vater John Ball. John, mein Bruder Robin.«

Robin sah vor sich einen großen, blonden Mann um die Vierzig. Er war dünn, aber kräftig, sein Körper wirkte sehnig. Sein längliches Gesicht war blaß, und in seinen blauen Augen loderte es.

Er nickte Robin zu, ohne zu lächeln.

Robin hatte inzwischen viel von John Ball gehört, und er hatte sogar eine seiner Predigten gelesen.

Er setzte sich müde auf seinen Platz. »Ich beglückwünsche Euch zu Eurer Freilassung, Vater John.«

Ball beäugte ihn wachsam. »Die der Duke of Lancaster nach Kräften zu vereiteln versucht hat«, versetzte er kühl.

Agnes hat geplaudert, ging Robin auf. Er hob kurz die Schultern. »Lancaster hat derzeit nur begrenzten Einfluß auf den Erzbischof.«

Der rebellische Priester nickte. »Von mir aus können sie sich so lange an die Kehle gehen, bis sie beide daran verrecken.«

Seltsame Reden für einen Priester, fand Robin. Aber er behielt seine Mißbilligung lieber für sich und wandte sich statt dessen dem dampfenden Eintopf zu, den Rose ihm brachte. Er hatte so viel Not und Hunger an diesem Tag gesehen, daß er geglaubt hatte, es hätte ihm für einige Zeit den Appetit verschlagen, aber der Duft nach Lamm, Kohl und Thymian stimmte ihn um. Er aß hungrig.

Conrad schenkte Bier nach. »Hast du gehört, wann die Beerdigung ist?«

»Morgen früh«, antwortete er zwischen zwei Löffeln.

»Wir sollten hingehen«, meinte Steve.

Robin nickte. »Ich gehe auf jeden Fall.«

»Dann könnt Ihr Lancaster davon berichten«, murmelte Ball bissig.

Robin hatte langsam genug. »Der Duke of Lancaster, Sir, trägt keine Schuld am Elend der Leute.«

»Ach nein?«

»Wart Ihr je auf einem seiner Güter?«

»Gott bewahre mich …«

Robin nickte grimmig. »Aber ich. Wohl auf jedem. Überall im Land liegen sie verstreut, große und kleine. Und auf keinem davon würdet Ihr einen hungernden oder geschundenen Bauern finden, wenn Ihr Euch die Mühe machtet nachzusehen.«

Ball zeigte sich nicht beeindruckt. »Und wessen Idee war diese verdammte Kopfsteuer?«

»Ihr könnt Lancaster nicht dafür verantwortlich machen, daß die Krone hoffnungslos verschuldet ist.«

»So, Ihr meint also, er trage keine Verantwortung für die Not der Leute. Wer also?«

»Der Krieg. Die Mißernten. Die Pest, was weiß ich.«

»Natürlich. Alles, nur der Adel nicht.«

»Auch der Adel. Solche wie Waringham sicher.«

»Nicht nur solche wie er. Alle. Und irgendwann wird Gott seine Faust im Zorn erheben und sie von der Erde tilgen, die Earls und Barons und bischöflichen Lords.«

Jetzt erkannte Robin, was es war, das in John Balls Augen leuchtete. Es war das irre Licht des Fanatismus. Er hatte Mühe, Agnes' Schwäche für diesen Mann zu teilen. »Nach meiner Erfahrung sind sie sehr unterschiedlich, die Earls und Barons und bischöflichen Lords. Genau wie Priester.«

Ball ging auf die Provokation nicht ein, er winkte ab. »England wäre glücklicher ohne sie. Und Gott näher.«

Robin wurde ärgerlich. »Ihr scheint Euch gut auszukennen in Gottes Ratschlüssen. Aber wer soll England verwalten und regieren, wenn Gott den Adel von der Erde tilgt?«

Der Priester lehnte sich lächelnd zurück. »*Als Adam grub und Eva spann, wo war da der Edelmann?*«

Robin blieb länger in Waringham als ursprünglich beabsichtigt. Es kam ihm vor, als wäre er nach langen Irrfahrten endlich wieder heimgekehrt, und obschon er wußte, daß das nur eine müßige Illusion sein konnte, erging er sich darin, solange es möglich war. Er heuerte einen vertrauenswürdigen Boten an und schickte ihn mit einer Nachricht nach Fernbrook. Isaac sandte ihn umgehend mit einer Geldschatulle und einem ausführlichen Brief zurück. Alison hatte einen Sohn zur Welt gebracht. Oswin sei nicht mehr derselbe Mann, ganz außer sich vor Stolz halte er bei jeder Gelegenheit Vorträge über die Segnungen eines geregelten Familienlebens. Nebenbei bilde er seine inzwischen vollzählige Truppe aus. Vater Horace habe ihm einen ehemaligen Novizen gebracht, den Sohn eines verarmten Landritters, der schon einige Erfahrung in der Gutsverwaltung habe und wohl einen passablen Bailiff abgeben würde, wenn er einmal erwachsen sei. Vorläufig sei er ein williger Gehilfe. Sein Name sei Jason. Der alte Luke Schmied sei gestorben. Er berichtete auch von anderen Leuten aus dem Dorf und ausführlich von den Pferden. Nur Joanna erwähnte er mit keinem Wort. Robin wußte nicht, was er davon halten sollte.

An einem kühlen, regnerischen Morgen Anfang Oktober entband er seine Schwester von einer gesunden Tochter, während Conrad ahnungslos seiner Arbeit nachging. Es dauerte nicht lange. Es war die leichteste Geburt, die Robin je erlebt hatte. Anne ging ihm zur Hand, furchtlos und umsichtig, und sie war es, die Conrad seine jüngste Tochter brachte, als er zum Essen hereinkam. Stolz trug Robin sein winziges Patenkind am nächsten Morgen in die Kirche, und Gernot taufte es auf den Namen Margery. Der Name seiner Mutter, erklärte Conrad Robin.

Sie entwickelten ein neues Verhältnis. Sie wurden Freunde. Robin ertappte sich dabei, daß er Conrad von Limoges erzählte, seiner düstersten Erinnerung, die er bislang mit niemandem geteilt hatte. Oft saßen sie zusammen, wenn das Haus schon still geworden war, und redeten an einem Abend mehr als früher in einem Jahr. Conrad erzählte ihm von der Nacht, als die Schotten kamen und seine Eltern und seine Geschwister und sein Gesicht verbrannten.

Aber es waren nicht nur schreckliche Dinge, über die sie redeten. Sie sprachen über alles, England, die Welt, den Krieg, die Pest, über die guten alten Zeiten. Robin erfuhr, was nach seiner Flucht aus Waringham zwischen Conrad und Stephen vorgefallen war; er hörte von dem Streit, der die Freundschaft beendete, die an dem Tag begonnen hatte, als Conrad hungrig und abgerissen in Waringham angekommen war. Verzweifelt auf der Suche nach Arbeit, genau wie Robin selbst, hatte er in Stephens Haus Obdach gefunden. Robin lernte Dinge verstehen, die ihn früher so oft ratlos gemacht hatten.

Anne lebte auf. Allen Maßregelungen endlich entkommen, trieb sie sich von früh bis spät im Gestüt herum und wurde der verwöhnte Liebling aller Stallburschen. Sie entwickelte eine vertrauensvolle Hingabe zu Agnes. Conrad erkannte die seltene Gabe ihres Vaters in ihr wieder und ließ sie in seinen Stallungen gewähren, wie es ihr gefiel. Anne ihrerseits begegnete ihm mit entwaffnender Freundschaft, so wenig eingeschüchtert von seinem grimmigen Gesicht wie Agnes vor all den Jahren. Robin war zuversichtlich, daß sie ihn gut würde entbehren können, wenn er fort mußte.

»Und wann wird das sein?« fragte Agnes an einem Sonntag kurz nach Margerys Geburt. Sie hielt ihre Tochter auf dem Schoß und betrachtete sie verzückt.

Robin antwortete nicht. Er sah zum offenen Fenster hinaus in den wenig einladenden Herbstregen.

»Wird Lancaster nicht nach dir schicken?« erkundigte Conrad sich.

Robin seufzte. »Das hat er schon.« Leofric hatte ihm Nachricht geschickt. »Ein Parlament beginnt in diesen Tagen. Eigentlich sollte ich dort sein.«

»Aber?«

Robin stand ruhelos auf und trat an den Kamin. »Es ist das erste Parlament in Richards Regierung. Sie werden mit allem aufräumen, was sich in den letzten Jahren angestaut hat. Es wird viele Beschwerden geben. Prozesse …«

Conrad ging ein Licht auf. »Gegen Alice Perrers?«

Robin nickte unglücklich. »Sie trägt selbst die Schuld. Lancaster hätte sie gedeckt, wenn sie klüger und nicht so gierig gewesen wäre. Aber so, wie die Dinge stehen, wird er selbst den Vorsitz in ihrem Prozeß führen, um der Welt zu beweisen, daß er nichts mit ihren Machenschaften zu tun hatte. Hatte er ja auch nicht.«

»Aber du willst nicht zusehen?«

»Ich will vor allem nicht gegen sie aussagen müssen.«

»Was droht ihr?« fragte Agnes. Sie hatte Alice nie gut gekannt, aber sie fühlte sich ihr dennoch verbunden. Um Robins willen und wegen des großen Dienstes, den sie ihr erwiesen hatte.

»Verbannung vom Hof, was sie nicht erschüttern wird, und Geldbußen. Sie werden sie zwingen zu ersetzen, was sie sich widerrechtlich angeeignet hat. Und das ist ja auch richtig. Ich hoffe nur, es bleibt ihr genug, ihre beiden Töchter zu versorgen, wie sie es wollte.«

»Sie ist dir nicht gleichgültig geworden«, bemerkte Agnes.

Robin schüttelte den Kopf. Er sah durchaus, was aus Alice geworden war, er fand nichts Liebenswertes mehr an ihr. Wie könnte er auch, trug sie doch die Schuld an dem Trümmerhaufen seiner Ehe.

Aber er verstand, wie es passiert war. Er wußte inzwischen so gut, was der Hof aus einem Menschen machen konnte. Und Alice hatte nie gute Chancen gehabt.

»Wenn sie dich als Zeugen wollen, werden sie dich vorladen«, gab Conrad zu bedenken.

Robin wandte sich zu ihm um. »Wenn hier irgendwer aufkreuzt, der wie ein königlicher Bote aussieht, werde ich mich verbergen. Und du mußt ihm sagen, ich sei nicht mehr hier.«

Conrad hatte keinerlei Bedenken. »Wie du willst. Aber Mortimer ...«

»Kann nicht zurückkommen, ehe das Parlament vorbei ist«, sagte Robin lächelnd. »Er ist schließlich ein Lord.«

Kurz nach Allerheiligen erreichte ihn ein Brief, den ein reitender Bote für ihn auf dem Gestüt abgegeben hatte. Er las ihn nach dem Abendessen. *Ich weiß, daß Ihr dort seid. Das Parlament ist vorbei, Mortimer Dermond wird heimkehren und Eure Behaglichkeit stören. Also kommt aus Eurem Loch gekrochen. Wenn Ihr nicht in zwei Wochen hier seid, lasse ich Euch verhaften. Ich werde schon einen Grund finden. L.*

Schweren Herzens nahm Robin Abschied. Die Leute in Waringham waren untröstlich. Nicht nur Robins Zuwendungen, die so manchen von ihnen vor einem winterlichen Jammertal von Kälte und Hunger bewahren würden, sondern vor allem seine Anwesenheit hatte ihnen Mut gemacht. Als er ging, fühlten sie sich verlassen.

Er brach an einem kalten, aber sonnigen Tag auf. Romulus war übermütig und reiselustig, er schien ihr Vagabundendasein vermißt zu haben. Sie waren vielleicht eine Stunde die große Straße Richtung London entlanggeritten, als sie einen anderen einsamen Reisenden einholten.

Robin erkannte ihn an seinen dunkelblonden Locken und der stämmigen, wohlbeleibten Figur. Er holte auf. »Chaucer!«

Der Dichter sah erschrocken auf. Dann lächelte er breit. »Fitz-

Gervais. Welch angenehme Überraschung in diesen düsteren Tagen.«

»Düster?«

»Nun ja, Ihr wißt schon. Der Krieg, die Politik.«

»Ich habe seit Wochen nichts von alldem gehört. Was gibt es für Neuigkeiten?«

Chaucer berichtete. Eine französisch-kastilische Flotte hatte die Isle of Wight überfallen und die Dörfer geplündert. Sie hatten sich auch nicht gescheut, das Festland anzugreifen. Ironischerweise war es Hastings gewesen, das sie gebrandschatzt hatten, jener Ort, an dem der normannische Eroberer William einst die Herrschaft über England errungen hatte. Der Krieg kommt über den Kanal, dachte Robin beunruhigt.

Auch die Nachrichten aus London klangen nicht gut. Im Parlament hatte es erneut heftige Auseinandersetzungen zwischen Lancaster und den Commons gegeben. Deren Sprecher war wieder einmal Peter de la Mare, der sich mit der tatkräftigen Hilfe des Earl of March wie ein Phönix aus der Asche erhoben hatte. Und eine Anzahl von Prozessen hatte stattgefunden. Alice war in Ungnade. Genau wie Robin prophezeit hatte, hatte das Gericht unter Lancasters Vorsitz sie verurteilt. Sie hatte sich mutig verteidigt, aber Lord Eppings Aussage hatte ihrem Leumund erheblich geschadet. Niemand schenkte ihr danach mehr Glauben. Robin versuchte, nicht an sie zu denken. Es war ihm zu heikel, Mitleid mit ihr zu empfinden.

Robin seufzte. »Es wird immer nur alles vertrackter. Was für ein Jammer, daß ausgerechnet Ihr Euch so sehr damit befassen müßt, Geoffrey.«

»Was meint Ihr?« fragte Chaucer stirnrunzelnd.

»Nun, Politik machen kann jeder Tölpel, aber Ihr solltet Eure Zeit damit zubringen, Verse zu schmieden. Das kann keiner so vortrefflich wie Ihr.«

Chaucer hob lächelnd die Schultern. »Das ernährt aber keine Familie.«

»Nein, vermutlich nicht. Was verschlägt Euch nach Kent? Ich glaubte, Ihr wacht über den Hafen von London und nehmt für den König die Exportsteuern ein? Wolle und Leder, wenn ich mich recht entsinne?«

»Hm, so ist es. Aber ich habe zwei Mündel in Kent, um deren

Angelegenheiten ich mich hin und wieder kümmern muß. Schöne Gegend, Kent.«

Robin lächelte stolz. »Nicht wahr? Und jetzt? Werdet Ihr wieder eine Eurer geheimnisvollen diplomatischen Missionen auf dem Kontinent antreten, oder geht Ihr nach London?«

»Nach Westminster. Zu meinem König.«

Dann seid Ihr nicht zu beneiden, dachte Robin flüchtig, aber das sagte er nicht.

»Und werdet Ihr mit in den Krieg ziehen, Robin?«

»Das wißt Ihr vermutlich besser als ich.«

»Tja, schwer zu sagen. Es wird Zeit, daß der rechtmäßige König von Kastilien sich seine Krone holt.«

Robin seufzte. »Irgendwas kommt immer dazwischen ...«

Sie ritten eine Weile schweigend. Auf der Straße war es ruhig, doch nach einiger Zeit kam ihnen eine bunte Pilgerschar entgegen, zweifellos auf dem Weg nach Canterbury zum heiligen Thomas, dessen Schrein angeblich an exakt der Stelle stand, wo die übereifrigen Ritter König Henrys ihn, den Erzbischof, in seiner eigenen Kirche erschlagen hatten. Man berichtete von vielen Wundern, die an diesem Schrein geschehen waren, und der Pilgerstrom riß niemals ab. Diese Gruppe kam offenbar aus London, Bettelmönche und Ritter waren ebenso darunter wie Handwerker und Kaufleute, doch die ganze Pilgerschar verblaßte vor einer großen, dicken Bürgersfrau mit einem enormen, scharlachroten Kopfputz, die trotz ihrer Fülligkeit graziös auf ihrem Zelter einherritt und mit einem warmen, volltönenden Lachen verkündete, sie sei schon überallhin gepilgert, nach Rom, nach Köln und nach Santiago, und die alles in allem den Anschein erweckte, als sei sie so unternehmungslustig, daß sie sich in absehbarer Zeit auch ins Heilige Land aufmachen würde. Die Pilger lauschten ihr ergeben.

Chaucer hatte sein Pferd angehalten und sah ihnen nach.

Robin zügelte Romulus und wandte sich zu ihm um. »Geoffrey? Was habt Ihr?«

Der Dichter schüttelte die Zügel auf und brachte sein Pferd wieder in Gang. Er lächelte geheimnisvoll. »Nichts, gar nichts. Nur eine Idee ...«

Der Duke of Lancaster machte aus seinem Herzen keine Mördergrube.

»Treuloser, undankbarer Schurke! Abtrünniger! Beinah ein halbes Jahr.«

»Vier Monate.«

»Und wenn schon! Einfach zu verschwinden. Was ist das für eine Dienstauffassung, Sir?«

»Es tut mir leid.«

»Es tut ihm leid.«

»Ja. In gewisser Weise.«

»Tut es Euch auch leid, daß Ihr eine Vorladung vor das königliche Gericht ignoriert habt?«

»Ich habe nie eine bekommen.«

»Nein. Ihr habt Euch verleugnen lassen.«

»Stimmt.«

»Gott, Robin, Ihr solltet wenigstens soviel Anstand beweisen, es abzustreiten.«

»Ich werde Euren Rat für die Zukunft beherzigen, Mylord.«

Lancasters Mund zuckte. Robin schenkte Wein ein. Henry, der neben dem großen Arbeitstisch stand, atmete erleichtert auf. »Also, was ist denn nun mit Schottland, Vater?«

»Sag du es mir. Was weißt du darüber?«

Henry runzelte nachdenklich die Stirn. »Die Schotten sind eine Pest und waren es immer. Kaiser Hadrian hat an der Grenze einen Wall gebaut, um die römische Provinz Britannien vor ihnen zu schützen. Aber der Wall ist größtenteils zerfallen. Seit jeher weigern sich die Schotten, englische Vorherrschaft anzuerkennen, und wollen uns schaden. Wann immer wir Krieg gegen Frankreich führen, verbünden sie sich mit dem Feind. Großvater und irgendein Erzbischof von York haben sie vor dreißig, vierzig Jahren besiegt, als sie wieder einmal in England eingefallen waren, und wir hielten die Lowlands besetzt. Aber die Schotten haben unsere Truppen vertrieben.«

»Richtig. Wer ist König von Schottland?«

»Robert II. Er war erst der Rivale, dann der Nachfolger eines David weiß-nicht-mehr …«

»Bruce.«

»David Bruce …«

»David *the* Bruce.«

»… der Großvaters Schwester geheiratet hatte. Aber Robert ist radikal anti-englisch und verweigert eine eheliche Verbindung der Königshäuser.«

Lancaster lächelte dünn. »Bruce war auch nicht viel besser, trotz der ehelichen Verbindung. Wir mußten ihn erst gefangennehmen, damit Ruhe war. Weiter. Wer ist Roberts mächtigster Vasall?«

Henry dachte einen Moment nach. »Der Earl of Douglas vielleicht?«

»Könnte hinkommen. Und hat König Robert einen Erben?«

»Seinen Sohn John Robert, den Earl of Carrick.«

»Und die derzeitige Situation?«

»Sie haben mit französischer Unterstützung mehrmals die Grenzgebiete angegriffen, auf die sie Anspruch erheben. Sie haben viel Schaden angerichtet. Es heißt, Schottland und Frankreich planen eine gemeinsame Invasion von Norden und Süden.«

»Und was werden wir tun?«

»Nun, kämpfen.«

Lancaster schüttelte den Kopf. »Nein, das wäre ein Fehler. Wir haben nicht genug Geld, an zwei Fronten gleichzeitig zu kämpfen. Wir werden im Frühjahr nach Frankreich segeln und hoffentlich mit dem französischen und kastilischen Piratentum aufräumen. Aber damit sind unsere Mittel ausgeschöpft. Erst einmal müssen wir mit den Schotten verhandeln.«

»Und Honig in ihre schottischen Segelohren träufeln«, murmelte Robin.

Lancaster schnitt eine Grimasse. »Stimmt genau. Trotzdem nicht schlecht, Henry.«

Der Junge lächelte zufrieden. Er war wieder mächtig gewachsen, seit Robin ihn zuletzt gesehen hatte, und wirkte schlaksig und viel zu dünn. Aber seine Augen leuchteten der Welt erwartungsvoll entgegen, und sein Schritt federte mit jugendlicher Vitalität. Er wandte sich an Robin. »Wirst du mitkommen nach Schottland?«

»Natürlich.«

»Sieh an«, brummte Lancaster. »›Natürlich‹, sagt er.«

»Habt Ihr andere Wünsche, Mylord?«

»Durchaus nicht. Ich war mir nur nicht sicher, inwieweit ich noch auf Euch zählen kann.«

Robin biß die Zähne zusammen. Er hatte gewußt, daß er sich dergleichen würde anhören müssen. »Wünscht Ihr einen neuen Diensteid, Mylord?«

»Nein, es reicht völlig, wenn Ihr den nicht brecht, den Ihr geschworen habt.«

»Wenn ich mich recht entsinne, sagtet Ihr, wir alle hätten wohl eine Pause verdient.«

»Wenn ich mich recht entsinne, sagte ich, bis zum Herbst.«

»Es ist Herbst.«

»Es ist Winter.«

»Der Winter beginnt, wenn der Schnee kommt.«

»Und der Herbst beginnt an Michaelis.«

»Zu Michaelis mußte ich mich um meine Pachteinnahmen kümmern.«

Lancaster zog die Brauen hoch. »Tatsächlich? Und ich dachte …«

Jemand klopfte an die Tür.

»Was?« rief er unwirsch.

Ein Diener trat ein und verneigte sich. »Der Earl of Northumberland, Euer Lordschaft …«

Ehe er das Begehr des Earl vortragen konnte, stürmte der dicke Lord Percy herein. Northumberland? dachte Robin verwundert. Anscheinend sind mir wieder einmal ein paar entscheidende Neuigkeiten entgangen. Erst Marshall, jetzt Earl. Für Percy hatte es sich wirklich ausgezahlt, auf Lancasters Seite zu wechseln …

Der frischgebackene Earl verneigte sich sparsam vor Lancaster und Henry, streifte Robin mit einem hochmütigen Blick und ruckte sein Kinn zur Tür.

Robin tat, als sei ihm die rüde Aufforderung entgangen. Er ignorierte Percy. »Wenn das im Moment alles war, Mylord …«

Dem Herzog war seine Verstimmung nicht länger anzusehen. Er schenkte Robin ein Lächeln voller Wohlwollen. »Leofric und Cecilia sind hier. Sie werden beglückt sein, Euch zu sehen. Henry, wenn du willst, kannst du Robin begleiten.« Dann wandte er sich an Percy. »Northumberland, seid gegrüßt.«

Der Earl trat entschlossen näher. »Die Schotten haben geantwortet. Der Earl of Carrick hat Vollmacht erhalten zu verhandeln, John.«

Ein fast unmerkliches Blinzeln verriet Lancasters Mißfallen ob dieser Vertraulichkeit. »Und die Bedingung?«

»Daß Ihr es seid, mit dem sie verhandeln. Und daß Euer Gefolge nicht die Ausmaße einer Armee annimmt ...«

Robin und Henry gingen hinaus und schlenderten nebeneinander den langen Korridor zur Treppe entlang, wie ungezählte Male zuvor.

»Bist du viel bei Hofe?« erkundigte Robin sich.

Henry nickte. »Ziemlich oft, ja. Aber der König hat nicht mehr soviel Muße wie früher. Na ja, reiten und jagen war noch nie seine Sache.«

»Hm.«

»Warum kannst du den Earl of Northumberland nicht leiden, Robin?«

Sie kamen an die Treppe und gingen hinunter. »Wer sagt denn so was?«

»Keiner. Ich seh's dir an.«

»Du mußt dich irren. Er wird es schon wert sein, wenn dein Vater ihn so sehr fördert. Ich habe selten erlebt, daß dein Vater sich in einem Mann täuscht.«

»Vater hat nicht mehr genug Brüder. Er muß sich mehr auf seine Vasallen verlassen als früher.«

»Hm, und Percy ist sein Vetter.«

»Tatsächlich?«

»In gewisser Weise. Seine Frau war eine Cousine deiner Mutter.«

»Oh, das wußte ich nicht. Ich dachte, er sei viel älter als mein Vater.«

»Nein, sogar ein, zwei Jahre jünger, wenn ich mich recht entsinne, um die Fünfunddreißig. Es ist seine Beleibtheit, die ihn älter erscheinen läßt. Er hat einen Sohn, nur wenig älter als du.«

Henry nickte. »Ja, ich kenne ihn. Sie nennen ihn *Hotspur*. Und ein Heißsporn ist er wirklich. Er hat schon gegen die Schotten gekämpft, die haben ihm den Namen gegeben. Er ist schon ein richtiger Held. Aber ich hab' noch nie jemanden mit so einem Temperament getroffen. Außer meiner Stiefmutter vielleicht.«

Robin lächelte. »Was denkst du, reiten wir ein Stück?«

Henry schwankte. »Na ja, Vater Lionel ...«

»Das werd' ich regeln.«

»Also dann! Du mußt dir unbedingt meinen neuen Falken ansehen.«

Wie gewöhnlich dauerten die Weihnachtsfeierlichkeiten zwei volle Wochen, und kurz nach Robins Geburtstag brach Lancaster mit einem eher bescheidenen Gefolge vertrauter Vasallen und Mitglieder seines Haushaltes auf. Sie reisten zügig, und Robin hatte nur einen Tag Zeit für einen kurzen Besuch zu Hause, während Leofric seine Frau, die endlich guter Hoffnung war, nach Harley brachte. Lancaster übernachtete in Burton.

Isaac hatte sich einen kurzen Bart wachsen lassen. Robin begutachtete ihn neugierig, als er ihm aus dem Haus entgegenkam. »Steht dir gut. So würdevoll.«

Isaac grinste und sah für einen Augenblick wieder aus wie der Flegel, der er einmal gewesen war. Sie umarmten sich und gingen hinein, während Francis die Pferde in den Stall brachte.

»Wie lange kannst du bleiben?«

»Bis Mitternacht. Leofric kommt heute abend herüber, und eine Stunde nach Sonnenaufgang treffen wir Lancaster in St. Gregorius.«

Isaac nahm es wie immer gelassen. »Tja, nicht zu ändern. Aber dann wirst du deine Frau und deinen Sohn nicht sehen.«

Robin blieb stehen. »Was heißt das?«

»Sie sind in Yorkshire bei ihrer Schwester, Lady Turnbridge. Schon seit Martinus.«

Robin spürte einen Stich. Er hatte sich danach gesehnt, seinen Sohn im Arm zu halten, dessen winziges Gesicht anzusehen und ihn vielleicht ein paar Worte sprechen zu hören. Er sagte ärgerlich: »Richte ihr aus, ich wünsche nicht, daß mein Sohn so lange von zu Hause fort ist. Er soll hier aufwachsen.«

Isaac klopfte ihm seufzend die Schulter. »Setz dich erst mal.« Er rief nach Bertha, die Robin freudestrahlend begrüßte und ihnen heißen Würzwein brachte. Wie immer im Winter war es trotz des Feuers eisig im Haus.

Als sie getrunken hatten, stellte Isaac seinen Becher vor sich auf dem Tisch ab und drehte ihn zwischen den Händen. »Sie war todunglücklich, Robin. Sie konnte es hier nicht aushalten.«

»Anscheinend habt ihr eure Differenzen beigelegt, und du genießt wieder ihr Vertrauen.«

»Und? Irgendwelche Einwände?«

»Sei nicht albern.«

»Sie hat sich in den Kopf gesetzt, daß du zu *ihr* gegangen bist. Alice.«

Robin winkte ungeduldig ab. »Das wäre das letzte, das mir einfallen könnte. Ich war in Waringham.«

Isaac nickte. »Ich hab' ihr gesagt, daß du Anne zu Conrad und Agnes bringen würdest und vermutlich einfach eine Weile dortbleibst. Aber sie konnte das nicht glauben. Ich meine, sie weiß nicht wirklich, was Waringham für dich bedeutet.«

»Kann schon sein.«

»Oh, komm schon, Robin. Zeig mir nicht die kalte Schulter, darauf falle ich sowieso nicht herein.«

Robin fuhr sich mit der Hand über das Kinn. »Ich hab' meinen Jungen ein halbes Jahr nicht gesehen. Ich bin enttäuscht.«

»Ja. Deine Frau zu sehen lag dir nicht so am Herzen, was?«

Robin antwortete nicht.

Für einen Moment sah es so aus, als wolle Isaac noch etwas sagen, aber dann schüttelte er den Kopf und wechselte das Thema: »Oswin hat endlich sein Haus gebaut. Und wir haben eine Unterkunft für Oswins Haudegen gebaut, da, wo das alte Verwalterhaus stand.«

»Und die Männer? Sind sie gut?«

Isaac nickte. »Anständig. Oswin hält tadellose Disziplin. Er muß ein guter Soldat gewesen sein.«

»Das glaube ich auch.«

»Oh, da fällt mir ein, sie wollen ein Emblem. Irgendwas, das sie an ihren Mänteln tragen können, damit jeder sieht, daß sie nach Fernbrook gehören und in deinem Dienst stehen.«

Robin lächelte. »Dann soll es der Farnzweig von Fernbrook sein.«

»Hm, das klingt vernünftig. Oswin hat mich auch unter seine Fittiche genommen. Er sagt, ich habe nicht einen Funken Talent zum Schwertkampf, und vermutlich hat er recht, aber es macht trotzdem Spaß.«

»Dann reite nach Lancaster, und laß dir ein gutes Schwert machen, Isaac. Auf meine Kosten. Ich würde dir lieber eins schenken, aber ich habe keine Zeit.«

Isaac winkte beschwichtigend ab. »Ich kann mich gut selbst darum kümmern. Und danke.«

Sie gingen zum Gestüt hinüber, begutachteten die trächtigen Stuten ebenso wie alle Hengste, gingen bei Elinor vorbei und sprachen mit Hal und Oswin und Rupert. Robin lernte Jason kennen, einen sehr ernsten, gescheiten Jungen, der Isaac inzwischen die Buchführung fast gänzlich abnahm.

Als Leofric abends kam, fing es an zu schneien. Nach dem Essen schickten sie die Knappen hinaus, um die Pferde zu holen, und brachen sofort auf. Bei schlechtem Wetter würden sie lange bis nach St. Gregorius unterwegs sein, und das letzte, was Robin wollte, war, Lancaster zu verpassen. Sie hatten Fernbrook schon lange hinter sich gelassen, als Robin aufging, daß er mit Isaac nicht mehr über Joanna gesprochen hatte. Und als er wieder an sie dachte, kam auch sein Groll zurück.

Die schottische Grenze war kalt, nebelig und langweilig. Das Wetter ließ Reiten oder anderen ritterlichen Zeitvertreib im Freien kaum zu. Robin war ausgesprochen dankbar für Leofrics, Henrys und Lionels Gesellschaft. Sie verbrachten viel Zeit zusammen beim Schachspiel oder der Lektüre der Bücher, die Lionel mitgeschleppt hatte, während Lancaster und Northumberland mit den Earls of Carrick und Douglas über den Grenzverlauf debattierten. Wochenlang, in steifer Atmosphäre und ohne erkennbare Fortschritte. Robin und Leofric beschäftigten die Männer der Wache mit Waffenübungen und bestanden strikt auf der Einhaltung des Wachdienstes. Gelangweilte Soldaten wurden leicht undiszipliniert, und sie wollten vermeiden, daß die schwergeprüften Grenzbewohner auch noch unter englischen Soldaten zu leiden hatten.

Als das Tauwetter einsetzte, war sogar Robin erleichtert, als sie wieder zur Jagd ritten, und der Frühling belebte nicht nur das Land und die Männer und Frauen in Lancasters Gefolge, sondern auch die Verhandlungen.

Ohne die Grenzfrage endgültig zu klären, rang der Herzog den

Schotten ein Stillhalteabkommen ab, das besagte, daß sie sich an neuen französischen Angriffen nicht beteiligen würden, und das, so vertraute Lancaster Robin seufzend an, vermutlich das Pergament nicht wert war, auf dem es geschrieben stand.

Sie brachen trotzdem unmittelbar nach Unterzeichnung des Abkommens auf, beinah überstürzt. Verheerende Nachrichten waren aus Calais gekommen; Lancasters Bruder Edmund hatte die meisten seiner Schiffe an die französisch-kastilische Flotte verloren und ersuchte dringend um Verstärkung. Der König und sein Rat baten Lancaster umgehend nach London.

Es war wie immer schwer zu sagen, was Lancaster wirklich empfand, als er die Botschaft las. Er reichte Robin den Bogen und sagte leichthin: »Zu schade. Gerade fing ich an, den Earl of Douglas zu mögen.«

Robin las und war erschüttert. »Und was tun wir jetzt?«

Lancaster dachte einen Moment nach. »Nur gut, daß ich den Rat überreden konnte, mir die Verwendung der Steuereinnahmen zu überlassen«, murmelte er. Dann nahm er einen tiefen Zug aus seinem vergoldeten Becher und stand auf. »Was sollen wir schon tun? Wir segeln so schnell wie möglich nach Frankreich. Robin, nehmt einen Bogen Papier, schreibt eine Vollmacht aus, in meinem Namen Schiffe zu kaufen und auszurüsten.«

Robin trat an das Schreibpult. »Auf wen?«

»Dumme Frage, auf Euch natürlich. Brecht sofort nach Southampton auf. Seht, was Ihr kriegen könnt, zehn Schiffe brauchen wir wenigstens. Kommt nach London zurück, wenn Ihr fertig seid.«

»Ja, Mylord.«

Er brachte Lancaster die Vollmacht zur Unterschrift, erhitzte Wachs über einer Kerze und setzte das große Siegel darauf. Dann rollte er das Schreiben zusammen und schob es in seinen Handschuh. »Mit sofort meint Ihr sofort, nehme ich an?«

Lancaster nickte. »Eile tut not. Schickt nach Northumberland. Und Leofric soll herkommen. Dann macht Euch auf den Weg. Gott sei mit Euch.«

Robin verneigte sich und ging hinaus.

Es war nicht besonders schwierig, die Schiffe und notwendige Ausrüstung zu beschaffen, nur die Preise verschlugen Robin den Atem. Als er nach London zurückkehrte, war Lancasters Truppe größtenteils schon versammelt. Doch der Aufbruch verzögerte sich; wieder einmal wurde der Herzog überall gleichzeitig verlangt. Der König lud ihn Anfang Juni noch einmal zu geheimen Beratungen. Es blieb ihm nichts übrig, als der Bitte zu folgen. Anschließend begaben sie sich nach Southampton, um sich schnellstmöglich einzuschiffen, als ein Bote von Northumberland Nachricht von der schottischen Grenze brachte.

Lancaster donnerte die Faust auf den Brief. »Verdammt, man könnte meinen, Gott will nicht, daß ich meinem Bruder zu Hilfe komme. Robin ...«

»Mylord?«

Lancaster sah ihn an und biß sich kurz auf die Unterlippe. »Sagt, wann habt Ihr zuletzt geschlafen?«

Robin winkte ab. »Wenn Ihr wünscht, daß ich Northumberland eine Nachricht bringe, kann ich umgehend aufbrechen.«

»Ich kann jetzt unmöglich selbst noch einmal nach Norden. Aber es ist wichtig, und Ihr seid der Schnellste.«

»Wie lautet die Nachricht?«

»Ich schreibe einen Brief. Macht Euch reisefertig. Und, Robin, nehmt Leofric mit.«

Sie brauchten vier Tage, und sie rasteten selten. Sie hatten außer Romulus und Theseus zwei weitere, erstklassige Pferde mitgenommen, die aus Robins Zucht stammten, so daß immer zwei Tiere ohne Last liefen. Auf diese Weise blieben sie länger frisch. Zum Dank für ihre Schnelligkeit ernteten sie von Northumberland bittere Worte. Er war verärgert, daß Lancaster nicht kam, und ließ seinen Groll bedenkenlos an ihnen aus. Das schwere Schicksal der Boten mit schlechter Kunde, bemerkte Robin grinsend, als sie sich auf den Rückweg machten.

Als sie sich York näherten, ging gerade die Sonne auf. Sie verließen die Hauptstraße und bogen nach rechts in einen Pfad ein, der durch einen Wald um die Stadt herumführte. Er war schmal und wurde selten benutzt. Kaufleute nahmen ihn dann und wann, wenn sie die Durchfahrtzölle der Stadt auf ihre Waren umgehen und dafür lieber die Gefahren des Waldes und die Strapazen eines schlechten Weges auf sich nehmen wollten.

Sie waren vielleicht eine Stunde durch den Wald geritten, als ihnen eine seltsame Karawane entgegenkam. Fünf oder sechs Soldaten, die allesamt ein bißchen mitgenommen aussahen. Zwei von ihnen trugen verwundete Kameraden, die sie sich wie Kornsäcke über die Schultern geworfen hatten. Hinter ihnen folgten zwei weitere Männer, von denen einer ein Baby im Arm hielt, der andere stützte eine hochschwangere Frau.

Robin zügelte Romulus und starrte ihnen sprachlos entgegen. Katastrophen machten ihn immer sprachlos. Schwanger, war alles, was er denken konnte. Meine Frau ist schwanger.

Als sie ihn erkannten, blieben sie alle stehen.

Robin glitt aus dem Sattel. »Joanna?«

Sie sah ihn an. Ihre Augen erschienen ihm riesig, die Haut spannte sich über ihren hohen Wangenknochen.

»Giles …«, fing sie an und brach gleich wieder ab.

»Sie kamen vorgestern nacht«, berichtete Isaac. »Sie haben uns das Haus über den Köpfen angesteckt, es brannte wie Zunder. Als das Haus schon brannte, haben sie uns aus den Betten geholt und hinausgetrieben. Nur Alison … es muß früher Morgen gewesen sein, und sie war schon in der Küche. Vielleicht hat der Qualm sie ohnmächtig gemacht, oder die Tür war verklemmt, ich weiß es nicht. Als wir merkten, daß sie im Haus war, war's zu spät. Die Küchenseite ist als erstes eingestürzt …«

Robin sah zu Oswin, der sehr bleich neben ihnen stand und den Anschein erweckte, als ginge die Geschichte ihn überhaupt nichts an. Er sah ernst in das Gesicht seines Sohnes hinunter.

»Edward. Wo … wo ist mein Sohn?«

»Er lebt«, sagte Isaac ruhig. »Aber Giles hat ihn dabehalten, ihn und Elaine. Und wenn wir nicht genau tun, was er sagt, wird er … wird er …«

»Edward die Kehle durchschneiden und seine Leiche den Schweinen zum Fraß vorwerfen«, kam Joanna ihm zu Hilfe. Sie sagte das, als sei es die vernünftigste Sache der Welt. Sie steht unter Schock, ging Robin auf.

Er schloß für einen Moment die Augen. »Elinor und Hal und das Kind?«

Isaac schüttelte den Kopf. »Wir wissen es nicht. Wir hatten

keine Chance, zum Steinhaus zu kommen. Ich … fürchte um sie. Ich meine, Giles' Männer sind … wie Tiere. Rosalind und Bertha und die anderen Mägde haben sich davongemacht, aber Elaine ist bei Edward geblieben, und sie haben … Jason wollte ihr helfen, und Giles hat ihm einfach den Bauch aufgeschlitzt. Einfach so.«

Robin senkte den Kopf. Gott straft mich für Limoges, dachte er dumpf.

Oswin sprach zum erstenmal. »Die drei Mann, die auf Nachtwache waren, haben sie niedergemacht, ehe sie in dein Haus eindrangen. Die anderen …«, er wies auf das traurige Häuflein, »haben sie im Schlaf überwältigt. Wir haben getan, was wir konnten, aber Giles hat wenigstens zwanzig Mann.«

Robin trat vor ihn und legte die Hand auf seine Schulter. »Es tut mir leid, Oswin.«

Oswin nickte wortlos, schluckte und strich seinem Sohn über den Kopf.

Robin wandte sich ab. »Leofric.«

Leofric machte eine traurige, aber abwehrende Geste. *Komm nicht auf die Idee, mich irgendwo hinzuschicken. Ich bleib bei euch.*

»Nein. Du wirst …«

Leofric wandte den Kopf ab, und Robin packte ihn hart am Arm. »Verdammt, einer von uns muß gehen! Er muß Gewißheit haben, daß wir Northumberland erreicht haben, eher kann er nicht lossegeln. Und Edmund braucht auch Hilfe.«

Leofric dachte einen Moment nach und nickte dann unglücklich.

»Nimm zwei Pferde mit. Du mußt dich beeilen, denn du mußt einen Umweg über Rickdale machen. Gisbert ist in Southampton, aber sein Bruder Thomas, sein Steward, ist dort. Er soll mir … vier Männer schicken. Die besten.«

Aber wenn du Fernbrook nehmen willst, wirst du mich brauchen.

Ja, das werde ich, dachte Robin. »Ich habe Oswin. Es wird schon gehen. Thomas soll seine Männer zu der kleinen Flußmündung bei Harley schicken. Da werde ich sie treffen. Morgen abend.«

Nicken.

Robin schloß Leofric kurz in die Arme. »Gott schütze dich. Erklär Lancaster, was passiert ist. Und paß ein bißchen auf Francis auf, ja?«

Sei unbesorgt. Ich werde ihn nicht aus den Augen lassen.

Er saß auf, winkte kurz und preschte davon.

Joanna schwankte leicht und sackte plötzlich zusammen. Isaac fing sie auf. »Es hat schon letzte Nacht angefangen«, sagte er zu Robin.

Robin legte behutsam die Arme um sie und stützte sie. »Wir müssen sie in die Stadt bringen, sie braucht eine Hebamme.«

Joanna lehnte den Kopf mit geschlossenen Augen an seine Schulter. Ihre Lippen bewegten sich, er erahnte lateinische Wortfetzen; sie betete.

»Sei nur ganz ruhig, Lady Joanna«, sagte er leise. »Alles wird gut.«

»Edward …«

»Ja. Ich bring' ihn dir wieder, heil und lebendig, ich schwör's dir.«

Sie runzelte die Stirn und schüttelte fast unmerklich den Kopf. »Gott straft mich für meinen Hochmut.«

Tatsächlich, dachte Robin grimmig, und ich dachte, er hat es auf mich abgesehen. »Sei kein Schaf. Dein Bruder ist ein Unmensch wie dein Vater, das ist alles, Gott hat nichts damit zu tun.«

»Vielleicht, ich bin nicht sicher.« Ihre Stimme war ein tonloses Wispern. »Robin … ich blute.«

Er hatte den Männern die Pferde für den Transport der Verwundeten gegeben. Er merkte bald, daß Joanna zu schwach war, um es bis in die Stadt zu schaffen, also hatten sie auf einer Lichtung abseits des Weges ein notdürftiges Lager errichtet. Einer der Männer war mit Robins Geldbeutel nach York geritten, um Proviant zu kaufen. Robin hatte ihm untersagt, dort den Sheriff aufzusuchen. Er rechnete sich größere Chancen aus, wenn er es auf seine Art versuchte.

Vielleicht hundert Schritte von der Lichtung entfernt floß ein gemächlicher Bach durch den Wald. Am Ufer wuchs weiches Gras und Moos. Dorthin brachte er Joanna, setzte sie vorsichtig ab und wollte ihr das Kleid ausziehen.

Sie wehrte seine Hände ab.

»Komm schon. Du hast im Moment nur das eine Kleid, und morgen wirst du froh sein, wenn es noch sauber ist.«

»Morgen werde ich tot sein.«

Er ließ die Hände sinken. »Nein, schlag dir das aus dem Kopf.« Schweißperlen bildeten sich auf ihrer Stirn, und sie keuchte. »Geh. Geh weg, Robin. Laß mich allein.«

»Joanna, du mußt mir dieses Mal erlauben, dir zu helfen. Außer mir ist niemand hier.«

Er war nicht ganz sicher, ob sie ihn verstanden hatte, jedenfalls widersprach sie nicht. Er riß ein Stück aus ihrem Unterrock, tauchte es ins Wasser, wrang es aus und tupfte ihr die Stirn ab. Sie lag entspannt mit geschlossenen Augen im Gras, aber fast sofort kam die nächste Wehe. Danach war sie zu zermürbt für Widerstand, Robin konnte sie ungehindert ausziehen. Sie schauderte in der Brise, und er nahm seinen Mantel ab und hüllte sie darin ein.

»So sollte es gehen.« Er hielt sorgsam die Angst aus seiner Stimme. Es sah aus, als hätte sie viel Blut verloren. Aber das meiste war natürlich nur blutgefärbtes Fruchtwasser, schärfte er sich ein, es sah schlimmer aus, als es war. Er wünschte verzweifelt, er wüßte mehr über menschliche Geburten. Während und nach Margerys Geburt hatte er Agnes tausend Fragen gestellt, und sie hatte bereitwillig geantwortet, aber er wußte so wenig, so furchtbar wenig. Er ahnte nur, daß das Kind verkehrt herum lag, und anders als bei Pferden hatte er keine Ahnung, was er tun konnte.

Es wurde viel schlimmer als bei Edward, schlimmer gar als bei Anne. Darauf war Joanna nicht gefaßt gewesen, und sie fühlte sich betrogen. Sie fürchtete, was sie gebar, könnte ein steinernes Götzenbild sein. Und das ließ ihr wirklich keine Gelegenheit, ihren Frieden mit ihrem Schöpfer zu machen.

»Robin, es reißt mich in Stücke.«

»Hab keine Angst. Es muß jetzt bald kommen.«

»Warum muß es nur … so obszön sein?«

»Das ist es nicht.«

»Wirst du mir sagen, daß du mir verzeihst, bevor ich sterbe? Nachher nützt es mir nichts.« Sie war atemlos und konnte nur flüstern.

»Ja. Ich weiß nicht mehr genau, wann, aber irgendwann vor ein paar Wochen hab' ich dir verziehen. Und du? Ich meine … kannst du mir dieses Kind verzeihen?«

»Grundsätzlich schon. Gerade im Moment … schwerlich.«

Er nahm ihre schmale, weiße Hand und drückte sie.

Sie riß sich los. »Du wirst dich vor mir ekeln.«

»Nein. Das verstehst du nicht. Die Leute in meiner Familie sind ganz wild auf Geburten.«

Sie konnte nicht antworten. Eine neue Wehe packte sie, und sie stöhnte jammervoll, zu schwach für Schreie. Keine Kraft, keine Stimme mehr. Sie schwand, aber Robin ließ es nicht zu. Er befeuchtete ihr Gesicht und ihre Hände mit kühlem Wasser und rüttelte sie sanft. »Nein, du mußt hierbleiben, Joanna. Du mußt pressen, auch wenn es gräßlich ist. Los, komm schon ...«

»... gut reden, Bastard ...«

»Ja, los, gib's mir. Bastard, sagst du?«

»Verfluchter Bastard.«

»Weiter. Und pressen.«

Sie preßte und fluchte wie ein Kesselflicker. Noch mehr Blut kam, und schließlich ein winziges, rosiges Hinterteil. Arsch voraus, dachte Robin, nicht die schlechteste Weise, das Leben anzugehen. Mit vorsichtig tastenden Fingern half er seinem Kind auf die Welt, hielt es der Sonne entgegen und durchschnitt die Nabelschnur mit seinem rasiermesserscharfen Dolch.

Agnes hatte ihm eingeschärft, Sauberkeit sei das oberste Gebot. Moderne Ärzte lachten über diesen altmodischen Hexenzauber, aber er wusch seine Hände immer wieder, wusch das Kind und wusch seine Frau, nachdem die Nachgeburt gekommen war. Sie war halb besinnungslos, und vorsichtig, unendlich vorsichtig ließ er sie ins Wasser gleiten, damit die Strömung alles davonspülen konnte, das Blut und die tückischen Gifte, die Entzündungen brachten. Das kühle Wasser dämmte die Blutung ein, aber sie versiegte nicht ganz.

Es war ein Junge. Zu klein und affenähnlich; ein Waringham, schloß Robin grinsend. Kein Priester weit und breit. Er holte Joannas gemurmeltes Einverständnis ein, tauchte ihn dreimal in den Fluß und taufte ihn auf den Namen Raymond. Dann hieß er ihn willkommen, küßte ihm die Stirn und legte ihn seiner Mutter an die Brust.

Als die Nacht hereinbrach, weckte er Joanna. »Du mußt etwas überziehen, und dann bringe ich dich ins Lager hinüber. Da wird sich eine Decke für euch finden.«

Sie konnte sich nicht allein aufrichten. Er half ihr und streifte ihr das Kleid über.

»Ich fürchte, aus deinem Unterrock müssen wir Windeln machen.«

Sie machte eine einladende Geste. Ihr Gesicht wirkt erschöpft und ein wenig verquollen, aber nicht fiebrig, dachte er. Sie sah auf ihren Sohn hinab. »Armes Kind, du kommst zur Welt wie ein Gesetzloser.«

Robin schüttelte den Kopf. »Niemand wird gesetzlos geboren, Lady Joanna.«

Sie lächelte müde. »Oh, Robin, dein Mantel ist dahin.«

»Und wenn schon. Lancaster läßt mir jeden Herbst einen neuen machen.«

Sie schloß die Augen. »Edward.«

»Du darfst dir keine Sorgen machen, du mußt dich jetzt ausruhen. Morgen früh bringe ich dich mit Raymond nach York zu den Barmherzigen Schwestern, da werdet ihr gut versorgt sein. Und so bald wie möglich hole ich euch nach Hause.«

Sie nickte. »Du wirst kein Risiko eingehen, oder? Giles … Er könnte Edward wirklich etwas antun. Ich weiß, daß er dazu fähig wäre.«

»Ich gehe kein Risiko ein, glaub mir.«

»Und Giles, laß ihn nicht wieder laufen. Töte ihn.«

Er war ein bißchen verwundert. »Joanna, er ist dein Bruder.«

»Nicht zu ändern. Aber Alison, Jason, die Wachen … Er schuldet sein Leben. Mehr als einmal.«

Er strich ihr über die Wange. »Denk jetzt nicht darüber nach. Jetzt müssen wir erst einmal zusehen, daß du eine Decke bekommst, es wird kühl.«

Er holte Isaac, der bereitwillig das Baby an sich nahm, während Robin Joanna zur Lichtung zurücktrug. Inzwischen waren Vorräte und Decken aus der Stadt besorgt worden, ein lebhaftes Feuer brannte. Die Verwundeten waren versorgt, einer der Männer röstete Speck und Brot, ein anderer schenkte Wein ein.

Er brachte Robin einen Becher. »Hier, Sir.«

»Danke. Gott, ich kenne nicht einmal deinen Namen, und du hast dein Leben für meine Familie aufs Spiel gesetzt.«

»Jack, Sir. Und Ihr zahlt mir guten Sold, damit ich es tue.« Er lächelte schwach.

Robin nickte. »Ich werde später zu euch kommen, und wir werden überlegen, wie es weitergeht. Jetzt eßt erst einmal.«

Robin brachte den Wein Joanna und flößte ihn ihr ein. Sie lag nahe des Feuers und hatte unter einer verhüllenden Decke ihren Sohn wieder angelegt. Er trank nicht viel und schlief bald ein, satt und zufrieden. Oswins Sohn Adam plärrte dafür jammervoll. Unbeholfen hielt Oswin ihn im Arm und bemühte sich erfolglos, ihn zu beruhigen.

»Bring ihn mir«, sagte Joanna leise.

Oswin trat zögernd näher.

Joanna winkte ihn zu sich herunter und nahm ihm das Kind ab. Ein zweites Baby verschwand unter ihrer Decke, und sofort kehrte Ruhe ein. Alle waren erleichtert; Adams Geschrei hatte an ihren strapazierten Nerven gezerrt. Oswin zog sich aus dem Lichtkreis des Feuers in die Schatten zurück.

Robin setzte sich neben Isaac auf dessen Mantel. »Es trifft ihn härter, als ich für möglich gehalten hätte.«

»Hm. Aber Oswin besitzt diese ganz besondere Tugend, die der Adel an uns einfachen Leuten so sehr schätzt.«

»Und die da wäre?«

»Klaglos zu leiden.«

Robin nickte niedergeschlagen. »Hat irgendwer gezählt, wie viele Männer Giles wirklich hat?«

»Ich habe zweiundzwanzig gesehen, aber ich könnte nicht beschwören, daß das alle waren. Einer hat mir eins übergezogen, und für ein paar Augenblicke sind mir die Dinge entglitten.«

»Bist du in Ordnung?«

Isaac verschränkte die Arme vor der Brust und lehnte sich gegen einen Baumstamm. »Nein, das kann ich nicht ehrlich behaupten. Gott, Robin, Elaine ...«

»Ja.«

»Und sie hatten mich verschnürt wie Schlachtvieh, ich konnte nichts tun. Mein kostbares Schwert war einen Dreck wert.«

»Sie hätten dich getötet wie Jason, also gräm dich nicht länger.«

»Ich schätze, das muß ich noch lernen. Und ich habe Angst um Elinor.« Er rieb sich die Narbe auf der Stirn. »Was werden wir tun?«

»Was hat Giles gesagt, das ihr tun sollt?«

»Lancashire verlassen und ihm keinen Sheriff auf den Hals hetzen. Ich weiß nicht, was er in Fernbrook vorhat. Vielleicht will er die Pferde verkaufen und vermutlich unser Geld suchen. Aber das liegt immer noch unter der verborgenen Falltür in der Futterscheune, da wird er Monate suchen müssen.« Er schwieg einen Moment. »Er denkt wahrscheinlich, er hätte Monate Zeit. Er sagte, du seiest mit Lancaster nach Frankreich gesegelt.«

»So war es auch geplant.«

»Er schien sehr gut über dich informiert zu sein.«

»Das ist nicht weiter schwierig, wohin ich gehe, ist selten ein Geheimnis.«

»Hm.«

»O Jesus. Meine Familienbibel, deine Bücher, Joannas großer Wandteppich, alles dahin. Dieser verdammte Dreckskerl ...«

Isaac schüttelte den Kopf. »Der Teppich ist verbrannt, ohne Zweifel. Aber deine Bibel und die wirklich wertvollen Bücher liegen in einer zweiten Truhe unter der Falltür. Ich weiß auch nicht ... Vor ein paar Wochen habe ich sie dorthin gebracht. Es schien mir plötzlich eine gute Idee zu sein.«

»Isaac, du bist erstaunlich.«

»Ich weiß, ich weiß.«

Robin dachte nach. »Über zwanzig ... Wir werden einfach schlauer sein müssen als sie.«

»Was hast du vor?«

»Das kann ich noch nicht sagen. Erst einmal werden wir euch in die Stadt bringen.«

»Du willst mich nicht ernsthaft hier zurücklassen, oder?«

»Wir haben nur zwei Pferde, Isaac. Und ich brauche Oswin.«

»Die anderen Männer und ich könnten euch zu Fuß folgen.«

»Nein. Wenn Giles irgendwie davon Wind bekäme, wäre Edward in Gefahr.«

»Aber ...«

»Bleib bei Joanna, Isaac, bitte.«

»Herrje, ich allein unter Nonnen?«

Robin lächelte zum erstenmal. »Ein Gasthaus wird in der Nähe sein.«

»Also schön, meinetwegen.«

Vor Morgengrauen brachen sie nach York auf. Die Barmherzigen Schwestern nahmen Joanna und die beiden kleinen Jungen bereitwillig auf, Isaac und die sieben Soldaten quartierten sich in einem äußerst behaglichen Gasthaus ein. Robin versprach, sie so schnell wie möglich wissen zu lassen, wie es stünde. Dann machten er und Oswin sich auf den Weg nach Harley.

Sie ritten den ganzen Tag. Oswin war grimmig und wortkarg, und Robin ließ ihn zufrieden. Es war ein warmer, sonniger Junitag, die Bäume leuchteten in noch fast frühlingshaftem Grün, und der Wald war voller Vogelstimmen. Ein guter Tag für einen weiten Ritt. Tausend Gedanken kreisten durch Robins Kopf, an Joanna und das Baby, an Leofric und Lancaster und den Kriegssommer in Frankreich, den er versäumen würde, weil er einen persönlichen Krieg auszufechten hatte. Er dachte an Edward, es hatte wenig Sinn, den Gedanken wegschieben zu wollen. Edward, sein zweijähriger Sohn, Giles und seinen zweiundzwanzig Bestien ausgeliefert, bestenfalls behütet von einer gänzlich verstörten, verängstigten Amme. Es schnürte ihm die Luft ab.

Vier Männer erwarteten sie im Schatten der Bäume an der kleinen Flußmündung außerhalb von Harley. Die Strahlen der untergehenden Sonne blendeten Robin, er erkannte die Männer erst, als er bei ihnen anhielt. Es war sein Cousin Thomas selbst, mit seinen beiden Brüdern Joseph und Albert. Der Vierte im Bunde war Harold Neathem, ein benachbarter Ritter.

Thomas umarmte Robin kurz. »Leofric sagte, ich sollte dir die vier Besten schicken. Und wir haben uns gedacht, in aller Bescheidenheit, die Besten sind wir wohl selbst. Harold war zu Besuch, und er wollte unbedingt mitkommen.«

Robin war bewegt. »Das ... das ist großartig. Danke, Thomas.«

»Hör mal, was dachtest du denn? Wir sind eine Familie, oder nicht?«

»Ja. Du hast recht.« Er schüttelte Neathem die Hand. »Ich danke auch Euch, Harold.«

Neathem war ungefähr in seinem Alter; ein kampferprobter, breitschultriger Ritter in einer verschrammten Rüstung. Er stützte die Hand auf das Heft seines Schwertes. »Der Gaul, den Ihr mir verkauft habt, hat mir in der Auvergne das Leben gerettet. Selbst wenn Ihr nicht mein Nachbar wärt, ich bin Euch was schuldig.«

Thomas wandte sich an Oswin. Sie kannten sich gut von den

vielen Besuchen und Botschaften, die über die Jahre zwischen Rickdale und Fernbrook ausgetauscht worden waren. »Leofric hat's uns erzählt, Oswin. Es tut mir sehr leid.«

Oswin nickte knapp. »Danke, Sir Tom.«

Thomas klopfte ihm kurz die Schulter. »Also, brechen wir auf.«

Sie saßen auf, und Harold Neathem erkundigte sich nach Robins Plan.

Robin setzte sie ins Bild. »Es sind über zwanzig. Da sie das Haus abgebrannt haben, kann man nicht wissen, wo sie sich aufhalten. Ich denke, wir müssen sie auskundschaften. Also reite ich jetzt nach Harley und leihe mir von einem von Leofrics Leuten einen Bauernkittel. Dann reiten wir durch den Wald bis an den Dorfrand von Fernbrook, ich verkleide mich und sehe mich um.«

»Laß mich gehen«, sagte Oswin. »Ich kenne mich ebensogut aus wie du.«

»Ja, aber dich haben sie vor drei Nächten noch gesehen. Mich ein dreiviertel Jahr lang nicht. Außerdem glauben sie mich irgendwo vor der französischen Küste.«

»Na schön.«

Robin sah in die Runde. »Irgendwer eine bessere Idee?«

Sie schüttelten die Köpfe.

Sie machten sich auf den Weg. Von Leofrics Reeve borgten sie ein paar Kleider, und obwohl sie sich beeilten, war es längst dunkel, als sie nach Fernbrook kamen. Joseph nahm Robin die Rüstung ab und hielt Romulus.

»Robin«, sagte Thomas leise. »Bevor du gehst … Mein Bruder ist der Richter, nicht ich, aber ich habe viel gehört und gesehen in den letzten Jahren. Burton hat dein Haus überfallen und abgebrannt, deine Familie vertrieben, deinen Sohn und Erben als Geisel genommen und deine Leute abgeschlachtet. Er hat somit den Frieden des Königs gebrochen. In schlimmster Weise. Ein königliches Gericht wird ihn ganz sicher verurteilen.«

»Ich weiß, worauf du hinauswillst, Thomas, aber …«

»Robin, er hat gegen das Gesetz verstoßen. Wenn du klug bist, hältst du es ein. Liefer ihn aus.«

»Nein«, sagte Oswin entschlossen.

Thomas sah ihn an und nickte mit einem Seufzen. »Ich weiß, es ist nicht so süß, wie die Rache selbst in die Hand zu nehmen, doch ihr solltet dem Gesetz wenigstens eine Chance geben. Sollten sie ihn wider Erwarten freisprechen, könnt ihr ihn euch immer noch holen. Aber wenn ihr ihn jetzt tötet, setzt ihr euch ins Unrecht. Er ist schließlich der Earl of Burton, das solltet ihr nicht vergessen, und Robin hat Feinde in London.«

Robin atmete tief durch. »Ich werde darüber nachdenken. Und erst einmal müssen wir Burton ja kriegen. Darum schleiche ich mich jetzt auf mein Gestüt. Sagen wir, wir treffen uns hier in einer Stunde. Tut nichts Unüberlegtes, wenn ich nicht zurückkomme, denkt an meinen Sohn.«

Sie murmelten Segenswünsche, und Robin verschwand zwischen den Bäumen. Er ging um das Dorf herum, kam an einem neuen, großen Holzhaus vorbei, wo früher das Verwalterhaus gestanden hatte, und schlich sich vorsichtig näher. Drinnen war es still. Hier waren sie nicht. Er ging weiter und kam zu den verkohlten Trümmern seines Hauses; im Mondschein wirkte die Ruine bedrohlich und gespenstisch. Nur der Kamin stand noch, er ragte in den Nachthimmel wie ein schwarzer Galgenbaum. Robin starrte darauf. Nur ein Haus, sagte er sich. Sie brennen ab, und man baut sie wieder auf. Aber er war trotzdem erschüttert. Er fühlte sich gedemütigt, entblößt und entwurzelt.

Er durchquerte seinen Garten. Die Rosen waren von Asche bedeckt, aber sie blühten wie zum Trotz. Auch im Gestüt war alles still und dunkel, alles wirkte völlig normal, und er fragte sich verwundert, ob Giles vielleicht gar nicht mehr hier war. Er schlich im Schatten der Futterscheune weiter auf dem Weg zum Steinhaus, als plötzlich eine barsche Stimme hinter ihm rief: »Hey, du, bleib stehen! Was hast du hier verloren?«

Robin blieb stehen, zog den Kopf ein und wandte sich um.

Ein großer Mann in Kettenhemd und Helm mit einer enormen Weinfahne trat auf ihn zu. »Was schleichst du hier herum, he?«

»Ich … wollte noch mal nach den Pferden sehen, Sir.«

»So. Hast du nicht gehört, daß sich keiner ohne die ausdrückliche Erlaubnis Seiner Lordschaft hier aufzuhalten hat?«

»Tut mir leid, Sir, es war nur … Herakles hat nicht gefressen, und ich …«

Der Soldat packte ihn am Arm und schleuderte ihn gegen die

Scheunenwand. »Ich schätze, ich nehm' dich lieber mit, Bürschchen.«

O nein, dachte Robin, das ist wirklich keine gute Idee.

»Ach bitte, Sir, ich wollte doch nur sichergehen, daß ihm nichts fehlt.«

»Hör schon auf zu winseln. Sag mal, wer bist du überhaupt, he?« Er sah ihn argwöhnisch an.

»Ich bitte um Verzeihung, Sir«, murmelte eine respektvolle Stimme hinter ihm. »Das ist nur mein Vetter Roy. Er ist ein bißchen zurückgeblieben, versteht Ihr, aber er hilft uns hier ab und zu aus. Er ist harmlos, Sir.«

Der Soldat grunzte unwillig und versetzte Robin einen hinterhältigen Stoß. Robin segelte ins Gras. Er setzte sich halb auf und rieb sich leise jammernd den Knöchel.

Der Soldat spuckte vor ihm ins Gras. »Verpiß dich. Laß dich hier nicht mehr blicken.«

»Nein, Sir. Bestimmt nicht, Sir. Bitte um Entschuldigung, Sir …«

Der Mann entfernte sich mit einem unwilligen Grummeln.

Als er hinter der Scheune verschwunden war, sprang Robin auf.

»Rupert, das war genial«, raunte er.

Er konnte das Gesicht seines Vormanns schwach erkennen, es lächelte dünn. »Kommt hier weg, Sir. Es ist zu gefährlich. Gott sei gepriesen, daß Ihr nicht in Frankreich seid.«

Robin folgte ihm langsam zu den Stuten zurück. »Wie ist die Lage?«

»Düster. Sie sind ungefähr zwei Dutzend. Und sie sind wie eine Geißel über Fernbrook gekommen. Wir haben die Frauen nach St. Gregorius geschickt. Heimlich, vorletzte Nacht.«

»Was ist mit Elinor und Hal?«

»Hal ist hier. Sie ist mit dem Kind in den Wald geflüchtet. Er betet, daß sie sie nicht finden, sie wildern jeden Tag in Eurem Wald.«

»Wo sind sie jetzt?«

»Im Steinhaus. Sie haben die Jungs verjagt, sie schlafen auf dem Heuboden. Soweit hier im Moment überhaupt irgendwer schläft. Nachts sind sie am schlimmsten. Luke Schmied ist mit seinem Hammer auf einen von ihnen los, als sie sich seine Schwester holten, und sie haben ihm so ziemlich jeden Knochen gebrochen. Weiß nicht, ob das noch mal was wird mit ihm. Edith und Martha, die beiden Mägde vom Steinhaus, hat keiner mehr gesehen, seit sie gekommen sind. Und es heißt, Elaine hat den Verstand verloren.«

»O allmächtiger Gott …«

»Hm. Gott hat sich abgewandt von Fernbrook. Als vorletzten Winter die Pest nicht kam, dachten wir, er sei uns wieder gnädig, aber er ist wohl doch noch nicht fertig mit uns.«

Robin hörte ihn kaum. »Was weißt du von meinem Sohn?«

Rupert seufzte. »Nichts, Sir, sie haben ihn dort drin. Das ist alles, was ich Euch sagen kann.«

Robin nickte. Er traute seiner Stimme nicht. Er mußte an sich halten, um nicht unbewaffnet, wie er war, das Steinhaus zu stürmen. Er schauderte leicht und sah zum Mond. »Zeit, daß ich umkehre. Geh nach Hause, Rupert. Damit ich weiß, wo ich dich finde, wenn ich dich brauche.«

Er klopfte ihm kurz die Schulter und eilte zum vereinbarten Treffpunkt zurück.

Sein Vetter Thomas stieß erleichtert die Luft aus. »Das war eine lange Stunde.«

Robin berichtete, was er erfahren hatte.

»Und was machen wir jetzt?« fragte Harold Neathem. »Ich hab' gleich gesagt, wir sind zu wenige.«

Robin strich sich über den Bart. »Tja, ich hätte da eine wirklich ganz unritterliche Idee …«

»Nun, ich bin sicher, keiner von uns will sie hören«, erwiderte Thomas ironisch.

Sie steckten die Köpfe zusammen.

Die Tür des Steinhauses öffnete sich, und vor einem Dreieck aus flackerndem Licht erschien ein leicht schwankender Schatten. Dann wurde die Tür geschlossen, und im dämmrigen Mondschein marschierte er in nicht ganz gerader Linie auf den einsamen Holunderstrauch auf der Wiese zu, brachte sich davor in Stellung, nestelte an seinem Kettenhemd herum und begann schließlich unter vernehmlichem Plätschern seine Blase zu entleeren.

Robin hatte darauf gebaut, daß Männer lieber vor irgend etwas als einfach nur auf weiter Flur ins Gras pinkeln. Der Geruch am Holunderstrauch hatte ihm verraten, daß auch Giles' Finsterlinge keine Ausnahme bildeten, und trotz des Geruchs hatte er mit Oswin direkt hinter dem Strauch Stellung bezogen. Er sah zum Haus hinüber. Knapp außerhalb des Schattens stand Thomas. Robin wartete, bis dieser nachdrücklich nickte, dann glitten sie von beiden Seiten um den Strauch herum, und Oswin schlug den Soldaten mit einem hölzernen Knüppel auf den Hinterkopf. Er sackte lautlos zusammen. Sofort waren Albert und Joseph zur Stelle und schleiften ihn zur Futterscheune hinüber, wo sie ihn fesselten und knebelten. Dann brachten sie ihn hinein, wo Harold mit blankem Schwert stand, um die Füchse zu bewachen, die ihnen in die Falle gingen.

Als die Tür sich einige Zeit später wieder öffnete, kamen sie gleich zu zweit. Robin wartete auf Thomas' Nicken, das besagte, daß ihre Opfer gänzlich in ihre Verrichtung versunken waren, dann holten er und Oswin sie beide auf einen Streich.

Es war eine langwierige Arbeit. Als sie zehn hatten, blieb die Tür lange Zeit geschlossen. Vielleicht hatte es denen dort drinnen trotz ihrer Weinlaune gedämmert, daß die Reihen sich verdächtig gelichtet hatten, vielleicht wurde ihnen mulmig. Möglicherweise waren sie so feige, daß sie lieber ins Stroh auf dem Küchenboden pinkelten, als ihren Kameraden ins Ungewisse zu folgen. Sie konnten nur abwarten.

Endlich kam wieder einer. Er legte den Weg zum Holunderstrauch unter mißtrauischen Seitenblicken zurück, hielt an, lauschte in die Nacht und wandte sich plötzlich um. Aber Thomas war schneller, er war längst in den Schatten geglitten, ehe er entdeckt werden konnte.

Der Soldat zuckte unbehaglich mit den Schultern und setzte seinen Weg fort. Robin hielt nach Thomas Ausschau, der auch bald erschien und heftig nickte. Robin sah zu Oswin, machte eine auffordernde Geste, und Oswin holte Nummer elf.

Bis dahin war alles nach Plan verlaufen. Doch als die Tür sich das nächste Mal öffnete, versagte der Plan. Giles of Burton trat über die Schwelle, und er wirkte verdächtig nüchtern. Er hielt ein dunkles Bündel im Arm. Das Bündel strampelte.

»Fitz-Gervais!« brüllte Giles. »Bist du da draußen? Ich weiß, daß du da draußen bist. Also komm und zeig dich, oder ich schlag' dem Balg den Schädel ein.«

Robin rührte sich nicht, er schloß einfach die Augen. Er konnte nicht hinsehen, stand da mit gesenktem Kopf und zitterte. So sah er auch nicht, wie Thomas sich von hinten an Giles heranschlich und ihm einen kräftigen Stoß in die Nierengegend versetzte. Giles und seine kleine Geisel schlugen hin, und beide begannen zu brüllen.

»Nein, Gott, bitte nicht«, flehte Robin tonlos.

Erst als Oswin ihm eindringlich auf die Schulter schlug, riß er die Augen auf.

»Komm schon«, zischte Oswin.

Albert war seinem Bruder schon zu Hilfe geeilt. Auch Joseph überquerte die Wiese, er rief über die Schulter zurück: »Harold, hier gibt es Arbeit!«

Der gestandene Ritter preschte heran.

Sie waren fünf gegen zwölf. Fünf wachsame, kampfbereite Nüchterne gegen zwölf hartgesottene Saufbolde. Alle außer Giles waren betrunken, aber es wurde trotzdem hart. Immer mehr stürzten mit blanken Schwertern aus dem Steinhaus. Robin stieß dem Mann, der ihn an der Futterscheune aufgegriffen hatte, das Schwert ins Herz und zog es aus seinem zusammensackenden Körper. Er fiel wie ein Baum. Robin schenkte ihm noch einen flüchtigen Blick und entdeckte, daß der gefällte Baum die Beine seines Sohnes begraben hatte. Das Kind lag reglos im Gras, aber er war nicht ohnmächtig. Als Robin den Jungen mit dem linken Arm aufhob, stützte er sich auf die Schulter seines Vaters und blickte ihn aus riesigen, starren Augen an.

Robin lief zur Scheune hinüber und setzte ihn ab. »Bleib hier, Edward. Rühr dich nicht.«

Der Junge weinte jammervoll und streckte die Arme nach ihm aus.

»Ich komme wieder. Ich verspreche es dir.«

Er mußte sich vom Anblick seines Kindes losreißen, aber die anderen konnten nicht auf ihn verzichten. Eine Überzahl von mehr als zwei zu eins war immer heikel, und auch Giles' Soldaten führten ihre Schwerter nicht zum erstenmal. Sie kämpften tückisch und geschickt. Giles brachte Robin wieder einmal eine klaffende Wunde bei, und Robin dachte mit zusammengebissenen Zähnen, du hattest recht, Leofric, ich hätte dich hier wirklich gebraucht. Aber schließlich errangen sie die Oberhand. Robin entwaffnete Giles, und die anderen ergaben sich. Sie waren nur noch zu dritt. Acht lagen tot im Gras.

Robin stützte sich keuchend auf sein Schwert. »Fesselt sie«, sagte er zu niemand im speziellen, und nach einem Moment kamen Albert und Joseph mit den vorbereiteten Stricken. Sie begannen mit Giles.

Der Earl of Burton blutete am Mundwinkel und am Arm. Sein Haar war zerzaust und seine kostbaren Samtkleider in Unordnung. Aber seine Augen loderten, als er Robin ansah. »Warum … bist du nicht in Frankreich?«

»Der Earl of Northumberland hat mir ohne jede Absicht einen großen Dienst erwiesen.«

Giles verstand nicht, was er meinte. Er sah ihn argwöhnisch an. »Oder stimmt es vielleicht doch, was man hier und da hört, und du bist mit dem Teufel im Bunde?«

Robin winkte ungeduldig ab. »Wohl eher du.«

Giles zog den Kopf zwischen die Schultern, sein kurzer, dicker Hals war verschwunden, und er sah vorsichtig zu Robin auf. »Würdest du … einen Sicherheitsschwur akzeptieren?«

Robin schüttelte den Kopf. »Beim ersten Mal vielleicht, jetzt ist es zu spät. Du weißt doch sicher noch, was ich dir geschworen habe.«

Giles sagte nichts mehr. Er rang um Haltung.

Robin hielt sein blutgetränktes Schwert noch in der Hand. Und auch wenn Giles den Kopf einzog, wäre es ein leichtes gewesen, es ihm in die Kehle zu stoßen. Aber Robin zögerte und sah zu Oswin.

Oswin umklammerte seinen Dolch mit seiner großen, knochigen Faust. Blut tropfte von der Klinge ins Gras. Er selbst war besudelt mit dem Blut der drei, die er erschlagen hatte. Er wirkte furchteinflößend mit seinen dunklen, strahlenden Augen inmitten dieses von Feindesblut verschmierten Gesichts. Oswin sah aus wie ein Wesen aus lang vergessenen Tagen. Einen kurzen Augenblick fürchtete Robin, er werde den Dolch zum Mund führen und ablecken. Aber dann regte Oswin sich, und das unheimliche Bild verschwand. Er schüttelte den Kopf.

»Entscheide du, Robin. Ich weiß nicht, was richtig ist.«

Robin nickte seinem Cousin Thomas zu. »Also dann. Vorausgesetzt, daß du ihn hütest, soll das Gesetz ihn meinetwegen haben.«

»Abgemacht.« Thomas legte Giles die Hand auf die Schulter. »Ich verhafte Euch im Namen des Königs.«

»Was fällt Euch ein!« fuhr Giles auf. »Dazu habt Ihr keine Befugnis.«

Thomas hob leicht die Schultern. »Und wenn schon.« Er machte eine auffordernde Geste. »Nach Euch, Burton. Wir haben einen ziemlich langen Weg vor uns.«

»Wohin?« fragte Giles wütend.

»Lancaster.«

»Was zur Hölle soll ich in Lancaster?«

»Schmoren, Mylord. In Lancaster gibt es ein wunderbares Gefängnis. Da werdet Ihr bleiben, bis der König uns seine Wünsche wissen läßt. Und Ihr solltet beten, Sir, daß Robin für Euren Unterhalt im Gefängnis aufkommt. Sollte er keine Lust haben, werdet Ihr sehr viel dünner sein, wenn Ihr es verlaßt.«

Giles war einen Moment sprachlos vor Entrüstung. Dann brachte er hervor: »Ich bin der Earl of Burton!«

Thomas betrachtete ihn eingehend und nickte schließlich mit halb geschlossenen Lidern. »Das ist das wirklich Schlimme daran. Ihr bringt Schande über jeden Ritter in England.«

Edward hatte es die Sprache verschlagen. Er hatte der Welt den Rücken gekehrt. Er sah mit mäßigem Interesse auf, wenn irgendwer sich ihm näherte, und ließ den Kopf wieder sinken, wenn er feststellte, daß es nicht Elaine war. Elaine hatte sich aufgehängt.

Fernbrook erschien Robin wie ein leckgeschlagenes Schiff, und sosehr er sich auch bemühte, die Löcher zu stopfen, das Schiff schien dennoch zu sinken. Luke Schmied starb, bevor die Sonne aufging. Jocelyn, der einstige Wegelagerer aus Gloucestershire, brachte Robin die Nachricht. Jocelyn erwies sich als unentbehrliche Stütze bei Robins Bemühungen, die Ordnung wiederherzustellen. Hal war in den Wald gegangen, um seine Familie zu suchen, Rupert kümmerte sich um das Gestüt, und Oswin war nach York geritten, um Isaac, Joanna und die Kinder zu holen. Robin hoffte, sie würden sich beeilen. Seine Anwesenheit beruhigte die

Leute, und sie taten willig, was er sagte, aber Isaac war derjenige, den sie wirklich wollten. Und Robin ging es nicht anders. Er dachte, Isaac sei vielleicht weniger ratlos als er.

Das Steinhaus war eine Stätte der Verwüstung. Tische und Bänke waren umgestoßen, zertrümmert, teilweise verfeuert worden. Geschirr lag zerbrochen im schmutzigen Stroh. Es stank atemberaubend nach Schmutz, Schweiß und menschlichen Ausscheidungen. Im Schlafraum der Jungen fanden sie die beiden Mägde und Luke Schmieds Schwester in unbeschreiblichem Zustand, gefesselt, nahezu unbekleidet und mehr oder minder wahnsinnig. Elaines Leiche lag im Obergeschoß auf dem Fußboden, wo sie sie vom Dachbalken geschnitten hatten, den Strick noch um den Hals.

Robin schickte Jocelyn und seinen Bruder Paul hinaus. Langsam kniete er sich neben Elaine ins Stroh, strich ihr die Haare aus der Stirn und schnitt den Strick durch. »Elaine ... Es tut mir so leid«, murmelte er. »Mein armer kleiner Edward wird sehr verloren sein ohne dich.« Er versuchte, ihre Hände zusammenzulegen, aber ihr Körper war starr. »Wie soll ich dich nur herrichten, daß wir dich deinem Mann zeigen können?«

»Ich tu' es, wenn du willst«, sagte Elinor leise von der Tür. Sie hielt ihren Sohn in den Armen und sah sich fassungslos um.

Robin stand langsam auf, trat auf sie zu und nahm sie mitsamt dem Kind in die Arme. »Dir ist nichts passiert?«

»Nein. Ich habe mich davongemacht, als das Haus brannte.«

Er schloß die Augen, drückte sie fest an sich und ließ sie dann los. »Gott sei Dank.«

Sie nickte zerstreut. »Ich ... werde Elaine für die Beerdigung herrichten. Und bring mir Edward, ich werde mich um ihn kümmern.«

»Danke. Mein unschuldiger Sohn muß für die Sünden seines Vaters büßen, Elinor. Das ist ... nicht gerecht.«

»Nein. Aber das tun wir alle. Vater Horace sagt, es sei Gottes Plan.«

Bis zum Abend war zumindest ein Anschein von Normalität wiederhergestellt. Die Jungs versorgten die Pferde wie gewohnt und halfen anschließend bei der Säuberung des Steinhauses, die

Mägde waren zu ihren Familien gegangen. Luke Schmied und Elaine lagen in der kleinen St.-Nicholas-Kirche aufgebahrt. Jocelyn hatte durchblicken lassen, daß er einmal als Gehilfe eines Schmiedes gearbeitet hatte und durchaus in der Lage war, schadhafte Pflüge oder Ochsenjoche zu reparieren, bis sich ein neuer Schmied für Fernbrook fand. Ruperts Bruder war nach St. Gregorius geritten, um die Frauen nach Hause zu holen.

Robin hatte Hals, Ruperts und Jocelyns Einladung für ein Bett für die Nacht ausgeschlagen. Als ein wenig Ruhe einkehrte, ging er zu den Pferden, hielt sich eine Weile bei den Jährlingen auf und begutachtete die Fohlen. Unwillig kehrte er schließlich zu den verkohlten Trümmern seines Hauses zurück, und am Brunnen traf er auf einen vermummten Bettler.

Er zückte seinen Geldbeutel, blieb jedoch in sicherem Abstand stehen. Wenn ein Bettler sich vermummte, war er meistens vom Aussatz befallen.

Wenn Gott meint, ich tauge für eine Hiobs-Wette, dann täuscht er sich, dachte er bitter.

»Du sollst nicht leer ausgehen«, sagte er dem Bettler, »aber komm nicht näher.«

Die vermummte Gestalt warf die Lumpen ab und entpuppte sich als Isaac.

Robin sah in sein Gesicht und verharrte mit seinem Geldbeutel in der Hand. Eine gräßliche Schwäche kroch seine Beine hinauf. »Joanna? Raymond?«

»Joanna.«

»Nein …«

»Das Fieber kam, kaum als du aufgebrochen warst. Sie starb kurz nach Mitternacht. Es tut mir leid, Robin.«

Er wartete auf eine Reaktion, und als sie ausblieb, fuhr er fort: »Die Schwestern benachrichtigten mich und schickten nach einem Arzt. Ich wollte sofort aufbrechen, um dich zu holen, aber der Arzt sagte, es sei besser, ich bliebe bei ihr. Zum Abend hin stieg das Fieber weiter, und sie war so geschwächt … Sie verging einfach vor meinen Augen. Sie hat nicht gemerkt, daß du nicht da warst, sei beruhigt. Dein Sohn lebt, er ist gesund und kräftig. Die Schwestern haben eine Amme gefunden.«

Was für eine seltsame Geruchsmischung Asche und Rosen doch ergeben, dachte Robin. Unvermittelt begann in der Nähe eine Grille zu zirpen. Für einen Moment schien seine Wahrnehmung verzerrt, er bildete sich ein, jedes Geräusch in jedem Haus in Fernbrook hören zu können, und der Boden schwankte unter seinen Füßen.

Isaac packte ihn nicht gerade sanft am Arm und führte ihn vom Brunnen weg zu einer der Bänke unter den Rosen. »Komm schon, setz dich.«

Robin fuhr sich mit beiden Händen über das Gesicht. »Ich muß nach York.«

»Ja. Aber zuerst mußt du was trinken.« Isaac wollte sich entfernen.

»Nein, ich will nichts. Bleib hier.« Seine Stimme erschien ihm rauh und fremd.

Isaac setzte sich zu ihm. »Als das Ende kam, sah sie schon aus wie ein Engel. Sie schien sehr friedvoll.«

Sie hat mich verlassen, dachte er ungläubig. *Sie hat sich einfach davongemacht.*

»War ein Priester bei ihr?«

»Natürlich. Er hat ihr das Sterbesakrament erteilt, und ich habe ihn gebeten, bis zum Schluß zu bleiben. Ich dachte mir, daß sie es sicher so haben wollte.«

»Danke, Isaac. Und ... sie hat gar nicht mehr gesprochen?«

»Doch. Ich konnte nicht alles verstehen, sie murmelte undeutlich. Aber sie wollte, daß ich ihr den Ring vom Finger nehme. ›Gib ihn Anne, ich werde ihn nicht mehr brauchen‹, hat sie gesagt. Dann hat sie meine Hand genommen und erbat Gottes Segen für dich und ihre Kinder. Sie dachte, ich sei du.«

Robin saß eine Weile reglos und fror in der lauen Nachtluft. Dann stand er entschlossen auf. »Ich hole sie nach Hause.«

»Willst du allein gehen?«

»Ja. Du wirst hier gebraucht.«

»Wie du willst.«

Robin wandte sich ohne ein weiteres Wort ab, ging zum Stall und sattelte Romulus. Als er aufbrach, ging der Mond unter, und die Nacht wurde sehr finster. Er merkte es kaum. Er ritt in östlicher Richtung durch den Wald und ließ das Tier sich seinen eigenen Weg suchen, während er sich tief in sich selbst zurückzog und sich mit dem Gedanken vertraut machte, daß seine Frau gestorben war. Er hatte sich nicht mehr so verlassen gefühlt seit dem

Tag, als er vom Tod seines Vaters erfuhr, dem Tag, an dem seine heile Kinderwelt eingestürzt war. Der einzige Unterschied war, daß er die Ungerechtigkeit des Lebens heute nicht mehr so bestaunen konnte. Er verfluchte Giles of Burton, ohne dessen heimtückischen Überfall Joanna in ihrem Zustand keinen entkräftenden Zweitagesmarsch hätte antreten müssen, ihr Kind nicht in der Wildnis und ohne die Hilfe einer Hebamme hätte gebären müssen. Wer konnte schon sagen, was er in seiner Unwissenheit alles falsch gemacht hatte. Er war sicher, sie wäre noch am Leben, wenn die Umstände der Geburt anders gewesen wären. Und er wünschte, er hätte Giles nicht seinem Cousin und dem Gesetz überlassen.

Er kam gegen Mittag in die Stadt und zum Haus der Barmherzigen Schwestern, das nur einen Steinwurf von der Baustelle der mächtigen Kathedrale entfernt war. Die Schwestern waren auf seinen Besuch vorbereitet. Die Mutter Oberin geleitete ihn in die Kapelle, wo sie Joanna in einem schlichten, hölzernen Sarg aufgebahrt hatten. Zwei üppige Rosensträuße standen an Kopf- und Fußende. Joanna trug ein sauberes, grünes Leinenkleid, dem nicht unähnlich, das sie trug, als Robin sie zum erstenmal gesehen hatte. Die Schwestern hatten ihre langen Locken sorgfältig gekämmt und um ihre Schultern gelegt. Als Robin sie ansah, verstand er, was Isaac gemeint hatte. Der Tod machte ihr Gesicht unirdisch, sie schien nicht mehr Teil dieser Welt, in der es nichts Makelloses gab.

Die Mutter Oberin nickte ihm zu und ließ ihn dann allein. Robin kniete neben dem Sarg auf den Steinfliesen nieder, faltete die Hände und konnte nicht beten. Ihm fiel nichts ein, das er Gott hätte sagen können. Aber er wollte unbedingt für sie beten, er wußte, daß sie das erwartet hätte. Also murmelte er das Paternoster, das Credo und das Ave Maria, ein paar Fetzen von anderen lateinischen Gebeten, die er in St. Thomas gelernt und größtenteils wieder vergessen hatte, und schließlich den Psalm, den die Bauern wie eine Zauberformel aufsagten, wenn ein Unheil sie traf: »*Der Herr ist mein Hirte, mir wird nichts mangeln. Er weidet mich auf einer grünen Aue, er führt mich zur Ruh an lebendigem Quell, gewähret meiner Seele Labsal. Er geleitet mich auf rechtem Pfade um seines Namens willen. Und ob ich schon wanderte im finstern Tal, so fürchte ich kein Unheil, denn du bist bei mir ...* Es tut mir leid, Joanna, der Rest ist mir entfallen.«

»*Dein Stecken und Stab, sie geben mir Zuversicht*«, fuhr Oswin hinter ihm leise fort, und dann wußte Robin wieder weiter. Den Rest sprachen sie zusammen. »*Du bereitest mir den Tisch im Angesicht meiner Feinde. Du salbest mit Öl mein Haupt, und übervoll ist mein Becher. Deine Huld und Gnade folgen mir durch alle Tage meines Lebens, und wohnen darf ich im Hause des Herrn für alle Zeit.*«

Robin wandte sich um. »Danke, Oswin.«

»Ich wollte sie nur noch mal sehen, bevor der Sarg geschlossen wird. Ich warte draußen.«

Robin nickte. Er blieb noch ein paar Augenblicke bei ihr, küßte ihre Stirn und erhob sich. Dann holte er Oswin, der ein stilles Gebet an ihrem Sarg sprach. Oswin und Joanna hatten sich nie nahegestanden, sie hatten sich immer unbehaglich gefühlt in der Gesellschaft des anderen. Robin verstand durchaus, daß Oswin sich seine tote Frau als Ersatz für seine eigene auslieh. Und warum nicht, fand er. Von Alison war nichts übrig, das man in einen Sarg hätte legen können, an dem Oswin beten konnte.

Schließlich nahm Robin einen der Rosensträuße, bedeckte Joannas Körper mit den Blumen, und dann hob er mit Oswin zusammen den schweren Deckel auf, und sie schlossen den Sarg.

»Soll ich einen Wagen herholen?« fragte Oswin.

»Sei so gut. Groß genug für Joanna, die Kinder und die Amme.«

Er schickte nicht nach Anne. Es hätte zu lange gedauert. Anstand und Sitte verlangten, die zurückgelassene menschliche Hülle so schnell wie möglich der Erde zurückzugeben, aus der sie gemacht war. Statt dessen schickte er Jocelyn mit einem ausführlichen Brief nach Waringham. Robin wußte nicht, ob Anne etwas von der Katastrophe verspürt hatte, die über ihre Familie hereingebrochen war, aber er hielt es für möglich, und er wollte sie und Agnes nicht im ungewissen lassen. Jocelyn brachte Anne auch den Ring ihrer Mutter, den Robin Joanna an ihrem ersten gemeinsamen Neujahrsfest geschenkt hatte.

Sie begruben Joanna in der Kapelle nahe des einstigen Gutshauses. Das kleine Gotteshaus war den Flammen nicht zum Opfer gefallen, und Robin fand, es war der geeignete Ort, Joanna war immer gern in dieser Kapelle gewesen. Nur Isaac, Oswin und Elinor bat er zur Totenmesse. Mit Isaacs Hilfe schaufelte er das Grab zu, lehnte Vater Horaces Einladung nach St. Gregorius ab und verschwand ohne ein Wort aus Fernbrook, um, so mutmaßte Isaac, ein paar Tage im Wald zuzubringen und seine Frau zu betrauern.

Als er zurückkehrte, stellte er fest, daß Isaac nicht untätig gewesen war. Er hatte einen Baumeister mitsamt seinen Maurern engagiert, um ein neues Gutshaus bauen zu lassen. Ein Steinhaus. Mit der tatkräftigen Unterstützung der Leute aus dem Dorf beseitigten sie die Trümmer und brachten an Töpfen, Wein- und Bierfässern und sonstigem Hausrat in die Futterscheune, was die Feuersbrunst überdauert hatte.

Robin betrachtete die Betriebsamkeit mit gemischten Gefühlen. »Was geht hier vor, Isaac?«

Isaac wandte sich zu ihm um, betrachtete ihn kopfschüttelnd und machte eine weit ausholende Geste. »Wir brauchen ein neues Haus.«

»Stimmt.«

»Master Richardson hat ein paar Pläne angefertigt, du solltest sie dir ansehen.«

»Vielleicht später. Wo sind Edward und Raymond?«

»Fürs erste im Steinhaus. Da sind alle ein bißchen zusammengerückt, na ja, und die Kammern der Mägde sind derzeit frei. Aber vielleicht würdest du die Kinder lieber nach Harley schicken oder nach Rickdale. Sowohl Cecilia als auch dein Cousin Thomas haben Einladungen geschickt. Und Briefe für dich.«

Robin schüttelte den Kopf. »Nein, wir werden hierbleiben.«

Isaac lächelte schwach. »Dacht' ich's mir. Jetzt geh erst mal zu Elinor und iß etwas, um Himmels willen. Und ich denke, du solltest dich um deinen Sohn kümmern. Er ist furchtbar verstört und spricht kein Wort mehr.«

Jocelyn brachte einen langen Brief von Agnes. Sie hatten es schon geahnt, schrieb sie, denn Anne hatte seit dem letzten Vollmond geschlafwandelt und gräßliche Dinge geträumt, an die sie sich nie so recht erinnern konnte, die sie jedoch mit großem Schrecken erfüllten. *Laß uns wissen, wenn wir sie heimschicken sollen, vielleicht hättest Du sie jetzt lieber bei Dir. Aber wenn Du meinen schwesterlichen Rat willst, läßt Du sie bei uns. Ich denke, sie ist glücklich hier. Aber ent-*

scheiden mußt Du. Ein Brief ist nicht das richtige, Robin. Es tut mir so
furchtbar leid. Ich danke Gott, daß Ihr Euch versöhnt habt, bevor es pas-
sierte. Ich hoffe, Du findest Trost in Deinen Söhnen. Gott behüte Euch.
Agnes.

Er erhielt viele teilnahmsvolle Nachrichten und Kondolenzbe-
suche von Nachbarn und Freunden. Die Briefe beantwortete er
höflich, die Besuche erwiderte er nicht. Er zog sich von der Welt
zurück und widmete sich seiner Arbeit und vor allem seinen Söhnen. Während das Heu eingebracht wurde, das neue Haus nach
den Plänen von Master Richardson wuchs und die Jährlinge unter
Robins Fürsorge gediehen, entwickelte er ein inniges Verhältnis
zu Edward. Behutsam warb er um das Vertrauen des kleinen Jungen, er schenkte ihm jede freie Minute. Er wollte gutmachen, was
Giles angerichtet hatte, und er fand tatsächlich Trost in Edwards
Gegenwart, wie Agnes geschrieben hatte. Der Junge wurde seiner
Mutter mit jedem Tag ähnlicher. Er war schreckhaft und oft düsterer Stimmung, aber schließlich trug Robins geduldige Zuwen-
dung Früchte. Er gab sein Schweigen auf und begann, mit gesenktem Kopf Worte zu flüstern. Robin lauschte ihm voller
Erleichterung.

Tagsüber nahm er Edward überall mit hin, und Vater und Sohn
wurden ein eingespieltes Gespann. Bald war es in Fernbrook ein
vertrautes Bild, Edward vor seinem Vater im Sattel oder zu Fuß
hinter ihm hertrippeln zu sehen, manchmal hielt Robin ihn auf
dem Arm, und sie unterhielten sich ernst und leise. Am frühen
Abend lieferte Robin ihn trotz seiner Proteste immer bei Ruth ab.
Er wollte, daß Edward sich an die Amme gewöhnte und Vertrauen zu ihr faßte, denn irgendwann würde der Tag kommen, da
er, sein Vater, Fernbrook verlassen mußte, und dafür wollte er
Vorsorge treffen.

Ruth war eine sechzehnjährige Gerberstochter aus York. Von
einem fahrenden Maurergesellen hatte sie sich in Schwierigkeiten
bringen lassen. Ihr Vater hatte sie vor die Tür gesetzt, und die
Barmherzigen Schwestern hatten ihrem Namen Ehre gemacht
und ihr bis zur Niederkunft Obdach gewährt. Ruth hatte alles in
allem Glück gehabt. Ohne die Hilfe der Schwestern und ihre neue
Anstellung wäre der Weg in die Prostitution für sie die einzige
Überlebenschance gewesen. Sie hatte ihr Kind verloren, aber in
ihren üppigen Brüsten war Milch genug für zwei, Adam war

ebenso ihr Ziehkind geworden wie Raymond. Oswin hatte keinerlei Einwände. Er war dankbar für die Lösung, denn auf diese Weise konnte er sein Vagabundenleben als Robins reitender Bote wieder aufnehmen. Bald hatte er den Verlust seiner Frau überwunden und verdrehte so wie früher den Mägden überall in der Gegend die Köpfe.

Für Robin war es schwerer. Er machte sich nichts vor, er wußte ganz genau, daß ihre Ehe niemals einfacher geworden wäre. Aber rückblickend erschienen ihm ihre Differenzen immer bedeutungsloser, sie verblaßten, und er gestattete sich wehmütige Erinnerungen an ihre ersten Jahre, als sie Freunde gewesen waren, Verschwörer beinah, voller Pläne. Er wollte diese Zeit zurück. Vor allem wollte er seine Frau zurück. Er fühlte sich einsam, und er fühlte sich steinalt.

Aber er aß und schlief und lebte wie jeder andere Mann in Fernbrook, und als Ruth in einer heißen Augustnacht zu ihm in die winzige Kammer im Steinhaus kam, die ihn vorübergehend beherbergte, empfing er sie mit Enthusiasmus. Sie war klein und drall und dunkelhaarig, in jeder Hinsicht anders als Joanna. Ruth war hemmungslos und instinkthaft. Sie erwartete nichts für ihre nächtlichen Gunstbeweise. Sie kam, um ihr Verlangen zu stillen. Robin tat es bereitwillig und ohne schlechtes Gewissen. Und wenn sie sich in Zurückhaltung übte und zu lange ausblieb, ging er zu ihr, ließ sich zwischen den schlafenden Kindern auf ihrem Strohlager nieder und stimmte sie um. Es war nie schwierig.

Kurz nach dem Richtfest im September kam ein Besucher nach Fernbrook. Oswin las ihn im Hof auf und machte Robin, Edward und Isaac bei einem der Jährlinge ausfindig.

»Robin, da ist ein Ritter, der dich sprechen will. Keine Ahnung, wer er ist, ich hab' ihn noch nie gesehen.«

»Aber ich nehme an, er hat einen Namen?«

»Fitzroy.«

Robin war verwundert und gleichzeitig erfreut. »Wo ist er?«

»Im Rosengarten.«

Robin schnappte sich seinen Sohn und wandte sich ab. Über die Schulter sagte er zu Isaac: »Sag Rupert, er soll sein Futter umstellen. Mehr Hafer. Ich schätze, er kriegt einfach nicht genug Nährstoffe. Wenn das nichts hilft, versuchen wir's mit Bier.«

Isaac und Oswin wechselten ein Grinsen.

»Bier.« Isaac nickte. »Was läge näher.«

Robin hatte seinen Freund aus den Tagen des Kastilienfeldzuges zuletzt bei den Krönungsfeierlichkeiten vor einem Jahr gesehen. Der junge König hatte den Ritter praktisch von seinem Vater geerbt; Fitzroy war Richard ebenso ergeben wie dem Schwarzen Prinzen vor ihm. Das bedeutete, daß er und Robin oft in gegnerischen politischen Lagern standen, aber es hatte ihrer Freundschaft nie Abbruch getan. Sie umarmten sich herzlich.

»Das wird ein schönes Haus«, bemerkte Fitzroy.

Robin nickte. »Das alte war immer zu klein. Jetzt haben wir gedacht, besser, wir planen großzügig. Aber es ist noch nicht fertig. Es hat keinen Sinn, daß ich dich hineinbitte, wir wären den Handwerkern nur im Wege. Komm mit ins Wachhaus, da kriegen wir sicher einen Becher Wein.«

Henry ging neben ihm her. »Du unterhältst eine Wache?«

»Hm. Es hat nicht viel genützt, aber in dieser gottverlassenen Gegend tut es fast jeder.«

Sie kamen zu dem großzügigen, hölzernen Wachhaus. Robin wies auf die Bank neben der Tür. »Hier sind wir ungestört.« Er ging kurz hinein und nickte den Männern zu, die am Tisch saßen und würfelten. »John, Jack, Morris. Wo habt ihr euren Besten gebunkert?«

Morris erhob sich bereitwillig und füllte zwei Becher aus einem Faß am Boden. »Hier, Sir. Den könntet Ihr selbst dem König anbieten.«

»Danke.«

Er trug den Wein hinaus und reichte Fitzroy einen der Krüge. »Danke für deinen Brief.«

Fitzroy nickte seufzend. »Nicht viel wert, Briefe.«

Robin wiegte den Kopf hin und her. »Was verschlägt dich in diese Einöde?«

»Tja.« Fitzroy räusperte sich. »Der König schickte mich mit ein paar Nachrichten nach York zum Erzbischof. Und da dachte ich, wo ich schon in der Gegend bin … Robin, ich weiß, der Zeitpunkt ist ungünstig, aber ich bitte dich um Isabella.«

Robin lächelte breit. »Tatsächlich?«

»Sie … hat gesagt, ich dürfte es jetzt nicht tun. Sie ist in Trauer. Sie ist wirklich erschüttert über den Tod ihrer Schwester, aber noch mehr über das, was ihr Bruder getan hat. Sie ist todunglücklich.«

»Das sollte sie nicht. Sie kann ja nun wirklich nichts dafür. Wie kommt es, daß ihr … Ich meine, sie ist eine von Constancias Damen, oder nicht?«

»Ja. Aber sie hat sich mit der Mutter des Königs angefreundet. Wenn du einwilligst und wir heiraten, will sie zu ihr gehen. Das ist auch nicht so trübselig wie bei Constancia.«

Robin breitete die Arme aus. »Ich freu' mich, Fitzroy. Wir werden Schwäger.«

Fitzroys Gesicht hellte sich auf. »Ja. Gott, ich hätte nicht gedacht, daß es so einfach sein würde.«

»Was in aller Welt sollte ich einwenden?«

»Na ja, ich habe kein Lehen, Robin. Nur meinen Sold.«

»Das Schicksal vieler guter Männer. Wenn es Isabella nicht stört, soll es mir gleich sein.«

»Es stört sie nicht. Sie …« Fitzroy grinste selig. »Sie will mich.«

»Dann ist es abgemacht. Ihre Mitgift wird ein bißchen dünner ausfallen als geplant, fürchte ich, das neue Haus ist teuer. Aber du wirst ein Stück Land davon kaufen können, wenn du willst.«

Fitzroy zog verblüfft die Brauen hoch. »Sie glaubte nicht, daß sie dir soviel wert ist.«

Robin lächelte. »Um so ehrbarer, daß du sie dennoch nehmen wolltest.«

Sie stießen an.

»Erzähl mir von London. Was macht der König? Was hört ihr vom Krieg?«

Fitzroy nahm einen tiefen Zug aus seinem Becher und dachte einen Moment nach. »Weil nur du es hörst, werd' ich dir die Wahrheit sagen, Robin: Der König ist ein junger Dummkopf.«

Robin seufzte.

»Er ist besessen von der Vorstellung seiner Auserwähltheit«, fuhr Fitzroy fort. »Er hört nicht auf seine kluge Mutter und nur notgedrungen auf seine weisen Ratgeber. Willig hingegen hört er auf aalglatte Schmeichler. Allen voran Mortimer of Waringham.«

»Oh, armes England.«

»Ja, ich dachte mir, daß dir das nicht gefällt, aber es ist so.

Waringham und noch ein paar andere. Sie sagen, was er hören will, und kriegen von ihm, was sie sich nur wünschen.«

»Aber du zählst nicht zur auserwählten Schar?«

»Nein. Ich bleibe bei ihm um seines Vaters willen. Für den Fall, daß er eines Tages einmal einen wahren Freund nötig hat.«

»Er kann sich glücklich schätzen.«

»Er runzelt seine königliche Stirn über seinen Onkel Lancaster. Es sieht schlecht aus. Unsere Truppen haben St. Malo belagert, aber erfolglos. Scheint, als würden sie unverrichteter Dinge heimkehren.«

Robin schüttelte den Kopf. »Es wird Zeit für einen langfristigen Waffenstillstand. Dieser Krieg ist nicht mehr zu gewinnen, er wird uns nur ausbluten.«

»Ich widerspreche dir nicht.«

»Denkst du, Lancaster wird bald zurückkehren?«

»Wie soll ich das wissen, wenn du es nicht weißt? In London sagen sie, du kennst seine geheimsten Gedanken.«

»In London reden sie wirres Zeug wie immer.«

»Ja, ich glaube, sie kommen bald heim.«

»Dann neigt mein beschaulicher Sommer sich dem Ende zu.«

»Du solltest froh sein, zum Hof zurückzukehren und auf andere Gedanken zu kommen. Das muß ein schlimmer Sommer für dich gewesen sein.«

»Das war es. Aber ich könnte trotzdem ewig hierbleiben. Das Leben ist so einfach hier.«

»Tja, darauf kannst du wohl kaum rechnen. Wenn sie Burton den Prozeß machen, wirst du in aller Munde sein.«

»Gott bewahre ...«

»London hat sich seltsamerweise entschlossen, gegen ihn zu sein. Obwohl du ein verrufener Lancastrianer bist, haben sie deine Partei ergriffen. Sie schreien nach Burtons Blut. Und es gibt jemanden, dem das überhaupt nicht gefällt.«

»Wer?«

»Northumberland.«

Robin stöhnte. »Ich bleibe hier und rühr' mich nicht.«

Fitzroy schüttelte lächelnd den Kopf. »Nein, Robin, das wirst du nicht tun, ich kenne dich. Sobald du hörst, daß sie auf dem Heimweg sind, wird dich die Unruhe packen, und du wirst nach Süden aufbrechen.«

»Dieses Mal bin ich nicht sicher. Ich weiß nicht, ob ich all dem ins Auge sehen will.«

»Doch, du wirst wollen.«

Robin, Isaac und Oswin gingen zur Hinrichtung. Es war ein eisiger, grauer Dezembermorgen, so daß es nicht weiter auffiel, wie tief Robin die Kapuze ins Gesicht gezogen hatte. Er trug einen schmucklosen, braunen Wollmantel ohne Abzeichen oder Wappen, er wollte unerkannt bleiben.

Der große Platz unter den Ulmen und die umliegenden Gassen waren voller Menschen. Die Hinrichtung hatte eine große Menge angezogen, ganz London brannte darauf, einen leibhaftigen Earl hängen zu sehen. Das gab es für gewöhnlich nur in Zeiten von Umsturz und Bürgerkrieg. Umstürze und Bürgerkriege hatte es jedoch seit Ewigkeiten nicht mehr gegeben, und nur die ganz alten Gevatter erinnerten sich noch daran, wie vor beinah fünfzig Jahren der Earl of March hier aufgehängt worden war. Ein aufgeregtes Summen erfüllte die naßkalte Luft, Bäckerburschen drängten sich durch die Reihen der Schaulustigen und boten heiße Sesam- und Ingwerkuchen feil, Männer und Frauen jeden Alters und jeder gesellschaftlichen Schicht standen in kleinen Gruppen zusammen und besprachen den Prozeßverlauf.

»Der Oberste Richter hätte ihn lieber wegen Verrats verurteilt«, wußte eine junge, dicke Bürgersfrau mit einem Säugling im Arm zu berichten.

»Na ja, es war immerhin Lancasters Patenkind, das der Kerl als Geisel genommen hat«, gab ihre Freundin zu bedenken.

»Aber das ist keine Familienzugehörigkeit im Sinne des Gesetzes, wie der feine Lord of Lancaster den Richtern erklärt hat. Das muß man sich mal vorstellen. Fitz-Gervais dient ihm treu ein Leben lang, und dann sagt dieser undankbare Bastard in aller Öffentlichkeit, er stehe in keinerlei Beziehung zu Fitz-Gervais' Familie, er hätte die Patenschaft nur aus Sentimentalität übernommen am Tag, als der Schwarze Prinz starb.«

»Gott, wie herzlos und kalt er doch ist«, schimpfte eine der Frauen angewidert. »Wie konnte er nur …«

»Ja, Robin, wie konnte er?« raunte Oswin. »Das wüßt' ich auch zu gern.«

Robin entfernte sich von der eifrig debattierenden Gruppe, kaufte einem der Händler drei Becher starken, heißen Wein ab und hielt an einer Toreinfahrt. »Laßt uns einen Moment hier stehenbleiben, hier pfeift der Wind nicht so.«

»Gott, dieser Ort ist wie eine Vision des Weltenendes«, murmelte Isaac kopfschüttelnd. Er sah sich verstört um. Er war zum erstenmal in seinem Leben in London, und die Menschenmassen entsetzten ihn.

Robin reichte ihm einen Becher. »Es ist schade, daß du ausgerechnet Tyborn als erstes siehst. London ist ein bißchen verrückt, aber nicht ohne Reiz.«

»Das einzige, was mir an London gefällt, ist das Stadttor«, brummte Isaac. »Und von außen noch besser als von innen.«

Robin lächelte. Früher war es ihm ebenso ergangen.

»Robin«, drängte Oswin, »kriege ich eine Antwort? Warum hat Lancaster dich öffentlich beleidigt?«

»Hat er nicht.«

»Aber es stimmt doch, was die Leute sagen, oder nicht? Er hat doch wirklich vor dem Gericht behauptet, er fühle sich dir nicht verpflichtet oder verbunden.«

Robin seufzte. »Na ja, ganz so hat er es nicht gesagt. Und er hat sich vorher bei mir entschuldigt.«

»Großartig …«, schnaubte Oswin.

Robin schüttelte ungeduldig den Kopf. »Es war eine politische Entscheidung, Oswin, und Politik ist immer komplizierter, als sie auf den ersten Blick erscheint. Burton ist ein eigenartiges Lehen, weißt du. Natürlich ist der Earl ein unmittelbarer Kronvasall. Aber fast das gesamte Land, das das Lehen ausmacht, gehört Lancaster.«

»Und?«

»Das Gesetz besagt, wenn ein Mann als gewöhnlicher Verbrecher verurteilt wird, fällt sein Land zurück an seinen Lehnsherrn. Wird er aber als Verräter verurteilt, fällt das Land an die Krone. Der Oberste Richter war ein getreuer Anhänger des Schwarzen Prinzen, jetzt ist er ein getreuer Anhänger des Königs. Er hat diese abstruse Anklage nur konstruiert, um ein Stück aus Lancasters Kuchen zu schneiden.«

»Allmächtiger …«

Isaac runzelte unwillig die Stirn. »Er hat so schrecklich viel

Land, er hätte dir zu Ehren ruhig auf ein paar tausend Acre verzichten können.«

»Nein, Isaac, das kann er nicht. Auf das Land zu verzichten hieße, in Zukunft auch auf den Earl of Burton als verläßlichen Vasallen zu verzichten, und das kann er sich nicht leisten. Schon gar nicht, nachdem er sich wieder mit den Bischöfen überworfen hat.«

»Wie hat er das nur wieder angestellt?«

»Lange Geschichte. Jedenfalls haben sie im Parlament jeden seiner Anträge abgeschmettert. Er braucht dringender Verbündete als je zuvor.«

»Hm, und wer mag Earl of Burton werden?«

Robin wollte antworten, aber plötzlich schwoll das erwartungsvolle Raunen zu einem frenetischen Gejohle an. Von einer zwanzig Mann starken Wache umgeben, rollte der Henkerskarren auf den Platz. Die Menge grölte und pfiff. Faulige Kohlköpfe, Steine und Dreckfladen prasselten um den Karren herab. Die Wachen zogen trotz ihrer Helme die Köpfe ein.

»Hey, hey, Giles, sing uns ein Galgenlied!« brüllte einer.

»Wo ist Eure goldene Rüstung, Euer Lordschaft?« gackerte eine durchdringende Frauenstimme.

Die Menge wogte, die hinteren versuchten, weiter nach vorn zu drängeln, es kam zu kleinen Keilereien.

Robin, Oswin und Isaac standen immer noch in der verschlossenen Toreinfahrt am hinteren Ende des Platzes. Doch sie waren alle drei groß, sie konnten ungehindert sehen.

Giles stand mit leicht gespreizten Beinen und auf dem Rücken gebundenen Händen vorne im Karren. Er war, wie Thomas vorhergesagt hatte, sehr viel dünner geworden. Nach Joannas Tod hatte Robin keine Veranlassung gesehen, für Giles' Unterhalt im Gefängnis aufzukommen. Darum hatte dieser beinah ein halbes Jahr lang von Almosen gelebt, die, so schien es, eher mager ausgefallen waren.

Zwei Wachen standen direkt hinter ihm. Ein Priester schritt mit ernster Miene neben ihm her und betete laut. Giles schien ihn so wenig zu hören wie die Schmährufe der Schaulustigen. Wenn eins der bösartigen Wurfgeschosse ihn traf, fuhr er zusammen, aber er sah nie in die Richtung, aus der sie kamen. Mit glasigen Augen starrte er geradeaus.

Oswin verschränkte die Arme vor der Brust. »Starr vor Angst, der gute Giles. Gleich bepißt er sich.«

Robin schüttelte langsam den Kopf. »Nein, das glaube ich nicht. Er hat keine Angst, er ist völlig weggetreten. Betäubt.«

Isaac sah ihn überrascht an. »Wie kommst du darauf?«

»Genauso hat Mortimer ausgesehen, als ich ihm damals Agnes' Mohnsaft verabreicht habe. Diese riesigen, leeren Augen, die schleppenden Bewegungen.«

»Aber wie in aller Welt sollte er an so ein Zeug kommen?«

Robin hob die Schultern. Doch er wußte die Antwort. Er war sicher, Lancaster hatte es Giles geschickt. Der Herzog war erbittert über Giles' ehrloses, gemeines Handeln gewesen und bestürzt über Joannas Tod. Giles' flehentliche Bitten um eine Audienz hatte er ignoriert. Er hatte dem König nachdrücklich geraten, Giles' wiederholte Gnadengesuche abzulehnen. Und der junge König hatte auf seinen Onkel gehört. Doch selbst wenn Lancaster Giles und seine Missetaten verabscheute und ihn als unerträgliche Schande für den ganzen Adel ansah, betrachtete er ihn dennoch als einen Gefallenen aus den eigenen Reihen. Und wenn Giles den Tod auch hundertfach verdient hatte, würde er trotzdem nicht zulassen, daß er sich bei seinem Ende heulend und winselnd vor den Augen der erbarmungslosen Londoner zum Gespött machte.

Der Karren hielt unter den Bäumen. Die Wachen legten Giles die Hände auf die Schultern und stießen ihn vor sich her. Stolpernd stieg er herunter und ließ sich willig unter die tröpfelnden Äste zweier großer Ulmen führen, zwischen denen ein dicker Balken lag. Einer der Wachsoldaten hielt ein Seil mit einer Schlinge in der Rechten, warf einen abschätzenden Blick nach oben und schwang es mit einem geübten Wurf über den Balken.

Der Lord Coroner von London, der den traurigen Zug abschloß, stieg vom Pferd. Er war ein fetter, bärtiger Mann und stand in dem Ruf, ein schrecklicher Trunkenbold zu sein. Und tatsächlich schien er leicht zu schwanken, als er vor Giles trat. Er begutachtete erst ihn eingehend und dann das Seil. Schließlich grunzte er und nickte dem Soldaten zu. Dieser streifte Giles die Schlinge über den Kopf.

Giles blinzelte und sah sich gehetzt um. Plötzlich schien ihm zu dämmern, was vorging. Seine Lippen bewegten sich langsam, aber kein Ton kam heraus. Dann verschwamm sein Blick wieder, er wirkte vage beunruhigt und ein wenig verwirrt.

Ein zweiter Mann trat neben den Soldaten, dann noch einer.

»Kommt zum Ende, Vater, wir sind soweit.«

Der Priester brach mitten im Gebet ab, bekreuzigte sich und trat beiseite.

Die Soldaten sahen zu ihrem Sergeanten. Der nickte, ein Soldat stieg ein paar Sprossen der Leiter hinauf und zog Giles mit sich, während die anderen den Strick straff hielten. Der Mann auf der Leiter stupste Giles an, und seine nackten Füße glitten von der Sprosse.

»Glückliche Reise, Giles!« brüllte ein Junge im Stimmbruch.

»Macht vorsichtig, Männer!« rief ein Mann weiter rechts. »Langsam, wir wollen ihn tanzen sehen. Brecht ihm nicht den Hals!«

Aber sie verstanden ihr Geschäft. Giles' Sturz war sanft und langsam. Der dicke Knoten in seinem Nacken drückte sein Kinn auf die Brust hinab, aber sein Genick blieb unversehrt. Er riß die Augen auf und strampelte langsam, wie ein Mann, der auf einem hohen Ast sitzt und die Füße baumeln läßt.

Isaac wandte sich ab. »Laßt uns verschwinden.«

Robin hielt ihn mit einer Geste zurück. »Wenn wir sichergehen wollen, daß ihn keiner herunterschneidet, bevor er tot ist, werden wir noch ein Weilchen ausharren müssen.«

Oswin nickte knapp. »Kann Stunden dauern. Wirklich sehr fachmännisch aufgeknüpft.«

Isaac sah verständnislos von einem zum anderen. »Was seid ihr nur für Ungeheuer.«

Oswin schüttelte langsam den Kopf. »Nein, Isaac, das Ungeheuer ist er. Und er kommt viel zu billig davon. Ich hab' Männer, die hundertmal besser waren als er, auf hundertmal schlimmere Weise sterben sehen. Dich wollte er verdursten lassen, das war schlimmer. Alison hat er verbrannt, das war schlimmer. Drum sag' ich, scheiß auf die Politik, sie hätten ihn als Verräter verurteilen und vierteilen sollen.«

Isaac schauderte, aber er widersprach nicht.

Nach und nach begann die Menge sich murrend zu zerstreuen. Sie war nicht so recht auf ihre Kosten gekommen. Keine verzweifelten Unschuldsbeteuerungen, kein angstvolles Flehen, keine denkwürdigen letzten Worte, kein Bote des Königs, der im letzten Moment heranpreschte und eine Begnadigung brachte. Nur eine ganz normale Hinrichtung der eher langweiligen Sorte. Die Weinhändler und Bäckersjungen zogen ab, Handwerker und Geschäftsleute strebten zurück in ihre Werkstätten und Läden, Frauen sammelten ihre Kinder ein, um sie nach Hause zu bringen und sich ums Essen zu kümmern. Schließlich waren nur noch zwei Männer der Wache da, die darauf warteten, daß Giles endlich den Geist aufgab. Aber Giles ließ sich Zeit. Hin und wieder gab er schwache, gurgelnde Laute von sich, die der Wind über den verlassenen Platz bis zu der Toreinfahrt wehte.

Isaac zog seinen Mantel fester um sich und hauchte seine Hände an. »Denkt, was ihr wollt, aber wenn wir hier fertig sind, will ich in eine Kirche.«

Oswin klopfte ihm grinsend die Schulter. »Nichts leichter als das, in London gibt es vermutlich noch mehr Kirchen als Hurenhäuser. Ich zeig' dir die einen so gern wie die anderen, na ja, sagen wir, beinah so gern.«

»Ich muß Euch davon in Kenntnis setzen, daß ich im Begriff bin, die Geduld mit Euch zu verlieren, Sir.«

»Ich bin erschüttert.«

»Herrgott, Robin, Ihr könnt nicht ablehnen.«

»Ich kann durchaus.«

»Ausgeschlossen.«

»Wieso? Weil es im Protokoll nicht vorgesehen ist?«

»Es ist zumindest noch nie vorgekommen.«

»Alles hat ein erstes Mal, Mylord.«

Lancaster schritt mit wallendem Mantel vor ihm auf und ab. Es war kalt in dem kleinen Gemach neben der Marienkapelle im Palast von Westminster. Der Raum war spärlich möbliert und schmucklos, denn er wurde selten benutzt. Keine wärmenden Behänge zierten die Wände, und es gab keinen Kamin.

»Jeder andere würde sich glücklich schätzen!«

»Wieso muß ausgerechnet ich es sein, wenn jeder andere sich darum reißt?«

»Ihr wißt verdammt gut, warum. Weil ich Euch dafür will und weil es der Wunsch des Königs ist. Es ist sinnvoll und naheliegend, schließlich war Eure Frau Burtons älteste Tochter, Euer Sohn ist sein Enkel.«

»Aber … ich will nicht.«

»Aus welchem Grund?«

Robin wich seinem Blick aus und antwortete nicht.

Lancaster verdrehte die Augen. »Ich wünschte, wir lebten in den guten alten Zeiten, und ich könnte Euch foltern lassen, um eine Antwort zu bekommen. Eure vornehme Zurückhaltung ist äußerst untypisch.«

Robin grinste unfroh und gab sich einen Ruck. »Ich will nichts mehr zu schaffen haben mit Burton.«

»Lächerlich, Ihr könntet doch daraus machen, was Euch gefällt. Ein Bauernparadies, Robin, wie könnt Ihr nur widerstehen?«

»Was ist so verwerflich daran, daß ich lieber Euer bedeutungsloser Schatten bliebe?«

»Niemand wird dem Earl of Burton verbieten, mein Leibwächter zu sein, wenn es sein Wunsch ist.«

»Es wäre nicht mehr dasselbe.«

»Das hängt allein von Euch ab.«

»Was ist … was ist, wenn ich dem König einen Lehnseid schwöre, und es käme je dazu, daß ich den einen Eid brechen müßte, um den anderen zu erfüllen?«

»Sieh an, Ihr traut mir so wenig wie die Bischöfe und die Commons und mein geliebter Cousin, der Earl of March. Robin, solange ich Duke of Lancaster bin, werdet Ihr um Lancasters willen Euren Eid an den König nicht brechen müssen. Das solltet Ihr doch wirklich wissen.«

Robin nickte unfroh. Er wußte es. Trotzdem verspürte er nicht die geringste Lust, dem ›albernen kleinen Scheusal‹ Treue und Gefolgschaft zu geloben. Es gab im ganzen Königreich nur ein Lehen, für das er diesen Preis willig gezahlt hätte.

Als könnte Lancaster seine Gedanken lesen, rief er plötzlich aus: »Waringham! Das ist es, nicht wahr? Ihr glaubt, wenn Ihr Burton annehmt, gebt Ihr Euren Anspruch auf Waringham auf.«

Robin errötete leicht. Er fühlte sich ertappt. »Und? Wäre es etwa nicht so?« fragte er hitzig.

Lancaster hob leicht die Schultern. »Nicht unbedingt. Es ist doch immer alles eine Frage der Umstände. Außerdem ist Waringham gerade wieder einmal in weite Ferne gerückt, oder etwa nicht?«

Robin runzelte die Stirn. »Wieso?«

Lancaster starrte ihn einen Moment an und breitete dann die Arme aus. »Er weiß es nicht. Er hat es wieder einmal fertiggebracht, nicht zu hören, was die Spatzen in London von den Dächern pfeifen. Mortimer of Waringham hat geheiratet, Robin. Im August. Seine Gattin ist guter Hoffnung.«

Robin biß die Zähne zusammen. Das war ein harter Schlag. »Geheiratet … Wen?«

»Lord Greenleys Tochter.«

»Greenley. Und ich dachte, Ihr sagtet …«

»Ich weiß, was ich gesagt habe. Aber Waringham hat sie erst kompromittiert und dann gefragt. Was konnte Greenley schon tun, als hastig zuzustimmen, damit das Kind nicht allzubald nach der Hochzeit kommt? Und der König hat freudestrahlend eingewilligt. Er ist wie vernarrt in Waringham.«

»Aber was will er nur mit ihr? Greenley hat keinen Penny.«

»Nein, aber sie ist eine Schönheit. Und ich schätze, er wollte vor allem einen Erben. Mit etwas Glück kriegt er ihn bald.« Er unterbrach sich und sah Robin in die Augen. »Ich weiß, daß es bitter für Euch ist, aber Ihr müßt die Vergangenheit ruhen lassen, Robin. Das Parlament hat Euren Vater von allen Anklagepunkten freigesprochen, sein Ansehen ist wiederhergestellt, und jetzt habt Ihr Gelegenheit, endlich den Rang einzunehmen, der Euch von Geburt her zusteht. Was wollt Ihr denn noch?«

Robin schüttelte langsam den Kopf. Das konnte er wirklich nicht erklären. Eine dumpfe Wut brodelte tief unten in seinem Bauch. Mortimer hatte es tatsächlich geschafft. Ganz gleich, wie fragwürdig sein Anspruch auch sein mochte, jetzt hatte er Waringham endgültig an sich gebracht. Offenbar wollte Gott unbedingt, daß Will Sattler und Marthas Brüder und Rodney Wheeler und all die anderen Freunde seiner Kindheit weiterhin ihre Rücken unter Mortimers Joch krümmten. Er, Robin, sollte anscheinend keine Gelegenheit bekommen, sich für die Freundlichkeit erkenntlich zu zeigen, die sie ihm erwiesen hatten. Er sollte gezwungen werden, sie im Stich zu lassen.

Er wandte sich ab und sah aus dem winzigen Fenster. Der Innenhof des Palastes war eine Schlammwüste. Wachen lungerten lustlos im Windschatten der Mauer herum, gedämpft klang der Gesang eines Schmiedehammers herauf, ein paar vereinzelte Schneeflocken segelten unschlüssig zu Boden. Robin stellte sich vor, wie die Flocken Giles' baumelnde Leiche über Nacht in einen makabren, steifgefrorenen Schneemann verwandeln würden. Er dachte an Burton, die Jagd, Hal, Joanna. Er schauderte innerlich. Nichts zog ihn auf die graue, eherne Burg dort oben im eisigen Norden. (Westen, hörte er Joanna in seinem Kopf verbessern, das hier ist der Westen, Robin, Northumberland liegt im Norden …) Mit Fernbrook hatte er leben können, es war ein anheimelndes Exil gewesen, und mit dem Gestüt hatte er sich dort eine lebendige Illusion eines Zuhauses erschaffen. In Burton würde es kein Gestüt geben. Es wäre unsinnig, in unmittelbarer Nähe von Fernbrook damit zu beginnen. Und ihm fehlte der nötige Tatendurst. Isaac würde natürlich in Fernbrook bleiben, Elinor und Hal würden bleiben. Dieses Mal wollte Lancaster ihn wirklich in die Fremde schicken, und er würde allein gehen müssen. Ihm graute davor.

»Ihr solltet auch an Eure Söhne denken, Robin«, sagte Lancaster eindringlich.

Robin verzog schmerzlich das Gesicht. »Ja ich weiß. Trotzdem … Ihr solltet lieber einen anderen nehmen.«

Lancaster stöhnte. »Wollte ich einen anderen, hätte ich einen anderen ausgewählt. Es muß sein. Als Robin Fitz-Gervais wart Ihr mir oft von großem Nutzen, als Earl of Burton werdet Ihr von unschätzbarem Wert sein. Mein Auge und mein Ohr in Lancashire, mein Zünglein an der Waage unter den Lords im Parlament.«

»Darauf rechnet lieber nicht. Ich würde der erneuten Kopfsteuer für die Bauern niemals zustimmen. Im Gegenteil, ich würde alles versuchen, um sie zu vereiteln.«

»Tja, nicht zu ändern, aber das wird Euch nicht gelingen, darum spielt es keine Rolle. Ich weiß genau, wo Ihr für mich stimmen werdet und wo nicht, und das zählt. Auf Euch kann ich rechnen. Und ich brauche in Burton jemanden, auf den ich mich verlassen kann. Also nehmt es, und ziert Euch nicht länger.«

Robin verschränkte die Arme. »Andernfalls?«

Lancaster hielt in seiner ruhelosen Wanderung inne und lächelte ironisch. »Ihr denkt, ich würde Euch erpressen? Robin, Robin.

Wofür haltet Ihr mich?«

Für den listenreichsten Erpresser Englands, dachte Robin wütend, aber das sagte er nicht. Er starrte stur auf die Steinfliesen vor seinen Füßen und antwortete nicht.

Lancaster legte einen Zeigefinger an den Mundwinkel und hielt die Lider halb geschlossen. »Solltet Ihr das in all den Jahren immer noch nicht begriffen haben, werde ich Euch jetzt ein Geheimnis über die hohe Kunst der Politik verraten: Es gibt Männer, die man erpressen kann, und andere, die man nur ködern kann. Sie sorgsam zu unterscheiden ist sehr wichtig. Also, Robin. Die neue Kopfsteuer – ich werde sie für jeden Bauern in Waringham aus meiner eigenen Schatulle bezahlen, wenn Ihr Burton annehmt.«

Robin sah ihn betroffen an. Ein Köder, der sehr viel Ähnlichkeit mit einer Erpressung hat, dachte er erbittert. Er ließ sich mit seiner Antwort viel Zeit. Aber nur, um den Schein zu wahren. Er saß in der Falle; das konnte er nicht ablehnen. Es würde für viele von ihnen die Rettung vor Hunger, Not und Schikane bedeuten. Es war der einzige Weg, der ihm blieb, ihnen einen Dienst zu erweisen. Er nahm davon Abstand, die Fäuste zu ballen und zu rebellieren, und atmete langsam tief durch.

»Es muß so geschehen, daß Mortimer niemals davon erfährt.«

»Selbstredend.«

Robin verneigte sich förmlich. »Ich danke Euch für die große Ehre, die Ihr mir erweist, Mylord.«

Lancaster winkte seufzend ab. »Das ginge wohl zu weit. Ich weiß durchaus, wie groß Euer Widerwillen ist. Aber es ist zum Wohle Englands, Robin. Und Ihr könnt nicht sagen, ich hätte Euch nicht gewarnt.«

Robin schüttelte den Kopf. »Ich erinnere mich daran, und ich habe mit allerhand gerechnet. Aber nicht mit so etwas.«

»Ja, es kommt so oft anders, als wir es uns mit unserer beschränkten Einsicht vorstellen ... Gehen wir zum König, ehe Ihr Eure Meinung wieder ändert. Er wartet.«

Robin öffnete die Tür der kleinen, unscheinbaren Kammer. Er ließ Lancaster den Vortritt. Der Herzog blieb kurz vor ihm stehen.

»Wißt Ihr, als damals die Herzogin an der Pest starb, wollte ich England und dem Krieg und der Staatsräson den Rücken kehren. Für eine kurze Zeit habe ich erkannt, wie belanglos all diese Dinge in Wirklichkeit sind. Aber es ging vorbei, ziemlich bald. Heute bin ich wieder der verblendete, eitle Dummkopf, der ich immer war. Das Große Schachspiel ist ein wirksames Heilmittel.«

Robin ließ den Türknopf los. »Für Euch sicher, Mylord. Aber nicht für mich.«

»Nein. Ich weiß. Vielleicht irgendwann einmal.«

Der König empfing sie in einem weiträumigen, prunkvoll eingerichteten Privatgemach. Er saß allein in einem brokatbezogenen Sessel am Feuer, ein junger Jagdhund hatte den Kopf in seinen Schoß gebettet. Der König spielte versonnen mit einem der kurzen, grauen Ohren des Tiers.

Ein hübscher Junge, dachte Robin flüchtig, hellhäutig und dunkelhaarig wie sein Vater und sein Onkel. Er erschien ihm schmächtig und fast zierlich für seine zwölf Jahre, kindlicher als Henry, der doch beinah ein halbes Jahr jünger war.

Robin sank neben dem Herzog auf das rechte Knie nieder.

Richard scheuchte den Hund von seinem Schoß, stand auf und verschränkte die Arme. »Erhebt Euch doch, liebster Onkel.«

Lancaster stand auf und nickte in Robins Richtung. »Fitz-Gervais, mein König, der Eurem Wunsch gemäß der Earl of Burton werden soll.«

Richard streifte Robin mit einem scheinbar desinteressierten Blick. »Ja. Ihr rietet Uns bezüglich Unserer Wünsche, nicht wahr, Onkel?«

»So ist es.«

»Wir haben wenig von Euch gesehen an Unserem Hof, Fitz-Gervais.«

Robin sah ihm in die Augen, vielleicht länger, als das Gebot der Höflichkeit erlaubte. Womöglich hoffte er darauf, den König noch umzustimmen. »Ich hatte in letzter Zeit wenig Gelegenheit, bei Hofe zu sein, Euer Gnaden«, räumte er ein.

»Hm, wie bedauerlich. Was mag Euch ferngehalten haben?«

»Die Schotten und eine unglückselige Familienfehde, wie Ihr vielleicht gehört habt.«

»Tatsächlich, ja, Wir hörten davon. Unglückselig, wie Ihr sagt. Andere sagen, Sir, es wäre kaum soweit gekommen, wenn Ihr Eurem Schwager mit etwas mehr brüderlicher Großzügigkeit begegnet wäret.«

Robin konnte sich gut vorstellen, wer so etwas sagte. »Vielleicht haben sie recht. Aber deswegen steckt man niemandem das Haus an.«

Der König hob die Hand. »Oder bricht des Königs Frieden, das ist wohl wahr. Nun, es scheint Uns immerhin, der Gewinn eines Adelstitels ist den Verlust einer Frau wert, nicht wahr.«

Robin fuhr leicht zusammen. Er preßte die Lippen aufeinander und antwortete nicht.

Lancaster räusperte sich. »Fitz-Gervais, ich denke, der König würde gern einen Moment unter vier Augen mit mir reden. Ich bin überzeugt, Ihr dürft Euch entfernen.«

Richard warf seinem Onkel einen mißvergnügten Blick zu, wedelte jedoch Robin seine Erlaubnis zu. »Seid so gütig und wartet draußen, Sir.«

Robin erhob sich, verneigte sich schweigend und ging mit langen Schritten zur Tür. Draußen erwog er, einfach zu verschwinden. Westminster zu verlassen, sich unerlaubt aus London zu verdrücken, in Waringham bei Conrad unterzutauchen oder notfalls ins Exil zu gehen. Ganz gleich, jedenfalls wollte er sich nie wieder in die Situation begeben, sich ungestraft so gräßlich beleidigen lassen zu müssen. Doch ehe er einen Entschluß gefaßt hatte, öffnete Lancaster schwungvoll die Tür und winkte ihn herein. Robin sah sein sturmumwölktes Gesicht und schloß, daß die Königswürde Richard nicht vor scharfen Worten bewahrt hatte. Und als er den König ansah, fand er diesen Verdacht bestätigt. Die bartlosen Kinderwangen brannten vor Scham.

Robin verkniff sich ein Grinsen und sank notgedrungen wieder auf ein Knie nieder.

»Es wäre Uns eine Freude, Sir«, hob der König angestrengt an, »wenn Ihr Burton als königliches Lehen empfangen wolltet.«

»Ich danke Euch, mein König. Ich bin sehr geehrt«, erwiderte Robin kühl.

Richard trat vor ihn. »So schwört denn.«

Robin schwor, während die kalten, etwas feuchten Hände des Königs die seinen umschlossen, und er fühlte sich gräßlich dabei. So, als lüge er.

Nachdem sie die steife Zeremonie hinter sich gebracht hatten, bat der König sie zum Essen, um das denkwürdige Ereignis gebührend zu feiern. Lustlos, aber dankend nahmen sie an.

Sie verließen den König und gingen nebeneinander zur großen Halle. Lancaster war verdrossen und schweigsam. Robin ging langsam neben ihm her und tat, als bemerke er es nicht.

»Robin ...«

»Nein, bitte, Mylord.«

»Ihr müßt mir erlauben, mich zu entschuldigen. Es war unverzeihlich.«

»Entschuldigt Euch nicht, er ist nicht Euer Sohn. Er ist der König von England und kann sagen, was ihm gefällt. Und Kinder reden unbedacht. Vermutlich war es nicht so gemeint, wie es sich anhörte.«

»Ihr seid allzu großmütig. Er hat es so gemeint. Er ist schlechten Einflüssen ausgesetzt.«

»Ja, zweifellos. Darüber hinaus ist der König seines Vaters Sohn.«

»Oh, Robin ...«

Robin fuhr sich mit der Hand über die Stirn und winkte ab. »Tut mir leid. Es ... war ein langer Tag.«

Die große Halle war mäßig gefüllt. Viele feingekleidete Edelleute, die Robin größtenteils nur vom Sehen kannte. Neben dem noch leeren erhöhten Sitz des Königs saß Richards Mutter Joan, immer noch eine schöne Frau. Lancaster nickte Robin zu und entfernte sich, um ihr Gesellschaft zu leisten. Als sie ihn kommen sah, hellte sich ihr sorgenvolles Gesicht auf.

Ein Stück weiter unten an der Tafel saßen Mortimer und de Gray. Sie starrten ihn an, als wollten sie ihn mit ihren Blicken erdolchen. Robin lächelte kühl und verneigte sich spöttisch. Am anderen Ende entdeckte er eine sehr viel sympathischere Gruppe. Er steuerte erleichtert darauf zu. Fitzroy, Isabella, Henry und ›Hotspur‹ Percy saßen wie gebannt und lauschten Chaucer, der mit ernster Miene und einem verräterischen Augenzwinkern eine Geschichte von einem raffgierigen Bettelmönch erzählte, der einen einfältigen Kaufmann um sein Geld und obendrein mit seiner Frau betrog. Robin setzte sich neben seine schöne Schwägerin und drückte kurz ihre Hand. Dann versank er in der so geistreich und komisch erzählten Geschichte, und er lachte mit den anderen über Chaucers Grimassen und seine verstellte Stimme.

Als dieser zum Schluß kam, applaudierten sie begeistert, und der Dichter verneigte sich, sein Ausdruck mit einemmal unsicher und fast schüchtern, wie immer am Ende einer Darbietung.

»Wirklich, Geoffrey, das war sehr anstößig«, schalt Henry lachend. »Dabei ist doch eine Dame unter uns.«

Hotspur zog die Brauen hoch. »Aber sie ist nicht halb so schockiert wie du, Betschwester.«

Isabella lächelte nachsichtig, und Henry und Hotspur tauschten unter dem Tisch ein paar kameradschaftliche Tritte.

Isabella wandte sich an Robin. »Ist es wahr, was man munkelt?«

»Meistens nicht.« Er winkte einem Pagen, der ihm eilig einen kostbaren Silberpokal mit Wein brachte.

»In diesem Fall wohl doch«, murmelte Chaucer.

»Also darf man dir gratulieren?« erkundigte sich Fitzroy.

Robin schüttelte ratlos den Kopf. »Ich weiß nicht. Lieber nicht, Mann.«

Isabella schluckte und hielt den Kopf verräterisch hoch, genau wie Joanna es getan hatte. »Ich bin froh, Robin. Du wirst die Ehre des Namens wiederherstellen, und wir alle können versuchen, diesen Alptraum zu vergessen.«

Fitzroy strich ihr unauffällig über die Hand. »Je eher, um so besser.«

Hotspur betrachtete Robin abschätzend. »Ich fürchte, mein alter Herr wird nicht begeistert sein.«

Robin erwiderte seinen Blick. Er sah vor sich einen dunkelblonden, jungen Ritter, nicht groß, aber stämmig und athletisch, schon lange kein Knabe mehr, der für seine vierzehn Jahre eine beachtliche Präsenz hatte. Man spürte, ob Hotspur im Raum war oder nicht, obwohl er es nicht darauf anlegte, Aufmerksamkeit zu erregen. Robin begegnete ihm mit vielleicht unverdienter Skepsis, nur weil er der Sohn seines Vaters war. Aber er merkte, daß auch er sich Hotspurs Wirkung nicht entziehen konnte. Er stützte die Ellenbogen auf den Tisch. »Wie bedauerlich, Sir.«

Hotspur nickte grinsend. »Ja, er wird richtig gräßliche Laune haben.«

»Dann sind wir schon zwei.«

Hotspur biß sich auf die Unterlippe und hob Robin seinen Becher entgegen. »Ich gratuliere Euch jedenfalls, ob es Euch nun paßt oder nicht. Was mein verehrter Vater Northumberland denkt, ist seine Sache, was ich denke, die meine. Und diese kleine Betschwester hier«, er schlug Henry kräftig auf den Rücken, »schwört auf Euch. Er mag ein bißchen zahm sein und ein Bücherwurm, aber auf sein Urteil kann man sich in der Regel ganz gut verlassen.«

Henry stöhnte. »Wo ist mein Handschuh …«

Sie lachten, und ehe sie die Unterhaltung fortsetzen konnten, erschien der König in Begleitung seines jungen Onkels Thomas, Lancasters jüngstem Bruder. Thomas geleitete Richard an seinen erhöhten Ehrenplatz, wo der König stehenblieb und verkündete, daß er und sein Kronrat beschlossen hätten, Robert Fitz-Gervais zum neuen Earl of Burton zu erwählen. Ein wenig lustlos leierte er die Verdienste herunter, die Robin sich im Krieg und im Dienste des Hauses Lancaster erworben hatte, und hieß ihn mit einem höflichen Lächeln in den Reihen seiner Magnaten willkommen. Robin verneigte sich tief vor seinem König, und um sich diesen freudlosen Moment ein wenig zu versüßen, warf er einen verstohlenen Blick in Mortimers Richtung. Der Earl of Waringham saß kalkweiß an seinem Platz und rührte sich nicht, als alle anderen in der Halle ihre Becher erhoben und auf das Wohl des Earl of Burton tranken. Als er Robins Blick wahrnahm, streckte er langsam die Hand aus, hob seinen Pokal und schüttete den Inhalt auf den Boden.

Hotspur war der schweigende Schlagabtausch über die Halle hinweg nicht entgangen. »Und das laßt Ihr Euch bieten? Warum fordert Ihr ihn nicht?«

»Er würde ja doch kneifen.«

»Dann zwingt ihn.«

Robin nickte nachdenklich. »Irgendwann einmal. Wenn der Anlaß ausreicht, ihn zu töten.«

Der junge Percy pfiff leise durch die Zähne. »Es scheint, Ihr seid nicht so harmlos, wie viele glauben, Mylord.«

Robin sah ihn pikiert an. Nicht die Bemerkung, sondern die Anrede bestürzte ihn. Er schüttelte den Kopf. »Harmlos, nein, nicht unbedingt. Nur geduldig.«

Hotspur schnitt eine Grimasse. »Was man von mir nun wirklich nicht behaupten kann.«

Die große Neuigkeit gelangte vor ihnen zum Savoy. Als Robin
spät am Abend zusammen mit Lancaster, Henry und Hotspur
dort eintraf, erwartete ihn eine große Zahl von Gratulanten. Sie
alle hatten in der Halle ausgeharrt, bis er kam, und als er eintrat,
umringten sie ihn, um ihm Glück zu wünschen. Ritter, Damen
und Knappen, Hofbeamte und die Männer der Wache. Robin
dankte ihnen verwirrt.

Lionel und Oswin, die ein freudiges Wiedersehen gefeiert hatten, lagen sich weinselig in den Armen. Henry betrachtete seinen
sonst in jeder Hinsicht so nüchternen Lehrer mit verhaltenem
Befremden. Katherine Swynford umarmte Robin schamlos,
drückte ihm einen Kuß auf die Wange und lachte atemlos, sie
habe es gewußt, endlich, endlich komme er zu seinem Recht.
Francis strahlte vor Stolz. Für ihn war es ein ungeheurer Glücksfall. Als Robins Knappe war er mit seinem Herrn ein paar Spei-
chen in Fortunas Rad hinaufgeklettert.

Nur Isaac und Leofric hielten sich zurück. Sie warteten, bis die
aufgeregte Schar endlich von Robin abließ und sich auflöste.
Dann nahmen sie ihn in die Mitte und geleiteten ihn zu seinem
luxuriösen, jetzt endlich angemessenen Quartier.

»Es hat auch seine guten Seiten, Robin«, stellte Isaac fest.

»So?«

Leofric reichte Robin seine Tafel. *Hast du gehört, daß Mortimer
geheiratet hat?*

Robin nickte müde. »Ich weiß, ich weiß.«

Isaac lehnte an der Wand und verschränkte die Arme. »Wenn
du willst, gehe ich mit dir nach Burton.«

Robin wußte das Angebot zu schätzen. Es kam von Herzen und
bedeutete ein wahrhaft großes Opfer. Er schüttelte den Kopf. »Du
gehörst nach Fernbrook, Isaac, mehr als jeder von uns. Ich hab'
mir gedacht, ich gebe es dir als Lehen. Und die Einkünfte aus der
Zucht teilen wir zur Hälfte.«

Isaac riß die Augen auf. »Robin ...«

»Was läge näher?«

»Ich ... ich kann kein Lehen kriegen, ich bin nicht ...«

»Ja, ja, langweil mich nicht damit, was du meinst, was du bist und was nicht. Nimm es, es würde mich beruhigen.«

Isaac fand keine Worte. Er starrte blinzelnd an die Decke und meinte, die Erde müsse erbeben.

Leofric dachte derweil praktisch. *Du solltest einen von Gisberts Brüdern mitnehmen. Du wirst einen Steward brauchen. Und einen Gefährten.*

Der Gedanke gefiel Robin außerordentlich. »Ja, das ist keine üble Idee.«

Wie steht es um Burton? Hast du Giles' Schulden ebenfalls verliehen bekommen?

Er schüttelte grinsend den Kopf. »Nein, das würde nicht einmal Lancaster einem treuen Gefolgsmann zumuten. Ich bin nicht Giles' Erbe, sondern sein Nachfolger. Seine Gläubiger bleiben auf ihren Schuldscheinen sitzen. Ich habe die Burg – mitsamt einem desolaten Gutsbetrieb und was von seinem Land noch übrig ist. Vier Dörfer außer Burton, riesige Wälder, einen Steinbruch und, Harley und Fernbrook abgerechnet, acht Güter, die an Vasallen vergeben sind, darunter zwei Klöster. Ich habe insgesamt dreitausend Acre von meinen Bauern bestelltes Land, an die sechshundert Männer schulden mir Pacht, ungefähr zweitausend Menschen sind mein Eigentum. Gott, mir wird ganz schlecht …«

Leofric winkte ab. *Für sie alle wird es ein Segen sein. Denk mal drüber nach.*

»Vielleicht morgen.«

Isaac schüttelte nachdenklich den Kopf. »Robin, ich hab's mir überlegt. Ich werde gerne der niedrigste deiner Vasallen sein, warum soll nicht Isaac, der unfrei geborene Bastard Isaac, der Gutsherr werden, die Welt hat schon verrücktere Dinge gesehen. Aber ich werde die Gewinne aus der Zucht nicht mit dir teilen.«

Robin nickte gleichgültig. »Schön, ich nehm' auch vier Zehntel.«

»Das meine ich nicht. Wir werden die Zucht aufteilen. Du wirst die Hälfte aller Pferde mitnehmen und in Burton wieder anfangen. Sonst gehst du uns vor die Hunde.«

Robin sah ihn verdutzt an. »Wie stellst du dir das vor? Wir würden uns gegenseitig die Geschäfte ruinieren. Burton und Fernbrook liegen zu nah beieinander.«

Aber Isaac hatte sich schon alles überlegt. »Wir werden uns keine Konkurrenz machen, weil wir auf einer gemeinsamen Auktion verkaufen werden. Im Frühjahr werde ich meine Dreijährigen nach Burton bringen, und du kannst einen richtigen Jahrmarkt abhalten. Deine Bauern werden glücklich sein. Und wenn wir zusammen mehr Pferde züchten als bisher, um so besser. Wir könnten jedes Jahr wenigstens doppelt so viele verkaufen, wie wir haben.«

Robin sah ihn unsicher an. Die Idee war verlockend, sie machte Burton beinah erträglich. »Aber wer soll sich um meine Zucht kümmern, wenn ich nicht da bin?«

Oswin, natürlich, warf Leofric ein. *Nichts wird ihn in Fernbrook halten, wenn du in Burton bist. Und du wirst andere finden. Unter zweitausend wird es den einen oder anderen geben, der sich auf Pferde versteht. Wer weiß, vermutlich hat Hal noch ein paar Brüder in Burton. Tu, was Isaac sagt, Robin. Sonst wirst du es nicht aushalten und irgendwelche Dummheiten machen.*

Robin las und nickte widerstrebend. »Ja, ja. Ihr habt ja beide recht. Lieber Gott, ich wünschte, ich hätte Waringham niemals, niemals verlassen ...«

Die Festtage verbrachte Robin mit Lancaster und Henry im Savoy, und in der Nacht vor seinem einunddreißigsten Geburtstag stahl er sich mit einem vollen Weinschlauch in den verschneiten Garten hinaus, ertränkte unter dem sternklaren Himmel sein jammervolles Selbstmitleid, sank trotz der eiskalten Nacht in einen versoffenen Erschöpfungsschlaf und holte sich beinah den Tod. Eine bösartige Grippe kam mit hohem Fieber und Schüttelfrost und schien unschlüssig, ob sie sich nun in seinen Lungen einnisten sollte oder nicht. Anfang Februar war er genesen, aber sein Gemütszustand blieb unverändert. Er war melancholisch und teilnahmslos. Er schulte Lancasters Pferde, unterrichtete die Knappen am Hof, vertrieb sich die Zeit mit Henry und dessen Freund Hotspur, empfing Delegationen, studierte Geoffrey Chaucers englische Übersetzung des Rosenromans, begann eine lustlose Affäre mit der jungen Witwe von Lancasters verstorbenem Kämmerer und hatte die ganze Zeit den Verdacht, es sei ein anderer, der diese Dinge tat.

Als der Frühling kam, machte Lancaster ihm Beine. »Geht endlich, Robin. Bei St. Georgs Schwert, ich will Euch hier nicht länger sehen. Schert Euch weg!«

»Wie Ihr wünscht, Mylord.«

»Jesus, Ihr seid betrunken …«

»Stimmt.«

Die Miene des Herzogs wurde ernstlich finster. »Das ist also der Dank.«

»Ja, das ist mein Dank.«

»Hm. Vielleicht haben wir einen Fehler gemacht. Vermutlich war es töricht, Euch zu zwingen. Wir hätten Burton an jemand anders vergeben sollen. Jemand, der die Ehre zu schätzen weiß und die Verantwortung nicht scheut.«

»Ganz recht. Mein Cousin Gisbert, zum Beispiel.«

»Ich dachte eher an Peter de Gray.«

Robin lachte. »Ein bißchen kurzsichtig vielleicht, denn de Gray wird kaum Nachkommen hinterlassen, aber die Vorstellung ist nicht ohne Reiz.«

Lancaster stemmte die Hände in die Seiten. »Sir …«

Robin hob ergeben die Hände. »Schon gut, ich gehe. Ich merke, es läßt sich nicht länger aufschieben. Reicht morgen früh?«

»Durchaus. Würdet Ihr Henry mitnehmen?«

»Mit Vergnügen … Warum?«

»Ich wünsche, daß er lernt, wie man ein heruntergekommenes Gut wieder zu Leben erweckt.«

»Oh … das ist einfach. Man muß nur Pferde züchten.«

Lancaster seufzte. »Ja, ja. Ihr seid wirklich betrunken.«

»Das habe ich nie bestritten.«

»Seid Ihr noch hinreichend Herr Eures Verstandes, um den portugiesischen Gesandten zu empfangen?«

»Dabei wäre Verstand nur hinderlich.«

Lancaster grinste müde. »Das ist wohl wahr. Robin …«

»Mylord?«

Der Herzog zögerte und winkte dann ab. »Morgen, ja? Ich habe Euer Wort?«

»Morgen, wenn es Euer Wunsch ist.«

»Ja. Ich denke, je eher, um so besser.«

Vielleicht war es gut, daß er so viel Zeit vergeudet hatte. Als er Anfang Mai endlich nach Burton kam, erstrahlte die finstere, grauschwarze Burg in der warmen Sonne, Wald und Felder leuchteten unter einer bunten Blumenpracht, und die Vögel jubilierten ob der milden Frühlingsluft, die wie immer spät hierhergekommen war. Burton erschien ihm sehr viel einladender, als er es in Erinnerung gehabt hatte.

Die Burg hatte eine hohe Mauer mit zwei Ecktürmen und einen bewässerten Graben. Die Planken der Zugbrücke waren in schlechtem Zustand, moosbewachsen und teilweise zersplittert, sie wirkten schlüpfrig und morsch. Aber immerhin war das Tor bemannt. Ein sehr junger Soldat trat aus der Wachkammer und verstellte ihnen den Weg.

»Wer seid Ihr, und was wünscht Ihr?«

»Der Earl of Burton und einziehen.«

Der Soldat blinzelte verblüfft. Dann streifte sein Blick unruhig über Robins erstklassige Rüstung, sein zahlreiches, kostbar ausgestattetes Gefolge und kehrte schließlich zurück zu dem Wappen auf seinem Schild. Es war ein geviertertes Wappen, wie es jetzt viele hatten, seit der König damals sein Wappen geviertelt und zu den englischen Löwen die französische Lilie mit aufgenommen hatten. Robins neues Wappen zeigte im oberen linken und unteren rechten Viertel das schwarze Einhorn auf grünem Grund, die anderen beiden trugen den Falken von Burton.

Der junge Torhüter verneigte sich tief. »Willkommen, Mylord.« Er trat beiseite. »Wünscht Ihr, daß ich den Captain hole?«

»Nein, bleib nur auf deinem Posten. Ich werde ihn schon finden.«

»Er …« Der Junge räusperte sich nervös. »Er wird in der Halle sein, Sir. Wir … ähm … wir hatten keine Nachricht von Eurer Ankunft.«

Robin grinste. »Schwerer Schlag, was?«

Er nickte unglücklich.

Robin ritt an ihm vorbei, und die anderen folgten. Im Innenhof hielten sie vor dem Eingang zum Wohnturm, und niemand erschien, um sie ihrer Pferde zu entledigen.

Oswin seufzte. »Ich kümmere mich darum, Robin.«

»Kommt nicht in Frage. Francis und die anderen Jungs werden

das erledigen. Du bist der neue Captain der Wache und mußt deine Stellung wahren.«

»Ich bin was?«

»Hm. Ich denke, ganz gleich, was für eine Lotterbande wir hier antreffen, du wirst sie in Windeseile aufmuntern.«

Oswin hob grinsend die Schultern. »Ja, das wär' sicher ein Heidenspaß.«

Francis und die anderen Knappen blieben zurück und banden die Pferde an ein paar Eisenringe neben dem Tor. Robin betrat mit seinen Gästen und den Mitgliedern seines Haushaltes, alten wie neuen, die Halle. Sie hatte sich in bemerkenswerter Weise verändert, seit er sie zuletzt gesehen hatte.

»O Gott«, murmelte Hotspur betroffen. »Das ist wie Sodom und Gomorrha.«

»Und in zehn Tagen kommt mein Vater«, seufzte Henry.

»Zehn Tage sind viel Zeit«, wandte Joseph Finley, Robins Cousin, ein. Es klang zuversichtlicher, als er sich fühlte.

Henry Fitzroy trat ein paar Schritte vor und donnerte seine behandschuhte Faust auf den Tisch. »Hier sind euer neuer Lord und die Lady Isabella! Wie wär's, wenn ihr das Saufen einstellt und sie zur Kenntnis nehmt?«

Es wurde still. Die kleine Schar von Giles' Rittern, die nach all der Zeit immer noch auf der Burg waren und offenbar seit Monaten in der Halle hausten wie in einer Räuberhöhle, stellten ihre Becher ab, nahmen die Hände von ihren buntbemalten Huren und glotzten. Robin erkannte die vier, die letzten Sommer mit Giles in Fernbrook gewesen waren. Er stellte sich neben Fitzroy, verschränkte die Arme und sah einen nach dem anderen an.

»Wer befehligt diese Burg?«

Nach einem langen Zögern erhob sich ein baumlanger, bärtiger Kerl mit einer knallroten Nase. »Ich … Mylord.«

»Gebt die Schlüssel dem Steward.« Er wies auf Joseph. »Dann holt Eure Habseligkeiten und Eure Pferde, Sirs. In einer Stunde will ich Euch von der Burg haben. Allesamt. Die … Damen ebenfalls.«

Sie murrten aufgebracht.

»Was ist mit unserem Sold für das letzte Jahr?« fragte ein Mutiger.

»Was ist mit meinen Weinfässern, meinen Vorräten und was Ihr sonst noch an Euch gebracht haben mögt? Ich schlage vor, wir machen lieber keine Rechnung auf. Und jetzt tut, was ich sage. Raus mit Euch.«

Er hatte seine Stimme nicht erhoben, aber sie zogen die Köpfe ein, standen vom Tisch auf und drückten sich an ihm vorbei zur Tür.

»Fitzroy, Little, Hemmings, seid so gut und stellt sicher, daß sie wirklich verschwinden und nichts mitgehen lassen.«

Die drei Ritter gingen hinaus.

Robin wandte sich an Isabella. Sie sah sich verstört um. Er legte ihr tröstend die Hand auf den Arm. »Das ist nur Dreck und Unordnung. Sag, denkst du, es wird hier noch irgendwelche Dienstboten geben, auf die man rechnen kann?«

Sie hob ratlos die Schultern. »Ich weiß nicht … Die meisten werden sie wohl vergrault haben. Aber da war John, Vaters Mundschenk, und Kate, die Amme. Vielleicht …«

»Sieh zu, ob du sie findest. Rollins, würdest du Isabella begleiten? Wir brauchen Mägde, die die Halle in Ordnung bringen, jemand muß für uns kochen und so weiter. Kümmert euch darum.«

Sie folgten den anderen hinaus.

Robin war sehr dankbar, daß er Lancasters Rat befolgt und ein paar Männer in seinen Dienst genommen hatte, bevor er hierhergekommen war. Außer Henry Fitzroy und seinem Cousin Joseph hatte er fünf Ritter genommen, von denen zwei wie Fitzroy verheiratet waren. Er fand, das mußte für den Anfang reichen. Burton war zu gründlich abgewirtschaftet, um einen großen Haushalt zu erlauben. Und dieser würde ohnehin wachsen. Aus Knappen wurden Ritter, und der eine oder andere würde bleiben. Neue Knappen würden kommen. Kinder. Und so weiter. Fürs erste fand er sein Gefolge ausreichend. Er hatte die Ritter sehr sorgfältig ausgewählt und kannte sie alle gut. Sie waren eingeschworene Lancastrianer, außer Fitzroy natürlich, der hauptsächlich seiner jungen Braut zuliebe Robins Bitte gefolgt war und sich bereit gefunden hatte, bei ihm zu bleiben, bis der König nach ihm schickte. Robins Ritter waren einer wie der andere Pferdenarren, das war eines seiner wichtigsten Kriterien gewesen. Er würde Hilfe bei der neuen Zucht brauchen, und für arbeitsscheue, ausstaffierte Gockel mit weichen Frauenhänden wie Mortimer Dermond hatte er nun wirklich nichts übrig. Neben Fitzroy waren auch Miles Little und Crispin Hemmings auf dem einen oder anderen Feldzug mit ihm zusammen in Frankreich gewesen, und sie würden niemals ›Mylord‹ zu ihm sagen. Aber das war ihm nur recht.

Er fand auch für die anderen noch Aufgaben. »Joseph, geh ins Dorf und mach den Reeve ausfindig. Er wird wissen, ob es hier noch einen Steward oder Bailiff gibt. Sieh dich genau um. Finde heraus, wie schlimm es um uns steht. Oh, und sag den Leuten, sie brauchen keinen neuen *Tallage* zu fürchten, das will ich nicht.«

»Aber Robin«, wandte Joseph ein. »Das ist dein Recht, jeder neue Lord erhebt einen.«

»Wir nicht.«

»Aber wir werden das Geld brauchen.«

»Nein. Mein Anteil aus Fernbrook wird uns über Wasser halten, bis wir hier auf die Beine kommen.« Der Auktionserlös hatte sie wieder einmal ein bißchen reicher gemacht. »Sieh zu, ob du irgendwelche Bücher findest. Wir sehen sie uns dann später an, ja?«

Joseph nickte. »Wie du willst.«

Robin wandte sich an die letzten beiden Ritter, James Dunbars jüngere Brüder Guy und Roger. Sie waren Zwillinge und sahen sich so ähnlich, daß jeder den Versuch bald aufgab, sie zu unterscheiden.

»Wartet, bis die Halunken von hier verschwunden sind. Wenn alles friedlich abgelaufen ist, brecht ihr nach Fernbrook auf, bleibt über Nacht und bringt morgen die Amme und die Jungs hierher.«

Sie nickten willig und gingen.

»Und ihr?« fragte Robin Henry und Hotspur. »Irgendwelche Pläne?«

»Ich hätte nichts dagegen, mir dein Wild anzusehen«, bemerkte Henry.

Robin entließ sie mit einer Geste. »Zurück bei Sonnenuntergang, oder es gibt Wasser und Brot zum Essen.«

Hotspur grinste dünn. »Viel mehr wird es hier wohl sowieso nicht geben …«

Nur Oswin stand noch neben ihm. »Ställe?« schlug er vor.

»Ja. Und dann trommeln wir die Wachen zusammen und sehen sie uns an.«

Fernbrook war überschaubar gewesen. Innerhalb weniger Tage hatte er genau gewußt, wo er stand. Ein Kinderspiel. Im Vergleich dazu war Burton ein kleines Königreich. Er fragte sich verständnislos, wie es so lange führerlos hatte existieren können, denn jetzt, da er hier war, wurde er überall gleichzeitig verlangt. Robin lebte auf. Das gewaltige Ausmaß seiner Aufgabe beflügelte ihn. Seine Lethargie fiel von ihm ab, und er arbeitete von früh bis spät. Die anderen zweifelten insgeheim, ob er überhaupt je schlief, aber sein Eifer hatte eine ansteckende Wirkung. Einer wie der andere packten sie überall mit an.

Es war keineswegs einfach. Die gesamte Verwaltung war desolat. Giles' Steward hatte die Bücher verbrannt und sich davongemacht, als die Neuigkeit von Giles' Verurteilung aus London gekommen war. Alles, was sie hatten, waren die stümperhaften Jahresaufzeichnungen eines hoffnungslos überforderten Reeve. Mit grenzenloser Geduld erkundete Joseph Burg, Dörfer und Steinbruch, befragte die Heuwarte, Förster, Müller und den Steinbruchmeister und machte sich Aufzeichnungen. Robin half ihm in jeder freien Minute und begleitete ihn, wann immer er konnte.

Unterdessen begann er den Bau eines neuen Gestüts. Das fiel ihm nicht schwer, ihre Erfahrungen aus Fernbrook waren von großem Wert. Er behielt die bewährten Baupläne bei und wählte ein Stück Land außerhalb der Burgmauern, aber nicht weit entfernt, das seit Jahren brachlag, weil der Pächter und seine Familie an derselben Pestepidemie gestorben waren wie damals der alte Burton. Robin beauftragte die Dunbars mit der Organisation und Überwachung der Bauarbeiten. Die Stallburschen wollte er selber auswählen, wenn es soweit war.

Es wußte, es wäre ein Fehler gewesen, alles gleichzeitig zu beginnen. So konzentrierte er seine Kräfte und seine Gedanken auf Burton, die neuen Ställe und die Burg. Um seine Vasallen und die anderen Dörfer würde er sich später kümmern.

Die rund zwanzig Männer der Burgwache hatten Robin einen Treueid geleistet, und Oswin stellte neue Dienstpläne auf. Systematisch setzte er die Männer daran, die Zugbrücke und andere Schäden an der Befestigungsanlage auszubessern.

Derweil wurde das Burginnere unter Isabellas Oberaufsicht instand gesetzt. Es war von großem Vorteil, daß sie hier zu Hause war, die Dienstmägde und -burschen waren beglückt, im Austausch für Giles eine seiner doch eher sanftmütigen Schwestern zurückzubekommen, und sie legten sich mächtig für sie ins Zeug. Robin war dankbar, denn die Burg war eins seiner vordringlichsten Anliegen. Wenn Lancaster mit seinem Gefolge auf dem Rückweg zur schottischen Grenze hier haltmachte, wie er in Aussicht gestellt hatte, sollte er gebührend beeindruckt werden. Wann immer Zeit zu erübrigen war, schickte Robin seine Ritter, Henry, Hotspur und die anderen Jungs auf die Jagd. Er trug Sorge, daß Schweine, Kälber, Ochsen, Lämmer, Hammel, Hühner und Tauben in ausreichender Zahl zum Schlachten bereit waren. Burtons Gutsbetrieb war so heruntergekommen, daß er von Leofric und Isaac Schlachtvieh kaufen mußte. Er ließ jede Kammer der Burg säubern und mit Stroh auslegen. Es würden nicht weniger als dreihundert Mann sein, die er zu bewirten hatte, abgesehen von ein paar Damen, und wenigstens für die edleren seiner Gäste mußte er Betten oder doch zumindest ein Strohlager unter seinem Dach zur Verfügung stellen.

Von Sonnenaufgang bis manchmal spät in die Nacht war er unterwegs, und fast immer war sein Sohn bei ihm. Voller Seligkeit hatte Edward die Rückkehr seines Vaters zur Kenntnis genommen. Die neue Umgebung schien ihn nicht zu schrecken. Er folgte Robin wie vor langer Zeit Romulus überallhin, störte nie, sprach selten und spielte mit zwei hölzernen Pferden im Gras oder im Staub auf dem Pfad, während Robin seinen vielen Aufgaben nachging. Ruth die Amme war mit einemmal schüchtern geworden. Sie suchte ihn nicht mehr von sich aus auf. Robin war es recht. Er schenkte ihr ein goldenes Kettchen mit einem Marienamulett, dankte ihr für ihre treue Sorge für seine Söhne und vergaß sie. Es verging kaum eine Woche, bis er sie und Oswin im Weinkeller antraf. Unbemerkt und grinsend trat er den Rückzug an. Oswin würde wohl niemals diskreter werden ...

Er stieg die Treppe wieder hinauf und stieß beinah mit Fitzroy zusammen.

»Oh, Gott sei Dank, Robin ...«

»Sag mal, hat eigentlich schon mal jemand in die Verliese geschaut? Nicht, daß da noch irgendein armer Teufel schmort?«

»Was? Keine Ahnung. Komm mit nach draußen, Robin. Schnell.«

»Was ist?«

Aber Fitzroy hatte schon den Rücken gekehrt und eilte zur Tür. Robin folgte.

Als er in den sonnenbeschienenen Burghof trat, sah er sofort, was Fitzroy so beunruhigt hatte. Henry und Hotspur standen sich auf dem kleinen Sandplatz neben der Kapelle gegenüber, mit grimmigen Gesichtern und blanken Schwertern. Ein Blick genügte, um zu sehen, daß es ernst war.

»Worum geht es?« erkundigte sich Robin.

»Tja, wie es scheint, hat Hotspur den Duke einen ›verdammten Hurenstecher‹ genannt. Das war nur das Ende. Keine Ahnung, worüber sie sich ursprünglich gestritten haben, du weißt ja, wie Hotspur ist.«

Robin nickte und blieb stehen, wo er war. Wäre es irgendeiner der Knappen gewesen, hätte Robin die Streithähne getrennt, das Schandmaul geohrfeigt und somit die Angelegenheit beigelegt. Aber Hotspur Percy war kein Bengel, den man noch ohrfeigen konnte.

»Das müssen sie schon unter sich ausmachen.«

»Aber Robin ... Hotspur wird ihn zerfetzen. Lancaster braucht seinen Erben noch, oder nicht?«

»Wart's ab. Vielleicht wirst du überrascht.«

Es wurde ein schneller, hochklassiger Kampf. Jeder Muskel in Robins Körper spannte sich an, er rechnete jeden Moment damit, eingreifen zu müssen, und fürchtete, er könnte zu langsam sein. Henry war nicht mehr viel kleiner als sein Gegner, aber schmaler. Sie waren ein sehr ungleiches Paar. Sie führten beide das Schwert mit zwei Händen; keine Kinderschwerter, sondern kostbare Waffen, echtes Kriegshandwerkszeug. Sie griffen an und parierten, sie stellten sich Fallen und vollführten einfallsreiche Finten, aber beide kämpften strikt nach Regeln. Hotspur war rot im Gesicht und schwitzte. Henry war blaß, seine Augen schienen unnatürlich geweitet. Blitzschnell tauchte er unter einem Schlag hinweg, der auf seinen Kopf gerichtet war und Robin das Blut in den Adern gefrieren ließ.

»Robin ...«, drängte Fitzroy angstvoll. »Wenn einem von beiden etwas zustößt, sind wir geliefert.«

»Ja, du hast recht. Es wird zu gefährlich ...«

Er schritt auf die Kontrahenten zu, und gerade als er bei ihnen ankam, hebelte Henry seinem Gegner das Schwert aus den Händen. Hotspur wankte einen Schritt nach hinten und blieb keuchend stehen. Seine Arme sanken herab.

Henrys Augen funkelten zornig. Er plazierte die Schwertspitze auf Hotspurs Brust. Hotspur senkte den Kopf.

»Also?« drängte Henry atemlos.

Es war einen langen Moment still. Dann gab der junge Percy sich einen sichtbaren Ruck. Er hob die Rechte, schob Henrys Klinge beiseite und verneigte sich tief. »Ich bitte dich um Verzeihung.«

»Das reicht nicht!« stieß Henry erbost hervor.

»Doch«, sagte Robin energisch, »das reicht. Henry, steck dein Schwert ein.«

Henry folgte, sah ihn jedoch wütend an. »Weißt du, was er gesagt hat?«

»Er hat sich entschuldigt. Es gibt nicht viele Hitzköpfe, die das so überzeugend können wie er.«

»Pah ...«

Hotspur warf Robin einen flehentlichen Blick zu. Robin sah, daß er sich auf die Zunge biß, um nicht wieder irgend etwas Unbedachtes zu sagen. Und Robin wußte ganz genau, wie eine lose Zunge sich manchmal anfühlte: eigenständig, schlüpfrig und gänzlich unverläßlich. Er zwinkerte Hotspur zu.

Dann wandte er sich wieder an Henry. »Also, wir warten. Akzeptiere. Na los.«

Henry nickte Hotspur knapp zu. »Akzeptiert.«

Hotspur wußte, es war nur eine Formel. Er würde noch viel tun müssen, ehe Henry ihm verzieh. Er verneigte sich ungeschickt.

Henry ließ ihn stehen und wandte sich an Robin. »Ihr erlaubt, daß ich mich entferne, Sir?«

Robin runzelte die Stirn. »Es wäre mir ganz neu, daß Ihr meiner Erlaubnis bedürft, Mylord.«

»Du ... du fällst mir in den Rücken, Robin.«

»Eher würde ich mich von einem dieser beiden häßlichen Türme stürzen, Henry.«

Plötzlich schien Henry verunsichert und beschämt. Er wandte sich eilig ab und betrat die Burg.

Hotspur hob sein Schwert auf und steckte es mit einem tiefen Seufzer ein. »Verflucht ... was hab' ich nur wieder geredet? Welcher Teufel hat mich geritten?«

Robin konnte sich ein Grinsen nicht verkneifen. »Laßt uns hineingehen, ich glaube, Ihr braucht einen Schluck.«

Hotspur widersprach nicht und folgte ihm beinah kleinlaut.

Eine der Mägde brachte ihnen Wein. Robin trank langsam, Hotspur hingegen leerte seinen Becher in einem gewaltigen Zug.

»Was soll ich tun, wenn der Bengel mir nicht verzeiht? Ich werde eingehen …«

»Habt ein bißchen Geduld.«

»Die müßtet Ihr mich erst lehren. Ich habe das Gefühl, Ihr seid die richtige Instanz, Mylord.«

Robin lächelte. »Sie kommt ganz von selbst, wenn einem sonst nichts übrigbleibt. Seid guten Mutes. Henry ist zu gutartig, um lange böse zu sein.«

»Hm. Beinah zu gut für diese Welt.«

»Es macht mir Hoffnung, daß Ihr das erkennt.«

Hotspur rieb sich die Nase. »Nicht viel, das ich nicht für ihn täte.«

»Das ehrt Euch.«

Hotspur ließ die Hand sinken und sah Robin direkt an. »Ihr seid sehr freundlich zu mir, Sir, bedenkt man, wie Ihr und mein Vater zueinander steht.«

Robin schüttelte langsam den Kopf und antwortete vollkommen aufrichtig: »Ich weiß nicht, was ich von Euch halten soll, Hotspur. Aber Ihr habt Euch in meiner Gegenwart noch nie anders als vollkommen korrekt verhalten. Ich urteile danach, was ich sehe. Und … es gab einmal eine Zeit, da war ich sehr angewiesen auf Leute, die mich nicht nach meinem Vater beurteilten.«

Hotspur nickte. »Ja, ich weiß.«

»Tatsächlich?«

»Hm. Waringham hat mir davon erzählt. Er war sehr betrunken.«

Robin seufzte. »Das kann kaum die Wahrheit gewesen sein.«

»Doch, ich glaub' schon, Sir. Er war … ehrlicher Stimmung, wenn Ihr versteht, was ich meine. Er selbst kam jedenfalls nicht sehr gut dabei weg.«

»Ihr seht mich gänzlich erstaunt.«

Hotspur grinste. »Ich schätze, manchmal ist er sich selbst eine Last. Na ja, wie gesagt, er war sternhagelvoll.« Er füllte seinen Becher aus dem Krug zwischen ihnen. »Werdet Ihr bei Henry ein gutes Wort für mich einlegen?« fragte er schließlich hoffnungsvoll.

»Ich weiß nicht, ob das viel nützen würde.«

»Verdammt ...«, stieß er mit wiedererwachter Heftigkeit hervor. »Ich hab' nur die Wahrheit gesagt.«

Robin schnalzte mißbilligend mit der Zunge. »Katherine Swynford, Sir, ist eine vollendete höfische Dame. Sie ist aus dem Holz, aus dem man Königinnen macht. Wenn Ihr etwas anderes behaupten wollt, muß auch ich Euch fordern.«

Hotspur winkte grinsend ab. »Vielen Dank, für heute hab' ich mich genug blamiert. Meine Güte, wie diese halbe Portion ein Schwert führt ...«

»Nicht wahr?« Robin lächelte stolz. »Er ist wirklich nicht schlecht.«

Hotspur wurde nachdenklich. »Nein«, räumte er zögernd ein, »da habt Ihr recht. Ich denke, ich hab' ihn bis heute falsch eingeschätzt.«

»Seht Ihr, wenigstens habt Ihr etwas aus der Sache gelernt. Bei Henry lohnt es sich, zweimal hinzusehen. Er reitet auch wie der Teufel, viel besser als Ihr, nebenbei bemerkt. Er ist ein trickreicher Jäger. Aber trotzdem ist er noch ein Junge, Hotspur. Er hat seine Mutter sehr früh verloren. Er hat eine völlig unbrauchbare Stiefmutter, die so in ihrem eigenen Jammer versunken ist, daß ihr im Traum nicht einfiele, sich ihm zu widmen. Katherine Swynford hingegen ist die Gesellschafterin seiner Schwestern, und sie ist auch ihm sehr zugetan. Er schätzt sie außerordentlich. Ihr habt ihn sehr tief verletzt. Und sein Vater war über die letzten Jahre oft Gegenstand übler Nachreden. Lancaster selbst kann sich gut zur Wehr setzen, aber Henry muß sich vom ... von gewissen Leuten nur zu oft anhören, was über seinen Vater gesagt wird.«

Hotspur sah keinen Grund für vornehme Zurückhaltung. »Ja, der König hat eine Zunge wie eine Ochsenpeitsche.«

»Also. Wenn Ihr es wißt, werdet Ihr verstehen, warum Henry empfindlich ist. Darum werdet Ihr auch geduldig genug sein, um auszuharren, bis er sich beruhigt hat.«

Hotspur raufte sich die Haare. »Oh ... ich weiß nicht, Sir.«

Einer der Wachsoldaten betrat die Halle. »Ein Bote, Mylord.«

Robin sah interessiert auf. »Von wem?«

»Ich glaube, vom Duke of Lancaster.«

Robin grinste. »Gott steh uns bei, sie kommen. Schick ihn rein.«

Sie kamen. Lancaster, vierundvierzig Adelige und hohe Ritter, dreiundzwanzig Damen, zweihundertachtundfünfzig Bogenschützen und Fußsoldaten. Robin war gewappnet. Es wurde eng in der Halle, die Musiker waren vielleicht etwas zu laut, dafür waren die Gaukler vortrefflich und das Essen reichlich und exzellent. Für jedes hochgeborene Haupt fand sich ein angemessenes Lager. Für die einfachen Soldaten waren Zelte im Burghof errichtet worden; mehr an Annehmlichkeit, als sie gewöhnt waren.

Lancaster lächelte triumphal. »Wußt' ich's doch, Robin.«

»Ja, ja. Ihr hattet recht, ich hatte unrecht.«

Lancaster schnitt eine ironische Grimasse. »So einsichtig ... Und Pferde?«

»Die Stallungen sind im Bau. Ich hoffe, nächsten Monat kann ich sie holen.«

»Gut!«

Sie saßen in bequemen Sesseln am Fenster in Robins Privatgemach. Es war ein heller, hoher Raum mit kunstvoll gestickten Wandteppichen, von denen wenigstens einer von Joannas Hand stammte. Bei den anderen war Robin nicht sicher, und Isabella wußte es nicht mehr. Sie hatten immer alle soviel gestickt, erklärte sie ihm. Robin mochte den Raum. Die Möbel waren nicht prunkvoll, aber gut gearbeitet und bequem, und aus dem Fenster konnte man auf das neue Gestüt und das Dorf im Tal sehen. Er hatte beschlossen, sich ein Glasfenster anfertigen zu lassen, sobald er sich solcherart Luxus erlauben konnte.

Lancaster sprach über Schottland, über Kastilien und Portugal. Robin hörte besorgt zu. Es wurde wirklich immer vertrackter.

»Es wird höchste Zeit, daß wir diese unselige Verbindung zwischen Kastilien und Frankreich durchbrechen, Robin.«

»Tja. Wir schlagen uns schon so lange allein gegen zu viele Feinde, wir brauchen Verbündete.«

»Ja, Ihr habt völlig recht. Aber sie wachsen nicht an Bäumen. Ich setze auf Portugal, mein Bruder Edmund ist der gleichen Meinung. Der Kronrat denkt an die Bretagne. Wir müssen Pläne machen. Immerhin haben wir einen König zu verheiraten.«

»Das ist wahr. Und vermutlich kann die Entscheidung nicht mehr allzulange warten, oder?«

»Nein. Da fällt mir ein, wo ist mein Sohn überhaupt?«

»Oh … ich bin nicht sicher. Er zürnt mir.«

»Ah ja? Warum?«

Robin berichtete von dem Streit, ohne Details zu erwähnen.

Lancaster hatte keine Mühe, sich zusammenzureimen, was Robin ausließ. Er seufzte. »Dieser Hotspur … er hat sich entschuldigt?«

»Wirklich zerknirscht, ja.«

»Dann muß Henry ihm verzeihen.«

»Das wird er auch. Es war erst gestern.«

Lancaster runzelte unwillig die Stirn. »Schickt nach Henry.«

»Mylord …«

»Es ist kein Benehmen, seinen Vater nicht zu begrüßen.«

Robin nickte unwillig, stand auf und schickte Francis, der vor der Tür wartete, um Henry zu holen.

»Er war sehr zornig. Und zu Recht«, bemerkte Robin, als er sich wieder setzte.

»Zweifellos«, räumte Lancaster ein. »Aber ich erlaube nicht, daß er sich gehenläßt. Schlimm genug, wenn der König sich nicht zu benehmen weiß …«

Es nützte nicht viel. Henry hörte sich die Vorhaltungen seines Vaters mit eiserner Geduld an, begleitete ihn folgsam in die Halle hinunter und tat fröhlich und unbeschwert. Aber das war er nicht.

Auf einem Rundgang zwischen seinen Gästen fand Robin ihn allein im Schatten eines Pfeilers. »Sieh an, Henry.«

»Sieh an, Robin.«

»Soll ich dir was sagen?«

»Ich brenne darauf.«

»Die Schotten haben ein Dorf in Northumberland überfallen und niedergebrannt. Es sieht nach Ärger aus. Hotspur wird deinen Vater begleiten.«

»Ich auch.«

»Nein, du und ich bleiben hier. Er hat es eben entschieden.«

»Verdammt, ich will …«

»Ich weiß. Mir paßt es auch nicht. Aber morgen und übermorgen ist noch genug Zeit, sich darüber zu ärgern. Doch Hotspur wird morgen bei Sonnenaufgang verschwunden sein. Und vielleicht siehst du ihn nie wieder.« Er ließ ihn stehen.

»Jesus, Robin, das war wie eine Heuschreckenplage«, stöhnte Joseph am nächsten Vormittag grinsend. »Wenn er das öfter tut, werden wir selber bald Schulden machen müssen. Ich meine, er hat doch wirklich genug eigene Güter in dieser Gegend.«

Robin winkte beruhigend ab. »Sei unbesorgt. Es war ein Höflichkeitsbesuch, ein Gunstbeweis, wenn du so willst, aber er hat durchblicken lassen, daß er uns vorläufig mit dieser Form seiner Gunst nicht mehr beehren wird.«

»Gott und seinen Erzengeln sei Dank.«

»Ich reite heute nach Fernbrook, Joseph. Es wird Zeit, mit Isaac um die Pferde zu feilschen, die ich hier haben will. Ich bleibe über Nacht. Francis wird hierbleiben, ich nehme Henry mit. Das heißt, wenn ich ihn ausfindig machen kann.«

Joseph wies auf die kleine, steinerne Kapelle. »Da drin.«

Robin nickte. »Danke.« Er wandte sich kurz um. »Komm, Edward. Wir besuchen Isaac und Elinor.«

Henry bekundete, er habe keine Lust, nach Fernbrook zu reiten. Robin erwiderte, dann müsse er eben lustlos mitkommen. Er hatte die anstehenden Verhandlungen mit Isaac nur zum Vorwand genommen. Der eigentliche Zweck des Besuchs war, ein paar Stunden ungestört mit Henry durch den Wald zu reiten. Robin hoffte zu ergründen, was die Ursache der ungewohnt düsteren Gemütsverfassung seines Begleiters war. Henry fügte sich. Gegen seinen Ritter Robin Fitz-Gervais hätte er möglicherweise rebelliert, dem Earl of Burton zu widersprechen kam ihm indes nicht in den Sinn.

Der Himmel war verhangen, und es war immer noch heiß und drückend. Im Wald war es nahezu still. Scheinbar hatte die Gewitterstimmung den Vögeln die Sprache verschlagen. In der Ferne grummelte es.

Edward saß vor Robin im Sattel, drehte den Kopf hierhin und dahin und sah sich mit großen, unruhigen Augen um. Robin fuhr ihm kurz mit der Hand über seine schulterlangen, honigblonden

Ringellocken. »Hab keine Angst, Edward. Das Schlimmste, das passieren kann, ist, daß wir ein bißchen naß werden.«

Arcitas tänzelte nervös und schnaubte. Henry schnalzte beruhigend und nahm die Zügel kürzer.

Robin streifte ihn mit einem Seitenblick. »Hast du dich vor Donner gefürchtet, als du klein warst, Henry?«

»Nein.« Er sah stur geradeaus.

»Tatsächlich nicht? Ich schon. Ich habe versucht, meiner Amme unter die Röcke zu kriechen.«

Es gelang Henry nicht ganz, ein Grinsen zu unterdrücken, aber es verschwand sofort wieder. »Das hätte ich mir nie erlauben können.«

»Nicht einmal mit drei?«

Henry schüttelte kurz den Kopf. »Ich entsinne mich an einen Tag in Knaresborough. Ich war noch sehr klein, es muß der Frühling gewesen sein, nachdem meine Mutter starb. Ich war allein auf einer Weide. Plötzlich begannen die Schafe zu schreien und rannten wie von Sinnen umher. Dann erzitterte die Erde. Ich fiel hin und brüllte. Mein Vater fand mich, hob mich auf und sagte: ›Nimm dich zusammen, Henry Plantagenet, es war nur ein Erdbeben.‹«

Robin sah die Szene vor seinem geistigen Auge und lachte. »Sehr typisch.«

»Nicht wahr.«

»Wieso glaubst du nur immer, dein Vater sei unzufrieden mit dir?«

»Er sagt es schließlich oft genug.«

»Das stimmt doch nicht. Hast du vergessen, was er zu dir gesagt hat, als er dir zu Neujahr dein neues Schwert gab?«

»Wie könnte ich das vergessen. ›Es scheint mir der Größe deines Rittertums angemessen, Henry. Verlier es nicht.‹ Was wohl? Das Schwert oder das Rittertum?«

Robin schüttelte langsam den Kopf. »Du tust ihm unrecht.«

»Oh, natürlich.«

»Henry, du mußt verstehen, daß er hohe Ansprüche an dich stellt. Mehr von dir verlangt als von jedem anderen.«

»Warum?«

»Weil er auf dich baut. Er vertraut darauf, daß du eines Tages fortführst, was er begonnen hat.«

»Lächerlich. Das tut er nicht, nichts traut er mir zu. Er wünscht sich einen Sohn wie Hotspur. Darum hat er ihn mitgenommen, nicht mich.«

Robin seufzte. »Nein. Das ist nicht wahr. Er hat Hotspur mitgenommen, weil Northumberland nach seinem Sohn geschickt hat. Und er hat dich hiergelassen, weil er denkt, daß du hier mehr lernen kannst als bei den langwierigen, zähen Verhandlungen mit den Schotten. Er wünscht sich gewiß keinen ungestümen Draufgänger als Sohn, denn ungestüme Draufgänger taugen nicht zum besonnenen Staatsmann. Er will dich nicht anders, als du bist, sei versichert.«

Henry sah ihn an. »Ich würde dir so gerne glauben, aber so ist es nicht. Er belächelt meine proklerikale Gesinnung, und er ist böse auf mich, weil ich seine fortdauernde Unzucht nicht billige.«

»Unsinn. Natürlich billigst du seine Bindung mit Katherine. Ich habe gesehen, wie du sie verteidigt hast.«

»Das war nach außen hin.«

»Nein, Henry. Das kam von ganz tief innen.«

»Woher willst du wissen, was ich denke?« fragte Henry wütend.

»Manchmal ist es unübersehbar. Und auch wenn du dich neulich deinem Halbbruder gegenüber …«

»Meines Vaters Bastard!«

»… abscheulich benommen hast, weiß ich doch, daß du dich anschließend dafür geschämt hast. Denn eigentlich hast du John gern, nicht wahr?«

Henry dachte nach. Schließlich nickte er. »Es ist wahr. Aber ich wünschte, er wäre nicht mein Bruder.«

»Warum?«

»Weil er der lebende Beweis ihrer Sünde ist.«

»Oh, Henry. Das ist bigott.«

»Da hast du's. Du bist immer auf seiner Seite. Du denkst wie er.«

»Ich bin auf deiner Seite wie auf seiner. Es ist dieselbe.«

»Warum konnte er Katherine nicht heiraten?« stieß Henry heftig hervor. »Warum muß er nur so verflucht ehrgeizig sein?«

»Du kennst die Antwort.«

»England, England und immer wieder England, ja, ja. Aber die kastilische Krone will er nur für seine eigene Eitelkeit!«

»Vielleicht, vielleicht nicht. Und selbst wenn, er wäre ein besserer König als Enrique, glaub mir.«

»Und ein besserer König als Richard?«

Robins Gesicht wurde verschlossen. »Du ziehst höchst befremdliche Schlüsse.«

»Oh, komm schon, Robin. Er wollte die Krone, und seine Ehre gestattete ihm nicht, sie zu nehmen. Also mußte eine andere her.«

»Und woher willst du das alles so genau wissen?«

»Ob du es glaubst oder nicht, ich habe auch einen Kopf.«

»O ja, ich weiß. Für gewöhnlich einen sehr hellen. Und dein Kopf ist auch jetzt nicht das Problem. Du bist verbittert. Wie vergiftet. Warum?«

Henry wandte den Kopf ab. »Ich weiß nicht. Ich wünschte, ich könnte so sein wie du, Robin. Man kann dir alles wegnehmen, dein Geburtsrecht, deinen Titel, dein Land, sogar deine Frau, aber du bist nie bitter.«

»Doch, Henry, ich war oft bitter.«

»Man kann es nie merken.«

»Früher oder später mache ich immer einfach damit weiter, was mir bleibt.«

»Ein Stoiker, würde Vater Lionel sagen.«

»Vielleicht. Vermißt du ihn? Lionel?«

Henry nickte.

»Dann werden wir nach ihm schicken.«

»Nein, das ist nicht nötig. Ich weiß, wie sehr er sich danach gesehnt hat, ein paar Monate in Oxford zu verbringen.«

Robin lächelte schwach. »Schon möglich. Aber Lionel ist der größte Stoiker von uns allen, Henry. Er wird sich mühelos damit abfinden, wenn seine Zeit dort kürzer ist als erhofft. Er ist immer zufrieden mit dem, was er bekommt.«

»Na gut, wie du meinst. Ich hätte nichts dagegen, ihn hier zu haben.«

Sie ritten ein Stück schweigend. Es begann zu regnen, erst leise und sacht, dann prasselten dicke Tropfen auf sie herunter, vermischt mit Hagelkörnern. Es blitzte gleißend, und kurz darauf folgte ein gewaltiger Donnerschlag. Edward begann zu wimmern. Robin zog ihn fester an sich und hüllte ihn in seinen Mantel ein.

»Reite zu, Henry!« Robin mußte beinah brüllen, um sich gegen das Getöse verständlich zu machen. »Es ist nicht mehr weit. Laß uns zusehen, daß wir aus dem Wald herauskommen.«

Unbeschadet, aber gänzlich durchnäßt, kamen sie in Fernbrook an. Ein Stallbursche eilte herbei, grüßte fröhlich und nahm ihnen die Pferde ab. Henry warf ihm eine kleine Münze zu. Der Junge fing sie geschickt auf und verbeugte sich artig.

Durch den immer noch prasselnden Regen eilten sie zum Haus. An der Tür blieb Henry stehen, wischte sich die nassen Haare aus der Stirn und sah Robin mit leuchtenden Augen an. »Bei Gott, was für ein Ritt!«

»Hm. Wir hätten Hotspur mal wieder weit zurückgelassen.«

Henry grinste und winkte ab. »Mühelos. Übrigens, ich hab' ihm gesagt, die Sache sei vergeben und vergessen. Du hattest recht, es wäre nicht gut gewesen, sich im Zorn zu trennen.«

Robin legte ihm die Hand auf die Schulter. »Gut gemacht, Henry. Komm, laß uns hineingehen und feststellen, wie gut Isaacs Köchin ist.«

Isaacs Köchin verstand ihr Geschäft. Während sie schmausten, tauschten sie Neuigkeiten aus. Elinor erwartete wieder ein Kind. Der neue Schmied war ein trunksüchtiger Raufbold. In Rickdale waren die Masern ausgebrochen. Ein Kind im Dorf war gestorben, eins erblindet. Gisbert und Isaac hatten sich darauf verständigt, vorläufig den Kontakt abzubrechen, damit die Epidemie nicht nach Fernbrook kam. Das kleinere der Zwillingsfohlen drohte einzugehen. Die Zweijährigen machten sich prächtig. Nur die eine Neuigkeit, auf die Robin jedesmal hoffte, hörte er nicht. Isaac dachte immer noch nicht ans Heiraten.

Ohne große Schwierigkeiten einigten sie sich über die Aufteilung der Pferde. Robin würde die »schwierigen Fälle« übernehmen, die auch meistens die vielversprechenderen Pferde waren. Isaac war sich darüber im klaren, daß es immer Robins Pferde sein würden, die die Höchstpreise erzielten, aber es machte ihm nichts aus. Er war äußerst zuversichtlich, daß für ihn genug übrigbleiben würde, und Ehrgeiz war Isaac heute noch genauso fremd wie vor zehn Jahren.

Henry verbrachte die meiste Zeit bei den Pferden, während Robin und Isaac in dessen vornehmem Privatgemach über der

Halle des neuen Hauses saßen, oft schweigend, und einfach die Gesellschaft des anderen genießend. Wie immer hatten sie sich vermißt. Gemeinsam machten sie einen Rundgang während der Abendfütterung, und Robin begutachtete die Zwillingsfohlen. Beides fast schwarze Hengste, war das eine gesund und normal entwickelt, das andere lag müde im Stroh. Es wirkte mager, und sein Fell war stumpf.

»Er verhungert, Isaac. Sie hat nicht genug Milch, und sein Bruder drängt ihn ab.«

»Ich weiß. So ist das eben.«

Robin hockte sich ins Stroh. »Jemand soll mir Kuhmilch besorgen. Zwei Teile Milch, ein Teil Wasser. Und einen Trichter.«

Isaac sah ihn verblüfft an. »Was soll das nützen, wenn du morgen wieder fort mußt?«

Robin schüttelte den Kopf. »Schick einen Boten nach Burton. Ich bleibe hier, bis das Fohlen so kräftig ist, daß ich es mitnehmen kann.«

Nach zwei Wochen kehrten sie nach Burton zurück, und wie immer hatte Fernbrook Henry gutgetan. Er war fröhlicher und gelöster als zuvor und wirkte ausgeglichen.

Langsam ritten sie auf die Zugbrücke zu, sie waren nahezu den ganzen Weg im Schritt gegangen, damit das Fohlen Pollux nicht zu sehr ermüdete. Es war immer noch schwächlich und hatte den ganzen Weg über gejammert.

»Er vermißt seinen Bruder und seine Mutter, armer Kerl«, bemerkte Robin.

»Aber sein Bruder hätte ihn umgebracht.«

»Tja, sie stecken voll seltsamer Geheimnisse.«

»Jedenfalls folgt er dir. Er weiß, daß du …«

Er brach ab, weil sich am Tor vor ihnen ein kleiner Tumult erhoben hatte. Zwei der Wachen hielten einen Mann in schäbigen Kleidern an den Armen gepackt und zerrten ihn roh über die Brücke. Auf der anderen Seite ließen sie ihn los, einer versetzte ihm einen kräftigen Tritt, und der Mann fiel in den Morast auf dem Pfad. Etwas in seinem kleinen Bündel gab einen hellen Ton von sich und barst.

Robin galoppierte die hundert Yards, die ihn noch von der

Brücke trennten, und saß ab. »Was hat das zu bedeuten?« fragte er ärgerlich. »Wie oft muß ich noch sagen, daß von meiner Tür niemand abgewiesen wird?«

Die Wachen wechselten schuldbewußte Blicke.

»Der Lump ist kein Bettler, Sir«, wandte der eine mutig ein, »er ist ein Spielmann.«

Robin packte den Spielmann am Arm und half ihm auf die Füße. »Was für Bettler gilt, gilt für Spielleute erst recht. Bist du in Ordnung, Freund?«

Der Spielmann war ein sehr junger, blondgelockter Angelsachse mit langen Fingern und einer Nase, die die gleiche Krümmung aufwies wie Robins und vermutlich auch irgendwann einmal gebrochen worden war. Er befreite sich mit einem Ruck von Robins Griff. »Mir geht's prächtig, Sir. Nur die Fidel ist dahin.«

Robin sah seine Wachen finster an. »Das geht auf euren Sold, verlaßt euch drauf. Ihr solltet euch schämen.«

»Aber, Mylord«, protestierte einer, »er singt Spottlieder auf den Duke of Lancaster!«

Robin zog die Brauen hoch. »Das ist wirklich keine besonders gute Idee in dieser Gegend«, erklärte er dem Spielmann.

»Ich singe, was mir gefällt«, entgegnete dieser trotzig. »Hier und überall.«

Robin betrachtete ihn eingehend, seine großen, dunkelblauen Augen, sein blasses Gesicht, seine magere Gestalt. Er nickte lächelnd. »Ja, das glaub' ich aufs Wort. Und in letzter Zeit hat deine Kunst dir mehr Schläge als Brot eingebracht, was?«

Ein breites Grinsen machte das Gesicht des Mannes noch jünger. »Könnte hinkommen, Sir.«

»Komm mit hinein. In der Küche wird man dir zu essen geben. Dann laß mich wissen, ob die Fidel zu reparieren ist, anderenfalls werden diese beiden Gentlemen hier dir eine neue bezahlen. Du kannst auf keinen Fall fort, ehe ich nicht diese Spottlieder gehört habe …« Er wandte sich an die Wachen. »Na los, schert euch weg. Und vergeßt nicht noch einmal, was ich gesagt habe.«

Sie kehrten mit eingezogenen Köpfen auf ihre Posten zurück. Robin führte die Pferde durch das Tor in den Burghof. Der Spielmann folgte zögernd, hungrig einerseits, andererseits unsicher, was ihn erwartete, wenn er Robin seine bissigen Lieder vorsang.

Robin reichte einem der Knappen im Hof die Zügel. »Sorg dafür, daß das Fohlen trocken und warm untergebracht wird. Ich kümmere mich später selbst um ihn.«

»Ja, Mylord.«

Robin wandte sich wieder an den Spielmann. »Wie ist dein Name?«

»Cedric Ivor, Sir«, er verneigte sich unwillig.

Henry war ihnen in den Burghof gefolgt. »Robin, ich finde es höchst unpassend, einen Mann einzulassen, der Spottlieder auf meinen …«

»Aber warum nur? Es ist immer gut zu wissen, was die Opposition ins Feld führt, und jeder Politiker muß Spott erdulden. Niemand weiß das besser als *er*.«

»Mir scheint nur, *er* mußte unlängst mehr als das gebührende Maß erdulden«, brummte Henry.

Robin nahm mit großer Zufriedenheit zur Kenntnis, daß Henry seinen Vater in Schutz nahm. Er nickte dem Spielmann zu. »Also dann, Cedric. Die Küche ist gleich links hinter der Vorhalle.«

Cedric ging auf, wer der Junge an der Seite des Earl war. Er war lange genug in London gewesen, um Lancasters Gesicht zu kennen, und sein Sohn war ihm ähnlich. Dem Spielmann wurde höchst unbehaglich. Er warf einen Blick auf die Burg und sah dann wieder zu Robin. »Danke, Sir, aber ich glaube, ich gehe lieber, solange ich noch laufen kann.«

Robin schüttelte den Kopf. »Die Entscheidung liegt bei dir. Aber du hast nichts zu befürchten. In meiner Halle herrscht Redefreiheit, genau wie in der des Duke of Lancaster.«

Cedric studierte das Gesicht des Burgherrn. Offenbar fand er nichts, um seinen Argwohn zu nähren. Der Hunger siegte. »Danke, Euer Lordschaft.« Fast rannte er auf dem Weg zur Küche.

Cedric Ivor trug seine Fidel ins Dorf zum Zimmermann und brachte sie in Ordnung. Für sein Essen unterhielt er abends in der Halle die kleine Schar Ritter und Damen mit seinen Balladen und Liedern, aber erst auf Robins hartnäckiges Drängen stimmte er einen seiner radikalen Spottgesänge an. Er war ebenso frech wie geistreich, und der Spielmann verstand sich auf die Fidel und hatte eine wunderbare Stimme, viel tiefer, als man bei einem so jungen Mann meinen sollte. Selbst Henry applaudierte, wenn auch reserviert, und wurde unmittelbar darauf mit einem noch viel gemeineren Spottlied auf den Earl of March entschädigt. Cedric konnte auch mit bunten Bällen jonglieren und Eier an den unmöglichsten Stellen hervorzaubern, vor allem aus den Kleidern der Damen. Sie hatten einen wunderbaren Abend. Und als der Spielmann seinen formlosen Filzhut herumwandern ließ, stimmte Henry begeistert zu, als Robin sagte: »Bleib noch ein, zwei Tage, Cedric.«

Am nächsten Morgen machte Robin Oswin ausfindig. Er traf ihn bei der Inspektion der Waffenkammer, wo er Schwerter, Lanzen und Hellebarden zählte und auf ihren Zustand überprüfte. Als Robin eintrat, sah er auf, blinzelte und zog eine Grimasse. »Zur Hölle, jetzt hab' ich mich verzählt.«

»Tut mir leid, daß meine Anwesenheit dich so verwirrt.«

»Nein, nein, ich verzähl' mich auch, wenn ich allein bin. Nicht meine starke Seite.«

»Du wirst dich dran gewöhnen.«

»Oh, vermutlich schon … Du kommst wegen der Geschichte mit dem Spielmann, richtig?«

»Falsch. Aber wo du schon davon anfängst … Ich wünsche nicht, daß hier irgendwer abgewiesen wird, ohne daß du oder ich oder mein Steward oder einer meiner Ritter die Anweisung gibt.«

»Ich weiß, und die Männer wissen es auch.«

»Also bitte. Wenn es wieder passiert, wird der Mann bestraft oder aus der Wache entfernt, die Entscheidung liegt bei dir.«

Oswin verschränkte die Arme. »Hör sich das einer an. Junge, du wirst richtig hart mit deiner neuen Würde.«

Robin war verblüfft. Er setzte sich auf einen Schemel und strich sich nachdenklich über den Bart. »Alles ist so viel komplizierter geworden, Oswin. Ich habe auf einmal mehr Verantwortung, als ich überschauen kann. Und wenn ein Bettler hungrig weggeschickt wird, zählt das auch zu meiner Verantwortung. Aber es verstößt gegen Gottes Gebot, und wir haben wirklich genug, um Almosen zu geben. Wenn ich schon nicht alles selbst machen kann, muß ich mich darauf verlassen können, daß meine Anweisungen befolgt werden.«

»Tja, das ist wohl so. Sei beruhigt, Robin. Ich sorge dafür, daß deine Wünsche nicht mehr mißachtet werden.«

»Ja, ich zweifle nicht, daß du das tust. Aber erst einmal wirst du dir ein Pferd nehmen und nach Oxford reiten.«

»Oxford?«

»Hm. Mit einem kleinen Umweg.«

Oswins Gesicht hellte sich auf. »Über London?«

»Nein, über Winchester.«

Oswin grunzte. »Gib den Brief.«

Robin schüttelte den Kopf. »Es gibt keinen. Oswin, die Sache ist vertrackt, und sie wird dir nicht gefallen. Ich werde dir erklären, was ich will und warum, und dann kannst du es tun oder nicht.«

»So redest du immer, wenn du einen schon am Haken hast.«

Robin grinste flüchtig und erklärte die Einzelheiten von Oswins Botengang.

Zusammen mit Rollins und den Dunbars holte Robin die Pferde nach Burton. Es war nicht schwierig gewesen, das Marktrecht für die Pferdeauktion und den Jahrmarkt beim König zu erwirken, denn Robin hatte inzwischen weitreichende, äußerst nützliche Beziehungen. Die Bauern von Burton feierten anläßlich der Einweihung des Gestüts ein Fest, denn sie wußten, daß es das erste Anzeichen eines neuen Aufschwungs war, von dem sie alle profitieren konnten. Sie brachten Robin gebratene Hühnchen, Früchtebrot, Körbe mit Obst und kleine Fässer mit selbstgebrautem Bier. Er wußte die Ehre zu schätzen und aß und trank mit ihnen, und im Laufe des Abends redete er mit vielen über das Wetter, die Ernte, die Vergangenheit und die Zukunft. Er lernte in dieser Nacht viele Dinge über Burton und die Menschen, die dort lebten.

Er hatte auf Hals Empfehlung hin einen von dessen Brüdern ausfindig gemacht, Hugh, der ebenso wie Hal in den Stallungen der Burg gearbeitet hatte. Ihn ernannte er zum Vormann über die acht Stallburschen und übertrug wiederum den Dunbars die Oberaufsicht. Sie nahmen bereitwillig an, das Gestüt war ihnen ans Herz gewachsen. Robin stellte all seine anderen Aufgaben zurück, kümmerte sich um die Tiere und vor allem um das Fohlen Pollux. Es wuchs und gewann an Kräften, genau wie Romulus damals. Und Robin ahnte, daß Pollux auch dessen Nachfolge als sein Weggefährte antreten würde. Romulus kam in die Jahre. Wenn Pollux fertig ausgebildet war, würde Romulus bald dreizehn sein, und Robin konnte von Glück sagen, wenn sein Kreuz so lange durchhielt. Ein Leben lang Ritter in schweren Rüstungen zu tragen ließ selbst die kräftigsten Schlachtrösser vorzeitig altern.

An einem Morgen kurz vor der Ernte klopfte der Spielmann schüchtern an die Tür von Robins Privatgemach.

Robin sah stirnrunzelnd von seinen Kalkulationen auf. »Cedric! Komm rein.«

Er schloß die Tür und trat näher. »Ich bin gekommen, um mich zu verabschieden, Mylord.«

»Du willst uns verlassen?«

Der Spielmann drehte nervös den Hut zwischen den Händen. »Ja, Sir. Es wird Herbst, und das macht mich rastlos. Ich gehe nach Süden. Wenn ich neue Lieder gelernt habe, komme ich wieder.«

Robin bedauerte seinen Entschluß. Die Abende in der Halle würden ihnen öde vorkommen ohne die schillernde Gegenwart des Spielmanns. Er hob seufzend die Schultern. »Ja, Cedric, wenn du gehen mußt, mußt du gehen, nicht zu ändern. Aber laß dir von meinem Steward einen vernünftigen Mantel geben. Gott schütze dich. Komm wieder, wann immer du willst, du wirst hier immer willkommen sein.«

Cedric nickte traurig, wandte sich ab, schlich zur Tür und drehte sich wieder um. »Kann ich Euch noch was fragen, Sir?«

»Natürlich.«

»Ihr … Ihr kennt doch die großen Meister im Süden, nicht wahr? Die in französischen Reimformen dichten, anders als die Leute hier?«

Robin legte die Feder beiseite. »Ein paar von ihnen, ja.«

»Worüber dichten sie?«

»Oh, ganz unterschiedlich. Über höfische Liebe. Über den Fall Trojas. Über wahres Rittertum. Oder über Sünden und Tugenden und das Wesen der menschlichen Seele … Warum fragst du?«

»Ich würde so gerne von ihnen lernen.«

Robin betrachtete ihn neugierig. »Warum? Du bist gut genug so, wie du bist. Oder nicht?«

»Aber es gibt so furchtbar viel, das ich nicht kenne.«

»Möchtest du ein gefeierter Hofdichter werden, Cedric?«

»O nein, Sir, ich möchte ein Spielmann bleiben und darüber singen, was die Leute denken und oft nicht zu sagen wagen. Aber ich würde es gern besser können.«

»Du wirst nur erreichen, daß sie dich irgendwann dafür aufhängen.«

Cedric lachte leise. »Und wenn schon.«

Robin fand sein Lachen ansteckend. Schließlich hob er die Schultern. »Bleib den Winter über hier und lerne lesen. Das wäre ein Anfang.«

Cedric machte große Augen. »Ihr würdet ... mich den ganzen Winter über behalten?«

»Warum nicht? Mein Knappe Francis könnte dich unterrichten. Er soll im Frühjahr den Ritterschlag empfangen, aber – ganz unter uns – es könnte nicht schaden, wenn er bis dahin seine Nase in ein paar Bücher steckt. So wäre es nützlich für euch beide.«

Cedrics Augen strahlten. »Mylord ... ich weiß nicht, wie ich Euch danken soll.«

Robin winkte ab. »Vertreib uns die Zeit an den langen Winterabenden. Bring die Damen zum Lachen, und gaukel uns etwas vor. Das reicht völlig.«

Cedric kam von der Tür zurück, blieb vor Robin stehen und verneigte sich tief.

Robin entließ ihn mit einer freundlichen Geste. »Hol dir trotzdem den Mantel, die Nächte werden kühl. Und schick mir Francis. Ich werde es ihm schonend beibringen.«

Francis war gar nicht abgeneigt. Er mochte den verwegenen, begabten Spielmann gern, und seit sein Vater ihm geschrieben hatte, daß er im kommenden April zu den Auserwählten gehören sollte, war er von einer neuen Ernsthaftigkeit beseelt. Er verbrachte viel Zeit mit Henry in der Kapelle, hatte seine Waffenübungen aus eigenem Antrieb ausgeweitet, meldete sich freiwillig für Nachtwachen und fastete häufig. Robin war sehr stolz auf ihn und ließ es ihn wissen.

Es war auch Francis, der ihm eines Abends Oswins Rückkehr meldete. »Und er hat einen Priester mitgebracht, Sir.«

»Danke, Francis. Schick sie beide rein. Und laß Wein und etwas zu essen heraufbringen.«

»Ja, Sir.«

»Und schlaf mal ein paar Stunden. Übertreib es nicht. Ein langer Herbst und ein langer Winter liegen noch vor dir, du hast noch Zeit.«

Francis verneigte sich leicht und ging hinaus. Kurz darauf führte er die beiden Ankömmlinge herein. Lionel umarmte Robin herzlich, Oswin hingegen blieb an der Tür stehen. Er wartete, bis Robin ihn über Lionels Schulter hinweg ansah, dann nickte er langsam und entschwand, um sich, wie sich herausstellte, sinnlos zu betrinken.

Robin führte Lionel zu einem Sessel am Feuer und reichte ihm einen Becher Wein. »Willkommen in Burton, Lionel.«

Der magere Priester lächelte breit. »Es scheint, du findest es nicht so schrecklich, wie du zunächst dachtest.«

»Es hat seine guten Seiten, zweifellos. Wie war Oxford?«

»Erbaulich. Wie geht es Henry?«

»Oh, besser, besser.«

»Robin …«

»Was hast du nur getan, Lionel? Wie konntest du uns so schändlich verraten?«

Lionel starrte ihn betroffen an, den Mund leicht geöffnet. Dann errötete er bis in die Haarwurzeln. Er schlug die Augen nieder und schüttelte den Kopf. »Es ist nicht so, wie du glaubst.«

»Ich kann es auch wirklich kaum glauben.«

»Woher weißt du …?«

»Etwas, das Henry sagte, machte mich stutzig. Ich habe mir das Hirn zermartert, was ihn so gegen seinen Vater eingenommen haben könnte. Dann wurde mir klar, nicht was, sondern wer – das ist die Frage. Und dein Name fiel. Es war nur ein Verdacht. Warum, Lionel? Was gibt es auf dieser Welt, das Bischof Wykeham dir bieten konnte?«

»Er hat mir nichts geboten, Robin, aber er ist im Recht. Er ist ein sehr aufrechter Mann. Und auch wenn er heute der Bischof von Winchester ist, kommt er doch aus einfachsten Verhältnissen. Darum verabscheut Lancaster ihn und will ihn vernichten.«

»Und du hast es auf dich genommen zu verhindern, daß der zukünftige Duke of Lancaster das gleiche tut?«

»Ja, es war nicht schwierig. Henry ist anders als sein Vater, sehr fromm.«

»Der Duke of Lancaster ist einer der frommsten Männer, die ich in meinem Leben getroffen habe, Lionel.«

»Mag sein. Aber er will der Kirche schaden.«

»Nein, er mißtraut dem Klerus. Das ist nicht dasselbe.«

»Doch, Robin, das ist dasselbe.«

»Das sagst du? Ein Schüler Wycliffes?«

»Wycliffe hat viele kluge Dinge geschrieben, aber er ist unrealistisch. Die Kirche ist, wie sie ist, und erst wenn es ein praktikables Modell gibt, kann man sie reformieren.«

Robin hob abwehrend die Hand. »Das ist alles ohne Bedeutung. Tatsache ist, daß du dich von Lancasters erklärtem Widersacher hast anwerben lassen, um seinen Sohn zu manipulieren.«

»Das klingt sehr häßlich.«

»Es ist häßlich. Seit wann? Und lüge nicht, Lionel, ich kann alles, was du vorbringst, überprüfen.«

»Du hast … wirklich Oswin auf mich angesetzt?«

»Ja. Ich wollte, daß du jede faire Chance hast. Ich bat ihn, nach Winchester zu gehen und herauszufinden, ob zwischen dem Bischof und dir eine Verbindung besteht. Er wollte nicht. Er hat sich mit allen Mitteln gewehrt. Aber ich habe keine Ruhe gegeben, denn Oswin ist gut in solcherlei Nachforschungen. Und ich wußte, er würde um deinetwillen keinen abstrusen Hinweisen folgen. Er fand offenbar trotzdem, was er nicht finden wollte. Und jetzt ist er sehr erschüttert.«

»Armer Oswin. So ein guter Kerl.«

»Lionel, es ist grauenhaft, was du mir angetan hast. Ich bin …« Er sagte es lieber nicht. Aber er war bis ins Mark getroffen.

»Robin, versteh doch.«

»Nein, wirklich nicht.«

»Ich diene der Kirche.«

»Du dienst einem rachsüchtigen Ränkeschmied. Bischof Wykeham hat mit diesem Machtkampf angefangen, aus politischen Motiven. Und du hast Henry bedenkenlos mit hineingezogen, als wäre er nur ein Bauer auf Wykehams Schachbrett. Weißt du eigentlich, wie sehr er darunter gelitten hat zu glauben, sein Vater sei ein gefühlloser Tyrann, ohne Liebe für seinen Sohn? Ist es euch nie in den Sinn gekommen, auch mal an ihn zu denken?«

»Sein Vater ist nicht so makellos, wie du ihn siehst.«

»Kein Mensch ist ohne Makel. Aber du und Wykeham, ihr werft den ersten Stein.« Er fuhr sich mit der Hand über die Stirn. »Jesus, was soll ich tun? Henry hat sich so auf deine Ankunft gefreut ...«

»Dann verweigere ihm meine Gesellschaft nicht und mir nicht die seine, Robin. Ich liebe den Jungen wirklich.«

»Du hast eine merkwürdige Art, das zu zeigen. Wie ist das überhaupt vonstatten gegangen? Wann hat der Bischof dich ... rekrutiert?«

Lionel zuckte bei dem Wort leicht zusammen. Aber er antwortete offen: »Er bat mich in seine Londoner Residenz, während des Parlaments damals. An dem Tag, als der Londoner Pöbel dich beinah umbrachte. Er erklärte mir seine Motive und seine Absichten. Und ich stimmte zu.«

»Du hast zugestimmt, einem Jungen, der ohnehin schon schwer an seinem Namen trägt, einzutrichtern, sein Vater sei ein gewissenloses Ungeheuer ohne Ehre und Anstand?«

»Ich habe ihm überhaupt nichts eingetrichtert«, wandte Lionel mit sanfter Stimme ein. »Er würde sich niemals vorschreiben lassen, was er denken soll. Aber natürlich haben wir über Ursachen und Gründe gesprochen, wenn Lancaster sich mit den Bischöfen überwarf. Und über das moralische Vorbild, das ein Herzog darstellen sollte. Diese Dinge.«

Robin nickte grimmig. »Und ganz sachte und behutsam hast du seine Gedanken gelenkt. Das kann so schwierig nicht gewesen sein. Henry ist von Natur aus ein Zweifler. Er ist in dem Alter, wo jeder Junge anfängt, die Unfehlbarkeit seines Vaters anzuzweifeln, und vor allem zweifelt er an sich selbst. Und all das hast du genährt. Nein, Lionel, ich kann nicht glauben, daß dir Henry am Herzen liegt.«

»Aber das tut er«, beteuerte Lionel flehentlich, »glaub mir. Und schließlich ist es wahr, Lancaster ist ein unzüchtiger, ruchloser, ehrloser ...«

Robin machte einen Schritt auf ihn zu. »Ich will die Beleidigungen nicht hören, die du gegen den Mann aussprichst, dessen Brot du ißt! Du kennst ihn nicht einmal. Du redest nur, was Bischof Wykeham dir vorgebetet hat.« Er schwieg einen Moment. Dann verschränkte er die Arme. »Ich nehme an, du hast dem ehrwürdigen Bischof Berichte über dein Fortkommen gesandt, nicht wahr?«

»Gewiß.«

»Und über alles, was sonst noch an Lancasters Hof geschah, auch.«

»Ja. Wykeham ist ein Bischof der Kirche und ein Opfer von Lancasters Machtgier. Sein Ansinnen war gerecht.«

»Aber was du getan hast, war Verrat. An Dr. Wycliffe, deinem Lehrmeister, an Lancaster, deinem Dienstherrn, an Henry, deinem Schutzbefohlenen, und an mir, deinem … Freund.«

Lionel umklammerte die Armlehnen seines Sessels. »Und jetzt? Was wirst du tun, Robin?«

Robin wandte sich ab und starrte aus dem Fenster. »Ich werde nichts tun, aber du wirst etwas tun. Du selbst wirst Henry erklären, was du gemacht hast. In aller Offenheit. Und dann soll er entscheiden, ob er weiterhin mit dir verkehren will. Bis sein Vater von der Grenze zurückkommt.«

Lionel ließ die Schultern sinken. »Wie … wie soll ich ihm das erklären? Er ist so ohne Arg.«

»Das hättest du dir früher überlegen sollen. Geh, Lionel. Verschwinde von hier oder suche Henry auf und sprich mit ihm. Du hast die Wahl.«

Lionel fand tatsächlich den Mut, mit Henry zu reden und ihm zu erklären, was er im Dienste der Kirche und zum Wohle von Henrys Seelenheil unternommen hatte. Anfangs verstand Henry nicht. Er wußte, daß sein Lehrer ihn zur Kritik an seinem Vater ermutigt hatte, wenn der sich gegen die Kirche stellte, und er hatte Lionel in diesem Punkt immer zugestimmt. Erst als der Name des Bischofs von Winchester fiel, wurde Henry klar, was Lionel getan hatte, und er brachte Lionel mit einer kleinen Geste zum Schweigen.

Ohne ihn aus den Augen zu lassen, rief er die Wache und schickte nach Robin.

Dieser fand Lehrer und Schüler in seltsam vertauschten Rollen: Lionel hockte mit hängenden Schultern auf einem Schemel,

Henry stand mit verschränkten Armen an seiner Seite und machte ein sehr finsteres Gesicht.

»Robin, ich wünsche, daß dieser Mann eingesperrt wird, bis mein Vater über den Fall entscheidet.«

Robin nickte. »Wie du willst, Henry.«

Lionel rührte sich nicht. Er sah ruhig von einem zum anderen und hob mit einem nachsichtigen Lächeln die Schultern. »Das ist ein Rechtsbruch, das wißt ihr beide.«

Henry zog die eine Braue hoch, genau wie Lancaster es zu tun pflegte. »Aber du selbst hast mich doch darauf hingewiesen, daß mein Vater das Kirchenrecht nur anerkennt, wenn es ihm genehm ist, entsinne ich mich recht, Lionel?«

Wäre die ganze Sache nicht so gräßlich gewesen, hätte Robin gelacht.

Lionel nahm es gelassen, daß er in seine eigene Falle getappt war. »Ja, Henry, das habe ich gesagt, denn es ist die Wahrheit. Du brauchst mich nicht einzusperren. Ich gebe dir mein Wort, daß ich nicht davonlaufen werde.«

»Dein *Wort*? Was sollte mir das noch wert sein?«

»Er wird es halten, Henry«, wandte Robin beschwichtigend ein.

Henry fuhr zu ihm herum. »Willst du dafür bürgen?«

Robin überlegte einen Moment. Dann schüttelte er den Kopf. »Nein. Ich habe mich einmal geirrt, das muß reichen.«

»Also dann. Sperr ihn ein.«

Robin nickte der Wache zu, und sie nahmen Lionel in die Mitte und führten ihn ab. Lionel protestierte nicht und leistete keinen Widerstand.

Oswin nahm es schwer. Tagelang brütete er vor sich hin, war aufbrausend und reizbar, und schließlich suchte er Robin an einem Ort auf, wo er ihm nicht ausweichen konnte. Er spähte über die untere Türhälfte von Pollux' Box und sah zu, wie der kleine Hengst trank.

»Robin, Lionel ißt nicht.«

Robin sah für einen Moment auf. »Dann ist er allzu wählerisch. Ich wette, Burton ist die einzige Burg in England, wo gebratene Hühnchen im Verlies serviert werden.«

»Aber er hat seit zwei Wochen kein Tageslicht gesehen!«

Robin seufzte. »Oswin, mir wäre auch lieber, Henry hätte nicht darauf bestanden, aber es ist, wie es ist.«

»Wer ist Lord auf dieser Burg? Du oder der Bengel?«

»Ich, soweit ich weiß. Aber er war Opfer von Lionels ... was auch immer.«

»Ihr tut, als hätte er ihn an die Franzosen verkauft.«

»Verkauft hat er ihn allemal.«

»Und nichts dafür genommen. Ich habe nicht den leisesten Hinweis gefunden, daß Bischof Wykeham ihm Geld oder Ämter angeboten hat.«

»Hör mal, du kennst doch Lionel. Mit so etwas kann man ihn nicht reizen. Er giert nur nach Lohn im Jenseits. Aber Briefe haben sie ausgetauscht, der ehrwürdige Bischof und unser alter Freund.«

Oswin nickte unglücklich. »Trotzdem, Robin. Er hat nicht für den Feind spioniert oder so was. Du solltest ihn gehen lassen.«

Sehr zu Pollux' Verdruß ließ Robin den Trichter sinken und sah wieder auf. »Das hab' ich nicht gehört, Mann.«

»Aber ... Gott verflucht, ich habe ihn hergebracht. Ich habe ihn in die Falle gelockt! Wenn du ihn nicht laufenläßt, dann werd' ich es tun.«

»Wenn das wirklich deine Absicht wäre, würdest du es mir nicht sagen.«

»Sei nicht so sicher.«

Robin stand aus dem Stroh auf und trat an die Tür. »Schlag dir das aus dem Kopf, Oswin, das ist ein guter Rat.«

»Aber er ist mein Freund, ich kann ihn doch nicht einfach verrotten lassen!«

Robin verdrehte die Augen. »Denkst du nicht, du übertreibst ein bißchen?«

»Du müßtest ihn sehen.«

»Nein.«

Oswin donnerte mit der Faust gegen die Stalltür, so daß Pollux und Edward erschreckt zusammenfuhren. Dann wandte er sich ab und stiefelte davon.

Robin sah ihm bekümmert nach. Es blieb ihm nichts übrig, als seine Ritter und die älteren Knappen zu einem Wachdienst einzuteilen und Tag und Nacht einen von ihnen vor der Tür zu Lionels

Verlies zu postieren. Und das jetzt in der Erntezeit, wo er jeden Mann brauchte. Er verfluchte Lionel und Oswin und hoffte inständig, daß Lancasters Verhandlungen sich nicht mehr allzulange hinzogen.

Anfang September wurde selbst Henry die Zeit zu lang. Er bat Robin, Lionel aus dem lichtlosen Kellerloch zu entlassen und irgendwo in einer Kammer unter Arrest zu stellen. Robin willigte erleichtert ein.

Die Ernte war reichhaltig, und nach dem Dreschen kamen die Erntefeste. Bis Michaelis hatten Robin und Joseph genaue Berechnungen angestellt, was ihren Bedarf für das kommende Jahr betraf. Weil sein Haushalt nur ein Fünftel von Giles' betrug, würde ein Überschuß von der Kornernte des Gutsbetriebes bleiben, vorausgesetzt, sie waren bereit, auch einmal dunkles Gerstenbrot zu essen statt immer nur weiches Weißbrot. Robin hatte seiner Hoffnung Ausdruck verliehen, daß dazu sicher alle gerne bereit waren. Er erntete ein paar Grimassen, aber generelle Zustimmung. Den überschüssigen Weizen wollte er nach London schicken, wo die Preise bekanntlich am höchsten waren. Er wartete nur noch bis zur Pachtabrechnung. Sie hatten genau kalkuliert, welche Steuern auf Burton zukamen und wieviel Bargeld sie für Sold und für Wolle, Tuch, Wein und ein paar andere Dinge brauchen würden, die sie nicht selbst herstellten. Schließlich kamen sie überein, den Bauern in diesem Jahr nicht mehr Pacht abzunehmen, als zur Deckung der Steuern nötig war. Die anderen Kosten hoffte Robin mit den Einnahmen aus dem Steinbruch decken zu können. Das vorher marode Geschäft hatte sich beträchtlich belebt, seit Joseph nach Lancaster und York geritten war und bei Bürgern, Adeligen und Äbten für den guten Sandstein geworben und günstige Preise geboten hatte.

»So müßte es gehen, Joseph.« Robin ließ die lange Pergamentrolle los. »Von unserem Profit aus den Kornverkäufen kaufen wir Vieh. Rinder und Schweine. Wir können schließlich nicht nur von Wild und Tauben leben. Und nächstes Jahr kaufen wir noch ein bißchen mehr Vieh. Und so weiter. In zwei Jahren sollte das Gut Gewinne abwerfen.«

»Ja.« Joseph nickte mit einem Seufzen. »Es sei denn, irgendwer denkt sich eine Sondersteuer aus.«

»Die muß dann warten bis zum Frühjahr. Wir haben ja zum Glück noch die Gäule. Aber ich will, daß Burton sich selbst trägt. Die Einnahmen aus der Zucht sollen nicht vom Gut aufgezehrt werden. Es wäre gelacht, wenn ein großes Gut wie dieses sich nicht trüge. Wenn wir genug Kühe haben, werden wir eine Käserei anfangen und den Käse in der Stadt verkaufen. Es ist kurzsichtig, nur für den eigenen Bedarf zu produzieren, die Leute in der Stadt zahlen horrende Preise für guten Käse.«

Henry hatte ihnen schweigend zugehört. Ohne große Lust beugte er sich über die dicken Bücher. »Ich wußte nicht, daß es so kompliziert ist. All die Zahlen … Warum will mein Vater, daß ich so was lerne?«

»Weil eines Tages eine Unzahl großer und kleiner Güter dir gehören wird.«

»Aber ich werde Stewards haben.«

»Es kann nicht schaden, wenn du verstehst, was sie tun.« Robin zwinkerte seinem Cousin zu. »Nichts für ungut.«

Joseph hob ergeben die Schultern. »Robin hat völlig recht, Mylord. Wer sich nicht auskennt, wird leicht übers Ohr gehauen.«

Henry nickte nachdenklich. »Aber wie soll man das alles nachhalten? Diese Rolle zum Beispiel«, er wies auf ein zweites, eng beschriebenes Pergament, »das ist die Abrechnung von einem der Dörfer, richtig?«

Joseph nickte. »Whitcross. Das ärmste von allen.«

»Und da steht, wieviel Land und Vieh und Korn jeder Bauer am Anfang des Jahres hatte, wieviel jetzt. Woher wollt ihr wissen, daß die Zahlen stimmen?«

»Wir machen Stichproben.«

»Woher wollt ihr wissen, daß die Anfangsbestände stimmen?«

Robin lächelte zufrieden. »Du legst den Finger auf den wunden Punkt. Aber es gibt einen Weg. Kurz vor Michaelis schickt man einen Schreiber zum Reeve des Dorfes, der mit ihm gemeinsam die Aufstellung macht. Auf Pergament. Dann wird die ganze Aufstellung auf derselben Rolle noch einmal abgeschrieben. Wenn der Steward oder der Bailiff kommt, um die Pacht einzunehmen, wird das lange Pergamentstück vor seinen Augen in zwei Hälften zerrissen. Die eine Hälfte mit der Aufstellung bekommt der

Reeve, die andere Hälfte mit der Abschrift der Steward. Im näch-sten Jahr bringen beide ihre Hälften wieder mit, man hält die Rol-len aneinander und kann sehen, ob die abgerissenen Enden zusammenpassen. So sind beide Seiten sicher, daß keine Fäl-schung vorgenommen worden ist, beruhigend für alle Beteilig-ten.«

Henry grinste. »Schlau.«

»Trotzdem versuchen die Bauern jeden erdenklichen Trick, ihre Ernte und Viehbestände vor dem Steward kleiner erscheinen zu lassen, als sie sind. Und das ist nur verständlich. Sie haben schwer dafür geschuftet und einen harten Winter vor sich. Viele sind arm und haben Angst zu hungern ...«

»Ja, ja«, Henry lachte. »Ich weiß, daß sie deine besondere Sym-pathie genießen.«

»Ich will nur sagen, daß es manchmal nicht schaden kann, beide Augen zuzudrücken. Laß sie doch denken, sie haben dich an der Nase herumgeführt, und wenn schon, vielleicht macht es ihr Dasein ein bißchen fröhlicher.«

»Aber was ist mit Respekt, Robin?«

Robin und Joseph wechselten einen Blick.

»Respekt ist mehr ein Wort aus Eurer Welt als aus ihrer, My-lord«, versuchte Joseph zu erklären. »Sie haben sicher Respekt vor einem Lord oder Steward, der sich auf Landwirtschaft versteht. Oder vor einem Priester, der ihnen die Bibel nahebringt und ihnen sagt, was sie tun sollen, wenn ihre Sorgen ihnen über den Kopf wachsen. Oder vor einem guten Schmied oder einem ehrlichen Müller. Aber Respekt bestimmt ihr Leben nicht so wie Eures. Und sie kämen nie auf die Idee, vor einem Lord um dessen Ranges wil-len Respekt zu haben. Das entspricht nicht ihrer Vorstellungswelt. Statt dessen haben sie Angst. Meistens verachten sie die Adligen, weil die Angst dann nicht so schlimm ist, und die, die sie nicht verachten können, hassen sie. Das ist die Regel, Respekt ist die Ausnahme.«

»Aber ... warum ist das so?«

»Ganz einfach, Henry. Weil der Adel auch keinen Respekt vor ihnen hat. Respekt ist immer eine gegenseitige Sache, oder nicht?«

Henry verdrehte die Augen. »Mein Vater würde jetzt sagen: ›Robin redet mal wieder wirres Zeug.‹«

»Ja, das würde er wohl. So zieht er sich bei dem Thema immer aus der Affäre. Ich wünschte, du würdest einmal ernsthaft darüber nachdenken. Denn es wird nicht immer einfach alles so weitergehen, in diesem Punkte irrt dein Vater sich.«

Henry war wieder ernst geworden. »Robin, wer soll unser Land bestellen, wenn wir die Bauern freigeben? Und wo sollen sie alle hin?«

»Sie sollen bleiben, wo sie sind. Als freie Bauern, Eigentümer oder freie Pächter des Landes, das sie bewirtschaften.«

»Und unsere Güter?«

»Bearbeiten Landarbeiter für Lohn.«

»Wovon sollen wir solche Löhne bezahlen? Deine Rechnung hier ginge jedenfalls nicht auf, wenn du Löhne zahlen müßtest, statt kostenlosen Frondienst in Anspruch zu nehmen.«

»Wir könnten die Löhne bezahlen von den höheren Pachten der wohlhabenderen, freien Bauern. Wir könnten Löhne einsparen, wenn wir unsere Güter verkleinerten und selbst darauf arbeiteten, statt zur Jagd zu reiten und Schach zu spielen.«

Henry schüttelte entschieden den Kopf. »Das ist weder die Aufgabe des Adels noch der Ritterschaft. Wir verwalten das Land und schützen es gegen Feinde.«

»Aber, Henry, siehst du denn nicht …«

»Laß dich nicht beschwatzen, Henry, du hast vollkommen recht.«

Henry sprang auf. »Vater!«

Seine Augen leuchteten auf, dann besann er sich, trat gemessenen Schrittes auf ihn zu und verneigte sich höflich.

Lancaster zog ihn an sich und umarmte ihn selig. »Wenn ich dich noch lange hier lasse, wirst du mir über den Kopf wachsen, mein Junge.«

Henry sah ihn verwundert an, er merkte nicht, wie schnell er wuchs. »Ich hoffe, die Verhandlungen verliefen nach Euren Wünschen?«

»Oh, das kann man immer erst im nachhinein sagen. Für den Moment ist jedenfalls Ruhe. Dank der Einsicht des Earl of Douglas.«

Er ließ ihn los und nickte Robin und Joseph zu, die sich erhoben hatten und höflich verneigten.

»Seid beruhigt, Robin, ich bin nur mit Hungerford und Leofric hier. Das Gefolge ist in Pontefract.«

»Es wäre hier durchaus willkommen gewesen, Mylord.«

»Ja, darauf wette ich.«

Robin erwiderte sein ironisches Lächeln und bot ihm den bequemen Polstersessel an. Der Herzog wirkte erschöpft und übernächtigt. Mit einem dankbaren Nicken nahm er von Robin einen Becher entgegen, während Joseph nach Essen schickte.

Lancaster nahm einen tiefen Zug. »Hhm. Besserer Wein als bei Giles.«

Robin hob die Schultern. »Auch davon verstand er nichts.«

»Und Eurer Debatte entnehme ich, daß die Einnahmen besser waren, als Euer Gewissen zuläßt?«

»Nein, Vater, denkt nur, er hat den Bauern die halbe Pacht erlassen.«

Lancaster schlug die langen Beine übereinander. »Ein Bauernparadies, wußt' ich's doch. Und Ihr habt meine Abwesenheit wieder einmal ausgenutzt, um meinen Sohn für Eure rebellischen Ideen von Landreform und Bauernbefreiung und all diesen Phantastereien zu gewinnen und in Eurem Sinne zu beeinflussen, richtig, Robin?«

Robin und Henry wechselten einen ernsten Blick.

»Nein, Vater, *er* hat nicht versucht, mich gegen Euch oder Euren Wünschen zuwider zu beeinflussen.«

»Ich glaube auch nicht, daß das so einfach wäre«, murmelte Robin.

Lancaster sah seinen Sohn an. »Was heißt das, *er* nicht?«

Henry sah unsicher zu Robin.

Der nickte ermunternd. »Nur zu, sag's ihm.«

Henry berichtete stockend von Robins Verdacht und Lionels Enttarnung, aber er sah seinen Vater die ganze Zeit dabei an.

»Wir waren so zornig, daß wir ihn in den Kerker geworfen haben«, gestand er zum Schluß. »Aber jetzt bin ich nicht mehr zornig. Ich will ihn zurück. Ich bin einfach nur … bekümmert.«

Lancaster schien nicht besonders schockiert. Er dachte eine Weile nach und schüttelte schließlich seufzend den Kopf. »Mein armer Junge, ich verstehe, wie bitter es für dich ist. Du fühlst dich … entblößt, ja?«

Henry nickte, offenbar erstaunt, daß sein Vater ihn so genau verstand.

»Ja, aber es passiert, weißt du. Immer wieder. Und man gewöhnt sich nie daran. Wir können uns nicht einmal beklagen. Unsere Spione tun anderswo das gleiche. Mit unserer Billigung.«

»Ich dachte, Ihr wäret zorniger.«

Lancaster lächelte dünn. »Ich bin vielleicht zu … müde. Warte bis morgen.«

Lancaster fand Lionel in seinem bewachten Quartier auf den Knien am offenen Fenster, trat mit blankem Schwert auf ihn zu, setzte ihm die Klinge an die Kehle und riet: »Bete schneller.«

Lionel bekreuzigte sich und schloß die Augen. Den kalten Stahl direkt über dem Adamsapfel, setzte er sein Gebet ohne erkennbare Hast fort, und eine lange Zeit verharrten sie reglos.

Schließlich nickte Lionel knapp. »Ich bin bereit.«

»Das kann ich kaum glauben. Gott haßt Verräter. Er wird dich nicht haben wollen.«

Lionels Lider flackerten, und er sah zu ihm auf. »Ich habe ein reines Gewissen.«

»Das ist das wirklich Abscheuliche an euch. Ihr seid ein selbstgerechtes Pack.«

»Gott wird deine Seele verfluchen, John of Gaunt.«

»Vielleicht. Aber deine zuerst.«

Er hob das Schwert mit beiden Händen über die rechte Schulter, visierte die magere Kehle an und stieß zu.

Lionel blieb Zeit für einen zittrigen Angstschrei, weil der Stich neben seinem Hals ins Leere ging.

Lancaster lächelte ihn strahlend an. Er ließ das Schwert langsam sinken, so, als habe er sich noch nicht endgültig entschlossen. Ohne sich umzusehen, rief er: »Robin, Leofric!«

Robin packte Leofric am Ärmel, nickte auf die halbgeschlossene Tür zu und gab sich einen Ruck. »Gehen wir.«

Lionel kauerte auf den Steinfliesen, er keuchte wie in Atemnot. Der Herzog stand turmhoch über ihm.

»Verschnürt ihn und schickt ihn Bischof Wykeham. Mit einem ehrerbietigen Gruß.«

Lionel bot einen traurigen Anblick. Für einen kleinen Augenblick sah Robin die letzten Wochen aus seiner Sicht, und er hatte Mitleid. Er legte ihm behutsam die Hand auf die Schulter. »Komm.«

Lionels Kopf ruckte hoch. Er sah Robin direkt in die Augen. »Und willst nicht einmal du mich verstehen?«

»Das wäre zuviel verlangt.«

»Aber wirst du mir verzeihen?«

Robin zog ihn auf die Füße. »Wie sollte ich, wenn ich dich nicht einmal verstehe? Jetzt komm.«

Lionel wich sichtlich vor dem Herzog zurück und kauerte sich beinah an Robin. Leofric sah, wie es Robin zusetzte, und er nahm ihm den Gefangenen ab, legte eine Hand auf dessen Schulter und führte ihn zur Tür.

Lionel wandte sich noch einmal kurz um. »Ich werde für dich beten, Robin. Du hast es nötig. Sein Schicksal mit dem des Hauses Lancaster zu verknüpfen kommt einem Pakt mit dem Teufel beinah gleich.«

Es wurde ein harter, bitterkalter Winter. Anfang Dezember schneite es eine ganze Woche lang ohne Unterlaß. Danach kam die Kälte. Der Mühlbach fror ebenso zu wie der Burggraben. Das Dach des südlichen Eckturms der Burgmauer wurde von der Schneelast eingedrückt. Und ganz gleich, wie sie den Kamin in der Halle befeuerten, es blieb immer so kalt, daß ihr Atem weiße Dampfwolken bildete.

Robin hatte beabsichtigt, die Feiertage mit Lancaster und Henry auf deren Gut in Kenilworth zu verbringen. Obschon Isabella hochschwanger war, hatte er den Entschluß gefaßt, seine Halle zu schließen und sich mit seinem gesamten Haushalt dem herzöglichen Hof anzuschließen, damit sie der winterlichen Einöde von Burton entkamen. Aber sie waren eingeschneit und blieben es bis Anfang März.

Als die Schneeschmelze sie endlich befreite, kehrten die Ritter erleichtert zurück zu Jagd und Pferderennen, und Robin brach fluchtartig nach London auf. Nur Francis begleitete ihn.

Sie fanden sich inmitten hochkarätiger diplomatischer Verhandlungen wieder. Lancasters von langer Hand vorbereitete Pläne trugen endlich Früchte. Noch vor Robins Ankunft war ein Abkommen mit dem Herzog der Bretagne unterzeichnet worden. Mit Unterstützung der Bretagne sollte bald ein neuer Frankreichfeldzug durchgeführt werden, dieses Mal unter der Führung von

Lancasters jüngstem Bruder, Thomas of Woodstock. Wenige Wochen später empfing Robin in Lancasters Namen einen entfernten Vetter von Wenzel, dem König von Böhmen. Wenzel, so fand Robin mit seinen im höflichen Plauderton eingestreuten Fragen heraus, zog in Erwägung, seine Schwester Anna dem jungen König von England zur Frau zu geben. Robin bekam eine Gänsehaut auf den Armen, und in seinem Bauch breitete sich prickelnde Aufregung aus. Böhmen. Das war beinah zu gut, um wahr zu sein. Böhmen selbst war natürlich als Verbündeter ohne Bedeutung, aber König Wenzel war Mitglied der kaiserlichen Familie. Eine Verbindung zwischen England und der kaiserlichen Familie konnte bedeuten, daß sich in der Allianz zwischen Frankreich und dem Deutschen Reich endlich ein Riß auftat, in den der englische Löwe seine Klauen schlagen konnte. Eine solche Verbindung konnte von ungeheurem Nutzen sein, zumal es ja inzwischen auch zwei Päpste gab, nicht mehr nur einen, von denen jeder den Stuhl Petri beanspruchte und der eine auf Englands, der andere auf Frankreichs Seite stand. Wenn Richard die kleine Anna von Böhmen heiratete, könnte Frankreich sich somit seiner beiden stärksten Verbündeten nicht mehr sicher sein.

Anfang Juni empfing Lancaster einen merklich wichtigeren Gesandten aus Böhmen. Die Sache nahm Gestalt an. Und als habe Fortuna plötzlich beschlossen, ihn im Glück zu ertränken, gelang Lancaster ein weiterer großer Coup. König Fernando von Portugal schenkte dem zaghaften Klopfen an seinem Tor endlich Gehör. Er schickte seinerseits einen Gesandten nach England auf der Suche nach Heiratsmaterial für seine Tochter Beatriz. Lancaster verständigte sich mit seinem Bruder Edmund. Dessen Sohn Edward sollte der glückliche Bräutigam werden.

»Es ist schon fast albern, Robin, plötzlich rennen uns die Verbündeten die Türe ein.«

»Ja, aber so kann es nicht bleiben.«

Lancaster winkte ab. Seine Augen leuchteten. »Portugal, Robin. Wißt Ihr denn nicht, was das bedeutet?«

»Doch, Mylord. Mit Portugal auf unserer Seite steht Kastilien Euch endlich offen. Ihr könntet Euch endlich Euren Thron nehmen. Und ich wünschte, Ihr würdet es tun.«

»Das werde ich, verlaßt Euch drauf.«

Robin seufzte. »Den Tag möcht' ich erleben ...«

»Was in aller Welt sollte mich hindern?«

»Schottland.«

Der Herzog schnitt eine Grimasse. »Schottland, ach ja. Nun, dann müssen wir uns in Schottland eben beeilen. Edmund kann derweil nach Portugal segeln und unsere Pläne vorantreiben.«

Das klang vernünftig. Aber Robin fand es schwierig, Lancasters Zuversicht zu teilen. Die Schotten hatten die Eigenschaft, sich keinen Zoll mehr zu rühren, wenn sie das Gefühl bekamen, daß man sie drängte.

Doch Fortuna hielt weiterhin ihre Hand über England, ganz besonders über den Duke of Lancaster. Im September versammelte sich sein Gefolge in York. Es gab einige Verzögerungen, weil nicht alle rechtzeitig eintrafen, doch Mitte Oktober waren sie im nördlichsten Northumberland im königlichen Schloß von Bamburgh, von wo aus Lancaster Boten an die schottischen Unterhändler schickte, unter Zusicherung von freiem Geleit. Wenige Tage später trafen sich die Parteien in Berwick, und die Verhandlungen begannen in beinah entspannter Atmosphäre.

Lancaster war voller Zuversicht.

»Im Frühjahr segeln wir nach Kastilien, Robin.«

»Ja, Mylord.«

»Ihr glaubt mir nicht?«

»Doch. Natürlich.«

»Ihr werdet es erleben. Sicher, was unsere Sache hier jetzt noch verzögern könnte, sind unnötige Streitereien unter meinen Adeligen ...«

Robin wandte den Blick zur Decke.

»Robin, was fällt Euch ein, den Earl of Northumberland einen unbelehrbaren Schweinskopf zu nennen?«

»Tja, ich gebe zu, es war unglücklich, daß er zuhörte, aber es ist die Wahrheit. Seine Soldaten gefährden diese Mission ernsthafter als die Grenzfrage. Sie haben die Leibwache des Earl of Douglas beleidigt und malträtieren die Grenzbewohner.«

»Ja. Das Wetter ist schlecht, die Soldaten haben nicht genug Proviant und schlafen im Morast. Meine eigenen Leute benehmen sich nicht besser als Northumberlands. Was erwartet Ihr denn?«

»Disziplin. Aber Ihr wünscht ja nicht, daß ich mich darum kümmere.«

»Nein. Ihr seid der Earl of Burton, nicht der Captain der Wache.«

»Als Captain der Wache wäre ich von mehr Nutzen.«

»Ja, ja, verschont mich mit diesen Reden. Jedenfalls gestatte ich nicht, daß Ihr Northumberland beleidigt.«

Robin hob kurz die Schultern. »Wenn er beleidigt ist, soll er mich fordern.«

»Das kann er wohl kaum. Er ist zu dick. Immer gleich kurzatmig ...«

»Nichts ist alberner als ein fetter Ritter.«

»Oh. Das klingt wie ein Zitat von mir.«

»Ist es.«

Lancaster lächelte reumütig. »Was hat Northumberland getan, daß Ihr ihn so verabscheut?«

»Vermutlich gar nichts. Es liegt in seiner Persönlichkeit und in meiner. Zu unterschiedlich.«

»Kommt schon, seid nicht so vornehm. Er beschwert sich täglich wenigstens eine Viertelstunde über Euch.«

»Wie bedauerlich.«

»Also schön, wie Ihr wollt. Ich habe nicht meines Vaters Talent, streitende Ritter zu versöhnen, aber dieser schwelende Zwist wird mir zu heikel. Geht nach Northampton, Robin.«

Robin richtete sich kerzengerade auf. »Wie bitte?«

»Das Parlament dort beginnt in der zweiten Novemberwoche ...«

»Ihr schickt mich weg und laßt ihn bleiben?«

»Northumberland ist sein Lehen. Es geht um sein Land.«

Robin war gekränkt, aber er bemühte sich um eine gleichmütige Miene. »Northampton, Mylord?«

»Ganz recht. Ich bin überzeugt, Ihr habt eine Ladung zum Parlament bekommen.«

»Wahrscheinlich liegt sie in Burton. Warum Northampton und nicht London?«

»Weil Northampton genau in der Mitte von England liegt. Warum sollen meine Vasallen immer die weiteste Reise haben?«

»Sehr vernünftig. Wüßte ich es nicht besser, könnte ich es beinah glauben.«

»Und wie darf ich das verstehen?«

»Ihr habt Northampton gewählt, weil es weit weg ist von London. Weil Ihr mit ein paar Londoner Adeligen in aller Ruhe abrechnen wollt und eine neue Kopfsteuer durchsetzen. Ohne Revolte.«

Lancaster sah ihm in die Augen. »Ihr habt recht. Und?«

Robin schwankte noch einen Moment, dann verneigte er sich und stellte seinen Becher ab. »Wenn Ihr erlaubt, werde ich jetzt gehen, damit ich morgen zeitig aufbrechen kann.«

Lancaster nickte. »Glückliche Reise.«

Es war Robins erstes Parlament, und er ertappte sich dabei, daß er lieber bei den Bürgern und einfachen Rittern, den Commons, gesessen hätte. Die beiden Kammern tagten meistens getrennt und sandten sich gegenseitig Abordnungen. Es ging ruhig zu. Northampton war eine verschlafene kleine Stadt. Die Ankunft des Königs und all der mächtigen Magnaten versetzte sie vorübergehend in Aufregung, aber auch das Parlament wurde eher verschlafen. Sie verabschiedeten ein paar Gesetze. Sie hielten einen Prozeß über einen angesehenen Londoner Ritter, der einen Genueser Bankier ermordet hatte, und verurteilten ihn. Sie verteilten die Steuergelder und stimmten über die Kopfsteuer ab, die im Durchschnitt drei Groats für jeden Mann und jede Frau über vierzehn betragen sollte. Bettler waren ausgenommen, und die Steuer sollte gestaffelt sein. Während ein einfacher Knecht ohne eigenes Land nur einen Shilling aufbringen mußte, betrug die Kopfsteuer für den reichsten Mann Englands das Zweihundertfache, beinah zehn Pfund. Lancaster zuckte nicht mit der Wimper. Mit einem mokanten Lächeln verkündete er: »Ich denke, jetzt könnt Ihr Euch vorstellen, wie verzweifelt Englands Lage ist, Mylords, daß ich mir so tief ins eigene Fleisch schneide.«

Es gab Gelächter. Aber Robin lachte nicht. Vielleicht klang die Regelung fair, doch Lancaster war weit mehr als zweihundertmal so reich wie ein Landarbeiter. Die zehn Pfund, schätzte Robin, entsprachen kaum einem Tausendstel seines Jahreseinkommens, während der Landarbeiter von den zwei Shilling für sich und seine Frau seine Familie einen Monat lang ernähren konnte. Die Staffelung war nur Schönfärberei. Die Gutsherren würden sich irgendwie von den Bauern zurückholen, was sie für sie aufbringen mußten. Robins war die einzige Gegenstimme unter den

Lords. Auch die Commons stimmten mehrheitlich dafür. Lancasters diplomatische Erfolge vom Frühjahr hatten ihm viele Sympathien zurückgebracht. Er rechtfertigte die neue Kopfsteuer mit den Kosten des anstehenden Frankreichfeldzuges. Die Mittel der Krone seien erschöpft, stimmte Erzbischof Sudbury, der Kanzler, zu, die Juwelen des Königs verpfändet. Die Commons waren bereit, dieses Opfer zu erbringen, denn sie versprachen sich Großes von dem Feldzug. Robin wußte, daß er nichts ausrichten konnte. Er war weder ein Politiker noch ein Redner. Er hielt keine Ansprachen vor dem Parlament. Statt dessen suchte er die anderen Lords und die Commons abends in ihren meist dürftigen Unterkünften auf. Auch ein Umstand, der Lancaster zugute kam, alle wollten das Parlament so schnell wie möglich beenden; Northampton war zu klein, niemand fühlte sich standesgerecht untergebracht. Ohne viel Hoffnung warb Robin für eine Alternative zur Kopfsteuer, eine generelle Umsatzsteuer auf Handelsgeschäfte. Er stieß auf taube Ohren. Damit hätten die Commons, die ja zum großen Teil Kaufleute waren, sich nur selbst geschadet. Sie waren nicht bereit, die Last allein zu tragen. So blieb Robin mit seiner Meinung nahezu allein. Und jeden Tag mußte er in die hämisch grinsenden Gesichter von Northumberland und Mortimer of Waringham sehen.

Am Sonntag der ersten Woche besuchte er wie alle anderen Lords die Messe in der einfachen, aber geräumigen Klosterkirche von St. Austin außerhalb der Stadt. Nach der Messe schickte er Francis mit den Pferden zurück, er wollte später zu Fuß folgen.

Francis, inzwischen nicht mehr sein Knappe, sondern ein Ritter seines Gefolges, tat willig, was er sagte. Nach seinem Ritterschlag hatte er zu seinem fröhlichen Wesen zurückgefunden, und Robin hatte seine Gesellschaft während der letzten, einsamen Tage zu schätzen gelernt.

Er blieb in der Kirche und zündete in der kleinen Marienkapelle eine Kerze für Joanna an, kniete ein paar Minuten vor dem schlichten Altar nieder und dachte an sie. An sie und an Edward und Raymond in Burton, an Anne und Agnes in Waringham. An die Leute in Waringham, die die neue Kopfsteuer nicht zu fürchten brauchten, weil Lancaster sie bezahlen würde. Das würde er wohl, er hatte sein Wort gegeben. Auch wenn sie sich seit Beginn des Parlamentes noch keinmal unter vier Augen gesprochen hatten. Auch wenn ihr Verhältnis sich mit einemmal so schauderhaft abgekühlt hatte. Und das wegen Northumberland, den Robin nach wie vor für einen aufgeblasenen, selbstsüchtigen, ehrgeizigen Bastard hielt. Lancaster würde sein Wort trotzdem halten. Das wußte er genau. Er hatte seines ja auch nicht gebrochen. Abgesehen von der Kopfsteuer hatte er in jedem Punkt in Lancasters Sinn plädiert und abgestimmt. Weil sie ja eigentlich immer noch auf derselben Seite standen …

»Verzeiht mir, Sir, könntet Ihr wohl ein Stück beiseite rücken?« erkundigte sich eine wispernde Stimme.

Robin sah auf. Eine junge Frau mit einer brennenden Kerze in der Hand. Sie ließ ein wenig Wachs heruntertropfen und befestigte ihre Kerze direkt neben Robins.

Er erhob sich höflich, um ihr die kleine Bank vor dem Altar zu überlassen.

Sie wehrte mit einer Geste ab. »Nein, bitte, ich wollte Euch nicht vertreiben. Platz genug für zwei.«

Er schüttelte lächelnd den Kopf, trat ein paar Schritte zurück und beobachtete, wie sie sich niederkniete. Ihre Bewegungen waren fließend, in einer unbewußten Weise graziös, die ihn an Agnes erinnerte. Aber damit endete alle Ähnlichkeit. Die Frau vor ihm hatte große, fast schwarze Augen mit langen, dunklen Wimpern und pechschwarze Haare, die sie in raffiniert aufgesteckten Flechten unter einem dünnen Schleier trug. Ihre Schultern waren schmal, aber noch schmaler waren ihre Hüften, sie wirkte zierlich. Sie erinnerte ihn an die Mädchen, die er in Kastilien und Aquitanien gesehen hatte. Ihre Haut war von makelloser Blässe, aber doch einen Hauch dunkler als die der meisten englischen Damen. Robin betrachtete sie noch einen Augenblick. Sie schien tief in ihr Gebet versunken. Leise ging er hinaus, verließ die Kirche durch eine Seitenpforte und gelangte in den Kreuzgang. Er drehte eine gemächliche Runde. Es war kalt, aber nicht eisig, eine schwache Novembersonne malte kreuzförmige Schatten durch die durchbrochenen Fenster zum Innenhof auf den gepflasterten Weg. Die Stille tat ihm wohl. Er hätte nichts dagegen gehabt, den Rest des gräßlichen Parlaments zu versäumen und sich statt dessen ein paar Tage hinter diesen Mauern zu verkriechen. Aber das ging natürlich nicht. Er mußte bis zum Schluß ausharren. Und dann mußte er nach Burton. Er war schon über ein halbes Jahr fort …

Lustlos machte er sich auf den Rückweg. Die Sonne war hinter bleigrauen Wolken verschwunden. Robin ging einen schmalen Pfad zwischen braunen, umgepflügten Feldern entlang und dachte, daß die Mitte Englands wohl das Reizloseste war, was das Land zu bieten hatte.

Er war vielleicht eine halbe Meile gegangen, als er eine Reiterin einholte. Er erkannte sie gleich wieder, eine so schwarze Haarflut hatten nicht viele.

Er holte auf. »Madame, Euer Pferd lahmt.«

Sie nickte kurz. »Ich weiß. Was soll ich tun? Ich kann schließlich nicht den ganzen Weg laufen.«

»Es ist nicht so schwierig, wie Ihr denkt. Man setzt immer einen Fuß vor den anderen, und irgendwann kommt man an.«

Sie wirkte unentschlossen. »Na ja, noch geht er ja.«

Robin betrachtete ihren Grauschimmel. Ein unauffälliger Wallach, nicht sehr kostbar, aber mit klugen, freundlichen Augen.

»Ich weiß nicht, ob Euch an ihm liegt, aber wenn Ihr ihn bis in die Stadt reiten wollt, ist heute das letzte Mal, das er Euch trägt.«

»Bitte?«

»Glaubt mir, es ist so. Vermutlich habt Ihr Euch auf dem Weg zur Kirche zu sehr beeilt, und seine Glieder waren kalt ...« Er brach ab. Er glaubte nicht, daß es sie sonderlich interessierte zu erfahren, daß dünne Bänder die langen Muskeln in einem Pferdebein miteinander verbanden und daß diese Bänder, wenn sie beansprucht wurden, ehe die Muskelwärme sie geschmeidig machen konnte, überdehnt wurden. Und ein überdehntes Band brauchte Ruhe, Wärme und Schonung, sonst konnte es einfach zerreißen.

Sie hielt an und saß ab. Robin nahm den Zügel und fühlte das linke Vorderbein des Wallachs. Es war heiß, und alle Muskeln darin waren steinhart.

»Ist es schlimm?« fragte sie besorgt.

»Schwer zu sagen. Aber ich denke, es kommt wieder in Ordnung, wenn wir langsam gehen und Ihr ihm ein paar Tage Ruhe gönnt.«

Sie seufzte. »Ich hoffe, Ihr habt recht. Selbst einfache Pferde sind so teuer geworden. Ich danke Euch, Sir. Ihr seid sehr freundlich.«

Zeit, sich vorzustellen, dachte Robin, aber er tat es nicht. Statt dessen sah er stirnrunzelnd zum Himmel auf.

»Ich fürchte, Ihr werdet nicht nur laufen müssen, Ihr werdet obendrein auch noch naß.«

Sie folgte seinem Blick. »Tja, nicht zu ändern …«

»Ihr solltet nicht ohne Begleitung reiten, Madame.«

»Ich weiß. Nur Männer haben ein Recht darauf, für sich zu sein und durch Kreuzgänge zu wandeln, wenn ihnen der Sinn danach steht.«

Er sah überrascht auf. »Ihr habt mir nachspioniert?«

Sie nickte. »Ich war neugierig. Ich wollte wissen, wie Euer Gesicht bei Tageslicht aussieht. Und als ich Euch im Kreuzgang sah, wußte ich, daß ich mich nicht geirrt hatte. Ihr seht Eurer Schwester Agnes sehr ähnlich, Mylord of Burton.«

»Und Ihr Eurem Vater Greenley, Mylady of Waringham.«

Sie blieben stehen und lächelten sich ratlos an. Es begann zaghaft zu regnen.

Robin strich dem Wallach über die Stirnlocke und führte ihn weiter. »Besser, wir trödeln nicht herum. Es ist noch ein gutes Stück.«

Sie zog ihren Mantel fester um sich und ging neben ihm her. »Ihr habt eine reizende Tochter, Sir. Agnes hat so viel Freude an ihr.«

»Danke. Und Euer Sohn? Ist er gesund?«

»O ja. Schon ein halbes Jahr alt. Ich kann es kaum erwarten, zu ihm zurückzukommen …« Ihr Lächeln verschwand. »Vermutlich wäre es Euch lieber, er wäre mit seiner Nabelschnur um den Hals erstickt, nicht wahr.«

Robin sah sie pikiert an. »Agnes hat dummes Zeug geredet, scheint mir.«

»Nein. Mortimer hat das gesagt.«

»Ich muß Euch auf eine bedauerliche Tatsache aufmerksam machen: Was Mortimer sagt, ist meistens gelogen.«

»Das ist mir nicht neu.«

»Ich wünsche Eurem Sohn Glück und Gesundheit, Madame. Er kann ja nichts dafür. Die Dinge sind, wie sie sind.«

»Ja. Und es nützt überhaupt nichts, wenn man sich wünscht, sie wären anders. Es macht einen nur unglücklich, sich danach zu sehnen.«

Robin hatte das Gefühl, daß sie mehr von sich als von ihm sprach. Er betrachtete sie verstohlen. Sie wirkte eigentlich nicht unglücklich. Ergeben war vielleicht das richtige Wort. Und sie hatte ja so recht, es konnte nur verhängnisvoll sein, darüber nachzugrübeln, was alles hätte sein können, wenn … Trotzdem wünschte er einen verrückten Moment, daß er der Vater ihres Sohnes wäre und nicht Mortimer.

Der Regen wurde heftiger, und ein eisiger Wind kam auf. Im Handumdrehen hatte sich der Pfad in zähen Schlamm verwandelt. Sie knickte auf einem ihrer kleinen Seidenschuhe um und unterdrückte ein Frösteln.

Robin nahm seinen Mantel ab und reichte ihn ihr.

Sie wehrte ab. »Wirklich, das ist nicht nötig.«

»Nehmt ihn, mir ist nicht kalt.«

Robins Mantel reichte ihr bis zu den Schuhspitzen. Der Saum schleifte durch den Schlamm. »Aber er wird verderben.«

»Unsinn. Er wird getrocknet und ausgebürstet.«

Sie lachte plötzlich. »Das könnte von Agnes sein.«

»Seht Ihr sie oft?«

»O ja. Sie ist … der gute Geist von Waringham. Nicht nur für die Bauern.«

Er lächelte ihr zu. »Da, seht doch, ein Gasthaus. Wollen wir einkehren und den Regen abwarten, oder wird man Euch vermissen?«

»Niemand wird mich vermissen. Mortimer ist beim König, und die Dienstboten werden nicht vor dem Abend zurückkehren.«

»Also dann.«

Das Gasthaus hatte einen warmen Stall. Dorthin brachte Robin ihren Wallach, nahm ihm den Sattel ab und rieb ihn mit Stroh trocken.

Die Gaststube war wie ausgestorben. Auf Robins Rufen hin erschien eine mürrische Wirtin. »Hier ist geschlossen.«

Robin reichte ihr eine Münze. Ihr Gesicht hellte sich auf, und sie fand sich bereit, ihnen heißen Würzwein zu machen.

»Und hättet Ihr vielleicht etwas Brot und Käse, Mistress?«

»Und ein Bett vielleicht auch noch«, brummte die Wirtin.

Robin sah kurz in Lady Waringhams leicht errötetes Gesicht. Dann grinste er die Wirtin an. »Nein«, sagte er mit leisem Bedauern, »das wird wohl nicht nötig sein.«

Sie brachte ihnen Wein, Brot und Ziegenkäse und stellte alles auf einen Tisch nahe am Kamin. »Soll ich Feuer machen?«

Robin winkte ab. »Das mache ich schon selbst.«

Die Wirtin entschwand brummend.

Holz lag fertig aufgestapelt im Kamin. Robin ergriff eine Handvoll Stroh und Zunder aus einem bereitstehenden Korb, holte seinen Feuerstein aus der Tasche, und bald prasselte es angenehm.

»Das macht Ihr gut. Vater John Ball sagt, kein Adeliger sei in der Lage, ein Feuer anzuzünden.«

»Er hat wie so oft unrecht. Ich bin schockiert, daß Ihr mit ihm verkehrt.«

»Das kann ich kaum glauben.«

Robin schüttelte ernst den Kopf. »Er will zuviel auf einmal. Und zu schnell. Er wird den Bauern nur Unglück bringen.«

»Wer viel will, bekommt vielleicht wenigstens ein bißchen.«

»Oder er wird aufgehängt.«

»Ja.«

»Wie geht es den Leuten in Waringham?«

Sie seufzte. »Im Augenblick geht es. Aber wenn es wirklich eine neue Kopfsteuer gibt …«

Für einen Moment war er versucht, sie einzuweihen. Aber er besann sich schnell. Statt dessen fragte er: »Wie ist Euer Vorname?«

»Blanche.«

»Wirklich? Wie die einstige Duchess of Lancaster.«

»Natürlich. Sie war meine Patin.«

»Darauf hätte ich kommen können. Euer Vater war immer ein standhafter Lancastrianer.«

»So wie Ihr, Sir.«

»Ja. So wie ich.«

Sie tranken vorsichtig, der Wein war kochend heiß. Robin schnitt mit seinem Messer zwei Scheiben Käse ab und reichte ihr eine davon mit Brot.

Sie aß hungrig. »Das war eine wunderbare Idee. Ich gehe immer nüchtern zur Kirche.«

»Ich auch.«

Als sie alles vertilgt und ihre Becher geleert hatten, regnete es immer noch.

»Und es sieht nicht so aus, als wollte es bald aufhören«, bemerkte Blanche.

»Nein. Vermutlich wird uns nichts übrigbleiben, als einfach aufzubrechen.«

»Warten wir noch ein halbes Stündchen. Ich bin gerade erst wieder trocken.«

Dagegen hatte er nichts. Das Feuer hatte den Raum anheimelnd warm gemacht. Er setzte sich neben sie auf die Kaminbank, und sie redeten. Die einfache, fremde Gaststube gaukelte ihnen vor, in einer einfachen, fremden Welt zu sein. Es kam ihnen nicht in den Sinn, darüber nachzudenken, was der Hof sagen würde, wenn man sie hier entdeckte. Der Hof schien unendlich weit weg.

Blanches Mutter war die Tochter eines Gascogner Landritters gewesen, die nach dem englischen Sieg bei Poitiers mit Lord Greenley nach England gekommen war. Blanche war in York aufgewachsen und dort auf eine der Stadtschulen gegangen, erzählte sie ihm. Aber sie sprach immer noch lieber französisch als englisch. Sie hatte eine von Lady Blanches Damen werden sollen, doch ehe sie alt genug wurde, war die Herzogin gestorben. »Mein ältester Bruder starb an derselben Pestepidemie. Und ein paar Jahre darauf fiel mein anderer Bruder in der Auvergne.«

»Ja, ich weiß.« Robin hatte den jungen, schwerverwundeten Greenley vor sich im Sattel gehalten, als sie Richtung Bordeaux geflüchtet waren. Und als sie abends angehalten hatten, war er tot.

»Das war eine schreckliche Zeit«, sagte sie leise.

»Und wie ging es weiter?«

»Nein, Ihr seid an der Reihe.«

»Aber Ihr wißt doch schon alles von mir. Agnes hat es Euch erzählt. Was wurde aus Euch, nachdem Blanche gestorben war?«

»Mein Vater hatte nur noch mich. Und er nahm mich mit an den Hof des Herzogs.«

»Ich hab' Euch nie gesehen.«

»Nein. Wenig später brachte er mich bei Joan unter, der Mutter des Königs.«

»Verstehe.«

»So traf ich Mortimer. Er war … sehr charmant.«

Robin wollte davon nichts hören. Er wußte genau, wie vortrefflich Mortimer sich verstellen konnte. Er stand ruhelos auf.

»Ich fürchte, es hat keinen Sinn. Wir sollten aufbrechen, das Wetter wird nur immer schlimmer.«

Sie trat zu ihm ans offene Fenster. »Ihr habt recht. Eigentlich macht es nichts. Ich habe Regen ganz gern.«

»Tatsächlich?«

»Ja. Es ist der Regen, der England so grün und schön und fruchtbar macht. Dafür kann man in Kauf nehmen, gelegentlich naß zu werden. Kein zu hoher Preis.«

Sie sahen sich einen Augenblick an. Dann hob Robin ihren Mantel auf, der zum Trocknen nahe des Feuers über einem Schemel gehangen hatte, und legte ihn ihr um die Schultern. Seinen eigenen Mantel trug er über dem Arm und ging voraus in den Stall.

Er legte dem Wallach den Sattel lose auf den Rücken. »Ich schätze, ein Stückchen mußt du noch hinter dich bringen, mein Junge.«

Blanche trat näher. »Wird das Laufen ihm weh tun?«

»Ja.«

»Ach, du Ärmster.« Sie strich dem Pferd mitfühlend über die Mähne. Ihre Hand berührte Robins, die immer noch am Sattel lag.

Er lächelte schwach. »Seid unbesorgt. Sie sind zäh.«

Er nahm ihre Hand in seine. Ihre Finger waren schmal und eiskalt. Sie tat nichts, um sich seinem Griff zu entziehen. Für einen Augenblick blieb Robin standhaft und vermied es, ihr in die Augen zu sehen. Aber das hielt er nicht lange durch. Beinah zwangsläufig erwiderte er ihren ruhigen, halb neugierigen, halb amüsierten Blick. Er beugte sich leicht vor und legte seine Lippen auf ihre, nur ganz leicht. Sie befreite ihre Hand, verschränkte die Finger in seinem Nacken, stellte sich auf die Zehenspitzen und erwiderte seinen Kuß, ebenso behutsam wie er. Als Robin die Arme um sie legte und sie näher zog, löste sie sich mit einem leisen, fröhlichen Lachen.

»Nein, nein. Ein entrückter Ort wie dieser will einen zum Leichtsinn verführen, aber draußen wartet die rauhe Wirklichkeit.«

Er küßte bedauernd ihre schwarzen Haare, die schwach nach Mandeln dufteten. »Ihr habt recht.«

Er ließ sie zögernd los, belächelte sich still und nahm den Wallach am Zügel.

Es regnete immer noch, aber nicht mehr so heftig wie vor einer Stunde. Auch der Wind hatte nachgelassen. Trotzdem war es kalt und unwirtlich. Sie gingen ein Stück schweigend.

»Und was hat es zu bedeuten?« fragte sie schließlich.

»Ich weiß es wirklich nicht. Man sollte nicht erwarten, daß immer alles eine Bedeutung hat.«

»Doch. Das sollte man erwarten. Fortuna verfolgt immer eine Absicht, mit allem, was sie uns beschert. Man kann nur nicht hoffen, sie immer zu begreifen.«

Er sah sie von der Seite an, aber er wurde nicht klug aus ihrem Gesicht.

Sie wies geradeaus. »Die Stadtmauer. Wir sind fast da.«

Er hielt ihr den Zügel hin. »Hier. Besser, man sieht uns nicht zusammen. Ich werde über die Felder gehen und von der anderen Seite in die Stadt kommen.«

»Danke.«

Sie hielten an.

»Sehe ich Euch wieder?« fragte er und bemühte sich sorgsam, die Bitte aus seiner Stimme herauszuhalten.

Sie nickte. »Heute abend. Der König hat Lancaster zum Essen geladen. Mit Gefolge.«

»Ach, richtig. Ich meine, sehe ich Euch allein wieder?«

Sie zögerte nur einen Augenblick. Dann schüttelte sie lächelnd den Kopf. »Nein, besser nicht. Lebt wohl, Robin.«

Er verneigte sich mit der Hand auf der Brust, wandte sich eilig ab und stiefelte über die Felder entlang der Stadtmauer davon.

Er beobachtete sie verstohlen. Den ganzen Abend lang. Das Licht der vielen Kerzen tanzte auf ihren schwarzen Haaren, wenn sie sich plötzlich zu Mortimer umwandte und zu ihm sprach. Meistens lächelte sie. Und sie würdigte Robin keines Blickes.

Er stand im Schatten an einen hölzernen Pfeiler gelehnt, der die Decke der überfüllten Halle stützte. Sowohl der König als auch Lancaster hatten eigene Häuser in Northampton, aber keine sehr repräsentativen.

Diese Halle hier war nicht viel besser als seine alte in Fernbrook.

»Eine schöne Frau, nicht wahr«, sagte eine leise Stimme neben ihm.

Robin nickte, ohne aufzusehen. »Das ist sie.«

»Wie lange wollt Ihr mir noch zürnen?«

»Das tue ich doch gar nicht.«

»Das ist außerordentlich erfreulich.«

Robin hob den Kopf.

Der Herzog verschränkte die Arme. »Robin, das kommende Jahr wird vielleicht das wichtigste meines Lebens. Ihr werdet mich nicht im Stich lassen, oder?«

»Ich bin da, solange Ihr mich nicht fortschickt, Mylord.«

»Ihr tut, als hätte ich Euch ins Exil geschickt.«

»Ja, ich neige zu Übertreibung.«

»Ihr irrt Euch im Earl of Northumberland. Percy ist ein verläßlicher Mann.«

»Ich hoffe, ich irre mich.«

Lancaster lächelte plötzlich. »Werdet Ihr Weihnachten mit uns in Leicester Castle verbringen? Henry würde sich freuen, und ich mich auch. Bringt Eure Leute mit, meinethalben auch Euren unmöglichen Spielmann.«

Robin hatte keine Mühe, die Geste zu verstehen. Er verneigte sich leicht. »Der unmögliche Spielmann hat uns im Sommer verlassen, keine Sorge. Danke, Mylord. Wir kommen sehr gern.«

»Kommt bald. Ehe Ihr wieder einschneit.«

»Das werden wir.«

Lancaster nickte zufrieden und folgte noch einmal kurz Robins Blick.

»Hm. Wirklich eine schöne Frau. Aber Waringhams.«

»Ja, ja.«

»Macht keine Dummheiten. Er steht hoch in des Königs Gunst.«

Robin stöhnte ungeduldig. »Ich sehe sie mir nur an.«

»Aber ich bin nicht der einzige, der das bemerkt.«

Weihnachten in Leicester wurde schneereich und friedvoll. Es gefiel Robin viel besser als die prunkvollen Feste im Savoy. Es waren nicht viele Gäste geladen, es war beinah familiär. Zu Neujahr schenkte Lancaster Robin ein Buch. Robin warf einen verstohlenen Blick auf den Titel. *Secreta Secretorum*. Das klang verheißungs-voll.

»Was ist es?«

»Eine Enzyklopädie. Alles, was man wissen sollte.«

Robin grinste wie ein beschenktes Kind. Er liebte geheimnis-volle Bücher. »Ich danke Euch, Mylord. Ich habe auch ein Ge-schenk für Euch.«

Lancaster runzelte die Stirn. »Kein Pferd, hoffe ich?«

»Nein. Nur eine Kleinigkeit.«

Behutsam zog er das in Seide verpackte Geschenk aus den Fal-ten seines Gewandes hervor. »Vorsicht, es ist zerbrechlich.«

Lancaster wickelte es mit spitzen Fingern aus. Es war ein glä-serner Trinkpokal. Die Form war schmal und grazil, die Farbe tief-blau.

Der Herzog war hingerissen. »Oh, Robin … wie wunderschön. Eine solche Farbe habe ich in Glas noch nie gesehen.«

Robin lächelte zufrieden. »Der Meister weiß selbst nicht, wie er es gemacht hat. Er glaubte, die ganze Serie sei verdorben, weil etwas mit dem Sand nicht stimmte. Als er es aus dem Ofen holte, war alles blau. Er sucht fieberhaft nach dem Grund.«

Lancaster hielt das Trinkglas in beiden Händen und betrachtete es staunend. Dann füllte er den Inhalt seines Bechers hinein, wen-dete es vor einer nahen Kerze hin und her und bewunderte die Farbreflexe.

»Trinken wir auf England, Robin?«

»Trinken wir auf England, Mylord.«

Während Lancaster nach London zurückkehrte, begleitete Henry Robin nach Burton. Es wurde ein mildes Frühjahr mit viel Sonne, aber ausreichend Regen. Die Bauern waren ausnahmsweise ein-mal zufrieden. Isaac und Hal kamen mit den Pferden aus Fern-brook, und die Auktion bescherte ihnen gute Preise. Robin und Jo-seph verkündeten ihren Bauern, daß sie sich um die Kopfsteuer nicht zu sorgen brauchten. Sie konnten sich glücklich schätzen. An vielen anderen Orten in England stöhnten die Leute unter der neuen Last. Anfangs hatten viele die Kopfsteuer nicht viel ernster genommen als die erste vor vier Jahren. Wenn die Nachricht ein Dorf erreichte, daß die königlichen Steuereintreiber sich näherten, verschwanden die Leute einfach in den Wäldern und waren nicht daheim, wenn man an ihre Tür klopfte. Die Einnahmen waren dementsprechend unter den Erwartungen geblieben. Ein emsiger Hofbeamter hatte ausgerechnet, daß die Bevölkerung Englands, wollte man den Steuerlisten glauben, mit einemmal auf ein Drittel geschrumpft war. Doch damit gab der Kronrat sich dieses Mal nicht zufrieden. Das Geld mußte einfach her. Im späten Frühjahr schickten sie die Eintreiber noch einmal auf die Reise. Ortskundige Ritter, Sheriffs und Friedensrichter wurden ihnen zur Seite gestellt. Dieses Mal sollte niemand davonkommen.

Anfang April verabschiedete Lancaster seinen Bruder Edmund, ehe dieser zu seiner wichtigen Mission nach Portugal aufbrach. Unmittelbar darauf kehrte der Herzog zur schottischen Grenze zurück. Er machte wiederum halt in Burton, und Robin und sein Haushalt erlebten einmal mehr eine turbulente Nacht. Aber er und Henry blieben zurück. Es wurde nicht einmal darüber gesprochen. Der Herzog hatte offenbar beschlossen, Robin und den Earl of Northumberland in Zukunft voneinander fernzuhalten. Robin war nicht länger verärgert, denn es hatte zweifelsfrei auch seine guten Seiten. Er war sich an der Grenze meistens nutzlos vorgekommen. Die wochenlange Untätigkeit machte ihn leicht reizbar, zumal er immer das Gefühl hatte, Zeit zu vergeuden, während er zu Hause dringend gebraucht wurde.

Seine Eifersucht auf Northumberland konnte er nicht gänzlich überwinden, aber sie war nichts im Vergleich zu seiner Eifersucht auf Mortimer. Er fand es unmöglich, sich Blanche aus dem Kopf zu schlagen. Und manchmal lag er nachts wach und konnte nicht anders, als sich Blanche und Mortimer zusammen vorzustellen, und das machte ihn regelrecht krank. Er arbeitete härter als jeder seiner Knechte und ging dazu über, abends schweren Rotwein zu trinken, damit er schlafen konnte.

Er gedachte, den Frühsommer in Burton zu verbringen, um dann nach Abschluß der Verhandlungen über einen Waffenstillstand so bald wie möglich mit Lancaster nach Portugal zu segeln.

Es würde die längste Seereise werden, die er je gemacht hatte, und er schob den Gedanken jedesmal emsig beiseite, wenn dieser sich in seinen Kopf stahl. Waren sie einmal angekommen, würde er vermutlich froh sein, weit, weit fort von England zu sein.

Wenige Tage vor Pfingsten brachte ein Bote einen Brief von

Agnes. Während der Bote in der Halle bewirtet wurde, stieg Robin die Treppe zu seinem Privatgemach hinauf, denn Agnes' Briefe waren meistens lang, und er las sie gern in Ruhe. Dieser war kurz.

Liebster Robin, dies ist ein Brief in einem Brief. Ich weiß nicht, worum sie Dich bittet. Aber wenn Du kannst, dann tu es. Sie ist eine sehr unglückliche Frau. Agnes. P.S. Uns geht es gut, Deine Tochter ist beinah so groß wie ich, und wenn Du nicht bald heimkommst, wirst Du sie gar nicht mehr erkennen.

Ein zweiter, gefalteter Bogen war in Agnes' Brief eingerollt. Nur ein kleines Stück Papier, mit einem Tropfen Wachs verschlossen, aber ohne Siegeldruck. Als er es auseinanderfaltete, fiel ihm eine pechschwarze Haarlocke in den Schoß, zusammengehalten von einem weinroten Samtband.

Dies ist der siebte Versuch. Immer fange ich wieder von vorne an. Ich weiß nicht, wie ich diesen Brief schreiben soll, den eine Dame unter normalen Umständen niemals schreiben dürfte. Meine Umstände sind nicht normal. Ich habe meine Meinung geändert. Ich würde Euch gern wiedersehen. Ich bitte Euch nicht, herzukommen. Aber ich werde bis zur Sonnenwende jeden Tag zur Vesperzeit an dem Ort sein, wo einmal Eure Familienbibel versteckt lag. Blanche.

Verwirrt starrte er auf den gelblichen Papierbogen. Er las den Brief noch einmal, dann riß er ihn in kleine Fetzen, legte diese auf einen Zinnteller und hielt eine Kerze daran. Die Asche streute er aus dem Fenster, und am nächsten Morgen brach er auf.

Es war ein warmer Tag Ende Mai, nicht heiß, perfektes Reisewetter. Die Straßen waren in gutem Zustand.

Henry war trotzdem nicht begeistert. »Sag mir doch, warum du mich wegschickst, Robin. Was hab' ich getan?«

»Sei nicht albern, ich schicke dich nicht weg. Aber ich habe etwas in Kent zu erledigen, und von dort aus gehe ich nach London, um auf deinen Vater zu warten.«

»Dann werde ich mit nach Kent kommen.«

»Nein.«

»Warum nicht? Verdammt, ich will nicht zum Hof.«

»Es wird höchste Zeit, daß du dich dort wieder einmal sehen läßt. Der König könnte glauben, du meidest seine Gesellschaft.«

»Der König hätte ja so recht.«

Robin grinste verstohlen. Dann betrachtete er Henry nachdenklich. Er war vierzehn, groß und schlank wie sein Vater. Seit sein Gesicht die kindlichen Rundungen verloren hatte, war die Ähnlichkeit deutlicher hervorgetreten. Nur an seinen Augen war zu erkennen, wie jung er in Wirklichkeit noch war, es waren immer noch Kinderaugen, die nur zu deutlich zeigten, was in ihm vorging.

»Oh, Henry, sei nicht gekränkt, es ist nur für ein paar Tage.«

»Triffst du dich mit schottischen Piraten oder kastilischen Kollaborateuren, oder warum kann ich nicht mit?«

Robin seufzte. »Ich gehe nach Waringham. Mortimer wird mich kaum auf seine Burg einladen, also werde ich bei meiner Schwester wohnen.«

»Lady Agnes? Und lebt sie in einem Schweinestall, oder glaubst du, ich bin ihr unwillkommen?«

»Sie wohnt in einem ansehnlichen Gutshaus, und bei ihr ist jeder Gast willkommen. Mir ist trotzdem lieber, du gehst an den Hof.«

»Und was tust du, wenn ich mich weigere?«

Sieh an, dachte Robin erstaunt. Der folgsame Henry wird endlich rebellisch. »Ich würde es mit Belustigung zur Kenntnis nehmen.«

Henry preßte die Lippen zusammen. »Also bitte, ich weigere mich. Ich werde nicht zum König gehen, denn es ist nicht mein Wunsch, und er hat nicht nach mir geschickt. Und was jetzt?«

»Hm. Ich denke, wir halten in York, ich lasse dich in Ketten legen, bringe dich nach Windsor und binde dich mitsamt deinem Gaul ans Tor.«

Henry mußte lachen. »In York wirst du keinen Schmied finden, der bereit wäre, Henry of Lancaster in Ketten zu legen.«

»Tja, das ist ein Problem.«

»Ernsthaft, Robin. Ich *will* nicht zu Richard. Nimm mich mit nach Waringham. Ich schwöre dir, ich werde beide Augen fest schließen und nicht bemerken, daß du ein Verhältnis mit Lady Blanche hast.«

Robin fuhr mächtig zusammen. »Was fällt dir ein, Bengel … Wie kommst du auf so etwas?«

»Welchen anderen Grund könntest du haben, mich loswerden

zu wollen? Und ich kenne sie. Sie ist wundervoll. Jedenfalls viel zu schade für diesen Lump Waringham.«

»Henry …« Robin räusperte sich. »Ich gedenke nicht, dieses Thema weiter zu erörtern.«

»Nein.«

»Aber ganz gleich, ob dein Verdacht richtig oder falsch ist, auch nur ein Gerücht dieses Inhalts könnte für Lady Blanche entsetzliche Folgen haben.«

»Du traust mir also nicht.«

»Das hängt davon ab, ob du dich wie ein Ritter oder wie ein Flegel benimmst.«

»Ich muß doch sehr bitten, Sir!«

Robin galoppierte an und machte der Unterhaltung damit ein Ende. Sie sprachen nicht mehr, bis sie abends rasteten. Auf Henrys ausdrücklichen Wunsch hin übernachteten sie nicht auf einem der Güter seines Vaters, sondern unter freiem Himmel. Henry machte Feuer, Robin versorgte die Pferde. Wortlos halfen sie sich gegenseitig aus der Rüstung und setzten sich auf ihre Mäntel, um von ihren kärglichen Vorräten zu essen.

Endlich wurde Henry das Schweigen zu lang. »Robin?«

»Hm?«

»Ist es wahr, daß du einmal als Pferdeknecht in Waringham gelebt hast?«

»Ja.«

»Warum hast du das getan?«

Robin erklärte es ihm. Es wurde eine lange Antwort, der eine lange, nachdenkliche Pause folgte.

Schließlich fragte Henry: »Und als du fortgingst, hast du ihm Rüstung und Wappen abgenommen und dich als Earl of Waringham ausgegeben?«

»Stimmt.«

»Warum hast du ihn nicht getötet?«

»Es erschien mir in dem Moment nicht richtig. Ich glaubte irgendwie, sein Vater und mein Vater würden mir zusehen und es nicht gutheißen. Er war ja schon verwundet, er konnte mich nicht mehr aufhalten. Es wäre Mord gewesen.«

»Und hast du seitdem manchmal gewünscht, du hättest es trotzdem getan?«

»Ja.«

»Warum hat Vater nicht dafür gesorgt, daß du dein Lehen zurückbekamst?«

»Er hat es versucht, aber es hat sich nie so recht ergeben. Es war fast wie mit seiner kastilischen Krone.«

Es war dunkel geworden. Sie saßen jeder auf einer Seite des Feuers und konnten sich nicht sehen.

»Robin, ich bedaure meine Indiskretion von vorhin. Du hattest recht, ich hab' mich wie ein Flegel benommen.«

»Schon gut, Henry. Es liegt an deinem Alter, man kann manchmal nicht anders.«

»Oh, komm schon. Du solltest es mir nicht so leichtmachen. Ich kann anders, ich bin Henry of Lancaster.«

Robin lächelte in die Dunkelheit. Er war froh zu hören, daß der Junge seinen Namen endlich mit Stolz aussprach.

Henry rollte sich in seinen Mantel und legte sich hin. »Wenn du darauf bestehst, gehe ich zum König. Tut mir gut. Buße und so weiter.«

An einem der ersten Junitage kamen sie in Waringham an. Robin hatte seine Meinung geändert und Henry mitgenommen. Als der Junge sich erleichtert nach dem Grund erkundigte, antwortete er ausweichend: »Belohnung für gute Führung.«

Aber Henry war skeptisch. Robin war so unerschütterlich in seinem Entschluß gewesen, ihn zum Hof zu schicken. Der plötzliche Sinneswandel erschien ihm verdächtig. »Komm schon, Robin … Warum siehst du auf einmal so grimmig aus?«

»Tue ich das?«

»Allerdings.«

»Ist dir irgend etwas aufgefallen an den Dörfern, durch die wir heute gekommen sind?«

»Nein, was denn?«

»Ich weiß nicht so recht. Zu viele Menschen auf den Plätzen.«

»Na ja, gestern war Pfingsten.«

»Aber heute ist Werktag. Sie sollten bei der Heuernte sein. Und überall sind Steuereintreiber unterwegs …«

Henry lachte sorglos. »Vermutlich ein guter Grund, der Arbeit fernzubleiben.«

Robin warf ihm einen mißfälligen Blick zu. »Unsinn. Jeder ist darauf bedacht, schnell mit dem Heu fertig zu werden. Sie müssen ja schließlich auch noch das Heu ihrer Gutsherrn einbringen.«

»Ja, ich weiß, ihr Los ist schwer.« Henry spottete nicht. Er hatte in Burton viel gesehen und gelernt.

Robin wies auf den schmalen Pfad, der von der Watling Street abzweigte. »Da geht es nach Waringham.«

Sie bogen ab und galoppierten den ganzen Weg zum Gestüt.

Agnes und Anne kamen zusammen aus dem Haus.

Robin schloß seine Tochter selig in die Arme. »Ich muß schon sagen, du bist in der Tat mächtig gewachsen, Lady Anne.«

Sie lachte und schmiegte sich an ihn. »Nenn mich nicht so. Wie geht es dir und meinen Brüdern und Isaac und Elinor und Hal?«

Robin berichtete kurz. »Du solltest bald nach Hause kommen, Anne. Deinen jüngsten Bruder kennst du nicht einmal.«

Sie wiegte den Kopf hin und her. »Bald, ja. Aber noch nicht.« Sie ließ ihren Vater los. »Henry? Mein Gott, bist du das wirklich?«

Er saß ab und verneigte sich galant. »Das letzte Mal hab' ich dich gesehen mit Zahnlücken, immer auf der Flucht vor der Amme.«

Sie nahmen sich bei den Händen, mit doch noch recht kindlicher Unbefangenheit. Henry hatte kaum Zeit, Agnes zu begrüßen, dann schleppte Anne ihn ab zum Gestüt.

Agnes ließ sich willig von Robin die Stirn küssen, die sie jedoch gleich darauf runzelte. »Du hättest den Jungen nicht herbringen sollen.«

»Warum nicht?«

»John Ball ist hier.«

»O nein.«

»Wir halten ihn versteckt. Der Erzbischof hat ihn exkommuniziert und läßt wieder nach ihm suchen.«

»Du kannst versichert sein, daß Henry ihn nicht preisgibt. Aber wenn er dir nicht willkommen ist, werden wir uns woanders ein Quartier suchen.«

»So weit kommt es noch. Du wirst nichts dergleichen tun«, sagte Conrad, als er zu ihnen trat. Er umarmte Robin. »In unserem Haus ist immer ein Platz für dich. Es ist inzwischen groß genug, um Agnes' rebellische Freunde ebenso zu beherbergen wie den

Sohn deines Dienstherrn. Wenn alle sich ein bißchen zusammennehmen«, schloß er mit einem vielsagenden Blick in Agnes' Richtung.

Sie nickte versöhnlich. »Ich werde Vater John ins Gewissen reden. Und, Robin, es ist so schön, daß du gekommen bist.«

Endlich umarmte sie ihn mit echter Willkommensfreude.

Robin hatte einen Kloß im Hals, wie immer, wenn er nach Waringham kam. Er schluckte ein paarmal kräftig und sah sich um. Das großzügige Haus war von einem Blumen- und Gemüsegarten umgeben. Agnes trug ein neues Kleid aus tiefblauem Leinen, die Kette mit dem Rubin hing offen in ihrem Ausschnitt. Conrad trug einfache Kleidung, wie Robin es bei der Arbeit auch tat, aber an seiner linken Hand steckte ein kostbarer Siegelring.

Robin grinste ihn an. »Gute Preise dieses Frühjahr, was?«

Conrad nickte zufrieden. »Es steigt einem beinah zu Kopf, bis man dann ausrechnet, was nach Kosten und Steuern noch übrigbleibt.«

»Komm schon, wir können nicht klagen«, wandte Agnes ein. »Den Leuten in Waringham geht es hingegen von Jahr zu Jahr schlechter. Ich weiß nicht, was sie getan hätten, wenn du nicht die Steuern für sie bezahlt hättest, Robin. Sie vergöttern dich dafür.«

Robin hob abwehrend die Hände. »Sie vergöttern den Falschen. Ich war es nicht.«

»Was? Wer dann?«

»Jemand, der mir einen sehr großen Gefallen schuldete.«

»Robin, sag nicht, es war Lancaster.«

»Häng es nicht an die große Glocke, das wäre ihm peinlich. Aber erzähl es John Ball. Vielleicht ist er dann ein bißchen höflicher zu Henry.«

»Ein Bote kam an einem Abend im Frühling«, berichtete Conrad, während sie das Haus betraten. »Er ging von Tür zu Tür. Er schien genau zu wissen, wie viele steuerpflichtige Familienmitglieder es in jedem Haus gab. Er hatte einen Beutel voller Geld und zählte für jeden Haushalt den exakten Betrag ab. Er sprach zu niemandem ein Wort. Und Will Sattler sagt, er sah aus wie Leofric. Alle glaubten, du habest ihn geschickt.«

Robin hob leicht die Schultern. »Es war Leofric, er steht in Lancasters Dienst wie ich. Und niemand eignet sich besser für vertrauliche Missionen.«

»Ich kann kaum glauben, daß das Geld von Lancaster kam«, beharrte Agnes hartnäckig.

»Warum nicht?«

»Weil er der größte Feind der kleinen Leute ist. Er hat diese Steuer eingeführt, und er läßt sie gnadenlos eintreiben, damit er weiterhin in Saus und Braus leben kann.«

Robin schüttelte den Kopf. »Ich höre John Balls Worte. Du irrst dich, Agnes. Die Steuer war falsch, das ist wahr, aber sie fließt in die leeren Staatskassen. Nicht in Lancasters Schatullen.«

»Trotzdem ist er dafür verantwortlich.«

»Er, der Erzbischof von Canterbury, ein paar andere.«

»Und dafür sollen sie in der Hölle brennen.«

»Agnes«, murmelte Conrad beschwichtigend. »Merkst du nicht, daß du Robin in Verlegenheit bringst?«

Robin winkte ab. »Tut sie nicht. Agnes, ich hab' getan, was ich konnte, um die Steuer zu verhindern. Es hat nicht gereicht. Sie haben mir nicht geglaubt, nicht mal richtig zugehört. Es tut mir leid, vielleicht hast du zuviel von mir erwartet. Burton ist nicht größer als Waringham. Ich bin nur ein kleines Licht.«

»Ich mache dir doch keine Vorwürfe.«

»Aber du bist wieder einmal wütend.«

»Und wie sollte ich das nicht sein …« Sie brach ab.

»Ein paar Leute haben das Geld von Lancaster genommen, um drängende Schulden zu zahlen«, erklärte Conrad. »Vielleicht waren sie unvernünftig, aber sie beriefen sich darauf, daß das Gesetz sagt, Mortimer müsse die Steuern für diejenigen zahlen, die es nicht könnten. Nun, Mortimer ist immer pleite, wie du weißt, und hatte keineswegs die Absicht. Agnes … wir haben den Leuten das Geld für die Steuern gegeben. Aber nicht alle wollten es annehmen. Dann kamen die Steuereintreiber zurück, und sie kannten keine Gnade mehr. Rodney Wheeler hat sich davongemacht, als er gesehen hat, wie zwei Soldaten seinen Schwager halbtot prügelten. Und der Richter stand dabei und sah zu. De Gray hat Rodney erwischt und in der Burg eingesperrt, keiner hat ihn mehr gesehen. Wir fürchten, er ist tot.«

»O Gott …« Robin war bestürzt. Er stand auf. »Ich geh' und rede mit de Gray.«

Agnes schüttelte den Kopf. »Geh nicht auf die Burg, Robin. Mortimer ist da.«

»Zum Teufel mit Mortimer. Sie können nicht einfach so …«

Sie nahm seine Hand und hielt ihn zurück. »Geh trotzdem nicht. Wenn er weiß, daß du hier bist, wird für sie nur alles schwieriger.«

Als die Sonne schräg stand, machte Robin sich auf den Weg in den verwunschenen Buchenhain. Der hohle Baum, der ihnen einmal als Versteck gedient hatte, war bei einem der letzten Winterstürme umgestürzt. Blanche saß auf dem Stamm. Sie hielt ein kleines Buch auf dem Schoß, hatte die Augen aber geschlossen und das Gesicht der untergehenden Sonne zugewandt.

Robin schlich näher, legte die Hände auf ihre Wangen und küßte ihre Stirn.

Sie erschrak nicht. Langsam schlug sie die Augen auf und sah ihn an.

»Du wußtest, daß ich kommen würde, was?«

»Ja. Es schien … unvermeidlich.«

Er setzte sich zu ihr und nahm ihre rechte Hand in seine.

»Ich habe oft an dich gedacht, weißt du. Aber ich hätte wohl nie gewagt, dir zu schreiben. Du warst mutiger als ich.«

»Ich bin nicht mutig. Aber ich habe nicht deine Gabe, mich mit den Dingen abzufinden.«

»Wirklich nicht? Und genau das war mein Eindruck.«

Sie sah ihn an, neugierig, als wolle sie ihn ergründen, und fuhr mit der Linken über seinen kurzen Bart. Er rückte näher und küßte ihren schmalen Hals. Er hatte sich so oft gewünscht, das zu tun. Sie duftete nach wie vor nach Mandeln. Und nach Sonne und Moos.

Sie nahm seinen Ellenbogen und zog ihn ins weiche Farnkraut hinunter. »Komm. Laß uns später reden.«

Sie sahen sich jeden Tag. Das Wetter blieb sommerlich, und Robin brachte sie zu der Lichtung am Tain, die sein geheimer Treffpunkt mit Alice gewesen war. Doch Alices Gegenwart spürte er hier nicht mehr. Dieser Ort war immer sein persönliches Refugium gewesen, und jetzt teilte er es bereitwillig mit Blanche.

»Robin?«

»Hm?«

»Was werden wir tun?«

»Das kommt darauf an. Willst du ihn verlassen?«

Sie sah ihm in die Augen und schüttelte den Kopf. »Er würde mir doch das Kind wegnehmen.«

»Ja, das würde er wohl.« Gott verfluche Mortimer und seinen Erben.

»Das heißt vermutlich, wir werden so weitermachen wie bisher, nicht wahr?«

Robin setzte sich auf und zupfte einen langen Grashalm aus. »Ich kann nicht ewig hierbleiben.«

»Nein, ich weiß. Wie lange noch?«

Er strich mit dem Halm über ihr Bein. »Lancaster kann jetzt jeden Tag zurückkehren, und er wird mich brauchen, wenn er kommt. Ich denke, in einer Woche sollte ich nach London gehen.«

»So bald …« Sie wirkte niedergeschlagen, fast schien sie in sich zusammenzuschrumpfen.

Er nahm eine der schwarzen Strähnen und wickelte diese um seine Finger. »Sag mir, Blanche, ist er anständig zu dir?«

»Ja.« Er war anständig zu ihr; sie konnte sich nicht beklagen. Er beachtete sie kaum. Er war zu seinen Saufkumpanen und Huren zurückgekehrt, nachdem sie das Kind zur Welt gebracht hatte. Er erwartete, daß sie sein Haus führte und Gäste empfing, und vor den Leuten war er meist höflich, manchmal sogar aufmerksam zu ihr. Er wollte, daß die Welt glaubte, er sei ein galanter Ehemann.

»Und … magst du ihn gern?«

Sie hob den Kopf und sah ihn an. »Niemand, der Mortimer wirklich kennt, kann ihn gern haben.«

»Aber als dir diese Einsicht kam, war es schon zu spät?«

»Als ich ihn traf, war ich … ein Kind.«

Er nickte. Sie war siebzehn gewesen, als sie Mortimer geheiratet hatte, jetzt gerade neunzehn. Vierzehn Jahre jünger als er und Mortimer. Aber heute war sie ganz sicher kein Kind mehr.

Er nahm ihre Hände. »Ich weiß nicht, ob ich es fertigbringe, dich bei ihm zurückzulassen.«

»Mach dir um mich keine Sorgen. Ich komme schon zurecht. Und, Robin, ich weiß, daß diese Sache dich quält, darum sage ich es dir: Mortimer stattet mir keine nächtlichen Besuche mehr ab.«

Robin wußte nichts zu sagen. Sie hatte recht, es hatte ihn gequält, aber er war nur wenig erleichtert. Denn Mortimer konnte seinen Entschluß jederzeit ändern. Sie war seine Frau und ihm ausgeliefert, solange sie bei ihm blieb. Und Robin konnte einfach nicht glauben, daß Mortimer das Interesse an seiner schönen, exotischen jungen Frau verloren haben sollte.

John Ball begegnete Robin und Henry arrogant und unhöflich. Robin ignorierte ihn völlig, und Henry mied ihn nach Möglichkeit, doch wenn er einer Konfrontation nicht ausweichen konnte, behandelte er Ball mit standesgemäßer Herablassung. Die Stimmung in Conrads Haus war angespannt, vor allem während der Mahlzeiten, wo alle zwangsläufig zusammentrafen. Nach zwei Tagen war der ehemalige Priester glücklicherweise verschwunden. Robin erfuhr später, daß Ball Agnes um Geld gebeten hatte, um Boten auszusenden. Nach einem langen, vertraulichen Gespräch hatte sie seine Bitte abgelehnt. Erbittert hatte er das Haus verlassen. Niemand vermißte ihn.

Henry nahm Balls Aufbruch kaum zur Kenntnis. Er war sehr beschäftigt mit dem Gestüt und mit Anne. Er hofierte sie auf eine halb ernste, halb spöttische Art, die seine eigene Verwirrung verriet. Obgleich er doch so großen Wert auf höfische Sitten legte, schien es ihn nicht im geringsten zu stören, daß Annes Haut von der Arbeit im Freien gebräunt war wie die einer Magd, daß sie über feine Kleider die Nase rümpfte und lieber Pferdeställe ausmistete, als Bücher zu lesen. In Annes Fall war das alles ohne Bedeutung, denn sie hatte eine tiefe, innere Ausgeglichenheit und eine natürliche Anmut, die schöne Sitten gänzlich überflüssig machten. Robin beobachtete seine Tochter und seinen Schützling wohlwollend. Er hatte ganz und gar nichts dagegen, zu sehen, daß sie Freunde wurden.

Er besuchte die Leute im Dorf und hielt lange Unterredungen mit Vater Gernot, der inzwischen weißhaarig geworden war, aber nichts von seiner Vitalität eingebüßt hatte. »Es ist nicht das Alter, mein Junge, es sind die Zeiten, die mein Haar weiß gemacht haben.«

»Das wundert mich nicht.«

»Warum gehst du nicht auf die Burg hinauf und siehst nach, was dieser Teufel de Gray mit Rodney anstellt?«

»Agnes wollte nicht, daß ich gehe. Wegen Mortimer. Aber ich denke, heute abend werd' ich de Gray aufsuchen.«

Doch Mortimer kam ihm zuvor. Nach wie vor wußte er immer noch genau, was in Waringham vorging, und nachdem Robin begonnen hatte, im Dorf Besuche zu machen, war es nur eine Frage der Zeit, bis er davon Wind bekam.

Er kam ins Gestüt, als Conrad, Steve, Robin und Henry eine gemeinsame Runde während der Abendfütterung machten, baute sich vor ihnen auf und stemmte die Hände in die Seiten.

»Runter von meinem Land, Burton. Was fällt Euch ein, Euch hier einfach einzuschleichen?«

Robin betrachtete ihn kühl. Anfang Dreißig, hatte Mortimer immer noch sein hübsches Jungengesicht. Sein Haar war vielleicht ein wenig dünn geworden, aber immer noch schwarz, und er wirkte agil und kräftig.

»Mortimer«, begann Robin geduldig, als habe er einen Schwachsinnigen vor sich. »Zum hundertsten Mal. Es ist eigentlich *mein* Land, ich habe deinen Anspruch nie anerkannt. Dann hast du diesen Teil meines Landes an Conrad verkauft. Nicht rechtens, aber wir wollen mal nicht so sein, weil es ja in meiner Familie bleibt. Also: Du befindest dich auf unserem Land. Und du bist uns nicht willkommen.«

Mortimer machte einen Schritt auf ihn zu. Robin legte die Hand an das Heft seines Schwertes und sah ihm in die Augen. »Jederzeit. Lieber heute als morgen. Komm schon, sag mir, wann und wo.«

Mortimer ging auf das Angebot nicht ein. »Du brichst des Königs Frieden, indem du dich hier ungebeten aufhältst.«

»Eine merkwürdige Rechtsauffassung. Ich habe dich weder überfallen noch beraubt. Nein, nein, Mortimer, du mußt dir schon was Besseres einfallen lassen. Aber lauf nur, geh zu deinem König, und beschwer dich über mich. Er hat doch immer ein offenes Ohr für dich.«

»Auf dich hingegen hält er keine großen Stücke.«

»Wirklich nicht? Wie bedauerlich.«

»Du sitzt nicht so fest im Sattel, wie du glaubst.«

»Mortimer, Mortimer. Hat der Earl of Northumberland dir Flöhe ins Ohr gesetzt? Bau lieber nicht darauf, daß er recht hat.«

»Warte nur. Lancaster wird auch noch einsehen, daß er seine Gunst an den Falschen verschwendet!«

»Jetzt ist es genug«, sagte Henry leise. Er ignorierte Robins beschwichtigende Geste und trat auf Mortimer zu. »Ihr befindet Euch im Irrtum, Sir, wenn Ihr glaubt, irgend etwas oder irgendwer könnte je einen Keil zwischen das Haus von Lancaster und den Earl of Burton treiben. Ich weiß durchaus, daß Ihr des Königs Wohlwollen mißbraucht, um Euch Vorteile und lukrative Posten zu sichern, aber sollte es Euch in den Sinn kommen, durch üble Nachreden oder irgendwelche Eurer unlauteren Ränkespiele dem Earl of Burton zu schaden, dann wird weder die Gunst des Königs noch Northumberlands gewichtige Fürsprache Euch vor dem Zorn Lancasters retten.«

Niemand blieb von seinen ruhigen, aber doch so vehementen Worten unbeeindruckt. Conrad lächelte breit, Mortimer wirkte unsicher und zornig, und Robin verneigte sich tief vor Henry.

Dann wandte er sich wieder an Mortimer. »Wo du schon hier bist, kann ich mir den Weg zur Burg sparen. Gib Rodney Wheeler heraus. Ihr habt kein Recht, ihn einzusperren.«

»Wir haben jedes Recht, einen entflohenen Bauern einzusperren. Du kennst dich doch sonst so gut aus mit Gesetzen. Seine vierzig Tage sind noch lange nicht um.«

»Aber immerhin kann ich seiner Frau sagen, daß er noch lebt?«

Mortimer hob leicht die Schultern. »Du kannst ihr sagen, was du willst.«

Er wandte sich abrupt ab und stolzierte davon.

Am selben Nachmittag ereignete sich in Brentwood auf der anderen Themseseite ein blutiger Zwischenfall. Der königliche Steuereintreiber, ein Ritter namens Thomas Bampton, war einige Tage zuvor in die kleine Stadt in Essex gekommen, um die säumigen Steuerzahler in der Gegend heimzusuchen. Die Nachricht seiner Ankunft verbreitete sich wie ein Lauffeuer, doch anstelle verängstigter, eingeschüchterter Bauern und Fischer fand Sir Thomas sich plötzlich einem wilden Haufen gegenüber, von dem später niemand genau sagen konnte, wie er zustande gekommen war. An die fünftausend Männer aus Brentwood und drei umliegenden Ortschaften, mit rostigen Schwertern und Bögen bewaffnet, schickten Bampton schnurstracks nach London zurück. Bampton, völlig verdattert, machte kehrt und berichtete von seinem Los. An seiner Stelle schickte man einen königlichen Richter nach Brentwood, Sir Robert Belknap, dem die Gegend vertraut war und der die Ordnung wiederherstellen sollte.

Es war eine unglückliche Wahl. Belknap hatte sich als Friedensrichter viele Feinde in Essex geschaffen. Als er eintraf, erhitzten sich die Gemüter nur noch mehr. Königliche Autorität galt mit einemmal nichts mehr. Belknap wurde vom Pferd gezerrt und mit vorgehaltener Klinge bedroht. Es blieb ihm nichts übrig, als den verlangten Eid auf die hastig aus der Kirche herbeigeschaffte Bibel zu schwören, nie wieder als Richter nach Essex zu kommen. Danach ließen sie ihn gehen. Seine drei Schreiber, die schon vorher mit Bampton dort gewesen waren, hielten die Männer von Essex hingegen weiterhin fest. Belknap hatte kaum den Rücken gekehrt, als der Damm brach. Einer der Schreiber versuchte, die schwieligen Bauernhände abzuschütteln, die ihn hielten, und einer der Anführer hob seinen Knüppel und schlug ihn auf den Kopf. Der Mann brach benommen zusammen. Ein nervöses Raunen erhob sich, das schnell zu einem wilden Gejohle anschwoll. Mit Fäusten, Keulen und Dreschflegeln prügelten die aufgebrachten Bauern auf ihre Gefangenen ein. Als alle drei tot waren, schlugen sie ihnen die Köpfe ab, steckten sie auf hölzerne Pfähle und trugen sie im Schein vieler Fackeln durch Brentwood und die nahen Dörfer.

Boten wurden während der Nacht ausgeschickt. Ein Mann in jede Stadt und jedes Dorf in Essex, andere über den Fluß nach Kent. Es ist endlich soweit! Schließt euch zusammen und bewaffnet euch. Jagd die Steuereintreiber davon. Buckelt nicht länger vor den Lords, den Bischöfen und Äbten. Kämpft für eure Rechte und eure Freiheit.

Die Nachricht war weder unwillkommen noch unerwartet. John Ball und einige andere, die dachten wie er, hatten sich seit langem bemüht, den Unterdrückten Mut zu machen. Sie mußten sich nur ihrer Stärke, ihrer zahlenmäßigen Überlegenheit bewußt werden, dann würde nichts sie aufhalten können. Und jetzt war der Zeitpunkt gekommen. Die Lords hatten den Bogen überspannt, die Verzweiflung war so groß geworden, daß viele glaubten, es gäbe nichts mehr zu verlieren. Und wer nicht verzweifelt war, war zornig. Über Nacht brachen überall im Südosten Unruhen aus. In allen Dörfern und Städten rotteten sich Männer zusammen und marschierten los, als hätten sie ein festes Ziel, und wo sie hinkamen, warfen die Bauern ihre Sensen in die halbgemähten Wiesen und schlossen sich ihnen an.

In Barnston, einem kleinen Dorf unweit von Maidstone, war es noch ruhig, als die Steuereintreiber kamen. Ein Spielmann war am Abend zuvor ins Dorf gekommen und hatte ihnen aufrüttelnde Lieder vorgesungen, von einer paradiesischen Zukunft, wo freie Männer ihr eigenes Land bestellten. Er hatte ihnen erzählt, daß eine große Zahl bewaffneter Bauern und anderer kleiner Leute nach Dartmore und Rochester marschierten. Klöster und Guthäuser waren überfallen worden und in Flammen aufgegangen, die Schatz- und Vorratskammern geleert. Und er sang noch ein Lied darüber, daß alle Menschen gleichermaßen von Adam und Eva abstammten, daß niemand Lord und niemand Knecht sein dürfe.

Wat Tyler stand hoch oben auf der Leiter und deckte neue Schindeln auf das Dach des Bailiffs von Barnston. Mit einem grimmigen Lächeln erinnerte er sich an die Lieder des Spielmannes, und später dachte er, was für ein seltsamer Zufall es gewesen war, daß er gerade in diesem Moment daran gedacht hatte. Es war warm und sonnig, der richtige Tag für diese Art von Arbeit, und Wat kam gut voran. Die Südseite des Daches war beinah fertig, als er plötzlich die Stimme seiner Frau hörte, schrill vor Angst.

»Wat! O mein Gott, komm schnell! Schnell!«

Er sah hinab. »Was ist passiert?«

Sie hatte beide Hände in ihren Rock gekrallt, ihre Fäuste sahen von hier oben wie zwei kleine, weiße Bälle auf dem blaugrauen Stoff aus. »Im Namen Christi, komm nach Hause, Wat Tyler«, drängte sie weinend. »Sie vergewaltigen deine Tochter.«

Er spürte seine Füße nicht, als er die Leiter hinunterstieg. Ohne erkennbare Eile. Eine Leiter war eine Leiter, und er würde sein Kind nicht retten, wenn er stürzte und sich den Hals brach. Er sprang die vier letzten Sprossen und rannte los, ohne auf seine Frau zu warten.

Nachher erzählte sie ihm, wie es gekommen war. Der Steuereintreiber hatte an die Türe geklopft, und sie hatte ihm die zwei

Shilling gegeben, die Wat für sich selbst und sie beiseite gelegt hatte.

Der Steuereintreiber zählte die Münzen nach. »Das reicht nicht.« verkündete er. Er wies auf das Mädchen, das am Küchentisch saß und Bohnen putzte. »Ihr müßt für sie auch bezahlen.«

»Aber sie ist erst dreizehn«, wandte ihre Mutter entrüstet ein.

Der königliche Beamte trat ungebeten näher. »Wirklich? Und das soll ich glauben?«

»Dreizehn, ich schwör's bei Gott, Sir. Ich muß es wissen, ich bin ihre Mutter.«

Er beachtete sie nicht, sein Blick war auf das junge, hübsche Mädchen gerichtet, und seine Augen leuchteten. »Wie ist dein Name, Engel?«

»Malyne, Sir.« Sie sagte es sehr leise und rutschte verängstigt in die Ecke der Sitzbank.

»Und wie alt bist du, Malyne?«

»Dreizehn, Sir.«

»Du weißt, daß es ein Verbrechen ist, einen Beamten des Königs anzulügen, oder nicht?«

»Dreizehn, Sir, ganz bestimmt, ich lüge nicht.«

Er machte einen plötzlichen Schritt auf sie zu, packte sie am Handgelenk und zog sie auf die Füße. »Das läßt sich ja feststellen. Wir werden einfach nachsehen, was an dir dran ist.«

Er faßte mit einer Hand in ihren Ausschnitt. Der Stoff riß, und Malyne schrie angstvoll auf. Das war der Moment, da ihre Mutter loslief, um Wat zu holen.

Als Wat an seinem bescheidenen Haus ankam, fand er seine Tochter und den königlichen Steuereintreiber in der Küche. Der Mann hielt Malyne im Arm, lachte und versuchte, sie zu küssen. Das Mädchen wimmerte.

Wat trat auf sie zu. »Was habt Ihr mit meiner Tochter zu schaffen, Sir?« erkundigte er sich, ohne ihn anzurühren.

Der Steuereintreiber sah unwillig auf, stieß Malyne beiseite und nahm seinen Stock vom Boden auf. »Was willst du?«

»Ich fragte, was habt Ihr mit meiner Tochter zu schaffen. Sie ist ein anständiges Mädchen, Ihr macht ihr angst.«

»Scher dich raus, und kümmere dich um deine Schindeln!« Er hob seinen Stab und holte aus.

Wat Tyler war für König Edward und den Schwarzen Prinzen

im Krieg gewesen. In Frankreich, in Kastilien und in Schottland, an Land und zur See. Und er war ein guter Soldat, er hatte viele Feinde Englands getötet und war nur ein einziges Mal verletzt worden. Was ihn immer wieder vor feindlichen Lanzen, Schwertern und Piken gerettet hatte, waren seine schnellen Reaktionen. Er duckte sich unter dem Schlag des Steuereintreibers, ergriff in derselben Bewegung einen Scheit Feuerholz aus dem Korb, entdeckte eine Lücke hoch oben in der Verteidigung seines Angreifers und schlug zu.

Der Steuereintreiber wurde von der Wucht des Schlages gegen die Wand geschleudert. Dort blieb er einen Augenblick stehen, während sein Hirn auf seine linke Schulter tröpfelte. Dann brach er tot zusammen.

Malyne wich vor ihm zurück und drängte sich schluchzend an ihren Vater. Er nahm sie in die Arme, half ihr, den zerrissenen Stoff ihres Kleides zusammenzuhalten, und fuhr ihr über den Kopf.

»Sieh nicht hin. Es ist gut. Hab keine Angst mehr …«

Er wartete nur, bis seine Frau nach Hause kam, dann machte er sich davon. Er wußte, daß er von den Richtern des Königs keine Gnade zu erwarten hatte. Er floh, um das einzige zu tun, das ihm übrigblieb: Er schloß sich den aufständischen Bauern an. Und es verging kein Tag, bis sie ihn zu ihrem Anführer kürten.

Die Revolte fegte über Essex und Kent hinweg wie ein Waldbrand. Am zehnten Juni beschloß Wat Tyler, Canterbury zu nehmen. Erzbischof Sudbury, der als Kanzler des Reiches für die Kopfsteuer verantwortlich gemacht wurde, war neben dem Duke of Lancaster der oberste Name auf ihrer Verräterliste. Die Zahl der aufständischen Bauern war inzwischen angeschwollen. Ohne besondere Mühe gelangten sie in die Stadt, brandschatzten und plünderten Sudburys Palast und die Häuser reicher Kaufleute, Adeliger und ein paar Klöster. Sie erstürmten die Burg, suchten und fanden den Sheriff und schlugen ihn, bis er bewußtlos war. Er kam nur mit dem Leben davon, weil sie ihn für tot hielten. Sie öffneten das Gefängnis und befreiten alle, die dort eingesperrt waren. Doch Tyler gestattete seiner Armee nicht, lange in Canterbury zu verweilen. Am nächsten Morgen machten sie sich auf den Weg zurück durch Kent nach London.

Sowohl in Essex als auch in Kent vergossen die Rebellen viel Blut. Äbte und Gutsherren, königliche Richter und Steuereintreiber wurden gefangengenommen. Die meisten wurden gezwungen, Urkunden zu unterschreiben, mit denen sie die Aufgabe ihrer Feudalrechte und die Freigabe ihrer Leibeigenen erklärten. Viele wurden »hingerichtet«. In den Städten schlossen sich die ärmeren Kaufleute und Handwerker der Revolte an, in Cambridge richtete sich der ganze Haß gegen die Universität, die mit ihren Privilegien die Rechte der Stadt unterdrückte. Häuser wurden geplündert und in Brand gesteckt, Köpfe rollten.

Mortimer stellte wiederum unter Beweis, daß er das Glück des Teufels besaß. Zwei Tage bevor Waringham sich erhob, beschloß er spontan, nach London zu gehen. Er nahm seine Frau und seinen Sohn mit, und Robin blieb unglücklich zurück. Ohne Blanche erschien Waringham ihm leer und öde. Sie hatten nicht einmal Zeit gehabt, sich zu verabschieden.

Wat Tyler schickte einen unauffälligen Boten nach Waringham. So erfuhr er, daß die Bauern dort fast ausnahmslos auf seiner Seite standen. Er kommandierte einen Trupp standhafter Männer ab, um den Aufstand in Waringham zu unterstützen. Die Männer des Dorfes versammelten sich ruhig auf dem Kirchplatz und berieten sich. Dann gingen Marthas Bruder Bill und einer von Tylers Männern auf die Burg und überwältigten die überraschten Wachen am Tor. Sie durchschnitten den Seilzug der Brücke, und auf ein verabredetes Zeichen rückten die Bauern an und marschierten auf der Burg ein, ehe Peter de Gray auch nur wußte, wie ihm geschah.

Robin, Henry, Anne, Conrad und Agnes saßen ohne Licht in der Halle. Auf dem Gestüt war es still. Beinah unheimlich still. Die Arbeit war für den Tag erledigt, aber dennoch war es zu ruhig. Für gewöhnlich konnte man auch abends noch die Stimmen der Jungs oder ihre Schritte hören, wenn sie noch ein letztes Mal nach ihren Schützlingen sahen. Heute nicht. Heute abend war alles wie ausgestorben.

»War es das, wofür John Ball das Geld wollte?« fragte Conrad Agnes leise. »Um diese Revolte anzuschüren?«

Sie nickte unglücklich. »Er war furchtbar wütend, daß ich es ihm nicht geben wollte. Er behauptete, all meine schönen Worte seien nur Lippendienst gewesen.«

»Bastard«, murmelte Robin und stand auf. »Komm, Henry, machen wir uns reisefertig. Wir brechen auf.«

»Wohin?« fragte Henry verdutzt.

»Nach London.«

»Aber denkst du nicht, du solltest auf die Burg hinaufgehen und zusehen, ob du sie zur Vernunft bringst? Die Leute von Waringham hören doch auf dich.«

Robin schüttelte den Kopf. »Heute bestimmt nicht. Peter de Gray muß schon selbst sehen, wie er seine Haut rettet. Das wichtigste ist jetzt, daß wir dich in Sicherheit bringen.«

Henry runzelte überrascht die Stirn. »Was hab' ich damit zu tun?«

»John Ball macht die Menschen glauben, dein Vater sei an ihrer Not schuld. Wenn sogar Agnes ihm glaubt, wie sollten die einfachen Leute ihm widerstehen?«

»Aber Robin, es sind nur Bauern!«

Robin nickte grimmig. »Und zwar viele. Los, komm schon, tu, was ich sage.«

Er sprach ruhig, aber Henry spürte seine Besorgnis. Widerspruchslos begleitete er Robin hinauf, und sie legten eilig ihre Rüstungen an.

Conrad hatte ihre Pferde geholt. »Weißt du, welchen Weg du nehmen mußt, um die Straße zu vermeiden?«

Robin nickte. »Natürlich. Sei unbesorgt.« Er schloß sie nacheinander in die Arme, Anne zuletzt. »Hör auf Conrad und geh nicht vor die Tür, ehe das Dorf wieder ruhig ist. Es sind Fremde in Waringham.«

»Mach dir keine Sorgen um mich, Vater. Und seid vorsichtig. Vielleicht ist London nicht so sicher, wie du denkst.«

Er hörte kaum hin, küßte hastig ihre Stirn, saß auf und wartete ungeduldig auf Henry. Bald darauf ritten sie am Tain entlang auf den Wald zu. Aber Robin erinnerte sich später an Annes Warnung.

Peter de Gray wäre vielleicht mit dem Leben davongekommen, hätte er von der geheimen Falltür am Eingang des Burgturms gewußt. Aber Geoffrey hatte Mortimer nie davon erzählt, und so hatte auch de Gray keine Kenntnis davon. Von einem Fenster der Halle aus beobachtete er ungläubig, wie immer mehr Bauern in den Burghof strömten. Sie schwärmten aus und durchkämmten die Gebäude auf der Suche nach ihm und Mortimer. De Gray stand mit blankem Schwert am Eingang der Halle, und er streckte drei von ihnen nieder, ehe sie ihn überwältigten. Als sie ihn in den Hof zerrten, brachten zwei junge Burschen Anne Wheelers Bruder Rodney heraus. Sie hatten ihn in einem der schauerlichen Verliese im Keller entdeckt, tot, sein Schädel war sichtlich eingedrückt.

»Besser, wir bringen ihn nach Hause«, sagte einer leise.

»Später«, knurrte der andere.

Gebannt starrten sie auf de Gray, der hochaufgerichtet und mit vollkommen ausdrucksloser Miene im Zentrum eines dichten Knäuels stand. Für einen Moment hörte man nur das Zischen der Fackeln, alle Stimmen waren verstummt.

Dann sagte einer: »Hängt das Schwein auf.«

Sie reagierten nicht sofort, als sei die Vorstellung zu gewaltig, den Steward ihres Lehnsherrn aufzuknüpfen.

Dann rief eine dunkle Frauenstimme: »Nieder mit den Unterdrückern. Tod allen Verrätern! Hängt ihn auf!«

Füße scharrten, und leise Stimmen raunten. Sie packten ihn, und de Gray spuckte ihnen vor die Füße.

»Schamloses Bauerngesindel. Der König wird jeden einzelnen von euch schleifen und vierteilen.«

Ein Arm mit einem langen Holzknüppel hob sich und krachte auf seinen Kopf nieder. Er stöhnte dumpf und sackte zusammen. Dann schloß sich ein Ring von Leibern und Köpfen um ihn. Als sie von ihm abließen, hatte sein Körper kaum mehr Ähnlichkeit mit dem eines Menschen.

Robin und Henry ritten die ganze Nacht hindurch. Als der Tag anbrach, sahen sie Rauchfahnen am Horizont, und sie kamen an abgelegenen Gütern und Klöstern vorbei, die in Schutt und Asche lagen.

An einer der Ruinen hielten sie für eine kurze Rast.

Robin sah sich um und seufzte. »Das hier war einmal Sir Robert Hales' Landgut.«

»Wer ist Sir Robert Hales?« erkundigte sich Henry.

Robin war verwundert. »Was denn, du kennst ihn nicht? Er ist des Königs Schatzmeister.«

Henry zuckte mit den Schultern. Er wirkte müde und verwirrt. »Richards Hofbeamte wechseln schneller, als ich nachhalten kann.«

»Aber Hales ist ein Mann, den du kennen solltest. Wichtig und einflußreich auch ohne des Königs Zutun. Er ist der Oberste des Johanniterordens in England.«

»Oh. Ihr Prior?«

»Richtig.«

»Ja, jetzt erinnere ich mich, ich kenne ihn. Ein kluger, freundlicher Mann.«

»Tja. Die Bauern von Essex denken offenbar anders.«

»Robin, ich verstehe, warum sie die Güter überfallen. Aber weshalb die Klöster?«

»Weil die Äbte oftmals gnadenlosere Gutsherrn sind als die Lords. Dr. Wycliffe hat recht, weißt du. Die Kirche ist zu sehr mit weltlichen Dingen befaßt.«

Henry schüttelte langsam den Kopf. »Ich hoffe nur, Dr. Wycliffe hat nichts mit diesem ungehörigen Bauernaufstand zu tun.«

»Nein, das glaube ich nicht. Er sitzt vermutlich in seiner Bibliothek in Oxford und weiß überhaupt nicht, was hier vorgeht.«

Sie kamen unbehelligt in die Stadt. Als sie durch das äußere Tor an der Brücke ritten, fühlte Robin sich ein wenig beruhigt. Als sie auf der anderen Seite endlich die Stadt betraten, war er erleichtert.

Robin warf einer Torwache eine Münze zu. »Wo ist der König?«

»Im Tower, Mylord.«

Eigenartig, dachte Robin, der König hielt sich für gewöhnlich selten in der alten, eher zweckdienlichen als bequemen Festung auf.

»Und Sir Robert Knolles? Ist er in der Stadt?«

»Ja, Sir. Er wollte mit dem Earl of Cambridge segeln und zurück in die Bretagne gehen, aber als er von den Unruhen hörte, kam er zurück. Seine ganze Kompanie ist in seinem Hauptquartier.«

»Gut. Was habt ihr hier vom Aufstand gehört?«

»Allerhand. Die Lords haben sich im Tower versammelt und beraten, was zu tun ist.«

Die Lords im Tower waren der Erzbischof von Canterbury, der besagte Johanniterprior Sir Robert Hales, des Königs Halbbrüder John Holland und der Earl of Kent, die Earls of Warwick, Salisbury und Oxford und natürlich Mortimer of Waringham. Der Bürgermeister der Stadt, William Walworth, war zu den Beratungen hinzugezogen worden.

»Und ich denke, es ist das beste, einfach gar nichts zu tun und abzuwarten«, sagte Salisbury, als Robin und Henry eintraten. »Wenn wir die Miliz aufrufen, wird es dem Gesindel nur zu Kopf steigen.«

Der König hatte die Stirn gerunzelt und nickte den Neuankömmlingen eher zerstreut zu, die vor ihm niederknieten. »Seid Uns willkommen und erhebt Euch, Sirs.«

»Aber sie marschieren auf London«, wandte Warwick ein, lächelte Robin und Henry besorgt zu und zupfte nervös an seinem Bart. Der Earl of Warwick war eigentlich immer nervös, fand Robin, ein Zauderer und nicht selten ein Feigling.

»Und wenn schon. Ein Pöbelhaufen«, brummte Salisbury abfällig. Er war ein energischer Mann, der auf vielen der vergangenen Feldzüge ein Kommando geführt hatte. Eine Bauernrevolte erschreckte ihn nicht so wie Warwick.

»Ein großer Pöbelhaufen«, gab Warwick zu bedenken.

»Sie werden nicht einmal in die Stadt gelangen«, brummte Mortimer ungehalten.

Bürgermeister Walworth schüttelte den Kopf. »Dessen kann man nie sicher sein, Mylord. London ist voller Unruhe, es gibt viele Sympathisanten.«

Sie berieten noch eine Weile, und Robin und Henry beschränkten sich aufs Zuhören. Am Ende blieb es dabei, daß nichts unternommen wurde. Erzbischof Sudbury, offenbar im Protest gegen diesen Beschluß, bat den König um Erlaubnis, sein Amt als Kanzler aufgeben zu dürfen, und schickte nach dem Großen Siegel, um es dem König zurückzugeben.

»Das wird Euch nicht retten, Exzellenz«, bemerkte der Johanniter Hales trocken. Er hatte die Angst des Erzbischofs ebenso erkannt wie Robin.

Erzbischof Sudbury lächelte bitter. »Sie hassen Euch so sehr wie mich.«

Der König wedelte ihren Austausch beiseite. »Ihr redet von ihnen, als seien sie eine Armee. Abgesehen davon hassen sie keinen von Euch so sehr wie Unseren weisen Onkel Lancaster. Nicht wahr, Henry?«

Henry verzog keine Miene. »Wenn Ihr es sagt, muß es so sein, Sire.«

»Und fürchtest du dich nicht?«

»Nein, derzeit noch nicht.«

»Mein tapferer kleiner Vetter …«

Am Abend hatten die Rebellen die Außenbezirke der Stadt erreicht. Die Männer aus Kent lagerten in Blackheath unweit von Southwark, die aus Essex in Mile End, einem kleinen Ort nordöstlich der Stadt. Die beiden Gruppen hielten engen Kontakt und tauschten fortwährend Botschaften aus. Sie waren fest entschlossen, am nächsten Tag irgendwie in die Stadt zu gelangen und den König zu zwingen, sich ihre Beschwerden anzuhören, und der Männer habhaft zu werden, die ihrer Ansicht nach Verrat an den kleinen Leuten begangen hatten. John Ball war bei den Männern in Blackheath, machte ihnen Mut und hielt aufrüttelnde Predigten. Wat Tyler schritt durch das Lager, erkundete die Stimmung seiner Männer und plante den Sturm der Stadt. Die Gewaltmärsche der vergangenen Tage und der wenige Schlaf waren ihm anzusehen. Er war blaß, und die Haut spannte sich über seinen Wangenknochen. Unter seinen Augen lagen tiefe Schatten. Aber die Augen selbst waren klar und ruhig, Tyler wirkte gelassen, wenn auch höchst konzentriert.

Schließlich erwies sich ein Sturm auf das Stadttor, der sicher verlustreich gewesen wäre, als vollkommen unnötig. Einer der Stadträte, die Bürgermeister Walworth zu Verhandlungen mit den Aufständischen nach Blackheath gesandt hatte, schlug sich auf ihre Seite, und mit seiner Hilfe gelangten sie am nächsten Morgen, dem dreizehnten Juni, nach London hinein.

Viele Londoner begrüßten ihre Ankunft. Die kleinen Handwerker und Kaufleute, denen aus verschiedenen Gründen die Aufnahme in die Gilden verwehrt blieb und die daher ein eher armseliges Dasein fristeten, schlossen sich ihnen an. London verfügte über eine graue Masse von Tagelöhnern, entflohenen Leibeigenen, Bettlern, Beutelschneidern und Meuchelmördern, die sich alle eine Besserung ihrer Lage versprachen, wenn der Bauernaufstand Erfolg hatte. Während die Rebellen vom Lande durch die Straßen strömten, verwirrt und beklommen von der Größe der Stadt und den Menschenmassen, dem Gestank und Betrieb, dem Labyrinth der verstopften Straßen, schlossen diese sich ihnen an und wiesen ihnen den Weg.

»Robin, wie ist es möglich, daß sie in die Stadt gelangt sind?«

»Sie sind so viele. Manche sagen, über fünfzigtausend.«

»Eine solche Zahl kann ich mir nicht vorstellen.«

»Ich auch nicht.«

Sie saßen jeder auf seinem Bett in ihrer bescheidenen, engen Kammer im Wakefield Tower. Henry hatte seine Rüstung abgelegt, lehnte an der Wand und trank nachdenklich einen Becher kühlen Wein. Draußen war es heiß. Es war Fronleichnam.

»Und die Londoner selbst haben sie in die Stadt gelassen?«

»Es sieht so aus, ja.«

»Du bist … sehr ruhig, Robin.«

Robin winkte ab. »Ich verstehe sie. Sie sind keine Ungeheuer für mich. Aber fünfzigtausend von ihnen machen mir auch angst.«

»Ich wünschte, mein Vater wäre hier.«

»Nein, Henry. Ich denke, er ist da sicherer, wo er jetzt ist.«

»Aber er würde wissen, was wir tun müssen.«

Robin widersprach nicht. Trotzdem war er dankbar, daß wenigstens Lancaster im Norden und damit in Sicherheit war.

Es waren keine Nachrichten gekommen, daß es im Norden zu irgendwelchen Unruhen gekommen war, was vermutlich daran lag, daß umgekehrt die Nachricht von der Revolte die Bauern im Norden noch nicht erreicht hatte.

»Wie lange werden wir uns noch im Tower verkriechen«, brummte Henry ungehalten. »Es ist beschämend.«

»Aber sicher.«

Der Tower war die gigantischste Festungsanlage, die Robin kannte, und er galt als uneinnehmbar. Er hatte nicht eine Ringmauer, sondern zwei, einen gewaltigen Graben und unzählige Türme. Es gab große, prächtige Hallen und kleine, unbequeme Quartiere wie ihres, Platz für viele Menschen und große Waffenarsenale. Alle Regierungsabteilungen, die ein hohes Maß an Sicherheit erforderten, waren im Tower untergebracht, wie beispielsweise die königliche Münze. Wenn man sich in London irgendwo sicher fühlen konnte, dann im Tower.

Es klopfte, und der blutjunge Earl of Oxford steckte seinen blonden Lockenkopf durch die Tür. »Ich bitte um Verzeihung, Sirs, aber der König wünscht Eure Anwesenheit.«

Sie folgten ihm hinaus, den kurzen Weg vom Tor über den Innenhof zum Hauptgebäude, dem White Tower, wo in der Halle dieselbe Gruppe versammelt war wie am Tag zuvor. Die Mutter des Königs war inzwischen eingetroffen, und in ihrer Begleitung war Blanche. Ihr Anblick fuhr Robin mächtig in die Glieder, aber in der allgemeinen nervösen Stimmung fiel das niemandem weiter auf.

»Ihr habt nichts zu befürchten, Sire«, sagte Mortimer beschwichtigend. »Die Rebellen sind nicht gegen Euch aufgebracht, im Gegenteil, sie wollen an Euch appellieren. Ich denke, es wäre weise, wenn Ihr auf das Treffen eingeht.«

»Das ist ausgeschlossen!« wandte Warwick angstvoll ein. »Viel zu gefährlich.«

»Aber wieso?« Mortimer hob leicht die Schultern. »Was spricht dagegen, sich ihr Gejammer anzuhören, damit sie sich beruhigen und nach Hause gehen? Und wenn die Ordnung wiederhergestellt ist, hängen wir ein paar Anführer auf, und alles ist vergessen.«

»Ein solches Treffen ist unverantwortlich, solange wir die Lage nicht besser einschätzen können«, beharrte Warwick.

Der König nickte nachdenklich. »Wir brauchen verläßliche Nachrichten. Einen Kundschafter.« Er sah erwartungsvoll in die Runde.

»Und wer soll der Todeskandidat sein, mein König?« murmelte sein Halbbruder, der Earl of Kent, ironisch. Er und der König standen sich nicht gerade nahe, vermutlich rechnete er damit, daß ihn das undankbare Los traf.

Aber der König ließ seinen Blick weiterschweifen. »Burton! Natürlich, was läge näher, seid Ihr doch der einzige echte Bauernfreund unter meinen Barons. Ihr werdet doch sicher gerne gehen und die Stimmung erkunden, nicht wahr?«

»Nein«, sagte Henry impulsiv.

Der König runzelte unwillig die Stirn. »Niemand hat nach Eurer Meinung gefragt, Cousin.«

Robin verneigte sich. »Natürlich werde ich gehen, Sire.«

Es herrschte ein kurzes, unbehagliches Schweigen.

Dann räusperte sich der Earl of Salisbury. »Mein König, es wäre besser, Ihr ließet mich gehen. Burton ist in London als Lancastrianer bekannt und …«

Robin grinste ihn an. »Sorgt Euch nicht um meine Sicherheit, Sir. Bevor sie mich erschlagen, müssen sie mich erkennen.«

Er tauschte ein verstohlenes Lächeln mit Blanche, verneigte sich vor dem König und ging hinaus.

Er begab sich zur Schmiede im Innenhof und beschwatzte einen der Gesellen, ihm seine Hosen, seinen Kittel und seine Lederschürze zu überlassen.

»Und dann?« erkundigte sich der junge Bursche, dessen Gesicht rußverschmiert war. »Was werden die Mägde sagen, wenn hier ein nackter Kerl rumläuft?«

Robin fegte den Einwand beiseite. »Schön, dann laß uns tauschen.«

Der Geselle lachte verblüfft. »Ihr würdet einen verdammt schlechten Tausch machen, Mylord.«

»Zum Teufel damit. Es ist zum Wohle Englands.«

Zusammen verschwanden sie in der Schmiede und kamen kurz darauf mit vertauschten Kleidern wieder heraus. Robin brachte mit beiden Händen seine Haare in Unordnung, band sie mit einem Stück Schnur zusammen, nahm eine Handvoll kalter Asche aus dem Eimer neben dem Ofen und rieb sich Gesicht, Bart und Hände ein.

Der Geselle betrachtete ihn kopfschüttelnd. »Das ist übertrieben. Ihr seht aus wie ein Köhler. So würde keiner von uns auf die Straße gehen.«

Robin drückte ihm einen Lappen in die Hand. »Dann mach es so, daß es richtig aussieht.«

Der junge Kerl wischte Robin zaghaft über Gesicht und Bart.

Dann trat er einen Schritt zurück und legte den Kopf zur Seite. »Hm. Wenn ich nicht wüßte, daß Ihr der Earl of Burton seid, würd' ich's nicht glauben.«

Robin reichte ihm zufrieden einen Shilling. »Danke.«

»Seht Euch trotzdem vor. Und, Mylord ...«

»Ja?«

»Wenn Ihr da draußen auf der Straße seid, redet nicht so geschwollen.«

»Ich werd' dran denken.«

Als er auf dem Weg zur Zugbrücke war, holte Henry ihn atemlos ein. »Robin! O mein Gott, das glaub' ich einfach nicht. Wie hast du das in so kurzer Zeit angestellt? Du siehst furchtbar aus.«

»Ja. Sorg dafür, daß sie mir ein Bad bereiten.«

Henrys Augen waren groß und unruhig. »Ich wünschte, du würdest nicht gehen.«

»Sei nicht albern, was bleibt mir schon übrig.«

»Aber es ist unsinnig. Reine Schikane. Richard und der Erzbischof haben sicher genug verläßliche Spione unter der Stadtbevölkerung. Und ich verstehe nicht, warum wir nicht die Miliz zu den Waffen rufen und Sir Robert Knolles und seine Männer ...«

»Vielleicht ist das gar nicht nötig. Der König hat schon recht, wir sollten versuchen, ein Blutbad zu vermeiden.«

Henry biß sich auf die Lippen und nickte schließlich unwillig. »Waringham hat gesagt, wenn du nicht zurückkämest, würde er jedem seiner Bauern die halbe Pacht erlassen, statt sie zu bestrafen.«

»An Stelle von Mortimers Bauern würde ich mich nicht darauf verlassen. Und jetzt muß ich gehen.«

»Gott schütze dich, Robin.«

Sie umarmten sich kurz, es kümmerte Henry nicht, daß sein taubenblaues Seidengewand dabei schmutzig wurde. Robin klopfte ihm aufmunternd die Schulter und überquerte die Zugbrücke.

London war ein Hexenkessel. Die Straßen waren voll johlender Menschen. Robin ging an den Docks am Fluß entlang. Niemand arbeitete, weil Feiertag war, aber auf allen Plätzen herrschte hektisches Treiben.

Als er durch die Kaufmannsviertel von Cheapside kam, sah er die ersten Brände. Kaufmannsvillen standen in Flammen, auf dem Viehmarkt brannte ein großer Scheiterhaufen ohne ersichtlichen Grund. Plünderer kamen schwer beladen aus Geschäften und Wohnhäusern. Auf dem Standard, der Hinrichtungsstätte von Cheapside, hatte sich eine dichte Menschentraube gebildet, die gebannt zusah, wie vier Männer in Lumpen einen flämischen Weber vor einem hölzernen Block auf die Knie zwangen, um ihm den Kopf abzuschlagen.

Robin ließ sich mit der Menge treiben, und niemand beachtete ihn. Er hielt Augen und Ohren offen, um zu ergründen, ob es irgendeinen Plan hinter diesem Irrsinn gab, und um zu erfahren, wo die Anführer des Mobs sich aufhielten. Als er Cheapside hinter sich ließ und zurück zum Fluß getrieben wurde, hörte er aus dem ohrenbetäubenden Brodeln und Zischen immer wieder ein Wort heraus. Savoy. Wie ein Zauberspruch wanderte es von Mund zu Mund. Savoy. Und das war auch die Richtung, in die die Menge strömte. Zum Savoy, holen wir uns den Verräter Lancaster! Zum Savoy, zum Savoy! Robins Herz hämmerte.

Kurz vor der Stadtmauer kamen sie am Temple vorbei, der Domäne der Rechtsgelehrten, wo aber auch die Johanniter ihre Londoner Niederlassung hatten. Die Rebellen stürmten die Anlage, ließen sie räumen und wollten Robert Hales' Haus in Brand stecken. Ein kauziger alter Anwalt stellte sich ihnen in den Weg, schwer auf seinen Stock gestützt. Er schien die gefährliche Stimmung nicht wahrzunehmen, die jeden Augenblick überzukochen drohte. Mit geübter Stimme übertönte er mühelos das Getöse und hielt ein Plädoyer für Recht und Ordnung. Leicht verwirrt, nahezu kleinlaut wandten die Rebellen sich ab und zogen weiter Richtung Fleet. Als sie durch das Ludgate und über die Fleet Bridge kamen, sah Robin die Rauchwolken. Er blieb stehen und spürte nicht, daß die Nachfolgenden ihn anstießen und knufften. Er hatte nur Augen für die Rauchwolken. Es konnte keinen Zweifel geben. Der Savoy-Palast brannte.

»Mann, beweg dich, geh schon weiter«, bellte eine unmelodische Stimme an seiner Seite. Und dann klammerte sich ein unfreundlicher Griff um seinen Ellenbogen. »Ja, wen haben wir denn hier?«

Robin blinzelte. »Stephen ...«

»Richtig. Halt, Freunde, wartet, hier haben wir einen großartigen Fang gemacht!«

Nur einen kurzen Moment sahen sie sich an. Stephen war ein alter Mann geworden. Sein einstmals flachsblondes Angelsachsenhaar war schneeweiß. Seine Haut war runzelig und hatte eine gelblich ungesunde Farbe, aber er wirkte weder abgerissen noch dürr. Was immer Stephen getan hatte, seit er Waringham verlassen hatte, er war nicht ins Elend abgerutscht. Robin war erstaunt, daß der Gedanke ihn tröstete. Vielleicht wegen Helen und der Kinder.

»Stephen …«, wiederholte er ungläubig.

Stephen zerrte ihn von der Straßenmitte weg unter die Weiden am Fluß. Vielleicht fünfzehn oder zwanzig folgten ihnen, zögerlich, weil die reiche Beute im Savoy-Palast lockte, aber anscheinend doch treu ihrem Anführer ergeben. Einer von ihnen, ein pickeliger Jüngling, führte eine müde Mähre am Zügel.

»Wer ist der Kerl, Stephen?« fragte einer.

»Sieht aus wie ein Schmied«, meinte ein anderer.

Stephen brachte sie mit einer Geste zum Schweigen, die Robin unglaublich vertraut schien.

»Er hat sich nur verkleidet, um sich als Spion unter die Leute zu mischen. Nein, nein, Brüder, das ist der Earl of Waringham.«

Schön wär's, dachte Robin grimmig. »Das bin ich nicht«, klärte er Stephens Männer auf.

Niemand schien ihn zu hören. Stephen wies einen anklagenden Finger auf ihn. »Das ist der feine Lord, der meine Frau auf dem Gewissen hat.«

Robin starrte ihn ungläubig an. Er muß den Verstand verloren haben …

»Stephen, als deine Frau starb, war ich vier oder fünf Jahre alt.«

»Jetzt zahl' ich es dir heim.«

»Was? Was willst du mir heimzahlen?«

»Alles, was du uns angetan hast. Hinter jedem Rock in Waringham warst du her. Und du hast immer bekommen, was du wolltest, nicht wahr?«

»Verdammt, nimm Vernunft an, es ist mein Vater, von dem du sprichst. Sieh mich an, ich bin es, Robin. Ich weiß, mein Vater hat dir unrecht getan, und das habe ich immer bedauert …«

Stephens Faust traf ihn am Kinn. Er hatte immer noch viel Kraft, Robin wurde gegen einen Baumstamm geschleudert und fiel auf die Knie. Er stand schnell wieder auf, wischte sich mit dem rußverdreckten Ärmel über den Mundwinkel und sah Stephens Männer an. Sie zauderten. Ihre Blicke streiften von Stephen zu Robin und wieder zurück.

»War deine Frau sehr jung, Stephen?« fragte ein Mann mit einem langen Rauschebart zweifelnd, und ein paar lachten unsicher.

Stephen nickte. Sein Blick schien vage. »Jung, ja. Und … schön.«

Der Bärtige runzelte die Stirn und sah Robin an. »Bist du Waringham?«

»Nein.«

»Natürlich ist er es«, widersprach Stephen ungehalten.

»Woher kennt ihr euch, wenn du nicht der Kerl bist, den er meint?«

»Aus Waringham. Er verwechselt mich mit meinem Vater. Ich war noch ein Kind.«

»Du und dein Vater«, preßte Stephen hervor. »Ihr habt mir alles weggenommen.«

Robin schüttelte langsam den Kopf. »Was hätte ich dir je wegnehmen können? Ich habe sechs Jahre lang deinen Zorn und deine Bitterkeit hingenommen, um für meinen Vater zu sühnen, reicht das nicht?«

»Wegen dir mußte ich fortgehen.«

»Das hast du dir nur selbst zuzuschreiben.«

»Wozu dieses Hin und Her?« fragte der pickelige Jüngling. »Hängen wir ihn auf, und sehen wir zu, daß wir weiterkommen.«

Stephen lächelte. »Ja. Hängen wir ihn auf.«

Robin sah in die Gesichter. Niemand schien abgeneigt, bis auf den Bärtigen.

»Wer bist du?« fragte er Robin noch einmal.

Robin sah ihm in die Augen. »Der Sohn von Gervais of Waringham. Als er starb, war ich für ein paar Jahre Robin, der Stallknecht von Waringham. Und sonst nichts.«

»Und heute bist du ein Schmied?«

»Stimmt.«

Der Bärtige wandte sich an Stephen. »Wir sind nicht nach London gekommen, um uns an unseresgleichen zu vergreifen. Oder alte Rechnungen zu begleichen.«

Ein abgerissener, magerer Mann drängte sich durch die kleine Gruppe nach vorn. Vor Robin blieb er stehen und blinzelte ihn kurzsichtig an. Dann lächelte er zahnlos und drehte sich zu Stephen und dem Bärtigen um. »Wenn das ein Schmied ist, bin ich ein Bischof. Seit zwanzig Jahren bettel' ich in St. Paul, Brüder, ihr könnt mir glauben, ich kenne jeden adeligen Blutsauger von Angesicht. Und ich schwöre bei den Augen der Heiligen Jungfrau, dieser hier ist der neue Earl of Burton.«

Robin starrte ihn entsetzt an. Er erkannte ihn wieder. Der alte, schmächtige Mann hatte immer in besonderer Weise Joannas Mitgefühl geweckt. Über die Jahre hatte er von ihr oder Robin sicher das ein oder andere Pfund bekommen. Ein undankbarer Geselle, schloß Robin bitter.

Der Bärtige schritt auf ihn zu. »Ist das wahr, Freundchen?«

Robin antwortete nicht.

Damit verlor er seinen einzigen Verbündeten. Der große, breitschultrige Mann sah ihn feindselig an, stemmte die Hände in die Seiten und spuckte ihm mitten ins Gesicht. »Burton! Lancasters Gefolgsmann. Einer seiner engsten Vertrauten. Hängt den Drecksack auf.«

Robin leistete keinen Widerstand, als sie ihn packten. Sie waren zu viele, und bis auf ein schlichtes Messer in seinem Stiefelschaft war er unbewaffnet. Einer förderte ein Seil zutage, machte eine Schlinge und legte sie ihm um den Hals. Gleichzeitig banden sie ihm die Hände auf den Rücken. Der Junge brachte seine klapprige Stute, und sie hievten Robin auf ihren ungesattelten Rücken. Dann schlangen sie das Seil über einen der Äste.

Robin schloß die Augen und betete. Er betete schnell. Für seine Kinder, für Isaac, Leofric und Oswin und in einem Atemzug für Blanche und Joanna. In seiner fieberhaften Todesangst verschmolzen sie zu einer Frau. Joanna, ich komme, ich bin dir ganz nah. Bitte für meine verkommene Seele …

Jemand zog die Schlinge an und schlug der Stute ermunternd auf die Flanke.

Sie rührte sich nicht.

»Na los«, brummte der Pickelige und ruckte an ihrem Zügel. »Beweg dich, altes Mädchen.«

Die Stute trat einmal unruhig auf der Stelle und kam mit leicht gespreizten Vorderhufen wieder zum Stillstand. Sie schnaubte und zeigte das Weiße ihrer Augen.

»Was soll das, Robin?« fragte Stephen ungeduldig. »Laß sie gehen. Das wird dich nicht retten, sei vernünftig.«

Vernünftig …

Robin schluckte und hielt die Augen geschlossen. »Ich tu' doch gar nichts.«

Und das war beinah die Wahrheit. Nur ein ganz schwaches Summen war in seinem Kopf, er hatte den Kontakt nicht bewußt gesucht. Oder zumindest nichts davon gemerkt. Aber das Tier spürte seine Angst und hatte offenbar beschlossen, ihn nicht im Stich zu lassen.

Stephen schnitt einen biegsamen Weidenzweig ab und zog der alten Stute eins über. »Los, du Miststück …«

Sie schnaubte wieder nervös, aber ging keinen Schritt.

Der Weidenzweig landete quer über Robins Schultern. »Laß sie gehen!«

»Was passiert hier?« fragte der Bärtige argwöhnisch.

»Er hat sie verhext«, antwortete Stephen grimmig und drosch abwechselnd auf das Pferd und Robin ein.

Die Stute schauderte, und Robin wandte den Kopf ab und drückte sein Gesicht so weit wie möglich gegen seine Schulter. Geh endlich, raunte er ihr in Gedanken zu. Wir wollen es lieber nicht in die Länge ziehen …

Aber sie blieb stur, und schließlich tippte einer der Männer Stephen auf die Schulter. »Vielleicht sollten wir ihn lieber zufriedenlassen, Stephen. Nicht, daß er uns verflucht.«

»Nein«, knurrte Stephen entschlossen. »Sei kein Feigling, er hat keine magischen Kräfte.«

»Sei nicht so sicher«, murmelte Robin ominös, es war immerhin eine Chance.

Stephen lachte, es klang irre. »Mir machst du nichts vor.«

»Aber die Rede war von Aufhängen«, sagte der Bärtige entschlossen. »Nicht von Totprügeln. Entweder wir tun es mit Anstand, oder wir lassen es ganz.«

Stephen packte die Stute am Zügel, verdrehte ihr grausam das Ohr und zerrte. Mit einem schmerzvollen Wiehern machte sie einen Satz. Robin glitt von ihrem bloßen Rücken und fiel, bis sein

Sturz mit einem gewaltigen Ruck endete. Seine Wirbel knackten, aber sie brachen nicht. Augenblicklich spürte er die grauenvolle Enge um seine Kehle, und er kämpfte und strampelte sinnlos, wie es jeder tat. Seine Bewegungen zogen die Schlinge nur immer fester, vor seinen Augen war es gleißend hell. Und es dröhnte in seinem Kopf. Er bekam hämmernde Kopfschmerzen, so grauenhaft, daß er geschrien hätte, hätte er nur einen winzigen Atemzug tun können. Dann wurde das grelle Licht vor seinen Augen rötlich, und das letzte, woran er sich entsann, war, daß sein Kopf zerplatzte.

Rauher Stoff raschelte. Robin spürte etwas Feuchtes, Kühles im Gesicht und bewegte seinen Kopf. Er schmerzte jämmerlich, und ihm war sterbenselend. Seine Kehle schloß sich krampfhaft und klickte leise, er spürte einen übermächtigen Drang zu würgen. Aber nichts passierte.

Zögerlich schlug er die Augen auf. Es war Nacht, aber nicht völlig dunkel. Er nahm eine unruhige Lichtquelle am Rande seines Blickfeldes wahr, ein offenes Feuer vermutlich, und er glaubte, ein Gesicht beuge sich über ihn. Aber sein Blick war unscharf. Er öffnete den Mund, doch kein Ton kam heraus. Seine Kehle fühlte sich an, als habe er einen großen Becher voll flüssigen Feuers getrunken. Er dachte an Elinor. Wenn sie sich so gefühlt hatte, als sie sie von der Brunnenwinde geschnitten hatten, konnte er gut verstehen, warum sie lieber gestorben wäre. Er driftete wieder ab, und seine Augen fielen zu.

Als er das nächste Mal zu sich kam, hielt jemand einen Becher an seine Lippen. Er trank und stöhnte unwillkürlich. Es tat weh. Noch mehr flüssiges Feuer.

»Wenn es nach mir gegangen wäre, hätten wir dich hängen lassen«, brummte jemand über ihm.

Ja, das glaub' ich aufs Wort, dachte Robin erschöpft. Es war John Ball. Er antwortete nicht.

Ein zweiter Schatten trat hinzu. »Ist er wach?«

Ball richtete sich auf. »Ja. Er kann verstehen, was man sagt, aber vermutlich kann er nicht sprechen.«

Der zweite Mann kniete sich neben Robin ins Gras. »Wie geht es dir, Bruder?«

Robin richtete sich auf einen Ellenbogen auf. Ihm wurde schwindelig davon, und das Brummen in seinem Schädel drohte wieder anzuschwellen, aber so konnte er den Mann besser erkennen.

Gut, Bruder, bedenkt man die Umstände, hätte er gerne geantwortet, aber er nickte nur. »Wat Tyler?« krächzte er beinah unverständlich.

»Ja. Woher kennst du mich?«

Robin schüttelte lächelnd den Kopf. Er hatte geraten.

Tyler hielt ihm den Becher hin. »Trink. Es ist kühles Wasser, tut dir gut.«

Robin trank fügsam, obwohl er nicht wollte. »Wie steht es ... um die Stadt?«

»Schlecht. Ich habe schon seit heute morgen längst nicht mehr alle unter Kontrolle. In der Stadt tobt entfesselte Wut. Wenn du zum Savoy-Palast gehst oder, besser gesagt, dorthin, wo einmal der Savoy-Palast stand, kannst du sehen, was sie anrichten kann, diese Wut.«

Robin starrte ihn stumm an und nickte ihm zu fortzufahren.

Aber Tyler winkte ab. »Zerbrich dir nicht den Kopf. Nur ein Haus. Sei zufrieden, daß wir deinen famosen Duke nicht gefunden haben, auf den du so große Stücke hältst.«

»Woher ...?«

»Woher ich weiß, wer du bist? Wir kamen vom Savoy zurück, und da sagt dieser Spielmann, der bei uns war: ›Verflucht, seht euch das an, sie haben Burton aufgeknüpft, den einzig anständigen unter den verdammten Lords.‹ Er war ganz durcheinander. Er erzählte uns, daß du der einzige warst, der versucht hat, die Steuer zu verhindern. Also sahen wir nach, ob es sich noch lohnte, dich abzunehmen, und du ... röcheltest noch.«

»Spielmann?« krächzte Robin.

»Ja. Cedric Ivor. Guter Kerl.«

Robin sah sich suchend um, aber Tyler schüttelte den Kopf. »Er hat uns verlassen. Ich denke, es gefiel ihm nicht, wie die Dinge liefen. Zuviel Blut, hat er gesagt. Er hat gewartet, bis wir sicher waren, daß du durchkommst, dann ist er verschwunden.«

Gott segne dich, Cedric Ivor, dachte Robin dankbar. Ich hoffe, ich sehe dich wieder. »Bin ich deine Geisel?« erkundigte er sich.

Er stellte fest, daß er reden konnte, wenn er tonlos wisperte, es raspelte nicht so in seiner Kehle.

Tyler breitete die Arme aus. »Du bist frei zu gehen, wohin es dir gefällt. Aber noch wirst du kaum laufen können. Wenn du gehst, wirst du dem König etwas ausrichten? Unverfälscht?«

»Ja.«

»Mach ihm klar, daß er sich mit mir treffen muß. Ich garantiere für seine Sicherheit. Wenn er uns nicht anhört, weiß ich nicht, was sie tun werden. Sie vertrauen so sehr auf ihn. Sie haben ihre Hoffnungen auf ihn gesetzt. Diejenigen, die noch so etwas wie Hoffnung haben.«

Sie hoffen auf den Falschen, dachte Robin, und zum erstenmal fühlte er wirklich mit ihnen, mehr als nur Verständnis und Toleranz.

Tyler betrachtete ihn eingehend. »Glaubst du, daß alle Menschen gleich geboren sind und alle Kinder Gottes sind, keiner besser als der andere?«

Robin nickte.

»Ja, ich sehe, daß du das glaubst. Und wirst du … für uns eintreten und uns helfen? Dafür sorgen, daß er sich morgen mit mir trifft?«

Robin nickte wieder.

Tyler lächelte schwach. »Schlaf. Wenn es hell wird, wird dich jemand zum Tower begleiten.«

Robin winkte ab und setzte sich auf.

»Du kannst jetzt nicht gehen. Was, wenn sie dich wiedererkennen? Und du kannst der Wache am Tower nicht einmal das Losungswort geben.«

»Ich komm' schon hinein. Muß zurück. Warten auf mich.«

Tyler sah zweifelnd zu, während Robin leicht wankend auf die Füße kam.

»Fürchtest du, daß sie dich für einen Verräter halten, wenn herauskommt, daß du die ganze Nacht in unserem Lager warst?«

Robin schnitt eine Grimasse. »Alles möglich. Schleifen, Eingeweide rausreißen, vierteilen, nein danke. Mir reicht's vorläufig.«

Tyler nickte ernst. »Wenn wir uns in der nächsten Welt wiedersehen, werde ich dir erzählen, wie es gewesen ist, das Schleifen, Eingeweide rausreißen und Vierteilen«, sagte er leichthin.

Er macht sich wirklich nichts vor, dachte Robin. Und es kann nie schaden, immer mit dem Schlimmsten zu rechnen. Trotzdem ...

»Wenn du so sicher bist, daß du keine Chance hast ...« Er hustete trocken. »Flieh nach Schottland.«

»Nein, ich schätze, Gott hat sich etwas dabei gedacht, mich hierhin zu stellen.«

Immer gefährlich, diese Art von Vermessenheit, fand Robin. Aber er mochte Tyler gern. Er streckte ihm die Hand entgegen. »Viel Glück, Bruder.«

Tyler schlug ein. »Dir auch.«

Es wurde ein langer, sehr langer Weg. Es war Nacht und ruhiger als nachmittags; viele der Rebellen waren müde nach dem aufregenden Tag und vor allem vom erbeuteten Wein. Aber immer noch waren viele Menschen auf der Straße. Robin zählte auf seinem Weg achtzehn Leichen. Einen der Männer glaubte er an seinem Mantel als einen lombardischen Kaufmann zu erkennen, den er flüchtig kannte, aber sicher konnte er nicht sein. Keine der Leichen hatte noch einen Kopf. Alle achtzehn thronten vermutlich mit anderen irgendwo auf einem Marktplatz oder über der London Bridge.

Robin fühlte sich elend schwach, und seine Knie knickten dann und wann ein. Er ging langsam. Es war egal. Früher oder später würde er schon ans Ziel kommen. In East Cheap, gar nicht mehr weit vom Tower entfernt, mußte er seine Wanderung unterbrechen. Er fiel in den Straßenstaub und konnte nicht mehr aufstehen.

Lächerlich, dachte er wütend, stützte sich auf die Ellenbogen auf und versuchte, die Beine anzuziehen. Aber sie gehorchten ihm nicht. Schließlich näherten sich Schritte, kräftige Arme packten seine und hievten ihn hoch.

»Wohl einen zuviel gehabt, Bruder, was?«

Im Licht einer Fackel erkannte Robin eine Gruppe sehr junger Burschen, Lehrlinge irgendeiner Handwerksgilde. Einer hatte Mehl am Mantel. Bread Street, schloß Robin.

Als sie ihn sahen, machten sie große Augen, ein paar schreckten zurück.

»Mann, wer war das ...?«

»Sicher die verfluchten Flamen ...«

»Oder ist die Miliz aufmarschiert?«

Robin hob beschwichtigend die Hände. »Nur ein ... Mißverständnis. Keine Flamen. Keine Miliz.«

Sie beäugten ihn unsicher.

»Gebt ihm was zu trinken«, befahl einer, offenbar der Anführer.

Sie brachten ihn zu einer Taverne an der Ecke des Platzes. Hier war noch Betrieb. Einer verschwand innen im Gedränge, kam bald mit einem vollen Krug zurück und reichte ihn Robin einladend.

Gott, warum wollen alle, daß ich schlucke, dachte er erschöpft. Er trank pflichtschuldig. Der Krug wanderte herum, und sie redeten ohne Unterlaß, aufgeregt, durcheinander und mit unruhig strahlenden Augen. Offenbar waren sie den ganzen Tag dort gewesen, wo es hoch herging. So erfuhr Robin endlich, was sich im Savoy abgespielt hatte. Und die Anlagen im Temple waren letztlich auch nicht verschont geblieben. Kirche, Hospital und Robert Hales' Haus waren geplündert und in Brand gesteckt worden. Viele Häuser reicher Adeliger in Westminster waren in Flammen aufgegangen. Darunter auch seines, hörte Robin. Es kümmerte ihn nicht. Er hatte es nie betreten, in seiner Vorstellung war es immer die Domäne des alten Giles geblieben, wo er das Vermögen seiner Familie verpraßt hatte. Wenn Robin in London war, wohnte er im Savoy. Hatte er im Savoy gewohnt. Während sie berichteten, wie sie die Gefängnisse in der Fleet Street und in Westminster aufgebrochen hatten, spürte Robin etwas wie Energie zurückströmen.

Er stand versuchsweise auf. Es ging. »Danke, Brüder. Muß weiter.«

Sie wünschten ihm Glück und ließen ihn ziehen.

Die Brücke des Tower war erwartungsgemäß hochgezogen, aber im Wachhäuschen neben der Brücke brannte Licht. Robin nahm das kurze Messer aus seinem Stiefel und zog seinen Siegelring aus dem Beutel hervor, den er um seinen geschundenen Hals trug. Mit der Kordel, die seine Haare im Nacken zusammengehalten hatte, knotete er den Ring an den abgegriffenen Messerschaft, nahm

Maß und warf seine nicht ganz ungefährliche Botschaft durch die kleine Fensterluke in den Wachraum.

Drinnen erklangen junge, überraschte Soldatenstimmen. Dann wurde es sehr still, und Robin mußte eine lange Zeit warten.

»Wer ist da draußen?« verlangte eine energische Stimme auf der Brustwehr zu wissen.

Ich bin es, Salisbury, dachte Robin seufzend. Nur ich.

»Wer da?« wiederholte der Earl. »Gebt Euch zu erkennen, und nennt das Losungswort!«

Robin kam der unschöne Gedanke, daß sie auf die Idee verfallen könnten, sicherheitshalber ein paar Pfeile über den Graben zu schießen. Das wäre wirklich der Gipfel aller Ironien, wenn er hier, vor den Toren des Towers von einem Pfeil getroffen, dann endlich doch heute noch sterben sollte. Aber er konnte nicht rufen, selbst wenn, was durchaus möglich war, sein Leben davon abhing.

Plötzlich war eine schattenhafte Gestalt neben ihm. »Robin?«

»Henry?«

»Warum flüsterst du?«

Er antwortete nicht.

Der Mond kam hinter einer Wolke hervor, ein strahlender Halbmond, und sie konnten sich erkennen.

Henry nickte ihm lächelnd zu. »Die Lords benehmen sich wie eine Schar aufgescheuchter Glucken. Sie dachten, du seiest den Rebellen in die Hände gefallen, und die hätten deinen Ring genommen, um sich hier hereinzumogeln. Es gibt einen Geheimgang unter den Mauern und dem Graben hindurch, mit einer winzigen Ausfallpforte. Vater hat ihn mir einmal gezeigt. Ich konnte nicht glauben, daß sie dich geschnappt haben. Also hab' ich gedacht, ich seh' nach.«

Mutiger Junge, dachte Robin stolz. Er klopfte Henry dankbar die Schulter und folgte ihm zu der verborgenen Pforte zurück.

Ohne Licht schlichen sie langsam den Gang entlang, der weit unter der Halle des White Tower endete. Schweigend stiegen sie die Treppen hinauf, und als sie die Halle betraten, sagte Henry mit einem Lächeln in der Stimme: »Burton, Sirs. Der Mann selbst, und ohne Rebellenarmee.«

Salisbury und Kent, als einzige noch anwesend, starrten Robin sprachlos an. Henry wandte sich verwundert um, sah ihn zum erstenmal bei Licht und zog scharf die Luft ein.

Robin ging an ihm vorbei und setzte sich. Kent brachte ihm einen Becher Wein. »Was ist passiert?«

Robin schüttelte den Kopf. »Papier. Feder.«

Kent betrachtete ihn ungläubig, nickte und wandte sich um. »Henry, würdest du …?«

»Natürlich. Und ich hole Appleton.«

In Windeseile kam er mit Schreibzeug und dem sauertöpfischen Franziskaner zurück.

Dieser betrachtete Robin eingehend von Kopf bis Fuß. »Nun, Sir, es scheint, jedesmal, wenn es in dieser Stadt eine Revolte gibt, geht es Euch ans Leder.«

Robin sah ihn finster an. Er war keineswegs sicher, ob es eine so glückliche Fügung war, daß es von all den vielen Angehörigen aus Lancasters Haushalt ausgerechnet seinen Arzt in den Tower verschlagen hatte. Er nahm die Feder und schrieb. *Wo ist der König?*

»Er schläft«, antwortete Salisbury.

Dann laßt ihn schlafen. Was ich ihm zu sagen habe, hört er besser ausgeschlafen. Und es hat bis zum Morgen Zeit.

»Ich bitte um Verzeihung, Mylord«, unterbrach Appleton schneidend. »Wollen wir ignorieren, daß man Euch aufgehängt hat?«

Ich wäre sehr dankbar. Und ich will einen Schal. Ich bin es satt, daß jeder mich angewidert anglotzt.

Salisbury lachte glucksend, und dieses Mal ging der Earl of Kent selbst.

»Habt Ihr Atembeschwerden, Sir?« hakte der Arzt unbeirrt nach.

Kaum. Sie waren heute schon schlimmer, hätte er hinzufügen können, aber sein Sinn für Humor schien ihm so brüchig wie das Papier unter seinen Händen.

»Aber trinken wollt Ihr nichts, und Eure Stimme ist Euch abhanden gekommen?«

So ist es.

»Erlaubt Ihr, daß ich mir Euren Hals etwas näher ansehe?«

Wenn Ihr Euch etwas davon versprecht, bitte. Aber es ist sieben oder acht Stunden her, und ich schätze, ich komme durch.

Appleton streckte die Arme aus, ließ die weiten Ärmel seiner Kutte zurückfallen und befühlte Robins Hals mit Fingern, die sanfter waren, als er sie in Erinnerung hatte.

»Hm … Ja, ja, alles geschwollen … Habt Ihr Kopfschmerzen?«

Robin widerstand dem Impuls, den Kopf in die Hände zu stützen und zu kichern. Er nickte, aber winkte gleichzeitig ab. Die Kopfschmerzen waren nur noch ein leiser Nachhall.

Appleton ließ von ihm ab. »Nun, ich denke, die Schwellung wird in ein, zwei Tagen zurückgehen. Der schwarze Bluterguß um Euren Hals wird verblassen und dann verschwinden. Aber es war ein dünner Strick. Er ist tief ins Fleisch eingedrungen. Solltet Ihr es nicht wissen, Ihr habt einen blutigen Ring um den Hals. Ein Henkersmal. Und die Narbe davon wird Euch erhalten bleiben, bis diese unvollkommene Hülle stirbt und zu Staub zerfällt.«

Tja, nicht zu ändern, dachte Robin flüchtig. Es gefiel ihm nicht, aber es spielte keine große Rolle. Und niemand, schloß er, verstand sich so vortrefflich auf bedeutungsschwangere Schlußbemerkungen wie der Franziskaner William Appleton.

Er hatte die Halle kaum verlassen, als Robin einfach von der Bank kippte. Ohne einen Laut.

Salisbury las ihn auf. »Geht schlafen, Junge. Ihr habt für heute genug getan.«

Gleich.

»Wer war es? Die Bauern vom Land oder der Londoner Pöbel oder alle zusammen?«

Robin antwortete nur indirekt. *Niemand, der mit Lancaster in Verbindung steht, ist sicher.* Er sah Henry an, der an seiner linken Seite saß und ihn besorgt betrachtete. Er wußte nicht so recht, wie er ihm beibringen sollte, daß der Palast seines Vaters nur noch eine Ruine war, die Kostbarkeiten, all die zauberhafte Schönheit, die er enthalten hatte, nur noch Erinnerung.

Wenn Ihr mir eine halbe Stunde Zeit gebt, schreib ich Euch auf, was ich erfahren habe.

Henry schüttelte den Kopf. »Lieber morgen, Robin. Du siehst ernsthaft krank aus.«

Robin lächelte ihn an. *Aber ich lebe, Henry. Ich lebe.*

Kent kam endlich zurück. »Es ist verrückt, im ganzen Tower gibt es keinen Schal. Tut mir leid, Burton, das hier war alles, was ich auftreiben konnte.« Er hielt ihm ein Ungetüm aus cremefarbener Spitze entgegen. »Mit den besten Empfehlungen von Lady Waringham.«

Anscheinend zu Hunderten sind sie in den Palast eingedrungen. Sie klaubten an Bettzeug und Tapisserien zusammen, was sie finden konnten, brachten sie in die Halle und steckten sie mit Fackeln in Brand. Es wurde mehr zerstört als gestohlen, der Haß ist so groß, daß viele Lancasters Reichtum lieber symbolisch vernichten wollten, als ihn aufzuteilen. Die Möbel flogen durch die Glasfenster und wurden draußen von willigen Händen zu Kleinholz zerhackt. Schmuckstücke, Teller und Trinkbecher, alles wurde zermalmt und zertreten, die Überreste wurden unten am Ende des Parks in die Themse geworfen. Alle Bücher wanderten ins Feuer in der Halle, das sich schnell ausbreitete. Aus dem Keller brachten sie ein paar Fässer herauf, die sie für Vorrats- oder Weinfässer hielten und ins Feuer warfen. Es war Schießpulver. Die Explosion tötete viele und verwandelte den Palast in ein Flammenmeer. Ein paar der Rebellen hielten sich im Keller bei den Weinfässern auf, vermutlich waren sie inzwischen sehr betrunken. Die Flammen schnitten ihnen den Fluchtweg ab. Sie müssen verbrannt oder erstickt sein.

Tyler hat versucht, einen Rest Disziplin zu halten. Er ließ einen, den sie beim Plündern ertappten, vor aller Augen hinrichten. Aber es nützte nichts. Als der Savoy-Palast zerstört war, zogen sie zurück zum Temple, auf der Suche nach Sir Robert. Auch dort legten sie alles in Schutt und Asche.

Robin hielt erschöpft inne und reichte Salisbury den Bogen Papier.

Der Earl las schnell und mühelos. Dann sah er Henry an. »Schlimme Nachrichten für Euch, fürchte ich, mein Junge.«

Henry streckte die Hand aus. »Seid trotzdem so gut.«

Salisbury gab ihm Robins Bericht ohne Zögern und wandte sich wieder an den Verfasser. »Habt Ihr diesen Tyler gesehen?«

Robin nickte. *Ein kluger, besonnener Mann. Aber seine Aufgabe übersteigt seine Kräfte. Er hat die Revolte nicht mehr unter Kontrolle.*

»Was sollen wir also tun?«

Der König muß sich mit Tyler treffen. Ihre Beschwerden anhören. Tyler garantiert für seine Sicherheit.

»Eben sagtet Ihr noch, er habe die Kontrolle verloren.«

Aber wenn ein Treffen zustande kommt, wird er sein Wort halten.

Henry hatte den Raum abrupt verlassen, nachdem er Robins Aufzeichnung gelesen hatte. Jetzt kam er zurück, bleich, aber ruhig, setzte sich neben Robin und trank den verschmähten Wein.

»Ich war auf der Mauer. Eine große Zahl Rebellen lagert auf dem Tower Hill. Sie haben Lagerfeuer angezündet.«

Das Gesicht des Königs war schwer zu deuten, während er am nächsten Morgen Robins Bericht von der Zerstörung des Savoy-Palastes las. Es war eine grimmige, verschlossene Miene. Doch was der König zu verbergen suchte, schien Robin nicht Beunruhigung oder gar Angst, sondern Schadenfreude. Robin fand einen Verdacht bestätigt, den er schon lange gehegt hatte: Richard hatte es nie gefallen, daß der prachtvollste, höchst gepriesene Palast Englands nicht seiner gewesen war.

Die Zahl der Männer, die sich um ihn versammelt hatten, hatte sich vermehrt. Robin war erleichtert, als er Sir Robert Knolles unter ihnen entdeckte, jenen altgedienten Haudegen, der seit über zwanzig Jahren mit seinen handverlesenen Freischärlern zusammen der Alptraum aller Franzosen war, Englands Antwort auf du Guesclin, nicht in der Feldherren-, sondern in der Partisanenausführung.

Robin glitt neben ihn und lächelte ihm zu.

Knolles antwortete mit einem wissenden Grinsen. »Salisbury hat mir alles erzählt. Man sollte wirklich glauben, Ihr habt sieben Leben, Burton.«

Robin beschloß, es als Kompliment aufzufassen, und deutete eine Verbeugung an.

Knolles klopfte ihm lachend die Schultern.

Der König sah endlich von den Papieren in seinem Schoß auf und betrachtete Robin mißfällig. »Salisbury hat Uns die spärlichen Ergebnisse Eures Erkundungsganges übermittelt. Anscheinend seid Ihr ausnahmsweise einer Meinung mit Waringham. Ihr denkt also auch, Wir sollten Uns mit diesem Gesindel treffen?«

Robin sah Knolles hilfesuchend an. »Tyler«, brachte er krächzend hervor und nickte nachdrücklich.

Knolles verneigte sich in des Königs Richtung. »Er meint, Sire, dieser Tyler sei ein Mann, mit dem man verhandeln kann.«

Robin nickte dankbar.

Der König wirkte unentschlossen. »Also, Sirs? Sagt Uns Eure Meinung.«

Warwick, Salisbury und Kent tauschten unsichere Blicke. Sie alle waren gegen ein Treffen gewesen.

Schließlich sagte Salisbury nachdenklich: »Nun, es wäre der vielversprechendste Weg, die Revolte ohne weiteres Blutvergießen zu beenden. Ich schätze ... ich traue Burtons Urteil.«

Warwick, Kent und Knolles nickten.

Mortimer trat neben den König. »Mich stimmt es hingegen nachdenklich. Burton ist ein Sympathisant. Ich kenne ihn, seit er meines Vaters Stallknecht war, und ich vertraue seinem Urteil ganz und gar nicht.«

Alle sahen ihn pikiert an. Die Gesichter sagten deutlich, daß sie Mortimers Geschmack fragwürdig fanden. Die Lords murmelten unter sich.

Dann bemerkte Salisbury kühl: »Nun, Waringham, wir alle sind dank Eurer Mitteilsamkeit mit den verrückten Umständen wohl hinreichend vertraut, auf die Ihr anspielt, aber ich sehe nicht, wieso sie hier von Belang sein sollten. Und wenn der Earl of Burton sagt, der König sollte gehen, ist mir wohler dabei, als wenn Ihr es vorschlagt.«

Mortimer lief dunkelrot an, aber ehe er etwas erwidern konnte, hob der König die Hand.

»Also schön. Wir werden gehen. Schickt diesem Tyler einen Boten. Wir treffen ihn in ... Mile End. In einer Stunde. Und Wir sind für jeden dankbar, der Uns zu begleiten wünscht. Außer euch beiden«, schloß er mit einem eisigen Blick auf Robin und Henry. »Die Lancaster-Seite wollen wir wohl lieber aus dem Spiel lassen. Und jetzt laßt uns zur Frühmesse gehen.«

Es wurde still im Tower, nachdem der König mit seinem Gefolge aufgebrochen war. Sie richteten sich auf ein langes und banges Warten ein. Der junge Oxford überredete Henry, eine Partie Schach mit ihm zu spielen. Sie waren beide unkonzentriert, und Robin hätte auf Anhieb nicht sagen können, welcher von ihnen schlechter spielte. Die Damen hatten sich in den hinteren Winkel der Halle verzogen. Die Mutter des Königs war schneeweiß im Gesicht, ihre Hände schienen ein wenig zu zittern. Sie stand

Todesängste aus um ihr Kind. Nach wenigen Minuten legte sie ihr Stickzeug beiseite, mit dem sie den Anschein der Normalität hatte wahren wollen. Blanche saß ihr gegenüber auf einem niedrigen, gepolsterten Schemel und redete leise mit ihr. Immer noch lagerten viele Rebellen auf dem Tower Hill. Ihre Anwesenheit war durch ein gleichbleibendes Summen vieler Stimmen vernehmbar, das an ihren Nerven zerrte.

Am späten Vormittag schwoll das Summen bedrohlich an, und kurz darauf ertönte die schrille Sturmglocke des Towers.

Robin sprang entsetzt auf und zog Henry mit sich in die Höhe, um ihn irgendwo zu verbergen. Aber dazu war es schon zu spät. Ein junger Soldat stürzte in die Halle. Er hatte die Nerven verloren und weinte.

»Sie sind im Tower! Rebellen sind in den Tower eingedrungen!«

»Was ist mit dem König?« fragte Joan in die betroffene Stille hinein.

Der Soldat schüttelte wild den Kopf. »Wir wissen es nicht genau, Madame. Die Brücke war unten, weil wir auf seine Rückkehr warteten … Der Rebellenführer sagt, der König sei heil und unversehrt und habe Zugeständnisse gemacht …«

Oxford packte ihn an der Schulter und rüttelte ihn unsanft. »Ihr habt die Brücke *heruntergelassen*?«

Der Soldat wich vor ihm zurück. »Der König schickte einen Boten, er sei auf dem Rückweg. Da hat der Captain angeordnet …«

Oxford stieß ihn angewidert von sich. »Dann reiß dich zusammen und zieh dein Schwert, du Jämmerling. Los, geh auf deinen Posten und stirb für die Dummheit deines Captains!«

Der Mann wischte sich über die Augen und stolperte hinaus.

Sir Robert Hales, der Prior der Johanniter und Schatzmeister des Königs, erhob sich langsam und wandte sich an den Erzbischof von Canterbury.

Sudbury nickte ihm zu. »Gehen wir in die Kapelle.« Seine Stimme klang leise, wie verträumt.

Hales neigte den Kopf. »Werdet Ihr mir die Beichte abnehmen, Vater?«

»Natürlich.«

Henry trat zu ihnen. »Laßt mich nicht zurück, Sirs. Ihr könnt zuerst beichten, wenn Ihr wünscht, Hales, aber ... ich wäre gern der nächste.«

Robin legte ihm die Hand auf die Schulter. »Du bleibst hier.«

Henry schüttelte seine Hand ab. »Robin, der Name meines Vaters steht als erster auf ihrer Todesliste. Wenn sie mich finden, werden sie mich an seiner Stelle nehmen.«

»Sie werden dich nicht finden.« Er winkte einen der jungen Ritter heran. »Du mußt dich nur hinter uns verstecken.«

Henry lächelte dünn. »Das wird kaum helfen ...«

Robin nahm seinen Arm und führte ihn in einen Winkel des Raumes. Henry spürte an der Härte seines Griffs, daß es sich hier nicht um einen Vorschlag, sondern um einen Befehl handelte.

Und weil er seit frühester Kindheit gewohnt war zu tun, was Robin ihm sagte, verzichtete er ohne Protest auf das trostspendende Sakrament, das er so dringend gebraucht hätte, und vertraute sich ihm an. Der junge Ritter folgte, und zusammen stellten sie sich vor ihn.

»Und was immer passiert, bleib, wo du bist«, wisperte Robin rauh.

Er hatte kaum ausgesprochen, als die Rebellen die Halle erstürmten. Tyler war nicht bei ihnen, sondern ein flachsblonder Londoner Taugenichts führte sie an.

»Ja, was seh' ich denn hier? Einen Haufen schlotternder Lords, die sich in den Ecken herumdrücken. Wo ist der ehrwürdige Erzbischof, Mylords?«

»Was wollt ihr von ihm?« erkundigte sich Oxford, um die Aufmerksamkeit auf sich und weg von Robin zu lenken.

»Nichts weiter. Nur seinen Kopf.«

Die Rebellen lachten, und die nachfolgenden drängten die vorderen weiter in den Raum hinein.

»Hier ist er nicht«, erklärte der junge Earl ruhig.

Der Anführer packte ihn am Arm. »Wir werden ihn schon finden, du Grünschnabel.«

Oxford blieb besonnen. Er unternahm keinen Versuch, sein Schwert zu ziehen.

Der wilde Haufen verlor das Interesse an ihm und verteilte sich. Ein paar schlenderten mit blanken Klingen auf die Damen zu.

Ein grauhaariger Bauer in blutbefleckten Hosen verneigte sich spöttisch vor der Mutter des Königs. »Na, Herzblatt? Wie wär's mit einem kleinen Kuß für einen Helden des Volkes?«

Robin spürte eine wütende Faust im Rücken. Er machte einen unauffälligen Schritt rückwärts und drängte Henry tiefer in seine Ecke. Bleib in Deckung und duck dich, um Himmels willen, dachte er flehentlich. Laß uns wenigstens versuchen, dein Leben zu retten. Solange es geht. Um deinet- und deines Vaters willen. Er wird Trost brauchen, wenn er zurückkehrt ...

Es stand auf Messers Schneide. Die dreißig oder vierzig Aufständischen, die in die Halle vorgedrungen waren, sammelten sich bedrohlich um die Damen. Und wenn nur einer von ihnen seine Hand nach ihnen ausstreckte, würde das das Ende bedeuten. Sie würden eingreifen müssen. Jeder von ihnen. Und sie waren nur sieben, inklusive Henry.

Doch plötzlich scharrten vor der Halle viele Füße. »Wir haben sie! Wir haben sie! Kommt schon, sammelt euch, wir haben die Verräter ...«

Die Männer stürmten so Hals über Kopf hinaus, wie sie eingefallen waren. Joan erhob sich langsam, warf Oxford einen verstörten Blick zu und fiel ohne jede Grazie in eine echte Ohnmacht. Oxford und einer der Ritter hoben sie behutsam auf. Robin rührte sich nicht von der Stelle.

»Das beste wird sein, wir bringen sie über den Fluß aus der Stadt raus«, schlug Oxford unsicher vor. »Nach Kensington vielleicht?« schloß er mit einem fragenden Blick in Robins Richtung.

Robin nickte.

Oxford wandte sich an Blanche. »Ihr solltet mitkommen, Madame.«

»Nein danke, ich bleibe hier.« Ihre Stimme klang fest, beinah resolut.

»Wie Ihr wünscht.«

Sie brachten Joan hinaus. Vor der Halle war es ruhig geworden. Robin wandte sich zu Henry um, der ihn mit ausdrucksloser Miene betrachtete. Er nahm wieder seinen Arm, zerrte ihn beinah aus der Halle hinaus und die Treppen hinunter zum Eingang des Geheimganges. Er gestikulierte auf die Tür zu.

Henry nickte. »Schön. Ich werde mich verstecken, wenn du willst. Aber ich hoffe, heute ist das letzte Mal, daß du mich wie einen kleinen Bengel behandelst.«

Robin sah ihn ernst an und nickte. Er blieb, bis er sich versichert hatte, daß Henry sich verbarg, dann eilte er hinaus, um zu sehen, ob er noch irgend etwas retten konnte.

Die Rebellen hatten den ganzen Tower durchstöbert auf der Suche nach den »Verrätern«. Als sie Hales und den Erzbischof in der Kapelle fanden, ergriffen sie sie, ohne ihnen Gelegenheit zu geben, ihre Gebete zu beenden, und brachten sie hinaus auf den Hügel. Sie und den Franziskaner Appleton, den jemand als Lancasters Arzt und Ratgeber erkannt hatte. Sie zerrten sie an einem Baumstumpf auf die Knie. Sudbury war der erste, Hales der nächste. Ihre Köpfe rollten ein Stück hügelabwärts und blieben dann liegen. Die Augen des Erzbischofs starrten in den wolkenlosen Junihimmel über London.

Als Robin über die Brücke kam, hörte er den widerlichen Laut, mit dem eine scharfe Klinge durch Knochen fährt, dann rollte auch Appletons Kopf. Robin lehnte sich an den Torbogen, bekreuzigte sich und lauschte dem triumphalen Gejohle der Rebellen. Er blinzelte gegen die Sonne. Warum habt ihr das tun müssen? dachte er hoffnungslos. Jetzt ist alles verloren. Jetzt spielt es keine Rolle mehr, daß eure eine gerechte Sache war. Jetzt seid ihr nur noch Mörder ...

Der König kehrte nicht in den Tower zurück, sondern folgte seiner Mutter zur Wardrobe, einer eher unscheinbaren, nur unzureichend gesicherten Anlage außerhalb der Stadt am anderen Themseufer. Mortimer begleitete ihn.

Zurück kehrten indessen Salisbury, Warwick und Kent. Und nachdem sie ihren Schock über die drei Morde halbwegs verkraftet hatten, berichteten sie schließlich, wie das Treffen verlaufen war.

»Der König ist ein mutiger Mann«, stellte Kent fest, offenbar ein wenig verwundert über diese ungeahnte Eigenschaft seines Halbbruders.

»Ohne jede Furcht ritt er ihnen entgegen, und sie waren Tausende. Ehrlich, Burton, *Tausende*. ›Ich bin Euer Herr und König, was habt Ihr vorzubringen?‹ rief er ihnen zu. Die Anführer nannten ihre Forderungen. Abschaffung der Leibeigenschaft und des Frondienstes. Alle Bauern sollen freie Pächter werden. Und er stimmte zu. Einfach so, als sei es eine Kleinigkeit. Er versprach, daß dreißig Schreiber sich umgehend an die Arbeit machen sollten, um die Urkunden auszufertigen, wenn sie im Gegenzug zusicherten, daß sie aus der Stadt abziehen und nur zwei Repräsentanten aus jedem Distrikt zurückbleiben, um die Urkunden nach Fertigstellung nach Hause zu bringen. Sie berieten kurz, willigten ein und jubelten ihm zu.«

Robin legte ihm kurz die Hand auf den Arm. »Ihr sagt, er hat die Leibeigenschaft abgeschafft?«

Kent hob die Schultern. »Er hat ihnen sein Wort gegeben. Und er hat wirklich angeordnet, daß die Schreiber diese Urkunden ausstellen.«

»Fraglich, ob seine Zusage ohne Parlamentsbeschluß gültig ist«, wandte Warwick nervös ein.

»Er konnte in der Situation gar nichts anderes tun«, sagte Salisbury. Dann knüpfte er an Kents Bericht an: »Als nächstes forderten sie, daß die, die sie Verräter nennen, bestraft werden. Der König wich diplomatisch aus. Er sagte, es solle Gerechtigkeit geben, aber mit ordentlichen Prozessen. Das gefiel ihnen nicht, aber sie blieben ruhig. Die ersten von ihnen brachen schon Richtung Aldgate auf, um in die Stadt zurückzukehren. Jetzt wissen wir, zu welchem Zweck«, schloß er bitter.

Robin hatte Henry aus dem Geheimgang befreit, nachdem die Rebellen den Tower verlassen hatten und die Brücke eingezogen worden war. Sie wechselten einen besorgten Blick.

Henry seufzte. »Ein paar werden Richard vielleicht glauben und abziehen. Aber die meisten werden denken, daß es zu einfach war.«

Er hatte völlig recht. Die gutgläubigeren der Männer vom Lande verließen die Stadt erleichtert, aber die Anführer blieben, und der Londoner Mob kroch nicht zurück in seine Rattenlöcher. Im Gegenteil. Die Stadt erlebte einen alptraumhaften Tag von Anarchie und Gewaltherrschaft. Heute richtete sich der Zorn vor allem gegen Ausländer. Über zweihundert Flamen wurde abgeschlachtet, allein fünfunddreißig wurden aus der St.-Martinus-Kirche im

Weinhändlerviertel geschleift, wo sie Zuflucht gesucht hatten, und enthauptet. Überall flammten neue Brände auf. Hin und her gerissen zwischen Siegestaumel und Zweifeln wüteten die Rebellen in der Stadt.

Robin und Henry standen kurz nach Mitternacht auf der Mauer und sahen nach East Cheap hinüber.

»Robin, die Stadt steht in Flammen.«

»Nein, nein. Eine brennende Stadt sieht anders aus. Sie leuchtet orange, wie Glut, und sie erhellt den Nachthimmel. Das hier sind nur einzelne Häuser und große Holzfeuer.« Seine Stimme erholte sich allmählich.

»Und daß dein Londoner Haus abgebrannt ist, kümmert dich nicht im mindesten, nein?«

Robin schüttelte den Kopf. »Daß das Haus, das ich als mein Londoner Zuhause angesehen habe, abgebrannt ist, bekümmert mich sogar sehr. Wenn ich dir ganz ehrlich und aus tiefster Seele die Wahrheit sagen soll: Es trifft mich mehr als die Ermordung des Erzbischofs.«

»Mich auch. Vor allem wegen Vater. Er hat das Savoy ... geliebt.«

»Und du?«

Henry hob leicht die Schultern. »Man konnte kaum anders, nicht wahr? Soviel Schönheit läßt einen nicht unberührt. Aber ich habe nicht die Gabe meines Vaters, mich an weltlicher Schönheit so rückhaltlos zu erfreuen. Es ist *vanitas* ... Sünde. Er kann einfach darüber hinwegsehen. Ich nicht.«

»Nein, ich weiß.«

Fernes Waffenklirren und Schreien drang zu ihnen auf den stillen Hügel herauf.

Henry regte sich unruhig. »Gott, werden sie niemals müde?«

»In einer Stunde vielleicht. Dann sollten sie hinreichend betrunken sein, daß der Stadt eine Atempause vergönnt wird.«

»Und morgen?«

»Das weiß ich wirklich nicht, Henry. Ich denke, das liegt bei Tyler, dem König und Gott.«

»Tja. Ich schätze, ich geh' in die Kapelle.«

»Tu das.«

Henry nahm die Hände von der Mauerbrüstung und wandte

sich ab. »Es kann wohl nicht schaden, wenn ich Gott für deinen breiten Rücken danke. Du … hast mir das Leben gerettet, Robin«, seine Stimme klang gepreßt.

»Dazu bin ich da«, erwiderte Robin leichthin.

Er ging nicht zu ihrem Quartier zurück, sondern stattete Blanche einen Besuch ab. Es war unklug und riskant, man konnte nie wissen, wer in dieser unruhigen Nacht noch auf war. Aber er konnte nicht anders.

Sie schien weder verärgert noch erstaunt. Sie stand neben der Wiege, als er lautlos eintrat, sah auf und lächelte.

Er legte einen Arm um ihre Schulter und warf einen kurzen Blick auf das schlafende Kind. Der kleine Mortimer hatte dichte, fast schwarze Locken und ein Gesicht wie ein Cherub. Robin unterdrückte ein Seufzen, wandte den Blick ab und küßte ihre Stirn. »Was ist aus seiner Amme geworden?«

»Ich hab' sie schlafen geschickt. Ich wollte ihn bei mir haben, für den Fall, daß sie den Tower angreifen.«

»Das werden sie nicht. Trotzdem. Du hättest mit Joan die Stadt verlassen sollen.«

»Ich wollte aber da sein, wo du bist.«

Er zog die Brauen hoch und grinste. »Irgendwer wird uns erwischen, und der Bauernaufstand wird eine Lappalie sein im Vergleich zu dem Skandal, den es gibt.«

Sie machte sich los. »Sag doch so was nicht …«

Er folgte ihr zum Tisch hinüber und legte die Hände um ihre Taille. »Entschuldige. Was ist das?« Er streckte eine Hand aus, um den Papierbogen aufzuheben, der neben einem Weinbecher lag. »In einer Nacht wie heute liest du Gedichte?«

Sie antwortete nicht. Robin las. Es war ein höchst seltsames Gedicht, perfekt in der Form, makellose französische Reime in elfsilbigen Verspaaren, aber ungewöhnlich schwer und melancholisch im Ton. Ein Gedicht von einer brennenden Stadt, und ein Liebender beklagte die Unerreichbarkeit seiner Angebeteten, von der er nicht einmal träumen konnte, weil die Schreie der Sterbenden draußen den Schlaf von ihm fernhielten. Und erst in der letzten Strophe erkannte Robin, daß das Gedicht ihn hinters Licht geführt hatte: Es war keineswegs die sehnsuchtsvolle Klage eines höfischen Ritters, sondern die einer Dame. Er legte das Blatt zurück.

»Blanche … das hast *du* geschrieben?«

Sie senkte den Blick. »Es ist nur dummes Zeug.«

»O nein. Das ist es nicht.« Er legte wieder beide Arme um sie und küßte ihren Scheitel. »Du hörst nie auf, mich zu überraschen. Warum genierst du dich?«

»Ich weiß nicht. Ich habe noch nie jemanden meine Gedichte lesen lassen.«

»Tatsächlich nicht? Ich bin geehrt.« Er strich ihr über den gesenkten Kopf. Er war immer noch ein bißchen benommen von der traurigen Schönheit ihrer Verse.

»Du bist nicht schockiert?«

Er lachte verblüfft. »Wieso sollte ich schockiert sein?«

»Na ja … ich hatte befürchtet, du könntest es albern finden. Vor allem, weil ich eine Frau bin.«

Sie sah ihn an, und er hatte diesen Gesichtsausdruck noch nie gesehen, so gänzlich schutzlos und ausgeliefert. Es schnürte ihm die malträtierte Kehle zu.

»Nein, Blanche. Wie könnte ich es albern finden? Hältst du mich für einen Holzkopf?«

»Nein, meistens nicht.«

Er lächelte und streifte mit den Lippen über ihre Wange. »Warum ist dein Gedicht so traurig?«

»All meine Gedichte sind traurig. Ich weiß nicht, warum, es ist einfach so. Offenbar fallen mir nur traurige Verse ein.«

Er öffnete ihr Kleid und strich mit der Hand über ihre Brust. Sie sprachen nicht mehr. Er hob sie auf, setzte sie auf der Tischkante ab, schob ihre Röcke hoch und liebte sie so behutsam und sanft, wie er konnte. Es machte ihn hilflos, daß sie unglücklich war, und auf hilflose Weise zornig. Seinen eigenen, nagenden Kummer konnte er leichter ertragen als das, was er in diesem Gedicht gelesen hatte.

Er blieb bis kurz vor Tagesanbruch bei ihr, aber sie redeten nicht mehr viel. Es hatte keinen Sinn, immer wieder dieselben Dinge zu sagen. Sie waren wie Gefangene, unfähig, die Dinge zu ändern. Als er ging, schenkte sie ihm das Gedicht.

Am frühen Samstag morgen kehrte der König in die Stadt zurück. Er machte Station in Westminster und hörte dort die Messe, dann ritt er weiter nach London. Niemand begegnete ihm feindselig. Im Gegenteil, die Rebellengruppen, auf die er und seine Begleiter hier und da trafen, standen Spalier und jubelten ihm zu. Aber ihre Ehrenbezeugungen besserten seine Stimmung nicht.

»Also, Mylords? Es scheint, Unsere Zugeständnisse haben wenig erreicht. Die Rebellen haben keineswegs Frieden gehalten, Gott verdamme ihre Seelen. Euer Rat war falsch, Burton.«

Robin neigte den Kopf und täuschte schweigsame Reue vor. Sein Rat war der gleiche gewesen wie Mortimers. Vielleicht hatten sie sich beide geirrt. Unmöglich zu sagen, wie die Nacht verlaufen wäre, wenn die Rebellen in voller Zahl und gänzlich unbeschwichtigt in London gewütet hätten. Aber er gab zu, daß er von Tylers Disziplin enttäuscht war.

Richard wandte sich mit einer verächtlichen Grimasse von ihm ab und sprach zu der ganzen Versammlung. »Wir wollen es noch einmal versuchen. Schickt Tyler Nachricht, daß Wir ihn noch einmal zu sehen wünschen.«

Die Lords murmelten beunruhigt.

»Aber, Sire«, wandte Salisbury stirnrunzelnd ein. »Es ist heute viel gefährlicher als gestern. Sie haben den Erzbischof von Canterbury ermordet, sie könnten sich ebensogut gegen Euch wenden.«

Richard schien verblüfft. »Gegen Uns? Aber Wir sind der König!«

»Dennoch, Sire ...«

Richard wedelte den Einwand brüsk beiseite. Er schien selbstsicherer als noch am Tag zuvor. »Sie werden Uns kein Leid tun. Sie vertrauen Uns. Sie *lieben* Uns.«

»Trotzdem«, beharrte Knolles unbeeindruckt. »Erlaubt mir, meine Männer zusammenzuziehen.«

»Und laßt uns die Miliz aufrufen«, stimmte Bürgermeister Walworth zu. »Sie haben inzwischen jedes Gefängnis in der Stadt aufgebrochen. Alles räuberische Pack hat sich ihnen angeschlossen. Die, die politische Absichten verfolgten, sind mit Euren Urkunden zufrieden auf dem Heimweg. Die, mit denen wir es jetzt noch zu tun haben, sind militante Gewalttäter.«

Der König schien sich über ihre Besorgnis zu amüsieren. Vielleicht hatte er noch nicht so recht zur Kenntnis genommen, daß sie seinen Kanzler und seinen Schatzmeister ermordet hatten. Vielleicht kümmerte ihn das Schicksal der vielen Flamen und Lombarden nicht, die in der Nacht umgekommen waren.

»Also bitte, zieht Eure Leute zusammen. Aber kein Einschreiten ohne Unsere Zustimmung.«

Das zweite Treffen fand in Smithfield statt, auf dem Platz vor dem St.-Bartholomäus-Hospital. Der König hatte nur eine kleine Abordnung mitgebracht. Tyler, der auf der Westseite des Platzes Aufstellung genommen hatte, führte eine Armee an. Zehntausend, schätzte Robin. Wenigstens. Er ließ den Blick über die endlosen Reihen der abgerissenen, meist bärtigen Gestalten schweifen. Ihre graublaue Bauernkleidung war wie eine Uniform. Und sie wogten nur so in der Morgensonne; ein beängstigendes Bild.

Robin hatte nicht sofort verstanden, warum der König ihn dieses Mal mitgenommen hatte. Möglicherweise, um ihn für seinen fehlgeschlagenen Rat vom Vortag zu bestrafen. Robin hielt das durchaus für denkbar. Als er die Masse der entschlossenen Rebellen auf der anderen Seite des Platzes betrachtete, überlief es ihn eisig. Sie waren so viele. Und sie dürsteten immer noch nach Lancaster-Blut. Wenn sie das nicht haben konnten, würden sie sich nicht mit dem eines Lancastrianers zufriedengeben? Natürlich würden sie das. Deswegen hatten sie Appleton umgebracht, und letztendlich hatten sie ihn selbst deswegen aufgehängt. Er schluckte unwillkürlich bei der Erinnerung. Nichts war so dazu geeignet, einem Furcht vor dem Tod durch Erhängen einzuflößen, wie ein ausgiebiger Vorgeschmack, mußte er feststellen. Und er war keineswegs sicher, daß sie nicht heute vollenden würden, was sie vorgestern begonnen hatten. Dafür hatte Richard ihn mitgenommen. Für den Fall, daß die Rebellen nach einem Opfer verlangten. Und Tyler würde ihn nicht retten können.

Bürgermeister Walworth ritt über die freie Platzmitte zu den Aufständischen hinüber und bat Tyler und seine Abordnung zu Verhandlungen auf die andere Seite. Tyler, hohlwangig und offenbar argwöhnisch, rief nach seinem Pferd und befahl seinen Leuten, Ruhe zu bewahren. Doch für den Fall, daß es ein Hinterhalt sei, sollten sie nicht zögern, jeden außer dem König zu töten.

Mit zwei Begleitern und dem Bürgermeister ritt er auf die Handvoll Männer auf der Ostseite des grünen Feldes zu. Sein Pferd war ein unscheinbarer Ackergaul, noch viel müder als er selbst. Vor dem König hielt er an und saß ab. Von einem seiner Begleiter nahm er einen Holzbecher und reichte ihn dem König zum Willkommen.

Richard schüttelte leicht angewidert den Kopf. »Nein danke.«

Tylers Brauen zogen sich unwillig zusammen. Er nahm einen tiefen Zug aus dem verschmähten Becher, ließ den König keinen Moment aus den Augen, setzte ab und spuckte beiläufig auf den Boden. Dann gab er den Becher zurück und saß wieder auf.

»Also?« fragte er den König kühl.

»Was sind eure Bedingungen für einen sofortigen Abzug?«

Tyler schien erstaunt. Er schüttelte langsam den Kopf. »Wir wollen nicht abziehen. Aber sei guten Mutes, Bruder. Niemand will dir schaden. Du bist der König und ein Freund der kleinen Leute. Meine Männer vertrauen dir. Dir wird kein Leid geschehen, auch wenn wir hier das Kommando übernehmen.«

Die Lords waren regelrecht erstarrt. Das Ausmaß seiner Frechheit schien einen jeden von ihnen in eine steinerne Statue verwandelt zu haben. Ihre Gesichter sind beinah komisch, dachte Robin flüchtig und unterdrückte ein nervöses Lachen.

Der König ließ sich seine Konsterniertheit nicht anmerken. »Was wollt ihr denn noch?«

»Eine generelle Amnestie. Abschaffung der Jagdgesetze. Abschaffung der Gerichtsgewalt der Lords. Alle Männer müssen vor dem Gesetz gleich sein mit Ausnahme des Königs.«

Richard schüttelte langsam den Kopf. »Du mußt doch wissen, daß ich dem nicht ohne Billigung eines Parlamentes oder wenigstens meines Kronrates zustimmen kann.«

Tyler zuckte mit den Schultern. »Dann hol sie dir. Ohne diese Zusage werden wir die Stadt nicht verlassen, Bruder, ich schwör's bei Gott.«

»Bastard«, murmelte einer der jungen Ritter in Richards Gefolge. »Wie kann es sein, daß der König sich solcherlei von einem verdammten Strauchdieb bieten lassen muß?«

Er hatte leise gesprochen, aber die plötzliche Stille trug seine Stimme bis zur Abordnung der Rebellen.

»Was hast du gesagt?« erkundigte Tyler sich leise.

Der Ritter biß die Zähne zusammen und schwieg, aber Tyler hatte ihn nur zu gut verstanden. Er ritt auf die Gruppe um den König zu.

»Komm heraus. Niemand nennt mich einen Strauchdieb! Ich bin ein Soldat des Königs. Komm heraus!«

Nein, Tyler, dachte Robin angstvoll, nein, du mußt es übergehen. Es spielt doch keine Rolle, wie er dich nennt. Jetzt ist der Moment, da sich alles entscheidet.

Doch Wat Tyler war der Geringschätzung der Oberschicht allzu überdrüssig. Erst in den vergangenen Tagen, seit er so viele Geschichten von so vielen Männern gehört hatte, hatte er begriffen, wie systematisch der Adel ihn und seinesgleichen kleingehalten, ausgebeutet und gedemütigt hatte. Außerdem war er müde, so schrecklich müde, und so hoffnungslos überfordert. Mit einemmal verlor er jeden Sinn für das Wesentliche. Er wollte nur diesem aufgeblasenen Ritter mit seinem Dolch die Luft ablassen …

Er drängte sein Pferd zwischen die Reiter des königlichen Gefolges. Niemand rührte sich; niemand wagte, sich zu rühren. Außer Bürgermeister Walworth. Er brachte sein Pferd zwischen Tyler und den unbedachten Ritter und sagte ruhig: »Steckt Eure Waffe ein, und reitet zurück, Tyler, sonst muß ich Euch festnehmen. *Ich* regiere diese Stadt.«

Tyler richtete seinen so lange beherrschten Zorn gegen den Bürgermeister, schloß die Faust noch fester um den Dolch und stach auf ihn ein.

Walworth blieb unbeeindruckt. Er trägt ein Kettenhemd unter der Kleidung, ging Robin auf. Dann zog der Bürgermeister von London ohne erkennbare Eile sein Schwert und strich damit von vorn über Tylers Hals und Schultern.

Der Dolch fiel Tyler aus der Hand. Noch im Sattel krümmte er sich, und Blut schoß aus der Wunde. Der junge Ritter aus Richards Gefolge preschte mit gezogenem Schwert vor und rammte es zweimal in Tylers Oberkörper.

Tyler zuckte unter den Schwertstößen und brach stöhnend über dem Hals seines mageren Gauls zusammen. Das Pferd wieherte unruhig. Tyler krallte beide Hände in die Mähne und stemmte sich langsam hoch. Über die Schulter rief er: »Verrat!«

Und noch einmal, aber kaum mehr als ein Flüstern: »Verrat.« Dann sackte er vornüber.

Die Rebellen auf der Westseite des Platzes schrien wütend auf und liefen aufgeregt durcheinander. Dann formierte sich in der vorderen Reihe eine beinah gerade Linie. Bögen wurden sichtbar, Pfeile wurden eingelegt.

Der König drückte seinem Pferd die Fersen in die Seiten und ritt ein paar Längen vor. Er hob gebieterisch die Hand, Handfläche nach außen, und rief: »Männer von England! Seht mich an. Ich bin euer König. Wollt ihr wirklich eure Waffen auf mich richten? Wollt ihr euren König töten? Wozu? Ich werde von nun an euer Führer sein. Vertraut mir. Von mir sollt ihr bekommen, was ihr wünscht. Ich werde euch nicht im Stich lassen. Und nun folgt mir hinaus auf die Felder.«

Ohne Eile wendete er sein Pferd und ritt an St. Bartholomäus vorbei. Er sah sich kein einziges Mal um. Wat Tyler stürzte endlich vom Pferd, und in der unheimlichen Stille schien der Aufprall seines Körpers unglaublich laut, aber noch immer schossen die Rebellen ihre Pfeile nicht ab. Sie zauderten. Ein paar unsichere Stimmen riefen: »Lang lebe König Richard!« Und sie setzten sich in Bewegung und folgten dem König langsam hinaus nach Clerkenwell. Beinah schamvoll gingen sie an ihrem gefallenen Führer vorbei, die meisten brachten es nicht einmal fertig, ihn anzusehen.

Robin blieb zurück, saß ab und trat auf ihn zu.

Tyler lag gekrümmt auf der Seite, das Gras unter ihm war naß und bräunlich von seinem Blut. Seine Augen waren geöffnet.

Robin hockte sich zu ihm herunter. »Wir sollten zusehen, daß wir dich ins Hospital hinüberschaffen ... Bruder.«

»Wozu?«

»Dort wird sich ein Priester finden.«

»Ja.« Seine Augen wollten zufallen, aber er riß sie mit einem großen Willensakt wieder auf. »Meine Frau ... meine Tochter.«

»Wo finde ich sie?«

»Barnston. Kent.«

»Sei unbesorgt. Ich werde mich um sie kümmern.«

Tyler hustete, und ein dünner Blutsfaden lief aus seinem Mund. »Ich würde es trotzdem wieder tun«, murmelte er trotzig, vielleicht mehr, um sich selbst zu überzeugen. Robin legte ihm die Hand auf die Schulter. Aber er war schon bewußtlos.

Robin winkte zwei junge Bauern heran. »Bringt ihn hinüber ins Hospital.« Er wies auf das Gebäude am Nordrand des Platzes.

Die beiden Burschen sahen ihn unentschlossen an.

Robin machte eine ärgerliche, auffordernde Geste. »Na los. Ich weiß, ein gefallener Feldherr ist kein schöner Anblick, aber das schuldet ihr ihm wohl, oder?«

Sie nickten beschämt, packten den leblosen, großen Körper unter den Achseln und an den Füßen und hoben ihn an, als sei er eine Strohpuppe.

Robin saß auf, um dem König zu folgen. Als er über die Schulter zurücksah, kamen die ersten Soldaten und Bannerträger die Straße hinauf.

Sir Robert Knolles hatte in aller Eile eine Schlachtaufstellung ausgearbeitet. Mit den Männern der Stadt verfügte er nahezu über sechstausend Leute. Er teilte sie in Gruppen ein, und aus drei verschiedenen Richtungen zogen sie auf und kesselten die Rebellen auf dem Feld von Clerkenwell ein. Knolles bahnte sich einen Weg durch ihre Reihen hindurch, bis er beim König angelangt war, der mit John Ball und ein paar anderen Rebellenführern redete.

Knolles unterbrach Ball mitten in einer seiner zornigen Ansprachen.

»Mit Verlaub, Sire, wir sind in Stellung gegangen. Wir warten nur auf Euer Kommando, um diesem Gesindel eine Lektion zu erteilen, die es nie vergessen wird.« Er sah sehr grimmig aus.

Der König lächelte milde. »Habt Dank, Sir Robert. Aber das wird wohl kaum nötig sein. Diese Männer haben sich Uns anvertraut, Wir dürfen sie nicht verraten. Wir sind sicher, jetzt werden sie die Stadt friedfertig verlassen.«

Er hatte recht. Es gab keinen nennenswerten Widerstand. Obwohl zahlenmäßig immer noch überlegen, fielen die Rebellen vor Richard auf die Knie und dankten ihm für seine Großmut. Sie hatten schon gewußt, daß ihre Sache verloren war, als Tyler fiel, vielleicht schon vorher. Sie hatten nicht genug Kampfgeist übrig, um den hervorragend bewaffneten und trainierten Männern von Sir Robert Knolles etwas entgegenzusetzen.

Robin sah beklommen zu, während die Männer vom Lande sich ergaben und ihre Waffen ablieferten, kleinlaut. Er sah, wie die Londoner Halsabschneider sich aus Smithfield davonstahlen, um in ihre vertrauten Bezirke der Stadt zurückzukehren. Das ist das Ende, dachte er traurig. Das Ende der gerechten Sache, die mit so viel Hoffnung und so viel Mut begonnen hatte. Nichts war übrig. Vor seinen Augen zerfiel alles zu Staub. Nur eine kleine Schar von Rebellen am Ostrand des Feldes stellte sich zum Kampf, kaum mehr als zwanzig. Ihr Anführer war ein alter, weißhaariger Mann, der mit irrer Entschlossenheit einen dicken Knüppel schwang. Robin sah scheinbar teilnahmslos zu, wie nur fünf von Sir Roberts Männern es mit ihnen aufnahmen, die Männer entwaffneten und den Anführer gefangennahmen. Fünf Tage später hängten sie Stephen in Tyborn.

Unterdessen trennten die Regierungstruppen die Bauern in Gruppen und setzten sie Richtung London Bridge in Marsch, während Bürgermeister Walworth mit ein paar Getreuen das Bartholomäus-Hospital stürmte und den halbtoten Tyler hinauszerrte. Auf der sonnenbeschienenen Wiese rammte er ihm das Schwert mitten ins Herz.

Die Stadt atmete auf. Die Große Revolte war vorüber, und sie feierten den jungen König als ihren Retter und Helden. Es würde einige Zeit vergehen, bis die Spuren der Zerstörung verschwanden; ausgebrannte Ruinen standen wie schwarze Mahnmale überall in den Straßen und auf den Plätzen. Aber die Geschäfte öffneten wieder, die hölzernen Barrikaden wurden von Fenstern und Toren entfernt. Kinder liefen wieder durch die Straßen, Bäckersfrauen priesen in der Bread Street ihre Ware an, in The Shambles wurde wieder geschlachtet.

Robin saß mit Henry und Geoffrey Chaucer in dessen Haus in Aldgate um einen blankgescheuerten Tisch herum, jeder einen Becher vor sich. Vor dem weitgeöffneten Fenster stand ein zweiter, mit Papieren überhäufter Tisch, auf den helles Sonnenlicht schien.

»Das wäre also überstanden«, murmelte Chaucer seufzend. »Was für eine fürchterliche Geschichte.«

»Überstanden, für London, ja«, erwiderte Robin. »Geoffrey, wo ist Eure Schwägerin?«

»Katherine?« Der Dichter hob vielsagend die Schultern. »Sie ist verschwunden, als die Unruhen losbrachen.«

»Es wird ihr doch nichts zugestoßen sein?« fragte Henry ängstlich.

Chaucer lächelte ihn an. »Sicher nicht, Mylord. Wenn es eine Dame gibt, die sich zu helfen weiß, ist es Lady Katherine Swynford.«

»Und Ihr habt wirklich keine Idee, wo sie stecken könnte?« hakte Robin nach.

»Vielleicht schon. Wozu wollt Ihr sie finden?«

»Um sie und Henry nach Norden zu bringen. Wer kann schon wissen, welche Nachrichten Lancaster erhalten hat? Er wird froh sein, wenn er die, die ihm teuer sind, wohlbehalten wiedersieht.«

»Ihr solltet Euch lieber um die Herzogin kümmern«, bemerkte Chaucer säuerlich.

Robin schüttelte den Kopf. »Sie ist nicht hier. Sie hat die Stadt Richtung Norden verlassen, ehe die Rebellen eindrangen. Sie wird irgendwo auf eines der nördlichen Güter gegangen sein.«

»Hm. Also, wenn ich Katherine finden wollte, würde ich sie in ihrem Haus in Leicester suchen. Ein kleines, unscheinbares Haus unweit der Marienkirche. Er hat es ihr vor Jahren gekauft.«

Ein Liebesnest, dachte Robin und unterdrückte um Henrys willen ein süffisantes Grinsen.

»Dann werden wir es dort zuerst versuchen. Ach, und noch etwas. Ich habe keinen einzigen meiner Männer hier. Aber ich brauche einen verläßlichen, sehr diskreten Boten.«

»Wozu?«

Robin erklärte es ihm.

Chaucer starrte ihn an, als habe er den Verstand verloren. Dann schüttelte er den Kopf. »Das werdet Ihr schon selbst tun müssen. Hier werdet Ihr niemanden finden, der dazu bereit ist.«

»Aber ich habe keine Zeit, und ich habe es ihm versprochen. Seine Frau und Tochter sind doch schließlich völlig unschuldig an dem, was passiert ist.«

»Trotzdem. Man braucht Tylers Namen nur zu erwähnen, und jeder anständige Mann in London spuckt Galle.«

Henry war nur mäßig erstaunt, daß Robin es auf sich nehmen wollte, sich um die Hinterbliebenen von Wat Tyler zu kümmern. Er hatte vieles über Robin gelernt in den letzten Tagen, vieles erst jetzt wirklich verstanden. Und er war völlig seiner Meinung: Tylers Familie war hilflos und in größter Not, jeder Gutsbesitzer, jeder Adelige, der unter der Revolte gelitten hatte, konnte auf die Idee verfallen, sein Mütchen an ihnen zu kühlen. Sie waren schutzlos ausgeliefert, und das weckte Henrys immer noch unkorrumpierte Ritterlichkeit.

»Du brauchst niemanden zu finden, dem du so weit trauen könntest, Robin«, sagte er langsam.

Robin sah ihn an. »Aber ...«

»Du mußt nur einen Boten finden, der deiner Schwester einen versiegelten Brief bringt. Ihr schreibst du, sie soll Tylers Frau und Tochter nach Waringham holen. Niemand dort wird wissen, wer sie sind. Auf dem Gestüt wären sie sicher, bis du dich ihrer annehmen kannst.«

Robin dachte kurz nach. Dann nickte er lächelnd. »Du hast recht. Das ist die Lösung.«

Chaucer machte eine einladende Geste auf seinen Schreibtisch zu. »Bitte, bedient Euch. Schreibt Euren Brief, und ich werde noch heute einen Boten finden.«

»Das ist sehr großzügig von Euch, Sir.«

»Hm. Ich denke, es kann nicht schaden, wenn Ihr so bald wie möglich nach Norden aufbrecht. Es gefällt mir nicht, wie still es dort oben geworden ist. Seit Tagen haben wir keine Neuigkeiten gehört.«

Am Morgen des siebzehnten verließen sie den Hof und die Stadt. Sie ritten wieder ohne zusätzliche Begleitung und ohne jede kostbare Ausrüstung. Robin trug sein gevierteltes Wappen, Henry eine einfache, ungekennzeichnete Rüstung aus schlecht poliertem Stahl. Wer ihn nicht kannte, mochte ihn für einen jungen, nicht sehr wohlhabenden Ritter aus Robins Gefolge halten.

In Leicester fanden sie tatsächlich Katherine Swynford. Sie hatte sich in ihrem Haus regelrecht versteckt, die Angst der Stadtbevölkerung vor einer Revolte gegen Lancastrianer war so groß gewesen, daß sie sich nicht vor die Tür gewagt hatte. Sie hatte noch nichts davon gehört, daß der Bauernaufstand vorbei war.

Robin konnte sie beruhigen. »In London herrscht wieder Ruhe, Madame.«

»Gott sei Dank.«

»Wo ist Lancaster?«

Sie schüttelte langsam den Kopf. »Ich wünschte, ich wüßte es. Ich warte seit Tagen vergeblich auf Nachricht. Der letzte Brief kam aus Berwick, vor über zehn Tagen. Die Verhandlungen mit den Schotten waren gut verlaufen und beinah abgeschlossen. Scheinbar soll es endlich ein ernstgemeintes Waffenstillstandsabkommen geben. Aber seitdem habe ich nichts mehr gehört.«

Robin war beunruhigter denn je. »Nun, irgendwo muß er sein, also werden wir ihn früher oder später auch finden. Wenn Ihr auf Personal und Komfort verzichten könnt, nehme ich Euch mit.«

Sie fiel ihm um den Hals und blinzelte zwei Tränen weg. »Zu Fuß und in Lumpen, Robin, wenn Ihr darauf besteht.«

Nach wenigen Minuten war sie reisefertig. Ohne Verzögerung verließen sie die Stadt.

»Was ist mit Constancia?« fragte Katherine pflichtschuldig.

»Sie ist in Knaresborough, heißt es«, berichtete Henry.

Katherine verzog das Gesicht. »Der düsteren alte Kasten mit dem löchrigen Dach.«

Robin nickte. »Trotzdem. Richard Brennand ist der Kastellan, und er würde sie notfalls mit blanken Fäusten verteidigen. Nein, ich denke, die Herzogin ist dort gut aufgehoben. Wir reiten nach Pontefract. Dann nach Tutbury oder Tickhill. Und wenn wir ihn da nicht finden, weiter nach Bamburgh und Berwick.«

Aber sie hatten kein Glück. Ihre Suche glich einer kolossalen Fuchsjagd. Wohin sie auch kamen, war Lancaster oder einer seiner Begleiter unmittelbar vor ihnen gewesen, immer verpaßten sie ihn knapp.

»Und wo wollte er hin?« fragte Robin den Steward in Berwick enttäuscht.

»Vor vier Tagen ist er aufgebrochen, um sich mit Northumberland zu treffen.«

Robin unterdrückte ein Stöhnen. »Wo?«

»Alnwick, Mylord.«

Robin bedankte sich und lehnte eine Einladung zum Essen ab. Er unterzog seine beiden Begleiter einer kritischen Musterung. »Könnt Ihr noch weiter, Lady Katherine?«

»Selbstverständlich.«

»Henry?«

»Dumme Frage.«

»Also bitte. Wir rasten hier zwei Stunden.«

Pferde und Reiter waren vollkommen erschöpft, als sie auf Northumberlands Burg eintrafen. Trotzdem weigerte sich der Earl, sie zu empfangen.

»Was hat das zu bedeuten?« fragte Henry den jungen Ritter empört, der ihnen die Nachricht überbrachte.

»Das kann ich nicht sagen, Mylord.«

Robin ging einfach an ihm vorbei auf die Tür zu, durch die er gekommen war.

Der Ritter machte einen Satz und stellte sich ihm in den Weg. »Ich sagte doch, Ihr könnt nicht hinein, Mylord.«

Robin legte die Hand an das Heft seines Schwertes. »Willst du deinen Kopf darauf wetten?«

Er wollte offenbar nicht. Er starrte Robin mit offenem Munde an, und Robin betrat ungehindert die kleine Halle, in der Northumberland sich für gewöhnlich aufhielt.

Er durchquerte den Raum mit langen Schritten und war schon bei ihm angelangt, als der fettleibige Earl sich gerade erst ächzend aus seinem Sessel erhob.

»Was fällt Euch ein, Burton …«

»Wo ist er?« unterbrach Robin.

»Wie soll ich das wissen?«

»Er ist von Berwick aus hierhergekommen.«

»Nein, Ihr seid falsch informiert. Er war nie hier.«

»Nein«, bestätigte eine laute Stimme von der Tür her. »Weiter als bis zum Tor ist er nicht gekommen.«

Robin sah kurz über die Schulter. Hotspur schlenderte gemächlich in ihre Richtung. Sein zynisches Lächeln machte sein Jungengesicht alt, und er hatte ein böse geschwollenes blaues Auge.

Northumberland fegte an Robin vorbei seinem Sohn entgegen. »Hab' ich dir nicht gesagt, daß ich dich heute nicht mehr sehen will?«

Hotspur verschränkte die Arme. »Schon möglich. Aber als ich hörte, wer zu Besuch ist, beschloß ich, Eure Anweisung zu mißachten und mich zu vergewissern, daß Ihr die Wahrheit nicht allzusehr mit Füßen tretet, verehrter Vater. Wenn Burton fort ist, könnt Ihr mir ja auch noch aufs andere Auge hauen, wenn es Euch erleichtert, nur dieses Mal könnte ich eventuell zurückschlagen.«

Gott, mach, daß keiner meiner Söhne mich jemals so verachtet, dachte Robin flüchtig.

»Was ist passiert?« fragte er Hotspur.

»Wir hatten einen Spion unter den Rebellen in London. Er brachte Nachricht, daß sie den Savoy-Palast dem Erdboden gleichgemacht hatten, den Erzbischof und den guten alten Hales ›hingerichtet‹, und daß der König Zugeständnisse machte. Da fuhr meinem Vater, dem ruhmreichen Northumberland, die Angst gar mächtig ins Gedärm …«

»Henry!« donnerte der Earl wutentbrannt.

Hotspur fuhr fort, als habe er ihn nicht gehört: »Er fürchtete, es könne politisch unklug sein, weiterhin mit Lancaster zu verkehren, den das jetzt herrschende Lumpenpack einen Verräter nennt, und verwehrte ihm kurzerhand unsere Gastfreundschaft.«

Northumberland hob abwehrend die Hände. »So war es nicht. Der Bischof von Hereford schickte mir einen Brief, in dem er sagte, es sei besser für Lancaster, eine Weile in Deckung zu bleiben. Und ich dachte, bei mir suchen sie ihn zuerst …«

Robin sah ihn sprachlos an. Er wußte nichts zu sagen. Ihm fiel kein Wort ein, das ausgereicht hätte, um Northumberlands schändlichen Verrat zu umschreiben, keine Beschimpfung, die so gemein hätte sein können wie sein Handeln an dem Mann, dem er alles verdankte, was er war.

»Wo ist er?« fragte er noch einmal leise.

Northumberland antwortete nicht. Hotspur wiegte den Kopf hin und her. »Vielleicht solltet Ihr es in Edinborough versuchen.«

»In *Schottland*?«

Hotspur nickte. »Lancaster und der schottische Thronfolger, der Earl of Carrick, sind wirklich gute Freunde geworden während der letzten Monate. Ich weiß, daß Carrick und Douglas ihn eingeladen haben, als die ersten Gerüchte von Unruhen uns erreichten.«

Robin war erschüttert. »Das heißt … Ihr meint, er ist ins Exil gegangen?«

»Das Vernünftigste, was er tun konnte«, murmelte Northumberland.

Robin fuhr zu ihm herum. Für einen Moment mußte er gegen einen gewaltigen Drang angehen, sein Schwert zu ziehen und den unbewaffneten Northumberland niederzumachen. Er ballte seine Hände zu Fäusten, um sie besser unter Kontrolle zu haben.

»Zu dumm, Northumberland. Euer Spion ist zu früh nach

Hause gekommen. Die Revolte ist niedergeschlagen. Ich trage einen Brief des Königs bei mir, der Lancaster der unveränderten königlichen Gnade versichert und ihn dringend nach London bittet. Ihr seid zu früh umgekippt. Und jetzt möchte ich sehen, wie Ihr Eure Haut rettet …«

Northumberlands Gesicht war gräulich weiß geworden. Er fiel schwerfällig in seinen Sessel zurück und senkte seinen großen Kopf.

Robin nickte Hotspur zu. »Wollt Ihr uns begleiten?«

Der junge Percy warf einen kurzen Blick auf seinen Vater und schüttelte bedauernd den Kopf. »Ich kann nicht.«

»Nein. Aber wenn ich ihn finde, werde ich ihm sagen, wie ich die Dinge hier vorgefunden habe.«

Hotspur lächelte traurig und verneigte sich knapp. »Ich danke Euch, Mylord.«

Robin erwiderte sowohl das Lächeln als auch die Verbeugung.

Edinborough war eine laute, lebendige Stadt voller Kaufleute, Priester und Huren, nicht so grundlegend anders als London. Und als sie auf der Burg eintrafen, fanden sie dort eine buntgemischte Menge aus Damen und Höflingen auf zwei großen Tribünen, Knappen und Ritter und Pferde standen in kleinen Gruppen vor farbenfrohen Pavillons. Der Thronfolger, Robert Earl of Carrick, und sein Ehrengast, John of Gaunt, Duke of Lancaster *et cetera*, standen sich in der Bahn für den letzten, entscheidenden Gang gegenüber. Als die Neuankömmlinge die Wiese betraten, verließ Lancaster seine Position, galoppierte ihnen entgegen und senkte vor der Dame die Lanze. Mit einem Lächeln knotete sie ihren staubigen Seidenschal daran fest. Lancaster verneigte sich, ritt zurück in die Bahn, und auf ein Zeichen des Schiedsrichters preschte er Carrick entgegen.

Robin beobachtete nur sein Pferd. Mach mir keine Schande, Ticius, mein Junge, vergiß nicht, was ich dir beigebracht habe. Und Ticius machte ihm Ehre. Er zauderte nicht und behielt einen gleichmäßigen Schritt bei, beschleunigte unaufhaltsam und trug seinen Reiter sicher ans andere Ende. Es brauchte drei Durchgänge, bis Lancaster den schottischen Thronfolger endlich aus dem Sattel hob. Er siegte dank seiner größeren Erfahrung, seiner gefährlicheren Waffenführung und, dachte Robin zufrieden, dank des besseren Pferdes.

Das schottische Publikum applaudierte fair, aber ohne echten Jubel.

Lancaster verneigte sich vor dem Richterpavillon, vor seinem Gegner, der leicht benommen auf die Füße kam, und vor den Zuschauern. Ohne erkennbare Hast ritt er zu seinem Zelt zurück.

Dort erwarteten sie ihn.

Er saß ab und schob das Visier hoch. Seine schwarzen Augen sahen sie nacheinander eindringlich an. »Gott sei gepriesen, er hat mich doch nicht verlassen«, murmelte er. Dann schüttelte er den Kopf. »Nicht hier, geht hinein. Ich komme, so schnell ich kann.«

Robin arrangierte unauffällig, daß Katherine allein in Lancasters Quartier auf ihn wartete. In der Zwischenzeit besichtigten er und Henry die gewaltige Burganlage, Robin schwatzte ein paar Soldaten in einer Wachstube einen Krug Bier ab. Es war schwierig. Nicht, weil die Männer geizig waren, sondern weil sie sich nicht verständigen konnten. Was sie redeten, hatte wenig Ähnlichkeit mit der englischen Sprache. Als sie mit dem Krug schließlich zurück in den Burghof kamen, trafen sie auf Leofric und feierten ein freudiges Wiedersehen.

Am frühen Abend schickte der Herzog nach Robin. Henry war dort. Er saß mit seinem Vater an einem Ende eines großen Tisches.

Robin sah sich anerkennend um. »Der Earl of Douglas hat mich darüber aufgeklärt, daß Ihr der mutigste und edelste aller Engländer seid, Mylord, nahezu gut genug, um als Schotte durchzugehen. Ich sehe, sie haben Euch dementsprechend untergebracht.«

»Nicht wahr? Und ich könnte mich durchaus an Schottland gewöhnen ...«

Sie lächelten sich wissend an.

»Seid Ihr überzeugt, daß meine Frau wohlbehalten in Knaresborough ist, Robin?«

»Ja, Mylord.«

»Gut. Aber wir wollen sie nicht länger dort ausharren lassen als nötig, nicht wahr?«

»Ich werde mich darum kümmern, wenn Ihr wünscht.«

»Nein, ich denke, das sollte ich wohl anstandshalber selbst tun.«

Henry stützte die Hände auf die schwere Tischplatte, stand langsam auf und schnitt eine Grimasse, während er die Schultern kreisen ließ. »Wenn Ihr erlaubt, würde ich mich gern zurückziehen, Vater. Ich könnte ein Jahr schlafen.«

Lancaster nickte. »Ja, das glaube ich. Geh nur, Junge.«

Als Henry den Raum verlassen hatte, veränderte sich Lancasters Gesicht. Es war beinah so, als falle eine Maske.

»Setzt Euch zu mir, mein Freund. Wenn Ihr so gütig sein wollt, würde ich mich gerne mit Euch betrinken.«

Robin nahm Henrys freigewordenen Platz ein. »Warum nicht.« Er adoptierte Henrys Becher und füllte ihn und den des Herzogs aus einem mittelgroßen Krug.

»Vorsicht, Robin, es ist kein Wein. Ein gräßliches Gebräu aus Roggen und Malz. Es brennt einem Löcher in die Kehle.«

»Wir werden um so schneller ans Ziel kommen.«

Sie hoben die Becher und tranken. Kein Trinkspruch auf England, fiel Robin auf.

Er fand, das schottische Gebräu hatte eine ähnliche Wirkung wie ein Strick um den Hals. Es schnürte ihm die Luft ab. Er hustete, und Lancaster grinste. Er schien inzwischen einige Übung zu haben und trank ohne erkennbare Mühe.

»Danke für das Leben meines Sohnes, Robin.«

»Dankt mir nicht. Es wäre nie in Gefahr gewesen, wenn ich ihn nicht nach Süden gebracht hätte.«

»Das war kaum vorherzusehen. Nicht einmal ich habe geahnt, was passieren würde. Und ich habe immer geglaubt, in England könne es kein Hornissennest geben, von dem ich nichts weiß.«

»Hm. Ihr hattet Eure Spione nicht in Hütten und Katen.«

»Nein.« Er schenkte nach. Seine beringte Hand war ruhig und zielsicher, aber an seinen Augen erkannte Robin, daß Lancaster betrunkener war, als er ihn je gesehen hatte. Vermutlich war dieser hier nicht der erste Krug, schloß er.

»Auf keinem Eurer Güter ist es zu ernstlichen Unruhen gekommen, Mylord. Weder im Süden noch im Norden. Hier und da sind ein paar Gerichtsrollen verbrannt worden, aber wohl eher, um die Nachweise unbezahlter Geldbußen zu vernichten. Die Gelegenheit war günstig, man kann es den Leuten kaum verdenken. Aber *Eure* Bauern haben sich nicht gegen Euch erhoben.«

»Das ist wunderbar ironisch, denkt Ihr nicht auch? Aber wie dem auch sei, Ihr hattet recht, Robin. Es ist passiert, was Ihr immer prophezeit habt.«

»Ich wünschte bei Gott, ich hätte mich geirrt.«

»Ja, das will ich glauben.« Er betrachtete das beinah verheilte Mal um Robins Hals und schien leicht zu schaudern. »Wie konnte es passieren, daß Ihr der Meute in die Hände fielt?«

»Es war der Wunsch des Königs, daß ich in die Stadt gehe, um die Lage zu erkunden.«

»Und die Lage war düster.«

»Angespannt«, stimmte Robin zu.

Lancaster lächelte nicht. »Und der König?«

Robin überlegte einen Moment. Dann sagte er, was er dachte. »Er hat mich vollkommen überrascht. Uns alle, nehme ich an. Seine Besonnenheit und sein Mut haben uns an dem Morgen in Smithfield das Leben gerettet. Sowohl die geschlagenen Rebellen als auch die Londoner haben ihn als ihren Helden bejubelt. Er hat klug und umsichtig gehandelt, beinah weise. Ohne ihn wäre alles noch viel schlimmer geworden.«

Lancaster sah ihm in die Augen. »Ihr meint also, es hat sich gelohnt?«

»Das ist eine schwierige Frage, Mylord. Hat es sich gelohnt, daß Ihr alle unbequemen Entscheidungen auf Euch genommen habt, damit der Name Eures Neffen unbefleckt blieb? Damit alle die, die nur das Offensichtliche sehen können, den König als gütigen, heldenhaften Herrscher feiern können, während sie Euren Palast in Schutt und Asche legten und Eure Gefolgsleute umbrachten? Ich weiß es nicht. Das könnt nur Ihr entscheiden.«

»Der Preis war zu hoch. Aber wenn es Richards Position gesichert hat, war das Prinzip richtig.«

»Ich schätze, das hat es. Er ist als Junge mit dieser Revolte konfrontiert worden, und er ist als König daraus hervorgegangen. Ein König, den das Volk liebt.«

Lancaster fuhr sich kurz mit der Hand über die Augen. »Gott sei Dank dafür, dann war wenigstens nicht alles umsonst. Und wenn dieses Erlebnis wirklich das Wunder bewirkt haben sollte, aus einem verzogenen Bengel einen Plantagenet zu machen, wird der Bauernaufstand sich auf lange Sicht vielleicht als ein Segen für England erweisen.« Er nahm einen tiefen Zug.

Robin hatte Mühe, an dieses Wunder zu glauben, aber das sagte er nicht. Lieber wollte er Lancaster seine Illusionen lassen, bis er sich von dieser Reihe von Schicksalsschlägen erholt hatte. Er zog den Brief des Königs aus seinem Beutel und reichte ihn über den Tisch. »Er erbittet dringend Eure Rückkehr.«

Lancaster überflog das Schreiben mit Augen, die nicht mehr mühelos den Zeilen folgen konnten. »Er erbittet nicht, er befiehlt.«

Robin nickte. »Der Ton ist höflich, verglichen mit dem, den wir während der Revolte im Tower gehört haben. Der König ist höchst selbstbewußt geworden.«

Lancaster zog eine Braue hoch. »Ich hatte nie den Eindruck, daß es ihm an Selbstbewußtsein mangelt. Aber ich weiß, was Ihr meint ...«

»Wann brechen wir also auf?«

»Ich weiß nicht. Ich habe keine Lust mehr, Robin. Ich will die Ruine des Savoy nicht sehen. Ich will London nicht sehen. Den König nicht, den Kronrat auch nicht, und am allerwenigsten meinen alten treuen Freund Northumberland.«

»England hat Euch selten dringender gebraucht als gerade jetzt, Mylord.«

»Oh, sicher. Und meine Träume von der spanischen Krone waren wieder einmal eitel. Enrique ist tot, sein Sohn ist ein unfähiger Schwächling, und seht mich an. Hier verkrieche ich mich vor dem englischen Pöbel in Schottland, verraten und verkauft von dem Mann, den ich für einen meiner treuesten und mächtigsten Verbündeten hielt, und auf einen Wink des Königs soll ich herbeispringen? Ha.«

»Nein, nicht weil er es will. Um Euretwillen. Um Henrys willen. Und um Northumberland zu zeigen, was Lancasters Zorn ist.«

Lancaster lächelte böse. »Ja. Das könnte mich reizen ...«

Robin trank. Man gewöhnte sich schnell an dieses schottische Gift, stellte er fest. »Und vielleicht gehen wir nächstes Jahr nach Kastilien.«

»Oder übernächstes«, murmelte der Herzog bissig.

»Was macht das schon. Jetzt haben wir so lange gewartet ...«

»Ja. Und immer haben Englands Interessen uns abgehalten. Es

hatte immer den Anschein, als würde England ohne unsere unermüdlichen Bemühungen untergehen, nicht wahr, Robin?«

»Ja.«

»Hm. Vielleicht sollten wir es sinken lassen. Und kalt lächelnd zusehen.«

Robin schüttelte ärgerlich den Kopf. »Meine Güte, nimm dich zusammen, John Plantagenet.«

»Wie war das?«

Sie sahen sich verwirrt an, zu betrunken, um sich dessen sicher zu sein, was sie gesagt und gehört hatten.

Robin machte eine weitausholende Geste und fiel beinah vom Stuhl. Teufel, ich bin voll, dachte er staunend. Vielleicht war sein Körper zu müde, zu ausgelaugt, um diese Mengen an Alkohol zu beherbergen. Er dachte, daß ihm früher oder später wohl schlecht werden würde ...

»Was hast du eben gesagt, Robin?«

»Ich sagte ... ich meinte ... Ich weiß nicht mehr.«

»Komm schon.«

»Laß uns nicht untergehen, John.«

»Nein, sei unbesorgt. Ich rede nur so daher.«

»Dann ist gut.«

»Robin.«

»Mylord?«

»Ich bin müde.«

»Ja, ich weiß.«

»Wenn du wirklich meinst, daß ich morgen aufbrechen muß, dann will ich jetzt schlafen gehen.«

»Ist gut. Schlaf. Und gräme dich nicht länger. England wird dir einen Empfang bereiten, der dich für deinen Kummer entschädigt ...«

Robin erinnerte sich später nicht an seine gelallte Weissagung, aber er hatte völlig recht gehabt. Von der Grenze bis nach London zollten sie Lancaster Beifall und überhäuften ihn mit Ehren. Jede Stadt, jede Grafschaft schickte eine beeindruckende Abordnung, um ihn willkommen zu heißen und ihm sicheres Geleit zuzusichern. Äbte und Lords und Stadtväter begrüßten und bewirteten ihn auf das herzlichste. Lancaster war sichtlich besänftigt, und mit beißendem Hohn erwiderte er eine Botschaft des Earls of Northumberland, der ihm für seine Reise nach Süden Begleitschutz offerierte. In Yorkshire, an einer Flußbrücke nahe der kleinen Stadt Northallerton, trafen sie auf die Herzogin Constancia und ihr spärliches Gefolge. Es wurde eine Wiedervereinigung von untypischer Herzlichkeit. Und der Erzbischof von York empfing sie unter größten Ehren in seinem Palast.

Leofric kehrte endlich nach Hause zurück, aber Robin hatte keine Ruhe, um einen Abstecher nach Burton zu machen. Er schickte lediglich nach Oswin und Fitzroy, die sich ihm in Leicester anschlossen. Dann ritten sie weiter bis Reading, wo sich innerhalb weniger Tage ein großer Rat, fast ein Parlament, versammelte.

Zumindest oberflächlich war die Begegnung zwischen Lancaster und dem König herzlich und einvernehmlich. Richard schloß seinen Onkel in die Arme, versicherte ihn öffentlich der königlichen Gunst und ernannte ihn zum Obersten Richter über alle Strafverfahren, die es im Zusammenhang mit der Revolte noch geben würde. Nur die Augen des Königs und ein verkniffener Zug um seinen Mund verrieten, daß Lancaster ihm in Wirklichkeit gar nicht so willkommen war, daß er sich der Führung durch seinen mächtigen, dominanten Onkel entwachsen fühlte.

Nachdrücklich unterstützte Richard Lancasters Anschuldigungen gegen Northumberland. In der Versammlung kam es zu erbitterten Worten zwischen Duke und Earl, und schließlich schmetterte Lancaster dem kurzatmigen Northumberland seinen Handschuh vor die Füße.

Sieh an, dachte Robin gallig, ich durfte nicht, aber du darfst …

Der Earl of Salisbury bemühte sich um eine Vermittlung. Auch der Earl of Arundel, einer der mächtigsten Adeligen des Südens, der allgemein großes Ansehen genoß, versuchte, Frieden zu stiften. Sie fürchteten, daß England in der derzeitigen labilen Situation an einem Zwist zwischen zwei der mächtigsten Adelshäuser zerbrechen könnte. Aber Lancaster war zu zornig, wie zuvor überschattete ein Gefühl von verletzter Ehre seine Vernunft. Erst als die beiden Lords ihn auf Knien anflehten, beruhigte er sich. Vielleicht beschämen sie ihn, dachte Robin grinsend. Jedenfalls bat er sie eilig, sich zu erheben, und stimmte zu, seine Klage ordnungsgemäß vor dem nächsten Parlament vorzubringen.

Von Reading aus zogen sie weiter nach London. Nur von Robin begleitet, ritt Lancaster im Morgengrauen aus der Stadt, um die Ruine seines Palastes anzusehen. Lange starrte er darauf, und auf dem Rückweg verbarg er das Gesicht im Schatten seiner Kapuze. Bis zum Abend war er für niemanden zu sprechen.

Nachdem die Rebellen die Stadt verlassen hatten, fühlte der König sich bald wieder sicher. Und mit dem Gefühl von Sicherheit erwachte sein Zorn gegen die Aufständischen, die sich erdreistet hatten, seine Hauptstadt zu erobern und ihn unter Druck zu setzen. Er vergaß die huldvollen Zugeständnisse, die er in Mile End und Smithfield gemacht hatte. Ein königlicher Erlaß wurde verkündet, der die Richter und Sheriffs anwies, unter Anwendung jedweder notwendiger Maßnahmen die letzten Rebellengruppen auf dem Lande zu zerschlagen und die Ordnung wiederherzustellen. Jedwede notwendige Maßnahme bedeutete, daß geltendes Recht nicht unbedingt zu beachten war. Jedwede notwendige Maßnahme bedeutete Vergeltung und Folter. Jack Straw, der dem Gerücht nach Wat Tylers rechte Hand gewesen war, wurde noch in London festgenommen und verhört. Man befragte ihn über die Ziele und Absichten der Revolte. Man befragte ihn eindringlich. Bevor er starb, berichtete Jack Straw, Tyler habe vorgehabt, den König als Geisel zu nehmen und mit diesem gewaltigen Druckmittel in der Hand alle Adeligen und Würdenträger im Lande zu zwingen, ihre Machtbefugnisse aufzugeben. Dann, wenn die Entmachtung durchgeführt war, sollte England in mehrere selbstverwaltete Bauernrepubliken aufgeteilt werden. John Ball sollte Erzbischof von Canterbury werden, Tyler der »König« von Südengland. Und König Richard, wenn er seine Rolle als Geisel ausgespielt hatte, sollte getötet werden.

Robin war nicht sicher, ob er diese wilde Geschichte glauben sollte. Er glaubte eher, daß Jack Straw zum Schluß einfach gesagt hatte, was sie hören wollten.

Der streitbare, exkommunizierte John Ball stiftete in den ersten Julitagen hier und da noch ein wenig Unheil, indem er versuchte, der toten Rebellion neues Leben einzuhauchen, und somit weiteres vollkommen sinnloses Blutvergießen provozierte. In Coventry wurde er endlich gefaßt und in St. Albans vor Gericht gestellt. Erwartungsgemäß zeigte er keinerlei Reue. Als ehemaligem Priester gewährte der Richter ihm zwei Tage, um seinen Frieden mit Gott zu machen, bevor sie ihn hängten, ihm die Eingeweide herausrissen und ihn vierteilten.

Des Königs Halbbruder John Holland und der Bischof von Norwich führten Bewaffnete durchs Land, machten Anführer ausfindig und sammelten die königlichen Urkunden ein. Der König selbst brach ebenfalls auf, um versprengte Rebellenhaufen zu vernichten. Mit einer ansehnlichen Schar Soldaten, darunter Sir Robert Knolles' gefürchteten Helden, zog Richard durch Essex und Kent, um den letzten, verzweifelten Widerstand zu brechen. In Waltham in Essex sammelte sich eine Gruppe Mutiger, die den König an seine Zusagen von Mile End erinnerten.

Richard erwiderte brüsk, daß diese Zusagen unter Zwang erwirkt worden und daher ohne rechtliche Gültigkeit seien.

»Leibeigene seid ihr, und Leibeigene sollt ihr bleiben!« verkündete er eisig.

Lancaster wollte so bald wie möglich nach Norden zurückkehren, erst nach York, einem der wenigen Orte im Norden, wo es zu Unruhen gekommen war, um dort sein Richteramt auszuüben, dann auf verschiedene seiner Güter. London, gestand er Robin, machte ihn rastlos. Jetzt, da er hier kein Heim mehr hatte, stieß die Stadt ihn mehr ab denn je. Er hatte nicht vor, den Savoy-Palast wieder aufzubauen. Henry würde seinen Vater begleiten. Sie zusammen zu sehen war Robin die einzige Freude in diesen düsteren Tagen, Vater und Sohn schienen zu einem neuen, tiefen Einvernehmen gefunden zu haben. Ende August brachen sie auf, und Robin nahm Abschied, um nach Waringham zu gehen, seiner Geliebten einen Besuch abzustatten und sein Kind und seine Schutzbefohlenen, Tylers Familie, nach Hause zu holen.

Die Stimmung in Waringham war erwartungsgemäß niedergeschlagen. Jetzt, wo der große Traum von Freiheit und Umsturz in Rauch aufgegangen war, zitterten sie vor Mortimers Rückkehr.

»Wenn sie zusammenhalten, kann ihnen nicht viel passieren«, sagte Oswin zuversichtlich. »Waringham kann sie ja nicht alle für de Grays Tod bestrafen.«

»Doch«, erwiderte Agnes düster. »Er wird einen Weg finden.«

»Trotzdem, auf lange Sicht sind sie ohne diesen Bastard besser dran. Sie haben es schon ganz richtig gemacht.«

Robin gab ihm recht, aber das sagte er nicht. »Ist irgendwer aus Waringham mit den Rebellen nach London gegangen?«

Conrad nickte. »Heathers Bruder Mick und unser Bert. Von Bert haben wir nichts gehört, Mick ist John Hollands Männern in die Hände gefallen. Sie haben ihn aufgehängt.«

Robin dachte kurz nach. »Dann sollten die Leute Mortimer einhellig sagen, Mick habe de Gray getötet. Es wird sich nicht gut anfühlen, aber es wird für alle das beste sein.«

Gernot, der auf dem Gestüt zum Essen zu Gast war, runzelte die Stirn und seufzte schließlich. »Du hast recht, Robin. Ich sorge dafür.«

»Wann wird Mortimer zurückerwartet?« fragte Robin betont gleichgültig. Aber es war ihm nicht gleichgültig. Ehe Mortimer nicht zurückkam, würde auch Blanche nicht nach Hause kommen.

»Ich habe gehört, daß er den König auf diesem ... Vergeltungszug begleitet«, sagte Fitzroy.

»Ja, das sieht ihm ähnlich«, murmelte Conrad. »Du solltest nicht auf ihn warten, Robin. Um Tylers Familie willen. Man kann nie sicher sein, daß sie nicht durch irgendeinen bösen Zufall erkannt werden.«

Robin antwortete nicht gleich. Er war nicht sicher, ob er nicht vor Enttäuschung und Sehnsucht eingehen würde, wenn er Blanche nicht sah, bevor nach Norden ging. Das nächste Parlament war im November. Das schien ewig lang hin. Und er konnte nicht einmal sicher sein, daß Mortimer seine Frau mitbringen würde ...

»Na schön«, sagte er leise. »Brechen wir morgen auf.«

Conrad betrachtete ihn einen Moment. Dann legte er ihm kurz die Hand auf den Arm. »Agnes und ich werden euch begleiten.«

Robins Gesicht hellte sich merklich auf. »Tatsächlich? Du willst endlich nach Schottland?«

»Der Zeitpunkt ist günstig, nicht wahr. Dieser ist der erste ernstgemeinte Waffenstillstand seit Jahrzehnten. Und ich will Elinor wiedersehen und meinen Schwiegersohn und meine Enkel kennenlernen, und William und seine Familie in York besuchen.«

Robin nickte lächelnd. »Du hast viel vor.«

Conrad erwiderte sein Lächeln. »Ich werde alt, Robin.«

1385–1389

Robin stand am frühen Nachmittag im Hof seiner Zweijährigen und lauschte ohne viel Geduld den Ausreden eines Stallburschen, dessen Schützling einen entzündeten Huf hatte, weil er auf feuchtem, unreinem Stroh gestanden hatte.

Eine junge Frau kam über die Wiese auf sie zu und bewahrte den Jungen vorläufig vor Robins Strafpredigt. »Zwei Ritter, die Euch sprechen möchten, Mylord.«

Robin runzelte unwillig die Stirn. »Wer sind sie?«

»Ich glaube, der eine ist der junge Earl of Derby. Den anderen kenne ich nicht.«

»Danke, Malyne. Schick sie her, sei so gut.«

Sie ging ohne Hast davon, und Robin wandte sich mit finsterer Miene an den Übeltäter. »Du wirst den Huf morgens und abends in Kamillensud baden. Verstanden?«

»Ja, Sir.«

»Du bist ein wahrer Faulpelz, Ron.«

»Ja, Sir.« Er senkte den Kopf und verbiß sich ein Grinsen.

Robin verschränkte die Arme und trat einen Schritt auf ihn zu. »Das findest du komisch, ja?« erkundigte er sich leise. »Du meinst, du kannst dir so was erlauben, weil du besser reitest als die anderen? Du irrst dich, mein Junge. Wenn es noch mal passiert, wenn ich weiterhin den Eindruck habe, daß du es dir auf Kosten der anderen bequem machst, dann kannst du in Zukunft wieder deines Bruders Schweine hüten. Ist das klar?«

Ron nickte betreten. »Völlig klar, Sir.«

»Gut. Dann kannst du deinen neuen Eifer jetzt gleich unter Beweis stellen und bis zum Füttern die Sattelkammer in Ordnung bringen. Wie wär's?«

Ron wußte es besser, als eine Grimasse zu schneiden. »Natürlich. Und woher kriege ich Kamillensud?«

»Bitte Malyne, dir welchen zu machen.«

»In Ordnung. Da kommt Euer Besuch, Mylord.«

Robin wandte sich um, und Ron verdrückte sich eilig. Die beiden Ritter kamen über die Wiese geschlendert. Sie waren ein ungleiches Paar, der eine groß und schlank, der andere stämmig, muskulös und eher klein.

Er trat ihnen entgegen. »Henry. Hotspur. Endlich einmal eine angenehme Überraschung.«

Henry, seit nicht allzulanger Zeit der Earl of Derby, nickte auf die Ställe zu. »Ich hatte Sehnsucht. Vater ist in Lancaster, und wir haben uns ein paar freie Tage gestohlen.«

Trotz der anhaltenden Verstimmung zwischen Lancaster und Northumberland verkehrten ihre Söhne freundschaftlich. Northumberland war nahezu von der politischen Bühne verschwunden. Lancaster attackierte ihn unversöhnlich, sobald er auch nur in Erscheinung trat, aber gegen Henrys Bindung zu Hotspur intervenierte er nicht.

»Vater läßt fragen, ob du Anfang Oktober nach Rothwell kommst«, fuhr Henry fort.

»Um zu jagen oder eine Strategie für das Parlament zu entwickeln?«

Henry grinste. »Beides, schätze ich.«

»Natürlich komme ich.« Er machte eine einladende Geste. »Laßt uns hineingehen.«

Hotspur wischte sich über die Stirn. »Heiß für September. Wer ist die Blume, die uns am Burgtor abgefangen hat?«

»Die Frau meines Stallmeisters.«

Henry lächelte Robin verstohlen zu. Er wußte natürlich, daß Hughs Frau Wat Tylers Tochter war. Ihre Mutter hatte den schrecklichen Sommer vor vier Jahren nicht lange überlebt, und Robin war froh, daß Malyne in Burton ein neues Zuhause gefunden hatte.

Sie gingen zur Burg, betraten die kühle Halle, und Hotspur verlangte lautstark nach Bier. Robin führte sie die Treppe hinauf in sein Privatgemach, und ein Page brachte große, überschäumende Krüge.

»Wo ist Anne?« fragte Henry beiläufig, während er die Handschuhe abstreifte.

»In Fernbrook. Schon fast zwei Monate. Sie fühlt sich einfach nicht richtig wohl hier.«

Henry verbarg seine Enttäuschung meisterlich, aber Robin machte er nichts vor.

»Wie geht es deiner reizenden Frau, Henry?« fragte er nachdrücklich.

Henry lächelte reumütig. »Gut, soweit ich weiß.«

Henry hatte Mary Bohun geheiratet, die Erbin des Earl of Hereford. Die Ehe war eine logische, höchst einträgliche Verbindung gewesen, nachdem der Earl keinen Sohn hinterlassen hatte. Mary war ein hübsches, sanftmütiges Geschöpf von vollendeter Höfischkeit. Und sie war äußerst fromm; Lancaster hatte sie ohne große Rücksicht hinsichtlich ihrer Wünsche aus einem Kloster geholt, um sie mit seinem Sohn zu verheiraten. Mary war wie eine Dame aus einer französischen Ritterromanze, genau das, was Robin als ideale Gefährtin für Henry angesehen hätte. Aber Henrys Herz gehörte Anne. In gewisser Weise teilte er das Schicksal seines Vaters, aber anders als in Lancasters Fall gab es für ihn kein Entrinnen. Abgesehen davon, daß er strengere Moralbegriffe hatte als sein Vater und seine Angebetete ausgerechnet die Tochter seines ältesten und treuesten Freundes war, hatte Anne ihm nie andere als freundschaftliche, manchmal gar schwesterliche Gefühle entgegengebracht.

Er seufzte leise. Dann wandte er seine Gedanken entschlossen anderen Dingen zu. »Die Schulter wieder in Ordnung, Robin?«

»Oh, das ist längst vergessen.«

»Also, ich weiß nicht«, murmelte Hotspur. »Ich glaube, ich werde diesen Anblick im Leben nicht vergessen, die gespaltene Rüstung und diese gewaltige schottische Streitaxt in Eurer Schulter. Scheußlich.«

Robin grinste. »Ich werde in die Annalen eingehen als der einzige Verwundete auf einem Feldzug ohne Feindkontakt.«

Das unbedeutende Scharmützel, bei dem ein johlender Hochlandschotte aus Douglas' Gefolge Robin beinah den Kopf abgeschlagen hatte, diesen aber verfehlt und nur seine Schulter erwischt hatte, war tatsächlich die einzig ernsthafte Kampfhandlung gewesen. Der aufwendige Schottlandfeldzug war zur Farce geworden, weil der König ihn anführte. Grundsätzlich hatte er jeden von Lancasters Ratschlägen abgelehnt. Das hatte die strategische Planung hoffnungslos gemacht, weil Lancaster derjenige war, der über die nötigen Kenntnisse verfügte, der das Land und die Schotten genauestens kannte. Als Lancaster festgestellt hatte, daß nur Trotz die Ursache für des Königs Entscheidungen war, hatte er seinen friedfertigen Bruder Edmund, den Duke of York, veranlaßt, dem König Lancasters Ideen als seine eigenen zu unterbreiten. Das hatte geholfen, bis es zu einer Kontroverse über die Marschrichtung gekommen war. Als York den Weg über die Berge nach Cumberland vorgeschlagen hatte, um die schottisch-französischen Truppen von der englischen Grenze abzuschneiden, hatte der junge Earl of Oxford, einer von Richards engsten Freunden, behauptet, der Plan stamme ja doch von Lancaster, der darauf hoffe, Richard werde bei der gefährlichen Gebirgsüberquerung sterben und er selbst könne endlich nach der Krone greifen.

Hotspur leerte seinen Krug, rülpste ungehemmt und wischte sich Schaumflöckchen aus dem Bart. »Tja. Mit einem König, der vollkommen verrückt ist und zu feige, dem Feind entgegenzuziehen, werden wir noch viele solch blamabler Feldzüge erleben.«

Niemand zuckte erschreckt zusammen, niemand widersprach. Richards Verhalten in Schottland konnte man kaum anders nennen als feige. Und seit der König im vergangenen Winter einem Mordkomplott gegen Lancaster seine freudige Zustimmung gegeben hatte, war Hotspur nicht mehr der einzige, der am Verstand des Königs zweifelte. Nur durch einen glücklichen Zufall war der Herzog dem Anschlag entronnen, und bei Nacht und Nebel war er mit einer Handvoll Vertrauter aus Westminster geflohen. Als der Erzbischof von Canterbury, Lancasters alter Widersacher Courtenay, den König wegen dieser ungeheuerlichen Sache zur Rede gestellt hatte, hatte Richard ihn mit dem Schwert bedroht. Lancaster war am nächsten Tag mit einer kleinen Armee zurückgekehrt, und eingeschüchtert hatte Richard einer Versöhnung zugestimmt. Seine Mutter Joan hatte wieder einmal vermittelt. Doch Joan war vor einem Monat gestorben, und der Frieden zwischen Lancaster und dem König war brüchiger denn je.

Henry schnalzte mit der Zunge. »Ich werde nie verstehen, warum Vater Richard nicht endgültig den Rücken gekehrt hat nach dieser Sache damals.«

Robin wiegte nachdenklich den Kopf hin und her. »Nun, er würde es niemals fertigbringen, England den Rücken zu kehren, das weißt du doch. Trotzdem. Er hat sich deutlich von Richard distanziert. So weit wie möglich. Und die Waffenstillstandsverhandlungen mit Frankreich und Burgund hat er nicht für den König so akribisch betrieben, sondern damit das Parlament ihm endlich den Spanienfeldzug genehmigt.«

»Oh, dieser alte Traum ...«, stöhnte Henry ungeduldig.

Aber Robin war anderer Ansicht. »Könnte jetzt endlich Wirklichkeit werden. Portugal hat sich gegen Kastilien erhoben und bietet ein Bündnis. Das ist unsere Chance.«

Hotspur war skeptisch. »Aber solange Burgund Gent bedroht, können wir uns nicht um Spanien kümmern. Wenn wir unseren Wollmarkt verlieren, sind wir vollends bankrott.«

Robin nickte. »Aber wenn Burgund nur bis zum nächsten Sommer stillhält, wird das Richards Problem sein, nicht mehr Lancasters.«

»Richards und das all derer, die hierbleiben und nicht mit nach Kastilien gehen«, brummte Henry.

»Wirst du mitgehen?« fragte Robin neugierig.

»Nein. Vater wünscht, daß ich hier unsere Interessen schütze.«

»Sehr weise.«

»Und du?«

Das kam ganz darauf an, ob Blanche sich endlich entschließen würde, Mortimer zu verlassen. Tat sie es nicht, würde er Lancaster auf jeden Fall begleiten. Und wenn der Feldzug Jahre dauerte, war es ihm nur recht. Tat sie es aber, worauf er so sehr hoffte, jetzt, wo ihr Sohn nicht mehr so klein war, daß sie ihn wirklich brauchte, dann mußte er sehr genau abwägen.

»Ich weiß es nicht. Es hängt von den Wünschen deines Vaters und ein paar anderen Dingen ab.«

Henry nickte. Er hatte so eine Ahnung, worum es sich bei den »anderen Dingen« handelte.

Ohne Vorwarnung stürmten Edward und Raymond herein. Vor Henry hielten sie an und verneigten sich tief.

»Willkommen, Mylord«, sagte Edward freudestrahlend. »Ich hab' Arcitas gesehen und wußte, Ihr seid hier.«

»Habt Ihr uns was mitgebracht?« fragte der siebenjährige Raymond mit erwartungsvoll leuchtenden Augen.

Robin stöhnte. »Was ist denn das für ein Benehmen, Männer? Was war mit anklopfen? Und wir haben noch einen Gast. Und wie oft mußt du noch hören, daß diese Frage ungehörig ist, bis du es lernst, Raymond?«

Nur mäßig gedämpft, begrüßten sie Hotspur und wandten sich gleich wieder an Henry. Raymond mit kindlicher Hingabe, Edward mit schüchterner Heldenverehrung.

»Wie lange könnt Ihr bleiben, Mylord?« erkundigte er sich höflich.

»Ein, zwei Tage. Wir werden sehen.« Henry hob Raymond auf seinen Schoß, griff in seine Tasche und zauberte zwei leuchtende

Orangen hervor. Er gab jedem der Jungen eine. »Hier. Aus London.«

Sie bedankten sich selig. Genau wie Robin waren seine Söhne geradezu süchtig nach Orangen, aber diese waren selten und kostbar, und hier in der Provinz gab es sie kaum je zu kaufen.

»Wachsen sie in London?« fragte Edward interessiert, während er seine gierig schälte.

»Nein, Edward«, erwiderte Henry ernst. Er wußte, wie sehr der Junge es haßte, wenn man über ihn lachte. »Sie wachsen in Spanien und hier und da in Aquitanien.«

»An Bäumen? Wie Äpfel und Birnen?«

»Ja, an Bäumen.«

»Vater, kannst du uns nicht einen Orangenbaum für den Obstgarten kaufen?«

»Das hätte ich längst, glaub mir, aber es hat keinen Sinn. Es ist zu kalt für Orangenbäume hier bei uns.«

»Wir müßten ein Haus für ihn bauen«, schlug Raymond vor. »Mit Fenstern und einem Dach aus Glas!«

Robin betrachtete ihn staunend. »Die Idee könnte von deiner Tante Agnes stammen.«

Raymond war in jeder Hinsicht mehr ein Waringham als Edward. Er war impulsiv und oft unbedacht, er hatte ein unermüdliches Interesse für Pferde und alles, was wächst, und er hatte so viel Unsinn im Kopf, daß sein Lehrer nicht selten die Geduld mit ihm verlor. Und er sah Robins Bruder, von dem er seinen Namen hatte, so ähnlich, daß es Robin manchmal weh tat. Edward hingegen schlug mehr seiner Mutter nach. Er war intelligent, besonnen, eher ernst, und sein Unterricht entlockte ihm echte Begeisterung. Er hockte lieber über seinen Büchern, als draußen im Gestüt umherzutollen, aber er war ein ausgezeichneter Reiter. Auch Joannas geschickte Hände hatte er geerbt; er beglückte seinen kleinen Bruder fortwährend mit neuen Holzspielzeugen, die er für ihn schnitzte.

»Und geht Ihr bald zurück nach London?« fragte Edward Henry wehmütig.

»Nein, erst kurz vor Allerheiligen, zum Parlament. Vorher geh' ich nach Derbyshire auf mein Gut. Ich muß mich ebenso um die Pacht kümmern wie euer Vater.«

»Aber wann geht Ihr zum nächsten Turnier?«

»Gleich nach dem Parlament.«

»Wenn der König ihn einlädt«, murmelte Hotspur.

»Oh, natürlich wird er das«, versicherte Raymond und nickte heftig.

»Wieso bist du so sicher?« erkundigte Hotspur sich grinsend.

»Weil Lord Henry der beste junge Ritter in England ist und so verdammt waghalsig und trickreich, daß die anderen Grünschnäbel es sich glatt sparen könnten, überhaupt noch gegen ihn anzutreten.«

Sie sahen ihn verdutzt an. »Wer sagt das?« fragte Hotspur.

»Vater.«

Robin biß sich auf die Lippen. »So, ich denke, ihr habt uns lange genug beehrt, Gentlemen. Raus mit euch.«

Folgsam, wenn auch unwillig, gingen sie hinaus.

Henry machte eine ironische Verbeugung. »Ich bin geschmeichelt, Robin.«

Robin seufzte. »Das war wirklich nicht für seine, erst recht nicht für deine Ohren bestimmt. Und bilde dir ja nichts ein. Ich würde dich immer noch mühelos aus dem Sattel heben.«

Sie grinsten sich an.

»Nette Jungs«, bemerkte Hotspur.

Das hörte Robin immer wieder gern. Er war seinen Kindern sehr zugetan. »Aber wie Ihr seht, vergessen sie nichts, was sie hören. Darum wäre ich dankbar, wenn Ihr Eure Meinungsäußerungen über den König in ihrer Gegenwart unterlaßt. Ihr redet so schon zu offen. Es ist gefährlich.«

Hotspur hob ergeben die Hände und nickte zustimmend.

Sie machten den üblichen Rundgang durchs Gestüt während der Abendfütterung. Raymond lief ein Stück vor ihnen her, ein Holzschwert in der Hand. »Komm schon her, du schottischer Misthund, komm schon her ...«

»Wann schickst du mir Edward, Robin?« fragte Henry.

Robin sah ihn überrascht an. »Du willst ihn haben?«

»Sicher.«

Robin lächelte froh. »Wir haben noch nie darüber gesprochen.«

»Ich dachte, es sei selbstverständlich. Also?«

»Nun ja, er ist noch zu jung. Er wird erst zehn.«

»Er könnte als Page anfangen.«

Robin nickte nachdenklich. »Sagen wir ... nächstes Frühjahr?«

»Einverstanden.«

Raymond kollidierte auf seiner imaginären Schottenjagd mit einem der Stallburschen, und eine Ladung dreckiges Stroh ergoß sich über ihn.

Alle brachen in Gelächter aus und Raymond in Tränen.

Der Stallbursche nahm Raymonds Arm, zog ihn zum Brunnen und schüttete ihm einen Eimer Wasser über den Kopf. Mit mäßig sanften Händen säuberte er ihm das Gesicht. »Nun hört schon auf zu flennen, Sir Ray, es ist doch nichts passiert. Das kommt eben davon, wenn Ihr nie aufpaßt, wo Ihr hinlauft.«

Robin ließ seinen Sohn bedenkenlos in der Obhut des Stallburschen zurück.

Henry ging neben ihm her und betrachtete ihn versonnen. »Ich kenne keinen anderen Ort auf der Welt, wo es einem Stallburschen einfiele, so mit dem Sohn eines Edelmannes zu reden.«

»Meine Söhne sollen lernen, daß sie nicht besser sind als unsere Stallburschen, nur weil sie bei ihrer Geburt mehr Glück hatten.«

»Und der Erfolg gibt dir recht, Robin. Wenn ich einmal einen Sohn habe, wünsche ich mir, daß er so wird wie deine.«

Zum Essen in der Halle versammelte sich Robins beträchtlich gewachsener Haushalt. Francis Aimhurst hatte Fitzroys Schwester Jane geheiratet, und sie bekam jedes Jahr ein Kind. Die Dunbars und Crispin Hemmings hatten ebenfalls geheiratet, genau wie Robins Cousin Joseph. An die dreißig Ritter lebten inzwischen auf der Burg, die Zahl der Knappen, die dort ausgebildet wurden, war noch größer. Adelige und Ritter aus ganz England brannten darauf, Robin ihre Söhne zu schicken. Robin wußte die Ehre zu schätzen und sagte nur nein, wenn er wirklich keinen mehr unterbringen konnte. Und es gab Vater Alcuin, einen großen, weißhaarigen Priester, dessen einstmals blaue Augen jetzt von einem milchigen Schleier überzogen waren. Er war ein kluger, gebildeter Mann, warmherzig, wenn auch oft scharfzüngig, und der einzige Mensch, den Robin kannte, der es wagte, den Duke of Lancaster mit »John, du junger Dummkopf« anzusprechen. Er war einer von Lancasters Lehrern gewesen. Nachdem er erblindet war, hatte er den Savoy-Palast niemals verlassen, denn dort fand er sich auch ohne Augenlicht mühelos zurecht und war nicht auf fremde Hilfe angewiesen. Beinah war er bei der Zerstörung des Palastes unter den Trümmern verschüttet worden, weil er sich geweigert hatte, das brennende Gebäude zu verlassen. Trotz seines erbitterten Protestes hatten die Diener ihn hinausgetragen. Mit viel Geduld hatte Robin ihn überreden können, nach Burton zu kommen, und war tagelang mit ihm durch die Burg gewandert, bis Alcuin sich auch hier sicher bewegte. Nicht nur Robin empfand ihn als Bereicherung. Alcuin war für alle sowohl geistlicher, nicht selten aber auch weltlicher Beistand.

An beiden Seiten der langen Tische saßen Menschen, Kinder und Hunde tollten zwischen den Bänken herum, und Cedric Ivor führte neue Kunststücke vor, die er im Sommer in Irland gelernt hatte. Cedric war immer noch ein Vagabund, aber er kehrte regelmäßig nach Burton zurück, und er bezog von Robin ein großzügiges Jahresgehalt. Gelegentlich zahlte Robin auch seine Geldbußen oder löste ihn aus irgendeinem Gefängnis aus, wenn Cedric seine radikalen politischen Lieder wieder einmal zur falschen Zeit am falschen Ort zum besten gegeben hatte. Robin machte ihm nie Vorhaltungen. Er verdankte Cedric sein Leben und fand, alles, was er für ihn tat, war ein geringer Preis. Aber er hatte ihn gewarnt. Toleranz galt nicht mehr viel in England. Und wer Spottlieder auf den König sang, konnte Gott danken, wenn er nur aufgehängt wurde.

Kurz nach Michaelis brach Robin nach Rothwell auf, um sich Lancaster anzuschließen. Tristan Fitzalan, der jüngste Sohn des Earls of Arundel, begleitete ihn. Sich selbst gestand Robin ein, daß Tristan ihm der liebste unter den Knappen war, wenn er ihn auch nie offen bevorzugte. Die anderen Jungs hatten neidlos eingestanden, daß Tristan in letzter Zeit mit Abstand die wenigsten Fehltritte vorzuweisen hatte und somit mehr als jeder andere eine Jagd und eine Reise nach London verdient hatte.

Sie machten halt in Fernbrook.

Anne, Isaac, Elinor und Hal, die jetzt gemeinsam im Gutshaus wohnten, berichteten ihm abwechselnd von den Neuigkeiten aus dem Dorf und vom Gestüt. Die Ernte war etwas hinter den Erwartungen zurückgeblieben, aber sie schienen dennoch recht zufrieden.

»Anne, ich gehe für eine Weile fort, nach Yorkshire und anschließend nach Westminster. Möchtest du mitkommen?«

Sie schüttelte lächelnd den Kopf. »Wenn du nicht darauf bestehst, lieber nicht.«

»Nein, ich bestehe nicht darauf. Aber du kannst dich nicht ewig verstecken. Irgendwann müssen wir dich in die Gesellschaft einführen, das wird dir nicht erspart bleiben.«

»Aber ... es drängt doch noch nicht? Oder willst du, daß ich irgendwen heirate?« Ihre Augen waren unruhig.

Er nahm ihre Hand in seine. »Nein, sei unbesorgt. Und vielleicht ist es auch besser, wenn du vorläufig bei Elinor bleibst, he?«

Elinor lächelte zufrieden auf ihren leicht gewölbten Bauch hinab. »Dagegen hätte ich nichts. Anne macht ein Kinderspiel daraus. So wie Agnes.«

»Und was sagst du, Isaac?« erkundigte sich Robin. »Für einen Schwätzer bist du verdächtig still.«

Isaac grinste schwach. »Wenn du die Wochen hinter dir hättest, die ich hinter mir habe, würde es dir auch die Sprache verschlagen.«

»Wann wirst du dir endlich einen Verwalter nehmen?«

»Wenn ich zu alt bin, um es selbst zu tun. Und solange Anne hier ist und mir die Bücher führt und bei den Jährlingen hilft, wäre ein Verwalter nur ein unnötiger Kostenfaktor.«

»Du mußt nämlich wissen, Vater«, vertraute Anne ihm im Verschwörerton an, »Isaac ist in Wahrheit ein Geizhals. Darum lädt er mich so oft ein.«

Sie lachten, und Bertha brachte eine zweite Ladung Speckpfannkuchen.

Der Duke of Lancaster hatte ein paar graue Fäden in seinem rabenschwarzen Haar, aber er schien Robin niemals älter zu werden. Trotz der vielen politischen Rückschläge der letzten Jahre, die der König ihm eingebracht hatte, zeigte er keine Spuren von Bitterkeit. Seine ironischen Bemerkungen waren höchstens eine Spur zynischer geworden.

Auf seinem für seine Verhältnisse bescheidenen Jagdgut in

Yorkshire residierte er zufrieden über einen kleinen Haushalt vertrauter Freunde und Vasallen. Da Constancia es vorgezogen hatte, in Pontefract zu bleiben, war Katherine Swynford mit ihrer gesamten Kinderschar angereist; drei Söhne und eine Tochter, Joan, die ihrem Vater wie aus dem Gesicht geschnitten war. Henry hatte seine Reserviertheit seinen Geschwistern gegenüber lange aufgegeben. Mit John, der nur wenige Jahre jünger war als er, und dem Jüngsten, Thomas, verbrachte er ganze Tage bei der Falkenjagd. Seine Schwester umgarnte er mit vollendeter Galanterie. Der mittlere der Brüder, der blödsinnigerweise ebenfalls Henry hieß, war ein stiller, sehr frommer Junge. Henry begleitete ihn oft in die Kapelle, und am Abend des dritten Tages bemerkte er lächelnd: »Es wäre gelacht, wenn wir keinen Bischof oder gar Kardinal aus dir machten, Bruder.«

Lancaster betrachtete seine Söhne versonnen, und Robin konnte beinah sehen, wie Spekulationen in seinem Kopf zu Ideen und Ideen zu Plänen wurden. Nein, dachte er grinsend, Lancaster ist noch lange nicht fertig mit England.

Das Parlament, das Ende Oktober in Westminster begann, wurde eines von Lancasters taktischen Meisterwerken. Die Opposition, die er von seiten der Lords zu fürchten hatte, bestand hauptsächlich aus Richards Günstlingen: dem jungen, blondgelockten Earl of Oxford, der seit den Tagen der Bauernrevolte zu Richards engsten Vertrauten gehörte, Thomas Mowbray, dem frischgebackenen Earl of Nottingham, der schon in Kindertagen ein Gefährte des Königs gewesen war, und ein paar anderen, nicht zuletzt Mortimer of Waringham. Sie alle hatten im Laufe der vergangenen Jahre den stabilisierenden, positiven Einfluß von Richards Kronrat unterwandert und sich derweil nicht unbeträchtlich bereichert. Sie alle verdächtigte Robin, an dem Mordkomplott gegen Lancaster beteiligt gewesen zu sein, und jeder von ihnen würde Lancasters Eingaben prinzipiell ablehnen. Lancaster gelang es jedoch mehrmals, den König aus ihrer Mitte zu locken. Anfang November fand eine feierliche Zeremonie statt, während derer Lancasters Brüder Edmund und Thomas in ihren neuen Herzogswürden als Dukes of York und Gloucester bestätigt wurden, und dies nahm Lancaster zum Anlaß, Familienzusammenhalt zu demonstrieren. Er lud seine Brüder, den König und seine junge Königin Anna, der Richard sehr gewogen war, zu einem feierlichen Diner, das ausgesprochen harmonisch verlief. Ein anderer Umstand half ihm, den schlechten Einfluß von Richards Favoriten zu schmälern. Einer von ihnen war des Königs Halbbruder John Holland, ein ungestümer, wenn auch sehr ritterlicher Taugenichts, für den Lancaster schon immer eine Schwäche gehabt hatte. Wie man ihm zutrug, teilte seine Tochter Elizabeth, die mit dem Earl of Pembroke verheiratet war, diese Schwäche. Lancaster bestellte Holland am Abend nach dem Diner in sein Haus in Westminster.

Der Herzog schickte sein Gefolge hinaus, aber Robin erfuhr später doch, was sich zutrug.

»Ihr wolltet mich sprechen, Mylord?« erkundigte sich Holland, offenbar leicht beunruhigt über das finstere Gesicht des Herzogs.

»Richtig. Ich möchte wissen, ob es wahr ist, was ich über dich und meine Tochter Elizabeth gehört habe.«

»Das kommt darauf an, was Ihr gehört habt.«

Sir John Holland, der Halbbruder des Königs und Ritter des Hosenbandordens, fing sich eine so gewaltige Ohrfeige, daß er beinah das Gleichgewicht verlor.

»Ich bin für Scherze nicht aufgelegt, mein Junge.«

»Nein.« Holland fuhr sich kurz mit dem Handrücken über die gerötete Wange. »Offenbar nicht.«

»Also?«

»Ja. Es tut mir leid. Sicher, Pembroke ist ein prächtiger Kerl, aber Elizabeth …« Er sah den Herzog treuherzig an und hob die Schultern. »Wir lieben uns, Sir. Es ist eben passiert, ich meine … Ihr wißt doch schließlich, wie das ist.«

»Nein, ich weiß ganz und gar nicht, wie es ist, eine verheiratete junge Dame von Stand zu kompromittieren.«

»Sie ist erst kompromittiert, wenn es herauskommt.«

»Was ich herausfinde, können andere auch herausfinden.«

»Das würde ich nicht unbedingt sagen.«

»Du bist verantwortungslos. In schändlichster Weise.«

Holland nickte zerknirscht. »Und … und was soll jetzt werden?«

»Das liegt bei dir. Es gibt zwei Möglichkeiten. Entweder ich lasse durchsickern, was ich weiß, oder ich versichere dich meines

Stillschweigens, und du schwörst, in Zukunft vorsichtiger zu sein. Um meiner Tochter willen wäre mir die zweite Möglichkeit die weitaus liebere.«

»Aber?«

»Sie hat einen Preis.«

Holland seufzte. »Ich höre.«

»Du wirst dafür sorgen, daß die Natternbrut, die der König an seiner Brust nährt, mir dieses eine Mal keine Schwierigkeiten macht.«

»Ach, und weiter nichts?« höhnte Holland.

»Gib dir ein bißchen Mühe. Du bist doch ein kluger Kopf, klüger als jeder von ihnen. Du kannst sie beeinflussen, wenn du wirklich willst. Und du willst doch, nicht wahr, John?«

»Ihr würdet es tatsächlich an die Öffentlichkeit dringen lassen? Trotz der Folgen, die es für Elizabeth hätte?«

Darüber war sich Lancaster keineswegs im klaren. Er baute darauf, daß seine Entschlossenheit nicht auf die Probe gestellt werden würde. Aber es konnte nicht schaden, wenn Holland mit dem Schlimmsten rechnete.

»Natürlich würde ich das. Ich habe sie gezeugt, gefüttert und großgezogen. Mehr Pflichten hat ein Vater nicht. Für ihre Fehler müssen Kinder selber geradestehen.«

Holland nickte beklommen. »Ich werde mein Bestes tun.«

»Das ist gut. Du kannst gehen, John. Und ... wenn du nicht anständig zu ihr bist, reiße ich dir den Kopf ab, du Lump.«

Holland verneigte sich und grinste ergeben. »Ja, Sir, darauf wette ich.«

Tatsächlich verhielt die Fraktion aus dem Kreis um den König sich während der folgenden Wochen auffällig vernünftig, beinah zahm. Unter den Lords wurde verwundert darüber gemurmelt und spekuliert. Und John Holland wirkte bis zum Ende des Parlamentes ungefähr so entspannt wie die Sehne eines Langbogens, stellte Robin schadenfroh fest.

Die Commons waren wie immer schwieriger zu berechnen als die Lords. Doch Lancaster wußte und zog seinen Vorteil daraus, daß ihr Unwillen sich dieses Mal vornehmlich gegen die Verschwendungssucht und die Günstlingswirtschaft des Königs richtete. Er selbst blieb vollkommen ungeschoren. Endlich schien auch den Commons zu dämmern, daß in Wahrheit er und die diplomatischen Missionen unter seiner Führung es gewesen waren, die über die letzten Jahre verhindert hatten, daß Frankreich und Schottland sie zwischen sich zerquetschten. Die Schwäche der Ritter und Kaufleute für Henry machte die Dinge einfacher. Sie waren geneigt einzusehen, welche Vorteile es für England und Aquitanien hätte, wenn die kastilische Krone in sicheren Händen wäre. Also bewilligten sie Lancaster die Mittel für seinen Spanienfeldzug. Es war außerordentlich hilfreich, daß der König von Portugal angeboten hatte, Schiffe zu entsenden, um Lancasters Truppen auf die Iberische Halbinsel zu bringen. Es dämpfte die Kosten.

»Und werdet Ihr mitkommen, Robin?« erkundigte sich Lancaster, während sie abends im kleinen Kreise diesen langersehnten Sieg feierten.

»Wenn es Euer Wunsch ist, Mylord.«

»Natürlich ist es mein Wunsch. Wenn Ihr sicher seid, daß Ihr die Seereise übersteht und die lange Trennung von Eurer geheimnisvollen Dichterin.«

Es war ein stillschweigendes Abkommen, daß Lancaster vorgab, er wisse nicht, wer die Dame sei, die Robin Gedichte schickte.

»Ob ich mich hier nach ihr verzehre oder unter der brennenden spanischen Sonne, wo ist schon der Unterschied.«

»Ihr solltet endlich wieder heiraten, Robin.«

»Das würde nichts ändern.«

Als bevorzugte Gäste des Königs waren Lord und Lady Waringham natürlich im Palast von Westminster untergebracht. Robin, den es in letzter Zeit immer häufiger nach Ruhe verlangte, war im Gästehaus der Abtei abgestiegen. Sie fanden trotzdem einen Weg. Sie fanden immer einen.

Dieses Mal trafen sie sich in einem leerstehenden Haus in der Thames Street, das Robin von einem befreundeten Kaufmann bis zum Jahresende gemietet hatte.

Er hatte Feuer gemacht und Wein erhitzt, als sie eilig durch die Tür trat. Er machte zwei Schritte auf sie zu, und sie umarmten sich, streiften sich gegenseitig die Kleider ab und liebten sich auf einem hastig ausgebreiteten Mantel vor dem Kamin, ehe sie auch nur ein Wort gesprochen hatten. Sie hatten sich fast ein halbes Jahr nicht gesehen. Die körperliche Sehnsucht, die sich während der langen Trennungen aufstaute, hatte über die Jahre eine rituelle Bedeutung angenommen, ein selbstauferlegtes Zölibat, das ihre heimlichen Treffen beinah heiligte. Und diesen Hunger stillten sie immer zuerst, ehe sie da anknüpften, wo ihr reger Briefwechsel, den Agnes ermöglichte, abgebrochen war.

Das Feuer war die einzige Lichtquelle im Raum, und es malte unruhige Schatten auf ihre Gesichter. Sie lagen immer noch auf Robins Mantel. Blanche hatte das Kinn auf die Faust gestützt und strich mit der anderen Hand über Robins Brust.

»Du wirst also mit ihm nach Kastilien gehen.«

Robin antwortete nicht sofort. Er richtete sich auf, lehnte sich an die Kaminbank und trank einen Schluck. Dann zog er sie näher.

»Ja, ich schätze schon.«

»Wie lange?«

»Ich weiß es nicht. Das ist unmöglich vorherzusehen.«

Sie lehnte den Kopf an seine Schulter. »Ich darf nicht daran denken. Noch nicht einmal Briefe …«

»Du könntest mitkommen.«

»Oh, sehr komisch.«

»Es ist mir ernst, Blanche.«

»Sei nicht albern. Lancaster würde niemals seine Mission gefährden, indem er Richards Unter-Kämmerer so brüskiert.«

Robin zog die Brauen hoch. »Kämmerer?«

»Seit gestern, ja.«

»Glückwunsch, Mortimer, alter Knabe«, murmelte er bissig. »Aber Lancaster fürchtet weder Richard noch seinen Unter-Kämmerer. Er wäre vermutlich nicht begeistert über neue Komplikationen, aber er würde es uns nicht abschlagen.«

»Trotzdem, Robin …«

»Das wahre Problem, Lady Blanche, ist doch, daß du dich nicht dazu entschließen kannst.«

Sie regte sich unruhig. »Vielleicht werde ich das bald tun müssen. Ich fürchte mich vor dem Skandal. Ich fürchte mich davor, mein Kind zu verlieren. Aber in letzter Zeit flößt mir nichts solche Angst ein wie Mortimer.«

Robin wurde starr. »Hat er …«

»Nein. Er kommt nicht einmal in meine Nähe. Er nimmt mir übel, daß ich irgendwann aufgehört habe, ihn anzuhimmeln, das verkraftet er schwer. Und inzwischen bin ich ihm wohl auch zu alt.«

Robin sah sie ungläubig an. Blanche war vierundzwanzig.

»Doch, bestimmt. Je älter er selbst wird, um so jünger werden seine Geliebten. Seine neueste Eroberung ist vierzehn. Die Tochter eines Soldaten aus des Königs Leibwache. Und sie bewundert seine männliche Ritterlichkeit, genau wie die Gans, die ich einmal war. Das hat er gern. Anläßlich seiner Ernennung gestern hat er sie mit Juwelen überhäuft, berichtet meine Zofe.«

Robin seufzte. »Warum also macht er dir angst?«

»Er hat mich plötzlich wieder zur Kenntnis genommen, und ihm gefällt nicht, was er sieht. Er hegt einen echten Groll gegen mich. Ich weiß nicht, warum. Plötzlich wird er tyrannisch. Er will mir verbieten, daß ich mich mit Geoffrey Chaucer treffe, wenn wir in London sind. Das hat ihn bisher nie gestört. Ihm war immer völlig gleich, was ich tue.«

Robin war beunruhigt. »Dann nimm dir ein Herz und tu es jetzt, Blanche. Verlaß Mortimer, geh nicht zu ihm zurück.«

»Aber was ist, wenn er mich zwingt? Ich bin seine Frau, Robin.«

»Er kann dich nicht zwingen. Ich sorge dafür, daß du vor ihm sicher bist. Du brauchst ihn nie wiederzusehen, die häßlichen Szenen mache ich schon allein mit ihm aus.«

Sie legte die Arme um seinen Hals und schloß die Augen. »Ich würde so gerne …«

»Dann tu's, verflucht noch mal …« Er atmete tief durch. »Entschuldige. Entschuldige, geliebte Blanche. Ich hab' versprochen, dich nicht zu drängen. Vergiß es einfach.«

»Du verstehst nicht, Robin. Du denkst, ein sechsjähriger Junge kann auf seine Mutter verzichten, und vielleicht hast du recht, aber wenn ich gehe, wer soll verhindern, daß mein Sohn genauso wird wie *er*? Wie kann ich das zulassen?«

Robin schwieg betroffen. Er mußte gestehen, daran hatte er nicht gedacht. Er dachte überhaupt so selten wie möglich an Blanches Kind, denn es gelang ihm nie, dem kleinen Kerl freundliche Gefühle entgegenzubringen. Dazu sah er seinem

Vater zu ähnlich, und ohne ihn wäre Robins Leben so viel einfacher gewesen.

»Nur noch ein paar Jahre, Robin«, sagte sie leise, sie bat ihn fast.

Er schämte sich seiner Selbstsucht. »Ich kann warten, sei unbesorgt.«

»Sehe ich dich noch, ehe du nach Spanien gehst?«

»Ja. Ich werde im Frühjahr nach Waringham kommen und Agnes meinen Sohn Raymond bringen, bevor wir lossegeln.«

»Und Edward?«

»Wird in Henrys Dienst treten.«

»Also bleibt Henry in England?«

»Als Lancasters Statthalter, ja.«

»Ich wünschte, du bliebest auch.«

»Blanche …«

»Ich weiß. Nur, sei vorsichtig. Fall nicht, hörst du.«

»Ich werde mein Bestes tun, Madame. Aber du, du vor allem mußt vorsichtig sein. Hüte dich vor Mortimer. Er ist unberechenbar.«

»Niemand weiß das besser als ich, Robin.«

Wenige Tage vor Weihnachten kam Robin nach Hause. Er hatte seinen Kindern versprochen, daß sie die Feiertage dieses Mal zu Hause in Burton verbringen würden, und am Heiligen Abend kamen Isaac, Anne, Elinor und Hal mit den Kindern aus Fernbrook herüber.

Vater Alcuin und Vater Nicholas, ein junger, ernster Priester, den Dr. Wycliffe auf Robins Anfrage aus Oxford für den Unterricht seiner Söhne geschickt hatte, zelebrierten eine feierliche Mette in der Kapelle, und die Weihnachtsfeier in der großen Halle wurde ein fröhliches Fest.

Robin verspürte nicht den leisesten Drang, mit dem Prunk der langen Weihnachtsfeierlichkeiten an Lancasters Hof zu konkurrieren, aber er hatte beschlossen, daß in Burton ebenfalls bis zum Dreikönigsfest gefeiert werden sollte. Alle hatten es verdient, fand er, sie hatten wieder alle so hart gearbeitet und ihm so vortreffliche Dienste geleistet, das ganze Jahr hindurch. Die Ritter und Knappen nutzten die Tage für winterliche Jagdausflüge, abends versammelten sie sich in der Halle, und es wurde geschmaust und getanzt. Robin genoß die Tage vor allem, weil er Gelegenheit fand, ein paar Mußestunden mit seiner Familie zu verbringen.

Der Vormittag des Neujahrstages fand ihn zusammen mit seinen Söhnen und Adam, Oswins Sohn, in der warmen Behaglichkeit seines Privatgemachs. Edward, der ein Buch mit Rittergeschichten bekommen hatte, befragte seinen Vater über das Wesen wahren Rittertums.

Robin lächelte schwach. »Es würde Tage dauern, es zu erklären, und doch nichts nützen, Edward. Du mußt es selbst herausfinden.«

»Was soll so schwierig daran sein?« wandte Raymond ein, der seine neuen, buntbemalten Holzritter gegen Adams ins Turnier führte. »Ritter müssen kämpfen können.«

Robin schüttelte den Kopf. »Sie müssen es auch lassen können, wenn das der weisere Weg ist. Das ist manchmal schwieriger.«

Raymond fand offenbar, daß das die Dinge unnötig komplizierte, und wandte sich wieder Adam zu.

Edward runzelte die Stirn. »Aber woran erkennt man, was der weisere Weg ist?«

»Man kann es nicht immer erkennen. Oft ist man erst hinterher klüger. Aber es kann nie schaden, gelegentlich auf sein Gewissen zu hören.«

»Gibt es keine festen Regeln?«

»Doch, natürlich. Gottes Gebote, die Anforderungen der Ehre und so weiter.«

Edward seufzte. »Ich wünschte, es gäbe ein Buch, aus dem man es lernen kann.«

»Es gibt solche Bücher. Aber meiner Meinung nach taugen sie nichts. Warum bedrückt diese Sache dich so?«

»Weil du sagst, ich soll im Frühling zu Lord Henry gehen, um zu lernen, wie man ein Ritter wird, und ich will nichts falsch machen. Er soll nicht schlecht von mir denken.«

Robin nickte ernst. »Sei unbesorgt. Das wird er nicht. Es geht nicht darum, nie einen Fehler zu machen. Jeder macht Fehler. Das ist nicht so schlimm. Man lernt daraus. Und ich habe keine Bedenken, daß Henry zufrieden mit dir sein wird.«

Edward sah ihn unsicher an. »Glaubst du das wirklich?«

Robin stand auf. »Ja.« Er fuhr seinem Sohn kurz mit der Hand über den Kopf. »Du könntest ruhig ein bißchen mehr Vertrauen zu dir haben. Aber es ist gut, daß du über die Dinge nachdenkst. Das ist immer der erste Schritt zur Einsicht.«

»Wohin gehst du?«

»Ins Gestüt. Willst du mitkommen?«

Edward schüttelte den Kopf und wies auf sein neues Buch.

»Also schön. Dann lies. Aber nicht alles auf einmal. Und mach dir die Kerze an, verdirb dir nicht die Augen.«

»Ja, ja.«

Robin ging grinsend hinaus.

Im Gestüt war es winterlich still. Die Stallburschen hatten sich vor der Kälte in ihr Quartier geflüchtet und würden vor dem Füttern nicht wieder auftauchen. Robin machte einen gemächlichen Rundgang, öffnete hier und da eine der fest verschlossenen Türen und erkundete das Befinden seiner diversen Sorgenkinder. Die Jährlinge und Zweijährigen waren rastlos von zuviel Untätigkeit. Robin beschloß, morgen mit Hugh und Isaac zusammen ein hartes Training abzuhalten, Schnee oder kein Schnee.

Auf dem Rückweg stellte er fest, daß einer der Torflügel zur Futterscheune halb offenstand. Kopfschüttelnd trat er näher, um ihn zu schließen, als er von drinnen leise Stimmen hörte. Verwundert trat er ein.

Im Innern war es dämmrig, und es dauerte einen Moment, bis seine Augen sich darauf einstellten. Dann entdeckte er einen Mann und eine Frau, die eng umschlungen an einer Wand aus Strohballen standen. Er war schon im Begriff, sich diskret davonzuschleichen, als sie sich plötzlich regten und er beider Profil sah.

»O mein Gott ... das kann einfach nicht sein.«

Sie wandten sich erschrocken um, und ihre Gesichter schienen seinen eigenen Schock widerzuspiegeln.

»Vater.« Sie machte sich los und ging auf ihn zu. »Bevor du irgend etwas sagst ...«

»Im Moment wüßte ich nicht, was ich sagen sollte. Ich bin zu überrascht. Warte draußen, Anne.«

»Warum? Was soll ich nicht hören?«

»Ich bin noch nicht sicher. Trotzdem. Ich denke, es wäre einfacher, du ließest uns allein reden.«

»Aber ...«

»Bitte, Anne«, sagte Isaac leise. Er sah Robin unverwandt an.

Sie zögerte noch einen Moment, dann nickte sie bekümmert und ging zur Tür.

Robin trat zwei Schritte auf Isaac zu und setzte sich auf einen Strohballen. Er nickte auf den freien Platz neben sich. »Also? Ich höre.«

Isaac folgte der Einladung. »Ich bitte dich um die Hand deiner Tochter, Robin.«

»Ah ja.«

»Wirst du mir glauben, wenn ich sage, daß ich heute mit dir reden wollte?«

»Ja, sicher glaube ich dir. Wie lange geht das schon?«

Isaac schüttelte langsam den Kopf. »Ich hab' sie nie angerührt, wenn du das meinst.«

Robin wußte nicht genau, was er meinte, aber er war auf jeden Fall erleichtert. »Und wie lange nimmst du sie schon mit ins Heu, um es dann doch nicht zu tun?«

»Drei Monate. Wir haben uns ein Jahr geweigert, uns einzugestehen, was passiert ist, und haben so getan, als wäre nichts. Aber jetzt geht es nicht länger. Bist du … entsetzt?«

»Nein.«

»Aber sehr reserviert.«

Robin seufzte. »Ich kann nicht sagen, wie es anderen Vätern geht, aber es erschüttert mich, daß sie erwachsen geworden ist.«

»Und du meinst, ich bin viel zu alt für sie, ja?«

Robin schüttelte den Kopf. »Was spielt das schon für eine Rolle. Sie ist fünfzehn und heiratsfähig, nur das zählt. Jeder von euch kann morgen sterben, was machen zwanzig Jahre Altersunterschied schon aus? Nur … O verdammt, Isaac, ich habe mir immer so sehr gewünscht, daß du endlich eine Frau findest.«

»Aber es wäre dir lieber, es wäre nicht ausgerechnet deine Tochter?«

Robin sah ihn scharf an. »Ist es Isaac der Bastard, der mich das fragt, oder Isaac mein Bruder?«

»Anne sagt, daß ich nicht dein Bruder bin.«

»Anne weiß viele Dinge, die andere nicht wissen, aber das wird ewig ein Geheimnis bleiben. Und was, wenn doch, Isaac? Wenn du ihr Onkel bist?«

»Hätten wir nur zu einem Viertel das gleiche Blut, weil deine Mutter ganz sicher nicht meine Mutter war. Es ist, als wären wir Cousine und Cousin. Ich weiß, die Kirche billigt solche Heiraten nicht, aber es passiert jeden Tag. Robin, ich bitte dich, laß es nicht daran scheitern. Nicht … noch einmal.«

Robin dachte nach. Isaac hatte völlig recht, Heiraten zwischen Vetterngraden waren durchaus üblich.

»Sag mir eins. Bist du sicher, daß es Anne ist, die du willst? Nicht das, was du von Agnes in ihr wiederentdeckst?«

»Ja, ich bin mir sicher. Zu Anfang war ich es nicht, letztes Jahr. Aber inzwischen kenne ich Anne. Nicht, wie sie als Kind war, sondern Anne, wie sie jetzt ist. Glaub mir, ich bitte dich um deine Tochter, nicht um deine Schwester.«

Robin konnte sehen, wie qualvoll diese Situation für Isaac war. Das konnte er nicht gut ertragen. Er legte ihm die Hand auf die Schulter.

»Dann sollt ihr meinen Segen haben.«

Isaac kniff für einen Moment die Augen zu und stieß hörbar die Luft aus. »Oh, Robin …«

Robin zog ihn an sich und umarmte ihn impulsiv. »Ich werd' verrückt, Mann, du wirst mein Schwiegersohn!«

Isaac lachte leise. »Ja, das werde ich tatsächlich. Laß es dir nicht zu Kopf steigen.«

Anne war bei den Jährlingen. Sie hatte eine der oberen Türhälften geöffnet und liebkoste den kleinen Pferdekopf, der neugierig herausschaute. Anne sprach leise.

Robin trat zu ihr und legte ihr einen Arm um die Schultern. »Also, was soll jetzt werden, Lady Anne of Fernbrook?«

Sie lächelte ihm vertrauensvoll entgegen. »Und ich Schaf war sicher, du würdest nein sagen.«

»Warum hast du das gedacht?«

»Weil du glaubst, Isaac sei mein Onkel. Und weil du immer wolltest, daß ich Henry heirate.«

Er fühlte sich ertappt und grinste schuldbewußt. »Daraus kann ja nun nichts mehr werden. Und ich habe dir immer gesagt, daß wir diese Frage zusammen entscheiden. Ich hätte dir nie angetan, was man deiner Mutter angetan hat.«

Sie war erstaunt. »Aber sie hat dich geliebt.«

»Später, ja. Das war nur ein glücklicher Zufall.«

Anne legte die Arme um seinen Hals. »Danke, Vater.«

Er winkte ab. »Wofür? Was könnte mir lieber sein, als zwei Menschen, die mir so am Herzen liegen, glücklich zu sehen?«

»Dafür, daß du nie verlangt hast, daß ich anders sein soll, als ich bin, daß du mich nie gezwungen hast, in die ... andere Welt überzuwechseln.«

»Warum hätte ich das tun sollen?«

»Weil es deine Welt ist.«

Er dachte darüber nach. »Ich habe mir meinen Platz selbst ausgesucht. Und das Recht werde ich keinem meiner Kinder streitig machen. Wann wollt ihr heiraten?«

Sie lachte selig. »Morgen?«

Er küßte ihre Stirn. »Bald. Hier?«

»Was immer du wünschst.«

»Es wäre mir eine Freude, wenn es Burton wäre.«

»Dann soll es so sein.«

»Deine Mutter ist hier geboren.«

Anne nickte. »Aber sie hätte dieser Ehe nicht zugestimmt.«

»Doch, Anne. Das hätte sie.«

»Fehlt sie dir?«

Er war überrascht und schüttelte wahrheitsgemäß den Kopf. »Nicht mehr.«

Sie zog die Stirn in Falten und sah ihn an. »Du hast eine andere Frau getroffen, nicht wahr?«

Er nickte.

»Schon lange?«

»Fünf Jahre.«

»Warum heiratest du sie nicht?«

»Weil es nicht geht.«

Plötzlich riß sie die Augen auf. »Lady Blanche?«

»Wie kommst du darauf?«

»Ich ...« Sie schüttelte unsicher den Kopf. »Ich habe euch zusammen im Traum gesehen. Vor vielen Jahren.«

Er nahm ihren Arm. »Reden wir lieber über dich und Isaac.«

Sie gab nach, und bald verschwand ihr sorgenvoller Ausdruck. Ihre Erleichterung nach den Monaten der Heimlichkeiten machte ihren Kopf leicht und vertrieb alle düsteren Gedanken. Sie dachte vage, daß es etwas Wichtiges gab, das sie ihrem Vater noch sagen mußte, aber es wurde aus ihrem Kopf gedrängt, als Isaac ihnen über die verschneite Wiese entgegenkam.

Wieder einmal gab es an Robins Geburtstag eine Hochzeit. Alcuin und Nicholas meisterten auch diese Zeremonie mit feierlichem Ernst, und das rauschende Fest nach der Trauung war das ausgelassenste, das Burton in seiner langen, ehrwürdigen Geschichte je erlebt hatte. Das halbe Dorf und jeder Mann und jede Frau vom Gestüt waren aus Fernbrook gekommen, und allein durch ihre zahlenmäßige Überlegenheit beherrschten die kleinen Leute Robins Halle. Keiner seiner Ritter und nur die wenigsten seiner Knappen neigten zu standesgemäßem Hochmut. Es wurde ein rundum gelungenes Fest, und Robin dachte zufrieden, daß er selten eine Hochzeit mit glücklicheren Brautleuten gesehen hatte. Als Isaac seine strahlende Braut schließlich bei der Hand nahm, um sie aus der Halle und in das prächtig geschmückte Brautgemach zu führen, verspürte Robin nicht den Drang, aufzuspringen und es zu verhindern.

Am nächsten Morgen gab er Isaac und Anne eine Urkunde, mit der er ihnen Fernbrook überschrieb. Es schien ihm richtig, daß es ihnen ganz gehören sollte. Er umarmte seine Tochter und seinen ›Schwiegersohn‹ und ließ sie frohen Herzens ziehen.

Mitten in der Fohlzeit kam Nachricht von Lancaster. Fernando von Portugal wollte seine Schiffe bald losschicken, es wurde Zeit, die Truppen zu versammeln.

Robin brach mit seinen beiden Söhnen auf und brachte Edward zu Henry, der derzeit auf seines Vaters Gut in Kenilworth war.

Raymond war ungnädiger Stimmung, als sie sich wieder auf den Weg machten. »Warum darf Edward bei Lord Henry bleiben und ich nicht?«

»Weil du noch zu klein bist. Du mußt noch ein paar Jahre warten. Und wenn du willst, daß Henry dich auch nimmt, mußt du lernen, dich besser zu beherrschen. Es kann nicht immer alles so gehen, wie du willst.«

»Warum nicht?«

»Weil Gott die Welt nicht nach den Wunschvorstellungen kleiner Jungs erschaffen hat.«

»Was heißt das?«

»Es heißt, daß du geduldig sein und dich damit zufriedengeben mußt, was du hast. Das ist nicht so wenig. Du bist Raymond of Burton. Es hätte viel schlimmer kommen können.«

Raymond nahm den väterlichen Sermon mit einem skeptischen Stirnrunzeln zur Kenntnis. »Und wohin reiten wir jetzt?«

»Nach Pontefract. Zum Duke of Lancaster. Er möchte ein paar Heiligenschreine in England besuchen und um Gottes Wohlwollen für seinen Feldzug beten. Es kann nicht schaden, wenn wir mitgehen.«

»Und dann gehst du mit ihm in den Krieg?«

»Ja.«

»Und was wird aus mir, wenn du fällst?«

»Deine Tante Agnes wird sich um dich kümmern. Und wenn die Zeit kommt, Lord Henry.«

Raymond lenkte sein Pferd näher an das seines Vaters, streckte unauffällig die Hand aus und umfaßte Robins Mantelsaum.

Fernando von Portugal war ein Mann von mediterraner Gelassenheit. Seine Schiffe ließen auf sich warten, und ihre Pilgerfahrt durch England zog sich in die Länge. Sie endete Mitte Juni in Canterbury, wo sie am Schrein des heiligen Thomas beteten und Erzbischof Courtenay ihre Aufwartung machten. Am Monatsende schließlich kamen Robin und Raymond nach Waringham. Lancaster hatte Robin unwillig für eine Woche entlassen, damit er seinen Sohn bei seiner Schwester abliefern konnte, ehe er sich ihm in Plymouth wieder anschloß. Von dort wollten sie nach Spanien segeln. Endlich.

Raymond war nie zuvor in Waringham gewesen, aber es fiel ihm nicht schwer, sich dort zurechtzufinden. Er eroberte Agnes' Herz im Sturm und vor allem das seiner beinah gleichaltrigen Cousine Margery. Nach zwei Tagen hatte er Wurzeln geschlagen.

Robin war erleichtert. »Ich hoffe, er bringt euch nicht zuviel Unruhe«, sagte er unsicher.

Conrad schüttelte entschieden den Kopf. »Du machst uns eine Freude, Robin.«

»Das sagst du jedesmal.«

»Sieh dir doch an, wie wohl er sich fühlt«, sagte Agnes in einem Tonfall, als wolle sie das Thema beenden. »Vermutlich weiß er es nicht, aber er gehört hierher.«

Robin lächelte wehmütig. »Ja, das tut er.«

»Mortimer ist nur noch bei Hofe«, berichtete Agnes. »Er bekleidet jetzt irgendein Amt. Sein neuer Steward ist ein Mann, mit dem sich reden läßt. Es ist besser geworden, weißt du.«

»Und Blanche?«

Agnes hob die Schultern. »Ich weiß es nicht. Er nimmt sie und den Jungen immer mit. Ich sehe sie kaum noch.«

»Und jetzt? Sind sie hier?«

»Nein.«

Er war bitterlich enttäuscht. Er war wütend. Also schön. Also schön, Lady Blanche. Ich hoffe, es zerreißt dir das Herz, wenn ich falle …

Agnes legte ihm mitfühlend die Hand auf den Arm. »Glaub mir, sie hat alles versucht, um hier zu sein, wenn du kommst. Aber er ist sehr schroff zu ihr in letzter Zeit. Und du selbst hast ihr gesagt, sie soll vorsichtig sein.«

»Ja, ich weiß.«

Conrad schüttelte den Kopf. »Robin, warum nur mußt du dich immer in die falschen Frauen verlieben.«

»Es gab Joanna«, wandte Robin ein.

»Schon. Aber …«

Er brach ab und sah stirnrunzelnd auf.

An der Tür vor seiner Halle erhoben sich fremde Stimmen, Metall klirrte leise.

Robin hatte sein Schwert gezogen, noch ehe er ganz aufgestanden war.

Der Earl of Oxford betrat in Begleitung von vier Soldaten die Halle. »Burton …«

Robin runzelte verblüfft die Stirn. Dann nickte er höflich und sagte: »Meine Schwester Agnes und ihr Mann Conrad Scott. Agnes, Conrad, der Earl of Oxford.«

»Marquess«, brummte Oxford verstimmt.

»Bitte?«

»Marquess. Der König hat mich im Winter dazu ernannt. Wo wart Ihr, Mann?«

Robin räusperte sich. »Ich bitte um Verzeihung. Der *Marquess* of Oxford.«

»Marquess of Dublin.«

»Oh. Das klingt nach einer undankbaren Aufgabe. Was genau ist ein Marquess?«

»Jedenfalls mehr als ein Earl.«

Robin grinste ironisch. »Na dann, Glückwunsch.«

Oxford hob abwehrend die Linke. »Ich verhafte Euch im Namen des Königs.«

Robin blinzelte verwirrt. »Ihr ... was?«

»Ich verhafte ...«

»Warum? Wie lautet die Anklage?«

»Hochverrat.«

Robin sah ihn schweigend an.

»Gebt mir Euer Schwert.«

Er tat nichts dergleichen. »Was wirft man mir vor?«

»Das soll meine Sorge nicht sein. Ich habe meine Befehle.«

»Das ist ein bißchen dürftig für einen Marquess, meint Ihr nicht?«

»Gebt endlich Eure Waffen.«

Der junge Oxford mit den blonden Engelslocken stand nicht gerade in dem Ruf, ein Held des Schwertes zu sein. Robin dachte, daß er sie vielleicht abwehren könnte, als zwei weitere Soldaten eintraten, mit Raymond in ihrer Mitte. Einer von ihnen hielt ihn mit eisernem Griff am Handgelenk, und Raymond zappelte. Tristan Fitzalan, Robins Knappe, folgte und sah seinen Dienstherrn verständnislos an.

Robin ließ die Waffe sinken. »Beschuldigt Ihr meinen Sohn auch des Verrats?« erkundigte er sich leise.

Oxford zeigte keine Regung. »Ich habe Order, Euch und Euren ältesten Sohn festzunehmen.«

»Mein ältester Sohn ist nicht hier, Sir.«

»Sondern wo?«

»Findet es heraus.«

»Dann nehme ich eben den Sohn, den ich kriegen kann.«

Robin hatte mit einemmal Mühe zu atmen. Wenn der König es auf seine Söhne abgesehen hatte, bedeutete das, daß er ihn und seine Linie auslöschen wollte. Es ging offenbar um mehr, als nur Lancasters Aufbruch zu verzögern.

Einer der Soldaten verdrehte Raymond den Arm auf dem Rücken, und der Junge wimmerte leise, obwohl er die Zähne zusammenbiß.

Robin nahm seinen Schwertgürtel ab und ließ ihn fallen. »Ihr wart einmal ein anständiger Kerl, Oxford. Wißt Ihr noch? Der Bauernaufstand? Was ist nur aus Euch geworden?«

Oxford erwiderte seinen Blick unbeeindruckt. »Ich diene meinem König heute so wie damals.«

»Und Ihr seid nicht schlecht damit gefahren, nicht wahr.«

Oxford nickte seinen Männern zu, und sie packten ihn mit überflüssiger Grobheit, denn Robin leistete keinen Widerstand. Er wandte sich so weit um, wie er konnte. Agnes hatte die Augen weit aufgerissen, ihre Hand bedeckte ihren Mund. Conrad hatte den Arm um ihre Schulter gelegt und sah mit grimmiger Miene zu, wie die Männer des Königs in seinem Hause das Recht mit Füßen traten. Robin sah ihn eindringlich an, und Conrad nickte fast unmerklich.

Die Soldaten stießen Robin zur Tür.

»Einen Augenblick noch«, sagte er höflich, und es funktionierte. Sie gaben ihm Gelegenheit, sich an seinen Knappen zu wenden.

»Reite nach Hause, Junge. Ich glaube, ich brauche dich im Moment nicht so dringend.«

Auch Tristan Fitzalan verstand seine Botschaft. »Wie Ihr wünscht, Mylord.«

Oxford wurde argwöhnisch. »Wer bist du?« fragte er barsch.

Tristan reagierte geistesgegenwärtig. »Meine Name ist John Perkins, Sir, mein Vater ist …«

Oxford winkte ungeduldig ab. Er kannte keinen Perkins, also konnte er nicht von Bedeutung sein. »Schön, du kannst verschwinden.«

Tristan verbeugte sich artig. Er wäre wohl nicht so glimpflich davongekommen, wenn er Oxford gesagt hätte, daß sein Vater der Earl of Arundel war, ein mächtiger Lord, der in den letzten Jahren in Kontroversen immer für Lancaster und gegen den König gestimmt hatte.

»Robin …«, rief Agnes angstvoll, aber sie brach sogleich wieder ab. Robin drehte sich nicht mehr um. Er wollte nicht noch einmal ihr verstörtes Gesicht sehen. Er würde sich lieber ein anderes Bild aussuchen, um sie in Erinnerung zu behalten. Er sagte auch nicht Lebwohl. Das hatte er noch nie besonders gut gekonnt.

Im Hof warteten acht Pferde.

»Ich verlange mein eigenes Pferd«, sagte Robin entschlossen.

»Ihr habt nichts mehr zu verlangen, Mann«, erwiderte Oxford brüsk.

»Es ist zweihundert Pfund wert und mein Eigentum.«

»Und verhext ist es dazu. Schluß jetzt. Sitzt endlich auf.«

Robin gab nach. Er mußte besonnen sein, um seinet-, vor allem um Raymonds willen. Sein Sohn sah ihn mit riesigen Augen verständnislos an.

Robin nickte ihm zu. »Sitz auf, Raymond. Hab keine Angst.« Und als er im Sattel saß, fragte er Oxford: »Wohin soll die Reise gehen?«

»Zum Tower of London, Sir.«

Robin fragte nicht weiter. Jetzt wußte er, wie es um ihn stand.

Am späten Nachmittag kamen sie in die Stadt. Die Wachen am Tor auf der Stadtseite der Brücke beobachteten den Zug neugierig. Sie steckten die Köpfe zusammen, kaum daß die Reiter passiert hatten.

Raymonds Beunruhigung wurde für eine Weile von purem Erstaunen verdrängt. Mit großen Augen betrachtete er die lärmende Hauptstadt und die vielen Menschen. Seine Hände lagen untätig auf seinen Oberschenkeln, weil einer der Soldaten die Zügel seines Pferdes hielt, und sein blonder Kopf drehte sich bald nach rechts, bald nach links.

Robin sah geradeaus. Aber er nahm das bunte Treiben aus dem Augenwinkel wahr. Es war ein warmer Sommerabend, und London zeigte sich von seiner besten Seite. Trotzdem wäre er lieber anderswo gestorben.

»Nanu, der Lord of Burton wandert in den Tower!« rief eine tiefe Frauenstimme. »Was hat das zu bedeuten?«

Robin wandte den Kopf und erkannte die junge Frau des Zunftmeisters der Walker. Er nickte ihr zu. »Das müßt Ihr den König fragen, Mistress Hawkins.«

»Seid still«, zischte Oxford.

»Aber was habt Ihr denn getan?« beharrte sie.

»Nichts. Erzählt in der Stadt, was Ihr gesehen habt.«

Oxfords behandschuhte Faust traf seine Schläfe, und Robin mußte sich am Sattelknauf festhalten, um nicht herunterzufallen. Er war benommen, aber er hörte Mistress Hawkins' durchdringende Stimme deutlich: »Ja, ich werde erzählen, was ich sehe, Sir. Anständige Edelleute und ihre unschuldigen Kinder werden eingesperrt, damit ehrlose Schurken wie Oxford ihre Ländereien einheimsen können!«

Und damit verschwand sie zwischen dem Häusergewirr von Cheapside. Die Bürger von London genossen unter vielen Freiheiten auch die, ihre Meinung äußern zu können, aber sie war klug genug, es nicht darauf ankommen zu lassen, ob Oxfords Soldaten gerade jetzt geneigt waren, die Stadtrechte zu achten. Doch sie hielt Wort. Am Abend war Robin das Gesprächsthema in allen Zunfthäusern der Tuchmacherbranche. Bis zum nächsten Vormittag wußte es praktisch die ganze Stadt. Und sie hielt ein wachsames Auge auf den Tower gerichtet.

Derweil übergaben Oxfords Männer Robin und Raymond dem wachhabenden Offizier im Tower, der sogleich vier seiner Soldaten abkommandierte, um sie einzusperren. Sie betraten den White Tower und stiegen so viele Treppen hinab, daß Robin glaubte, die Last der vielen Steine über sich auf seinen Schultern spüren zu können.

»Ist es ein Spiel, Vater?« fragte Raymond leise hinter ihm.

»Nein.«

Raymond begann zu weinen.

»Sei still«, befahl Robin schroff.

Raymond versuchte, sein Schniefen zu unterdrücken.

In einem Wachraum hielten sie an.

Eine unfreundliche Hand legte sich auf Robins Schulter und drehte ihn um. »Gib, was du hast.«

Robin löste seinen Geldbeutel vom Gürtel und gab ihn dem Mann.

Der wiegte ihn grinsend in der Hand. »Stiefel und Mantel auch.«

Robin lehnte sich an die Mauer und zog die Stiefel aus. »Wie wär's, wenn ihr mir den Mantel für den Jungen laßt? Kalt hier unten.«

Er schüttelte den Kopf. »Nichts da. Gib schon her.«

Robin sah ihm in die Augen und wußte, daß es keinen Sinn haben würde, ihn zu bitten. Er gab ihm den leichten Wollmantel. Er war schmucklos, aber neu und aus feinstem dunkelblauem Tuch. Der Mantel und die Stiefel waren zusammen mehr wert als der Inhalt seiner Börse.

Der Anführer der Soldaten gab die Sachen an einen der anderen weiter, nahm einen gewaltigen Schlüsselbund von seinem Gürtel und sperrte die Tür auf. Sie führte in ein finsteres Loch mit braunem, feuchtem Stroh am Boden.

Raymond wich an der Schwelle furchtsam zurück, und einer der Männer versetzte ihm einen unsanften Stoß zwischen die Schultern. Er stolperte hinein.

Zwei Wachen folgten. »Stell dich mit dem Rücken an die Wand, Burton.«

Mit vier Schritten hatte Robin die Mauer erreicht, die der Tür gegenüberlag. Er lehnte sich mit dem Rücken dagegen. Der eine der Soldaten setzte ihm eine blanke Klinge an die Kehle, während der andere sich vor ihm ins Stroh hockte. Eine Kette rasselte, und kalte, enge Schellen schlossen sich um seine nackten Knöchel. Dann gingen sie hinaus, nahmen die Fackel mit und schlossen die Tür. Es war stockfinster.

Robin kniete sich ins Stroh. »Komm zu mir, Raymond.«

Kleine Füße raschelten, und Robin spürte eine tastende Hand an seiner Schulter. Er zog ihn an sich und legte die Arme um ihn.

»Und jetzt kannst du weinen, soviel du willst.«

Aber Raymond war zu entsetzt für Tränen. Er krallte eine Hand in Robins Haare und vergrub das Gesicht an seiner Brust. »Es ist so dunkel hier.«

»Ja.«

»Und es stinkt.«

»Allerdings.«

»Wie lange werden sie uns hier lassen?«

»Nicht sehr lange, denke ich.«

»Gott sei Dank«, wisperte Raymond.

Robin biß hart die Zähne zusammen und kniff die Augen zu. Ein bitterer, heißer Zorn wollte ihn verleiten, mit den Fäusten gegen die dicke Mauer anzugehen, aber er tat es nicht. Reiß dich zusammen, schärfte er sich ein. Laß dich nicht gehen, das macht es nur schlimmer. Jetzt werden wir ja sehen, wie geduldig Robin of Waringham wirklich ist. Heiliger Georg, du Helfer in der Not, bitte für uns und verleih uns die Tapferkeit deines Drachentöterherzens. Ich bitte dich wegen Raymond. Er ist doch noch so klein.

Er war hungrig, und auch Raymond klagte über Hunger, aber es vergingen viele Stunden, ehe die Tür zu ihrem Verlies sich wieder öffnete. Robin vermutete, es war der nächste Morgen. Raymond hatte in seinen Armen friedvoll geschlafen, während Robin sich bemühte, in völliger Finsternis und mit bloßen Händen sein Kind gegen die Ratten zu verteidigen. Es waren drei, hatte er bis zum Morgen gelernt. Seines Augenlichts beraubt, hatten sein Gehör und sein Tastsinn sich merklich geschärft. Er hatte sogar herausgefunden, daß eine größer war als die beiden anderen, und es war diese große Ratte, die ihn gebissen hatte.

Die Fackel schien den kleinen Raum gleißend hell zu machen. Sie blinzelten beide gegen diesen plötzlichen Ansturm von Licht. Bis Robin wieder sehen konnte, waren zwei Wachen eingetreten. Einer stand in der Tür und beäugte ihn argwöhnisch. Der andere stellte eine Schale mit zwei Stücken Brot und einen Krug neben seinen rechten Fuß.

»Merk dir, wo es steht, tritt es nicht um«, riet er nicht unfreundlich.

Robin sah ihn an, und augenblicklich wurde das junge, bartlose Gesicht verschlossen und hart.

Robin wies auf das Brot. »Und das ist alles?«

»Alles, Mylord.« Er wandte sich abrupt ab und ging hinaus. Er vermied es, Raymond anzusehen.

Robin hatte gerade noch Zeit, seinen Rat zu befolgen. Er schärfte sich ein, wo das Essen stand, dann kehrte die Dunkelheit schon zurück. Das ist alles, Robin, dachte er kalt. Stell dich darauf ein. Begnüge dich damit. Das ist alles. Er streckte behutsam die Hand aus, tastete nach dem Krug und hob ihn hoch. Es war Bier. Immerhin.

»Komm her, mein Junge. Trink.«

»Aber ich bin hungrig.«

»Wir haben Brot. Aber wir wollen noch ein bißchen warten, ehe wir es essen, ja?«

»Warum?«

»Weil wir nicht wissen, wann wir wieder etwas bekommen. Wir müssen sparsam sein.«

»Wie die armen Leute?«

»Genau.«

Raymond nahm den Krug aus seinen Händen und trank durstig. Dann gab er ihn Robin zurück. Er trank ein paar kleine Schlucke, ehe er ihn an der Wand auf den Boden stellte. Die Schale mit dem Brot stellte er dazu. Außerhalb der Reichweite seiner Füße, aber nah genug, daß die Ratten es nicht holen konnten. Dann stand er auf und erkundete, wieviel Freiheit seine Ketten ihm ließen. Zwei Schritte. Er konnte zwei kleine Schritte machen, ehe sie sich spannten. Das war kaum genug, um auf und ab zu gehen, aber er versuchte dennoch, sich ein wenig Bewegung zu verschaffen.

»Vater, ich muß pinkeln.«

»Such dir irgendeine Ecke aus. Wie wär's mit der links von der Tür.«

»Aber was wirst du tun?«

Robin mußte grinsen. Es fühlte sich eigentümlich unpassend an an diesem Ort.

»Zielen, so gut ich kann, Raymond.«

Anne und Isaac kamen mitten in der Nacht nach Kenilworth, und Annes verzweifelte Hartnäckigkeit erweichte schließlich das Herz eines jungen Wachsoldaten. Er holte den Earl of Derby aus dem Bett.

»Anne? Was ist passiert?«

»Du mußt Edward verstecken, Henry.«

»Bitte?«

»Vater und Raymond ... ich ...«

Er erkannte ihre Not und wollte ihre Hände nehmen, aber Isaac war schon bei ihr und legte schützend und gleichzeitig besitzergreifend einen Arm um ihre Schultern.

»Sie sagt, Robin ist eingesperrt. In einem weißen Turm. Und Raymond ist bei ihm.«

Henry sah von Isaac zu Anne und wieder zurück. »O mein Gott.«

»Wißt Ihr, was ihr Traum bedeutet, Mylord?«

Henry fuhr sich mit der Hand über Mund und Kinn. »Ja. Ich denke schon, ja. Robin ist im Tower.«

»Im *Tower*?« echote Isaac verständnislos.

Henry nickte. »Ich wußte, irgend etwas würde passieren. Aber darauf wäre ich so schnell nicht gekommen. Wie genial von dir, Richard …«

Anne legte den Kopf an Isaacs Schulter. Sie war sehr bleich. Isaac brachte sie zu einem der kleinen Sessel. »Komm her, setz dich«, sagte er sanft.

Sie ließ sich beinah in den Sessel fallen, ihre Haltung war eigentümlich gekrümmt. »Worauf wartest du, Henry, unternimm irgend etwas.«

»Ja. Ich breche sofort auf. Wartet hier.«

Er schickte eine der Wachen nach Wein, einen zweiten Mann nach Edward und verließ sie für eine kleine Weile, um seiner Frau zu erklären, warum er so plötzlich fort mußte. Mary erhob erwartungsgemäß keine Einwände.

Als er zurückkam, war Isaac dabei, seiner Frau den vorzüglichen, belebenden Burgunder einzuflößen. »Komm schon, Anne, trink, sei so gut.«

Sie legte die Hände um den Becher und nahm einen tiefen Zug.

Edward stolperte verschlafen herein, und sie sprang auf, zog ihn an sich und umarmte ihn erleichtert.

Edward küßte seiner Schwester höflich die Wange und befreite sich unauffällig aus ihrer Umarmung. »Was ist denn, Anne?«

»Vater und Raymond, Edward. Sie haben sie im Tower eingesperrt. Du mußt dich verbergen.«

Edward sah verstört zu Isaac, dann zu Henry. »Vater? Im Tower?«

Henry legte ihm mitfühlend die Hand auf die Schulter. »Ich reite sofort nach London. Ich werde tun, was ich kann.«

»Nehmt mich mit, Mylord«, bat Edward.

»Nein. Du mußt mit Anne gehen.« Er sah sie über seinen Kopf hinweg an und versuchte zu ignorieren, was ihr Anblick in ihm auslöste. »Mein Vater ist in Plymouth, er kann uns jetzt nicht helfen. Aber wir werden schon einen sicheren Platz für euch finden.«

»Der Erzbischof von York?« schlug Isaac vor.

Henry schüttelte langsam den Kopf. »Er kann sich noch nicht entscheiden, auf welche Seite er sich schlagen soll, aber ich traue ihm nicht. Nein, geht nach Leicester zur Abtei. Bestellt dem Abt einen ergebenen Gruß von mir, und bittet um Asyl. Dort werdet ihr in Sicherheit sein, egal, was passiert. Eine Eskorte wird euch begleiten.«

Isaac trat zu Anne. »Werdet ihr das ohne mich schaffen? Es ist nicht weit.«

Sie nickte ohne Zögern.

Isaac sah zu Henry. »Dann werdet Ihr meine Begleitung nicht ablehnen, oder?«

Henry schüttelte den Kopf. »Nein, im Gegenteil, Sir. Ich wäre froh.«

Robin hatte sein Zeitgefühl verloren. Aber er schätzte, es war am Mittag des sechsten Tages, als Raymond den Bierkrug fallen ließ. Robin schalt ihn nicht. Das war nicht nötig. Raymond erkannte die Konsequenzen auch ohne väterliche Ermahnungen, und er weinte bitterlich über den Durst, den sie leiden würden. Er weinte lange und verzweifelt, nicht nur über den Durst. Seine Furcht und seine Bestürzung ergriffen die Gelegenheit, um sich Ausdruck zu verschaffen. Als er begann, sich zu verschlucken, rief Robin ihn zu sich.

Raymond kroch auf Händen und Füßen zu ihm hin.

Robin zog ihn auf seinen Schoß. »Es ist gut. Du mußt jetzt aufhören. Wir haben nicht genug zu essen, wir dürfen uns nicht verausgaben. Sch. Ist ja gut, mein Junge …« Er strich ihm über den Kopf und den Rücken und wiegte ihn, und Raymonds krampfartiges Schluchzen ließ nach.

»Mach die Augen zu, Raymond.«

»Ist gut«, flüsterte er.

»Sind sie zu?«

»Ja, ganz fest.«

»Gut. Jetzt denk an einen Baum. Einen großen, alten Baum, eine Buche. Der Stamm ist glatt und silbrig. Und erst ganz weit oben fangen die Äste an. Äste und Zweige mit kleinen, gelbgrünen Blättern. Die Sonne scheint durch die Blätter. Kannst du den Baum sehen?«

»Ja.«

»Und neben der Buche steht noch eine zweite. Sie sind einander zugeneigt wie ein Liebespaar. Ihre Wurzeln unter der Erde sind ineinander verflochten. Und zwischen den Buchen wächst Farn.«

»Ein Wald ...«, murmelte Raymond selig.

»Ja, ein Wald. Und unter den Farnwedeln, da, wo kein Mensch es entdecken kann, steht ein winziges Häuschen. Die Wände sind aus Eichenborke, das Dach ist mit immergrünem Laub gedeckt und der Fußboden mit Moos ausgelegt. Und in dem Haus lebte der Kobold Jack mit seiner Kobold-Frau May und seinen Kobold-Kindern in Glück und Zufriedenheit. Doch eines Tages kam der Bote des Kobold-Königs in das Haus unter dem Farnkraut und berichtete Jack, daß die Trolle die Berge verlassen hatten und den Wald überfallen wollten ...«

Raymond war ein phantasiebegabtes Kind. So sehr konnte er sich in Robins Geschichten vertiefen, daß er seine Angst und seinen Kummer völlig vergaß. Robins Stimme wurde rauh vom Erzählen, und er mußte selbst die Augen schließen, um die Finsternis auszusperren und sich an die Märchen zu erinnern, die Großvater Henry früher den Kindern in Waringham erzählt hatte. Aber es lenkte sie beide von Durst, Hunger und Furcht ab. Raymonds kleiner Körper wurde warm in seinen Armen, und er hörte auf zu erzählen, als sein Sohn eingeschlafen war. Er hielt ihn fest und dachte an eine andere Geschichte. Eine grauenvolle Geschichte, die Geoffrey Chaucer von seiner Italienreise mitgebracht hatte. Sie handelte von einem Edelmann, Ugolino von Pisa, der den Unwillen des Erzbischofs erregt hatte. Sie sperrten ihn zusammen mit seinen zwei Söhnen in ein Verlies in einem Turm, und jeden Tag gaben sie ihnen weniger zu essen. Ugolino gab seine Ration schließlich seinen Söhnen, trotzdem verhungerten sie beide vor ihm. Chaucer behauptete, es sei eine wahre Geschichte. Und Robin fragte sich, ob er sie dem König oder Oxford vielleicht auch erzählt hatte. Jedenfalls hatte er festgestellt, daß ihre Brotrationen von Tag zu Tag kleiner wurden, und das machte ihm angst. Es war so schwierig, in dieser finsteren Gruft nicht das Schlimmste zu befürchten und zu verzweifeln. So viele waren über die Jahrhunderte im Tower auf tausenderlei Arten gestorben; die alten Mauern waren blutgetränkt. Er wußte, daß er mächtige Feinde bei Hofe hatte und daß der König ihm alles andere als gewogen war. Es schien keineswegs so abwegig, daß man sie hier elend verrecken lassen würde, ohne einen inszenierten Prozeß zu riskieren. Robin dachte an seinen Vater und fühlte sich ihm zum erstenmal seit seiner Kindheit wieder verbunden.

Raymond hatte vielleicht zwei Stunden geschlafen, als der Schlüssel in der Tür rasselte.

Es ist nicht Morgen, dachte Robin erstaunt, und dann richtete er sich kerzengerade auf. Er hatte inzwischen gelernt, die Augen gegen das Licht zu schließen, ehe es tatsächlich hell wurde. Auf diese Weise erlangte er seine Sehfähigkeit schneller zurück, weil er nicht geblendet wurde.

Als er die Augen wieder öffnete, stand Mortimer über ihm. Seine Lider waren halb geschlossen, aber er sah forschend auf sie hinab. »Dein Sohn scheint mir schmächtig, Robert.«

Raymond schlief noch. Robin rührte sich nicht. Statt dessen betrachtete er Mortimer. Er war nach der neuesten Mode bei Hofe gekleidet: hautenge, dünne Seidenhosen, eine kurze und in der Taille geraffte Schecke in leuchtenden Farben. Dazu ein kurzer Umhang mit Kapuze, die in seinem Nacken zu einem unförmigen Gebilde aufgesteckt war, und Schnabelschuhe, deren Lederspitzen so lang waren, daß er achtgeben mußte, um nicht darüber zu stolpern.

Robin sagte nichts. Aber vielleicht verriet sein Gesichtsausdruck, was er von Mortimers Aufmachung hielt. Jedenfalls packte Mortimer Raymond plötzlich an den Haaren, so daß der Junge jammernd aus dem Schlaf auffuhr, und schleuderte ihn beiseite. Dann trat er Robin mit Macht in die Rippen. »Sie sagen, du hast in Lancasters Auftrag versucht, Soldaten aus des Königs Leibwache für ein Mordkomplott zu gewinnen.«

Robin lag mit dem Gesicht im dreckigen Stroh und hustete leise. »Wer sind *sie*? Wer außer dir und Oxford?«

Ein mörderischer Tritt traf seinen Kopf, und vor Robins Augen verschwamm alles. Nur vage nahm er wahr, daß sein Sohn sich mit einem wütenden Kampfschrei auf Mortimer stürzte. Er landete einen gut plazierten Tritt gegen sein Schienbein, und das war das Ende seines Kriegsglücks. Mortimer betrachtete Raymond wie eine lästige Stechfliege und schenkte ihm einen Moment seine volle Aufmerksamkeit. Er holte aus und schlug ihm mit einer kräftigen Ohrfeige zwei Milchzähne aus. Raymonds Schreie brachten Robin schnell wieder zur Besinnung. Er kam auf die

Füße. »Mortimer, hör auf damit. Komm schon, nicht der Junge, das ist selbst unter deiner zweifelhaften Würde.«

Mortimer ließ Raymond los, und er fiel zu Boden. Er blutete aus Mund und Nase, blieb reglos liegen und starrte seinen Vater aus schockgeweiteten Augen an. Robin hatte zum erstenmal Gelegenheit, ihn länger als nur ein paar Augenblicke anzusehen. Mortimer hat recht, dachte er. Raymond war schmächtig. Immer gewesen, aber die Dunkelheit und die schlechte Ernährung zeigten schon Spuren. Er wirkte ausgezehrt, so als sei er krank.

Mortimer nickte den beiden Wachen zu, die mit ihm gekommen waren. Der eine, der die Fackel hielt, war der, der ihnen ihre Tagesration brachte. Der andere war der Sergeant, der Robin sein Geld und seine Sachen abgenommen hatte. Er trat auf Robin zu und zerrte ihn zur Wand. Dann nahm er sein rechtes Handgelenk. Für besonders renitente oder uneinsichtige Gefangene waren etwa in Kopfhöhe Handketten mit dicken Ringen in der Mauer verankert. Der Sergeant suchte einen seiner vielen Schlüssel hervor und schloß sie auf. Robin sah zu, wie je eine rostige Eisenschelle sich erst um das eine, dann um das andere Gelenk schloß. Er spürte eine Gänsehaut auf den Armen.

»Laßt mir die Fackel hier und verschwindet«, befahl Mortimer.

Langsam befestigte der Wachsoldat das Licht in einer Halterung an der Wand. Er spürte Robins Blick und sah sich schließlich gezwungen, ihn zu erwidern.

»Hast du so viel christliches Erbarmen, daß du meinen Sohn für eine Weile mit hinaus ans Tageslicht nimmst?«

Der Soldat warf seinem Sergeanten einen unsicheren, fast ängstlichen Blick zu, aber dann streckte er die Hand aus. »Komm, Raymond.«

Raymond rührte sich nicht.

Robin nickte ihm zu. »Geh nur. Er ist in Ordnung, ich bin sicher.«

Raymond verharrte, als habe er ihn nicht gehört. Der Soldat machte einen langen Schritt auf ihn zu, hob ihn ohne Mühe hoch und trug ihn zur Tür.

Raymond erwachte zum Leben. »Vater! Vater!«

Seine Stimme wurde leiser, je weiter der Mann ihn den Gang entlang und die Treppen hinauf trug, aber Robin schien es, als könne er sie noch hören, nachdem sie längst verhallt war.

Der Sergeant ging rückwärts hinaus und zog die Tür zu.

Mortimer seufzte zufrieden und trat auf ihn zu. »Endlich.«

»Wie mutig du mir mit einemmal entgegentrittst, Mortimer.«

Mortimer hob langsam die Schultern. »Ich wußte, meine Stunde würde kommen. Ich kann die Vorzüge eines offenen Kampfes nicht so schätzen wie du. Sieh dir doch an, wohin deine Rittertugenden dich gebracht haben.«

»Du hast recht, du hast es mit deiner Tücke weiter gebracht.«

Mortimers Mundwinkel verzogen sich bitter nach unten. »Sag mir, alter Freund, wie lange treibst du's schon mit meiner Frau, he?«

Ehe Robin Entrüstung heucheln und eine überzeugende Lüge vorbringen konnte, stieß Mortimer ihm sein seidenbestrumpftes Knie in den Unterleib. Robin biß sich auf die Zunge und stöhnte trotzdem, und er spürte Schweiß überall auf seinem Körper.

Mortimer lächelte sein strahlendes, entspanntes Lächeln. »Gut, daß sie dich so nicht sieht.«

Ja, dachte Robin atemlos, das ist wahr. Seine Knie waren eingeknickt, er hing wie ein nasser Kornsack an der Wand. Sicher kein schöner Anblick.

»Fürchtest du dich, Robert?«

Robin konnte nicht antworten. Er fürchtete sich, ja, allerdings. Seit Oxford in Conrads Halle gekommen war, fürchtete er sich unablässig. Um sich selbst, um Raymond und seine anderen Kinder und seine Leute in Burton. Jetzt fürchtete er vor allem für Blanche. Er hatte solche Angst um sie, daß seine Eingeweide sich schmerzhaft verkrampften. Aber es konnte die Dinge nur verschlimmern, wenn Mortimer das merkte ...

»Ich weiß nicht, was dich auf den Gedanken bringt, aber ich bin sicher, du tust deiner Frau unrecht, Mortimer.«

Mortimer trat noch einmal zu. Robin wurde sterbenselend, und Mortimers Stimme hallte in seinen Ohren, als stünden sie in einer großen, leeren Kirche: »Wirklich? Sollte ich sie denn tatsächlich zu Unrecht erschlagen haben? Das wäre bitter, he? Sie war ja doch hinreißend. Und so klug. Irgendwie ein Jammer, denkst du nicht?«

Robin senkte den Kopf und schloß die Augen. Er versuchte, sich in sich selbst zurückzuziehen, soweit es nur ging. Trotz der Schweißperlen auf der Stirn schien sein Gesicht ihm kalt.

»Nein, nein, Robert, du kannst dir die Lügen sparen. Ich kenne die Wahrheit. Nicht lange, und der ganze Hof wird sie kennen. Jeder wird meinen Groll verstehen. Tja, und sieh mich an, ich komme schlecht gerüstet. Beinah mit leeren Händen. Und ich darf dich auch nicht allzusehr verunstalten, hat der König gesagt. Denn diese Stadt hat sich plötzlich entschlossen, dich in ihr wankelmütiges Herz zu schließen. Der Anblick deiner Leiche darf also nicht abstoßend sein, sonst könnte es unliebsamen Ärger geben. Alles, was ich habe, sind meine Fäuste.« Er sah kurz über die Schulter. »Na ja, und eine Pechfackel.«

Als Robin zu sich kam, fand er sich Auge in Auge mit der großen Ratte. Sie hockte in seiner Armbeuge und schleckte angetrocknetes Blut von seiner Brust.

Sein Magen hob sich fast ruckartig. Mit einem schwachen Laut fegte er die Ratte beiseite. Dann machte er eine Bestandsaufnahme. Er ekelte sich, also lebte er. Er konnte sehen, also hatte er Licht. Es stand weitaus besser als erwartet.

Er drehte sich auf den Rücken und wandte den Kopf. Raymond hockte in der Ecke des Raumes. Er kauerte am Boden und hatte sich so klein wie möglich gemacht.

»Wirst du sterben?«

Robins Gesicht war geschwollen. Aber er versuchte wenigstens zu lächeln. »Nein, vorläufig nicht.«

»Ich dachte, du bist tot.«

Robin setzte sich auf, um das Gegenteil unter Beweis zu stellen. Es war nicht einfach. Mortimer hatte sich wirklich ins Zeug gelegt. Robins Gedächtnis hatte anscheinend beschlossen, einen gnädigen Schleier vor dieser Episode auszubreiten, er erinnerte sich nur bruchstückhaft.

»Wie ist es dir ergangen?« fragte er seinen Sohn.

»Rodney hat mir den Tower gezeigt. So eine riesige Burg! Er sagt, der normannische König William habe sie gebaut. Ist das wahr?«

Robin nickte. Genaugenommen hatten schon die Römer damit angefangen. Aber welche Rolle spielte das. Es war viel wichtiger zu hören, wie lebendig Raymonds Stimme klang.

»In einem der Türme läßt der König Münzen prägen, aber wir

durften nicht hinein. Dafür habe ich die Raubkatzen gesehen. Sie sind in großen Käfigen in einem anderen Turm untergebracht. Irgendein afrikanischer König hat sie unserem König geschenkt. Eine war ganz schwarz, die größte. Und so grimmig! Sie hat uns böse angefaucht. Ich war froh, als wir wieder gingen. Und überall waren Raben. Die Wachen füttern sie. Rodney sagt, solange die Raben da sind, wird der Tower niemals fallen. Erst wenn sie fortfliegen. Hat er mich auf den Arm genommen?«

»Nein. Alle Leute in London glauben das. Es ist eine Legende.« Er selbst hatte Zweifel. An dem Tag, als die Rebellen den Tower stürmten und den Erzbischof von Canterbury ermordeten, waren die Raben jedenfalls dagewesen wie eh und je und hatten gelangweilt zugesehen.

»Was ist eine Legende?«

»Eine Geschichte, von der niemand genau weiß, ob sie wirklich stimmt.«

»Ah. Ich hab' die Raben jedenfalls auch gefüttert.«

»Und dann?«

»Dann kam ein Mann und flüsterte und gab Rodney ein Goldstück.«

»Was für ein Mann?«

»Weiß nicht. Irgendein Mann.«

»Ein Soldat? Ein Kaufmann?«

»Ein einfacher Ritter. Rodney sagte, ich müsse wieder zurück und brachte mich her. Du warst in deinen Ketten … eingeschlafen. Und voller Blut. Er hat dich losgemacht, das Licht hiergelassen und mir einen Zettel gegeben.«

Robin betastete seine Rippen. »Einen Zettel? Was steht drauf?«

»Ich kann's nicht lesen. Ich kenne noch nicht alle Buchstaben, und die Schrift ist komisch. Hier.« Er streckte ihm einen zerknitterten Bogen Papier entgegen.

Robin nickte. »Gleich.«

Er fühlte sich geschunden und elend. Das merkte er erst jetzt, nachdem die erste Erleichterung, noch am Leben zu sein, sich abgenutzt hatte. Er sah an sich hinab. Seine Kleidung war zerrissen und verdreckt, beschmiert mit Blut und Pech. Er hatte ein paar häßliche Brandwunden. Für einen kurzen Moment hatte er ein lebendiges Bild vor Augen, Mortimer mit leuchtenden Augen und haßverzerrtem Gesicht mit der Fackel in der Faust. Aber das Bild fiel sofort wieder in sich zusammen. Blanche. Mit einemmal erinnerte er sich daran, was Mortimer gesagt hatte. Es lähmte ihn von Kopf bis Fuß.

»Vater, bist du sicher, daß du nicht stirbst?«

Er holte zittrig Luft. »Ja. Hast du was gegessen?«

»Hm! Eintopf. Mit Fleisch.«

»Gut.« Er war nicht neidisch. Seit Mortimers Besuch verspürte er keinen Hunger mehr.

Er rutschte zu Raymond hinüber und nahm das Schriftstück aus seiner Hand. Er mußte blinzeln, weil sein Blick ein wenig unscharf war, aber schließlich konnte er lesen. Es war französisch, und er erkannte die fast gestochen ordentliche Handschrift auf den ersten Blick.

Sie lassen mich nicht zu Dir. Aber ich habe eine der Wachen bestochen. Anne und Edward sind in Sicherheit. Lady Blanche ist aus Westminster verschwunden. Niemand weiß, wo sie steckt. Sorge Dich nicht, ich kümmere mich um sie, sobald ich sie gefunden habe. Dein Knappe Tristan hat seinen Vater hergebracht. Er setzt den König unter Druck, wie mein Vater es nicht besser könnte. Und Arundel ist nicht der einzige. Die Stadt brodelt. Du bist nicht vergessen. Sei guter Hoffnung, viele denken an Dich. Henry.

Als Rodney am nächsten Morgen kam, war er sehr nervös. Er sah immerzu über die Schulter, während er Robin Papier und Tinte gab. »Beeilt Euch«, zischte er.

Robin konnte nicht viel schreiben. Darum hatte er sich seine Botschaft zurechtgelegt.

Danke. Sag Deinem Vater, er soll sich nicht aufhalten lassen. Ich werde ihm folgen, falls ich kann. Wenn Mortimer die Wahrheit sagt, ist Blanche tot. Gott segne Dich. Robin.

In vieler Hinsicht machte es ihre Lage erträglicher, daß Rodney nicht abgeneigt war, seinen Sold ein wenig aufzubessern. Von Natur aus ein freundlicher Mensch, kam es ihm nicht in den Sinn, Henrys Schmiergelder anzunehmen und nichts dafür zu tun. Er kehrte das verdreckte, faulige Stroh zusammen und schüttete frisches auf. Er brachte ihnen einen Eimer für ihre Notdurft und ließ ihnen meistens Licht. Er befreite Robin sogar von den Fußketten. Nur hungern ließ er sie weiterhin.

»Warum?« erkundigte sich Robin.

»Der Sergeant kontrolliert, was ich Euch bringe.«

»Und könntest du nicht ein Stück Fleisch oder wenigstens einen Apfel für den Jungen unter der Kleidung hereinschmuggeln?«

Rodney schüttelte entschieden den Kopf. »Ich riskier' so schon meinen Hals.«

»Ich bin sicher, es macht sich bezahlt«, murmelte Robin bitter.

Rodney warf ihm einen zusammengefalteten Zettel in den Schoß. »Hier. Ich schätze, ich habe keine Lust, auf Eure Antwort zu warten.« Er stiefelte wütend hinaus.

Robin schloß erschöpft die Augen und bedachte sich mit ein paar Obszönitäten. Es war weder besonders klug noch besonders dankbar, den Mann zu verärgern, der seine einzige Verbindung zur Außenwelt darstellte. Von Licht und den anderen kostbaren Verbesserungen mal ganz abgesehen. Rodney hatte recht, er ging ein hohes Risiko ein, ganz gleich, was Henry ihm zahlte. Und sollte Rodney zu dem Schluß kommen, daß sie das Risiko nicht wert waren, dann würden Raymond und er in diesem finsteren Loch sterben. Es war für ihn also ratsam, seinen Groll nicht gerade an ihm auszulassen.

Er entfaltete den Brief. Wieder auf französisch. Es bot natürlich keine Sicherheit vor Entdeckung, aber es beschränkte den Kreis derer, die die Botschaft lesen konnten, doch ganz beträchtlich.

Noch keine Spur von Deiner Dame. Aber ein Novize der Abtei in Westminster schwört beim Augenlicht der Heiligen Jungfrau, daß sie Westminster lebend verlassen hat. Ich suche weiter. Waringham und Oxford verbreiten das Gerücht, Du habest Richards Leibwache zum Verrat angestiftet. Ihre Bemühungen erregen allgemeine Heiterkeit, aber es ist keineswegs komisch, denn natürlich haben sie einen reumütigen Zeugen. Trotzdem zögern sie, Dich anzuklagen. Das gefällt mir alles überhaupt nicht. Übermorgen muß ich nach Plymouth, um Vater zu verabschieden. Er wollte sofort herkommen, als er von Deiner Verhaftung hörte, aber Arundel, mein Onkel Gloucester und ich konnten ihn umstimmen. Denn das war es ja, was Richard wollte, Vaters rechtzeitigen Aufbruch vereiteln. Es wird höchste Zeit, daß mein königlicher Cousin lernt, daß nicht alle Adeligen seines Reiches wie dressierte Mäuse nach seiner Pfeife tanzen. Antworte, wenn Du noch lebst, Robin. Ich bete Tag und Nacht für Euch. Henry.

Robin stand langsam auf, um den Brief an der Fackel anzuzünden. Als er stand, wurde ihm schwarz vor Augen. Er hatte seit drei Tagen nichts gegessen. Trotzdem wurde Raymond immer bleicher und apathischer. Die Brotration reichte nicht einmal mehr aus, um ihn halbwegs ausreichend zu ernähren. Wie lange hat es gedauert, Ugolino? Wie viele Tage mußtest du zusehen, wie deine Kinder starben? Wenn die Brotstücke sich weiterhin verkleinerten, gab er Raymond noch eine Woche. Höchstens zehn Tage. Und viel länger würde er selbst mit nur ein paar Schlucken Bier am Tag auch nicht mehr durchhalten. Es wird Zeit, daß du etwas unternimmst, Robin, du Jammerlappen, schalt er sich grimmig. Es ist erbärmlich, wie du hier festsitzt und einfach nur haderst. Mortimers Besuch lag ungefähr eine Woche zurück, und er hatte sich einigermaßen erholt. Aber natürlich konnte Mortimer jederzeit wiederkommen. Und er würde wiederkommen, denn er hatte so lange auf eine Gelegenheit wie diese warten müssen. So viele Jahre. Kaum zu hoffen, daß er schon zufrieden war. Robin rechnete stündlich mit ihm. Soviel stand also fest: Kräftiger, als er war, würde er hier nicht mehr werden. Und er fühlte sich jetzt schon zittrig und matt.

Er ließ die Asche ins Stroh fallen und schob sie mit der Fußspitze unter die Halme. Dann ging er zu Raymond und hockte sich neben ihn. Der Junge hatte die Augen geschlossen. Seine Lider flatterten dann und wann, er schlief nicht.

Robin nahm seine Hand. »Steh auf, Raymond.«

Er öffnete unwillig die Augen. »Wozu?«

»Ich möchte, daß du aufstehst und eine Runde an der Wand entlang durch den Raum gehst.«

»Nein. Ich hab' keine Lust.«

»Du wirst es trotzdem tun.« Er nahm ihn bei beiden Oberarmen und half ihm auf. »Nur eine Runde, komm, reiß dich zusammen.«

Raymond nickte ergeben und machte sich auf den Weg. Er torkelte. Als er an der Tür ankam, fiel er um. Er beendete den Rundgang, der selbst bei seinen kurzen Beinen nicht mehr als dreißig Schritte betrug, auf Händen und Füßen kriechend, und er keuchte erschöpft, als er zu seinem Vater zurückkam.

»Tut mir leid ... Besser kann ich es nicht.«

Robin zog ihn an sich.

Es bedeutete, er würde Raymond tragen müssen. Das machte es fast aussichtslos. Aber er würde es trotzdem versuchen. Es blieb ihm gar nichts anderes übrig. Und es blieb ihm keine Woche Zeit mehr. Nicht einmal fünf Tage. Er hatte sich verschätzt. Raymonds Reserven waren beinah aufgezehrt.

»Raymond, du mußt etwas für mich tun.«

»Oh, was jetzt schon wieder?«

»Nicht jetzt. Morgen früh.«

»Was?«

Robin erklärte es ihm.

Raymond blinzelte verständnislos. »Soll es ein Streich werden?«

»Nein, eine List.«

»Oh. Etwas Verbotenes, ja?«

»Richtig.«

»Gott wird zornig auf mich sein.«

»Nein, das nehme ich auf meine Kappe.«

»Dann wird er mit dir zornig sein.«

»Ich denke, er wird ein Auge zudrücken. Wirst du's tun?«

Raymond nickte, ohne zu zögern. Er lächelte sogar ein bißchen. Ein kleines, verschwörerisches Totenschädelgrinsen. Robin schluckte mühsam und unterdrückte ein Schaudern. Und ein Verdacht, den er seit ein paar Tagen hegte, wurde Gewißheit: Ugolino hatte nicht gewartet, bis seine Söhne verhungerten. Das konnte kein Vater bis zum Ende tatenlos mit ansehen. Vielleicht hatte er ihnen Geschichten erzählt, bis sie einschliefen, und ihnen dann Mund und Nase zugehalten. Es war sicher schnell gegangen. Es war ja keine helle Flamme mehr, die er löschen mußte. Nur noch ein schwaches Flackern.

Er nahm Raymonds mageres Gesicht zwischen seine mageren Hände und küßte ihm die Stirn. »Ich werde also jetzt die Fackel löschen.«

»Und dann kommst du her und hältst mich fest?« fragte Raymond flehentlich. Er hatte eine Todesangst vor den Ratten.

»Natürlich.«

Robin nahm die Fackel von der Wand, fegte mit dem Fuß das Stroh beiseite und drückte die Flamme in den feuchten Lehmboden. Sie verlöschte zischend. Er nahm sie mit, ging im Dunkeln zurück zu Raymond und kniete sich vor ihn. Er ertastete ihn und hob ihn hoch.

»Soll ich dir eine Geschichte erzählen?«

»Ja. Die von dem blinden König von Böhmen, der in die Schlacht ritt.«

Robin war verblüfft. »Woher weißt du davon? Das ist eine wahre Geschichte.«

»Guy Dunbar hat uns von ihm erzählt. Stimmt es, daß er der Großvater der Königin war?«

»Ja. Und ein sehr mutiger, ehrenhafter Mann. Das ist eine von den traurigen, wahren Geschichten, weißt du. Die Böhmen zogen zusammen mit den Franzosen in die Schlacht gegen König Edward und den Schwarzen Prinzen. Bei einer kleinen Stadt in Frankreich, Crécy. Und der alte König von Böhmen wollte um jeden Preis mit der Vorhut reiten, obwohl er blind war. Also banden zwei seiner Ritter ihre Pferde links und rechts an seinem fest, damit er ihnen nicht verlorenging, und so zogen sie ins Feld. Sie fielen alle drei.«

»England hat die Schlacht gewonnen?«

»Das kannst du laut sagen.«

»Und den Krieg?«

»Nein, den nicht. Es war derselbe Krieg wie jetzt. Aber jetzt sind die Enkel der englischen und böhmischen Könige von damals miteinander verheiratet. Das ist vielleicht ein gutes Zeichen.«

»Warum wollte der blinde König unbedingt in der Schlacht kämpfen?«

»Um seine Ritterehre zu wahren. Er wollte sich vor seiner Blindheit nicht geschlagen geben.«

»Aber das war dumm.«

»Ja.« Robin fuhr ihm lächelnd über den Kopf. »Nichts macht einen so oft zum Narren wie die eigene kostbare Ehre.«

»Das versteh' ich nicht.«

»Nein. Vielleicht irgendwann einmal.«

Raymond legte die Arme um seinen Hals. »Ich weiß nicht. Ich glaub', ich muß bald sterben, Vater«, vertraute er ihm wispernd an.

Robin hielt ihn fest und versuchte, ihm soviel Wärme wie möglich zu geben. Ihr Verlies schien ihm mit jeder Nacht feuchter und kälter zu werden.

»Noch leben wir, Raymond. Und wo Leben ist, da ist auch immer noch Hoffnung.«

»Aber wenn ich sterben muß, werde ich dann meine Mutter treffen? Werd' ich dahin gehen, wo sie ist?«

»Ja.«

»Woran erkenne ich sie?«

»Du wirst sie erkennen, sei unbesorgt. Sie sieht aus wie Edward.«

»Oh.« Er schien beruhigt. »Das ist gut.«

Er rollte sich in Robins Armen zusammen und schlief fast sofort ein.

Robin hörte, wie die Tür sich öffnete. Mit einem gewaltigen Schwung; die alten Scharniere protestierten quietschend. Es wurde hell.

»Wo ist Rodney?« hörte er Raymond verwundert fragen.

»Der hat dienstfrei«, sagte eine fremde, nicht unfreundliche Stimme. »Lieber Himmel, du bist aber eine dürre kleine Kröte, was?«

»Ihr laßt uns verhungern«, erklärte Raymond ohne Vorwurf.

Es war einen Augenblick still.

»Nicht meine Idee, Junge, glaub mir«, murmelte die junge Stimme unbehaglich. »Was ist mit deinem alten Herrn? Er rührt sich nicht.«

»Ich weiß nicht. Er hat schon seit vielen, vielen Stunden nicht mehr geantwortet.«

Robin hörte raschelnde Schritte näher kommen und schloß die Augen. Er verließ sich ganz auf sein Gehör. Und als er spürte, daß der Soldat bei ihm war und sich über ihn beugte, fuhr er herum und hob die Hand mit der Fackel. Es ging zu schnell, dem Soldaten blieb keine Zeit zu reagieren. Er riß den Kopf instinktiv beiseite, aber Robin traf ihn genau am Kinn, der einzigen Stelle, wo sein Helm keinen Schutz bot. Er taumelte seitwärts und fiel zu Boden. Robin sprang auf, ignorierte seinen Schwindel und riß ihm den Helm vom Kopf. »Dreh dich zur Wand, Raymond«, befahl er leise.

Er zog dem Soldaten eins über den Schädel, und er blieb reglos liegen. Einer Panik nahe, hob Robin seine Waffe wieder, aber er schlug nicht noch einmal zu. Das war nicht nötig. Der Mann war entweder bewußtlos oder tot.

Robin ging zur Tür, zog den Schlüssel aus dem Schloß und lehnte sie von innen an. Er bewegte sich schnell und sicher. Der Soldat war groß und blond. Es hätte kaum besser kommen können. Robin nahm ihm Stiefel und Kettenhemd ab und zog sie an. Sie waren zu eng, aber es ging. Dann nahm er seine Waffen und stülpte sich seinen Helm über den Kopf.

»Komm, Raymond.«

Raymond saß im Stroh, er hatte sich folgsam zur Wand gedreht. Robin hob ihn auf, warf ihn sich über die Schulter und trat mit dem Schwert in der Rechten durch die Tür. Weder in dem kleinen Wachraum noch auf dem Gang war jemand zu sehen. Gut, dachte Robin, nur weiter so. Er verschenkte kostbare Zeit, um die Tür zu verschließen. Er wollte vermeiden, daß der Soldat, falls er zu sich kam, Alarm schlug.

Raymond wimmerte leise. »Laß mich runter, laß mich runter.«

»Sei still, Bengel. Beiß die Zähne zusammen. Es ist nicht weit.«

So schnell wie möglich, aber doch unendlich vorsichtig schlich Robin den niedrigen, nur spärlich beleuchteten Gang entlang. Er konnte nur beten, daß die Richtung stimmte. Er schwitzte, seine Knie zitterten. Und Raymond erschien ihm heute morgen um viele Pfunde schwerer als noch in der Nacht. Er hörte Stimmen, die ihm entgegenkamen, und glitt links in den Schatten eines Pfeilers.

»Still, Raymond, keinen Laut.«

Raymond hielt die Luft an und machte sicherheitshalber die Augen zu. Zwei Wachen kamen auf sie zu.

»... legen es darauf an, daß er und der Junge tot sind, bevor das nächste Parlament sich versammelt, vor dem sie Anklage erheben könnten.«

»Ist doch sowieso alles erlogen.«

»Da wär' ich nicht so sicher. Es gibt Geständnisse.«

»Ja, ja. Was heißt das schon.«

»Nein, keine erzwungenen. Ernsthafte.«

»Und von wem? Der erste war der Vater von Waringhams Flittchen, die anderen haben sie gekauft. Warum sonst sollten sie alle noch der Wache angehören?«

»Hm, zugegeben, trotzdem denke ich ...«

Die Stimmen entfernten sich. Robin und Raymond stießen einen zu lang angehaltenen Atem aus, und Robin mußte sich zwingen, den sicheren Schatten aufzugeben. Langsamer als zuvor ging er auf die Treppe zu. Er war jetzt sicher, daß er den richtigen Weg gewählt hatte, denn er sah vor sich eine Lichtquelle, die nicht von Fackeln kam. Sommerliches Tageslicht, das von weit oben seinen Weg die enge Treppe hinunter gefunden hatte. Und als der Gang sich verbreiterte, wußte er, wo er war. Die Treppe zur Halle und der lebenden Welt lag links von ihm. Aber Robin wandte sich nach rechts, zu einer kleinen, hölzernen Tür. Sie war unverschlossen.

Er betrat den unterirdischen Gang und zog die Tür eilig hinter sich zu. Wieder umgab sie völlige Finsternis.

»Vater ...«, wimmerte Raymond schwach.

Robin nahm ihn von seiner Schulter und setzte ihn ab. Beinah fiel er neben ihm zu Boden. Er spürte sein Herz in seiner Kehle rasen, und er war vollkommen erschöpft.

»Vater?«

»Sch. Du mußt ganz leise sein. Wir haben es fast geschafft, Raymond. Laß uns einen Augenblick ausruhen.«

Er wartete, bis er wieder ruhiger atmen konnte, dann stand er auf und nahm Raymonds Hand. »Kannst du laufen?«

»Ich weiß nicht ... nein.«

Robin hob ihn auf und trug ihn dieses Mal vor sich. Jetzt brauchte er nicht mehr zu laufen. Er konzentrierte sich darauf, lange, gleichmäßige Schritte zu machen. Mit einer Schulter streifte er die unebene Wand. Auf diese Weise behielt er seinen Orientierungssinn.

Die kleine Ausfallpforte war von innen fest verriegelt, aber sie hatte kein Schloß, hatte Henry ihm damals erklärt. Das war immer noch der Fall. Mit feuchten Händen ertastete er den Riegel und zog ihn zurück. Zaghaft drückte er gegen die Tür. Sie schwang lautlos auf, und warmes Sonnenlicht flutete ihnen entgegen.

Die Straßen waren nahezu ausgestorben, und überall läuteten Glocken. Sonntag, schloß Robin. Die wenigen Passanten warfen dem bärtigen Soldaten mit dem reglosen Kind im Arm neugierige Blicke zu, aber niemand behelligte sie. In London geschahen so viele seltsame Dinge, daß niemand übermäßiges Interesse für sie zeigte.

An einem öffentlichen Brunnen zog Robin Wasser herauf und gab Raymond zu trinken.

Der Junge sah sich verständnislos um. »Die Sonne scheint. Wo sind wir?«

»In London. In East Cheap.«

»Und was machen wir jetzt?«

Robin zog sich den zu engen Helm vom Kopf. »Tja. Ich weiß nicht so recht.«

Sonntags bettelte man am besten in St. Paul. Aber das war wohl keine gute Idee. Jeder dort hätte ihn sofort erkannt. Das sicherste wäre, die Stadt umgehend zu verlassen. Aber er brauchte sofort, auf der Stelle etwas zu essen. Genau wie Raymond. In ihrem jetzigen Zustand würden sie nicht einmal bis zum Stadttor kommen.

Robin zog das lästige Kettenhemd aus und nahm das drittklassige Schwert ab. Er erwog einen Moment, ob sich diese Dinge vielleicht irgendwie versilbern ließen, aber das würde ihn nur verdächtig machen. Zurücklassen konnte er sie auch nicht. Wenn man ihre Flucht bemerkte, würde man nach ihnen suchen. Besser, er hinterließ keine Spuren. Er rollte das Schwert in das Kettenhemd ein und verbarg die Gegenstände zusammen mit dem Helm unter einem Misthaufen bei einem heruntergekommenen Mietstall an der Straßenecke. Nur das schartige Messer behielt er.

Dann las er Raymond auf und glitt zwischen kleinen, zusammengedrängten Häusern in eine Gasse.

»Wohin gehen wir?« erkundigte sich Raymond.

»Zur nächsten Kirche.«

Es war nicht viel mehr als eine Holzbaracke. Robin verfrachtete Raymond von seinem linken Arm auf den rechten, stieß die morsche Tür auf und trat ein. Ein magerer, junger Dominikaner hielt die Frühmesse vor einer siebenköpfigen Gemeinde. Robin stellte sich an die Rückwand der kleinen Kirche und wartete geduldig, bis der Gottesdienst vorbei war. Nachdem die frühen Beter hinausgeschlüpft waren, folgte er dem Priester. Die Seitenpforte, durch die dieser seine Kirche verlassen hatte, führte in keine Sakristei, sondern in einen unerwartet üppigen Gemüsegarten. Auf der anderen Seite stand ein bescheidenes Häuschen.

Robin klopfte an.

»Ja?« rief eine helle Stimme.

Er trat ein. »Verzeiht die Störung, Vater. Aber könnt Ihr mir sagen, wo ich ein Stück Brot für meinen Sohn bekomme?«

Der Dominikaner stand mit einem Holzlöffel in der Hand über einem dampfenden Topf am Herd.

»Wenn es auch ein Teller Hafergrütze sein darf, könnt Ihr gleich hierbleiben.«

»Danke.«

Robin trug Raymond zum Tisch und setzte ihn auf einen der zwei Schemel.

Der Priester brachte ihm eine Holzschale und einen Löffel. Raymond starrte sie mit glasigen Augen an.

»Um Himmels willen, iß, Junge«, drängte Robin leise.

Raymond nahm den Löffel in die Rechte und tauchte ihn ein.

»Vorsicht, heiß«, warnte der Priester. Er wies auf den zweiten Stuhl. »Setz dich.«

Robin erhob keine Einwände. Er setzte sich und mußte sich zusammenreißen, um nicht die Arme auf dem Tisch zu verschränken und den Kopf zu vergraben.

Eine zweite Schale wurde vor ihn hingestellt, und der Duft von gekochtem Hafer und Milch legte sich wie Balsam auf seine Sinne. Er zog die Schale näher und betrachtete fasziniert die kleinen Dampfwolken, die ihr entstiegen.

Raymond löffelte schon. Er verzog das Gesicht, wenn er sich die Zunge verbrannte, aber er führte Löffel um Löffel zum Mund und hielt seine Schale fest in der Linken.

»Illustre Bettler in London neuerdings«, bemerkte der junge Priester. Er lächelte, als Robin ihn alarmiert ansah. »Nur die Ruhe, hier sucht Euch niemand. Ich bin Bruder Harold.«

Robin begann zu essen. Er nahm zwei Löffel und wartete, wie sie ihm bekommen würden. »Woher kennt Ihr mich?«

Harold brachte für sich selbst Frühstück, lehnte sich an die Wand neben der Tür und kreuzte die Füße. Es sah aus, als müsse er umfallen, aber er stand sicher. »Ich habe eine Zeitlang als Schreiber für den Kanzler gearbeitet.«

»Welchen Kanzler?«

»Sudbury.«

»Oh.«

»Ja. Oh. Ich war mit ihm und Hales und Appleton in der Kapelle, als die Rebellen ihn fanden.«

»Ihr könnt von Glück sagen, daß Ihr davongekommen seid.«

»Stimmt. Sie fragten mich, auf wessen Seite ich stünde. Auf der Seite Gottes, wo sonst, hab' ich gesagt. Und ein finsteres Gesicht gemacht. Sie ließen mich zufrieden. Und danach habe ich beschlossen, meine hoffnungsvolle Verwaltungskarriere aufzugeben, um aus der Lüge Wahrheit zu machen.«

Robin lächelte schwach.

»Kann ich noch mehr Grütze bekommen?« fragte Raymond hoffnungsvoll.

Robin schüttelte den Kopf. »Wir dürfen Bruder Harold nicht alles wegessen. Wir werden nach der Messe bei den kleinen Kaufleuten betteln, die werden uns was geben. Und morgen früh gehen wir nach Cheapside zum Friedhof und sehen, ob nicht ein reicher Kaufmann beerdigt wird. Da gibt es immer Almosen.«

Harold trug Raymonds und Robins Schalen zum Herd und füllte sie trotz Robins Protest wieder auf. »Ich habe genug, glaubt mir. Wenn ich alles essen wollte, was die Frauen meiner Gemeinde mir bringen, wäre ich ein Völlerer.«

Robin leerte die zweite Schale mit Heißhunger. Das dumpfe Pochen in seinen Schläfen und das Zittern seiner Knie ließen nach. Er fühlte sich besser.

»Was habt Ihr vor?« erkundigte sich Harold.

»Ich denke, wir werden uns ein paar Tage bei den Lagerhäusern herumtreiben. Vielleicht finde ich Arbeit. Wenn ich etwas Geld habe, verlassen wir die Stadt und gehen zurück nach Lancashire.«

»Weiter Weg für einen kleinen, erschöpften Jungen.«

»Aber das sicherste.«

Harold widersprach nicht. Er beendete sein Frühstück nachdenklich.

»Wird Zeit für die Messe«, sagte er schließlich.

Robin stand auf. »Wir müssen aufbrechen. Danke, Bruder Harold.«

»Keine Ursache. Kommt wieder, wenn Ihr wollt und mir traut, Ihr könnt in der Kirche schlafen.«

Robin verneigte sich. »Nochmals danke.«

Raymond fühlte sich besser. Er war immer noch bleich, aber seine Augen hatten wieder Leben. Robin nahm ihn bei der Hand und führte ihn zum Fluß hinunter. Sie gingen in westlicher Richtung am Ufer entlang, und an einer seichten, von zwei Weiden überschatteten Stelle, wo die Frauen von East Cheap ihre Wäsche wuschen, legten sie ihre schmutzigen Kleider ab und badeten im Fluß. Robin hielt Raymond fest, damit die eilige Strömung ihn nicht in die Flußmitte ziehen konnte, und das kühle Themsewasser spülte den Dreck und den Schrecken der vergangenen Wochen von ihnen ab. Robin wusch auch ihre Kleider notdürftig aus, aber es nützte nicht viel, weil er nicht wirklich wußte, wie man das machte. Er wrang die Sachen aus, und feucht, aber gehobener Stimmung kamen sie zur Bridge Street. Robin erwog, die Stadt auf der Stelle zu verlassen und sein Glück bei der Arbeitssuche in Southwark zu versuchen. Doch er entschied sich dagegen. Das Risiko, daß die Wachen am Stadttor ihn erkannten, war viel zu hoch. Und in London hatten sie immerhin einen Platz für die Nacht.

Am Montag morgen wurde tatsächlich ein Kaufmann beerdigt. Es war ein beinah prunkvoller Trauerzug, denn der Verstorbene war zu seiner Zeit Meister der Seidenhändlergilde und ein Mitglied des Stadtrates gewesen. Und offenbar waren seine Geschäftsmethoden nicht immer nur christlich gewesen, was sein Gewissen nicht unerheblich beschwert hatte. Einer seiner Nachlaßverwalter hielt einen Beutel mit Geldstücken in der Hand und streute sie auf der Straße aus. Robins Ausbeute war mager, aber Raymond war nicht weniger geschickt als die Londoner Straßenkinder. Er rangelte furchtlos mit ihnen um die Münzen im Staub und erbeutete dreieinhalb Shilling. In ihrer Lage ein kleines Vermögen.

»Gut gemacht«, raunte Robin. »Laß uns verschwinden. Jetzt suchen wir ein Wirtshaus, und du darfst essen, was und soviel du willst.«

Raymond strahlte. Nach Putenkeule in dicker Kräutersauce und Blaubeerpfannkuchen begaben sie sich zurück zu den Docks, und Robin fragte nach Arbeit. Die Vorarbeiter betrachteten ihn abschätzend und schüttelten die Köpfe. Bin ich zu mager? überlegte er. Etwa zu alt? Kurzerhand riß er die Ärmel des ohnehin hoffnungslos zerfetzten Wamses aus den Nähten. An der nächsten Anlegestelle wurde er nicht gleich fortgeschickt. Der Dockmeister begutachtete seine Arme und Schultern und nickte knapp. »Für heute bist du zu spät dran. Aber komm morgen früh wieder.«

»Abgemacht.«

»Und laß den Bengel zu Haus'. Er ist zu klein.«

»Ja, Sir.« Vielleicht würde Bruder Harold wissen, wo er Raymond sicher unterbringen konnte.

Sie schlenderten durch sonnenbeschienene Gassen, bewunderten die Auslagen der kleinen Läden und Werkstätten und sahen den Ringkampf zweier Kochlehrlinge an. Robin setzte einen Shilling auf den kleineren und gewann drei. So hatte Raymond keine Mühe, seinem Vater für einen Farthing Zuckergebäck abzuschwatzen.

Mitten in der Nacht fuhr er schweißgebadet aus dem Schlaf und wußte, irgend etwas war ganz und gar nicht so, wie es sein sollte. Raymond lag reglos an seinen Bauch gepreßt und schlief. Aber er hörte Stimmen.

»Da vorn liegen sie«, wisperte Bruder Harold.

Hurensohn, dachte Robin, du lausiger Verräter …

Mit langsamen Bewegungen zog er das Messer aus dem Gürtel, wartete, bis sie näher herangekommen waren, sprang auf und stürzte sich lautlos auf den, der das Licht trug. Die Klinge fuhr in weiches Fleisch, und die Kerze fiel zu Boden. Sofort war es dunkel. Robin packte sein Opfer mit der Linken von hinten und setzte ihm die Klinge an die Kehle.

Der Mann stand stockstill und legte eine Hand leicht auf Robins.

»Tu's nicht, ich bin's.«

»Isaac …«

»Ja.«

Robin ließ ihn los und stand keuchend in der Finsternis.

Zu seinen Füßen raschelte es leise. »Vater?« Verschlafen und trotzdem brüchig vor Angst.

»Es ist Isaac, Raymond.«

Harold kannte seine Kirche auch im Dunkeln. Er entfernte sich und brachte eine brennende Kerze vom Altar. Raymond stand auf und schlang Isaac die Arme um die Beine.

Er hob ihn hoch. Raymond umklammerte seinen Hals und vergrub das Gesicht. Isaac fuhr ihm über den Kopf und sah Robin an. »Komm schon, ist ja nichts passiert.«

»Ich hätte dich beinah umgebracht.«

»Aber nur beinah.«

»Wo hab' ich dich verletzt?«

Isaac hob seinen linken Ellenbogen. Sein Ärmel entlang des Unterarms war zerrissen, das feine grüne Tuch blutig. »Ist nicht schlimm. Ich hätte es besser wissen sollen, als einen gejagten Mann aus dem Schlaf zu schrecken. Meine Güte, Robin, steh nicht da wie ein Götzenbild, wir müssen verschwinden. Es wird gleich hell.«

»Wo sind Anne und Edward?«

»In Leicester in der Obhut des Abtes.«

»Und weißt du, wie es in Burton steht?«

»Nein, wir haben nichts gehört. Können wir jetzt gehen?«

»Wohin?«

»Nach West Smithfield.«

Robin folgte ihm zur Tür. »Ziemlich weit, oder?«

»Ich hab' einen Wagen.«

Robin bedankte sich bei Bruder Harold und verabschiedete sich. Dann folgte er Isaac und Raymond auf die Straße hinaus. Vor der Kirche stand ein Ochsenkarren, der mit großen Bierfässern beladen war. Isaac kletterte auf den Bock, an dessen linker Seite eine Laterne befestigt war. Er hob die schweren Deckel der beiden vorderen Fässer an und grinste. »Steigt ein, Gentlemen.«

Raymond sah mit großen Augen zu Robin auf und wich kopfschüttelnd zurück.

Robin hockte sich zu ihm herunter. »Nicht lange.«

»Aber es wird dunkel sein. Und eng.«

»Es ist doch nicht so, als wärst du darin eingesperrt.«

»Doch. Ganz genau so ist es.«

»Meine Güte, Ray, stell dich nicht so an«, murmelte Isaac ungeduldig.

Robin richtete sich auf. »Er stellt sich nicht an, Isaac, glaub mir.«

Isaac warf einen Blick gen Himmel. »Schön. Komm her, Kumpel. Siehst du, hier haben wir eine Decke. Darin werden wir dich einhüllen, und du kannst neben mir auf dem Bock sitzen. Einverstanden?«

Raymond nickte erleichtert.

Robin stieg auf den Wagen und kletterte in eines der Fässer. Es roch intensiv nach Bier, aber es war trocken. Er sah nach oben. Über ihm war ein nicht mehr ganz dunkler Sternenhimmel. Dann erschien Isaacs Gesicht, und schließlich versperrte der Deckel jeden Ausblick und schloß sich. Robin schauderte. Er wünschte, er hätte sich wie Raymond geweigert. Aber jetzt war es zu spät. Der Wagen rollte. Und ein sprechendes oder vielmehr jammerndes Bierfaß war eine schlechte Tarnung.

Etliche Jahre später, so schien es ihm, hörten die rumpelnden Räder auf zu rollen, und der Wagen hielt an.

»Schließt das Tor«, hörte er jemanden rufen. Kurz darauf wurde der Deckel angehoben, und weiches Morgenlicht strömte herein. Robin atmete tief durch. Er hatte geschwitzt, das merkte er jetzt erst.

Es war leichter gewesen, in das Faß zu klettern, als wieder herauszukommen. Mit Isaacs Hilfe hangelte er sich ohne viel Eleganz über den Rand, und Raymond kicherte leise.

Robin grinste ihn an und sah sich dann um. Er befand sich im Innenhof eines großen Hauses, das wie eine Kaufmannsvilla gebaut war. »Wo sind wir?«

»Das Haus gehört Lady Katherine. Sie ist mit Henry nach Plymouth geritten, aber ihr Sohn John ist hier.«

Sie gingen hinein, und Lancasters zweitältester Sohn kam ihnen aus der Halle entgegen. »Gott sei Dank, Robin.«

Robin schloß ihn kurz in die Arme. »John. Denkst du nicht, es ist ein bißchen gefährlich, uns herzubringen?«

Er winkte ab. »Kaum jemand weiß, daß Mutter dieses Haus gehört.« Er rief nach einem Diener und schickte nach Wein und Essen. Im Haus war es still. Sie hatten nur ein paar vertraute Wachen und Dienstboten mitgebracht, erklärte John.

»Und wie kam es, daß ihr euch getroffen habt?« fragte Robin Isaac und John.

Abwechselnd berichteten sie. »Und als Henry am Morgen seiner Abreise immer noch keine Nachricht von dir hatte, fürchteten wir das Schlimmste«, sagte Isaac ernst. »Dann schickte er nach John und bat ihn, weiter nachzuforschen und den Kontakt zur

Wache im Tower und zu Arundel zu halten. Und das haben wir gemacht.«

Isaac und John tauschten einen kurzen Blick, der Robin verriet, daß zwischen den beiden eine Verständigung war, die ein paar Tage gemeinsamer Sorge nicht erklären konnte. Sie waren wie alte Freunde, und Isaac war in Johns Gesellschaft gelöster, als er es jemals in Henrys gewesen wäre.

»Dann hörten wir ein Gerücht, ihr seiet entkommen«, knüpfte John an. »Also setzten wir Vaters Londoner Spione in Gang und durchkämmten selber die Stadt. Dein Knappe Tristan machte Bruder Harold ausfindig.«

Robin spürte zum erstenmal seit Wochen etwas wie wohlige Wärme und Sicherheit. Sie alle hatten sich so sehr bemüht, hatten nichts unversucht gelassen. Fast schämte er sich, daß er sich während seiner Gefangenschaft so verlassen gefühlt hatte. Er mußte sich räuspern, um seine Stimme wiederzuerlangen.

»Und Blanche?«

Es war einen Augenblick still. Zu lange. Robin sah Isaac furchtsam an. »Ist sie tot?«

»Nein.«

Robin packte seinen Arm. »Verdammt, mach das Maul auf …«

»Sie ist hier. Aber es geht ihr sehr schlecht. Sie hat das Kind verloren und …«

»Das *Kind*?«

Isaac nickte unglücklich.

Robin stand langsam auf. »Wo ist sie?«

»Ich bring' dich hin«, bot Isaac an.

»Hast du nach Agnes geschickt?«

»Sie ist schon hier.«

Raymond stand auf, um Robin und Isaac zu folgen, aber John rief ihn zurück. Zögernd blieb er an der Tür stehen.

»Hast du Angst vor mir?«

»Nein, Sir John. Nicht vor Euch. Ich habe vor der ganzen Welt Angst, wenn mein Vater nicht bei mir ist.«

John trat auf ihn zu und hockte sich vor ihn. »Das vergeht wieder.«

»Woher wollt Ihr das wissen?«

»Weil es mir auch einmal so gegangen ist.«

»Wirklich? Hatten sie Euch auch eingesperrt mit Ratten im Dunkeln und ohne Essen?«

»Nein, es war ein bißchen anders.«

Der König, damals noch der Prince of Wales, hatte zu ihm gesagt, sein Vater werde ihn verstoßen, wenn er genug von seiner Mutter habe, denn er sei nur ein Bastard. Richard war zehn, John war acht gewesen. Und er hatte das Wort zum erstenmal gehört. Lancaster hatte seine ehelichen und seine unehelichen Kinder immer absolut gleich behandelt, und John hatte nie Grund gehabt, an der Zuneigung seines Vaters zu zweifeln. Als Richard ihm auf seine naive Frage hin in wenigen grausamen Worten erklärt hatte, was ein Bastard war, war er erschüttert, beschämt und zutiefst verängstigt gewesen. Alle Geborgenheit war mit einem Schlag vernichtet. Sein Vater hatte sich sehr bemüht, sie ihm zurückzugeben, er hatte ihm erklärt, daß jeder angesehene Staatsmann Bastarde habe, weil angesehene Staatsmänner fast nie die Frau heiraten konnten, an der ihr Herz hing. Er hatte ihm von König William und Robert of Gloucester und anderen mächtigen Bastarden erzählt. Und er hatte ihm gesagt, er werde ihn niemals verstoßen. John hatte ihm geglaubt. In gewisser Weise. Aber die nagenden Zweifel waren jedesmal zurückgekehrt, sobald sein Vater aufbrach. Er hatte immer gefürchtet, er werde nicht wiederkommen. Jetzt war John erwachsen, aber der Kummer war nicht spurlos an ihm vorübergegangen. Und er war sich nie im klaren über all diese Dinge gewesen, bis er vor zwei Nächten mit Isaac darüber gesprochen hatte. Von Bastard zu Bastard.

Er legte Raymond die Hände auf die Schultern. »Ich weiß, wie es dir ergeht, glaub mir.«

»Ich glaub' Euch.«

»Was denkst du, wenn ich mich zu dir setze, könntest du deine Angst abschütteln und noch etwas essen?«

»Ja. Ich schätze, das könnte ich, Sir.«

»Dann komm.«

Die Sonne schien auf einen leeren Kamin und einen Tisch mit Tüchern, Tiegeln, Krügen und anderen Utensilien, die nach Krankheit und Gebrechen aussahen. Ein bescheidener Wandteppich zeigte das Martyrium des heiligen Königs Edmund in den Händen der heidnischen Wikinger.

Die Bettvorhänge waren zurückgezogen, und Agnes saß auf der Bettkante. Robin trat zu ihr, legte eine Hand auf ihre Schulter und beugte sich über das Bett. Blanche hatte eine fast verheilte, aufgeplatzte Lippe und eine blaßgelbe Schwellung, die einmal ein blaues Auge gewesen war. Sie schlief. Robin konnte sehen, wie sie atmete. Er wollte ihre Hand nehmen, aber Agnes hielt ihn zurück.

»Laß sie schlafen.«

Zögernd zog er die Hand zurück. Dann setzte er sich auf den Boden und lehnte den Kopf an Agnes' Knie. »Weißt du, was passiert ist?«

»Ich bin noch nicht ganz sicher. Sie hat bislang nur im Fieber gesprochen. Das Fieber ist seit letzter Nacht gesunken, endlich. Wann hast du sie zuletzt gesehen?«

»Im Dezember. An St. Nicholas.«

»Seitdem war sie schwanger. Ich wußte es auch nicht, weil sie seit dem Winter nicht zu Hause waren. Sie muß sehr verzweifelt gewesen sein. Sie hat mehrfach versucht, Westminster zu verlassen, aber Mortimer war sehr argwöhnisch. Er hat sie überwacht und praktisch eingesperrt.«

»Und dann hat er ihre Schwangerschaft bemerkt?«

»Nein. Sie hat sich geschnürt, um das so lange wie möglich zu verhindern. Doch in ihrer Ratlosigkeit hat sie sich der Königin anvertraut. Sie hatte sonst zu niemandem Kontakt. Anna hat es Richard anvertraut. Richard Mortimer.«

»O mein Gott.«

»Ich vermute, sie lebt nur deshalb noch, weil sein Haß auf dich größer war als auf sie. Und du warst auch noch zur Hand. Als sie sich nicht mehr rührte, ließ er von ihr ab und verschwand. Aber sie war noch bei Bewußtsein, und sie spürte, daß sie blutete. Mortimer hatte die Tür nicht verschlossen. Ich glaube nicht, daß sie sich daran erinnert, wie sie aus dem Palast gekommen ist. Sie kam bis zum Kloster. Die Brüder beratschlagten, was sie mit ihr tun sollten. Sie fühlten sich nicht zuständig, und sie wollten auch keinen Ärger mit Mortimer. Ein geheimnisvoller, fremder Ritter bot sich an, sie zum Palast zurückzubringen. Sie nahmen erleichtert an. Doch der Fremde brachte sie statt dessen nach St. Bartholomäus und zahlte für einen Arzt, eine Hebamme, vernünftige Versorgung und so weiter.« Agnes brach ab.

»Komm schon«, murmelte er undeutlich in die Falten ihres Rocks.

»Sie brachte ein totes Mädchen zur Welt und blutete und blutete. Sie tauften und begruben das Kind und gaben Blanche auf. Isaac fand sie dort, ließ mich holen, und gestern haben wir sie hierhergebracht.«

Robin weinte stumm. Um sein totes Kind, um Blanche und um sich selbst. Und er machte sich bittere Vorwürfe. Niemals, niemals hätte er zulassen dürfen, daß sie bei Mortimer blieb, nachdem sie sich von ihm bedroht fühlte. Aber er hatte nur an sich gedacht, hatte gelitten, weil sie ihm nicht mehr schrieb, statt zu ergründen, was die Ursache dieses ungewohnten Schweigens war. Es war so lange gutgegangen. Nach all den Jahren hatte er einfach nicht mehr damit gerechnet, daß sie schwanger werden könnte.

»Wird sie sterben, Agnes?«

»Nein, ich glaube nicht.«

Er hob den Kopf. »Aber Isaac hat gesagt ...«

»Als ich Isaac die letzte Prognose gegeben habe, wußte ich nicht, ob du noch lebst und ob wir dich finden. Das ändert die Dinge.«

»Blutet sie noch?«

»Hör mal, was denkst du denn von mir? Natürlich nicht.«

Robin rief sich zur Ordnung und konzentrierte sich einen Moment darauf, sich zusammenzunehmen. Es half. Er fand die Fassung wieder und fühlte sich ein bißchen besser.

Agnes stand auf und wies auf einen Krug und einen Becher auf dem Tisch. »Wenn sie wach wird, flöß ihr davon so viel wie möglich ein. Sie wird nicht wollen, es ist bitter. Tu's trotzdem.«

»Ja. Danke, Agnes.«

Sie lächelte und betrachtete ihn kopfschüttelnd. »Laß mich deinen Bart stutzen, ja? Sie wird sich sonst erschrecken.«

»Was ich wirklich brauche, ist ein Bad.«

»Alles zu seiner Zeit.«

Gegen Mittag hatte Blanche einen Alptraum. Er nahm ihre Hand und rief ihren Namen. Sie wachte auf, aber der Traum hatte sie immer noch in seiner Gewalt. Sie riß entsetzt die Augen auf und hob einen Arm vor ihr Gesicht.

»Ich bin es, Blanche. Es ist gut, du bist in Sicherheit.«

»Robin?«

»Ja.«

Sie sah ihn blinzelnd an. »Aber er hat gesagt, er würde dich umbringen.«

»Er lügt, sobald er den Mund auftut, das weißt du doch.«

»Nein, das habe ich geglaubt.«

Er holte einen Becher von Agnes' Tee. »Hier, trink das.«

Sie verzog das Gesicht, aber sie trank durstig bis zum letzten Tropfen. Dann streckte sie die Hand nach ihm aus. »Sie war blond, unsere Tochter«, berichtete sie tonlos.

Er nahm die Hand zwischen seine Hände und wußte nichts zu sagen.

»Robin?«

»Hm?«

»Was soll jetzt nur werden? Werden sie dich für gesetzlos erklären?«

Gut möglich, überlegte er. So weit hatte er noch nicht gedacht. »Werd erst einmal gesund, Blanche. Und hab keine Angst. Ich werde dafür sorgen, daß du in Sicherheit bist. Ganz gleich, was aus mir wird, aber wir haben ja noch ein paar mächtige Freunde.«

»Aber wenn Mortimer …«

»Dann werde ich ihn töten.«

»Oh, du bist ein Maulheld wie er.«

Er lächelte erleichtert auf sie hinunter. Es mußte ihr bessergehen, wenn sie schon ärgerlich auf ihn sein konnte. Er küßte ihre Stirn. Sie hielt seine Hand fest, schloß die Augen und schlief wieder ein.

Am frühen Abend löste Agnes ihn ab. Robin nahm ein Abendessen ein, dessen Volumen selbst den Duke of Lancaster zur Kapitulation gezwungen hätte, und stieg anschließend in das lang ersehnte Bad. In Anbetracht der kleinen Dienerschaft hatte Isaac es auf sich genommen, ihm heißes Wasser und kühlen Wein zu bringen.

»Wo ist Raymond?« erkundigte sich Robin und schauderte wohlig, als Isaac das Wasser über seinen Rücken goß.

»Gebadet und abgefüttert zu Bett geschickt.«

»Ist er in Ordnung?«

»Ja. Er verkündete, er werde nicht einschlafen können. Also hat John ihn begleitet und ihm Geschichten erzählt, bis er schlief. Raymond hat ihn völlig in der Hand.«

»Hm.«

»Er wird darüber hinwegkommen, Robin. Er ist robust. Mach es nicht kaputt, indem du ihn verzärtelst.«

»Nein.« Er seufzte. »Vermutlich hast du recht. Gibt's Seife?«

Isaac reichte ihm einen grauen, unförmigen Klumpen. »Hier. Seit Anne die Dame des Hauses ist, gibt es in Fernbrook einen Kater, der in der Halle residiert. Wußtest du das schon?«

»Einen Kater?«

»Ja. Chanteclair. Und alle paar Wochen verschwindet Chanteclair für ein, zwei Nächte. Wenn er wiederkommt, ist er jedesmal ein bißchen verunstalteter als zuvor. Jetzt fehlt ihm ein halbes Ohr. Er erinnert mich an dich.«

»Also ehrlich, Isaac …«

»Sieh dich mal an. Alles voller Narben. Und es werden immer mehr.«

Aber kein Henkersmal mehr, dachte Robin gleichmütig. Der selige Franziskaner Appleton hatte sich geirrt. Es war verblaßt und dann verschwunden.

»Hör auf, mich anzuglotzen.«

»Ja, gleich. Meine Güte, diese Schulter … War das ein Franzose?«

»Ein wilder Highlander. Gib das Handtuch, ja.«

Isaac grinste. »Hier, Mylord.«

»Oh, das brauchst du nicht mehr zu sagen. Ich denke nicht, daß ich das noch bin.«

»Und es ist dir wieder einmal egal.«

Robin rubbelte sich den Kopf ab und zuckte mit den Schultern. »Burton ist nicht Waringham. Ich bin dankbar, daß alle noch leben, die mir teuer sind, mich selbst eingeschlossen. Der Rest ergibt sich schon irgendwie.«

»Trotzdem. Du solltest nicht kampflos dein Recht aufgeben.«

»Davon ist ja auch keine Rede. Laß mir ein bißchen Zeit. Ich muß mich erst wieder daran erinnern, daß es auch noch andere Probleme als Hunger gibt.«

»Ja. Was glaubst du, Robin, wer hat das angeordnet? Mortimer?«

»Nein, so mächtig ist er nun auch wieder nicht. Ganz sicher werden wir es nie wissen.«

»Du denkst, der König?«

Robin antwortete nicht.

»Natürlich«, murmelte Isaac. »Du warst es, der den Anschlag auf Lancaster vereitelt hat, nicht wahr?«

»Hm.«

»Soll ich dir was sagen, Robin? Wir haben einen Irren auf dem Thron.«

»Richtig. Sei so gut, gib mir die Hosen.«

Isaac seufzte. »Ich hoffe, es wird nicht ewig dauern, bis die Dinge sich aufklären.«

»Was beunruhigt dich so?«

»Dumme Frage. Ich will meine Frau zurück, Holzkopf. Sie ...« Er brach ab.

»Ist sie schwanger?«

Isaac nickte unwillig. »Entschuldige. Nicht sehr taktvoll.«

Jesus, ich werde Großvater ...

Er zog sich ein frisches Wams über den Kopf. »Warte, bis Henry wieder da ist. Dann werden wir klarer sehen.«

»Ja. Er, John, Arundel, Warwick, Gloucester, sie stehen alle auf deiner Seite. Und ich glaube, langsam verlieren sie die Geduld mit König Richard.«

»Gib acht, was du redest, Isaac.«

Isaac reichte ihm ein Paar nagelneue Stiefel. »Ist das dein Ernst? Jetzt soll ich damit noch anfangen?«

Arundels Sohn Tristan war nach Plymouth geritten, um Lancaster von Robins glücklicher Flucht zu berichten, ehe dieser in See stach.

Er erreichte ihn gerade noch rechtzeitig. Zusammen mit Henry und Katherine Swynford kehrte er nach London zurück, und sie begaben sich umgehend zu dem Haus in West Smith-field.

Henry umarmte Robin selig und schwang Raymond in die Höhe. »Bist du etwa der furchtlose Ritter, der den unschuldigen Edelmann aus dem Verlies befreit hat?«

Raymond lachte. »Natürlich!«

Henry setzte ihn ab und wandte sich an Robin. »Mein Vater verließ das Land als glücklicher Mann. Er sagt, du sollst die Dinge hier regeln und dann nachkommen. Er schlägt vor, zu Land.«

Robin erwiderte sein Grinsen, wurde aber gleich wieder ernst. »Es wird nicht so einfach sein, die Dinge hier zu regeln.«

»Nein. Niemand weiß das besser als er.«

»Vielleicht sollte ich lieber sofort aufbrechen und die Dinge regeln, wenn wir in Spanien fertig sind.«

»Er sagt, genau das solltest du auf keinen Fall tun. Hier. Ein Brief von ihm.«

Robin faltete den Bogen neugierig auseinander.

Sie haben auf mich eingeredet, ich solle nicht nach London kommen. Die Vernunft gab ihnen recht, aber ich wußte es besser. Verzeiht mir, daß ich so lange gezögert habe. Welchen Preis wird Gott wohl dafür fordern, daß er mich aus diesem Dilemma erlöst hat? Kommt nach, sobald Ihr könnt, aber nicht eher. Bleibt, wenn Ihr glaubt, daß Henry Euch braucht. Gott schütze Euch. In Eile, Euer nur scheinbar treuloser Freund L.

Robin sah lächelnd auf. »Was hat er sonst gesagt?«

»Oh, als Orakel war er in Höchstform. Er sagte: ›Sei ein weiser Mann wie deine beiden Großväter, und hör nicht auf alles, was dein Onkel Gloucester dir sagt. Verlaß dich auf dein eigenes Urteil.‹ Und dergleichen mehr.«

»Tu, was er sagt«, riet Robin. »Es wird stürmisch.«

Henry nickte. »Ich weiß. Wie geht es Lady Blanche?«

»Besser.«

Sie sahen sich kurz in die Augen, und Henry stimmte mit einem Nicken zu, das Thema zu beenden.

Er wandte sich an seinen Bruder, und Robin trat zu Lady Katherine.

»Kommt, Madame. Ich denke, Ihr braucht Bacchus' Trost und Stärkung.«

»Ja«, gab sie leise zu. »Jedesmal, wenn er weggeht, denke ich, es bricht mir das Herz, Robin.«

Er nahm mitfühlend ihren Arm. »Ich weiß.«

Sie betraten die Halle, und Robin brachte ihr einen Becher Wein. Sie lächelte traurig und nahm einen kleinen Schluck. Mit dem Handrücken wischte sie sich eine Träne aus dem Augenwinkel. »Wußtet Ihr schon, bei Hofe gibt es jetzt kleine Seidentücher, um sich die Nase zu putzen oder Tränen wegzutupfen. Jeder hat eines. Sie nennen es Taschentuch. Der König ist ganz versessen darauf. Ich denke, ich sollte eines borgen.«

Ohne zu zögern, wandte Robin sich von ihr ab, hob sein Gewand an, riß ein Stück aus seinem Wams und reichte es ihr. »Hier, Madame. Ihr müßt nichts von ihm borgen.«

Sie schneuzte sich entschlossen. »Danke«, murmelte sie in ihr unförmiges Taschentuch. »Gott, Robin, habe ich nicht immer gesagt, er sei ein albernes kleines Scheusal?«

»Das habt Ihr, Lady Katherine. Ich hab's nicht vergessen. Und ich habe nie daran gezweifelt. Aber er ist der König.«

Sie seufzte. »Er ist der König, ja.«

Anfang August ging Agnes nach Hause, und Robin, Isaac und Blanche überlegten, was sie tun sollten. Es wurde zu gefährlich, länger in London zu bleiben. Das sah auch Henry ein. Inzwischen hatten sie Nachricht aus Burton. Oswin war nach London gekommen. Er hatte seinen Sohn mitgebracht. Ein königlicher Bote war mit einer kleinen Armee in Burton erschienen und hatte die Beschlagnahme von Burg und Land erklärt. Joseph hatte die Brücke einziehen lassen und erbat eine Woche Bedenkzeit. Die wurde ihm gewährt. Joseph hatte die Zeit genutzt, um Oswin mit dem Schriftstück nach Rickdale zu schicken, damit Gisbert es auf seine rechtliche Wirksamkeit untersuchen konnte.

Gisberts Urteil war eindeutig: Das Dokument war rechtskräftig, wer sich widersetzte, lehnte sich gegen den Willen des Königs auf.

Sie machen das gleiche mit mir wie mit meinem Vater, dachte Robin zornig. Aber er lebte wenigstens noch.

Joseph war nichts übriggeblieben, als Burton aufzugeben. Er war mit seiner Familie nach Rickdale gegangen, Robins Haushalt hatte sich in alle Winde zerstreut. Niemand wollte bleiben, denn der Anführer der königlichen Truppen und neue Kastellan von

Burton war kein anderer als Robert de Vere, der junge, blondgelockte Earl of Oxford und Marquess of Dublin.

Robin tat gelassen. »Tja, Oswin, da kann man nichts machen. Jetzt sind wir wieder heimatlos.«

»Aber was werden wir tun?«

»Ihr geht nach Fernbrook, wenn Isaac einverstanden ist. Das kann euch niemand nehmen, denn es ist Lancasters Lehen, nicht des Königs.«

»Und du und die Lady Blanche?«

»Mir fällt schon was ein.«

»Was wird mit deinen Kindern?«

Robin dachte nach. »Ich schätze, Anne kann gefahrlos nach Fernbrook zurückkehren. Nicht viele wissen, daß ich eine Tochter habe. Und eine verheiratete Tochter gibt keine brauchbare Geisel ab. Edward und Raymond ...«

»Bleiben bei mir«, sagte Henry entschieden. »Es ist ja nur für ein paar Monate. Vor dem nächsten Parlament muß der König Stellung beziehen, und wir werden die Sache aufklären.«

»Trotzdem, Henry«, wandte John ein. »Es ist besser, wir trennen die Jungen. Sicherer. Du nimmst Edward, ich behalte Raymond.«

Henry sah fragend zu Robin. »Was denkst du?«

»Ja. Das wäre wohl das beste.«

Er selbst wollte in London bleiben. Da er davon ausgehen mußte, daß nach ihm gesucht wurde, tauchte er unter und verdingte sich in einem Mietstall in Cheapside als Pferdeknecht. Blanche blieb in Henrys Obhut zurück. Er verbarg sie in seinem Haus in London, und Katherine Swynford und ihre Tochter kamen häufig, um ihr Gesellschaft zu leisten.

Das Parlament begann in äußerst angespannter Atmosphäre, und beide Kammern brachten bittere Klagen gegen den König, seine haltlose Verschwendungssucht und seine Günstlingswirtschaft vor. Richard zeigte sich unbeeindruckt. In den ersten Tagen weigerte er sich schlicht, an den Sitzungen teilzunehmen. Statt dessen sandte er einen Boten, der verkündete, der König habe beschlossen, den Earl of Oxford ... ähm, Verzeihung, den *Marquess* of Dublin zum Duke of Ireland zu erheben. Schockiertes

Schweigen war die Antwort der Lords. Aber sie schwiegen nicht lange.

»Das war ein Fehler«, murmelte der Duke of Gloucester, Lancasters jüngster Bruder Thomas, drohend, als er sich abends als Henrys Gast zu Tisch in seiner Halle setzte. Sie waren nur ein kleiner Kreis: Henry, John, Gloucester, Arundel und Robin.

Henry seufzte. »Ein Fehler, allerdings. Nicht sein erster, ganz sicher nicht sein letzter.«

»Aber sein bislang schwerwiegendster«, beharrte Gloucester. »Henry, der Titel eines Duke ist der königlichen Familie vorbehalten! Mein Vater hat ihn nicht eingeführt, damit Parasiten wie Oxford ihn besudeln!«

»Ja, ich gebe Euch völlig recht, Onkel.«

Du gibst ihm immer recht, dachte Robin unbehaglich. Vergiß lieber nicht, was dein Vater gesagt hat. In den letzten Jahren hatte Robin Mühe gehabt, dem Duke of Gloucester Vertrauen oder viel Sympathie entgegenzubringen. Er fand ihn zu heftig und viel zu ehrgeizig. Sein Feldzug in Frankreich war ein klägliches Desaster gewesen, aber er hielt sich für einen verkannten, genialen Feldherrn. Er hielt sich für die Lösung aller nationalen und internationalen Probleme. Kurz, Gloucester schielte nach Richards Thron. Robin war sicher. Manchmal glaubte er, er durchschaue ihn besser als sonst irgendwer. Vielleicht, weil sie beinah exakt gleich alt waren. Seit der Earl of March im Jahr der Bauernrevolte gestorben war, hielt Robin Gloucester für die größte Bedrohung sowohl für Lancaster als auch für die Krone und den inneren Frieden.

»Was werden wir tun, Henry?« drängte Gloucester.

Henry zog erstaunt die Brauen hoch. »Was werden wir schon tun? Wir verweigern eine neue Steuer und setzen seinen Kanzler ab.«

»Nein, ich meine, was werden wir gegen Richard unternehmen?«

Henry, John und Robin tauschten einen kurzen Blick.

»Ich verstehe nicht, was Ihr meint, Onkel«, sagte Henry steif.

»Du verstehst verdammt gut, was ich meine. Fürchtest du dich davor, daß dein Vater dir die Ohren langzieht, wenn er heimkommt und feststellt, daß du nicht strikt nach Order gehandelt hast, mein Junge?«

»Ich darf Euch in aller Höflichkeit darauf hinweisen, daß ich nicht ›Euer Junge‹ bin, Onkel. Ich bin unter anderem Euer Schwager. Und ich weiß, es ärgert Euch, daß Vater Mary aus dem Kloster geholt hat, nachdem Ihr ihre Schwester geheiratet hattet. Ihr habt nicht damit gerechnet, die Hereford-Erbschaft mit irgendwem teilen zu müssen. Seid versichert, daß ich mir Eurer Verstimmung bewußt bin, und ich gedenke nicht, in eine Eurer plumpen Fallen zu tappen.«

Robin lehnte sich erleichtert zurück. Entschuldige, daß ich dich unterschätzt habe, Henry.

Gloucester erhob sich ärgerlich. »Ich wünsche einen angenehmen Abend, Sirs. Ich bin sicher, Ihr entschuldigt mich ...«

»Oh, kommt zurück, Gloucester, kommt schon zurück«, brummte Arundel ungeduldig. »Es hat wenig Sinn, wenn wir uns untereinander entzweien. Derby hat recht, und Ihr wißt es. Also laßt Eure verdammten Familienstreitigkeiten beiseite, und überlegt lieber, wie wir England vor dem Untergang retten.«

Gloucester kehrte langsam zum Tisch zurück, nahm seinen Platz wieder ein und verspeiste übellaunig ein Stück Rehrücken.

John reichte ihm lächelnd einen Silberkrug. »Noch Wein, Onkel?«

Robin sah Arundel gespannt an. Er wußte schon seit langem, daß dies ein Mann war, mit dem man noch würde rechnen müssen. Er war einer der mächtigsten, reichsten Lords im Süden. Je deutlicher die Schwäche des Königs hervorgetreten war, um so entschiedener hatte Arundel sich auf Lancasters Seite geschlagen. Und mochten seine Augen auch noch so kurzsichtig sein, verfügte er doch über mehr Scharfblick als manch anderer, und er hörte, was er nicht sah. Der Earl of Arundel, so glaubte Robin, war ein Fuchs.

»Was heckt Ihr aus, Arundel?«

Der Earl runzelte unschuldig die Stirn, kaute ohne erkennbare Eile, schluckte und nahm einen tiefen Zug aus seinem Becher. »Ich denke, der König ist einfach noch zu jung, um allein zu regieren. Er hat den Kronrat praktisch entmachtet und spielt mit England wie mit einem Haufen bunter Holzritter. Er braucht ... ehrliche, kompetente Ratgeber.«

»Und ich sage, England braucht einen neuen König«, beharrte Gloucester.

Henry sah ihn kühl an, aber beschloß plötzlich, nichts zu sagen. Statt dessen wandte er sich an Arundel. »Wo steht die Kirche?«

»Auf der Seite der Vernunft. Der Bischof von Ely wäre bereit, in einem handlungsfähigen Kronrat mitzuwirken.«

»Der Bischof von Ely ist Euer Bruder«, wandte Robin ein.

»Das allein macht den Mann noch nicht indiskutabel«, erwiderte Arundel augenzwinkernd.

»Nein, keineswegs, Sir. Aber wo steht der Rest der Kirche?«

»Wie ich sagte. Auf der Seite der Vernunft.«

Henry hob unbehaglich die Schultern. »Eure Stimmen klingen nach Umsturz.«

»Nein, Derby«, Arundel sah ihn ernst an. »Nicht, wenn es sich irgendwie vermeiden läßt.«

Henry dachte nach und nickte schließlich. »Gut. Unter der Voraussetzung wird Lancaster einen solchen neuen Rat unterstützen.« Er wollte nicht, aber er konnte nicht anders, als Robin fragend anzusehen. Und erst als dieser ihm fast unmerklich zunickte, entspannte Henry sich.

Der König fiel aus allen Wolken. Er weinte bitterlich, und er tobte. Aber der Earl of Arundel und der Bischof von Ely vermochten ihn schließlich zu überzeugen, daß es die beste Lösung war, die Regierung einem kompetenten, vor allem ehrlichen Kronrat zu übertragen. Sie drohten ihm nicht ausdrücklich mit Entmachtung, aber sie erwähnten, daß man Alternativen erwogen hatte, vor denen doch noch viele zurückschreckten. Alternativen, die man nur höchst ungern ernstlich in Betracht ziehen würde. Sie machten ihm die Sache schmackhaft. Sie malten ihm aus, wieviel Zeit er haben würde, um sich der Kunst und den angenehmen Dingen des Lebens zu widmen, wenn andere das lästige Regieren für ihn übernahmen. Und es sollte ja nur für ein Jahr sein. Danach werde man weitersehen.

Richard stimmte zögernd zu und flehte Arundel mit tränenfeuchten Augen an, nicht zu hart mit seinem Kanzler ins Gericht zu gehen. Arundel gestikulierte tröstend, aber er machte keine Versprechungen. Und die erste definitive Amtshandlung des Parlamentes war es, den unfähigen Kanzler de la Pole abzusetzen und einzusperren und durch Arundels Bruder, den Bischof von Ely, zu ersetzen. Von Richards lähmender Willkür befreit, faßte das Parlament viele Beschlüsse. Es befaßte sich auch mit Robins Fall.

»Ihr seid ein Glückspilz, Fitz-Gervais«, verkündete Arundel mit einem halb spitzbübischen, halb kurzsichtigen Augenzwinkern. »Es wird keine Anklage gegen Euch erhoben.«

»Ich bin ja so glücklich und erleichtert, Sir«, erwiderte Robin bissig.

»Ja, ich bin sicher. Und die Bedingung wird Euch wenig Kummer machen, auch dessen bin ich sicher.«

»Bedingung?« fragte Robin argwöhnisch.

»Hm. Ihr werdet der Krone eintausend Pfund leihen.«

»Ich … was?«

»Eintausend Pfund. Ihr erhaltet ein schriftliches Versprechen des Königs, die Summe innerhalb der nächsten zwei Jahre zurückzuzahlen.«

»Was tue ich mit einem schriftlichen Zahlungsversprechen des Königs?« brummte Robin verstimmt.

Arundel schnalzte mit der Zunge. »Wir wollen doch nicht obszön werden, Sir.«

Robin mußte grinsen, aber die Sache gefiel ihm nicht. Er war immer zögerlich gewesen, Geld zu verleihen. Vielleicht hatte Giles ja recht gehabt, vielleicht war er ein Geizhals. Aber er arbeitete hart für sein Geld, er hatte einen großen Haushalt zu versorgen, und er fand, es war sein gutes Recht, nur an Leute zu verleihen, an deren Zahlungsfähigkeit er glaubte. Dazu gehörte der König eindeutig nicht.

»Sagt mir eins, Arundel. Warum muß ich eine solche Buße zahlen, wo ich doch gar nichts verbrochen habe?«

»Weil die Krone sozusagen ruiniert ist. Und Ihr seid reich. Seht es als Spende für die gute Sache.«

Robin schnitt eine Grimasse. »Ich hoffe, das macht Ihr daraus. Eine gute Sache.«

»Wir werden uns alle Mühe geben.«

»Ja.« Robin seufzte. »Das werdet Ihr. Gebt mir ein paar Wochen Zeit. Ich muß nach Burton zurück. Vorausgesetzt, daß Oxford nicht meine Schatullen geplündert oder meine Pferde verkauft hat, bekommt Ihr das Geld vor Jahresende.«

Arundel nickte. »Ihr solltet Euch in der Lombard Street einen Bankier nehmen«, riet er. »Das macht solche Dinge einfacher.«

»Wir wollen doch nicht hoffen, daß ich noch oft in die Verlegenheit komme.«

Robin brachte Blanche und Raymond an einem grauen, stürmischen Novembertag nach Fernbrook, und als sie ankamen, fanden sie das Haus in diesem eigentümlich gedämpften Aufruhr, der immer dort herrschte, wo eine Frau in den Wehen lag. Doch Robin blieb kaum Zeit, sich zu sorgen. Schon am frühen Abend brachte Anne zwei gesunde Jungen zur Welt. Isaac, der weitaus gelassener geblieben war, als Robin es je vermocht hätte, brachte die beiden winzigen, krähenden Bündel in die Halle hinunter, und sein Gesicht strahlte mehr vor Hingabe als vor Stolz. In die Bibel, die Robin ihnen zur Hochzeit geschenkt hatte, schrieb er ihre Namen: Oswin und Leofric. Robin machte die willkommene Entdeckung, daß Enkelkinder keineswegs mahnende Vorboten des nahenden Alters waren, sondern eine völlig neuartige, gänzlich unbeschwerte Freude. Er blieb bis zur Taufe am nächsten Morgen, aber mehr Zeit durfte er sich nicht gönnen. Dann ritt er mit Tristan Fitzalan weiter nach Rickdale, und Gisbert erklärte sich sofort bereit, ihm eine Eskorte von zwanzig Mann zu leihen, und er selbst und Joseph begleiteten Robin nach Burton.

Oxford ließ die Brücke einziehen, als er sie kommen sah. Gisbert verhandelte umständlich über den Graben hinweg. Seine Neuigkeiten von den Ereignissen während des Parlamentes trafen den frischgebackenen Duke hart. Er stimmte zu, einen Boten herauszuschicken, der von Gisbert Dokumente entgegennehmen sollte, die die Einsetzung des neuen Rates und Robins Pardon bewiesen. Nach stundenlangen Studien besagter Dokumente gab Oxford die Burg ohne Widerstand auf. Robin nahm eigenhändig die Schlüssel entgegen. »Tja, was soll ich sagen, Oxford ... Mehr Glück beim nächsten Mal?«

Oxford richtete sich auf. »Das hier ist jedenfalls nicht das Ende. Der König wird sich nicht ewig gängeln lassen.«

»Das wollen wir doch hoffen. Vor allem nicht von korrupten, selbstsüchtigen Schmeichlern wie Euch. Seht zu, daß Ihr von meinem Land herunterkommt. Ach ja, und Oxford ...« Er wies auf die

Scheide an Oxfords linker Seite. »Mein Schwert, wenn ich bitten darf. Ich hänge daran, wie Ihr vielleicht verstehen werdet.«

Oxford zog wütend ab, um sich, wie sich herausstellte, dem König in Chester anzuschließen und weiterhin Gift in sein empfängliches Ohr zu träufeln.

Derweil kehrten Robins Ritter mit ihren Damen und die Knappen zurück. Robin holte Raymond und Blanche auf die Burg. Offiziell war Lady Waringham ein hochgeehrter Gast. Sie bezog mit ihrer Zofe ein Quartier weit weg von Robins Räumen, und Robin bat Isabella und die anderen Damen, sich ihrer anzunehmen. Blanche war niemals allein, ein Schwarm von Begleiterinnen umgab sie, wohin sie auch ging. Sie fühlte sich wie eine Königin, und ihr guter Ruf blieb gänzlich ungefährdet. Robin war sehr diskret und arrangierte ihre Treffen so, daß niemand Verdacht schöpfte. Vater Alcuin, der beider Beichtvater war, kannte als einziger die Wahrheit. Robin wollte nicht, daß Blanche sich schämte oder irgendwer Anlaß hatte, hinter vorgehaltener Hand über sie zu tuscheln. Sie trug schwer genug an der ungewissen Lage und der Trennung von ihrem Sohn.

»Bist du unglücklich, Blanche?« fragte er besorgt an einem Frühlingstag kurz nach der Pferdeauktion. Sie saß auf einer Bank in dem kleinen Garten, den Isabella im Innenhof angelegt hatte. Robin hatte einen Stiefel auf die Bank gestellt und betrachtete sie verliebt.

»Nein, Robin. Natürlich nicht.«

»Aber auch nicht glücklich«, beharrte er.

Sie hob die Schultern, fast ungeduldig. »Wir haben es uns selbst ausgesucht. Und wir wußten, was wir taten.«

»Aber du fühlst dich eingesperrt, nicht wahr?«

»Eher ausgesperrt. Ich vermisse London und das Leben, das ich dort geführt habe. Die Menschen, die ich dort getroffen habe. Waringham ist Provinz, aber Burton ist wie Verbannung.«

»Ja. Ich weiß. Blanche ... Ich muß trotzdem fort. Ich kann es nicht länger aufschieben. Ich muß nach Spanien.«

Sie lächelte ohne erkennbare Mühe. »Ich werde hier sein, wenn du zurückkommst, Mylord of Burton.«

Er traf seine Vorbereitungen und brach Anfang Juni auf. Raymond machte es ihm weitaus schwerer als Blanche. Er blieb in seiner Kammer und weigerte sich, seinen Vater im Hof zu verabschieden, weil er sich schämte, in aller Öffentlichkeit zu weinen.

»Dann weine eben nicht«, schlug Robin vor.

»Ich kann nicht anders.«

»Schön. Dann bleib hier. Du mußt ja nicht mit hinunterkommen.« Er küßte ihn auf die Stirn. »Leb wohl. Gott segne dich.«

Raymond umklammerte seinen Hals.

»Raymond. Niemand wird dir etwas tun, ich verspreche es dir. Burton ist eine starke Burg. Und Oswin hat die Wachen verdoppelt und achtet darauf, daß die Brücke immer hochgezogen ist. Ihr werdet hier völlig sicher sein.«

Dafür hatte er gesorgt. Vor allem wegen Blanche. Er nahm zehn seiner Ritter und die gleiche Zahl an Knappen mit, aber die Burg war immer noch gut bemannt und die Anlagen in einwandfreiem Zustand.

»Du mußt lernen, dich zu beherrschen, deine Angst zu überwinden. Das ist hart, ich weiß, aber es wird nicht leichter. Du kannst ebensogut jetzt damit anfangen.«

Raymond nickte und bemühte sich entschlossen, sich zusammenzunehmen. Er zwang sich, seinen Klammergriff zu lösen. »Entschuldige.«

»Du brauchst dich nicht zu schämen. Als ich so klein war wie du, hab' ich auch geheult, wenn mein Vater in den Krieg zog.«

Raymond schien erleichtert. »Ehrlich?«

»Ehrlich.«

»Aber er kam immer zurück?«

Robin brachte es nicht übers Herz, bei der Wahrheit zu bleiben. »Ja. Wirst du mir einen Gefallen tun?«

»Was?«

»Sei besonders zuvorkommend zu Lady Blanche. Kümmere dich um sie, heitere sie ein wenig auf.«

Raymond blinzelte erstaunt. Er war es nicht gewohnt, daß sein Vater ihm eine so erwachsene Aufgabe übertrug. Er nickte stolz. »Gut. Verlaß dich auf mich.«

»Robin, ich wünschte, du gingest nicht.«

»Meine Güte, Henry, du klingst wie Raymond.«

»Ja, mach dich nur über mich lustig. Aber ich brauche Rat.«

Sie waren in Monmouth, einer der zahllosen Burgen, die Lancaster gehörten, jenseits der walisischen Grenze. Robin hatte dort haltgemacht, um sich von Henry zu verabschieden. Monmouth war ein verschlafenes Grenznest, die Burg mehr ehern als schön. Lancaster war so gut wie nie dort. Henry hingegen schien den Ort zu mögen. Er entsprach seiner Neigung zu Einfachheit und Askese.

»Wie geht es Lady Mary?« fragte Robin gewohnheitsgemäß.

»Gut. Ich glaube, sie fürchtet sich vor der Entbindung, aber die Schwangerschaft scheint ihr gut zu bekommen.«

»Es wird schon gutgehen.«

»Ich bete darum. In vieler Hinsicht schätze ich meine Frau sehr, Robin.«

»Ich weiß.«

»Und gerade jetzt käme mir ein Sohn gut zupaß.«

»Was beunruhigt dich?«

Henry stand ruhelos auf. »Laß uns ausreiten, ja?«

Robin willigte ein. Aus vielen Jahren der Erfahrung wußte er, daß er so die besten Chancen hatte zu ergründen, was in Henry vorging. Sie schickten nach den Pferden und ritten ohne Begleitung auf die weiten, windigen Hügel hinaus. Es war ein regnerischer, verhangener Tag, nicht sehr sommerlich. Im Wald herrschte Zwielicht. Kein Vogel sang, und es tropfte von den Blättern.

»Hast du gehört, daß Arundel die verdammte spanisch-französische Kanalflotte vernichtet und Brest genommen hat?« fragte Henry unvermittelt.

»Natürlich. Ein Segen für die Kanalinseln, die Südküste und den neuen Kronrat, und sicher ein großes Ärgernis für den König.«

»Der König ist seit Monaten in Chester.«

»Und? Er ist der Earl of Chester wie sein Vater, und genau wie er fühlt er sich dort hingezogen. Was ist dagegen einzuwenden? Er hat jetzt viel Muße.«

»Oxford ist verschwunden.«

»Er ist in Wales.«

»Woher weißt du das?«

»Der Abt von Waltham hat es mir erzählt. Ich dachte, es sei allgemein bekannt.«

»Hm. Vielleicht. Aber was tut er hier in Wales?«

»Das weiß der Himmel.«

»Er hebt Truppen aus, Robin.«

Robin hielt an. »Weißt du das genau?«

»Sonst würde ich es nicht sagen.«

»Und du glaubst, darum ist der König in Chester? Er wartet auf Oxford und seine walisischen Truppen?«

Henry hob langsam die Schultern. »Es sieht ganz so aus, oder nicht? Und Richard sitzt nicht nur da und wartet. Er hat Unterhändler nach Frankreich geschickt. Mein Onkel Gloucester glaubt, der König werde im Notfall ein Bündnis mit Frankreich eingehen. *Ein Bündnis mit Frankreich,* Robin. Gegen die Opposition im eigenen Land.«

»Jesus ... Und ich glaubte, er habe sich gefügt«, murmelte Robin. »Wie blind ich war.«

»Das waren wir alle. Jetzt sitzt Gloucester mir im Nacken und sagt, wir müssen handeln.«

Robin ritt wieder an. »Sagt er das, ja?«

»Er will, daß ich etwas unternehme. Und vermutlich hat er recht. Wenn der König wirklich den Sturz des Kronrates plant, sollten wir rechtzeitig einschreiten. Ehe französische Truppen an der Küste landen. Nur ...«

»Nur?«

»Gloucester stellt sich das so vor, daß ich meinen Kopf ausstrecke so wie Richard, und er sie beide abhacken kann, um die Krone zu bekommen.«

Robin lächelte schwach.

Henry sah ihn ärgerlich an. »Das ist weiß Gott nicht zum Lachen.«

»Nein.«

»Also wirst du bleiben und mir helfen?«

»Glaubst du wirklich, du brauchst mich?«

Henry zögerte einen Moment, dann nickte er. »Es macht mir keine Mühe, Gloucester zu durchschauen oder Richard. Ich denke, ich kenne ihre Pläne. Aber ich bin nicht sicher, was ich tun soll. Ich würde mich ruhiger fühlen, wenn du da wärst. Du scheinst immer zu wissen, wie mein Vater entscheiden würde.«

»Das glaub lieber nicht. Ich kann nichts daran ändern, daß er nicht hier ist. Aber du brauchst weder ihn noch mich wirklich. Du kannst selbst die richtigen Entscheidungen treffen. Wenn er das nicht geglaubt hätte, hätte er dir Lancaster nicht übertragen.«

»Oh, das macht mir keinen Kummer. Entscheidungen treffen, Lancasters Interessen wahren, das kann ich. Das hat er mir beigebracht. Er hat mir so vieles beigebracht, das merke ich wirklich jetzt erst, da ich es zur Anwendung bringen muß. Aber ich fürchte, für die derzeitige politische Lage fehlt mir die nötige Erfahrung. Ich bin unsicher. Ich habe das Gefühl, daß dies eine Situation ist, der nur mein Vater gewachsen wäre.«

»Das ist Unsinn. Hat er nicht gesagt, du sollst dich auf dein eigenes Urteil verlassen?«

»Ja. Aber ich wäre dankbar, wenn ich außer meinem auch noch deins hätte. Es ist … eine harte Bewährungsprobe, weißt du.«

Robin betrachtete ihn nachdenklich. Henry wirkte nicht ratlos. Aber das konnte er natürlich nicht, das durfte er nicht. Er war Henry of Lancaster; wenn er ratlos war, mußte er sein bestgehütetes Geheimnis daraus machen. Robin rang mit sich. Die letzten Nachrichten aus Kastilien klangen nicht mehr so rosig wie anfangs. In der ersten Kriegssaison hatte Lancaster das Land praktisch im Sturm erobert, aber inzwischen war sein Vormarsch ins Stocken geraten. Es gab Reibereien zwischen ihm und dem verbündeten König von Portugal, und die finanziellen Mittel gingen zur Neige. Krankheit und schlechte Verpflegung erwiesen sich wieder einmal als Englands schlimmster Feind in Spanien. Robin hatte das Gefühl, er müßte eigentlich dort sein. Aber wie konnte er Henrys Bitte abschlagen? Er hatte es ihm versprochen, und Henry hatte es so wenig vergessen wie er. Er war in Henrys Dienst getreten an dem bitteren Abend im Savoy damals, als Ratgeber, als Freund, notfalls als Soldat. Und was würde Lancaster sagen, wenn sie aus Spanien zurückkehrten, geschlagen oder siegreich, und in England herrschte Anarchie?

»Ich bleibe.«

Henrys Augen leuchteten auf, und er legte ihm die Hand auf den Arm. »Danke, Robin.«

Robin schickte die Dunbar-Zwillinge mit Briefen nach Spanien, um Lancaster über die Gründe seines Ausbleibens und über seine und Henrys Sicht der Lage in England zu unterrichten. An einem heißen Julitag brachen sie mit ihren Knappen zur Küste auf. Henry Fitzroy tat, was Robin schon lange befürchtet hatte. Er bat Robin, ihn aus seinem Dienst zu entlassen.

»Du willst dich dem König in Chester anschließen?«

Fitzroy nickte bekümmert. »Ich hätte es längst tun sollen. So, wie die Dinge jetzt stehen, muß jeder Stellung beziehen. Und ich schulde es seinem Vater.«

Robin bedauerte seine Entscheidung sehr, aber er unternahm keinen Versuch, ihn zu halten. Er umarmte ihn kurz. »Geh mit Gott, Fitzroy. Und wir halten es so wie früher, oder?«

»Ja. Was immer passiert, ist keine Sache zwischen dir und mir.«

Im August unternahm der König einen Schritt, der bewies, daß er das taktische Talent seiner Vorfahren geerbt hatte: Er rief die Richter des königlichen Gerichtshofes zu sich und stellte einen Antrag, zu überprüfen, ob und inwieweit die Einsetzung des neuen Rates mit seinem erzwungenen Einverständnis den Gesetzen entsprach. Eine Unruhe erhob sich im Temple und den ehrwürdigen Schulen der Rechtskunde, den Inns of Court, als habe jemand einen Stein in ein stilles Gewässer geworfen. Alle Londoner Juristen, nicht nur die Richter der angerufenen Kammern, debattierten und redeten sich die Köpfe heiß. Die Aufregung ebbte nicht ab, als die Wochen vergingen, im Gegenteil, jede Taverne von Southwark bis The Moor schien plötzlich voller Rechtskundiger, und die Meinungen der Müßiggänger und Taugenichtse waren ebenso gespalten wie die der ehrwürdigen Doktoren der Jurisprudenz.

»Sie könnten sich das Rätselraten ebensogut sparen«, bemerkte Henry bissig. »Die Angerufenen sind ausnahmslos königliche Richter. Sie werden nicht an dem Ast sägen, auf dem sie sitzen. Sicher nicht, solange der Oberste Richter Tresilian mit eiserner Hand das Szepter schwingt.«

Robin nickte besorgt.

Sie saßen an einem Spätsommerabend im Garten von Henrys Londoner Villa. Ein Page hatte ihnen ein Licht gebracht, und zu ihrer Rechten murmelte ein Springbrunnen leise in der Dunkelheit. Trotz der ewigen Glocke von Qualm und Rauch über London waren an diesem Abend die Sterne deutlich sichtbar. Warm für September, dachte Robin. Eine Sternschnuppe fiel.

»Robin, was werden Arundel und Gloucester tun, wenn die Herren Richter entscheiden, daß sie sich außerhalb des Rechtes bewegen?«

»Wenn ich ihnen raten sollte, würde ich sagen, sie sollten lieber nicht abwarten, bis man sie als Verräter verhaftet. Unwirtlich im Tower.«

Henry lachte leise. »Vielleicht wäre das genau der richtige Dämpfer für meinen Onkel Gloucester. Die Vorstellung ist nicht ohne Reiz.«

»Sieh an, sieh an.«

»Tja, dir brauch' ich nichts vorzumachen. Ein kaltes Lancaster-Herz schlägt in meiner Brust.«

»Ich glaub's.«

Henry zog ein Knie an, legte die Arme darum und betrachtete wie Robin den Himmel über der nächtlichen Stadt.

»Meine Güte … was war das? Ein Komet?«

Robin hob die Schultern. »Oder eine große Sternschnuppe, ich weiß es nicht. Ich habe schon zwei gesehen.«

»Die Sterne fallen vom Himmel«, murmelte Henry.

»Bist du abergläubisch?« erkundigte Robin sich überrascht.

Henry nickte. »Alle Plantagenets sind abergläubisch.«

»Es ist nicht unbedingt ein schlechtes Omen, wenn die Sterne vom Himmel fallen. Nur ein Vorbote umwälzender Ereignisse. Zum Schlechten oder auch zum Guten.«

»Dafür müssen wir nicht die Sterne studieren, um auf das Eintreffen umwälzender Ereignisse vorbereitet zu sein.«

»Nein«, stimmte Robin zu. »Und die Sterne verraten uns leider nicht, ob sie zum Schlechten oder zum Guten sein werden.«

»Weil das in unserer Hand liegt. Dafür hat Gott uns einen Verstand und einen freien Willen gegeben.«

»Das klingt nach Lionel.«

Henry schwieg einen Moment verblüfft. Dann nickte er zögernd. »Schon möglich, daß er mir das beigebracht hat, ja. Wie so vieles andere.«

»Hast du ihn je wiedergesehen?« fragte Robin neugierig.

»Nein. Du?«

»Hm. Vor zwei, drei Jahren begleitete er Bischof Wykeham als Sekretarius zum Parlament. Ich schätze, Wykeham hatte ihn ausgewählt, um deinen Vater zu verärgern. Und dein Vater hat sehr glaubhaft den Anschein erweckt, Lionel nicht wiederzuerkennen.«

»Hast du mit ihm gesprochen?«

»Nur kurz. Er erkundigte sich nach deinem Wohlergehen. Er war immer noch zerknirscht.«

Henry seufzte. »Armer Lionel. Ein Bauernopfer.«

»Ja. Das rührt mich zu Tränen.«

»Ach, Robin, wie kannst du so nachtragend sein? Das ist nicht sehr christlich.«

»Nein, ich weiß. Ich bin einfach nicht so makellos wie du.«

Henry hüstelte ironisch. Noch eine Sternschnuppe fiel. Sie sahen ihr schweigend nach.

Henry regte sich unbehaglich. »Was sollen wir also tun, wenn das Urteil fällt? Abwarten und hoffen, daß Gloucester und der Oberste Richter sich gegenseitig an die Kehle gehen?«

Robin lächelte. »Ich hab's ja gesagt. Eigentlich brauchst du mich hier gar nicht.«

»Komm bloß nicht auf die Idee, jetzt zu gehen.«

»Nein. Vielleicht im Frühjahr.«

Die richterliche Entscheidung, die sie wegen der himmlischen Zeichen doch mehr oder weniger für den folgenden Tag erwartet hatten, blieb aus. Dafür kam am Abend ein gänzlich unerwarteter Gast in Henrys Haus: Thomas Mowbray, der junge Earl of Nottingham und Vertraute des Königs. Zaghaft blieb er auf der Schwelle zu dem behaglichen Raum stehen, wo Henry, John und Robin zusammen aßen.

Henry erhob sich höflich und nickte sparsam. »Seid gegrüßt, Sir. Tretet näher.«

Mowbray schien für einen Augenblick versucht, sich abzuwenden und zu fliehen. Dann machte er einen entschlossenen Schritt in den Raum hinein und verneigte sich tief. »Mylord of Derby ... Ich ersuche eine Aussprache.«

Henry zuckte mit den Schultern. »Dann setz dich und trink einen Becher mit uns, Tom. Das macht die Dinge leichter.«

Mowbray sah ihn verdutzt an, kam dann zum Tisch und folgte der Einladung.

John zwinkerte ihm zu. »Ich hab' dir gesagt, er beißt nicht«, raunte er.

Henry warf seinem Bruder einen kurzen Blick zu, aber gab keinen Kommentar ab. »Edward, hol dem Earl of Nottingham einen Becher, und dann laß uns allein. Ich wünsche, nicht gestört zu werden.«

Edward brachte einen Silberpokal, füllte ihn aus dem Krug auf dem Tisch, verbeugte sich erst vor Nottingham, dann vor Henry und ging hinaus. Robin versagte sich ein stolzes Lächeln. Edward war ein vollendeter Page. Immer aufmerksam, er hatte seine Augen überall und sorgte dafür, daß die Becher immer gefüllt waren und die Speisen nicht vorzeitig ausgingen. Dabei war er meistens unsichtbar und sprach niemals ein Wort.

Als die Tür sich lautlos hinter ihm geschlossen hatte, räusperte Mowbray sich nervös. »Ich habe John gefragt, ob es Sinn habe, eine Verständigung mit Euch … mit dir zu suchen. Und er sagte, das wisse man erst, wenn man es versucht habe.«

Henry verzog keine Miene. »Und zu dem Zweck bist du also gekommen.«

»Ja. Ich hatte erwogen, mit Arundel zu reden oder dem Bischof, seinem Bruder. Aber dann dachte ich, du … Ich meine, wir sind praktisch zusammen aufgewachsen, nicht wahr?«

Henry hob leicht die Schultern und nickte schwach, als stimme er zu und halte gleichzeitig die Formulierung für übertrieben. Und er hat recht, dachte Robin. Sie hatten als Kinder beide viel Zeit in Richards Gesellschaft verbracht, nachdem der Schwarze Prinz gestorben war. Aber sie waren nie vertraut miteinander gewesen. Robin mutmaßte, daß der kleine Tom Mowbray schon damals an Richards Lippen gehangen und über jeden gemeinen Scherz auf Henrys Kosten herzhaft gelacht hatte.

»Ich will ganz offen sein, Henry«, versicherte er ernst. »Seit dem Schottlandfeldzug, nein, seit der Intrige gegen deinen Vater bin ich beunruhigt.«

Henry zog eine Braue hoch. »Ah ja?«

»Ja.« Nottingham nickte trübselig. »Der König … steuert einen unheilvollen Kurs.«

Und du willst das Schiff verlassen, ehe es sinkt, schloß Robin.

»Er hat mich nach Frankreich geschickt im Frühjahr«, fuhr Mowbray fort. Plötzlich lachte er leise. »Der König von Frankreich ist verrückt. Ich meine … man raunt, Richard sei verrückt, aber mit König Charles ist es anders. Sein Verstand verläßt ihn hin und wieder gänzlich. Zuzeiten ist er vollkommen wahnsinnig. Dann erholt er sich wieder und ist für Wochen oder Monate völlig normal. Aber er ist instabil. Darum ist Frankreich instabil.«

Henry nickte. Er hatte schon öfter von König Charles' Wahnsinnsanfällen gehört. »Dann wird es eigentlich Zeit, daß wir den Krieg gewinnen, nicht wahr, Tom?«

»Tja, das sollte man meinen. Aber Richard sucht Frieden mit Frankreich.«

»Nun, den wollen wir letztendlich wohl alle.«

»Ja. Du hast recht.« Er sah Henry in die Augen. »Ich für mein Teil will ihn nur, wenn er nicht auf Englands Kosten geht.«

»Ja, ich stimme dir zu.«

»Henry …« Mowbray fuhr sich mit der Linken über Hals und Nacken. »Schön. Ich kann verstehen, daß du keinen Grund siehst, es mir leichtzumachen. Also: Ich ehre meinen König. Aber meine Treue gilt England. Und im Zweifelsfalle stehe ich auf Englands Seite auch gegen den König. Ich weiß, daß Arundel und Gloucester dich in ihre Beratungen einbeziehen. Ich bitte dich, sie wissen zu lassen, daß ich auf ihrer Seite bin.«

Es war einen Moment still. Henry spielte versonnen mit dem großen Rubin am Mittelfinger seiner Rechten. Dann sah er Mowbray wieder an. »Du sagst, du bist völlig offen. Also werde ich es auch sein. Woher weiß ich, daß du nicht in Richards Auftrag hier bist?«

Mowbray trug eine schwere Goldkette um den Hals, an der ein meisterhaft gearbeitetes St.-Georgs-Amulett hing. Es war eine breite, ovale Plakette, die in der Mitte den Heiligen mit dem erlegten Drachen zeigte, an beiden Seiten von Nottinghams Wappen flankiert. Er nahm das Amulett in die linke Hand und hob die rechte. »Ich schwöre bei meiner Ehre und auf meinen Namen, daß ich nur in eigener Sache und ohne das Wissen oder das Einverständnis des Königs hier bin. Und Gott soll mich mit Aussatz schlagen und meine Seele verdammen, wenn ich die Unwahrheit sage.«

Er ließ die Hände sinken.

Henry lächelte. »Gut, Tom. Ich verstehe. Und ich bin überzeugt, du hast dir diesen Schritt nicht leichtgemacht.«

»Nein. Wirklich nicht.«

»Ich werde den Lords des Kronrates von deiner Entscheidung berichten. Wie offen können wir … sie auf deine Unterstützung rechnen?«

»Offen.«

»Weiß Richard, daß du seine Fraktion verlassen hast?«

»Ja.«

»Dann legt Euch eine verläßliche Leibwache zu«, riet Robin. Es war das erste Mal, daß er gesprochen hatte, und Mowbray sah ihn verdutzt an. Dann nickte er langsam.

»Ja. Daran habe ich noch nicht gedacht.«

»Nein. Man kommt erst darauf, wenn es zu spät ist.«

»Ich weiß, was Ihr meint, Sir. Es scheint mir ein guter Rat.«

»Bleibst du in London?« fragte John.

»Ja.« Mowbray lächelte dünn. »In der Provinz hat Opposition wenig Gewicht.«

»Ich rede mit den Lords, und wir bleiben in Kontakt«, versprach Henry.

Mowbray verabschiedete sich bald. Er schien erleichtert, und er verneigte sich mit einem vertrauensvollen Lächeln, ehe er sie verließ.

»So, so«, murmelte John. »Das bedrückte also sein Herz.«

»Du hättest mich vorwarnen können«, bemerkte Henry säuerlich.

John hob vielsagend die Schultern. »Hätte ich nur einen Moment geglaubt, daß es ihm ernst ist, hätte ich es getan.«

»Hm. Sein Gesinnungswandel bedeutet jedenfalls unverhoffte Unterstützung für den Kronrat. Nicht schlecht, nicht schlecht.«

John hob seinen Becher in Robins Richtung. »Du bist nicht sehr angetan, nein?«

Robin wiegte den Kopf hin und her. »Ich bin nicht sicher. Es kann keinesfalls schaden, auf der Hut zu sein.«

Henry runzelte die Stirn. »Du denkst, wir sollten ihm nicht trauen? Trotz des Schwures?«

»Oh, der Schwur war ehrlich, davon bin ich überzeugt.« Robin schwankte. Er fragte sich schon lange, was es mit Thomas Mowbray, Earl of Nottingham, auf sich hatte. Robins hartnäckige

Nachforschungen in St. Bartholomäus hatten ergeben, daß es Mowbray gewesen war, der Blanche von Westminster aus ins dortige Hospital gebracht hatte. Ein Akt wahrer Ritterlichkeit oder, wenn man so wollte, purer Menschlichkeit. Zum Dank hatte Robin ihm den sehr ernst gemeinten Rat bezüglich seiner persönlichen Sicherheit gegeben. Er fühlte sich ihm verpflichtet. Aber trauen konnte er ihm trotzdem nicht.

»Ich denke, Eifersucht ist sein Motiv. Oxford hat ihn überschattet, was des Königs Gunst betrifft, und Mowbray steht nicht gern an zweiter Stelle. Er verspricht sich mehr davon, mit der Gegenseite zu kooperieren.«

Henry sah ihn nachdenklich an. »Ja. Das würde allerhand erklären. Und was soll ich deiner Meinung nach tun?«

»Schlag sein Angebot nicht aus. Er ist zu wertvoll. Aber trau ihm nicht.«

John grinste breit. »Man könnte meinen, Vater sei hier.«

Robin schüttelte den Kopf. »Mowbray ist ein Opportunist. Und er wird ...«

Die Tür schwang auf, und Edward trat auf leisen Sohlen ein.

Henry seufzte und runzelte unwillig die Stirn. »Bist du so vergeßlich? Was hab' ich gesagt?«

Edward verneigte sich reumütig, sein Gesicht zeigte Unsicherheit. »Ich bitte um Verzeihung, Mylord. Aber ein Bote ist aus Monmouth gekommen.«

Henry sprang auf. »Mary ... Es ist gut, Edward. Schick ihn rein. Und dann geh schlafen, es ist spät.«

Edward verbeugte sich wieder und brachte den Boten herein.

Es war ein älterer Mann in fleckigen, abgeschabten Hosen, der Lancasters Emblem am Umhang trug. Er bemühte sich um eine gelassene Miene und eine blasse Erscheinung, wie sie einem Boten zukam, aber es kostete ihn Mühe. Robin sah, daß er breit grinste, während er sich vor Henry tief verneigte.

»Ihr habt einen Sohn, Mylord, und Lady Mary ist wohl.«

Henry machte zwei lange Schritte auf ihn zu und packte ihn bei den Schultern. »Einen Sohn?«

»Ja, Mylord.«

»Und ist er gesund?«

»Die Mauern der Burg erzittern beinah, so kräftig brüllt er, Mylord.«

Henry lachte selig. »Und Mary geht es gut?«

»Seid unbesorgt. Sie ist erschöpft. Es hat lange gedauert, beinah den ganzen Tag und bis in die Nacht. Aber Dr. Raleigh versichert, es gehe ihr gut. Und sie sendet Euch ergebene und glückselige Grüße.«

»Gott segne dich, Mary«, murmelte Henry benommen. »Gott segne dich und meinen Sohn. Wann?«

»Letzte Nacht, Mylord, kurz vor Laudes.«

»Mann, du mußt geritten sein wie der Teufel.«

Der Bote lächelte schwach. Tausend kleine Falten erschienen um seine Augen. »Eine Freude auf Euren Pferden aus Burton, Sir.«

»Geh hinunter und iß und trink. Komm morgen früh zu mir für deinen Botenlohn.«

Er wandte sich strahlend um, als der Bote gegangen war, und empfing Robins und Johns Gratulationen.

John umarmte ihn und klopfte ihm kräftig den Rücken. »Gut gemacht, Junge. Und genau zum richtigen Zeitpunkt. Gott segne meinen Neffen und deine wunderbare Dame. Und England kann sich glücklich schätzen, wenn der Junge so wird wie du.«

Henry blinzelte gerührt. »Danke, John.«

Robin betrachtete die Brüder mit einem frohen Lächeln. Er versuchte, sich ihre Gesichter einzuprägen, um Lancaster später davon zu erzählen. Dann umarmte er seinerseits den jungen Vater. »Glückwunsch und Gottes Segen, Henry.«

Henry hatte Mühe, seiner Gefühle Herr zu werden. »Ich denke ... ich will noch etwas trinken.«

Sie schenkten ihm ein und leisteten ihm Gesellschaft.

John hob seinen Becher. »Sirs, auf die Gesundheit und das Glück des zukünftigen Erben des Hauses Lancaster.« Seine Miene zeigte gutmütigen Spott, aber, dachte Robin erleichtert, keine Bitterkeit über die dramatische Verschlechterung seiner eigenen Position in Lancasters Erbfolge. John ist wie sein Vater, ging Robin auf. Ehrgeizig und fasziniert vom großen Spiel um die Macht, aber er giert nicht nach dem, was ihm nicht zusteht. Er hat genug Phantasie, um gute Chancen da zu sehen, wo er steht. – Auch das würde er Lancaster erzählen, nahm Robin sich vor.

»Und wie soll er heißen?« wollte John wissen.

Henry dachte kurz nach. »Nun ja, ich schätze ... Henry.«

John verdrehte die Augen. »Alle werden das arme Kind Harry nennen, um ihn von dir zu unterscheiden.«

»Aber es ist ein guter Name.«

»Ja«, stimmte Robin zu. »Henry of Lancaster ist ein guter Name. Das fand ich auch immer schon.«

»Henry of Monmouth«, Henry ließ es sich träumerisch auf der Zunge zergehen.

»Henry of Monmouth«, wiederholte John beeindruckt. »Wie klingt das, Robin?«

Robin nickte langsam. Es klang bedeutungsvoll.

»Nach Feuer und Schwert«, murmelte er.

Henry sah ihn pikiert an. »Er ist erst einen Tag alt«, wandte er mit erwachendem Beschützerinstinkt ein.

»Ja.« Robin lächelte schwach. »Aber als er geboren wurde, fielen die Sterne vom Himmel.«

Es war ein nasser, kalter Dezembermorgen, und dichter Nebel hing über der Themse. Man konnte das Wasser nicht sehen, es war von weißen Schwaden verhüllt. Kleine Tropfen bildeten sich auf den glänzenden Rüstungen der Ritter und perlten an ihren Brustpanzern und Beinschienen hinab. Kein Windhauch bewegte die bunten Banner.

»Wie soll man in dieser verdammten Suppe eine Schlacht schlagen?« brummte Guy Dunbar ungehalten. »Man sieht den Feind ja erst, wenn er einen erwischt hat.«

»Das gilt umgekehrt genauso«, wandte sein Zwillingsbruder zuversichtlich ein.

»Still«, warnte Robin. »Sie kommen näher.«

»Meint Ihr wirklich?« fragte Mowbray nervös. »Ich kann nichts sehen.«

»Dann sperrt die Ohren auf.«

Mowbray lauschte, und alle hörten in der Stille das Klirren der Rüstungen, Waffen und Zaumzeuge und den gedämpften Hufschlag der Pferde.

Entfernungen waren im Nebel schwierig zu schätzen. Henry hatte die Augen halb geschlossen und konzentrierte sich auf die Botschaft, die sein Gehör erreichte. Dann nickte er knapp. »Oxford rückt vor.«

»Das heißt, daß er deinen Onkel Gloucester in seinem Rücken weiß«, sagte Mowbray bissig. »Sonst würde er das Weite suchen. Oxford ist alles andere als ein Held.«

Robin, Henry, Mowbray und die anderen Befehlshaber sammelten ihre Ritter und Bogenschützen um sich, brachten sie in Formation und rückten vor. Sie zogen in die Schlacht gegen König Richards engsten Vertrauten, der des Königs Bogenschützen aus Wales und Cheshire anführte. Genaugenommen zogen sie gegen König Richard in die Schlacht. Lancaster wird in Spanien keine ruhige Minute mehr haben, wenn er hiervon erfährt, dachte Robin unglücklich. Er konnte ja selbst kaum begreifen, wie es soweit hatte kommen können, obwohl er dabeigewesen war.

Wie Henry vorhergesehen hatte, hatten die Richter zu Gunsten des Königs entschieden. Sie nannten Arundel, Gloucester und die anderen Mitglieder des Kronrates nicht ausdrücklich Verräter, aber ihre Formulierungen glichen einer Anklageschrift. Das Wort Verrat prangte zwischen den Zeilen. Freilich sollte das ein Geheimnis bleiben. Niemand hatte den Ausgang der Entscheidung gekannt, als Richard im November nach London zurückgekehrt war. Niemand außer Henry, der über das unvergleichliche Nachrichtensystem seines Vaters verfügte. Als sein Spion ihm eine Abschrift des richterlichen »Manifestes« brachte, hatte er die Lords unauffällig zu einer Krisensitzung gerufen. Nicht zuletzt auf Robins dringenden Rat hin hatten sie beschlossen, die Initiative zu ergreifen, bevor sie sich im Tower eingesperrt wiederfanden und nur noch wünschen konnten, rechtzeitig gehandelt zu haben. Am Tag bevor das offizielle Amtsjahr des Kronrates ablief, hatten Arundel, Gloucester und Warwick den König in Westminster aufgesucht und ihrerseits ein Dokument präsentiert, mit dem sie seine fünf engsten Getreuen, allen voran Oxford, des Verrates beschuldigten. Anfangs hatte es geschienen, als ginge der König auf ihre Forderungen ein. Er hatte die Beschuldigten ihrer Ämter enthoben und sie unter Arrest gestellt. Er hatte die Unterstützung der Londoner verloren, viele glaubten, er gebe klein bei. In Wirklichkeit spielte der König um Zeit. Er hatte ein Parlament angesetzt für Anfang Februar und in Aussicht gestellt, daß alle Vorwürfe gegen seine Minister und Freunde in diesem Parlament gehört werden sollten. Und derweil spekulierte er darauf, daß Oxford und die angeheuerten Truppen lange Zeit vorher eintreffen würden, um ihm endlich die Macht zu geben, sich der lästigen Bevormundung zu entziehen. Ehe das geschehen konnte, hatten die Lords mit Unterstützung von Henry und Mowbray eine kleine Armee aufgestellt, die Oxford entgegenzog. Es war das einzige, das ihnen zu tun übrigblieb. Der König hatte als erster dazu angehoben, den Konflikt mit Waffengewalt auszutragen. Und das würde er Lancaster zu ihrer aller Verteidigung sagen, beschloß Robin, wenn dieser aus Spanien zurückkehrte und England von einem Bürgerkrieg erschüttert vorfand, den er so lange und unter so großen Opfern zu verhindern gesucht hatte.

Wie ein Geisterheer tauchten die ersten Reihen der Waliser aus dem Nebel auf. Robin klappte das Visier herunter und zog das Schwert. »Für England und St. Georg«, murmelte er.

Es wurde eine unrühmliche, beinah langweilige Schlacht. Oxford hatte nie die Absicht gehabt, sich den Feinden des Königs hier im offenen Feld, nahe der kleinen Stadt Radcot, zu stellen. Er war in eine Zwangslage geraten, als Henrys Truppen ihm vom Fluß her begegneten, während Gloucester ihm den Rückzug nach Nordwesten abschnitt. Als er feststellte, daß seine Waliser der Minderheit aus Rittern und geschulten Bogenschützen nicht gewachsen waren, suchte Oxford sein Heil in der Flucht. Der dichte Nebel verhinderte lange Zeit, daß seine Truppen seinen Abgang bemerkten, und sie kämpften unbeirrt, wenn auch kopflos.

Robin wußte, daß es diese lustlosen Scharmützel waren, die oft die größten Opfer forderten. Es war eine so bedächtige Form des Blutvergießens. Er blieb an Henrys Seite, kümmerte sich kaum um die Schlacht, sondern einzig darum, seinen Rücken zu schützen. Nicht, daß Henry wirklich Schutz nötig gehabt hätte. Er kämpfte gewandt und überlegen, beinah, als sei es ein Spiel, und ihm blieb immer noch Zeit, seine Männer neu zu formieren und zu führen. Aber Robin konnte sich nicht einfach so auf die schnelle abgewöhnen, was er seit zwanzig Jahren getan hatte. Also blieb er bei ihm und wachte über das Wohl des Hauses von Lancaster.

Als sie näher zum Ufer vordrangen, wurden die Kämpfe heftiger. Die Waliser waren hartgesotten, sie johlten und rannten, ihre Zahl schien unerschöpflich. Crispin Hemmings geriet in ernstliche Not, und Robin preschte auf Pollux' Rücken ein paar Längen nach rechts, um ihm zur Hilfe zu kommen. Es dauerte nur Augenblicke, den walisischen Knoten um seinen Ritter zu lösen, aber als er sein Pferd wendete, war Henry verschwunden. Robin fluchte und ritt in die Richtung, wo er ihn vermutete. Der Boden war schlammig; die vielen Hufe hatten das Ufergras zertreten. Pollux rutschte hin und wieder aus. Vor ihm wankten zwei Soldaten in tödlicher Umklammerung, beide hatten ihren Dolch in den Leib des anderen gestoßen. Robin umrundete sie und kam zu Henry zurück – keinen Moment zu früh. Zwei Ritter preschten mit erhobenen Schwertern auf ihn zu. Der eine war Fitzroy, der Henry sofort in einen schnellen Kampf verwickelte. Der andere ritt um die beiden Pferde herum, und statt abzuwarten, bis der Kampf entschieden war, griff er Henry von rechts an. Robin brauchte nicht sein Wappen zu sehen; er erkannte ihn an seiner Niedertracht. Er lenkte Pollux zwischen die anderen Pferde und fing Mortimers Schwerthieb von unten mit seiner Waffe ab. Er war euphorisch und gleichzeitig kalt und ruhig. *Endlich. Endlich ist der Tag gekommen. Jetzt und hier soll es also sein.* Er drängte Mortimer von Henry ab und wartete, daß er den Kampf eröffnete. Mortimer wendete langsam sein Pferd, um sich mehr Raum zu verschaffen, glaubte Robin. Aber plötzlich stieß er seinem großen Fuchs die Sporen in die Seiten. Das Pferd galoppierte schnaubend davon, und Mortimer verschwand im Nebel. Einen Augenblick war Robin zu verblüfft, um zu reagieren, dann wollte er die Verfolgung aufnehmen. Aber aus dem Augenwinkel sah er, daß Henry sich mit drei Gegnern schlug. Er fluchte und kam ihm zu Hilfe. Sie gewannen die Schlacht, ohne Mortimer je wiederzusehen.

»Und ich hätte es so gerne getan. Herrgott, wie lange soll ich denn noch warten? Oh, Blanche, du glaubst mir nicht. Ich schwöre bei der Seele meiner kleinen Schwester Isabella, daß ich ihn töten wollte.«

Sie schüttelte den Kopf und strich ihm die Haare aus der Stirn. »Was redest du denn da, natürlich glaube ich dir.«

Die Burg war still. Robins Gefolge war noch in Oxford, und die Ritter und Knappen, die in Burton geblieben waren, waren mitsamt den Damen auf der Falkenjagd. Draußen war es kalt und windig, aber trocken. Ein idealer Tag für die Jagd und ein idealer

Tag, um ihn im Bett zu verbringen. Robin und Blanche hatten beschlossen, daß das Risiko akzeptabel war.

»Vielleicht war es besser so«, sagte sie nachdenklich. »Wer weiß, vielleicht hätte ja er dich umgebracht.«

»Gott, sie *ist* wütend, und jetzt beleidigt sie mich …«

»Robin, du solltest nicht glauben, daß ich dich ausgeschickt habe, meinen Mann zu töten. Das wäre allzu geschmacklos.«

»Nein, ich weiß. Trotzdem.«

»Und weißt du, wo er ist?«

»In Frankreich. Er ist zusammen mit Oxford geflohen.«

Sie lächelte schwach. »Frankreich ist wunderbar weit weg. Das heißt, ich kann diesen goldenen Käfig verlassen und nach London gehen und mein Kind zu mir holen.«

»Warte bis nach dem Parlament, Blanche. Bitte.«

»Aber warum? Der König hat nichts mehr in der Hand. Jetzt ist er ganz und gar von der Gnade des Rates abhängig.«

»Aber die Lage ist unsicher. Ich weiß nicht, was Gloucester vorhat. Wenn er versucht, sich die Krone zu holen …«

»Wirst du mit allen anderen Lancastrianern nicht tatenlos zusehen, wie das Haus von Lancaster übergangen wird?«

Robin schüttelte entschieden den Kopf. »Richard ist der König. Es besteht kein Anlaß, über die Vergabe der Krone zu spekulieren.«

»Tja, was auch immer passiert, Richards Günstlingen stehen schwere Zeiten bevor.«

»Ja. Mortimer wird gut beraten sein, im Exil zu bleiben.«

»Es wird ihm kaum gefallen. Er hat weder Freunde noch Geld in Frankreich.«

»Und das werden wir ausnutzen. Du wirst dich von ihm scheiden lassen.«

»Wie?«

»Laß mich nur machen.« Es war nur eine Frage des Geldes. Er mußte Dokumente fälschen lassen. Gute Fälschungen waren teuer, aber wichtig. Chaucer würde ihm sagen, an wen er sich in London wenden mußte. Chaucer kannte in der Stadt einfach jeden, der mit Pergament und Feder sein Brot verdiente, ob legal oder illegal. Dann würde er sich des Wohlwollens der Heiligen Mutter Kirche mit einer großzügigen Spende versichern. Und er würde Mortimer ausfindig machen lassen und ihm Geld bieten, damit er keine Schwierigkeiten machte. Robin war zuversichtlich, daß Mortimer verzweifelt genug war, um es anzunehmen. Er würde ihm Blanche abkaufen. Aber er gedachte nicht, ihr das zu sagen. Sie hatte für den Fehler ihrer überstürzten Ehe schon genug gesühnt, und er wollte um jeden Preis verhindern, daß sie sich je wieder gedemütigt fühlte.

»Wann mußt du zurück?«

»Übermorgen.«

Sie seufzte. Dann biß sie sich nachdenklich auf die Unterlippe. »Weißt du, ich denke, ich werde dich begleiten.«

»Das ist wirklich überhaupt keine gute Idee. Wir kampieren auf einem Feld.«

»Ich werde zu meiner Tante Joyce in Oxford gehen, bis ihr nach London aufbrecht. Und dann gehe ich mit dir. Meinethalben als deine Geliebte, in aller Offenheit, ich bin es leid, mich zu verstecken, ich habe doch in Wirklichkeit nichts zu verbergen. Ich kann mich nicht immerzu nur fürchten.«

»Aber wenn das Parlament …«

»Herrgott noch mal, ich pfeife auf das verfluchte Parlament! Ich will zurück nach London, weil dort Menschen sind, die so sind wie ich. Ich bin deine paar Bücher satt und das geistlose Landleben, verstehst du. Ich lasse mich nicht länger lebendig begraben! Auch von dir nicht!«

Robin lächelte. Er war jedesmal beeindruckt, wenn ihr südländisches Temperament sich zeigte. Sie war so voller Kraft und so voller Leben. Er spürte einen kleinen, glückseligen Rausch, daß ausgerechnet er diese Frau gefunden hatte.

»Bitte, wie du willst.«

Sie legte einen Arm über seine Brust und küßte seinen Hals. »Glaubst du wirklich, wir erreichen eine Scheidung?«

»Ja, das glaube ich wirklich.« Er zog sie näher. »Und wenn der Papst einwilligt, wirst du mich dann heiraten?«

Sie sah auf ihn hinab und antwortete nicht gleich.

Robin war bestürzt. »Blanche?«

»Wirst du meinen Sohn so behandeln wie deine eigenen?«

»Ja.«

»Wirklich? Du sagst einfach ja, ohne das geringste Zögern? Weißt du, was du dir vornimmst?«

»Ich schwöre es dir, wenn dich das beruhigt. Er soll mir willkommen sein, und er soll nicht für die Sünden seines Vaters büßen. Das sollte man wirklich niemandes Sohn auferlegen, glaub mir, ich weiß, wovon ich rede. Ich werde mich daran halten, daß er zur Hälfte dein Sohn ist.«

»Er ist kein so sonniges Kind wie Raymond, und er ist seines Vaters Ebenbild.«

»Ich weiß. Du kannst sicher sein, daß ich weiß, worauf ich eingehe. Aber es hat auch noch eine andere Seite. Der Großvater deines Sohnes hat versucht, mir meinen Vater zu ersetzen, so gut er konnte. Die Dermonds sind kein schlechter Schlag. Es wäre nur billig, wenn ich diese Schuld gutmache. Was rede ich … vertrau mir und heirate mich, oder vertrau mir nicht und fahr zur Hölle, Lady Blanche.«

Sie faßte mit beiden Händen in seine Haare und küßte ihn sanft. »Euer Antrag ehrt mich, Mylord of Burton, Euren zarten, werbenden Worten kann ich nicht standhalten.«

Er lachte selig. »Ich schätze, es könnte ein Jahr dauern mit der Scheidung.«

Sie ließ sich zurückfallen und zog ihn näher. »So lange kann ich nicht warten.«

Nach Weihnachten verließen sie Oxford und marschierten auf London. Die Stadtbevölkerung empfing sie jubelnd. London hatte immer ein sicheres Gespür für Machtverhältnisse, und der Lord Mayor und sein Stadtrat hatten Richards versprengten Truppen untersagt, in die Stadt einzuziehen. Der König hatte im Tower Zuflucht gesucht. Der Erzbischof von Canterbury vermittelte und brachte ein Treffen zustande. Fünf hohe Lords begaben sich zu Verhandlungen zum Tower: Henry, sein Onkel Gloucester, der junge Mowbray und die Earls of Arundel und Warwick. Weil sie hinter der ursprünglichen Klage gegen Richards Höflinge gestanden hatten, nannten die Londoner sie die *Fünf Appellanten*. Mit einer fünfhundert Mann starken Truppe marschierten sie im Tower ein, um jedes Risiko eines Hinterhaltes auszuschließen.

Der König zeigte sich fügsam. Er schien so gebrochen über das Verschwinden seines Freundes Oxford, daß er beinah lethargisch den Forderungen zustimmte. Die Appellanten setzten seine Hofbeamten ab und übernahmen die Führung des königlichen Haushaltes. In Scharen wurden Höflinge und Diener entlassen, denn dieser Haushalt war bei weitem zu groß, um bezahlbar zu sein. Alle Richter, die an dem Manifest gegen den Kronrat mitgewirkt hatten, wurden suspendiert.

Am dritten Februar endlich versammelte sich das Parlament in Westminster. Der junge König saß auf seinem Thron, rechts die Lords der Kirche, links die weltlichen Magnaten, der Lord Kanzler auf seinem Wollsack hinter dem Thron, und die Commons füllten jeden freien Raum der großen, prachtvollen Halle aus. Vor dem König standen in einer Reihe die fünf Appellanten, alle in den gleichen golddurchwirkten Gewändern, als seien sie Mitglieder eines Geheimbundes. Und in gewisser Weise sind sie das ja auch, dachte Robin, als er sie von seinem Platz aus beobachtete. Sie hatten ihren Auftritt geschickt inszeniert. Ein jeder verstand, daß sie nicht nur körperlich vor dem König standen. Sie rührten sich nicht, während ein Hofbeamter die Anklageschrift gegen Richards Vertraute verlas. Das allein nahm zwei Stunden in Anspruch, und die Anschuldigungen des Verrats waren so schwerwiegend, daß manche der Teilnehmer das Gesicht verhüllten und weinten.

Es war der Beginn eines gnadenlosen Parlamentes. Jeden Tag fanden erschütternde Enthüllungen statt. Die Günstlinge des Königs hatten seine Unerfahrenheit und Jugend ausgenutzt, um die Macht an sich zu reißen, besagte die Anklage der Appellanten. Sie hatten sich bereichert, den König zu unlauteren Verhandlungen mit Frankreich verführt, die Interessen des Reiches mißachtet und seine Sicherheit aufs Spiel gesetzt, kurz, sie waren Verräter. Die Mehrzahl dieser Verräter war klug genug gewesen, das Land rechtzeitig zu verlassen, allen voran Oxford und Mortimer of Waringham. Sie wurden in Abwesenheit für schuldig befunden und zum Tode verurteilt. Nur zwei der Hauptangeklagten waren noch in der Stadt, der ehemalige Bürgermeister Brembre und der Oberste Richter Tresilian. Mit Zustimmung der Commons wurden sie verurteilt, nach Tyborn geschleift und dort hingerichtet.

Henry sah zu alt aus für seine zwanzig Jahre. Tiefe Erschöpfung machte seine Haut fahl und seine Augen klein, und er wirkte gebeugt, als er auf seine ineinander verschränkten Finger mit den kostbaren Ringen starrte.

»Es war falsch, sie hinzurichten.«

Robin stimmte ihm zu. Beide Männer hatten Fehler gemacht, aber Verräter waren sie nicht. »Dein Onkel Gloucester hatte trotzdem nicht ganz unrecht, ihre Verurteilung so zu betreiben. Besser als ein Bürgerkrieg.«

»Ich weiß nicht. Ihr Blut klebt an mir. Ich wünschte, ich hätte mich niemals mit Gloucester und den anderen eingelassen.«

»Ja, es ist bitter. Aber du hast getan, was du konntest, um es zu verhindern, Henry.«

Das hatte er wirklich. Henry traf keine Schuld an dem Ausgang des Verfahrens, dessen Rechtmäßigkeit nicht nur der verurteilte Richter Tresilian in Zweifel gezogen hatte.

Henrys Bruder John zuckte unbehaglich mit den Schultern. »Es war nicht zu verhindern, und besonders schade ist es nicht um die beiden. Du solltest es nicht so schwernehmen, Henry.«

Sie waren in Robins Haus in Farringdon, das westlich außerhalb der Stadtmauern lag, nicht so weit von dem Ort entfernt, wo einstmals der Savoy-Palast gestanden hatte. Robin hatte es erst kürzlich gekauft, und es war noch nicht vollständig eingerichtet, aber der Wohnraum über der Halle, wo sie sich befanden, war behaglich und hell. Venezianische Teppiche hingen an den Wänden, und im Kamin brannte ein lebhaftes Feuer.

Henry starrte in die Flammen und sagte nichts. Robin fühlte mit ihm. Henry hatte sehr plötzlich feststellen müssen, wie hart es manchmal war, dem Wohl des Staates zu dienen.

Blanche kam leise herein und brachte einen Krug Wein. »Hier. Trinkt ihn, solange er heiß ist.«

Robin streifte ihre Hand, und sie lächelte ihm zu, als sie wieder hinausging. Sie hatte mit diesem Parlament nicht mehr im Sinn als mit anderen. Sie wollte nichts davon hören. Sie fand Politik schmutzig und rümpfte die Nase über die geheimen Treffen in Robins Haus.

Robin schenkte ein, und Henry nahm dankend einen Becher. »Na ja. Ein Gutes hat die Sache in jedem Fall.«

»Und was soll das sein?« erkundigte John sich interessiert.

Henry sah Robin an. »Die anderen haben es mir vorhin gesagt. Sie sind sich einig. Auch der König ist einverstanden. Mortimer of Dermond ist als Verräter verurteilt, sein Titel und sein Besitz sind verwirkt. Du bist der neue Earl of Waringham.«

Blanche fand Robin in dem großen Sessel am Feuer, den Kopf gegen das hohe Rückenpolster gelehnt. Tränen liefen über sein Gesicht und verschwanden in seinem Bart.

Sie setzte sich auf seinen Schoß, zog seinen Kopf an ihre Brust und hielt ihn fest.

»Henry sagte es mir, als er hinausging. Und der dumme Junge wundert sich, daß du keine Freudensprünge machst.«

Robin preßte das Gesicht gegen den weichen Stoff ihres Kleides. »Entschuldige diesen jammervollen Zustand. Conrad hat einmal gesagt, ich sei ein sentimentaler Schwachkopf. Er hatte recht.«

»Hast du denn nicht geahnt, daß es so kommen würde?«

»Doch. Geahnt, gebangt und gehofft.«

Es war eine naheliegende Entscheidung, jedermann wußte das. Und im Gegensatz zu seinem Vater, wie auch im Gegensatz zu den Verurteilten Brembre und Tresilian, hatten die Enthüllungen über Mortimer ihn wahrlich als Verräter entlarvt.

»Robin, es steht dir zu, es stand dir immer zu. Sogar ich weiß, daß Mortimer nicht unwesentlich an diesen schändlichen Verhandlungen mit Frankreich beteiligt war.«

»Ja, das war er. Er hatte den Franzosen die Rückgabe von Calais in Aussicht gestellt, wenn sie den König gegen die heimische Opposition unterstützen.«

Es war ungeheuerlich. Calais war der Brückenkopf für Englands Wirtschafts- und Militärmacht auf dem Kontinent. Mortimer hatte England seinen Feinden preisgegeben, als er es feilbot. Trotzdem verspürte Robin keine Euphorie.

»Vierzig Jahre mußte ich alt werden, um zu bekommen, was mir zusteht. Vielleicht habe ich zu lange gewartet, um mich freuen zu können.«

Sie strich über seine Haare. »Aber du wirst dich daran gewöhnen, weißt du. Im Nu wird es dir völlig natürlich erscheinen, der Earl of Waringham zu sein. Du wirst zu Hause sein und schuften wie ein Knecht, um Mortimers Mißwirtschaft wettzumachen und weil du das ja so gerne tust, und ehe du dich versiehst, wirst du glücklich und stolz sein und nicht mehr unablässig an deinen Vater denken oder daran, was es dich alles gekostet hat.«

Er nickte, ohne den Kopf zu heben. »Du hast recht, so wird es sein.« Aber noch erschien es ihm geradezu monströs.

»Soll ich Edgar sagen, daß er Pollux sattelt? Willst du ein Stück reiten?«

»Nein.« Er küßte ihren Hals. »Ich will ins Bett mit dir.«

Sie lächelte. Sie wußte es zu schätzen, daß er sich in seiner Verstörtheit an sie wandte, statt sich zurückzuziehen.

»Wozu die Treppen hinaufsteigen? Ich hab' den Leuten gesagt, daß wir nicht gestört werden wollen.«

Sie stand auf, nahm seine große Hand in ihre beiden und zog ihn mit sich zu dem großen Hirschfell vor dem Kamin. Er kniete sich vor sie und zog sie aus, während sie ihm französische Schamlosigkeiten ins Ohr flüsterte, die ihn gleichzeitig erregten und erheiterten, so daß er schließlich lachend und atemlos über sie sank.

Das Parlament setzte sein Henkerswerk fort. Die Commons sprachen mehreren der kleinen Hofbeamten das Mißtrauen aus, es gab neue Beschuldigungen wegen Verrats. Auch gegen Sir Simon Burley, den früheren Lehrer und Ratgeber des Königs. Henry, Thomas Mowbray und viele andere sprachen für ihn, Königin Anna ging vor Gloucester auf die Knie, um für Burleys Leben zu bitten. Alles vergebens. Sie erreichten lediglich, Burley den qualvollen Tod durch Erhängen zu ersparen, er wurde enthauptet. Henrys Abscheu gegen das Vorgehen der drei älteren Appellanten wuchs, aber er war fest entschlossen, seinen Einfluß im Rat nicht aufzugeben. Ende Mai war das blutige Werk endlich vollendet. König Richard lud die Appellanten und andere einflußreiche Lords, darunter auch Robin, zu einem Festessen nach Kennington, und alle waren darauf bedacht, Einigkeit und Verständigung zu demonstrieren. Die Lords erneuerten ihren Treueid an den König. Während des gesamten Parlamentes waren des Königs Jugend und Unerfahrenheit, seine grundsätzliche Unschuld an den Machenschaften seiner Ratgeber immer wieder betont worden.

Der König war als Opfer hervorgegangen, und er selbst schien geneigt, diese Meinung zu teilen. Niedergeschlagen, aber einsichtig fügte er sich der Regentschaft der Appellanten.

Die Leute von Waringham bereiteten Robin einen Empfang, als sei er ein König, der siegreich aus einem gefahrvollen Feldzug heimkehrte. Sie säumten den Weg zum Dorf und jubelten ihm zu. Robin saß ab, führte Pollux am Zügel und begrüßte sie.

»Willkommen daheim, Mylord«, sagte Vater Gernot und wischte eine Träne aus seinem Augenwinkel. »Endlich hat Gott unsere Gebete erhört.«

Robin nahm seine alte, knotige Hand. »Dann will ich beten, daß ich euch nicht enttäusche.«

»Das wirst du nicht, Robin, mein Junge, mach dir keine Sorgen.«

Oswin, Raymond, Blanche und fünf von Robins Rittern waren schon seit dem Vortag auf der Burg. Unter ihnen befand sich auch Fitzroy. Henry hatte ihn bei Radcot Bridge gefangengenommen, und Robin hatte sein Lösegeld bezahlt. Daraufhin hatte Fitzroy den König ersucht, ihn aus seinen Diensten zu entlassen, und hatte Robin einen Treueid geschworen.

Robin fand die Burg in gutem Zustand. Peter de Grays eiserne Hand war noch überall spürbar. Die Verteidigungsanlagen hätten jeder Belagerung standgehalten, und endlich einmal übernahm Robin ein Anwesen mit einer intakten Buchführung. Er entließ Mortimers Steward in Ehren und vertraute Fitzroy den Posten an. Fitzroys erste Amtshandlung bestand darin, Mortimers persönliche Habseligkeiten zusammenpacken zu lassen. Er schickte sie mit zwei verläßlichen Boten an den Hof des Herzogs von Burgund, bei dem Mortimer Zuflucht gefunden hatte.

Während Blanche sich ihrem Sohn widmete, der seine Mutter über ein Jahr nicht gesehen hatte, ging Robin zum Gestüt. Conrad und Agnes erwarteten ihn schon.

Agnes schloß ihn selig in die Arme. Sie sprachen kein Wort. Das war auch nicht nötig.

Robin legte behutsam eine Hand auf ihren Bauch. »Schwanger, hm?«

»Ja. Ich schätze, es ist das letzte.« Agnes war neunundreißig.

Er nahm ihre Hände in seine. »Wenn du Hilfe bei der Entbindung brauchst … Ich werde länger in der Gegend bleiben.«

Conrad reichte ihm einen Becher Bier. »Und was machen wir mit dem Gestüt?«

Robin trank und hob kurz die Schultern. »Was sollen wir da machen? Es gehört euch. Vielleicht läßt du mich hin und wieder an deine Jährlinge?«

»Du und ich wissen, daß es diesem Gestüt besserginge, wenn du deine Hand mit im Spiel hättest. Wir hatten nie genug Geld, um es zu erweitern. Wir haben es nie zu mehr als achtzehn Stuten gebracht, eine ist jetzt beim Fohlen gestorben. Kapital wäre hier nicht unwillkommen, weißt du.«

Robin lächelte ihn dankbar an. Er wußte, daß Agnes und Conrad durchaus zufrieden und gut versorgt waren mit dem, was sie hatten. Conrad eröffnete ihm aus purer Großzügigkeit die Möglichkeit, einen Teil dessen wiederzuerlangen, was Mortimer von seinem Eigentum verjubelt hatte.

»Ich habe in Burton drei Jährlingsstuten, die uns hier durchaus Ehre machen könnten.«

»Dann schick nach ihnen. Und wir gehen zu einem Rechtsgelehrten in Canterbury und setzen einen Vertrag auf, mit dem auch unsere Söhne einverstanden sein werden.«

Robin nahm seine Hand. »Das machen wir. Danke, Conrad.«

»Keine Ursache, Mylord.«

Sie lachten, tranken noch einen Becher, und bald darauf kamen Steve und Liz mit ihren Kindern und die Stallburschen. Robin blieb zum Essen.

Blanche hatte natürlich völlig recht. Als er einmal zu Hause war, fiel es Robin nicht schwer, der Earl of Waringham zu sein. Mortimer hatte seinen Gutsbetrieb beinah so gründlich ausgeblutet wie Giles, und er hatte zuviel Holz geschlagen. Aber er hatte weniger Land verkauft, als Robin befürchtet hatte. Waringham war noch nahezu so groß wie zur Zeit seines Vaters. Die erfolgreichen Jahre in Burton und Einnahmen aus zwei Zuchtbetrieben hatten Robin ein Vermögen eingebracht, das man nicht mehr bescheiden nennen konnte, ohne zu lügen. Er wußte, er brauchte nur einen Bruchteil davon zu investieren, und Waringham würde in kürzester Zeit wieder erblühen. Zusammen mit Fitzroy hielt er den ersten Gerichtstag ab, und er tat, was er schon vor Jahren in Burton erprobt hatte: Er stellte die leibeigenen Bauern den freien Pächtern in Rechten und Pflichten gleich und schaffte den Frondienst ab. Er verkleinerte seinen Gutsbetrieb, stellte für dessen Bewirtschaftung Tagelöhner ein und verpachtete das freigewordene Land zusätzlich. Er wußte aus Erfahrung, daß dieses Verfahren nur kurzfristig finanzielle Einbußen bedeutete. Auf längere Sicht würde er von den höheren Pachteinnahmen aus den besser bewirtschafteten Kleinbetrieben profitieren. Robin war nicht der einzige, der diese Lehre aus der Bauernrevolte gezogen hatte; viele Landbesitzer verfuhren jetzt so. Natürlich schützte es die Leibeigenen nicht davor, daß einer seiner Erben irgendwann zu den überalterten Traditionen zurückkehren würde, dazu hätten sich erst die Gesetze ändern müssen, aber der Erfolg seiner Methode stimmte ihn hoffnungsvoll für die Zukunft.

Oswin nahm auch hier die Wachen unter seine Fittiche, und er war nicht zufrieden. Die meisten waren ungehobelte Raufbolde. Robin ließ Oswin völlig freie Hand, Männer zu entlassen und neue anzuwerben. Er wollte, daß die Burg gut bemannt und notfalls verteidigungsbereit war, aber vor allem wollte er Frieden in seinem Haus. Auf wilde Gesellen legte er wirklich keinen Wert.

Die Angelegenheit der Scheidung verlief schleppend, wie Robin befürchtet hatte. Doch hier in Waringham schien es seltsam belanglos, daß er und Blanche nicht verheiratet waren. Die Leute hatten die schöne dunkle Lady immer gemocht, und sie akzeptierten sie als Robins Dame ebenso wie als Mortimers. Sie fanden es nicht besonders skandalös, daß der Segen der Kirche noch fehlte.

Robin dachte darüber nach, wie zufrieden er doch mit der Entwicklung der Ereignisse sein konnte, als er an einem Samstag morgen vom Gestüt zurück zur Burg kam und seinen Sohn und seinen Stiefsohn in einen erbitterten Faustkampf verwickelt im Hof antraf. Robin trat auf sie zu, packte jeden an einem Oberarm und brachte sie auseinander.

»Was hat das zu bedeuten?« erkundigte er sich.

Die Jungen schwiegen beharrlich. Mortimer hatte eindeutig den größeren Schaden davongetragen, und Robin betrachtete seinen Sohn kühl. »Schäm dich, Raymond. Er ist ein Jahr jünger als du und ein gutes Stück kleiner.«

»Aber er hat ein ziemlich großes Maul«, erwiderte Raymond bissig.

Robin schüttelte ärgerlich den Kopf. »Und du vergißt, was Ehre und Anstand gebieten und wie schwierig die Dinge für ihn sind.«

Raymond verzog den Mund und sagte nichts.

Robin ließ ihn los. »Geh hinein. Wir reden später.«

»Aber ich wollte …«

»Ich sagte, geh hinein, Raymond.«

Raymond erhob keine weiteren Einwände. Mit einem zornigen Blick auf seinen neuen Ziehbruder wandte er sich zum Burgturm, wo er die Kammer bewohnte, die Robin früher mit seinem jüngeren Bruder geteilt hatte.

Mortimer mied Robins Blick. Er hielt den Kopf tief gesenkt und wischte sich mit dem Handrücken über seine blutige Nase.

Robin nahm sein Kinn zwischen Daumen und Zeigefinger und zwang seinen Kopf hoch. »Laß mal sehen … Na ja, ich schätze, du kommst durch. Sag mal, hättest du Lust, ein Stück mit mir durch den Wald zu reiten?«

Mortimer befreite seinen Kopf mit einem heftigen Ruck. »Nein.«

»Schön, wir können auch hier reden.«

»Ich will nicht mit Euch reden, Fitz-Gervais.«

Robin schnitt eine verstohlene Grimasse. Sie kamen immer wieder in Windeseile an diesem Punkt an. Robin hatte geglaubt, es werde schwierig mit dem Jungen, weil er doch insgeheim immer nach den dunklen Wesenszügen seines Vaters in ihm Ausschau halten würde, aber so weit kam es gar nicht. Mortimer hielt sich von ihm fern und verschloß sich ihm völlig, wie vergiftet von dem Haß, den sein Vater ihm offenbar eingetrichtert hatte, kaum daß der kleine Kerl hatte laufen können. Er war erschüttert über diesen hinterhältigen Schicksalsschlag, der dem ärgsten Feind seines Vaters Waringham in die Hände gespielt hatte. Er hatte Angst vor Robin und fühlte sich ihm ausgeliefert. Er betrauerte seinen Vater, von dem er glaubte, er sei bei Radcot Bridge gefallen, mit stummen Zornesausbrüchen, und er behandelte seine Mutter wie Luft, seit er festgestellt hatte, daß sie Robin zugetan war.

»Mortimer, du kannst nicht ewig zornig und bockig sein, damit hilfst du niemandem, am wenigsten dir selbst. Ich weiß, wie hart die Dinge für dich sind, denn mir ist einmal genau das gleiche passiert. Aber es wird sich nicht immer so qualvoll anfühlen, glaub mir. Junge, es bricht deiner Mutter das Herz, wenn du …«

»*Hure.*« Er sagte es leise, mit fest zusammengebissenen Zähnen.

Robin ballte die Fäuste und verschränkte sicherheitshalber die Arme. Er wußte nicht, was er sagen sollte. Er konnte Blanche nicht in Schutz nehmen, ohne Mortimer schlechtzumachen, und das war wohl der sicherste Weg, es sich für immer mit ihrem Sohn zu verderben. Aber er durfte die Beschimpfung nicht kommentarlos zur Kenntnis nehmen, ebensowenig durfte er das tun, worauf der Junge es anlegte, seit sie sich begegnet waren.

Er holte tief Luft. »Du wirst deiner Mutter Respekt erweisen, sonst kriegst du ernsthaften Ärger mit mir, ist das klar.«

»Und wenn schon.« Mortimer blickte stur auf das Gras zwischen ihren Füßen. »Ärger ist das einzige, das Ihr uns je eingebracht habt, und nichts anderes will ich von Euch.«

»Wieso sagst du das? Wann hätte ich dir je Schaden zugefügt?«

»Ihr habt meinem Vater Schaden zugefügt. Ihr habt ihn entehrt und ihm Wappen und Titel gestohlen und ihn einsperren lassen.«

Robin war erstaunt, daß Mortimer seinem Sohn von dieser peinlichen Episode berichtet hatte.

»Ach, Junge, es ist unmöglich zu sagen, wer wen zuerst entehrt hat und wer denn nun eigentlich wem den Titel genommen hat. Du solltest nicht vergessen, daß alles immer zwei Seiten hat.«

Mortimer zog die Schultern noch etwas weiter hoch. »Kann ich jetzt gehen?«

Fahr zur Hölle, Bengel. »Ja, geh nur.«

Mortimer machte auf dem Absatz kehrt und schlenderte ziellos, so schien es Robin, zur Schmiede hinüber, wo Matthews Sohn Matthew, der jetzt der Schmied war, an einer großen, schweren Kette für die Zugbrücke arbeitete.

Robin sah ihm nach und ging dann ärgerlich und niedergeschlagen zugleich hinein.

Raymond sah das grimmige Gesicht seines Vaters und verdrehte die Augen. »Junge, Junge, ich bin in richtigen Schwierigkeiten, was?«

»Das kommt darauf an.«

»Ich werde mich nicht entschuldigen.«

»Nein?«

Raymond hörte den gefährlichen Tonfall und atmete tief durch. »Nein, Sir. Ich glaube wirklich nicht, daß ich das tun werde. Selbst wenn ich, so wie du mich ansiehst, meinen Entschluß vermutlich bereuen werde ...«

Robin hatte wie so oft Mühe, ernst zu bleiben. Er räusperte sich und setzte sich auf die gepolsterte Fensterbank. »Fangen wir damit an, daß du mir erzählst, worüber ihr gestritten habt.«

»Worüber schon. Waringham. Er redet nie über etwas anderes mit mir, wenn er sich gelegentlich dazu herabläßt, das Wort an mich zu richten.«

»Was hat er gesagt?«

»Daß es uns in Wirklichkeit gar nicht gehört, sondern ihm. Daß wir Räuber sind und daß der König das Unrecht eines Tages gutmachen wird, wenn er wieder selber regiert.«

»Das war alles?«

»Nein. Dann hat er gesagt, er würde dafür sorgen, daß du als Verräter verurteilt wirst, wenn er zu seinem Recht kommt, einmal hätten sie dich schließlich fast schon angeklagt.«

Sieh an, dachte Robin, der kleine Kerl weiß seine scharfe Zunge ebenso treffsicher einzusetzen wie sein Vater.

»Und da fandest du, du hattest genug gehört?«

Raymond nickte.

»Bei dem Thema verlierst du regelmäßig die Nerven, Raymond. Wann gedenkst du, damit aufzuhören?«

»Weiß nicht. Wenn die Mauern des Tower geschleift sind und alle Ratten von London tot.« Er sagte es mit einem Grinsen, aber Robin wußte, daß diese Sache Raymond immer noch zu schaffen machte, selbst nach zwei Jahren.

»Also hast du auf ihn eingedroschen, obwohl er kleiner ist als du.«

Raymond nickte unwillig. »Ehrlos, ich weiß. Es tut mir leid.«

»Wenn es dir leid tut, solltest du dich entschuldigen.«

»Nein.«

»Warum nicht?«

»Weil er nur wieder irgend etwas Gräßliches zu mir sagen würde. Er will mich nur erniedrigen.«

»Weil er sich selbst gedemütigt fühlt.«

»Geschieht ihm recht …«

»Oh, Junge, du weißt nicht, was du redest. Das ist wirklich gehässig.« Er stand wieder auf und legte seinem Sohn die Hände auf die Schultern. Raymond zuckte fast unmerklich zusammen. Robin betrachtete ihn argwöhnisch, öffnete die Kordel an Raymonds Wams und zog es über die Schulter zurück. Als er die Striemen sah, pfiff er leise durch die Zähne. »Vater Nicholas muß ernstlich wütend auf dich gewesen sein.«

Raymond trat einen Schritt zurück und brachte mit heftigen Bewegungen seine Kleidung in Ordnung. »Auch das verdanke ich meinem neuen Mitschüler. Er hat Vater Nicholas gesagt, ich hätte meine Schreibaufgaben nicht selber gemacht, sondern Margery bestochen.«

»Und? War's so?«

»Ja. Und er hat mich einfach verpfiffen. Ich meine, wieso läßt er seinen ganzen Groll an mir aus? Ich werde Waringham so wenig kriegen wie er.«

In diesem Punkt irrte Raymond sich. Robin hatte bereits Schritte in die Wege geleitet, um den Titel und das Lehen von Burton auf Edward zu übertragen. Er würde es für seinen Sohn verwalten, bis er erwachsen war, aber Edward sollte der rechtmäßige Earl of Burton werden. Und wenn die Zeit kam, würde Raymond Waringham erben. So würde jeder Sohn da sein, wo seine Wurzeln lagen. Sein Testament sah es so vor, aber jetzt war kaum der geeignete Augenblick, darüber zu reden.

»Raymond, ich bitte dich, hab ein bißchen mehr Geduld mit Mortimer. Sei vernünftiger als er und anständiger.«

»Aber warum?«

»Weil ich in dieser Sache auf deine Hilfe angewiesen bin. Ich kann ihn nicht erreichen, er läßt es nicht zu. Aber du könntest …« einen guten Einfluß auf ihn haben, hatte er sagen wollen, bis ihm einfiel, daß der alte Geoffrey genau das zu ihm gesagt hatte, als er Robin zum gemeinsamen Unterricht mit Mortimer verurteilt hatte. »Hör zu, Raymond, ich schlage dir ein Geschäft vor. Ich weiß, daß du darauf brennst, in den Dienst des Earls of Derby zu treten.«

Raymond nickte. »Als Edward zehn war, durfte er ja auch gehen.«

»Aber du bist nicht so besonnen und diszipliniert wie dein Bruder. Du hast andere Vorzüge. Zehn ist sehr jung, kaum jemand gibt seinen Sohn so früh in die Ausbildung. Edward war eine Ausnahme. Ich habe mit Henry ... dem Earl of Derby ausgemacht, daß du zu ihm kommst, wenn du vierzehn bist.«

»Was?« Raymond riß entrüstet die Augen auf.

»Da siehst du's«, sagte Robin stirnrunzelnd. »Was fällt dir ein, mich zu unterbrechen? Wann wirst du lernen, dich zu beherrschen?«

»Entschuldige, Vater.«

»Also, weiter: Bemüh dich um Mortimer. Versuch, ihn dir zum Freund zu machen. Ich bin sicher, es steckt ein anständiger Kerl in ihm. Also sei geduldig und halt ihm die Tür offen. Und wenn es dir gelingt, ihn zu gewinnen, werde ich überzeugt sein, daß du über genug Selbstbeherrschung und Beharrlichkeit verfügst, um ein Jahr früher zu gehen.«

»War's das? Kann ich was fragen?«

»Bitte.«

»Wieso sagst du, du glaubst, er sei ein anständiger Kerl? Wo wir doch beide wissen, wie sein Vater war. Warum machst du mir was vor?«

»Das tue ich nicht. Aber Mortimer ist auch Blanches Sohn. Und sein Großvater war ein größerer Ehrenmann als deine beiden Großväter.«

»Was kann ich für meine Großväter ... Also gut. Und was ist, wenn ich mich bemühe, bis mir die Puste ausgeht, und ich habe trotzdem keinen Erfolg?«

»Dann hast du Pech gehabt.«

Raymond sah ihn verblüfft an und begann dann langsam zu grinsen. »Abgemacht.«

Robin streckte die Hand aus, und sein Sohn schlug ein.

Im Juli brachte Isaac die drei Jährlingsstuten aus Burton und zwei weitere aus Fernbrook, die er Conrad und Robin verkaufte. Er hatte die Gelegenheit ergriffen, um seine alte Heimat wiederzusehen, aber er wollte sich nicht lange aufhalten.

»Der Norden wird unruhig. Die Schotten haben sich geweigert, den Waffenstillstand zu verlängern, heißt es«, berichtete er. »Hotspur Percy hebt Truppen aus.«

Robin hatte von den beunruhigenden Gerüchten schon gehört. »Ich hoffe, Fernbrook ist weit genug von der Grenze weg. Aber Isaac, wenn es brenzlig wird …«

»Werden wir alle in Burton Zuflucht suchen, sei unbesorgt.«

Robin nickte. »Und jetzt erzähl mir von meinen Enkeln.«

Isaac strahlte. »Ich fürchte, die armen Jungs werden aussehen wie ich. Sie haben nicht das geringste von euren ebenmäßigen Adelsgesichtern. Aber sie sind gesund und kräftig, und sie laufen.«

Isaacs sorgsam verborgener Stolz rührte Robin. Wie gut, dachte er, wie gut, daß alles so gekommen ist. »Und Anne?«

»Es geht ihr gut. Sie ist wie du, sie arbeitet zuviel, trotz der Kinder kann sie nicht von den Pferden lassen.«

»Und die Träume?«

Isaac hob ergeben die Schultern. »Daran hat sich nichts geändert. Früher hat sie geglaubt, es werde aufhören, wenn sie keine Jungfrau mehr ist. Dann dachte sie, nach dem ersten Kind. Es war besser während der Schwangerschaft. Aber sie sind zurückgekommen.«

Agnes schüttelte den Kopf. »Mein armes Lämmchen. Vielleicht solltet ihr einfach bald wieder ein Kind bekommen.« Sie grinste über Isaacs Verlegenheit. »Bleibt ihr zum Essen?«

Robin war versucht anzunehmen. Die Mahlzeiten im Kreise seiner Lieben zu Hause waren selten harmonisch. Aber er schüttelte den Kopf. Er wollte Blanche nicht mit dem häuslichen Unfrieden allein lassen. »Nein, ich mache mich auf den Weg. Was ist mit dir, Isaac?«

Er stand auf. »Ich komme mit. Bis morgen, Conrad.« Er küßte Agnes die Wange, endlich ohne Befangenheit.

»Mich wundert, daß du noch hier bist«, sagte er zu Robin, als sie über den Mönchskopf gingen. »Jetzt, wo alles geregelt ist, dachte ich, nichts könnte dich hindern, endlich nach Spanien zu gehen.«

»Und das würde ich auch lieber heute als morgen.«

»Du vermißt Lancaster, nicht wahr?«

Robin nickte. »England ist nicht dasselbe ohne ihn. Aber Henry hindert mich und meine Familie.«

»Vielleicht wäre es lehrreich für den Earl of Derby festzustellen, daß er auch zurechtkommt, wenn du fort bist.«

Das dachte Robin auch. Aber als er vergangene Woche für zwei Tage in London gewesen war, hatte Henry ihn wiederum gebeten zu bleiben. Wenigstens bis zum Frühjahr. Die Lage war ruhiger, aber nicht einfacher geworden. Die Königin hatte schon wieder eine Fehlgeburt gehabt, und Gloucester drängte den König, ihn zu seinem Erben zu erklären, bis die Königin einen gesunden Jungen zur Welt brachte. Der König, neuerdings meistens unentschlossen und phlegmatisch, zögerte noch. Aber Henry befürchtete, daß er Gloucesters Einfluß mehr und mehr erlag.

Robin schüttelte seufzend den Kopf. »Ich weiß nicht, was richtig ist. Ich weiß nur, daß Blanche mir nie verzeihen würde, wenn ich jetzt ginge.«

Sie aßen natürlich in dem Raum über dem Rosengarten. Tagsüber war es Robins Arbeitszimmer, wo er seine Besprechungen mit Fitzroy abhielt, seine Routinearbeit und Korrespondenz erledigte oder Boten und Gäste aus Canterbury oder London empfing. Aber es war auch der Raum, wo sie die gemeinsamen Mußestunden verbrachten.

Raymond begrüßte Isaac stürmisch. »Du hast uns Stuten gebracht?«

»Stimmt.«

»Wie viele?«

»Fünf.«

»Oh, das ist wunderbar! Und wie geht es meinen beiden Neffen?«

»Prächtig.«

»Raymond, wie wär's, wenn du Isaac Platz nehmen läßt und ihm einen Becher Wein bringst«, ermahnte Blanche ihn.

Er ließ Isaac los und besann sich auf seine guten Vorsätze. Er nahm einen der feinen Silberbecher vom Bord an der Wand, füllte ihn aus dem Krug und wollte ihn Isaac reichen, aber plötzlich schlug er der Länge nach hin, und der dunkelrote Wein ergoß sich ins Stroh.

Raymond sprang auf die Füße und sah Mortimer ausdruckslos an. »Entschuldige, Bruder. Ich muß über deinen Fuß gestolpert sein. Wie ungeschickt von mir.«

Mortimer schnitt eine höhnische Grimasse und antwortete nicht.

Und Robin verlor für einen kurzen Moment die Beherrschung und warf seine Prinzipien über Bord. Fast beiläufig langte er über den Tisch und ohrfeigte Mortimer. »Jetzt ist es genug. Geh. Du kannst in der Halle essen, bis du deine üblen Launen besser beherrschen kannst.«

Mortimer erhob sich eilig und stürzte beinah hinaus.

Raymond hatte den Becher inzwischen wieder gefüllt und brachte ihn Isaac.

»Danke, mein Junge.«

Raymond nickte und wandte sich an seinen Vater. »Erlaubst du, daß ich auch unten esse?«

»Nein. Dazu besteht kein Grund.«

»Doch, Vater. Du hast gegen unsere Abmachung verstoßen. Du machst meine Sache aussichtslos. Das ist nicht fair.«

Robin seufzte. »Also bitte. Dann geh.«

Raymond verneigte sich mit der Hand auf der Brust vor Blanche und verließ den Raum.

Blanche saß reglos auf ihrem Platz. Sie war sehr bleich. Robin nahm reumütig ihre Hand. »Entschuldige.«

Sie zeigte keine Reaktion.

Isaac trank an seinem Becher. »Ja. Ich verstehe, warum du nicht wegkannst.«

Mortimer war nicht in die Halle hinuntergegangen. Er war nicht hungrig. Er verließ die Burg, lief über die Zugbrücke, ohne die fragenden Rufe der Wachen zu beantworten, und rannte blind hügelabwärts und den ganzen Weg über den Mönchskopf. Ausgepumpt, keuchend und mit gräßlichen Stichen in der Seite gelangte er ins Gestüt. Er schlich in die Futterscheune, stieg auf den Heuboden hinauf und verkroch sich in der hintersten Ecke. Dort warf er sich auf den Boden und vergrub den Kopf in den Armen.

Er hörte die leichten Tritte auf der Leiter nicht, und er fuhr entsetzt zusammen, als eine leise Stimme fragte: »Mortimer? Warum weinst du?«

Er drehte den Kopf zur Wand. »Geh weg. Laß mich allein, Margery.«

Agnes' Tochter trat unbeirrt näher. Sie war wie Raymond ein Jahr älter als Mortimer, und sie kannte ihn, seit sie denken konnte. Immer, wenn sein Vater gekommen war, um mit ihrer Mutter zu reden, hatte er ihn mitgebracht. Und Margery war selten von der Seite ihrer Mutter gewichen. Sie hatten schon zusammen gespielt, ehe Mortimer ein Wort sprechen konnte.

Sie kniete sich neben ihn ins Stroh und nahm seine Hand. »Was hast du denn? Wer hat dir was getan?«

Er schüttelte den Kopf. Er konnte nichts sagen, aber er zog seine Hand nicht weg.

Sie rückte näher, nahm seinen Kopf und zog ihn an ihre Schulter. Das gab Mortimer den Rest. Er schluchzte verzweifelt und weinte ihr Kleid naß. Margery hielt ihn fest.

»Kannst du's mir nicht erzählen?«

Er versuchte, sich ein bißchen zusammenzunehmen. Er schämte sich seiner Schwäche. Aber ihre freundliche Stimme ließ seine Tränen nur schneller fließen. »Meine Mutter ... sie trauert gar nicht um Vater. Sie macht gemeinsame Sache mit Fitz-Gervais. Sie hat mich verraten, und ich hab' niemanden mehr.«

»Du hast immer noch mich. Wer ist Fitz-Gervais?«

»Dein verfluchter, diebischer Onkel Robin.«

»Oh, aber das darfst du wirklich nicht sagen, Mortimer. Mein Onkel Robin ist ein ganz wunderbarer Edelmann. Mutter sagt es.«

»Sie irrt sich. Mein Vater wußte es besser.«

Margery war einen Moment verwirrt. Und sie spürte instinktiv, daß es ihrem Freund nicht helfen würde, wenn sie ihm widersprach. »Du mußt deinen Vater schrecklich vermissen«, murmelte sie mitfühlend und fuhr ihm langsam über den Kopf.

Er schniefte. »Nein. Das ist vielleicht das allerschlimmste. Ich bin erleichtert, daß er tot ist.«

»Warum?«

»Weil ich immer nur Angst vor ihm hatte.«

»Aber wieso?«

»Ich weiß nicht. Er war so ... hart.«

Margery schwieg erstaunt. Sie fand, ihr Vater war auch manchmal hart zu ihr. Oft. Aber das war kein Grund, ihn zu fürchten. Sie liebte ihren Vater sehr, und mit ihren wirklich großen Kümmernissen ging sie eher zu ihm als zu ihrer Mutter.

»Warum bist du deiner Mutter dann so böse?«

»Es war dein Onkel, der meinen Vater so hart und bitter gemacht hat. Ohne ihn wäre er bestimmt ganz anders gewesen. Dein Onkel haßt mich, wie er meinen Vater gehaßt hat. *Und sie geht mit ihm ins Bett!*«

Margery seufzte tief. »Mortimer, laß uns die Sache in Ruhe überdenken. Irgendwas stimmt nicht.«

»Nein. Nichts stimmt mehr. Für mich ist kein Platz mehr in Waringham. Es gehört jetzt ihm und deinem verdammten Cousin Raymond.«

»Aber Raymond gibt sich so große Mühe, dein Freund zu sein. Gestern hat er dir alle unregelmäßigen Verben vorgesagt. Das war doch nett, oder etwa nicht?«

Mortimer schwieg ratlos. Er war erleichtert gewesen, als sein Ziehbruder ihm aus der Klemme geholfen und ihn vor dem Zorn ihres strengen Lehrers bewahrt hatte, und gleichzeitig hatte er ihn verachtet und verabscheut, weil er sich ihm auf so scheinbar plumpe Weise anbiederte.

»Raymond ist ein Schwachkopf«, stieß er erbost hervor. »Er würde noch lächeln, wenn ich ihm einen Dolch mitten ins Herz stieße.«

»Mortimer«, sagte sie beschwichtigend, ohne zu ahnen, daß ihr Tonfall exakt dem ihrer Mutter glich. »Jemand ist noch lange kein Schwächling, nur weil er jemand anders zu helfen versucht. Was stört dich nur so daran?«

Das konnte sie wirklich nicht verstehen. Seit zwei Monaten nahm sie nun am Unterricht ihres Cousins und ihres alten Freundes teil, und auch wenn sie als Mädchen von Vater Nicholas' Disziplinarmaßnahmen meistens verschont blieb, hatte sie doch schon oft gedacht, daß es hilfreich wäre, sich gegen ihn zusammenzutun. Raymond hatte oft genug signalisiert, daß er bereit war, Mortimer eine brüderliche Hand zu reichen. Aber Mortimer biß nur hinein, wenn sie sich ihm entgegenstreckte.

»Mein Vater würde mir niemals verzeihen, wenn ich mit einem von ihnen gemeinsame Sache machte.«

»Das ist doch albern. Dein Vater ist tot.«

»Aber sie haben ihm so großes Unrecht getan! Mein Vater war vielleicht nicht perfekt, aber er war mein Vater. Und es ist schändlich, wie schnell meine Mutter ihn vergessen hat.«

»Aber das hat sie ja gar nicht.«

»Was meinst du?«

Margery wußte nicht ganz genau, was sie meinte. Doch sie erinnerte sich an ein Gespräch zwischen ihrer Mutter und seinem Vater, das sie wirklich völlig unbeabsichtigt belauscht hatte.

»*Was hast du plötzlich gegen deine Frau, Mortimer?*«

»*Sie denkt, sie sei etwas Besseres als ich.*«

»*Und woher willst du das wissen?*«

»*Sie findet unsere Gesellschaft hier langweilig.*«

»*Hat sie das gesagt?*«

»*Nein. Das ist nicht nötig. Immerzu liest sie in Büchern. Und ich weiß, daß sie mich belächelt …*«

»*Du bist nur unsicher. Reiß dich zusammen, und sei ein bißchen netter zu ihr.*«

»*Wozu? Sie hat ihre Rolle gespielt. Ich habe einen Erben, und dein Bruder kann sich in sein Schwert stürzen. Er wird Waringham nie wiederbekommen.*«

»*Aber sie ist deine Frau! Nicht nur ein Mittel zum Zweck gegen meinen Bruder.*«

»*Doch. Genau das ist sie. Von mir aus kann sie morgen die Pest holen. Mir ist es gleich …*«

»Mortimer«, flüsterte Margery. »Dein Vater hatte nicht viel übrig für deine Mutter. Aber mein Onkel schon. Er hat sie schon lange ins Herz geschlossen, glaub' ich. Dein Vater war zu deiner Mutter … hart, wie zu dir. Was ist so schändlich daran, wenn sie erleichtert ist wie du?«

»Mein Vater war immer zuvorkommend und rücksichtsvoll zu ihr. Ich hab's selbst gesehen.«

»Aber wie war er, wenn du nicht dabei warst«, gab sie zu bedenken.

»Ich … ich weiß nicht.« Er schlang die Arme um ihren Hals. Er weinte nicht mehr, aber er fand es wohltuend, sein heißes Gesicht an ihrer Schulter zu verbergen.

Raymond stieg lautlos die Leiter hinauf. Die Wachen am Tor hatten ihm berichtet, daß Mortimer die Burg verlassen hatte, und Raymond hatte ihn gesucht. Er war erleichtert, als er ihn auf dem Heuboden entdeckte.

»Mortimer, Gott sei Dank.«

Mortimer fuhr zusammen und hob den Kopf. »Und was willst du hier?«

»Ich hab' dich gesucht. Wir müssen doch noch irgendwas essen.«

»Warum ißt du nicht mit deinem wunderbaren Vater und seiner Dame?« stieß Mortimer heftig hervor.

»Ich bin rausgeflogen, so wie du«, log Raymond.

Margery verschränkte die Hände vor dem Mund und lachte leise. »Ich geh' euch etwas holen.«

Sie erhob sich anmutig und schritt zur Leiter.

Raymond und Mortimer beäugten sich argwöhnisch, als sie allein waren.

»Mein Vater war der rechtmäßige Earl of Waringham«, verkündete Mortimer angriffslustig. »Und dein Vater hat überhaupt kein Recht, mich zu ohrfeigen und hinauszuschicken. Denn jetzt gehört die Burg mir. Und das Land und der Titel.«

Raymond hob gleichmütig die Schultern. »Tja, ich schätze, darüber werden wir uns niemals einig.«

»Warum kannst du mich nicht zufriedenlassen? Warum folgst du mir überallhin? Merkst du denn nicht, daß es mir zuwider ist?«

»Doch, das ist kaum zu übersehen.«

»Also?«

»Weißt du, daß unsere Großväter die dicksten Freunde waren?«

»Gott, das ist ja eklig.«

Raymond grinste schwach.

Mortimer runzelte wütend die Stirn. »Nur dein Vater ist schuld, daß die Familien sich entzweit haben.«

Raymond wußte, daß das nicht stimmte, aber er sagte es nicht. »Also, ein Friedensengel war dein Vater auch nicht gerade.«

»Was hat er dir je getan, daß du das sagst?«

»Er hat mir zwei Zähne ausgeschlagen.«

Mortimer sah interessiert auf. »Ehrlich?«

»Hm. Na ja, Milchzähne.«

»Und das willst du mir heimzahlen, und darum verfolgst du mich wie ein Fluch, ja?«

Raymond seufzte ungeduldig. »Ich will dir nichts heimzahlen. Warum? Hör mal, ich weiß, daß das alles ziemlich gräßlich für dich sein muß, aber du bist nicht der einzige, der wünscht, die Dinge wären anders. Mich hat auch keiner gefragt, ob ich von zu Hause weg will, von meinen Freunden und unseren Pferden und allem, was mir vertraut war. Hier kann ich kaum verstehen, was die Leute sagen. Ich bin ein Fremder, und wenn du die Wahrheit wissen willst, ich hab' Heimweh. Und der einzige Kerl in meinem Alter hier bist ausgerechnet du!«

Mortimer starrte ihn verwundert an. Es war ihm nie in den Sinn gekommen, daß Raymond auch einsam sein könnte. »Aber du hast wenigstens deinen Vater hier.«

»Du hast deine Mutter.«

»Pah.«

»Ist das nichts wert? Ich weiß es nicht, ich hatte nie eine.«

»Was? Keine Mutter?«

Raymond schüttelte kurz den Kopf. »Sie starb gleich nach meiner Geburt.«

»Oh …« Das war nun wirklich schrecklich, fand Mortimer. Er hätte nicht zu sagen vermocht, wie er seine Angst vor seinem Vater ausgehalten hätte, wenn seine Mutter nicht gewesen wäre, bei der er sich wenigstens hin und wieder verkriechen konnte, den Kopf in ihren Röcken vergraben. Und sie duftete immer so gut.

Margery erschien mit einem Korb. »Hier. Reste.«

Sie nahm das verhüllende Tuch von ihrem Korb. Mortimer und Raymond spähten gierig hinein und entdeckten eine große Schale mit Freitagseintopf aus geschmortem Fisch und Kohl.

Raymond seufzte und verdrehte die Augen. »Großartig. Nur die Löffel hast du vergessen, Margery.«

»Dann mußt du mit den Fingern essen oder hungern, Cousin.«

Nach dem Essen war Isaac gegangen, um Oswin zu begrüßen und einen Krug Waringham-Bier mit ihm zu leeren. Robin und Blanche blieben allein zurück. Blanche wartete, bis die Magd die Teller abgeräumt hatte und hinausgegangen war.

»Robin, ich werde mit Mortimer nach London gehen.«

Er hatte es kommen sehen und sich davor gefürchtet. »Aber er ist dir so wenig zugänglich wie jedem anderen.«

»Es wird besser werden, wenn er nicht mehr in Waringham und in deiner Nähe ist.«

Er senkte den Blick. »Und was wird aus uns?«

»Wir werden vorläufig ein heimliches Liebespaar bleiben müssen.«

»Nein. Das waren wir acht lange Jahre, und das muß reichen. Ich will, daß du meine Frau wirst. Du willst es auch. Es wäre wohl albern, wenn wir uns von unseren Kindern abhalten ließen. Die meisten Kinder müssen irgendwann den Verlust eines Elternteils hinnehmen, du und ich mußten es auch. Und sie sollten lieber dankbar sein, daß sie Ersatz bekommen.«

»Das ist deine Sicht, und die Vernunft gibt dir recht. Aber Mortimer ist verstört und verbittert und wird es bleiben, solange wir hier sind. Darum werde ich ihn von hier fortbringen.«

»Wohin in London?«

»Mein Vater hat mir ein kleines Haus in Aldgate und ein bescheidenes Jahreseinkommen hinterlassen. Das wird für uns reichen.«

Aldgate, natürlich, dachte er eifersüchtig. Tür an Tür mit dem großen Dichter Geoffrey Chaucer. Aber er biß sich auf die Zunge, ehe es heraus war. Er stand auf und trat ans offene Fenster. Die Abendsonne fiel mit schrägen, orangefarbenen Strahlen auf die Rosen, die als dichte Büsche im Gras standen, den Weg säumten, die Bank überschatteten und die Burgmauer hinaufkletterten. Robin fand den Anblick so schön, daß es ihm immer schwerfiel, die Augen abzuwenden.

»Aber du kannst doch nicht allein mit dem Jungen in London leben.«

»Warum nicht?«

»Oh, Blanche, du weißt genau, wie London ist. Nimm wenigstens einen meiner verheirateten Ritter und seine Familie mit. Dann habt ihr Schutz und Gesellschaft.«

»Nein danke, das ist wirklich nicht nötig. Ich glaube, es ist besser, wenn wir vorläufig allein sind.«

Er drehte sich halb um und sah sie verständnislos an. »Du verläßt mich. Einfach so.«

Sie schüttelte langsam den Kopf. »Nicht einfach so. Aber ich weiß keinen anderen Weg. Herrgott, du tust, als wäre London so weit fort wie Jerusalem! Dabei wirst du es sein, der wirklich weggeht. Du wirst dich Lancaster anschließen, und monatelang werde ich kein Wort hören und nicht wissen, ob du lebst oder tot bist, und du wirst sehr zufrieden mit dir sein und denken, daß es mir recht geschieht, wenn ich vor Angst nicht schlafen kann, nicht wahr, Robin?«

Sie traf mitten ins Schwarze. Genau das war sein Racheplan gewesen, aber das konnte er nicht eingestehen. »Liebste Blanche, wenn ich zu Lancaster gehe, dann, um meinen Diensteid zu erfüllen, nicht, um dir etwas heimzuzahlen. Und ich wäre dir ausgesprochen dankbar, wenn du mir Vorhaltungen und tränenreiche Szenen ersparst.«

Ihre schwarzen Augen funkelten gefährlich. »Nenn mir eine einzige Gelegenheit, bei der ich dir eine tränenreiche Abschiedsszene gemacht hätte. Du bist es doch, der keine Trennung aushalten will und selbstsüchtig ist! Und untersteh dich, mich zu beleidigen, weil dir nicht gefällt, was ich zum Wohl meines Sohnes tue …«

Er sah wieder in den Garten hinunter. »Laß uns nicht streiten.«

»Ach, du willst nie streiten!« sagte sie mit einer ungeduldigen Geste. »Du hast lieber deine Ruhe.«

Plötzlich glitt er vom Fenster weg. »Komm her, Blanche.«

»Was? Wozu.«

»Komm schon. Aber leise. Sieh dir das an.«

Sie erhob sich stirnrunzelnd und trat zu ihm. Er hinderte sie, ganz ans Fenster zu treten, wies aber in den Garten hinunter.

Mortimer und Raymond knieten zusammen im Gras. Vor ihnen hockte ein großer, grauer Sperber, eine Schwinge eigentümlich abgewinkelt. Es war Raymonds Sperber, den er, so hatte sein Vater erklärt, fortan mit Mortimer teilen sollte. Mortimer hatte kalt lächelnd abgelehnt. Und er hatte aus seiner Schadenfreude keinen Hehl gemacht, als der Sperber von einem seiner Beutezüge mit gebrochenem Flügel zurückgekehrt war. Robins Falkner hatte Raymond gesagt, der Bruch sei zu tückisch, da könne man rein gar nichts machen, und hatte angeboten, den Vogel für ihn zu töten. Aber Raymond hatte davon nichts hören wollen und ihn zu seiner Tante Agnes getragen, die den Flügel schiente. Dann hatte er ihn in seiner Kammer einquartiert und ihn mit rohem Fleisch gefüttert. Jeden Abend brachte er ihn für eine Stunde in den Garten hinunter, wenn das Wetter es zuließ. Damit er den Himmel sehen kann, hatte Raymond Robin erklärt, und nicht schwermütig wird. Mortimer hatte bislang sehr glaubhaft den Eindruck vermittelt, als sei ihm die Genesung des Sperbers von Herzen gleichgültig. Aber jetzt beugte er zusammen mit Raymond den Kopf über die kunstvoll bandagierte Schwinge, und nach einer Weile nahm er den Handschuh, den Raymond ihm hinhielt, und verabreichte dem Patienten die zweite Hälfte seines Abendessens.

Gut gemacht, Raymond, dachte Robin stolz. Und ich hatte doch in Wirklichkeit kaum Hoffnung. Er sah Blanche mit leuchtenden Augen an. »Und was sagst du jetzt, hm?«

»Ich sage, daß ich keinen Anlaß sehe, warum du so selbstzufrieden grinsen solltest.« Aber sie lächelte selbst, legte die Arme um Robin und sah auf den blonden und den schwarzen Schopf unten zwischen den Rosen. Es war ein friedvolles Bild. »Ich denke, das könnte alles ändern«, murmelte sie.

»Du wirst es noch ein bißchen länger mit uns versuchen?«

Sie nickte. »Ich werde sie nicht auseinanderreißen, wenn auch nur ein Funke Hoffnung besteht, daß sie Freunde sein könnten. Das könnte … so vieles wiedergutmachen.«

Robin war erleichtert. Vor allem, weil sie nicht weggehen würde, gestand er sich. Und er dachte mit einem verstohlenen Grinsen, daß er gut beraten sein würde, Blanche niemals von seiner geschäftlichen Abmachung mit Raymond zu erzählen.

Robin kehrte unerwartet mit Isaac in den Norden zurück, da ein Bote von Hotspur gekommen war, der ihn dringend um Beistand gegen die Schotten ersuchte. Die schottischen Verbände verwüsteten wieder einmal die Grenzgebiete und waren fast bis nach Durham vorgestoßen. Robin ging nach Burton und stellte eine Truppe von fünfzig Bogenschützen auf. Mit ihnen und zehn seiner Ritter schloß er sich Hotspur an, und Mitte Oktober stellte der Earl of Douglas sich ihnen bei Otterburn, unweit von Newcastle, zur Schlacht. Es wurde ein grauenvolles, ganz und gar sinnloses Gemetzel. Hotspur erschlug Douglas, wurde aber unmittelbar darauf gefangengenommen. Die Dunbar-Zwillinge fielen beide, beinah gleichzeitig und an derselben Stelle; Robin mußte hilflos mit ansehen, wie zwei von Douglas' Highlandern sie mit ihren gewaltigen Äxten fällten. Und als alles vorbei war, wußte keiner, wer gewonnen hatte. Beide Armeen waren nahezu aufgerieben. Robin, wie durch ein Wunder unversehrt, brachte die schlechten Nachrichten nach London. Mitten in der Nacht kam er zu Henrys Haus, wurde aber sogleich eingelassen.

»Oh, Robin, Gott sei gepriesen. Was ist mit Hotspur? Ach, bitte entschuldige, du siehst völlig erledigt aus. Setz dich, komm schon.« Henry nickte einem Wachsoldaten zu. »Schick nach Wein. Und weck die Köchin.«

»Ja, Mylord.«

Robin setzte sich dankbar in einen bequemen Sessel. »Hotspur haben sie erwischt und, so heißt es, nach Dunbar gebracht.«

»War er verwundet?« fragte Henry besorgt.

»Soweit ich sehen konnte, nur ein Kratzer am Kopf. Sie werden ihn uns schon zurückgeben. Wenn der Preis stimmt.«

Henry hob kurz die Schultern. »Northumberland ist reich genug.«

Robin nickte. »Henry, es geht nur mit Verhandlungen. Diese Schlacht war sinnlos, und wir haben die Schotten nicht zurückgeschlagen. Nur ein neuer Waffenstillstand kann helfen.«

»Ich weiß.«

»Du mußt mit Northumberland reden.«

Henry schnitt eine Grimasse. »Mein Vater reißt mir den Kopf ab.«

»Unsinn.« Robin unterbrach sich, weil ein eilig geweckter Page Wein und kaltes Fleisch brachte. Der Page war nicht Edward. Edward war inzwischen Knappe.

Als sie wieder allein waren, fuhr Robin fort. »Wir wissen alle, wie Northumberland ist. Und dein Vater hat ihm nie verziehen, aber er hat auch nie aufgehört, ihn zu benutzen. Für Verhandlungen mit Schottland ist er unentbehrlich. Auf ihn mußt du setzen und auf Neville. Bis dein Vater zurückkehrt.«

»Ja, das werde ich wohl müssen.« Henry war nicht begeistert.

»Was gibt es hier?« erkundigte sich Robin, damit er nicht einschlief.

Henry berichtete ausführlich. Der Rat der fünf Appellanten ruhte und rastete nicht. Die Finanzen der Krone waren nahezu stabil, Verhandlungen mit Frankreich und Burgund waren wieder aufgenommen worden, allerdings ohne verräterische Zugeständnisse. Die Regierung lag in sicheren, erfahrenen Händen. Arundels Bruder, inzwischen der Erzbischof von York, war der Kanzler und hatte ein wachsames Auge auf die Ausgaben und Einnahmen. Trotzdem fühlte Henry sich nicht wohl dabei, gemeinsame Sache mit den anderen Appellanten zu machen. Er kritisierte Warwicks Unentschlossenheit, er mißtraute Arundels Absichten und noch mehr denen seines Onkels Gloucester, »und Tom Mowbray, der höchst ehrenwerte Earl of Nottingham, wird dir immer genau das sagen, was du von ihm hören willst. Du hattest recht. Er hängt sein Mäntelchen nach dem Wind.«

Robin gähnte verstohlen. »Und der König?«

»Der König ist ein Lamm. Erzbischof Arundel glaubt, Gott habe des Königs Seele geläutert. Er ist einsichtig, er erfüllt seine repräsentativen Pflichten mit großem Ernst und Hingabe und überläßt alles andere dem Rat.«

»Das ist doch wunderbar.«

»Wenn ich es nur glauben könnte, Robin.«

Robin konnte nur kurz nach Waringham zurückkehren, weil Henry und sogar der Earl of Northumberland ihn baten, die Verhandlungen über Hotspurs Freilassung mit den Schotten zu führen. Robin willigte zuerst zögerlich ein, machte sich dann aber gleich nach Weihnachten auf den Weg. Er hatte wenig Hoffnung, daß die Schotten ihre Kriegsgefangenen so großzügig behandelten, wie die Engländer es für gewöhnlich taten, sie je nach Rang in den bevorzugten Gästequartieren unterbrachten – freilich mit einer Wache vor der Tür – und sie mit zur Jagd nahmen und zu Festessen luden. Für die Schotten war ein Feind ein Feind, und wenn er ihnen in die Hände fiel, war es nur richtig, ihn das auch spüren zu lassen. Robin befürchtete, daß Hotspurs Tage und Nächte auf der finsteren Burg von Dunbar große Ähnlichkeit mit denen haben würden, die er und Raymond im Tower verbracht hatten. Er sprach mit Northumberland den finanziellen Rahmen ab, sehr sachlich und sehr kühl. An ihrem Verhältnis hatte sich nie etwas geändert. Aber Northumberland wußte, wie geschickt Robin oft für Lancaster verhandelt hatte, auch mit Delegationen der Schotten. Also überwand er seine Antipathie, und Robin begab sich ins Grenzland, um die Dinge nicht unnötig zu verzögern. Trotzdem vergingen viele Wochen, bis es ihm gelang, Hotspur freizukaufen. Und er hatte sich nicht geirrt. Als er ihn Ende März in Dunbar abholte, war Hotspur so dürr, daß er Raymonds Kleider hätte borgen können, und zu schwach, um ein Pferd zu besteigen.

Halbblind lächelte er Robin entgegen. »Ich habe immer geahnt, daß Ihr eine Schwäche für mich habt, Mylord.«

Robin fing ihn auf, als er umfiel, und trug ihn aus der Burg zu der Stelle, wo seine Abordnung mit den Pferden und einem Wagen wartete. »Bringt mir Wein. Und glotzt nicht. Er ist nur müde und hungrig.«

Er stieg mit Hotspur auf den Wagen, der mit vielen Decken gepolstert war, und der kleine Troß setzte sich augenblicklich in Bewegung. Robin wollte so schnell wie möglich zur Grenze zurück. Er wußte, die Schotten waren Ehrenmänner, aber ihre Vorstellungen von Ehre wichen manchmal deutlich von denen ihrer südlichen Nachbarn ab. Nach schottischen Regeln verstieß es nicht unbedingt gegen die Gebote der Ehre, einen bereits freigekauften Gefangenen noch einmal zu nehmen, um ihn entweder zu töten oder ein zweites Mal zum Verkauf anzubieten. Im Krieg, wußte Robin, waren die Schotten erbarmungsloser als die Engländer. Darum fürchteten die Engländer sie auch so sehr. Er selbst war keine Ausnahme, und er fand, es war ratsam, auf dem Rückweg keine Zeit zu verlieren.

Francis Aimhurst ritt neben den Wagen und reichte Robin einen Becher. Hotspur richtete sich auf einen Ellenbogen auf und trank gierig.

Robin nahm den Becher von seinen aufgesprungenen Lippen. »Langsam.«

Hotspur schloß die Augen und leckte sich die Lippen ab. »Hm, das tut gut. Ist mein Vater ... ruiniert?«

»Nein. Ihr wart teuer, aber nicht unerschwinglich.«

Hotspur seufzte leise und richtete sich weiter auf, bis er mit dem Rücken an der Seitenwand lehnte. »Haltet mich nicht für undankbar, Sir, aber habt Ihr einen Schluck englisches Bier?«

Robin grinste. »Natürlich. Wir sind sozusagen ein rollendes Wirtshaus. Wir wußten ja, wen wir nach Hause holen.«

Er schlug eine Decke zurück und enthüllte ein kleines Faß, Brot, Schinken, ein gebratenes Hühnchen und ein großes Stück Schafskäse. Hotspurs Augen wurden riesig. Robin füllte ihm einen Krug mit Bier, das vom Schaukeln des Wagens mächtig schäumte.

Hotspur nahm ihn in beide Hände, und Robin sah die roten Fesselspuren an seinen Gelenken. Hotspur folgte Robins Blick, grinste und begann zu essen.

»Sie waren nicht einmal so übel, die verfluchten Schotten«, verkündete er mit vollem Mund.

»Oh, sicher ...«

»Nein, wirklich, Sir. Ich dachte, es würde viel schlimmer.«

»Vermutlich habt Ihr zuviel auf die Schauergeschichten Eurer Amme gegeben.«

Hotspur lachte leise und wurde plötzlich nachdenklich. »Wißt Ihr ... Das ist seltsam. Ich hatte es völlig vergessen, aber jetzt erinnere ich mich. Meine Amme sagte immer, wenn ich nicht folgsam sei, kämen die Schotten mich holen und ihr König würde mir mit seinen Drachenzähnen den Kopf abbeißen.«

»Da seht Ihr's.«

»Wie steht es um England?«

»Nicht aussichtslos.«

»Wieviel Zeit ist vergangen?«

»Seht Euch um. Es ist Frühling.«

»Ja. Ich meine, war's ein halbes Jahr oder eineinhalb?«

Robin sah ihn mitfühlend an. »Nein, nein, nur ein halbes.«

Hotspur grinste beschämt. »Wenn's immer Nacht um einen ist und immer kalt, weiß man kaum, wieviel Zeit vergeht.«

Robin klopfte ihm die Schulter. »Eßt nicht soviel auf einmal. Legt Euch hin. Wenn Ihr lange genug schlaft, werdet Ihr in England aufwachen.«

Hotspur sah auf seine Hände hinab und nickte, plötzlich untypisch niedergedrückt.

»Danke, Mylord«, murmelte er beinah tonlos. »Ich stehe schon wieder in Eurer Schuld, und ich werde es ganz sicher nicht vergessen.«

Robin brachte Hotspur zu seinem vor Dankbarkeit ganz überwältigten Vater nach Alnwick und fand, daß er Northumberlands Freundlichkeiten schwerer ertrug als seine Arroganz. Er verabschiedete sich eilig, machte kurze Besuche in Burton, Fernbrook, Harley und Rickdale und kam gerade noch rechtzeitig zum Pferdemarkt nach Waringham zurück. Gemeinsam mit Conrad leitete er die Vorführungen auf den Übungsplätzen und beantwortete die vielen Fragen der potentiellen Käufer. Die Nachfrage nach ihren erstklassig ausgebildeten Vollblutpferden war ungebrochen. Ausgesprochen zufrieden residierte Robin über das traditionelle Festbankett nach der Auktion und gestattete sich ein paar wehmütige Erinnerungen.

In der Woche darauf ging er wieder nach London. Er hatte Henry versprochen, so bald wie möglich zu kommen. Als er eintraf, erwartete ihn die Nachricht, daß der König ihn am zweiten Sonntag nach Ostern in Windsor zu sehen wünsche.

Robin war nicht begeistert. »Was mag er wollen? Gehe ich mit oder ohne bewaffnete Eskorte?«

Henry sah ihn verdutzt an und schüttelte dann den Kopf. »Ohne. Sei unbesorgt. In England herrscht wieder Recht, und ich glaube kaum, daß der König beabsichtigt, dich in Windsor heimlich ermorden zu lassen.«

»Nein. Aber mir wäre wohler, ich wüßte, was er im Schilde führt.«

Henry schien auf stille Weise amüsiert. »Hör schon auf zu grollen. Und falls es dich beruhigt, John und ich werden dich begleiten.«

Bei strahlendem Sonnenschein kamen sie am Samstag abend auf dem schönen Windsor Castle an, dessen Erweiterung, von König Edward so liebevoll und großzügig geplant, immer noch nicht ganz abgeschlossen war. Soldaten, die das Abzeichen des weißen Hirschen der Garde des Königs trugen, nahmen ihnen die Pferde ab, ein livrierter Diener brachte sie zum Kämmerer des Königs. Obwohl von den Appellanten stark beschnitten, war Richards Haushalt immer noch aufwendig und höchst zeremoniell.

Der Kämmerer empfing sie höflich und winkte drei Knappen herbei. »Essen eine Stunde nach der Vesper, Sirs, eine Glocke wird läuten.«

»Ich bin schon jetzt ausgehungert«, murmelte Henry neben Robin.

Der Kämmerer hatte die geflüsterte Bemerkung gehört und verbeugte sich mit einem kleinen Stirnrunzeln. »Ich fürchte, es wird kein Festmahl sein, Sir, der König hält den Ehrentag der Heiligen Jungfrau stets ein.«

Henry erwiderte die Verbeugung. »Das tut das Haus von Lancaster ebenfalls, Sir. Wir fasten samstags ebenso wie freitags.«

Der Kämmerer nickte zufrieden. »Dann wird man Euch jetzt zu Euren Quartieren geleiten.«

Robin folgte einem stillen, dunkelhaarigen Jungen in einen Seitentrakt des mächtigen Schlosses, eine Treppe hinauf und einen von großen Fenstern erhellten Korridor entlang. Dann öffnete der Knappe eine Tür und ließ ihm den Vortritt. Es war ein luxuriöser Raum mit kostbaren Wand- und Bettvorhängen. Auf einer Truhe unter dem Fenster lag Kleidung ausgebreitet, Wams, Hosen und Surkot, alles aus schneeweißer Seide.

»Würdet Ihr mir Euer Schwert anvertrauen, Mylord?« fragte der Knappe schüchtern.

Robin wandte den Blick mühsam von den weißen Kleidern ab und starrte den Jungen betroffen an. »Welcher Tag ist heute?«

»Sonnabend, Mylord.«

»Ich meine das Datum.«

»Der zweiundzwanzigste April im Jahre des Herrn 1389, Sir.«

Robins Mund war mit einemmal völlig trocken. Er konnte nicht schlucken, und es war, als zöge seine Kopfhaut sich ein wenig zusammen. Mit ungeschickten Fingern löste er seinen Schwertgürtel und reichte ihn dem Knappen. »Hier. Sag dem Lord Chamberlain, er möge mich beim König entschuldigen. Ich werde nicht zum Essen kommen.«

Der Knappe zeigte keine Überraschung. Er verneigte sich formvollendet. »Wie Ihr wünscht, Mylord.«

Robin verschmähte den Wein, der auf dem Tisch bereitstand, und trank statt dessen einen Schluck Wasser aus dem Krug neben der Waschschüssel. Dann legte er seinen Mantel und seinen Dolch ab und begab sich in die Kapelle. Nicht lange, und er fühlte, daß er nicht mehr allein war. Er sah für einen Moment auf. John kniete nicht weit von ihm entfernt auf dem harten Steinfußboden. Als er Robins Blick spürte, sah er kurz auf und lächelte schwach. Seine Augen waren weit geöffnet, wie vor Schreck aufgerissen. Dann senkten sie die Köpfe wieder und verbrachten die Nacht in Gebet und Schweigen.

Als es hell wurde, erschienen ein paar frühe Beter zur ersten Messe, darunter auch der König. Sie nahmen das heilige Sakrament, und dann erschien wiederum der dunkelhaarige Knappe, jetzt ganz in Blau gekleidet, und geleitete Robin zu einem Badehaus. Das Wasser in dem tiefen Marmorbecken war eiskalt. Es prickelte auf Robins Haut und belebte seine müden, vom langen Knien steifen Glieder. Nachdem er sich abgetrocknet hatte, reichte sein Knappe ihm die weißen Kleidungsstücke.

»Wenn Ihr bereit seid, werde ich Euch jetzt zur Halle führen, Mylord.«

Robin nickte. »Wie ist dein Name, mein Junge?«

»Edward, Sir.«

»So heißt mein Sohn. Er ist ungefähr so alt wie du.«

»Ich kenne ihn gut, Sir. Er ist mein ärgster Gegner beim Wettstreit, im Pferderennen wie im Schwertkampf.«

Robin legte ihm kurz die Hand auf die Schulter. »Deine Stunde kommt auch noch.«

Der Knappe verbeugte sich leicht. »Wenn St. Georg mir beisteht und es Gottes Wille ist.«

Robin nickte. »Ich bin bereit, Edward.«

Der Knappe ging vor ihm her zu dem großen, achteckigen Pavillon, der die prächtige Halle beherbergte, in der Robin schon einmal, gänzlich unberechtigt, gewesen war. Heute war der Saal nicht dämmrig, sondern von Hunderten großer Wachskerzen erhellt, und an der runden Tafel mit den prunkvollen Bannern über den Stühlen saßen Männer. Es waren zweiundzwanzig. König Richard, Henry, Arundel, Gloucester und Warwick, Robin kannte sie alle. Es waren die größten, höchstgepriesenen Ritter Englands. Vier der hohen Stühle waren leer, weil ihre Inhaber entweder nicht in England weilten, so wie der Duke of Lancaster, oder aber im vergangenen Jahr gestorben oder gefallen waren. Über einem davon hing Robins vertrautes Wappen; das Einhorn, der Falke, das Farnblatt. Aber am oberen, geschwungenen Rand seines Wappens war etwas hinzugefügt worden: ein blaues, geringeltes Band, beinah wie das Strumpfband einer Dame. Und darin eingestickt waren die Worte: *Honi soit qui mal y pense.*

Robin fürchtete für einen Moment, seine Gefühle würden ihn überwältigen, darum rief er sich die Geschichte in Erinnerung, die sein Vater in der Familienbibel aufgeschrieben hatte. Es war vor über vierzig Jahren gewesen, nach dem Fall von Calais. Vor dem Feldzug hatte König Edward einen Eid geleistet, nach seiner Rückkehr einen Ritterorden zu gründen, die besten und würdigsten Männer seines Reiches in einem brüderlichen Bund zu vereinigen und sie an einer runden Tafel zu versammeln, genau wie König Artus es getan hatte. Nachdem Calais endlich kapituliert hatte, gab der König ein großes Fest. Nach dem Essen wurde getanzt, und König Edward tanzte mit der jungen, schönen Duchess of Salisbury, die damals seine Geliebte war, lange vor Alices Zeiten. Beim wilden Tanz verlor die Herzogin ein Strumpfband. Ein blaues Strumpfband. Der König hob es vom Boden auf, band es um sein Knie, sah die umstehenden Lacher finster an und donnerte: »Dieses Band soll bald das Symbol höchster Ritterschaft sein! Niemand wird es mehr wagen, darüber zu lachen, Sirs, denn es wird für alles stehen, was England groß gemacht hat! Wenn wir wieder zu Hause sind, werdet Ihr Euch meiner Worte erinnern! *Honi soit qui mal y pense*!«

So hatte alles begonnen, und nach seiner Rückkehr hatte der König am St.-Georgs-Tag den Orden begründet. Robins Vater hatte immer ehrfürchtig die Stimme gesenkt, wenn er davon sprach. Und jetzt kam der König auf ihn zu und geleitete ihn und John zu den Plätzen unter ihren Wappen. Eigenhändig gürtete der König Robin mit seinem Schwert, setzte ihm eine kleine Ehrenkappe auf den Kopf und hüllte ihn in einen Mantel aus Goldbrokat.

»Uns ist wohl bekannt, Mylord, in welchem Maße Ihr Euch um das Wohl Englands verdient gemacht habt, im Krieg wie auch bei der Wahrung des inneren Friedens. Eure Waffenkunst, Eure Weisheit und all Eure ritterlichen Tugenden waren Uns und allen anderen jungen Rittern Englands viele Jahre ein Vorbild. Zu lange haben Wir gezögert, Eure Verdienste zu würdigen. Verzeiht Unser Versäumnis, und tretet frohen Herzens ein in Unsere Bruderschaft.«

Robin sank vor ihm auf ein Knie und dachte, daß er eigentlich nie besonders tugendhaft und nur höchst selten weise gewesen war. Für einen kurzen Moment war er bekümmert, daß des Königs Worte so unpassend, so übertrieben und floskelhaft waren. Aber er erhob lieber keine Einwände. Es hätte das Zeremoniell entweiht, und vermutlich hätten sie ihn als unerträglichen Zyniker sogleich wieder aus besagter Bruderschaft ausgestoßen. Lieber verbiß er sich ein ironisches Grinsen. Der König nahm seine Hand. Richards Hand war immer noch kühl und ein wenig feucht, genau wie früher, und Robin verspürte schuldbewußte

Erleichterung, als der König ihn losließ und zu John trat, um seine Weihe vorzunehmen.

Robin und John leisteten und empfingen den Schwur der Ritter des Hosenbandordens, insgesamt zweiundzwanzigmal. Sie schworen, das Christentum und die Heilige Kirche zu verteidigen und zu schützen, Treue und Zusammenhalt in allem, was das Schicksal bringen mochte, in Kriegs- sowie in Friedenszeiten einander beizustehen in Vertrauen, Freundschaft und Ehre, vereint im Zeichen des Blauen Bandes.

Zurück in Westminster, unternahm König Richard in der darauffolgenden Woche wiederum einen unerwarteten Schritt. Vor den versammelten Appellanten und seinen Ministern erklärte er, er sei nunmehr alt genug, ohne seine weisen Ratgeber zu regieren. Mit einem beschämten Lächeln gestand er seine Jugendsünden ein und bat die Lords um ihr erneutes Vertrauen. Sehr artig bedankte er sich bei den Appellanten für ihre segensreiche Regentschaft.

»Gott, das war mir unangenehm«, vertraute Henry Robin abends an, als er und sein Bruder John sich wieder einmal in Robins Haus eingefunden hatten. »Ich bin ein paar Monate jünger als er, und er hat mich behandelt, als sei ich ein weiser Graubart.«

John lehnte sich in seinem Sessel zurück. »Ja. Man könnte meinen, der Erzbischof von York habe recht, Richard scheint von einer neuen Einsicht und Demut erfüllt.«

Henry schnitt eine Grimasse.

»Du hast Zweifel, ja?« erkundigte sich sein Bruder neugierig.

Henry antwortete nicht gleich. Er tauschte einen kurzen Blick mit Robin. »Ich bin ehrlich nicht sicher. Ich kann einfach nicht vergessen, wie Richard als Junge war.«

»Wie war er? Ich war selten dabei, weißt du.«

»Er war verschlagen. Vater und den anderen Lords spielte er den höflichen, bescheidenen Prinzen vor, und wenn sie nicht hinschauten, war er ein gemeines, hinterlistiges Ungeheuer.«

»Und du denkst, das ist er noch? Und spielt den Lords eine Komödie vor, um die Macht wiederzuerlangen?«

Henry seufzte. »Ich weiß es einfach nicht. Aber wie dem auch sei, er hat natürlich recht. Er ist der König, und er kann sich nicht ewig einem Rat unterstellen. Es wird Zeit, daß er die Dinge selbst in die Hand nimmt. Und sollte meine Skepsis unangebracht sein, sollte er seine Fehler von früher wirklich erkannt haben, dann könnte immer noch ein guter König aus ihm werden. Er hat das Zeug, ich meine, er ist seines Vaters Sohn. Ein Plantagenet.«

Seines Vaters Sohn, dachte Robin unbehaglich. Aber er wußte so wenig wie Henry, was er denken sollte. Der König war ihm am St.-Georgs-Tag vollkommen verändert vorgekommen. Er schien ausgeglichen und seiner selbst sicher, er war mit einemmal ein aufmerksamer Zuhörer geworden, seine Gehässigkeit und Großspurigkeit waren wahrhaft ritterlicher Bescheidenheit gewichen. Und er schien nicht geneigt, seine Fehler zu wiederholen. Keine jungen Höflinge hatte er mit den wichtigen Staatsämtern betraut, sondern ehrwürdige Bischöfe. Erzbischof Arundel von York hatte er zwar das große Siegel und das Kanzleramt entzogen, aber er hatte es sogleich dem Bischof von Winchester übertragen. Robin fand, er hatte gut gewählt. Wykeham war kein Freund Lancasters, aber er war ein erfahrener Staatsmann.

»Nun, ich denke, wir werden sehr bald feststellen, wie ernst es dem König mit seinen guten Vorsätzen ist«, sagte Robin nachdenklich.

»Wie meinst du das?« erkundigte sich John.

»Wenn er es wirklich gut mit England meint, wird er euren Vater nach Hause holen …«

Ein grauhaariger, aber immer noch agiler Sandiérs war Captain der Wache auf der Burg von Bordeaux. Seine buschigen Augenbrauen fuhren fragend in die Höhe. »Und wen darf ich melden?«

»Den Earl of Waringham.«

Sandiérs' Brauen kamen mächtig in Fahrt. Es schien, als rufe der Name eine Erinnerung wach, derer er nicht so recht habhaft werden konnte. Er lächelte verwirrt und höflich. »Folgt mir, Monsieur.«

Lancaster bewohnte denselben Flügel der Burg wie sein Bruder vor so vielen Jahren, aber zu Robins Erleichterung hatte er einen anderen Raum auf der Südseite als Arbeitszimmer gewählt. Robin blieb in dem kleinen Vorraum stehen und wartete. Die Wachen an der Tür wollten ihn freudig begrüßen, aber er hielt sie mit einer Geste zurück und lauschte.

»Der Earl of Waringham, Euer Gnaden«, meldete Sandiérs förmlich.

»Was will er hier?« brummte Lancasters vertraute Stimme zerstreut auf französisch.

»Das hat er mich nicht wissen lassen.«

»Hm. Na schön. Laßt ihn eine Stunde warten, und bringt ihm den miserabelsten Wein, den wir haben.«

Robin trat ungebeten näher. »Wollt Ihr mich nicht wenigstens anhören, ehe Ihr mich so grausam bestraft, Mylord?«

Lancaster starrte ihn ungläubig an und schüttelte dann den Kopf. »Weiß Gott, ich werde wohl wirklich alt. Ich hatte es vergessen.«

Zu Sandiérs' größter Verwirrung stürmte er mit langen Schritten auf Robin zu und umarmte ihn innig. Der Captain zog sich mit einem Kopfschütteln zurück. Solche Gefühlsausbrüche war er von dem kühlen Herzog nicht gewöhnt.

Lancaster betrachtete das Wappen mit dem blauen Band auf Robins Schild, und seine schwarzen Augen leuchteten. »Wir sollten nicht versäumen, den Eid zu schwören, auch wenn ich nicht dabei war.«

Robin nickte. »Wir haben wohl beide gewünscht, Ihr wäret es, John und ich.«

»Und in meinen Gedanken war ich auch dort. Heute abend werden wir feiern. Mit meinem Schwiegersohn sind drei Ritter des Ordens hier versammelt, das sollte für eine kleine Zeremonie reichen.«

»Euer Schwiegersohn?«

»John Holland, des Königs Halbbruder. Oh, Robin, sagt nicht, Ihr wißt wieder nichts davon. Der Earl of Pembroke ist tot. Das kann Euch kaum entgangen sein, Ihr habt seinen Platz im Orden eingenommen. Daraufhin hat meine Tochter Elizabeth John Holland geheiratet.« Er lächelte nachsichtig. »Es lag nahe.«

Robin schüttelte verwundert den Kopf. »Ihr habt eine ganze Sammlung neuer Schwiegersöhne, Mylord.«

»Ja, das ist wahr. Und sie gefällt mir gut. Aber bevor wir reden, müssen wir auf Eure Ankunft trinken.«

Er öffnete die Tür zum Vorraum und murmelte ein paar Anweisungen. In Windeseile erschien ein Knappe, der Robin seiner Rüstung entledigte, und Diener brachten Wein und erlesene Speisen auf kleinen Silberplatten.

Robin setzte sich Lancaster gegenüber in einen bequemen Sessel und trank durstig. Er hatte eine lange, beschwerliche Seereise hinter sich. Und er war nicht sicher gewesen, wie er hier empfangen würde. Jetzt wich alle Anspannung von ihm, und sein Kopf wurde leicht und höchst empfänglich für den vorzüglichen Wein.

Lancaster schlug die langen Beine übereinander. »Ich weiß schon lange, daß Ihr ein mutiger Mann seid, Robin, aber ich muß sagen, es imponiert mir, mit welch großer Gelassenheit Ihr mir unter die Augen tretet.«

Robin biß sich auf die Unterlippe und nickte. »Meine Gelassenheit ist nur Täuschung. Da Euer Sohn und Euer Bruder zu den Appellanten gehörten, habe ich befürchtet, daß Ihr mich an ihrer Stelle aufhängen und dem König meinen Kopf schicken würdet.«

Lancaster blinzelte amüsiert. »Und? Hätte ich Euch aufgehängt, was hättet Ihr unter dem Galgen zu Eurer Verteidigung vorgebracht?«

»Daß der König von denen, die Ihr als die Natternbrut zu bezeichnen pflegtet, gänzlich vergiftet war und England seinen Feinden ausliefern wollte. Daß es Oxford war, der als erster zu den Waffen gegriffen hat. Und daß Euer Bruder Gloucester sich die Krone genommen hätte, wenn Henry nicht die Macht Lancasters mit in den Rat eingebracht hätte. Es war eine bittere Zeit für Henry. Er hat getan, was in seiner Macht stand, um das Ansehen der Krone zu schützen und die Urteile des Gnadenlosen Parlamentes abzuwenden. Er hat sich wacker geschlagen, Ihr hättet allen Grund, stolz auf Euren Sohn zu sein. Auf Eure Söhne. John hat Henry die ganze Zeit zur Seite gestanden. Oh, ich könnte Euch stundenlang Lobpreisungen auf Eure Söhne darbringen.«

Lancaster zog eine Braue hoch. »Ich kann kaum widerstehen. Was hört ein Vater lieber?«

»Ich glaube allerdings nicht, daß ich Euch irgend etwas berichten könnte, das Ihr nicht längst wißt.«

Lancaster wiegte den Kopf hin und her. »Es ist wohl keine Woche vergangen, da ich keine Berichte über die Lage in England erhalten hätte. Trotzdem. Ich würde gerne hören, wie alles aus Eurer Sicht aussah. Wieso Ihr Henry unterstützt habt in seiner fragwürdigen Rebellion gegen den König, weiß ich. Und hätte mir

Euer gemeinsames Handeln so sehr mißfallen, wie ich vorgeben muß, dann hättet Ihr schon lange Kenntnis davon. Nein, Robin, berichtet mir, was meine Spione mir nicht berichten konnten. Was führt Gloucester wirklich im Schilde? Was denken meine Söhne, was waren ihre Motive? Oh, und natürlich will ich alles über meinen Enkel hören.«

Robin erzählte bereitwillig. Er schilderte seine Eindrücke und bemühte sich, objektiv zu bleiben, aber er kam nicht umhin, immer wieder zu betonen, welch heilsame, friedenstiftende und gleichzeitig mutige Rolle Henry in all der Zeit gespielt hatte. »Ich denke, nur ihm ist es zu verdanken, daß der König immer noch der König ist«, schloß er unverblümt. »Ihm ist es zu verdanken, daß Euer Neffe Gelegenheit bekam, seine Position und seinen bisherigen Weg zu überdenken und einen neuen Anfang zu machen. Aber Richard fürchtet sich vor Gloucester. Und darum erbittet er Eure Vergebung für die Dinge, die zwischen Euch und ihm vorgefallen sind, und Eure baldestmögliche Rückkehr nach England.«

Er reichte dem Herzog die Schriftrolle, die das königliche Siegel trug.

»Und Ihr glaubt an die Aufrichtigkeit dessen, was der König mir schreibt?«

»Ich habe nicht gelesen, was er Euch schreibt. Und Ihr werdet feststellen, daß Henry Mühe hat, an die wundersame Wandlung des Königs zu glauben. Ich gebe ihm recht, aber ich kann nicht umhin, an die Aufrichtigkeit dessen zu glauben, was der König zu mir gesagt hat.«

Lancaster betrachtete ihn eingehend. »Wobei zu bedenken ist, daß Ihr immer leichtgläubig wart, Robin, immer bereit, das Bestmögliche von einem Mann zu denken.«

Robin nickte. »Einfältig, Mylord.«

Lancaster lachte leise und lehnte sich zurück. »Ihr habt mir gefehlt in diesen drei Jahren, mitsamt Eurer heuchlerischen Bescheidenheit.«

»Werdet Ihr mir erzählen, wie es Euch in Kastilien ergangen ist? Auf dem Feldzug, den wir zehn Jahre lang liebevoll geplant haben und den ich dann doch versäumen mußte?«

Lancaster erhob sich ruhelos und schlenderte zum geöffneten Fenster. Es war September, aber in Bordeaux war vom Herbst noch nichts zu spüren. Der Himmel war hellblau, und die Sonne hatte das Gras zwischen den Gebäuden der Burg verbrannt.

»Was soll ich erzählen, Robin? Ich bin überzeugt, Ihr habt in England ebenso häufig Berichte von unserem Fortkommen gehört wie wir von Euch.«

»Wir haben viel gehört, ja. Ihr wart kaum aufgebrochen, da hörten wir, Ihr hättet Santiago de Compostela genommen und ganz Galizien hätte Euch jubelnd empfangen.«

Lancaster wandte sich um, lehnte sich mit verschränkten Armen an die Wand neben dem Fenster und lächelte schwach. »So war es auch. Und eitel, wie ich bin, habe ich geglaubt, der heilige Jakob habe sich unserer Sache angenommen, um Spanien vom Schisma zu erlösen und unter dem rechtmäßigen Papst Bonifaz und meiner Herrschaft zusammenzuführen.« Er unterbrach sich und hob die Schultern. »Ich war wieder einmal zu überheblich, werdet Ihr sagen. Gottes Plan war nicht meiner. Mein Verbündeter, der König von Portugal, erwies sich als unzuverlässig, und meine Armee starb an der Ruhr. Und was soll man tun, wenn man keine Armee mehr hat?«

»Man verheiratet seine Töchter ...«

»So ist es. Die kastilische Krone habe ich für mich und meine arme Constancia nicht erringen können. Aber unsere Tochter Catalina hat den kastilischen Thronfolger geheiratet. Sie wird Königin von Kastilien sein. Meine Tochter Philippa ist die Königin von Portugal. Was will ich mehr? Meine Erben werden auf zwei der mächtigsten Throne der Christenheit sitzen, und der König von Frankreich hat seine sichersten Verbündeten verloren. Für England ist unser Feldzug gut ausgegangen. Das Schisma habe ich nicht aufheben können, aber letztendlich muß Gott ja selber wissen, wie er mit seiner Kirche verfährt. Ich bin zufrieden, Robin. Ich wollte die kastilische Krone nicht so sehr für mich.«

»Nein, ich weiß. Ihr wolltet Sicherheit für England. Und die habt Ihr erreicht.«

»Wenigstens in gewissem Maße, ja.«

Robin rieb sich kurz die Augen. »Ich wünschte, ich wäre dabeigewesen.«

»Ja, ich weiß. Aber Henry brauchte Euch dringender.«

Robin atmete tief durch. Es war wie eine Absolution.

»Und werdet Ihr der Bitte des Königs entsprechen und mit mir nach Hause kommen, Mylord? Obschon Ihr jetzt Herzog von Aquitanien seid?«

»Ja, ich werde nach Hause kommen. Ich sehne mich nach England. Und nach Katherine«, fügte er mit einem entwaffnenden Lächeln hinzu. »Aquitanien, das, was davon übrig ist, wird eine Weile auf mich verzichten können. Aquitanien mangelt es vor allem an finanziellen Mitteln. Nun, dem kann ich abhelfen.«

Robin sah ihn neugierig an. »Ich habe ein Gerücht gehört, daß Ihr Euren Anspruch auf die kastilische Krone teuer verkauft habt.«

Lancaster hob das Kinn und setzte eine unschuldige Miene auf. »Ich habe den König von Kastilien gefragt, was es ihm wert sei, wenn ich meinen persönlichen Anspruch aufgäbe. Einhunderttausend Pfund, hat er gesagt. Er hat nicht einen Moment gezögert. Tja, Robin, was sollte ich tun? Einhunderttausend Pfund ist ein wahrlich königlicher Preis.«

Es verschlug Robin den Atem. Das war mehr Geld, als er sich vorstellen konnte. »Für etwas, das Ihr eigentlich gar nicht wolltet ...«

»Aber das wußte Juan zum Glück nicht. Vom militärischen Standpunkt betrachtet, stand dieser Feldzug unter keinem sehr glücklichen Stern. Aber finanziell und dynastisch gesehen, hat er meine kühnsten Hoffnungen weit übertroffen.«

Robin lächelte still. Er war froh, daß Lancaster die Früchte ihrer langgehegten Pläne süß genug fand.

»Und jetzt sagt mir, Robin, wie geht es Eurer schönen Dichterin?«

»Gut, hoffe ich. Ich ließ sie in unserem Quartier zurück, damit sie sich um ihre Garderobe kümmern kann oder was auch immer, aber vermutlich ist sie längst unterwegs und ergründet ihre Wurzeln. Ihre Mutter stammte aus der Gascogne.«

»Ich weiß. Trotzdem bin ich erstaunt, daß Ihr sie mitgebracht habt. Eine strapaziöse, nicht ungefährliche Reise für eine Frau.«

»Ihr habt Eure Frau und Eure Töchter mit auf einen Feldzug genommen.«

»Ihr habt recht. Und wie steht es mit der Scheidung?«

Robin schnitt eine Grimasse. »Schlecht. Mortimer hat im Herzog von Burgund einen großzügigen Gönner gefunden. Er braucht mein Geld nicht und will es nicht annehmen.«

»Nun, vielleicht wird Mortimer kooperativer, wenn er erfährt, was wir über ihn und das Mündel des Herzogs von Burgund wissen.«

Robin horchte auf. »Was wissen wir über Mortimer und das Mündel des Herzogs?«

»Hm. Ein sehr junges Mädchen, die Tochter der verstorbenen Schwester des Herzogs. Sie kehrte für einen Besuch aus dem Kloster an den Hof ihres Onkels zurück. Sie wurde schwanger, wandte sich an einen Scharlatan und starb. Niemand weiß, wer sie in Schwierigkeiten gebracht hatte. Niemand außer uns.«

»Und haben wir auch Beweise?«

»Einen Brief an ihre Oberin. Eine Beichte, die sie aus Scham niemals abschickte. Genug, um Mortimers Einlenken zu erwirken, würde ich sagen.«

Robin schüttelte seufzend den Kopf. »Mortimer. Immer bringt er allen Unglück, wohin er auch kommt. Das arme Mädchen ...«

»Ja. Bedauernswert. Warum habt Ihr den Lump nicht getötet?«

»Weil er mir immer davonläuft.«

»Dann laßt mich die Sache in die Hand nehmen. Ich verspreche Euch, noch vor Weihnachten könnt Ihr Eure Blanche heiraten.«

»Ich danke Euch, Mylord.«

»Ich danke Euch für das, was Ihr für Henry getan habt.«

»Ich habe gar nichts getan. Er brauchte nicht wirklich Hilfe. Nur Bestätigung dann und wann. Er war souverän, klug und Gloucester in höherem Maße gewachsen, als er selbst weiß.«

Lancaster atmete tief durch. »Welch ein Glück für England, daß der Junge so geworden ist. Welch ein Glück für England.«

Sie blieben zwei Monate in Aquitanien. Als Lord und Lady Waringham, die sie ja waren, wurden sie ohne Aufsehen und Skandal in die dortige Hofgesellschaft aufgenommen, und sie reisten viel. Blanche besuchte die Verwandten ihrer Mutter, die sie mit einer herzlichen, wahrhaft südländischen Überschwenglichkeit aufnahmen, die sich wie selbstverständlich auf Robin erstreckte. Während Blanche mit ihrem Onkel Justin in dessen Bibliothek alte, brüchige Pergamentrollen mit Troubadourlyrik studierte, kaufte Robin Weine und Pferde in unbescheidenen Mengen ein. Die Weine sollten den etwas langweiligen Keller von

Waringham aufbessern und den Ruf seiner Tafel. Er wagte zwar noch nicht so recht zu hoffen, aber es war immerhin möglich, daß es in Waringham bald eine Hochzeit gab, und es sollte ein denkwürdiges Fest werden. Die Pferde kaufte er für die Zucht. Zwei Stuten und zwei Jährlingshengste. Sie waren klein und feurig, Abkömmlinge der berühmten Maurenpferde von jenseits der Berge. Robin wollte versuchen, sie mit den großen, kraftvollen Pferden seiner Züchtung zu kreuzen. Und wenn es so ging, wie er hoffte, würde er große, aber feingliedrige Schlachtrösser haben, mit der nötigen Kraft, einen Mann in voller Rüstung über weite Strecken zu tragen, und mit der Schnelligkeit und Wendigkeit des arabischen Wüstenwindes.

Anfang November segelten sie mit Lancaster, Constancia, Leofric und Cecilia und Lancasters übrigem englischen Gefolge nach Hause. Sie landeten in Plymouth, von wo aus Lancaster mit seinen Truppen vor über drei Jahren aufgebrochen war. Gemessenen Schrittes führte der Herzog seine Gemahlin an Land, doch sein Gang federte von unterdrücktem Übermut. So groß war seine Freude über die Heimkehr, daß Robin den Verdacht hegte, Lancaster müsse sich beherrschen, um nicht vor den Augen der Welt im Hafen von Plymouth auf die Knie zu sinken und englischen Boden zu küssen.

Sie begaben sich umgehend nach Reading, wo der König und der Kronrat sie erwarteten. Um seinen Onkel zu ehren, kam Richard ihm zwei Meilen vor der Stadt mit einem kleinen Gefolge entgegen. Der König und der Herzog saßen ab und gingen aufeinander zu. Ohne zu zögern, legte Richard Lancaster die Hände auf die Schultern, ehe er niederknien konnte, und murmelte: »Werdet Ihr mir verzeihen, was ich getan habe, Onkel?«

»Von Herzen, mein König.«

Richard lächelte erleichtert und küßte seinen Onkel auf die Wange zum Zeichen des Friedens. Lancaster erwiderte den Kuß, und Seite an Seite ritten sie nach Reading.

Die Ratsversammlung verlief harmonisch. Ein jeder legte Wert darauf, sich Lancasters Wohlwollens zu versichern. Seine Abwesenheit während des Disputs zwischen Krone und Adel und des unheilvollen Parlamentes bescherte ihm eine ganz neue Popularität, eine Art politischer Unbeflecktheit, die niemand besitzen konnte, der während der vergangenen zwei Jahre in England gewesen war, ganz gleich, auf welcher Seite. Lords, Bischöfe, der König, sogar London waren erpicht darauf, sich mit dieser Kraft zu verbünden. Lancaster kam ihnen vor wie die Antwort auf ihre Gebete; ein Mann mit der Macht, den König zu beeinflussen, der ihm ein guter, wohlmeinender Ratgeber sein würde, ohne daß der Schatten zwischen ihnen stand, der des Königs Verhältnis zu Arundel, Warwick und allen voran zu seinem Onkel Gloucester verdüstern mochte. Lancaster belächelte diese Ironie des Schicksals, aber er ließ es zu, sich milde stimmen zu lassen. Er schlug keines der vielen Friedensangebote aus. Und auf den ausdrücklichen Wunsch des Königs versöhnte er sich gar mit dem Earl of Northumberland. Beide sahen aus, als hätten sie eine Distel verschluckt, als sie den Friedenskuß tauschten.

»Immerhin«, flüsterte der Erzbischof von Canterbury Robin ins Ohr. »Eine kühle Versöhnung, aber mehr, als ich erhofft hatte.«

Robin war mäßig erstaunt. Es kam nicht oft vor, daß Courtenay das Wort an ihn richtete. »Ja, ich gebe Euch recht, Exzellenz. Nordengland braucht dringend ein entschlossenes, vereintes Vorgehen von Lancaster und Northumberland, damit es bald wieder einen sicheren Frieden hat.«

»Ihr habt Interessen im Norden?«

»Mein Sohn ist der Earl of Burton.«

»Ah ja. Ich erinnere mich. Aber Ihr selbst seid in den Süden zurückgekommen, nicht wahr?«

»Hm.«

»Man muß wirklich sagen, Ihr habt es weit gebracht für einen Pferdeknecht.«

Robin lehnte mit verschränkten Armen an der Wand und beobachtete Lancaster und Northumberland. Er änderte seine Haltung nicht. »Darf ich Euch eine Frage stellen, Mylord of Canterbury?«

»Bitte.«

»Bin ich es, den Ihr zu beleidigen sucht, oder den Duke of Lancaster durch mich?«

»Was für eine seltsame Frage. Weder noch, mein Sohn. Euch zu beleidigen habe ich keinerlei Grund, Lancaster zu beleidigen wäre derzeit politischer Selbstmord. Ich wollte lediglich sehen, wie Ihr auf den Titel reagiert, mit dem ein Brief Euch bezeichnet, den ich vor wenigen Tagen erhielt.«

»Mortimer Dermond hat Euch geschrieben?«

Courtenay seufzte. »Ihr könnt Euch nicht vorstellen, welche Flut von Briefen mich erreicht.«

»Ihr habt mein ungeteiltes Mitgefühl.«

Der Bischof stieß ein leises, gackerndes Lachen aus. »Dermond schrieb, er sei das Opfer einer Intrige, und ersuchte, nein, verlangte, daß ich eine Scheidung mit allen Mitteln verhindere.«

»Und? Was werdet Ihr antworten?«

Courtenay klopfte ihm leicht den Arm. »Ich werde ihm gar nicht antworten. Ich bin ja nicht närrisch. Vor vier Tagen kam ein päpstlicher Legat nach Canterbury. Er brachte auch eine Botschaft, die diesen Fall betrifft.«

Robin wandte den Kopf und sah ihn zum erstenmal an.

»Papst Bonifaz ließ mich wissen, daß die Ehe zwischen Mortimer Dermond, ehemals Earl of Waringham, und Lady Blanche Greenley gegen kanonisches Recht verstößt. Laut unzweifelhafter Dokumente, die leider erst kürzlich aufgefunden wurden, waren die Väter der Eheleute Cousins zweiten Grades. Es ist furchtbar. Trotz größter Bedenken hinsichtlich der Ehre der Dame sah der Papst sich gezwungen, die Ehe für ungültig zu erklären.«

Robin schloß erleichtert die Augen. »Und warum erzählt Ihr mir das, Exzellenz?«

»Mein lieber Waringham ... ich habe nur die Ehre der Dame im Sinn.«

»Natürlich.«

»Man hat mir zugetragen, daß Ihr eventuell in Erwägung zieht, sie und ihren unschuldigen Sohn vor Schande zu bewahren.«

»Und weiter?«

»Nun, ich dachte mir, vielleicht wäre es hilfreich, wenn ich Euch traue.«

Robin war sehr verblüfft und auf der Hut. »Das würdet Ihr wirklich tun?«

Courtenay nickte ernst, aber die Falten um seine Augen vertieften sich ein wenig. »Wenn Ihr dafür sorgt, daß Lancaster seinen Groll gegen Wykeham begräbt.«

Robin lächelte höflich. »Ihr überschätzt meinen Einfluß. Euer

Angebot ist nicht ohne Reiz, aber Lady Blanche und ich ziehen es vor, in aller Stille in Waringham zu heiraten.«

Sie hatten immer noch keinen neuen Hauskaplan in Waringham. Robin war zu wählerisch. Er wollte keinen verlängerten Arm der Inquisition in seinem Haus, aber er wollte jemanden, der ihm, seinen Rittern und Knappen Respekt einflößte. Er wollte geistlichen Beistand, aber keinen Sauertopf. Nichts war schlimmer als ein Priester ohne Humor. Er wollte einen Horace oder Alcuin. Aber der eine war in Fernbrook, der andere in Burton, und beide wurden alt. Vater Nicholas versah derzeit das Amt. Aber es würde Gernot sein, der sie traute. Blanche war einverstanden, und der alte Dorfpriester war über Robins Bitte so gerührt gewesen, daß ihm endlich einmal die Worte fehlten.

Der Erzbischof seufzte. »Wie schade. Ich denke trotzdem, Ihr solltet mein Angebot überdenken.«

»Es hat keinen Sinn. Lancaster läßt sich nicht manipulieren, ganz sicher nicht von mir. Aber wenn Ihr eine Verständigung zwischen dem Haus von Lancaster und dem Bischof von Winchester sucht, werde ich Euch sagen, wie Ihr sie zustande bringen könnt. Kostenlos.«

»Ich bin ganz Ohr.«

»Wykeham hat einen Sekretarius. Ein ehemaliger Wycliffe-Schüler, aber jetzt sehr linientreu. Gebildeter, ernster Mann. Lionel.«

Courtenay nickte. »Er ist Wykehams Diakon.«

»Wirklich? Und dabei wollte er nie Karriere machen.«

»Das wollte ich auch nicht«, vertraute der Erzbischof ihm überraschend an. »Aber Gott hat seine eigenen Pläne.«

»O ja. Ich weiß. Schickt diesen Lionel zu Lancasters Sohn Derby. Lionel war einmal sein Lehrer. Ich bin überzeugt, die beiden könnten zu einer Einigung kommen.«

»Hm. Eine Verständigung im zweiten Glied.«

»Besser als keine Verständigung.«

»Richtig.« Courtenay dachte einen Moment nach. »Schön. Versuchen wir es auf dem Wege. Und wenn es Früchte trägt, schulde ich Euch einen Gefallen, Waringham.«

Robin lächelte. »Welch eine erhebende Aussicht.«

Es wurde keine ganz so stille Hochzeit, wie Robin geplant hatte, denn Lancaster rückte mitsamt seiner Familie und dem engsten Gefolge an, so daß sie rund hundert unerwartete Gäste hatten. Nur Vater Gernot und die Köche wurden ernstlich nervös. Robin und Blanche begrüßten die Ankömmlinge freudestrahlend, und bald versammelten sich die hohen Besucher, Robins Haushalt und seine Vasallen, seine Freunde aus dem Dorf und vom Gestüt vor dem Portal der kleinen Burgkapelle, in der Robin und Agnes ebenso getauft worden waren wie der junge Mortimer.

Gernot überwand seine Befangenheit schnell. Seit über dreißig Jahren hatte er in Waringham jedes Brautpaar getraut. Wo war letztlich der Unterschied? Er machte es kurz, denn es war bitterkalt, und niemand erweckte den Anschein, als lege er Wert auf eine lange, feierliche Zeremonie. Er legte ihre Hände ineinander, traute sie und brummte schließlich: »Gott segne das Brautpaar, ihre Kinder und Kindeskinder, Amen.«

Bei der großen Feier in der Halle saß Lancaster neben Robin an der hohen Tafel und lächelte über sein strahlendes Gesicht. »Ihr seht aus wie ein verliebter junger Dummkopf, Robin.«

»Und warum nicht. Ich habe lange genug auf diesen Tag gewartet.« Er sah seine Frau mit einem verzückten Blick an.

»Das habt Ihr. Und wenn es nach mir gegangen wäre, hättet Ihr noch ein wenig länger gewartet.«

»Warum, in aller Welt?«

»Ich brauche Euch in London.«

Robin seufzte. »Ich komme in ein paar Tagen. Ehrenwort.«

Lancaster brummelte. »Na schön. Trotzdem. Mai ist der Monat zum Heiraten. Nicht Dezember.«

»Vielleicht habt Ihr recht. Ich hätte darüber nachdenken sollen. Wir hätten die Hochzeit und die Taufe gleich zusammen feiern können.«

Lancaster sah ihn verblüfft an und lachte dann leise. »Verstehe. Eile tat not. Euer Mangel an Diskretion hat schließlich schon genug Kopfschütteln erregt.«

»Und das aus Eurem Munde …«

Lancaster grinste schwach, warf einen kurzen, bewundernden Blick auf Blanche und sah von ihr zu ihrem Sohn, der zusammen mit Raymond den Mundschenkdienst an der Ehrentafel versah. Beide wichen so wenig wie möglich von Henrys und Johns Seite, was dazu führte, daß die Brüder bald angeheitert waren, während die Gäste am anderen Ende so manches Mal vor leeren Bechern saßen.

»Werdet Ihr den Jungen adoptieren?« fragte Lancaster unvermittelt.

Robin schüttelte den Kopf. »Solange sein Vater lebt, kann ich das nicht. Aber der König hat mir die Vormundschaft übertragen. Und in meinem Testament hat er den Platz eines jüngeren Sohnes.«

»Und mögt Ihr ihn gern?« forschte er weiter.

Robin zögerte einen Moment. »Ich bin nicht sicher. Manchmal ist es immer noch schwierig. Für ihn ebenso wie für mich. Aber er und Raymond sind wie Brüder. Das ist das wichtigste. Und wer weiß, wenn er einen Bruder oder eine Schwester bekommt, wird uns das vielleicht näherbringen.«

»Hm. Möglicherweise. Ich hoffe für Euch beide, daß Ihr Euch seiner Zuneigung versichert, ehe er herausfindet, daß sein Vater noch lebt.«

»Wie sollte er das herausfinden?«

Lancaster hob kurz die Schultern. »Der König könnte auf die Idee verfallen, ihn zurückzuholen.«

Robin war nicht beunruhigt. »Der König wird tun, was Ihr sagt.«

»Vorläufig. Solange er sich hinreichend vor Gloucester fürchtet. Solange er glaubt, daß er mich braucht. Keinen Tag länger. Der König ist wie ein Pulverfaß, Robin, und wenn er Mortimer oder Oxford zurückholt, wird es nicht lange dauern, bis sie anfangen zu zündeln.«

1397–1399

»Ich frage mich, wozu ich das tue. Keine Nacht Schlaf mehr und immerzu nur Krankheit und Tod. Es ändert doch nichts, ob man sie pflegt oder nicht, sie sterben ja doch!« Margerys Stimme klang dünn und mutlos.

Mortimer nahm ihre Hand in seine und drückte sie sanft. »Wenn du keinen Sinn darin siehst, dann hör auf damit. Deine Mutter kann dich nicht zwingen. Sie ist die Heilerin, nicht du. Und gegen die Pest ist sie so machtlos wie jeder andere.«

Margery war nicht so sicher. Sie schüttelte langsam den Kopf. »Sie sagt, die Pest habe sich verändert. Und sie hat recht. Sie überfällt nicht mehr alle sieben Jahre das ganze Land, sondern sie flackert hier und da auf, bleibt ein paar Wochen, verschwindet wieder. Sie hat nicht mehr die gleiche Macht wie früher. Und Mutter hat drei Leute durchgekriegt.«

»Aber deinen Vater nicht. Das macht sie verrückt, darum betäubt sie sich mit Arbeit und verlangt von dir, daß du das gleiche tust.«

Margery antwortete nicht. Sie weinte stumm, wie sie es immer tat, wenn jemand ihren Vater erwähnte.

Vor vier Wochen war die Pest nach Waringham gekommen, und Conrad war ihr erstes Opfer gewesen. »Grämt euch nicht«, hatte er gesagt, bevor er sie hinausgeschickt hatte, »ich bin steinalt, es wird Zeit.« Sie grämten sich trotzdem, allesamt, seine Frau, seine Kinder und Enkelkinder und Robin ebenso.

Mortimer fand es schrecklich, sie so zu sehen. Er zog sie auf den umgestürzten, verwitterten Baumstamm hinunter und legte die Arme um sie. Über ihnen sangen die Vögel in den alten Buchen. Das Waldgras und die Farnbüschel leuchteten dunkelgrün. Es war Anfang Juli und sehr warm.

»Es tut mir so leid, Margery«, murmelte er unbeholfen, hob ihr Kinn und küßte sie leicht auf die Lippen, ganz behutsam. Es war ein unschuldiger Kuß. Mortimer war nicht wie Raymond, der allen jungen Damen am Hof ihres Dienstherrn die Köpfe verdrehte und über dessen amouröse Abenteuer die wildesten Geschichten kursierten, wenngleich er selbst nie ein Sterbenswort dazu beitrug. Für Mortimer gab es nur Margery. Und sie wußte das zu schätzen.

»Ich wünschte, ihr wäret nicht gekommen.«

»Das hat dein Onkel auch gesagt.«

»Und er hat recht, es ist gefährlich. Lord Henry hätte es euch nicht erlauben sollen.«

»Wir wollten aber nach Hause. Wir hatten Angst um euch.«

Am Vortag waren er, Raymond und Edward eingetroffen, und sie waren sehr erleichtert gewesen, ihre Eltern und ihre beiden kleinen Schwestern gesund vorzufinden. Robin hatte sie gleich wieder fortschicken wollen. Aber Agnes, die jetzt mit Margery und ihrem jüngsten Sohn Conrad auf der Burg lebte, hatte ihn beschwichtigt. Seit vier Tagen waren keine neuen Fälle aufgetreten.

Der Spuk sei vorbei, sagte sie. Vier oder fünf im Dorf würden noch sterben, aber sie rechnete mit keinem neuen Aufflackern.

Margerys Gewissen regte sich. »Ich muß zurück an die Arbeit.«

Er ließ ihre Hand los und seufzte. »Wie du meinst. Margery …«

»Hm?«

Er knetete seinen Handschuh, räusperte sich und sah sie dann wieder an. »Du weißt ja, wir haben jetzt einen Waffenstillstand mit Frankreich, aber Lord Henry will bald wieder auf einen Feldzug gehen. Nach Friesland oder so. Jedenfalls könnte es sein, daß Raymond und ich mitgehen. Wenn dein Onkel es erlaubt. Und ich dachte, ich rede lieber vorher mit dir.«

»Worüber?«

»Na ja, ob du mich heiraten willst.«

Sie hob kurz die Schultern. »Natürlich.«

Er strahlte, und er war erleichtert, obwohl er eigentlich mit keiner anderen Antwort gerechnet hatte. »Wir müssen noch drei Jahre warten, bis ich einundzwanzig bin, aber für den Fall, daß ich nicht zurückkomme …«

Sie runzelte unwillig die Stirn. »Sag das nicht, du wirst schon zurückkommen. Du mußt.«

»Ja. Mach dir keine Sorgen.«

Sie rieb ihre Wange an seiner, obwohl sein Gesicht ziemlich stachelig war. »Ich wünschte, wir müßten nicht so lange warten«, murmelte sie sehnsüchtig.

Er spürte, wie sein Glied sich regte, und biß sich lachend auf die Lippen. Er konnte nichts sagen. Ihre Zustimmung machte ihn verwegen. Entschlossener als zuvor drückte er seine Lippen auf ihre und schob behutsam seine Zunge dazwischen. Ihre kam ihm entgegen, und sie preßte sich an ihn. Noch ehe er ganz verstanden hatte, was passierte, hatte er eine Hand um ihre runde Mädchenbrust gelegt. Er schloß die Augen und konzentrierte sich auf dieses straffe und gleichzeitig nachgiebige Etwas unter dem Stoff ihres Kleides. Margery legte ihre Hand auf seine, um ihn zu ermuntern, fester zuzupacken.

Der Schwarze Tod, mit dem sie es seit einem Monat zu tun hatte, hatte sie waghalsig gemacht. Sie wollte, daß sie es jetzt taten, hier. Sie wollte nicht warten, bis einer von ihnen starb und es zu spät war.

Aber Mortimer behielt einen kühlen Kopf. Er löste sich von ihr, küßte sie auf die Stirn und lächelte bedauernd. »Ich muß mit deinem Onkel über uns reden. Besser, ich kann ihm dabei in die Augen sehen.«

Sie schnitt eine Grimasse. »Gott, warum mußt du so ein verdammter Ehrenmann sein?«

Galant verneigte er sich, die Hand auf der Brust. Es gab einfach nichts, das er lieber hörte. »Ich sehe dich heute abend.«

Sie entließ ihn mit einer spöttischen, aber doch liebevollen Geste. »Zweifellos. Verschwinde schon.«

Mit langen, federnden Schritten ging er Richtung Mönchskopf zurück.

»Vater, die Sache mit Conrad tut mir sehr leid. Ich weiß, was er dir bedeutet hat«, sagte Edward ernst.

Robin nickte dankbar. Natürlich hatte sein Sohn nicht die geringste Ahnung, was genau Conrad ihm bedeutet hatte, aber seine Anteilnahme tröstete ihn. »So ist das eben. Das ist die Pest. Sie holt immer die Falschen, pflegte deine Mutter zu sagen.«

»So wie die Königin damals«, murmelte Edward nachdenklich.

Robin fand den Vergleich seltsam, aber Edward hatte natürlich recht. Es war ein schwerer Schlag für England gewesen, als Anna vor drei Jahren gestorben war. Obwohl sie offenbar nicht in der Lage gewesen war, ein lebendes Kind zu gebären, hatten die Leute sie gern gehabt. Und als sie starb, hatte König Richard beinah den Verstand verloren. Er ließ den Teil des Palastes in Sheen, der ihre bevorzugte Residenz gewesen war, dem Erdboden gleichmachen. Das war überhaupt ein schicksalsschweres Jahr gewesen. Nur wenige Tage vor der Königin war Henrys Frau Mary im Kindbett gestorben, und kurz darauf war Herzogin Constancia einem rätselhaften Fieber erlegen. Ein bitteres Jahr für die königliche Familie. Fast schämte Robin sich, als zwei Wochen später seine gesunde Frau wiederum ein gesundes, bildschönes Mädchen zur Welt brachte ...

Er schüttelte die Erinnerungen mit einem Schulterzucken ab. »Sei nicht so niedergeschlagen. Conrad hat es gehaßt, alt zu sein. Er hat die Pest ebenso gesucht wie sie ihn.«

Edward schauderte leicht. »Ich kann mir einen besseren Tod vorstellen.«

»Nein, er hat nicht sehr gelitten, es ging schnell. Er hat keinerlei Widerstand geleistet.«

Er schenkte zwei Becher voll und reichte seinem Sohn einen davon. Dann warf er einen kurzen Blick hinunter in den Rosengarten, der sich jetzt, bevor die Sommerhitze einsetzte, auf dem Höhepunkt seiner alljährlichen Schönheit befand. »Sag, Edward, gedenkst du, mit Henry auf diesen seltsamen Feldzug nach Friesland zu gehen?«

Edward hob leicht die Schultern. »Wenn du nichts dagegen hast ...«

Robin hatte allerhand dagegen. Es war ein gefährliches Unternehmen, und es hatte nicht das geringste mit Englands Interessen zu tun. Henry hatte sich von seinen Verwandten in Flandern dazu überreden lassen. Robin wußte, daß die jungen Ritter jetzt, da der Krieg mit Frankreich zu einem vorläufigen Stillstand gekommen war, nach einer anderen Möglichkeit suchten, ihren Mut und ihre Waffenkunst unter Beweis zu stellen. Er konnte sie sogar verstehen.

Aber er hätte dennoch Einwände erhoben, hätte er nicht genau gewußt, daß Lancaster seinem Sohn dieses waghalsige, sinnlose Unterfangen ausreden würde. Er selbst konnte sich seinen Atem also sparen.

»Ich denke nur, bevor du irgend etwas dergleichen tust, solltest du heiraten.«

Edward saß wie vom Donner gerührt. »Heiraten?«

»Du bist der Earl of Burton und alt genug.«

Edward lachte verlegen. »Nein. Ich will nicht heiraten. Jedenfalls noch nicht.«

»Mir ist gleich, wer es ist, Edward. Wenn dein Herz an einer

Frau von geringem Stand hängt, bitte. Was bedeutet das letztlich. Ich meine, sieh dir an, was Lancaster getan hat. Er hat Katherine Swynford geheiratet, und die Welt hat schockiert den Atem angehalten. Jetzt sind seine Kinder vom Papst legitimiert, werden mit Titeln überhäuft, und alle haben sich daran gewöhnt. So geht es eben. Mir ist egal, wen du heiratest. Nur heirate. Du hast eine Verantwortung Burton gegenüber.«

»Ich weiß. Aber ich … fühle mich noch nicht bereit.«

»Tja, mein Junge, wenn du darauf warten willst, stirbst du als alter Junggeselle.«

Edward erwiderte sein Grinsen. Dann senkte er den Blick. »Trotzdem.«

Robin spürte, daß er seinem Sohn Unbehagen bereitete, und gab nach. Noch drängte es nicht, vorläufig würde er das Thema ruhen lassen. Auch wenn er gerne gewußt hätte, was Edward an der Vorstellung so beunruhigte, wo er sich sonst nie vor Verantwortung scheute. Edward war ein Buch mit sieben Siegeln für ihn, er war nie sicher, was in seinem Kopf vorging. Aber das faszinierte ihn mehr, als es ihn bekümmerte.

»Wo steckt dein Bruder?«

»Im Gestüt. Er wollte das Training mitreiten und zusehen, ob er ein paar der Jungs zu einem Rennen überreden kann.«

»Ein Rennen, sieh an. Ich nehme an, das bedeutet, er will ihnen ihren Lohn abknöpfen, ja?«

»Es spricht nichts dagegen, seinem Gegner eine Wette anzubieten, oder?« Es war wohl Edwards älteste Gewohnheit, seinen kleinen Bruder in Schutz zu nehmen.

Robin brummte unbestimmt. Manchmal hatte er den Eindruck, daß Raymond niemals irgend etwas tat, ohne Wetten darauf abzuschließen. Nicht selten verlor er, und er war immer in Geldnöten. Aber Robin gedachte nicht, Edward seine Bedenken anzuvertrauen. Es würde ihm nichts anderes übrigbleiben, als sich Raymond noch einmal vorzunehmen und ihm ins Gewissen zu reden. Wohl zum tausendsten Mal …

Es klopfte zaghaft. Auf Robins Ruf öffnete sich die Tür, und Tristan Fitzalan trat ein. In der Hand hielt er eine Schriftrolle. »Verzeiht die Störung, Mylord …«

»Was gibt's denn? Meine Güte, Ihr seht todesbleich aus, mein Junge. Was ist passiert?«

Der junge Ritter senkte den Blick und schluckte. »Mein Vater ist verhaftet worden.«

Edward sprang erschrocken auf. »Arundel? Verhaftet?«

Fitzalan nickte. »Er, Warwick und … der Duke of Gloucester.«

»Der König hat seinen Onkel verhaften lassen?« fragte Edward ungläubig. »Aber … er ist doch gar nicht in England!«

»Nein. Sie haben ihn in Calais festgenommen.«

Robin saß in seinem Sessel und rührte sich nicht. Er wirkte völlig gelassen. Dabei fühlte er Angst wie eisige Nadelstiche im Bauch. Er hatte es irgendwie immer gewußt, stellte er verwundert fest. Er hatte seit fast zehn Jahren darauf gewartet, daß der König zu einem Gegenschlag ausholte, um sich an den Appellanten zu rächen. Jetzt hatte er drei von ihnen verhaftet. Der vierte, Thomas Mowbray, war vielleicht sicher, er hatte sich dem König wieder angenähert und kroch seit Jahren speichelleckend zu seinen Füßen, um ihn vergessen zu machen, was geschehen war. Aber was war mit Henry?

»Was ist mit dem Earl of Derby?« fragte er ruhig.

Edward riß entsetzt die Augen auf. »Du denkst doch nicht, der König würde …«

»Über die Absichten des Königs gebe ich schon lange keine Prognosen mehr ab. Also?« Er sah Fitzalan an.

Der Ritter reichte ihm die Schriftrolle. »Das kam gerade von Lancaster.«

Robin brach das Siegel. Es war eine kurze Nachricht.

Kommt sofort her. Ich bitte Euch. L.

Robin rieb sich die Augen. Dann stand er auf. »Edward, such Raymond und Mortimer. Und schick nach Blanche. Und nach Oswin und Fitzroy.« Seinem Ritter legte er kurz die Hand auf die Schulter. »Es tut mir leid.«

Fitzalan schüttelte traurig den Kopf. »Es mußte ja irgendwann so kommen. Er hat sich den König und Lancaster zum Feind gemacht und sich gänzlich isoliert. Ich habe immer befürchtet, daß das hier passieren würde. Und Lancaster wird alles, einfach alles tun, um seinen Sohn zu retten. Meinen Vater wird er … freudestrahlend opfern.«

Robin fürchtete, er könnte recht haben. Der Earl of Arundel hatte sich in mehr als nur einer Hinsicht als kurzsichtig erwiesen. Er hatte sich gegen Lancaster gewandt, während dieser für den

König mit den Franzosen verhandelte. Und die Plantagenets hatten die Reihen gegen ihn geschlossen. Trotzdem …

»Der Duke of Lancaster hat noch niemals irgendwen freudestrahlend geopfert, Fitzalan.«

»Werdet Ihr mich mitnehmen, Sir?«

»Ja. Euch, Francis Aimhurst, Hemmings, Little und sechs andere.«

Robin reiste niemals mit einem kleineren Gefolge als wenigstens zehn bewaffneten Rittern. Fast alle Adeligen taten das heutzutage. Der König beschwerte sich in jedem Parlament darüber, er behauptete gar, mit einer bewaffneten Eskorte zu reiten sei ein Akt des Verrates, weil es die Autorität der Krone in Frage stelle. Trotzdem taten es alle. Niemand fühlte sich vor Richards Willkür mehr sicher.

Die wundersame Wandlung des Königs, die nach dem Ende der Appellantenherrschaft so viele hoffnungsvoll gestimmt hatte, hatte Lancasters Rückkehr nicht lange überdauert. Sobald Richard sich vor seinem Onkel Gloucester und den anderen Lords sicher gefühlt hatte, waren all seine despotischen Allüren zurückgekehrt. In den ersten Jahren hatte Lancaster ihn noch lenken können. Aber Lancaster war viel außer Landes gewesen, in Aquitanien, wo einfach nie Ruhe herrschte, oder in Frankreich, um die schwierigen Verhandlungen zu führen. Und der König hatte sich seinem Einfluß nach und nach entzogen. Er mißtraute seinem Onkel so wie nahezu jedem anderen seiner Lords, und seine Leibwache, jene Männer aus Cheshire und Wales, die das Zeichen des weißen Hirschen trugen, umgaben ihn wie ein Schutzschild, wohin er auch ging. England kam Robin manchmal vor wie eine Wüstenei, verödet durch Furcht und Mißtrauen.

Kurz nach Mittag brachen sie auf. Robin hatte Henry Fitzroy, Oswin und Blanche die Lage erklärt. Fitzroy und Oswin versprachen ihm, die Wachen zu verdoppeln und die Brücke einzuziehen. Was immer kam, sie würden vorbereitet sein. Robin nahm schweren Herzens Abschied von seinen beiden kleinen Töchtern und seiner Frau. Sie trennten sich immer schwer voneinander, und es wurde mit den Jahren eher schlimmer als besser.

Als sie am nächsten Tag in Leicester eintrafen, fanden sie ungewöhnlich viele Soldaten vor. Die Männer kampierten im Burghof, und es herrschte ein wildes Durcheinander, eine scheinbar ziellose Betriebsamkeit.

Edward winkte ein paar Knappen heran, hieß sie die Pferde versorgen und machte sich sofort daran, für Ruhe und Ordnung zu sorgen. Mit entschlossener Miene schritt er auf einen Sergeanten zu.

Die anderen betraten die Burg. Im Vorraum der Halle kam ihnen Lancasters Frau entgegen. Ihr weißes Kleid wallte, als sie auf sie zueilte. Sie trug ein Haarnetz aus Silber und Perlen, und Robin dachte, daß sie nach wie vor eine der attraktivsten Damen Englands war. Er verneigte sich.

»Lady Katherine.«

»Oh, Robin, die Jungfrau sei gepriesen. Gut, daß Ihr da seid. Sie sind oben, und sie streiten.«

Er seufzte und wollte sich zur Treppe wenden.

Sie hielt ihn mit einer Geste zurück. »Nein, kommt nicht in Frage. Erst müßt Ihr Euch erfrischen.«

Er schüttelte den Kopf und versuchte, ihr aufmunternd zuzulächeln. »Schickt uns etwas hinauf, wenn Ihr so gut sein wollt.«

Sie schnalzte ärgerlich mit der Zunge und brummte: »Was soll nur werden aus England, wenn wir keine Zeit mehr haben, gute Sitten einzuhalten?«

Raymond und Mortimer wollten Robin zur Treppe folgen, aber Lady Katherine rief sie zu sich.

»Wenn Ihr Euch wirklich nützlich machen wollt, Gentlemen, dann kümmert Euch um Harry, Thomas, John und Humphrey. Sie bringen mich um den Verstand. Blanche und Philippa sind schon genug für mich. Herrgott, wie kommt unser stiller Henry an so eine lebhafte Brut? Nehmt sie mit auf die Jagd oder zum Schwimmen, oder sperrt sie von mir aus in ein Verlies, nur erlöst mich.«

Raymond und Mortimer verneigten sich schweigend und folgten ihrer Bitte umgehend, wenn auch ohne große Begeisterung.

»… und darum wirst du tun, was der König von dir will, ganz gleich, wie es sich anfühlt!« grollte Lancaster. Und er schien noch eine Menge sagen zu wollen. Doch als er Robin an der Tür entdeckte, stieß er die Luft aus und lehnte sich zurück.

»Ah. Da kommt unser wandelndes Gewissen. Auf ihn wirst du hoffentlich hören.«

Henry und sein Bruder John, die mit dem Rücken zur Tür saßen, wandten sich um.

»Robin!« Henry klang erleichtert.

John verdrehte die Augen. »Und keine Minute zu früh.«

Robin verneigte sich und sah sie der Reihe nach an. Lancaster, inzwischen völlig grau, wirkte entschlossen und angespannt. Und Robin sah auf einen Blick, was den meisten anderen wohl verborgen blieb: Der Herzog war müde und nicht wohlauf. Trotzdem beherrschte er diese Krisensitzung mit der ihm eigenen Dominanz, die so mühelos und selbstverständlich schien, daß Robin immer wieder zu dem Schluß kam, sie müsse angeboren sein.

Henry, in voller Rüstung, war ernst und gelassen wie meistens und scheinbar nicht übermäßig beunruhigt. Mit hocherhobenem Kopf bot er seiner mißlichen Lage und seinem Vater die Stirn. Henrys Mut wurde inzwischen nicht nur in England, sondern auch auf dem Kontinent gerühmt, in der ganzen Christenheit und darüber hinaus. Zweimal war er gegen die Heiden im Osten ins Feld gezogen, und alle jungen Männer in England erzählten mit leuchtenden Augen von seinen Heldentaten.

John war John. Wachsam, agil, scharfsinnig und gewohnheitsgemäß ein wenig distanziert, eine Handbreit außerhalb des Brennpunkts der Ereignisse.

Robin zog sich einen Sessel heran, setzte sich und wartete, daß einer von ihnen ihn ins Bild setzte.

»Der König lud Arundel und Warwick zu einem Bankett«, begann Lancaster. »Arundel hat es vorgezogen, sich in Reigate zu verkriechen, er entschuldigte sich mit seiner angeblich angeschlagenen Gesundheit. Warwick, unentschlossen und verzagt wie immer, ging hin. Richard empfing ihn mit großer Herzlichkeit, und erst als das Essen vorbei war, geleitete man Warwick in aller Höflichkeit zum Tower. Noch in derselben Nacht gelangten Richards Männer nach Reigate hinein – vermutlich hat sein eigener

Kastellan Arundel verkauft –, und sie brachten ihn ebenfalls nach London. Tags darauf verhaftete Mowbray meinen Bruder in Calais.«

»Wann?«

»Vor fünf Tagen. Jetzt wünscht der König, daß Henry und ich und einige weitere Lords offiziell erklären, mit den Verhaftungen einverstanden zu sein.«

Robin runzelte die Stirn. »Ein seltsames Ansinnen.«

John grinste dünn. »Deine Zustimmung will er auch.«

»Von mir aus. Wenn ihm so viel daran liegt ...«

»Robin!« Henry war entrüstet.

Robin wechselte einen kurzen Blick mit Lancaster, der vielsagend eine Braue in die Höhe zog. Dann wandte Robin sich wieder an Henry. »Du meinst, du würdest sie verraten, weil du damals gemeinsame Sache mit ihnen gemacht hast?«

»Natürlich!«

»Oh, komm schon, Henry. Erinnere dich, wie es in Wirklichkeit war.«

»Ja, ich erinnere mich. Und zwar verdammt gut. Es mag zehn Jahre her sein, aber ich war einer der Appellanten.«

»Stimmt. Und du hast verabscheut, was sie taten.«

»Robin, wenn der König sagt, Arundel, Warwick und Gloucester seien Verräter, dann muß dasselbe für Mowbray und mich gelten.«

»Ich wette, Mowbray hat keine solchen Bedenken ...«, murmelte John.

Henry schüttelte entschieden den Kopf. »Ich gedenke nicht, seinem Beispiel zu folgen.«

Lancaster preßte ärgerlich die Lippen zusammen, aber Robin kam ihm zuvor. »Henry. Du siehst die Dinge nicht im rechten Licht. Du bist nicht gerecht. Wenn du jetzt behauptest, du habest damals einen Akt des Verrates begangen, dann bezichtigst du mich, dich dazu angestiftet zu haben.«

»Was? Wie kannst du so etwas sagen ...«

»Nicht wahr, jetzt bist du empört. Solltest du denn wirklich nicht mehr wissen, wie sorgsam wir jeden unserer Schritte abgewägt haben?«

»Ich weiß, was du meinst. Aber Richard weiß es nicht. Wenn ich tue, was er will, schaufele ich mein eigenes Grab. Und es wäre so ehrlos, mich gegen die zu wenden, mit denen ich mich damals zusammengeschlossen habe.«

»Ich bin nicht sicher, aber ich halte es für möglich, daß du den König unterschätzt. Hat er dir nicht in den vergangenen Jahren immer wieder seine Gunst bewiesen?«

»O ja. Und jedesmal überläuft es mich eiskalt, wenn er das tut.«

»Du denkst also, er wartet nur darauf, auch gegen dich loszuschlagen?«

Henry hob die Schultern. »Jetzt, da er unseren Onkel verhaftet hat, halte ich das durchaus für möglich. Und ich bin jederzeit bereit zu rechtfertigen, was ich getan habe. Aber ich bin nicht bereit, meine Verbündeten von damals zu verraten.«

Lancaster machte eine ungeduldige Geste. »*Verbündete*? Sie waren ein Haufen potentieller Thronräuber, und du warst derjenige, der sie in Schach gehalten hat.«

»Vielleicht waren sie potentielle Thronräuber. Aber mit Sicherheit waren sie die Männer, die England vor der Anarchie und die Krone vor dem finanziellen Ruin bewahrt haben!« erwiderte Henry hitzig.

»Und was war in der Zwischenzeit?« fragte Robin betont leise.

»Sieh dir an, was in den letzten Jahren passiert ist. Während wir versucht haben, einen langfristigen Waffenstillstand zu erwirken, haben Gloucester und Arundel alles getan, um ihn zu verhindern. Ich meine, denk doch nur an letzten Herbst ...«

Im vergangenen November hatte König Richard die Tochter des Königs von Frankreich geheiratet. Die Ehe existierte nur auf dem Pergament, denn Isabella war erst sieben Jahre alt. Es würde noch viel Zeit ins Land gehen, bis sie einen Erben zur Welt bringen konnte, der England und Frankreich gleichermaßen verbunden war, um den Krieg endlich zu beenden. Aber es war ein Hoffnungsschimmer. Und Arundel und Gloucester hatten nichts unversucht gelassen, um die Eheschließung und die Verhandlungen zu verhindern. Fast konnte man meinen, sie versprächen sich immer noch Großes von diesem Krieg, den doch in Wahrheit keiner mehr weiterführen konnte.

»Henry, du bist ihnen nicht verpflichtet. Die Appellanten waren eine mißtrauische Zweckgemeinschaft. Keine Verbündeten.«

»Und ebensowenig waren sie Verräter.«

Robin wiegte den Kopf hin und her. »Ich muß dich sicher nicht an die Worte erinnern, die Gloucester und Arundel in deinem Haus ausgesprochen haben. Sie beide haben den Sturz des Königs wenigstens mit einkalkuliert. Dein Vater hat vollkommen recht. Ohne dich hätten sie es getan. Und das weißt du ganz genau.«

Henry geriet ins Wanken. »Aber Gloucester ist mein Onkel!«

»Er ist deines Vaters Bruder. Ich denke, wenn ernsthafte Gefahr für sein Leben bestünde, wäre dein Vater der erste, der einschreitet.«

Lancaster seufzte. »Wie gut es tut, wenigstens ab und zu zu hören, daß jemand glaubt, ich sei ein Ehrenmann.«

Henry lächelte grimmig. »So leicht könnt Ihr mich nicht mehr ausmanövrieren, Vater. Und im Augenblick ist es ja wohl meine Ehre, die auf dem Spiel steht. Und ich werde nicht, unter gar keinen Umständen, die Anklage führen. Und das ist mein letztes Wort.«

»Welche Anklage?« fragte Robin verwirrt.

»Der König hält nächsten Monat in Nottingham eine Versammlung«, erklärte John. »Er will, daß die Anklagepunkte, die dann im September vor dem Parlament vorgebracht werden sollen, auf dieser Versammlung zusammengetragen werden. Und er hat durchblicken lassen, daß er es begrüßen würde, wenn Henry einer der Anklageführer wäre. Ein Appellant gegen die Appellanten, wenn du so willst.«

Henry zuckte unwillkürlich zusammen. »Wie geschmackvoll, John …«

Robin dachte einen Augenblick nach. Das Ansinnen des Königs gefiel ihm auch nicht sonderlich. Es sah zu sehr nach einer Falle aus. Dann hatte er einen Einfall. Mit dem Finger wies er auf John. »Du könntest es tun.«

»Ich? Was könnte ich tun?« fragte John voller Argwohn.

»Die Anklage vortragen. Zusammen mit deinem Schwager John Holland.«

»Aber … was habe ich denn damit zu tun?« wandte John unbehaglich ein.

»Du bist der zweitälteste Sohn deines Vaters, das hast du damit zu tun. Du bist der Earl of Somerset. Holland ist der Earl of Huntingdon, und er ist des Königs Bruder. Er steht ihm nahe. Ihr zwei wärt genau die Richtigen.« Er sah zu Lancaster, um zu ergründen, was er davon hielt.

Der Herzog lächelte huldvoll und sagte nichts. Und Robin stellte verdrießlich fest, daß er ihm wieder einmal auf den Leim gegangen war und exakt die Rolle gespielt hatte, die er ihm zugedacht hatte.

Ohne Vorwarnung wurde die Tür aufgerissen, und ein breitschultriger, braungebrannter Junge mit dunklen Locken stürzte herein. Vor Henry blieb er stehen. Er war außer Atem. »Sie sagen ... Sie sagen, Ihr werdet verhaftet, Vater. Ist das wahr?«

Raymond trat gemesseneren Schrittes ein, blieb an der Tür stehen und verneigte sich. Er machte ein tragisches Gesicht, aber es gelang ihm nicht ganz, ein Grinsen zu unterdrücken. »Ich bitte um Verzeihung, Mylord.«

Henry betrachtete seinen Sohn und dessen Hüter gleichermaßen mißfällig. »Dein Benehmen ist wieder einmal völlig unentschuldbar, Harry. Ich kann mich nicht entsinnen, nach dir geschickt zu haben.«

Harry schluckte und sah kurz zu Boden. Nichts flößte ihm so viel Respekt ein wie die ruhige, leider so oft vorwurfsvolle Stimme seines Vaters. Aber er sah sofort wieder auf, und seine Augen waren weit aufgerissen. »Nein, ich weiß. Aber die Soldaten unten sagen ...«

»Und was hattest du bei ihnen verloren? Bist du Raymond schon wieder davongelaufen, ja?«

Raymond fand, es war an der Zeit, für seinen Schützling in die Bresche zu springen. »Er wollte nur meinen Bruder begrüßen, Mylord. Aber als er hörte, was die Männer reden ...«

Henry hob kurz die Hand. »Ich denke doch, ich hatte klare Anweisungen gegeben, oder nicht?«

Vielleicht, aber davon wußte ich nichts, dachte Raymond unwillig. »Ich sagte, es tut mir leid.«

»Ja, ja. Dir tut's immer leid, Raymond ...«

Lancaster warf Robin einen ironischen Blick zu und winkte seinen Enkel zu sich. »Komm her, Harry.«

Der Junge trat vor seinen Großvater, verbeugte sich artig und lächelte ihn verschwörerisch an. Wie jeder wahre Lancaster wußte er genau, wer seine Verbündeten waren.

»Wenigstens siehst du nicht immerzu auf deine Stiefelspitzen wie dein Vater in deinem Alter«, murmelte Lancaster.

»Also wirklich, Vater …«, protestierte Henry.

Harry biß sich auf die Lippen. »Wird der König ihn verhaften, Großvater?«

»Nein, mein Junge.«

»Aber die Männer haben es gesagt.«

»Der König hat keinen Grund, deinem Vater zu grollen. Oder bist du anderer Ansicht?«

»Nein. Wir sind der Krone immer treu gewesen.«

»Da siehst du's.«

»Hoffentlich vergißt der König es nicht.«

Lancaster hob kurz die Schultern. »Wir werden ihn schon daran erinnern.«

»Hm. Ja, ich schätze, das werdet Ihr, Großvater.«

»Und ich glaube, es wäre ratsam, du und Raymond würdet euch jetzt zurückziehen. Ehe dein Vater auf die Idee verfällt, euch ohne Essen ins Bett zu schicken.«

Harry schnitt eine freche Grimasse und lachte. Seine Erleichterung machte ihn verwegen. »Wahrscheinlich kann ich froh sein, wenn ich so billig davonkomme.«

»Ja, das glaube ich auch.« Henrys Stimme klang wie fernes Donnergrollen, aber niemand, der den Glanz in seinen Augen und den liebevollen Blick sah, mit dem er den Rücken seines Sohnes betrachtete, konnte ihn sonderlich ernst nehmen.

Harry trat ein paar Schritte zurück und verneigte sich wiederum. Vor seinem Vater schlug er die Augen nieder. »Verzeiht die Störung.«

»Diese und wie viele noch?«

Der Junge seufzte tief. Er ließ sich lieber auf keine Prognose ein. »Ich hatte … Angst. Und darum habe ich völlig vergessen, was sich gehört und was nicht.«

Henrys Ärger schmolz. »Na ja, ich denke, alles in allem bin ich froh, daß du um mein Wohlergehen besorgt bist. Und jetzt befolge den guten Rat deines Großvaters und verschwinde.«

Harry ging zu Raymond zurück, und gemeinsam verließen sie den Raum.

»Wärmsten Dank, Mylord. Das hast du wirklich wieder mal fabelhaft hingekriegt, du kleiner Satansbraten …«, schalt Raymond auf der Treppe.

»Oh, jetzt fang du nicht auch noch an! Du … du hast doch überhaupt keine Ahnung, wie das ist, wenn sie sagen, ›der König läßt deinen Vater verhaften‹! Ich dachte, die Welt stürzt ein!«

Raymond wußte nur zu gut, wie es ist. Aber das sagte er nicht. »Jedenfalls hast du uns mit deinem Hitzkopf schön in Schwierigkeiten gebracht.«

»Wie zur Hölle soll man an Etikette denken, wenn man einen solchen Schreck kriegt?«

Raymond zog ihn an den Haaren. »Du sollst nicht fluchen. Und auf deine Frage habe ich keine Antwort.«

Er dachte manchmal, daß es keine gute Idee von Lord Henry war, gerade ihn so oft mit Harrys Betreuung zu beehren. Edward oder Mortimer hätten sich weitaus besser geeignet; beide waren die reinsten Lehrbeispiele in Selbstbeherrschung. Er selbst entdeckte sich immerzu wieder in dem impulsiven Jungen. Harry würde bald zehn werden. Er war groß, kräftig und wirkte kerngesund, obgleich er im Sommer manchmal an zehrenden Fieberanfällen litt. Man konnte schon heute sehen, daß er ein herausragender Ritter wie sein Vater werden würde. Er liebte alle Disziplinen der Waffenkunst und die Jagd; er war ein hervorragender Reiter. Er mochte auch die weniger adeligen Formen des Zeitvertreibs, wie beispielsweise das Fischen, und wie die meisten Männer seiner Familie hatte er ein ausgeprägtes musikalisches Gespür und spielte die Harfe. Weitaus weniger hingegen liebte er seine Lateinstunden und jeden Unterricht, der mit Büchern einherging. Obwohl er sich so bemühte, Freude daran zu finden. Er wußte, daß ein wirklich feiner Edelmann gebildet sein mußte. Und das wollte er einmal werden, ein wirklich feiner Edelmann, genau wie sein Vater. Darum bekümmerte ihn sein Mangel an Lerneifer, er war nie mit seinen Fortschritten zufrieden. Manchmal holte Raymond ihn mittags aus der Studierstube ab und fand ihn bleich und niedergeschlagen. Also dachte er sich irgend etwas aus, um sie beide auf andere Gedanken zu bringen. Er nutzte seine hervorragenden Beziehungen zum Küchenpersonal, um Harry einen Leckerbissen zu beschaffen, er brachte ihm bei, wie man ein Pferd dazu bewegt, sich wie ein Reitkamel hinzuknien oder ein reißendes, unbekanntes Gewässer zu betreten. Und er erzählte ihm die alten Geschichten aus den frühen, ruhmreichen Kriegsjahren, die er aus ihrer Familienbibel kannte, und von den langen Winterabenden, an denen sein Vater ihnen manchmal vom Krieg erzählt hatte. Harry bekam nie genug von diesen Geschichten.

Raymond versuchte, so gut er konnte, Harrys Wildheiten zu zügeln – mit sehr mäßigem Erfolg. Meistens gelang es dem Jungen, Raymonds wahres Naturell hervorzulocken und ihn zu einem waghalsigen Rennen, einem ungenehmigten Jagdausflug oder irgendeiner anderen Dummheit zu überreden.

»Denkst du, mein Großvater wollte mich nur beruhigen, oder ist mein Vater wirklich in Sicherheit?«

Raymond war nicht ganz sicher. Er dachte darüber nach. »Ich schätze, dein Großvater hat die Wahrheit gesagt. Warum sollte er dir etwas vormachen? Nicht seine Art, oder? Und du würdest es ja doch rauskriegen.«

»Hm. Klingt vernünftig.«

Raymond hörte an seiner Stimme, daß er immer noch besorgt war. »Harry, der König ist eben manchmal unversöhnlich und grimmig, es kann bestimmt nicht schaden, auf der Hut zu sein. Aber ihr habt Glück, weißt du. Ihr seid das Haus von Lancaster. An euch kann er sich nicht heranwagen.«

»Und was ist mit euch? Mit dem Haus von Waringham?«

»Wir nehmen uns in acht und verstecken uns hinter euch.«

Harry versuchte, sein sorgloses Grinsen zu erwidern. Er bewunderte Raymonds Zuversicht. Er bewunderte alles an Raymond. Dieser schien sich einfach vor nichts zu fürchten, kein Gaul war ihm zu wild, kein Gegner zu stark, und wenn er sich geirrt hatte und mit dem Gesicht im Dreck landete, dann lachte er. Und Harry mutmaßte, daß es dieses Lachen war, Raymonds Zur-Hölle-damit!-Lachen, das die Damen, ganz gleich, von welchem Stand, so unwiderstehlich fanden.

Sie waren im Burghof angekommen. Die Sonne stand schräg, und die Mauer warf lange Schatten auf die zertrampelte Wiese. Edward und die anderen Ritter hatten gute Arbeit geleistet, Henrys Fußsoldaten und Bogenschützen lagerten jetzt in ordentlichen Zelten auf der Westseite des Hofes. Es herrschte Ruhe.

Raymond steuerte vage in Richtung Pferdestall. Harry hatte manchmal den Eindruck, als gäbe es einen unsichtbaren Strick, an dem Raymond dorthin gezogen wurde. Als sie in das Dämmerlicht und diese seltsame Geruchsmischung von Stroh und Pferd eintauchten, atmeten sie beide tief durch.

»Raymond?«

»Hm?«

»Mal angenommen … nur mal angenommen, mein Großvater und dein Vater irren sich und der König stellt sich gegen uns. Was wird dann?«

»Keine Ahnung, Harry. Ich denke, dann haben wir einen Haufen Probleme.«

Raymond nahm zwei Sättel und Zaumzeuge von den Haken an der Wand und ging vor zu ihren Pferden. Ein Stallbursche eilte auf ihn zu. »Soll ich sie satteln, Sir?«

»Nein, laß nur, Piers, das mache ich schon selbst.«

Piers war nicht verwundert. Wenn Raymond der Hafer stach, half er ihnen sogar beim Misten. Er sattelte erst Harrys Pferd, dann sein eigenes und führte sie hinaus in die Dämmerung.

»Wenn wir weit reiten, verpassen wir das Essen«, bemerkte Harry.

Raymond saß auf. »Dein Vater wird denken, daß du reumütig fastest, und stolz auf dich sein. Komm schon.«

Sie ritten an Feldern entlang, auf denen das Korn schon reif und gelb stand, und kamen bald in den Schatten des Waldes. An gewohnter Stelle begannen sie ihr Rennen; eine hindernisreiche Strecke mit umgestürzten Bäumen und einem brombeerbewachsenen Graben, den es um jeden Preis zu überspringen galt. Der Parcours endete auf einer weiten Lichtung. Raymond schlug Harry knapp. Am Rand der Lichtung saß er ab und band sein Pferd an einer jungen Birke fest.

Harry folgte seinem Beispiel. Er war ein bißchen außer Atem. »Warum bist du immer schneller als ich?«

»Weil ich die Kräfte meines Pferdes besser einteile.«

»Wie machst du das?«

»Es ist Erfahrung.«

Raymond war sich kaum bewußt, daß er log. Es war ja wirklich eine Art Erfahrung. Wenn auch auf einer Wahrnehmungsebene, die Robin of Waringham und zweien seiner Kinder vorbehalten schien. Bei Raymond hatte sich die Gabe erst gezeigt, nachdem seine kleine Schwester Isabella zur Welt gekommen war, er war damals schon zehn gewesen. Als er sich, zu Tode erschrocken, seinem Vater anvertraut hatte, hatte er ihn umarmt und ihm die Sache erklärt. Und er hatte ihm auch erklärt, warum es wichtig war, es vor der Welt zu verbergen.

»Und was machen wir jetzt?« erkundigte sich Harry.

»Ein Feuer. Los, sammel Holz.«

Der Junge folgte widerspruchslos und brachte selbst das Feuer in Gang. Raymond hatte ihm beigebracht, wie man mit einem Feuerstein umgeht. Schließlich saßen sie nebeneinander auf ihren Mänteln, während es um sie herum dunkel wurde. Raymond packte aus, was noch an Proviant in seinen Satteltaschen war. Ein bißchen hartes Brot, getrocknetes Fleisch, ein kleiner Krug wäßriger Wein.

»Hier, Mylord. Soldatenkost.«

Harry nahm einen Streifen Fleisch, befingerte ihn abwesend, aß aber nicht. »Vor ein paar Tagen, kurz nachdem ihr nach Hause geritten wart, war ich mit meinem Vater in Lancashire«, sagte er unvermittelt. »Vater hat für Großvater ein paar Dinge in Lancaster erledigt. Auf dem Rückweg haben wir in Fernbrook haltgemacht.«

»Ah ja?«

Harry sah auf. »Du bist da geboren, oder?«

Raymond schüttelte den Kopf. »Edward. Ich nicht. Ich bin mitten im Wald unter einer uralten Eiche geboren. Deswegen bin ich so ein wilder Geselle, sagt mein alter Herr.«

Harry lächelte schwach, wurde aber gleich wieder ernst. »Wir haben deine Schwester besucht.«

Raymond nickte. Er wußte schon lange, wie Lord Henry zu Anne stand. Auf eigentümliche Weise hatte es ihm immer geschmeichelt.

»War sie dir unheimlich?« fragte er grinsend.

Harry zögerte. »Zuerst nicht. Sie war sehr freundlich. Nach dem Essen bin ich mit Isaac und ihren Söhnen ins Gestüt gegangen, und sie haben mir alles gezeigt. Es war herrlich, ich wär' am liebsten dort geblieben. Dann kamen wir zu diesem Jährling, und er sah krank aus, das Fell war schweißnaß, und er hatte Schaum vor dem Maul. Isaac sagte, irgendwer solle laufen und Anne holen. Ich bin gegangen, ich dachte, es würde sowieso bald Zeit zum Aufbruch. Als ich ins Haus kam, hörte ich sie in der Halle. Und Anne sagte: ›Ich weiß nicht, was es bedeutet. Du mußt dir selbst einen Reim darauf machen. Ich weiß nur, daß es so kommen wird. Und ich wollte, daß du es weißt, damit du vorbereitet sein kannst und …‹ Sie sprach nicht weiter, als sie mich an der Tür entdeckte. Sie sah mich an, und ich dachte einen Moment, sie würde weinen. Auf dem Rückweg war mein Vater sehr still. Ich hab' ihn gefragt, worüber sie gesprochen hätten, aber er hat nicht geantwortet. Und ich glaube, er hatte Angst, Raymond. Ich könnte schwören, es war so. Da wurde mir die Sache unheimlich. Ich bekam auch Angst. Und sie weicht nicht mehr von meiner Seite.«

Raymond legte neues Holz auf und dachte nach. Er fragte sich, ob sein Vater wußte, daß Anne irgendeinen Traum gehabt hatte, der offenbar nichts Gutes für Lord Henry verhieß. Und er spürte förmlich, wie die Angst auch zu ihm gekrochen kam.

Sie kamen bei Mondschein und lange nach Harrys gewöhnlicher Schlafenszeit zurück, aber ihr neuerlicher Regelverstoß blieb zum Glück unbemerkt. Raymond ging in die Halle, um festzustellen, wer noch einen Becher mit ihm trinken würde. Edward und Mortimer saßen mit Tristan Fitzalan, Francis Aimhurst und ein paar der jüngeren Ritter zusammen an einem der langen Tische. Die Stimmung war gedrückt. Niemand hatte Trost für Fitzalan, alle wußten, daß sein Vater, der Earl of Arundel, schon so gut wie verurteilt war. Mehr aus Höflichkeit denn aus Lust gesellte Raymond sich zu ihnen, und er schloß sich erleichtert an, als Mortimer bald aufstand und verkündete, er gehe schlafen.

Im Gegensatz zu Edward hatten Mortimer und Raymond den Ritterschlag noch nicht erhalten. Selbst Edward war eigentlich noch ein Jahr zu jung, aber er war der Earl of Burton und, so hatte Lord Henry dem König erklärt, reif für seine Jahre und von Gott mit so hervorragenden Tugenden gesegnet, daß er als Kronvasall von größerem Nutzen für England sein würde denn als Knappe in Henrys Gefolge. Der König war der Bitte seines Cousins milde lächelnd gefolgt, und seit Edwards Zeremonie im Frühjahr hatte sich eine spürbare Distanz zwischen den Brüdern aufgetan. Nicht aus Groll, sondern weil sie nicht mehr das gleiche Leben führten. Sie waren nicht mehr vom selben Stand. Edward bewohnte eins der luxuriöseren Quartiere im Hauptgebäude der Burg und hatte jetzt einen eigenen Knappen. Er mußte oft nach Burton, um sich um sein Lehen zu kümmern, und war alles in allem noch ernster geworden. Raymond beneidete ihn nicht. Er dachte manchmal, vielleicht wäre es doch besser gewesen, Lord Henry hätte ihm noch ein Jahr unbeschwertes Knappendasein gegönnt. Edward war so erfüllt von seinen vielen Pflichten, daß er völlig vergaß, sich des Lebens zu freuen.

Das konnte man von Raymond nicht behaupten. Bereitwillig teilte er sein einfaches, zugiges Knappenquartier mit Mortimer und Pierre, Leofrics Ältestem, der Edwards Bett bekommen hatte, verzichtete von Herzen gerne auf Ehren und Auszeichnungen und wünschte, sein Leben könne immer so weitergehen.

Pierre schlief schon. Sie zogen sich leise aus, legten sich hin, und Mortimer löschte das Licht.

»Dein Vater hat dich gesucht.«

»Ah ja? Wieso?«

»Keine Ahnung. Aber er sah nicht sehr fröhlich aus.«

Raymond drehte sich auf den Rücken und zog die Decke bis zum Kinn. »Also wirklich, die Dinge sind einfacher, wenn Vater in Waringham ist.«

Mortimer lachte leise. »Ich glaube nicht, daß er wütend auf dich war. Eher besorgt.«

»Wer hier im Moment nicht besorgt ist, muß beschränkt sein.«

»Ja. Raymond, was in aller Welt werden wir tun, wenn der König sich auch gegen Lord Henry stellt?«

»Lieber Himmel, jeder fragt mich das heute. Woher soll ich das wissen?«

»Hm. Ich denke, ich könnte einfach Margery heiraten, wir könnten uns auf das kleine Gut zurückziehen, das dein Vater mir großzügigerweise von meinem Eigentum überlassen hat, und in aller Ruhe Schafe züchten.«

Raymond grinste vor sich hin. »Das möchte ich sehen ...«

Auf Mortimers Provokation ging er nicht ein. Das hatte er schon vor Jahren aufgegeben. Er nahm sie kaum noch zur Kenntnis. Und wenn er gelegentlich darüber nachdachte, wie es in seinem Ziehbruder wohl aussah, kam er immer zu dem Schluß, daß Mortimer zufriedener war, als er jemals eingestehen würde.

»Und warum nicht?«

Raymond gähnte. »Du würdest eingehen vor Langeweile.«

»Nein. Ich würde mir eine Bibliothek anschaffen und lesen. Vielleicht sogar selber mal eine Geschichte aufschreiben. Warum nicht?«

»Tja, wenn du meinst, daß es das ist, was du willst. Trotzdem hoffe ich, daß du noch eine Weile damit warten mußt.«

»Ja«, stimmte Mortimer leise zu. »Eigentlich hoffe ich das auch.«

»Hast du inzwischen mal mit Vater über Margery geredet?«

»Wozu, er sagt ja doch nein. Vermutlich müssen wir durchbrennen.«

»Mortimer«, seufzte Raymond, »ich wünschte, du würdest die Dinge nur einmal so sehen, wie sie wirklich sind.«

Drei Wochen später versammelten sich der König, der Kronrat und die Lords, die die Anklage führen sollten, in Nottingham Castle. Auf ausdrücklichen Wunsch des Königs führte Henry eine Schar von fünfhundert Bewaffneten mit sich, die Richards zusätzlichem Schutz dienen sollten. In Wirklichkeit brauchte der König keinen zusätzlichen Schutz.

Die Männer seiner Garde waren berühmt für ihre Waffenkunst und ihre bedingungslose Ergebenheit. Es war eine Geste des Königs, die aller Welt zeigte, daß Henry nach wie vor sein Vertrauen genoß. Alle atmeten auf. Alle außer Henry. Er traute der Sache nicht.

Lancasters Bruder Edmund, der Duke of York, war mit seinen Söhnen ebenfalls nach Nottingham gekommen. Für gewöhnlich kümmerte er sich nicht viel um Politik, aber das hier war schließlich eine Familienangelegenheit. Als der König vor dem Rat eröffnete, ihm sei glaubhaft nachgewiesen worden, Gloucester habe wieder einmal geplant, ihn zu stürzen und sich der Krone zu bemächtigen, erklärten Lancaster und York, daß ihm das niemals hätte gelingen können. »Ich kann nicht glauben, Sire, daß der Duke of Gloucester ein Verräter sein soll«, fügte Lancaster hinzu. »Denn er ist mein Bruder und der Bruder Eures Vaters. Aber sollte ich mich irren, sollte er tatsächlich schuldig sein, dann enden für mich alle familiären Bande, und ohne Trauer werde ich als Hoher Steward des Reiches über den Mann richten, der einmal mein Bruder war.«

»War das dein Ernst?« erkundigte sich der Duke of York unsicher, als sie wenig später allein mit Robin und Henry in einem kleinen Privatgemach saßen.

Lancaster lächelte schwach. »Würdest du mir das zutrauen? Daß ich meinen eigenen Bruder den Wölfen vorwerfe?«

»Nein.« York schüttelte entschieden den Kopf.

»Nein. Das beruhigt mich.«

»Aber was wirst du tun, wenn Thomas schuldig ist?«

»Er ist schuldig, davon kannst du getrost ausgehen. Schon seit zehn Jahren ist er das.«

»Aber ...«

Lancaster unterdrückte ein Seufzen. Wie so oft schien es ihn Mühe zu kosten, mit seinem schwerfälligen Bruder Geduld zu haben. »Sieh mal, Edmund: Thomas hat den Bogen überspannt. Er schadet England. Darum muß ihm Einhalt geboten werden. Aber er ist unser Bruder. Und ganz gleich, was ich vorhin gesagt habe, der König weiß genau, daß du und ich ihm niemals verzeihen würden, wenn er ihn hinrichten ließe. Dafür reichen auch die Beweise nicht aus. Also wird er Thomas sein Herzogtum und sein Vermögen wegnehmen – ich denke, um das Geld geht es dem König vor allem – und wird ihn ein paar Jahre verbannen. Thomas wird irgendwo im öden Flandern ausharren müssen und von deiner und meiner Mildtätigkeit abhängig sein. Und genau so wollen wir ihn haben. Zahm.«

Yorks Gesicht hellte sich auf. »Du hast recht. Es wäre ein Segen, wenn er mir nicht mehr ständig im Nacken säße.«

Lancaster breitete die Arme aus. »Also bitte.«

Es klopfte, und ein Page trat auf leisen Sohlen ein. »Raymond Waringham und Mortimer Dermond, Mylord.«

Henry nickte, und der Page hielt ihnen die Tür auf. Die beiden jungen Männer traten nebeneinander ein und verbeugten sich.

Henry winkte sie näher. »Ihr brecht heute nacht nach Calais auf. Ganz diskret werdet ihr aus Nottingham verschwinden. Ihr werdet mit niemandem ein Wort über diese Sache reden, und wenn ihr zurückkommt, reitet ihr nach Leicester. Sollte ich noch nicht wieder dort sein, wartet auf mich. Verstanden?«

»Ja, Mylord.«

Henry nahm aus der Hand seines Vaters eine kleine, versiegelte Schriftrolle und gab sie Mortimer. »Ihr müßt euch an Thomas

Mowbray wenden, den Earl of Nottingham. Er ist der Befehlshaber der Garnison in Calais, und er schuldet mir einen Gefallen. Ihr müßt erreichen, daß er euch zu Gloucester vorläßt. Niemand außer Gloucester darf dieses Schriftstück sehen, auch Mowbray nicht. Wenn einem von euch etwas zustößt, muß der andere alleine weiter. Wartet auf Gloucesters Antwort und kommt dann umgehend zurück. Und jetzt geht und macht euch reisefertig. Gott sei mit euch.«

Sie verneigten sich mit leuchtenden Augen, tief beeindruckt von der wichtigen Aufgabe, die man ihnen anvertraute.

Robin folgte ihnen hinaus auf den Korridor. »Wartet einen Moment, Jungs.«

Er winkte sie durch eine gegenüberliegende Tür in Lancasters vornehmes Quartier, zog zwei kleine, verheißungsvoll klimpernde Beutel hervor und gab jedem einen davon. »Hier. Das macht das Reisen so viel leichter.«

»Danke, Vater.«

»Vielen Dank, Sir. Aber ich will es nicht.«

Robin sah ihn kurz an. »Nein, ich weiß. Nimm es trotzdem. Tu's für England. Du wirst es brauchen, glaub mir.«

»Also schön.«

»Ich werde euch nicht zur Vorsicht mahnen, es würde ja doch nichts nützen. Aber zwei Ratschläge kann ich euch nicht ersparen.«

Raymond verdrehte grinsend die Augen. »Und zwar?«

»Der erste ist: Hütet euch vor Thomas Mowbray. Der zweite ist: Hütet euch vor Gloucester.« Er lächelte und legte seinem Sohn die Hände auf die Schultern. »Gott schütze dich und deinen Ziehbruder, der keinen Segen von mir annimmt.«

Mortimer verschränkte demonstrativ die Arme und trat einen Schritt zurück. Robin tat, als bemerke er es nicht. Er ließ die Hände sinken und nickte. »Na los, verschwindet schon.«

Mortimer sah nach Westen. Die Sonne ging unter. »Es hat keinen Zweck, Raymond. Heute wird nichts mehr aus unserer Überfahrt.«

Sie befanden sich mitten im Nirgendwo, in einem finsteren Wald zwischen Canterbury und Dover. Raymond folgte Mortimers Blick und fluchte lästerlich. »Was haben wir falsch gemacht?«

»Gar nichts. Wenn wir schneller geritten wären, wären die Gäule jetzt tot, und das würde auch nicht helfen. Komm, laß uns einen Lagerplatz suchen.«

Sie ritten weiter, und bald hörten sie zu ihrer Linken das Murmeln eines Baches. Sie verließen den Weg und kamen auf eine gras- und farnbewachsene Lichtung, an deren Ostseite ein Flüßchen durch ein tiefes, schmales Bett floß.

Raymond saß ab und band seine beiden Pferde an einen Baum. »Junge, Junge, ich hab' vielleicht Schwielen am Hintern …«

Er nahm den Tieren die Sättel ab und klopfte ihnen anerkennend den Hals. »Ich wünschte, ich wäre so ausdauernd wie ihr. Es geht doch einfach nichts über Waringham-Pferde.«

Mortimer hüstelte spöttisch, aber auch er versorgte seine Pferde liebevoll. »Wer sammelt Holz?«

»Du, schlage ich vor.«

»Das hätte ich mir denken können.«

Er machte sich ergeben auf die Suche. Als er zurückkam, war es nahezu dunkel. Raymond hatte einen Ring aus Steinen für das Feuer gemacht, ihre Decken ausgerollt und ihren Proviant ausgepackt. Mortimer schichtete das Holz auf und machte Feuer.

Raymond reichte ihm einen Becher. »Hier. Wenigstens vernünftigen Wein haben sie uns eingepackt. Wirklich nobel.«

Mortimer nickte dankbar, trank und setzte sich auf seine Decke. Er legte den Kopf in den Nacken, um festzustellen, ob schon Sterne zu sehen waren, als er aus dem Augenwinkel rechts etwas aufblitzen sah. Er wandte den Kopf. »Was ist da?«

»Wo?«

Mortimer wies auf die Stelle. »Dort drüben.«

»Ein verlassener Dachsbau.«

Ein Flamme züngelte hoch, und Mortimer sah das Schimmern wieder. Er stand auf, ging näher und tastete mit dem Stiefel den unebenen Boden ab.

»Was machst du da? Komm her und iß.«

»Ja, gleich.« Er hockte sich hin und strich mit der Hand über den Boden. Er fühlte Erde, Grashalme, Laub und dann Metall. »Ich glaube, ich hab' eine Münze gefunden.«

»Glückwunsch. Komm schon, wir haben genug Geld.«

»Aber vielleicht ist es was Römisches.«

»Wie kommst du darauf?«

»Keine Ahnung. Etwas ist seltsam an diesem Ort.«

»Oh, hör auf, Mortimer, mir wird gruselig.«

Mortimer beachtete ihn nicht. Mit den Fingern grub er in der lockeren Walderde, und er merkte schnell, daß, was immer er gefunden hatte, größer als eine Münze war. Er zog seinen Dolch und grub, und bald hatte er einen silbernen Knauf freigelegt. Er lehnte sich zur Seite, so daß der Feuerschein darauf fallen konnte.

»Komm her, Raymond.«

Raymond stöhnte. »Wenn du wüßtest, wie hungrig ich bin …«

»Verflucht, komm her und hilf mir!«

Raymond stand auf. »Was hast du denn? Was ist los?«

»Raymond … hier liegt das Schwert meines Vaters.« Er sah mit riesigen, ungläubigen Augen zu ihm auf.

Raymond trat aus dem Lichtschein und betrachtete, was Mortimer freigelegt hatte. Es sah tatsächlich so aus wie der Knauf eines Schwertgriffs. Und kein billiges Schwert. Der Knauf war aus Silber und auf jeder Seite mit einem von Perlen eingefaßten Edelstein verziert. Protzig genug, um zu Mortimers Vater zu passen, dachte Raymond gehässig.

»Bist du sicher?«

Mortimer nickte wortlos. Wohl hundertmal hatte sein Vater ihm dieses Schwert beschrieben und geschildert, wie es ihm gestohlen worden war.

Raymond kniete sich neben seinen Freund, nahm ebenfalls seinen Dolch und half ihm, es auszugraben. Es war nicht einmal schwierig. Die Tunnelarbeiten des Dachses hatten das tiefe Grab, das Robin und Leofric vor dreißig Jahren für das Schwert geschaufelt hatten, angehoben. Es lag nicht mehr waagerecht in der Erde, sondern in einem sanften Winkel, der Griff fast an der Oberfläche.

Was Mortimer schließlich aus der Erde hob, war eine kostbare, silberverzierte Scheide, in gleicher Weise mit Steinen geschmückt wie der Knauf, mit einem vermutlich völlig verrosteten Schwert darin, das jedenfalls in einem sehr verrosteten Heft endete. Mortimer hielt die schimmernde Scheide andächtig in beiden Händen vor sich, beinah so, als hielte er einen Säugling. Dann stellte er sie aufrecht und wischte mit der linken Hand die Erdkrumen ab, die noch daran hafteten.

»Hier ist es passiert, Raymond. Hier, an diesem Ort.« Seine Stimme klang leise und fassungslos, und seine Hand bewegte sich langsam.

Raymond war unbehaglich. Er glaubte, er könne verstehen, was es für Mortimer bedeutete, aber alles in allem wünschte er, sie hätten anderswo gerastet. Er dachte, es wäre vermutlich besser für alle, wenn das alte Schwert weiter unter der Erde gelegen hätte, um in aller Ruhe zu verrotten.

Mortimer packte den rostigen Schwertgriff und versuchte, es aus der Scheide zu ziehen. Es rührte sich nicht. Mortimer zerrte und ruckte, aber es war hoffnungslos festgerostet. Er fluchte und zog mit Macht, sein Atem zischte durch zusammengebissene Zähne.

Raymond trat zu ihm. »Komm, das hat keinen Zweck. Laß es uns morgen bei Tageslicht versuchen.«

Er legte ihm die Hand auf die Schulter, und Mortimer fuhr zu ihm herum und rammte ihm die Faust in den Magen, ohne das Schwert loszulassen.

»Dein verfluchter Vater ist schuld, daß es nicht aus der Scheide geht!«

Raymond krümmte sich und sank langsam auf die Knie. Er konnte nicht atmen. Er drehte sich zur Seite und rang gegen heftige Übelkeit. Leise hustend richtete er sich schließlich auf. Es tat weh. Trotzdem ging er so gerade wie möglich zum Feuer zurück und ließ sich langsam auf seiner Decke nieder. Er drehte Mortimer den Rücken zu und preßte die Hand auf den Bauch.

»Raymond?«

Er antwortete nicht.

Mortimer kam um ihn herum zurück in den Lichtkreis. »Was hab' ich getan … Es tut mir leid. Es … tut mir so leid, Raymond.« Er sah blaß und verstört aus.

»Das warst nicht du, das war dein Vater. Hör mal, irgendwo in meinem Plunder ist ein kleiner Krug Öl. Laß es uns damit probieren. Wenn wir es in die Scheide träufeln …«

»Kannst du mir das verzeihen?«

Raymond atmete versuchsweise tief durch. Natürlich würde er ihm verzeihen, das tat er schließlich immer. Solche Dinge kamen ja auch nicht oft vor. Nichts Vergleichbares war seit Jahren passiert. Aber wenn es passierte, erschütterte es sie beide, und tagelang beäugten sie sich mißtrauisch wie zwei streunende Katzen.

»Laß es uns vergessen.«

Er rollte sich in seine Decke, legte sich hin und schloß die Augen. Eine Weile hörte er Mortimer noch die Satteltaschen durchforsten, aber er schlief schnell ein.

Mortimer fand das Öl. Er kehrte damit zum Feuer zurück, setzte sich und zog das Schwert auf seinen Schoß. Er entkorkte den kleinen Krug, träufelte Öl auf die Spitze seines Dolches und versuchte, sie zwischen Schwert und Scheide zu stecken. Das machte er stundenlang, unermüdlich, als habe er keinen Gewaltritt hinter sich. Endlich wurden seine Mühen belohnt. Erst ließ das Schwert sich ein wenig hin- und herbewegen, schließlich kam es knirschend aus der Scheide. Mortimer betrachtete die rostige Klinge im schwachen Licht des heruntergebrannten Feuers. Dann ölte er sie sorgsam ein und steckte sie zurück in die kostbare Scheide. Mitsamt dem Schwert seines Vaters hüllte er sich in seine Decke ein und weinte sich in den Schlaf.

Am nächsten Tag machte Raymond eine unliebsame Entdeckung: Er war ebensowenig seetauglich wie sein Vater. Das Wetter war warm und sonnig, der Kanal ruhig, aber er fühlte sich sterbenselend. Als sie in Calais an Land gingen, hatte er weiche Knie, und es kam ihm so vor, als schwankte der Boden unter seinen Füßen.

»Und was nun?« fragte er und wischte sich einen dünnen Schweißfilm von der Stirn.

»Hm. Wird Zeit, daß wir Pläne machen.«

Mortimer war nicht seekrank geworden, aber er sah auch nicht gut aus. Unter seinen Augen lagen Schatten, und er mied Raymonds Blick.

Raymond führte die Pferde vom Hafen weg auf die Stadt zu. »Wir müssen einen Mietstall finden und zwei von den Tieren unterstellen. Es könnte Verdacht erregen, wenn arme Knappen wie wir mit vier erstklassigen Pferden auf die Burg kommen.«

»Ja, das letzte, was wir wollen, ist Aufmerksamkeit erregen.«

»Und wir suchen uns einen Schmied. Der soll dein Schwert auf

Vordermann bringen, während wir hier unseren Auftrag erledigen.«

Es widerstrebte Mortimer, sein kostbares Fundstück aus der Hand zu geben. Aber Raymond hatte natürlich recht. Im Moment war es nur ein Relikt. Ein guter Schmied würde es wieder in die exzellente Waffe verwandeln, die es einmal gewesen war. Und gerade jetzt hatte er das Geld, einen Schmied zu bezahlen. Ihre Überfahrt war nicht teuer gewesen, sie hatten noch fast alles, was Robin ihnen gegeben hatte.

»Also gut. Einverstanden. Dann suchen wir ein Gasthaus, falls es so was auf dem Kontinent gibt, essen und überlegen, wie wir vorgehen wollen.«

Sie kannten Mowbray vom Sehen. In den ersten Jahren, die sie in Lord Henrys Haushalt verbracht hatten, war er ein fast so häufiger Gast wie Hotspur Percy gewesen, obschon es Raymond immer so vorgekommen war, als freue Lord Henry sich über Hotspurs Besuche weitaus mehr.

Die Wachen am Tor der Burg waren nicht gerade höflich zu ihnen, doch als Mortimer die Namen Lancaster und Derby erwähnte, wurden sie hellhörig. Der wachhabende Offizier erkundigte sich nach ihrem Auftrag und führte sie wenig später in einen Raum neben der großen Halle, wo der Befehlshaber von Calais Gäste und Boten empfing. Der Raum war schmucklos und trist, keine Teppiche an den Mauern, ungepolsterte Holzstühle, ein leerer, blankgescheuerter Tisch. Die schmalen Fensterluken zeigten auf den Hafen.

Sie mußten eine ganze Weile warten, aber schließlich öffnete sich die Tür schwungvoll, und Mowbray trat ein, rotwangig und bartlos wie früher. Er trug keine Rüstung.

Sie verneigten sich höflich.

Mowbray trat auf die andere Seite des Tisches und lächelte ihnen zu. »Nun, Gentlemen?«

Mortimer und Raymond wechselten einen kurzen Blick, und wie verabredet ergriff Raymond das Wort. »Wir kommen im Auftrage des Duke of Lancaster und des Earl of Derby, Mylord. Und wir bitten ergeben um eine Unterredung mit dem Duke of Gloucester.«

Mowbray lächelte unbeirrt weiter. »Und Eure Namen, Sirs?«

»Raymond Waringham und Mortimer Dermond.«

»Tatsächlich? Eine höchst ungewöhnliche Zusammenstellung.«

Raymond antwortete nicht.

»Und Ihr bringt eine Botschaft für Gloucester?«

»Ja, Sir.«

Er streckte die Hand aus. »Laßt sehen.«

»Es ist eine mündliche Botschaft, Sir«, erklärte Mortimer.

»Verstehe. Und Ihr dürft sie nur Gloucester persönlich überbringen, nehme ich an?«

»Richtig. Der Earl of Derby war zuversichtlich, daß Ihr uns um Eurer alten Freundschaft willen eine Unterredung gewähren würdet.«

Mowbray runzelte leicht die Stirn. »Nun, das wird schwierig. Der Duke of Gloucester ist erkrankt und empfängt keine Besucher.«

»Krank, Sir? Ernstlich?« fragte Raymond besorgt.

»Seine Ärzte sind noch nicht sicher. Er fiebert. Sie haben ihn mehrfach zur Ader gelassen, aber bislang ist keine Besserung eingetreten.«

Raymond seufzte. »Ich fürchte, dann werden wir warten müssen, bis er wieder Besucher empfangen kann.«

Mowbray breitete die Arme aus. »Seid mir willkommen. Ihr werdet unsere Quartiere und unsere Tafel weniger genußreich finden als in Leicester oder Kenilworth, aber wir werden schon Platz für Euch finden.«

»Krank? Glaubst du das?« fragte Mortimer.

»Tja, weiß der Teufel.«

Raymond schob mit dem Fuß das Stroh zusammen, das ihm als Bett dienen sollte. Mowbrays Warnung war durchaus berechtigt gewesen. Man hatte ihnen einen winzigen Raum in einem der Türme zugewiesen. Das einzige Möbelstück war ein Holzschemel. Das Stroh schien vom letzten Jahr zu sein und wimmelte von Ungeziefer. Es gab keine Waschgelegenheit.

»Ich kann mir nicht helfen, Mortimer, aber es kommt mir so vor, als wollten sie uns hier nicht haben.«

»Ja. Und unsere Tür hat keinen Riegel.«

Sie sahen sich an.

»Was tun wir? Werden wir nervös, oder werden wir nicht nervös?« fragte Raymond.

Mortimer kaute einen Moment nachdenklich an seiner Unterlippe. Dann nickte er. »Wir werden nervös. Sicher ist sicher.«

Er öffnete den Beutel, den er am Gürtel trug, nahm die kleine Schriftrolle heraus und legte sie auf seine ausgestreckte Hand. Unbehaglich betrachteten sie Lancasters Privatsiegel.

»Dafür können sie uns aufhängen, Raymond.«

»Ich weiß. Komm, laß uns schwören.«

Sie legten beide die rechte Hand aufs Herz und hoben die Linke. Dann sahen sie sich in die Augen, auf einmal ging es wieder. Raymond sprach vor: »Ich schwöre, keinem Menschen zu eröffnen, was in diesem Brief steht, außer dem Duke of Gloucester.«

»Ich schwöre.«

»Also dann.«

Mit nicht ganz ruhigen Händen brach Mortimer das Siegel und öffnete die Schriftrolle.

John of Gaunt, Duke of Lancaster und Aquitanien etcetera *grüßt Thomas of Woodstock, Duke of Gloucester* etcetera. *Ich muß Dir wohl nicht sagen, daß Du in Schwierigkeiten steckst. Meine bitteren Vorwürfe spare ich mir für einen späteren Zeitpunkt auf. Ich werde tun, was in meiner Macht steht, um Dir zu helfen, wenn Du diesen beiden Boten die Namen der Männer nennst, die an dem Komplott gegen den König beteiligt waren. Treffe Deine Wahl. Erweise der Krone Deine Treue, und Du kannst der meinen versichert sein. Dein Bruder L.*

Mit leiser Stimme lasen sie sich den Brief gegenseitig vor. Zuerst Raymond zehnmal, dann Mortimer zehnmal. Danach legten sie das Pergament beiseite und wiederholten aus dem Gedächtnis Wort für Wort, was sie gelesen hatten. Viele, viele Male. Als sie vollkommen sicher waren, daß sie den Inhalt auswendig kannten, verbrannten sie den Brief und verstreuten die Asche im Stroh. Nur das Siegel behielten sie, damit sie Gloucester beweisen konnten, wer sie schickte. Dann gingen sie in die Halle hinunter.

Außer Mowbrays Frau gab es nur drei weitere Damen auf der Burg und ein paar Huren. Die Halle war schmutzig und schlecht belüftet. Soldaten und Ritter drängten sich auf den Bänken, magere Hunde lungerten herum und schnappten nach jedem, der ihnen zu nahe kam. Es gab keine Musik.

»Wie einladend«, murmelte Raymond, während sie eintraten. Sie wollten sich an einem der unteren Tische niederlassen, als Mowbray sie zu sich winkte.

»Kommt hierher, Gentlemen. Wir haben in letzter Zeit selten Gäste von zu Hause. Hier, dies ist meine Frau. Madame, Dermond und Waringham.«

Sie verneigten sich vor Lady Mowbray und nahmen Platz. Raymond fiel ein, daß Lady Mowbray eine Tochter des Earl of Arundel war, und es schien ihm, als habe er einen Knoten in der Zunge. Er brachte kein Wort heraus. Wie schrecklich diese Geschichte für das arme Wesen sein mußte.

Das »arme Wesen« trug es mit Fassung. »Hattet Ihr eine gute Reise, Sirs?«

»Danke, Madame, es ging reibungslos«, antwortete Mortimer nickend. »Es ist ja im Grunde nicht weit. Nur mein Freund hier verträgt keine Seereisen.«

Sie sah Raymond mitfühlend an. »Oh, ich weiß, wie das ist. Irrsinnig komisch für alle, die nicht darunter leiden. Und so unaussprechlich für die, die es trifft. Man glaubt, man müsse sterben. Man ist todkrank, von nichts als nur Bewegung.«

Raymond lächelte verlegen. »Ihr habt ja so recht, Madame.«

»Hier, mein lieber Waringham, nehmt einen Schluck Wein. Ihr müßt zusehen, daß Ihr wieder zu Kräften kommt.«

Nach kürzester Zeit hatte Raymond die schäbige Halle mit all den schrägen Gestalten völlig vergessen. Er war fasziniert von Lady Mowbray. Er sah unverwandt auf ihren Mund. Er war rot und eine Spur zu breit, und wenn sie lachte, bildeten sich winzige Grübchen in ihren Mundwinkeln. Wenn sie Mortimer ansah, gestattete Raymond sich, den Rest von ihr zu betrachten. Sie trug ein tief ausgeschnittenes, hellblaues Kleid. Wenn sie sich vorbeugte, konnte er beinah die Höfe ihrer Brustwarzen erahnen. Er unterdrückte ein Seufzen und fragte sich, ob es nur Einbildung war, daß sie ihm unter gesenkten Lidern hervor wissende, verheißungsvolle Blicke zuwarf. Vermutlich war es Einbildung. Was denn sonst.

Er trank zuviel. Er merkte es, aber er konnte nichts dagegen tun. Sie füllte seinen Becher immer wieder, und wenn sie sich ihm zu dem Zweck zuwandte, hätte er nur die Hand ausstrecken müssen, um ihren Hals oder den Ansatz ihrer Brust zu berühren. Und von Becher zu Becher schien sie ihm näher zu kommen.

Die Stimmung wurde angeregt. Mowbray lachte viel und laut, sogar Mortimer lachte zweimal. Raymond hatte keine Ahnung, worüber. Er war nicht mehr in der Lage, der Unterhaltung zu folgen. Er schüttelte den Kopf, ärgerlich über seinen Zustand.

»Ich glaube, ich sollte mich besser zurückziehen.«

»Oh, aber warum denn schon«, widersprach Mowbray.

Raymond lächelte dümmlich. »Ich bin betrunken, Sir.«

»Na und, das bin ich auch.«

»Und ich erst«, murmelte Mortimer. Raymond sah, daß er sich an der Tischkante festhielt. Keine gute Idee, dachte er vage. Die Tische waren wie in den meisten Hallen lose Bretter auf Stützen. Wenn man sich daran festhielt, segelte man für gewöhnlich mitsamt der Tischplatte zu Boden. Und erregte allgemeine Heiterkeit.

Er erhob sich vorsichtig. Es ging besser, als er gedacht hatte. »Vielen Dank, Sir, Madame. Gute Nacht.«

»O nein, Waringham, einen Becher müßt ihr noch trinken«, widersprach Lady Mowbray. Sie hielt einen neuen Krug in der Hand.

Er schwankte. Zu gerne hätte er noch einmal das Schauspiel ausgekostet, das sich ihm bot, wenn sie ihm nachschenkte. Aber er wußte, es war keine gute Idee.

»Nein, wirklich nicht, Madame. Vielen Dank.«

Ohne große Mühe verließ er die Halle. Draußen war die Luft lau und frisch, er atmete tief durch. Er schlenderte ziellos über den Burghof und konnte dabei die See riechen. So krank sie ihn auch gemacht hatte, er mochte den Geruch nach Salz und Tang. Er sog ihn tief ein, es schien, als mache er ihn nüchtern.

Vor der Tür zum Turm fing sie ihn ab.

»Komm her, Raymond.«

»Was?« Er trat verwundert näher. »Lady Mowbray ... was tut Ihr hier?«

Sie lachte leise. »Komm, wir müssen uns beeilen. Ich muß gleich zurück.«

Sie lehnte an der Mauer im Schatten des Turms. Aber er konnte sie schwach erkennen. Sie hatte ihr Kleid aufgeschnürt, und jetzt sah er, was er eben nur hatte ahnen können.

»Komm schon her, Bengel«, murmelte sie. Sie raffte ihre Röcke. Raymond schluckte trocken. Ihm war unglaublich heiß. So etwas hatte er noch nie getan. Er wußte, daß die anderen Jungs die verrücktesten Sachen von ihm erzählten, aber im Grunde irrten sie sich alle. Vielleicht lag es daran, daß er sich fortwährend unsterblich verliebte. Oft in verheiratete Frauen, älter als er. Und manchmal hatte er Glück. Vor allem, wenn Lancasters Haushalt sich mit dem von Lord Henry vermischte. Bei Henry ging es eher sittenstreng zu, aber Lancaster hatte alles mögliche seltsame Volk in seinem Gefolge. Raymond hatte vielleicht ein paar spektakuläre Eroberungen gemacht, aber es war immer ein Werben und Gewinnen gewesen, wie in den alten Geschichten. Das hier war ihm fremd, und er hatte kein gutes Gefühl dabei. Es war ... sündig. Und zum erstenmal in seinem Leben konnte er verstehen, was in Eva vorgegangen war, als sie den Baum mit den Äpfeln betrachtet hatte. Es war sündig, verboten, unheilvoll und vollkommen unwiderstehlich. Er trat auf sie zu, legte die Hände auf ihre Arme und küßte sie. Sie drängte sich ihm entgegen und führte eine seiner Hände zu ihrer Brust. Raymond schloß die Augen.

Ihre Haut fühlte sich an wie ein sonnengewärmter Pfirsich, und ihr Duft war unbeschreiblich. Sie fuhr mit der Hand unter seine Schecke, mit der anderen setzte sie einen Becher an seine Lippen. Raymond schluckte. Zweimal, dreimal. Als er sie wieder näher an sich ziehen wollte, entglitt sie ihm plötzlich. Er hörte sie leise lachen, wie eine helle Glocke. Dann riß der Klang abrupt ab, und es wurde ihm schwarz vor Augen.

Er wachte mit widerwärtigen Kopfschmerzen auf. Er lag auf dem Rücken und hatte das Gefühl, er könne sich nicht rühren. Ich muß vom Pferd gefallen sein, überlegte er. Natürlich, es fiel ihm wieder ein. Eine störrische Brut von einem Jährling, Kresos. Er hatte ihn nicht nur abgeworfen, sondern ihn auch noch mitten vor die Stirn getreten. Conrad hatte ihm aufgeholfen, seinen Kopf untersucht und lächelnd gesagt: »Es scheint, du mußt noch ein bißchen schneller werden, mein Junge.« Conrad war tot. Conrad war an der Pest gestorben. Seine Gedanken gerieten ins Stocken, und er schlug die Augen auf. Es war vollkommen finster.

»O nein. Lieber, süßer Jesus, bitte nicht ...«

»Raymond.« Mortimers Stimme.

»Wo sind wir?«

»Rate.«

Raymond tastete mit geschlossenen Augen. Stroh. Feuchtig-keit. Eine Mauer, an der Wassertropfen hingen. Er berührte etwas Weiches, Schwammiges auf der Mauer und zog die Hand eilig zurück. Er schwitzte und merkte gerade noch rechtzeitig, daß er gleich schreien würde. Hart biß er die Zähne aufeinander, und nur ein ersticktes Wimmern kam heraus.

»Nur die Ruhe«, murmelte Mortimer beschwichtigend. »Du mußt aufstehen. Der Boden wird immer feuchter. Ich schätze, die Flut steigt an. Vermutlich werden wir nasse Füße kriegen.«

Raymond drehte sich auf die Seite und stützte die Hände auf. Eine Weile war er vollauf damit beschäftigt, auf die Füße zu kommen. Das war gut. Es lenkte ihn von dem Grauen ab.

»Flut?«

»Offenbar liegt unser neues Quartier unterhalb der Flutlinie. Und wenn das Wasser ansteigt, dringt es hier ein. Fragt sich nur, wie hoch. Aber wahrscheinlich nicht so hoch, daß wir ersaufen. Wenn sie uns umbringen wollten, wären wir schon tot.«

Raymond wagte nicht, sich an die schwammige Wand zu lehnen. Mit kraftlos herabhängenden Armen stand er in der Dunkelheit und überlegte, ob er dem nicht alles in allem den Vorzug gegeben hätte. »Sie haben irgend etwas in unseren Wein getan, oder?«

»Ja. Feiges Gesindel. Mowbray schenkte mir den letzten Becher ein. Als ich merkte, daß er bitter schmeckte, war es schon zu spät. Aber ich dachte, du wärest davongekommen. Du warst schon weg.«

»Lady Mowbray ... sie ist mir gefolgt.« Er schwankte leicht. Er wünschte, es gäbe irgend etwas, woran er sich festhalten konnte. Er wünschte, er hätte Licht, und sei es nur ein ganz kleines. Er keuchte, er konnte nichts dagegen tun.

»Was ist mit dir, Raymond?«

»Ich ... ich glaub', ich kann das nicht aushalten.«

Er hörte Mortimer auf sich zukommen. Er ertastete Raymonds Hand und nahm sie zwischen seine. Mortimers Hände waren warm und groß, tröstlich. »So schlimm ist es nicht. Nur feucht und dunkel. Das ist alles.«

»Keine Ratten?«

»Nein, keine Ratten. Vermutlich wegen des Wassers. Komm schon. Du bist nicht mehr acht Jahre alt und klein und verängstigt. Es ist nicht wie damals. Jetzt ist jetzt. Du mußt dich zusammennehmen.«

Raymond atmete tief durch. »Du hast recht.«

Aber er war noch nicht sicher, ob er das konnte. Er hörte ein schwaches Gluckern, und Feuchtigkeit drang durch seine Stiefel. Er versuchte, den Boden zu erkennen. Zwecklos.

»Warum hat Mowbray das getan, was denkst du?«

Mortimer hatte über diese Frage nachgegrübelt, seit er zu sich gekommen war. »Er will nicht, daß Gloucester Kontakt zu seinen Brüdern hat, bis sie ihn vor dem Parlament anklagen. Vielleicht steht die Anklage nicht auf besonders sicheren Füßen. Und der König fürchtet Lancaster. Er will verhindern, daß sie eine Strategie aufbauen können.«

»Du meinst also, sie lassen uns laufen, wenn sie Gloucester nach England gebracht haben?«

»Ja. Wie ich sagte, andernfalls wären wir schon tot.«

Raymond beschlich ein neuer, gräßlicher Gedanke. »Und was ist, wenn sie wissen wollen, wie unsere Nachricht lautet?«

»Dann wird einer von uns beiden früher oder später seinen Schwur brechen.«

Nach ungefähr zwei Stunden reichte ihnen das Wasser bis über die Knöchel. Dann kam der Anstieg zum Stillstand. Sie wateten ein wenig umher, und Mortimer blieb immer an Raymonds Seite.

»Wie in aller Welt soll man hier schlafen?« fragte Raymond ratlos.

»Bei Ebbe.«

»Im Schlamm?«

»Es wird uns nichts anderes übrigbleiben.«

Raymond schauderte. »Wie lange dauert es bis zum Parlament?«

»Drei Wochen.«

»Bis dahin haben wir uns den Tod geholt.«

»Wenn du nur fest genug daran glaubst, wird es so kommen. Verdammt, hör auf zu jammern, Waringham.«

Raymond biß sich auf die Lippen, hielt den Mund und jammerte in Gedanken weiter.

»Du und ich haben schon feuchter und kälter geschlafen. Das ist nicht so schlimm, wir sind jung. Aber ich frage mich, ob sie Gloucester auch hier irgendwo eingesperrt haben. Dann wär's jedenfalls kein Wunder, daß er krank geworden ist.«

»Hör mal, das glaubst du nicht im Ernst, oder?« erwiderte Raymond entrüstet. »Er ist des Königs Onkel.«

»Ja. Du hast wahrscheinlich recht. Das würden sie wohl doch nicht wagen. Wenn Lancaster davon erführe, könnte der König sich auf einiges gefaßt machen.«

Als das Wasser zu sinken begann, brachten sie ihnen Essen. Es waren drei Soldaten.

»Wenn einer von euch Schwierigkeiten macht, legen wir euch in Ketten«, drohte einer.

»Niemand macht hier Schwierigkeiten.« Mortimer reichte ihm eine Münze. »Wär's wohl möglich, daß ihr uns ein Licht laßt?«

Der Soldat wiegte die Münze in der Hand. »Hast du noch mehr davon?«

»Nein, das ist alles.«

Mortimer log. Sie hatten beide noch ihre Geldbeutel, sie waren offenbar nicht beraubt worden. Sie hatten sie in einer Ecke unter dem Stroh vergraben, weil sie glaubten, daß die Wachen ihnen doch nur alles wegnehmen würden, wenn sie ihr Geld entdeckten.

Der Mann brummte. »Na schön. Licht. Aber für vernünftiges Essen krieg' ich eure Stiefel.«

Raymond und Mortimer wechselten einen Blick. Dann schüttelte Raymond den Kopf. »Nein danke, Sir. Wir werden mit dem vorliebnehmen, was ihr uns bringt. Zu naß für nackte Füße.«

Der Soldat grinste und reichte jedem von ihnen eine Schale dünner Suppe und ein Stück hartes Brot. »Na dann. Wohl bekomm's.«

Er befestigte die Fackel an der Wand, und sie gingen hinaus. Raymond sah sich neugierig um. Ihr Verlies war ein winziger Raum mit einer gewölbten Decke, irgendwo tief in den Eingeweiden der Burg. Die Mauern waren feucht bis Hüfthöhe und mit Pilz bewachsen. Der Boden war schlammig und von einer dünnen, nassen Strohschicht bedeckt. Ein unwirtlicher, trostloser Ort. Aber

Raymond war dankbar für das Licht. Er tunkte sein Brot in die Suppe und biß ab. »Hhm. Schmeckt wie gedünstete Rattenschwänze.«

Mortimer grinste geisterhaft in seine Schale. »Ich bin erleichtert zu hören, daß du wieder geschmacklose Bemerkungen machst.«

Je mehr Zeit verging, um so ruhiger wurde Mortimer, dessen größte Sorge es gewesen war, daß sie kommen würden, um ihnen ihr Geheimnis zu entlocken. Aber offenbar war Mowbray nicht im geringsten an ihrer Botschaft interessiert. Also ergab er sich in sein Schicksal und wartete einfach. Raymond fand es schwieriger. Seit sie Licht hatten, konnte er seine Angst halbwegs unter Kontrolle halten, aber die Angst blieb trotzdem. In engen Räumen eingesperrt zu sein war seit jenen Tagen und Nächten im Tower der größte Schrecken für ihn. Manchmal träumte er heute noch davon. Einmal, kurz nachdem sein Vater Lady Blanche geheiratet hatte, hatte Vater Nicholas ihn wegen irgendeines Vergehens in einen winzigen Raum neben dem Weinkeller gesperrt. Schon auf dem Weg in den Keller hatte er geheult und um Gnade gefleht, aber Vater Nicholas war wie immer unerbittlich gewesen. Als er allein im Dunkeln war, hatte er nicht mehr geheult. Er war mit dem Kopf gegen die Tür gerannt und hatte dann so lange davorgetreten, bis er sich den Fuß gebrochen hatte. Sein Vater hatte ihn gefunden und nach oben getragen. Am nächsten Tag hatte er Vater Nicholas zurück nach Oxford geschickt.

Jetzt trat Raymond nicht gegen die Tür, er rannte auch nicht mit dem Kopf dagegen. Aber jedesmal, wenn er aufwachte, war er erschüttert, daß sein Vater nicht gekommen war. Und er schämte sich dessen. Nach einer Woche fühlte er sich so ausgelaugt, daß er glaubte, er werde eingehen, lange bevor sie sie laufenließen. Aber es war Mortimer, nicht er, der krank wurde.

Raymond wurde von seinem mühsamen Husten wach. »Mortimer? Alles in Ordnung?«

»Ich schätze, ich hab' mich erkältet.«

»Na ja, das ist kein Wunder. Komm, laß uns aufstehen. Das Wasser steigt.«

Sie stellten sich mit dem Rücken an die Türwand, die am wenigsten von Schimmel befallen war, und lehnten sich dagegen.

»Willst du die Geschichte weiter hören?« fragte Mortimer.

»Unbedingt.«

»Also: Am zweiten Morgen ritt der Burgherr wiederum auf die Jagd, und seine Gemahlin schlich sich erneut in Sir Gawains Schlafgemach ...«

Die Geschichten waren Mortimers Idee gewesen, und sie halfen Raymond genauso wie damals. Natürlich kannte er die Geschichte von Sir Gawain und Lady Bertilak schon, aber Mortimer konnte sie so wunderschön erzählen, daß es keine Rolle spielte. Er lauschte fasziniert, und je länger er lauschte, um so bedenklicher erschien ihm Mortimers Husten.

»Hör lieber auf. Es wird schlimmer.«

»Aber jetzt wird es doch erst richtig spannend.«

»Trotzdem. Laß uns eine Pause machen. Und iß deine Rattenschwanzsuppe.«

»Danke, mir ist schon schlecht.«

»Komm schon, Mortimer, wir müssen essen.«

»Ja, vielleicht später. Ich glaube, ich lege mich noch ein Weilchen hin.«

»Soll das ein Witz sein? Das Wasser steht immer noch drei Zoll hoch.«

»Egal.« Er setzte sich in den Morast, verschränkte die Arme auf den angezogenen Knien und bettete seinen Kopf darauf. Und hustete.

Als die Flut am nächsten Tag kam, konnte Mortimer nicht aufstehen. Der Husten war ein ersticktes Röcheln geworden. Raymond kniete sich hin, griff unter seinen Achseln hindurch, legte beide Hände auf seinen angewinkelten Arm und zog ihn auf seinen Schoß. Der Arm fühlte sich heiß an, und auf Mortimers Stirn stand Schweiß. Raymond lehnte sich mit der Schulter gegen die Wand und hielt Mortimer praktisch in den Armen, weil er die ganze Zeit schlief und drohte, zur Seite zu rutschen. Es wurde eine lange, sehr lange Flut. Raymonds Beine wurden so gefühllos, daß er weder Nässe noch Kälte spürte.

»Und der Grüne Ritter schlug wieder zu und ritzte die Haut in Gawains Nacken ein ...«

Raymond fühlte seine Stirn. »Sch. Sprich nicht soviel, Mortimer.«

»Hör doch. Hör doch, wie es weitergeht.«

»Ja. Ich höre.«

»Wo war ich?«

Ehe er antworten konnte, öffnete sich die Tür, und die Wachen kamen herein. Einer wechselte die Fackel aus, der zweite hielt die Schalen mit der Suppe, der dritte stand wachsam in der Tür.

»Was ist mit ihm?« fragte er Raymond.

»Er braucht einen Arzt. Er ist sehr krank.«

»Das kannst du dir aus dem Kopf schlagen.«

»Dann einen Priester. Ich ... bitte Euch.«

»Und was kriege ich dafür?«

Raymond nickte auf die gegenüberliegende Ecke zu. »Nehmt von mir aus, was da ist, aber helft uns.«

Der Soldat durchschritt den Raum, ohne Raymond aus den Augen zu lassen, und wühlte mit der Stiefelspitze das feuchte Stroh auseinander. Er fand die Geldbeutel, hob sie auf und wog sie abschätzend in der Hand. »Das hättest du besser gleich rausgerückt, Bürschchen. Dann hätte keiner von euch krank werden müssen.«

»Ja. Was ist jetzt mit einem Arzt?«

»Nein. Ärzte sind hier nicht erwünscht, sie sind zu geschwätzig. Aber ich sehe zu, was ich für euch tun kann.«

Raymond nickte dankbar.

»Gawain hätte den Grünen Gürtel niemals behalten dürfen«, flüsterte Mortimer. »Aber auch ein Ritter ist nur ein Mann und fürchtet sich vor dem Tod.«

Raymond zog ihn ein Stück höher und sah den Wachsoldaten flehentlich an. »Tut irgendwas. Und, bitte, bringt uns mehr Wasser.«

Er bekam das Wasser. Es stillte Mortimers quälenden Durst und reichte auch noch, um kühle Umschläge auf seine Stirn zu legen, aber sein Zustand besserte sich nicht. Das Fieber stieg weiter, und in seinen Lungen rasselte es. Raymond war ratlos. Genaugenommen war er verzweifelt. Er hatte keine Ahnung, was er tun konnte, um Mortimer zu helfen.

Viele Stunden später, er wußte nicht, ob Tag oder Nacht war, wurde die Tür geöffnet, und ein Dominikaner trat ein. Er schlug die Kapuze zurück und trat auf sie zu. Raymond sah, daß er nicht viel älter war als er selbst; der Haarkranz um seine Tonsur war blond, und er trug keinen Bart.

Vor Raymond schlug er ein Kreuzzeichen. »Gott sei mit dir, mein Sohn.«

»Ich habe seinen Beistand bitter nötig, Vater.«

Der Mönch beugte sich über sie und nahm Mortimers Handgelenk. Dann legte er die Hände auf sein Gesicht, zog die Lider herunter und betrachtete seine Iris. Mortimer schien nichts davon zu bemerken. Er befand sich in einem seltsamen Halbschlaf.

Schließlich richtete der Bruder sich wieder auf und sah Raymond stirnrunzelnd an. »Das hier ist jenseits meiner Heilkunst.«

Raymond schluckte mühsam. »Ihr glaubt, er wird sterben?«

»Die Feuchtigkeit hat sich in seinen Lungen eingenistet.«

»Ja oder nein?«

»Ja.«

»Würdet Ihr ihm die Letzte Ölung erteilen?«

»Wenn er zuvor beichtet, sicher.«

»Beichten? Er kann nicht beichten, er ist nicht bei sich ...«

»Nun, dann wollen wir hoffen, daß er noch einmal aufwacht. Ich werde eine Weile bleiben und mit euch beten.«

»Danke, Vater.«

Raymond ließ Mortimer auf den feuchten Boden gleiten, bewegte seine steifen Glieder und streckte die Beine aus. Er mußte es mit den Händen tun, die Beine gehorchten ihm nicht. Und sie fingen schlagartig an zu kribbeln. Er senkte den Kopf und lauschte der wohlklingenden Stimme des Mönches. Die Gebete, die er kannte, sprach er mit.

Nach ungefähr einer Stunde wachte Mortimer auf. Blinzelnd sah er in das fremde Gesicht über sich.

»Beichte, mein Sohn, damit wir dich geläutert deinem Schöpfer empfehlen können.«

Mortimer schloß die Lider. »In Demut und Reue bekenne ich meine Sünden ...« Einer dieser erstickenden Hustenanfälle machte seiner Beichte ein jähes Ende.

Raymond stand auf, um ihm Wasser zu holen. Der Krug stand neben der Tür. Er hob ihn hoch und fand, daß er leer war.

»Beichte deine Sünden«, wiederholte der Bruder eindringlich. »Auf daß du ihre schwere Last nicht mit in die nächste Welt tragen mußt. Denn am Tage des Gerichts werden die Seelen gewogen, mein Sohn, und die Sündigen gehen in die ewige Verdammnis, in Verzweiflung werden sie brennen in den grauenvollen Qualen des Höllenfeuers auf immerdar.«

Mortimer schluchzte leise. »Nur weil er sich so gefürchtet hat«, stammelte er angstvoll. »Darum hat er den Gürtel genommen ...«

»Du hast einen Gürtel gestohlen? Erzähl mir alles, mein Sohn.«

Laß ihn doch in Frieden, dachte Raymond unglücklich.

»Er hat nichts gestohlen«, versicherte er. »Er denkt an eine Geschichte. Er ist verwirrt. Er ... hat zuletzt gebeichtet, ehe wir hierher aufgebrochen sind, und seither hatten wir wenig Gelegenheit zu sündigen. Bitte, Vater, laßt ihn nicht ungetröstet sterben.«

Der Dominikaner bedachte ihn mit einem Stirnrunzeln. »Wir alle sündigen jeden Tag hundertmal, und sei es nur in Gedanken.« Er beugte sich wieder über den Kranken. »Laß es uns noch einmal versuchen.«

»Er hat allen Versuchungen widerstanden«, murmelte Mortimer. »Nur den Gürtel hat er behalten.«

»Was für einen Gürtel?«

»Grün.«

Raymond sah über die Schulter des Mönches hinweg Mortimers angsterfüllte, unruhige Augen. Er rang mühsam um Atem, und große Schweißtropfen liefen über sein Gesicht. Oder vielleicht waren es auch Tränen.

Raymond hielt den leeren Krug immer noch in der Hand. Und ohne einen klaren Gedanken zu fassen, hob er ihn hoch und schlug ihn dem Dominikaner über den Schädel. Der Krug zerbarst, und der Mönch kippte bewußtlos zur Seite.

Gott, vergib mir, dachte er zerknirscht. Was er getan hatte, machte ihn schaudern, aber er schämte sich nicht. Er zog den Bruder an den Armen auf die andere Seite der Tür, so daß man ihn nicht gleich sah, wenn man eintrat, und beugte sich dann über seinen Freund.

Mortimer blinzelte verständnislos. »Wo ist er?«

»Er mußte plötzlich fort.«

Mortimer packte sein Handgelenk mit erstaunlicher Kraft. »Hat er mich von meinen Sünden losgesprochen? Oder ... bin ich auf dem Weg in die Hölle?«

»Was hättest du da zu suchen? Mach dir keine Sorgen. Du bist so wenig auf dem Weg in die Hölle wie ins Paradies. Ich bringe dich jetzt hier raus.«

»Wie?«

»Laß mich nur machen. Schlaf. Es wird noch ein Weilchen dauern.«

Mortimer schloß die Augen. »Gibt's Wasser?«

»Nein. Wenn ich kann, besorge ich dir neues.«

Er wandte sich ab, ging zu dem reglosen Mönch zurück, zog erst sich selbst und dann den leblosen Körper aus. Der Bruder atmete flach, zeigte aber keine Anzeichen, daß er bald aufwachen würde. Raymond schlüpfte in seine Kutte. Ich komme auf meinen Vater, dachte er und unterdrückte ein hysterisches Kichern. Dann zog er dem Bruder sein Wams, Hosen, Schecke und Umhang an, nur die Stiefel behielt er. Das Unterhemd riß er in lange Streifen, die er benutzte, um den Mönch zu fesseln und zu knebeln. Dann zog er die Kapuze tief ins Gesicht und klopfte an die Tür.

Ein Soldat öffnete ihm, und er trat hinaus.

»Seid Ihr hier fertig, Vater?«

»Das Werk des Herrn ist nie vollendet, mein Sohn«, murmelte Raymond. Er sah sich verstohlen um. Links zweigte ein Gang ab, aus dem schwaches Licht schien, aber außer der Wache war niemand in der Nähe.

»Findet Ihr den Weg?« fragte der Soldat höflich.

»Ja. Seid so gütig und holt noch einen Krug Wasser für den Kranken. Er leidet furchtbaren Durst.«

Der Mann wandte sich mit einem willigen Nicken ab. Raymond näherte sich ihm lautlos von hinten, verschränkte die Finger ineinander und schlug ihn mit aller Kraft in den Nacken, gleich unterhalb des Helms. Es funktionierte. Der Wachsoldat sank ebenso lautlos in sich zusammen wie der Mönch vor ihm.

Raymond sah über die Schulter. Nichts zu hören, nichts zu sehen. Er sperrte den Soldaten zu Mortimer und dem bedauernswerten Bruder und verriegelte die Tür von außen. Dann begab er sich auf einen Erkundungsgang.

Er folgte dem Gang, der nach links führte, und kam bald in

einen von Fackeln erhellten Wachraum, von dem aus eine Treppe nach oben führte. Zweifellos die Richtung, in die er wollte. Behutsam und möglichst lautlos stieg er hinauf. Am Ende der Treppe war ein weiterer Wachraum, er befand sich offenbar immer noch in einem Geschoß unter der Erde. Vermutlich halten sie hier die Gefangenen von Rang, die keine nassen Füße kriegen dürfen, dachte er bitter. Er wandte sich nach rechts auf der Suche nach einer weiteren Treppe. Schließlich fand er sie auch. Der Gang verbreiterte sich zu einem quadratischen Raum, mit Türen rechts und links und einer breiten Treppe an der gegenüberliegenden Seite. Eine der Türen war nur angelehnt, Licht schien heraus. Raymond schlich näher, um zu ergründen, wer oder was sich dahinter befand. Soweit es ihm möglich war, wollte er Überraschungen auf ihrer Flucht vermeiden. Er stellte sich an den Türspalt und spähte hindurch.

In dem schmalen Winkel des Raumes, den er sehen konnte, stand ein Bett. Oben, gleich unter der Decke, war ein winziges, vergittertes Fenster, durch das jedoch nur wenig Licht hereinfiel. Tagesanbruch oder Abend, schloß Raymond, er hatte keine Ahnung, was von beiden es war. An der Wand unter dem Fenster hing ein Kruzifix. Über das Bett gebeugt stand ein Mann, den Raymond auch von hinten mühelos als Thomas Mowbray erkannte. Er stand eigentümlich reglos.

Raymond dachte, daß es zu riskant war, ihm hier zu begegnen, mit oder ohne Verkleidung, und wollte sich gerade zurückziehen, als Mowbray sich aufrichtete. Zu Raymonds größter Verwunderung hielt er ein großes Federkissen in der Hand. Dann trat er einen Schritt zur Seite und sah auf das Bett hinab. Unter einer kostbar bestickten Daunendecke lag ein Mann mit dunklen, leicht ergrauten Haaren. Seine Augen waren weit aufgerissen und starr, und sein Gesicht ...

Raymond schloß die Augen und wich langsam zurück. Eine eigenartige Kälte rieselte über seinen Rücken. Das Gesicht des Mannes war bläulich verfärbt, ebenso wie die Lippen, aber Raymond hatte keine Mühe gehabt, es zu erkennen. Der tote Mann in dem Bett war immer der Bruder gewesen, der dem Duke of Lancaster am ähnlichsten sah.

Kopflos hastete Raymond den Weg zurück, den er gekommen war, zog mit feuchten, zitternden Fingern den schweren Riegel zurück und schlüpfte in ihr Verlies. Als er die Tür hinter sich zuzog, fühlte er sich lächerlich sicher. Alles war ruhig. Mönch und Wachsoldat waren gleichermaßen bewußtlos. Raymond kniete sich neben Mortimer und berührte ihn an der Schulter.

»Wir müssen sofort weg von hier.«

Mortimer öffnete die Augen und blinzelte. »Was sagt Ihr, Vater?«

Raymond schlug die Kapuze zurück. »Ich bin's. Was denkst du, kannst du aufstehen?«

»Weiß nicht …«

»Laß es uns versuchen.«

Er nahm ihn an den Händen und zog ihn fast rüde hoch. Mortimer stand schwankend an die Wand gelehnt und wischte sich mit dem Ärmel über die Stirn.

»Das wird nicht gehen …« Er hustete.

Raymond legte einen Arm um seine Mitte und stützte ihn. »Komm, immer ein Fuß vor den anderen. Wenn du nicht mehr kannst, trage ich dich.«

Mortimer nickte wortlos. Er hatte das Gefühl, er konnte schon jetzt nicht mehr.

Langsam, eng umschlungen wie ein Liebespaar, bewegten sie sich den verlassenen Gang entlang und die erste Treppe hinauf. Oben angekommen, sackte Mortimer ohne einen Laut in sich zusammen. Raymond hievte ihn sich über die Schultern, und das verrückte Gefühl, eine vertraute Situation noch einmal zu erleben, verschlimmerte sich.

An der zweiten Treppe war ebenfalls alles still. Die Tür zu Gloucesters Quartier war jetzt verschlossen, und es war niemand in der Nähe.

»Weiter als bis hier bin ich nicht gewesen, Mortimer«, flüsterte er. »Von hier an müssen wir auf unser Glück vertrauen.«

Mortimer gab keine Antwort.

Raymond trug ihn die Stufen hinauf und fand sich in einem großen Raum mit strohbedeckten Steinfliesen, der unter der Halle liegen mußte. Drei Wachen saßen an einem Tisch und würfelten.

»Nanu, Vater«, sagte einer. »Was bringt Ihr denn da?«

»Einen von diesen Knappen, die Lancaster geschickt hatte.«

»Ist er tot?«

»Ich fürchte ja, mein Sohn. Zu kalt und feucht da unten. Der Sergeant sagte, ich könne ihn mitnehmen, so daß er bei uns ein anständiges Begräbnis bekommt.«

Der Soldat erhob sich und hielt ihm höflich die Tür auf, ohne einen zweiten Blick auf Mortimer zu werfen. »Gott segne Euch für Eure Mildtätigkeit. Habt Ihr ein Pferd?«

Gute Frage, dachte Raymond. Aber jetzt galt es erst einmal, den Mann loszuwerden, ehe Mortimer der nächste Hustenanfall überkam.

»Ja, danke, es wird schon gehen.«

Von guten Wünschen begleitet, verließ er die Wachen, durchschritt, so schnell er konnte, die Vorhalle und trat hinaus in den Burghof. Am Tor interessierte sich niemand für sie. Mit nervösen Stichen im Bauch trug Raymond seine Last über die Zugbrücke und war unendlich erleichtert, als er zwischen den ersten Häusern der Stadt verschwinden konnte.

Es war ein warmer, goldener Septembermorgen. Auf den Straßen und Plätzen war noch nicht viel Betrieb. Raymond hielt an einem öffentlichen Brunnen an und ließ Mortimer von seinen Schultern gleiten. Als er ihn ansah, verstand er, warum Mortimer seine Rolle als Leiche so glaubhaft gespielt hatte. Er war ohnmächtig.

Raymond nickte einem Jungen in Lumpen zu, der am Brunnenrand nach Münzen suchte, die Leute dort verloren haben mochten.

»Sei so gut, zieh mir einen Eimer Wasser herauf.«

Der Junge tat willig, worum er gebeten hatte. »Hier, Vater.«

»Danke.« Er schöpfte Wasser und kühlte Mortimer die Stirn. Mortimer regte sich und hustete erstickt.

»Oh, klingt furchtbar«, meinte der Junge. »Meine Schwester Claire klang genauso. Sie ist tot.«

Raymond lächelte ihn an. »Mit Gottes Hilfe kriegen wir diesen jungen Mann hier durch. Wie ist dein Name?«

»Roland, Vater.«

Raymond fischte eine einsame Münze, einen Farthing, aus der Ärmeltasche der erbeuteten Kutte. »Geh mit Gott, Roland.«

Der Junge trat kopfschüttelnd einen Schritt zurück. »Danke, Vater. Mutter erlaubt nicht, daß ich bettle.«

»Hast du ja gar nicht. Du kannst es nehmen.«

»Aber ich habe nichts getan, um es zu verdienen.«

»Hm. Du könntest mir sagen, welche englischen Edelleute derzeit hier in Calais sind. Das wäre ein großer Dienst. Du kommst doch sicher viel in der Stadt herum.«

Roland nickte und dachte kurz nach. »Nicht viele. Die meisten sind schon aufgebrochen zum Parlament nach Westminster.«

»Oh. Natürlich.«

»Der Befehlshaber der Garnison ist noch hier, er ist der Earl of Nottingham. Es heißt, er reist morgen ab. Ansonsten niemand von hohem Rang. Nur Melville, Finley und der junge Grosmount.«

»*Finley?*«

»Sir Albert Finley, Vater. Er verwaltet des Königs Wollager hier in Calais.«

Raymond sah kurz auf Mortimer hinab. »Ist es weit bis zu seinem Haus?«

»Nein. Gleich am Hafen.«

»Würdest du mich hinbringen?«

Roland nickte willig, steckte den Farthing ein und winkte ihn eine schmale Gasse hinunter.

Es war ein mühsamer Weg, Mortimer schien mit jedem Schritt schwerer zu werden. Aber Roland hatte die Wahrheit gesagt, es war nicht weit. Er brachte sie an das Tor des großen Hauses, das wie eine Kaufmannsvilla aussah, verbeugte sich artig und stob davon.

Auf Raymonds energisches Klopfen wurde bald geöffnet. Er trat mitsamt seiner hustenden Last über die Schwelle, ließ Mortimer eilig zu Boden gleiten und stützte seinen Oberkörper, weil er so klang, als wolle er dieses Mal wirklich ersticken.

Raymond sah zu dem Diener auf. »Sir Albert, hol ihn her, schnell. Und schließ das Tor.«

Der Diener folgte den Anweisungen des jungen Dominikaners, ohne zu zögern. Raymond blieb mit Mortimer im Innenhof zurück, und es vergingen nur wenige Minuten, bis der Mann mit einem stattlichen, leicht korpulenten Edelmann zurückkam.

»Nun, Bruder?« erkundigte sich Finley. »Womit kann ich zu Diensten sein?«

Raymond stand auf und warf die Kapuze zurück. »Ich bin es, Onkel, Raymond. Ich weiß nicht, ob Ihr Euch an mich erinnert …«

»Raymond? Robins Sohn?«

»Ja, Sir.«

Gisberts jüngster Bruder lächelte breit und schloß ihn in die Arme. »Du bist stattlich geworden, mein Junge.«

Raymond erwiderte das Lächeln, so gut er konnte. »Verzeiht, daß wir hier einfach so einfallen. Aber mein Freund hier ist furchtbar krank. Ich weiß mir keinen Rat. Meine Stiefmutter und meine Cousine Margery, sie würden mir nie verzeihen, wenn ich ihn nicht heil nach Hause bringe. Aber Mowbray hat uns hereingelegt und ...« Er konnte plötzlich nicht weiter. Er war so müde und ratlos. Mit einemmal mußte er gegen Tränen kämpfen.

Albert klopfte ihm die Schulter und beugte sich besorgt über Mortimer. »Hm, er sieht nicht gut aus. Aber sei nur ganz ruhig. Jetzt seid ihr in meinem Haus. Hier seid ihr sicher.«

Raymond schloß für einen Moment die Augen. »Danke, Sir.«

»Komm. Laß ihn uns hineinbringen. Dann brauchst du etwas zu essen. Und ich denke, bevor du mir erzählst, was passiert ist, sollte ich nach einem Arzt schicken.«

Raymond sah ängstlich in Mortimers Gesicht. »Ich wünschte, meine Tante Agnes wäre hier. Sie könnte ihm helfen.«

Albert lauschte einen Moment Mortimers rasselndem Atem und betrachtete sein bleiches, fiebriges Gesicht. Dann sah er zur Sonne auf und wandte sich schließlich an den Diener, der sie eingelassen hatte. »Paul, mach dich reisefertig. Du fährst nach England. Und ich wüßte es zu schätzen, wenn du morgen abend zurück wärest ...«

An Michaelis wurde das Parlament bis ins neue Jahr vertagt. Robin kam von Westminster zurück zu seinem Haus in Farringdon, als die Sonne gerade unterging. Er war müde und aus vielerlei Gründen besorgt, und er wollte nichts weiter als seine Frau und seine Töchter heim nach Waringham bringen. London machte ihn schwermütig.

Ein livrierter Diener öffnete das Tor und nahm sein Pferd am Zügel. Robin saß ab und winkte einem Knappen, das Tor zu schließen, als ein breitschultriger Dominikaner in einer fadenscheinigen, zu engen Kutte hindurchschlüpfte. Ohne ein Wort glitt er in den Schatten der hohen Mauer.

Robin erkannte ihn an seinem Schritt und seinen großen, schmalen Händen. Sein Herz setzte einen Schlag aus, aber er gestattete sich nicht einmal ein Lächeln.

»Worauf wartest du, Gerald, schließ das Tor. Folgt mir hinein, Bruder.«

Er überquerte den Innenhof, betrat das Haus und führte seinen Besucher eine Treppe hinauf in einen kleinen Raum auf der Gartenseite des Hauses. Geräuschlos schloß er von innen die Tür und zog seinen Sohn an sich.

»Gott sei gepriesen. Ich hatte euch beinah aufgegeben. Wo ist Mortimer?«

»In Waringham. Er war sehr krank, aber er erholt sich.«

»Ich muß es Blanche sagen. Sie ist halbtot vor Angst ...«

»Nein, Vater, bitte, warte noch einen Augenblick.« Raymond streifte die Kapuze ab und sank müde auf die Bank unter dem Fenster. »Hör mich zuerst an. Vielleicht ist es besser, wenn sie gar nicht erfährt, daß ich hier bin.«

Robin sah in sein ungewöhnlich ernstes Gesicht, kam näher und setzte sich neben ihn. »Was hast du angestellt? Wo zum Teufel habt ihr so lange gesteckt?«

»In Calais. In der Burg. Eingesperrt.«

Robin schwieg betroffen.

»Vater ... ich habe etwas Furchtbares mit angesehen. So furchtbar, daß ich nicht mehr sicher bin, ob ich es glauben soll. Würdest du mir erzählen, was während des Parlamentes passiert ist? Sind Arundel und Warwick verurteilt worden? Und Gloucester?«

»Arundel ist tot«, berichtete Robin ruhig. »Lancaster führte den Vorsitz in seinem Prozeß. Sie haben sich ein paar häßliche Wortgefechte geliefert, aber die Lords waren einheitlich auf seiten des Königs. Arundels Bruder, der Erzbischof von York, ist im Exil, ebenso Warwick. Du weißt, wie Warwick ist, unentschlossen und ein Feigling. Plötzlich war er voller Reue. Unter Tränen hat er seine Fehler eingestanden. Da hat der König es nicht mehr übers Herz gebracht, ihn zum Tode zu verurteilen. Und Gloucester ist nie vor Gericht gestellt worden.«

»Warum nicht?«

»Mowbray, der ihn herbringen sollte, erschien erst, als das Parlament Arundel schon verurteilt hatte. Und er verkündete, der Duke of Gloucester sei in Calais an einem Fieber gestorben.«

Raymond biß sich auf die Lippen.

Robin hob die Schultern. »Vielleicht war es besser so, weißt du. Selbst wenn es das, was ihr, du und dein Ziehbruder, getan habt, sinnlos macht. Aber es hat zweifellos sein Gutes.«

Raymond schüttelte langsam den Kopf. »Er hat ihn ermordet.«

»Bitte?«

»Mowbray hat den Duke of Gloucester ermordet.«

»Raymond, was um Himmels willen redest du da?«

Er berichtete, und er kam oft ins Stocken. Was er gesehen hatte, erfüllte ihn mit Grauen, jetzt noch mehr als in dem Moment, als es geschehen war.

Jetzt, da sein und Mortimers Leben nicht mehr in unmittelbarer Gefahr waren, hatte er Muße, um festzustellen, wie tief Mowbrays feige Tat ihn erschüttert hatte. Als er geendet hatte, weinte er. Er konnte nichts dagegen tun.

Robin saß reglos neben ihm. Er hatte die Augen geschlossen und spürte ein heftiges Verlangen, sich Raymond anzuschließen. Nicht um Gloucesters willen, sondern um den Untergang von Recht und Ehre hätte er heulen können. Wäre es nicht sein Sohn gewesen, der die Nachricht brachte, hätte er es wohl nicht geglaubt. Robin drückte mitfühlend seine Hand.

»Und was passierte, nachdem ihr zu Alberts Haus gekommen wart?«

Raymond schniefte und wischte sich mit dem Ärmel über das Gesicht. »Albert schickte einen Mann nach Waringham, der Agnes in weniger als zwei Tagen mit zurückbrachte. Ein paarmal dachte ich, sie käme zu spät, Mortimer ging es so schlecht ... Aber Agnes gelang es, daß das Fieber innerhalb weniger Tage zurückging und seine Lungen frei wurden. Sobald er reisen konnte, brachten wir ihn nach Hause.« Raymond hatte zuvor Mortimers Schwert beim Schmied abgeholt, aber er fand, jetzt war nicht der geeignete Zeitpunkt, seinem Vater davon zu erzählen. »Wir hatten für ihn eine zweite Kutte beschafft. Ich bin bei der Verkleidung geblieben, es schien das sicherste. Von Waringham aus bin ich sofort hergekommen.«

»Gut gemacht, Raymond. Ich weiß, wie bekümmert du bist, aber du warst mutig und besonnen. Ich bin stolz auf dich. Und Henry wird es auch sein.«

»Ist er vor dem König sicher?«

»Oh, es scheint so. Richard hat ihn erneut mit Ehren überhäuft. Dein Dienstherr, Raymond, ist jetzt der Duke of Hereford.«

Raymond schüttelte den gesenkten Kopf. »Wie soll ich ihm je wieder unter die Augen treten? Und seinem Vater? Ich habe es mit angesehen und nichts getan, um es zu verhindern.«

»Nein, das ist albern. Als du erkanntest, was vorging, war es ja schon zu spät. Und wärest du eingeschritten, wärst du jetzt so tot wie Gloucester. Komm schon, es sieht dir wirklich nicht ähnlich, härter als nötig zu dir selbst zu sein.«

Raymond grinste geisterhaft. Aber er war nicht beruhigt. »Wenn Mowbray erfährt, daß es einen Zeugen gibt, wird er hinter mir her sein wie der Zorn Gottes.«

»Ja. Wir müssen einen kühlen Kopf behalten und das verhindern. Trotzdem muß Blanche sofort erfahren, daß ihr zurück seid. Aber es ist vermutlich besser, wenn deine beiden Schwestern dich nicht sehen. Sie sind nicht gerade verschwiegen«, schloß er mit einem Lächeln, das verriet, wie rettungslos er den beiden Nachzüglerinnen verfallen war. Er ging zur Tür, trat hinaus und spähte über das Geländer der Treppe in die Vorhalle hinunter. »Gerald, schick nach Lady Blanche. Dann reitest du zum Duke of Lancaster und zum Earl of Derby ... zum Duke of Hereford, meine ich natürlich, und bestellst, es wäre mir eine Ehre, sie beide heute abend zum Essen begrüßen zu dürfen. Sag, es gibt Austern.«

»Ja, Sir.«

Raymond runzelte verwundert die Stirn. »Lord Henry wird sterbenskrank von Austern.«

»So wie ich. Aber die Nachricht wird sie herbeilocken, sei versichert.«

»Ist es ein ... Signal?«

Robin nickte. »Höchst albern, in gewisser Weise, aber sehr nützlich in Tagen wie diesen, wenn man keinem Boten trauen kann.«

Die Tür wurde schwungvoll geöffnet, und Blanche trat ein.

»Gerald sagt, du bist zurück, Liebster? War es ein sehr gräßlicher Tag ... O mein Gott, Raymond! Raymond!«

Er erhob sich eilig, und sie umarmte ihn. »Geht es dir gut? Bist du gesund?«

»Ja, und Mortimer auch. Er ist zu Hause.«

Er berichtete bereitwillig und beantwortete ihre tausend Fragen, aber von Gloucesters Ermordung sagte er kein Wort.

Sie strich ihm liebevoll über die Schulter. »Ich bin so froh. Obwohl ihr beide zu sorgenvoll ausseht, als daß ich glauben könnte, du hättest mir alles erzählt. Robin, wann gehen wir nach Hause?«

Robin schüttelte seufzend den Kopf. »Ich bin noch nicht sicher, wann ich weg kann. Aber wenn du die Dinge für alle Beteiligten erleichtern willst, nimm die Kinder und bring sie nach Waringham. Ich komme, so schnell es geht.«

Sie sah sie abwechselnd argwöhnisch an. »Was ist passiert?«

Robin berichtete ihr mit gesenkter Stimme, was Raymond verschwiegen hatte. Sie wurde bleich, und ihre schwarzen Augen erschienen Raymond riesig. Sie küßte ihn auf die Stirn, warf seinem Vater einen rätselhaften, halb verführerischen, halb wütenden Blick zu und ging ohne ein Wort hinaus.

»Was ist mit ihr?« fragte Raymond verwirrt.

»Nichts. Sie ist erleichtert und bekümmert zugleich. Morgen wird sie abreisen.« Aber bis dahin stand ihm noch eine ereignisreiche Nacht bevor ...

Raymond schüttelte den Kopf. »Manchmal ist sie mir ein Rätsel.«

Robin lächelte schwach. »Ja. Sie ist ein ewiges Geheimnis.«

Robin hatte Lancaster und Henry allein empfangen. Als sie Raymond endlich hereinriefen, war er nervös. Er fühlte sich schuldig, ohne wirklich zu wissen, wofür.

Der Duke of Lancaster, Lord Henry und sein Vater saßen auf brokatgepolsterten Stühlen an dem großen Tisch, jeder einen unberührten Becher vor sich. Lancasters Gesicht war bleich und unbewegt, Henry hatte die Lippen zu einem schmalen Strich zusammengepreßt und wirkte angespannt wie die Sehne eines Bogens.

Raymond verneigte sich tief und blieb ein paar Schritte vor ihnen stehen.

»Ich fürchte, wir können dir nicht ersparen, noch einmal zu wiederholen, was du deinem Vater berichtet hast, Raymond«, sagte Lancaster kühl.

Raymond sah ihn an. Er fand den Herzog furchteinflößend in

dieser Stimmung, aber er versuchte, ruhig und sachlich zu erzählen. Sie zeigten keine Regung, als er zu der Szene in Gloucesters Quartier kam. Sein Vater hatte es ihnen schon gesagt, stellte er erleichtert fest.

»Mit welcher Begründung hat Mowbray euch eingesperrt?« fragte Henry.

»Er gab keinen Grund, Mylord. Er hat uns Wein gegeben, der eine Art Gift enthielt, und wir wachten in unserem Verlies auf.«

»Wie lange wart ihr dort?«

»Ich bin nicht sicher. Ungefähr zwei Wochen.«

»Was ist aus meiner Botschaft geworden?« verlangte Lancaster zu wissen.

Die Frage traf Raymond unvorbereitet. Er atmete tief durch. »Wir haben sie vernichtet.«

»Vernichtet? Einfach so?«

»Nein, Mylord. Nicht einfach so.« Er sagte, was sie getan hatten und warum.

Lancaster runzelte die Stirn. »Wie unerhört, wie anmaßend von euch.«

Raymond senkte unglücklich den Kopf. »Ja, Mylord, das war es wohl. Aber wir wußten uns keinen anderen Rat. Wir spürten, daß etwas nicht stimmte mit Mowbray, und es schien der einzig sichere Weg.«

»Ja. Gott sei gedankt für eure Frechheit. Es ist wahrlich bitter genug, wie es ist. Aber ohne eure Vorsicht wäre alles noch einen Hauch schlimmer. Habt ihr irgendwelche königlichen Boten in Calais gesehen? Irgendwen von Rang?«

»Niemand. Es war eine rauhe Gesellschaft, Söldner und Huren. Das heißt …«

»Ja?«

»Es fällt mir erst jetzt wieder ein. Als wir auf die Burg kamen, folgte ich dem Mann, der unsere Pferde in den Stall brachte. Zwei Pferde aus unserer Zucht standen bereits dort. Das eine war Mowbrays. Das andere war Aeneas, den Sir Patrick Austin letztes Frühjahr auf der Auktion gekauft hat.«

»Patrick Austin?« fragte Henry ungläubig. »Der Captain von Richards Leibwache?«

Raymond nickte. »Aber ich habe ihn nicht gesehen. Möglicherweise hat er das Pferd weiterverkauft.«

Lancaster und Robin wechselten einen Blick. Henry erhob sich, trat vor Raymond und schloß ihn kurz in die Arme. »Euer Auftrag hat sich als schwerer erwiesen, als wir dachten. Und als kummervoll. Ihr habt ihn gut gemeistert.«

Raymond strahlte.

Henry entließ ihn mit einem freundlichen Wink. »Reite nach Leicester, und rühr dich nicht vom Fleck. Dein Bruder befehligt die Burg in meiner Abwesenheit, er wird dich sicher verwahren. Und Harry wird glücklich sein, dich zu sehen.«

Raymond verneigte sich tief und ging erleichtert hinaus.

»Thomas Mowbray«, murmelte Lancaster nach einem kurzen Schweigen. »Bittere, sehr bittere Zeiten kommen auf dich zu.«

»Was habt Ihr vor, Vater?« fragte Henry beunruhigt.

»Ich?« Lancaster zog eine Braue hoch, aber nicht mit seiner üblichen spöttischen Lebhaftigkeit. »Ich gehe an die schottische Grenze, mein Sohn, und handele für meinen geliebten König einen neuen Waffenstillstand aus. Mowbray überlasse ich dir allein.«

Robin strich sich nachdenklich über den kurzen Bart. »Der König hat Mowbray zum Duke of Norfolk erhoben.«

Lancaster nickte grimmig. »Zum Dank für treue Mörderdienste.«

»Zugleich hat er Henry zum Duke of Hereford erhoben. Kein Zufall, würde ich sagen.«

Henry seufzte. »Ja. Beide waren wir Appellanten. Beide genießen wir jetzt die gleichen königlichen Gunstbeweise. Beide können wir auch ganz plötzlich fallen.«

»Dann wirst du sehr vorsichtig sein müssen«, sagte Lancaster leise, erhob sich abrupt und ging hinaus.

Den Herbst verbrachte Robin in Waringham. Kaum war er eingetroffen, trieb es Mortimer fort. Er war inzwischen wieder ganz gesund und war vielleicht länger als nötig geblieben, weil er sich nicht von seiner Geliebten trennen konnte. Deren Mutter, die Mortimer bislang immer für brüsk und wegen ihrer seltsamen Ehe für ein bißchen wunderlich gehalten hatte, war eine große Überraschung gewesen. Während sie ihn gesund pflegte, hatte sie ihn sich zum Freund gemacht.

Als er wieder bei klarem Verstand war, aufrecht im Bett sitzen und essen konnte, stattete sie ihm einen Besuch ab.

»Hier, Mortimer«, sie legte ein langes, in dunkles Tuch geschlagenes Bündel in seinen Schoß. »Ich war sicher, du willst es zurückhaben.«

Mortimer betrachtete die Form und wußte, was es war. Er warf Agnes einen kurzen Blick zu, stellte die Suppenschale achtlos beiseite und öffnete es. Die Scheide und die Verzierungen am Heft waren aufpoliert worden, ein fehlender Edelstein ersetzt. Das Heft glänzte dunkel. Mortimer zog das Schwert aus der Scheide. Es war gereinigt, geschwärzt und poliert worden, genau, wie sein Vater seine Schwerter immer bevorzugt hatte. Er fühlte die Schneide, und obwohl er ganz behutsam war, ritzte er sich die Haut am Daumen ein.

Er sah Agnes an. »Ist es nicht wunderschön?«

Sie lächelte schwach. »Wenn man für solcherlei Dinge etwas übrig hat, ja. Der Schmied in Calais verstand seine Kunst. Er sagte, es sei eine wertvolle Waffe. Die Scheide habe ich in Canterbury in Ordnung bringen lassen.«

»Warum?« fragte er verständnislos.

»Warum nicht? Dein Vater war unbändig stolz darauf, als er es bekam. Jetzt solltest du stolz darauf sein.«

»Ja. Das bin ich, Madame.«

»Nenn mich nicht so. Das bin ich nicht.« Sie drückte kurz seine Hand und stand auf. »Und jetzt muß ich gehen.«

»Danke, Agnes. Ich meine, für alles.«

»Keine Ursache. Ach ja, da fällt mir ein, Margery hat mit mir über dich gesprochen.«

»Sie hat *was* …?«

»Oh, sei nicht schockiert. Das wäre albern. Ich dachte, es beruhigt dich vielleicht zu wissen, daß ich einverstanden bin.«

»Bist du das?«

»O ja. Ich weiß, daß du meinst, du mußt mit Robin sprechen, weil er jetzt ihr Vormund ist. Tu es ruhig, wenn es dich drängt. Er wird es euch sowieso nicht abschlagen.«

Mortimer seufzte tief. »Vielleicht nicht. Aber mir graut so sehr davor, ihn um etwas zu bitten.«

Sie nickte, lächelte ihm zu und ging hinaus. Sie hatte eine besondere Schwäche für Mortimer, immer schon gehabt. Er war das, was sein Vater hätte werden können, wären die Umstände glücklicher gewesen. Liebend gern würde sie ihm ihre Tochter anvertrauen. Und sie wollte die Hoffnung einfach nicht aufgeben, daß es Robin und Mortimer eines Tages gelingen würde zu erkennen, wie sie in Wahrheit zueinander standen. Daß sie irgendwann aufhören würden, die Gegenwart mit der Vergangenheit zu verwechseln. Vielleicht war die Verbindung zwischen Mortimer und Margery, Robins Patenkind, ein erster Schritt.

Mortimer brach schließlich nach Leicester auf, ohne mit Robin zu sprechen. Er schob es lieber noch ein bißchen vor sich her. Er hatte seinen Bund mit Margery auf andere Weise besiegelt. Oder genauer gesagt, sie hatte es getan. In der Nacht vor seiner Abreise war sie einfach in seine Kammer gekommen und hatte sich neben ihn gelegt. Es kümmerte sie nicht, daß irgendwer sie sehen könnte. Sie schien sich ihrer Sache vollkommen sicher, übermütig und ernst zugleich. Einen verrückten Moment lang fragte er sich, ob ihre Mutter sie dazu angestiftet hatte. Gleich darauf schämte er sich dieses Gedankens, und als sie ihre kühlen, kleinen Hände auf sein Gesicht legte, war es ihm so oder so einerlei.

Im November kamen gewaltige Herbststürme, brachten Regen und Hagel und machten jede Betätigung im Freien zur Prüfung. Henry war viel unterwegs, vor allem in Herefordshire, und Ende des Monats verbrachte er einige Tage in Windsor bei Hofe. Raymond, Mortimer und auch Edward blieben in Leicester zurück und vertrieben sich die grauen, kurzen Herbsttage, so gut es ging, ein jeder auf seine Weise. Mortimer las. Edward verbrachte viel Zeit in der Kapelle. Raymond studierte mit Harry und seinen Brüdern trotz des Wetters die Verteidigungsanlagen der Burg, trieb sich in den Ställen herum und war rastlos. Der Advent, das lange Fasten vor Weihnachten und der Mangel an Bewegung im Freien machten ihn immer rastlos. Er sehnte sich manchmal nach Hause.

Auf dem Gestüt gab es zu jeder Jahreszeit für jeden Willigen Arbeit genug, dort war man nie auf der Burg eingesperrt. Und dann das Beichten. Lord Henry verlangte, daß jedes Mitglied seines Haushaltes in der Vorweihnachtszeit wenigstens einmal wöchentlich beichtete, und das war Raymond verhaßt. Er tat es natürlich trotzdem. Er tat ja praktisch alles, was Lord Henry wollte.

»Vergebt mir, Vater, ich habe gesündigt.«

»Ja, das würde mich nicht wundern, Raymond, mein Junge«, brummte Vater Bernard hinter dem Vorhang, der jeden Sonnabend vor den kleinen Alkoven der Kapelle gespannt wurde. »Ich höre, und ich bin auf alles gefaßt.«

Raymond zeigte dem blickdichten Vorhang seine lange Zunge. »Ich hatte sündige Gedanken in bezug auf Lady Janet Fitzmore«, bekannte er.

»Das wirklich Schlimme an deinen sündigen Gedanken ist, daß ihnen immer Taten folgen. Laß die Finger von der Dame, hörst du.«

»Ja, Vater.«

»Weiter.«

»Na ja, das Übliche. Ich habe geflucht, gewettet, zuviel getrunken, während der Frühmesse ein Schläfchen gehalten.«

»Das Übliche. So, so. Ich fürchte, ich kann dich nicht von deinen Sünden lossprechen. Du bist nie wirklich reuig.«

Raymond unterdrückte ein Seufzen. »Doch, in gewisser Weise schon.«

»In gewisser Weise? Das überzeugt mich nicht. War das alles?«

»Ja.«

»Ich glaube, ich sollte es heute teuer machen, vielleicht nützt es etwas. Du wirst die nächsten beiden Nächte in der Kapelle im Gebet verbringen und die Hälfte dessen, was du in deinem Beutel trägst, als Almosen geben.«

Raymond verdrehte die Augen. »Ja, Vater.«

»*Ego te absolvo* …«

»Halt! Da war doch noch etwas.«

Der Priester hörte, wie verändert seine Stimme klang. »Ja?«

»Ich … ich habe einem Mann den Tod gewünscht. Ich habe mir gewünscht, ihn hängen zu sehen.«

»Hm. Dergleichen bin ich von dir nun wieder nicht gewohnt. Was hat er dir getan, daß du so üble Gedanken gegen ihn hegtest?«

»Er hat einen Mord begangen.«

»Bist du sicher?«

»Ich hab's gesehen.«

»Dann mußt du ihn anzeigen und ihn dem Gesetz und dem Richterspruch seines Schöpfers überlassen.«

»Das Gesetz wird sich mit seinem Fall nicht befassen.«

»Aber Gott. Wer ist der Mann?«

Raymond war verwundert. »Was spielt das für eine Rolle?«

»Gib Antwort, Lümmel.«

»Thomas Mowbray, Vater, der Duke of Norfolk.«

Vater Bernard schwieg betroffen. Dann murmelte er: »Du bist in gefährliche Gewässer geraten, Söhnchen.«

»Ja.«

»Erzähl mir alles darüber.«

Raymond hatte kein gutes Gefühl dabei. Aber in Wirklichkeit machte es ja nichts. Vater Bernard hatte eine Schweigepflicht, und er war alles andere als ein Intrigant. Er war ein wahrer Gottesmann. Also berichtete Raymond ihm von den Ereignissen im September, es erleichterte ihn auch tatsächlich. Vater Bernard lauschte aufmerksam, mahnte ihn dann eindringlich zur Vorsicht, milderte erstaunlicherweise seine Buße und sprach ihn von seinen Sünden los. Raymond murmelte seinen Dank, erhob sich und eilte aus der Kirche.

Und hinter dem Vorhang nahm der fremde Ritter den Dolch von Vater Bernards Kehle und steckte ihn lächelnd ein. Seine langen Wimpern verliehen seinem Lächeln eine entwaffnende Unschuld, die so sehr im Widerspruch zu seinen Taten und seinen Worten stand.

»Habt Dank, Vater. Ihr habt mir einen wirklich großen Dienst erwiesen.«

»Ihr habt Euch hingegen keinen Dienst erwiesen, Sir. Gott wird Eure Seele verdammen.«

»So wie die Eure. Ihr habt das Beichtgeheimnis gebrochen, um Eure Haut zu retten. Das wird Gott auch nicht gefallen. Nein, ich glaube, ich möchte nicht mit Euch tauschen.« Er lachte ein leises, schauriges Lachen und verschwand.

Lange Zeit erfuhr niemand, daß Henry Thomas Mowbray auf der Heimreise von Windsor getroffen hatte und was bei diesem Treffen vorgefallen war. Weihnachten rückte näher. Lancaster kehrte von der Grenze zurück, Robin und Blanche reisten für die Feiertage an. Doch erst kurz vor Wiederbeginn des Parlaments Ende Januar ging Henry auf Lancasters Rat hin noch einmal zum König und erhob schwere Anschuldigungen gegen Mowbray. Sie wurden offiziell zu Protokoll genommen. Laut Henrys Aussage hatte Mowbray ihm gegenüber den Verdacht geäußert, der König hole gegen sie beide, Henry und Mowbray, zu einem Gegenschlag aus, um auch die letzten beiden der Appellanten von damals zu zerschmettern. Er habe ihnen die Niederlage von Radcot Bridge nicht verziehen und er plane, sie beide zu enteignen und ermorden zu lassen, sie und viele andere, darunter auch den Duke of Lancaster und seine engsten Vertrauten.

Der König war empört. Er tobte, hieß es. Henrys Anschuldigungen wurden vor dem Parlament in Shrewsbury verlesen, dem Mowbray ferngeblieben war. Niemand wußte, wo er sich verkrochen hatte, er hatte offenbar die Nerven verloren. Er vermutete völlig richtig, daß Lancaster und Henry seine unbedachten Äußerungen nutzen wollten, um ihn vor König und Lords zu diskreditieren und so den Mord an Gloucester zu rächen. Anfang Februar tauchte er wieder auf, und nach dem Grundsatz, daß Angriff die beste Verteidigung ist, erhob er seinerseits Vorwürfe gegen das Haus von Lancaster, das es angeblich von jeher auf ihn und seine Familie abgesehen habe. Im Nu waren aus den mißtrauischen Bündnisgenossen von einst erbitterte Widersacher geworden. Zweimal wurden die verfeindeten Dukes im Laufe des Frühjahrs vor den König und seinen Rat zitiert, um eine Einigung herbeizuführen. Es war zwecklos. Die Erbitterung zwischen Henry und Mowbray war zu tief. Die zweite dieser Konfrontationen, die kurz nach St. Georg in Windsor stattfand, führte endgültig zur Eskalation.

»Nichts von dem ist wahr, Sire, dies ist eine gemeine Intrige gegen meine Person und meine Familie!« donnerte Mowbray.

Henry betrachtete ihn kühl und verneigte sich dann vor dem König. »Ich habe nichts weiter zu sagen, mein König.«

»Ihr seid ein Lügner und Verräter«, zischte Mowbray. »Zu Eurem eigenen Vorteil wollt Ihr einen Keil zwischen den König und mich treiben!«

»Lügner, sagt Ihr, Mylord of Norfolk?« fragte ein fremder Ritter, der am Rande von Henrys Gefolge stand. Er trug volle Rüstung, aber kein Wappen, und seine Stimme klang dumpf unter dem geschlossenen Visier. Dennoch war er klar und deutlich zu hören: »Ihr wagt es, den Duke of Hereford einen Verräter zu nennen, wo doch Ihr es wart, der den Duke of Gloucester, *des Königs Onkel*, nachts in Calais ermordet habt? Was werdet Ihr ...«

Seine letzten Worte ertranken in einem aufgebrachten Stimmengewirr. Später vermochte niemand zu sagen, wer er gewesen war. Als der Tumult sich legte, war er verschwunden. Aber die vernichtenden Worte waren ausgesprochen. Der König war kreidebleich geworden. Er hob gebieterisch die Hand, und augenblicklich kehrte Ruhe ein.

»Dies ist unhaltbar, Sirs. Mylords of Norfolk und Hereford, Ihr bringt immer wüstere Beschuldigungen gegeneinander vor, ohne daß je ein Beweis erbracht wird. Euer Zwist gefährdet den Frieden des Reiches. Wir verfügen daher, daß er im Zweikampf entschieden werden soll. Findet Euch an St. Lambertus gewappnet in Coventry ein. Und dann soll Gott uns allen zeigen, wer von Euch die Wahrheit sagt.«

Henry betrachtete Raymond mit Unverständnis. »Wie seltsam du bist. Und ich dachte, ich könne mich auf dich verlassen. Vermutlich kann ich das auch. Auf deine Treue. Deine Ehrlichkeit. Ganz sicher nicht auf deine Verschwiegenheit. Du bist ein Narr, Raymond.«

Raymond schluckte, aber er hielt den Kopf möglichst hoch. »Ja, Mylord. Ein Narr, ein Tölpel, oft genug ein Taugenichts. All das bin ich. Aber ich habe keinem Menschen gesagt, was in Calais passiert ist. Ich schwöre es.«

»Schwöre lieber nicht.«

»Aber es ist die Wahrheit.«

»Das kann nicht sein. Der geheimnisvolle Fremde kann es schließlich nicht erraten haben. Und außer dir wußten nur dein Vater, mein Vater und Mortimer davon. Willst du vielleicht behaupten, Mortimer sei es gewesen?«

Raymond blinzelte kurz. Wie war es nur möglich, daß Lord Henry ihm plötzlich solche Scheußlichkeiten zutraute, wo er ihn bis letzte Woche noch für würdig befunden hatte, seine Söhne zu betreuen?

»Wer kann schon wissen, wie viele auf Mowbrays Seite von der Sache wußten, Mylord?«

»Niemand, dessen bin ich sicher. Sein dunkelstes Geheimnis hütet ein jeder sorgsam. Du suchst nur nach Ausflüchten.«

Raymond antwortete nicht. Er wußte nicht, wie er ihn überzeugen sollte. Er hätte jeden Eid geschworen, den Lord Henry verlangen mochte, bei der Ehre des Hauses Waringham, beim Schwert des heiligen Georg, bei der Seele seiner toten Mutter, zu der er manchmal betete, als sei sie eine Heilige. In seiner Vorstellung *war* sie eine Heilige. Nur, es würde alles nichts nützen.

Henry seufzte leise. »Es ist keine solche Katastrophe. Es hat wenigstens Bewegung in die Sache gebracht. Ich bin mit dem Ergebnis durchaus zufrieden. Mowbray würde ich noch mit verbundenen Augen und gefesselten Händen besiegen, die Entscheidung des Königs ist ein Glücksfall. Trotzdem. Du hast mich bitterlich enttäuscht. Um deines Vaters willen will ich dich in meinem Dienst behalten, doch …«

»Verzeiht mir, Mylord, aber ich will keine Begünstigungen um meines Vaters willen. Ich bin ich.«

Henry runzelte ärgerlich die Stirn. »Derzeit solltest du lieber jede Begünstigung annehmen, die du kriegen kannst.«

Raymond biß die Zähne zusammen und sagte nichts.

Henry studierte einen Moment sein Gesicht und nickte dann. »Also gut. Die Wahrheit ist, ich will dich gar nicht fortschicken. Aber ich kann nicht so tun, als sei nichts geschehen. Bis auf weiteres wirst du in der Waffenkammer und in den Stallungen Dienst tun. Mortimer wird sich vorläufig allein um Harry und seine Brüder kümmern. Geh zu deinem Bruder, er wird dich für die Arbeit einteilen.«

Raymond verneigte sich, wandte sich ab und ging langsam zur Tür. Er hatte Mühe, die Hand zu heben und auf den Riegel zu legen. Seine Arme kamen ihm bleischwer vor.

Fortan nahm er seine Mahlzeiten in der großen Küche oder mit den Stallburschen ein. Er zeigte sich nicht in der Halle, und er ritt auf keine Jagd. Er beteiligte sich an Sportveranstaltungen so wenig wie an Wettkämpfen und verbrachte die Abende allein in irgendeinem stillen Winkel des Burghofes, bei Regen in seinem Quartier. So dauerte es mehrere Tage, bis Harry ihn endlich ausfindig machte. Er traf ihn in dem kleinen Hof hinter der

Waffenkammer. Es war inzwischen Mai geworden, das Gras war lang und hellgrün, und seit drei Tagen war es trocken. Raymond kniete vor einer kleinen Sandgrube, neben ihm lag ein unförmiger Hügel aus Kettenhemden. Eines hielt er in den Händen und wälzte es im Sand, damit die Ringe wieder sauber und glänzend wurden. Es war harte Arbeit, die Kreuz und Arme lahm machte, bei allen Knappen verhaßt. Raymond widmete sich ihr mit Hingabe, fast wütend, so schien es, und der Sand knirschte leise.

Harry trat verwundert näher. »Raymond …«

Raymond sah erschrocken auf, lächelte den Jungen an und beugte den Kopf dann wieder über die Arbeit.

»Raymond, was ist denn nur passiert?«

Er schüttelte den Kopf.

»Ich weiß, daß Vater wütend auf dich ist, auch wenn mir niemand verrät, was du verbrochen hast. Ich kann nicht glauben, daß es so schlimm war, daß du verdient hättest, von allem ausgeschlossen zu werden. Aber ich kann doch nichts dafür. Warum hältst du dich von mir fern?«

Raymond sah wieder auf, machte eine hilflose Geste und zwinkerte ihm zu.

Harry runzelte die Stirn. »Wenn du mir nicht böse bist, warum sprichst du dann nicht mit mir?«

»Er kann nicht, Harry«, sagte eine Stimme hinter ihm.

Harry wandte sich um und sah Edward auf sich zukommen.

»Was heißt, er kann nicht? Ist er krank?«

»Nein.« Edward klopfte seinem jüngeren Bruder kurz die Schulter und wandte sich wieder an den Jungen. »Es ist ein Gelübde. Dein Vater beschuldigt Raymond, etwas ausgeplaudert zu haben. Und Raymond wird so lange mit niemandem mehr ein Wort reden, bis seine Ehre wiederhergestellt ist und wir wissen, wer das Geheimnis wirklich preisgegeben hat.«

Harry sah ungläubig von einem Bruder zum anderen. Er war nicht sicher, ob sie ihn auf den Arm nehmen wollten. Aber sie sahen beide zu ernst aus. Er setzte sich neben Raymond ins Gras.

»Warum sagst du Vater nicht, daß er Raymond unrecht tut? Auf dich hört er doch.«

Edward hob kurz die Schultern. »Raymond ist mein Bruder, darum sähe es nicht gut aus, wenn ich ihn in Schutz nähme.«

»Aber ich kann es tun, und das werde ich auch. Vater kann nicht einfach …«

»Das wirst du schön bleiben lassen.«

Harry sah den großen Ritter verständnislos an. Der junge Earl of Burton war das Idol vor allem der jüngeren Knappen. Mit seinen langen, honigfarbenen Locken sah er beinah aus wie der heilige Georg selbst auf den Bildern, die man so oft sah. In den Turnieren des letzten Jahres hatte er sich als mutiger Kämpfer erwiesen, aber es war vor allem seine Vornehmheit, die Harry bewunderte. Edward betrank sich niemals oder machte einen Narren aus sich. Er brüllte auch niemanden an, die Wachen so wenig wie die Knappen und Pagen. Er war eigentümlich sanftmütig, doch ein jeder tat willig, was Edward ihm auftrug, ein jeder wollte ihm gefallen. Er hatte eine Gabe, Menschen dazu zu bringen, sich von ihrer besten Seite zu zeigen.

»Wie du willst, Edward. Ich werde nichts unternehmen. Aber wenn Raymond nicht mit mir sprechen kann, muß ich deswegen auf seine Gesellschaft verzichten?«

»Er hat im Moment keine Zeit, mit dir auszureiten, weil er hier arbeiten muß.«

»Und was ist abends? Raymond? Darf ich nicht abends zu dir kommen und ein Weilchen bei dir sitzen? Ich könnte Harfe für dich spielen, vielleicht heitert dich das auf.«

Raymond sah unsicher zu seinem Bruder.

Edward nickte. »Ich wüßte nicht, was dagegen spricht. Ich glaube nicht, daß dein Vater Einwände hat. Aber du darfst nicht versuchen, Raymond zum Sprechen zu bewegen. Es ist sehr schwer für ihn, dieses Gelübde zu halten, du darfst ihn nie in Versuchung bringen, es zu brechen.«

»Nein. Das werde ich nicht«, versprach Harry.

So machte er es sich also zur Gewohnheit, abends nach dem Essen zu der kleinen Wiese hinter der Waffenkammer zu gehen, um Raymond Gesellschaft zu leisten. Mortimer begleitete ihn oft, manchmal auch Edward, wenn seine Zeit es erlaubte. Leofrics Söhne hingegen mieden Raymond. Sie nahmen ihm seinen Schwur übel, sie fanden, es sei eine Sünde, die Gabe der Sprache freiwillig aufzugeben. Es bekümmerte Raymond, daß sie ihm die kalte Schulter zeigten, hatte er doch nie zuvor so viel über das Gebrechen ihres Vaters nachgedacht wie gerade jetzt. Leofric war, vor allem solange sie in Burton lebten, ein häufiger Gast auf der Burg seines Vaters gewesen. Er war eben einfach da, er gehörte zur Familie wie Isaac und Anne, und Raymond hatte ihn immer gern gehabt. Er war anders als andere Menschen, aber sie hatten nie Verständigungsschwierigkeiten gehabt. Selbst bevor Raymond lesen konnte, hatte er immer mühelos verstanden, was Leofric ihm mit seinen ausdrucksvollen, oft komischen Pantomimen sagte. Erst jetzt kam es ihm in den Sinn, sich zu fragen, ob die Stummheit nicht oft eine schwere Bürde für Leofric gewesen war, und er bewunderte ihn für seine unverwüstliche Lebensfreude. Raymond selbst fand es schwierig, sich des Lebens noch zu erfreuen. Edward hatte vollkommen recht gehabt. Sein selbst auferlegtes Schweigen wurde ihm eine harte Prüfung, es kam ihm vor, als sei seine Seele in einen Käfig eingesperrt.

Den ganzen Sommer über blieben sie London fern. Meist waren sie in Leicester, dann für ein paar Wochen in Pontefract, wo der Duke of Lancaster und Lady Katherine residierten, wenn sie nicht gerade an der Grenze waren. Ganz gleich, wo Henry sich aufhielt, trainierte er jeden Tag mehrere Stunden seine Waffenkunst. Nicht, daß er Mowbray als Gegner fürchten mußte. Aber er war einunddreißig Jahre alt, und er wollte Fortuna nicht herausfordern. Er legte keinen Wert darauf, am Lambertustag, dem siebzehnten September, in die Bahn zu gehen und dann plötzlich festzustellen, daß die natürliche Geschmeidigkeit der Jugend ihn im Stich gelassen hatte und er steif und langsam geworden war. Hotspur Percy verbrachte viel Zeit an Henrys Hof, und wenn die beiden sich zu einem Übungskampf trafen, sammelten sich große Trauben von Zuschauern wie bei einem Turnier.

Bei einer dieser Gelegenheiten segelte Hotspur im hohen Bogen ins Gras, und während er fluchend auf die Füße kam, fing Raymond sein Pferd ein und brachte es ihm zurück.

Hotspur winkte ab. »Danke, mein Junge. Aber ich glaube, es reicht für heute. Von dieser Blamage muß ich mich erst erholen. Du kannst ihn wegbringen.«

Raymond verneigte sich und führte Hotspurs Rappen, einen Nachfahren des legendären Brutus aus der Zucht in Fernbrook, in die Stallungen. Henry saß ebenfalls ab und reichte seine Zügel einem Knappen. Zusammen mit Hotspur ging er zur Burg zurück.

Hotspur ließ die Schultern kreisen und schnitt eine Grimasse. »Der gute Mowbray kann einem fast leid tun.«

Henry lächelte grimmig, wies einen Pagen an, Wein für ihn und Bier für Hotspur zu bringen, und führte seinen Freund die Treppe hinauf in seine Privatgemächer.

Hotspur nahm einen tiefen Zug. »Mir scheint, du bist düsterer Stimmung.«

»Schon möglich.«

»Was ist es? Ich kann nicht glauben, daß du dir Sorgen wegen Mowbray machst.«

»Nicht wegen des Kampfes, nein.«

Hotspur lehnte sich leicht vor. »Henry, ist es wahr, was der geheimnisvolle Unbekannte in Windsor gesagt hat?«

»Du erwartest nicht im Ernst eine Antwort darauf, oder?«

»Das ist Antwort genug.« Er seufzte tief, und es schien für einen Moment, als wolle er noch etwas sagen. Doch dann wechselte er das Thema. »Was ist mit dem jungen Waringham? So ernst und still.«

Henry zuckte ungeduldig die Schultern. »Er wird noch lernen, sich unterzuordnen, ohne eine Tragödie daraus zu machen.«

»Hm. Meine starke Seite war das auch nie. Und deine ebensowenig. Und Burton, sein Bruder?«

»Ich weiß nicht, was ich ohne ihn täte. Er macht Robin wirklich Ehre.«

Hotspur verschränkte die Arme vor der Brust. »Aber eine Schwuchtel, heißt es.«

Henry war verblüfft. »Wie kommst du auf so etwas?«

»Oh, keine Ahnung. Sie erzählen es bei Hofe.«

Henry runzelte mißbilligend die Stirn. »An Stelle des Königs würde ich solcherlei Gerede unterbinden, denn was das angeht, ist sein eigener Ruf nicht unbefleckt.«

»Und ich würde nicht meinen letzten Penny darauf wetten, daß das Getuschel über den König gänzlich unbegründet ist.«

Henry schauderte. »Darüber will ich lieber nichts wissen. Das Getuschel über den Earl of Burton ist jedenfalls genau das.«

»Tja, du mußt es wissen.«

»Ja, ich weiß es.«

»Komm schon, sei nicht ärgerlich. Ich dachte, besser, du weißt, was man bei Hofe über deine rechte Hand sagt. In Anbetracht der Situation. Du bist sehr verwundbar, mein Lieber. Vielleicht solltest du gelegentlich mal wieder heiraten.«

Henry dachte an Anne und unterdrückte ein Seufzen. »Gelegentlich werde ich es tun. Wenn ich den Wunsch verspüre oder es dienlich ist für das Wohl Lancasters. Aber sicher nicht, um irgendwelchem widerwärtigen Hofklatsch zu begegnen. Das habe ich nicht nötig.«

Und damit war die Angelegenheit für Henry erledigt. Nicht so für Edward.

Mitte Juli ritten sie nach Rothwell, wohin Lancaster sie zur Jagd geladen hatte. Raymond wäre lieber in Leicester geblieben, denn ihm graute davor, seinem Vater unter die Augen zu treten, und ihm graute ebenso davor, die anderen zur Jagd reiten zu sehen und zurückbleiben zu müssen. Aber er hatte keine Möglichkeit, seine Wünsche zu äußern, und er hatte darüber hinaus wenig Hoffnung, daß Lord Henry ihnen entsprochen hätte.

Wie meistens war es eine kleine Jagdgesellschaft. Henry wurde von seinen Söhnen, Hotspur, Edward und einer Handvoll Knappen begleitet. Als sie ankamen, fanden sie Lancaster, Lady Katherine und ihre Kinder vor, ein paar vertraute Adelige und Ritter, darunter Robin und Leofric. Lancaster war gehobener Stimmung. Der Sommer fern vom Hofe hatte ihm gutgetan, er schien seine einstige Vitalität wiedererlangt zu haben. Er hatte zäh und trickreich mit den Schotten verhandelt, und er war zuversichtlich, daß sie bald zu einer Einigung kommen würden. Ebenso zuversichtlich war er, daß der Mord an seinem Bruder durch den Zweikampf gerächt werden würde. Er hatte die Entscheidung des Königs mit großer Zufriedenheit aufgenommen. Er war selber sein Leben lang ein unermüdlicher Turnierkämpfer gewesen, er war stolz auf die ungezählten Siege seines Sohnes, und außerdem, erklärte er Robin, war ein ehrenvoller Kampf der vernünftigste Weg, um einen Konflikt unter Männern von Stand auszutragen.

Der erste Tag der Jagd verlief einträglich. Es war trocken, aber für die Jahreszeit nicht übermäßig heiß. Die Jäger genossen den

Tag im Wald und kamen schließlich müde, ausgehungert und durstig zu dem vergleichsweise bescheidenen Landhaus zurück.

Raymond und die Stallburschen nahmen ihre Pferde.

Edward saß neben Robin ab. »Kann ich dich heute noch sprechen, Vater?«

Robin klopfte Hector den Hals und gab Raymond die Zügel. »Natürlich. Und du komm auch zu mir, wenn du hier fertig bist, Raymond.«

Raymond sah ihn kurz an und nickte unglücklich.

Robin führte Edward über den baumbestandenen Innenhof ins Haus und betrat den Raum, den er mit Leofric teilte. Letzterer war noch nicht da.

Robin setzte sich auf einen der ungepolsterten Stühle, zog die Handschuhe aus und nickte aufmunternd.

»Also?«

Edward setzte sich ihm gegenüber. »Ich …« Er fuhr sich kurz über die Stirn. »Ich habe mich entschlossen, das Kreuz zu nehmen. Aber bevor ich einen Eid ablege, wollte ich dich um deine Erlaubnis bitten.«

Robin sah ihn betroffen an. »Du willst gegen die Türken kämpfen? Aber … warum?«

»Das ist eine seltsame Frage«, erwiderte Edward mit leisem Vorwurf.

Ja, vermutlich ist es das, räumte Robin ein. Vor hundert Jahren, als die Kreuzzüge noch im Heiligen Land stattfanden, war es beinah eine Ehrensache für jeden Edelmann gewesen, sich daran zu beteiligen. Aber das Heilige Land war verloren. Jetzt kämpfte man für den wahren Glauben in irgendwelchen unwirtlichen, namenlosen Gebirgszügen auf dem Balkan. So, wie Henry es getan hatte. Robin hatte nie viel Sinn darin sehen können. Er teilte insgeheim die Meinung der neumodischen, rebellischen Prediger, die sich auf die Lehren von Dr. Wycliffe beriefen und verkündeten, es sei nicht von so großer Bedeutung, ob ein Mann Christ, Jude oder Moslem sei, solange er nur tugendhaft lebe, stehe das Paradies jedermann offen. Aber er hatte das Gefühl, daß er mit dieser unorthodoxen Meinung bei seinem frommen Sohn auf wenig Gegenliebe stoßen würde.

»Henry spricht davon, daß er wieder ins Heilige Land pilgern will. Warum wartest du nicht, bis er geht, und begleitest ihn? Von da aus könntest du immer noch gegen die Türken ziehen, wenn es dich dann noch drängt. Oh, und du könntest deinen Schwestern einen Papagei mitbringen. Ich bin sicher, sie wären hingerissen.«

Henry hatte sich gleich wenigstens ein Dutzend der farbenfrohen Vögel mitgebracht, und sie wurden allseits bestaunt.

Robin persönlich fand allerdings, sie machten bei weitem zuviel Radau.

Edward erwiderte sein Lächeln, aber er schüttelte den Kopf. »Ich denke, es wäre besser, ich ginge jetzt gleich.«

Robin biß die Zähne zusammen. Er stellte fest, daß er gehofft hatte, dieses Gespräch bliebe ihm erspart. Diese Stunde der Wahrheit.

Er holte tief Luft. »Warum? Warum jetzt?«

»Es hat Gerede über mich gegeben.«

»Dann heirate.«

Edward riß die Augen weit auf. »Du weißt davon?«

»Mein Junge, ich weiß mehr über das Hofgeschwätz, als du dir in deinen kühnsten Träumen vorstellst. Was sie über dich reden, über deinen Bruder, über Henrys Haushalt, über Lancaster, über mich und deine Stiefmutter, ich bin über alles im Bilde. Ich muß es sein, es gehört zu meinen vielen Pflichten. Kaum eine ist mir so lästig.«

Edward schüttelte langsam den Kopf. »Ich kann nicht heiraten.«

»Also ist es wahr?«

»Nein.«

Es war einen Moment still. Dann fuhr Edward fort: »Wahr ist, daß die Vorstellung dessen, was Männer und Frauen miteinander tun, mich abstößt.«

»Das ging deiner Mutter ebenso. Aber es verging.«

»Wahr ist auch, daß ich der aufrichtigen, vorbehaltlosen Freundschaft, die es zwischen Männern geben kann, den Vorzug gebe. Wahr ist zweifellos, daß ich Gefühle für Lord Henry hege, die Gott nicht gefällig sind.«

»O mein Gott, Edward ...« Robin fuhr sich mit der Hand über Kinn und Hals. Er wußte nicht, wie er diese Situation meistern sollte. »Sag mir, erinnerst du dich an deine erste Amme? Elaine?«

»Natürlich. Ich erinnere mich an alles, was passiert ist. Vielleicht hast du recht, vielleicht ist das der Grund. Es spielt keine Rolle. Die Dinge sind, wie sie sind. Ich kann sie nicht ändern.«

»Vielleicht hast du dich nicht richtig bemüht.«

»O doch. Ich habe mich bemüht. Ich weiß, daß widernatürlich ist, was ich empfinde. Ich habe wieder und immer wieder mit meinem Beichtvater darüber gesprochen. Harte Bußen auf mich genommen. Wirklich hart. Und gebetet, Gott möge mich ändern. Es hilft nichts. Also habe ich ein Keuschheitsgelübde abgelegt. Zum erstenmal an meinem fünfzehnten Geburtstag. Und seitdem jedes Jahr. Bisher habe ich es immer gehalten, Vater. Du weißt, daß ich gerne Priester geworden wäre, es … macht mir nichts aus. Was immer sie also in Westminster über mich sagen, ist gelogen. Ich habe mich nicht mit Männern eingelassen, ebensowenig habe ich mich an Lord Henrys Pagen vergangen. Trotzdem. Wenn ich nicht gehe, wird mein Ruf Lord Henry schaden. Und das ist das letzte, was ich will.«

Es war eine Weile still. Robin hatte das Kinn auf die Faust gestützt und dachte nach. Er war befremdet, und gleichzeitig bewunderte er Edwards Disziplin. Er wußte, er hätte es nicht fertiggebracht. Hätte Gott die Liebe zwischen Männern und Frauen verboten, so wie er die Liebe zwischen Männern verbot, dann wäre er dennoch erlegen.

»Aber was soll aus Burton werden, wenn du nicht heiratest?«

»Ich hinterlasse es Raymond oder, wenn ich solange lebe, einem seiner Söhne. Oder einem von Annes Söhnen. Oder der Kirche. Du mußt mir raten. Erlaubst du mir, auf meinen Kreuzzug zu gehen?«

Robin hob hilflos die Hände. »Was wird Henry dazu sagen? Wie soll er auf dich verzichten?«

»Das werde ich schon mit ihm ausmachen. Einstweilen ersuche ich nur deine Erlaubnis.«

»Du brauchst sie nicht wirklich. Du kannst tun, was du für richtig hältst.«

»Vielleicht. Aber ich fühle mich von dem Gerede … besudelt. Ich will deinen Segen.«

»Meines Segens kannst du dir immer sicher sein. Geh, wenn du wirklich glaubst, daß es das ist, was du tun willst …«

Es klopfte, und Raymond und Leofric traten ein.

Robin war erleichtert. Er winkte sie näher. »Ah, da kommt der schweigsame Teil der Familie.«

Leofric grinste, und Raymond zeigte keinerlei Reaktion.

»Kommt schon her.«

Edward machte für Leofric den zweiten Hocker frei und setzte sich neben seinen Bruder auf eines der schmalen Betten.

Leofric zog seine Tafel. *Wie ich sehe, habt ihr ein paar offene Worte geredet. Das haben Raymond und ich auch getan, soweit das möglich war.*

»Und?« fragte Robin. »Ich bin überzeugt, du hast bedeutsame Schlüsse gezogen.«

Leofric nickte grimmig. *Keiner von euch sieht, was das Nächstliegende ist.*

»Und was heißt das?«

Denk nach, Robin. Du hast zwei Söhne. Bis vor gar nicht langer Zeit waren es ausgesprochen gelungene Söhne. Jetzt sind sie beide in gewisser Weise in Verruf geraten. Raymond, so hat es den Anschein, ist nicht in der Lage, ein brisantes Geheimnis zu hüten, und der unglückselige Schwur, den er getan hat, macht die Dinge nur komplizierter. Edward steht plötzlich im Zwielicht, was seine Moral betrifft, wo wir doch alle immer dachten, wir könnten uns an Edwards Moral ein Beispiel nehmen. Ich denke, du solltest Isaac und Anne einen Boten schicken und sie warnen. Das nächste, was passiert, wird sein, daß der Erzbischof sich für Anne interessiert.

Robins Kopfhaut schien sich zu kräuseln. »Wie kommst du auf so etwas?«

Ja, weißt du denn wirklich nicht, wessen Handschrift all das trägt? Bist du wirklich so blind?

Robin raufte sich die Haare. »Das kann nicht sein ...«

Doch, Robin, es ist so. Besser, du machst dir nichts vor. Der König hat ihn zurückgeholt. Mortimer ist wieder da.

Coventry war eine aufstrebende, wohlhabende Stadt mit einer wunderschönen Kathedrale, die gerade erst fertiggestellt worden war, und einer ebenfalls brandneuen Stadtmauer. Für gewöhnlich ging es auf den Straßen und Plätzen schon recht lebhaft zu, aber an diesem warmen Septembertag hätte man meinen können, in London zu sein. Überall drängten sich Menschen aller Stände, Rit-

ter auf großen Schlachtrössern schlängelten sich zwischen Fußgängern und Gefährten aller Art hindurch. Anscheinend waren
die Leute aus dem ganzen Land angereist, um den langerwarte-
ten Kampf mit eigenen Augen zu sehen, durch dessen Ausgang
Gott entscheiden sollte, wer von den beiden verfeindeten Herzö-
gen denn nun im Recht war, wer im Unrecht.

An beiden Seiten der langen Turnierwiese waren Zuschauertri-
bünen errichtet worden, für die hohen Gäste und die adeligen
Anhänger der beiden Fraktionen, und überall entlang der mit
bunten Bändern geschmückten Absperrungen standen die Schaulustigen von weniger edlem Geblüt zusammengedrängt. Frauen
verteilten fette Pasteten und Bierkrüge aus mitgebrachten Körben
und hielten die Kinder im Auge. Es wurde gelacht und getratscht
wie auf dem Jahrmarkt.

Genau auf der Mitte der rechten Längsseite stand der königliche Pavillon, geschmückt mit dem englischen Löwen und der
französischen Lilie und umgeben von den allzeit gegenwärtigen
Bogenschützen der Garde. Der Zelteingang war verschlossen,
nichts rührte sich.

»Ganz gleich, wie Gott heute entscheidet, ich möchte nicht in
des Königs Haut stecken«, raunte Francis Aimhurst seinem
Freund Tristan Fitzalan zu.

Fitzalan verzog sarkastisch den Mund. »Die Vorstellung fand
ich noch nie sehr reizvoll. Aber ich weiß, was du meinst. Der
König steckt in der Klemme. Wenn unser Lord Henry gewinnt,
heißt es, daß die Anschuldigungen gegen Mowbray wahr sind.
Und nicht wenige werden sich fragen, welche Rolle der König bei
dem Mordkomplott gegen seinen Onkel gespielt hat. Sollte aber
der gute Mowbray siegen ...«

»Was so wahrscheinlich ist wie ein Schneesturm im Juli ...«

»... dann wird es so aussehen, als wolle Gott uns sagen, daß der
König es wirklich auf ihn und Lord Henry abgesehen hatte. Nein,
ich gebe dir recht, keine angenehme Situation für Richard. Ganz
gleich, wie die Sache ausgeht, er wird der Dumme sein.«

Aimhurst nickte beunruhigt. »Ich wette, das war der Grund,
warum er den Kampf erst für heute festgesetzt hat. Vermutlich hat
er gehofft und gebetet, daß der Zwist bis dahin beigelegt wird.«

»Aber er hat vergebens gehofft.«

»Na ja, wenn es wirklich wahr ist, daß Mowbray Gloucester

ermordet hat, dann würden Lancaster und seine Söhne ihm in tausend Jahren nicht verzeihen. Ah, und hier kommt der Mann, der möglicherweise mehr über diese Angelegenheit weiß als wir alle. Nun, Raymond? Wieso bist du nicht an der Seite deines Dienstherrn?«

Raymond trat zu den Rittern seines Vaters. »Mein Bruder und einige andere Ritter helfen ihm mit der Rüstung. Sie brauchten mich nicht. Also hab' ich mir gedacht, ich seh' mir das Spektakel mit euch zusammen an.«

Fitzalan betrachtete ihn neugierig. »Beinah hatte ich vergessen, wie deine Stimme klingt. Tut irgendwie gut, sie wieder zu hören.«

Raymond atmete tief durch. »Ja, das geht mir auch so.«

Sie fragten nicht, und er hatte auch kein Bedürfnis, ihnen zu erzählen, daß die Nachforschungen seines Vaters Lord Henry veranlaßt hatten, Vater Bernard zu einer Unterredung zu bestellen. Daß Vater Bernard bei Nacht und Nebel nach Irland geflohen war und einen Brief zurückgelassen hatte, in dem er gestand, das Beichtgeheimnis gebrochen zu haben, und erklärte, wie es dazu gekommen war. Er beschrieb den fremden Ritter, der ihn gezwungen hatte, ihm alles zu berichten, was Edward, Raymond, Mortimer und ein paar andere ihm anvertrauten. Raymond lächelte schwach bei der Erinnerung an sein anschließendes Gespräch mit Lord Henry. Wie seltsam es gewesen war, den Mund zu öffnen und einfach zu reden. Und wie gut der Wein geschmeckt hatte, den sein Dienstherr ihm gereicht hatte …

Aimhurst sah zur Sonne. »Meine Güte, wann kommen sie endlich? Der Morgen vergeht.«

Raymond hob leicht die Schultern. »Als ich ging, war Lord Henry so gut wie fertig.«

»Ich hätte gedacht, du würdest dich um sein Pferd kümmern«, sagte Fitzalan mit leisem Vorwurf.

Raymond grinste ihn an. »Tja, du wirst es nicht glauben, aber das macht mein alter Herr in höchst eigener Person.«

Francis Aimhurst öffnete den Mund zu einer respektlosen Bemerkung, die in einem gewaltigen Trompetentusch unterging. Aus den beiden großen, prächtigen Zelten an den Stirnseiten der Wiese traten die Kontrahenten, saßen auf und ritten im Schritt auf den königlichen Pavillon zu, jeder gefolgt von einem Herold. Von einer Schar Ritter umgeben, trat der König heraus und ging ein paar Schritte, bis er in der warmen Morgensonne stand. Die einfachen Leute jubelten ihm pflichtschuldig zu.

Richard brachte sie mit einer Hand zum Schweigen, verharrte einen Moment völlig reglos und betrachtete seinen Cousin und seinen einstigen Vertrauten mit unbewegter Miene. Dann reichte er einem seiner Ritter eine Schriftrolle und nickte sparsam.

Der Ritter trat einen Schritt vor, entrollte das Pergament und las mit kräftiger, wohltönender Stimme die Bedingungen des Kampfes vor: »Die Usancen des ritterlichen Zweikampfes gilt es ebenso zu beachten wie die Gebote der Ehre. Zulässig sind Lanze, Schwert, Schild und ein Dolch. Verliert einer der Streitenden sein Pferd, bleibt es dem anderen unbenommen, zu Pferd weiterzukämpfen. Für den Fall, daß der Unterlegene überlebt, wird er umgehend zum Tode verurteilt. Wollt Ihr auf den Kampf verzichten und Euch einer Schlichtung durch den Kronrat unterwerfen, Sirs?«

Henry schüttelte den Kopf. »Nein.«

Mowbray rührte sich nicht, aber auch er verneinte.

»Ein bißchen zögerlich«, murmelte Robin. Er stand im Schatten am Eingang von Henrys Zelt und beobachtete die Szene vor dem Pavillon des Königs.

Lancaster trat zu ihm. »Er hat guten Grund, sich zu fürchten.«

»Ja. Erkennt Ihr den Herold des Königs, Mylord?«

»Ich war nicht sicher. Ist es Mortimer Dermond?«

»Kein anderer.«

Lancaster zog eine Braue hoch. »Was verspricht Richard sich davon, ihn hier und heute vorzuzeigen?«

»Ich habe nicht die geringste Ahnung.« Und er dachte, daß es eine glückliche Fügung war, daß der junge Mortimer in Leicester zurückgeblieben war, um Harry und seinen Brüdern Gesellschaft zu leisten. Heute war wirklich nicht der richtige Tag, um ihn mit der Wahrheit über seinen Vater zu überfallen.

Der König hob die Hand und machte eine auffordernde Geste. Henry und Mowbray verneigten sich und ritten jeder auf ein Ende der langen Bahn zu.

Lancaster betrachtete Henry mit ernster Miene, während er ihn näher kommen sah.

»Gott«, murmelte er, »mein großer Stolz auf meinen Sohn kann dir nicht gefällig sein, aber laß nicht ihn dafür zahlen. Halte deine schützende Hand über ihn und das Haus von Lancaster, und laß ihn siegen, denn das Recht ist auf seiner Seite.«

Robin wußte nicht, wie Gott darüber urteilte, aber er hatte Verständnis für den Stolz des Herzogs. Henry sah aus wie ein wiederauferstandener Parzival. Er trug eine nur mäßig prunkvolle, aber meisterhaft gearbeitete Rüstung, sie wirkte beinah leicht. Sie war ein Geschenk des Herzogs von Mailand, einem alten Freund Lancasters, der sie für diesen Anlaß mit den besten Segenswünschen geschickt hatte. In ganz England gab es keinen Schmied, der eine solche Rüstung hätte fertigen können. Henrys Pferd war ein fünfjähriger Rappe, ein Sohn von Pollux und einer der maurischen Stuten, groß und muskulös, mit stolz erhobenem Kopf. Seine Schabracke zeigte Henrys Wappen und die rote Rose von Lancaster. Henry nahm seine Lanze von Edward entgegen, lenkte sein Pferd mit den Knien in die Bahn und hielt an.

Thomas Mowbray hatte auf deutsche Waffenschmiede gesetzt, die ebenfalls in hohem Ruf standen. Seine Erscheinung stand Henrys an Pracht in nichts nach, nur saß er nicht so entnervend unbewegt, so geruhsam abwartend im Sattel wie sein Widersacher. Mowbray war kein Dummkopf, er wußte, wie schlecht seine Chancen standen. Aber auch er ritt in die Bahn und sah zum König, der das Zeichen für den Beginn des Kampfes geben würde.

Auf den Tribünen, sogar jenseits der Absperrungen war es vollkommen still geworden. Ein schwacher Windhauch bewegte die Banner und die Federbüsche auf den Helmen der zum Kampf bereiten Ritter. Robin stellte fest, daß er den Atem angehalten hatte, schalt sich einen Dummkopf und holte tief Luft.

Der König hob die Hand, doch statt das erwartete Zeichen zu geben, winkte er Henry und Mowbray zu sich.

»Was heckt er jetzt wieder aus«, raunte Lady Katherine beunruhigt und legte ihre schmale Hand auf Lancasters Arm.

Die beiden Ritter verließen ihre Position und ritten zum königlichen Pavillon zurück. Mowbray saß ab, kniete vor Richard nieder und fragte: »Was wünscht mein König?«

Henry blieb nicht viel übrig, als seinem Beispiel zu folgen. Er nahm seinen Helm ab, glitt aus dem Sattel und sank auf ein Knie, wobei er den größtmöglichen Abstand zu Mowbray hielt.

Der König sah sie nacheinander mit seinem huldvollsten Lächeln an, dann hob er den Kopf. »Mylords of Hereford und Norfolk, Lords und Ladys, Männer und Frauen von England, hört Euren König: Dieser Zwist bedroht den inneren Frieden, den zu wahren Wir so lange so unermüdlich gerungen haben. Mehr als ein halbes Jahr haben Wir geduldig zugesehen und gebetet, Gott möge eine Einigung herbeiführen. Doch er hat Uns diese Aufgabe überlassen. Einer Schlichtung meines Rates wollt Ihr nicht zustimmen, wir alle haben es gehört. Nun, Sirs, Wir wollen Unsererseits diesem sinnlosen Blutvergießen nicht zustimmen. Voller Kummer sehen Wir uns daher gezwungen, eine andere Lösung zu finden.«

Der König unterbrach sich kurz, und seine Miene wirkte wahrhaft kummervoll. Auf der Wiese war es noch stiller geworden. Irgendwo weit hinten krähte ein Säugling, aber der schwache Laut verstummte sogleich wieder.

König Richard wandte sich an Mowbray. »Mylord of Norfolk. Wir befinden, daß Ihr in schändlicher Weise des Königs Frieden gebrochen habt. Unmöglich können Wir Euch länger trauen, Ihr wart von jeher ein wankelmütiger Lehnsmann. Unser Vertrauen in Euch ist gänzlich vernichtet. Wir verbannen Euch daher auf Lebenszeit aus England und unseren Territorien auf dem Kontinent.«

Ein Raunen wie ein leiser Windhauch durchlief die Zuschauerreihen. Mowbray hob langsam die Hände und zog den Helm vom Kopf. Sein Gesicht war bleich. Mit leicht geöffneten Lippen starrte er zum König auf, aber er brachte kein Wort heraus.

Richard sah auf Henry hinab. »Mylord of Hereford, geliebter Cousin ... Auch Euch, den Wir wie einen Bruder lieben, können Wir Vorwürfe nicht ersparen. So sehr haben Wir all die Jahre Unserer Regentschaft hindurch auf Euch gebaut. Nie hattet Ihr Grund, an Unserer Gunst und Unserer Liebe zu zweifeln. Dennoch habt auch Ihr Unfrieden und Mißgunst gestiftet. Und selbst wenn es Uns das Herz bricht, müssen Wir auch Euch fortschicken. Wir verbannen Euch für zehn Jahre, Cousin. Mögen sie schnell vorübergehen.«

Henry zeigte keine Regung. Er sank nicht wie Mowbray in sich zusammen und weinte still vor sich hin. Er wartete, bis der König ihnen mit einer kleinen Geste und tragischer Miene erlaubte, sich zu entfernen.

»Bis Ende nächsten Monats müßt Ihr beide das Land verlassen haben, Sirs.«

Henry verneigte sich sparsam, wandte sich ab und führte ohne Eile sein Pferd zurück zu seinem Zelt.

Raymond war zur Stelle. Er nahm ihm das Pferd ab und führte es weg, ohne ihn anzusehen oder das Wort an ihn zu richten. Henry trat langsam ein und blieb vor seinem Vater stehen, der an dem fein gedeckten Tisch in der Zeltmitte saß, offenbar tief in Gedanken, und mit einem abwesenden Lächeln seiner weinenden Frau ein seidenes Taschentuch reichte.

Edward glitt unbemerkt hinaus, und gemeinsam mit Fitzalan, Aimhurst und einigen anderen Rittern riegelte er den Zugang zum Zelt ab.

Robin, John und der Earl of Worcester, einer von Lancasters ältesten Gefolgsmännern, blieben als einzige zurück, und sie halfen Henry aus seiner kostbaren, unerprobten Rüstung. Er stand still wie eine Statue. Robin nahm ihm den Brustpanzer ab und sah ihm kurz in die Augen. Was er sah, erinnerte ihn an den von Selbstzweifeln gepeinigten Jungen, der Henry einmal gewesen war.

Der Rüstung ledig, setzte Henry sich auf einen gepolsterten Stuhl am Tisch, nahm mit einem Nicken einen Becher Wein aus der Hand seines Bruders entgegen und fragte leise: »Warum erst heute? Warum diese groteske Komödie?«

Lancaster räusperte sich entschlossen und fuhr sich mit der Hand über sein kantiges Kinn. »Es entspricht seiner Vorliebe für Tiefschläge.«

»Hört, hört«, murmelte Worcester. »Endlich ein offenes Wort aus Eurem Munde.«

Lancaster runzelte ärgerlich die Stirn, aber Robin kam fruchtlosen Debatten zuvor. »Was tun wir jetzt?«

»Gar nichts«, sagte Henry düster. »Was könnten wir schon tun?«

Robin behielt seine rebellischen Ratschläge lieber für sich.

»Du nimmst es sehr gelassen, sehe ich.«

»Nein, Robin. Nicht gelassen. Aber wie du vielleicht weißt, war ich vorgewarnt. Seit über einem Jahr habe ich auf etwas Derartiges gewartet.«

»Ich werde mit ihm reden. Das kann er einfach nicht tun«, grollte Lancaster leise.

»Nein, bitte, Vater«, wandte Henry ein. »Was sollte das helfen?«

Lancaster richtete sich zu seiner beachtlichen Größe auf und donnerte eine massige Faust auf den Tisch. »Du meinst, wir sollen es in Demut hinnehmen? Nach allem, was wir für ihn getan haben? Warum? Das haben wir nicht nötig.«

Henry schüttelte niedergeschlagen den Kopf. »Lieber gehe ich, als mich vor ihm zu erniedrigen und um Gnade zu flehen.«

»Es ist keineswegs meine Absicht, uns zu erniedrigen. Aber wir können das nicht akzeptieren. Abgesehen davon, daß die Ungerechtigkeit zum Himmel schreit, daß das Blut meines Bruders ungerächt bleiben soll ...« Er biß für einen Augenblick die Zähne zusammen und fuhr dann ruhiger fort: »Zehn Jahre ist zu lang. Ich werde sterben, bevor sie um sind. Und wir müssen an Lancaster denken. Das ist jetzt das wichtigste. Sogar wichtiger als deine gekränkte Ehre, mein Sohn, selbst wenn du es im Moment nicht glauben kannst.«

Henry nickte ohne alle Überzeugung. »Fast bin ich erleichtert. Endlich werde ich ihm entkommen. Das wünsche ich mir seit zwanzig Jahren. Ich werde zu meinen Cousins nach Hainault gehen, meine Tage mit eitlem Zeitvertreib und Müßiggang verbringen und ein freier Mann sein.«

Lancaster verzog sarkastisch den Mundwinkel. »Ja, ich glaube unbesehen, daß du dir genau das wünschst. Aber das kannst du dir aus dem Kopf schlagen. Du wirst nach Paris gehen, an den Hof des französischen Königs. Die Vorstellung, daß Richard keine Nacht Frieden mehr findet, weil er sich fragt, was du dort anzettelst, sollte dich trösten.«

»Wer weiß. Vielleicht nehme ich auch mit Edward das Kreuz ...« Er leerte seinen Becher in einem mächtigen Zug. »Jetzt werde ich mich jedenfalls erst einmal betrinken.«

Lancaster stand auf und legte ihm kurz die Hand auf die Schulter. »Wenn du meinen Rat hören willst: Reite nach Hause, und tu es dort. Sprich mit deinen Söhnen, bevor sie es von einem übereifrigen Boten erfahren. Und laß mich derweil versuchen, dieses Willkürurteil zu mildern.«

Henry sah zu ihm auf. »Es ist seltsam, aber es schmerzt mich für Euch mehr als für mich, Vater. Das ... habt Ihr wirklich nicht verdient.«

Lancaster zuckte ungehalten mit den Schultern. »Das hat keiner von uns. Jeder Mann in England verdient einen besseren König als Richard.«

Niemand erfuhr jemals, wie es Lancaster gelang, Henrys Exil auf sechs Jahre herunterzuhandeln. Als sein Onkel ihn verließ, war der König ruhelos und übelster Stimmung, so daß jeder Mann und jede Dame seines Gefolges, vor allem aber die Diener, versuchten, möglichst unsichtbar zu sein.

Was immer Lancaster zu seinem Neffen gesagt hatte, er zahlte einen hohen Preis dafür. Nur Robin hatte ihn begleitet, und auf dem Rückweg sprach der Herzog kein Wort, und sein Atem ging schwer. Nicht lange nach ihrer Ankunft in dem kleinen, unkomfortablen Haus – das einzige, das in Coventry zu haben gewesen war – hörte Robin einen angstvollen Schrei. Er erkannte Lady Katherines Stimme, riß das Schwert aus der Scheide und stürmte in die kleine Halle. Doch keine Meuchelmörder waren eingefallen. Der Duke of Lancaster lag vor dem Kamin auf dem strohbedeckten Boden und rührte sich nicht.

Katherine kniete neben ihm. Als sie die Schritte hörte, fuhr ihr Kopf hoch. »Oh, Robin, helft ihm … Helft ihm!«

Robin ließ das Schwert zu Boden fallen und beugte sich über die reglose Gestalt. Lancasters Augen waren geschlossen, und die Lider flackerten unruhig. Er bewegte die schneeweißen Lippen, aber er gab keinen Ton von sich. Seine rechte Hand umklammerte seinen linken Oberarm. Robin fühlte sein Herz. Schwache, rasende, unrhythmische Schläge.

»Was ist denn nur mit ihm?« fragte Katherine verstört.

Robin schüttelte ratlos den Kopf, nahm seinen Mantel ab und deckte den Herzog damit zu.

»Er atmet, und sein Herz schlägt, Madame. Laßt uns ein Weilchen abwarten.«

»Aber sollten wir nicht nach einem Arzt schicken?«

Robin wünschte, die Rebellen hätten dem Franziskaner Appleton nicht den Kopf abgeschlagen, ihn hätten sie hier jetzt gut gebrauchen können. In mehr als einer Hinsicht.

»Nein, ich denke, das sollten wir nicht tun. Wir kennen niemanden in Coventry, wir wüßten nicht, ob wir nicht an einen Scharlatan geraten. Wir müssen ihn warm halten. Und haltet seine Hand. Mehr können wir im Augenblick nicht tun.«

Sie warteten vielleicht eine Stunde, aber Lancasters Zustand blieb unverändert. Schließlich rief Robin nach seinem Kammerdiener, und zusammen trugen sie den Herzog die Treppe hinauf und legten ihn auf sein Bett. Wenig später schien er zu sich zu kommen. Er schlug die Augen auf und sah sie der Reihe nach an. Als er Katherine erkannte, lächelte er schwach und schlief beruhigt wieder ein.

Binnen zwei Tagen erholte er sich von dem merkwürdigen Anfall, nach kaum einer Woche fühlte er sich kräftig genug zu reisen. In gemächlichem Tempo brachen sie nach Leicester auf, und niemand verlor ein Wort über seine Krankheit. Lancaster selbst erwähnte den Vorfall nur ein einziges Mal, als er Robin und Katherine darum bat, niemandem, vor allem Henry nicht, davon zu erzählen.

Kurz vor Michaelis ritt Robin für einige Tage nach Hause. Waringham erschien ihm eigentümlich heiter und friedlich, geradezu unwirklich. Die Ernte war üppig ausgefallen, und es gab nur wenige Schwierigkeiten mit der Jahresabrechnung. Henry Fitzroy, inzwischen ein erfahrener Steward, regelte die Dinge mit einer Art geduldiger Nachsicht, die ihm als jungem Mann gänzlich gefehlt hatte. Steve und der junge Robin, Conrads Söhne, führten das Gestüt mit Sachverstand und Hingabe; es hatte Robins lange Abwesenheit unbeschadet überstanden. Er besprach mit ihnen die Planung für das Wintertraining und die Fohlzeit, denn er hatte den Verdacht, daß er vorläufig wenig Gelegenheit haben würde, in Waringham zu sein. Die längsten Unterredungen führte er mit Fitzroy und Oswin. Er bemühte sich, ihnen klarzumachen, daß jederzeit eine Krise eintreten konnte.

»Mortimer Dermond giert es nach wie vor nach Waringham. Und er hat das Ohr des Königs. Laßt Brücke und Tor geschlossen. Immer. Und wenn er hier anrückt, ganz gleich, welche Dokumente er vorlegt, gebt Waringham nicht heraus, ehe ich hier bin. Legt Vorräte an. Stellt einen Notplan auf, um die Leute aus dem Dorf und vom Gestüt hier aufzunehmen. Wenn Mortimer kommt, wird es eine Belagerung wie im Krieg geben.«

Fitzroy versprach, alles nach seinen Wünschen zu regeln, aber er war dennoch ein wenig ungläubig. »Du meinst, er würde das Dorf oder das Gestüt angreifen? Oder gar die Burg?«

»Es ist unmöglich vorherzusagen, was er tun wird.«

»Aber was würde der König dazu sagen?«

»Kein Wort.«

»Ah. Verstehe. Und was ist mit dem Parlament?«

Robin seufzte. »Ich weiß es nicht. Und ich will mich lieber nicht darauf verlassen. Der König hat seinen Kronrat mit Vollmachten ausgestattet, die laut Gesetz nur das Parlament hat. Man könnte meinen, Richard wolle das Parlament abschaffen.«

Fitzroy verschränkte unbehaglich die Arme. »Na schön. Wir werden auf alles gefaßt sein, du kannst unbesorgt deiner Wege ziehen. Aber ich denke manchmal, es wäre besser, Lancasters Sohn ginge nicht ins Exil, sondern er und sein Vater nähmen die Dinge hier in die Hand.«

Robin umarmte ihn kurz. »Leider kümmert sich niemand um unsere Wünsche, Fitzroy.«

Er nahm Blanche und seine beiden Töchter mit. Je älter er wurde, um so verhaßter war es ihm, von seiner Frau getrennt zu sein. Es kam ihm mehr und mehr so vor, als verschwende er kostbare Zeit. Seinen fünfzigsten Geburtstag im letzten Januar hatte er mit einem Achselzucken abgetan, doch Lancasters eigentümlicher Zusammenbruch in Coventry hatte ihn erschreckt. Er hatte ihm vor Augen geführt, was er gar nicht wissen wollte: Sie waren nicht mehr jung, jeden Tag, jede Stunde konnte Gott beschließen, ihre Zeit sei abgelaufen. Er widmete Blanche und seinen Kindern so viel Zeit, wie er nur erübrigen konnte, aber gleichzeitig half er Henry nach Kräften, alles für seinen Aufbruch ins Exil vorzubereiten. Henry hatte beschlossen, vorerst dem Rat seines Vaters zu folgen und nach Paris zu gehen. Edward wollte seinen Kreuzzug aufschieben und ihn begleiten. Mitte Oktober wollten sie gehen. Bis dahin galt es, die Verwaltung von Henrys weitverstreuten Gütern und den Verbleib seines Haushaltes zu regeln. Der König hatte nicht erlaubt, daß Henry auch nur eins seiner Kinder mitnahm.

Henry erledigte alles, was getan werden mußte, mit der ihm eigenen Besonnenheit, er ließ seine Verbitterung niemanden spüren. Aber dieser Punkt bekümmerte ihn nicht nur, er besorgte ihn auch zutiefst.

»Was hat Richard vor mit meinen Kindern?«

Lancaster winkte beruhigend ab. »Gar nichts. Er will dich nur verunsichern. Ich werde deine Kinder behüten, und wenn es das letzte ist, was ich tue. Mach dir darum keine Sorgen. Laß uns lieber überlegen, wie du deine prinzlichen Cousins in Paris dazu bringst, Richard einzuheizen. Und wenn du schon auf dem Kontinent bist, könntest du deine Schwestern, die Königinnen von Portugal und Kastilien, besuchen. Das wird Richard ebensowenig gefallen.«

»Das war immer Eure bewährte Methode gegen Kummer und Rückschläge, nicht wahr. Intrigen.«

Lancaster lächelte schwach. »Du hättest auch Diplomatie sagen können. Verlier nicht den Mut. Mit etwas Unterstützung aus Paris wirst du in weniger als zwei Jahren wieder hier sein. So Gott will, werde ich bis dahin über deine Güter ebenso wie über deine Kinder wachen. Und wenn du zurück bist und Richard hat immer noch keinen Erben, wird ihm gar nichts anderes übrigbleiben, als dich zu seinem Nachfolger zu erklären. Glaub mir, unsere Chancen stehen besser, als es derzeit den Anschein hat ...«

Robin betrat am frühen Abend das große, wohnliche Quartier, das er mit Blanche teilte. Er fand sie und Mortimer über einige Bogen Papier gebeugt, und da sie ihn nicht bemerkt hatten, beobachtete Robin sie ein paar Augenblicke mit Muße. Die Papiere enthielten offenbar den Anfang einer Versdichtung über Aeneas' Flucht aus Troja und seine Begegnung mit Dido, die Mortimer in aller Heimlichkeit zu verfassen begonnen hatte. Er hatte lange mit sich gerungen, ehe er mit seinen Entwürfen zu seiner Mutter gegangen war, und jetzt diskutierten sie eifrig über Versmaße und Reimformen und irgend etwas, das *Concatenatio* hieß.

Blanche betrachtete ihren Sohn mit leuchtenden Augen. »Es ist gut, Mortimer. Wirklich gut. Du stellst deine Mutter in den Schatten. Schon jetzt.«

Er schüttelte verlegen den Kopf. »Wie kannst du das sagen ...«

»Es ist wahr.« Sie lachte leise. »Es ist wahr! Ich konnte nie Geschichten erzählen. Du kannst es. Und wenn du wirklich glaubst, du brauchst Rat, dann geh nach London zu Meister Chaucer. Und da gibt es noch jemanden, einen jungen Mann. Sein Name ist Hoccleve. Geh zu ihnen, sprich mit ihnen. Du würdest aufleben in ihrer Gesellschaft, ich weiß es.«

Robin schloß die Tür geräuschvoll. »Entschuldigt, ich will euch nicht stören …«

Sie wandten sich zu ihm um, und Mortimer versuchte errötend, seine Blätter unauffällig zusammenzuschieben. »Wir waren fertig. Ich werde gehen.«

Robin trat näher. »Nein, warte einen Moment. Ich habe mit dir zu reden. Mit euch beiden.«

Mortimer ließ die Hände sinken und sah seinem Ziehvater mit Mühe in die Augen. »Erlaubt Ihr, daß ich zuerst spreche, Sir?«

Robin war verwundert. »Bitte, wenn du willst.«

Mortimer räusperte sich. »Ich hatte seit Monaten die Absicht, zu Euch zu kommen. Ich habe … es immer aufgeschoben. Ich bedaure, wenn Ihr jetzt auf anderem Wege davon erfahren habt, aber ich liebe Margery wirklich, und sie mich, und ich hoffe … Agnes meinte, Ihr wäret möglicherweise einverstanden.«

Robin starrte ihn verwirrt an und schüttelte dann kurz den Kopf, so als habe er Wasser im Ohr. »Moment mal. Verstehe ich das richtig? Du und Margery? Du willst …«

Mortimer biß sich auf die Lippen, aber er nickte. »Ich bitte Euch um ihre Hand, Sir.«

Robin dachte an Agnes und Mortimer und daran, in welch seltsamer Weise sich die Muster des Lebens manchmal wiederholten.

Er lächelte und breitete kurz die Arme aus.

»Du siehst mich gänzlich überrascht. Aber natürlich bin ich einverstanden. Mehr als das. Ihr … macht mir eine Freude. Vorausgesetzt, daß deine Mutter keine Einwände hat, könnt ihr von mir aus heiraten, sobald wir das nächste Mal nach Hause kommen.«

Mortimer traute seinen Ohren kaum. »Ihr seid nicht dagegen?«

»Warum in aller Welt sollte ich dagegen sein?«

Blanche hob das Kinn und lächelte ihren Sohn triumphal an, als wolle sie sagen: Wußt' ich's doch.

Mortimer sah unsicher von ihr zu Robin. »Ich weiß nicht, was ich sagen soll. Danke. Vielen Dank, Sir.«

Robin schenkte Wein in drei Becher und verteilte sie. Als er Mortimer seinen gab, sah er ihn forschend an. »Du dachtest, ich würde es dir so richtig schwermachen, ja?«

»Ja. Ehrlich gesagt habe ich genau das erwartet.«

Robin hob die Schultern und grinste schwach. »Tut mir leid, wenn ich dich enttäuscht habe.«

Mortimer biß sich auf die Lippen und sah kurz zu Boden. »Aber wenn es das nicht war, worüber wolltet Ihr dann mit mir reden?«

Robin atmete tief durch und setzte sich in einen Sessel am Tisch. »Über eine sehr vertrackte Angelegenheit. Und wenn ich mir deine leuchtenden Augen so ansehe, bin ich fast geneigt, es bis morgen aufzuschieben. Nichts sollte dir heute die Stimmung verderben.«

Mortimer lachte leise. »Nichts könnte das.«

Robin widersprach ihm nicht, obschon er es besser wußte. Er wies auf die Tür. »Geh nur. Such dir ein paar Freunde und feiere. Es tut gut, in diesen düsteren Tagen ein glückliches Gesicht zu sehen.«

Mortimer schüttelte langsam den Kopf. »Ich habe kein Bedürfnis, mit meinen Freunden zu feiern, Sir. Das, wonach mich verlangt, kann ich jetzt nicht haben. Ihr könnt also ebensogut sagen, warum Ihr mich sprechen wolltet.«

Robin wechselte einen kurzen Blick mit Blanche. Es war das erste Mal in all den Jahren, daß Mortimer ihm gegenüber offen war, und er spürte einen starken Drang, es dabei zu belassen, es nicht gleich wieder aufs Spiel zu setzen.

Er seufzte leise. »Du willst es also wirklich wissen, ja? Dann richte dich auf einen häßlichen Schock ein. Ich denke, es ist besser, du setzt dich.«

Mortimer lehnte sich gegen die Fensterbank und sah ihn an. »Also?«

»Ich nehme an, du erinnerst dich an die Zeit, als die Schlacht von Radcot Bridge geschlagen wurde?«

»Natürlich.«

»Dann weißt du vermutlich auch, daß viele, die damals auf seiten des Königs standen, als Verräter verurteilt und hingerichtet oder ins Exil geschickt wurden.«

»Ja, ich weiß.«

»Hm. Seit der König sich Lancasters Führung entzogen und die Regierung in die eigenen Hände genommen hat, hat er ein paar der damals Verurteilten zurückgeholt.«

Mortimer machte große Augen. »Oxford? Ist er wieder hier?«

»O nein. Oxford ist vor ungefähr fünf Jahren im Exil gestorben und hat England somit ein einziges Mal einen Dienst erwiesen. Nein, ich meine jemand anderes. Vielleicht wirst du in ein paar

Jahren verstehen, warum wir dir die Unwahrheit gesagt haben. Tatsache ist, dein Vater ist nicht gefallen, er war gemeinsam mit Oxford im Exil. Und jetzt ist er zurück. Er war des Königs Herold in Coventry.«

Mehr sagte er nicht. Es war nicht nötig, daß Mortimer erfuhr, daß sein Vater Raymond und Edward in Schwierigkeiten gebracht hatte.

Mortimer blinzelte verstört. »Mein Vater?« murmelte er, als erprobe er das Wort auf seiner Zunge. »Mein Vater lebt?«

Robin erwiderte nichts.

Blanche trat zu ihrem Sohn. »Mortimer ...«

Er sah sie verständnislos an. »Wie ... wie ist es möglich, daß ihr verheiratet seid?«

»Die Ehe wurde für rechtswidrig erklärt.«

»Und er ist hier? In England?«

»Ja. Vermutlich ist er bei Hofe.«

Mortimer stellte seinen Becher auf der Fensterbank ab und wandte sich an Robin. »Kann ich gehen?«

»Natürlich. Und wenn du darüber nachdenkst, kannst du vielleicht versuchen zu verstehen, daß wir dachten, so sei es leichter für dich.«

»*Leichter*? Aber Ihr habt mich angelogen!«

»Um dich zu schützen.«

»Wovor?«

»Vor ihm.«

»Warum? Ist er denn wirklich ein solches Ungeheuer?«

Robin hörte die Zweifel und den Zorn in seiner Stimme, und er wünschte sich, er hätte es besser verstanden, Vertrauen in seinem Stiefsohn zu wecken.

»Ich kann dir nicht sagen, was er ist. Du solltest nicht mich fragen. Agnes vielleicht. Sie ist wohl die einzige, die ihn je wirklich gekannt hat.«

»Wo ist er gewesen? War er arm? Hat er Not gelitten?«

»Nein. Nichts dergleichen. Er war in Burgund und hat dort Freunde gefunden. Und der Kontakt zwischen dem König und ihm ist niemals abgerissen.«

»Aber ...« Mortimer räusperte sich, um seiner Stimme Herr zu werden. »Wieso habe ich nichts von ihm gehört? *Warum hat er sich nie um mich gekümmert?*«

»Ich bin sicher, er wird nach dir schicken, sobald er seine Position für ausreichend gesichert hält.«

Mortimer schnaubte verächtlich.

»Junge, reite nach Hause. Ich werde es Henry erklären. Du solltest wirklich mit meiner Schwester reden. Ich weiß, ihr steht euch nahe.«

Mortimer ging, ohne sie eines weiteren Blickes zu würdigen. Aber er blieb in Leicester, wurde verschlossener denn je und arbeitete wie besessen an seinem Aeneas-Roman.

Eine Woche später brach Henry auf. Der König weilte derzeit in seinem Palast in Eltham in Kent, dort gedachte Henry, Abschied von ihm zu nehmen, ehe er sich in Dover einschiffte. Sein Vater, Robin, Edward und viele Mitglieder seines Haushaltes begleiteten ihn.

Der Abschied von seinen Kindern fiel Henry furchtbar schwer, darum machte er es so kurz wie möglich. Beinah brüsk gab er ihnen seinen Segen, und vor allem seinen ältesten Sohn ermahnte er nachdrücklich.

»Meine Güte, Harry Plantagenet, hör auf zu heulen. Das ist wirklich erbärmlich.«

Harry senkte den Kopf. »Verzeiht mir, Vater.«

»Dann reiß dich zusammen.«

»Ja.« Harry wischte sich mit dem Ärmel über das Gesicht.

Henry sah kühl auf ihn hinab, er wollte um jeden Preis verhindern, daß sein Sohn merkte, wie sehr ihn selbst dieser Abschied bekümmerte, mit welchen Befürchtungen er ihn erfüllte.

Er gestattete sich ein kleines Lächeln. »Leb wohl, mein Junge. Laß die Zeit nicht unnütz verstreichen, während ich fort bin. Vermutlich wirst du ein Mann sein, wenn ich wiederkomme.«

Harry spürte neue Tränen aufsteigen und würgte sie mühsam hinunter. »Es ... es ist so furchtbar lange.«

»Nein. Das erscheint dir nur so, weil du noch so jung bist. Und jetzt zeig mir ein Lächeln. So ist es gut. Gott schütze dich.«

Er küßte ihn auf die Stirn und saß auf. Neben seinem Vater ritt er aus der Burg, ohne sich noch einmal umzusehen.

»Ich hasse den König«, murmelte Harry, während er dem beinah gespenstischen Reiterzug nachsah, der langsam mit dem Nebel im Tal verschmolz.

Raymond sah seinen Schützling nachdenklich an, legte eine Hand auf seine Schulter und führte ihn in den nahen Pferdestall.

»So etwas solltest du lieber nicht sagen, weißt du. Das wäre deinem Vater ganz und gar nicht recht.«

»Und wenn schon. Mein Vater geht ins Exil, er kann mich nicht hören. Und warum soll ich die Wahrheit nicht aussprechen? Ich hasse den König!«

Raymond verdrehte ungeduldig die Augen, holte aus und ohrfeigte ihn hart. »Es kann böse Folgen haben, darum.«

Harry hielt sich betreten die Wange. »Was fällt dir ein …«

»Vielleicht fängst du jetzt mal an nachzudenken.«

»Worüber?«

»Wie heikel unsere Lage ist und wie vorsichtig wir sein müssen. Du kannst es dir nicht leisten, den König zu hassen. Niemand kann sich das leisten und du am allerwenigsten. Du darfst es nicht nur nicht sagen, du darfst es nicht einmal denken. Du weißt nie, wer dich sieht. Man kann leider immer ziemlich mühelos ahnen, was in deinem Kopf vorgeht, du bist so hoffnungslos ehrlich. So, und ich schätze, jetzt sollten wir uns ein Frühstück besorgen. Danach sieht die Welt bestimmt schon ganz anders aus.«

Harry schlenderte neben ihm her über den schlammigen, verwaisten Innenhof. »Du meinst also, der König ist noch nicht fertig mit uns, ja?« fragte er leise.

Raymond seufzte. »Ich habe keine Ahnung. Ich kann dir nur sagen, was mein Vater denkt, und er liegt meistens richtig.«

»Und? Was denkt er?«

»Daß der König sich deinen Vater vom Hals geschafft hat, weil er ihn fürchtet. Verglichen mit Gloucester ist er glimpflich davongekommen, nicht wahr? Trotzdem. Richard weiß, daß dein Großvater ihm noch zur Seite stehen würde, wenn der Schlund der Hölle sich vor ihm auftäte, aber er fürchtet sich vor der Macht Lancasters, weil es ein Königreich im Königreich ist. Er wird dich und uns alle im Auge behalten. Und jetzt, wo dein Großvater sich aus der Politik zurückgezogen hat und dein Vater im Exil ist, sagt mein Vater, jetzt werden wir alle erst herausfinden, wie schlimm Richard wirklich ist.«

Sie waren kaum in Eltham eingetroffen, als das Unvermeidliche geschah. Robin und Mortimer begegneten sich auf dem Weg zur Kapelle, als die Vesperglocke läutete. Sie blieben in dem zugigen Korridor stehen und starrten sich fasziniert an. Mortimer war an den Schläfen ergraut, aber sein Haar war nicht ausgegangen, wie Robin insgeheim gehofft hatte. Seine Erscheinung war stattlicher denn je. Er kleidete sich nicht mehr so grell und auffällig wie früher, er wirkte seriös, und die grauen Strähnen und die Falten um seine Augen verliehen ihm eine Autorität, die er früher niemals ausgestrahlt hatte.

Er lächelte schwach. »Da kommt mein treuester und ältester Feind. Ich hoffe, ich habe dir gefehlt?«

»Wie ein Eitergeschwür.« Aber in Wahrheit *hatte* er ihn vermißt, auf eine kranke, perverse Art.

»Tja, so ist das Leben. Der eine geht ins Exil, der andere kommt zurück.«

Robin hob gleichmütig die Schultern. »Fortunas Launen.«

»Haben dich anscheinend wieder einmal gänzlich verschont. Du siehst blendend aus. Offenbar sind meine Frau und meine Besitztümer dir gut bekommen.«

»Mortimer, ich habe keine Lust, dir schon wieder zu erklären, wie die Besitzverhältnisse sind. Warum können wir nicht einfach aufhören?«

»*Aufhören*? Jetzt, wo ich gerade Aufwind bekomme, nachdem es über zehn Jahre so finster für mich aussah? Nein. Gib dich keinen trügerischen Hoffnungen hin.«

Robin nickte. »*Bonne Chance*. Das wirst du wirklich brauchen, wenn du mir Waringham noch einmal stehlen willst.«

Er wandte sich ab.

»Warte!« Mortimer machte einen Schritt auf ihn zu, und das zynische Lächeln, das Robin beinah für ein Anzeichen beginnender Altersweisheit gehalten hatte, war verschwunden. Der gleiche mörderische Haß wie früher stand in Mortimers Augen und verzerrte seinen Mund.

»Wo ist mein Sohn? Was hast du mit ihm gemacht?«

»Er ist in Waringham, und er kommt morgen früh herüber. Er wolle etwas holen, das dir gehört, sagt er.« Er unterbrach sich kurz und unternahm dann wider besseres Wissen einen letzten Versuch: »Er brennt darauf, dich zu sehen. All die Jahre hat er versucht, der Sohn zu sein, den du haben wolltest, er hat dich immer verehrt. Er ist ein guter Junge, Mortimer, du kannst wirklich stolz auf ihn sein. Mach es nicht kaputt. Zieh ihn nicht hinein in diese Sache, ich … bitte dich. Er ist ja ohnehin auf deiner Seite.«

Mortimer schnaubte verächtlich und wandte sich ab. »Rührend. Wirklich rührend …«

Am nächsten Vormittag nahm Henry von seinem Vater Abschied. Sie redeten nicht mehr viel, denn es war ja alles längst gesagt. Lancaster machte ein paar ironische Bemerkungen über die Freuden einer Kanalüberquerung in stürmischem Herbstwetter, und sie trennten sich lachend. Aber Lancaster kam nicht mit hinunter in den Hof, und Henry zeigte nicht einmal mehr die Spur eines Lächelns, als er zu Robin trat, der ebenfalls Abschied von seinem Sohn nehmen mußte.

Edward und die anderen Ritter, die Henry begleiten würden, gaben den Knappen Anweisungen, und die Pferde wurden gebracht.

Henry blieb bei Robin stehen. »Leb wohl, Robin.«

»Leb wohl, Henry. Oh, komm schon, sieh mich nicht so kummervoll an. Dazu besteht kein Grund.«

»Nein. Eigentlich nicht. Alles ist auf das beste geregelt, ich könnte beruhigt gehen. Hätte ich nicht dieses furchtbare Gefühl, daß ich meinen Vater nicht wiedersehen werde.«

Robin schüttelte den Kopf. »Du bist nur düsterer Stimmung, das ist alles.«

»Und du weichst mir ständig aus. Warum? Was soll das nützen? Sag es mir, Robin. Wie krank ist er wirklich?«

»Ich bin nicht sicher. Ich bin nicht einmal sicher, ob krank das richtige Wort ist. Ich werde dafür sorgen, daß er über den Winter ein wenig Ruhe hat. Ich habe mich diesbezüglich mit Lady Katherine verschworen. Er wird keine Wahl haben, als zu tun, was wir wollen.«

»Und du wirst mich über alles informieren, was geschieht, nicht wahr?«

Robin klopfte ihm leicht die Schulter. »Natürlich. Und jetzt macht euch auf den Weg.«

Henry saß auf, und Robin umarmte eilig seinen Sohn. »Schick

gelegentlich ein Buch aus Paris, sei so gut. Du würdest in der Gunst deiner Stiefmutter enorm steigen.«

Edward grinste. »Ich werd' dran denken.« Er hob die Hand, winkte kurz und folgte Henry zum Tor.

Robin atmete tief durch. Er war erleichtert, daß sie alle dieses Abschiednehmen auf Raten endlich hinter sich hatten.

Er kehrte mit Lancaster zusammen nach Leicester zurück. Das Wetter blieb unwirtlich und stürmisch. Es gab nicht viel, das sie tun konnten, und der Herzog widmete einen Großteil seiner Zeit seinen Enkelkindern. Innerhalb weniger Wochen wurde Harry ein glänzender Schachspieler, und Großvater und Enkel verbrachten viel Zeit über dicke, staubige Bücher gebeugt oder in bequemen Sesseln am Kamin, und sie sprachen über England und Tradition, über Frankreich und Politik, über Lancaster und Königstreue.

Blanche mochte Leicester Castle gern, und sie hielt große Stücke auf Lady Katherine, aber wie immer im Herbst war sie rastlos.

»Werden wir denn vor Weihnachten gar nicht mehr nach London gehen?«

Robin sah von dem Brief auf, den er im Schoß hielt. »Nichts dergleichen ist geplant. Aber wenn du willst, gehen wir für ein paar Tage.«

Sie winkte ungeduldig ab. »Das sagst du jedes Jahr. In der Hoffnung, daß dein Entgegenkommen mich so rührt, daß ich verzichte.«

Robin grinste schuldbewußt. »Warum so kratzbürstig, Liebste?«

Sie blieb vor ihm stehen und stemmte die Hände in die Hüften. »Ich würde mich gerne vergewissern, daß es meinem Sohn wohl ergeht.«

»Wenn es ihm nicht gefiele, bräuchte er nur herzukommen.«

»Was, wenn er ihn nicht läßt? Wenn er ihm verbietet, sich uns anzuschließen?«

Robin nahm ihre Hand und zog sie auf seinen Schoß. »In einem halben Jahr wird Mortimer einundzwanzig sein und kann tun, was ihm beliebt.«

»Und wie unheilbar vergiftet wird er bis dahin sein?«

Er schüttelte den Kopf. »Nein. Das wird er nicht. Vielleicht wird er mich noch ein bißchen mehr verabscheuen als bisher. Das könnte Mortimer möglicherweise bewerkstelligen. Und es würde mich bekümmern, das gebe ich zu. Aber es wird Mortimer nicht gelingen, ihn zu … zu einem Werkzeug zu machen.«

»Ich wünschte, ich könnte so sicher sein wie du.«

»Wie ich höre, verbringt der Junge gar nicht so viel Zeit bei Hofe.«

Sie machte große Augen. »Wo dann?«

»Oh, er treibt sich in der Stadt herum. Mit einem jungen Taugenichts namens Hoccleve.«

»Robin, woher weißt du solche Dinge nur immer?«

Er hob lächelnd die Schultern. »Man muß nur wissen, wen man fragen muß …«

»Ich kenne diesen Hoccleve.«

»Madame, ich bin entsetzt.«

Sie grinste schwach. »Ein wirklich begabter Knabe. Und ein Weiberheld.«

»Sieh an. Wäre da nicht Margery, würde ich sagen, er kann Mortimer nur guttun.«

»Ich bin verwundert, daß sein Vater ihm solchen Umgang gestattet.«

»Wie es aussieht, schert er sich nicht allzusehr darum, was sein Vater ihm gestattet. Na ja, eigenwillig war er immer, niemand weiß das besser als du und ich.«

Sie drückte ihr Gesicht an seine Schulter. »Es wäre so furchtbar, wenn Mortimer ihn zuletzt doch noch in seine Fänge bekäme.«

Er strich ihre schwarzen Locken zurück und küßte ihren Hals. »Das wird er nicht. Es ist seltsam. Mein Vertrauen in deinen Sohn ist offenbar größer als deines. Hier.« Er wies auf den Brief in seinem Schoß. »Isaac hat geschrieben.«

»Wirklich? Ist alles in Ordnung?«

Robin las ein Stück vor.

Deine beiden Ritter sind eine große Hilfe auf dem Gestüt. Und Du hattest recht, es ist eine Beruhigung, sie hier zu haben. Anne hält es für überflüssig, sie ist sicher, sie würde es rechtzeitig wissen, wenn irgendwer sie anschwärzt, aber auch sie kann sich einmal irren. Leofric und Gisbert waren ebenfalls besorgt um ihre Sicherheit, und wir haben für

den Fall der Fälle einen genialen Plan entwickelt. Alles wird darauf hin-
deuten, daß sie sich Richtung Rickdale abgesetzt hat, doch in Wirklich-
keit wird sie in Harley sein. Ich hoffe allerdings, daß es nicht soweit
kommt. Ich könnte nicht gut auf sie verzichten, und sie erwartet ein
Kind. Wir beten, daß es endlich ein Mädchen wird, vier Jungs sind mehr
als genug. Sie war sehr bestürzt über das, was Henry passiert ist (Gott
verfluche sein nobles Antlitz, ich bin fast schon ein alter Mann, aber ich
werde nie aufhören, eifersüchtig auf ihn zu sein). Mit den Träumen ist
es besser, wie immer während der Schwangerschaft. Und ich bin froh, sie
braucht dringend einmal Ruhe davor, das letzte Jahr war besonders
schlimm. Sobald die Zeiten etwas ruhiger sind, werden wir nach
Waringham kommen. Elinor wird uns begleiten, sie will das Grab ihres
Vaters sehen. Also sieh zu, daß Du Waringham behältst, damit wir nicht
an Mortimers Tor klopfen müssen …

»Wenn du in den Dienst des Königs trittst, wird er dich sofort zum
Ritter schlagen.«

»Das hat keine besondere Eile …«

»Du wirst es trotzdem tun.«

»Ich kann nicht.«

Mortimer sah seinen Sohn finster an. »Du kannst, und du wirst.
Du mußt! Der König ist zu oft enttäuscht worden, es hat ihn mißtrauisch gemacht. Nur wenn er sich unserer beider Treue wirklich
sicher ist, wird er uns Waringham zurückgeben.«

Wie so oft war Mortimer von den Worten seines Vaters beunruhigt. Wie wollte der König ihnen Waringham zurückgeben, solange gegen Robin nichts vorlag? Wie das Mitspracherecht des
Parlaments umgehen? Es stimmte, er hatte immer geglaubt,
Waringham stehe ihm von Rechts wegen zu, aber jetzt stellte er
fest, daß er es nicht um jeden Preis haben wollte. Doch er sagte
lediglich: »Ich stehe im Dienst des Duke of Hereford.«

»So, du dienst also einem verurteilten Exilanten lieber als deinem König, ja?«

»Zu Unrecht, aus purer Willkür verurteilt.«

»Ha! Intrigantes Thronräuberpack, das ist das feine Haus von
Lancaster, an das du deine Treue verschwendest!«

Mortimer runzelte ärgerlich die Stirn. »Wenn es so wäre, hätte
Lancaster die Krone längst. Wenn er sie wollte, bräuchte er sie sich

nur zu nehmen. Und nicht Henry wäre im Exil, sondern Richard. Oder er wäre tot wie sein Onkel Gloucester.«

Sein Vater hob die Hand und schlug ihn hart ins Gesicht. »Schluß mit dem rebellischen Gerede! Du wirst tun, was ich sage.«

Mortimer fuhr mit der Zunge an seinen Zähnen entlang. Nichts fehlte. Trotzdem …

»Das solltest du dir lieber abgewöhnen.« Er machte auf dem Absatz kehrt.

»Komm zurück! Wohin willst du?«

Er hielt kurz an der Tür. »Nach Cheapside.«

»Zu dem Gesindel, das du deine Freunde nennst, nehme ich an.«

»Richtig.«

»Ja. Was soll man erwarten. Fitz-Gervais' Mangel an Standesbewußtsein ist nicht spurlos an dir vorübergegangen, so wenig wie sein Mangel an Königstreue. Und …«

Mortimer ging hinaus, weil er den Rest lieber nicht hören wollte. Ihm graute davor, die Achtung vor seinem Vater zu verlieren. Er hätte nicht gewußt, wie er auf sie verzichten sollte, sie hatte so lange sein Leben bestimmt. Aber die Gefahr bestand durchaus. Dabei hatte er sich von vornherein keine großen Illusionen gemacht, was ihr Verhältnis betraf. Er hatte Robins Rat zögernd befolgt und mit Agnes über seinen Vater gesprochen. Und es war genau so gekommen, wie sie prophezeit hatte: Als sie sich in Eltham zum erstenmal wiedersahen und Mortimer seinem Vater das Schwert brachte, das Robin ihm damals abgenommen hatte, schloß er ihn selig in die Arme und versprach ihm, alles gutzumachen, was sie in den letzten Jahren versäumt hatten. Seine Wärme hielt jedoch nur so lange an, bis er feststellen mußte, daß sein Sohn seinen mörderischen Haß auf Robin nicht unbedingt teilte, dessen Söhnen sogar in Freundschaft verbunden war, daß er seiner Mutter praktisch alles verzieh, weil er sie als Dichterin so glühend verehrte, daß er lieber las als hurte, seine Zeit lieber mit irgendwelchen Schreiberlingen und Wirrköpfen verbrachte als mit des Königs Rittern, und daß er zu allen Dingen eine eigene Ansicht hatte, die er nachdrücklich und oft mit beißendem Sarkasmus vertrat. Also stritten sie meistens. Aber Mortimer blieb. Er glaubte, es müsse einen Sinn haben, daß Gott ihm seinen Vater wiedergegeben hatte. Und wenn Gott der Meinung war, der Sinn läge darin, daß sie stritten, dann mußte es wohl so sein. Es bedrückte ihn, nicht zuletzt, weil er spürte, daß er den Groll seines Vaters gegen Robin und seine Mutter weiter schürte, doch das änderte nichts an seiner Entschlossenheit. Er blieb. Immerhin lag London sehr viel näher an Waringham als Leicester. Von hier aus trennte ihn nur ein Tagesritt von Margery ...

Sein Ziel, die Taverne »Zum Bischofskopf«, lag auf der Westseite von Cheapside, kurz hinter St. Paul. Es war noch Nachmittag, doch in der dämmrigen Gaststube war schon einiger Betrieb. Das ruppige Dezemberwetter hatte die Leute frühzeitig ins Wirtshaus getrieben. Hier verkehrten weniger die Gesellen der nahe gelegenen Schlachthöfe von The Shambles als vielmehr Angestellte und Schreiber der wohlhabenden Kaufleute, des Londoner Adels oder der königlichen Kanzlei. Zu letzteren gehörte auch Thomas Hoccleve, ein Trunkenbold und begabter Dichter, der ewig auf der Suche nach einem großzügigen Gönner war und ewig erfolglos. Mortimer mochte ihn gern. Hoccleve war fast zehn Jahre älter als er, aber so vollkommen verrückt, daß Mortimer sich in seiner Gesellschaft manchmal uralt vorkam.

Als Hoccleve ihn entdeckte, winkte er aufgeregt. »Mortimer! Der Mann mit der besonders spitzen Feder. Komm her.«

Mortimer setzte sich zu ihm. »Und was mag das wieder bedeuten?«

Hoccleve lächelte ihn treuherzig an. »Jemand raunte in mein Ohr, du versuchtest dich seit neuestem in politischer Dichtung.«

Mortimer hob seufzend die Schultern, nickte dem Wirt zu und wartete, bis er sein Bier bekam. Nachdem er getrunken hatte, sagte er: »Eigentlich sollte ich mich um meinen Aeneas kümmern.«

»Ja. Ein nobles Thema. Und gesünder.«

»Bestimmt. Andererseits, meine Mutter sagt, man solle von dem schreiben, das einen umgibt.«

»Hm. Und du siehst dich von des Königs neuen Erpressermethoden umgeben, ja? Oder gar umzingelt?«

Mortimer sah sich alarmiert um. »Meine Güte, nicht so laut, Tom ...«

Hoccleve senkte die Stimme. »Nein, du hast recht. Nimmt er deinen Vater auch aus?«

Mortimer lächelte ironisch. »Meinen Vater? Er war auf des Königs Seite bei Radcot Bridge, und außerdem hat er derzeit keinen Penny.«

»Ich meinte eigentlich auch mehr deinen Stiefvater.«

»Das wollen wir doch bitte sorgsam auseinanderhalten, ja.«

»Entschuldige.«

Mortimer winkte mit einem unfreiwilligen Grinsen ab. »Keine Ahnung, was Waringham bezahlen muß. Sicher viel. Der König läßt sich sein Pardon etwas kosten. Bis zu tausend Pfund muß manche Grafschaft aufbringen.«

Hoccleve trank aus seinem Becher, warf einen argwöhnischen Blick über die Schulter und neigte sich zu Mortimer herüber. »Das ist noch nicht das schlimmste: Er zwingt die Grafschaften und die freien Städte, ihm Blanko-Obligationen auszustellen. Das mußt du dir mal klarmachen. Mit Unterschrift und Siegel, und der König kann sie ausfüllen, wann er will und mit jedem Betrag, der ihm genehm ist. Und wofür das alles? Pomp und Verschwendungssucht. Nichts weiter.«

Mortimer spürte das vertraute Unbehagen, das ihn jedesmal überkam, wenn der Verdacht sich regte, daß sein Vater ihn für eine wahrhaft unheilvolle Sache gewinnen wollte.

Hoccleve fischte in den fleckigen, chronisch leeren Beutel an seinem Gürtel. »Hier, ich habe ein Briefchen für dich.«

Mortimer nahm überrascht einen gefalteten, leicht verknitterten Bogen entgegen. »Woher?«

»Von Chaucer. Er bekam es von seiner Schwägerin, der Duchess of Lancaster.«

Mortimer faltete die Nachricht auseinander.

Ich hoffe, es geht Dir gut. Mir gefällt nicht, wie still es um Dich geworden ist. Deine Mutter wagt nicht, Dir zu schreiben, weil sie eine kühle Antwort fürchtet oder keine. Aber sie sorgt sich um Dich, und mein Vater tut es auch. Laß von Dir hören, oder, noch besser, komm endlich zurück. Raymond

Hoccleve beobachtete ihn eulenhaft. »Und was mag das bedeuten? Ich war sicher, dein Herz gehört einzig deiner geheimnisvollen Angebeteten in Waringham.«

Mortimer errötete leicht. »So ist es. Das hier ist von keiner Dame, Dummkopf.«

»Warum blickst du dann so schwermütig in dein Bier?«

Mortimer warf ein paar Münzen auf den Tisch, genug, um seine und Hoccleves Zeche zu bezahlen. »Komm, verschwinden wir.«

Hoccleve folgte ihm willig in die eisige Abendkälte hinaus. Der Morast auf der Straße war steinhart gefroren. Ein dürrer Junge mit blauen Lippen beugte sich interessiert über einen Hundekadaver. Mortimer gab ihm einen halben Penny und scheuchte ihn weg. Er wollte nicht, aber er mußte daran denken, was sein Ziehvater ihn und seine Brüder gelehrt hatte über die Zusammenhänge zwischen Krieg und Armut und über die Ursachen der großen Bauernrevolte.

Hoccleve betrachtete ihn neugierig. »Verrat mir eins: Woher hast du das Geld für Almosen und notleidende Freunde, wenn nicht von deinem Vater?«

Mortimer sah überrascht auf. »Woher? Oh, ich habe für die jüngste Tochter meines Dienstherrn ein Büchlein mit kleinen französischen Merkversen geschrieben, damit sie die Grammatik leichter lernen kann. Aufgewecktes Kind, unsere Philippa, das muß man sagen …« Er unterbrach sich plötzlich und hob kurz die Schultern. »Der Duke of Lancaster hat mir ein Honorar dafür gezahlt.«

Hoccleve blieb stehen und lächelte ihn verblüfft an. In seiner Miene war kein Neid, nur Verwunderung. »Weißt du, Mortimer, ich hab' so ein Gefühl, als würdest du es weit bringen, wenn du es nur wagen würdest, das Schwert für die Feder beiseite zu legen.«

»Was habe ich verbrochen, daß ich ausgerechnet heute zur Jagd reiten muß?« grollte Robin leise.

Lancaster belächelte ihn spöttisch. »Ihr müßt ja nicht mitkommen. Ich dachte nur, das Wetter ist so herrlich, und Harry, Tom, John und Humphrey sind rastlos. Von Raymond ganz zu schweigen.«

Robin nickte ergeben. »Natürlich komme ich mit. Die Sonne lockt mich auch, und ich werde mich damit trösten, daß die Damen uns hier mit heißem Wein erwarten, wenn wir wiederkommen.«

Katherine und Blanche tauschten einen Verschwörerblick.

Dann trat Blanche zu ihm und küßte ihn auf die Wange. »Ausnahmsweise. Weil es dein Geburtstag ist ...«

Sie brachen gleich nach dem Frühstück auf, und selbst Robin fand Freude an dem Ritt durch den stillen, verschneiten Wald. Die Sonne ließ das Eis auf den Zweigen in allen Farben des Regenbogens funkeln, und es war wunderbar kalt und friedvoll. Viele Spuren durchzogen die weiße Decke auf dem unebenen Waldboden, und nach ein oder zwei Stunden kamen sie einem Hirsch auf die Spur. Die Meute wurde losgelassen, und sie stellten ihn am Ufer eines breiten Baches. Eisschollen trieben auf dem Wasser, aber es war nicht fest gefroren. Der Hirsch saß in der Falle. Die Hunde hatten ihn eingekesselt und kläfften frenetisch, die mutigeren sprangen ihn an und schnappten nach seinen langen, wohlgeformten Läufen.

»Weiß«, murmelte Raymond neben Robin aufgeregt. »Er ist schneeweiß. Ich dachte, das gäbe es nur im Märchen ...«

Harry und Lancaster hatten Pfeile eingelegt und zielten.

Robin drückte Hector leicht die Fersen in die Seiten und ritt zwei Längen vor. »Laßt ihn leben.«

Lancaster ließ den Bogen sinken. »Oh, Robin, das kann nicht Euer Ernst sein.«

»Es ist Winter. Mein Vater hat mir beigebracht, im Winter dürfe man keine Hirsche jagen.«

»Aber der Wald ist voll davon.«

»Trotzdem. Laßt ihn leben. Es bringt Unglück, einen weißen Hirsch zu töten, jeder weiß das.«

»Ach, aber wir Plantagenets sind unbelehrbar abergläubisch, ja? Hörte ich Euch das nicht kürzlich sagen?«

Robin grinste reumütig. »Und wenn schon. Ich bitte Euch dennoch um sein Leben. Er ist so schön.«

Lancaster lachte leise. »Gentlemen, laßt ab von dem Gehörnten. Waringham glaubt, es sei einer der alten Götter. Und weil heute sein Geburtstag ist, wollen wir seinem Kinderglauben nachgeben.«

Robin nahm den Spott und das gutmütige Gelächter gerne in Kauf. Kaum verstand er seine Erleichterung, als der Hundeführer die Meute zurückpfiff. Der weiße Hirsch betrachtete sie alle mit gelassenem Hochmut, als sei es ihm gleich, ob er lebte oder stürbe. Dann senkte er den Kopf mit dem wundervollen Geweih und überschritt den eisigen Bach. Er hatte sie nur zum Narren gehalten, in Wahrheit fürchtete er sich nicht vor dem eisigen Wasser. Am anderen Ufer blieb er noch einmal stehen, zeigte ihnen sein prächtiges Profil wie zum Trotz und sprang dann lautlos davon.

Robin atmete tief durch. »Gott sei Dank.«

»Also ehrlich, manchmal kann ich dich wirklich überhaupt nicht verstehen«, brummte Raymond.

Robin wandte sich zu ihm um und lächelte. »Es tut mir leid, wenn ich dich in Verlegenheit bringe.«

Raymond schnitt eine Grimasse. »Ich wette, dir ist es völlig gleich, wenn du mich in Verlegenheit bringst.«

»Mein armer Sohn. Ich fürchte, du hast recht. Ich bin alt genug, um mir ein paar Schrullen leisten zu können.«

Lancaster ritt zu ihnen herüber. »Laß dir nichts einreden, Raymond. Mit Alter hat es nichts zu tun. Er war immer schon so. Kommt, laßt uns zurückreiten. Es ist eisig. Und ein bißchen unheimlich.«

»Aber Großvater«, protestierte Harry. »Es ist nicht einmal Mittag!«

Lancaster machte eine einladende Geste. »Bitte, du und Raymond und wer immer sich euch anschließen will, mag weiterjagen. Aber meine alten Knochen werden kalt, ich gebe es für heute auf. Und ich weiß, wer gerne mit mir umkehren wird«, schloß er mit einem boshaften Lächeln in Robins Richtung.

Robin nickte ungerührt. »Warum sollte ich gerade heute damit anfangen, von Eurer Seite zu weichen, Mylord.«

Sie wendeten die Pferde und ließen die Jäger zurück. Der Schnee knirschte leise unter den Hufen, Dampf stieg von den Flanken der Pferde auf. Sie ritten einträchtig unter den kahlen, verschneiten Ästen entlang, und Robin dachte lächelnd an den gewaltigen, königlichen Hirsch.

Als könne er seine Gedanken lesen, sagte Lancaster: »Es war das zweite Mal, daß ich einen gesehen habe.«

»Wann war das erste Mal?«

»Oh, es muß wenigstens hundert Jahre her sein. Auf der Jagd in Epping Forest, am Tag meines Ritterschlages. Die anderen ließen mir den Vortritt, und ich habe ihn erlegt. Ich ... habe es bedauert. Ich wollte ihn nicht töten. Ich dachte genau wie Ihr, daß man einen weißen Hirsch nicht anrühren sollte. Es war ein seltsam heftiges Gefühl. Aber …«

Er brach unvermittelt ab. Robin wandte den Kopf, um festzustellen, warum er nicht fortfuhr, und erschrak über seine eigentümlich gekrümmte Haltung. Er hielt die Zügel in der Rechten, der linke Arm war unter dem dicken, pelzgefütterten Mantel verborgen.

»Was fehlt Euch, Mylord?«

Er winkte ungeduldig ab. »Vielleicht … sollten wir uns etwas beeilen. Wenn ich falle, bringt mich nach Hause.«

Aber er fiel nicht. Er wurde gänzlich still und beugte seinen Oberkörper immer weiter vor. Hin und wieder fuhr er leicht zusammen.

»Habt Ihr Schmerzen?«

Er lächelte gallig. »Kaum …«

Robin nahm ihm die Zügel aus den kraftlosen Fingern. »Es ist nicht mehr weit.«

»Gut.«

Im Burghof angekommen, hielt er Robin mit einem finsteren Blick davon ab, ihm vom Pferd zu helfen. Er schaffte es allein, wenn auch langsam und mühevoll. Den Stallknechten blieb nicht verborgen, daß etwas nicht stimmte, aber sie tauschten nur ratlose Blicke. Unauffällig auf Robins Arm gestützt, gelangte der Herzog in die Burg und die Treppen hinauf. Dankbar sank er auf sein Bett, wo er reglos und mit geschlossenen Augen auf der Seite liegenblieb. Er umklammerte den linken Arm mit der Rechten und keuchte leise. Robin betrachtete ihn angstvoll, aber er hielt das Mitgefühl aus seiner Stimme ebenso wie aus seiner Miene. »Ich hole Euren Leibarzt.«

»Nein.«

»Oh, bitte, Mylord, Ihr seid krank.«

»Das ist … nicht zu leugnen. Aber er kann nichts tun. Es vergeht … oder vergeht nicht. Holt mir Katherine.«

»Wie Ihr wünscht.«

Er eilte hinaus, machte Lancasters Kammerdiener ausfindig und schickte ihn zu ihm. Dann begab er sich auf die Suche nach den Damen und fand sie kichernd wie zwei Küchenmägde über eine der anzüglicheren Geschichten aus Geoffrey Chaucers *Canterbury-Erzählungen* gebeugt.

»Lady Katherine, es tut mir leid …«

Sie sahen auf, und Katherine wurde bleich, als sie sein Gesicht sah. »Ist es wieder ein Anfall?«

»Ja. Aber er war bei Bewußtsein, als ich ging, und er verlangt nach Euch.«

Sie stürzte hinaus. Auf der Schwelle verlor sie ihren Schulterschal, aber sie merkte es nicht.

Robin stand vor dem Kamin und wärmte sich den Rücken. Blanche trat vor ihn und strich mit dem Finger über die Kummerfalten auf seiner Stirn.

»Denkst du, er wird sterben?«

»Ich weiß es nicht. Aber er ist sehr krank. Sein Herz … Er kann lächeln, soviel er will, Blanche, mir macht er nichts vor. Er kann es nicht ertragen, was Richard Henry angetan hat. Er hat es versucht. Er hat sich bemüht, es wie jeden anderen Schachzug des Königs zu handhaben. Aber dieses Mal ging es nicht, dieses Mal war es einfach zu schlimm.«

Gegen Abend ließen die Schmerzen in Brust und Arm ein wenig nach, und das beklemmende Gefühl von Enge ebbte ab. Lady Katherine verjagte die Köchin vom Herd und kochte eine kräftige Brühe, die der Herzog widerspruchslos aß. Sie schien ihm etwas Kraft wiederzubringen; er schickte nach Harry und ließ sich vom Verlauf der Jagd berichten. Dann verlangte er nach einem Schreiber, dem er mit leiser, ruhiger Stimme ein neues Testament diktierte. Weil er der reichste Mann Englands war, dauerte das Diktat sehr lange, und es war viel zu anstrengend. Dennoch bestand er darauf, es zu Ende zu bringen, und kaum war der Schreiber gegangen, schlief er ein. Katherine wachte an seinem Bett, bis Robin kam, um sie abzulösen.

»Madame, wir dürfen Henry nicht länger verschweigen, wie es um seinen Vater steht«, sagte Robin eindringlich.

»Aber was soll es helfen, wenn er davon weiß? Er kann nicht herkommen. Er wird sich nur quälen«, wandte Katherine ein.

»Das wird er zweifellos. Trotzdem. Er und Edward sind im Begriff, auf Pilgerschaft zu gehen. Und das darf er jetzt einfach nicht.«

Sie dachte kurz nach, dann nickte sie traurig. »Ihr habt recht.«

Sie war übermüdet und sehr bekümmert, aber sie ließ sich niemals gehen. Robin war froh. Er war dankbar, daß er dies hier nicht mit Constancia durchstehen mußte. Er fand es so schon schwer genug.

Er schickte einen Pagen in die Halle hinunter, und kurz darauf erschienen Francis Aimhurst und Tristan Fitzalan.

Robin nickte ihnen knapp zu. »Betrachtet euch als Freiwillige. Ihr reitet nach Paris.«

Sie stimmten willig zu.

»Ich denke, es wäre das beste, ihr brecht morgen früh auf. Die Zeit drängt.«

Francis Aimhurst konnte sich nicht zurückhalten. »Aber ich dachte, es gehe ihm besser ...«

Robin antwortete nicht gleich. Dann hob er ratlos die Schultern. »Heute, ja. Aber gestern war ein schlechter Tag. Es geht auf und ab. Seit über zehn Tagen. Sagt Henry nur, sein Vater sei erkrankt und daß ich ihm rate, seine Reisepläne aufzuschieben. Eure Befürchtungen verschweigt ihm, hört ihr.«

»Ja, Sir.« Aimhurst verneigte sich ebenso wie Fitzalan.

»Ich überlasse es euch, wen ihr als dritten mitnehmen wollt. Geht mit Gott. Und sagt Pierre, er soll nach Harley reiten und seinen Vater herholen.«

Lancaster hatte ihm die Namen der wenigen genannt, die er noch einmal zu sehen wünschte. Seinen Bruder Edmund of York, seine Söhne und Töchter, soweit sie in England waren, und ein paar alte Weggefährten. Leofric kam in größter Eile am letzten Tag des Monats, genau wie der König. Robin war erleichtert, daß Richard wenigstens dieses eine Mal Anstand bewies und kam, um Abschied von seinem Onkel zu nehmen. Eine neuerliche Herzattacke in der Nacht zuvor hatte Lancaster so geschwächt, daß er nicht sprechen konnte. Oder vielleicht hatte er dem König auch einfach nichts mehr zu sagen. Aber nach dem kurzen Besuch seines Neffen wirkte er friedvoll.

Tags darauf war er wieder bei vollem Bewußtsein, aber er aß nichts mehr und trank nur hin und wieder einen Schluck Wasser. Abends schickte er nach Robin.

»Ich glaube, es wird Zeit, mein Freund. Heute nacht werde ich mich davonstehlen.«

Er sprach sehr leise, so als sei er völlig erschöpft. Sein Gesicht war bleich und mager, genau wie die Hand, die sich Robin entgegenstreckte.

Robin nahm sie und setzte sich auf die Bettkante.

Lancaster runzelte die Stirn. »So ernst. Dazu besteht kein Grund. Es ist ein Abschied wie jeder andere.«

»Ich weiß.«

»Ich war ... ein glücklicher Mann, Robin. Ich kann mich wirklich nicht beklagen. Zwei Flüche lasten auf dem Haus Plantagenet. Der eine ...« Er hustete leise, aber er ließ sich nicht unterbrechen. »Der eine ist der Fluch verfeindeter Söhne. Er blieb mir erspart. Der andere ist schlimmer. Er traf meinen Vater und ... meinen armen Bruder Edward. Sie waren so groß ... so strahlend. Und vor der Zeit sanken sie in langes Siechtum. Auch das blieb mir erspart. Ich war nie ... so groß wie sie, aber dem tiefen Sturz bin ich entronnen.«

»Ihr wart größer als sie beide.«

»Welch schöne Lüge zum Abschied.« Er lächelte spöttisch, dann schloß er müde die Augen. »Leb wohl, Robin.«

»Leb wohl, John.«

»Und du sorgst dafür, daß Henry zu seinem Recht kommt, nicht wahr.«

»Ja.«

»Richard ... seine Willkür folgt einem Plan. Er ist ... gerissen. Klüger, als die meisten wahrhaben wollen. Und boshafter.«

»Ich werde es trotzdem tun. Ich schwöre es. Verlaß dich auf mich.«

»Das tue ich. Dann ... schick sie jetzt rein, Robin. Erst Harry. Dann Katherine. Und irgendeinen Pfaffen ...«

Robin erhob sich langsam. Er wollte nicht gehen. Er legte die so plötzlich gealterte Hand auf die kostbare Daunendecke zurück, beugte sich vor und küßte Lancaster auf die Stirn.

»Glückliche Reise, John.«

Er starb kurz vor Tagesanbruch. Lady Katherine und sein Kammerdiener richteten ihn her und kleideten ihn in ein perlenbesticktes Seidengewand. In der kleinen Kapelle bahrten sie ihn auf, und acht Ritter würden Tag und Nacht die Totenwache halten, bis sie ihn nach London zur Beerdigung brachten. Ebenso wie Leofric war Robin fast immer dabei, so daß Blanche sich schließlich erkundigte, ob er es denn wirklich so verdammt eilig habe, ihm zu folgen.

Er schüttelte den Kopf. »Nein. Dies und das hält mich noch hier.«

Er saß in einem Sessel, und sie erkannte an seinen hängenden Schultern, wie erschöpft er war. Sie trat zu ihm und legte die Hände auf sein Gesicht. Er schloß die Augen.

»Ich weiß, wie sehr du trauerst, Robin, und das Recht kann dir niemand streitig machen. Aber du darfst über den Toten nicht die Lebenden vergessen. Du hast zwei Töchter, weißt du noch? Sie haben dich seit Tagen nicht gesehen. Du fehlst ihnen. Geh, erzähl ihnen eine Geschichte, und … erfreu dich ein bißchen an ihnen.«

Es war ein guter Rat. Er verbrachte den ganzen Vormittag mit Isabella und Joanna, verschaffte ihnen einen schulfreien Tag und nahm sie mit in den Wald. Sie bauten eine Burg aus Schnee, schlitterten auf einem zugefrorenen Tümpel, und Robin brachte ihnen bei, wie man im Schnee ein Feuer in Gang bringt. Mit leuchtenden Augen und rotwangig kamen sie zurück. Robin fiel wie ein gefällter Baum auf sein Bett und schlief bis zum späten Abend. Als Blanche ihn weckte, trug sie ein sehr sündiges, sehr französisches Nachthemd aus schwarzem Satin. Er zog sie wortlos aufs Bett, und als er feststellte, daß sie ihre hauchdünnen, schwarzen Seidenstrümpfe angelassen hatte, ging ihm auf, daß das Leben wirklich weiterging und ihm noch allerhand zu bieten hatte.

Gegen Mitternacht kam er in die vom Kerzenschein erhellte Kapelle zurück, schickte Worcester zu Bett, der sich kaum mehr auf den Beinen halten konnte, und nahm seinen Platz in der Wache ein. Er betrachtete Lancasters wie vom Schlaf geglättetes Gesicht und spürte, wie seine Kehle eng wurde. Er tat nichts dagegen. Irgendwer in dieser Kapelle heulte immer, warum nicht einmal er? Also heulte er und war erleichtert. Und als Katherine zu ihm trat und ihm eines dieser albernen Taschentücher in die Hand drückte, fühlte er sich getröstet.

Gemeinsam mit einigen anderen vertrauten Adeligen und der Unterstützung einiger Rechtsgelehrter versah Robin das Amt des Testamentsvollstreckers, und sie wachten darüber, daß Lancasters Wünsche wortgetreu befolgt wurden. Vierzig Tage und Nächte blieb der Leichnam in Leicester aufgebahrt, ehe sie ihn nach Süden brachten. Lady Katherine und ihre Kinder führten den Trauerzug an. Ihr zweitältester Sohn Henry, inzwischen der Bischof von Lincoln, las jeden Morgen und jeden Abend eine Messe für die Seele seines Vaters. In der zweiten Märzwoche erreichten sie schließlich London. Lancaster sollte in St. Paul beigesetzt werden, und sein Letzter Wille sah vor, daß nur seine engsten Freunde und Verwandte an der Beerdigung teilnehmen sollten, es sollte keine Feier stattfinden, dafür reichlich Almosen an die Armen der Stadt verteilt werden. Doch allein die Anwesenheit des Königs machte es unmöglich, Pomp und Prunk gänzlich zu vermeiden. Er erschien mit Trauermiene und einem sehr zahlreichen Gefolge. Als der Sarg in die steinerne Gruft zwischen Blanche of Lancaster und Constancia von Kastilien hinabgesenkt wurde, beugte der König sich zu Lady Katherine herüber und raunte: »Selbst mein ruhmreicher Onkel Lancaster hat nur zwei Seiten. An jeder liegt bereits eine Gemahlin. Wo wollt Ihr einmal ruhen, Madame?«

Blanche, die an Katherines Seite stand, zog scharf die Luft ein. Aber Katherine nahm die Taktlosigkeit des Königs gelassen. Sie lächelte ihn warm an. »Öffnet seinen Sarg und legt mich zu ihm, Sire. Das ist mein Platz.«

Er neigte hochachtungsvoll das Haupt.

Im Widerspruch zu Lancasters ausdrücklichen Wünschen gab Richard am Abend ein Fest zu seinen Ehren. Robin hatte eigentlich beabsichtigt, Katherine, Henrys Kinder und seine eigene Familie erst einmal nach Waringham zu bringen, damit sie alle ein wenig zur Ruhe kommen konnten, aber natürlich blieb ihnen nichts anderes übrig, als teilzunehmen.

Raymond und Mortimer umarmten sich herzlich.

»Keine besonders glücklichen Umstände, aber es tut gut, dich zu sehen«, gestand Raymond.

»Ich konnte nicht kommen.«

»Nein, ich weiß.«

»Obwohl ich wirklich wollte. Vor allem, seit wir hörten, daß er krank war. Aber … Na ja, es ist kompliziert. Danke für deine seltenen, kurzen Briefe.«

Raymond grinste reumütig. »Danke für deine ausführlichen Episteln. Sie waren ein Lichtblick, weißt du. Das war ein jammervoller Winter.«

»Ja. Aber jetzt …« Ein Trompetenstoß kündigte den Beginn des Festmahls an, und sie mußten ihre Unterhaltung abbrechen. Zusammen mit einigen anderen ausgewählten Knappen sollten sie dem König und seinen hohen Gästen aufwarten.

Angesichts des traurigen Anlasses gab es weder Musik noch Tanz, und wegen der Fastenzeit war das Essen eher bescheiden, aber der König kam auch so in Feierstimmung. Als der letzte Gang abgetragen war, wirkte er leicht angetrunken, und mit einem fröhlichen Lächeln wandte er sich an Harry.

»Und was hast du jetzt für Pläne, kleiner Cousin Lancaster?«

Die Anrede ärgerte Harry. Er überlegte, ob vielleicht genau das des Königs Absicht war, und verneigte sich artig. »Es liegt kaum bei mir, das zu entscheiden, Sire.«

»Sondern bei wem?«

»Nun, ich schätze, bei meinem Vormund.«

Richard tat verwirrt. »Wer ist dein Vormund?«

»Ihr, mein König.«

»Was denn, Wir? Aber natürlich … Also, dann wäre es wohl das nächstliegende, Wir nähmen dich in Unseren Haushalt, nicht wahr. Wie würde dir das gefallen?«

Harry schluckte. »Es wäre eine große Ehre.«

Richard klatschte in die Hände. »Dann ist es abgemacht. Vorausgesetzt, der gute Schutzengel deines Hauses hat keine Einwände. Waringham?«

Robin biß die Zähne zusammen und verneigte sich. Welches Spiel spielst du, Richard?

»Wie käme ich dazu, Sire. Wo wüßte ich Harry besser aufgehoben? Ich hätte augenblicklich ohnehin kaum Zeit, mich ihm zu widmen.«

Richard nickte überzeugt. »Aufwendige Angelegenheit, eine Nachlaßverwaltung, nicht wahr. Vor allem bei einem solchen Nachlaß.« Er lachte, und seine Höflinge stimmten schleunigst ein.

Robin lachte nicht. »Nicht gerade aufwendig, nur schwierig. Schwierig vor allem dann, wenn die Güter, die Gegenstand dieses

Nachlasses sind, von königlichen Truppen besetzt sind, die meine Anwälte nicht einlassen.«

Die letzten Wellen des leisen Gelächters verstummten jäh. Auch der König war ernst geworden. Mit halbgeschlossenen Augen sah er Robin an. »Habt Ihr eine Beschwerde vorzubringen, Sir?«

»Allerdings.«

»Nun, morgen versammelt sich das Parlament in Shrewsbury. Es wäre wohl passender gewesen, Ihr hättet bis dahin gewartet. Aber bitte, meinethalben auch hier und jetzt. Hört zu, Waringham. Ich habe gute Neuigkeiten: Ihr seid Euer lästiges Amt los. Wir haben beschlossen, es jemand anderem zu übertragen.«

»Ach, tatsächlich? Ich fürchte, damit verstoßt Ihr gegen den Letzten Willen Eures Onkels.«

»Und ich fürchte, jemand hat ihm die Hand geführt, als er diesen Letzten Willen verfaßte. Wer wohl?«

Robin war einen Augenblick sprachlos, dann warf er Mortimer einen kurzen, bitterbösen Blick zu. »Glückwunsch. Für dich wird es sich bestimmt als ein höchst einträgliches Amt erweisen. Ich bin überzeugt, du wirst fette Beute machen. Wie eine Aaskrähe.«

Empörtes Geraune erhob sich, und der König donnerte die Faust auf den Tisch. »Waringham, das verbitten Wir Uns. Darf man erfahren, welchen Verdacht Ihr gegen Sir Mortimer hegt?«

»Den Verdacht, mein König, daß der Duke of Hereford eines Tages heimkehrt, um festzustellen, daß er bettelarm ist.«

Der König lehnte sich lächelnd in seinen thronartigen Sessel zurück und schüttelte den Kopf. »Oh, darum macht Euch keine Sorgen. Das wird er nicht.«

»Was wird er nicht?« fragte John in die Stille.

»Heimkehren. Mein lieber Somerset, Wir haben den Fall Eures Bruders noch einmal überdacht, und angesichts der Vielzahl und Schwere seiner Vergehen haben Wir das Urteil revidiert.« Er erhob sich und sah von John zu Robin. »Unter dem Ausdruck Unseres tiefsten Bedauerns verbannen Wir Unseren Cousin Henry Duke of Hereford auf Lebenszeit. Seine Güter und Besitztümer fallen an die Krone.«

Es gab einen Tumult unter den anwesenden Lancastrianern. Harry wollte aufspringen, aber Raymond war zur Stelle. Er stand hinter ihm und legte beide Hände auf seine Schultern.

»Nein.«

»Laß mich …«

»Ganz ruhig«, flüsterte Raymond heiser. »Senk den Kopf in Demut, und laß ihn dein Gesicht nicht sehen. Hier geht es um unser aller Leben, Harry.«

Die Anspannung verließ Harrys Körper, fast sackte er in sich zusammen. »Heilige Jungfrau, steh uns bei.«

Raymond ließ die Hände von seinen Schultern gleiten und trat unauffällig einen Schritt zurück. Ängstlich blickte er zu seinem Vater hinüber.

Robin hatte sich erhoben und sah den König unverwandt an. »Sollte ich ein Parlament versäumt haben, Sire? Mir ist kein Beschluß diesbezüglich bekannt.«

Richard zuckte mit den Schultern. »Den holen Wir Uns morgen.«

»Und wenn das Parlament nicht zustimmt?«

»Es wird.«

»Weil Ihr ein Puppentheater daraus gemacht habt?«

Der König beugte sich leicht vor und stützte die Hände auf den Tisch. »Sehnt Ihr Euch so sehr nach Hereford, daß Ihr ihm Gesellschaft leisten wollt?«

Robin lächelte kalt. »Früher oder später wird es merklich leerer werden in England.«

Der König lief rot an. »Ich wünschte, mein Vater hätte sich nicht erweichen lassen und Euch Eure verdammte Zunge herausgerissen. Vieles spräche dafür.«

»Es wird nicht nur leerer, sondern auch stiller …«

»O mein Gott, Robin, was tust du?« flüsterte Blanche erstickt an seiner Seite. »Sieh zu Mortimer. Sieh, wie er lächelt. Du lieferst uns ihm aus, uns alle. Zählt denn wirklich gar nichts mehr für dich, seit *er* tot ist?«

Fast mit einem Ruck kam Robin zu sich, und er spürte einen heißen Stich der Angst im Bauch, als ihm bewußt wurde, was er gesagt hatte. Gütiger Jesus, dachte er, wie alt muß ich werden, damit mir dergleichen nicht mehr passiert? Warum muß ich so sein? Alle haben sich beherrscht, John und seine Brüder, Hotspur,

Harry, sogar mein hitzköpfiger Raymond. Nur ich nicht. Also dann. Tue Buße, Robin of Waringham, du Narr. Komm schon, Knie. Beuge dich. Beuge dich vor diesem Monster, und sühne für meine verfluchte Zunge. Vielleicht hat Richard recht, vielleicht wäre es wirklich besser, Prinz Edward hätte sie abgeschnitten …

Er trat vor den König und sank auf die Knie. »Ich bitte um Verzeihung, Sire. Ich weiß kaum, was über mich gekommen ist.«

Richard betrachtete ihn eingehend und weidete sich ebenso genüßlich an seinem Anblick wie Mortimer. Dann ging ihm auf, daß diese Anwandlung von Reue seinen Plänen gänzlich zuwider war, und er runzelte unversöhnlich die Stirn.

»Ihr stellt hohe Ansprüche an Unsere Milde, Sir.«

Robin konnte nicht antworten.

Plötzlich stand John an seiner Seite. »Aber wessen Milde könnte größer sein als die des Königs, Sire?« fragte er mit der samtweichen Stimme, die er von seinem Vater geerbt hatte, und kniete sich neben Robin.

»Und welche Tugend Gott gefälliger als *Caritas*«, fügte sein Bruder Henry hinzu und kniete an Robins anderer Seite nieder. Der jüngste Bruder, Thomas, folgte schweigend, und Hotspur erhob sich von seinem Platz und gesellte sich zu ihnen.

Robin hielt den Kopf tief gesenkt, aber er sah aus dem Augenwinkel, was sie taten. Ein Lancastrianer nach dem anderen kam und kniete vor dem König, bis kein Platz mehr war vor der hohen Tafel.

Richard betrachtete das Schauspiel ungläubig. Er war gänzlich überrumpelt. Matt saß er in seinem Sessel zurückgelehnt, ließ den Blick über die gesenkten Häupter schweifen und fürchtete sich bis ins Mark. All diese Männer waren mächtige Adelige seines Reiches. Und es gab irgend etwas, das sie verband, an dem er keinen Anteil hatte, von dem er nicht einmal wußte, was es war. Diejenigen, die die Köpfe nicht gesenkt hatten, sahen ihn schaudern. Dann stand er langsam auf.

»Also schön. Wir wollen nicht verkennen, daß Ihr schwere Wochen hinter Euch habt, Waringham. Darum gewähren Wir Eure Bitte und vergeben Euch. Für dieses Mal. Seid gewarnt. Erhebt Euch, Sirs. Herrgott noch mal, steht schon auf!«

Sie standen einer nach dem anderen auf, und da der König wenig später mit finsterer Miene aus der Halle stolzierte, konnten sie sich verabschieden. Geschlossen verließen sie den Palast von Westminster.

»Das war verdammt knapp«, raunte John Robin zu.

Er nickte, und er fühlte sich völlig ausgelaugt. »Wie kann ich dir danken, John? Euch allen? Wahrscheinlich habt ihr meinen Kopf gerettet.«

John lächelte in der Dunkelheit. »Und warum nicht. Du hast gesagt, was wir alle dachten und nicht zu sagen wagten. Warum solltest du alleine den Kopf dafür hinhalten? Nein, Robin, du schuldest uns nichts.«

»Guter Junge«, murmelte Katherine. »Robin, was in aller Welt tun wir jetzt? Wie sollen wir Henry zu seinem Recht verhelfen, solange Richard Harry als Geisel hält?«

Sie hatten Westminster hinter sich gelassen und waren in den Außenbezirken der Stadt. Es war sehr finster. Robin hielt sein Pferd an, und als die anderen seinem Beispiel folgten, wurde es völlig still.

»Wir können nicht viel tun, solange wir Henrys Meinung nicht kennen. Wir müssen Kontakt zu ihm aufnehmen, und zwar so, daß der König es nicht bemerkt.«

»Ich werde gehen«, bot Fitzalan leise an.

»Das reicht nicht«, sagte John. »Wir müssen gemeinsam vorgehen. Und entschlossen. Wir brauchen einen Plan.«

»Verschwörergetuschel«, raunte Hotspur unbehaglich.

Robin gab ihm recht. »Die Straßen von London sind kaum der geeignete Ort dafür. Zerstreut Euch, Gentlemen. In zehn Tagen ist Ostern. Am Sonnabend darauf findet die Pferdeauktion in Waringham statt. Niemand wird Verdacht schöpfen, wenn Ihr Euch alle dort einfindet, und bis dahin ist Fitzalan vielleicht zurück.«

Sie murmelten ihre Zustimmung, und einer nach dem anderen verschwand in der tintenschwarzen Nacht.

Der Pferdemarkt von Waringham war kein so idealer Treffpunkt, wie sie gedacht hatten, denn viele Ritter des Königs waren gekommen. Manche aus echtem Kaufinteresse, die meisten jedoch als Spione. Robin hieß sie herzlich willkommen und begleitete sie zu den Vorführungen auf den Übungsplätzen des Gestüts, während seine Mitverschwörer auf der Burg zurückblieben, in kleinen Gruppen zu zweit oder zu dritt zusammenstanden und plauderten, über das Wetter, inflationäre Pferdepreise, die Baufortschritte der Kathedrale von Canterbury und andere brisante Themen. Tristan Fitzalan, der erst in der Nacht zuvor aus Paris zurückgekommen war, schlenderte über den sonnenbeschienenen Hof von Grüppchen zu Grüppchen.

Hotspur sah ihm erwartungsvoll entgegen. »Und?«

Fitzalan trat zu ihm und John. »Warm für April, nicht wahr?«

»Meine Güte, rede doch, Tristan«, drängte John.

Fitzalan ließ sich nicht beirren. »Vielleicht sollten wir dort hinüber zum Verkaufsring gehen. Es ist so stickig hier unter der Mauer.« Er warf einen vielsagenden Blick auf die Fensterluke der Wachstube direkt über ihren Köpfen. Man konnte nur raten, wer möglicherweise dort stand und lauschte.

John und Hotspur nickten und folgten ihm in die Hofmitte.

Fitzalan senkte die Stimme. »Lord Henry hat viele Freunde in Paris, mehr als der König. Aber er sagt, er will keine französische Hilfe. Und das ist vermutlich weise, man weiß nie, in welch ungünstigem Moment diese verdammten Franzosen umkippen. Mein Onkel, der Erzbischof, und mein Bruder Arundel haben sich ihm angeschlossen. Und ich schätze, das ist gut so. Offenbar war er anfangs so erschüttert über den Tod seines Vaters, daß er erwog, in St. Denis ins Kloster zu gehen. Na ja, das haben sie ihm ausgeredet. Jetzt ist er sehr zornig. Er würde nicht zögern, nach England zu kommen und sich Lancaster zu nehmen, wäre da nicht die Sache mit Harry. Er steht Todesängste aus um seinen Jungen.«

»Zu Recht«, brummte Hotspur.

»Hm.« John nickte nachdenklich. »Wir müssen einen Weg finden, ihn vor Richard zu schützen.«

»Das wird nicht so einfach sein«, erwiderte Fitzalan. »Derzeit ist nur Raymond bei ihm, und inwieweit wir auf Mortimer noch zählen können, weiß Gott allein. Außerdem ... finde ich wirklich, daß Waringham der einzige Ort in England ist, wo man nicht betrogen wird, wenn man ein Pferd kaufen will, hier kriegt man noch was für sein Geld. Der Meinung ist übrigens auch mein Onkel Kerby, und ihr wißt ja, welch ein Pferdenarr er ist ...«

John und Hotspur starrten sich entgeistert an und wandten sich dann um. Hinter ihnen stand Mortimer Dermond der Ältere.

John lächelte kühl. »Was für eine bizarre Überraschung, Sir. Ihr an diesem Ort.«

Mortimer erwiderte das Lächeln. »Nun, ich war nostalgischer Stimmung. Und ich dachte, es könne nicht schaden, mich mit den Örtlichkeiten wieder vertraut zu machen.«

»Wollt Ihr ein Pferd kaufen?« erkundigte sich Hotspur.

Mortimer schüttelte den Kopf. »Das brauche ich nicht. Ich warte ein Weilchen, und dann gehören sie alle wieder mir.«

Fitzalan nickte ernst. »Hoffnung ist eine schöne Tugend, Sir. Und im Jenseits belohnt Gott diejenigen, die hier vergeblich hoffen.«

Mortimer kniff die Augen zusammen. »Eines Tages werdet Ihr hängen wie Euer Vater, Fitzalan. Ich werde dort sein.«

»Ich bin geehrt, Sir.«

Mortimer stapfte wütend davon.

»Was immer wir tun, wir sollten ihn nicht außer acht lassen«, meinte Hotspur nachdenklich.

Wie jedes Jahr gab es nach der Auktion ein Festmahl, und als es zu Ende war, fand sich einer nach dem anderen in Robins Privatgemach ein. Es wurde eng. Der Raum über dem Rosengarten war klein, und sie waren über zwanzig. Blanche brachte ihnen Wein, und Aimhurst übernahm das Einschenken. Sie nickte ihm dankbar zu und setzte sich in den Sessel, den Robin ihr freimachte. Meine Güte, sie ist schwanger, ging Aimhurst auf.

»Wir können die ganze Nacht darüber reden, was Unrecht ist und was Recht«, sagte Worcester leise. »Aber in Wahrheit ist es doch so: Der König hat das Recht gebrochen. Er hat das Parlament entmachtet. Sein Kronrat hat jetzt die Befugnisse, die dem Parlament zustehen, Sirs, erinnert Euch an die *Magna Charta*, die meisten von Euch haben Vorfahren, die sie mit erfochten haben. Wir waren zu träge in den letzten Jahren, wir hätten es niemals dulden dürfen. Uns allen graut vor Bürgerkrieg und Anarchie, England hat in den letzten zweihundert Jahren zuviel davon gesehen, aber wir dürfen sie nicht um jeden Preis scheuen.«

Es wurde gemurmelt und genickt.

»Und das ist nicht alles«, hob Hotspur an. »Richard hat ein Recht verletzt, das viel älter ist als die *Magna Charta*. Ich meine das Erbrecht. Wir alle haben Söhne, denen wir unsere Güter hinterlassen wollen, oder nicht?« Er runzelte beunruhigt die Stirn. »Ihr müßt mir sagen, wenn ich mich irre, aber wie können wir sicher sein, daß ihnen nicht passiert, was Henry passiert ist? Was sollte Richard daran hindern, seine gierigen Finger auch nach den Erbschaften unserer Söhne auszustrecken? Seht Euch doch Waringham an. Selbst wenn er es Robin läßt, soll ich im Ernst glauben, daß es an Raymond übergeht, sollte Mortimer Dermond dann noch leben? Das kann mir niemand weismachen. Wer sagt, hier geht es um Lancaster, hat recht. Aber genauso geht es um unser aller Recht. Ich stimme Euch zu, Worcester, wir haben geschlafen. Zu lange.«

»Also, was tun wir?« fragte John.

»Die Frage ist, was tut der König?« erwiderte Aimhurst.

»Er geht nach Irland«, sagte eine leise Stimme weit hinten.

Alle wandten sich um und entdeckten eine hohe, schmale Gestalt in einem dunklen Mantel mit Kapuze. Als er sich bewegte und ins Licht trat, erkannten sie ihn.

Blanche richtete sich erschrocken auf. »Mortimer!«

»Ja, Mutter.« Er warf die Kapuze zurück, lächelte Blanche mühsam an und wandte sich dann an Robin. »Der König geht unmittelbar nach St. Georg nach Irland. Seit der Earl of March gestorben ist, ist es dort unruhig. Einer der irischen Anführer hat sich zum König von Irland erhoben. Richards Wahrsager vertritt die Auffassung, der König könne sich unsterblichen Ruhm erwerben, wenn er nach Irland geht und den Aufstand niederschlägt.«

Hotspur machte einen Schritt auf ihn zu und packte ihn hart am Arm. »Was verschafft uns die Ehre deines Besuches, he?«

Mortimer schüttelte ihn ab. »Sie haben mich geschickt, Euch auszuspionieren, und ich wollte es tun. Ich wollte es für meinen Vater tun. Aber ich kann nicht ...« Er blinzelte wütend. »Ich ... kann es nicht. Gott steh mir bei, ich verrate meinen Vater und meinen König ...« Er biß sich auf die Lippen und senkte den Kopf.

»Und woher wollen wir wissen, ob du es dir nicht morgen anders überlegst?« fragte Worcester verächtlich.

Robin trat einen Schritt vor, stellte sich vor seinen Ziehsohn und sah Worcester eisig an. »Ich verbürge mich dafür.«

Worcester zuckte leicht mit den Schultern. »Gebe Gott, daß Ihr Euch nicht irrt.«

»Nein, ich irre mich nicht. Ich wünschte, es gäbe mehr Dinge, deren ich mir so sicher sein könnte.«

Mortimer sah ihn sprachlos an. Seine Augen waren unruhig, und er verknotete nervös die Finger ineinander. »Ich … werde sagen, Ihr hättet mich entdeckt und hinausgeworfen.«

Robin fühlte mit ihm, und er wünschte sich, es gäbe irgend etwas, das er für ihn tun könnte. Aber er wußte, daß, was immer er sagte oder tat, Mortimers Dilemma nur verschlimmern würde.

Tristan Fitzalan erhob sich von seinem Platz am Fenster und nahm Mortimer am Arm. »Komm.«

»Wohin?«

»Raus hier. Ich hab' dir was zu sagen. Über Väter und Verräter …«

Mortimer folgte ihm zögerlich, und als die Tür sich geschlossen hatte, nahmen die Zurückgebliebenen ihr Gespräch wieder auf.

Leofric hielt Robin seine Tafel hin. Robin las vor. *Ich bin deiner Meinung, ich traue Mortimer. Ich fürchte, dem armen Jungen stehen schwere Zeiten bevor, aber für Harry ist es ein Segen, jetzt hat er einen Beschützer bei Hofe, der des Königs Gunst genießt. Doch ich kann einfach nicht glauben, daß Richard wirklich nach Irland geht. Man kann vieles über den König sagen, aber er ist kein Dummkopf.*

»Nein«, stimmte der Bischof von Lincoln zu. »Er ist nicht dumm, aber höchst eitel. Er giert nach Ruhm, nach militärischem Ruhm vor allem, hat er doch in seinem Leben noch keine einzige erfolgreiche Schlacht geschlagen. Und sein Vertrauen in Wahrsager und andere Scharlatane nimmt von Jahr zu Jahr zu. Er ist abhängig von ihnen. Ich bin überzeugt, Mortimer hat recht, Richard wird gehen und England entblößen.«

Aber er muß doch wissen, daß mehr als die Hälfte des Adels sich praktisch im Aufstand befindet, wandte Leofric zweifelnd ein.

»Und was hat er bislang getan, wenn es in England Schwierigkeiten gab? Er hat sich hinter dem breiten Rücken seines Onkels versteckt und sich nach Wales oder Chester verkrochen, den Kopf eingezogen und gehofft, daß es glimpflich für ihn ausgeht. Ich sage Euch, er wird gehen.«

»Das gibt uns einen unschätzbaren Vorteil«, sagte Hotspur

nachdenklich. »Wenn der König in Irland ist, steht Henry England offen.«

»Ja, aber der König wird Harry mitnehmen«, gab John zu bedenken.

»Dann müssen wir eben dafür sorgen, daß Harry sich dem König unentbehrlich macht«, regte Robin mit einem nachdenklichen Lächeln an. »Es ist ja nicht so, als hätte der König keinen Familiensinn. Und mehr als alles andere auf der Welt wünscht er sich einen Erben.«

Windsor Castle im Frühlingssonnenschein war ein erhebender Anblick. Von allen Zinnen wehten Banner, und auf der Wiese im inneren Hof tummelten sich die zahlreichen Mitglieder des königlichen Haushaltes, deren farbenfrohe Kleider mit dem üppigen Blumenschmuck und den vielen Wappen um die Wette leuchteten. Es war so voll, und es herrschte ein so buntes Treiben, daß auf den ersten Blick kaum auffiel, was dennoch alle wußten: Mehr als die Hälfte der Ritter des Hosenbandordens hatten sich für dieses Jahr von den St.-Georgs-Feierlichkeiten entschuldigt und waren Windsor ferngeblieben.

»Dein Vater hatte irgendwie recht«, raunte Mortimer Raymond zu. »Es wird merklich leerer in England.«

Sie lehnten nebeneinander an der Mauer unweit der Stallungen und erweckten glaubhaft den Anschein, sich nützlich zu machen, wenn Neuankömmlinge eintrafen, für deren Pferde Platz gefunden werden mußte.

Raymond regte sich unbehaglich und sah zum König hinüber. Er mußte blinzeln, die Sonne schien ihm in die Augen. »Was wohl in seinem Kopf vorgeht?«

Der König und seine Königin saßen auf Thronsesseln auf einem mannshohen, prunkvoll geschmückten Podest und hatten so einen freien Blick über das festliche Treiben. Das Gesicht des Königs war ausdruckslos, eine Spur gelangweilt vielleicht, während er dem aufgeregten Geplapper seiner neunjährigen Gemahlin lauschte. Einen Schritt seitlich von ihm stand Harry, dem zum wiederholten Male die Ehre erwiesen worden war, dem König bei einem offiziellen Anlaß aufzuwarten. Mortimer hatte die Direktiven vom Treffen der Verschwörer in Waringham mitgebracht und hatte Raymond und Harry die Absichten erklärt. Zähneknirschend hatte Harry also seine eisige Zurückhaltung seinem königlichen Onkel gegenüber aufgegeben und warb nun, sehr unaufdringlich und glaubhaft, um seine Gunst.

»Armer Harry«, seufzte Mortimer. »Wie schrecklich muß es für ihn sein.«

»Das ist es«, stimmte Raymond zu. »Es macht ihn regelrecht krank.«

Raymond verbrachte mehr Zeit mit Harry als Mortimer, denn Mortimer wurde weiterhin sehr von seinem Vater in Anspruch genommen und sah sich gezwungen, ihm bei der Verteilung von Henrys Erbschaft an Richards Günstlinge behilflich zu sein. Raymond hingegen war ein ungebetener Gast bei Hofe, was er täglich auf die eine oder andere Weise zu spüren bekam, und seine einzige Daseinsberechtigung war die als Harrys persönlicher Diener. Also waren sie zusammen, wann immer Harrys Zeit es zuließ.

»Es ist nicht nur gräßlich für ihn, es ist auch gefährlich«, fuhr er ärgerlich fort. »Keiner von den weisen Lords hat daran gedacht, was es bedeuten kann, wenn der König ein allzu wohlgefälliges Auge auf Harry wirft.«

»Was meinst du?« fragte Mortimer verwirrt.

»Ich meine, daß der König Freude an hübschen Knaben hat …«

Beinah als habe er sie gehört, wandte der König den Kopf plötzlich in ihre Richtung, und Raymond, Mortimer und alle, die in der Nähe standen, fielen auf die Knie und senkten die Köpfe.

»Als würden wir ihn anbeten«, brummte Raymond. »Dieses neue Hofzeremoniell hat etwas von Götzenverehrung. Bald wird er denken, er könne übers Wasser wandeln. Na ja, vielleicht ersäuft er ja …«

»Raymond«, warnte Mortimer leise.

Aber Raymond war noch nicht fertig. »Es heißt, die Höflinge Khublai Khans mußten auch auf die Knie fallen, wenn sein Blick sie traf. Was meinst du, Mortimer, denkt der König, er sei der wiedererstandene Khublai Khan?«

»Ein großes Maul und keinen Funken Anstand, ganz der Vater«, grollte eine tiefe Stimme über ihm, und eine behandschuhte Hand krallte sich in seine Haare. Raymonds Kopf wurde hochgerissen, und er sah, daß der König den Blick längst in eine andere Richtung wandte. Dieses Mal kniete eine kleine Gruppe nahe des Ordens-Pavillons.

Raymond kam auf die Füße und stand Auge in Auge mit dem Mann, der seine spöttischen Worte mit angehört hatte: Sir Patrick Austin, ein Bastard des legendären Sir Robert Knolles, Captain der königlichen Leibwache und vielleicht Richards treuester Untertan. Es hätte kaum schlimmer kommen können.

Raymond biß sich auf die Unterlippe und senkte den Kopf. »Es tut mir leid, Sir.«

»Und was wird der König wohl sagen, wenn er hört, wie widerwillig du ihm Respekt erweist, he?«

»Er wird mich zweifellos einsperren und möglicherweise aufhängen.«

»Unsere Verliese und unsere Galgen sind viel zu gut für dich, Bürschchen.«

Mortimer intervenierte. »Sir Patrick, er hat es nicht so gemeint ...«

»Du bist lieber still. Wenn ich deinem Vater hiervon erzähle, könnt ihr beide nachher eure Knochen einsammeln.«

»Aber er wollte den König nicht beleidigen.«

»Doch, ich bin sicher, genau das wollte er. Er ist ein Verräter wie sein Vater.«

»Mein Vater ist nichts dergleichen«, widersprach Raymond ruhig. »Er ist Lancastrianer, und Lancaster war immer königstreu.«

»War. Aber Lancaster ist tot.«

»Nein, Sir, Lancaster ist in Paris im Exil.«

»Hör doch auf«, zischte Mortimer eindringlich.

»Das ist ein guter Rat«, stimmte Austin drohend zu.

Ein Soldat der Wache trat zu ihnen. »Verzeihung, Captain, aber Sir Mortimer sucht nach Euch. Er sagt, es sei wichtig.«

Austin lächelte humorlos. »Das trifft sich gut. Ich komme.«

Mortimer warf Raymond einen wütenden Blick zu und wandte sich dann wieder an Austin. »Sir, wenn Ihr wirklich glaubt, Ihr müßt meinem Vater von diesem Vorfall berichten, dann sagt ihm, ich hätte den König beleidigt ...«

»Bist du verrückt«, protestierte Raymond.

Mortimer ignorierte ihn. »Wenn Raymond eingesperrt wird, dann ist der junge Lancaster hier ganz allein. Und er trägt doch nun wirklich keine Schuld an alldem.«

Austin schwankte. Er war kein Unmensch, er war lediglich seinem König bedingungslos ergeben und bangte um seine Sicherheit. Aber er wußte, daß der König echte Zuneigung für Harry of Lancaster hegte, und dachte, daß er ihm vermutlich keinen Dienst erwies, wenn er dem Jungen das Leben schwermachte. Er nickte Mortimer grimmig zu. »Also schön. Ich werde deinem Vater nichts sagen. Aber du«, er tippte Raymond auf die Brust, »du sollst mir nicht so einfach davonkommen. Ich frage mich wirklich, ob du der richtige Umgang für den jungen Lord Harry bist.«

Raymond sagte lieber nicht, daß er diese Zweifel seit jeher teilte.

Austin legte den Kopf zur Seite. »Weißt du, wer keinen Respekt vor seinem König hat, der sollte sich wenigstens vor ihm fürchten. Nimm ihn mit«, wies er den Wachsoldaten an. »Vertreibt euch ein wenig die Zeit mit ihm, und lehrt ihn das Fürchten.«

»Nichts leichter als das, Sir.« Der Soldat packte Raymond rüde am Arm.

Raymond senkte den Kopf, betete um Mut und versuchte, nicht zu schaudern. Die Männer der Garde des Weißen Hirschen waren berüchtigt für ihren Umgang mit denen, deren Königstreue sie in Zweifel zogen. Es gab die schauerlichsten Gerüchte darüber, was sie mit ihnen taten. Auf einmal war er geneigt, diesen Gerüchten Glauben zu schenken. Recht und Ordnung galten schließlich schon lange nicht mehr in England, sie schützten niemanden mehr vor Folter, auch nicht den Sohn eines Edelmannes.

Er sah noch einmal kurz zurück und erhaschte einen Blick auf Mortimers bleiches Gesicht und seine schreckgeweiteten Augen, dann landete eine unfreundliche Faust in seinem Nacken, und er sah schnell wieder nach vorn. Der Soldat brachte ihn in den Wachraum am Haupttor. Acht oder zehn Gardisten lungerten dort herum. Er nickte zweien von ihnen zu. »Du und du, kommt mit. Hier ist jemand, der gerne ein paar Manieren lernen möchte.«

Die beiden erhoben sich und kamen grinsend näher.

»Was ist mit dem Mantel und den Stiefeln und dem Rest?« fragte einer der anderen.

»Wir werden später fair darum würfeln.«

Wie die römischen Soldaten unter dem Kreuz, dachte Raymond und fürchtete, ihm könne schlecht werden. Es stimmte also. Sie zogen einem die Kleider aus …

Sie banden ihm die Hände mit einer eigentümlichen dünnen Schnur auf den Rücken, die sogleich in die Haut an seinen Gelenken schnitt. Bogensehne, fuhr es ihm durch den Kopf. Dann packten zwei ihn an den Armen und stießen ihn vorwärts, aus dem Wachraum hinaus und eine Treppe hinunter, einen kurzen Gang entlang, der in einem hohen Gewölbekeller endete. Der letzte zog die Tür zu, und dann umringten sie ihn.

Raymond starrte auf den gestampften Lehmboden. Wieviel Blut von mir wird darin versickern, fragte er sich.

»Raymond ...«

Er hob langsam den Kopf und sah den Soldaten an, der auf der Wiese zu ihnen getreten war. Dieser lächelte, nahm seinen Helm ab und schüttelte den Kopf. »Sollte es möglich sein, daß du mich nicht erkennst?«

Raymond blinzelte verwirrt. »Bitte ...?«

»Ich bin dein Cousin Edward Fitzroy.«

»Du bist was?«

Fitzroy lächelte breit und zeigte zwei Reihen ebenmäßiger, gesunder Zähne. »Unsere Mütter waren Schwestern. Du und ich haben in Burton zusammen Zucker ins Gestüt geschmuggelt. Darum kannst du aufhören, die Zähne zusammenzubeißen. Mir könnte im Traum nicht einfallen, die Hand gegen den Mann zu erheben, der mich mit seinen wilden Lügengeschichten zweimal vor dem Zorn meines Vaters bewahrt hat, noch ehe ich sieben Jahre alt war.«

»Du bist ... Ed Fitzroy?«

»Richtig.«

Raymond starrte ihn mit offenem Munde an, und als er es merkte, schloß er ihn wieder. Er schüttelte fassungslos den Kopf. »Wie in aller Welt kommst du in die königliche Leibwache?«

»Tja, es geht einfach nichts über gute Beziehungen. Und jetzt dreh dich um. Erkennst du niemanden?«

Raymond wandte sich langsam um. Sein Herz raste immer noch. Er fand die Situation einfach völlig irrsinnig. Die zwei Soldaten hatten die Arme verschränkt und lächelten ihn an. Schelmisch, freundschaftlich, aber keineswegs drohend. Raymond betrachtete den linken eingehend. »Roger Finley?« fragte er ungläubig. »Onkel Gisberts Sohn?«

»Stimmt.«

Als er den anderen erkannte, erlitt er einen Schock; sie hatten über ein Jahr lang ein Quartier geteilt. »*Pierre*? Junge, der Bart macht dich steinalt.«

Leofrics Sohn klopfte ihm lachend die Schulter. »Nimm's nicht so tragisch.«

Er durchschnitt die Fesseln an seinen Gelenken. Raymond setzte sich sicherheitshalber auf den Boden. Seine Knie waren butterweich.

»Aber … was tut ihr hier?«

»Wir haben uns eingeschlichen«, erklärte Ed Fitzroy ernst. »Kurz vor Ostern. Leofrics Falkner ist ein Mann aus Chester. Er hat uns eine Woche lang versucht beizubringen, wie man redet, wenn man aus Cheshire kommt. Dann hat mein Vater seine Verbindungen genutzt, die er immer noch zum Hof unterhält, und uns hier eingeschleust. Uns und vier weitere. Wir sind hier, um Harrys Leben zu schützen.«

»Und deins notfalls auch«, fügte Pierre hinzu.

Raymond schüttelte den Kopf. »Welches kranke Hirn hat diesen Plan erdacht?«

»Dein Vater.«

»Ich hab's geahnt.« Er stand wieder auf.

»Die Idee war genial«, sagte Fitzroy.

»Aber das Risiko ist gewaltig. Jedem von euch kann passieren, was mir hier passieren sollte. Vielleicht Schlimmeres.« Er sah in die Runde, immer noch ein wenig ungläubig. »Und was jetzt?«

Fitzroy betrachtete ihn und fuhr sich nachdenklich mit dem Finger über den Mundwinkel. »Tja. Wir müssen dir die Kleider abnehmen, so sind die Spielregeln. Laß dich einen Tag nicht blicken, und humpel ein bißchen, wenn du wieder zum Vorschein kommst. Das sollte reichen, um unsere Tarnung zu wahren.«

»Es ist also wahr, was man über sie erzählt.«

Fitzroy wandte den Blick ab und schüttelte langsam den Kopf. »Fast zwei Jahre war ich mit meinem Dienstherrn, dem Earl of Carlisle, in Litauen auf dem Kreuzzug. Und ich habe viele schreckliche Dinge gesehen, Raymond. Aber was hier passiert … stellt alles in den Schatten.«

Es war einen Moment still.

Schließlich seufzte Raymond. »Dann sollte einer von euch sich ein Herz nehmen und mir wenigstens ein blaues Auge schlagen, denkst du nicht?«

»Ich will nicht nach Irland«, erklärte Harry trotzig. »Und schon gar nicht mit ihm. Warum kann er nicht ohne uns auf seinen albernen Feldzug gehen? Es ist geradezu peinlich …«

»Harry, hier haben die Wände Ohren«, mahnte Raymond.

Sie waren nur kurz nach Westminster zurückgekehrt. Die Truppen waren versammelt. Am folgenden Tag würden sie aufbrechen.

»So wie in Windsor, meinst du, ja?« erkundigte sich Harry. »Wann wirst du mir sagen, was passiert ist?«

»Ich habe es dir schon ein dutzendmal gesagt. Ich war betrunken und bin auf der Treppe gestolpert.«

»Ja. Und morgen erzählst du mir, daß die Feen die kleinen Kinder bringen. Aber jedesmal, wenn Captain Austin dich ansieht, überläuft es mich kalt. Ihr lächelt euch an. Du duldsam, er hämisch. Ich frage mich, was hatte er mit dieser Treppe zu tun?«

Raymond sah ihn verdutzt an. Und er dachte nicht zum erstenmal, daß Harry sich verändert hatte, seit sein Großvater gestorben war, daß er mit einemmal viel zu erwachsen war für einen zwölfjährigen Jungen. Er spürte einen heftigen Drang, ihn einzuweihen, aber das war gegen die Abmachung, die er mit Ed Fitzroy und den anderen getroffen hatte. Er sagte lediglich: »Es ist nicht so, wie du glaubst. Mir ist rein gar nichts passiert. Und wenn ich Captain Austin und Mortimers Vater eine Komödie vorspiele, dann habe ich gute Gründe dafür. Können wir uns jetzt um deine Rüstung kümmern?«

Harry lachte verächtlich. »Ich werde keine brauchen. Auf Feldzügen, die der König anführt, wird nicht gekämpft.«

»Dieses Mal vielleicht schon.«

»Wieso glaubst du das?«

»Weil der König inzwischen auch gemerkt hat, daß er den Adel überzeugen muß, wenn sie ihm noch länger folgen sollen.«

»Herrgott, Raymond, was kümmert mich das? Was kümmert mich die Position des Königs, solange mein Vater im Exil ist?«

Raymond warf ihm einen glänzenden Helm zu. »Hier. Probier

ihn an. Tu das Naheliegende. Um den Rest kümmern sich weisere Köpfe als deiner und meiner.«

»Was heißt das?«

Raymond biß sich auf die Lippen. »Setz den verdammten Helm auf, und verschone mich mit deinen Fragen.«

Harry sah ihn scharf an. »Was verschweigst du mir?«

»Nur das, was ich dir nicht sagen kann. Hier sind Handschuhe.«

»Weißt du von meinem Vater? Kommt er zurück?«

»Ich weiß gar nichts, Harry«, antwortete er beinah tonlos. »Nur, daß sie ihm alle treu geblieben sind. Mein Vater, Leofric, Worcester, Arundel und der ganze Adel des Nordens. Ist dir das nicht genug?«

Harry dachte einen Augenblick nach. Dann stülpte er sich den Helm über den Kopf. »Doch, ich schätze, das ist es. Wie sehe ich aus, he?«

»Wie ein Held.«

»Dabei fühle ich mich wie ein Hasenfuß. Raymond …«

»Hab keine Angst, Harry. Du bist von mehr Freunden umgeben, als du ahnst.«

Während der König mit seinem Neffen und einem vornehmlich walisischen Heer in Irland auf seinem wieder einmal schlachtenlosen Feldzug weilte, landete Henry in den ersten Tagen des Juli in Ravenspur am unteren Humber und zog von dort aus umgehend nach Pontefract, einer der ältesten Lancaster-Festungen. Die Leute in Yorkshire bereiteten ihm einen jubelnden Empfang, viele schlossen sich ihm spontan an, und als er Pontefract erreichte, führte er eine kleine Armee an.

Sie erwarteten ihn dort, all die Getreuen, die seine Ankunft vorbereitet hatten, und seine Vasallen strömten in Scharen herbei. Unter ihnen waren die mächtigsten Magnaten des Nordens: der Earl of Westmorland, sogar Northumberland und natürlich sein Sohn Hotspur. Für alle war es ein freudiges Wiedersehen, und Robin mußte sich zusammennehmen, um Henry und Edward nicht unablässig an seine Brust zu drücken.

»Und was nun?« fragte Hotspur, als sie endlich in kleiner Runde zusammensaßen und ein Mahl zu sich nahmen, das dem

Anlaß kaum angemessen war. Es bestand aus Bier, hartem Brot und zähem, salzigem Pökelfleisch. Niemals hätte es eine solche Panne bei Henrys Vater gegeben, dachte Robin mit einem wehmütigen Lächeln.

»Wo sind meine Kinder?« fragte Henry.

»Thomas, John, Humphrey, Blanche und Philippa sind bei Lady Katherine in Leicester«, berichtete Robin. »Nicht auf der Burg, sondern in ihrem Haus in der Stadt. Inkognito, soweit das machbar ist. Ein Bote ist unterwegs dorthin. Sobald sie von deiner Ankunft erfährt, bringt sie die Kinder zu deinem Bruder, dem Bischof, ins Asyl. Harry ist mit dem König in Irland.«

Henry seufzte. Die Nachricht kam nicht überraschend. »Gott schütze dich, Harry, und stehe mir bei, wenn dir etwas zustößt.«

Sie berichteten ihm, was sie unternommen hatten, um dieses Risiko so weit wie möglich auszuräumen.

»Außerdem ist Worcester mit in Irland«, sagte Hotspur zum Schluß. »Er hat immer noch Einfluß auf den König, und er wird ihn nutzen, um Harry zu schützen. Mehr konnten wir nicht tun, Henry.«

»Nein, ich weiß. Ihr habt getan, was möglich war, und ich bin euch dankbar. Wir dürfen nicht aus Furcht um Harry zaudern. Wir müssen handeln. Wer regiert England in Richards Abwesenheit?«

»Dein Onkel York«, antwortete Robin.

»Und? Was macht er?«

»Ein wirklich dummes Gesicht«, berichtete Francis Aimhurst grinsend. Auf Robins strengen Blick hin biß er sich auf die Unterlippe und fuhr respektvoller fort: »Der Duke of York hörte ein Gerücht, Ihr habet Paris verlassen, Mylord. Die Londoner hörten es auch und jubelten. Also verlegte er die Regierung sicherheitshalber nach St. Albans. Dort sitzen er und der Kronrat zusammen und beratschlagen. Weil jeder etwas anderes rät, ist York unentschlossen. Sie erwägen verschiedene Vorgehensweisen, aber sie kommen zu keinem Ergebnis, und bislang haben sie noch nicht einen Mann zu den Waffen gerufen.«

»Und die Kirche?« wollte Henry wissen.

»Steht auf Eurer Seite«, versicherte Tristan Fitzalan. »Anfangs waren sie sich nicht einig, manche zögerten, nicht alle trauen meinem Onkel, dem Erzbischof. Aber der alte Bischof von Winchester hat für Euch gesprochen.«

»Wykeham?« fragte Henry ungläubig.

»Ja, Mylord. Mein Onkel berichtet, Bischof Wykeham habe gesagt, er verfüge schon seit langem über verläßliche Informationen, die ganz und gar für Euch sprächen. Die Bischöfe haben ihren Ohren kaum getraut, aber wie immer getan, was er vorschlug.«

Henry und Robin wechselten ein trauriges Lächeln. Dann stützte Henry das Kinn auf die Faust und dachte eine Weile nach. »Es hat wohl wenig Sinn, wenn wir von einem meiner Güter zum nächsten ziehen und auf diese Weise unsere Truppen aufsplittern. Also ziehen wir mit finsteren Mienen und blanken Schwertern nach Süden und zwingen erst den Kronrat und dann den König, mir mein Erbe zurückzugeben.« Er stand auf und hob seinen Becher. »Trinken wir auf Lancaster. Auch wenn es nur dünnes, bitteres Bier ist. Wenigstens ist es englisches Bier.«

»Anne, um Himmels willen, wach doch auf! Komm zu dir!«

Sie hörte seine Stimme, aber der Traum ließ sie nicht los. Er zog sie immer weiter in die Tiefe wie ein kalter Strudel in einem trügerisch warmen See. Ein See aus Blut.

»Anne … Gott verflucht.«

Sie spürte, wie sie aus der schaurigen Tiefe emporgehoben wurde, riß die Augen auf und sah sich verstört um. Isaac kniete neben ihr auf dem Bett und hatte sie an sich gezogen. Ihr Kopf lag an seiner Brust. Sie hörte sein Herz schlagen. Es raste fast so wie ihres. Die kleine Elinor fing in ihrer Wiege am Fußende des Bettes an zu wimmern.

Anne preßte das Gesicht gegen Isaacs Schulter, und er drückte sie noch ein wenig fester an sich. Er spürte, wie sie zitterte.

»Isaac … es ist so grauenvoll.«

»Das muß es sein. Ich habe dich noch nie so schreien hören. Erzähl's mir«, sagte er leise.

»Du mußt sofort einen Boten zu Vater und Henry schicken. Auf der Stelle.« Ihre Stimme klang erstickt. Denn sie wußte, daß es schon zu spät war. Sie spürte es ganz deutlich.

Er strich ihr über den Rücken. »Es wird so gut wie unmöglich sein, sie zu finden. Sie marschieren nach Süden, sie könnten überall sein.«

»Sie werden nach Chester gehen und vor dem König dort eintreffen. Isaac, tu, was ich sage, bitte.«

»Natürlich tue ich, was du sagst. Tu' ich das nicht immer? Was hast du geträumt? Ist Robin …«

»Nicht Vater. Raymond.« Sie machte sich von ihm los, fuhr sich mit dem Handrücken über die Augen und lehnte die Stirn gegen den dicken, hölzernen Bettpfosten. Dann erzählte sie ihm, was sie gesehen hatte.

Isaac stand auf und begann, sich anzuziehen. »Ich gehe selbst.«

»Ja. Sei vorsichtig.«

Er brachte ihr ihre weinende Tochter. Anne legte sie an und strich ihr abwesend über den Kopf.

Isaac zog sich die Stiefel an, beugte sich zu ihr herunter und umarmte sie kurz. Dann ging er zur Tür, warf einen letzten Blick auf seine Frau und seine Tochter und eilte hinaus.

Der König konnte das Drängen seines Onkels York auf Rückkehr nicht länger ignorieren. Er verließ Irland beinah überstürzt und ließ Harry und Raymond mit einer Wache in der finsteren Burg von Trim zurück.

Er hatte den Earl of Salisbury mit der Hauptstreitmacht vorausgeschickt, um in Nordwales zusätzliche Truppen auszuheben. Selbst nur von einem müden Häuflein begleitet, landete er in Haverfordwest und begab sich auf den Weg entlang der Küste nach Chester. Seine Bemühungen, Soldaten anzuwerben, blieben fruchtlos.

Derweil verwandelte sich Henrys eiliger Vormarsch nach Südwesten in einen Siegeszug. Große und kleine Lords der Welt und der Kirche strömten ihm zu. Nirgendwo stieß er auf ernstlichen Widerstand. In Berkley holte er seinen Onkel York ein, der die Regierungsgeschäfte aus seinen unfähigen Händen gelegt und sein Heil in der Flucht gesucht hatte. Henry begrüßte ihn höflich und nahm ihn mit nach Bristol, wo er ihn überredete, die Übergabe der Burg zu befehlen. Zwei der berüchtigtsten Männer aus Richards Kronrat wurden in Bristol gefangengenommen und ohne viel Aufhebens hingerichtet. Von dort eilte er weiter nach Chester. Die Stadt, die dem König immer treuer gewesen war als jede andere, öffnete Henry willig die Tore.

Unterdessen verbrachten Harry und Raymond bange Tage und Nächte in der unwirtlichen Burg an der irischen Küste. Es war meistens regnerisch und stürmisch, aber selbst bei gutem Wetter hätten sie nicht hinaus gekonnt. Niemand machte sich mehr die Mühe, den Anschein zu erwecken, sie seien Gäste. Man hatte ihnen die Waffen abgenommen, zwei Wachen standen Tag und Nacht vor der Tür zu ihrem unkomfortablen Quartier, und es waren immer Fremde. Nur einmal hatte Roger Finley ihnen das Essen gebracht. Ob sonst noch einer ihrer Freunde in Trim war, wußte Raymond nicht. Also verbrachten sie die Tage in Furcht und Untätigkeit, und Raymond bestand darauf, das Essen vorzukosten.

»Wozu?« fragte Harry düster. »Wenn sie mich vergiften wollen und du stirbst an meiner Stelle, werden sie es eben beim nächsten Frühstück tun.«

»Trotzdem. Vielleicht sollten wir einfach dazu übergehen, das Essen nicht mehr anzurühren. Sie werden uns holen, ehe wir verhungert sind.«

»Glaubst du wirklich?«

»Ja.«

»Wie willst du das wissen? Wir haben keine Nachrichten gehört, seit wir hier eingesperrt sind.«

»Aber so, wie ich die letzten Nachrichten verstanden habe, steht ganz England hinter deinem Vater. Der König kann es Verrat und Rebellion nennen, bitte, aber wenn jeder Mann in England ein Verräter ist und gegen den König rebelliert, dann stimmt irgendwas nicht, oder?«

Harry nickte, aber ohne echte Überzeugung. Die langen Monate, die er dem König ausgeliefert gewesen war, hatten an ihm gezehrt, und er hatte keine rechte Kraft mehr, um ihrer Gefangenschaft zu trotzen. Raymond versuchte alles, um ihm Mut zu machen, aber Harry war sicher, daß er bald sterben würde. Er hatte resigniert und wünschte beinah, er müsse nicht mehr allzulange warten.

Als es klopfte, zog Raymond erstaunt die Brauen in die Höhe. »Nanu, was sind das für neue Sitten?«

Er ging zur Tür und öffnete. Auf der Schwelle stand ein Benediktiner in einer ordentlichen schwarzen Kutte mit weiter Kapuze, in der Hand hielt er ein großes Holzkreuz.

Raymond trat einladend beiseite. »Oh, das ist sehr freundlich von Euch, Bruder. Ihr werdet sehnsüchtig erwartet.«

Der Bruder trat ein und schloß die Tür.

Raymond wandte sich um. »Harry, hier ist …«

Er sah aus dem Augenwinkel, daß der Mönch das Kreuz auseinanderzog, Stahl blitzte auf. Im nächsten Moment hatte er sich von hinten auf ihn gestürzt, und Raymond spürte einen scharfen, stechenden Schmerz im Rücken.

»Ich habe mich auf die feigen Methoden deines Vaters verlegt«, zischte eine heisere Stimme in sein Ohr, und Raymond fühlte ein Reißen, als die Klinge aus seinem Körper gezogen wurde. Er schlug zu Boden und versuchte sogleich, wieder aufzustehen. Aber es ging nicht. Es war, als wäre er am Boden festgenagelt. Er konnte nicht atmen, und plötzlich war ihm furchtbar kalt.

»Wache«, keuchte er verwirrt, und dann ging ihm auf, wie sinnlos es war. Selbst wenn seine Stimme laut genug gewesen wäre, wären sie auf sein Rufen ganz sicher nicht gekommen.

»Raymond!« rief Harry angstvoll.

Raymond hob mühsam den Kopf. Der Mönch warf mit einer einzigen Bewegung die Kutte ab und enthüllte eine Rüstung. Er zog sein Schwert und ging langsam auf Harry zu.

»Was immer dein Vater dem König stiehlt, dir wird er es nicht hinterlassen können.«

Die See war stürmisch gewesen, und Robin war schlecht. Er versuchte, diesen Umstand zu ignorieren. Mit zehn seiner Ritter schlich er ganz nah an der Burgmauer auf das Haupttor zu. Der scharfe Wind wehte ihnen heftige Regenböen ins Gesicht und machte es schwer, auf Geräusche vom Tor zu lauschen. Auf den Zinnen waren keine Wachen zu entdecken.

Langsam und lautlos zogen sie die Schwerter, und Robin glitt in den Schatten des Torbogens. Die anderen blieben zurück.

Zwei Wachen traten ihm entgegen. »Was wünscht Ihr?« fragte der erste argwöhnisch. Dann riß er die Augen weit auf. »Großer Gott, Waringham …« Er legte die Hand an das Heft seines Schwertes, aber noch ehe Robin seinen Leuten ein Zeichen geben konnte, hatte der zweite Wachsoldat den ersten von hinten gepackt, hielt ihm den Mund zu und drückte ihm mit dem Unterarm die Luft ab.

Er nickte Robin zu. »Gott sei gepriesen, daß du gekommen bist, Onkel Robin. Nur Ed Fitzroy und ich konnten uns hier unter die Wachen mischen. Die anderen wurden abkommandiert, zurück nach England.« Sein überrumpelter Kamerad wehrte sich heftig. Robin trat einen Schritt näher und nahm ihm den Helm vom Kopf. Roger Finley schlug ihm mit der Faust gegen die Schläfe, und er sackte bewußtlos in sich zusammen. Roger ließ ihn achtlos fallen.

»Wie viele Männer des Königs sind hier außer euch?« fragte Robin.

»Zwanzig.«

Robin winkte seine Ritter herbei. »Ihr habt es gehört. Zwei zu eins. Seid vorsichtig. Unterschätzt die Männer der Garde nicht, und vergeßt nicht, was wir besprochen haben.«

Während Francis Aimhurst die anderen in den Innenhof führte, mit möglichst viel Radau ein paar Wachen in einen Kampf verwickelte und wie beabsichtigt immer mehr herbeilockte, gelangte Robin unbemerkt ins Innere der Burg. Sein Neffe Roger hatte ihm gesagt, wo er die Gefangenen finden würde.

Sowohl an der Treppe als auch vor der Tür zu Harrys und Raymonds Quartier stieß er auf heftigen Widerstand, aber der Kampf im Hof hatte die meisten Bewacher hinausgelockt. Sein letzter Gegner war kaum zu Boden gesunken, als Robin die Tür entriegelte und aufstieß. Auf der Schwelle erstarrte er einen Moment.

Zu seinen Füßen lag sein Sohn reglos in einer Blutlache. Er lag auf der Seite, das todesbleiche, unschuldige Jungengesicht mit den geschlossenen Augen war Robin zugewandt.

Am anderen Ende des Raumes kniete Harry und betete. Mortimer stand mit blankem Schwert ungeduldig neben ihm. Als er den Türriegel quietschen hörte, sah er kurz über die Schulter. Dann packte er Harry am Schopf und hob die Waffe. »Mehr Zeit bleibt nicht.«

Mit einem erstickten Laut sprang Robin über seinen Sohn hinweg auf ihn zu, riß Mortimer am Arm von Harry weg und brachte sich zwischen ihn und den Jungen.

»Harry, hinüber zur Tür!«

Mortimer hatte sein Gleichgewicht auf der Stelle wiedererlangt und griff an, beide Hände am Heft. Robin parierte, wehrte den fast geraden Schwerthieb nach oben ab und ging sogleich zum Gegenangriff über. Er hatte in letzter Zeit oft den Verdacht gehegt, er werde langsam. Doch jetzt fühlte er sich leicht und behende, fast war es, als schwebe er eine Handbreit über dem Boden. Seine Trauer um Raymond versetzte ihn in einen eigentümlichen Rausch. Mortimer geriet zusehends unter Druck, aber auch er hatte nichts von seiner Schnelligkeit, erst recht nichts von seiner Tücke eingebüßt. Als er mit dem Rücken zur Wand stand, tauchte er blitzartig unter Robins Überkopfstoß hindurch und griff seitlich von hinten an. Robin fuhr herum, hob das Schwert wieder, und die beiden Waffen trafen funkensprühend aufeinander.

»Dein Schwert scheint mir bekannt«, brachte Robin zwischen zusammengebissenen Zähnen hervor, während er Mortimer sein Gewicht entgegenstemmte.

»Ja. Es ist zu mir zurückgekommen.«

Das hat meines auch gelegentlich getan, dachte Robin. Der Gedanke schien ihn leicht zu verwirren, und er spürte, daß Mortimer die Oberhand gewann.

»Du ... du hast meinen Sohn umgebracht.«

»Du hast mir meinen Sohn gestohlen.«

Die Klingen glitten kreischend auseinander, beide Gegner wankten einen Schritt rückwärts. Robin stieß scheppernd mit der Schulter gegen die Mauer. Er sah Schweiß auf Mortimers Gesicht und frohlockte. Er spürte noch lange keine Erschöpfung. Er griff wieder an, rückte unaufhaltsam vor, einer Flut gleich. Er hatte das Gefühl, daß er schneller und immer schneller wurde, er hörte es am Rhythmus der Schwerter. Es war dieser seltsame Rausch, der ihn zu immer rasenderen Vorstößen trieb. Und dann ging sein Schwert mit einemmal ins Leere. Er sah ein Aufblitzen und hörte ein Surren. Er riß den Arm zurück und versuchte zu parieren. Das rettete zumindest seinen Schwertarm. Mortimers Klinge traf seine direkt am Heft, und das alte Waringham-Schwert zerbarst in zwei Teile. Mortimer lächelte und hob das Schwert mit beiden Händen über die linke Schulter.

»Raymond! O barmherzige Jungfrau, nein ...«

Der verzweifelte Schrei von der Tür ließ ihn für einen Augenblick einhalten. Robin sah aus dem Augenwinkel Tristan Fitzalan, der neben Raymond auf die Knie gesunken war. Doch als er das

Visier hochschob, erkannte er seinen Irrtum. Es war Mortimer. Robin hatte ihn trotz seiner erbitterten Proteste in England zurückgelassen, doch offenbar hatte er Fitzalan seine Rüstung abgeschwatzt und sich an seiner Stelle unter Robins Rittern eingeschlichen.

»Geh lieber, Junge«, riet er heiser, ohne seinen Gegner aus den Augen zu lassen. Er zog seinen Dolch und wich Schritt um Schritt zurück.

»Nein, bleib nur, mein Sohn. Ich bin sicher, du willst zusehen, wie ich alles Unrecht wiedergutmache ...«

Der junge Mortimer hatte Raymonds leblosen Oberkörper angehoben und hielt ihn fest. Er schien kaum zu bemerken, daß sein Vater im Begriff war, seinem Ziehvater den Kopf abzuschlagen.

»Oh, Vater, was hast du getan? Was hast du nur getan?« Seine Stimme klang erstickt. Er weinte.

Mortimer folgte Robin, der versuchte, den großen Tisch zwischen sich und ihn zu bringen.

»Wir werden später darüber reden. Laß mich das hier nur erst zu Ende bringen.«

Sein Sohn schien ihn nicht zu hören. Er hielt Raymond umklammert, starrte mit großen Augen auf ihn hinab und tastete plötzlich nach seinem Herzschlag. Dann kniff er die Augen zu. »Er lebt. Er lebt noch. Jesus Christus, laß ihn weiterleben ...«

Robin ließ seinen Dolch sinken, vergaß seine prekäre Lage und sah zu seinem Sohn und seinem Ziehsohn hinüber. »Bist du sicher?«

Mortimer nickte. »Sein Herz schlägt.« Er ließ Raymond vorsichtig zu Boden gleiten, stand auf und kam zu ihnen hinüber.

Sein Vater ließ das Schwert nicht sinken. »Geh aus dem Weg, Junge.«

»Nein.« Mortimer stellte sich genau zwischen sie, mit dem Rücken zu Robin, und sah seinem Vater in die Augen.

»Es ist genug«, sagte er leise.

In Trim hatten sie keinen Arzt oder eine heilkundige Frau finden können, also verbanden sie Raymonds Wunde, brachten ihn behutsam an Bord und stachen umgehend in See. Der Arzt in Chester sagte, Raymond werde überleben, wenn er kein Fieber bekäme. Er sei jung und kräftig, aber die Lunge sei verletzt und die Lage ernst. Sie brauchten sein fachkundiges Urteil nicht, um das zu wissen. Raymond hatte furchtbare Mühe beim Atmen und schlief immerzu. Mortimer wich nicht von der Seite seines Ziehbruders und sprach kaum ein Wort. Nachdem Harry ihm mit kindlicher Schonungslosigkeit berichtet hatte, daß sein Vater eigens nach Trim gekommen war, um ihn, den Erben des Hauses Lancaster, zu ermorden, hatte Mortimer sich endgültig von seinem Vater abgewandt. Als Robins Ritter einstimmig dafür plädierten, diesen nach England zurückzubringen und wegen Hochverrats vor dem nächsten Parlament anzuklagen, hatte er keine Einwände erhoben. Aber er war tief erschüttert über die Schande seines Vaters. Ohne sich von ihm zu verabschieden, blieb er mit Raymond in Chester zurück, wo sie als Gäste der Franziskaner warten sollten, bis Raymond sich erholt hatte. Robin wäre ebenfalls lieber dort geblieben, bis er sicher sein konnte, daß sein Sohn außer Gefahr war, aber es war unmöglich. Henry hatte ihm einen Boten mit einer dringlichen Bitte um Rückkehr gesandt. Also brach er mit Harry, seinen Rittern und seinen jungen Verwandten, die sich so wagemutig in die Wache des Weißen Hirschen eingeschlichen hatten, nach London auf.

Schon Mitte August hatte die Stadt Richard die Gefolgschaft aufgekündigt und Henry ihrer Ergebenheit versichert. Als er kam, standen ihm die Tore weit offen, und die Menschen säumten die Straßen und jubelten ihm zu. Er war ja seit jeher ihr Liebling gewesen. Richard war hingegen bei Nacht und Nebel in die Stadt gebracht worden, zu seiner eigenen Sicherheit. Er saß im Tower. Geschlagen, von allen verlassen, gänzlich besiegt. Aber immer noch König von England.

»Robin, sie wollen, daß ich die Krone nehme.«

»Ich weiß.«

»Was soll ich ihnen sagen?«

»Ja.«

Henry machte eine abwehrende Geste und nahm seinen ruhelosen Marsch durch den Raum wieder auf. »Das kann nicht dein

Ernst sein. Mein Vater pflegte zu sagen, du seiest unser Gewissen.«

»Und er pflegte spöttisch zu lächeln, wenn er das sagte.«

»Aber Richard ist der von Gott gewollte König! Wie kannst du sagen, ich solle ihn stürzen?«

»Wie eingebildet, wie vermessen ihr Plantagenets doch seid, daß ihr immer glaubt, Gottes Willen zu kennen. Die Krone liegt zu deinen Füßen, Henry. Woher willst du wissen, daß Gott sie nicht dort hingelegt hat, damit du sie aufhebst?«

»Ich kann einfach nicht glauben, daß du diese Dinge zu mir sagst. Mein Vater hat alles, einfach alles getan, um Richard und seinen Thron zu schützen. Ist es möglich, daß du das vergessen hast? Hast du keine Angst, daß sein Geist dich heimsuchen könnte?«

»Ich bin mit ihm fertig geworden, solange er lebte, sein Geist hat wenig Schrecken für mich. Es ist wahr, er hat Richard geschützt und verteidigt, er hat das getan, was er für richtig hielt. Ich tue das, was ich für richtig halte. Und ich sage: Erlöse England von Richards Schreckensherrschaft. Bring uns Recht und Frieden zurück. Richard hat versagt. Er hatte so viele Chancen, dein Vater hat dafür gesorgt, daß er immer neue bekam. Aber er ist unwürdig.«

Henry schüttelte den Kopf und strich sich nervös über den Bart. »Aber warum *ich*?«

»Das liegt auf der Hand. Er hat keine Söhne, du bist der nächste in der Folge, und nebenbei bemerkt, hast du England gerade erobert.«

»Was ist mit dem Earl of March? Sein Großvater war der ältere Bruder meines Vaters. Er steht dem Thron näher.«

»Der Earl of March ist sieben Jahre alt! Was willst du? Anarchie? Davon abgesehen, die Earls of March können auf eine lange Ahnenreihe von Verrätern zurückblicken, das ist kaum die Sorte, aus der vielversprechende Dynastien erwachsen. Das Haus Lancaster hingegen …«

»Robin, ich kann es nicht tun. Ich habe ihm Gefolgschaft geschworen. Ich bin ihm verpflichtet, und er ist der König.«

»Herrgott noch mal, er hat dir dein Erbe gestohlen und damit gegen eine der obersten Pflichten als dein Lehnsherr verstoßen. Dein Eid bindet dich nicht mehr, und das weißt du verdammt gut.« Robin seufzte. »Henry, würdest du dich bitte hinsetzen? Du machst mich ganz nervös.« Er wartete, bis Henry saß, dann lehnte er sich leicht vor. »Also, reden wir über deinen Urgroßvater.«

Henry winkte ab. »Das war etwas anderes. Sie haben ihn gezwungen abzudanken, aber mein Großvater war zur Stelle. Die Nachfolge war geregelt.«

Robin hob leicht die Schultern. »Entscheidend ist, dein Urgroßvater war ein unfähiger König. Das Land war zerrissen und in Aufruhr, so wie jetzt. Dabei war er immer voll guter Absichten. Er wäre gerne ein guter König gewesen, da bin ich sicher. Richard hingegen …«

»Ja, wir wissen alle, wie Richard ist. Er ist ein Despot, ein Tyrann, vielleicht sogar wahnsinnig.«

»Das halte ich durchaus für möglich. Und du willst uns ihm weiterhin preisgeben, damit die Chronisten schreiben: ›Henry of Lancaster war ein guter Junge‹?«

»Ich bin nach England gekommen, um mir mein Erbe zu erkämpfen. Lancaster. Mehr will ich nicht.«

»Aber England will mehr von dir. Du kannst jetzt nicht Lancaster nehmen und den Rest untergehen lassen. Du mußt es tun.« Er unterbrach sich kurz und sah mitfühlend auf den gesenkten dunklen Kopf. »Ich weiß, es ist schrecklich. Und ich kann dir nicht einmal versprechen, daß die Nachwelt nicht mit dem Finger auf dich zeigt. Doch das darf dich nicht schrecken, denn es ist zum Wohle Englands.«

»Oh, bitte, Robin, sag das nicht.«

»Aber es ist die Wahrheit.« Er dachte einen Moment nach. Dann lächelte er schwach. »Es erinnert mich beinah an damals, als dein Vater mich zwang, der Earl of Burton zu werden. Ich wollte auch nicht. Ich hatte viele gute Gründe, nicht so edle wie deine, aber immerhin. Und dann hat er mich gefragt: ›Robin, wie könnt Ihr nur widerstehen, wo Ihr doch daraus machen könntet, was Ihr wollt?‹ Ich habe später oft daran gedacht. Es war das beste Argument von allen. Henry, nimm England. Du brauchst nur die Hand auszustrecken, und es gehört dir. Du könntest es wieder zu dem machen, was es einmal war, wer weiß, vielleicht sogar mehr. Tu es, Henry!«

Die Earls of Northumberland und Worcester, Bischof Arundel und ein paar weitere Würdenträger begaben sich zum Tower und sprachen mit dem König. Sie machten ihn mit den unschönen Realitäten vertraut und appellierten an seine Vernunft. Unter bitteren Tränen dankte König Richard ab. Das Parlament, das sich daraufhin in Westminster versammelte, war das erste wirklich handlungsfähige seit vielen Jahren, und im Bewußtsein ihrer wiedererlangten Macht trugen Lords und Commons Henry of Lancaster die Krone an. Der designierte König führte die Anklage wegen Hochverrats gegen Mortimer Dermond. Es wurde ein recht kurzer Prozeß. Die Tatsachen sprachen für sich. Darum, so sagte das Gesetz, konnte man auf eine Anhörung auch gleich verzichten.

Der Morgen der Hinrichtung war kühl und nebelig, es war Anfang Oktober. Doch noch während sich die Massen der Schaulustigen in Tyborn versammelten, löste der Nebel sich auf, und die Sonne brach hervor. Robin war allein gekommen. Es war noch dunkel gewesen, und er war einer der ersten. Er sah zu, wie die Londoner erst einzeln und gruppenweise, dann in Scharen auf dem großen Platz mit den Galgenulmen eintrafen. Die Frühaufsteher wurden mit den besten Plätzen gleich unter den Bäumen belohnt, so auch Robin. Er saß reglos auf seinem Pferd, die Kapuze tief ins Gesicht gezogen. Die Menschen hielten respektvoll Abstand, nicht weil sie ihn erkannten, sondern weil das mächtige Schlachtroß gelegentlich nervös tänzelte.

Als der Zug von Soldaten endlich erschien, erhob sich wie immer ein wildes Gejohle. Kein Henkerskarren war zu sehen. Derartige Bequemlichkeiten standen Verrätern nicht zu.

Mortimer lag mit dem Gesicht nach unten auf einem hölzernen Gestell, an das er an Händen und Füßen gefesselt war. So hatten sie ihn hergeschleift. Das Gestell hatte die schlimmsten Auswirkungen des Schleifens verhindert; es war eigens zu dem Zweck erdacht worden, daß die Verurteilten nicht schon tot an der Hinrichtungsstätte ankamen, was früher gelegentlich geschehen war. Doch es war weit vom Tower bis nach Tyborn und unendlich schmachvoll, den Weg durch die ganze Stadt auf diese Weise zurückzulegen. Als sie Mortimer losbanden und auf die Füße zerrten, sah Robin, daß er von Kopf bis Fuß mit Dreck und

Straßenkot beschmiert war, und er stand leicht gekrümmt. Vermutlich hatte er sich ein paar Rippen gebrochen.

Die Menge zischte bedrohlich, Kohlköpfe und Eier prasselten auf ihn nieder. »Tod dem Verräter!« brüllten sie. Eine Gruppe von Tuchmacherlehrlingen skandierte: »Reißt ihm das Herz raus, reißt ihm das Herz raus!« Keine fröhlichen, wenn auch oft makabren Segenswünsche ertönten, wie die Londoner sie den Verurteilten gern mit auf den Weg gaben. Für Mortimer empfanden sie weder Hochachtung noch Mitgefühl. Sie haßten ihn ebenso leidenschaftlich, wie sie Richard haßten.

Mortimer Dermond war nie ein Feigling gewesen. Er zeigte auch jetzt keine äußeren Anzeichen von Furcht, er stand reglos, mit fast versteinerter Miene, und würdigte die johlende Menge keines Blickes. Doch es brauchte nicht viel Vorstellungskraft, um sich auszumalen, wie es in Wirklichkeit in ihm aussah. Jeder, der dem ins Auge sah, was er vor sich hatte, mußte sich bis ins Mark fürchten. Die Gelassenheit konnte nicht mehr als dünne Tünche sein.

Auf ein Zeichen des Sheriffs führten die Soldaten ihn unter den Galgen, banden ihm die Hände auf den Rücken und legten ihm den Strick um den Hals. Dann packte der Scharfrichter ihn am Ellenbogen, um ihn auf die Leiter zu ziehen.

Plötzlich wandte Mortimer den Kopf und sah Robin direkt an. »Gehab dich wohl, Königsmacher! Ich wünsche dir ein langes Leben. Lang genug, um zu erleben, was es einbringt, wenn ein ganzes Volk seinen rechtmäßigen König verrät! Mit meinem letzten Atemzug verfluche ich dich und dein Haus und alle, die dir angehören. Wir sehen uns in der Hölle wieder.«

Robin schluckte trocken und erwiderte nichts.

Unter dem Jubel der Menge hängten sie Mortimer auf und schnitten ihn nach ein paar Minuten wieder herunter. Keuchend und hustend lag er im Schlamm. Sie brachten ihn rüde auf die Füße und führten ihn zu einem hölzernen Gerüst hinüber, das auf einem erhöhten Sockel errichtet worden war. Daran banden sie ihn mit einem dicken Strick fest, seine Hände waren immer noch auf seinem Rücken gefesselt. Der Scharfrichter trat wieder auf ihn zu und schlitzte mit einem großen, scharfen Dolch das dreckverschmierte Surkot und das Wams darunter auf. Mortimer schloß die Augen. Robin mußte sich zusammennehmen, um es ihm nicht gleichzutun. Er zitterte am ganzen Leib. Der Henker setzte sein Tranchiermesser auf der linken Seite des entblößten Bauches an, um den ersten Schnitt zu tun. Drei weitere würden folgen, bis die Gedärme freilagen.

Plötzlich stieg einer der Soldaten des Sheriffs auf das Podest und überprüfte noch einmal den Strick. Dann trat er auf den Scharfrichter zu und flüsterte ihm etwas ins Ohr. Wegen der schwarzen Maske war das Gesicht des Henkers nicht zu erkennen, aber er schien für einen Augenblick zu zaudern, als sei er verwirrt. Der Soldat nahm ihm den Dolch aus der Hand, wandte sich ohne Eile an Mortimer und rammte ihm die scharfe Klinge mitten ins Herz.

Für einen Augenblick herrschte vollkommene Stille unter den Galgenulmen von Tyborn. Dann begann die um das Spektakel betrogene Menge zu brüllen und zu toben. Unter wütendem Geschrei drängten sie auf das Gerüst zu, wo die Männer des Sheriffs ihren verräterischen Kameraden gepackt hatten.

»Hängt das Schwein auf!« verlangte eine dunkle Frauenstimme. Die Umstehenden nahmen den Ruf auf, und bald hallte der Platz davon wider.

Der Übeltäter stand still und unternahm keinen Versuch, sich aus dem eisernen Griff zu befreien. Ein weiterer Soldat trat auf ihn zu und riß ihm den Helm vom Kopf. Er enthüllte eine fast weiße Lockenflut und ein faltiges, aber dennoch schönes Frauengesicht mit durchdringenden blauen Augen.

Das steigerte die Wut der Menge auf eigentümliche Weise. »Tod der Verräterhure!« schrien sie. »Hängt sie auf!«

Die Soldaten sahen fragend zum Sheriff hinüber, der erst ratlos die Schultern hob und dann nickte.

Robin drückte Hector die Fersen in die Seite und bahnte sich einen Weg durch die wogende Menge auf die Richtstätte zu. Sie machten ihm Platz. Jetzt erkannten sie ihn, raunten und wichen vor ihm zurück. Robin saß ab und stieg die zwei hölzernen Stufen hinauf.

»Laßt sie los«, sagte er leise. Die Soldaten folgten zögernd.

Robin sah seine Schwester kopfschüttelnd an. »Und kannst du mir sagen, was ich jetzt tun soll?«

Agnes' Augen waren angstvoll aufgerissen. »Robin, ich habe es seiner Mutter versprochen …«

Robin sah über ihre Schulter auf Mortimers zusammengesunkene, besudelte Leiche. Der Anblick erschütterte ihn, aber jetzt war wirklich nicht der richtige Zeitpunkt, mit seinen widersprüchlichen Empfindungen zu ringen.

Er wandte sich an den Sheriff. »Sir, ich wäre Euch ausgesprochen dankbar, wenn Ihr dafür sorgen würdet, daß sie sich vor einem Gericht verantworten kann.«

Der Sheriff grunzte verstimmt. »Wozu? Ganz London war Zeuge, oder? Wer ist sie überhaupt?«

»Meine Schwester.«

Der Mann schwieg pikiert.

Die Menge drängte näher heran. »Sie soll hängen! Ihr dürft sie nicht schützen, Waringham!«

Der Sheriff ruckte sein Kinn in ihre Richtung. »Hört Ihr das? Wollt Ihr im Ernst verlangen, daß ich eine Woche vor der Krönung eine Revolte in meiner Stadt riskiere?«

Warum wollen sie jedesmal, jedes verdammte Mal Waringham-Blut vergießen, wenn diese Stadt sich erhebt, fragte Robin sich bitter.

Er nahm Agnes' Arm und wandte sich der Menge zu. Er hob die Hand, und sie wurden still.

»Ich verstehe euren Zorn, und ihr habt ja recht. Aber weder der Lord Sheriff noch ihr dürft über diese Frau richten.«

»Und warum nicht?« verlangte eine dralle Handwerkersfrau zu wissen. »Wir alle haben gesehen, was sie getan hat! Gebt sie heraus!«

Ein kräftiger Maurergeselle streckte plötzlich die Hand aus und packte Agnes' Knöchel. Sie biß sich auf die Lippen und senkte den Blick.

Der Sheriff legte die Hand an sein Schwert. Robin machte eine verstohlene, abwehrende Geste in seine Richtung und umklammerte Agnes' Arm noch ein wenig fester.

»Bevor ihr sie bekommt, werdet ihr mich töten müssen. Ich kann euch gewiß nicht hindern. Aber habt ihr nicht Henry of Lancaster die Tore geöffnet, damit das Recht wieder in die Stadt und das Land zurückkehrt?«

Sie murmelten und raunten. »Lang lebe Lancaster!« war hier und da zu hören, ein wenig unentschlossen noch, aber mehr und mehr Menschen nahmen den Ruf auf. Robin sah dem Mann in die Augen, der immer noch Agnes' Fuß gepackt hielt. Nach einem

Moment ließ er sie los, schlug die Augen nieder und murmelte: »Lang lebe Lancaster.«

Robin atmete tief durch. »Also dann. Geht nach Hause und vertraut auf das Urteil eures neuen Königs!«

Es wirkte. Ihre Wut verrauchte. Die Menge begann, sich zu zerstreuen. Nur ein paar Hartnäckige blieben, um das Zerstückeln der Leiche noch mit anzusehen.

Der Lord Sheriff schüttelte den Kopf, warf Agnes noch einen befremdeten Blick zu und wandte sich ab. Über die Schulter brummte er: »Dann kann ich Euch also getrost die Verantwortung zur Aufklärung dieses Vorfalls übertragen.«

»Seid unbesorgt.«

Der Sheriff nickte erleichtert. Er stieg auf sein Pferd und ritt in Begleitung des Lord Coroner davon, während seine Männer zurückblieben und Mortimer losbanden.

Robin sah ihn ein letztes Mal an. Seine hellgrauen Augen waren starr und leer, aber um seinen Mund lag ein fast glückseliges Lächeln. Kein Zweifel, er hatte Agnes erkannt, als er gestorben war.

Am dreizehnten Oktober im Jahre des Herrn 1399 wurde Henry of Lancaster vom Erzbischof von Canterbury in Westminster gesalbt und zu Henry IV. von England gekrönt.

Robin empfand tiefe Zufriedenheit und einen beinah väterlichen Stolz, als er vor ihm niederkniete, um ihm seinen Lehnseid zu schwören, Seite an Seite mit Edward. Doch eigentlich hatte Robin den ganzen Tag lang keine ruhige Minute, denn er wußte, daß zu Hause in Waringham seine Frau in den Wehen lag. Die Krönungsfeierlichkeiten dauerten den ganzen Tag und bis spät in den Abend. Als sie zu Ende gingen, nahm Robin den König beiseite und erbat seine Erlaubnis, nach Hause zu reiten. Seine Bitte wurde huldvoll gewährt.

Robin kam noch vor Sonnenaufgang in Waringham an. Im rasenden Galopp ritt er über den Mönchskopf und zur Burg hinauf, deren Zugbrücke nicht länger verschlossen war. Die Wachen riefen ihm einen respektvollen Gruß zu, aber er hörte sie nicht. Er sprang aus dem Sattel und stürmte mit langen Schritten hinein und die Treppen hinauf.

»Blanche! Blanche?«

Oben fing seine Schwester ihn ab, schloß ihn lächelnd in die Arme und küßte seine Wange. »Es ist ein Junge, Robin. Es geht beiden gut. Komm, laß sie schlafen, du kannst sie später sehen.«

»Ein Junge?«

»Ja.«

Er lächelte selig. »Oh, Agnes. Ich weiß, daß Blanche es so wollte …« Er drückte sie an sich.

»Ja, das wollte sie. Und sie bekommt ja letztlich immer, was sie will, nicht wahr?«

»Du hast recht. Übrigens bringe ich gute Neuigkeiten für dich. Anläßlich seiner Krönung hat der König eine Amnestie verkündet. Sie gilt auch für dich.«

Agnes hob das Kinn. »Das will ich dem König auch geraten haben …«

Zusammen betraten sie den behaglichen Wohnraum über der Halle. Draußen wurde es langsam hell, und der letzte, schwache Rosenduft strömte mitsamt der milden Herbstbrise herein. Raymond und Mortimer saßen auf der gepolsterten Bank unter dem Fenster. Raymond war blaß und dünn, aber schon lange über den Berg. Er lächelte. »Glückwunsch, Vater.«

»Danke, mein Junge.«

»Wie war die Krönung?«

»Oh, wie Krönungen eben so sind …«

Raymond schnitt eine Grimasse. »Ich werde mir nie verzeihen, daß ich nicht dabei war.«

Robin winkte ab. »Der König sendet dir Grüße. Euch beiden.« Er ließ sich erschöpft in einen Sessel fallen. »Gott, es tut gut, wieder zu Hause zu sein.«

Mortimer saß still auf seinem Platz, seine schmale Gestalt in einen dunklen Umhang gehüllt, er wirkte beinah schattenhaft. Doch jetzt regte er sich, stand auf und goß Wein in ein paar kostbare Gläser, die er behutsam von einem Bord an der Wand nahm. Den ersten brachte er Agnes, den zweiten Robin, seinen und Raymonds trug er zusammen zum Fenster hinüber.

»Hier. Trinken wir auf unser Brüderchen.«

Raymond stieß mit ihm an.

Mortimer hob sein Glas Robin entgegen. »Auf Euren Sohn, Sir.«

»Auf deinen Bruder, Mortimer.« Er trank, drehte das Glas zwischen den Händen und betrachtete seinen Stiefsohn. »Ich hatte Gelegenheit, kurz mit dem König über dich und Margery zu sprechen. Er ist einverstanden. Er meint, ihr sollt mit der Hochzeit bis ins neue Jahr warten.«

»Warum?« fragte Mortimer argwöhnisch.

»Weil er bis dahin weiß, welches Lehen er dir geben kann.«

Mortimer war einen Moment sprachlos, dann stellte er das Glas beiseite, stand langsam auf und kam auf Robin zu. »Ein Lehen?«

»Er ist der Ansicht, du habest es verdient.«

Mortimer sah ihn noch einen Moment unsicher an. Dann legte er den Kopf in den Nacken, breitete die Arme aus und lachte.

Robin nickte ihm lächelnd zu. »Los, geh schon, erzähl es ihr.«

Mortimer ging mit langen Schritten zur Tür. Auf der Schwelle hielt er noch einmal an. »Oh, nur aus Neugier. Mein Bruder. Wie wird er heißen?«

Robin streckte seine müden Beine aus und lehnte sich mit einem zufriedenen Seufzen in seinem bequemen Sessel zurück.

»Ich denke, wir nennen ihn John.«

ENDE

Nachbemerkung

In den ersten Tagen des neuen Jahrhunderts wurde auf König Henry und seine Söhne ein Giftanschlag verübt, der ebenso fehlschlug wie eine Revolte einer Handvoll Adeliger wenige Tage später. Doch der im Tower gefangene König Richard erwies sich als zu gefährlich. Mit oder ohne Henrys ausdrückliche Zustimmung wurde er auf eine verschwiegene Burg im Norden geschafft und dort ermordet.

Ein eher finsteres Nachspiel.

Die Chronisten, die die Geschichte aufgeschrieben haben, waren ausnahmslos Kirchenmänner und somit kritisch gegenüber dem Haus von Lancaster, denn sie hatten nicht vergessen, wie Henrys Vater zur Kirche stand. Also glorifizierten sie den toten Richard zu einem Märtyrer. Doch mehr noch als ihre ist es William Shakespeares Version der Ereignisse, die das Urteil lange Zeit geprägt hat und uns glauben machen wollte, Henry of Lancaster sei ein Usurpator gewesen und trage die Schuld an jener blutigen Auseinandersetzung zwischen den Häusern Lancaster und York, die die Rosenkriege genannt wird. Doch so war es nicht. Was die Chronisten berichteten, war Propaganda. Henry of Lancaster war der erste vom Parlament erwählte König in der Geschichte Englands.

John of Gaunt, der Duke of Lancaster, war seiner Zeit voraus und daher von vielen Zeitgenossen unverstanden. Dennoch gelang es ihm, der Nachwelt seinen Stempel aufzudrücken. Sein als Bastard geborener, zweitältester Sohn John hatte eine Enkeltochter, Margaret, die einen gewissen Edmund Tudor heiratete. Ihr Sohn Henry beendete die Rosenkriege, vereinte die beiden verfeindeten Geschlechter und wurde Henry VII. von England. Darum geht das englische Königshaus bis auf den heutigen Tag in direkter Linie auf John of Gaunt, Duke of Lancaster, zurück.

R. G. im Juli 1996

Zeittafel

Wichtigste historische Ereignisse in chronologischer
Reihenfolge:

1337	Ausbruch des Hundertjährigen Krieges
1346	England siegt bei Crécy
1347	Fall von Calais
1348/49	1. Ausbruch der Pest
1360	Waffenstillstandsabkommen von Brétigny
1367	Kastilienfeldzug
	3. April Schlacht von Najera
	und Geburt Henrys of Lancaster
1370	Rückeroberung von Limoges
1376	Das ›Gute‹ Parlament
	15. Juni Tod Edwards des Schwarzen Prinzen
1377	21. Juni Tod Edwards III.
	16. Juli Krönung Richards II.
1381	Bauernrevolte
1385	Schottlandfeldzug
1386	Aufbruch zum 2. Kastilienfeldzug
1387	September Geburt Harrys of Lancaster
	Dezember Schlacht von Radcot Bridge
1388	Das ›Gnadenlose‹ Parlament, Appellanten herrschaft
	Oktober Schlacht bei Otterburn
1397	Verhaftung der Appellanten
1398	Henry of Lancaster geht ins Exil
1399	2. Februar Tod Lancasters
	Rückkehr Henrys of Lancaster
	Sturz Richards II.

DAS HAUS PLANTAGENET

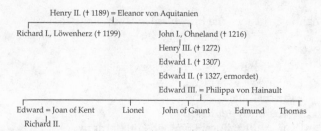

Henry II. († 1189) = Eleanor von Aquitanien

Richard I., Löwenherz († 1199)   John I., Ohneland († 1216)

Henry III. († 1272)

Edward I. († 1307)

Edward II. († 1327, ermordet)

Edward III. = Philippa von Hainault

Edward = Joan of Kent   Lionel   John of Gaunt   Edmund   Thomas

Richard II.

DAS HAUS LANCASTER

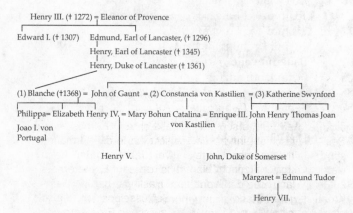

Henry III. († 1272) = Eleanor of Provence

Edward I. († 1307)   Edmund, Earl of Lancaster, († 1296)

Henry, Earl of Lancaster († 1345)

Henry, Duke of Lancaster († 1361)

(1) Blanche († 1368) = John of Gaunt = (2) Constancia von Kastilien = (3) Katherine Swynford

Philippa = Elizabeth Henry IV. = Mary Bohun Catalina = Enrique III. John Henry Thomas Joan
Joao I. von   von Kastilien
Portugal

Henry V.   John, Duke of Somerset

Margaret = Edmund Tudor

Henry VII.

„Die Königin des historischen Romans"
WELT AM SONNTAG

England 1064: Ein Piratenüberfall setzt der unbeschwerten
Kindheit des jungen Cædmon of Helmsby ein jähes Ende –
ein Pfeil verletzt ihn so schwer, dass er zum Krüppel wird.
Sein Vater schiebt ihn ab und schickt ihn in die normannische Heimat seiner Mutter. Zwei Jahre später kehrt
Cædmon mit Herzog William und dessen Erobererheer
zurück. Nach der Schlacht von Hastings und Williams
Krönung gerät Cædmon in eine Schlüsselposition, die er
niemals wollte: Er wird zum Mittler zwischen Eroberern und
Besiegten. In dieser Rolle schafft er sich erbitterte Feinde,
doch er hat das Ohr des despotischen, oft grausamen
Königs. Bis zu dem Tag, an dem William erfährt, wer die normannische Dame ist, die Cædmon liebt ...

ISBN 3-404-14808-8

**»Gott ist ein Krämer. Eines Tages wird er auch dir
ein Angebot machen,
dem du nicht widerstehen kannst.«**

London im Jahr 1330: Der achtzehnjährige Jonah hat kein
leichtes Leben als Lehrjunge im Haushalt seines Cousins.
Einzig seine Großmutter schenkt ihrem verwaisten Enkel
ein wenig Zuneigung. Doch eine Begegnung mit König
Edward und Königin Philippa lenkt Jonahs Schicksal in
neue Bahnen. Er findet Aufnahme in der elitären Londoner
Tuchhändlergilde, und gemeinsam mit Königin Philippa
revolutioniert er die englische Tuchproduktion. Aber je
größer sein Erfolg, desto heimtückischer werden die
Intrigen seiner Neider, und Jonahs Schwäche für Frauen –
vor allem für die Königin – macht ihn verwundbar ...

ISBN 3-404-15218-2

BASTEI
LÜBBE

Der Abschluss der großen Saga um die keltischen Kreuzzüge – für alle Freunde von Noah Gordon und Ken Follett

Stephen Lawhead
DIE TOCHTER DES PILGERS
Roman
576 Seiten
ISBN 3-404-15232-8

In der Hagia Sophia zu Konstantinopel wird der Vater des Mädchens Caitríona von einem vermummten Tempelritter ermordet. Auf der Suche nach dem Mörder fällt Cait ein Dokument in die Hände, auf welchem der Ort verzeichnet ist, an dem sich ein geheimnisvoller Schatz befinden soll. Man nennt den Schatz die mystische Rose. Ist es der Heilige Gral, der Abendmahlskelch Jesu Christi? Mit einer Truppe von Nordmännern, die sie aus den Händen der Sarazenen freikauft, sticht Caitríona in See. Der Weg führt sie in das maurische Spanien – bis hin zum geheimsten Ort der Christenheit. Doch der rachsüchtige Templer, der sie und ihre Familie vernichten will, bleibt ihr auf der Spur ...

Bastei Lübbe Taschenbuch

Gefährliche Liebschaften und mörderische Intrigen im mittelalterlichen Mailand

Valeria Montaldi
DER HERR
DES FALKEN
Historischer Roman
480 Seiten
ISBN 3-404-15243-3

Mailand im Jahre 1226. Am Ufer des Vettabbia-Kanals wird die Leiche einer jungen Frau entdeckt. Der Zustand des Leichnams deutet auf einen gewaltsamen Tod hin. Ein Medaillon gibt Aufschluss über die Herkunft der Toten: Es ist Caterina Gisalbertini, deren mächtige Familie enge Beziehungen zum Haus des Erzbischofs pflegt. Möglicherweise allzu enge Beziehungen, denn wie sich herausstellt, hatte Caterina kurz vor ihrem Tod heimlich ein Kind zur Welt gebracht. In einer Zeit, in der die Inquisition in vollem Gange ist und der Widerstand gegen den Stauferkaiser Friedrich II. für großen Aufruhr sorgt, gelangt nach und nach eine Tragödie mit weitreichenden Folgen ans Tageslicht ...

Bastei Lübbe Taschenbuch